La luz de la tierra

DANIEL WOLF

La luz de la tierra

Traducción de
Carlos Fortea

Grijalbo

Título original: *Das Licht der Welt*
Primera edición: febrero, 2017

© 2014, Wilhelm Goldmann Verlag, una división de Verlagsgruppe Random House GmbH,
Munich, Alemania. www.randomhouse.de
Este libro ha sido negociado a través de un acuerdo con
Ute Körner Literary Agent, S. L., Barcelona. www.uklitag.com
© 2017, Penguin Random House Grupo Editorial, S. A. U.
Travessera de Gràcia, 47-49. 08021 Barcelona
© 2017, Carlos Fortea Gil, por la traducción

Printed in Spain – Impreso en España

ISBN: 978-84-253-5405-2
Depósito legal: B-302-2017

Compuesto en La Nueva Edimac, S. L.
Impreso en Rodesa
Villatuerta (Navarra)

GR 5 4 0 5 2

Penguin
Random House
Grupo Editorial

Para Sandra

Tempori aptari decet.
Hay que adaptarse a los tiempos.

LUCIO ANNEO SÉNECA, siglo I

Dramatis Personae

Michel Fleury, alcalde
Isabelle Fleury, su esposa, mercader
Rémy Fleury, su hijo, maestro de la iluminación de libros
Louis, criado de Michel
Yves, criado de Michel
Gaston, oficial de Rémy
Anton, aprendiz de Rémy
Dreux, ayudante de Rémy

Miembros del Consejo de la ciudad:
Henri Duval, juez municipal
Odard Le Roux, mercader
Eustache Deforest, maestre del gremio de mercaderes y monedero mayor
Soudic Poilevain, mercader
Jean Caboche, maestre de los herreros y corregidor
Guichard Bonet, maestre de los tejedores y tintoreros
Bertrand Tolbert, maestre de los campesinos de la ciudad e inspector de
    mercados
Anseau Lefèvre, un usurero

Mercaderes del gremio:
Fromony Baffour
Thibaut d'Alsace
René Albert
Philippe de Neufchâteau
Adrien Sancere
Victor Fébus
Girard Voclain

Otros habitantes de Varennes

Jean Pierre Cordonnier, maestre de los zapateros, guarnicioneros y cordeleros
Gaillard Le Masson, maestre de los canteros y albañiles
Adèle, esposa de Jean Caboche
Alain, hijo de Jean y Adéle
Azalaïs, hijastra de Jean Caboche
Chrétien, *fattore* de Anseau Lefèvre
Daniel Levi, un mercader judío de ultramar
Olivier Fébus, hijo menor de Victor Fébus
Julien, un herrero
Hugo, un zapatero
Guillaume, un guerrero de la ciudad
Richwin, un guerrero de la ciudad
Eugénie, tabernera
Hervé, joven ratero
Maman Marguérite, posadera

Nobleza y clero

Renouart de Bézenne, un caballero lorenés
Felicitas, su esposa
Nicolás, su hijo y primogénito, caballero templario
Catherine, su hija menor
Abad Wigéric, abad de la abadía de Longchamp
Hermano Adhemar, monje de la abadía de Longchamp
Padre Arnaut, sacerdote

SPEYER

Hans Riederer, mercader, *fattore* de Michel Fleury
Sieghart Weiss, ayudante de Riederer
Ludolf Retschelin, patricio y miembro del Consejo de la ciudad

METZ

Robert Michelet, mercader, *fattore* de Michel Fleury
Évrard Bellegrée, presidente del Consejo de escabinos de la República de Metz
Roger Bellegrée, su hijo
Jehan d'Esch, miembro del Treize jurés
Robert Gournais, miembro del Treize jurés
Géraud Malebouche, miembro del Treize jurés

Baptîste Renquillon, miembro del Treize jurés
Pierre Chauverson, miembro del Treize jurés
Micer Ottavio Gentina, prestamista lombardo
Thankmar, mercenario alemán
Pierre Ringois, mercader

Personajes históricos

Federico II (1194-1250), emperador del Sacro Imperio Romano; llamado *stupor mundi*, el asombro del mundo
Konrad von Scharfenberg (en torno a 1165-1224), obispo de Metz y Speyer, así como canciller del emperador
Thiébaut (en torno a 1191-1220), duque de la Alta Lorena
Gertrude de Dabo (?-1225), su esposa
Mathieu (en torno a 1193-1251), hermano de Thiébaut, duque de la Alta Lorena desde 1220
Enrique II (1190-1232), conde de Bar
Blanca de Navarra (1177-1229), condesa de Champaña
Érard de Brienne (en torno a 1170-1246), señor de Ramerupt y Venizy
Walther von der Vogelweide (en torno a 1170-1230), poeta y trovador
Eudes de Sorcy (?-1228), obispo de Toul desde 1219
Rogier de Marcey (?-1251), obispo de Toul desde 1231
Theoderich von Wied (en torno a 1170-1242), arzobispo de Tréveris
Jean d'Apremont (?-1238), obispo de Metz desde 1224
Simon de Leiningen, posterior esposo de Gertrude de Dabo
Alberto Magno (en torno a 1200-1280), erudito universal
Leonardo Fibonacci (en torno a 1170-1240), matemático

Otros

Philippine, una dama de enigmático pasado
Guiberge, su doncella
Padre Bouchard, el capellán de Warcq
Arnold Liebenzeller, un mercader de Estrasburgo
Villard de Gerbamont, un caballero erudito
Tristán de Rouen, doctor en Teología en la Universidad de París
William de Southampton, magister en la Universidad de París
Saint Jacques, el santo patrón de Varennes
Robyn Hode, legendario personaje inglés, hoy conocido por el nombre de Robin Hood

En el anexo se encuentra un glosario de los conceptos históricos empleados en la novela.

Prólogo

Octubre de 1214

Varennes Saint-Jacques

El abad contemplaba el fin del mundo, y su esplendor cromático le extasiaba.

El pergamino resplandecía en púrpura y azul, cardenillo y cinabrio. Los ángeles vertían los cuencos de la ira, sus alas de pan de oro centelleaban a la luz de las velas, mientras la venganza del Todopoderoso caía sobre el mundo. Las siete plagas del momento final eran a un tiempo bellas y espantosas; era un cuadro de miedo y esplendor, que tomaba forma bajo las pinceladas del monje. Aquí los mares se convertían en sangre, allá el sol abrasaba a la Humanidad pecadora, el Éufrates se convertía en polvo seco bajo sus crueles rayos.

—Maravilloso —susurró el abad—, completamente maravilloso.

—Y el monje sentado al escritorio sonrió con humildad.

No ocurría a menudo que el abad estuviera satisfecho con el trabajo de sus hermanos. Por lo general veía negligencia por doquier cuando visitaba el *scriptorium*, y siempre tenía que acicatear a los monjes, porque de lo contrario se extendían la chapuza y la ociosidad.

Ese día, sin embargo, no acudían a sus labios más que elogios. Escribientes, rubricadores, iluminadores… todos se habían superado a sí mismos. El texto de la Revelación de San Juan estaba libre de errores y repugnantes borrones de tinta. Las palabras sagradas desfilaban alineadas por las páginas, cada letra marcada con nitidez. Las capitulares eran pequeñas obras de arte, la una más hermosa que la otra, lo mismo que las miniaturas que orlaban las páginas.

Y la pintura. Ah, la pintura.

Aquel libro iba a acrecentar la fama de la abadía de Longchamp, el abad lo sabía. Más importante aún: iba a reportarle al monasterio una considerable suma. Iba a hablar enseguida con el maestre del gremio de mercaderes y a ensalzar el nuevo y espléndido códice. De ese modo, sin duda encontraría con rapidez un comprador acomodado.

El abad exhortó a sus hermanos a no ceder en su celo antes de salir del *scriptorium* y regresar a sus aposentos, donde se puso un manto forrado de nutria. Justo en ese momento entró un novicio.

—¡Abad Wigéric, su reverencia! —dijo sin aliento el chico.

—No tengo tiempo, muchacho. Vuelve más tarde.

—Pero tenéis que escucharme —insistió con frescura el novicio—. ¡Es importante!

Aunque el abad estuvo tentado de reprender al chico, se acordó de que ese novicio no era conocido por importunar a sus superiores con tonterías. Lo que tenía que decir podía realmente ser importante.

—Está bien. Habla. ¿Qué sucede?

—Acababa de ir a la ciudad para traer velas nuevas a nuestros hermanos de Saint-Julien cuando he oído hablar del nuevo taller. Ha abierto hoy, abad. En el barrio de los zapateros, cordeleros y guarnicioneros. ¡Toda la ciudad habla de eso!

—¿Qué clase de taller? —preguntó irritado el abad—. ¿De qué estás hablando, muchacho?

—¡Un taller de escritura! ¡Un *scriptorium* como el nuestro!

—Tienes que estar equivocado. Los otros monasterios no tienen *scriptoriums*. El nuestro es el único en todo Varennes.

—No, no es de un monasterio —dijo el novicio—. Pertenece a un ciudadano corriente. A un laico.

—¿Un taller de escritura profana? No existe tal cosa... al menos no aquí. Te han engañado.

—Es la verdad, su reverencia. Seguro. El hijo del alcalde está detrás. La gente dice que va a ser el primer escribiente e iluminador de libros profanos de Varennes.

El abad levantó la cabeza:

—¿Rémy Fleury? Pero si está en Schlettstàdt.

—Ha vuelto hace unos días, y ha alquilado una casa en la ciudad.

El rostro del abad se ensombreció. Si lo que el muchacho contaba respondía realmente a la verdad, era una catástrofe. Tenía que llegar al fondo del asunto lo antes posible.

—¿Dónde está ese taller?

—En el callejón que hay entre la torre de Greifen y la de Wagen. No podéis errar.

El abad Wigéric despidió al novicio y dejó sus aposentos. Su visita al maestre tendría que esperar... aquel asunto era más urgente. Fuera, se arrebujó en el manto. Hacía un dorado día de otoño, soleado y claro, y las hojas de las viejísimas hayas del claustro relucían en rojo, amarillo y naranja, casi como el fuego de un hogar que se apaga. Pero el aire era frío esa mañana. Le salía vaho de la boca mientras pasaba de largo el jardín, cruzaba el portal y dejaba atrás los muros, coronados de parra, de la abadía.

¡Un escribiente que no procedía del clero y que no hacía su trabajo en el *scriptorium* de una comunidad era una necedad, una blasfemia! El abad ya lo había pensado cuando el joven Fleury se había marchado a Schlettstàdt a aprender el arte de la caligrafía y el de la iluminación de libros. Era asunto exclusivo de los monasterios copiar escritos y multiplicar el saber. Los laicos eran obviamente inadecuados para esa sagrada tarea. Si por Wigéric fuera, a los simples cristianos ni siquiera debería permitírseles leer y aprender latín. No hacían falta esas capacidades para llevar una vida agradable a Dios. Si querían oír la palabra de Dios, que hicieran el favor de dirigirse a un sacerdote que les leyera la Sagrada Escritura. Además, muchos libros contenían un conocimiento complejo... un conocimiento que un alma no fortalecida en la fe podía malinterpretar, que podía poner en peligro la salvación de su alma. La Santa Iglesia hacía bien en mantener apartado de él al pueblo llano. Ya era bastante malo que muchos mercaderes supieran leer y escribir. Se había visto adónde llevaba eso: a la sublevación, la rebelión y el descontento en todas partes.

Y ahora, ese Rémy Fleury tenía la desfachatez de abrir un taller de escritura profano... allí, en Varennes Saint-Jacques, en las mismas narices de Wigéric. ¡Qué provocación! ¿Es que quería llevar a la ruina a la abadía de Longchamp? Sí, eso tenía que ser. La familia Fleury había sido enemiga de la Iglesia desde siempre. Sin duda el joven Fleury era tan levantisco e impertinente como su padre, el alcalde, que el Todopoderoso lo castigara por sus pecados.

En su ira, Wigéric había estado caminando cada vez más deprisa. Ahora le costaba trabajo respirar, y notó que el sudor le corría por las mejillas. Ya no era tan joven, y su considerable gordura hacía el resto. El abad echó una mirada al callejón. Estaba en medio del barrio de los zapateros, cordeleros y guarnicioneros, y veía por encima de los tejados la torre de Greifen y la de Wagen.

Ahí delante... ¡tenía que ser ahí!

Se acercó a la casa con los ojos convertidos en ranuras. A la entrada se amontonaban cajas. La mayoría estaban vacías, dos contenían ropa y algo de vajilla. Wigéric llamó de forma enérgica a la puerta. Al no recibir respuesta, abrió sin más y entró.

La casa, un edificio de piedra, tenía dos pisos. Antes había pertenecido a un zapatero, que trabajaba en la planta baja y vivía en el piso superior. No había nadie. Sigiloso, como si se encontrara en terreno enemigo, Wigéric se deslizó por el amplio taller, que aún estaba prácticamente vacío. En la parte trasera había más cajas, una mesa con dos sillas y un escritorio.

En algún sitio se oía ruido. El abad aguzó los oídos. Los sonidos provenían del sótano. Se acercó al escritorio, contempló el mueble con los labios apretados y se imaginó a Fleury inclinado allí, practicando su vergonzosa actividad. Copiando códices, arrebatando importantes encargos a la abadía de Longchamp y difundiendo de manera insensata un conocimiento que hasta entonces los monasterios habían mantenido cuidadosamente resguardado. ¿Había pensado acaso ese hombre en el daño que iba a hacer?

Sobre la mesa había una ballesta —¿para qué quería una ballesta un iluminador de libros?— y un libro, encuadernado en cuero. Wigéric lo abrió. Era *De brevitate vitae*, de Séneca, una antiquísima maquinación filosófica, escrita en los años oscuros que siguieron al asesinato de Cristo. El impío producto de un pagano. El pliegue entre las cejas de Wigéric se profundizó. Desde hacía algunos años, ciertos eruditos desenterraban cada vez más escritos paganos de la gris Antigüedad y estudiaban su contenido. Aunque aquella práctica contaba con el apoyo de distintos maestros de la Iglesia, Wigéric no le tenía ningún respeto. Séneca, Cicerón y todos los demás romanos no habían sido más que ignorantes, que nunca habían conocido la verdad divina y la salvación celeste. ¿Qué sentido tenía ocuparse con sus pensamientos? Aquello era pecaminoso, incluso peligroso. El verdadero cristiano no necesitaba más que la Biblia, como mucho un salterio o un libro de horas. Todos los demás libros eran superfluos.

Wigéric pasó las páginas. A regañadientes, tuvo que admitir que aquel códice era un hermoso ejemplar. La caligrafía era regular y bien legible, las miniaturas y capitulares podían medirse con las que sus hermanos habían hecho para la nueva copia de la Revelación. Allí había puesto manos a la obra un maestro en su ramo. ¿Se llamaba ese maestro Rémy Fleury? Si la respuesta era sí, era aún más peligroso de lo que Wigéric había supuesto.

El abad oyó pasos y alzó la cabeza.

Rémy Fleury estaba allí, mirándolo. Su sencillo mandil estaba cubierto de polvo, también en su cabello se había enredado la suciedad. Era corto y rubio; rubia era también la barba que cubría la mandíbula y las mejillas. Cuando Wigéric lo había visto por última vez, era un chiquillo. Entretanto se había convertido en un hombre... en uno de buen aspecto, constató malhumorado Wigéric.

—¿Qué puedo hacer por vos? —preguntó Fleury.

El abad señaló *De brevitate vitae*:

—¿Habéis hecho este libro?

—Es mi obra maestra. No está pensada para ser hojeada. —Con descaro, Fleury tendió el brazo sobre la mesa, cogió el libro y lo cerró—. Si queréis leerlo, puedo conseguiros otra copia.

—No leo escritos paganos —dijo el abad, sin ocultar su aversión—. ¿No teméis incurrir en pecado si acogéis tan impíos pensamientos?

—¿Por qué habría de hacerlo? Las concepciones morales de los paganos contienen muchas cosas verdaderas que los cristianos deberíamos apropiarnos para usarlas a la hora de anunciar el Evangelio. San Agustín nos lo enseña, ¿verdad?

Citar a un padre de la Iglesia, y encima al autor de una regla monástica, era el colmo de la desfachatez. ¡Como si Wigéric no lo supiera! Clavó la mirada en el iluminador.

—En la ciudad se dice que queréis abrir un taller de escritura. No podía creerlo, y estoy aquí para cerciorarme de que no es más que palabrería. Porque es palabrería, ¿no?

—No, esa es exactamente mi intención. —Fleury lo dejó plantado, salió y regresó con la cesta con la vajilla.

—Un taller en el que escribiréis libros y códices —insistió el abad.

—Y contratos, certificados de deuda, cartas. Lo que se os ocurra. —Fleury dejó la cesta y salió a buscar otra.

¡Qué descortesía! Aquel individuo siempre había sido malhablado y solitario, desde que era un muchacho. Muy al contrario que su padre, al que le gustaba oírse y que siempre se daba aires, pero que a su manera era igual de insoportable.

—¡Os estoy hablando! —rugió el abad, cuando Fleury dejó la cesta junto a las otras.

—Disculpad, pero tengo que hacer.

—¿Es que no sabéis quién soy? —preguntó indignado Wigéric.

—El abad del monasterio de Longchamp. Vuestra visita me honra. —Fleury hizo una breve reverencia, antes de desaparecer con la vajilla en la cocina unida al taller.

Wigéric fue tras él.

—Es que ya hay un taller de escritura en Varennes. El *scriptorium* de la abadía.

—Lo sé. —Fleury empezó a sacar los cacharros de la cesta.

—Si abrís otro, habrá dos. Varennes es demasiado pequeño para eso.

—Varennes es lo bastante grande. Si tenemos buena voluntad, ninguno de los dos molestará al otro.

—Pero ¿cómo queréis ejercer una industria sin pertenecer a ninguna fraternidad? Eso está prohibido.

—Pertenezco a una fraternidad —dijo Fleury, y examinó una fuente que tenía una mella.

—¿Ah, sí? —se burló el abad—. ¿Y cuál es? ¿Hay desde hace poco una fraternidad de escribientes, iluminadores y rubricadores, cuyo único miembro sois vos?

—Los zapateros, cordeleros y guarnicioneros han sido tan amables de acogerme en su seno. —Fleury devolvió la fuente a la cesta.

Wigéric estaba cada vez más furioso. Ese tipo tenía una respuesta para todo.

—¿Qué pasa con el obispo? ¿Os ha permitido acaso abrir un taller de escritura siendo laico?

—No necesito permiso del obispo. Tengo la autorización del Consejo de la ciudad, con eso basta.

Naturalmente. El padre de Fleury era el alcalde; Rémy obtenía del

Consejo cualquier permiso que necesitara. Era lo que se había imaginado Wigéric: padre e hijo hacían causa común, en perjuicio del monasterio. Aquella familia no descansaría hasta que la Iglesia se fuera a pique en Varennes.

—¡Pocas veces he dado con un hombre tan terco! —dijo vehemente Wigéric—. Me pregunto qué os ha hecho la abadía de Longchamp para que queráis perjudicarnos de forma tan malvada.

—No quiero perjudicar a nadie. Nada más lejos de mi intención. —Fleury le pasó el brazo por los hombros y, con suave violencia, lo sacó de la cocina y del taller—. Realmente tengo mucho que hacer, abad. Hablaremos cuando tenga más tiempo. Que os vaya bien.

Antes de que el abad se diera cuenta de lo que pasaba estaba en la calle, y la puerta se cerraba detrás de él. Fleury lo había echado, lo había puesto en la calle como a un mendigo molesto. ¡A él, el cabeza de la abadía de Longchamp! Wigéric estaba sin respiración, de pura rabia. Pero Fleury lo lamentaría. Wigéric iba a quejarse de él, al Consejo, al obispo, al arzobispo si era necesario. Forjaría una alianza entre los monasterios para hacer caer a ese tipo desvergonzado.

El abad se volvió y remontó orgulloso la calle.

A más tardar para Navidad, se juró, ese impío taller habría dejado de existir.

LIBRO PRIMERO

STUPOR MUNDI

De mayo a diciembre de 1218

Mayo de 1218

AMANCE, DUCADO DE LA ALTA LORENA

Entre las ascuas del atardecer, a Alain Caboche el castillo le parecía como una bestia que no dormía nunca. Siempre había algo que se agitaba en su vientre de piedra, tanto de día como de noche. Ojos hostiles que observaban el campamento al pie de la colina. Bocas que rugían órdenes. Manos que se pasaban piedras unas a otras y curaban las heridas en el muro. Y el monstruo era inexpugnable. De sus torres y almenas llovían flechas, pedruscos y aceite hirviendo en cuanto el enemigo se acercaba a sus puertas.

El castillo estaba hambriento. Devoraba hombres.

Más de noventa vidas se había cobrado ya la fortaleza que dominaba el pueblecito de Amance, según decían en el campamento. Solo de los reclutados por la ciudad libre de Varennes Saint-Jacques, entre los que Alain se encontraba, habían caído ya ocho hombres; otros tantos yacían en los catres de los físicos. Y el asedio no había hecho más que empezar.

«¿Quién será el próximo al que le toque?», pensaba sordamente Alain mientras orinaba en las letrinas que había al borde del campamento. «Hugo. Sí. Seguro que a Hugo.» El joven aprendiz de zapatero era de natural temeroso, presa del pánico a la menor oportunidad, y en el tumulto de la batalla golpeaba a ciegas con la maza, sin ningún sentido del ataque y la defensa. Era un milagro que hasta ahora hubiera sobrevivido ileso a la campaña.

«O deja ir al pobre Hugo, y llévate en su lugar a Lefèvre.» Anseau Lefèvre era uno de los consejeros de Varennes, y capitaneaba a los reclutados. Alain le odiaba como nunca había odiado a un hombre. «Lefèvre por Hugo... ¿no es un buen trato, Señor? Ven. Muéstranos que sabes ser justo. Al menos por una vez.»

Alain no estaba muy preocupado por su propia vida. Era alto y musculoso como su padre, rápido y resistente. Además, tenía una cota de malla de primera clase y entendía algo de combates. Aunque solo era herrero y acababa de cumplir dieciocho años, sabía defenderse. Lo había

23

demostrado más de una vez en las últimas semanas. No, si no lo alcanzaba por la espalda el dardo de una ballesta, aguantaría hasta la victoria del rey y regresaría sano y salvo a casa.

Alain se sacudió el miembro, se subió el calzón y echó mano al cinturón, que colgaba de la valla junto con el puñal y el hacha de guerra. Al otro lado de la letrina, bajo el alero de una cabaña, se sentaba un siervo barbudo, que le miró fijamente y escupió. Alain bajó la mirada y se ciñó el cinturón. Los campesinos de Amance le daban pena. Como si no fuera bastante malo que el rey les hubiera quitado sus cerdos y el producto de sus campos, todos los días, mil quinientos hombres se meaban y cagaban en los prados comunales. Y en verdad, a aquellos pobres diablos era a los que menos importaba esa guerra.

Reinaba un tiempo cálido y calmo, de manera que la peste infernal de las letrinas persiguió a Alain hasta muy dentro del campamento, donde se mezcló con el humo de las fogatas y el olor a sudor de los hombres. La mayoría de los guerreros que holgazaneaban delante de las tiendas llegaban, como Alain, de Lorena, pero algunos también lo hacían del país de los alemanes, de Alsacia y Borgoña, algunos incluso de Francia. El joven rey había reunido en todas partes a sus vasallos y aliados para aplastar al rebelde duque de la Alta Lorena. Por qué... eso nadie lo sabía del todo. Alain habría apostado de buen grado un sou entero a que en el campamento no había ni diez hombres que pudieran explicar con todos los detalles cómo se había llegado a la disputa entre el rey Federico y el duque Thiébaut. Ni siquiera el propio Alain, aunque se tenía por inteligente. Thiébaut se había metido en discordias en el condado de Champaña y había atraído al hacerlo la ira del rey, que le acusaba de traición a la corona. Durante la breve pero intensa disputa, Rosheim había sido destruido y Nancy saqueado, Thiébaut había huido hacia el sur y se había atrincherado en Amance... y allí estaba, abandonado por casi todos sus leales, cercado por un poder diez veces superior en número.

Alain llegó al borde oriental del campamento, al pie de la ladera del castillo. Allí acampaban los reclutas de Varennes, porque Lefèvre insistía en que sus subordinados pudieran estar en todo momento en primera línea de ataque cuando se produjera la llamada. Muros de tierra y empalizadas protegían las tiendas de las catapultas y ballestas enemigas. Desde primera hora de la tarde, las armas callaban. Los hombres descansaban, atendían sus magulladuras o sorbían sopa.

Alain buscó a Lefèvre. Al no encontrarlo en ninguna parte, se sentó al fuego junto a Julien, Hugo y algunos otros.

—¿Se ha ido Satán al infierno?

—Estaría bien —dijo Julien, herrero como Alain, barbudo, nervudo, con las manos y los brazos llenos de quemaduras de chispas—. Acaba de poner pies en polvorosa. Sabe el diablo lo que estará haciendo. ¿Sopa?

Alain asintió, y Julien le entregó un cuenco de humeante cocido.

—He oído decir que volvemos a atacar temprano —dijo uno de los hombres.

—También yo —murmuró Alain, mientras soplaba en la cuchara. La sopa estaba tan caliente que el cuenco de barro casi le quemaba los dedos.

—¿Por qué no simplemente los matamos de hambre? —preguntó Hugo, que iba a cortar pan, pero estaba más ocupado en juguetear, nervioso, con el mango del cuchillo—. Quiero decir, ¿por qué luchar, cuando podemos sentarnos a esperar? A más tardar en un mes, ahí dentro no les quedará nada que llevarse a la boca. Entonces saldrán de sus agujeros, y habremos ganado sin tener que arriesgar la cabeza.

—No sabes cuántas provisiones tienen —dijo Alain—. Amance es un castillo importante. Los castillos importantes siempre están preparados para los asedios.

—Además, el rey no tiene paciencia —completó Julien—. Quiere dejar atrás este asunto lo antes posible… y luego irse a Roma, a ponerse por fin la corona imperial.

Hugo apretó los labios y repartió el pan. Se había apuntado a la campaña porque quería impresionar con su valor a aquella moza de taberna de la Puerta de la Sal. Y empezaba a pensar que no había sido la mejor idea de su vida.

La cuadrilla de Varennes estaba formada solo por voluntarios, así lo había querido el Consejo. La única norma era que cada fraternidad y cada parroquia de la ciudad tenía que aportar cierto número de hombres cuando el rey exigía asistencia militar. Alain, cuyo padre era miembro del Consejo, era uno de los pocos de la clase alta que habían seguido el llamamiento a las armas. Los otros eran en su mayoría simples aprendices, trabajadores y jornaleros sin derecho de ciudadanía. Se habían apuntado para escapar a su monótona existencia durante unas semanas y mejorar su parco salario con el botín de guerra. Ninguno de ellos había pensado que la campaña podía ser tan sangrienta.

Alain lavó el cuenco vacío en un tonel de agua, se sentó en la pisoteada pradera, a tiro de piedra de los hombres, y se apoyó en la rueda de un carro de bueyes. Tenía metidas en los huesos las fatigas de las pasadas semanas, y no estaba de humor para hablar. Quería seguir pensando tranquilamente. Quizá incluso allí fuera lograra dormir, porque estaba harto del aire viciado de las tiendas de campaña.

Hacía mucho que el sol se había hundido detrás del castillo, y las almenas de la fortaleza se agarraban como dientes al cielo inflamado. Los negros muros y las torres le parecieron a Alain más amenazadores que nunca. No se veía a nadie en los caminos de ronda, pero sabía que estaban allí. Esperaban. Observaban.

Pensó en Jeanne, mientras estaba sentado inmóvil en el suelo, en sus ojos, su pelo. Se habían amado por primera vez la noche antes de su partida, él le había prometido el cielo y la tierra, y que la tomaría por esposa en cuanto volviera. Sin duda aún no se había emancipado, pero eso no lo iba a detener. Su padre era un hombre inteligente, y quería a Alain por encima de todo. No sería un obstáculo en su camino. Haría todo lo que estuviera en sus manos para hacer feliz a su hijo.

«Estarás orgulloso de mí, padre. Tienes mi palabra.»

Alain debía de haberse quedado dormido, porque cuando abrió los ojos era por la mañana temprano. Una niebla gris yacía sobre la ladera y el campamento. Su guerrera estaba húmeda. Un sordo impacto lo había despertado. Entonces oyó un lejano griterío y vio una piedra estrellándose contra el muro exterior del castillo. Se puso en pie de un salto y echó involuntariamente mano a su hacha de guerra.

—¡Alain! —Julien corría por la pradera—. ¡Ha empezado!

Alain siguió a su hermano de armas hasta las tiendas, donde reinaba un agitado trajín. Los hombres de Varennes se pusieron los gambesones, se calaron los cascos y cogieron hachas, escudos, mazas. El conde de Bar pasó cabalgando su corcel de batalla y llamando a sus leales. Los caballeros increpaban a sus escuderos. Los soldados se echaron al hombro las escalas y se apostaron detrás de la empalizada.

Nuevos trozos de roca golpearon los muros del castillo. Entretanto, ya no solo disparaban las catapultas más pequeñas, sino también el fundíbulo, el arma poderosa que se había instalado en un puesto elevado. Aquella máquina de asedio, de la altura de una casa, ejercía una malsana fascinación sobre Alain. Cuando el contrapeso descendía dentro del armazón de madera, el brazo salía disparado hacia arriba y el cabestrillo de cuero lanzaba por los aires un trozo de piedra grande como una rueda de molino. Le parecía un artefacto infernal, que tenía que haber ideado una diabólica inteligencia.

Alain se metió en una de las tiendas, donde Julien le ayudó a ponerse la armadura. Cuando salieron al exterior, divisaron al hombre al que llamaban Satán.

Anseau Lefèvre iba vestido y armado como un caballero de sangre noble. Llevaba una brillante coraza encima de la ropa acolchada, perneras y guantes hechos de cota de malla y una sobreveste de color verde cuyo borde desflecado le llegaba a las rodillas. El morrión le cubría la cabeza entera, y solo se podía ver su rostro porque se había subido la celada. Era aristocrático, pálido y delgado, casi flaco, de pómulos prominentes y ojos oscuros, profundamente hundidos en las cuencas. Atractivo y, al mismo tiempo, desagradable, de una forma difícil de expresar. Cuando avanzó con paso ligero hacia los hombres, una mueca burlona rondaba sus labios.

«Ni siquiera se toma la molestia de ocultar su desprecio hacia nosotros», pensó Alain.

—Coged el ariete y preparaos —ordenó Lefèvre.

El ariete, un tronco de árbol liso de veinte codos de longitud, con una

26

cabeza de carnero forjada en hierro, yacía en la hierba junto a las tiendas. Los seis hombres más fuertes del grupo, entre ellos Alain y Julien, se lo echaron a hombros. Justo en ese momento llegó la orden de marcha. El conde de Bar encabezaba el ataque y cabalgaba delante, numerosos caballeros y dos centenares de guerreros de a pie le seguían. Mientras recorrían el polvoriento camino que serpenteaba colina del castillo arriba, Alain no dejaba de mirar a Hugo. El día anterior, había prometido al aprendiz de zapatero que iba a estar pendiente de él.

La fortaleza propiamente dicha tenía delante un pequeño bastión, consistente en muros coronados por almenas, con caminos de ronda cubiertos y dos torres que flanqueaban la puerta. Las catapultas lo habían dañado, pero el ejército imperial aún no había logrado tomarlo por asalto. En anteriores ataques se habían limitado a llenar de piedras el foso para poder llegar hasta los muros.

Aunque los disparos de las catapultas se lo dificultaban, los leales del duque Thiébaut se abrieron paso hasta los caminos de ronda. Como la zona que había delante de las puertas había sido roturada, tenían campo libre para sus disparos. En consecuencia, a los atacantes los recibió una granizada de dardos y flechas en cuanto abandonaron la protección de los árboles y corrieron por la pradera. Rápidamente los hombres buscaron cobertura bajo los muros de asalto, barreras portátiles de madera y brezo que habían colocado en los días anteriores, a costa de considerables pérdidas. Estaban a ambos lados del camino, filas enteras, que se solapaban la una a la otra.

Alain y sus compañeros dejaron caer el ariete y cogieron aliento, conforme los proyectiles siseaban por encima de las paredes o se quedaban clavados en ellas con sordo estampido. Alain miró con viveza a su alrededor. Estaban todos. Nadie había resultado herido. Cerca de ellos, un caballero del conde de Bar no había tenido tanta suerte: una flecha se clavó en la visera de su yelmo. Antes de encoger la cabeza, Alain alcanzó a ver que el hombre caía de la silla, mientras su caballo se encabritaba relinchando.

—¿Queréis echar raíces aquí? —chilló Lefèvre—. ¡En pie, pandilla de holgazanes!

—El ariete pesa como el diablo, señor —se revolvió Julien—. Necesitamos una pequeña pausa para tomar aire.

—¿Pausa? No estamos en la misa del domingo. Ya podréis tomar aire más tarde. Adelante, ahora. ¿O tengo que haceros mover los pies?

Alain apretó los dientes. Era lo de siempre: Lefèvre quería que el cuadro de Varennes peleara en primera línea porque deseaba gustar al rey. El precio lo pagaban los hombres, a los que Lefèvre reclamaba una medida inhumana de valor y disponibilidad al sacrificio.

Pero ninguno de ellos quería atraerse la legendaria ira del capitán. Así que Alain y los otros herreros levantaron el ariete y avanzaron de muro defensivo en muro defensivo, seguidos por el resto de la cuadrilla.

Entretanto, los ballesteros del conde de Bar empezaron a disparar sobre los defensores del castillo, sin conseguir gran cosa: la mayoría de sus dardos rebotaban en las almenas sin causar efecto alguno.

Por último, llegaron a la fila más adelantada de muros defensivos, dejaron el ariete en la hierba y se agacharon. Alain se dio cuenta de que estaban solos. Ningún otro grupo había osado adelantarse tanto a ese lado del camino. Solo había un arquero cerca de ellos; sacó una flecha de su aljaba, la disparó y corrió a ponerse a cubierto.

Con cuidado, Alain se asomó por encima de la pared de mimbre. Hasta el foso quedaban aún quince o veinte brazas, completamente al descubierto. Alcanzar ilesos el portón le parecía bastante difícil, cuando no imposible.

Una piedra silbó sobre sus cabezas y arrancó una parte del camino de ronda, encima de la puerta. La madera se rompió con un crujido, los hombres gritaron. Con eso terminó el bombardeo con catapultas. Alguien tocó el cuerno, al otro lado del camino aparecieron guerreros entre los muros de asalto, con escalas al hombro. Corrieron entre rugidos en dirección al bastión.

No llegaron muy lejos. Apenas habían abandonado su cobertura, se vieron expuestos a un fuego tan intenso que tuvieron que retirarse. Dos hombres de los más adelantados fueron atravesados por dardos y flechas, los otros dejaron caer las escalas y pusieron pies en polvorosa. Varios guerreros del otro grupo fueron heridos. Uno tenía un dardo clavado en el hombro y un segundo en el muslo, y solo pudo volver a los muros arrastrándose.

—¿A qué esperáis? —bramó Lefèvre—. ¡A la puerta, vamos!

—No —dijo Alain—. No nos podéis pedir tal cosa. Es una locura.

El consejero compuso una fina sonrisa.

—¿Miedo, Caboche? Tsch-tsch-tsch. Tu padre no lo aprobaría. Eres todo su orgullo.

—Claro que tengo miedo. Sería un loco si no lo tuviera. ¿No habéis visto lo que acaba de ocurrir? Si salimos de aquí nos masacrarán.

Los hombres murmuraron, asintiendo.

—No si sois rápidos —dijo Lefèvre—. ¿Eres rápido, Caboche?

—No con el ariete a cuestas. Además, no basta con llegar hasta allí. Para que todo esto tenga sentido, tenemos que echar la puerta abajo. Miradla. Es tan fuerte como pueda ser una maldita puerta de castillo. Resistirá mucho tiempo al ariete. —Alain sabía que no debía hablar así a su capitán, pero ya no podía contener su rabia. Desde el principio, en su ansia de fama, Lefèvre había puesto en juego de buen grado la vida de sus hombres, los había lanzado a las mayores carnicerías y los había sacrificado como fichas de una partida de dados. Alain estaba harto—. ¡Estaremos muertos antes de haberle hecho ni un arañazo a la madera!

—Mientras rompéis la puerta, otros atacaremos los caminos de ronda con escalas —repuso Lefèvre—. Para daros el tiempo que necesitáis.

—¡Solo somos veinticuatro hombres, maldita sea! No tenemos ninguna posibilidad contra toda la guarnición del castillo. —Alain miró a los ojos al capitán—. Haced lo que os plazca, pero sin nosotros. Ya hemos sangrado bastante por vos.

—¡Sí! —exclamaron algunos hombres.

—¡Ya está bien!

Más de diez guerreros se pusieron detrás de Alain, algunos con las armas en la mano. Lefèvre les clavó una mirada penetrante.

—¿Os negáis a obedecerme?

Nadie respondió.

—¿Tengo que recordaros que me habéis jurado lealtad hasta la muerte? —preguntó en tono cortante el consejero.

Alain respiró hondo. Lo que estaban haciendo era extremadamente peligroso. Si rompían el juramento que habían hecho a Lefèvre y a su ciudad natal antes de ir al combate, los amenazaban tanto el oprobio como duras sanciones.

—Aquí no hablamos de lealtad —dijo—, sino tan solo de vuestra ansia de fama.

Lefèvre se acercó tanto a él que sus rostros casi se tocaban. Su aliento olía a vino y menta.

—Tienes la boca muy grande, Caboche. Apuesto a que no la tendrías tan grande si tu padre no se sentara en el Consejo.

—Dejad a mi padre fuera de esto —replicó Alain.

—Empuñad el ariete, y quizá olvide este incidente.

—No.

—Estás perdiendo el tiempo, Alain —dijo Julien—. Todos sabemos lo que hay que hacer. Hagámoslo de una vez.

El herrero agitó el hacha de guerra. Lo que ocurrió, sucedió tan deprisa que Alain no pudo intervenir. Lefèvre lo empujó a un lado y desenvainó la espada. Julien se lanzó sobre el consejero, pero no llegó a dar el primer golpe, porque su adversario era un endiablado esgrimista. Desarmó a Julien, le pegó en el rostro con el puño y la empuñadura de la espada y le golpeó en el pecho, haciéndolo caer de espaldas. Cuando fue a incorporarse, Lefèvre le puso la hoja en el cuello.

—¿Alguien más tiene ganas de bailar? —El consejero miró desafiante a su alrededor.

Algunos de los hombres parecieron estar considerando la posibilidad de atacarle. Pero la mayoría no se movió del sitio.

—Vosotros —ordenó Lefèvre a un grupito de jornaleros—, recoged enseguida el ariete, o enviaré a vuestro amigo Julien con su creador. Los demás, coged esas escalas. ¿Me habéis entendido?

Los jornaleros de la cuadrilla, todos ellos hombres sencillos, sin derechos de ciudadanía, eran los que más temían a Lefèvre, y se apresuraron a ejecutar sus órdenes. Eso quebró también la resistencia de los otros. Con una maldición en los labios, un viejo zapatero se puso en marcha.

—¡Ayudadme, maldita sea! —increpó a los hombres—. ¿O queréis que lleve las escalas solo?

Los aludidos le siguieron. Primero cinco, luego diez, después el resto de la cuadrilla, hasta que con Lefèvre tan solo se quedaron Julien, Hugo y Alain.

—Parece que tu pequeña rebelión ha terminado. —Los ojos de Lefèvre centelleaban—. ¿No quieres ayudar a tus amigos? Te necesitarán.

—Ven, Alain —apremió Hugo.

El consejero envainó la espada, escupió y ordenó a los hombres llevar las cuatro escalas hasta un hueco entre los muros de asalto. Alain ayudó a Julien. Su amigo sangraba por la nariz, se la restregó sin prestar atención.

—¿Por qué no me habéis ayudado, maldita sea?

—¡Era una necedad! ¿Qué habías pensado? ¿Que podrías romperle la cabeza y salir airoso?

—Se lo habría merecido —gruñó Julien.

Alain le tendió el hacha y lo maldijo en silencio. Si todos hubieran aguantado como un solo hombre, quizá habrían logrado apartar a Lefèvre de su insensato proyecto. Con su imprudencia, Julien había hecho posible al consejero ahogar de raíz su resistencia. Ahora ya no había nada que Alain pudiera hacer. ¿Huir? Sin duda, no. Esa vergüenza mataría a su padre. Y sin duda Jeanne no se casaría con ningún cobarde y perjuro. Solo podía esperar que las cosas no fueran tan mal como temía.

Entretanto, Lefèvre arengaba a sus hombres con palabras grandilocuentes:

—¡Pensad en la fama que nos espera! Si tomamos por asalto la barbacana, el rey recompensará con largueza a cada uno de nosotros. Sin duda incluso armará caballeros a los más valerosos.

El brillo en sus ojos era más que ambición, advirtió Alain. Era pura locura.

—Dejadnos a nosotros. —Alain ahuyentó a los jornaleros y se hizo cargo del ariete junto a Julien y los otros herreros.

—¡Vamos! —rugió Lefèvre.

Los herreros corrieron en cabeza, los otros los siguieron con las escalas. Enseguida empezaron a disparar sobre ellos. Uno de los herreros fue alcanzado en el cuello, la sangre brotó de su boca mientras se desplomaba. El peso añadido del ariete cayó dolorosamente sobre el hombro de Alain. Para colmo, Julien tropezó con el moribundo y perdió el equilibrio. Dejó caer el ariete, de manera que Alain tampoco pudo seguir sosteniéndolo. Los hombres saltaron hacia los lados, y el ariete crujió en el suelo entre ellos. Julien aulló de dolor. Había sido demasiado lento, y el peso infernal del arma había ido a parar encima de su pie.

A su alrededor, dardos y flechas zumbaban por el aire.

Alain hizo acopio de todas sus fuerzas y levantó el ariete lo bastante como para que Julien pudiera sacar el pie. El viejo herrero gimió de dolor. Alain se quitó el escudo de la espalda a toda prisa y lo puso delante a modo de protección.

—¿Llegarás hasta los muros de asalto?

—Lo intentaré.

Julien empezó a cojear.

Alain miró a su alrededor. En pocos instantes, el ataque se había venido abajo. Los hombres habían dejado caer las escalas, algunos estaban tumbados en la hierba y se protegían con los escudos, otros estaban heridos o muertos, los demás corrían de vuelta a los muros. Junto a ellos, Alain descubrió a Lefèvre.

«¡No ha venido con nosotros! ¡Ese perro sarnoso no ha venido con nosotros!»

—¡Volved! —rugía el capitán—. ¡Atacad, cobardes!

Mientras hablaba, hacía molinetes con la espada e intentaba impedir a los hombres buscar refugio tras los muros de asalto.

En ese momento, Alain tomó la decisión de matarlo. ¡Al diablo las consecuencias! Le daba igual que en casa lo procesaran, lo proscribieran o lo colgaran, con tal de poder enviar a Lefèvre al infierno.

Cuando iba a lanzarse sobre él, descubrió a Hugo. El aprendiz de zapatero estaba arrodillado, a diez pasos de él, junto al murete que delimitaba el camino. Había perdido el casco, la sangre le brotaba de una herida abierta en la sien. Al intentar protegerse con su escudo se había enredado con el cinturón.

—¡Hugo! —exclamó Alain— ¡Ven aquí!

El zapatero levantó un momento la cabeza y le miró fijamente con ojos vidriosos, antes de volver a intentar quitarse el cinturón.

Alain se cubrió rostro y pecho con el escudo y corrió hacia él.

—Ven. Tenemos que irnos de aquí.

—No puedo... tengo que... —balbuceó Hugo.

Alain sacó el puñal, cortó la correa del escudo de Hugo y puso en pie a tirones a su aturdido compañero.

—¿Ves hacia dónde corre nuestra gente? Simplemente, ve tras ellos. ¿Has entendido?

Hugo asintió.

Algo chocó contra el casco de Alain. Se levantó jadeando y se tambaleó. Antes de poder levantar el escudo, notó un doloroso impacto, como si le hubieran dado una patada en el pecho.

—¡Alain! —gritó Hugo.

Alain cayó hacia atrás, parpadeó, trató de tomar aire. Su respiración se volvió traqueteante, gorgoteante, notó sabor a sangre. Levantó la mano y palpó el astil emplumado que sobresalía de su caja torácica.

—¡Alain! Alain...

El olor apestoso a putrefacción pesaba como un banco de niebla sobre el sendero. Lo habían olido mucho antes de ver los cadáveres. Michel Fleury tiró de las riendas de su percherón castaño y contempló los helechos que crecían al borde del camino, entre los abedules. Una mano, pálida y cerúlea, sobresalía de entre los matorrales y yacía como una araña muerta en el suelo musgoso del bosque. Michel apretó la mano contra la nariz y la boca.

Cuando sus dos criados se le unieron, saltó de la silla.

—¿Qué pretendéis? —preguntó Yves.

—Ver si es alguien a quien conozcamos.

—Dejadlo, señor. Yo lo haré.

El gigantesco criado descabalgó, se puso el cabello canoso detrás de una oreja y apartó los helechos, conteniendo la respiración. Yves y el silencioso y fiel Louis servían a Michel desde hacía muchos años. Se habían hecho viejos a su lado, y él les había confiado su vida siempre.

—Son tres —dijo Yves con voz nasal—. Ninguno de los nuestros. Hombres del duque.

Michel se persignó. La peste ponía nervioso a su caballo, que resoplaba y sacudía las orejas.

—Tranquilo, Tristán, muchacho —murmuró al animal, y le dio unas palmadas en el cuello—. Pronto lo habrás superado. Pronto, ¿me oyes?

Cuando viajaba siempre hablaba con su caballo... una costumbre ante la que amigos y criados sonreían. Pero Tristán era para él más que una montura. Era su compañero.

Michel volvió a montar y reprimió un gemido. Llevaban en la silla desde primera hora de la mañana, y le dolía la espalda, las piernas, los brazos, sencillamente todo. Tenía cincuenta y tres años, y en días como ese sentía cada uno de ellos.

—Vamos —llamó a Yves—. Cabalguemos.

—¿No vamos a cumplir con nuestro deber de cristianos y enterrarlos? —preguntó el criado.

—Ya es tarde. Debemos seguir. Si encontramos campesinos por el camino, les pediremos que se ocupen de los muertos.

Siguieron adelante. Yves levantó un dedo en el aire, a modo de prueba.

—Tenéis razón, señor. Debemos llegar pronto a Amance. Si no me engaño, va a llover antes de que caiga la tarde.

Michel rio para sus adentros. El día entero había sido cálido y seco, y no se veía una sola nube en el cielo. Con toda seguridad no iba a llover, ni ese día ni al siguiente. Cuando Yves predecía el tiempo, se equivocaba nueve de cada diez veces, pero... ¿abandonaba por eso? Quien esperase semejante cosa no conocía a Yves.

Cuando poco después abandonaron el bosquecillo, una cuadrilla de leñadores salió a su encuentro. Michel dio a cada uno de los hombres un denier recién acuñado de la moneda de Varennes, y les pidió que enterrasen a los caídos. Sospechaba que los tres guerreros habían sido abatidos cuando el duque Thiébaut había huido a Amance al llegar el ejército del rey. Como eran considerados traidores y perjuros, nadie había creído necesario darles un entierro cristiano.

Michel odiaba la guerra, y muy especialmente aquella disputa. Era un nuevo ejemplo de la necedad de los poderosos, que gustaban de dirimir con la espada cualquier conflicto, por insignificante que fuera. ¿Por qué negociar, cuando en lugar de eso uno podía enviar a la muerte a sus siervos y vasallos? Una solución pacífica habría sido lo más fácil que cabía imaginar, tan solo con que todos los implicados hubieran mostrado un poco más de raciocinio, prudencia y buena voluntad.

Todo había empezado por una disputa sucesoria en Francia, en la que la condesa Blanca de Navarra y Érard de Brienne litigaban por el condado de Champaña. Blanca tenía mucho mejores expectativas de sacar adelante sus pretensiones, porque entre quienes la apoyaban estaban el Papa y el rey de Francia, así como toda una serie de señores poderosos, entre ellos el duque de Borgoña y los obispos de Reims y Langres.

Dado que Érard de Brienne no disponía ni por asomo de tan numerosos e ilustres aliados, el enfrentamiento habría terminado sin duda pronto... si el duque Thiébaut de la Alta Lorena no hubiera decidido, en su infinita sabiduría, tomar partido por Érard. En el Sacro Imperio se hacían cábalas desde hacía meses, preguntándose por qué había hecho eso. Quizá porque en el otro bando estaba el conde de Bar, y Thiébaut quería aprovechar la oportunidad para encontrarse con su viejo adversario en el campo de batalla. Lo que Thiébaut no había tenido en cuenta era que su propio señor feudal y rey, Federico II, acababa de renovar su alianza con la corona francesa. En consecuencia, Federico consideró traición la actitud de Thiébaut, acusó al duque de felonía y lanzó la guerra sobre Lorena... por algo que, en el fondo, no incumbía lo más mínimo al ducado.

La ciudad natal de Michel, Varennes Saint-Jacques, se había mantenido felizmente al margen de los combates. Sin embargo el Consejo de los Doce, que regía los destinos de la ciudad, no había podido impedir que se viera envuelta en la disputa. Porque Varennes estaba obligada a prestar ayuda militar al rey. Así que el Consejo había reclutado una tropa, consistente en cuarenta voluntarios, que había partido a luchar contra Thiébaut del lado de Federico. Durante las pasadas semanas, Michel había rezado noche tras noche por que los hombres regresaran a casa sanos e ilesos. Entretanto, sabía que Dios no había escuchado sus plegarias.

Al caer la tarde divisaron el castillo, que se alzaba sobre la pequeña población de Amance. Era una impresionante construcción, claramente más grande y mejor defendida que las fortalezas de los caballeros loreneses corrientes. En sus torres flameaban, visibles desde muy lejos, los colores de la casa de Châtenois, la barra roja oblicua y las tres águilas de plata. Así que el castillo todavía se encontraba en manos del duque.

Michel y sus criados picaron espuelas a sus caballos y trotaron hacia el campamento que se extendía junto al poblado.

—¿Dónde acampa la tropa de Varennes Saint-Jacques? —preguntó Michel a un guerrero que se apoyaba en su lanza junto al corral de los caballos de batalla.

—Lo siento, señor, no entiendo lorenés —repuso el hombre en alemán, con acento suabo. Al parecer un guerrero del séquito del rey, que como su padre y abuelo descendía de la dinastía de los Staufer. Felizmente, Michel dominaba la lengua de los alemanes casi tan bien como la suya propia. Repitió la pregunta.

—Id por la calle que hay entre las tiendas hasta que se termine, y entonces doblad a la derecha —respondió el vigilante—. Justo junto a la pendiente que lleva a la puerta del castillo. No podéis errar.

—Gracias, amigo. Que Dios te bendiga.

Desmontaron y llevaron de las riendas a los caballos, mientras pasaban ante las tiendas. En verdad el rey había reunido un ejército impresionante, y Michel oyó multitud de lenguas y de dialectos. Bajo el estandarte de Federico no solo combatían alemanes y franceses, sino también sicilianos y apulios. Cosa que, bien pensado, no era sorprendente, al fin y al cabo el rey había pasado la mayor parte de su joven vida en el sur de Italia. Solo había cruzado los Alpes hacía unos pocos años para asumir su real herencia. «El muchacho apulio», lo llamaban, a veces de forma cariñosa, a veces burlona.

El campamento de los guerreros de Varennes consistía en seis tiendas de campaña ante las que pastaban dos caballos. No parecía haber nadie, a excepción de un aprendiz de zapatero llamado Hugo, que estaba sentado junto a un carro. Llevaba la cabeza vendada y tenía un aspecto lamentable. Cuando vio a Michel, se puso en pie de un salto.

—¡Señor alcalde! ¿Qué hacéis aquí?

—¿Dónde están los otros? —preguntó Michel.

—La mitad está entre los heridos. Los otros han ido a buscar comida.

—¿Y vuestro capitán?

Hugo se encogió de hombros.

—No tengo ni idea de dónde está. Lleva fuera desde esta mañana temprano.

«Si te has largado, Lefèvre, me encargaré de que te atrapen y te cuelguen del primer árbol.»

Michel entregó su caballo a Louis y fue hasta el carro junto a Hugo, en el que había siete cuerpos envueltos en toscas lonas. Se le hizo un nudo en la garganta.

—Tengo que enterrarlos —murmuró de manera casi inaudible Hugo—.

Pero no lo consigo. Enterrarlos aquí... no está bien. Deberían estar en los cementerios de sus parroquias.

—¿Quiénes son?

—Dos jornaleros. No sé cómo se llaman. Nunca les he preguntado su nombre. Jean-Pierre, de los carniceros. Arnaut, de los tejedores. Bruno y Robert, de los herreros. —La voz de Hugo se iba haciendo más baja—. Y Alain Caboche.

El hijo de Jean. ¡Dios todopoderoso! Michel cerró los ojos por un momento.

—¿Cuándo ha ocurrido?

—Esta mañana temprano. Sat... el capitán quiso que atacáramos la puerta del castillo. No ha salido bien —añadió Hugo.

—Enséñamelo —exigió Michel.

Con los labios apretados, el aprendiz de zapatero retiró la lona. Michel luchó por contener las lágrimas... lágrimas de dolor y de rabia. «Acababa de cumplir dieciocho años. Quería casarse.» Al menos no lo habían mutilado. Al parecer, un dardo de ballesta había atravesado su coraza. Michel no era médico, pero por la herida en el pecho de Alain daba la impresión de que el chico había sido alcanzado directamente en el corazón. Sin duda no había sufrido mucho.

—¿Queréis ver también a los otros?

Michel ignoró la pregunta.

—Cuéntame cómo ha ocurrido.

Hugo volvió a cubrir a Alain con la lona.

—Hubo un ataque a la barbacana del castillo. El conde de Bar quiso asaltar los muros con escalas, pero sus hombres tuvieron que retirarse. Sencillamente los defensores eran demasiado fuertes. Aun así, el capitán nos ordenó correr a la puerta con el ariete y con escalas, porque el rey nos recompensaría si tomábamos la barbacana.

—¿Lo dijo así?

Hugo asintió, ausente.

—Alain le advirtió de que era demasiado peligroso. Hubo pelea por eso, y casi mata a Julien. El capitán, quiero decir, no Alain. En cualquier caso, nos obligó a atacar solos por completo, sin los otros guerreros. No llegamos demasiado lejos. Apenas salimos de los parapetos nos dispararon.

A cada frase que oía Michel iba poniéndose más furioso. Sabía que Lefèvre trataba mal a los hombres: un mensajero del Consejo le había informado hacía dos días, y había partido enseguida para poner fin a los manejos del capitán. Pero lo que Hugo acababa de contarle superaba sus peores expectativas.

—Es todo culpa mía —dijo Hugo—. Si no hubiera sido tan torpe, Alain aún estaría vivo.

—Deja eso. El único culpable de la muerte de Alain es el capitán.

Ahora, vas a ir a buscar a los hombres. Cuando los hayas encontrado, localizad a Lefèvre y traedlo aquí.

—Como dispongáis, señor alcalde. —El aprendiz salió corriendo.

Michel apoyó una mano en el lateral del carro y se quedó mirando los siete cadáveres. Todo daba vueltas en su cabeza.

«¿Cuántos son en total? Quince. Quince de cuarenta, por todos los santos. Nunca deberíamos haber nombrado capitán a ese hombre.»

—¿Queréis una copa de vino? —preguntó Yves, a su lado.

—Sí. Vino estaría bien.

El criado desapareció en el tumulto del campamento, y Michel se sentó a la sombra del saledizo de una de las tiendas. Jean Caboche era uno de sus mejores amigos... era su deber informarle en persona de lo sucedido. Pero ¿cómo? Jean y su esposa, Adèle, habían querido a Alain sobre todas las cosas. Su muerte iba a romperles el corazón. No había palabras de consuelo que pudieran aliviar su dolor.

En algún momento regresó Yves.

—Por desgracia no hay vino. Os he traído un poco de cerveza.

—Gracias. —Michel dio un sorbo a la copa y torció el gesto. Aquel brebaje sabía amargo y pasado. Dejó la copa en el banco, su mirada se dirigió al carro con los cadáveres, y se preguntó dónde estaba Hugo.

No hacía mucho que Anseau Lefèvre era miembro del Consejo. No procedía de ninguna de las familias patricias de Varennes, que dirigían desde siempre los destinos de la ciudad. De hecho, el ascenso de su familia había empezado exactamente hacía veinte años.

El padre de Lefèvre había sido un simple mercader, un pequeño comerciante que no hacía largos viajes para comprar mercancía, sino que ofrecía los productos de los campesinos y artesanos locales en los mercados cercanos. Su gran momento llegó cuando estalló la guerra civil entre los Staufer y los Welf. Proporcionó a gran escala armas y armaduras a ambos bandos... un negocio sucio, pero rentable, que no tardó en hacerle rico. Al gremio de mercaderes no le quedó más remedio que aceptarlo en su seno, aunque el viejo Lefèvre tenía en todo el valle del Mosela reputación de falta de escrúpulos en asuntos de negocios. Cuando murió, un par de años después, dejó a su único descendiente, Anseau, un negocio floreciente, una casa espléndida y arcas llenas de plata.

Pronto se demostró que el hijo no era ni una pizca mejor que el padre. Anseau solo se comportaba como un mercader en lo que a las apariencias se refería: en realidad, prestaba dinero con intereses. Sin duda estaba prohibido, pero el joven Lefèvre siempre supo ocultar tan hábilmente sus negocios de usura que el Consejo jamás pudo probarle nada.

Su riqueza crecía constantemente, pero eso no le bastaba a Lefèvre. En el año 1216 se presentó candidato a un puesto en el Consejo... y fue elegido con rapidez. Aunque era claramente impopular, suficientes ciudadanos habían votado por él. Michel sospechaba que Lefèvre había sobornado o intimidado a muchos de ellos... un ejercicio fácil para un hombre que disponía de muchas tierras, por lo que muchos ciudadanos pobres dependían de él desde el punto de vista económico. Pero no era posible demostrarlo, y Michel tuvo que conformarse con que el usurero fuera a pertenecer al máximo órgano colegiado de la ciudad durante los dos años siguientes.

Para Michel era evidente que Lefèvre no se sentaba en el Consejo porque Varennes y el futuro de la ciudad le importasen... quería mandar, quería acumular poder. Sin duda aspiraba a algo más alto. Era lo bastante inteligente como para no mostrar con demasiada claridad sus ambiciones. Durante dos años, se contuvo en las deliberaciones del Consejo, de modo que la vigilancia de los otros fue disminuyendo poco a poco. Con sus maneras refinadas y su aspecto aristocrático, envolvía en toda regla a los hombres. Más de un consejero empezaba a preguntarse si no había juzgado mal a Lefèvre.

Un funesto error, según se demostró.

Cuando, en abril, estalló la disputa entre Thiébaut y Federico y el rey llamó a las armas a las ciudades de Lorena, Lefèvre advirtió que era su oportunidad. Se ofreció a encabezar la tropa de Varennes y exigió al Consejo que le nombrara capitán. «No hay en Varennes nadie mejor que yo para ese puesto», declaró, desbordante de seguridad en sí mismo.

En principio, era cierto. El padre de Lefèvre no había reparado en gastos y en esfuerzos para dar a su hijo una educación que por lo general solo los vástagos de la nobleza recibían. No solo habían enseñado al joven a leer, escribir, latín y retórica; además, un maestro de armas lo había instruido en el manejo de la espada, la lanza y el escudo. Sin duda, de todos los ciudadanos de Varennes, era el que más conocía el arte de la guerra.

Desde luego, las capacidades de Lefèvre no cambiaban nada el hecho de que Michel considerase moralmente degenerado al joven consejero.

—Es inadecuado para llevar a nuestros hombres a la lucha —dijo en aquella funesta sesión del Consejo—. Os lo ruego, señores, negadle el voto. Elijamos otro capitán.

Por desgracia, no logró convencer de su punto de vista a una mayoría en el Consejo. Sin duda, los negocios de Lefèvre se movían al borde de lo que permitían el derecho civil y el canónico. Pero, en honor a la verdad, eso podía aplicarse a las actividades de muchos mercaderes. El Consejo votó, y Michel perdió. Siete de doce consejeros pasaron por alto de forma generosa las debilidades del carácter de Lefèvre y lo nombraron comandante de la cuadrilla de la ciudad.

—Tampoco a mí me gusta especialmente —dijo luego en confianza a

Michel Guichard Bonet, que había votado a favor de Lefèvre—. Pero estoy convencido de que mandará con cautela a los hombres. Y es de lo único de lo que se trata. Lo veis todo demasiado negro, Michel.

Cuatro semanas después, Bonet y los otros seguidores de Lefèvre reconocían su error, pero ya era demasiado tarde para ocho hombres de la tropa.

Pasó un buen rato antes de que Hugo volviera. Con él iban algunos de la tropa... y Anseau Lefèvre.

Michel salió a la pequeña plaza entre las tiendas y contempló al usurero. Aunque los guerreros no ocultaban su odio hacia él, caminaba orgulloso delante de ellos, ataviado con fino paño de Flandes, en el rostro una expresión de disgusto, como si se le hubiera apartado por una nadería de un asunto importante.

Todo en Michel se rebelaba en contra de aquel hombre. Como siempre que estaba ante Lefèvre, un escalofrío le recorrió la espalda. Era por sus ojos, por la ausencia de todo sentimiento en ellos. Ni rastro de bondad, misericordia o alegría de vivir... allí no había nada más que frío. Como si en el alma de Lefèvre se escondiera un matorral de espinos, viejo, oxidado, cubierto de escarcha.

—Señor alcalde —saludó el capitán, sin especial amabilidad—. ¿A qué debemos el honor de vuestra visita?

Michel no estaba de humor para largos discursos. Fue directo al asunto.

—Louis, enseña los documentos al señor Lefèvre.

El criado se adelantó y entregó un estuche al aludido.

—¿Qué es esto? —preguntó receloso el capitán.

—Leed vos mismo —dijo Michel.

Lefèvre abrió el envoltorio de cuero, rompió el sello de lacre y desenrolló el pergamino. Mientras pasaba la vista por las líneas, su sonrisa se fue desmoronando para dar paso a una confusión incrédula. Una visión que no se podía pagar con dinero.

—Quedáis destituido con efecto inmediato de vuestro cargo de capitán. Desde ahora, yo mando la tropa de Varennes —explicó Michel, para que también los hombres entendieran de qué se trataba.

—No podéis hacer eso —dijo el usurero—. ¡El Consejo me ha nombrado y tomado juramento!

—Una decisión que lamenta profundamente, y que por eso mismo ha revocado. Con un acuerdo unánime, por otra parte, como podéis ver en las firmas al final del documento. Bueno, no del todo unánime. Como no estabais presente, valoramos vuestro voto como abstención.

Lefèvre se quedó inmóvil, mirándolo fijamente, con el documento en la mano. Tras él, los hombres apenas podían ocultar su satisfacción.

—Decid —dijo en voz baja—, ¿cómo habéis conseguido que el Consejo me ataque por la espalda de forma tan pérfida? ¿Qué mentiras le habéis contado?

—¿Mentiras? —repitió Michel—. No hicieron falta mentiras. La verdad de vuestros actos ha bastado para convencer por completo al Consejo.

—Yo no he cumplido más que mi deber. Por Varennes y por el rey.

—¡Quince hombres han muerto! —le increpó Michel—. Vuestro deber habría sido guiarlos con cautela, para que superasen ilesos esta necia disputa. En vez de eso, los habéis sacrificado por vuestra ansia de gloria. Los habéis hecho matar porque pensabais que vuestra osadía complacería al rey. Debéis dar gracias a Dios por que el Consejo se dé por satisfecho con destituiros. Si por mí fuera, se os echaría de la ciudad con deshonor y escarnio.

Algunos hombres empezaron a jalear. Lefèvre se volvió hacia ellos, que enmudecieron al instante. Su miedo a ese hombre seguía siendo considerable.

—Esa decisión del Consejo es un trozo de pergamino sin valor, obtenido con mentiras e intrigas. No la reconozco. —Lefèvre tiró el documento al suelo y lo pisoteó.

—¿Creéis de veras que eso cambia algo? —preguntó Michel.

—Puede que en Varennes seáis el alcalde... pero aquí, aquí no sois nadie. Los hombres me han jurado lealtad a mí, solo me obedecen a mí. Deberíais iros antes de que os haga echar a palos del campamento.

—Bien. Vos lo habéis querido. —Michel se volvió a los hombres—: Prendedle.

—Es la mejor orden que he oído en mucho tiempo —gruñó un herrero mientras se adelantaba con tres compañeros. Cogieron por los brazos a Lefèvre.

—¡Cómo os atrevéis! —les increpó el prestamista—. ¡Soy un consejero electo!

—Llevadlo a Varennes e informad a la guardia de la ciudad —ordenó Michel—. Debe cuidar de que no salga de su casa hasta mi regreso. Si se resiste al arresto, arrojadlo a la Torre del Hambre.

—Me pagaréis esto, Fleury —rugió Lefèvre mientras los herreros se lo llevaban—. ¡Me las pagaréis!

Los hombres estallaron en gritos de júbilo, y esta vez nadie se lo impidió.

—¡Viva el alcalde! —gritó Hugo.

Michel apenas los escuchaba, porque estaba mirando a Lefèvre y pensaba que acababa de ganarse un nuevo enemigo para toda la vida.

Bueno, ¿a quién le sorprendía? Al fin y al cabo, ganarse enemigos para toda la vida era uno de sus especiales talentos.

Una vez que Michel se hubo instalado en la tienda de Lefèvre, visitó a los heridos de la cuadrilla. Los habían llevado a un granero de Amance. Un médico del séquito del rey se ocupaba de ellos. Michel trató de consolarlos, prometiéndoles que el Consejo se haría cargo de sus cuidados si después de la disputa seguían necesitando la ayuda de un médico. Dos hombres estaban tan gravemente heridos que según todos los indicios nunca podrían volver a trabajar. Michel les dijo que ellos y sus familias podían contar con la misericordia de la ciudad, y no tenían que temer terminar convertidos en mendigos. Era lo mínimo que podía hacer por aquellas pobres almas.

Le habría gustado hacer llevar a Varennes los cadáveres de Alain Caboche y los otros caídos aquella mañana. Pero hacía demasiado calor para transportar a los muertos por un camino tan largo, y además no podía privarse de más hombres. Así que habló con el párroco de Amance y convenció al clérigo de que los enterrara en el cementerio del pueblo. No estaba contento con eso, pero era mejor que enterrarlos en una fosa común en algún lugar del bosque, como a los otros caídos del ejército del rey.

Las armas callaron durante los días siguientes. Después de unos combates abundantes en pérdidas, Federico quería conceder un poco de descanso a sus guerreros. Michel aprovechó la oportunidad y pidió una mañana a sus criados que lo acompañaran a la puerta del castillo.

—¿Qué buscáis allí arriba? —preguntó Yves.

—Ver de cerca el castillo.

—Es peligroso.

—Si tenemos cuidado, no nos pasará nada. Ayudadme a ponerme la cota de malla.

Cuanto mayor se hacía Yves, tanto más protector se volvía con Michel. Se sometió refunfuñando al deseo de su señor, pero no se privó de decirle durante todo el camino lo necio que consideraba ese proyecto.

A cincuenta brazas del portón, se ocultaron en la espesura, entre las encinas. Los combates habían dejado huellas en toda la parte delantera de la barbacana: piedras, escalas destrozadas y armas abandonadas yacían dispersas por la hierba pisoteada, como juguetes de la mujer de la guadaña. Las catapultas habían abierto profundas heridas en los muros.

Había guerreros en lo alto de los caminos de ronda. Cuando uno de los hombres avanzó hacia el portón y abandonó la sombra de la torre, la punta de su lanza atrapó de tal modo la luz del sol que el hierro destelló como si estuviera henchido de un poder sagrado.

El propio Michel no podía explicar del todo qué esperaba encontrar allí. Pero sabía una cosa con certeza: en aquella absurda guerra ya habían dejado su vida demasiados ciudadanos de Varennes. Su máximo deber era guardar de daños a los demás. Y haría cualquier cosa por conseguirlo. Cualquier cosa.

Entendía lo bastante de asedios como para saber que el castillo aún iba a aguantar los ataques durante mucho tiempo. Debido a lo empinado de la ladera, había pocos lugares en los que los leales al rey pudieran emplazar escalas de asalto. En el fondo solo era posible en la barbacana, que gracias a su situación se podía defender con facilidad.

Michel entrecerró los ojos, observó las almenas mientras se pasaba la mano derecha por la corta barba. De vez en cuando oía voces, pero demasiado bajas como para poder entender las palabras. «Tiene que haber otra posibilidad. Una que no incluya más derramamiento de sangre. ¡Piensa!»

La anhelada ocurrencia no quería acudir.

Cuando Michel estaba a punto de irse, el duque Thiébaut apareció en la torre delantera. El noble se acercó al parapeto, apoyó el puño derecho en la mandíbula y miró el campamento militar.

—Tenemos que acercarnos más —dijo Michel.

—¿Más aún? —preguntó Yves.

—Si nos quedamos detrás de los muros de asalto no puede pasarnos nada.

—Aun así, no lo considero sensato.

—Tomo nota, Yves. —Michel corrió, agachado, por la pradera pisoteada, seguido por sus criados. Gracias a los muretes, que estaban muy pegados unos a otros, pudieron acercarse sin gran riesgo a la barbacana. Si un arquero enemigo hubiera apuntado hacia ellos, su flecha se habría clavado en la empalizada de mimbre sin causar daños.

Se detuvo en la primera fila de muretes, a unas veinte brazas de la barbacana. Mientras observaba por una rendija a los guerreros detrás de las almenas, pensó fugazmente en su hijo. Rémy era uno de los mejores ballesteros de Varennes, y a esa distancia habría podido matarlos sin gran esfuerzo, sobre todo porque ninguna coraza resistía un dardo de ballesta disparado desde tanta proximidad. Así que haría bien en mantenerse a cubierto si quería volver a ver a Rémy.

Desde allí, Michel pudo distinguir bien al duque. Se sobresaltó un poco al ver el rostro de Thiébaut. En su último encuentro, durante el verano del año anterior, el duque era un hombre joven, de buen aspecto, rebosante de salud, fuerza y confianza en sí mismo. En cambio, el individuo que había en lo alto de las almenas parecía cansado, débil, enflaquecido. Si Michel no hubiera sabido que Thiébaut contaba veintiocho veranos, le habría tomado por un hombre de cuarenta o más. Aunque el rey Federico y sus aliados se esforzasen en presentar a Thiébaut como un traidor, instigador de guerras y quebrantador de la paz, en ese momento a Michel le parecía una víctima. Una víctima de su ligereza juvenil.

El duque se volvió. ¿Cojeaba? Sí. Thiébaut parecía estar herido, y torció el gesto por el dolor al bajar la escalera de la torre.

—Vámonos —dijo Michel a sus criados, y se escurrió entre la espesura.

«Si una tarea es tan difícil que parece irrealizable, desmóntala en pequeños pasos», pensaba durante el camino de vuelta. «Recorre uno tras otro, empezando por el primero.» Era su máxima desde siempre, y así iba a proceder también esta vez.

Cuando llegaron al campamento, los hombres estaban reuniéndose para comer. Un joven jornalero estaba junto a la marmita, sirviendo el cocido.

—¿Una ración también para vos, señor alcalde?

Michel cogió el cuenco lleno y se sentó junto a un grupo de zapateros y herreros. Sus conversaciones enmudecieron al instante. Eran aprendices, todos ellos hombres sencillos, y no estaban acostumbrados a que un patricio comiera con ellos.

Michel esperó a que su nerviosismo cejara un poco antes de preguntar:

—¿Nunca ha habido intentos de mover al duque Thiébaut a entregarse por medios pacíficos?

—Al principio un heraldo le intimó a deponer las armas y entregar el castillo al rey —respondió un herrero—. Pero no pasó nada. A la mañana siguiente atacamos por primera vez.

—¿Y desde entonces el rey no ha vuelto a intentar negociar?

—No, que yo sepa, señor.

—Eso no es verdad —terció Hugo—. El conde de Bar volvió al castillo. Fue hace una semana. Pero tampoco él consiguió nada.

—La situación de Thiébaut es desesperada —dijo Michel—. ¿No pudo el conde de Bar decirle que es más inteligente abandonar en vez de sacrificar más vidas de manera insensata?

—No sé por qué el conde Henri no tuvo éxito —dijo el aprendiz de zapatero—. Lefèvre nunca nos lo contó. Solo se oyen rumores, y uno se hace una idea de lo que pasa.

Después de la comida, Michel dio una vuelta por el campamento. Entabló conversación con un caballero de Borgoña, que confirmó la historia de Hugo.

—Cuando el rey decidió negociar con Thiébaut, el conde Henri se ofreció a hablar en su nombre —contó el hombre—. Se empeñó hasta convencer al rey.

—¿Cómo es que el rey le dejó hacer? El conde de Bar es el archienemigo de Thiébaut. Si se busca la paz, se envía a un negociador al que el adversario respete, y que esté en condiciones de tenderle la mano como a un amigo, no a su mayor rival. —El rey Federico pasaba por inteligente y prudente. A Michel le parecía inverosímil que cometiera un error tan necio.

—El conde de Bar es uno de sus aliados más importantes —explicó el caballero—. El rey Federico no podía negarle ese favor sin ofenderle.

—¿Cómo transcurrieron las negociaciones?

—Estaban condenadas al fracaso desde un principio. Sin duda el conde Henri había dado al rey su palabra de mostrarse mesurado, pero cuando estuvo ante Thiébaut no pudo resistir la tentación de humillar a su viejo enemigo. Pronunció un discurso grandilocuente, y dicen que arrinconó a Thiébaut con sus amenazas.

—Pero tiene que haberle hecho alguna oferta.

—Dijo que el rey perdonaría la vida a Thiébaut si se le sometía. Pero ¿qué vale una oferta semejante cuando al mismo tiempo se le amenaza con privarle, en castigo por su crimen, de su título y todos sus feudos, y con arrasar sus castillos? Thiébaut no tenía otra elección que rechazar la oferta de paz.

Michel suspiró. Los poderosos y su necio orgullo. El conde de Bar había forzado en toda regla al duque Thiébaut a atrincherarse con tanta mayor decisión en su castillo. Porque el tiempo jugaba a su favor. Si podía defenderse durante el suficiente tiempo, los inmensos gastos del asedio terminarían por desbordar al rey, y tendría que retirarse. Sin duda Thiébaut seguiría siendo ante la ley un delincuente excomulgado, pero por un tiempo nadie podría pedirle cuentas, lo que le pondría en condiciones de hacer nuevo acopio de fuerzas.

Hasta que llegara ese momento, el asedio aún iba a durar muchas semanas y meses, y a reclamar nuevas vidas cada día.

Michel agradeció la información al caballero y regresó a las tiendas de la tropa de la ciudad.

—¿Dónde acampa el rey? —preguntó a Hugo.

—En la otra punta. Junto al arroyo —respondió el aprendiz de zapatero.

—Llévame allí.

Federico y sus escuderos, capellanes y sirvientes, así como los canonistas de la Cancillería, habitaban las tiendas más espléndidas del campamento. Estaban dispuestas en óvalo y hechas de los más finos paños azules y verdes, entretejidos con hilo de oro; de sus postes colgaban estandartes con los tres leones de los Staufer, los colores del reino de Sicilia y el águila del Sacro Imperio Romano. Jóvenes criados se ocupaban de los corceles de los grandes señores, espléndidos sementales de henchidos músculos y negra cobertura, que estaban reunidos en un aprisco junto al arroyo. Dos caballeros se ejercitaban en la esgrima y giraban el uno en torno al otro con las espadas desenvainadas y los escudos triangulares en alto, mientras una docena de nobles y comunes los miraban, jaleando ora al uno, ora al otro. Solamente se hablaba italiano, porque Federico gustaba de rodearse de hombres del país en el que había crecido. Michel, que en sus años jóvenes había vivido un tiempo en Milán y dominaba el lombardo, podía entenderlos, aunque tenía dificultades con sus inusuales dialectos sicilianos y apulios.

Se dirigió a un clérigo de grises cabellos, a todas luces un canonista, que cruzaba el prado con algunos rollos de pergamino bajo el brazo.

—Michel Fleury, alcalde de la ciudad libre de Varennes Saint-Jacques —se presentó—. Tengo que hablar con el rey.

—Su Majestad no recibe hoy a nadie.

—Es urgente.

—Puede ser, pero por desgracia Su Majestad no está en el campamento. Ha salido temprano a cazar.

Michel asintió. La pasión de Federico por la cetrería era conocida en todo Occidente. Según se decía, no dejaba pasar ninguna oportunidad de salir a cazar con sus queridos animales.

—¿Me permitís hablar en su lugar con el obispo Konrad?

Konrad von Scharfenberg no solo era la cabeza eclesiástica de Speyer y Metz, sino también el canciller de Federico, su consejero y uno de los hombres más poderosos del Imperio. Si escuchaba a Michel, se habría ganado mucho.

—Puedo preguntarle.

Michel siguió al canonista hasta llegar a una tienda de campaña y esperó fuera mientras el clérigo pasaba entre los dos guardias de la entrada. Poco después el hombre volvió a salir, y dijo a Michel que Konrad le recibiría.

La tienda no estaba adornada de manera tan parca y funcional como la de Michel, sino que recordaba el confortable salón de un espléndido palacio. Por doquier había arcas y baúles de ropa, escritos y vajillas de plata. En medio una cama con un baldaquino y cortinajes púrpura, un espejo de bronce, una mesa con una jarra de vino y dos cómodos sillones. Un candelabro de varios brazos cuidaba de aportar suficiente luz.

Un criado estaba ayudando a Konrad a ponerse una túnica limpia, y estaba en ese momento alisando los pliegues. Cuando Michel entró, el canciller se volvió hacia él. Konrad era enjuto y de elevada estatura. El fino cabello le caía hasta los hombros, mientras en la frente y las sienes ya se había clareado considerablemente. En su rostro surcado por profundas arrugas llamaban la atención unos ojos alerta y una fina y prominente nariz, que subrayaba su gesto implacable e imperativo.

—Excelencia. —Michel se inclinó y besó el anillo de la mano derecha de Konrad—. Os agradezco que me concedáis un instante de vuestro tiempo.

El obispo le invitó con un gesto a incorporarse.

—¿Vino?

—Con gusto.

Un criado llenó dos copas de plata y tendió una a Michel.

—He oído hablar mucho de vos —dijo Konrad—. Dicen que Varennes florece desde que vos la gobernáis. En todo el valle del Mosela no cuentan sino cosas buenas de vos.

—No hago más que cumplir mi deber de consejero y de alcalde.

El canciller le dirigió una mirada penetrante.

—Corren rumores por el campamento. Dicen que habéis destituido a vuestro capitán. ¿Cuál era su nombre?

—Anseau Lefèvre.

—¿Se ha hecho culpable de algo?

—Ha fracasado como capitán —respondió Michel—. No está en condiciones de dirigir la tropa de Varennes.

—¿De veras? A mí siempre me dio impresión de ambicioso y seguro de sí. Bajo su dirección, los guerreros lucharon valientemente por nuestro rey.

—Con todo respeto, excelencia, esa impresión engaña. Lo que vos llamáis ambición y seguridad es en verdad jactancia y ligereza. Por su culpa murieron muchos hombres.

—Esa es la esencia de la guerra. Reclama vidas todos los días. Ese es el precio que el rey tiene que pagar para imponer el derecho.

—Lefèvre sacrificó en toda regla a sus hombres —dijo Michel—. Ese no puede ser el deseo del rey.

—Bien, no quiero inmiscuirme —respondió el obispo Konrad—. Lo que ocurra con Lefèvre solo es decisión del Consejo de Varennes. Lo único que nos importa al rey y a mí es continuar contando con vuestros guerreros.

—Los hombres han jurado fidelidad al rey, y lucharán por su causa hasta el final de la guerra.

Konrad asintió.

—He oído decir que desde ahora vais a mandarlos vos.

—Así es.

—¿Estaréis a la altura de esa tarea? No sois hombre de espada, señor Fleury. Siempre os habéis empleado por la paz.

—Espero poder contribuir también esta vez a poner fin al derramamiento de sangre —dijo Michel—. Tal vez hoy mismo.

—¿Cómo es eso? —preguntó sorprendido el canciller.

—Llevadme ante el rey, excelencia. Quisiera rogarle que me permitiera negociar en su nombre con el duque Thiébaut.

Konrad se sentó y dejó su copa encima de la mesa.

—Un deseo inusual, el que me presentáis. Ni sois de noble estirpe, ni tenéis experiencia en ese terreno.

—Y sin embargo, confío en poder convencer a Thiébaut de que deponga las armas y entregue el castillo al rey.

—El conde de Bar ya lo ha intentado, y ha fracasado.

—Con vuestro permiso, el conde de Bar no era el hombre adecuado para esa tarea.

—¿Vos en cambio lo sois? —preguntó Konrad.

—El duque y yo nos respetamos el uno al otro. Puedo hablar con él sin que entre nosotros se interpongan viejas enemistades y rivalidades.

—Por desgracia la situación es muy difícil desde que se produjo el enfrentamiento entre el traidor y el conde Henri. Thiébaut está acorralado. El rey ya no cree que sea posible convencerle de que se rinda si no es por la fuerza.

—Creo que sé cómo puedo hacer cambiar de opinión a Thiébaut. Os lo ruego, excelencia, dejadme hablar con el rey para que pueda someterle mi propuesta.

Konrad apoyó los dedos en el borde de la copa, la hizo girar y miró largamente a los ojos a Michel.

—Estáis firmemente decidido a intentarlo.

—Lorena ya ha sufrido bastante con esta guerra. Cuanto antes termine, mejor.

El canciller se incorporó con pesadez.

—Sois valiente y astuto, señor Fleury. El rey aprecia a los hombres como vos. Intentémoslo. Quizá os escuche. Pero no puedo garantizar nada.

—Os lo agradezco, excelencia —dijo Michel.

Dos caballeros acompañaron a Michel y a Konrad cuando cabalgaron desde el campamento hacia la colina. Se había roturado una parte del bosque que allí crecía para conseguir madera para las máquinas de asedio. De las laderas sobresalían tocones aserrados justo por encima de las raíces. Ruedas de carro, cascos y botas habían abierto surcos y pisoteado el blando suelo. Había montones de ramas y espesura por todas partes. Adentrándose más en la colina, el bosque estaba intacto.

Al borde del mismo se encontraron por fin con la partida de caza. Ya de lejos Michel oyó el ladrido de los perros que un criado acababa de amarrar. Varios hombres llevaban aves rapaces en los puños enguantados y estaban poniendo caperuzas a los animales. Al parecer, la cacería tocaba a su fin. Solo un halcón seguía describiendo giros encima de las copas de los árboles. Cuando el rey lo llamó, descendió en picado y aterrizó con precisión en la mano izquierda de su señor.

Los hombres habían hecho una buena presa: las alforjas estaban repletas de conejos, perdices y codornices.

—Presentaré vuestra petición a Su Majestad —dijo el obispo Konrad mientras descabalgaban—. Cuando os haga una señal, adelantaos.

Konrad fue hacia Federico, que saludó cordialmente a su canciller. Con el rey había unos veinte hombres: criados, tres caballeros loreneses que Michel conocía de pasada y varios nobles de alto rango, entre ellos el duque de Borgoña, que en ese momento pedía a sus ojeadores que le dieran el odre del vino. El conde de Bar no estaba. «Mejor así», pensó Michel.

Konrad llevó a un lado al rey y habló en voz baja con él. Finalmente, el canciller asintió en dirección a Michel, que avanzó hacia ellos y se arrodilló.

—Mi señor. Gracias por recibirme. Me concedéis con eso un gran favor.

—Levantaos —dijo Federico.

Era la primera vez que Michel veía tan de cerca al joven rey. La testa coronada del Sacro Imperio Romano acababa de cumplir veintitrés años, y su rostro bien formado, su aspecto entero tenían algo de juvenil, aunque sus ojos oscuros derramaban una gran seriedad. El cabello de color claro le caía hasta los hombros, y su esbelto cuerpo vestía una cómoda casaca de paño verde y marrón. De su cinturón pendía un cuchillo de caza con el mango engastado de pedrería. Se decía de Federico que siempre se mostraba inclinado a dar a un hombre la oportunidad de probar su valía, aunque no fuera de sangre noble. Michel esperaba que aquello fuera cierto.

El rey acarició con delicadeza la cabeza a su halcón, antes de poner la caperuza al pájaro y entregárselo a un halconero.

—Alcalde Fleury. Hace mucho que oímos ese nombre por última vez, pero no lo hemos olvidado. Nuestro tío Felipe hablaba a veces de vos. Tenía en gran estima a vuestra familia.

Federico hablaba la lengua de los alemanes sin defecto alguno. Solo si se escuchaba con atención se percibía un ligero acento. Porque su lengua materna era el *volgare*, el dialecto de los sicilianos.

—Vuestras palabras me honran, majestad —repuso Michel—. Mi familia y Varennes Saint-Jacques deben muchísimo a vuestro tío y a la estirpe de los Staufer.

—¿No fue incluso vuestro hermano el que, durante la Cruzada, intentó salvar a nuestro abuelo de que se ahogara?

—Jean nunca se perdonó haber llegado demasiado tarde.

—Lo que ocurrió aquel día fue voluntad de Dios. Lo importante es que vuestro hermano no dudó, a pesar del peligro, en apostar su propia vida por su rey. Si hubiera más hombres tan fieles a la corona como él, habría menos crímenes e inquietud en nuestro reino.

—Palabras verdaderas, majestad —gruñó uno de los nobles que se arremolinaban en torno a Federico. Michel sentía sus miradas puestas en él.

—Konrad dice que queréis negociar en nuestro nombre con el traidor —señaló el rey entrando en materia.

—El Señor me ha dado el don de mediar entre partes enfrentadas y poner en armonía posiciones opuestas, de forma que se puedan deponer las disputas de manera pacífica —explicó Michel—. Quisiera emplear ese don en pro de vuestra fama y del bien del reino.

Una sonrisa pasó por el rostro de Federico.

—Sin duda no os falta confianza en vos mismo. —Se volvió a Konrad—. Como obispo de Metz, seguro que ya habéis tenido el placer de negociar con el señor Fleury en esta o aquella ocasión. ¿Es de hecho tan capaz como afirma en este terreno?

—El alcalde Fleury y yo nos hemos encontrado hoy por vez primera —respondió Konrad von Scharfenberg—. Pero es cierto que la fama de su habilidad negociadora corre por toda Lorena. Confío en sus capacidades.

—Este mercader podrá ser todo lo hábil que quiera —terció uno de los nobles—. Pero ¡eso no cambia que cualquier palabra razonable es palabra perdida con Thiébaut! Tuvo la oportunidad de poner fin pacífico a la guerra, y la echó a perder.

Federico alzó la mano derecha. En su gesto había tanta autoridad natural, que el caballero, aunque casi doblaba en edad al rey, enmudeció instantáneamente.

—¿Sabéis que el conde de Bar ya ha fracasado en la tarea? —Federico se volvió hacia Michel.

—Lo sé.

—¿Qué os hace creer que podéis conseguir más que nuestro amigo Henri?

—Lo digo con sinceridad, majestad —repuso Michel—. El conde Henri es fiel vasallo vuestro y uno de nuestros mejores guerreros, pero cabe pensar que como enemigo de Thiébaut era inadecuado para esa tarea. Además, le falta la finura necesaria para las negociaciones delicadas.

—El conde Henri hizo todo lo que pudo —dijo otro caballero—. ¿Cómo podéis atreveros a insultarlo de ese modo?

—No le insulto —respondió con calma Michel—. Digo tan solo que a veces equivoca el tono cuando un enfrentamiento se acalora. Ni siquiera el conde Henri negaría tal cosa, según le conozco. Que sin perjuicio de esto dispone de numerosas cualidades es algo que está fuera de toda duda.

Otros nobles quisieron intervenir, pero Federico no les dejó tomar la palabra.

—Basta. Todos sabemos que el conde Henri no fue precisamente hábil en el castillo de Amance. Que las negociaciones fracasaran también fue culpa suya, no solo del traidor.

—Explicad a nuestro rey cómo queréis proceder —intimó el obispo Konrad a Michel.

—Como mercader, para mí es como una segunda naturaleza tener en cuenta distintos intereses y tratar de ponerlos en equilibrio. Solo así puedo llevar al éxito mis empresas. En primer lugar, dará a Thiébaut la oportunidad de salvar la cara. Porque eso es lo que el conde Henri no hizo.

—¿Cómo pretendéis hacerlo? —preguntó el rey.

—Le construiremos un puente de plata. Permitid que siga siendo duque de la Alta Lorena y conserve su feudo si se somete a vos. Estoy seguro de que depondrá las armas hoy mismo.

Entre los nobles presentes estalló un pequeño tumulto. También Konrad von Scharfenberg protestó con decisión contra la propuesta.

—¡Thiébaut es un miserable traidor! —exclamó el canciller—. Se ha hecho culpable de felonía, y tiene que ser castigado. ¡No podéis pretender con seriedad que un hombre así siga siendo duque!

—Calma, señores. —El rey miró a Michel, y la benevolencia que había en sus ojos había dejado paso a un brillo peligroso—. Vuestra pretensión nos extraña. Thiébaut ha cometido numerosos delitos. Si dejamos de pedirle cuentas, pareceremos débiles e invitaremos a otros a imitarlo. Lo que demandáis tendría como consecuencia el caos y la ilegalidad.

—En modo alguno digo que Thiébaut salga indemne de esto —dijo Michel—. Naturalmente que ha de ser castigado. Pero es igual de importante que pongáis fin rápido a esta disputa. Amance es demasiado fuerte como para poder tomarlo por asalto. En consecuencia, este asedio aún se extenderá muchos meses. Os costará inmensas sumas de dinero. Y os retendrá en Lorena, cuando hace mucho que deberíais haberos encaminado a Roma para haceros coronar emperador.

—Sabemos qué cargas nos impone esta guerra —respondió con frialdad Federico—. Pero hasta ahora no nos habéis convencido de por qué ha de ser más sensato negociar con el traidor en vez de ponerlo de rodillas con la fuerza de las armas.

—Si Thiébaut sabe que en caso de derrota lo privaréis del título y de todos sus feudos, le faltará el estímulo para someterse a vos. De ese modo, le obligáis a seguir peleando hasta el amargo final. Pero si le ofrecéis otra expiación para sus errores, podría cambiar de opinión.

—No sé qué castigo tiene en mente el señor Fleury —tomó la palabra el duque de Borgoña—, pero ¿cómo va a ser la respuesta adecuada al crimen de Thiébaut que siga siendo duque? No escuchéis a este mercader, majestad. No hace más que haceros perder vuestro tiempo.

Los otros hombres le apoyaron a voz en cuello.

Michel esperó a que se calmara el tumulto antes de someter su propuesta al rey.

A primera hora de la tarde, Michel subió al castillo. Con él iban cuatro escuderos del séquito del rey armados hasta los dientes, dos canonistas de la Cancillería y un heraldo. Pudo sentir en toda regla que el campamento entero estaba mirándolos cuando subieron y se detuvieron junto al foso, al pie del puente levadizo.

—¿Quién va? —gritó el guardia desde el camino de ronda de la barbacana.

—Michel Fleury, alcalde de Varennes Saint-Jacques y negociador de Su Majestad el rey Federico —anunció el heraldo, que se había adelantado—. Desea hablar con su gracia el duque Thiébaut.

El guardia desapareció y volvió poco después con una docena de ballesteros, que tomaron posiciones detrás de las almenas.

—¿Tenemos vuestra palabra de que vuestras intenciones son honradas?

—Mi palabra y la del rey. —Michel se llevó la mano derecha al pecho.

Se oyó un chirrido de cadenas cuando el puente levadizo bajó y subió el rastrillo. Michel y sus acompañantes avanzaron sobre las gruesas vigas y entraron en el castillo. Apenas habían cruzado el umbral cuando la reja volvió a bajar tras ellos. «Estamos encerrados con un enemigo que no tiene nada que perder», se le pasó a Michel por la cabeza. Un pensamiento desagradable, que descartó con rapidez.

El guardia de la puerta bajó corriendo la escalera, haciendo tintinear su cota de malla.

—Su gracia está en la torre del homenaje. Os llevaré hasta él.

Dos escuderos se quedaron con los caballos, el resto de los hombres siguió a Michel. De todas las viviendas y almacenes del castillo salían caballeros, guerreros y habitantes corrientes de la fortaleza y los miraban mientras atravesaban el patio. Muchos de ellos estaban heridos y llevaban vendas empapadas en sangre en torno a los brazos y los muslos. Incluso aquellos que hasta el momento se habían librado de las heridas estaban pálidos, enfermizos, con las mejillas enflaquecidas, porque tan desmoralizador como los combates diarios eran el hambre, las privaciones, el miedo a la muerte y todas las demás terribles consecuencias del asedio.

También el castillo mismo había sufrido mucho bajo los ataques. Muchos de los muros y edificios estaban dañados, los establos se habían quemado por completo. Había por todas partes esquirlas de piedra y ruinas. Apestaba a excrementos, heridas ulceradas y cuerpos sin lavar. Por una ventana enrejada salía el gemido de un moribundo.

Cuando entraron en el patio interior, un hombre con casco, gambesón y cota de malla fue hacia ellos.

—Vuelve a tu puesto —ordenó el caballero al guardián—. Yo me ocuparé de nuestros visitantes.

—Renouart. —Michel sonrió—. Esperaba encontraros aquí. ¿Cómo estáis?

—Conforme a las circunstancias. —El caballero respondió a la sonrisa de la parca manera que le era propia—. Ya no somos tan jóvenes. Luchar de la mañana a la noche todos los días durante semanas... empiezo a ser demasiado viejo para eso. No esperaba veros aquí. ¿Cómo es que el rey os ha nombrado negociador suyo?

—Es una larga historia. Os la explicaré junto a una jarra de cerveza, cuando hayamos superado todo esto. Por Dios, me alegro de veros bien. Contaba con lo peor.

—Ya sabéis que soy indestructible. Nada puede matarme tan deprisa.

Renouart de Bézenne era vasallo del duque Thiébaut y tenía un feudo al este de Varennes. Como antaño su padre, Nicolás, que había muerto hacía algunos años, era un importante socio comercial de la familia Fleury. Cuando Thiébaut había llamado a las armas a principios de año, Renouart había seguido a su señor. Desde entonces, Michel había temido por la vida de su amigo.

—Quién habría pensado que algún día estaríamos en bandos distintos en una guerra —gruñó Renouart mientras atravesaban el patio.

—La gran política nunca tiene en cuenta las amistades.

—Decidme —dijo dubitativo Renouart—, ¿habéis sabido algo de Felicitas y Catherine?

—Vuestra familia está bien. Mi esposa estuvo con ellas hace dos semanas. Rezan todos los días por vuestro bienestar.

—Entonces ¿las tropas del rey no les han hecho ningún daño?

—El ejército de Federico ha dejado intactas vuestras tierras. Ha ido hacia el sur por el otro lado del valle del Mosela. Felicitas y Catherine nunca han estado en peligro. De lo contrario, nos las habríamos llevado a tiempo a la ciudad.

Las expresiones sentimentales no eran propias de Renouart, pero Michel sintió el ilimitado alivio del caballero. Renouart amaba a su esposa y a su hija sobre todas las cosas. Tenía que haber sido un desgarro para él dejarlas indefensas en su feudo mientras la guerra no hacía más que acercarse.

—Os lo agradezco —murmuró—. Es la mejor noticia que recibo desde hace semanas. ¿Qué pasa con mis tierras de Magnières? ¿Se las ha incautado ya el rey?

—Ha entregado la administración a uno de sus funcionarios, hasta que se decida lo que haya de pasar —respondió Michel.

—¿Trata bien ese hombre a los siervos?

—Por desgracia no puedo decíroslo. No he vuelto a estar allí. Cuando la disputa haya pasado, deberíais ofrecer al rey renovar vuestro juramento de lealtad. Quizá os devuelva los feudos.

—Veré qué puedo hacer —dijo de forma vaga Renouart.

Antes de la disputa, el caballero poseía un feudo del duque y uno del rey, ambos territorios constituían el fundamento económico de su existencia. De ahí que estuviera obligado a jurar lealtad tanto a Thiébaut como a Federico. Al estallar la disputa, eso le había arrojado a un dilema casi insoluble: ¿seguía al rey o al duque? ¿Servía a la autoridad superior, o a aquella que tenía más próxima? Era un dilema en el que se encontraban muchos pequeños nobles cuando los grandes se hacían la guerra. Renouart había optado por el duque Thiébaut, porque sus antepasados eran desde siempre fieles vasallos de la casa de Châtenois. Había devuelto el feudo del rey —los terrenos de Magnières— porque, de conservarlos en esas circunstancias, habría violado su juramento ante Federico y, como

Thiébaut, se habría hecho culpable de felonía. Había sido una decisión honorable, pero también traía consigo dificultades. Porque ahora poseía menos de la mitad de tierra que antes de la disputa. El feudo que le quedaba era posiblemente demasiado pequeño y poco rentable para alimentar a su casa.

—Si necesitáis ayuda, hacédmelo saber —dijo Michel.

Renouart se limitó a asentir.

El resto del camino guardaron silencio. Solo cuando entraron en la gran sala de la torre del homenaje, el caballero volvió a dirigir la palabra a Michel.

—Tened cuidado... está de mal humor a causa de la herida —murmuró Renouart, y dio una palmada en el hombro a Michel—. Que Dios os acompañe. Poned fin a esta desdichada disputa.

—¿A quién me traes, Renouart? —gruñó Thiébaut.

—A Michel Fleury, el negociador del rey —anunció el caballero.

—Acercaos.

Seguido por los escuderos y canonistas, Michel atravesó la estancia. Era espaciosa como la nave de una iglesia. Recias columnas sostenían la techumbre, y la penumbra impresionante le hacía olvidar a uno que fuera reinaba la más hermosa de las primaveras. Juncos ya muy pasados cubrían el suelo, bajo los arcos de piedra había candelabros que titilaban como fuegos fatuos a la corriente de aire.

El duque estaba solo. Se sentaba en la parte frontal de la sala, en una silla de alto respaldo, con la mano derecha cerrada convulsivamente alrededor de una copa de vino, una pierna en alto, y parecía diminuto entre aquellos muros que imponían respeto.

—Vuestra gracia. —Michel se inclinó—. Os agradezco que me hayáis recibido.

—Levantaos. —Thiébaut llevaba una sucia venda en la rodilla. Su rostro estaba pastoso y sudoroso, el corto cabello de un rubio oscuro se le pegaba en mechones a la frente. Apestaba como si llevara semanas sin lavarse—. Nos conocemos, ¿verdad?

—Nos vimos cuando visitasteis Varennes Saint-Jacques el año pasado.

—Cierto, el alcalde. Decid: ¿por qué Federico me envía a un plebeyo? ¿No puede exigir a su apreciado Konrad que hable con un perjuro? Y ¿qué pasa con el conde de Bar? ¿Cómo es que Henri se deja privar de una oportunidad de lanzarme nuevos insultos y amenazas?

—Fue deseo mío venir a veros. El rey me concedió el favor de hablar con vos en su nombre.

—Así que se ha dado cuenta de que enviarme a Henri no fue la más inteligente de sus ideas —dijo Thiébaut con una fina sonrisa—. Da igual. Espero que tengáis más que ofrecer que vuestros predecesores. Y espero además que no sea un nuevo escarnio que Federico me haga negociar con un burgués y un buhonero.

Michel decidió ir al asunto sin rodeos. El duque se comportaba como un animal herido, agazapado en un rincón enseñando los dientes y atacando a todo el que se le acercaba demasiado. Cuanto más durase la palabrería, tanto mayor sería el peligro de que el malhumor de Thiébaut se tornara en ira.

—Esta disputa no significa más que dolor para Lorena —explicó—. El rey anhela ponerle fin. Está dispuesto a firmar la paz con vos hoy mismo... si aceptáis sus condiciones.

—Si Federico sigue insistiendo en que tengo que renunciar a mi título y mis feudos, con todos sus derechos y regalías —dijo el duque—, podéis ir enseguida a decirle que prefiero pudrirme dentro de estos muros a someterme a él.

—Hay nuevas condiciones.

—Os escucho.

—En primer lugar, el rey desea que depongáis las armas y le entreguéis vuestro castillo de Amance. Asimismo, tenéis que romper vuestra alianza con Érard de Brienne, someteros a Federico sin condiciones y jurarle fidelidad ante todos vuestros vasallos, aliados y servidores. Además, insiste en que expiéis de manera adecuada vuestras faltas contra la corona.

—Estoy expectante —gruñó Thiébaut.

Michel se detuvo un momento. Ahora se necesitaba tacto, porque el duque, tan preocupado por su honor, no podía en modo alguno tener la impresión de que se le quería ofender, o insultar a su inteligencia.

—Tendréis que pagar indemnización por el devastado feudo de Rosheim, especialmente por los viñedos de Federico en Alsacia, que habéis quemado. Además, tendréis que ceder distintas posesiones.

—¿Cuáles?

—El castillo de Châtenois y otras tres. —Michel las enumeró. Thiébaut le escuchaba en silencio.

—¿Eso es todo? —preguntó al fin.

—Hay otra condición —respondió Michel—. El rey quiere estar seguro de que, en adelante, podrá confiar en vuestra lealtad. Por eso, desea teneros cerca durante cierto tiempo. Deberéis acompañarle cuando abandone Lorena, y viajar con él por el país hasta que se haya restablecido su confianza en vos.

Había sido difícil convencer de esa forma de proceder al rey, sobre todo porque el duque de Borgoña y otros nobles habían insistido en que había que castigar con más dureza a Thiébaut. Pero en última instancia Federico se había dado cuenta de que aquel castigo era suficiente si a cambio Thiébaut se sometía, y en contra de la protesta de sus nobles había dado poderes a Michel para someter esa propuesta al duque.

—Así que debo darme preso —constató Thiébaut.

—Sí. Pero no habrá cadenas, ni mazmorras, ni guardias delante de vuestra puerta. Al rey le basta vuestra palabra de que no huiréis.

—Aun así soy su prisionero. Su rehén.

—Solo durante un tiempo. Al cabo de unos meses, a más tardar un año, os dejará ir.

—Eso no cambia que todo el Imperio se reirá de mí. No. Esa condición no es aceptable.

Ahora llegaba el momento decisivo.

—¿Ni siquiera si a cambio podéis seguir siendo duque y conservar todos los feudos que poseíais antes de la disputa? Aparte del castillo de Châtenois y las otras tres propiedades.

Thiébaut se reclinó y miró a Michel con el ceño fruncido.

—Eso son promesas vacías.

—No. Federico os deja vuestros títulos, con todos los derechos y regalías que les corresponden. Tenéis la palabra del rey.

El duque se sumió en un caviloso silencio. Con una mano aferró el respaldo de la silla, con la otra se llevó la copa a la boca. Torció el gesto.

—¿Quién me ha servido esta porquería? Sabe a meada de cerdo.

Lanzó la copa contra la pared, se levantó con gesto deformado por el dolor y cogió una muleta apoyada en la silla.

—Salgamos al aire libre. Este oscuro agujero me oprime el ánimo.

A Michel le dolía en el alma ver cómo aquel hombre antaño tan orgulloso sufría a cada paso. Pero no se atrevió a ofrecerle su ayuda... Sin duda Thiébaut lo habría entendido como una ofensa. Así que dejó ir primero al duque cuando subieron por una angosta escalera en la húmeda muralla y salieron a un pequeño balcón que daba al patio interior del castillo.

Michel se apoyó en el pretil junto al duque. Los escuderos y los canonistas esperaron dentro. El viento que acariciaba los muros de la torre era frío. Incluso allí arriba podían olerse los fuegos de campamento y las letrinas de los sitiadores.

Thiébaut no pareció advertir el campamento enemigo. Su mirada se dirigió a la lejanía, por encima de los bosques, las colinas y los valles fluviales.

—Expresad a Federico mi agradecimiento por la oferta —dijo al cabo de un rato—. Pero tengo que rechazarla. No me humillaré ante él para someterme al escarnio de la plebe, aunque me ofrezca diez veces seguir siendo duque. Es un precio demasiado alto para mí.

—¿Consideráis más razonable seguir luchando? —preguntó Michel.

—¡Sí, por Dios, lo haré! —respondió con vehemencia el duque.

—¿Contra esa potencia superior? Mirad el ejército de Federico, vuestra gracia. Tiene mil quinientos hombres, entre ellos los mejores caballeros del reino. Tiene catapultas, arietes, escalas de asalto. ¿Cuántos guerreros tenéis vos? ¿Cien? ¿Ciento veinte?

Thiébaut no dio respuesta alguna.

—El rey os desmoronará pieza a pieza —prosiguió Michel—. Incluso si lucháis como una manada de leones, no podréis aguantar eternamente. En algún momento os someterá, y entonces no tendrá piedad alguna. Hará matar hasta el último de vuestros seguidores, os privará de la dignidad ducal con todos los feudos y os encerrará en una mazmorra por el resto de vuestra vida.

—¡Él no puede quitarme el título, ni tampoco expropiarme! Solo mis iguales pueden juzgar sobre mí. Así lo quiere la ley. ¡Si se pone por encima de ella, se enemistará con todos los príncipes del reino!

—El Papa os ha excomulgado, y habéis roto vuestro juramento de vasallaje —repuso Michel—. Eso da a Federico el derecho a castigaros a su voluntad.

Los dedos de Thiébaut se aferraron al pretil. En su rostro tembló un músculo cuando la ira y la amargura lucharon en él. Michel sentía que su terca resistencia contra la oferta de Federico era una última y desesperada rebelión.

—Tal vez no consiga resistir eternamente —dijo en voz baja el duque—, pero sin duda puedo mantener el castillo algunos meses. Quizá lo suficiente como para que Federico se canse de esta disputa y renuncie a ella.

—Yo no confiaría en eso.

—Es impaciente. Quiere ir a Roma a ponerse la corona imperial.

—Solo lo hará cuando esté seguro de la lealtad de todos los príncipes del Imperio —dijo Michel—. Mientras sepa que hay a sus espaldas un poderoso enemigo como vos, no osará abandonar el norte del Imperio. E incluso si conseguís plantarle cara hasta que se retire… ¿qué pasará después? Puede que de momento hayáis vencido, pero eso os da como mucho un respiro. Seguiréis siendo un perjuro excomulgado, y en algún momento el rey os castigará por ello. No podéis ganar, vuestra gracia. Por eso os aconsejo: cambiad de rumbo ahora. Negociad con Federico mientras está dispuesto a hacer concesiones. No volverá a haber otra oportunidad como esta.

Thiébaut le dedicó una mirada, y por un instante en sus turbios ojos centellearon el dolor, la ira y la desesperación.

—Yo solo quería lo mejor para Lorena —dijo, mientras volvía a contemplar el país, más allá del campamento—. Si hubiéramos tenido éxito en Champaña, mi casa se habría vuelto tan poderosa como nunca. Habría llevado el valle del Mosela a una edad de oro.

—Aún podéis hacerlo. Os quedan muchos años buenos… suponiendo que aceptéis las condiciones de Federico.

—Me pedís mucho.

—Es un alto precio, sin duda. Pero podría ser peor. Mucho peor. Y pensad en lo que ganáis: vuestra libertad. Vuestro honor. La paz. Si os sometéis a Federico, las futuras generaciones os ensalzarán por vuestra sabiduría… una sabiduría que pocos príncipes poseen.

Sin decir una sola palabra Thiébaut se dio la vuelta, cogió su muleta y cojeó a lo largo del corredor.

Uno de los canonistas miró confuso a Michel y formuló una muda pregunta con los labios. «Esperad», indicó Michel con un movimiento de la mano, antes de seguir al duque.

Descendieron hasta la gran sala, donde Thiébaut se sentó en su sillón con los dientes apretados.

—Una palabra, Renouart.

El caballero salió de las sombras, con el casco apretado bajo el brazo.

—Mi señor.

—Siempre habéis sido uno de mis más fieles caballeros, y aprecio vuestro consejo. Voy a haceros dos preguntas, y espero que las respondáis con sinceridad.

—Sin duda —Renouart asintió.

—¿Anheláis vos la paz?

—Mis deseos carecen de interés. Os seguiré traiga lo que traiga el futuro.

—Habéis prometido responder con sinceridad —le recordó Thiébaut.

Renouart dudó antes de decir:

—Sí, vuestra gracia. Anhelo la paz. Quisiera volver con mi esposa y mi hija.

—El rey me ha ofrecido seguir siendo duque y el perdón de mis faltas si me someto a él. Pero algunas de sus condiciones son dolorosas. ¿Me consideraríais un cobarde si las aceptara?

—Cobarde solo es quien rehúye la lucha porque teme dolores y disgustos —respondió Renouart—. Pero vos habéis hecho frente a un poder superior y habéis intentado todo cuanto estaba en vuestra mano. Si ahora cedéis no seréis cobarde, sino inteligente, porque la paz con el rey sería lo mejor para el reino, para Lorena y para la casa de Châtenois.

«Gracias, Renouart», pensó Michel.

El duque se sumió en caviloso silencio. En voz baja y átona, dijo al fin:

—Id al rey, señor Fleury. Decidle que iré a su campamento y me arrodillaré ante él.

Michel y sus acompañantes se inclinaron.

—Os agradezco que me hayáis escuchado, vuestra gracia. Habéis tomado la decisión correcta.

Salieron de la torre del homenaje. Fuera, Michel respiró hondo y disfrutó del aire llenando sus pulmones y poniendo fin a la opresión en su pecho. Solo entonces se dio cuenta de que sudaba de pies a cabeza.

—Por Dios que ha sido agotador —dijo uno de los canonistas—. Hasta el final he pensado que nos iba a mandar al infierno.

—No habéis sido el único —murmuró Michel.

A Michel le parecía que todo el ejército de Federico había acudido a dar testimonio de cómo el duque Thiébaut se arrodillaba delante del rey. Los hombres habían afluido en bandadas hacia las tiendas del séquito real y rodeaban la plaza en la que Thiébaut pedía perdón por sus errores y renovaba su juramento de vasallaje. Delante los príncipes y eclesiásticos, con los nobles miembros de su séquito; detrás, los pocos caballeros importantes y todos los infantes y arqueros que formaban el cuerpo del ejército.

A la sombra de una encina, Michel esperó con Yves, Louis y los hombres de la tropa de la ciudad el final de la ceremonia. Sus criados estiraban el cuello, pero no podían ver nada. El viento les llevó retazos de palabras cuando la multitud, literalmente, contuvo el aliento. Poco después, mil quinientos guerreros estallaron en júbilo, alzaron las espadas y las lanzas y gritaron vivas al rey.

—Esta victoria solo es vuestra —afirmó Hugo indignado—. Deberían festejaros a vos, no al rey.

—Que festejen a quien quieran. Lo principal es que la guerra ha terminado —respondió sonriente Michel, y se volvió a los hombres congregados—. ¿A qué esperamos? Levantemos el campo y vayámonos a casa.

Los guerreros se lo agradecieron, exaltados, dándole palmadas en los hombros. Algunos incluso lo abrazaron, antes de que la pequeña tropa entonara una alegre canción y marchara hacia las tiendas. Los hombres no tenían la menor intención de partir de inmediato. Querían celebrarlo con sus camaradas alemanes y franceses, así que no pasó mucho tiempo antes de que alguien abriera un barril de cerveza y repartiera jarras.

Michel les dejó hacer. Se habían merecido una noche llena de alegrías.

Entretanto, en el castillo de Amance se izaban banderas nuevas: ahora, el estandarte del Sacro Imperio Romano ondeaba junto a las tres águilas del ducado de la Alta Lorena, como señal de reconciliación.

Mientras los hombres se emborrachaban, Michel volvió a visitar a los heridos y lo organizó todo para su viaje de regreso a Varennes. Cuando salía del establo, un escudero del rey fue a su encuentro y tiró de las riendas a su caballo.

—Vuestros criados me han dicho que os encontraría aquí —le dijo en italiano el joven guerrero—. Su Excelencia el obispo Konrad me envía. Desea veros.

Michel siguió al escudero hasta la tienda de Konrad. El canciller estaba en ese momento ordenando a dos criados que metieran en las arcas ropas, vajillas y libros.

—Señor Fleury. ¡Entrad!

—¿Deseáis algo, excelencia?

Konrad von Scharfenberg le pidió que tomara asiento, y se sentó con él a la mesa. Un criado llevó vino.

—No me habíais prometido de más... el rey está contento con vos. Os hace saber que se alojará durante unos días en el castillo real de Varennes antes de regresar al Rin.

—Es cordialmente bienvenido en nuestra ciudad. Expresadle nuestro agradecimiento por este honor.

—De hecho, el rey quiere daros las gracias a vos —dijo Konrad—. Está en deuda con vos, y le gustaría recompensaros. Venid al castillo en cuanto Federico se haya instalado en él.

El canciller estaba de buen humor, e insistió en que Michel le acompañase aún un rato. Charlaron acerca de esto y aquello, hasta que Michel hubo vaciado su copa y se despidió. Sin embargo, antes de salir de la tienda se le ocurrió algo.

—¿Me permitís una pregunta, excelencia?

—Naturalmente. Hablad.

—Se trata de Renouart de Bézenne. Es un caballero que estaba del lado de Thiébaut.

—Sé quién es. ¿Qué pasa con él?

—Cuando estalló la disputa devolvió uno de sus feudos... un trozo de tierra que su familia había recibido del rey antaño. Renouart quería que las cosas estuvieran claras antes de seguir al duque.

—Lo recuerdo —dijo Konrad—. El feudo está en Magnières, ¿verdad? Desde entonces el rey ha dejado su administración en manos de un funcionario.

—Renouart es un hombre de honor —prosiguió Michel—. Sigue siendo leal al rey, y sin duda le pedirá permiso para renovar su juramento de vasallaje a la corona, ahora que la guerra ha terminado. ¿Puede esperar recuperar su feudo? Su familia depende de las rentas que de él provienen.

—El rey tiene previsto recibir al séquito de Thiébaut durante su estancia en Varennes. Renouart tendrá entonces ocasión de exponer su caso. Pero no debería esperar que el rey esté demasiado proclive hacia él. Renouart tuvo oportunidad de elegir entre él y Thiébaut, y optó por el traidor. Puede estar contento de no ser castigado.

—Pero Renouart no ha cometido ningún crimen. Al devolver el feudo, se liberó de todas las obligaciones para con el rey, tal como la ley prescribe.

—Aquí no se trata del derecho y la ley, sino de política y poder —repuso Konrad, ya no amable y agradecido, sino alerta y frío—. Federico ha ganado una guerra, y ahora tiene que fortalecer su posición para poder volver con tranquilidad la espalda a Lorena. Para eso, tiene que recompensar a los que lo apoyaron y debilitar a sus enemigos. Y Renouart ha sido su enemigo.

—Conozco a Renouart desde su juventud. Es un alma sencilla y buena, recto y honorable hasta las yemas de los dedos. Cuando siguió a Thiébaut, hizo lo que su corazón le decía. Jamás quiso causar daño al rey.

—Puede ser, señor Fleury. Aun así, mató a caballeros y a guerreros de

Federico, y contribuyó a que Thiébaut pudiera seguir haciendo de las suyas.

—Tan solo os ruego que dejéis caer ante el rey una palabra en su favor. Si Federico se apiada de él, Renouart se lo agradecerá siéndole fiel hasta la muerte.

Konrad apartó la copa medio llena. Estaba claro que estaba cansado de la conversación.

—Veré qué puedo hacer… por tratarse de vos. Pero no esperéis demasiado. El rey ya ha mostrado clemencia en el caso de Thiébaut. Si ahora quiere mostrar dureza, no puedo reprochárselo.

—Gracias, excelencia. Os deseo que tengáis buena tarde. —Michel se inclinó y salió al ruidoso trajín del campamento.

Varennes Saint-Jacques

—Dejadme salir —ordenó Anseau Lefèvre.

—Lo siento, señor, no puedo. —El criado le miró con descaro a los ojos—. El alcalde ha dispuesto que tenéis que permanecer en vuestra casa hasta el final de la disputa. No puedo hacer nada.

—¡Soy un patricio de Varennes y un miembro electo del gobierno de la ciudad!

—Lo sé, señor. Pero, mientras no reciba otra orden, he de vedaros el paso. Por la fuerza de las armas si es preciso —añadió el corchete, ocultando a duras penas su sonrisa.

—¡Vete al diablo! —rugió Lefèvre; le cerró la puerta en las narices y subió con fuertes pisadas la escalera que daba al zaguán. Los criados y las doncellas que estaban asomados arriba se pusieron a toda prisa en fuga y se escondieron en las habitaciones cercanas mientras él recorría el pasillo. Ninguno se atrevió a hablar ni a susurrar siquiera, y fue inteligente por su parte, porque habría apaleado al primero que hubiera reído o comentado su mala situación.

Lefèvre entró en el salón y se sirvió vino. Después de haber vaciado de un trago la copa de plata, volvió a llenarla, añadió algo de menta seca al borgoña y se sentó en uno de los dos huecos de la ventana. El mirador de vigas de madera se adentraba en la rue de l'Épicier, que discurría entre la ciudad baja de Varennes y la plaza de la catedral. Solo los mercaderes y otros ricos patricios vivían allí. Sus casas de varias plantas y patios amurallados orlaban la ancha calle, por la que, en esa soleada mañana de mayo, pequeños buhoneros, artesanos y campesinos del otro lado del Mosela con sus carros y banastas afluían al mercado diario ante la catedral.

Lefèvre apenas oía su traqueteo. Tampoco veía a los dos alguaciles de la ciudad que desde la noche anterior habían echado raíces a la entrada de su casa… toda su atención era para la casa que había, en diagonal a la suya, al otro lado de la calle.

La propiedad del alcalde Fleury.

Lefèvre bebió un trago, pero el sabor amargo en su garganta se negaba a desaparecer. «Prisionero en mi propia casa. Te arrepentirás de esto, Fleury.»

Dos campesinas en el callejón alzaron a escondidas la mirada hacia él y juntaron las cabezas cuchicheando mientras caminaban hacia la plaza de la catedral. Podía imaginarse vivamente con qué se estaban rompiendo la boca: «¡Por fin ese usurero asqueroso tiene lo que se merece!». Que lo dijeran. A Lefèvre le importaba un cuerno la cháchara del pueblo de la ciudad. Era plebe, chusma sin formación, que envidiaba el ascenso de su familia. Que le amaran u odiaran no podía serle más indiferente. No tenía la intención de quedarse eternamente en aquel apestoso rincón. Había nacido para cosas más elevadas, lo sabía desde que era un niño. Si Fleury no lo hubiera detenido, hacía mucho que habría dado un gran paso hacia su objetivo.

La disputa de Federico contra el duque había sido la ocasión que había esperado todos aquellos años. Una guerra ofrecía múltiples posibilidades a un hombre de sus talentos. Podía demostrar su valor, ponerse a prueba en la batalla. De haber tenido más tiempo, sin duda habría logrado llamar la atención del rey. Federico apreciaba a los hombres enérgicos. A los mejores les prometía ricas recompensas; si le placía, los convertía incluso en caballeros.

Caballero. Lefèvre llevaba toda la vida persiguiendo esa meta. Había aprendido a sujetar un corcel de batalla en medio del tumulto de la lucha y a manejar la lanza y la espada. Había hecho suyas las formas de trato cortesanas. Era su derecho de nacimiento ascender a la nobleza, su destino. A ese filántropo autosatisfecho de Fleury no le correspondía impedírselo.

El corazón de Lefèvre era caprichoso, impredecible como el tiempo en abril, y el vino había hecho el resto. Su ira había dejado paso a una sorda melancolía. Apoyó la cabeza en el marco de la ventana y trató de reflexionar sobre su situación. Pero en su interior no encontró nada más que vacío. Como si su alma se hubiera enroscado y retirado a un rincón oscuro.

La puerta se abrió con lentitud. Chrétien, su *fattore*, asomó la cabeza, titubeando.

—¿Qué? —le increpó Lefèvre.

—Espero no molestar, señor —dijo el enjuto apoderado—. Pero hay algo que deberíais ver.

—Espero por tu bien que sea importante.

Chrétien se escurrió dentro de la estancia, llevaba un rollo de pergamino en la mano.

—Esta mañana he estado repasando la lista de mercancías del mes anterior. Me han llamado la atención algunas discordancias. Al parecer, nuestros carreteros no han pasado por aduana todas las mercaderías, eso podría darnos problemas con la inspección de mercados. Propongo que...

—¿Con eso me importunas? —le interrumpió Lefèvre—. ¿Para qué te pago, si vienes a verme con cualquier nadería?

—Solo pensaba... creía... —balbuceó el *fattore*.

—Haz tu trabajo y déjame en paz.

Chrétien no necesitó que se lo dijeran dos veces. Se escurrió sin ruido de allí y cerró la puerta con tanta cautela como si estuviera hecha de frágil cristal veneciano.

El *fattore* se ocupaba de las propiedades de Lefèvre y llevaba los negocios de los que Lefèvre vivía en apariencia, porque él no tenía el menor interés en ese trabajo. Tenía tan solo la finalidad de ocultar la verdadera naturaleza de sus ingresos. Chrétien lo sabía, y sin embargo iba a molestarle con aburridos detalles sin cesar. Le hubiera gustado darle al *fattore* la paliza que se merecía, pero se sentía sencillamente demasiado cansado y sin fuerzas para hacerlo.

La copa estaba vacía. Se levantó con pesadez para llenarla por tercera vez. Luego volvió a sentarse. No. Una copa más y caería en la cama, y se pasaría el día durmiendo. Y si se pasaba el día durmiendo, se pasaría toda la semana en la cama. No sería la primera vez.

Tenía que actuar, tenía que plantar cara al vacío que había en su interior, para que no empezara a roer su alma. Al fin y al cabo, había un remedio en el que siempre podía confiar.

Salió de la sala, bajó al zaguán y abrió la puerta. Los dos alguaciles se volvieron hacia él.

—Quiero hablar con Guillaume. Enviádmelo.

—¿Por qué?

—Eso no os incumbe.

Los dos hombres cambiaron una mirada.

—Sigo siendo miembro del Consejo —les recordó Lefèvre—. Y Guillaume es un alguacil sometido al Consejo. Puedo darle instrucciones cuando me plaza. Es mi derecho. ¿O también eso me está prohibido?

—Nadie nos ha dicho nada de eso...

—Muy bien. Ahora id a buscarlo, maldita sea. Probablemente ande por el mercado del pescado.

Titubeando, uno de los hombres se puso en marcha. Lefèvre cerró la puerta y esperó arriba, en el salón.

Las campanas del monasterio estaban llamando a sexta cuando apareció Guillaume. El corchete tenía algo de topo, pensó Lefèvre. Se escurrió sigiloso dentro del salón, y solo abrió la puerta lo bastante como para pasar por el hueco... si Lefèvre no hubiera estado esperándolo, posiblemente ni se habría dado cuenta. Era flaco e insignificante, de una palidez insana. Un cabello ralo de un rubio pálido adornaba su cabeza como un desordenado nido de pájaro, y sus ojos tenían el color de la cerveza diluida. De no haber estado al tanto, Lefèvre habría tomado a Guillaume por un necio de flaco entendimiento, incapaz de limpiarse las narices sin ayuda. Pero el corchete era astuto. Y tenía oídos en todas partes.

—¿Qué deseáis? —preguntó Guillaume, que hablaba, como siempre, demasiado bajo.

—Tienes que hacer algo por mí. Lo de costumbre.

—No os lo aconsejo, señor. Demasiado peligroso. Esperad a dejar de estar sometido a observación.

—¡No puedo esperar! —le increpó Lefèvre—. Necesito distracción, ¿me oyes? Y la necesito ahora.

Cualquier otro hombre habría seguido protestando. Guillaume se limitó a asentir. Nunca ponía en cuestión las necesidades de Lefèvre... le pagaba demasiado bien como para eso.

—Querrán saber por qué me habéis hecho llamar.

—Ya se te ocurrirá algo. Por Dios, Guillaume, nunca te ha faltado labia. Por mí, puedes decirles que tienes que traerme algún documento del ayuntamiento.

Nuevo gesto de cabeza.

—Es probable que necesite más tiempo que de costumbre.

—Eso está claro.

—¿Cómo llegará la... mercancía a vuestra casa sin ser vista?

Lefèvre ya había pensado a fondo en eso. Describió su plan a Guillaume y dio al criado una bolsa con monedas.

—Para tus gastos. Cuento contigo, Guillaume.

El corchete apuntó una reverencia y se fue.

Lefèvre se acercó a la ventana y vio que Guillaume cambiaba unas palabras con los dos alguaciles antes de bajar corriendo la rue de l'Épicier hacia la ciudad baja. «Buen tipo.» Una sonrisa flotó en torno a los labios de Lefèvre. Muy al fondo de su alma, en la oscuridad, empezaban a florecer los delicados capullos de la alegría.

El remedio empezaba a actuar.

Era un mal día para Elise, el peor desde hacía mucho tiempo. Los vigilantes del mercado tenían ojos en todas partes, y le parecía que en cada puesto acechaba un corchete. Cada vez que veía un objetivo que merecía la pena, la gruesa bolsa de un mercader o un puñado de deniers dejados por ahí sin vigilancia, salía de la nada un alguacil y miraba receloso a su alrededor, de forma que Elise no se atrevía a cortar la bolsa del cinturón o guardarse deprisa las monedas. ¡Estaba como embrujada! Y eso que casi siempre tenía suerte en el mercado de la catedral. En los angostos callejones entre los puestos y mostradores de los campesinos y pequeños comerciantes solía reinar, cuando hacía buen tiempo, tal tumulto que podía golpear y desaparecer sin gran esfuerzo, antes de que su víctima se diera cuenta. Los días buenos cosechaba de ese modo suficientes deniers como para salir a flote por un tiempo.

Pero no ese día. Ese día no iba a ser. Elise había aprendido que no era inteligente poner la suerte a prueba. Si la sorprendían con las manos en la masa le amenazaban duros castigos, porque el Consejo juzgaba con rapidez a los rateros que perjudicaban a los visitantes. Al siguiente día de tribunal la arrastrarían, cargada de cadenas, hasta la cruz del mercado, donde el verdugo le cortaría la mano derecha con un afilado acero.

No, no valía la pena. Era mejor pasar hambre hoy y esperar a tener más suerte mañana. Elise apretó los labios, agarró con ambas manos el hatillo con el cuchillito y las pocas pertenencias e ignoró el embriagador aroma de los figones mientras se escurría sin llamar la atención.

«Yo sé, san Jacques, que toda la ciudad te invoca de la mañana a la noche, y que tienes trabajo a manos llenas», pensaba mirando a la catedral, bajo la que yacía enterrado el patrón de Varennes. «Pero quizá consigas ayudarme también a mí. Necesito un poquito de ayuda.»

Nadie le había dicho que la vida en la ciudad sería tan implacable. Había llegado llena de grandes esperanzas. «Ve a Varennes. ¡Al cabo de un año y un día serás libre y podrás hacer lo que quieras!», le habían dicho, y ella lo había creído. Nunca más volvería a ser sierva de un señor, así que se había escapado en mitad de la noche de su pueblo natal en ninguna parte y se había abierto paso hasta Varennes.

Ahora, pasados catorce meses, en realidad era libre, pero ¿de qué le servía? No tenía trabajo, ni techo, ni amigos. Vivía al día, dormía en graneros y bodegas vacías hasta que el vigilante nocturno la ahuyentaba. Había, sencillamente, demasiados siervos huidos en la ciudad, no todos encontraban trabajo en la cosecha ni como jornaleros. A muchos no les quedaba más remedio que regresar a casa, pedir clemencia a su señor y volver a someterse a la servidumbre. O se dedicaban a los delitos, como Elise.

«Aún habría otro camino», susurraba una voz en su interior cuando el estómago le gruñía especialmente fuerte. «Podrías ir a ver a Maman Marguérite. Ha dicho que te aceptará cuando quieras. Incluso te pagaría un denier más que a las otras mujeres.»

Elise tenía diecinueve años y un cuerpo bien formado. Sin duda estaba rígida de suciedad, pero no era nada que un poco de agua caliente y un trozo de jabón no pudieran arreglar. Bajo la suciedad era hermosa, Maman Marguérite se había dado cuenta al primer vistazo.

—Eres una rosa, tesoro —había dicho—. Los pretendientes harían cola contigo. Podrías llegar a algo en mi casa. Vuelve cuando lo hayas pensado mejor.

Elise se acordaba a menudo de eso cuando la asediaba el hambre. Traía a la memoria su juramento: mejor entregarse al verdugo que vender su cuerpo. Jamás obedecería a un hombre. Aunque hiciera ya muchos meses, en las noches oscuras seguía sintiendo en la piel las manos de su antiguo señor feudal.

Pero el hambre era cada vez peor. ¿Cuándo se había comido el resto del pan? La mañana anterior... hacía más de un día. Había intentado conseguir un cuenco de sopa en la abadía de Saint Denis, pero los mendigos se le habían adelantado y la habían ahuyentado. Eran una comunidad conjurada, que no permitía que personas ajenas se acercaran a los comedores de pobres de los conventos de la ciudad. Y eso era lo que ella seguía siendo en Varennes Saint-Jacques: una forastera.

Había ido al mercado porque esperaba encontrar cobijo por una noche en los almacenes de la orilla del Mosela. Cuando se deslizó junto a los muelles, varios mercaderes estaban cargando sus gabarras. Había cuatro carros de bueyes alrededor, los muelles bullían de mozos y jornaleros, que sacaban a cuestas los toneles con la valiosa sal de la salina de Varennes. Un mercader, un anciano de espalda encorvada y gesto malhumorado, ladraba instrucciones. Elise conocía demasiado bien a aquel individuo: era Fromony Baffour, miembro del gremio local y uno de los más codiciosos propietarios de la ciudad. Por su culpa había perdido Elise su primer alojamiento, una mísera cabaña junto al canal de la ciudad baja, porque Baffour había elevado el alquiler hasta que ella había dejado de poder pagarlo.

Baffour tenía la bolsa en la mano y estaba a punto de pagar a los estibadores. Cuando otro mercader se dirigió a él, dejó la bolsa en el pescante del carro más cercano, perdido en sus pensamientos, y siguió a su colega de gremio hasta los muelles de atraque.

Elise se quedó mirando la bolsa de cuero. Estaba simplemente allí, y nadie se fijaba en ella. Estaba hinchada, sin duda contenía docenas de deniers, y quizá incluso un par de sous.

«¡Gracias, san Jacques, gracias mil veces!» Pasó por delante del carro, atrapó la bolsa y la hizo desaparecer en un pliegue de su vestido.

Una mano la cogió por el brazo.

—No tan deprisa, niña. Vamos a ver lo que tienes ahí.

El corazón de Elise se detuvo por un instante. Se volvió y se quedó mirando un pálido rostro. Guillaume. El peor de los corchetes de la ciudad. «Dios Todopoderoso, apiádate de mí...»

—¿Qué acabas de coger? —preguntó en voz baja, casi en un susurro.

—Nada —dijo entre dientes.

—A mí me ha parecido otra cosa. ¡Señor Baffour!

El mercader acudió arrastrando los dientes y miró primero a Elise, luego a Guillaume.

—¿Qué pasa? —preguntó, impaciente—. Ay de vosotros si perturbáis mis negocios por una nadería.

—¿Echáis de menos algo? —preguntó Guillaume.

Baffour tocó su cinturón, y sus ojos se abrieron como platos.

—¡Mi bolsa! ¿Dónde está?

Elise trató de soltarse, pero Guillaume era asombrosamente fuerte para tener unos hombros tan estrechos. Su mano se cerró tan fuerte en torno a su brazo que dolió.

—No os preocupéis, señor Baffour —cuchicheó el alguacil—, no puede estar muy lejos. ¿Vas a devolver la bolsa de forma voluntaria, o tengo que registrarte delante de todo el mundo?

Elise sacó la bolsa y la tiró al suelo.

—¡Ladrona! —chilló Baffour—. ¡Sucia ramera! Robarme a plena luz del día... ¿cómo se te ocurre? ¡Exijo que sea castigada!

—Sin duda, señor Baffour —dijo mansamente Guillaume—. Recibirá lo que se merece. Haré todo lo necesario, tenéis mi palabra.

Y mientras el mercader chillaba y escandalizaba, Guillaume se la llevó, entre las miradas de la gente.

—Por favor —imploró Elise—. Llevo días sin comer. No son más que unas cuantas monedas. Baffour ni siquiera las hubiera echado de menos. Dejadme ir. Juro que no volveré a hacerlo.

—Lo siento, niña, no puedo ayudarte —susurró Guillaume—. La ley es la ley. ¿Vas a venir conmigo, o tengo que arrastrarte?

Sin aflojar su presa ni por un instante, la llevó en dirección a la rue de l'Épicier. Su mirada se topó con la Torre del Hambre, que sobresalía de los tejados al sur de la ciudad: la prisión municipal. «Al menos tendré cobijo por una noche», se le pasó por la cabeza, y estuvo a punto de estallar en una risa histérica, mientras se preguntaba de manera febril cómo podía escapar de aquella trampa.

Se hizo la dócil. Si Guillaume pensaba que se había entregado a su destino, quizá lograra sorprenderlo con un golpe en la cara, soltarse y desaparecer en la maraña de callejones. «Sí.» Decidió esperar hasta que llegaran a los barrios de los jornaleros, junto al canal de la ciudad baja. Allí los callejones eran angostos, las sombras, profundas, los escondites, numerosos...

Guillaume la arrastró de pronto a un rincón oscuro entre dos cobertizos semiderruidos. Sorprendida, Elise jadeó. Él la empujó contra la pared de madera y le apretó la garganta con una mano y, cuando Elise aún estaba pensando que quería abusar de ella, vio que de repente tenía una cachiporra en la otra mano.

—Quieta. Pasará rápido.

Se resistió con todas sus fuerzas, pero Guillaume era más fuerte.

La porra descendió. Todo se volvió negro.

—Tú otra vez —gruñó Lefèvre.

—Me disgusta molestaros, señor —afirmó Chrétien—, pero abajo hay un carretero que tiene mercancía para vos. Dice que debe entregárosla en persona, y a nadie más.

Lefèvre se puso en pie de un salto, bajó al patio y abrió el portillo recortado en un ángulo del gran portón. Fuera había un carro, cargado de abombados toneles. Un viejo casi desdentado, vestido con un sayo raído, sujetaba las riendas de los bueyes. Era un chamarilero conocido en la ciudad, que trabajaba ocasionalmente comó desollador, enterrador y ayudante del verdugo, y que vivía extramuros, junto a los otros infamados.

—He de entregaros esto —masculló. Los dos alguaciles que había a la puerta miraban recelosos. Lefèvre abrió el portón y dejó entrar al viejo.

—¿Qué te debo?

—Dos sous para mí, y ocho para nuestro intermediario.

Lefèvre dejó las monedas en el pescante. El anciano contempló cada una de ellas con ojos entrecerrados antes de guardárselas.

Entretanto, Lefèvre llamó a sus criados y les ordenó descargar los toneles y bajarlos al sótano. Cuando el chamarilero se hubo marchado y el trabajo estuvo hecho echó a los criados, cerró la puerta de la bodega y corrió el cerrojo. Luego cogió un formón y fue abriendo barril tras barril. En el sexto encontró lo que buscaba.

Oscuridad. Total, impenetrable tiniebla. Elise volvió a parpadear, pero no pudo ver ni lo más mínimo.

Le dolía la cabeza, estaba mareada. Algo le cortaba dolorosamente las muñecas y los tobillos. Cadenas de hierro. Las cadenas tintinearon cuando se incorporó, gimiendo, y el dolor se hizo más soportable, al menos en las muñecas. A su espalda había una pared. La habían encadenado al muro, comprendió.

Cuando se libró del aturdimiento, se acordó de todo. La bolsa. Fromony Baffour. Guillaume. Su maldita mala suerte.

Estaba en la Torre del Hambre. Sola en una celda, según parecía.

Intentó, sin gran esperanza, pasar la mano por el grillete. Solo consiguió despellejársela. Elise tragó con dificultad. Se había acabado. De alguna manera, siempre había intuido que iba a terminar así, desde que había llegado a aquella maldita ciudad.

«Espero que te ahogues en tu codicia, Baffour, y te cuezas en el infierno. Y tú también, Guillaume.»

Una llave giró en la cerradura, y una puerta se abrió con un crujido. Entró una figura, un hombre con una vela en la mano. La luz cayó sobre una sencilla vestimenta y un rostro enjuto. Anseau Lefèvre, el usurero. ¿Qué se le había perdido en aquella celda? Se acercó y sonrió.

—Por fin estás despierta. Empezaba a temer que Guillaume te hubiera dado demasiado fuerte.

—¿Qué queréis de mí? —No pudo impedir que su voz temblara.

—Sin duda tienes preguntas. Te prometo que pronto tendrás respuestas.

Caminó con la vela encendiendo varias teas sujetas a las paredes con oxidados soportes. Los arcos de la bóveda se desprendieron de las tinieblas y se solidificaron, al retroceder las sombras.

«Esto no es la Torre del Hambre.» Se encontraba en un sótano. Hasta donde podía ver no había ventanas, y solo una puerta.

Había tres mesas delante de las paredes. Cuando Elise descubrió lo que había en ellas, se quedó sin aliento. Cuchillos. Tenazas. Agujas. Artefactos que nunca había visto. Que sin duda servían para terribles fines. De modo involuntario, tiró de sus cadenas.

—Deja de hacer eso —dijo Lefèvre, mientras prendía la última tea—. No puedes salir de aquí, así que ahorra tus fuerzas. —Dejó la palmatoria en una mesa y la miró—. ¿Qué es lo que más te gusta en esta vida?

—¿Cómo? —gimió ella.

—Es una pregunta muy sencilla: ¿qué es lo que más te gusta? ¿El contacto de un hombre? ¿Un paseo al sol? ¿Quizá una comida?

Aquel hombre estaba loco. Poseído. Completamente demente. Elise dijo lo primero que se le ocurrió:

—La sopa de huevo.

—¿La sopa de huevo? ¿De veras? ¿Nunca has comido nada mejor? —La miró con desprecio—. Bueno, es probable que no. Por suerte mi gusto es algo más desarrollado que el tuyo. Me regocijo con las cosas más diversas. Dinero. Poder. Pero, sobre todo, con el milagro de la muerte. Estar presente cuando muere un ser humano, observar su fin desde la más inmediata proximidad, es un espectáculo del que nunca me canso. Tomar una vida con mis propias manos: el máximo placer. Durante la disputa estuve en el paraíso, como sin duda podrás imaginar. He matado hombres con la espada, con el puñal, con la lanza.

Lefèvre pasó ante las mesas, cogió un cuchillo, lo contempló, volvió a dejarlo y cogió otro con una hoja dentada. El corazón de Elise latía con tanta fuerza que creía que iba a reventar en cualquier momento.

—Pero nada dura siempre —prosiguió él, acercándose a ella con lentitud—. El rey obtuvo la paz, y la guerra terminó antes de haber empezado realmente. Una pena. Ninguna exquisita matanza más. En estos tiempos, si un hombre quiere salir adelante, tiene que ocuparse en persona. Solo por eso estás aquí. —Sonrió—. Eres, en cierto modo, mi sopa de huevo.

Lefèvre se detuvo pegado a ella y le pasó el cuchillo por la mejilla. Fue un dolor frío y tenue. Cuando apartó la hoja, una única gota de sangre corrió por la herida. Lefèvre la contempló fascinado.

Elise temblaba de pies a cabeza. Le bajaban las lágrimas por el rostro, y cuando la hoja tocó su otra mejilla un grito salió de su garganta, ahogado, agudo, sin aliento.

—Grita. —Lefèvre volvió a sonreír—. Pero no esperes que nadie te oiga. Nadie lo hará. Ni siquiera san Jacques.

Junio de 1218

L legaron a Varennes cuando empezaba a atardecer. En la abadía de Notre-Dame-des-Champs las campanas estaban tocando a vísperas cuando Michel y sus criados frenaron los caballos delante de la Puerta de la Sal.

—Bienvenido de vuelta, señor alcalde —saludó el guardián—. Me alegro de volver a teneros aquí.

—¿Ha sucedido algo mientras estaba fuera? —preguntó Michel.

—Nada, señor. Ningún incendio, ninguna inundación. Todo tranquilo. La gente está satisfecha con su vida, y san Jacques duerme pacíficamente en su cripta. A mediodía de hoy ha venido un heraldo del rey y ha anunciado que la guerra ha terminado. Decidme, ¿es cierto?

—Se acabó del todo. El rey ha vencido... tenemos paz —explicó sonriente Michel.

—¡Esas son en verdad buenas noticias! ¿Dónde están nuestros bravos héroes? ¿No os los habéis traído?

Michel se había adelantado, porque pocos hombres de la tropa de la ciudad poseían caballo, y no quería esperarlos. Tenía demasiado que hacer antes de que el rey fuera a Varennes.

—Calculo que llegarán mañana. —Se llevó dos dedos a la gorra y cruzó la puerta seguido de Yves y Louis.

Era una tarde espléndida de verano, y los artesanos trabajaban al aire libre delante de sus casas, si no habían terminado ya el trabajo del día y estaban sentados al sol con sus vecinos tomando una jarra de cerveza. Los niños alborotaban en torno a la Grand Rue, espantaban a los pollos que buscaban insectos en el barro seco y saludaban alegremente cuando Michel y sus criados pasaban. Por encima de los muros de Notre-Dame salía el canto de los frailes. El basurero municipal y sus ayudantes recogían desperdicios, echaban a su carro la verdura podrida y el cadáver de un gato e insultaban a una lavandera que les había tirado a los pies un cubo de agua sucia.

Siempre que Michel salía, aunque no fuera más que durante unos días, le llamaba la atención a su regreso cuánto había cambiado Varennes en los últimos años. Aquella ya no era la ciudad de su juventud. Había experimentado un crecimiento enorme, porque entre sus muros se habían asentado siervos huidos, campesinos libres y gentes procedentes de Metz, Nancy y otras ciudades de Lorena, atraídos por el bienestar que prometían la sal de la salina y los mercados de la ciudad. Año tras año construían nuevas casas, tiendas y talleres, por lo que el espacio habitable empezaba a escasear. Los viejos patios de servidumbre con sus jardines amurallados daban paso a pequeñas parcelas, las chozas de madera a construcciones de piedra, y en la Grand Rue, la rue de l'Épicier y las otras calles principales las casas apiñadas una junto a la otra formaban ya fachadas completas, cuyas plantas superiores se asomaban a los callejones. Donde más apremiante era la falta de espacio era en la ciudad baja, en la que vivían los ciudadanos más pobres. Por eso, hacía algunos años el Consejo había decidido construir un barrio nuevo al otro lado del Mosela. Allí se habían asentado sobre todo salineros y otros trabajadores de la salina, porque los pozos de sal y las calderas en las que trabajaban todos los días se encontraban justo al otro lado de la vecina colina.

El último censo llevado a cabo por el Consejo había dado el resultado de que en Varennes vivían alrededor de cuatro mil personas, tantas como nunca. Una muralla con torres, puertas fortificadas y un foso las protegía de los ladrones y de los ataques de los señoríos vecinos. Los ciudadanos podían comerciar en cinco plazas de mercado distintas, adquirir todos los bienes imaginables y aumentar su bienestar. Un puente permitía a los viajeros cruzar el Mosela con seguridad. Cuando Michel pensaba en todo lo que había tenido que pasar para imponer la construcción de aquel puente contra la resistencia de la Iglesia y la nobleza, una amarga sonrisa asomaba a su rostro. El puente le recordaba un tiempo en el que la libertad de Varennes no iba muy lejos… un tiempo que felizmente había terminado hacía mucho. Desde hacía catorce años, un Consejo electo regía la ciudad, y ningún obispo ni príncipe podía inmiscuirse en sus destinos.

Cruzaron la plaza de la catedral, con los edificios del gremio de mercaderes y el ayuntamiento, que, aunque estaban entre los edificios civiles más grandes de Varennes, parecían pequeños al lado de la catedral de San Jacques, que sobresalía del centro de la ciudad como una montaña de torres, muros y cubiertas. Una cruz de mercado de piedra se alzaba en el centro de la plaza, como signo de que allí se celebraba mercado todos los días laborables, entre tercia y vísperas. Entretanto, la mayoría de los comerciantes y campesinos habían levantado sus puestos y cargado sus mercancías en carretillas de mano y carros de bueyes. Dos inspectores de la ciudad hacían la ronda, cobraban las últimas tasas y cuidaban de que todos los mercaderes observaran el final del mercado prescrito por la ley.

Desde la catedral, Michel y sus criados remontaron la rue de l'Épicier. A mitad de camino entre el centro y la ciudad baja, desmontaron y llevaron los caballos de las riendas al interior de su casa. Michel indicó a Yves y a Louis que llevaran al establo los animales, pasó por delante del horno de pan y del huerto y entró en la casa por la puerta de atrás.

Era el edificio más grande de la rue de l'Épicier, porque en los últimos diez años Michel se había convertido en uno de los mercaderes más ricos del valle del Mosela, y la ampliaba constantemente. La planta baja estaba formada por un gran espacio diáfano en el que almacenaba mercancías cuando ya no quedaba sitio en el sótano o en el granero.

En ese momento había dos criados sentados en la escalera, remendando zapatos. Cuando entró, se pusieron en pie de un salto y le saludaron con cordialidad.

—¿Ha vuelto ya mi esposa?

—Sí, este mediodía —respondió el más joven de los dos mozos—. La señora Isabelle está arriba, en el escritorio.

Michel subió los peldaños con una sonrisa en los labios. Isabelle había estado en su sucursal de Metz con el barco salinero mientras él iba a Amance, y hacía casi dos semanas que no la veía. Atravesó el piso superior respondiendo a los alegres gritos de sus criadas, que cortaban verdura en la cocina.

La puerta del escritorio, en el segundo piso, estaba abierta. Isabelle estaba junto al atril. Su pluma de ganso rasgaba el pergamino en el que apuntaba las últimas ventas en el libro mayor. Estaba tan sumida en su tarea que no se dio cuenta de su llegada. Michel se detuvo en la puerta y la contempló un rato. Aunque tenía casi cincuenta años, seguía siendo una belleza que atraía las miradas cuando salía en carro a la salina o iba a misa de domingo a la catedral. Ocultaba su rubio cabello, entreverado de hilos de plata, bajo una cofia; sus ojos, del color del ámbar oscuro, le recordaban hechizados carbunclos en los que un hombre podía perderse por completo. Sin duda los años habían dejado huellas en su rostro... una arruga aquí, una pata de gallo allá, pero Isabelle no estaba ni con mucho tan envejecida como otras personas de su edad. Lo que sin duda se debía a que había conservado un corazón joven.

Alzó la vista y se estremeció de tal modo que estuvo a punto de derramar la tinta.

—¡Michel! ¡Dios Todopoderoso! ¿Cómo se te ocurre asustarme de esta manera?

Sonriendo, él se acercó a ella y la besó.

—Te he echado de menos.

—Yo a ti también. —Isabelle dejó la pluma, le abrazó y le dio un beso en la mejilla—. He oído decir que estabas en Amance.

—Sí. Tenía que poner fin deprisa a una guerra.

Ella le miró sorprendida.

—¿Lo hiciste?

—Ya sabes que no hago las cosas a medias.

—Cuenta.

—Luego. Es una larga y no muy agradable historia... —Se sentó al borde de la mesa y sintió un contacto que rozaba sus ropas. Un gato salió de debajo de la mesa, un enorme animal de piel atigrada, pequeños plumones en las orejas y cola a rayas grises y negras. Saltó al alféizar de la ventana y le miró con el recelo propio de los gatos.

—Vaya, y este ¿quién es?

—Se llama Samuel. Cuando estuve en Metz, lo vi una mañana en el barco salinero. Le di un arenque, estaba muerto de hambre. Y ya no quiso irse.

—Así que, sin más, te lo has traído.

—No logré decidirme a ahuyentarlo. Además es tan guapo, ¿verdad, mi pequeño?

Rascó al gato en la nuca, y él frotó la cabeza contra su mano y gruñó lleno de placer.

Michel no pudo reprimir una sonrisa. En verdad, en su casa ya vivían bastantes animales —perros, conejos, incluso un viejo asno— que Isabelle había acogido por las más variadas razones, la mayoría de las veces para salvarlos de la enfermedad, del hambre o de malos propietarios. Pero hacía mucho que había dejado de intentar evitar que llevara más. Los animales la hacían feliz, y si ella era feliz, él también lo era. Además, un gato podía darles buen servicio. El viejo había muerto el invierno anterior, y desde entonces las ratas y los ratones se multiplicaban en la casa con peligrosa rapidez.

—¿Cómo están las cosas en Metz? —preguntó. Hacía un año que había abierto una sucursal allí, dirigida por su *fattore*, un joven mercader llamado Robert Michelet. Robert hacía un buen trabajo, pero tenía que luchar con la competencia de los mercaderes locales.

—Los negocios van mejor de lo que pensaba —contó Isabelle—. Robert ha facturado casi veinte libras el mes pasado. Está trabajando en un contrato con la abadía de Saint Arnoul. Si tiene éxito, en adelante tendrá miel, cera de abejas y cuero a un precio ventajoso. Por desgracia, también el gremio de pañeros le ha obligado a hacerse miembro suyo. Pero pude convencer al maestre de que le dejara pagar la mitad de la cuota, por lo menos los primeros dos años.

Michel asintió satisfecho.

—No sé lo que haría sin ti.

—Oh, yo te lo diré —respondió ella—. Pedirías limosna a la puerta de la abadía de Longchamp... eso es lo que harías. Sin mí, hace mucho que estarías arruinado.

La burla de Isabelle tenía un núcleo de verdad. Como el trabajo en el Consejo reclamaba casi todo su tiempo y energía, apenas podía ocuparse de sus negocios... sin los que, sin embargo, no podía vivir, porque la ac-

71

tividad en el Consejo no era remunerada. Lo único que Michel recibía eran pagos en especie, como vino, sal y cera para velas. Sin Isabelle, que le quitaba gran parte del trabajo comercial, hacía mucho que habría tenido que abandonar su cargo de alcalde.

—Te estaré eternamente agradecido por ahorrarme ese espantoso destino. Un alcalde pidiendo limosna… ¿qué pensaría la gente?

—Si conozco bien a tus incontables discípulos, incluso te amarían por ello: «¡Mirad! No se avergüenza de pedir un cuenco de sopa a los frailes. ¡En verdad es uno de los nuestros!».

Michel sonrió. Su familia gustaba de reírse de él a cuenta de su popularidad entre los ciudadanos.

—¿Hay novedades de Speyer?

Al contrario de su filial de Metz, la de Speyer era una fuente constante de preocupación desde hacía algunos meses.

—No he oído nada.

—Bueno, supongo que si no hay noticias es buena noticia.

—No te preocupes. Seguro que todo va bien. Si algo hubiera ocurrido me habría enterado en Metz.

Michel asintió, aunque no se fiaba de la paz. Se propuso viajar a Speyer y ver cómo estaban allí las cosas en cuanto encontrase tiempo para hacerlo.

Poco después se sentaban a cenar en el salón. Isabelle había dado órdenes a la cocinera de que, para festejar el día, sirviera lo mejor de lo mejor, y la mesa casi se doblaba bajo el peso del pollo asado con tocino y miel, las remolachas cocidas, el pan fresco y la fruta confitada.

Su hijo Rémy, que se había enterado casualmente de que sus padres volvían a estar en la ciudad, había aparecido por sorpresa y los acompañaba. Rémy se había hecho en los últimos años un nombre como escribiente e iluminador de libros, conseguido el título de maestro y abierto en Varennes el primer taller laico de escritura de la diócesis. Hacía documentos, salterios y otros libros para sus adinerados clientes, y, aunque solo tenía veintiocho años, se había ganado ya un prestigio considerable.

Durante su juventud, había dado la impresión de que Rémy salía por completo a su madre: los mismos ojos ambarinos, el mismo rostro marcado, de fino corte. Pero desde que se había hecho adulto se veía, para secreta alegría de Michel, que también tenía más de una cualidad de su padre. Como Michel, era de mediana estatura, ancho de hombros y, aunque no rebosara fuerza, había sido bendecido con una indestructible salud física… sin duda una herencia de sus antepasados campesinos por parte de padre. También el pelo de Rémy era corto y rubio oscuro y entretejido por mil rizos que se resistían a cualquier peine. Entretanto llevaba incluso barba, aunque mucho más corta que la de Michel.

Después de haber bendecido la mesa, se dedicaron a la humeante carne. Durante la comida, Michel les contó los acontecimientos de Amance.

Isabelle y Rémy se persignaron al saber que Alain Caboche había caído. Habían conocido al muchacho, aunque fugazmente, y su muerte los había consternado.

—Pobre Jeanne —murmuró Isabelle—. Esto le romperá el corazón.

Rémy frunció el ceño.

—¿Jeanne?

—La prometida de Alain, la hija del viejo Arnaud, de la rue des Remparts. Iban a casarse este verano. ¿Lo sabe ya el padre de Alain?

—Iré a visitar a Jean mañana y se lo diré. —El estómago de Michel se contrajo al pensar en aquel triste deber. Continuó con su historia.

—Entonces ¿Lefèvre te amenazó abiertamente? —preguntó Rémy cuando acabó su padre.

—Ese charlatán hinchado está acostumbrado a que todos tiemblen delante de él. No me lo tomo en serio.

—Pues deberías. Quién sabe de qué será capaz. ¿No conoces las historias que se cuentan de él?

—¿Que atormenta animales por placer, invoca por las noches a Belcebú y practica la magia negra? ¡Por favor! Media ciudad le debe dinero, por eso la gente le odia y hace circular todos los rumores posibles acerca de él.

—Me refiero a lo de que asesinó a su padre para quedarse con la herencia.

Michel cogió un poco más de carne, la puso en su plato, sobre una rodaja de pan empapada en jugo, y comió un bocado. El viejo Lefèvre había muerto en extrañas circunstancias, y cada persona de la ciudad tenía su propia opinión acerca de su muerte.

—Nunca pudimos demostrar nada. Solo el diablo sabe lo que ocurrió.

—Sea como fuere, ese hombre es peligroso —insistió Rémy—, y deberías estar alerta. Si lo conozco bien, intentará vengarse de ti.

—Eso no ocurrirá.

—¿Por qué lo dices? —preguntó Isabelle.

—Lefèvre ya ha hecho bastante daño. Se acabó. Antes de que termine el verano estará arruinado y destruido. De eso me encargo yo.

—¿Cómo piensas hacerlo? —Rémy se sirvió una segunda copa de vino.

—Basta —dijo Michel—. Lefèvre no va a echarnos a perder la noche. Hablemos de otra cosa. —Para relajar el ambiente, les habló del abigarrado y exótico séquito del rey Federico.

—Dicen que su biblioteca es una de las más grandes de la Cristiandad —dijo Rémy—. ¿Es cierto que siempre la lleva consigo en sus viajes?

—Lo sabremos en cuanto se haya instalado en el castillo. Quizá te permitan visitarla.

—¿Sabes ya qué favor pedirás al rey cuando te reciba? —preguntó Isabelle.

—Creo que sí.

Rémy hizo un gesto circular con la mano.

—¿Y bien?

—Eso es un asunto entre el rey y yo —respondió sonriendo Michel.

—Vamos —dijo Isabelle—, no nos tortures.

—Pronto lo sabréis. Hasta entonces, tendréis que practicar la paciencia.

Rémy e Isabelle todavía protestaron un rato, pero Michel se mantuvo firme. No quería hablar de sus planes hasta que estuvieran seguros.

Cuando las criadas recogieron la mesa, ya había oscurecido. La luz de las velas caía sobre la mesa y hacía brillar las jarras de plata. Mientras se tomaban la fruta confitada, charlaron sobre esto y aquello, hasta que finalmente Rémy se incorporó.

—Ven a verme al taller. He hecho cosas nuevas que podrían gustarte.

—Lo haré, te lo prometo —dijo Michel, que compartía el amor de su hijo por los libros y los manuscritos valiosos. Se abrazaron al despedirse.

Apenas Rémy se hubo marchado, Isabelle cogió la mano de Michel.

—Hace tanto tiempo… ven —susurró.

Conocía ese brillo en sus ojos, lo conocía demasiado bien, y no se resistió cuando ella se lo llevó con suavidad del salón, hacia su dormitorio al final del pasillo.

Él cerró la puerta, ella se quitó los vestidos y la ropa interior. A la luz de la luna que entraba por las dos ventanas, su piel parecía de alabastro.

—Eres tan hermosa —dijo.

Ella le puso las manos en las mejillas y le besó.

—Ámame —exigió, mientras tiraba de él hacia la cama.

Y lo hizo.

Cuando las campanas tocaron a maitines, hacía mucho que Michel dormía. En cambio, Isabelle aún estaba despierta, y escuchaba su respiración regular en la oscuridad del dormitorio.

Siempre que hacían el amor quedaba agotada y agitada al mismo tiempo, como si con su semen Michel también le hubiera insuflado una parte de su inagotable energía, por lo que siempre necesitaba un tiempo para poder calmarse y dormir. Aunque sabía que por la mañana estaría cansada, era una buena sensación. Sentía cada fibra de su cuerpo, cada latido de su corazón, sus besos en la piel. Se sentía viva. Y un poco triste.

Siempre había soñado con tener muchos hijos, una banda entera que llenara la casa de risas de la mañana a la noche. Dos niños y dos niñas por lo menos, a los que poder ver crecer mientras los años pasaban. Las cosas habían sido de otra manera. El destino había llevado su vida por caminos intrincados, la había separado de Michel muchos años y a Michel de ella, de manera que en todo ese tiempo solamente le había dado un hijo. Y ahora era demasiado mayor.

A veces eso le ponía furiosa, por injusto. Llevaba tanto amor dentro de sí... ¿por qué Dios no había permitido que Michel y ella tuvieran más hijos? Pero su ira con el destino nunca duraba mucho, porque siempre se acordaba del milagro que era Rémy. Era todo lo que una madre podía desear. Un regalo.

Michel se agitó junto a ella. Se volvió, gruñendo, y ella contempló la silueta de su rostro. Por fin le besó en la frente, se subió el rebozo, y poco después se quedó dormida.

Al poco de romper el día, Rémy pasó empujando su carretilla por el mercado del heno y cruzó la puerta que los guardias acababan de abrir. El velo de bruma que se tendía delante de los muros de la ciudad empezaba a esfumarse. Campesinos adormilados salían de sus cabañas y se dirigían al trabajo, con los azadones al hombro.

Rémy fue hasta el borde del bosque, donde salió del camino y empujó campo a través la carretilla hasta su lugar favorito: una extensa pradera en las cercanías de la calera, que pertenecía a los prados comunales pero apenas se utilizaba, porque había pastos mejores a la orilla del río. Sin embargo, era la más adecuada para sus fines. Antes de descargar su carretilla cerró los ojos, respiró el aire fresco de la mañana y escuchó el trino de los pinzones en la espesura. El ruido de la ciudad que despertaba y la confusión en los callejones no se oía allí fuera.

Al contrario de su sociable padre, Rémy era un solitario. Era capaz de hablar cuando las circunstancias le obligaban, pero no le gustaba hacerlo. De hecho, lo que más le gustaba era estar a solas con sus pensamientos. Como ahora.

Cogió la diana bajo el brazo y la puso al borde del bosque, entre las encinas. Estaba hecha de madera blanda, que había pintado con anillos de distintos colores. A treinta brazas —treinta dobles pasos largos—, trazó con el talón una línea en el suelo. Luego cogió su ballesta de la carretilla, puso la cuerda con manos expertas y dejó en el suelo, junto a la línea, varios dardos del tamaño de un antebrazo, antes de tensar el arma. Para ello puso el pie en el estribo de hierro que había en el extremo de la ballesta, el cable en el gancho que llevaba en el cinturón, y empujó con el pie hasta encajar el cable. También habría podido hacerlo a mano, pero así era más fácil. Luego puso un dardo, avanzó hasta la línea y apuntó a la diana.

A veces iba allí a practicar el tiro, la mayoría de las veces los domingos, después de misa, a veces también por las mañanas, antes del trabajo, como en esta ocasión. Nada le relajaba más. Cuando se concentraba por completo en respirar con tranquilidad y alcanzar en el centro de la diana, olvidaba todo lo que le rodeaba, incluso la irritación de las disputas con los clientes codiciosos o la presión de un encargo urgente. Gracias a la mucha práctica, entretanto era uno de los mejores tiradores de la ciudad, como habían demostrado distintas competiciones en los últimos años.

Y eso que solo por azar había llegado a la ballesta. Durante su aprendizaje en Schlettstàdt, en Alsacia, había tomado prestada de vez en cuando la ballesta de su maestro y, por aburrimiento, se había dedicado a disparar a una diana en el muro del patio. Durante su primer año, cuando no conocía a nadie en Schlettstàdt aparte del maestro Rabel y sus aprendices, había matado el tiempo de esa forma en las tardes solitarias. Pronto esa sencilla distracción se había convertido en algo más, porque tenía casi tanto talento para la ballesta como para la pintura de libros. Había practicado todos los días, cada vez con mayor seguridad, hasta que finalmente habría podido enfrentarse a los mejores tiradores de Schlettstàdt.

Apretó el gatillo. El dardo silbó por el aire y alcanzó la diana con un sordo estampido. Rémy puso el siguiente dardo.

La Iglesia no se cansaba de satanizar la ballesta y cargarla de excomuniones. La llamaba *deo odibilem*, odiosa a Dios, o *artem mortiferam*, arte mortífera, dado que hacía posible incluso a guerreros mal formados abatir caballeros armados hasta los dientes. Pero a Rémy no le importaba nada la prohibición... ni a nadie en Varennes. Los ciudadanos no pensaban renunciar a un arma con la que, en tiempos de necesidad, podían defenderse de nobles ansiosos de poder y otros enemigos superiores. Al fin y al cabo, la historia llena de vicisitudes de su ciudad había demostrado que necesitaban semejantes armas.

Disparó dardo tras dardo. Cuando hubo agotado su provisión, fue hasta la diana y valoró el resultado de sus esfuerzos. Todos los dardos habían dado en la diana, solo dos habían errado el círculo negro en su centro.

Satisfecho consigo mismo, arrancó los dardos, aumentó la distancia en diez brazas y empezó de nuevo.

Michel cruzó el portal, dejó atrás el olor apestoso de las calles y entró en un mundo lleno de humo, hollín y ceniza.

Era la mayor herrería de Varennes. Varios edificios de piedra, todos abiertos por delante, rodeaban una plaza en la que, en ese momento, dos mozos descargaban sacos de carbón de un carro de bueyes. Los martillos caían sobre los yunques con estrépito ensordecedor, el vapor se alzaba siseando como el venenoso aliento de un dragón cuando manos quemadas por pavesas sumergían metal al rojo en una cuba. Cuatro maestros y otros tantos oficiales forjaban clavos, herraduras, sartenes y yelmos; los aprendices corrían entre el humo arrastrando cubos de agua, alimentaban las fraguas y barrían las limaduras de hierro. El aire apestaba a escoria, y estaba tan caliente que, a los pocos pasos, Michel rompió a sudar.

El taller pertenecía a Jean Caboche, maestre de los herreros, maestros armeros, espaderos, cerrajeros y fabricantes de espuelas, cuya fraternidad mandaba en los callejones que había detrás de la abadía de Longchamp. Michel encontró a su amigo en un cobertizo en el que Caboche estaba cogiendo de un cesto un casco nuevo, examinaba a fondo la pieza y hablaba con uno de sus maestros.

—¡Michel! ¡Ya habéis vuelto! ¡A mis brazos, viejo amigo! —El herrero tiró el casco encima de la mesa, abrazó riendo a Michel y casi ahoga a su visitante. Jean Caboche era un hombre como un árbol, casi una cabeza más alto que Michel, de blanca barba y fuerte como un joven leñador, aunque se acercaba imparablemente a su sexagésimo verano—. He oído decir que le habéis dado una buena lección a Lefèvre, ese viejo perro. Sentaos y contádmelo todo. Pediré cerveza.

«No sabe nada.» Michel había prohibido expresamente a los herreros que habían llevado a Lefèvre a Varennes hablar con su maestro, para que Jean no se enterase de cualquier manera de la muerte de su hijo.

—¿Podemos entrar en la casa?

La sonrisa de Jean desapareció.

—¿Hay malas nuevas?

—Es mejor que hablemos dentro.

—Repasad esos cascos. Si están bien, haced otras veinte piezas —ordenó Jean al maestro antes de guiar a Michel hasta su casa. Estaba al final de un pequeño callejón que discurría entre los talleres, y, en lo que a tamaño y comodidades se refería, podía medirse con los domicilios de los patricios de la ciudad. Como muchos artesanos importantes de Varennes, Jean había alcanzado en los últimos años un considerable bienestar.

—¿Está Adèle en casa? —preguntó Michel cuando llegaron a la puerta.

—Ha ido con Azalaïs a ver a su hermano. Probablemente no vuelva hasta mañana.

Azalaïs, la hermanastra mayor de Alain, era la sobrina de Michel. Antes de que Adèle tomara por esposo a Jean, había estado casada con el hermano de Michel, al que Dios había llamado demasiado pronto a su lado. «Dios Todopoderoso, ya hace veinticinco años de eso.» Por aquel entonces, el dolor casi había hecho perder el juicio a Adèle, y solo su hijita Azalaïs le había impedido entregarse a la desesperación. Por eso Michel estaba no poco aliviado por que ella no estuviera en casa. Tener que dar a Jean la noticia de la muerte de Alain ya era lo bastante duro sin tener que contemplar también el dolor de Adèle.

Jean cerró la puerta. Sin soltar el pomo de hierro miró a la nada, tragó saliva, buscó las palabras. Por fin, preguntó con voz ronca:

—Es Alain, ¿verdad?

—Cayó hace unos días ante los muros de Amance —dijo Michel.

Todas las fuerzas parecieron abandonar al herrero. Cayó de rodillas y ocultó el rostro entre las manos grandes como zarpas. Le temblaban los hombros. Michel tragó saliva con dificultad. Ver llorar a aquel gigante fuerte como un oso era más de lo que podía soportar. Acercó una caja, se sentó en ella y puso las manos en los brazos de su amigo.

—Alain, oh, Alain —dijo Jean, antes de que el dolor lo dejara sin palabras. Pasó mucho tiempo antes de que pudiera recuperar el habla—. ¿Cómo? —susurró—. ¿Cómo ha ocurrido?

—Un disparo en el corazón. Murió en el acto, sin sufrir.

—¿Es eso verdad? Juradlo.

—Lo juro por la salvación de mi alma.

—Juradlo por la vida de vuestro hijo.

—Por la vida de mi hijo —dijo Michel, aunque apenas logró pronunciar las palabras.

—Nunca debí permitir que se presentara voluntario —murmuró Jean al cabo de un rato—. ¿Por qué no se lo prohibí, como habría hecho cualquier padre con sentido?

—Alain no os hubiera hecho caso. Desde que era niño, soñaba con ser guerrero. Incluso hablaba de irse a Tierra Santa cuando se emancipara. Ningún poder en el mundo le habría impedido ir con el rey.

Jean ni siquiera le escuchaba.

—Es culpa mía. Culpa mía —cuchicheaba.

—Si alguien tiene la culpa de la muerte de Alain sin duda no sois vos, sino Lefèvre.

El herrero le lanzó una mirada inquisitiva.

—Fue la mañana anterior a mi llegada —prosiguió Michel—. Lefèvre se había metido en la cabeza poner el castillo a los pies del rey. Por eso ordenó un ataque sin esperanza alguna contra la barbacana. —En pocas palabras le contó lo que había sabido por Hugo.

Al principio el gesto de Jean no mostraba emoción alguna, luego fue ensombreciéndose a ojos vistas. Antes de que Michel hubiera terminado, se levantó y empezó a dar vueltas por el zaguán. Resoplaba, apretaba los dientes y los puños, de forma que los músculos de sus brazos se hinchaban.

Michel se puso delante de la puerta. Sabía lo que iba a ocurrir, y estaba preparado para un violento enfrentamiento. Jean agarró un pesado martillo de herrero, que un adulto normal a duras penas habría podido levantar.

—Fuera de mi camino —gruñó.

—¿Qué pretendéis?

—¿Qué os parece?

—Queréis vengaros de Lefèvre. Pero eso es un error, Jean. No podéis hacerlo.

—Me importa una mierda lo que puedo hacer. Voy a romper todos los huesos a ese hijo de perra y arrastrarle por las calles hasta que me suplique tendido en el polvo que ponga fin a su miserable vida.

—Comprendo vuestro dolor... mejor de lo que pensáis. Pero, si matáis a Lefèvre, os haréis desdichado. Pensad en Adèle y Azalaïs. Ahora os necesitan. ¿Qué será de ellas cuando estéis en la Torre del Hambre, esperando que os cuelguen por haber asesinado a un patricio?

—¡Ese cerdo debe pagar por lo que me ha hecho! —bramó Jean, y volvió a echarse a llorar.

—Lo hará, tenéis mi palabra. Pero no así. No así.

El herrero hizo un intento de echar a un lado a Michel, y a Michel le costó trabajo contener a aquel hombre enorme. Cuando ya temía que Jean iba a tirarlo al suelo, su amigo se apartó de repente, dejó caer el martillo y fue hacia un banco de trabajo, en el que se apoyó con ambas manos mientras derramaba silenciosas lágrimas.

Michel esperó largo tiempo antes de acercarse a él.

—Vamos arriba. Lo que necesitáis ahora es un buen trago de vino.

—No tengo en casa —murmuró Jean, de forma apenas audible—. Solo cerveza.

—Creo que la cerveza también servirá.

—Primero quiero ver a Alain.

—No pude traerlo. Tuvimos que enterrarlo a él y a los otros en la iglesia de Amance.

—¿Hubo un sacerdote?

Michel asintió.

—Hizo tocar las campanas a muerto, y dijo misa por sus almas. Fue una hermosa misa, os habría gustado —añadió, aunque el impaciente sacerdote había liquidado sus deberes en el menor tiempo posible.

—Eso está bien —susurró Jean—. Esto está bien. —Gimiendo como un anciano encorvado por la gota, se incorporó, alzó un momento la vista al techo y pasó el brazo por los hombros de Michel—. Venid, viejo amigo. Bebamos por mi muchacho, el hombre más bravo de todo Varennes.

Subió la escalera con paso pesado, con los hombros caídos.

Michel se quedó en casa de Jean hasta primera hora de la tarde. Se sentaron en el comedor, bebieron cerveza y hablaron de Alain, de su infancia, de sus días más felices. Cuando finalmente Jean le dio a entender que ahora quería estar solo, Michel se despidió.

Se sentía tan agotado y destruido como si hubiera pasado despierto toda la noche. Pero no podía irse a casa y descansar... no hasta que hubiera hecho su trabajo.

El ayuntamiento —el antiguo palacio episcopal— estaba en la plaza de la catedral, a la sombra de la misma, un edificio que inspiraba respeto, con muros defensivos de grises sillares, empinado tejado y pequeñas ventanas. El Consejo había hecho añadir en la parte delantera una torre que contenía el archivo de la ciudad, la cámara del tesoro y la armería. Junto a la entrada estaban las medidas municipales —un codo de hierro, los contornos de un tonel de sal y una hogaza de pan, y similares—, para que cualquiera que acudiera al mercado pudiera comprobar si las mercaderías ofrecidas respondían a las normas. Encima del portal rampaban, en letras de oro, los privilegios reales en los que se fundaba la autonomía de Varennes: el derecho de fortificación; las regalías de mercado, aduana y moneda; la alta y baja jurisdicción; la libertad de no tener que prestar obediencia militar a nadie más que al rey. La ciudadanía se los había arrebatado antaño en duras luchas a los señores eclesiásticos y feudales, a ellos debían su libertad.

Michel saludó al escribano de la ciudad y al tesorero, que salieron a recibirlo al vestíbulo, y subió al piso de arriba. Al oír voces familiares en la sala del Consejo, abrió la puerta entornada. A la mesa se sentaban Henri Duval y Eustache Deforest, consejeros y mercaderes como él y, junto a Jean Caboche, sus más íntimos amigos. Los dos hombres estaban en ese momento debatiendo acaloradamente sobre la cuantía de la *accisa*, el impuesto sobre el vino, la cerveza y otros alimentos, pero interrumpieron su discusión al ver a Michel.

—¡Aquí está nuestro héroe y forjador de la paz! —exclamó riendo Duval—. Venid aquí, dejad que os abrace. Estamos orgullosos de vos. La ciudad entera está orgullosa de vos.

La sorpresa de Michel solo duró un instante.

—¿Os lo ha contado todo Isabelle?

—Ha estado a mediodía en la sede del gremio, me la he encontrado allí —explicó Deforest, que no solo era miembro del Consejo y presidente de la ceca municipal, sino que también ostentaba el cargo de maestre del gremio, y hablaba en nombre de los mercaderes de Varennes—. Decid: ¿de verdad es cierto que también el hijo de Jean está entre los muertos de Amance?

Michel asintió:

—Cayó poco antes de mi llegada al campamento. Acabo de estar con Jean y se lo he dicho.

Los dos hombres se persignaron.

—No me atrevo a imaginar cómo debe de estar ahora —murmuró Duval—. Sin duda está medio loco de pena y dolor. Iré a visitarle más tarde y a darle mis condolencias.

—Hacedlo. Ahora necesita nuestra amistad y todo el consuelo que podamos ofrecerle. —Michel se acercó a la mesa y contempló las listas de impuestos—. ¿Ya estáis discutiendo otra vez por la *accisa*? Estábamos de acuerdo en que por el momento no íbamos a tocar los impuestos.

—Eso es lo que yo digo —indicó Henri Duval—. Pero Eustache, este cabeza dura, no quiere darse cuenta. Os lo ruego, Michel, imponeos.

Henri era el hijo mayor de Charles Duval, el más querido amigo de Michel, que había muerto hacía algunos años, después de una grave enfermedad. Henri había heredado de su padre el rostro poco agraciado, los ralos cabellos y la piel de un pálido enfermizo, pero también el agudo entendimiento y el enciclopédico conocimiento de la ley y el derecho. En consecuencia, junto a su trabajo como mercader y consejero, presidía el tribunal de justicia municipal. La ciudadanía lo apreciaba por sus sentencias justas y equilibradas.

—Hay un acuerdo del Consejo acerca de este asunto —dijo Michel—. Si lo recuerdo bien, decidimos por ocho votos a cuatro no bajar la *accisa*.

—El acuerdo es de hace seis meses —respondió Eustache Deforest—. Desde entonces han pasado muchas cosas. La disputa ha dañado el comercio. Una bajada del mal dinero aumentaría la demanda de vino, cerveza y similares y animaría los negocios.

Michel suspiró audiblemente. Por lo general, Eustache era un hombre inteligente y contenido, pero cuando se trataba de las necesidades de los mercaderes podía ser testarudo hasta la obstinación.

—Sé que pensáis que los impuestos son obra de Satán. Pero la ciudad necesita ese dinero. Las armas para la tropa, la soldada de los hombres, todo eso ha devorado sumas ingentes. También en otros lugares falta de todo. Por supuesto que podemos bajar la *accisa*, pero entonces tendríamos que elevar la talla o los aranceles, y eso no sería lo que vos queréis, ¿no?

—Siempre os quejáis de lo elevados que son nuestros gastos —repuso Deforest—. Quizá para variar podríais pensar en cómo bajarlos, en vez de tirar a manos llenas por la ventana el dinero de otros.

—¿El dinero de otros? —repuso Michel—. ¡Me permito recordaros que soy el que más impuestos paga de esta ciudad!

—Vuestro caritativo gesto me conmueve hasta las lágrimas. Podéis pagar todos los impuestos que queráis. A nosotros, los que no hemos sido bendecidos con tales riquezas, nos gustaría guardar de vez en cuando este o aquel denier para nosotros.

—Ahora la envidia habla por vuestra boca.

—¿Envidia? No… la pura razón. ¡La que entretanto vos habéis perdido, mi querido amigo!

Ambos enmudecieron, se quedaron mirándose… y rompieron a reír a carcajadas.

—Por todos los santos, vaya un cabezota mezquino estoy hecho —dijo Deforest—. Acabáis de poner fin a una guerra y asegurar a Varennes la gratitud del rey… y yo no tengo otra cosa mejor que hacer que discutir con vos sobre los impuestos. Os ruego que disculpéis mi obstinación.

—Soy yo el que tiene que disculparse. Tiendo a dejarme llevar por estas cosas.

—¿Paz?

—Paz —dijo Michel, y estrechó la diestra del maestre del gremio. Eso era lo que tanto apreciaba en Duval y Deforest: por más que pudiera discutir con ellos, eso nunca hacía sufrir su amistad. Estaba lo bastante asentada como para superar cualquier tormenta.

—¿Por qué no aplazamos la cuestión de la *accisa* para la próxima sesión del Consejo? —propuso Duval—. Mejor, contadnos cómo se ha tomado Lefèvre su destitución.

—Como un niño pequeño al que le quitan una peonza —dijo Michel mientras se sentaban a la mesa—. Escupió veneno y bilis y me amenazó, así que al final tuve que hacer que se lo llevaran como a un ladrón de huevos.

—Me hubiera gustado estar presente. —Duval sonrió.

—Pobre loco —dijo Deforest—. Todo habría sido la mitad de malo si tan solo se hubiera sometido a la decisión del Consejo. Ahora ha quedado humillado delante de toda la ciudad. Por otra parte, ayer me encontré a René y a Guichard. Siguen contritos por haber dado su voto a Lefèvre. Apenas podían mirarme a los ojos.

René Albert y a Guichard Bonet eran dos de los siete consejeros que se habían pronunciado a favor del nombramiento de Lefèvre como capitán de las tropas municipales. Dos personas profundamente razonables, pero en aquella votación su juicio los había dejado en la estacada.

—Saldrán adelante. Lo importante es que al fin se han dado cuenta de la clase de canalla que es Lefèvre.

—¿Qué hacemos ahora con él? —preguntó Deforest.

—¿Podemos pedirle cuentas ante un tribunal? —preguntó Michel volviéndose hacia Duval.

—Eso depende —respondió el juez municipal—. Los hombres de la tropa le habían jurado lealtad inquebrantable. Como su capitán, tenía todo el derecho a enviarlos a la muerte, por amargo que sea. Pero, si conseguimos demostrar que rompió el juramento de su cargo para buscar tan solo su propia ventaja, podemos privarlo de su escaño en el Consejo y castigarlo.

La silla crujió cuando Deforest se apoyó en el respaldo. Antaño un hombre esbelto, gracias a los muchos banquetes con sus hermanos del gremio en los últimos años había adquirido una notable barriga de bienestar.

—Bueno, ha jurado proteger a los ciudadanos de Varennes y, en virtud de su cargo de consejero, protegerlos de todo daño. Y no lo ha hecho. En vez de eso, ha expuesto constantemente a los hombres de la tropa a riesgos innecesarios y los ha sacrificado por su ansia de fama. Para mí, el caso está claro.

—Por desgracia la cosa no es tan sencilla —repuso Duval—. Si no admite la quiebra de su juramento, y podemos partir de la base de que no lo hará, será su palabra contra la de sus hombres. Tened en cuenta que es un patricio, mientras los hombres no son más que simples oficiales y trabajadores sin derecho de ciudadanía. Su palabra tiene más peso. En esas circunstancias, solo una instancia superior podría establecer la culpa de Lefèvre más allá de toda duda.

—Un Juicio de Dios —dijo Michel.

Duval asintió.

—Si el Consejo está de acuerdo en proceder contra él, retaré a Lefèvre a someterse a una ordalía, para que el Todopoderoso manifieste su voluntad y Lefèvre no pueda seguir negando haber violado su juramento.

Michel no estaba contento con ese proceder, porque los Juicios de Dios no eran especialmente fiables. Pero Henri Duval era el que mejor conocía las leyes. Si él opinaba que la culpa de Lefèvre no se podía determinar sin más, harían bien en seguir su recomendación.

—Bien. Hablad con los demás consejeros. Si están de acuerdo, celebraremos el Juicio de Dios mañana mismo, en el cementerio de la iglesia de Saint-Pierre. ¿Estamos suficientes en la ciudad como para que el tribunal esté en condiciones de decidir?

—Solo Odard no está; sigue en viaje de negocios por la Champaña, hasta donde yo sé —respondió Deforest.

La ausencia de un miembro del Consejo podía tolerarse. Mientras en la vista participaran por lo menos tres cuartos de los consejeros y de los jueces, podían dictar una sentencia firme.

—Entonces, haremos eso —dijo Michel.

Justo en ese momento las campanas tocaron a nona. Suspiró. El tiempo volaba, y aún no había empezado siquiera con su verdadero trabajo.

—Hay otra cosa que tenemos que discutir. ¿Sabéis que el rey viene a Varennes?

Deforest asintió.

—El heraldo de Federico se lo comunicó al Consejo ayer.

—¿Habéis empezado ya los preparativos?

—Naturalmente —dijo Duval—. Una docena de los nuestros están ocupados desde esta mañana en acondicionar el palacio real. He indicado al tesorero que compruebe las existencias de los almacenes y compre vino, cerveza, carne y lo que sea necesario, si es que las reservas no alcanzan para el séquito del rey.

—Sabía que podía confiar en vosotros —dijo aliviado Michel.

—Manutención para más de trescientas personas, entre ellas paladares tan exigentes como Konrad von Scharfenberg y el propio rey... no quiero imaginar lo que costará eso —dijo Deforest.

—Para evitar sorpresas desagradables, debería calcular cuánta plata nos queda en nuestras arcas. —Michel se incorporó—. Disculpadme.

Fuera, en el pasillo, dio a un alguacil la orden de ir a casa de Lefèvre y levantarle el arresto. Sin duda si por él fuera habría encerrado a Lefèvre hasta el fin de los días, pero sin una sentencia del tribunal no tenía derecho a retener más tiempo del necesario a otro consejero. Cuando el corchete se fue de allí, Michel entró por fin en su despacho y se sentó a la pesada mesa de roble.

Antes, el obispo dirigía los destinos de Varennes desde aquella estancia... hoy lo hacía Michel como cabeza electa de la ciudadanía, encabezando el Consejo de los Doce como *primus inter pares*. Mientras el sol del mediodía entraba por la ancha ventana doble, hojeó el libro en el que el escribano de la ciudad anotaba en latín todas las decisiones del Consejo. Además contenía sentencias del tribunal, indicaciones acerca de los patrimonios de Varennes sujetos a impuestos y copias de las listas de impuestos y aranceles.

En el año 1204, cuando la ciudadanía eligió por vez primera al Consejo, Michel y los otros nuevos consejeros habían hecho a toda prisa una constitución que les permitiera acometer las necesidades más apremiantes de los ciudadanos. Desde entonces habían reelaborado varias veces aquel entretejido de estatutos y leyes ideados con celeridad. Michel se había orientado para hacerlo por el probado régimen de la ciudad de Speyer, con la que mantenía firmes relaciones. Como en aquella ciudad libre a orillas del Rin, habían establecido que los cargos más importantes —el alcalde, el monedero mayor, el corregidor, la inspección de mercados y aduanas y la presidencia del tribunal— siempre serían ostentados por consejeros, mientras los puestos menores —por ejemplo el tesorero, el administrador de las tierras comunales y el arquitecto de la ciudad— recaerían en funcionarios pagados con carácter vitalicio.

La última innovación que había implantado el Consejo afectaba a los nombres de los ciudadanos. La mayoría de los habitantes sencillos de Varennes tenían únicamente un nombre de pila. Eso dificultaba de forma considerable cosas tales como la recaudación de impuestos, porque nadie podía distinguir a todos los Jeans, Pierres y Jacques, puesto que había docenas de ellos. Así que el Consejo había ordenado que cada hombre con derecho de ciudadanía, sujeto a impuestos y emancipado tenía que elegir, si aún no lo había hecho, un apellido, que en adelante también llevarían su esposa y su descendencia. Desde entonces todas las familias burguesas tenían apellidos, que en la mayoría de los casos remitían a su profesión, su origen o especiales caracteres de su cabeza de familia, como ya era usual en otros lugares.

Aprovechando ese momento, Michel había eliminado por fin el «de» entre su nombre y su apellido. Su patria era Varennes desde hacía cuarenta y cinco años. Sin duda no negaba provenir del pequeño pueblo campesino de Fleury, al oeste del valle del Mosela, pero consideraba innecesario señalar expresamente ese hecho en su nombre.

El escribano de la ciudad ya había anotado todos los gastos que iban a producirse con ocasión de la visita real, de manera que Michel no tuvo más que sumar las distintas partidas y cotejarlas con las reservas existentes en la cámara del tesoro. Cuando tuvo el resultado, suspiró involuntariamente. No era la primera vez que un rey hacía uso de la hospitalidad de Varennes. Pero sin duda esta visita iba a ser la más cara, porque el séquito de Federico era mucho mayor que el de su predecesor, Otto de Braunschweig. Y necesitaban ese dinero para el mantenimiento de la muralla, la atención a los pobres, el salario de los funcionarios y la limpieza de las calles y fuentes públicas. Solo cabía esperar que todos los caballeros, damas nobles, clérigos, canonistas y criados de Federico visitaran con frecuencia las tabernas y mercados de Varennes, porque a la economía de la ciudad, debilitada por la disputa, podía venirle muy bien la plata fresca.

Michel repasó a conciencia las anotaciones. Según parecía, los otros consejeros habían pensado en todo. Aun así, decidió ir al palacio y comprobar cómo iban los preparativos. Cuando estaba poniéndose la gorra, la puerta se abrió de golpe, y Anseau Lefèvre se precipitó al interior.

—Tengo prisa, señor Lefèvre. Así que haced el favor de abreviar.

—No. Diré lo que tenga que decir, y me escucharéis.

—¿Vuestras mezquinas quejas acerca de lo injustamente que se os ha tratado? No. No tengo tiempo para eso. Si queréis hablar conmigo a toda costa, hacedlo mientras me dedico a cosas más importantes. —Michel puso la mano derecha en el pomo de la puerta abierta y, con la izquierda, invitó a Lefèvre a salir de su despacho.

—¿Os atrevéis a echarme como a un lacayo? —rugió el prestamista.

—No. —Michel fue por el pasillo hacia la escalera.

—¡Me habéis humillado delante de toda la ciudad! —jadeó Lefèvre mientras corría detrás de él—. ¡Exijo una disculpa!

—Lo que ha sucedido no es más que culpa vuestra. No hay motivo alguno para una disculpa por mi parte. Si tuvierais aunque fuera una chispa de decencia en el cuerpo, vos pediríais disculpas… a Jean Caboche, a su esposa Adèle y a todos aquellos cuyos hijos, hermanos y padres han muerto por vuestro egoísmo.

Lefèvre le siguió por el zaguán hasta el exterior.

—¡Escuchad, escuchad! Está hablando Michel Fleury, el santo de Varennes. Si él hubiera mandado la tropa, ni un hombre habría sufrido daño. Con el poder de su infinito amor, los habría preservado de todos los mandobles y lanzazos.

Michel no se dignó responder. Cruzó la plaza de la catedral hacia la Grand Rue, pasando ante los puestos de los mercados y el pueblo que los miraba.

—Decidme una cosa —dijo Lefèvre—. ¿Cómo voy a hacer mi trabajo como consejero cuando media ciudad se ríe de mí? ¿Habéis pensado en eso?

Michel se detuvo y miró a los ojos al prestamista. Treinta años atrás, el frío fuego que había en ellos le habría inspirado respeto. Pero desde entonces había visto la suficiente maldad y vileza como para no dejarse intimidar por hombres como Lefèvre.

—En lo que a eso concierne, puedo tranquilizaros. Ya no os veréis en el apuro de tener que trabajar para el Consejo. Mañana mismo os liberaremos de esa molesta obligación, y cuidaremos de que recibáis la justa recompensa por vuestra abyección.

Lefèvre le clavó una mirada penetrante.

—¿Cómo debo entender eso?

—Podréis leerlo en la citación que se os va a expedir después. Os queda un hermoso día, Anseau. Disfrutadlo. Podría ser vuestro último día en libertad.

Con esas palabras, Michel dejó plantado al prestamista y remontó la Grand Rue.

La gente estaba de pie entre las lápidas, bajo las anchas ramas de los árboles, en los peldaños de los panteones. Medio Varennes, le parecía a Michel, había ido a ver el Juicio de Dios. El cementerio de Saint-Pierre, donde desde siempre se celebraban las ordalías, era demasiado pequeño para acoger tales masas. Por eso la mayoría de la gente se apretujaba detrás de los muros, y estiraban la cabeza para no perderse nada.

Michel y los otros miembros del Consejo que constituían el tribunal de la ciudad se sentaban a una mesa a la sombra de la nave de la iglesia. Quince alguaciles, armados con cascos y lanzas, protegían esa zona. Lefèvre estaba rígido como un palo e ignoraba las miradas llenas de odio que Jean Caboche le lanzaba.

—El tribunal de la ciudad libre de Varennes Saint-Jacques os acusa de haber quebrado, durante la disputa del rey, el juramento que prestasteis el día de vuestro nombramiento como consejero —dijo Henri Duval, que dirigía el proceso en su calidad de juez—. En aquel momento, jurasteis proteger de todo daño a los habitantes de esta ciudad, pero, como capitán de la tropa de la ciudad, habéis sacrificado a vuestros hombres en absurdos ataques. Os acusamos de que por vuestra culpa quince habitantes de esta ciudad encontraron la muerte, y muchos otros resultaron heridos. ¿Queréis manifestaros respecto a esta acusación?

—Que los hombres murieran o sufrieran daño no es culpa mía —respondió Lefèvre con voz firme—. El enemigo era fuerte y combatió valerosamente. No estaba en mi poder proteger a los hombres de sus flechas y espadas.

La multitud se agitó.

—¡Embustero! —rugió alguien. Duval llamó a la gente al orden.

—Entonces ¿negáis haber violado vuestro juramento?

—Del modo más decidido. Desde que pertenezco al Consejo, no he buscado otra cosa que el bien de Varennes y el de mis conciudadanos, especialmente durante la disputa. Quien afirma otra cosa ensucia mi buena fama y me hace una grave injusticia.

«Miente a la cara a la ciudad entera y ni siquiera tiene la decencia de ruborizarse», pensó Michel. «Puede que incluso él se crea lo que está contando.» Miró de reojo a Jean Caboche, que entretanto estaba tan furioso que parecía temblar de pies a cabeza.

—Sabéis que nuestras leyes regulan un caso como este —dijo Duval—. Si nuestras acusaciones se oponen a vuestra palabra y no hay pruebas inequívocas de una cosa u otra, un Juicio de Dios tendrá que revelar la verdad.

—¡Muy bien! —gritaron algunos ciudadanos—. ¡Que el Todopoderoso hable por la prueba del fuego!

—¡Sí, la prueba del fuego! —rugieron otros—. ¡Exigimos la prueba del fuego! ¡Que ponga la mano en el fuego!

—Como patricio de la ciudad de Varennes Saint-Jacques, me corresponde el privilegio de poder probar mi inocencia con un procedimiento menos doloroso —dijo impertérrito Lefèvre.

—¡Cobarde! —se burló la multitud, y Duval tuvo que volver a imponer orden.

—Se os concede la petición. Encenderemos dos velas de igual tamaño en el altar de esta iglesia. Si la de la derecha se quema más deprisa que la de la izquierda, consideraremos probada vuestra culpa. En cambio, si la de la izquierda arde más rápido, quedaréis libre de toda acusación.

La multitud expresó su disgusto. La prueba de las velas era el método menos espectacular de llevar a cabo un Juicio de Dios. Aun así, Duval insistía en ese procedimiento porque las leyes de Varennes prohibían al tribunal exponer a un ciudadano de alto rango a una ordalía dolorosa y tal vez mortal, como la prueba del fuego.

Los consejeros se trasladaron con mesa y bancos al interior de la iglesia, la multitud entró a raudales por la puerta principal. Se ordenó a Lefèvre arrodillarse ante el altar, mientras Duval encendía en persona las dos velas.

—Ahora vuestro destino está en manos de Dios —anunció el juez.

«Por favor, oh, Señor», rezó Michel. «Pon su culpa de manifiesto, para que podamos castigarlo de una vez por sus pecados.»

Los otros consejeros también murmuraban oraciones. Incluso Lefèvre imploraba su asistencia a Dios. Al principio la multitud observaba las velas en tensión, pero pronto se extendió el aburrimiento. Las primeras personas se fueron.

Aunque habían elegido dos velas finas, pasó un buen rato antes de que el resultado se hiciera visible. Quien tenía buena vista pudo observar que la vela de la izquierda ardía más deprisa. Rezaron con tanto mayor fervor, pero no sirvió de nada: al cabo de otro rato, la vela izquierda era ya una pulgada más corta que la derecha. Una fina sonrisa jugueteó en los labios de Lefèvre.

Duval abandonó su lugar en el banco del tribunal y se acercó al altar.

—Dado que es improbable que el resultado de la ordalía cambie, propongo ponerle fin y aceptar el Juicio de Dios.

—¡No! —rugió Jean Caboche—. ¡Esperaremos hasta que la vela se queme del todo!

Duval volvió a sentarse. Pasó otro buen rato, y las campanas tocaron a sexta. Entretanto, la multitud se había dispersado en su mayor parte. Tan solo una treintena de personas seguían esperando, de pie y sentadas, en el interior de la iglesia.

De la vela derecha quedaba todavía un cabo de una pulgada; la izquierda prácticamente había desaparecido. Cuando su llama se extinguió, Duval se puso en pie. En su voz se notaba lo que le costó pronunciar las palabras:

—Dios, nuestro creador, ha manifestado su voluntad mediante la prueba de la vela: Anseau Lefèvre no debe ser castigado. Seguirá siendo miembro del Consejo y puede salir de esta iglesia como ciudadano libre de culpa.

—Os lo agradezco, Henri. Sabía que podía confiar en la justicia del cielo. —Lefèvre se levantó y se inclinó con burlona indiferencia ante el juez.

—¡Ha mentido! —rugió Caboche—. ¡Ha habido trampa!

—Hemos comprobado previamente las velas... estaban en orden —dijo Michel—. Tenéis que aceptar la sentencia. Los caminos del Señor son inescrutables.

También otros consejeros trataron de tranquilizar a Jean. Aun así, el maestre de los herreros estaba cada vez más furioso y quiso lanzarse sobre Lefèvre, de forma que tuvieron que sujetarlo.

—¡Dejadme! —gritó—. ¡Lo mataré! ¡Le abriré la cabeza!

—¿A qué esperáis? Marchaos —dijo Duval a Lefèvre—. ¡Vamos!

La multitud que quedaba cortó el paso al prestamista. Muchos estaban apenas menos furiosos que Caboche, y en más de unos ojos brillaba el ansia asesina, de modo que Duval se vio obligado a abrir para Lefèvre la puerta trasera y dejar que cuatro alguaciles armados lo guiaran con seguridad por los callejones.

—Marchaos a casa —ordenó a la gente—. Y pensad en que quien crea poder tomarse la justicia por su mano romperá la paz de esta ciudad y será castigado con toda la dureza de la ley.

Los alguaciles echaron a la gente sin contemplaciones, de forma que al final los consejeros se quedaron solos en la iglesia con el sacerdote y el escribano de la ciudad. La furia de Jean había dado paso a la desesperación, estaba arrodillado en el suelo y lloraba.

—Hoy hemos sufrido una derrota, pero no es el fin —trató Michel de

tranquilizar a su amigo—. Encontraremos otra manera de castigar a Lefèvre.

—¿Cómo? —preguntó René Albert, consejero del gremio de mercaderes—. Hasta ahora siempre ha sabido sacar la cabeza del nudo.

—En primer lugar, tenemos que hacer que pierda su escaño en el Consejo, para que no pueda causar más daño. En la elección del mes que viene
no debe obtener en modo alguno votos suficientes para volver a entrar en
el Consejo. Debería ser posible. La gente ha aprendido la lección. No serán tan necios de volver a elegirlo.

—¿Creéis que Lefèvre tendrá la desmesura de volver a presentarse?
—preguntó Guichard Bonet, el maestre de los tejedores y tintoreros.

—Apostaría todo lo que tengo. No nos dará el gusto de ceder el paso
sin hacer ruido.

Deforest asintió, reforzando la idea.

—Mientras haya suficientes pobres diablos a los que poder intimidar
o comprar, volverá a intentarlo.

—Exactamente eso —dijo Michel— es lo que vamos a impedir esta vez.

—¡El rey! —resonó el grito a través de los campos—. ¡El rey viene!

Después de que, hacia el mediodía, un caballero de Federico hubiera
anunciado la pronta llegada de su soberano, Michel había ordenado a
uno de sus criados que trepara a la colina del rollo y observara la carretera. El muchacho había subido directamente al patíbulo para poder ver el
valle. Allí estaba un rato después, a horcajadas en la viga, agitando los
brazos como un poseso y gritando una y otra vez:

—¡El rey! ¡El rey!

Media ciudad se había concentrado en el mercado del ganado, sudan-
do al ardiente sol de primera hora de la tarde y refrescándose con la cerveza que los astutos taberneros habían llevado. En la primera fila, al borde
de la antigua calzada romana, estaba todo el que tenía nombre y rango en
Varennes: los canónigos, los sacerdotes de todas las parroquias, los cabezas de las fraternidades de artesanos, los mercaderes del gremio y los consejeros. Todos los miembros del colegio ciudadano que estaban en ese
momento en la ciudad habían acudido... todos menos Anseau Lefèvre,
que prefería esconderse en su casa.

La inquietud se apoderó de la multitud cuando las filas traseras empezaron a adelantarse. De forma sabia, Michel había puesto alguaciles
para impedir que los entusiasmados ciudadanos afluyeran en masa a las
calles y agobiaran al rey.

Lo primero que Michel vio fue una nube de humo que se alzaba entre
los abedules, a la orilla del Mosela. Luego aparecieron jinetes en el aire
palpitante por el calor, borrosos e irreales como fantasmas. Primero dos,
luego cuatro, luego docenas... una columna armada hasta los dientes, un

bosque ambulante de lanzas, guiones y estandartes. Le seguían guerreros a pie, literas, coches de viaje, caballos de tiro, hasta que finalmente el propio rey se hizo visible. Cabalgaba un caballo de batalla, era reconocible desde muy lejos por la corona de oro en su cabeza, y bromeaba con Konrad von Scharfenberg, que cabalgaba junto a él.

El séquito real llegó hasta la Puerta de la Sala jaleado por el pueblo, que raras veces alcanzaba a ver tanto esplendor. Cuando el rey llegó al mercado del ganado, los consejeros se adelantaron y cayeron de rodillas.

—El Consejo de Varennes Saint-Jacques os da la bienvenida a nuestra ciudad, mi soberano —dijo Michel.

—Levantaos, señores —reclamó sonriente Federico a los hombres. En verdad ofrecía una real estampa: su túnica de paño verde estaba entretejida con hilos de oro que formaban zarcillos intrincados en los ribetes. Llevaba sobre los hombros un manto rojo adornado con el águila del Imperio, que desplegaba orgullosa sus alas. Las perlas y piedras preciosas de su corona resplandecían a la luz del sol como si estuvieran hechas de puro fuego sobrehumano.

—Vuestra visita nos honra por encima de toda medida —prosiguió Michel—. Os rogamos que seáis nuestro huésped durante el tiempo que deseéis. Dejadme guiaros al palacio real.

—Un caballo para el señor Fleury —ordenó el rey a un escudero. Una vez que Michel hubo montado, la caravana volvió a ponerse en movimiento, y los cabezas de la ciudad y el pueblo llano se le unieron.

—Tenéis una hermosa ciudad —dijo Federico mientras cabalgaban por la Grand Rue—. Habladnos de ella.

Michel le habló de la variada historia de Varennes, de la acción de san Jacques, de los distintos mercados y del Mosela, que unía Varennes con las grandes ciudades del norte. Federico era un oyente atento, que hacía preguntas inteligentes. Ya a las pocas frases del joven Staufer Michel supo que las historias que contaban de él no eran exageradas: el rey era un hombre ilustrado y leído. Cuando se manifestaba acerca del comercio, de la política de la ciudad y de la fe cristiana, se notaba su amplio y variado interés por la filosofía y las ciencias naturales, así como su pensamiento progresista, que le hacía ser una persona abierta a las nuevas ideas.

Michel se dio cuenta de que le gustaba el joven rey.

Atravesaron la ciudad y salieron de ella por la Puerta Norte. Al otro lado del muro, en una colina artificial, estaba el palacio de Varennes, una torre fortificada en la que el rey de turno siempre tenía cobijo cuando hacía sus viajes al valle lorenés del Mosela. Los soldados de a pie y los criados ya habían ido a prepararlo todo para la llegada de sus señores, mientras Federico y sus nobles vasallos esperaban delante de la puerta.

—No hemos reparado en gastos y esfuerzo para hacer vuestra estancia en Varennes lo más grata posible —explicó Michel—. Si faltara algo, hacédnoslo saber.

De hecho, todo un ejército de sirvientes de la ciudad llevaba un buen rato trabajando en el palacio, limpiando las estancias, matando innumerables ratas, haciendo las camas, llevando provisiones y forraje para los caballos y preparando baños: un auténtico trabajo de Hércules, dado que solo habían dispuesto de tres días. El tesorero, que era el responsable de todo aquello, había quedado listo para meterse en un convento.

—Agradecemos vuestra hospitalidad, señor Fleury —dijo Federico—. Sin duda nos gustará vuestra ciudad.

—Creo que eso ya lo han conseguido, mi soberano —dijo Konrad von Scharfenberg, que observaba el trajín en el palacio.

—No olvidéis venir a visitarnos mañana —recordó el rey a Michel, antes de picar espuelas a su caballo y cruzar las puertas junto a sus hombres de confianza.

Michel descabalgó, devolvió el corcel al escudero real y fue a reunirse con los consejeros y dignatarios de la ciudad que esperaban en el camino.

Eustache Deforest contempló con los ojos entrecerrados el séquito real que se alojaba en el palacio, se pasó la mano por la barba y murmuró, de manera apenas audible:

—¡Lo que va a costar todo esto! Lo que va a costar, que Dios se apiade de nosotros...

Rémy despertó cuando las campanas del monasterio tocaban a prima, la primera oración del día. Parpadeó y se quedó mirando las vigas del techo de la pequeña estancia hasta que se extinguió el sonido de las campanas. Eugénie seguía durmiendo profundamente. Tenía el rostro hundido en la almohada, su largo cabello negro caía enmarañado sobre la sábana, de forma que solo podía ver su nariz respingona y una parte de su mejilla. Rémy sonrió. La primera hora de la mañana no estaba hecha para ella. Eugénie era un ser de la tarde, y a veces se quedaba en la cama hasta cerca del mediodía. Podía permitírselo: por lo general su taberna no abría hasta sexta.

En cambio, Rémy amaba la mañana. Con cuidado, para no despertarla, quitó la mano de ella que estaba apoyada en su pecho, apartó la colcha y se acercó desnudo a la diminuta ventana. Aunque Eugénie y él no se habían ido a la cama hasta medianoche y luego se habían amado durante largo rato, no se sentía ni flojo ni cansado. Al igual que su padre, no necesitaba mucho sueño.

La habitación de Eugénie estaba bajo el tejado de su taberna. Desde la ventana se veían el mercado de la sal y la judería limítrofe. Era una de esas mañanas que le gustaban a Rémy: clara, fresca y soleada. Los soldados de la ciudad estaban en ese momento uniendo sus fuerzas para levantar el travesaño de sus soportes y abrir la puerta. Fuera esperaban ya mercaderes forasteros y campesinos de los alrededores. A los campesinos se les dejaba entrar enseguida y saludaban a los guardianes mientras sus carros de bueyes brincaban sobre la plaza. En cambio los mercaderes tenían que esperar hasta que los aduaneros municipales habían valorado sus mercancías.

—Vuelve a la cama.

Eugénie se había echado el pelo a un lado y le miraba con ojos nublados. Como todas las mañanas, su hermoso rostro tenía un aspecto lamentable, pálido y pastoso. No era capaz de nada hasta que había metido la cabeza en un cubo de agua fría y bebido una copa de vino rebajado.

—Tengo que ir a despertar a Anton.

—Deja dormir a ese pobre diablo. Aún es casi de noche.

—Ya ha dormido bastante. Cuando yo era aprendiz, a veces el maestro me sacaba de la cama antes de salir el sol.

—Eres un monstruo, Rémy. Vosotros los artesanos sois todos unos monstruos. Al levantaros tan temprano, convertís la vida de todos los demás en un infierno. Voy a presentar una petición al Consejo para que nadie pueda salir de la cama antes de tercia. El que viole esa norma recibirá golpes en las plantas de los pies.

Riendo, él se puso los calzones, se anudó el cordel a la cadera y se lavó en el cubo que había junto a la ventana. Luego cogió sus ropas, que colgaban encima del respaldo de la silla.

—Al menos bésame como despedida —exigió Eugénie.

Rémy se sentó al borde de la cama y la besó en los labios. Eran suaves y cálidos; la punta de su lengua se deslizó en su boca, enterró la mano en su pelo y con la otra cogió la mano izquierda de él y la metió debajo de las mantas para que le tocara los pechos. Sus pezones estaban firmes y erectos. Aunque una brusca excitación inundó a Rémy, consiguió de algún modo desprenderse de Eugénie y ponerse de pie.

—Eso ha sido a traición —la regañó con fingida severidad.

—Merecía la pena el intento, ¿no? —repuso sonriente ella.

—De verdad tengo que irme. —Volvió a besarla, esta vez castamente en la frente, y se puso los zapatos y el cinturón.

—Sí, vete. Vete con tus malditos libros, mientras tu amada se consume por ti.

—«Mientras duerme durante toda la mañana», querrás decir. Nos veremos esta noche.

Ella se echó la manta por la cabeza entre maldiciones, al tiempo que él abría la puerta y bajaba por la angosta escalera hasta la taberna.

Como siempre que había pasado la noche con Eugénie, se preguntó si la amaba. No lo sabía. Quizá… un poco. Se conocían desde hacía años, pero solo compartían la cama desde hacía unos meses. Disfrutaban de su compañía y evitaban contraer obligaciones. Eugénie le había dado a entender, justo al principio, que no quería casarse. Su independencia, que había conseguido de forma trabajosa contra la resistencia de sus hermanos, significaba mucho para ella. Aún no quería atarse a un hombre, que tal vez se inmiscuyera en su negocio y exigiera de ella que cuidara la casa como madre de sus hijos.

¿Y Rémy? Tenía veintiocho años, más que maduro para el matrimonio, como su padre le recordaba de forma regular. Pero no sentía el menor deseo de fundar una familia. No sabía decir a qué se debía. Era posible que, sencillamente, aún no hubiera encontrado a la mujer adecuada. Desde luego Eugénie —a pesar de todo su encanto— no lo era.

Silbando una alegre melodía, paseó por los callejones. Un pregonero municipal había anunciado el día anterior que el Consejo había dispuesto que ese día solo se trabajaría hasta sexta, porque el rey iba a ir a misa a la catedral de Varennes y deseaba que luego todos los ciudadanos dejaran su trabajo y brindaran a su salud. Por eso en la mayoría de los talleres se trabajaba ya, porque los artesanos querían aprovechar el escaso tiempo del que disponían hasta mediodía, antes de reunirse con sus vecinos en los atrios de sus parroquias para brindar por Federico.

La casa de Rémy se encontraba a media altura entre el mercado de la sal y el del heno, en un callejón que hacía pocos años aún era uno de los más pobres de aquella zona, antes de que el general impulso económico llegara también allí. Entretanto, muchas de las viejas cabañas de madera y adobe habían dado paso a edificaciones de piedra. También la casa de Rémy estaba enteramente hecha en piedra. Al principio la había alquilado por un buen precio, hasta que hacía dos años se la había comprado junto con la parcela a su antiguo propietario.

Rémy abrió la puerta y saludó a su vecino, zapatero como casi todos los habitantes de aquella calle. El barrio entero estaba en manos de los zapateros, que, como todos los artesanos de Varennes, hacía una eternidad que se habían unido en un gremio. Las fraternidades de artesanos defendían los intereses de sus miembros, se ocupaban de los maestros viejos, enfermos o en apuros y organizaban las fiestas de sus barrios en los días señalados. Como en Varennes no había más escribanos ni pintores de libros laicos en cuya fraternidad hubiera podido ingresar Rémy, no le había quedado otro remedio que unirse a la de los zapateros, de la que también formaban parte los guarnicioneros y cordeleros. Aunque al principio había pasado por un bicho raro en esas calles, los hombres lo habían acogido cordialmente en su seno. Rémy se lo había agradecido escribiendo en latín para ellos los estatutos de la fraternidad, que se habían transmitido de forma oral durante doscientos años. El documento se custodiaba en la capilla de la fraternidad. Dado que Rémy era uno de los pocos maestros que sabían leer, en las reuniones siempre le incumbía la tarea de presentar los estatutos a los nuevos miembros.

No tuvo que despertar a Anton: su aprendiz ya estaba despierto y trajinaba en la cocina. Aquel chico de catorce años había desarrollado un talento casi inquietante para intuir los deseos de su maestro. Llevó a Rémy la anhelada leche de cabra caliente, así como un trozo de pan, un poco de queso curado y una puntita de embutido ahumado.

—Remueve la cola, la tinta y las pinturas —le indicó Rémy.

—¿Azul ultramar y bermellón como ayer, maestro?

—Y un poco de verde, marrón y dorado. Hoy tenemos que empezar las miniaturas como sea. —Mientras el chico ponía manos a la obra, Rémy se sentó a la mesa y devoró su desayuno.

Poco después llegaron sus colaboradores. Gaston, un muchacho insignificante de veinte años, con cabeza de paje, era su oficial. Rémy lo había formado en persona, y al final del período de aprendizaje le había dado un empleo fijo. Gaston y él se entendían sin palabras, de manera que apenas tenía que darle instrucciones. Eso les convenía a ambos: exactamente igual que Rémy, el oficial era un parco solitario, que trabajaba mejor cuando se le dejaba en paz. A veces pasaba horas enteras sin decir una sola palabra. Era lo que más le gustaba a Rémy.

A Dreux en cambio le gustaba hablar, y lo hacía a menudo porque, aparte de Rémy, Gaston y Anton, no tenía a nadie que le escuchara. El viejo se alojaba en una desolada cabaña en la ciudad baja, no tenía familia, y no quedaba vivo ninguno de sus amigos. Antes había sido ayudante del escribano municipal, hasta que se le había enturbiado la vista y había dejado de estar en condiciones de hacer su trabajo. Las limosnas que recibía de su fraternidad no le alcanzaban, de manera que un día se había plantado a la puerta de Rémy para pedir trabajo. Al principio, Rémy no había sabido qué hacer con el viejo. Sin duda Dreux leía y escribía y dominaba en alguna medida el latín, pero a causa de sus ojos no podía copiar escritos, y no digamos iluminar libros. Además, la fraternidad solo permitía a Rémy tener un oficial. Sin embargo, como no había tenido corazón para echar al viejo, le había dado de vez en cuando trabajos sencillos o lo había mandado al mercado a comprar pergamino nuevo. Dreux cumplía agradecido cualquier encargo, y en algún momento empezó a hacer sin que se lo pidieran todos los trabajos imaginables. Barría el taller, lavaba los pinceles y ayudaba a Anton a alisar el pergamino. Al cabo de unos meses, acabó apareciendo por allí todas las mañanas y haciéndose útil. Cuando Rémy se dio cuenta de que ya no iba a librarse de él, se sometió al destino con un suspiro, lo nombró ayudante y le pagó más sueldo.

Mientras los hombres tomaban un bocado y compartían una jarra de cerveza, Dreux hablaba excitado del rey, al que había visto el día anterior. De creer al anciano, Federico no solo era un genio universal, que hablaba siete idiomas y había estudiado todas las ciencias de Occidente, sino además un nuevo redentor, que había bajado a la tierra para liberar a los cristianos de la superstición y la ignorancia.

—¡Os digo que con este rey hemos entrado en una nueva era! —anunciaba, mientras movía el dedo índice con aire doctrinal—. Una edad dorada de la instrucción. Federico sacará al ser humano de las tinieblas del analfabetismo. Pronto no quedará nadie que no sepa leer y escribir. Hasta los curtidores y jornaleros hablarán en latín entre ellos.

—Si es así —dijo Rémy—, deberíamos hacer cuanto antes nuestra aportación a la campaña de Federico contra la necedad. Al trabajo, señores. ¡Que no se diga luego que nos hemos pasado durmiendo la Edad de Oro!

Rémy y sus colaboradores eran un grupo experimentado, y todo el mundo sabía lo que tenía que hacer. Dreux y Anton cortaban pergamino para futuros encargos, raspaban los restos y alineaban las páginas con el punzón de hueso. Rémy y Gaston siguieron trabajando en el libro de horas para el mercader Fromony Baffour. Durante las semanas anteriores habían copiado el texto del devocionario. Ese día, Gaston empezó con la inicial del primer capítulo, la letra capitular, que era mucho más grande que las otras y ocupaba casi la cuarta parte de la página. Rémy había dibujado la inicial en trazos toscos; ahora el oficial la transformaba, con expertas pinceladas, en una pequeña obra de arte. Entretanto, Rémy acometía otra página y empezaba a decorar con miniaturas el espacio libre alrededor de la oración.

En la mayoría de los casos, Rémy hacía manuscritos iluminados por encargo, pero también para su venta libre: en esos casos, se limitaba a copiar una vez más libros que de todas maneras tenía que copiar para un encargante, y más tarde ofrecía el ejemplar en el mercado, o se lo daba a su madre para que lo vendiera por él. De ese modo cubría los huecos entre los encargos, porque en Metz y otras grandes ciudades se podía ganar buen dinero con salterios, biblias o novelas en verso ricamente decoradas.

Para su desdicha, los manuscritos solo representaban una pequeña parte de sus encargos, porque en Varennes la necesidad de libros era muy baja. Tan solo unos pocos ciudadanos podían permitirse caros devocionarios o cantorales; aparte de que fuera del clero pocas personas conocían la lengua latina. Y eso que en los últimos cincuenta años la situación había mejorado visiblemente. Entretanto al menos, la mayoría de los mercaderes sabían leer y escribir. Todavía a mediados del siglo anterior, casi ningún laico dominaba ese arte. En consecuencia, Rémy se veía obligado a ganarse la vida sobre todo con otro tipo de escritos. Gaston y él hacían para sus clientes facturas, pagarés y documentos de todas clases. Artesanos y buhoneros acudían al taller y dictaban por unos deniers cartas y tratados; ciudadanos iletrados le pedían que les leyera un texto en latín y tradujera las palabras latinas a un lorenés comprensible.

Rémy hacía gustoso todos esos trabajos, aunque no fueran demasiado exigentes. Le aseguraban que nunca le faltase el pan, y que siempre pudiera pagar a su gente. Pero cuando más satisfecho estaba era cuando podía ejercer el oficio que había aprendido: la pintura de libros. Para él, era el mejor oficio del mundo. Cuando decoraba un texto con miniaturas, con zarcillos, ribetes, diminutos animales, figuras humanas y quimeras, se olvidaba de todo. Las miniaturas acompañaban al texto como la lira a una melodía, lo enriquecían con nuevos motivos y a veces incluso abandonaban la senda marcada por frases y palabras para contar una historia enteramente propia. Y Rémy había alcanzado un dominio magistral de la pintura de miniaturas. Cada pequeña imagen al borde de la página llevaba su sello; a veces escondía en ellas pequeños mensajes que solo él entendía, ensalzaba la agudeza del autor o se burlaba de sus errores cuando le parecía adecuado.

Entretanto, la calidad de su trabajo se había difundido por todo el valle del Mosela. Sus clientes provenían de Metz, Toul y Épinal, ricos patricios y nobles que le encargaban salterios, narraciones épicas y copias de antiguas obras filosóficas. Pagaban bien, y sin embargo la vida era dura. La abadía de Longchamp, cuyo *scriptorium* había sido hasta hacía cuatro años el único taller de escritura de la ciudad, lo consideraba un rival al que había que combatir por todos los medios. El abad Wigéric, cabeza del monasterio, lo había intentado todo para complicarle la vida. Primero se había quejado de Rémy ante el Consejo y las fraternidades, y exigido que cerraran su taller. Al no conseguir nada, se dirigió al obispo y le pidió su intervención. Pero el obispo no podía hacer nada contra Rémy, porque Varennes era una ciudad libre en la que sus facultades se limitaban a asuntos eclesiásticos. Así que Wigéric empezó a difundir rumores de que Rémy estafaba a sus clientes, empleaba material de bajo valor y no dominaba el latín. Sin embargo, aquella cháchara malintencionada no pudo evitar el ascenso de Rémy. Se defendió trabajando más rápido, más barato y mejor que la abadía de Longchamp, de manera que al fin Wigéric renunció, vencido.

Rémy puso a secar en el bastidor la doble página terminada y cogió una nueva del montón. El libro de horas para Baffour era un encargo en extremo lucrativo, contaba con un beneficio neto de libra y media de plata. En consecuencia, esta vez tenía especial cuidado en hacer un buen trabajo. Antes de empezar a decorar el texto, repasó a fondo la página en busca de erratas, borrones y otros defectos. Por suerte podía confiar en Gaston: si su oficial cometía un error, lo que muy raras veces ocurría, se lo decía enseguida para que Rémy pudiera hacer algo.

Fromony Baffour pasaba por ser el peor avaro y explotador de Varennes, y además era un hipócrita que iba todos los días a la iglesia y confesaba sus pecados entre sollozos. Rémy no podía resistirse a la tentación de insertar en el sitio adecuado entre las miniaturas esta o aquella referencia oculta a los defectos del carácter de Baffour: aquí un diminuto mercader que ardía en el infierno por su codicia; allá un rico que se caía de un barco y era arrastrado al fondo del mar por el oro que llevaba en los bolsillos. A Rémy no le preocupaba que Baffour se diera cuenta: el mercader no tenía ningún sentido de la belleza de la decoración de un libro, lo único que le interesaba era el prestigio que reportaba la posesión de un manuscrito valioso. Probablemente no leería el libro ni una sola vez —de todos modos se sabía de memoria las oraciones que contenía—, sino que lo expondría en su salón nada más comprarlo para que sus visitantes pudieran admirarlo.

Aquel día estaban avanzando deprisa, de forma que Rémy pudo poner fin al trabajo con buena conciencia cuando las campanas tocaron a sexta.

—Hasta mañana, maestro —dijo Gaston, antes de que Dreux y él se fueran a casa. Al contrario de la mayoría de los oficiales, Gaston no vivía en casa de su patrón, sino en una casa alquilada en la Grand Rue. Dado que Rémy le pagaba un sueldo decente, podía permitirse una vivienda propia.

Como hacía calor, Rémy subió a sus aposentos a ponerse ropa más ligera, antes de cerrar el taller y encaminarse al palacio real.

En los atrios de las iglesias la cerveza ya corría a chorros, la gente brindaba por el rey, algunos se habían llevado flautas y liras y entonaban canciones relajadas.

—¡Siéntate con nosotros, Rémy! —gritó Jean-Pierre Cordonnier, el maestre de los zapateros, guarnicioneros y cordeleros, que se apoyaba con gesto feliz en el muro del cementerio, con una jarra de cerveza en la mano y el brazo, posesor, en torno a su joven esposa.

—En otra ocasión, Jean-Pierre, hoy tengo algo que hacer.

Rémy saludó a los hombres de su fraternidad y siguió su camino.

Cuando estaba cruzando la Puerta Norte, percibió ya de lejos el olor de la carne asada. Los simples caballeros y guerreros de a pie del séquito de Federico, para los que ya no quedaba sitio en las viviendas del palacio, habían tendido sus tiendas en el prado y asaban piezas de caza en los fuegos. Reinaba un ambiente de fiesta popular. Cómicos de la legua entretenían a los hombres con música y juegos malabares, con la esperanza de ganarse unas cuantas monedas de plata. Algunos caballeros habían montado espontáneamente un pequeño torneo y se medían en el uso de la lanza, para alegría de algunas damas nobles que estaban en los muros y jaleaban a sus favoritos.

Rémy se dejó llevar. Después de haber paseado un rato por el campamento, compró a un tabernero que arrastraba una carretilla una jarra de cerveza, se sentó a la sombra junto a la capilla y observó el trajín.

De no haber sido por los abedules delante de la torre y el griterío en lorenés de los buhoneros, habría podido creer que ya no estaba en el valle del Mosela, sino en algún lugar de la lejana Apulia. Los criados y mensajeros que corrían por los caminos, los clérigos y nobles jugando al Tric Trac, casi todos hablaban en *volgare*, la lengua del sur de Italia. Los hombres tenían la piel coriácea, curtida por el sol, las mujeres los ojos oscuros y seductores; ambos sexos se adornaban con piedras preciosas de lejanos países y se vestían con un esplendor y una elegancia raras veces vistos en Varennes.

Y los animales. El séquito de Federico no solo llevaba consigo caballos y perros de caza, Rémy también vio dromedarios y camellos. En medio de aquel prado, los cuidadores de Federico habían instalado varias jaulas. Una contenía una pareja de leones, las otras leopardos, panteras y una horda de criaturas chillonas y en extremo ágiles que hasta entonces Rémy solo había visto dibujados: monos. Delante de la torre había además una pajarera con distintas aves rapaces, las compañeras de caza predilectas de Federico. Dos halconeros se ocupaban sin pausa de los animales, y al parecer no tenían otra tarea que asegurar su bienestar.

Rémy apuró su cerveza y preguntó a un criado dónde se encontraba la biblioteca real. El mozo lo envió a la gran sala en la que Federico llevaba ya toda la mañana recibiendo visitantes y favoritos. Rémy entró en la torre por una puerta lateral y se dirigió a una portilla en la parte trasera del ala principal.

Un soldado con cota de malla montaba guardia delante de la puerta reforzada con herrajes. Rémy pidió entrar en la biblioteca. Cuando el soldado no le entendió, repitió su deseo en latín y en alemán, que Rémy dominaba desde su infancia. La respuesta fue un irritado torrente de palabras en *volgare*. Aunque aquel dialecto italiano estaba emparentado con el latín, Rémy apenas comprendió la mitad. En cualquier caso, el soldado parecía decidido a no dejarle entrar.

—Soy escribano y maestro iluminador de libros —explicó con paciencia Rémy—. Sé que hay que tratar con cuidado los libros. Tenéis mi palabra de que no tocaré nada.

El soldado se puso aún más furioso. Atraído por su voz indignada, apareció un segundo armado. Los dos hombres se plantaron amenazadores ante Rémy.

—No entiendo tanta excitación. Todo lo que quiero es visitar la colección de libros del rey. No hay razón para insultarme...

De pronto, los soldados lo agarraron por los brazos.

—¡Eh! ¿Qué estáis haciendo?

Su protesta no sirvió de nada. Los hombres lo apartaron con brusquedad de la puerta y le propinaron un golpe que le hizo tambalearse.

—¡No podéis atropellarme así! ¡Me quejaré de vosotros! —gritó Rémy, cuando de pronto oyó una risita. Se volvió y entonces vio a un hombre que se apoyaba sonriente en una columna—. ¿De qué hay que reírse? —ladró.

—Oh, de muchas cosas —respondió el hombre en alemán—. Empezando por vuestro conmovedor intento de hacer entrar en razón a este tipo. ¿Creíais en serio que un matón como él entendería una sola palabra de latín?

Malhumorado, Rémy se alisó la ropa y miró al desconocido. Podía tener cuarenta y cinco, quizá cincuenta veranos, y tenía un rostro surcado de arrugas, pero atractivo. El pelo plateado le caía sobre los hombros; plateada era también la perilla. A juzgar por la vestimenta, era un funcionario o un caballero.

—Solo quiero visitar la biblioteca —dijo Rémy—. No esperaba toparme con tantas dificultades.

—Bueno, el rey guarda sus libros como un tesoro. —El desconocido se acercó—. Los guardias tienen orden de dejar entrar únicamente a hombres que sean dignos de ello y entiendan algo de libros. Está claro que os han tomado por un merodeador, del que cabe suponer que echaría mano a los valiosos códices.

—Soy... —empezó indignado Rémy, pero el desconocido terminó la frase por él:

—... escribano y maestro iluminador de libros, ya lo he oído. Rémy, ¿verdad? Yo soy Walther.

Rémy estrechó dubitativo la mano ofrecida.

—¿Necesitáis quizá mi ayuda, maestro Rémy? —preguntó Walther.

—¿Podéis hacer que estos brutos me dejen pasar?

—Esperad aquí. Os enseñaré cómo se hace. —Walther fue hasta el portón y ladró una áspera orden en *volgare*, y los dos guerreros abrieron la puerta sin rechistar. Rémy pasó ante ellos y sonrió con suficiencia. En sus rostros se veía pura ansia asesina, pero con Walther cerca no se atrevieron a volver a amenazarlo.

—¿Lo veis? —dijo sonriente Walther—. Es así de fácil.

—¿Por qué os obedecen? ¿Están a vuestro servicio?

—Eso no. Pero el rey me escucha. Por eso se guardan de llevarme la contraria.

Rémy miró con más atención a su nuevo amigo. ¿Era Walther quizá un noble de alto rango?

—¿Pertenecéis a la Cancillería?

—¿Tengo aspecto de ser un cura aburrido que hurga todo el día en viejos papeles y pronuncia sermones soporíferos sobre el derecho romano? Soy trovador y poeta en la corte de Federico.

—Un poeta. —Rémy ocultó su alivio—. ¿Conozco algo de vos?

—Podéis suponer que sí... salvo que seáis un zote que no sabe distinguir el auténtico arte del canto del maullido de un gato.

—¿Por ejemplo? —insistió Rémy.

—«Bajo los tilos» es una de mis obras. ¿Habéis oído hablar de ella?

—Claro que sí. Todo el mundo conoce «Bajo los tilos». Por Dios... ¿sois ese Walther? ¿Walther von der Vogelweide?

—Así me llaman entre el Elba y el Rin. —Walther apuntó una reverencia.

Rémy no podía creerlo. ¡Estaba hablando con el más famoso trovador del reino y no lo sabía!

—Soy un gran admirador de vuestro arte. «Bajo los tilos» es una obra maestra. Cada vez que la oigo me conmueve hasta el punto de las lágrimas.

Walther pareció crecer dos pulgadas.

—¿Sois un conocedor de mi obra?

—Me atrevo a decir que sí. Conozco cada uno de vuestros poemas.

Los manuscritos de vuestras obras son algo que codician mis clientes. Solo el invierno pasado copié e iluminé una colección de vuestras canciones.

—¿Qué sería de los poetas sin los escribanos? Se nos olvidaría en cuanto se extinguiera la última nota de nuestra lira.

—¿Qué hacéis en Varennes Saint-Jacques? —preguntó Rémy—. ¿Recorréis el país junto al rey? —Walther era sin duda un vanidoso, pero de alguna manera le gustaba.

—El obispo Konrad desea que redacte para él algunos tratados políticos. Cantos de alabanza a Federico, escarnios de sus adversarios, y cosas por el estilo. Un trabajo nada exigente y a veces obtuso, pero qué no hará un hombre para ganar el favor del rey. Venid. Os guiaré.

Se encontraban en una sala abovedada. La luz del sol entraba por grandes vidrieras con motivos bíblicos y creaba un perturbador juego de sombras entre las columnas. Había pesados arcones por todas partes, y todos contenían libros. Dado que el rey solo iba a quedarse en Varennes unos pocos días, sus archiveros solo habían sacado las piezas más hermosas. Yacían abiertas en mesas y atriles; en algunos de ellos trabajaban escribanos, haciendo copias que el rey iba a regalar a meritorios monasterios.

Rémy miró conmovido a su alrededor. Nunca había visto tantos libros juntos… tenían que ser centenares, un tesoro de valor incalculable.

—Algo así no se ve todos los días, ¿verdad? —dijo Walther.

—En verdad, no —casi susurró Rémy. Alzar la voz en aquel foco de sabiduría le parecía una blasfemia.

Pasó ante los infolios, sin cansarse de su belleza. La biblioteca real contenía libros de todas las formas y tamaños: manejables biblias de viaje y gigantescos códices; devocionarios, salterios y leccionarios, crónicas, novelas en verso, tratados de medicina. Rémy habría dado la mano izquierda por poder tomarlos prestados para copiarlos.

Finalmente, llamó su atención un códice que destacaba incluso entre todo aquel esplendor. El libro era tan grande que cubría la mitad de una mesa.

—Vamos, abridlo —dijo Walther.

Rémy pasó las yemas de los dedos por el pergamino, contempló las miniaturas, sobrevoló con los ojos el texto. Era el *Decretum Gratiani*, una colección de leyes y acuerdos sinodales confeccionada y comentada por un erudito de la famosa Universidad de Bolonia. Las numerosas imágenes de los márgenes y las diminutas figuras que poblaban las iniciales y los bordes ilustraban las cuestiones jurídicas tratadas de manera en extremo entretenida.

«Un tesoro así no debería estar tras unas puertas cerradas», pensó Rémy. «Cualquier hombre, cualquier mujer deberían poder verlo.»

Una confusión de voces lo arrancó de sus pensamientos. Por una puerta abierta en la parte trasera de la sala entraron varios hombres. Algunos saludaron a Walther, antes de sentarse todos a una mesa.

—Mis amigos —explicó Walther—. Os los presentaré.

Se sentaron con los hombres, todos sin excepción eruditos, juristas, teólogos y poetas como Walther. Estaban en la corte por las más diversas razones, explicó el trovador, porque el rey era un promotor del arte y de la ciencia y gustaba de rodearse de hombres cultos. En la mesa se hablaba exclusivamente en latín, y se debatía con animación cuestiones filosóficas. Un hombre llamado Leonardo da Pisa, al que todos llamaban tan solo Fibonacci, estaba por ejemplo encastillado en la idea de que en las matemáticas y la contabilidad había que sustituir las cifras en vigor por los números indios, mucho más adecuados, y añadir además una cifra nueva por completo, el cero. Aquella curiosa pretensión provocó algunas burlas en la mesa, pero Fibonacci defendió su criterio con tal elocuencia que Rémy no tardó en preguntarse por qué no se le había ocurrido a él hacía mucho tiempo la idea de que en el arte del cálculo se necesitaba con urgencia un signo para representar el cero.

Mientras escuchaba a los hombres y sus conversaciones, fue consciente de que nunca antes había sido testigo de tanta sabiduría y erudición. Sin duda también en Varennes había hombres instruidos. Pero ninguno de ellos —ni siquiera su padre, con todo su mundo— podía estar a la altura de los poetas y filósofos de Federico.

De pronto su ciudad natal le pareció estrecha, provinciana y del todo atrasada.

—Si queréis conocer mi opinión, es una desfachatez —gruñó Eustache Deforest, secándose el sudor de la frente—. Vos habéis puesto fin a la disputa y traído la paz a Lorena, no todos esos caballeros y condes. A vos es a quien Federico debería dar la preferencia, no a ellos.

Michel, Isabelle y sus amigos Duval y Deforest habían llegado al palacio por la mañana temprano, porque Michel no quería en modo alguno hacer esperar al rey. Podían haber imaginado que Federico recibiría primero a sus vasallos y aliados, para darles las gracias por su lealtad en la lucha contra el duque Thiébaut. En castigo a su error, llevaban horas sentados a la escasa sombra de los abedules, contemplando a los nobles que entraban y salían del salón. Al menos un lacayo les llevaba de vez en cuando vino fresco, que aceptaban con gratitud. Tan solo Henri Duval se negaba a probar ni una gota. Había visto cómo el afán por la bebida había estado a punto de hundir a su padre, y desde su más temprana juventud solo bebía agua, leche de cabra y zumo de manzana rebajado.

—Así es la vida —dijo Michel—. Seguro que no tarda mucho más.

Poco después apareció un criado de alcurnia y comunicó a Michel que Federico le recibiría.

En el gran salón del palacio reinaba un agradable frescor. Federico, segundo de su nombre, estaba sentado en un trono ricamente taraceado, en medio de un pedestal de piedra. A su lado se sentaba su canciller, el obispo Konrad von Scharfenberg. Cuatro escuderos con lanzas y escudos triangulares flanqueaban a los dos hombres. A su izquierda, a la sombra entre las columnas, se sentaban los eruditos y escribanos de la Cancillería imperial, redactando escrituras, comparándolas con antiguos documentos del archivo y poniéndoles el sello del rey.

Michel y sus acompañantes se arrodillaron.

—Os saludo en nombre de Cristo, majestad. Estos son mi esposa Isabelle y los consejeros Henri Duval y Eustache Deforest.

—Levantaos.

El rey miró amablemente a Michel. Si las horas sentado en el trono y las conversaciones siempre iguales con su séquito lo habían agotado, no lo dejaba traslucir. Parecía tan fresco como por la mañana, cuando había ido a la pajarera a visitar a sus halcones. Al contrario de su padre Enrique, que había sido impaciente y caprichoso, Federico no rehuía los trabajosos detalles de la política imperial.

—Pocos hombres han hecho este año tanto por nosotros y por el *Sacrum Imperium* como vos, señor Fleury —empezó—. Habéis traído la paz a Alsacia y Lorena después de semanas de luchas, y nos habéis permitido tender la mano al duque Thiébaut y renovar nuestra amistad con él. Merecéis nuestra gratitud por eso.

—No hice más que cumplir con mi deber de cristiano —dijo Michel.

—Mucho más que eso. Habéis luchado por la unidad del reino, sin la que no puede haber paz, bienestar ni progreso. Pedidnos una gracia, señor Fleury. Sea lo que sea, os la concederemos.

—Me he casado con la mejor mujer que existe y he criado a un hijo sano, soy rico y gozo del respeto de mis amigos y vecinos. Dios me ha dado todo lo que deseaba. Permitidme por tanto que os pida una gracia para mi ciudad.

—En verdad parecéis amar Varennes Saint-Jacques por encima de todo.

—Lo hago, mi rey.

—Feliz la ciudadanía que es guiada por un hombre así. Muy bien, hablad. ¿Qué podemos hacer por vuestra ciudad?

Michel sentía las tensas miradas de Isabelle, Henri y Eustache cuando empezó a hablar:

—Como sabéis, Varennes florece desde que vuestro tío el rey Felipe de Suabia, que en gloria esté, nos concedió la autonomía. El comercio prospera, la ciudad crece, de todas partes vienen a nosotros las gentes, buscando libertad y bienestar. Solamente nos falta una cosa para que Varennes pueda convertirse en una poderosa ciudad imperial.

—¿Y es...? —preguntó Federico.

—Una feria, una feria comparable a los grandes mercados de la Champaña. —Michel oyó a Deforest respirar hondo detrás de él. Lo que pedía era mucho, quizá en exceso. Pero la oportunidad era demasiado buena como para no intentarlo todo. El gremio de mercaderes llevaba décadas esperando salir por fin de la sombra del poderoso vecino Metz—. Una feria conocida en toda la Cristiandad traería a Lorena mercaderes de Francia, Inglaterra, Flandes, Lombardía, quizá incluso de España y Bizancio, acrecentaría el bienestar y el progreso en todo el valle del Mosela. Varennes Saint-Jacques podría convertirse en un importante centro comercial de la parte occidental del Imperio, junto a Metz, Colonia y Gante.

El rey guardó silencio un rato antes de responder:

—Lo que pedís es una recompensa extremadamente generosa, señor Fleury.

—Sin duda, mi soberano. Pero los ciudadanos de Varennes siempre os han sido fieles a vos y a la casa de Hohenstaufen. No reparan en sacrificios cuando los llamáis en vuestra ayuda. Os ruego que les mostréis que su amor por vos no ha sido ignorado. Además, una feria también os convendría a vos. Cuanto más ricos y poderosos seamos, tanto mejor podremos serviros. Por no hablar de los impuestos que os reportaría un nuevo mercado.

—Varennes es una ciudad pequeña —objetó Federico—. ¿Estáis seguro de que sus ciudadanos están en condiciones de responder a los desafíos de un mercado de rango internacional?

—Sí, lo estoy. Los ciudadanos de Varennes han superado ya impedimentos mucho mayores.

—Aun así, nos preguntamos si una nueva feria en el valle del Mosela sería en realidad la bendición que decís. El equilibrio entre la Champaña, el ducado y las otras ciudades comerciales de Lorena es frágil. Un gran mercado podría destruirlo, y traer así más daño que beneficio.

—No abusaríamos de nuestra feria para entrar en competencia con el condado de Champaña y Metz —dijo Michel—. Debe ser un complemento a los mercados que ya existen y cerrar la brecha que hay entre el sur del valle del Mosela y Francia.

El rey deliberó en susurros con Konrad von Scharfenberg. El canciller llamó a uno de los canonistas y le pidió que les mostrara distintos tratados y documentos. Después de haberlos estudiado, Federico y él siguieron hablando, más tiempo esta vez.

—Una nueva feria en Varennes no puede causar daños a los mercados de la Champaña bajo ninguna circunstancia —dijo al fin el rey volviéndose hacia Michel—, porque nuestro fiel amigo el rey Felipe de Francia no nos lo perdonaría. Por eso, os exigimos hacer la feria en otoño, cuando el mercado de Provins tenga pocas visitas.

—Esa era mi intención desde el principio. La feria deberá tener lugar después de la festividad de San Jacques, el decimoquinto día de octubre.

—Entonces estamos de acuerdo, señor Fleury. Un escribano de la Cancillería os dará más tarde nuestra autorización sellada para la feria. Podéis retiraros.

—Os doy las gracias, majestad, os las doy mil veces.

Michel y sus acompañantes se inclinaron en una profunda reverencia y salieron de la sala.

Fuera, Deforest fue el primero en dar las gracias a Michel. El obeso maestre del gremio le puso ambas manos sobre los hombros y exclamó:

—¡Una feria! ¡Una feria propia para Varennes! En verdad sois un tipo endiablado. —Apretó a Michel contra su desbordante barriga—. Por favor, perdonadme que os haya llamado derrochador. Desde hoy, el gremio tiene una profunda deuda con vos. Os festejaremos como a un héroe.

—Ahora soltadlo, Eustache —dijo Isabelle—. Yo soy la que está casada con él, ¿lo habéis olvidado?

Rémy se olvidó del tiempo mientras estaba con Walther y sus amigos... los eruditos debates de aquellos hombres lo tenían completamente cautivado. Solo cuando el grupo empezó a disolverse poco a poco se dio cuenta de que la tarde ya estaba muy avanzada. Para su disgusto, al final también Walther se puso en pie.

—Todavía tengo que trabajar un poco —dijo el trovador—. El rey espera resultados, y por desgracia los sarcasmos en contra de sus enemigos no se escriben solos. Me ha alegrado conoceros, maestro Rémy.

—El honor ha sido enteramente mío. No dejéis de escribir, para que nunca me falte material para nuevas copias.

—No tenéis nada que temer —dijo sonriendo Walther.

Una vez que este se hubo despedido, Rémy se quedó aún un rato con Leonardo Fibonacci y un poeta siciliano llamado Giacomo Pugliese, antes de que el círculo se disolviera por entero.

Rémy salió de la biblioteca y caminó sin rumbo por el palacio. Le dolía la cabeza. No estaba acostumbrado a escuchar a otros durante horas, porque por lo general rehuía los encuentros en los que se hablaba mucho como el diablo el agua bendita. Al mismo tiempo, estaba lleno de una extraña euforia, una inmensa energía, como si aquellos hombres le hubieran contagiado sus elevados planes. Pensaba en Dreux y su profecía de una edad de oro, que había empezado con la coronación de Federico. Por la mañana se había burlado del anciano por sus ensoñaciones; ahora, de pronto, ya no le parecía algo tan necio.

«Si hubiera más hombres como Walther, Fibonacci y todos los demás.»

«Si también los hubiera en Varennes.»

Se sentó a la sombra de un tilo y sacó un trozo de pergamino y un punzón con la punta de plomo que siempre llevaba consigo. Tenía que reflexionar, y lo hacía mejor cuando trabajaba con las manos.

El punzón se deslizó por el pergamino, trazos y líneas se fundieron en zarcillos, torres encantadas, diminutos caballeros. Una idea tomaba forma.

Cuando Renouart de Bézenne entró en el palacio real de Varennes eran ya las primeras horas del atardecer. Un viento fresco desplazaba el opresivo calor y susurraba en las copas de los abedules, unas nubecillas blancas mantenían sitiado al sol poniente.

Renouart había acudido solo, sin sus guerreros, sin su mujer y su hija. Entregó su corcel de batalla a los caballerizos y avanzó hacia la torre del homenaje, vestido con cota de malla y sobreveste. A la puerta del salón, un escudero noble, un tipo de cuello de toro y cráneo cuadrado, se dirigió a él:

—Llegáis tarde. El rey lleva esperándoos desde esta mañana.

—Decidle que me han retenido en mis tierras.

—Decídselo vos mismo —ladró el criado, y entró en el salón a anunciar la llegada de Renouart.

Los otros guerreros que había delante de la sala lo miraron con desprecio, escupieron y cuchichearon, lo bastante alto como para que él los oyera. Escuchó la palabra *traditore*: traidor. Renouart no se dignó mirarlos, aunque le costó trabajo. Su mano se cerró en torno a la empuñadura de su espada. En otras circunstancias habría pedido cuentas de ese insulto, pero no podía permitirse retar a duelo a personas del séquito del rey. No allí, no entonces. Su situación ya era lo bastante delicada. Podía estar contento de no haber ido a parar a prisión después de la capitulación de Thiébaut. Federico le había dejado ir, junto con otros caballeros del duque, después que hubiera jurado ir voluntariamente a Varennes y someterse a su juicio. Aun así, seguía siendo un proscrito, porque al estallar la disputa el rey había decretado la proscripción de todos los fieles de Thiébaut. Hasta que Federico levantara el castigo, Renouart estaba considerado un excluido, un criminal, y hacía bien en mostrarse humilde y no llamar la atención.

Le hicieron esperar, naturalmente. Renouart estuvo de pie, con la mano en el pomo de la espada, durante una hora entera. Por fin, el escudero de cuello de toro volvió y le hizo pasar.

Como la luz del día empezaba a esfumarse, en el salón habían encendido velas. Renouart se presentó ante Federico y el obispo Konrad e hincó la rodilla.

—Disculpad el retraso, majestad. Hacía mucho que no estaba en mis tierras, y he tenido que ocuparme dos días enteros de las quejas de mis siervos.

Con un escueto movimiento, Federico le invitó a levantarse. Su mirada era fría.

—Os hemos hecho venir para juzgar vuestro comportamiento durante la disputa y decidir qué ha de hacerse con vos —empezó sin rodeos—. Admitimos que estamos confusos. Cuando el duque Thiébaut tomó partido por Érard de Brienne, le seguisteis aunque sabíais que actuabais en contra de nuestra voluntad y rompíais nuestra alianza con Felipe de Francia. Sin embargo, tuvisteis la decencia de devolver antes el feudo que habíais recibido antaño de la corona. Tenemos que reconocer que habéis actuado de manera honrosa. Sin embargo, os habéis puesto abiertamente en contra nuestra en una vergonzosa guerra. ¿Qué hemos de hacer con vos ahora?

Renouart sentía las miradas de los presentes posadas en él. Los hombres de la Cancillería imperial, los escuderos, los caballeros alemanes sentados en los bancos, todos esperaban con expectación sus siguientes palabras.

—Pongo mi destino en vuestras manos y me someto a vuestro juicio.

—Los eruditos de la Cancillería están de acuerdo en que no os habéis hecho culpable de felonía. Por eso, os levantamos la proscripción y os permitimos regresar a la comunidad de nuestros súbditos.

—Gracias, mi rey.

—Sin embargo, habéis obrado mal —prosiguió Federico—. Habría sido vuestro deber retirar a Thiébaut la lealtad y elegir el lado de la razón... el nuestro. Explicadnos por qué de todos modos fuisteis con Thiébaut.

—Hace cien años que mi familia sirve a la casa de Châtenois —dijo Renouart—. Mi abuelo era vasallo del duque Mathieu. Mi padre siguió a Simon, y después al sobrino de Simon, Ferry. Yo mismo juré lealtad al duque Thiébaut cuando mi padre murió y Thiébaut me dio en feudo las tierras de mi familia. Sabía que no era sensato por su parte marchar con Érard de Brienne contra Blanca de Navarra. Pero, si me hubiera negado a secundarle, habría roto una antigua tradición familiar y pisoteado la obra de mis antepasados. El honor me lo impidió.

—También a nos nos jurasteis fidelidad —respondió cortante el rey—. Y un juramento ante vuestro rey pesa más que vuestra alianza con Thiébaut, por no hablar de cualquier tradición familiar.

—Lo sé, mi soberano. Pero no podía hacer otra cosa. Así que decidí devolver el feudo real para disolver en toda regla mi juramento de vasallaje ante vos y dejar claras las cosas.

Federico le miró, penetrante.

—Y ¿ahora queréis renovar vuestro vasallaje y volver a jurarnos lealtad?

—Sí, mi rey —respondió Renouart—. Las circunstancias me obligaron a luchar contra vos, pero no lo hice con gusto. Por favor, permitidme volver a serviros.

—¿Quién nos garantiza que nos seguiréis la próxima vez que tengáis que elegir entre vuestro rey y el duque? Después de todo lo que hemos oído, tenemos que partir de que, en el futuro, el honor también os impedirá romper con vuestra tradición familiar. En consecuencia, no podemos confiar en vos. En esas circunstancias, tenemos que rechazar vuestra petición y no podemos devolveros las tierras de Magnières. Serán dadas en feudo al funcionario que las administra desde el comienzo de la disputa.

Aunque Renouart no había esperado que el rey fuera clemente en aquel asunto, su estómago se encogió al escuchar la decisión de Federico. Sin las tierras de Magnières, a su familia le esperaban tiempos duros. Sin los ingresos de aquellas tierras, difícilmente podría atender sus obligaciones financieras. Le costó un gran esfuerzo aceptar la sentencia con humildad e inclinarse.

—Os doy las gracias por haberme escuchado, majestad. Os ruego que me permitáis retirarme.

—Aún no hemos terminado —dijo el rey con frialdad—. Antes de que os vayáis, tenemos que decidir qué va a ocurrir con vuestros otros feudos.

Renouart se puso rígido.

—¿Majestad?

—Cuando Thiébaut atacó nuestras tierras en Alsacia nos causó grandes daños. Dado que vos participasteis en esa campaña, tenéis parte de la culpa de la devastación de Rosheim. Es justo y necesario que paguéis por ese crimen y respondáis por los daños causados. Por eso, os incautamos del feudo que os queda y se lo damos a uno de nuestros caballeros, que se distinguió por su gran valor en el asedio de Amance y merece una recompensa por su lealtad.

Un murmullo recorrió la multitud. Renouart respiró hondo antes de dirigir la palabra al rey.

—El feudo me fue concedido antaño por el duque Thiébaut. Solo él puede quitármelo. Así lo quiere la ley.

—Somos la testa coronada del Sacro Imperio Romano —atronó Federico—. No estamos sometidos a la ley... ¡la ley está sometida a nos! ¡Y vos, como súbdito nuestro, tenéis que someteros a nuestra sentencia!

—Pero, si me quitáis el feudo, quedaré sin recursos, y a mi familia le amenazan la ruina, la pobreza y la vergüenza.

—Sabíais en qué os metíais cuando os pusisteis contra vuestro rey. Ahora, cargad con las consecuencias como un hombre de honor.

De pronto, Renouart comprendió lo que estaba ocurriendo. Federico había perdonado a Thiébaut y le había permitido salvar la cara. En cambio, quería sentar ejemplo con los simples caballeros que le habían seguido, para que no se pudiera decir que era demasiado indulgente con sus enemigos. A costa de Renouart, Federico quería fortalecer su prestigio ante el pueblo y ante la nobleza. Renouart era un chivo expiatorio.

—Una palabra, mi rey —dijo de pronto Konrad von Scharfenberg.

Irritado con la interrupción, Federico frunció el ceño. Inclinó la cabeza y escuchó lo que su canciller tuviera que decir. Renouart se sorprendió de que Konrad intercediera por él. Aunque el obispo hablaba muy bajo, pudo oír palabras como «dilema», «honor» y retazos de frases como «la clemencia antes que el derecho».

Renouart contuvo el aliento. Apenas se atrevía a tener esperanzas.

—No —interrumpió el rey a Konrad—. Tiene que ser castigado por lo que ha hecho. Renouart, nos incautamos en este momento de vuestro feudo y de todas las posesiones que en él se encuentren. Lo único que podréis conservar es vuestra armadura, vuestras armas, vuestro corcel, las ropas que lleváis puestas y una cantidad en metálico de cuarenta sous. Con esto dejáis de ser caballero y perdéis todos los privilegios vinculados a ese rango. Podéis retiraros.

Renouart sintió que la garganta se le cerraba como si le hubieran puesto al cuello la soga del verdugo. «Ya no sois caballero.» Reprimió el temblor de su mano derecha y se inclinó, rígido.

—Que Dios os bendiga, majestad —dijo en voz baja, antes de darse la vuelta y partir.

Había llegado como caballero y vasallo del duque, como un hombre de honor. El Renouart que ahora salía del palacio era un noble caído, la vergüenza de su familia, nadie.

BÉZENNE

A las puertas del feudo, Michel tiró de las riendas de Tristán cuando un soldado se adelantó y le cortó el paso. No era uno de los fieles de Renouart, sino un guerrero del rey Staufer, reconocible por los tres leones negros sobre su gambesón amarillo.

—¿Qué deseáis? —preguntó el hombre, con poca amabilidad.

—Quiero hablar con Renouart de Bézenne.

—Ya no es el señor de este feudo.

—Lo sé. Aun así, quiero hablar con él. ¿Está todavía aquí?

—Lo encontraréis delante de la casa. Pero no lo entretengáis. Tiene que abandonar estas tierras antes de que se ponga el sol.

Michel llevó de las riendas a Tristán por el sendero, pasando ante el pozo y el granero de la hacienda. Renouart estaba en ese momento poniendo las alforjas a su caballo de batalla y metiendo en ellas las pocas pertenencias que se le había permitido llevar. En un muro delante de la casa se sentaban su esposa y su hija. Felicitas pasaba el brazo sobre los hombros de Catherine, acariciaba el pelo de la muchacha y lloraba sin ruido. Varios guerreros del rey estaban cerca y se aseguraban de que Renouart vaciara deprisa la vivienda. Al parecer ya habían ahuyentado a los servidores y criados de Renouart... Michel no vio ningún rostro conocido.

El caballero caído le saludó con un escueto gesto de cabeza, cerró las alforjas y tiró de las cinchas.

—He oído lo que ha pasado —dijo Michel—. Dejadme ayudaros.

—El rey me ha expropiado y expulsado de la caballería —respondió Renouart lleno de amargura—. Dudo que podáis hacer nada en contra de eso.

—Al menos puedo intentar aliviar vuestra necesidad. Venid conmigo a Varennes. Podéis vivir en mi casa hasta que penséis qué hacer.

—Gracias por la oferta, pero me las arreglaré.

—Ya no tenéis techo. ¿Dónde vais a dormir?

—Alquilaremos algo barato, o nos alojaremos en un albergue de peregrinos. Mi dinero aún alcanzará un tiempo.

Michel bajó la voz:

—Vos sabéis cómo son esos albergues. No podéis pedirle eso a vuestra esposa y a vuestra hija. Venid conmigo. ¿Qué tiene de malo?

—No puedo —ladró el antiguo caballero, buscando las palabras—. Yo... tengo mis motivos. Respetadlos, por favor.

Lo que había ocurrido en la corte real tenía que haberle ofendido hasta tal punto que ya no confiaba en nadie, ni siquiera en un viejo amigo. De otro modo, Michel no podía explicarse por qué Renouart rechazaba de forma tan áspera una oferta de ayuda razonable. Pero no podía obligarle a nada.

—Hacédmelo saber si cambiáis de opinión.

—Lo mejor es que os vayáis —dijo Renouart—. Los hombres del rey empiezan a impacientarse.

—Os deseo lo mejor, viejo amigo. —Michel montó y miró una última vez a Felicitas y a Catherine, antes de picar espuelas a Tristán y salir cabalgando por el portón.

Varennes Saint-Jacques

Una semana antes de San Juan, Federico salió de Varennes. Michel y los otros dignatarios de la ciudad estaban fuera de la Puerta Norte, y despidieron al rey cuando salió del palacio con su séquito y partió hacia el este entre el júbilo del pueblo.

Poco después la vida cotidiana regresó a Varennes, y de la brillante visita de Federico no quedaron más que recuerdos. La gente regresó a su trabajo, a pasar las tibias tardes con sus vecinos y prepararse para un verano ardiente y seco.

Isabelle había decidido emprender un viaje comercial a lo largo de las siguientes semanas. Durante la primera mitad del año había hecho tan buenos negocios que no podía permitirse pasar el verano en Varennes. Michel, que durante los meses anteriores a veces había estado semanas sin verla, pasaba todo el tiempo posible con ella. Se amaban casi todas las noches, y a la mañana siguiente se quedaban a veces en la cama hasta tercia. Se sentían como una joven pareja de enamorados.

Durante el día Michel trabajaba en el ayuntamiento, se ocupaba de los asuntos corrientes y hacía planes para la nueva feria. Cuando, una mañana, estaba repasando los catastros de la ciudad en busca del lugar más adecuado para un gran mercado, recibió la inesperada visita de Rémy.

—¿Puedo hablar un momento contigo?

—Claro. Pasa.

Rémy se sentó con él a la mesa y dejó la ballesta en el suelo. Estaba claro que llegaba de su lugar de tiro al borde del bosque, donde siempre se retiraba cuando necesitaba distancia entre él y su trabajo. Michel llenó dos copas de sidra de manzana. El último encargo de Rémy le había reclamado tanto tiempo que hacía días que Michel no veía a su hijo. Parecía cansado.

—Necesito tu apoyo —empezó Rémy—. O mejor dicho, el del Consejo.

—¿En qué?

—Tengo que remontarme un poco hacia atrás para explicarlo. La cosa es así: he visto la biblioteca real...

—¿De veras? ¿Te dejaron entrar, así, sin más?

—No fue nada fácil, pero tuve un influyente abogado —respondió sonriente Rémy.

—¿Es tan grandiosa como cuentan?

—No te lo puedes imaginar, padre. Docenas de libros, a cuál más hermoso. Nunca he visto nada parecido. Pero aún me han impresionado más los hombres que entran y salen de ella. ¿Sabías que el rey ha llevado a su corte poetas y eruditos?

—He oído que hace poco que Walther von der Vogelweide está a su servicio.

—He hablado con él. Fue él el que me dio acceso a la biblioteca.

—¿Has conocido al famoso Walther? —Michel estaba impresionado—. ¿Qué clase de hombre es?

—Bueno, es inteligente, elocuente y vanidoso como un pavo... un poeta —respondió sonriente Rémy—. Me presentó a sus amigos, a Leonardo Fibonacci, a Giacomo Pugliese y a todos los demás eruditos de la corte de Federico. Nunca había visto tanta sabiduría en tan poco espacio... y desde entonces tengo este sueño que no me abandona. —Al decir esas palabras, toda la irradiación de su rostro cambió. De repente no estaba cansado. En sus ojos ardía un fuego, su voz era firme y clara y llena de energía.

—¿Qué sueño es ese? —preguntó Michel.

—Una escuela, aquí en Varennes —explicó su hijo—. Un lugar de sabiduría, en el que los hijos de los ciudadanos pudieran aprender a leer y escribir, y latín, además de retórica, aritmética y geografía. El nivel de educación en Varennes es malo, padre. Me di cuenta cuando estuve con Walther y sus amigos. ¿Cuántos burgueses de esta ciudad saben leer correctamente? Tal vez uno de cada cinco, o de cada diez. Entre los pobres las cosas son aún peores, puede que sea uno de cada cien. Es hora de cambiarlo.

—Pero ya tenemos una escuela.

—Permite que te diga que la escuela monástica es un mal chiste. ¿Qué aprenden allí los escolares? Canto y teología, un poquito de cálculo y de latín, para que se conviertan en buenos curas y monjes obedientes. Allí no están interesados en la verdadera formación. Además, cada año solo hay cuatro o cinco plazas disponibles para laicos... demasiado poco para una ciudad comercial como Varennes. Aparte de eso, el precio es tan alto que solo las familias patricias pueden permitirse enviar a sus hijos a la escuela monástica. Para la mayoría de los artesanos sigue siendo algo inalcanzable.

Rémy estaba diciendo la verdad. La escuela monástica estaba gestionada por las cuatro abadías de Varennes y sometida a la inspección del abad Wigéric, cabeza de la abadía de Longchamp, que ostentaba el cargo de *escolasticus* municipal. En consecuencia, servía en primer término a los intereses de la Iglesia, preparando a los chicos para una carrera eclesiástica. Los pocos laicos de la escuela recibían instrucción más mal que bien. A pesar de lo mucho que pagaban, difícilmente se les facilitaban los conocimientos que necesitaban para una carrera como mercader, médico, maestro de obras o funcionario. En consecuencia, la mayoría de los patricios renunciaban a enviar a sus hijos a la escuela monástica. En vez de eso, hacían que su padre confesor les instruyera en casa o trataban de aportarles en persona todo lo necesario. Eso tenía la consecuencia de que muchos burgueses seguían siendo capaces de leer o escribir a duras penas.

La idea de Rémy se dirigía a la raíz de ese mal. Y sin embargo, Michel se mostró escéptico.

—No sé, Rémy...

—Necesitamos una escuela en manos de la ciudad —insistió su hijo—. Una escuela que proporcione a los chicos todo aquello que necesitarán como mercaderes y maestros artesanos. No podemos esperar que la escuela monástica haga esa tarea por nosotros. El Consejo debe ayudarme a construir una escuela como esa. Lo que nuestros hijos aprenderán allí nos vendrá bien a todos: al comercio, a la administración, a toda la ciudad.

—No digo que tu idea sea mala. De hecho tiene mucho a su favor. Pero olvidas una cosa decisiva. Fundar y mantener una escuela cuesta dinero —dijo Michel expresando sus reparos—. Dinero que no tenemos, porque ya está previsto para otra cosa. Construir una nueva feria va a engullir grandes sumas, y atará durante años la mayor parte de recaudación de impuestos de la ciudad. No podemos permitirnos otra cara empresa, por sensata que sea.

—Pero una auténtica escuela es tan importante para Varennes como una nueva feria comercial, si no más importante.

—Aun así, la feria tiene prioridad. Varennes vive del comercio, por eso tenemos que hacer todo lo posible para que los negocios prosperen.

Rémy no ocultó su decepción.

—Entonces ¿no me vas a apoyar?

—No estoy en contra de tu proyecto. Solo digo que debes esperar. Para todo hay un momento adecuado. Dentro de tres, cuatro años, cuando la feria se haya establecido, siempre podremos ocuparnos de la escuela.

—Me parece un error esperar tanto. Piensa en las posibilidades que nos daría una escuela municipal... ¡cuánto aumentaría el prestigio de Varennes! ¿No puedo hacer nada para convencerte de mis planes?

No sucedía a menudo que Rémy se empleara a fondo en algo, y Michel había olvidado lo testarudo que podía ser cuando lo hacía. «Y precisamente yo soy el que pone piedras en su camino.» Suspiró y dijo:

—Voy a hacerte una propuesta. Somete tus planes al Consejo. De todos modos, no me corresponde decidir solo. Que los consejeros voten si la ciudad te ayuda o no. ¿Te parece una buena oferta?

—¿Por qué no lo has dicho antes? —Rémy sonrió—. No quería más de ti.

—Entonces estamos de acuerdo. —En secreto, Michel estaba aliviado. El asunto no le parecía lo bastante importante como para discutir con su hijo—. Espero que sepas en lo que te metes. Vas a hacer frente a un viento muy cortante. Ya conoces a Eustache: cuida como un sabueso el patrimonio de la ciudad y defiende de manera encarnizada cada sou que hay en nuestras arcas.

—Que lo haga. Si puedo ganar a siete consejeros para el proyecto, no me preocupa su resistencia. ¿Cuándo será la próxima reunión del Consejo?

—La semana después de San Pedro y San Pablo.

—¿Por qué tan tarde?

—El gremio debe participar en ella... se tratará de la nueva feria, y tenemos que incluirlos en nuestros planes desde el principio. Pero muchos mercaderes aún están de viaje por la Champaña, y no regresarán hasta principio de julio.

—Bueno, tanto mejor. Al menos así podré pensar a fondo en todo y elaborar con calma mis planes. —Rémy se levantó, cogió la mano derecha de Michel y la rodeó con ambas manos—. Gracias, padre.

—¿Ya te vas?

—Tengo que volver al taller. El trabajo espera.

Cuando Rémy se hubo marchado, Michel se acercó a la ventana abierta de su despacho, contempló el trajín de la plaza de la catedral y exploró la sensación desagradable que había en su estómago. Estaba convencido de que el Consejo iba a aplastar los planes de Rémy. ¿Iba a dejar a Rémy correr hacia la punta de una espada? No, le había advertido. Rémy sabía lo que se le venía encima, y conocía los obstáculos que habría en su camino. Ya no era ningún niño... Michel no tenía derecho a tutelarlo solo para evitarle una probable derrota.

Y sin embargo... la sensación desagradable persistía. Porque, por primera vez desde que Rémy era adulto, él y Michel perseguían planes opuestos. Quedaba esperar que nunca olvidaran respetarse mutuamente y tratarse con cariño y consideración.

Tenía que ser ya muy pasada la medianoche, pero los dados seguían entrechocando. A los peregrinos, jornaleros y pobres escolares que poblaban las piojosas camas del dormitorio no les molestaba en lo más mínimo... roncaban con suavidad sin excepción, como si les hubieran echado valeriana en la cerveza. Renouart en cambio llevaba horas sin pegar ojo. Se volvió y sintió que su esposa y su hija se movían bajo la tosca manta de lana. Al menos esta vez tenían una cama para ellas solas. La noche anterior habían tenido que compartir el lecho con una vieja desdentada que chasqueaba sin cesar la lengua.

—¿Estáis despiertas? —susurró.

—¿Crees que puedo dormir con este ruido infernal? —respondió malhumorada Felicitas, su esposa.

—Estoy agotada —se quejó Catherine—. ¿No podéis pedirles que guarden silencio de una vez, padre? —Su hija tenía dieciséis años, y sin duda no era muda... normalmente sabía defenderse. Pero los sucios habitantes del albergue, con sus malos modales y sus impías maldiciones, le inspiraban un pánico cerval.

—Hablaré con ellos. —Renouart se puso la camisola, sacó de la cama su agotado cuerpo y cruzó la sala. En un nicho cuya saetera daba al canal de la ciudad baja ardía una tea. A su lado había dos figuras oscuras. Una de ellas volcó de golpe el cubilete en el suelo de piedra y se inclinó sobre los dados.

—¡Mira... un doble! Otra vez. Vamos, viejo amigo, venga ese cuartillo.

—Dadle la moneda, y basta por hoy —exigió con voz áspera Renouart al perdedor—. Ya habéis jugado bastante. Es tarde... queremos dormir.

—¿Ah, sí? —dijo el aludido, un flaco jornalero de pelo grasiento—. ¿Y quién sois vos, que creéis que podéis darnos normas?

—¿No lo conoces? —preguntó su compañero, un tipo bajito de voz tenue, que escurría maldad—. Es el señor caballero. Un noble de alta cuna, oh, sí.

—¿Un caballero? No lo creo —dijo el otro, mientras pescaba una moneda en su bolsa y la empujaba por el suelo—. Los altos señores no descienden hasta este agujero. Se buscan un alojamiento en la plaza de la catedral o en la Puerta de la Sal, donde tienen una habitación para ellos solos y la criada les lleva un cubo de agua caliente todas las mañanas.

—Este sí. Porque lo ha perdido todo. El rey le ha quitado sus tierras, ¿verdad? —El pequeño sonrió, taimado.

—Simplemente callaos, ¿de acuerdo? —repitió con énfasis Renouart, y la amenaza en su voz no careció de efecto: el flaco tragó saliva y cogió el cubilete.

—Ven —murmuró—. Nos vamos a ganar un pescozón.

—No, no, no —dijo el otro—. Vamos a seguir jugando. Estoy en racha, y no pienso renunciar a eso solo porque el señor de alta cuna no esté acostumbrado a dormir con el pueblo llano. Así es, ¿no? De verdad que lo siento, señor caballero. Aquí no estáis en vuestro castillo, donde podéis cerrar la puerta a vuestras espaldas cuando el populacho os molesta. Aquí tenéis que soportar nuestros ronquidos, regüeldos y pedos, os guste o no.

Le cogió el cubilete de la mano a su compañero, hizo bailar los dados en su interior y lo volcó en el suelo con estrépito. La derecha de Renouart se lanzó hacia delante y agarró el cubilete mientras el pequeño jornalero lo levantaba.

—¡Eh! ¿Qué hacéis? ¡Devolvédmelo!

Renouart tiró los dados por la ventana.

—Buenas noches.

Cuando se volvía para marcharse, el pequeño se puso en pie de un salto.

—¡Eran mis dados! ¡Me compensaréis por ellos!

—No pienso hacer tal cosa.

—¡El rey ha tenido razón al castigaros! —chilló el jornalero—. ¡Sois un ladrón! ¡Un perro sin honor!

Renouart se detuvo, antes de volverse con lentitud.

—¿Qué acabas de llamarme?

—Ya me habéis oído.

La cabeza de Renouart basculó, y su frente golpeó con furia al hombre en el puente de la nariz. Bramando, el jornalero cayó en el nicho de la ventana y se cubrió el rostro con las manos, mientras la sangre le corría de la nariz.

—No te atrevas a volver a hablarme. —Renouart regresó a su cama.

Entretanto, casi todo el dormitorio se había despertado. La gente le miraba cuando volvió a meterse bajo la manta, con su mujer y su hija.

—Ya no nos molestarán.

Felicitas abrazaba a Catherine. Su hija temblaba. Cuando la calma regresó a la sala, él oyó que lloraba.

—¿Va a ser así todas las noches? —murmuró su mujer—. Esto no es vida.

A Renouart le hubiera gustado decirle que todo iría bien. Pero no hacía promesas que no fuera capaz de mantener. Así que cogió la mano de Felicitas y no la soltó hasta la mañana.

Durmió poco esa noche. Cuando, por la mañana, salió al patio del albergue para lavarse, se sentía cansado y abatido como después de días de cabalgada. Todos los peregrinos y jornaleros estaban ya en pie, y junto a la fuente reinaba un ruidoso bullicio. Aun así, consiguió llenar un cubo de agua limpia. Lo subió al dormitorio, donde su esposa y su hija estaban sentadas al borde de la cama y compartían el pan que había quedado el día anterior.

—Para vosotras. —Renouart les acercó el cubo y sacó su ropa y sus botas del arcón en el que guardaban sus posesiones—. Tengo que irme un par de horas. Entretanto, podéis dar un paseo o esperarme en la capilla de Saint-Denis.

—¿Adónde vas? ¿Vas a buscar trabajo?

Renouart calló, porque no quería mentir a Felicitas. Se ciñó su espada con los labios apretados.

—He oído decir que la guardia de la ciudad necesita hombres —dijo—. Habla con el señor Fleury. Seguro que puede hacer algo por ti.

—Primero tengo que arreglar una cosa. —Besó a su mujer—. Hasta luego. Manteneos lejos de esa chusma.

Abandonó el depravado albergue, encajonado entre una no menos miserable casa de baños y una lavandería, cruzó el puente del canal hasta la rue de l'Épicier y poco después estaba delante de la casa de Anseau Lefèvre. «Asistidme, arcángeles, os lo ruego.» Respiró hondo y cruzó la puerta del patio.

Delante del establo, dos mozos estaban en ese momento cargando un carro de bueyes de toneles de sal vacíos. Con ellos estaba Chrétien, el *fattore* de Lefèvre. El flaco mercader se dirigió hacia él.

—¡Renouart! Me alegro de que estéis aquí. Mi señor ya os espera. Está arriba, en su escritorio. ¿Debo guiaros?

—Gracias, conozco el camino. —A Renouart no se le escapó que Chrétien le miraba compasivo mientras se dirigía hacia la puerta. Subió peldaño a peldaño, con las rodillas doloridas, el corazón latiéndole con fuerza como si quisiera romper la estrechez de su pecho.

Llamó.

—Adelante —resonó la voz de Lefèvre.

El prestamista estaba sentado a la mesa, sostenía una pluma de ganso en la mano adornada por valiosos anillos y estaba escribiendo en un pergamino, del que apenas levantó la vista un instante, mientras pedía a su visitante que pasara con un escueto movimiento de la mano izquierda.

—Sentaos.

Renouart prefirió seguir de pie. Cruzó los brazos delante del pecho.

Lefèvre se tomó tiempo. Finalmente, sopló la tinta fresca, puso el documento junto a los otros y se reclinó.

—Habéis atendido mi petición... encomiable. En eso se reconoce al hombre de honor. Otros en parecida situación no son tan... deferentes. Tienden a huir o esconderse, lo que siempre significa una innecesaria molestia para todos.

—Yo no me escondo —dijo Renouart, rígido—, ni huyo. Ni de vos ni de nadie.

—Lo sé, lo sé. Un caballero del duque siempre mira impertérrito a los ojos los avatares de la vida por desagradables que sean, ¿verdad? Por desgracia, me temo que en vuestro caso son extremadamente desagradables.

—Lo sé.

—¿Ah, sí? ¿Estáis del todo seguro? ¿Por qué no echamos un vistazo al contrato que firmamos hace ahora dos años? —El usurero sacó un documento y lo puso encima de la mesa.

—No es necesario —dijo Renouart—. Sé lo que pone ahí.

—En el año del Señor de 1216, cinco días después de Pascua, os recibisteis en préstamo de mí la suma de doscientas libras de plata —explicó de todos modos Lefèvre—. Si no recuerdo mal, teníais la intención de emplear ese dinero en roturar un bosque y desecar un pantano, volver la tierra útil para la labranza y aumentar así las rentas de vuestro feudo. Sublime intención, pero por desgracia aquí es precisamente donde está el pero. Porque el mencionado feudo ya no se encuentra en vuestro poder. El rey se incautó de él hace pocos días y se lo dio a uno de sus caballeros. Un hombre que sin duda no tiene intención de devolverme la suma prestada. ¿Qué hacemos? El dinero, si es que queda algo de él, también ha sido incautado por el rey, y el caballero no será tan generoso de indemnizarme con su patrimonio privado. ¿Entendéis adónde quiero ir a parar?

—Por supuesto —respondió Renouart.

—En otras palabras —prosiguió el prestamista—, seguís debiéndome doscientas libras de plata, más una considerable suma por las sanciones entretanto vencidas por superar el plazo de devolución, y en cambio todas las garantías que me presentasteis han desaparecido de forma irrevocable. Además, y esta es mi verdadera preocupación, ahora sois un hombre enteramente carente de recursos, que no tiene un oficio decente y, en un tiempo previsible, no estará en condiciones de devolverme mi dinero.

—Buscaré trabajo. Sin duda puedo conseguir un puesto en la guardia de la ciudad o como mercenario en el gremio. Tan solo necesito un poco de tiempo.

—No dudo que estáis decidido a aceptar cualquier trabajo que podáis encontrar. Pero seamos sinceros… me debéis casi doscientas cincuenta libras. Incluso si vivierais ciento veinte años y trabajarais como un buey cada día del resto de vuestra vida, no podríais devolverme ni la mitad.

—Dejadme intentarlo al menos —dijo Renouart.

—¿Por qué habría de hacerlo? —repuso Lefèvre, y su voz era de pronto tan cortante y fría como una hoja de hielo—. ¿Para que todo el mundo viera qué clase de hombre clemente y misericordioso soy? En lo que a eso respecta, tengo malas nuevas para vos: no muestro complacencia para con nadie, y menos cuando atañe a mi dinero. Y aquí se trata de mucho dinero... una suma cuya pérdida habría llevado a la ruina a un mercader menos acomodado. Confiaba en recobrarlo, pero vos habéis abusado de mi confianza. Me habéis decepcionado e infligido grave daño. No veo por qué habría de cederos ni una pulgada. Por tanto, ¿qué proponéis, Renouart? ¿Cómo vais a reparar, en parte al menos, la debacle que habéis provocado?

Renouart tuvo que recurrir a toda su fuerza de voluntad para decir:

—Dejadme entrar a vuestro servicio, para que pueda pagar mi deuda.

Lefèvre apoyó los codos en los brazales del asiento, acarició un anillo de rubíes que llevaba en la diestra con el dedo corazón de la izquierda y lanzó una mirada penetrante a Renouart.

—¿Qué edad tenéis? ¿Cuarenta y seis?

—Cuarenta y siete.

—Así que os quedan cinco, como mucho diez buenos años, antes de que vuestro corazón repleto de nobleza deje de latir o vuestras articulaciones estén tan devoradas por la gota que ni tan siquiera podáis alzar la espada. Eso nunca alcanzará para pagar vuestra deuda. Os digo lo que haréis, Renouart: no solo trabajaréis para mí. Seréis mi siervo... en cuerpo y alma, hasta la piel. Y vuestra esposa e hija también. Y hasta que yo considere que vuestra deuda ha quedado cancelada.

—No —balbució Renouart—. No podéis exigirme...

—Yo no exijo nada... yo decido —le interrumpió Lefèvre—. Y decido solo. Porque vuestra opinión en este asunto ha quedado extinguida en el momento en que fuisteis tan necio como para sacrificar vuestro patrimonio, vuestra condición y vuestro buen nombre a vuestro honor.

La mano de Renouart aferró convulsivamente la empuñadura de su espada. El suelo parecía vacilar bajo sus pies, el aliento le ardía en la garganta. Aquel hombre lo tenía en sus manos. No había nada que pudiera hacer.

—Tomadme a mí, pero no a Felicitas y a Catherine. Dejadlas en paz, os lo ruego.

—No. Esta es mi oferta. Aceptadla, o disponeos a pasar el resto de vuestros días en la Torre del Hambre.

Lefèvre sacó un documento y lo puso encima de la mesa. Aunque las líneas se volvían borrosas delante de los ojos de Renouart, reconoció que se trataba de un contrato que sellaba su condición de siervo. Un contrato irrevocable, porque la ley estaba de parte de Lefèvre. Si Renouart se resistía a su acreedor, sería proscrito, desterrado, y se le quitaría el último resto de dignidad que le había quedado.

—Firmad —ordenó el usurero.

Más tarde, Renouart apenas podía recordar haber empuñado la pluma de ganso y haber puesto su nombre al pie del contrato. Recorrió como en trance los callejones hasta la capilla del monasterio de Saint-Denis, junto al mercado del pescado.

Dentro, ante el altar, estaban arrodilladas Felicitas y Catherine, sumidas en oración. Al oír sus pasos, se volvieron. Su hija se levantó y fue hacia él.

—¡Padre! ¿Qué ha ocurrido? Parece que hayáis visto un fantasma.

Ni ella ni Felicitas sabían que Lefèvre le había prestado dinero.

—Sentémonos —dijo—. Tengo que deciros algo.

Poco después su esposa se desplomaba llorando en el suelo.

Poco después de vísperas, Michel entró en la taberna que había junto a la ceca municipal y miró a su alrededor mientras respondía los saludos de los huéspedes. Quería hablar con Deforest de la nueva feria, y como Eustache no había ido en todo el día ni al ayuntamiento ni a la ceca porque tenía que ocuparse de sus negocios, se habían citado para cenar.

A las mesas, bajo los arcos de piedra y las vigas ennegrecidas por el hollín, se sentaban pequeños buhoneros, mercaderes forasteros y campesinos de la ciudad, que pasaban las últimas horas del día junto a una jarra de cerveza. Deforest aún no había llegado. Michel cambió unas palabras con el posadero, y se dirigía con su copa de vino a una mesa cuando vio a Renouart de Bézenne. El caballero caído se sentaba, solitario, en un rincón oscuro, daba sorbos a su jarra y miraba fijamente la nada.

Desde hacía algunos días, corría por la ciudad que Renouart había caído en servidumbre con Lefèvre por deudas. Ahora vivía con su familia en casa del prestamista, y hacía para su nuevo señor servicios bajos de todo tipo.

Con la copa en la mano, Michel se dirigió a él.

—¿Me permitís?

Renouart alzó la vista y volvió a bajarla enseguida.

—Por favor —gruñó, y señaló con la cabeza el taburete libre.

Michel se sentó a la mesa frente a él.

—El préstamo con Lefèvre... ¿por eso rechazasteis mi ayuda?

—No quería meter a nadie en esto.

—¿Por qué no me dijisteis que necesitabais dinero? Os hubiera podido poner a flote con un préstamo sin interés.

—No pido dinero a mis amigos.

—Preferís ir a un tipo como Lefèvre —dijo Michel.

—Lefèvre o cualquier otro usurero... no hay diferencia. Son todos iguales.

—Lo utilizasteis para el pantano, ¿verdad? Y para el bosque que hicisteis roturar.

Renouart asintió y bebió.

—¿Cuánto le debéis?

—Casi doscientas cincuenta libras.

—¡Doscientas cincuenta! —repitió con fuerza Michel—. ¡Dios mío, Renouart!

—Basta —gruñó el antiguo caballero—. Llamadme necio y loco, y lo habremos dejado atrás.

A Michel le faltaban las palabras. Sin duda Renouart siempre había aspirado a aumentar las propiedades de la familia y superar a su padre. Pero esto... no. Esto era una locura. «¿Cómo es posible excederse de ese modo?» Por otra parte, de no haber sido por la disputa y por la desmesurada severidad del rey Federico, con toda probabilidad Renouart habría podido devolver el préstamo tranquila y silenciosamente durante años, y nadie se habría enterado nunca.

Michel dio un trago al vino. No, no era cosa suya juzgar a Renouart. Aparte de eso, habría ayudado poco a su viejo amigo.

—No sois ningún necio —dijo al fin—. Tan solo un hombre que estaba cautivado por sus pasiones y además tuvo muy mala suerte. Eso no os convierte en un loco... no a mis ojos.

—Os lo agradezco —repuso Renouart con sinceridad.

—Por favor... dejadme que os ayude esta vez.

—Dudo que podáis hacerlo. Entonces no habría aceptado dinero de vos, y ahora tampoco voy a hacerlo. Si es que era eso lo que ibais a proponerme.

De hecho Michel había considerado la posibilidad de asumir las deudas de Renouart... antes de saber a cuánto ascendían. Era un hombre rico, pero ni siquiera él podía sacarse de la manga doscientas cincuenta libras y tirarlas a las fauces de un usurero sin esperanza real de volver a ver nunca ese dinero.

—Un préstamo de esa cuantía supera mis fuerzas. Además, respeto vuestro deseo. Pero quizá haya otra posibilidad. Me gustaría ver el contrato de préstamo.

—¿Para qué?

—Seguro que Lefèvre os exigió intereses. Y los intereses están prohibidos. Hace tiempo que el Consejo intenta probar sus negocios de usura. Quizá esta vez lo consigamos y podamos llevarlo por fin a juicio. Además, entonces el negocio sería nulo.

—Naturalmente que pidió intereses. Pero no los llamó de esa manera. No entiendo mucho de negocios, pero estaba seguro entonces, y lo sigo estando, de que el contrato era legal. De lo contrario no lo habría aceptado.

—Con todo respeto, Renouart, yo entiendo más que vos de tales cosas. Y en los negocios que tienen que ver con el crédito el diablo se esconde en los detalles. Dejadme ver vuestra carta de deuda, por favor. Seguro que tenéis una copia.

—Tendría que ir a buscarla —dijo indeciso Renouart.

—Bien. Os espero aquí.

El antiguo caballero acababa de salir de la taberna cuando entró Deforest. Por eso, Michel le pidió aplazar su charla, lo que no entristeció precisamente al maestre del gremio.

—He pasado todo el día discutiendo con el capataz de la salina y he traído sal para mi casa —dijo—. Estoy agotado, y no tengo nada en contra de acostarme temprano por una vez. Nos veremos mañana en el ayuntamiento. Saludad de mi parte a Isabelle.

Deforest se marchó arrastrando los pies.

Un rato después volvía Renouart.

—Por favor, disculpad que haya tardado tanto. No quería que Lefèvre se enterase de nada, y he tenido que esperar a que se retirase a sus aposentos para poder traer el contrato.

Michel desplegó el pergamino y lo acercó a la tea encendida.

—¿Es esta vuestra copia?

—Sí.

—¿Estáis seguro de que es idéntica al original?

Renouart asintió.

—En aquel momento la examiné con atención.

Era una carta de deuda sobre una suma de préstamo de doscientas libras de plata. Michel estudió cuidadosamente palabra por palabra del contrato, porque si Lefèvre había violado o no la ley con aquel negocio podía depender de formulaciones concretas. Estaba prohibido a los cristianos aceptar intereses por el dinero prestado... la Iglesia había vuelto a insistir en la prohibición en el año del Señor de 1139, en el *Decretum Gratiani*. Un cristiano solo podía ganar dinero con sus propias manos, pero no con ayuda del tiempo, porque este pertenecía solo a Dios. Además, el dinero prestado con intereses trabajaba también durante la noche, y la adquisición nocturna era profundamente reprochable. Quien violaba esa prohibición se arriesgaba a ser excomulgado, a una dolorosa pena de escarnio y a la expulsión de la comunidad cristiana.

Por desgracia, a lo largo del tiempo los banqueros lombardos y otros usureros ingeniosos habían desarrollado métodos para rehuir las disposiciones legales referentes a la prohibición de cobrar intereses: en vez del interés, deudor y acreedor se ponían de acuerdo en un regalo en metálico. O se expedía una carta de deuda ficticia por una cantidad superior a la prestada. O el deudor vendía una mercancía de manera aparente y pagaba a su acreedor un precio más alto para recomprarla. También Lefèvre se servía de esos medios, por lo que hasta ahora ni el Consejo ni el obispo habían conseguido probar la violación de la prohibición.

También esta vez Michel se vio obligado a constatar que el contrato era inatacable: Lefèvre había acordado con Renouart sanciones para el caso de retraso en la devolución de las cuotas, y fijado, con el consentimiento de Renouart, unos plazos tan cortos que era imposible que los observara. A lo largo del tiempo transcurrido, se habían acumulado unas sanciones de casi cincuenta libras. Aunque, naturalmente, se trataba de intereses ocultos, un proceder así no era sancionable. Una disquisición, desde luego, pero tanto el derecho canónico como el civil prohibían tan solo la auténtica usura.

Como siempre, Lefèvre se había asegurado además de que su deudor no sucumbiera a la tentación de librarse de sus obligaciones financieras matándolo a él. Al final del contrato había una cláusula en la que el prestamista indicaba que en caso de su muerte todas las obligaciones de la relación de deuda pasarían a un banquero lombardo de Metz llamado Ottavio Gentina, con el que mantenía una relación de negocios.

—¿Se puede hacer algo? —preguntó Renouart sin gran esperanza.

—Me temo que no —respondió Michel—. El contrato es legal. Inmoral, sin duda, pero no ilegal. Lo siento.

El caballero caído asintió, cansado.

—Aun así os doy las gracias por vuestra ayuda, viejo amigo. —Cuando se disponía a irse, Michel dijo:

—Cuando quiera que pueda hacer algo por vos, hacédmelo saber. Y mantened los ojos abiertos. Si Lefèvre deja el menor flanco al descubierto en sus negocios lo agarraremos, os lo prometo.

—Os lo diré si se me ocurre algo. Que tengáis una hermosa tarde, señor alcalde.

Renouart caminó hacia la puerta con los hombros caídos, agotado, vencido, roto.

Michel aún se quedó un rato sentado, tomándose el vino. El destino de Renouart le daba que pensar. El caballero había dedicado toda su vida al honor y a su familia, para terminar como siervo de un usurero. No se lo merecía.

Con un suspiro, Michel dejó una moneda junto a la copa vacía y se marchó.

Al llegar a casa, Yves le salió al encuentro en el zaguán.

—Menos mal que estáis aquí —dijo el criado—. El señor Le Roux acaba de llegar. Quiere hablar con urgencia con vos. Está con la señora Isabelle arriba, en la sala.

—Por favor, dime que no trae malas noticias. Mi cuota de desgracias está más que cubierta por hoy.

—No sé lo que le trae. Pero no parecía especialmente feliz.

Odard Le Roux se levantó y tendió la mano a Michel cuando este entró en la sala. Como su padre, Isoré, que había muerto hacía un tiempo, Odard era un hombre pequeño y flaco de rostro arrugado, que le hacía parecer mayor de sus treinta y cuatro años. Era un prestigioso miembro del gremio y tenía asiento en el Consejo.

—Me alegra veros, viejo amigo —le saludó sonriente Michel—. ¿Cómo van los negocios?

—No me puedo quejar —respondió Odard—. Alemanes, franceses y flamencos están pagando bien por nuestra sal... ¿qué más puede querer un mercader de Varennes?

—Odard trae malas noticias de Speyer —dijo Isabelle, sentada a la mesa.

—¿Speyer? —preguntó Michel—. ¿No estabais en la feria de la Champaña?

—Eso quería al principio, pero las cosas han salido de otro modo. Mis socios en Speyer pidieron de pronto cien arrobas de sal.

Se sentaron.

—Dejadme adivinar... otra vez es a causa de Hans Riederer.

—Naturalmente —dijo Isabelle. El nuevo *fattore* de Speyer, el director de su sucursal local, no dejaba de hacer trapacerías.

Michel sintió crecer la irritación.

—¿Qué ha hecho esta vez?

—Apenas me atrevo a decirlo —murmuró confundido Odard.

—Soltadlo. Puedo soportar la verdad.

—Hace tres semanas, dos alguaciles de la ronda nocturna lo prendieron en el burdel de la ciudad. Estaba muy bebido, se negó a pagar a las dos rameras cuyos servicios había empleado y, presa de la ira, destrozó varias sillas y una mesa. Los alguaciles lo tomaron bajo su custodia y lo llevaron a pasar la noche en prisión hasta que se serenara.

—La alcahueta lo denunció al Consejo —prosiguió Odard—. Condenaron a Riederer a pagar una multa. Además, tiene que hacer frente a los daños causados y no puede entrar en ninguna taberna ni burdel durante cuarenta días.

—Y, naturalmente, desde entonces la ciudad entera se ríe de él, ¿no es cierto?

Odard le ahorró la respuesta.

Michel echó atrás su silla y caminó a zancadas por la sala.

—¿Qué se ha creído ese hombre? Ya es bastante malo que dañe al negocio con su conducta desenfrenada, pero ahora encima me convierte en el escarnio de Speyer. ¿Sabéis lo que debería hacer? ¡Ensillar a Tristán, ir allí y poner en la calle a Hans!

—Hans aún es joven —trató de calmarlo Isabelle—. A los veintiséis años, a veces uno se pasa de la raya. En realidad deberías saberlo.

—Puede ser. Pero ¡nunca he caído tan bajo como para armar escándalo en un burdel, maldita sea!

—Aun así. Dale otra oportunidad.

Michel apoyó las manos en el respaldo de la silla.

—No me va a quedar más remedio... porque no tengo tiempo de ir a Speyer. Y Riederer lo sabe muy bien. Por eso ahora mismo estará sentado en su escritorio riéndose de mí.

—Os ruego que disculpéis mi curiosidad —dijo Odard— pero, si ese Riederer no sirve para nada, ¿por qué lo habéis contratado?

—Eso es lo que yo me pregunto. La triste verdad es sin duda que mi conocimiento de los seres humanos me ha fallado. Cuando se presentó ante mí para aspirar al puesto de *fattore* me causó la mejor de las impresiones.

—No solo te deslumbró a ti con sus buenas maneras —dijo Isabelle—. También yo mordí el anzuelo.

—Sea como fuere, en aquel momento me gustó tanto que renuncié a preguntar por él en Speyer —prosiguió Michel—. Un feo error. Porque, de haberlo hecho, me habría enterado de que ya siendo un muchacho había llamado la atención por su forma de beber y por su desenfreno.

—No os aflijáis. Todos cometemos errores —dijo Odard—. Escribidle una carta diciendo que se ha extralimitado. Seguro que si teme por su puesto se corrige.

—Sí —dijo Michel, sombrío—. Eso haré.

Una vez que Odard se hubo marchado, se retiró a su escritorio, removió la tinta y empezó su escrito a Hans Riederer. No se entretuvo en las fórmulas habituales con las que empezaban todas las cartas, sino que fue directo al grano. Amonestó, cortante, al *fattore* por sus últimos desvaríos y lo llamó severamente al orden. La ira daba alas a su pluma, y cuando las campanas tocaron a completas ya había llenado un pliego entero.

Volvió a leerlo todo. Era, para decirlo con las palabras de Odard, una carta que se había extralimitado. Cada frase era una amenaza, cada palabra un golpe bien dirigido con el látigo de la letra. Michel estaba satisfecho consigo mismo. Si micer Agosti, para el que había trabajado en Milán de joven, le hubiera escrito una carta así, no se habría atrevido a salir de su cuarto de miedo y vergüenza.

«Si esto no sirve, nada servirá.»

Plegó el pergamino y lo bajó al zaguán, donde sus criados aún estaban cenando.

—Llevad esta carta mañana a la sede del gremio —ordenó a Louis—. Que un mensajero a caballo se la lleve a Hans Riederer a Speyer por el camino más corto.

Poco después estaba en la cama con Isabelle.

—Por san Jacques, dos rameras a la vez —murmuró en la penumbra de su dormitorio—. Habría que volver a ser joven...

—¿Acaso envidias a Riederer? —preguntó divertida Isabelle.

—Por lo menos admiro tanta resistencia.

—Consuélate con la idea de que al final del día solo la calidad cuenta.

—Oh, en lo que a eso se refiere ningún jovenzuelo puede competir conmigo.

—Deja de pronunciar grandes discursos, señor alcalde —dijo Isabelle—. Pruebas.

—Eso se puede arreglar...

Julio de 1218

Varennes Saint-Jacques

P recisamente cuando los consejeros salían de la capilla empezó a llover. Sobre Varennes se descargó una violenta tormenta de verano. El rayo y el trueno rasgaron el cielo, gruesas gotas martillearon los tejados de pizarra de las casas patricias y abrieron cráteres en el polvo de las calles, mientras las campanas de la casa de Dios sonaban y el canto de los celebrantes resonaba fuera del portal. Los consejeros y sus criados corrieron calle abajo entre maldiciones, con las gorras caladas y las capuchas de los mantos puestas, y se escurrieron uno tras otro por una pequeña puerta lateral del ayuntamiento. Dentro esperaban ya los mercaderes del gremio, y juntos subieron al gran salón.

Numerosas velas ardían en la sala, cuyas paredes estaban pintadas con escenas bíblicas, para que el Consejo nunca olvidara tener en cuenta los mandamientos cristianos. La lluvia tamborileaba contra las ventanas, antes de cesar, poco después, de modo tan repentino como había empezado. Michel no recordaba haber visto nunca el salón tan lleno. Para que, junto a los doce consejeros, también los miembros del gremio tuvieran sitio en la mesa, los criados habían colocado mesas y bancos suplementarios. La vajilla de estaño y plata centelleaba a la luz de las velas, en los pasillos olía a la carne asada y el pan recién hecho que pronto iban a ser servidos. Un criado recorría la sala con una abombada garrafa y llenaba las copas de vino.

Junto a Michel, Duval, Deforest y los otros mercaderes que tenían asiento en el Consejo habían acudido más de veinte mercaderes más, casi todos los miembros del gremio. Muchos de ellos habían estado en Champaña hasta la semana anterior, y hacía pocos días que habían vuelto. El reencuentro con sus compañeros que habían quedado en casa estaba siendo consiguientemente alegre. Reían, brindaban, se daban palmadas en las espaldas.

Sin embargo, nadie hablaba con Anseau Lefèvre. El prestamista estaba solo, con una copa de vino en la mano pálida, y un gesto sombrío. A Michel le sorprendía incluso que hubiera ido.

Fue hacia un grupo reunido en torno a Henri Duval. El viejo Baffour estaba largando a los hombres, con el habitual gesto malhumorado, un sermón sobre el delito, que en su opinión se estaba desbordando en Varennes.

—... ¡Han llegado a robarme incluso en el mercado del pescado! —exclamaba indignado en ese momento—. Una criatura apestosa y piojosa, de espantoso aspecto, que tan solo se hace con mi bolsa. ¡A plena luz del día! ¿Podéis imaginarlo? Un hombre honrado ya no puede estar seguro en las calles por las que transcurre su vida. Por suerte había un alguacil allí, y se la llevó. Fue Guillaume... un hombre competente, en verdad. ¡Por los huesos de san Jacques, cómo me habría gustado ver a esa ramera colgar de la horca! Pero ni siquiera vivió hasta el siguiente día de juicio. Me han dicho que murió en la Torre del Hambre. Una pena... Ah, señor alcalde. Con vos llevo queriendo hablar todo el tiempo. ¿Por qué el Consejo no hace de una vez algo con los innumerables ladrones y rateros que hay en nuestra ciudad? ¿Cómo vamos a ganar dinero si se nos roba constantemente?

Michel le ignoró y se volvió hacia Duval.

—¿Habéis visto a Jean? ¿No viene esta noche?

—Creo que no quiere encontrarse con él —respondió Henri, mirando a Lefèvre sin llamar la atención.

«Eso no me pega con Jean», estaba pensando Michel... cuando descubrió al herrero en la puerta.

Muchos mercaderes no se habían enterado de la pérdida de Jean hasta su regreso, y las conversaciones enmudecieron cuando el recio consejero entró. Caboche hizo como si no se diera cuenta de nada. Con gesto pétreo, avanzó hasta la cabecera de la sala para ocupar su lugar al final de la mesa.

Al pasar como por casualidad junto a Lefèvre le asestó un furioso empujón, de tal modo que el prestamista derramó el vino y fue a dar contra la pared.

—¡Cómo os atrevéis! —rugió Lefèvre.

Michel se abrió paso entre la multitud para intervenir, pero Caboche se limitó a sentarse a la mesa y llenar su jarra, mientras Lefèvre arrancaba un trapo de la mano a un criado y empapaba entre maldiciones las manchas de vino de su atuendo.

Michel se sentó en el banco junto a Jean.

—Me habíais prometido no tocarle —murmuró a su amigo.

—Tan solo le he recordado que no olvido tan pronto. Cuando yo toco a alguien pasan otras cosas. —Caboche bebió, apoyó los poderosos brazos en la mesa y miró desafiante a su alrededor.

El penoso silencio en la sala duró solo unos instantes, porque justo en ese momento los criados llevaron la comida: bandejas de estaño con montañas de carne, fuentes de verduras al vapor y pan recién salido del horno.

Consejeros y miembros de las fraternidades se sentaron y se lanzaron sobre las humeantes viandas. La carne se acumuló delante de Baffour, y él y su mejor amigo, Thibaut d'Alsace, arrancaban grandes trozos de los huesos y se los metían en las bocas manchadas de grasa como si llevaran días sin comer. De hecho en la ciudad contaban que los dos viejos avaros solo se alimentaban en sus casas de pan seco y cerveza rebajada, y por eso en las reuniones públicas, donde la comida no les costaba nada, devoraban con tanta codicia.

El orden en el que se sentaban los comensales en el ancho extremo de la mesa en forma de U correspondía a la organización del Consejo, al que desde siempre pertenecían seis hombres del estamento de los mercaderes y seis maestres de las fraternidades. Como alcalde, Michel se sentaba en el centro; a su izquierda habían tomado asiento Henri Duval, Eustache Deforest, Odard Le Roux, René Albert y Anseau Lefèvre; a su derecha, Jean Caboche, Guichard Bonet de los tejedores, Bertrand Tolbert de los campesinos de la ciudad y otros tres prestigiosos artesanos que presidían sus respectivas fraternidades.

Una vez que los hombres hubieron calmado su primera hambre, el mercader Adrien Sancere tomó la palabra:

—Llegué ayer de Provins y hasta ahora no he oído más que rumores —dijo, dirigiéndose a Michel—. Por eso, disculpad que os pregunte sin rodeos: ¿es cierto? ¿De verdad el rey nos ha permitido celebrar una feria de comercio?

Michel se limpió las manos con el mantel y llamó a Yves. El criado, que había estado esperando en la puerta, entró y le llevó una carpeta. Michel abrió el envoltorio de cuero y sacó el documento de Federico.

—Es verdad… aquí lo tenéis, negro sobre blanco —dijo, y sostuvo en alto el documento—. El rey nos ha autorizado la feria, con sello y cédula, cuando descansaba en Varennes después de su victoria sobre el duque Thiébaut. Por eso os he invitado, para que podamos deliberar qué hacer ahora.

—¡Casi no puedo creerlo! Eso sería una auténtica bendición para nuestra ciudad —dijo otro mercader llamado Girard Voclain—. ¿Puedo ver el documento?

—Lo haremos circular. Pero pensad, señores, que es un documento del rey. Tratadlo con cuidado, por favor. Que no encontremos luego manchas de grasa en él.

Una carcajada siguió a las palabras de Michel. Aun así, los hombres se limpiaron las manos antes de examinar la escritura y pasarla a sus vecinos de mesa. A los pocos instantes reinó una completa confusión en la sala, cuando los miembros de las fraternidades saltaron de sus bancos porque no podían esperar a que el documento alcanzara su lado de la mesa. Rodearon a Adrien Sancere, el último que lo había recibido, y dieron una ruidosa expresión a su entusiasmo.

—Una feria como la de la Champaña... ¡no creí que llegaría a vivir esto!

—¡Pensad tan solo en las posibilidades que nos ofrece!

—¡Vamos a hacernos ricos!

—¡Viva el alcalde!

A Michel le costó trabajo imponer silencio. Se subió encima de su banco y dio dos palmadas.

—¡Os lo ruego, señores, sentaos! Puedo entender vuestro entusiasmo, pero si queremos que la feria salga bien tenemos que empezar con los preparativos. Y para eso necesitamos mantener la cabeza fría.

Cuando los mercaderes volvieron a ocupar sus asientos, Fromony Baffour preguntó:

—¿La feria ya va a celebrarse este octubre?

—El rey desea que la organicemos en otoño. Por eso, considero que lo mejor es que empiece el día de la festividad de San Jacques.

—Una buena elección. —El viejo Baffour asintió—. No puede hacer daño que un santo extienda su mano sobre nuestros negocios. Además, ese día hay muchos viajeros y peregrinos en la ciudad, eso es clientela.

—Es decir, que nos quedan tres meses para prepararlo todo —dijo Voclain—. ¿No es poco tiempo?

—El tiempo es realmente escaso —concedió Michel—. Pero no quiero empezar con la feria el año próximo... llevamos demasiado tiempo esperando esta oportunidad. Si nos damos prisa, lo conseguiremos.

—El entusiasmo parece haberos nublado a todos el entendimiento —dijo de pronto Lefèvre, que hacía un rato que ya no se sentaba a la mesa, sino que estaba apoyado en el muro junto a una ventana—. ¿Hay aunque solo sea uno en esta sala que se pregunte por qué el rey quiere que la feria tenga lugar en otoño?

—¡Vos! —rugió Jean Caboche—. Vos habéis perdido todo derecho a hablar en esta mesa. ¡Si tuvierais aunque fuera una chispa de decencia, cerraríais la boca hasta el fin de vuestros días!

No pocos consejeros y hermanos testimoniaron su aprobación. Lefèvre apretó los labios y se aferró a su copa.

—Dejadlo explicarse, Jean —intervino Michel—. Mientras forme parte del Consejo, puede hablar en esta sala. Así lo exigen nuestros estatutos. Por favor, Anseau, exponednos vuestros reparos.

—Federico tiene miedo a irritar a su nuevo amigo, el rey de Francia —prosiguió Lefèvre—. Por eso quiere que celebremos nuestro mercado anual en octubre... para que no hagamos la competencia a la feria de otoño de la Champaña.

—Ya lo sabemos. El rey nunca ha ocultado sus intenciones —dijo Duval—. ¿Vais a contarnos algo nuevo, o tan solo os importa hablar mal del proyecto?

—No tengo que hablar mal de él —repuso el prestamista—. Es necio de cabo a rabo, incluso sin mi intervención. La feria de otoño en Provins tiene pocos visitantes. ¿Por qué iban a venir más a nosotros? Os digo que el rey le ha tomado el pelo a nuestro alcalde. Deberíamos renunciar a la empresa antes de que la ciudad despilfarre sumas ingentes en nada y otra vez nada.

—¡Eso es lo más absurdo que he oído en mucho tiempo! —chilló Thibaut d'Alsace—. La feria de Saint-Aigulf de Provins tiene tan pocos visitantes porque en otoño la Champaña está hundida en el barro. Por eso tan solo los franceses y unos cuantos flamencos emprenden el viaje. Pero en el valle del Mosela la situación es muy distinta. Nuestras rutas comerciales puede utilizarse durante todo el año, excepto tal vez en lo más profundo del invierno. Lo sabríais si viajarais de vez en cuando a la Champaña, en vez de estar plantado sobre vuestras posaderas de la mañana a la noche y ganar vuestro dinero con impíos negocios de usura —añadió con voz cortante el riguroso D'Alsace.

Cuando las carcajadas se apagaron, Lefèvre dijo entre dientes:

—Aun así, no podéis negar que esta feria va a causar gastos desmesurados. El señor Fleury quiere volver a gastar un dinero que no es suyo y que nos falta por todas partes.

—Bah —dijo desdeñoso Deforest—. Al diablo con los gastos. Si lo hacemos medianamente bien, una gran feria nos devolverá el gasto multiplicado por diez.

—¡Tiene razón! —exclamaron varios mercaderes.

Lefèvre no dijo una palabra más, y pareció decidido a asesinar con la mirada, de forma alternativa, a Michel, a Caboche o a Deforest.

—El Consejo pondrá en marcha todo lo necesario en las próximas semanas y meses —dijo Michel dirigiéndose a los hombres congregados—. Mejoraremos los caminos de los alrededores y construiremos albergues para los mercaderes extranjeros.

—Elegiré guerreros que durante la feria cuiden de la paz del mercado y atrapen a rateros y similares —añadió Duval—. Un tribunal propio, que presidiré, juzgará por procedimiento rápido los litigios entre mercaderes y castigará a los delincuentes.

—La feria necesita además un protector que cuide de la seguridad de los mercaderes que viajan —dijo Bertrand Tolbert—. Varennes es demasiado pequeña para esa tarea. No tenemos gente suficiente para proteger todos los caminos.

El maestre de los campesinos de la ciudad era un cincuentón de mediana estatura, de complexión recia, ancho rostro y corto pelo gris, que empezaba a aclarar en las sienes. Michel lo apreciaba por su inteligencia y su afabilidad, aunque a menudo chocaran en las reuniones del Consejo.

—De eso me encargo yo —dijo Michel—. En cuanto encuentre tiempo, iré a ver al duque Thiébaut y le pediré que asuma nuestra protección.

—Sin duda Thiébaut seguía siendo un prisionero de la corte real, pero

Michel confiaba en que pronto volvería a Lorena—. Pero ante todo tenemos que encontrar un terreno adecuado —prosiguió—. Considero que lo más sensato es celebrar la feria fuera, en el mercado del ganado. Es mucho más grande que las plazas de mercado que hay en el interior de la ciudad.

—El mercado del ganado no bastará —objetó Adrien Sancere—. Si nuestra feria tiene que ser tan grande como las de Troyes, Provins o Bar-sur-Aube, necesitamos por lo menos el doble de espacio.

Michel asintió. Ya había pensado en eso.

—La mayor parte de las tierras que lindan con el mercado del ganado pertenecen a campesinos de la fraternidad de Bertrand. Bertrand y yo hablaremos con ellos y les compraremos los campos para poder ensanchar el terreno en todas direcciones.

También otros mercaderes hicieron propuestas. Michel lo anotó todo, y un buen rato después tenía un plan completo para los preparativos de las semanas siguientes. Por último, los reunidos decidieron enviar en julio mensajeros a caballo a Metz, Colonia, Gante y las otras ciudades comerciales para que los gremios de mercaderes de cada una de ellas supieran pronto de la nueva feria y enviaran a sus miembros a Varennes, y para que el mercado abriera sus puertas en octubre.

Ya había oscurecido cuando los maestres de las fraternidades se fueron a casa. Los consejeros se quedaron aún a discutir otros asuntos de la ciudad. Mientras los criados recogían la mesa y tiraban los restos a los mendigos que esperaban al pie de las ventanas, Michel hizo a Yves una seña para que se acercara.

—¿Ha llegado Rémy?

—Espera fuera —respondió el criado.

—Dile que pase. Ya es hora.

Rémy entró en la sala del Consejo con sus tablillas de cera en la mano.

—Señores —saludó a los hombres sentados a la mesa, que le miraban expectantes—. Os doy las gracias por haberme permitido hablar ante el Consejo.

—Sentimos curiosidad, maestro Rémy —dijo Duval—. Vuestro padre indicó que deseabais ganarnos para un nuevo proyecto, pero no quiso contarnos más. Así que… ¿cómo podemos ayudaros?

Rémy no era un gran orador. Al contrario que su padre, no poseía el don de entusiasmar a otros para una causa con inflamados discursos. Por eso, decidió exponer su petición en palabras sencillas y dejar que la idea hablara por sí misma.

—Durante los últimos veinte años, Varennes ha hecho grandes progresos —empezó—. Nuestros mercaderes comercian con todo Occidente. Todos los meses surgen nuevos talleres. El bienestar de la ciudadanía aumenta. Los consejeros dictáis las leyes y hacéis política, negociáis con ciudades vecinas, reyes y príncipes. Todo eso tan solo es posible porque en Varennes hay hombres instruidos... ciudadanos que saben leer y escribir, que hablan latín y otras lenguas extranjeras y entienden algo de matemáticas y de las más diversas ciencias.

—Llevamos toda la tarde oyendo bellos discursos —dijo impaciente Lefèvre—. Id al grano, hombre.

Rémy no se dejó impresionar.

—Que Varennes prospere es por muchos motivos, pero estaréis de acuerdo conmigo en que uno de los más importantes es la instrucción. Sin instrucción, nuestra ciudad no habría llegado a donde lo ha hecho. Tanto más sorprendente resulta que hasta ahora hayamos postergado esto. ¿Qué hacen las autoridades para que más ciudadanos aprendan a leer y a escribir? ¿Para que se familiaricen con la gramática latina, la aritmética y la geografía? ¡Nada! Dejamos esa tarea en manos de una escuela clerical que no tiene interés en instruir a nuestros hijos para que sean futuros mercaderes y artesanos. Y sin embargo, son sobre todo los mercaderes y los artesanos los que han hecho grande Varennes.

Dos, tres consejeros asintieron ante aquellas palabras, pero la mayoría seguían mirando expectantes a Rémy.

—Tenemos que ocuparnos de una vez de que mucha más gente que hasta hoy disfrute de una auténtica formación —prosiguió—. ¡Imaginad cómo haría eso avanzar a nuestra ciudad! Más ciudadanos podrían ser mercaderes. Más jóvenes podrían visitar la nueva Universidad de París, y regresarían con ideas avanzadas. Tendríamos mejores médicos, mejores funcionarios. Filósofos y profesores de todo el Imperio vendrían a Varennes a intercambiar ideas con los eruditos locales. La administración trabajaría mejor, porque por fin incluso los simples artesanos podrían leer los acuerdos del Consejo.

—¿Adónde queréis ir a parar? —preguntó Henri Duval, antes de aferrar su copa con los huesudos dedos y llevársela a los labios afilados.

—Necesitamos una nueva escuela. Una escuela en manos municipales. Garantizaría que nuestros hijos recibieran por fin la formación que merecen y que nuestra ciudad tanto necesita.

Reinó el silencio. Rémy examinó los rostros de los consejeros, y vio predominar el escepticismo.

—Si os he entendido bien —dijo Deforest—, ¿queréis convencer al Consejo para fundar una escuela como esa?

—No del todo —respondio Rémy—. Yo me ocuparía de construir la escuela, para que el Consejo y la administración tuvieran el menor trabajo posible y los costes no fueran elevados. Lo único que os pido es vuestro permiso y vuestro apoyo financiero.

—Así que queréis dinero —constató Deforest—. ¿Cuánto, si puedo preguntar?

—Eso depende de si podéis poner a mi disposición locales para la escuela. Quizá en el ayuntamiento haya una sala que pueda utilizar. Si no, tendría que comprar o alquilar un edificio adecuado. —Rémy miró las tablillas con sus notas—. Además, tengo que comprar libros, recado de escribir y un ábaco para cada estudiante, y naturalmente contratar a un maestro. En conjunto, calculo que los costes el primer año serían como mucho de cuarenta libras de plata. Cada año sucesivo, entre diez y quince más.

—Lo decís como si fuera una pequeñez —dijo Deforest—. Cuando es un montón de dinero, maestro Rémy. Sobre todo porque acabamos de aprobar una nueva feria, y no tenemos margen para otros gastos.

Rémy se dio cuenta de que su padre le estaba mirando. «Te lo advertí», parecía decir su mirada.

—Pero sería un dinero bien invertido —insistió Rémy—. Los gastos para la escuela estarían amortizados en pocos años.

—No sé —opinó René Albert—. Creo que la escuela del monasterio hace muy bien su tarea. Además, uno puede tomar un preceptor doméstico para sus hijos. No veo que necesitemos una nueva escuela.

—Sobre todo porque el populacho es demasiado necio como para aprender a leer —dijo con desprecio Lefèvre—. Ni la mejor escuela puede cambiar eso. Jornaleros y porqueros haciendo ejercicios de gramática latina… la mera idea resulta ridícula.

Estaba claro que Lefèvre atacaría el proyecto… Rémy no había esperado otra cosa. En cambio, le sorprendió el repentino apoyo de Bertrand Tolbert.

—La escuela del monasterio fue fundada para atraer monjes y canónigos —explicó el maestre de los campesinos de la ciudad—. El maestro Rémy tiene toda la razón cuando dice que es inadecuada para fines mundanos. Y, en lo que se refiere a los preceptores domésticos, René… sabéis muy bien lo raros y caros que son los buenos maestros. En todo caso un mercader puede permitirse contratar a uno que valga lo que cuesta. Los hombres de mi fraternidad no pueden más que soñar con eso. Estoy seguro de que a los artesanos os ocurre lo mismo —señaló Tolbert dirigiéndose a los otros maestres.

—Los preceptores son inalcanzables para mi gente —dijo Guichard Bonet, de los tejedores y curtidores—. Igual que la escuela del monasterio. La matrícula es demasiado elevada para un simple artesano. Además, las pocas plazas que están disponibles para los laicos están cubiertas con años de antelación. No cabe sorprenderse de que casi ninguno de los nuestros sepa leer y escribir.

Tolbert miró a los consejeros del estamento de los mercaderes.

—A vosotros, los patricios, os resulta fácil dar a vuestros hijos una instrucción decente. Pero para los hijos de las familias más pobres sigue resultando inalcanzable. Por eso, obtendríamos un beneficio enorme de una escuela municipal... suponiendo que la plaza en la misma fuera gratuita —añadió.

—No cobraríamos matrícula —aclaró Rémy—. La ciudad tendría que cargar con todos los gastos causados por la escuela. De lo contrario, no haría honor a sus finalidades. La escuela debe estar expresamente abierta a todos los chicos. Incluso a los pobres. A través de la escuela deben alcanzar la posibilidad de conseguir después un oficio prestigioso y ascender en la sociedad de la ciudad.

—¿No es conmovedor? —se burló Lefèvre—. Como el padre, así el hijo. La familia Fleury solo parece hecha de benefactores y misericordiosos samaritanos. ¿Dónde está vuestra aura de santo, maestro Rémy? ¿Os la habéis dejado en casa?

—Una palabra más, Lefèvre —gruñó Caboche—, y os cierro la boca.

—Dejadle hablar, Jean —intervino Michel—. ¿Qué os importa su cháchara?

—No puedo juzgar si la familia de nuestro alcalde solo produce santos —dijo, ácido, Deforest—. Pero sin duda sus miembros varones tienen inclinación a considerar los impuestos municipales una propiedad privada que pueden derrochar a voluntad...

—Haré como si no hubiera oído eso —replicó Michel.

Algunos consejeros rieron, pero el maestre del gremio no estaba para bromas.

—Ya lo he dicho antes, pero lo repetiré gustoso —prosiguió, malhumorado—. No podemos permitirnos otras costosas empresas además de la feria. Eso gravaría en demasía el presupuesto municipal... aunque el maestro Rémy nos remita diez veces que los gastos pronto estarán amortizados. Al principio no habría más que gastos suplementarios.

—Eustache tiene razón —asintió Albert—. La feria tiene prioridad, y deberíamos concentrarnos en ella. Además, una escuela municipal... dónde se ha oído una cosa así.

Rémy no pensaba encontrar tal estrechez de miras precisamente entre los mercaderes.

—¿Rechazáis una idea solo porque es nueva? —respondió, con irritación apenas reprimida—. Si todos los patricios pensaran así, habría que preguntarse cómo pudo Varennes sacudirse algún día el yugo del obispo.

Albert enrojeció, pero Tolbert se adelantó a su iracunda respuesta:

—No veo que la feria tenga prioridad ante todo lo demás. Sin duda os promete jugosos beneficios a los mercaderes, pero... ¿qué pasa con nosotros, los campesinos y artesanos? Nosotros también queremos tener algo que mejore nuestra vida. ¡Yo digo que apoyemos al maestro Rémy!

Sus palabras cosecharon un aplauso entusiasta entre las filas de los maestros.

—Vosotros tenéis vuestra feria… ¡queremos nuestra escuela! —rugió Bonet.

Rémy cobró nueva confianza. Quizá su causa no estuviera perdida.

—Pero los gastos para la ciudad… —empezó de nuevo Deforest.

—… no nos arruinarán —continuó Tolbert completando la frase—. Por Dios, Eustache, oyéndoos hablar se podría pensar que Varennes está al borde del hambre y cualquier nuevo gasto nos rompería la cerviz. Eso, sencillamente, no es verdad. Incluso si la feria resultara más cara de lo previsto, tenemos reservas suficientes.

Michel pidió calma a los encrespados mercaderes.

—Hemos discutido lo suficiente los pros y los contras. Votemos. ¿Quién está a favor de la escuela de Rémy?

Levantaron la mano Tolbert, Bonet, Caboche y los otros tres maestres. «Seis votos», pensó Rémy. «No es bastante.»

—¿Quién está en contra?

Esta vez levantaron la mano Deforest, Le Roux, Albert y, como era natural, Lefèvre.

—¿Qué pasa con vosotros, Henri y Michel? —preguntó el maestre del gremio.

—Sí —se dirigió Le Roux al padre de Rémy—. Aún no hemos oído nada de vuestra parte en este asunto.

Michel suspiró.

—Rémy y yo hemos hablado mucho acerca de sus planes. Sabe que no los apruebo… por las mismas razones que Eustache. Aun así, me abstendré en la votación. No me voy a poner abiertamente en contra de mi propio hijo. Comprended que me abstenga.

Sus miradas volvieron a encontrarse, y Rémy asintió. Su padre había dejado claro cuál era su postura en ese asunto. Rémy no habría querido que votara a favor de la escuela, en contra de su íntima convicción, solo para ayudar a su hijo. Además… ¿qué habría parecido? No debía poder achacarse a su padre que favorecía a su propia familia en virtud de su cargo.

—¿Y vos, Henri? —dijo Tolbert Duval—. Según parece, sois el fiel de la balanza.

Reinó un tenso silencio, mientras el juez municipal buscaba las palabras.

—¿Haréis todo el trabajo —dijo por fin a Rémy— sin importunar con él a los empleados municipales, y mantendréis los costes tan bajos como sea posible?

—¡Henri! —dijo con aspereza Deforest, pero Duval levantó la mano en gesto de rechazo.

—¿Nos lo prometéis?

Rémy asintió.

—Tenéis mi palabra.

—En esas circunstancias, tenéis mi voto —dijo Duval, después de alguna duda—. Pero pensad, maestro Rémy, que confío en vos. No quiero lamentar esta decisión dentro de seis meses.

—¡Siete votos a favor de la escuela! —exclamó Tolbert—. Con esto, es cosa decidida.

Los maestres abandonaron sus asientos, rodearon a Rémy y lo cubrieron de felicitaciones.

«Lo he conseguido», pensó, aturdido. «De hecho lo he conseguido.»

Era casi medianoche cuando Rémy llegó a casa. En silencio, entró en el taller y subió sigiloso las escaleras, para no despertar a Anton. Arriba, en su habitación, Eugénie contaba sus ingresos del día en la taberna.

A nadie en el barrio le molestaba que a veces pasara la noche en su casa, y por eso Rémy no hacía ningún secreto de su amorío. La Iglesia y el Consejo toleraban las relaciones entre no casados, mientras no hubiera entre ellos graves diferencias estamentales y se esforzaran por mantener la necesaria discreción. De ahí que Rémy y Eugénie cuidaran de no tocarse, y menos aún besarse, en público.

Ella alzó la vista de los montones de monedas.

—¿Qué tal ha ido?

—No te lo vas a creer —dijo él, sonriente.

—Suéltalo de una vez... ¿pudiste convencerlos?

—Me han dado su permiso. Varennes tendrá una nueva escuela.

—¡Eso es grandioso, Rémy!

Eugénie se puso en pie de un salto y se le lanzó al cuello. Riendo, él la levantó y giró con ella en torno a su propio eje. Desde el principio, ella se había entusiasmado con el proyecto. Apenas sabía leer y escribir lo bastante como para poder llevar la contabilidad de los ingresos y los gastos de su taberna. Por eso, la idea de que en el futuro la gente sencilla iba a poder ir a la escuela le parecía llena de atractivos.

—Bebamos por eso. —Eugénie llegó dos jarras de cerveza y tendió una a Rémy—: Por la escuela.

—Por la escuela.

Se sentaron a la mesa.

—Ahora ¿qué? ¿Vas a buscar un maestro que instruya a los niños?

—Eso vendrá más tarde. Primero tengo que encontrar locales adecuados para la escuela.

—¿No te han permitido utilizar una sala del ayuntamiento?

—En el ayuntamiento no tienen sitio —respondió Rémy—. Tengo que buscarme algo en otra parte. —Sin embargo, el edificio no podía ser demasiado caro. Solo le habían autorizado cuarenta libras de plata, y el dinero tenía que alcanzar para cubrir todos los gastos del primer año—. Además, tengo que conseguir libros y comprar recado de escribir. Entretanto, empezaré a buscar un maestro.

—¿Cuántos libros necesitas?

—Por lo menos un libro de Donato para las lecturas de latín y gramática, algo de Cicerón sobre retórica, un Boecio o un Fibonacci, y naturalmente la Biblia. Esos libros son imprescindibles. Además, sería hermoso conseguir una enciclopedia, el *Organon* de Aristóteles o las *Etimologías* de Isidoro de Sevilla. Pero eso puede esperar.

—¿Vas a copiar tú mismo todos esos libros? —preguntó Eugénie.

—Tendré que hacerlo, porque no puedo permitirme comprarlos. Si los tomo prestados y los copio, solo tendré que pagar el pergamino y la tinta.

—Suena a mucho trabajo.

—Bueno, soy yo el que ha empezado esto. Ahora tengo también que terminarlo. —Rémy sonrió—. Pero lo conseguiré.

—Con tal de que no abandones a tu amor.

—Eso jamás se me ocurriría. —Le cogió las manos, y ella se sentó a horcajadas encima de él—. Tienes mi palabra.

—Eso me tranquiliza. —Le besó, él se puso en pie y la llevó hasta el dormitorio.

«*¡Padre!*»

«*¡Estás aquí! ¡Maldito pilluelo! ¿Por qué no estás en el escritorio, como te dije?*»

«*Iba a subir ahora mismo, de verdad. Solamente quería dar de comer a Émile.*»

«*¿Cuándo aprenderás a obedecerme? Debería darte una paliza, en la calle, delante de todo el mundo.*»

«*¿Qué vas a hacer con Émile, padre?*»

«*Ya has perdido bastante tiempo con esa bestia. Estoy harto. Toma.*»

«*No, padre, por favor...*»

«*Coge el maldito cuchillo.*»

«*No puedo...*»

«*¿Quieres que me enfade, muchacho, quieres? Sujétalo fuerte por el cuello... así. Ahora no seas tan torpe, por Dios. Clava aquí. Clava, o me vas a conocer...*»

Lefèvre se despertó sobresaltado, jadeante, con las manos hincadas en el edredón. El corazón le latía con tal fuerza como si fuera a salírsele del cuerpo en cualquier momento, y pasó mucho tiempo antes de que lograra calmar su respiración.

Otra vez ese sueño. Era ya la tercera vez esa semana. Y eso que pensaba que hacía mucho que lo había olvidado, que al fin había dejado el pasado atrás. Pero el sueño había vuelto, exactamente igual que las otras pesadillas. Casi todas las noches lo atormentaban, desde aquel día en Amance.

«Todo esto es culpa tuya, Fleury. Que el diablo te lleve.»

Era noche cerrada, el sol tardaría un buen rato en salir. Lefèvre sabía que no volvería a encontrar el sueño, así que se levantó, se echó al rostro agua fría y se puso una túnica fina. En silencio, bajó al zaguán y de allí al sótano. Encendió una vela, pasó ante los montones de cajas, abrió una puerta y entró en una sala que raras veces se utilizaba. Al contrario que en el resto del sótano, allí las paredes no eran de arenisca, sino de gruesas vigas de madera ensambladas con adobe. Cerró la puerta tras de sí, agarró el marco de un polvoriento estante de vinos y tiró de él con todas sus fuerzas. La estantería se apartó crujiendo junto con el trozo de pared que tenía detrás y dejó al descubierto un oscuro túnel. Lefèvre cruzó el umbral, cerró la puerta secreta y entró en su sótano oculto.

Su padre —ojalá ardiera en el infierno— había hecho construir aquella bóveda subterránea para esconder armas y otras mercaderías de contrabando a los aduaneros municipales. Había gastado mucho dinero en eso, especialmente en la puerta secreta, una refinada construcción que había sido ideada por un lombardo. Después de su muerte, Anseau había destinado aquellos espacios a una finalidad nueva, más personal.

Colocó la vela encima de una mesa, se sentó y puso los pies en alto. Jugueteó tranquilamente con un cuchillo. Allí abajo era donde mejor podía pensar.

Fleury tenía que pagar por lo que le había hecho. Pero ¿cómo? El hombre era poderoso y tenía numerosos amigos en la ciudad y en el ducado. No sería fácil hacerle caer.

«La nueva feria», se le pasó por la cabeza. Ahí es donde tenía que apostar, porque Fleury arriesgaba mucho con el mercado anual. Si fracasaba, la ciudad y los mercaderes perderían sumas ingentes, y harían responsable de ello a Fleury.

Y fracasaría. De eso se encargaba él. Levantó el cuchillo y pasó el pulgar por la parte roma de la hoja.

Pero antes tenía que ocuparse de la elección del Consejo. Era ya dentro de dos semanas, y aún había mucho que hacer.

—Mucho que hacer —murmuró Lefèvre, cerró los ojos y pensó en los gritos de Elise, que aún oía de forma tan clara y perceptible como si la muchacha siguiera allí.

La mañana siguiente a la reunión del Consejo, Michel estaba en su despacho repasando sus notas sobre la feria. Primero tendría que hablar con los constructores de los nuevos albergues. Luego, asignaría tareas a los otros empleados municipales.

El chirrido de la puerta lo arrancó de sus pensamientos. Lefèvre entró. El prestamista tenía aspecto de no haber dormido, y estaba aún más pálido que de costumbre.

—Tengo que hacer —dijo Michel—. Volved más tarde.

Lefèvre arrojó sobre la mesa un trozo de pergamino enrollado.

—¿Qué es esto?

—Mi candidatura al Consejo.

Michel miró al prestamista.

—¿Es que vuestra abyección no conoce límites?

—Es mi derecho como ciudadano libre presentarme a un cargo público —explicó Lefèvre—. Soy rico, tengo propiedades y cumplo todos los demás supuestos. No podéis negármelo.

—No, no puedo —confirmó Michel—. Pero sí puedo encargarme de que perdáis vuestra elección de forma tan vergonzosa que el último resto de prestigio que quizá os quede entre la ciudadanía se vaya de golpe al diablo.

—¿Y cómo pensáis hacerlo? —Lefèvre compuso una fina sonrisa—. Es una elección libre. Si obligáis aunque solo sea a un ciudadano a negarme su voto, será vuestro prestigio el que se vaya al diablo.

—Al contrario que vos, yo no obligo a nadie. Bastará con mantener vivo hasta la elección el recuerdo de vuestras vergonzosas acciones. Y, si os sorprendo comprando votos, que Dios se apiade de vos. Ahora desapareced, o haré que os echen de mi despacho.

Michel volvió a dedicarse a sus anotaciones. Cuando alzó la vista, algún tiempo después, el usurero se había ido.

—¿Están todos aquí? —preguntaba Lefèvre la noche del mismo día.

—El último acaba de llegar —respondió Renouart—. Os esperan en el salón.

Lefèvre fue de su escritorio a la escalera y se volvió al darse cuenta de que Renouart no le seguía.

—Tú también. Vamos.

Con su nuevo criado a remolque, entró en el salón, en el que había alrededor de treinta hombres. Eran campesinos, viticultores, ganadores y artesanos, y todos ellos tenían arrendado un trozo de sus extensas propiedades... tierra de sembradío, una parcela dentro de los muros de la ciudad, una vivienda. Todos ellos hombres sencillos, que quizá vivían de sus manos y solo tenían una ventaja respecto a los otros pobres diablos de la ciudad baja: cada uno de ellos poseía el derecho de ciudadanía... y por tanto también el derecho a votar.

Cuando Lefèvre entró, las conversaciones enmudecieron. Renouart se puso detrás de él, con la mano en la empuñadura de la espada, tal como Lefèvre había ordenado al caballero caído.

—Dentro de dos semanas se elegirá el nuevo Consejo —dijo a los hombres—. Voy a volver a presentarme a un escaño, y os he llamado para cerciorarme de que puedo contar con vosotros. Puedo, ¿verdad?

Los hombres le miraban fijamente, ninguno de ellos se atrevía a hablar. Todas las miradas le siguieron cuando avanzó lentamente por la sala. Le hicieron sitio, temerosos.

—A todos os tiene que importar que siga en el Consejo otros dos años. Si pierdo mi escaño, no habrá nadie que defienda vuestros intereses frente a Fleury, Deforest y esos otros avaros. Quedaríais expuestos a sus caprichos, aumentarían sin medida impuestos y aranceles, y nadie se lo impediría. —Se detuvo delante de un obeso viticultor, cuyos húmedos cabellos se pegaban a la frente enrojecida—. ¿No es verdad, Alfons?

—Sí, señor Lefèvre. —El hombre a duras penas podía mirarle a los ojos.

—Bien, Alfons… ¿me darás tu voto cuando tu parroquia sea llamada a las urnas? ¿Lo harán también tus hermanos y tu hijo?

—Sin duda, señor Lefèvre. Como la última vez.

—Espléndido, Alfons. Porque, si me negaras tu voto, por desgracia me vería obligado a elevar el arriendo de tu viñedo, y eso no sería bueno para el negocio, ¿verdad?

—Ya he dicho que mi gente y yo votaremos por vos. Tenéis mi palabra.

—Bien. Bien. Los demás deberíais tomar ejemplo de Alfons. Porque ninguno de vosotros puede permitirse un arriendo más alto. Perderíais ingresos importantes, o peor aún, vuestra vivienda. Tendríais que vivir con vuestras familias en miserables albergues, y eso no es agradable, como puede confirmar mi amigo Renouart. Así que… ¿puedo confiar en vosotros?

Los hombres asintieron y le aseguraron su lealtad incondicional.

Lefèvre sonrió.

—Qué alegría que estemos de acuerdo. Una vez más, merece la pena haber confiado mis posesiones a hombres razonables. Una cosa más, antes de iros: si aunque solo una palabra de lo que se ha hablado en esta sala saliera de mi casa, yo lo sabré. Y entonces, que Dios se apiade del desdichado que no haya sabido cerrar la boca. ¿Me he expresado de forma comprensible?

—Sin duda, señor Lefèvre —murmuraron los hombres, y se apresuraron a irse.

—Está prohibido influir de ese modo en la elección del Consejo —observó Renouart cuando el último arrendatario se hubo ido.

—No me digas —dijo Lefèvre, sirviéndose vino—. También está prohibido ir a la guerra al lado de un duque proscrito, pero ¿te impidió eso hacerlo? No. Así que guárdate tus consejos. No olvides quién es el amo y quién el criado en esta casa.

El rostro de Renouart estaba como tallado en granito.

—¿Necesitáis algo más de mí?

—No. Puedes retirarte. Quizá quieras ir junto a tu esposa y consolarla. Ha vuelto a pasarse media noche llorando, y empieza a ser molesto. Ah, sí —dijo Lefèvre cuando Renouart se dirigía a la puerta—. Lo que he dicho a mis arrendatarios también vale para ti: una palabra a alguien y te arrepentirás. ¿Entendido?

—¿Me habéis hecho llamar, señor alcalde? —dijo Alfons, mientras entraba en el despacho.

—Por favor, sentaos —pidió Michel al viticultor—. No os preocupéis. No os retendré mucho tiempo. Se trata de Anseau Lefèvre —dijo, una vez que Alfons hubo tomado asiento. No se le escapó que su visitante se estremecía ligeramente—. Sé que tenéis en arriendo una de sus viñas, y que por tanto dependéis de esos ingresos. Sé que sois un hombre honesto y temeroso de Dios, Alfons. Tengo que saber por vos si Lefèvre ha intentado intimidaros ante la futura elección para el Consejo. ¿Acaso os ha amenazado con elevar la cuantía del arriendo si le negáis vuestro voto?

—No sé de qué me estáis hablando, señor alcalde —murmuró Alfons.

—Podéis confiar en mí. Nadie tendrá noticia de nuestra conversación.

El viticultor tragó saliva y calló.

—Tenéis que decírmelo —insistió Michel—. Si mi sospecha es cierta, Lefèvre viola la ley y tiene que ser castigado.

—No ha ocurrido tal cosa. El señor Lefèvre siempre nos ha tratado de manera decente a mí y a mi familia —dijo Alfons.

Michel olía la mentira a diez brazas contra el viento. Pero sentía que no iba a sacar una palabra a ese hombre… el pobre diablo tenía demasiado miedo a su señor. Probablemente a los otros aparceros de Lefèvre les pasaría lo mismo.

—Está bien, Alfons. Os doy las gracias por vuestro tiempo. Que os vaya bien.

Cuando el viticultor se hubo marchado, Michel buscó a Deforest y encontró al monedero mayor en el sótano del archivo municipal, hurgando entre polvorientos pergaminos mientras maldecía de forma aterradora.

—¿No sabréis por casualidad dónde hemos metido los acuerdos del Consejo sobre la moneda del año pasado?

—En ese arcón, si no me equivoco —respondió Michel.

—Ya he buscado ahí. No creeríais todo lo que he encontrado. ¿Sabíais que el obispo Ulman, Dios lo tenga en su gloria, redactó en su día una ordenanza de tasas para los burdeles de Varennes? Una lectura apasionante, pero por desgracia del todo inútil para mis fines.

—¿Por qué no preguntáis al archivero? Al fin y al cabo, está para eso.

—Le dolía la garganta. Lo mandé temprano a casa. ¡Por la sagrada sangre de san Jacques, necesitamos urgentemente un catálogo decente para este sótano! Recordadme que le pida al archivero que haga uno cuando vuelva a estar sano.

—Acabo de hablar con un aparcero de Lefèvre —dijo Michel, mientras Deforest seguía buscando entre maldiciones—. No ha querido admitirlo, pero creo que Lefèvre le presiona, a él y a los otros. Tenemos que actuar, Eustache. Si Lefèvre se sale con la suya, ganará de un golpe ochenta o noventa votos seguros.

—¿Tantos? —Deforest frunció el ceño—. Como mucho tendrá treinta y cinco aparceros.

—Pero obligará a sus parientes con derecho a voto a votar por él.

El maestre de la ceca se incorporó.

—Eso sería devastador. La última vez, le bastaron ciento veinte votos para entrar en el Consejo. Si en esta ocasión se presentan más hombres que hace dos años, podría conseguirlo incluso con menos.

—Propongo que congelemos de inmediato los arriendos de tierras, prados, viñas, estanques y viviendas, digamos que durante dos años. Eso le privaría de la posibilidad de extorsionar a su gente. De todos modos, es hora de que pongamos coto a la codicia de Fromony Baffour y los otros grandes terratenientes.

—A Bertrand y a Henri no les gustará. También ellos arriendan mucha tierra.

—Pero, al contrario que Fromony y Thibaut, no aumentan constantemente el alquiler. E, incluso si votan en contra nuestra, podríamos mantener una cómoda mayoría.

—Tenéis razón. Intentémoslo —dijo Deforest.

—Bien. Hablaré enseguida con los otros.

—Eso puedo hacerlo yo. Cuando haya terminado aquí voy a reunirme con Odard, Henri y René en la sede del gremio, y luego iré a los baños a ver a Jean Caboche y a Guichard Bonet. En cuanto tenga su asentimiento, haré que el escribano redacte un decreto y para vísperas lo anunciaremos en todas las plazas del mercado.

—Cuando lo hagan, que los pregoneros recuerden a los ciudadanos que todo aquel que venda su voto perderá el derecho de ciudadanía y no volverá a recobrarlo, como muy pronto, hasta pasados cinco años. Solo para el caso de que Lefèvre ya esté repartiendo plata entre la gente.

Michel regresó arriba.

En su despacho le esperaba un visitante, un monje entrado en carnes, cuyo cabello en torno a la tonsura ya había encanecido. Era el abad Wigéric, el superior de la abadía de Longchamp, uno de los clérigos más poderosos de Varennes. Ambos se saludaron con formalidad.

—¿Qué os trae hasta mí, abad?

El clérigo sufría visiblemente a causa del calor y sudaba con fuerza. Michel se acercó a la mesita en la que estaba la jarra y le tendió una copa con zumo de pera fresco.

—Se trata de los últimos planes de las autoridades. He sabido que vuestro hijo quiere fundar una nueva escuela, y ha obtenido el permiso del Consejo para hacerlo.

Michel reprimió un suspiro. Wigéric era el director de la escuela del monasterio y el *escolasticus* municipal. A él correspondía la dirección del sistema escolar de Varennes, es decir, también de todos los preceptores y maestros itinerantes que daban clase en la ciudad. A juzgar por su gesto, el nuevo proyecto del Consejo no le gustaba en absoluto, y estaba claro que quería tener algo que decir en el asunto.

—La ciudadanía contará con una nueva escuela, es cierto. Así lo ha decidido el Consejo. Mi hijo está ahora mismo buscando un edificio adecuado en el que instruir a los alumnos.

Wigéric se aferró a la copa de estaño con sus dedos cortos y carnosos.

—Antes de decidir una cosa así, el Consejo tendría que escucharme. Soy el *escolasticus* de Varennes... tengo la última palabra en todas las cuestiones relacionadas con la educación. Solo puede fundarse una nueva escuela con mi consentimiento.

—Si me lo permitís, abad, vuestras facultades alcanzan tan solo a la escuela del monasterio y a los preceptores procedentes del estamento clerical —contradijo Michel—. En ninguna parte de los privilegios de la ciudad está escrito que una escuela laica totalmente propia de la ciudad esté sometida al *escolasticus*.

—¡Porque hasta ahora no había sido preciso poner por escrito tales evidencias! —repuso con aspereza Wigéric—. ¿Quién habría podido suponer que al Consejo se le ocurriría nunca la necedad de construir una escuela propia? La educación de los niños para convertirlos en cristianos decentes ha sido tarea de la Iglesia desde hace siglos... y por buenas razones.

—Bueno, desde ahora compartiremos esa tarea. Nadie pretende quitaros nada, abad. Podéis seguir preparando en la escuela del monasterio a los chicos que así lo quieran para una carrera como fraile o canónigo. La escuela municipal completará esa oferta enseñando a los hijos de los ciudadanos todo lo que necesitan para convertirse en mercaderes, médicos o constructores. De ese modo se atenderán todas las necesidades, tanto las espirituales como las temporales.

—Esa escuela persigue en primer término enseñar a leer, a escribir y latín a los simples cristianos. ¿No os dais cuenta de los daños que eso producirá?

—No, no me doy cuenta —señaló Michel, que empezaba a perder la paciencia con su visitante—. Si más personas saben leer y escribir, será una bendición para la Cristiandad. No se me alcanza qué puede ser dañino en esto.

—¡Es peligroso para la salvación de su alma! —chilló el abad, dejando la copa en la mesa con estrépito—. Podrían entrar en contacto con ideas que hicieran sacudirse su fe y llenaran su corazón de dudas sobre la verdad divina.

—Me parece que lo que veis en nuestros planes es ante todo un riesgo para vuestra bolsa —dijo Michel—. ¿Cuánto dinero se os va a escapar si todos los laicos que hasta ahora iban a la escuela del monasterio vienen en adelante a la nuestra? ¿Diez libras al año? ¿Veinte? Eso sería un duro golpe para el monasterio, y queréis evitarlo. Solamente por eso estáis aquí, ¿verdad?

Wigéric le miró con ojos centelleantes.

—Mis intenciones son honestas, aunque me achaquéis mil veces avaricia y codicia. Tan solo me preocupa el bienestar de los cristianos de Varennes, y por eso os exijo que revoquéis ese desdichado acuerdo del Consejo.

—No —dijo Michel con decisión—. Se fundará la escuela. Las clases comenzarán antes de las primeras nieves, os guste o no.

—Eso ya lo veremos. Informaré al obispo. Él intervendrá y pondrá fin a esta necedad.

—Varennes es una ciudad libre, aquí el obispo no tiene facultades temporales. Pensaba que ya lo sabíais. Pero por favor... haced lo que no podéis dejar de hacer.

Wigéric se fue dando zancadas. Michel se acercó a la ventana y contempló al obeso abad cruzando orgulloso la plaza de la catedral. Con Wigéric no se podía jugar. Michel aún recordaba cómo había combatido contra el taller de Rémy. Solo el diablo sabía lo que se le ocurriría en esta ocasión para ponerle piedras en el camino.

Se puso la gorra y decidió advertir a su hijo. Cuanto antes pudiera prepararse Rémy, tanto mejor.

Cuando Isabelle salió de casa a la mañana siguiente, enseguida se dio cuenta de que algo no iba bien.

Quería llevar el resto de las mercaderías de Metz a la sede del gremio para que un corredor pudiera ofrecerlas en los mercados. Mientras recorría la rue de l'Épicier con el carro de bueyes, la gente la miraba, cuchicheaba tapándose la boca con la mano y enmudecía cuando Isabelle los miraba.

¿Acaso tenía una fea mancha en el vestido? ¿Estiércol pegado a los faldones? Bajó la vista. Nada. El lino azul estaba limpio e inmaculado.

¿Qué estaba pasando allí?

Poco después lo supo: en un muro en la plaza de la catedral, alguien había escrito su nombre en grandes letras rojas. Debajo estaba la palabra latina *moecha*... adúltera. Aún era más expresivo el brutal dibujo que le saltó a la cara desde la pared. Una mujer rubia, que no podía ser otra que ella misma más joven, estaba arrodillada delante de un hombre que no podía ser más que Michel. Le chupaba el miembro con aire placentero, impertérrita ante las iracundas miradas de otro hombre, que sin duda era su primer marido, el tintorero Hernance Chastain.

Siguió adelante, apretó los dientes, ignoró las miradas burlonas. Hizo como si no hubiera visto la repugnante imagen. «Por Dios, ¿cuánto hace de eso? Casi treinta años.» Pero la gente, sencillamente, no quería olvidar. Aunque ella hubiera expiado sus errores, aunque hubiera pagado un elevado precio por ellos.

De pronto, el camino desde su casa hasta la sede del gremio le pareció mucho más largo. Le ardían los ojos, pero luchó con todas sus fuerzas contra las lágrimas. Prefería caer muerta del pescante antes que mostrar su dolor al pueblo de la ciudad.

Al llegar a los muros de la sede distinguió otro dibujo.

—Podemos estar seguros de que Lefèvre está detrás de esto —dijo Michel a Duval, a Le Roux y a Deforest, con los que se sentaba en la sala del Consejo—. Se venga de mí porque estoy atacándolo. Y quiere difamarme ante el pueblo con la esperanza de que eso me cueste votos.

—No os preocupéis por eso —comentó Le Roux—. La gente sabe lo que os debe. No se dejará influir por semejante suciedad.

—Yo no estaría tan seguro —replicó Duval—. Por desgracia el Señor no ha bendecido con gran inteligencia a todos nuestros conciudadanos, y no pocos gustan de señalar con el dedo a sus vecinos durante el resto de su vida. Sobre todo si el vecino es un rico y prestigioso patricio como Michel.

—¿Cómo está Isabelle? —preguntó Deforest.

—Ha sido un día asqueroso para ella —respondió Michel—. Pero lo ha aguantado bien, ya está otra vez trabajando en el escritorio. Es más fuerte que muchos hombres.

De hecho, Isabelle le había asegurado que ya no pensaba en los dibujos. Él quería creerla, pero sabía con cuánta dureza le habían afectado aquellas guarrerías. Su antigua condena a la infamia pública por lascivia y adulterio era de lo peor que había vivido nunca. Ese dolor en sus ojos... Cuando pensaba en eso, le acometía la ira.

—Supongo que será difícil acusar de esto a Lefèvre —preguntó a Duval.

—Ya lo conocéis. Como siempre, se habrá asegurado de que no se le pueda probar nada.

Llamaron a la puerta, e Yves y Louis entraron. Michel se levantó y fue a su encuentro.

—¿Cómo de grave es?

—Hemos encontrado pintadas en toda la ciudad —contó Yves—. En la Grand Rue, en todas las plazas de mercado. Alguien ha estado trabajando mucho. Las hemos borrado todas... los alguaciles de la ciudad nos han ayudado.

—Yves le ha partido la cara a uno de esos tipejos —dijo Louis.

—Ese tipo estaba pintando en el patio de Notre-Dame cuando hemos pasado. Ha salido corriendo... deprisa, pero no lo bastante —añadió furibundo Yves.

—¿Le habéis sacado algo? —preguntó Michel.

—No ha sabido decirnos quién le había pagado. «Un hombre con una capucha negra», que se había dirigido a él en una taberna la noche anterior. —Louis se encogió de hombros.

Michel reprimió una maldición.

—Decid a los alguaciles de la ciudad que ofrezco una recompensa. El que encuentre a alguien pintando paredes se ganará un sou. Diez para el que me dé nombres.

—Lo haremos —dijo Yves—. Pero no creo que logremos gran cosa. Lefèvre ha conseguido lo que quería. Es probable que lo deje ahí.

El error de Yves no pudo ser mayor: a la mañana siguiente, los alguaciles descubrieron nuevas pintada en todo Varennes, y eran aún más repugnantes que las del día anterior.

Lo mismo a la mañana siguiente.

Y así hasta el día de la votación.

Era una clara mañana de verano. Ya para tercia, cuando el pueblo acudió en bandadas a la plaza del mercado, el sol ardía en un cielo azul zafiro.

La elección del Consejo tenía lugar, tradicionalmente, el primer sábado después de la cosecha. Era una festividad local. Campesinos, buhoneros y mercaderes habían desmontado sus puestos en el mercado para que, delante de la catedral, hubiera sitio suficiente para todos los habitantes de Varennes. Entre la catedral, el ayuntamiento y la sede del gremio había, de pie y sentadas, alrededor de cuatro mil personas, de las que apenas un tercio tenía derecho a voto: tan solo podían votar los hombres libres emancipados que tuvieran derecho de ciudadanía y pertenecieran al gremio o una fraternidad. Todos los demás pasaban un buen día en la plaza de la catedral, regocijándose con cerveza y bollos y disfrutando del espectáculo de los saltimbanquis y tragafuegos, mientras sus padres, esposos y hermanos acudían a las urnas emplazadas ante el ayuntamiento.

La ceremonia estaba dirigida por los canónigos, los escribanos municipales y otros funcionarios de la ciudad. Estaban sentados a la sombra de carpas tendidas y llamaban en orden a los ciudadanos de las distintas parroquias. En la primera ronda se elegían los consejeros del estamento de los mercaderes, en la segunda los de las fraternidades. Para emitir el voto se metía una judía coloreada en la urna de cada candidato, un ánfora de barro cocida especialmente para esta elección. En consecuencia, cada ciudadano con derecho a voto recibía dos judías marcadas, y los canónigos cuidaban con ojos de Argos de que nadie engañara a nadie.

El trabajo en el Consejo era un cargo honorífico, no se percibía salario alguno, sino tan solo una pequeña indemnización en forma de vino, leña y cera para velas, que el escribano municipal repartía después de cada reunión. Por ese motivo, a la elección solo se presentaban hombres económicamente independientes y que pudieran permitirse un trabajo que robaba tiempo: mercaderes con empresas que iban bien, como Michel, ciudadanos con extensas propiedades o artesanos acomodados, con muchos aprendices que hacían por ellos el trabajo.

Los mercaderes habían puesto mesas y bancos bajo las arcadas de la sede del gremio para no tener que sentarse al sol durante la aburrida ceremonia. Michel e Isabelle se habían sentado con Duval, Deforest, Le Roux y sus esposas, y esperaban tensos el recuento de votos. De esa elección dependía mucho más que de las anteriores. Si Michel y sus aliados no lograban volver a entrar en el Consejo, eso tendría consecuencias imprevisibles para la nueva feria y, en última instancia, para el destino de toda la ciudad.

Además, estaba preocupado por Isabelle. Los ataques de Lefèvre a su dignidad le habían afectado mucho, aunque no lo dejara traslucir. Aquella mañana, Michel le había propuesto que se quedara en casa, porque temía que fuera objeto de burla o de observaciones alusivas delante de toda la ciudad. Pero Isabelle no había querido escucharle.

—Si me escondo, daré a Lefèvre poder sobre mi vida, y no pienso permitir tal cosa —había respondido—. Nada ni nadie me impedirá asistir a la elección, ni una plaga bíblica, ni un nuevo diluvio, y menos aún la cháchara de unos necios. Aunque sea lo último que haga.

Esa era su Isabelle. Donde otros titubeaban, ella apretaba los dientes y plantaba cara a la vida.

Y de hecho nadie se atrevió a burlarse de ella. A Fromony Baffour, que había aprovechado las pintadas de la semana anterior para hacer una observación ambigua lo había acallado con afilada lengua. Desde entonces, el viejo mercader se sentaba con aire ofendido en un rincón y se quejaba continuamente del calor, el ruido del populacho y la simpleza de los saltimbanquis.

Michel escuchaba a medias las conversaciones de sus hermanos de fraternidad. Llevaba ya toda la mañana buscando con la mirada a Lefèvre, que sin embargo no se dejaba ver. ¿Había huido el prestamista porque la elección no iba bien para él? Como última medida en su contra, Michel había pedido a los veteranos de la disputa que hablaran todos los días, en sus tabernas, parroquias y casas de fraternidad, de los acontecimientos de Amance, para que los ciudadanos no dieran al olvido las fechorías de Lefèvre. Michel no era capaz de juzgar si aquello había tenido algún efecto: desde allí, no podía distinguir cuántos hombres daban su voto a Lefèvre.

Por fin, los canónigos llamaron a los consejeros salientes. La tradición quería que fueran los últimos en emitir sus votos, después de que hubieran votado todos los demás ciudadanos.

El pueblo de la ciudad formó calle, y los once hombres cruzaron la plaza de la catedral. Delante del ayuntamiento encontraron a Lefèvre, que al parecer había sido el primero en llegar. El prestamista sonrió de modo tenue al ver a Michel.

—Señor Fleury. ¿Habéis disfrutado de vuestro último día como consejero?

—Habríais hecho mejor en quedaros en casa —respondió de forma agria Michel—. Eso os habría ahorrado una nueva humillación.

—¿Por qué iba a privarme de ver vuestra derrota?

—Dejadme pensar... ¿Porque sois cobarde y débil? ¿Porque os falta valor para cargar con las consecuencias de vuestros actos?

—¿Queréis decir como vos entonces, cuando comparecisteis ante el tribunal del obispo para ser castigado por vuestra falta de honor, moral y decencia? Ah, la vida es tan injusta. Todos estos años de sacrificio por esta ciudad, y el populacho os lo agradece rompiéndose la boca de tanto hablar de vuestros pecados de juventud. Esas pintadas en las paredes... ¡os digo que quedé conmocionado! Sencillamente repugnante.

Michel tuvo que recurrir a toda su fuerza de voluntad para no borrar en el acto la odiosa sonrisa del rostro de Lefèvre. Pero eso era justo lo que quería el prestamista. Quería irritarlo hasta que perdiera el control delante de toda la ciudadanía y se pusiera en ridículo.

—Eso no han sido más que niñerías. No las tomo en serio —dijo, mientras el preboste pasaba ante ellos y daba a cada consejero dos judías de colores.

—¿Y qué tal está vuestra esposa? —preguntó Lefèvre—. He oído decir que se ha molestado mucho. Que se ha pasado días llorando.

—Tonterías. Se ha reído de ello y lo ha olvidado. —Michel tiró al suelo sus judías y las pisó. Los otros consejeros le imitaron, incluyendo a Lefèvre. Tradicionalmente, los miembros salientes del colegio ciudadano no hacían uso de su derecho al voto, porque la decencia les prohibía votar por sí mismos. Acto seguido, Michel dejó plantado a Lefèvre y se reunió con Duval, Deforest y Le Roux.

—La elección ha terminado —exclamó el preboste—. Ahora, empezaremos el recuento de los votos. Se invita a la ciudadanía a mantener la calma hasta que la última urna haya sido abierta y recontada.

—Ahora toca esperar —murmuró, tenso, Le Roux.

Cuando los hombres del cabildo rompieron las urnas con martillos la multitud se aproximó, porque todo el mundo quería ver quién había ganado. Los alguaciles empuñaron sus lanzas y cerraron el área inmediata al ayuntamiento, para que los canónigos y funcionarios pudieran hacer su trabajo sin ser molestados.

Las judías de cada urna se recontaban dos veces, primero por un canónigo, luego por un dignatario municipal. Se empezaba con los votos de los candidatos salidos de las filas de los artesanos, campesinos y jornaleros. Diez hombres, todos ellos maestres de una fraternidad, se presentaban a seis escaños en el consejo, lo que hacía previsible que hubiera algún movimiento.

Jean Caboche y Bertrand Tolbert obtuvieron, a mucha distancia, la mayoría de los votos, y defendieron con éxito sus escaños. También el maestre de los cirujanos, bañeros y barberos conservó su asiento en el Consejo. El maestre de los ebanistas, carpinteros, torneros y carreteros, así como el de los panaderos y pasteleros, no se habían presentado a la reelección; en su lugar, entraron en el colegio municipal el maestre de los carniceros, matarifes y peleteros, así como el de los pescadores, armadores fluviales y pilotos... hombres ambos a los que Michel apreciaba por su integridad y honorabilidad.

Guichard Bonet, de los tejedores y tintoreros, tuvo mala suerte: tan solo recibió nueve votos menos que el maestre de los cirujanos, que había logrado entrar en el Consejo. Perdió su escaño a manos de Gaillard Le Masson, maestre de los canteros, escultores, albañiles, pintores y tejadores. Michel le expresó su sincero lamento, y le agradeció la buena colaboración mantenida durante los dos años pasados.

Bonet no dejó traslucir su decepción, y dijo con voz tonante que por fin volvería a tener tiempo para yacer con su mujer y emborracharse. Empezó con esto último en el acto, cuando le alcanzaron una jarra de cerveza que vació de un trago.

Cuando estuvieron designados los consejeros de las fraternidades, se contaron los votos de los candidatos del estamento de los mercaderes. El recuento fue más rápido que el de las fraternidades, porque a esos seis escaños se presentaban tan solo ocho hombres.

Se apreciaba a simple vista que, como en todas las elecciones anteriores, Michel había vuelto a conseguir la mayoría de los votos, seguido de cerca por Eustache Deforest y Henri Duval. Michel no podía ocultar su alivio mientras el pueblo de la ciudad le vitoreaba e Isabelle, Rémy y sus amigos le felicitaban. Sin embargo, cuando el preboste dio a conocer el número exacto de sus votos, su alegría se redujo un poco: 273 ciudadanos habían votado por él... su peor resultado de todos los tiempos. Incluso en la última elección, en el año 1216, había tenido más de trescientos votos aunque el total se había repartido entre nueve candidatos, uno más que esta vez. Los ataques de Lefèvre de los días anteriores habían causado sin duda alguna daños a su prestigio.

Odard Le Roux obtuvo el cuarto mejor resultado, y entró con paso firme en el Consejo. Luego los canónigos y funcionarios contaron los votos de René Albert, Anseau Lefèvre y los mercaderes Soudic Poilevain y Victor Fébus, que se presentaban por primera vez a un puesto en el Consejo. La plaza contuvo la respiración mientras los hombres de las mesas rescataban las judías de entre las lascas de cerámica.

—162 votos para René Albert —anunció finalmente el preboste—. 99 para Victor Fébus…

Michel apretó los dientes y miró de reojo a Lefèvre, que seguía impertérrito, con los brazos cruzados delante del pecho. Isabelle le cogió la mano.

—137 votos para Soudic Poilevain y 42 para Anseau Lefèvre. Asunto decidido —exclamó el preboste—. El señor Albert y el señor Poilevain entran en el Consejo de los Doce, el señor Lefèvre pierde su escaño.

Un júbilo ensordecedor explotó en la plaza. Antes de que Isabelle lo abrazara y le besara en la boca, Michel vio a Lefèvre apartar de un golpe a dos hombres que festejaban el resultado y desaparecer entre la multitud con su *fattore* y sus criados a rastras.

—Lo has conseguido —susurró Isabelle, y volvió a besarlo—. Lo has conseguido.

Él le pasó el brazo por la cintura, mientras recibía más felicitaciones y bebía de una copa de plata que Deforest le tendía.

Poco después sonaron las campanas de la catedral y de todas las demás iglesias de Varennes, y el pueblo empezó a celebrar de forma relajada la elección del nuevo Consejo. Los consejeros en cambio se dirigieron a la catedral, donde iban a pasar orando el resto del día y de la noche.

Siempre era un momento sublime, aquel en el que los doce hombres se arrodillaban ante el altar y escuchaban el canto de los celebrantes. El turiferario agitaba el incensario, el sol de la tarde brillaba a través de las altas vidrieras, y la luz se astillaba en mil colores que cubrían de dibujos extravagantes columnas y suelos. Aunque desde fuera llegaba el ruido del populacho y la música de los saltimbanquis, Michel pronto se halló escuchando tan solo sus propios pensamientos.

«Te lo ruego, oh, Señor», rezó, «dame la fuerza para cumplir mi obligación como consejero.»

Hacía mucho que la noche había caído sobre Varennes. La gente seguía de celebración, pero Lefèvre no oía ni su beodo rugir ni la música. Estaba sentado en su cama, con las manos en los muslos, mirando la nada.

«¡Fracasado! ¿No te he dicho que tienes que esforzarte más? Dios Todopoderoso, por qué me has castigado con un necio así…»

Era la voz de su padre la que siseaba en sus pensamientos, ya desde hacía horas.

«¡Fracasado! ¡Inútil! ¡Una vergüenza para nuestro apellido!»

Al principio aún había sentido algo… decepción, desesperación, odio hacia Fleury, que había vuelto a lograr humillarlo. Pero hacía mucho que eso había pasado. Hacía mucho que el bien conocido vacío había absorbido todas sus sensaciones y llenaba su alma de gélida negrura.

Estaba muerto, aunque su corazón latía, aunque bombeaba incesantemente sangre caliente por sus venas.

Apretó el puño derecho hasta que las uñas se le clavaron. El dolor era bueno, le recordaba que aún quedaba en él algo de vida. En algún momento, encontró fuerzas para levantarse e ir a su escritorio.

Chrétien aún estaba despierto. Su *fattore* se inclinaba con la espalda encorvada sobre el libro mayor, y escribía.

—Busca a Guillaume —dijo Lefèvre.

Chrétien se sobresaltó y derribó el tintero, haciendo que su contenido se derramara sobre las páginas. Entre maldiciones, cogió un trapo y enjugó el desastre.

—Por todos los santos, señor, ¿tenéis que asustarme de ese modo?

—Dile que venga.

—¿A quién?

—A Guillaume, idiota. ¿Es que no me oyes?

—¿Ahora? Con vuestro permiso, señor, es ya tarde, casi medianoche…

—Ve a buscarlo —ordenó cortante Lefèvre—, o mañana tendrás que buscarte otro trabajo.

Chrétien tragó saliva.

—Desde luego, señor. Me pondré en camino enseguida.

Cuando el *fattore* se hubo marchado, Lefèvre se sentó a la mesa y miró por la ventana, contempló el resplandor de las antorchas en la calle.

Necesitaba un nuevo huésped para su sótano. Con más urgencia que nunca.

Tan solo interrumpieron sus rezos para comer un poco de pan y beber agua fresca del pozo. Cuando a un consejero se le cerraban los ojos, el deán de la catedral acudía corriendo y le recordaba con severidad su obligación de rezar.

Cuando por fin alboreó la mañana, los canónigos sacaron la reliquia con los huesos de san Jacques y la pusieron ante los doce hombres. Empezando por Michel, los consejeros se adelantaron uno tras otro, colocaron la mano derecha sobre el relicario y pronunciaron su juramento:

—Por Dios, los santos y la Virgen María, juro servir honestamente a Varennes Saint-Jacques, acrecentar el honor y provecho de la ciudad, proteger a sus ciudadanos y, en virtud de mi cargo, guardarlos de la guerra, la pobreza y cualquier otro mal. Juro juzgar por igual a pobres y a ricos, guardar los secretos del Consejo y proteger siempre la paz de la ciudad. Lo juro por la salvación de mi alma inmortal. Amén.

Acto seguido, los representantes recién elegidos de la ciudadanía se trasladaron al ayuntamiento, acompañados por los miembros del cabildo catedralicio, dos docenas de celebrantes y los maestres de todas las fraternidades, cruzaron la plaza de la catedral y entraron por la puerta principal en el edificio. Dentro, Michel dio las gracias a los canónigos por haber cumplido su sagrado deber y guio a los consejeros hasta la gran sala del piso alto, en la que tomaron asiento a la mesa.

Michel ya no soportaba tan bien como antes una noche en vela. Le dolía la espalda, le pesaban los miembros. Aun así, la larga meditación le había sentado bien, y su entendimiento le parecía tan claro y despejado como tiempo atrás. Miró a los hombres sentados a la mesa con los que, durante los próximos dos años, regiría los destinos de Varennes. De los nuevos consejeros, Soudic Poilevain era el único al que apenas conocía. A sus treinta años, Poilevain era el miembro más joven del colegio ciudadano. Aunque su padre, un mercader emigrado, siempre había tenido bastante poco éxito durante su vida, había logrado enviar a su hijo a Bolonia a estudiar Derecho. Después de su muerte, Soudic se había hecho cargo del negocio y actuaba desde entonces de forma modesta y poco llamativa. Michel no podía decir nada malo de él... y aun así no sentía simpatía por el joven mercader. Para su gusto, Poilevain sonreía demasiado poco.

—Señores, os doy la bienvenida a la primera reunión del nuevo Consejo. —Jean Caboche tomó la palabra—. Como miembro de más edad de este colegio, me corresponde la tarea de dirigir la reunión hasta que hayamos nombrado un alcalde. Propongo que empecemos por repartir los cargos. —Como nadie hizo objeción alguna, Caboche continuó—: Empecemos por nombrar al alcalde, que presidirá nuestro grupo como *primus inter pares*. ¿Quién se presenta a la elección?

—Yo. —Michel se incorporó.

—¿Alguien más?

—El señor Fleury ha dirigido sabia y cautelosamente nuestra ciudad durante muchos años —dijo Deforest—. Creo que todos estamos de acuerdo en que sería insensato confiar ese cargo a otro.

Los hombres reunidos a la mesa asintieron. Cuando Caboche los invitó a votar, todos alzaron la mano derecha por Michel, incluso los nuevos.

—Os doy las gracias, señores —dijo Michel—. Tenéis mi palabra de que en adelante seguiré sirviendo a la ciudad como mejor sepa.

—¿Queréis asumir ahora la dirección de la reunión? —preguntó Caboche, como le prescribían los estatutos del Consejo.

Michel le dio las gracias y pidió al colegio que ocupara también los otros puestos. Casi todos los consejeros fueron ratificados en sus cargos por gran mayoría: Deforest siguió siendo maestre de la ceca, Caboche, corregidor y capitán de la guardia de la ciudad, Tolbert, inspector superior de mercados y aduanero.

—Pasemos ahora a la presidencia del tribunal municipal —dijo Michel—. Henri, ¿queréis volver a presentaros al puesto de juez?

—Naturalmente —respondió Duval.

Para sorpresa de todos, Soudic Poilevain se incorporó.

—Yo también me presento a la elección.

Un susurro corrió por la mesa. Lo que Poilevain estaba haciendo estaba sin duda en consonancia con los estatutos, pero era inusual. Por lo general los consejeros más jóvenes dejaban a los más viejos los cargos más importantes, en especial cuando entraban por primera vez en el Consejo. Sin embargo, a más de uno le gustó el arranque de Poilevain.

—Soudic está en su derecho de presentarse. —René Albert se impuso a la confusión de voces—. Además, es el único de nosotros que ha estado nunca en una universidad. Sus conocimientos del derecho solo pueden ser ventajosos para el tribunal.

—Puede ser —confirmó Duval—. Pero hago notar que un juez no solo tiene que conocer la ley. El conocimiento de las personas y un carácter firme son igual de importantes para el puesto.

—¿Queréis decir que no tengo un carácter firme? —preguntó Poilevain, y sonrió de la forma que le era propia.

—En absoluto. —Duval levantó la mano a modo de disculpa—. Solamente quería destacar que os llevo algunos años y experiencia, eso es todo.

—No deseo hacer escarnio de las tradiciones de este venerable colegio, e irritaros. —Poilevain se dirigió a los consejeros—. Dejadme explicar lo que me mueve a dar este paso. Vivimos en tiempos de cambio. El mundo que conocemos cambia a toda prisa. Si nuestra ciudad quiere seguirle el paso, tenemos que despedirnos de las viejas costumbres y ensayar otras nuevas. La ley tiene en esto una importancia decisiva. Los viejos derechos que prestaron buenos servicios a nuestros padres ya no están a la altura de los tiempos… el proceso contra Lefèvre lo ha demostrado. Necesitamos medios nuevos para averiguar la verdad. Si me elegís juez, implantaré el moderno derecho romano, tal como se enseña en la Universidad de Bolonia, para que Varennes esté preparada para el futuro.

—Bien dicho —elogió Albert. Otros consejeros asintieron.

—¿Queréis responder a esto? —preguntó Michel a Henri Duval.

—Creo que ya he probado lo bastante mi valía y no necesito ensalzar mi persona con hermosos discursos —repuso Henri un poco ofendido—. Permitidme tan solo una observación acerca del proceso contra Lefèvre: la ordalía puede no haber dado el resultado que esperábamos, pero no podemos olvidar que Dios hablaba a través de ella. Si el Todopoderoso no desea que un acusado sea castigado, no nos corresponde dudar de ello. Porque sus caminos son inescrutables. Por eso los Juicios de Dios no son viejos, y menos aún inútiles.

—Votemos —dijo Michel—. ¿Quién vota por Henri?

Deforest, Le Roux, Tolbert y él mismo alzaron la mano. Duval se abstuvo. Caboche titubeó. Michel podía imaginar la lucha que se estaba librando en el interior del herrero. Jean era el que más había sufrido con el resultado del Juicio de Dios, y sin duda las promesas de Poilevain tenían su encanto para él. Finalmente, su lealtad a Duval venció, y alzó también la mano.

—¿Quién vota a favor de Soudic?

Levantaron la mano Albert, los maestres de los carniceros y los pescadores... y Poilevain.

—Os hago notar que lo habitual es que el candidato renuncie a votarse a sí mismo —dijo Michel.

—Pero no está prohibido, ¿no? —respondió Poilevain.

—No. —Michel no ocultó su irritación—. ¿Qué decidís vosotros? —Se volvió a los restantes consejeros.

El maestre de los cirujanos, bañeros y barberos luchaban visiblemente consigo mismos.

—Bah, al diablo la tradición —dijo al fin—. Que el muchacho tenga su oportunidad. Seguro que un poco de aire fresco no le hace daño al tribunal. Voto por Soudic.

—Yo también —dijo Gaillard Le Masson, de los canteros.

—Con esto queda decidido —declaró Michel—. Soudic Poilevain queda elegido nuevo presidente del tribunal, por seis votos a cinco.

—Disculpadme —murmuró Duval entre dientes, y abandonó la sala apretando los labios.

Un silencio confuso siguió a su salida.

—Qué extraño. —Poilevain volvía a sonreír—. En el gremio, Henri siempre se muestra amable y servicial. No pensaba que fuera tan mal perdedor.

Agosto de 1218

Propongo que construyamos los albergues justo al lado del camino —dijo el maestro constructor—. La mayoría de los mercaderes vendrán con sus carros, y deberíamos hacer que su llegada fuera lo más fácil posible. Además, aquí delante el suelo es lo bastante firme para soportar un edificio de piedra. Hacia la orilla del río se va haciendo cada vez más blando.

El maestro de obras era un hombre enjuto de rasgos caídos, que incluso en verano siempre iba envuelto en gruesos ropajes de lana. Para Michel resultaba un enigma por qué aquel hombre no perecía dentro de sus ropas. En aquel día ardiente y bochornoso, él mismo se había decidido por un traje de ligero lino... y aun así sudaba. Y eso que Yves había profetizado para entonces una refrescante tormenta de verano. «Podría tener razón al menos una vez», pensó Michel con disgusto.

—No habrá ningún edificio de piedra —dijo—. El Consejo ha decidido hacer enteramente de madera los alojamientos de los mercaderes extranjeros.

—Pero un edificio de madera nunca puede ser tan habitable como uno de piedra. Y queremos ofrecer algo a nuestros huéspedes.

—Un edificio de piedra es demasiado caro. Construiréis los albergues en madera.

—Desde luego, señor alcalde —dijo el maestro de obras, pero la expresión de su rostro mostraba lo que opinaba de aquella decisión del Consejo.

Michel no podía reprocharle su irritación... también él hubiera preferido alojar a los visitantes de la feria en un albergue que pudiera medirse en comodidad con los de los mercados de la Champaña. Por desgracia, habían subestimado los costes del nuevo mercado anual. Solo la compra de los terrenos alrededor del mercado del ganado había costado a la ciudad casi cien libras, porque los anteriores propietarios habían negociado duro: sabían exactamente lo mucho que el Consejo necesitaba el terreno.

Eso había reducido de forma considerable el presupuesto para la feria. A esto se añadían los gastos de la escuela. Por milésima vez, Michel deseó haber sido capaz de convencer a Rémy de que esperase dos años para poner en marcha su iniciativa.

Al menos ahora la ciudad poseía unos terrenos lo bastante grandes para un mercado anual con numerosos puestos de venta y muchos cientos de visitantes. Estaba al sur de Varennes, e iba desde la Puerta de la Sal hasta el patíbulo y desde la orilla del Mosela hasta los campos de remolacha al borde del bosque. Los trabajadores ya habían empezado a talar árboles, roturar maleza y allanar el terreno. Otra tropa de peones trabajaba en el camino que llevaba hacia el sur a lo largo del río, reparando los socavones. Porque se preveía que la mayoría de los visitantes llegarían por la Ruta de la Sal, como se conocía a aquel camino.

El maestro de obras llevó a Michel a través del mercado hasta el árbol de los juicios y explicó dónde pensaba cavar los pozos para la feria.

—Deberíamos hacer cuatro. No os preocupéis, no costará mucho. Tan cerca del río no tendremos que cavar muy hondo para topar con aguas subterráneas. Lo que ahorremos en pozos podremos invertirlo en los diques.

—¿Diques? —preguntó Michel.

—La feria tendrá lugar en octubre, ¿no? En otoño, el Mosela tiende a desbordarse e inundar el mercado del ganado. Supongo que no queréis que lo haga precisamente cuando doscientos mercaderes extranjeros hayan levantado sus puestos aquí.

Michel alzó la mano en gesto defensivo.

—Lo he entendido. Necesitamos diques. ¿Cuánto costará?

—*Summa summarum* no más de veinte libras de plata...

Michel reprimió un gemido.

—... sin contar con los trabajadores suplementarios que tendréis que autorizarme.

—¿Necesitáis aún más trabajadores? ¡Ya os hemos asignado hasta el último jornalero disponible en la ciudad baja!

—A la mayoría de ellos los necesito para los caminos. Debo reparar tanto la Ruta de la Sal como la antigua calzada romana a lo largo de un buen rato de camino, y en menos de cuatro meses. Eso no puedo hacerlo con cinco hombres.

—Está bien, está bien, tendréis más operarios. ¿Cuántos necesitáis?

—Una docena. Mejor serían dos.

—¿Os dais cuenta de lo que eso cuesta? —Michel hervía.

—Claro que sí. Pero es muy sencillo: o me los dais, o no terminaremos a tiempo, y en octubre vuestros visitantes harán negocios en un edificio en construcción. ¿Qué preferís?

—Hablaré con el Consejo —dijo Michel cansado— y veremos qué se puede hacer.

—Quizá —dijo el maestro de obras mientras recorrían la pisoteada pradera— habría sido inteligente que hubierais hablado conmigo antes de calcular los costes...

Al caer la oscuridad, Rémy cruzó el mercado de la sal. La taberna de Eugénie aún estaba abierta. Decidió hacerle una visita, porque necesitaba urgentemente una cerveza y un poco de consuelo.

Había dejado atrás unas semanas agotadoras. Había estado buscando casi todos los días un edificio para la escuela... una empresa difícil, según se veía. En los últimos años Varennes había crecido demasiado deprisa, el espacio y las zonas para vivienda eran escasos. El que tenía una casa y no la utilizaba hacía mucho que la había alquilado a una de las numerosas familias esperanzadas que se trasladaban del campo a la ciudad. Era difícil encontrar almacenes o talleres vacíos, porque los edificios de ese tipo eran codiciados por los comerciantes y artesanos acomodados, que querían aumentar sus explotaciones.

Así que Rémy lo había intentado con la Iglesia... el cabildo, las distintas parroquias y los monasterios poseían extensas propiedades dentro de los muros de la ciudad. Por desgracia, ningún canónigo, ningún párroco ni ningún abad estaban dispuestos a vender nada a Rémy. Wigéric había hecho realidad su amenaza, y había puesto en contra de la escuela, le parecía a Rémy, a todos los clérigos de la ciudad. En todas partes le habían rechazado, insultado, dado con la puerta en las narices.

Su última esperanza habían sido los judíos. Ese día, después del trabajo, había ido a la rue des Juifs y había hablado con Daniel Levi, un rico mercader que poseía tierras fuera de la judería. Aunque Levi estaba buscando un comprador para una casa en el mercado del heno, había rechazado con aspereza a Rémy y le había dicho que no podía hacer nada por él. Probablemente estaba al corriente de la disputa a causa de la escuela y temía atraerse la ira de Wigéric si apoyaba a la parte equivocada. A pesar de su irritación, Rémy incluso había entendido la prudencia de Levi: aunque en Varennes la relación entre judíos y cristianos era mejor que en otros lugares, ningún judío de la ciudad podía permitirse que un poderoso eclesiástico fuera enemigo suyo.

Rémy entró en la taberna y buscó a Eugénie. Todos los huéspedes se habían ido ya, y ella estaba limpiando una mesa al fondo.

—¿Nada todavía? —preguntó al ver la expresión de su rostro.

—Levi tampoco quiere ayudarme. Es complicado.

Ella le dio un beso en la boca.

—Siéntate. Enseguida vengo contigo.

Eugénie tiró el trapo al cubo, se dirigió hacia uno de los toneles alineados en la pared alargada de la taberna, sirvió dos jarras y se sentó junto a él.

—Toma. Esto es lo que ahora necesitas.

Rémy bebió y se secó la espuma de la barba. Sin duda la cerveza de Eugénie era la mejor de toda la ciudad. Eso no hacía menores sus preocupaciones, pero al menos le había hecho pensar en otra cosa.

—¿Por qué no pides ayuda a tu padre, en lugar de buscar otro mes más? —preguntó ella—. Si hay alguien que sabe cómo conseguir un edificio adecuado, ese es él.

—Ya tiene bastante trabajo con la feria. No quiero cargarle mis preocupaciones. Además, he prometido al Consejo ocuparme yo solo de todo.

—¿Has hablado ya con Thibaut d'Alsace?

—No. ¿Por qué?

—Ya conoces el viejo almacén al otro lado del mercado de la sal —dijo Eugénie—. Corre el rumor de que quiere venderlo. ¿Te serviría?

—Por lo menos sería lo bastante grande —dijo Rémy—. Desde luego habría que reformarlo un poco, pero con eso ya contaba. ¿Cómo es que quiere librarse de él?

—No lo sé. Como te he dicho, es solo un rumor. Lo mejor es que hables con él mañana. Para que no te lo quiten.

—Lo haré. —De pronto la cerveza le supo un poco mejor. Por supuesto, después de las experiencias de las últimas semanas lo mejor era no poner demasiadas esperanzas en aquel rumor. Era posible que resultara ser falso. Aun así, su situación ya no le parecía tan desesperada como hacía un momento.

—¿Lo ves? —dijo Eugénie—. Sin mí, estás perdido.

—Mi salvadora, ¿cómo puedo mostrarte mi reconocimiento?

—Siendo útil. —Le tiró el trapo—. Las mesas están tiesas de suciedad. Al trabajo, vamos.

A Rémy le parecía que Thibaut d'Alsace era como un bacalao al que un obispo seriamente beodo hubiera consagrado sacerdote en medio de una cogorza. La culpa la tenían las mejillas colgantes y las comisuras de la boca del viejo mercader, los ojos turbios y la mandíbula huidiza, de la que colgaba una fina barbita como los bigotes de un pez… pero sobre todo la ropa gris y cerrada hasta el cuello que D'Alsace vestía siempre. Eran prendas de luto. El mercader seguía llevándolas aunque su esposa había muerto hacía ya nueve años, y según decían él la azotaba todas las semanas para expulsar de ella el pecado. En el mundo de Thibaut todos eran pecadores excepto el papa Honorio, san Jacques y él mismo. Por esa razón, le correspondía la tarea de señalar de forma insistente sus errores a sus congéneres.

—La gente habla de vos —dijo, malhumorado, cuando entraron en el almacén del mercado de la sal—. Dicen que tenéis una relación inmoral con esa tabernera. ¿Es cierto?

—No sé qué hace eso al caso —repuso Rémy—. Pensaba que íbamos a hacer un negocio, no a hablar de mi conducta.

—Y tanto que hace al caso. —D'Alsace encendió una tea y la puso en un soporte en la pared—. Soy un hombre que tiene prestigio en esta ciudad y en mi parroquia. No hago negocios con pecadores que se burlan de la Ley de Dios. Porque un hombre que no tiene la suficiente fuerza de voluntad como para contener su lujuria también será deshonesto y poco digno de fiar en cuestiones de negocios. Esa es mi experiencia. Así que, ¿hay algo de verdad en esa historia?

Rémy no se sintió obligado a dar a ese hombre información sobre sus asuntos más privados.

—No es más que cháchara —mintió, por tanto, sin mala conciencia—. Un malvado rumor. Ya sabéis cómo es la gente.

D'Alsace le clavó una mirada penetrante.

—¿Practicáis la lujuria con esa posadera... sí o no?

—No.

—Juradlo.

Rémy rompió a reír.

—Por favor, Thibaut, esto es ridículo.

—¿Ridículo? —chilló el mercader—. No bromeo cuando se trata de los mandamientos del Señor. Juradlo, o exponeos a la sospecha de ser un mentiroso.

El almacén era ideal para los fines de Rémy, y estaba dispuesto a pagar un buen precio por él... pero no cualquiera. No iba a dejarse humillar por D'Alsace. Prefería seguir buscando otro mes.

—Si es así, hemos terminado —dijo cortésmente—. Os deseo un buen día, señor D'Alsace. Ojalá encontréis un comprador que responda a vuestras exigencias morales.

Iba a cruzar la puerta del almacén cuando el mercader gritó:

—¡Esperad!

Rémy se volvió. D'Alsace tenía el cuenco con la tea en la mano, y buscaba las palabras.

—Durante estas últimas semanas he tenido que vérmelas en mis negocios con algunos calaveras —logró soltar al fin—. Eso me ha vuelto en exceso cauteloso. Por favor, disculpad mi desconfianza. Sois un hombre de honor, y no me toca a mí ponerlo en duda.

«Mira por dónde. Alguien que quiere vender a toda costa.»

—¿No habrá más preguntas sobre mi forma de vida?

—Tenéis mi palabra.

Rémy hizo un gesto de asentimiento.

—Entonces veamos el almacén.

Tenía una construcción en extremo sólida, según pudo comprobar mientras D'Alsace se lo enseñaba. Pilares de piedra sostenían las vigas, las paredes tenían casi un codo de grosor. Mentalmente, Rémy lo reformó e instaló en la parte delantera una sala en la que los estudiantes escucharían las eruditas palabras del maestro. El edificio no tenía ventanas, pero era posible abrirlas.

Aparte de algunos toneles en un rincón, estaba vacío. Una vaga sombra de olor a pimienta y alquitrán flotaba en el aire viciado, y recordaba a las mercancías que el comerciante había almacenado allí antaño.

—¿Por qué queréis vender el edificio? ¿Acaso hay algo que no está bien en él?

—Está en un estado impecable. Pero he construido uno nuevo en el mercado del pescado, y ya no lo necesito.

De creer los rumores, Rémy debía aquella feliz circunstancia más bien a la mala suerte en los negocios que Thibaut arrastraba desde hacía meses. Al parecer, había perdido mucho dinero en distintas empresas, y ahora necesitaba con urgencia plata de refresco. Eso también explicaba por qué no había dudado en recibir a Rémy, aunque por lo general tenía cuidado de no dar ni siquiera la impresión de actuar en contra de los intereses de la Iglesia. Pero ¿qué era la ira de un abad, comparada con la amenaza de la pobreza? Al fin al cabo, Thibaut solo era un mercader que pensaba ante todo en el contenido de su bolsa.

—¿También lo alquilaríais? —preguntó Rémy.

—No. Si queréis el almacén, tendréis que comprarlo.

—¿En qué precio estáis pensando?

—Lo tendréis por veinticinco libras.

Rémy se detuvo de forma abrupta.

—Eso es del todo inaceptable. Es lo que cuesta una casa de piedra de una planta en mi barrio. Os ofrezco la mitad.

—¿Por un almacén de este tamaño y en esta situación? ¿Estáis loco? Veintitrés… es mi última palabra.

Fueron negociaciones duras. Normalmente, Rémy no habría estado a la altura de aquel experimentado y curtido mercader. Sin embargo, aquí y ahora las circunstancias trabajaban para él. La angustia económica debilitaba la posición negociadora de Thibaut, y Rémy lo explotó sin compasión para acorralarlo.

—Diecinueve libras, y tendréis vuestro dinero dentro de un buen rato —dijo al fin—. Todo de una vez, sin pago a plazos.

—De acuerdo —respondió agotado D'Alsace—. Diecinueve y ni un denier menos.

—Hecho. —Se estrecharon las manos.

El mercader sacó un contrato del cinturón, lo puso encima de uno de los toneles, abrió una ampolla de tinta fresca y escribió el precio de la compraventa. Acto seguido, los dos firmaron.

—Enseguida os haré una copia y os la haré llegar.

—En cuanto tenga el contrato, mi oficial os llevará el dinero.

—Aquí está la llave. Mucha suerte con vuestra escuela, maestro Rémy.

Sin duda a mis ojos ese proyecto es una gran necedad, pero si me reporta una bolsa de plata no me voy a quejar.

Una vez que D'Alsace se hubo ido, Rémy cerró la puerta y dejó fuera el ruido de la ciudad. «Qué agotadora conversación.»

Se situó justo en el centro del almacén y alzó la vista al techo. No era completamente estanco... aquí y allá había pequeños agujeros y grietas que dejaban pasar la luz del sol. Sin duda aún había mucho que hacer, pero ya se podía imaginar qué aspecto tendría la escuela.

En la cabecera, un atril, detrás del cual estaría el maestro y desde el que hablaría de gramática, retórica y matemática.

La sala llena de estudiantes que repetían entre murmullos sentencias latinas y las escribían en sus tablillas de cera.

Estanterías llenas de libros y códices.

Rémy sonrió. «Por fin arrancamos.» A la mañana siguiente empezaría a reformar el almacén.

En el puente reinaba, como siempre, un vivo trajín. Campesinas con cestas de mimbre colgadas a la espalda, artesanos errantes y peregrinos de Alsacia afluían a la ciudad; mercaderes y buhoneros se abrían paso con sus carros de bueyes en dirección contraria, para proveerse de sal fresca en la salina. Renouart avanzaba con lentitud, guiando su caballo de batalla con la mayor cautela para no herir a nadie. Cuando llegó al barrio nuevo, en la otra orilla del Mosela, y la multitud se aclaró, dejó atrás a los peatones y cabalgó al trote por delante de las chozas de los salineros y de los peones de la salina. Por fin, a las afueras de la ciudad picó espuelas a su caballo y galopó campo a través.

Unas suaves colinas se extendían al este del río hasta las montañas del Vogesen, envueltas en bruma, en el horizonte. Antes, se decía, allí había bosques por todas partes. Renouart ya no podía acordarse de eso... nadie podía. Los últimos restos del bosque habían sido víctimas, hacía ya cien años, del hambre insaciable de leña de la salina. Desde entonces, balsas procedentes de los manantiales del Mosela llevaban todos los días leña nueva, con la que los salineros del arzobispo alimentaban el fuego de las calderas.

Renouart cabalgó por los prados y pastos, describió un arco en torno a la salina, de la que tan solo alcanzó a ver lejanas columnas de humo, y galopó hacia el este.

Por fin, a primera hora de la tarde distinguió las ruinas de la vieja granja de la que Chrétien le había hablado. No sabía por qué razón Lefèvre quería hablar con él justo allí. Hacía tiempo que no se preguntaba las razones de las extrañas órdenes de su nuevo amo. El prestamista estaba simple y sencillamente loco, Renouart no tenía ninguna duda de eso.

Frenó su corcel y lo ató junto al caballo de Lefèvre al muro cubierto de musgo y líquenes. Lefèvre estaba sentado en un montón de piedras dentro de las ruinas, y le saludó con una fina sonrisa. Había una ballesta apoyada en la pared, y a sus pies un zurrón que contenía varios conejos muertos.

—Este territorio pertenece al duque Thiébaut —dijo Renouart cuando entró en las ruinas.

—¿En serio? —El prestamista levantó una ceja—. ¡Maldita sea! Habría jurado que estaba en el templo de Jerusalén. Has vuelto a protegerme de un grave error. Gracias, amigo mío.

Renouart señaló el zurrón con un gesto.

—La caza aquí es furtiva. Si os atrapa, el duque os colgará del árbol más próximo.

—Bueno, si es así, tendremos que cuidar de que no se entere, ¿verdad? Siéntate y toma un trago de vino conmigo. Seguro que la cabalgada te ha dado sed.

Renouart no tocó el odre que Lefèvre le tendía. Cruzó los brazos delante del pecho.

—He estado escuchando, como me ordenasteis.

—Soy todo oídos. —El prestamista quitó el corcho y se llenó la boca de vino tinto como la sangre.

—Los preparativos para la nueva feria están en plena marcha. El Consejo ha comprado el mercado del ganado y está reparando los caminos.

—Eso ya lo sé. ¿Qué más?

—Michel...

—No quiero oír ese nombre —le increpó Lefèvre.

—El alcalde —dijo Renouart— ha hablado hace unos días con el maestro municipal de obras. Van a empezar por cavar pozos en los terrenos de la feria, levantar diques y construir un albergue.

Lefèvre se secó los labios, cerró el odre de vino y lo tiró al suelo junto al zurrón.

—Se afanan como hormigas.

—Bueno, el tiempo apremia. Solo quedan dos meses hasta el día de San Jacques.

El prestamista se acercó al muro derruido y miró el paisaje con los ojos entrecerrados, como si desde allí pudiera ver Varennes, que estaba en algún sitio detrás de las colinas.

—No puedo imaginar lo que sucedería si sus planes fracasaran. Eso causaría costes terribles, ¿verdad? Costes que cargarían sobre nuestro amado alcalde.

Renouart se preguntó adónde quería ir a parar Lefèvre. Pero guardó silencio, porque había decidido no hablar más que lo necesario con ese hombre.

—Perturbarás los preparativos de la feria —dijo de pronto el prestamista, y se volvió hacia él—. Esta noche cogerás dos o tres de mis criados y sembrarás el caos. Quiero que su jaleado proyecto sea rechazado en cuestión de semanas. ¿Has entendido?

—¿Estáis hablando en serio?

—Por supuesto que estoy hablando en serio. ¿Doy la impresión de estar gastando una broma?

«En verdad está completamente loco», pensó Renouart.

—El nuevo mercado es en extremo importante para Varennes. ¿Perjudicaréis a toda la ciudad solo para vengaros del alcalde?

—Oh, perjudicaría al ducado entero para vengarme de él... incluso a todo el maldito Imperio. ¿Quieres saber por qué? Porque todos esos hombrecillos me importan una mierda. Deseo que Fleury muerda el polvo entre gimoteos. Eso es todo lo que me interesa.

—Haced lo que os plazca —dijo, rígido, Renouart—. Pero dejadme al margen.

—¿Te niegas a cumplir la orden?

—Sí. Además, pienso informar al Consejo de vuestras intenciones.

Lefèvre empezó a reír por lo bajo. Miró al suelo, se frotó la nariz y movió la cabeza.

—Eres incorregible. Sencillamente incorregible. A pesar de todo lo que ha ocurrido, te aferras a tu honor de caballero como quien se agarra a un clavo ardiendo. Renouart, el protector de las viudas, los huérfanos y los débiles. Jamás haría de forma voluntaria daño a un inocente. —Levantó la cabeza y miró a Renouart a los ojos—. Menos mal que entretanto te conozco un poco. Sí, Renouart. No te va a gustar oírlo, pero había previsto esto y... he tomado medidas. Medidas que garantizarán que me obedezcas.

Renouart sintió que el miedo le trepaba por la espalda.

—¿Qué medidas?

—Mientras cabalgabas hacia aquí, mi gente se ha llevado a tu mujer y tu hija. A un lugar seguro fuera de la ciudad, donde estarán bien vigiladas.

—¿Dónde están? —logró decir Renouart con voz ahogada.

—Eso no te lo voy a decir, amigo mío. Ese es precisamente el sentido del asunto.

La diestra de Renouart salió disparada y agarró al prestamista por el cuello.

—¡Si les ocurre algo, que Dios se apiade de vos!

Lefèvre no hizo el menor intento de liberarse. Se limitó a levantar las manos y a chillar:

—Que les ocurra o no algo está en tus manos. Mientras me obedezcas estarán seguras.

—¡Debería mataros aquí y ahora!

—No te lo aconsejo —gimió el prestamista, cuya cabeza empezaba a enrojecer—. Si me haces algún daño, su vida habrá acabado.

Renouart le soltó, Lefèvre retrocedió tambaleándose y tomó aliento.

—Muy bien. Sabía que serías razonable.

Renouart escupió, aferró la empuñadura de la espada y se dio la vuelta. Cerró los ojos. «Felicitas. Catherine. ¿Qué os he hecho? Es mi culpa, mi culpa...»

—Bien... ¿puedo confiar en que harás lo que te diga?

Renouart se estremeció. Tenía la garganta cerrada, el odio era como una jaula de hierro en torno a su pecho. Nunca había sentido tales deseos de matar a alguien como en ese momento.

Los labios de Lefèvre volvieron a formar aquella sonrisa que tanto asqueaba a Renouart.

—Mis criados han recibido instrucciones precisas de lo que tienen que hacer con Felicitas y Catherine si te niegas. ¿Quieres oírlas?

La voz de Renouart fue baja, apenas audible.

—¿Cómo he de proceder?

—Eso es cosa tuya. Ya se te ocurrirá algo. Sencillamente, imagina que Fleury y los otros consejeros fueran enemigos del duque y tuvieras que frenarlos. Eso daría alas a tu imaginación, ¿verdad?

Un ronroneo despertó a Michel en las primeras horas de la mañana. Era Samuel, el gato de Isabel, que se aseaba entre sus almohadas.

—Alguien tiene hambre —murmuró, adormilado.

—Le daré algo del asado que quedó de ayer —dijo Isabelle, que ya estaba despierta.

—Que cace un ratón.

Ella le ignoró y se puso un vestido ligero. Samuel saltó de la cama y corrió tras ella cuando vio que se dirigía a la cocina.

Medio sonriente, medio suspirando, Michel se levantó y se lavó en la tina. Isabelle idolatraba a Samuel y lo malcriaba a conciencia. El gato se lo agradecía obedeciendo cada palabra suya, una conducta que Michel nunca había visto en un gato. Pero Isabelle no solo amaba a los animales. Tenía el don casi mágico de compenetrarse con ellos e influir en ellos.

Poco después estaban desayunando en la sala, con Samuel debajo de la mesa engullendo un trozo de asado. Michel no había llegado a tomar dos cucharadas de su sopa de leche cuando Louis entró.

—El señor Duval está aquí. Desea hablar con vos.

—¿No puede esperar a después del desayuno?

—Dice que es urgente.

—Muy bien. Dile que suba.

Michel se dio cuenta de que algo no iba bien en cuanto Duval entró.

—Me temo que traigo malas nuevas —dijo su viejo amigo—. El maestro de obras ha sido víctima de un asalto.

—¿Cuándo?

—Ayer por la noche. Estaba en la taberna, y lo esperaban en el camino a casa. Al parecer ha sido herido.

—¿Es grave?

—No lo sé... acabo de enterarme. Se lo han llevado a casa, donde un médico está ocupándose de él.

Un rato después, Michel y Duval caminaban por la rue du Palais, detrás del ayuntamiento, donde el maestro de obras municipal habitaba una casa de piedra junto a su familia. Un criado los hizo pasar y los condujo hasta el dormitorio.

El maestro estaba consciente, pero eso era lo único bueno que se podía decir sobre su estado. Tenía un aspecto espantoso: por todas partes contusiones, moratones y heridas abiertas, que una mano experta había cerrado. Tenía el ojo izquierdo hinchado, el brazo derecho yacía rígido y magullado sobre la colcha. Junto a él se sentaban su esposa y sus dos hijas, los rostros grises de preocupación. El médico humedecía el ojo herido con una infusión de hierbas. El medicamento parecía arder, porque el maestro se estremeció.

—¿Podemos hablar con él? —preguntó Michel.

—Sí, siempre que no se excite mucho —respondió el médico—. Ahora necesita sobre todo descanso.

—¿Está muy grave?

—Sobrevivirá. El brazo está roto, pero he hecho todo lo posible para que cure bien y no se quede rígido. Tendrá que guardar cama por un tiempo.

Michel se volvió hacia el herido.

—¿Quién ha hecho esto?

—Si lo supiera... —A pesar de todo, la voz del maestro de obras era fuerte y clara—. Vino por detrás, y antes de entender lo que me sucedía ya estaba en el suelo, y me estaba pegando con un garrote.

—¿Era solo uno?

—Creo que sí.

—¿Qué pasó entonces?

—Me quitó la bolsa, y me desmayé. Cuando volví en mí, se había ido.

—Es decir, un vulgar ladrón callejero. —Duval miró a Michel.

—¿De verdad no pudisteis ver su aspecto?

—Era alto. De anchos hombros —respondió el maestro de obras—. Eso es todo. Ocultaba el rostro en la capucha del manto. Además, estaba oscuro como boca de lobo.

Su voz se volvió ronca, y el médico le hizo beber un poco de infusión.

—Basta por hoy —dijo—. Ahora debería dormir.

—¿No creéis que haya sido un ladrón corriente? —preguntó Duval cuando salieron de la casa.

—Es un curioso azar que nuestro maestro de obras reciba una paliza justo cuando más le necesitamos. Que le hayan robado la bolsa también puede haber sido una impostura.

Duval bajó la voz.

—Pensáis en Lefèvre, ¿verdad?

—Le creo capaz de esto.

—Pero ¿por qué iba a hacer una cosa así?

—Para vengarse de mí, ¿por qué si no?

—Si perturba los preparativos de la feria perjudica también al gremio, a toda la ciudad. No puede querer en serio que fracasemos.

—No sé lo que quiere —murmuró Michel—. Nunca he conocido a nadie al que entienda tan poco como a Lefèvre.

—Más tarde hablaré con Jean —dijo Duval cuando llegaron al ayuntamiento—. Debe poner a sus guardias sobre la pista. Quizá alguien haya visto algo que nos ayude a encontrar al agresor.

—Hacedlo. Pero no esperéis gran cosa. Es probable que quien haya sido el responsable se encuentre ya muy lejos.

—¿Qué hacemos con el maestro de obras? Ya habéis oído al médico. Necesitamos otro.

—Yo me encargaré de eso.

Michel se despidió de Duval, que tenía quehacer en casa, y subió la escalera hacia la sala de recepción. Aquel incidente los hacía retroceder un buen trecho, porque haría falta tiempo para encontrar a alguien. Los buenos maestros eran escasos, y la mayoría de las veces estaban al servicio de una ciudad, de la Iglesia o de un príncipe... difícilmente iban a abandonar un puesto seguro para ir por unos meses a Varennes. Además, el nuevo maestro necesitaba tiempo para adaptarse... un tiempo que no tenían. Michel ni siquiera se atrevía a pensar en los gastos que aquello iba a causar.

Se retiró a su despacho e hizo una lista de todos los maestros de obras que conocía. Alcanzaba tres nombres.

Estaba mirando por la ventana, con los labios apretados, cuando de pronto le estremeció una idea del todo distinta.

«Alto... de hombros anchos... ¿Renouart? No. No es posible. No haría una cosa así aunque Lefèvre le amenazara con la violencia.»

No pudo seguir dándole vueltas, porque en ese momento la puerta se abrió de golpe, e Isabelle entró en la habitación.

—Mira lo que acaba de llegar. Nuevas de Speyer.

—¿De Riederer?

—De Sieghart Weiss. Léelo tú mismo.

Frunciendo el ceño, Michel cogió la carta. Sieghart, un muchacho de dieciocho años, trabajaba en su filial de Speyer como ayudante de Hans Riederer. ¿Por qué razón escribía una carta a Michel? Era tarea exclusiva del *fattore* informar de los acontecimientos importantes al dueño del negocio.

«Muy estimado señor Fleury», escribía Weiss. «Sé que es muy inusual que un simple ayudante se dirija a vos. Pero os ruego que lo paséis por alto, porque no sé qué hacer. Se trata de mi patrón, Hans Riederer...»

A cada frase que Michel leía se ponía más furioso. Weiss contaba que Riederer había vuelto a visitar distintas tabernas a horas tardías, aunque después del incidente del burdel el Consejo de Speyer le había prohibido acercarse a ellas. Se había emborrachado y se había manifestado de forma despectiva acerca de otros mercaderes, por lo que el Consejo y el gremio le habían impuesto nuevas sanciones económicas.

«El gremio ha llegado a amenazarlo con la expulsión si no se refrena», siguió leyendo Michel. «Temo que, si esto sigue así, vuestros negocios estén en peligro. Os ruego que hagáis algo. ¡Venid a Speyer y hablad con mi señor!»

—¡No pienso hablar con ese tipo, pienso ponerlo en la calle! —tronó Michel, estampando la carta en la mesa—. Lo he intentado por las buenas. Le he advertido, pero es obvio que quiere burlarse de mí. ¡Es suficiente!

Caminó por la sala de un lado a otro, estrujándose las manos y dándose con el índice en los labios. Tenía que actuar lo antes posible, pero... ¿cómo? Los preparativos de la feria estaban empezando a desbordarlo, incluso sin el asunto del maestro de obras. Le era imposible salir de Varennes antes del otoño.

—Déjame ir a mí —dijo Isabelle, como si le hubiera leído el pensamiento—. Yo me ocuparé de todo.

—¿Podrás con Riederer?

Ella le miró con aire de reproche.

—Por favor. Me como tipos como ese para desayunar.

—Muy bien. ¿Puedes partir hoy mismo? Cuanto más esperemos, más daño hará.

—Voy a comprar un poco de sal y me pondré en camino.

Él la besó.

—Te amo. Buena suerte. Que san Nicolás te proteja.

Cuando Isabelle regresó a casa, indicó a los criados que uncieran los bueyes, cargaran toneles de sal vacíos y lo preparasen todo para el viaje a Speyer. Entretanto, ella fue a la sede del gremio y reclutó a cuatro mercenarios. Sin duda su camino pasaba por territorio poblado y tranquilo, pero incluso en los viajes comparativamente seguros no era aconsejable ahorrar en escolta. En campo abierto, fuera de las ciudades y los pueblos, multitud de peligros esperaban a los viajeros... proscritos, salteadores y lobos hambrientos. Michel, que había sido atacado varias veces en el curso de sus viajes, podía contar mil historias al respecto.

Luego fue a la salina, porque si tenía que hacer el largo camino hasta

Speyer al menos quería aprovechar para hacer negocio. El oro blanco de la Lorena era codiciado a orillas del Rin.

La salina estaba al otro lado del Mosela, en un valle entre las colinas. Las calderas envueltas en humo parecían una colonia de setas gigantescas, entre las que jornaleros y capataces hacían su trabajo envueltos en sudor. El aire caliente olía constantemente a vapor, sal y madera quemada. Isabelle saltó del pescante y fue a la choza del maestro salinero, un funcionario del arzobispado, al que la industria pertenecía.

—Necesito treinta arrobas de sal.

—Me temo que apenas tenemos —dijo el maestro—. Puedo venderos como mucho diez o doce. Volveré a tener más a finales de semana.

—¿Os la ha comprado toda el gremio? —preguntó sorprendida Isabelle. La salina producía tanta sal que sus existencias casi nunca se acababan.

—El gremio no... un solo mercader, Soudic Poilevain. Ha venido esta mañana y compró trescientas arrobas.

—¡Trescientas!

—Tan cierto como que estoy aquí. Yo tampoco podía creerlo. Pensaba que me estaba tomando el pelo. Pero entonces ha sacado una bolsa llena de dinero y lo ha contado todo, hasta el último denier.

Trescientas arrobas eran una cantidad de sal enorme. Hacían falta varios carros para transportarlas. Y solo mercaderes extraordinariamente ricos, como Michel o Eustache Deforest, estaban en condiciones de pagarla... en absoluto un hombre como Poilevain, que hacía unos negocios más bien modestos y que nunca había destacado por su amor al riesgo.

—¿Ha dicho lo que quiere hacer con tanta sal?

—Bueno, supongo que quiere venderla en la Champaña. Los ingleses, los flamencos y los borgoñones siguen pagando bien por nuestra sal.

Sin duda era extraño, pero no le importaba... sobre todo porque ella tenía sus propias preocupaciones. Compró el resto de la sal y volvió a la ciudad, donde hizo acopio de otras mercancías.

Por la tarde salió de Varennes, enfiló con su carro la vieja calzada romana y se dirigió al norte... hacia Speyer.

A primera hora de la noche, después de haber enviado a casa a Gaston y a Dreux, Rémy cargó unas cuantas herramientas en su carretilla y fue con Anton al almacén. Había decidido hacer él mismo los trabajos de reforma, porque si contrataba operarios su dinero ya no alcanzaría para los otros gastos. Sin duda nunca había reparado un tejado ni abierto ventanas, pero era lo bastante hábil como para sentirse capaz de tal tarea.

Rémy abrió el portón y encendió una tea, y Anton metió la carretilla. Primero tenía que medir el almacén y trazar una planta. Luego decidiría dónde iba a hacer tabiques y a abrir agujeros para las ventanas. Anton le alumbraba con la tea mientras Rémy andaba de un lado para otro con la vara de medir y anotaba los resultados en su tablilla de cera.

—Qué oscuro agujero. ¡Y cómo apesta! En verdad puede uno compadecer al que tenga que aprender gramática aquí.

Rémy, que en ese momento estaba arrodillado en un rincón, alzó la cabeza. En el umbral estaba una figura rechoncha: el abad Wigéric. Rémy ya se había preguntado cuándo aparecería el superior de la abadía de Longchamp. Desde que su padre le había advertido, contaba a diario con esa posibilidad. Dejó de prestar atención al monje y siguió con su trabajo.

—Agujeros en el tejado, por los que entra la lluvia. Paredes putrefactas. —Los pasos de Wigéric crujieron en el sucio suelo—. Probablemente en esos toneles de ahí aniden ratas. ¿Qué padre en sus cabales mandaría a su hijo a instruir a esta ruina? Por otra parte... ya que queréis aceptar también en vuestras clases a traperos y a jornaleros, habrá que entenderlo como un intento de ofrecer un entorno familiar a vuestros discípulos.

—Necio —murmuró Rémy.

—¿Cómo? —preguntó cortante el abad.

—Me he equivocado. Porque me habéis distraído. Ahora tenemos que empezar desde el principio. —Rémy alisó su tablilla de cera. A su lado, Anton cambió el peso de un pie al otro. El chico tenía un miedo cerval a Wigéric.

—Contestadme a una pregunta, maestro Rémy. ¿Cuándo vais a dejarnos en paz a mí y a mis hermanos? ¿Qué tenemos que hacer para dejar de ser el objetivo de vuestras pendencias?

—¿De qué demonios estáis hablando? —Rémy se puso en cuclillas, pidió con un gesto a Anton que acercara la antorcha y arrimó la vara de medir a la pared.

—Hace años que tratáis de llevar a la ruina al *scriptorium* de mi abadía. Primero el taller. Ahora esta escuela...

—Me tapáis la luz —dijo Rémy.

Wigéric no se movió de donde estaba.

—Con esto vais a hacernos nuevos daños. Y no solo a nosotros... también a los discípulos de la escuela del monasterio. ¿De dónde va a salir el dinero para instruirlos de manera decente si todos los pupilos del estamento laico acuden a vos?

—Los monasterios de Varennes son ricos. Ya encontraréis la manera. Y, en lo que se refiere a mi taller, existe ya desde hace cuatro años, y no habéis tenido que cerrar el *scriptorium*. Tampoco vuestra escuela sucumbirá por mi causa. Veis fantasmas, abad.

—¿Habéis pensado en los simples cristianos? —rugió Wigéric.

—Pienso constantemente en ellos —repuso Rémy—. Por ellos he fundado esta escuela.

—¡Les insufláis falsas esperanzas! Un jornalero no va a convertirse en un patricio solo porque sea capaz de decir unas pocas frases en latín. Además, les ofrecéis un conocimiento que no les está destinado. Saber demasiado es peligroso para la mayoría... —El abad enmudeció y retrocedió un paso cuando Rémy se puso en pie de forma abrupta.

—Eso es lo que de verdad os preocupa... el conocimiento. Teméis al progreso que provocará mi escuela. Teméis que vuestro poder pueda desaparecer cuando no solo el clero sepa leer y escribir. En lo que a eso se refiere, tengo malas noticias para vos, abad: eso es exactamente lo que sucederá un día. No podéis hacer nada para evitarlo. Así que conformaos.

Wigéric tragó saliva.

—Temo a muchas cosas —respondió al fin—. A Satán, a los demonios, a la ira del Todopoderoso... pero sin duda no a vuestra escuela. Porque fracasaréis con ella. Yo me encargaré de eso.

—¿De veras? —Rémy sonrió apenas—. ¿Igual que habéis logrado echarme del negocio?

—Trabajáis por un salario de hambre, explotáis a vuestros ayudantes y engañáis a los clientes con mercancía defectuosa. No hemos podido hacer nada contra tanta codicia y vileza. Pero esta vez el caso es diferente. Esta vez habéis ido demasiado lejos. ¡Y Dios está de nuestro lado!

Con estas palabras, Wigéric se fue de allí.

Anton miró al abad y apretó los labios. La nuez se le movía arriba y abajo.

—No tengas miedo, muchacho. No puede hacernos nada —dijo Rémy—. Sigamos, a ver si terminamos antes de que oscurezca.

Septiembre de 1218

Varennes Saint-Jacques

Como todos los sábados por la noche, la taberna de Eugénie estaba llena hasta los topes. Buhoneros, artesanos y carreteros poblaban las mesas, brindaban y se lanzaban hambrientos sobre el plato de cocido humeante. Unos cuantos peones de albañil organizaron una competición de bebedores, uno de ellos vació su jarra de un trago, los otros lo jalearon. Sus gritos y risas se oían desde la calle.

Rémy descubrió a Eugénie en medio de sus clientes. Aunque le gritaban peticiones de todos lados y apenas alcanzaba a rellenar las jarras de cerveza, se mantenía tranquila y tenía una palabra amable para todos. No era fácil hacer perder la calma a Eugénie.

—¿Ha llegado mi padre?

—Aún no —respondió ella—. ¿Ves esa mesa del fondo? La he dejado libre para vosotros.

Rémy se sentó y tomó un trago de la cerveza que ella le llevó. Sus padres y él habían convertido en costumbre cenar juntos los sábados por la noche, siempre que podían. De otro modo, podía ocurrir que no se vieran durante semanas… cada uno de ellos tendía a dejarse reclamar de tal modo por sus obligaciones que no quedaba tiempo para la familia. Ese día iba a encontrarse tan solo con su padre. Su madre no volvería de Speyer hasta dentro de al menos dos semanas.

Rémy tuvo que esperar un buen rato hasta que su padre apareció al fin. Se levantó para abrazarlo, pero Michel se sentó sin saludar y tiró la gorra en la silla libre.

—Habíamos quedado para vísperas.

—Lo sé. Te ruego que me disculpes. No he podido venir antes. —Michel miró a los ruidosos comensales con el ceño fruncido—. Deberíamos haber ido a la taberna de la ceca. Allí no tendríamos tanto ruido.

—Eso nunca se sabe de antemano. En algún momento se callarán. —Hacía mucho que Rémy no veía a su padre de tan mal humor.

Eugénie se acercó a su mesa.

—¿Puedo traeros algo, señor alcalde?

—Una cerveza. ¿Qué hay de comer?

—Cocido de lentejas.

—¿No tienes otra cosa?

—Hoy no, lo siento. ¿Queréis un plato de todos modos?

—Sí —gruñó Michel.

Rémy levantó el índice y el anular: dos raciones.

Cuando Eugénie se hubo marchado, su padre preguntó:

—¿Sigues viéndote con esa chica?

—De vez en cuando —respondió escuetamente Rémy. Su padre no estaba satisfecho con que mantuviera una relación con una tabernera, porque creía que su hijo merecía algo mejor. Además, debería casarse de una vez y fundar una familia. Hacía algunos meses habían discutido de modo violento por eso, y desde entonces no habían vuelto a hablar. Por ello, Rémy decidió cambiar de tema para que el asunto no les echara la velada a perder—. ¿Qué te ha pasado? ¿Ha habido problemas en el Consejo?

—No, con el obispo. Y con Eustache.

—¿Por qué?

—Ya te he contado que estoy buscando un sustituto para nuestro maestro de obras. Sea como fuere, he buscado por todas partes, durante dos semanas… sin éxito —explicó Michel—. Todos los maestros de obras que conozco tienen un empleo fijo que no quieren dejar. Épinal, Verdún y Saint-Dié no pueden prescindir de los suyos. Al final, no se me ocurrió otra cosa que pedir al obispo Gerard que nos prestara su maestro de obras, al menos hasta que el albergue estuviera listo. Acaba de llegar un mensajero con su respuesta.

—¿Se niega?

—No, nos ayudará… siempre que paguemos a su hombre el mismo salario que recibe en Toul.

—Y eso ¿cuánto es?

—Agárrate fuerte: catorce deniers diarios.

Rémy silbó entre dientes. Era un sueldo extremadamente generoso, incluso para un maestro experimentado.

—¡Una vez y media más de lo que pagamos al nuestro! —dijo indignado Michel—. ¿Te imaginas?

—¿Qué vas a hacer ahora?

—Tragarme el sapo y contratarlo. ¿Qué remedio me queda? Dentro de seis semanas empezará la feria. Si la construcción del albergue no se reanuda pronto, tendremos dificultades.

Rémy dio un trago a su cerveza.

—Y Eustache te acosa a causa de los gastos —conjeturó.

—Invocó las llamas del infierno cuando oyó lo que pide el nuevo maestro. Los gastos de la feria son ya demasiado elevados. Están devorando nuestras reservas.

Eugénie regresó y dejó una jarra de cerveza y dos fuentes humeantes encima de la mesa. Michel cogió la cuchara, probó el cocido y torció el gesto.

—¿Algo está mal? —preguntó Eugénie.

—¡Le falta sal! Tampoco tiene tocino. ¿A esto lo llamas tú un cocido?

—Os ruego que me disculpéis, señor alcalde. Enseguida traeré sal y tocino. —Salió corriendo.

—El cocido sabe igual que siempre. Está perfectamente —dijo Rémy.

—La cerveza tampoco me gusta —gruñó Michel—. Esta taberna no vale nada. Deberíamos ir a otro sitio. ¿Por qué quieres comer aquí a toda costa?

—Hemos estado antes cien veces aquí, y hasta ahora nunca habías tenido nada que objetar. ¿Qué te pasa de pronto?

Eugénie les llevó un cuenco con sal y una bandeja en la que había un poco de pan y un generoso trozo de tocino.

—Que os aproveche.

—Gracias —dijo Rémy en lugar de su padre, que no se dignó mirarla y empezó a cortar el tocino. Eugénie, a su espalda, se limitó a levantar de forma expresiva una ceja, antes de dedicarse a los otros clientes.

—Estás furioso a causa del maestro de obras. Bien, eso lo entiendo —dijo Rémy—. Pero no tienes por qué pagar tu ira con Eugénie. ¿Qué culpa tiene ella?

—¡También puedo pagarla contigo, si lo prefieres! —soltó Michel.

—Si tienes algo que decirme... vamos. Suéltalo.

Su padre dejó el cuchillo de golpe sobre la mesa.

—Lo del maestro de obras no habría sido un problema si no hubieras convencido al Consejo de que te asignara cuarenta libras.

—Tenía que habérmelo imaginado —murmuró Rémy.

—A causa de tu escuela no tenemos margen para contratiempos imprevistos. ¡Por tu culpa tenemos que dar vueltas a cada sou!

—¿Y no se debe más bien a que habéis hecho mal vuestros planes? Al principio teníais demasiados pocos obreros. Olvidasteis los diques del terreno de la feria. La empresa entera está mal calculada. Por eso os desbordan los gastos... no por la escuela.

—En un proyecto tan grande, es habitual que surjan dificultades que no pueden preverse —objetó Michel—. Es completamente normal. No se puede pensar en todo.

—Se puede, cuando se toma el tiempo suficiente para una cuidadosa planificación. Pero todo tenía que ir muy deprisa.

—Y lo dice justo el que quería tener a toda costa su escuela enseguida, en vez de esperar dos años, como habría sido razonable.

—Por supuesto —dijo, sarcástico, Rémy—. Todo lo que se opone a tus intenciones no es razonable. ¿Quién te da derecho a decidir que tu feria es más importante que mi escuela para la ciudad?

—¡El hecho de que Varennes vive del comercio! —tronó Michel—. Sin comercio no hay bienestar, no hay impuestos, no hay administración. Sin comercio podrías cerrar tu taller mañana, y tu escuela sería para siempre un necio sueño.

Entretanto, todas las voces habían enmudecido en la taberna. Incluso los albañiles borrachos los miraban.

—Un necio sueño —repitió Rémy—. Así que eso es lo que piensas. Bueno es saberlo.

—Incluso empiezo a preguntarme si el abad Wigéric no tiene razón, y toda esa ridícula empresa no causa más daño que bien.

—¿Te pones de parte de Wigéric? ¿Después de todo lo que ha hecho ese hombre?

En vez de responder, Michel hurgó en la sopa.

—Ya tengo bastante. Cuando vuelvas a entrar en razón, házmelo saber. —Rémy se levantó y dejó dos monedas en un tonel al pasar junto a Eugénie—. Por la cerveza y la comida.

Ella le miró, perpleja. Rémy la dejó plantada, abrió la puerta de un tirón y salió a la noche.

SPEYER

En la carretera que iba hacia Speyer desde el sur siempre había tráfico. Sobre todo los días de mercado, ante la Puerta de la Cruz se apelotonaban jinetes, carros de bueyes y campesinos con carretillas hasta los topes, estorbándose unos a otros. Aquel día era especialmente difícil. Isabelle tenía que detenerse una y otra vez y esperar para poder avanzar dos cuerpos. La culpa la tenían los aduaneros de la ciudad, que estaban en la puerta y registraban todos los carromatos.

La gente se impacientaba cada vez más, la ira flotaba en el ambiente. Un hidalgo terrateniente que cabalgaba detrás de Isabelle llevaba un rato insultando a los campesinos por taponar la carretera. De pronto, el joven noble picó espuelas, adelantó al galope la caravana de carromatos y cruzó la puerta de la ciudad. Al hacerlo, espantó a los caballos de un coche de postas. Los animales fueron presa del pánico y se echaron a un lado, de forma que el vehículo fue dando brincos por el prado, pasó por encima de un agujero y volcó. La portezuela se abrió de golpe, un aturdido clérigo con sotana roja sacó la cabeza por ella y cayó en el barro al querer salir. Un campesino corrió en su ayuda, pero el eclesiástico lo tomó erróneamente por un malandrín, le pegó un puñetazo en plena cara y lo cubrió de golpes mientras lanzaba blasfemas maldiciones. Solo cuando los guardias episcopales aclararon el malentendido a su señor, este dejó en paz al pobre diablo y le lanzó unos céntimos de plata como compensación por el castigo sufrido de manera injusta.

—¡Gracias, excelencia! —chilló el campesino, y arañó las monedas del lodo mientras la sangre le salía de la nariz—. Muy generoso, excelencia.

—Dejad de reír. —Isabelle reprimió una sonrisa—. No es divertido.

—Oh, sí que lo es. ¡Y cómo! —resopló Yves, que iba sentado atrás con Louis en el pescante y apenas podía respirar de la risa.

El obispo echó a andar. Con la cara ruborizada, caminó orgulloso hacia la puerta de la ciudad e intercambió unas palabras con los guardias y aduaneros. Amenazó a los hombres con la inmediata excomunión, lo cual tuvo efecto: con abundantes palabras, imploraron el perdón del clérigo y dejaron pasar todos los carros. El atasco se disolvió al instante, y poco después Isabelle entraba por fin en Speyer.

Al otro lado de la Puerta de la Cruz la recibió un olor bestial. Guio su carro por el barrio de Gilgen, al sur de la ciudad, en el que sobre todo vivían panaderos. Casi en cada casa había cerdos de cría, y los excrementos de los animales inundaban las calles, los patios, todo; envenenaban el agua y apestaban el aire de tal modo que apenas se podía respirar. También Varennes sufría con los muchos cerdos que andaban sueltos, pero como Speyer era un poco más grande aún había más animales domésticos y por tanto una peste todavía peor. Así que Isabelle se apresuró a llegar al centro, un poco menos sucio.

Speyer era una de las ciudades más grandes del Alto Rin. Una poderosa muralla, de casi una milla de longitud, con fosos y con más de sesenta torres, encerraba distintos barrios en los que vivían miles de personas. La Via Triumphalis cruzaba la ciudad de oeste a este y terminaba en la fastuosa catedral de Santa María y San Esteban, en la que yacían enterrados numerosos prohombres del Imperio. Las casas de piedra de varios pisos de la calle principal atestiguaban el bienestar y el trabajo de sus habitantes.

Speyer no solo era rica… también era libre. Como en Varennes, todo el poder estaba en manos de la burguesía, que elegía un Consejo. Sus miembros, en su mayoría mercaderes y patricios, guiaban los destinos de la ciudad y la dirigían en la paz y en la guerra.

Isabelle fue en dirección al Rin, hacia el barrio de los mercaderes, que lindaba con el amurallado palacio episcopal. Su sucursal estaba muy cerca del puerto fluvial, enfrente de la lonja. Guio el coche a través de la ancha puerta del patio y se detuvo ante el edificio principal.

—¿Nos necesitáis aún, señora? —preguntó el jefe de los mercenarios, que le habían seguido todo el tiempo con las lanzas al hombro.

—Como muy pronto, mañana. Manteneos a la espera en la sede del gremio. —Dio un céntimo de Speyer a cada uno de los hombres—. Id a comer algo.

Apenas se habían ido los mercenarios cuando un hombre de rojos cabellos salió de la casa.

—¡Señora Isabelle! —gritó Sieghart Weiss, y cruzó corriendo el patio—. Gracias a Dios que habéis venido. ¿Está vuestro esposo también aquí?

—Ahora mismo no puede dejar Varennes. Pero estoy informada de todo. —Isabelle hablaba fluidamente alemán, porque en sus años jóvenes había vivido mucho tiempo cerca de Speyer—. ¿Dónde está tu señor?

—Abajo, en el puerto, entregando un cargamento para Worms. —El rostro despierto y pecoso del aprendiz se ensombreció—. Cada día está peor, señora Isabelle. Bebe todas las noches y descuida el trabajo. La mayor parte de las veces, no se levanta de la cama hasta tercia. Ayer apareció poco antes de sexta, ¿podéis imaginaros? Ya no sé qué hacer. Por su culpa los negocios van mal, y tengo miedo a perder mi trabajo. Pero no me escucha. No escucha a nadie, ni siquiera al maestre del gremio.

—Tranquilízate, Sieghart, ahora estoy yo aquí. ¿Por qué no vamos dentro a comer algo? Estoy hambrienta del viaje.

Weiss se dio una palmada en la frente.

—Naturalmente, ¡qué necio soy! De puro enfado olvido los modales. Por favor, seguidme.

Llevó a Isabelle, a Yves y a Louis hasta el despacho de Riederer, donde se sentaron a la mesa mientras Weiss indicaba a un criado que les proporcionara cerveza, pan y queso.

El edificio principal de la sucursal era mucho más pequeño que su casa de Varennes, tan solo contenía dos almacenes en la planta baja y una pequeña sala de recibir y el despacho en el primer piso. Los criados y Weiss dormían en dos grandes salas situadas encima de los establos; Hans Riederer tenía una casa propia en la Via Triumphalis.

—Cuando Riederer vuelva... ¿qué vais a hacer? —preguntó Weiss después de que comieron.

—Deja eso de mi cuenta. ¿Por qué no llevas las mercancías a la lonja?

El derecho de mercados local prescribía a los mercaderes foráneos la obligación de ofrecer todas las mercancías que no iban a entregarse a ningún cliente determinado en la lonja, para que cualquier ciudadano de Speyer pudiera valorarlas y comprarlas. Quien la incumplía tenía problemas con la inspección de mercados. Weiss cogió un poco de plata del arca para poder pagar el tributo y pidió a Yves y a Louis que lo acompañaran a la lonja.

Cuando los tres hombres se hubieron marchado, Isabelle apartó la bandeja con los restos de pan y cogió el libro mayor, que contenía las entradas de todos los negocios de la sucursal. Michel utilizaba desde hacía treinta años el *metodo italiano*, la avanzada contabilidad lombarda, y solo contrataba mercaderes que también dominaban ese arte. Riederer había asegurado ser un maestro en él, y de hecho el libro mayor no dejaba nada que desear: el *fattore* había anotado minuciosamente todas las transacciones, y apuntado al céntimo, mes a mes, ventas y beneficios, así como impuestos y tasas abonados. Era extraño que un hombre tan puntilloso pudiera ser al tiempo tan poco digno de confianza.

La especial atención de Isabelle se concentró en los ingresos de la sucursal. Ahora hacía medio año que Riederer era *fattore*. Solo había conseguido beneficios un mes, en todos los demás, elevadas pérdidas. Sin duda un nuevo *fattore* necesitaba tiempo para adaptarse, y Michel había estado dispuesto a darle un año entero. Pero las entradas del libro mayor no dejaban ver esfuerzo alguno por parte de Riederer para aumentar su rendimiento. Al contrario, de semana en semana perdía más dinero.

Mientras Isabelle pasaba las páginas, miraba de vez en cuando por la ventana. Poco después de nona, por fin, apareció Riederer. Subía con elegancia por el callejón, y se quitaba la gorra, sonriente, cuando se cruzaba con una dama.

Tenía buen aspecto, endiabladamente bueno incluso, con su perilla, sus brillantes ojos verdes y el traje entallado, que remarcaba su musculosa estructura física. En sus años jóvenes, era posible que Isabelle hubiera sucumbido a ese hombre. Pero entretanto era lo bastante inteligente como para distinguir lo que era: un inútil que empleaba su encanto para vivir con facilidad a costa de otros.

—Señora Isabelle —dijo Riederer al entrar en el despacho—. Qué agradable sorpresa. ¿Qué os trae a Speyer?

—Toda una serie de preguntas —dijo Isabelle, sin levantar la vista del libro mayor—. Por ejemplo esta: ¿cómo es que de junio a agosto habéis perdido más de ochenta libras de plata? O esta: ¿por qué en julio comprasteis doce balas de lana inglesa, aunque el precio es el más alto de los últimos dos años? Seguro que podéis responder de manera satisfactoria a estas preguntas, ¿verdad? —Miró al *fattore* a los ojos.

Riederer se sentó y le sonrió.

—¿Por qué no vamos primero a comer algo, antes de hablar del negocio? Conozco una buena posada junto a la catedral; hoy tienen...

—Gracias, ya he comido. Sieghart me ha atendido muy bien.

—¿Dónde está ese muchacho?

—Hace su trabajo. Lo que no puede decirse de otros.

El mercader levantó las manos, en ademán de sumisión.

—Veo que no estáis satisfecha conmigo. Es comprensible, en vista de los últimos acontecimientos. Pero os aseguro que hay una explicación para todo.

—Os habéis ido sin pagar de un burdel y habéis destrozado el establecimiento, de forma que los guardias tuvieron que llevaros por la fuerza. Espero una explicación de esto.

—Dolor de corazón —dijo Riederer.

—¿Cómo?

—Sufría de penas de amor, después de que mi dulce Anna rompiera nuestro compromiso...

—Me pregunto qué puede haberle movido a hacer tal cosa —dijo Isabelle.

—Estábamos prometidos desde nuestras quince primaveras, pero ahora ha optado por un mejor partido. Un mercader de Basilea, ¿qué se puede decir a eso? Una cosa así le rompe el corazón a un hombre, y no supe adónde ir con mi dolor.

—Así que os lo llevasteis a un burdel.

—Esas bellezas saben lo que un hombre en esa situación necesita. Vuestro esposo lo entendería. ¿Dónde está? Me sentiría mejor discutiendo este asunto con él.

—Me temo que tendréis que contentaros conmigo.

—Cómo no. —Riederer volvió a sonreír—. Es solo que la presencia de una mujer hermosa como vos me distrae, y me cuesta un trabajo extraordinario hablar de negocios con vos.

—Puedo pedir que os traigan un cubo de agua fría, para que podáis meter en él la cabeza, si os ayuda —dijo impertérrita Isabelle—. Muy bien. Así que fuisteis al burdel a cuidar vuestro corazón roto. Mi esposo os escribió por esa razón, y os intimó a no volver a hacer semejante cosa en el futuro. Aun así, poco después volvieron a encontraros en una taberna… otra vez borracho. ¿Cuál es la explicación de esto?

—No he recibido carta alguna —dijo Riederer.

—Un mensajero a caballo del gremio os la trajo. Tiene que haber llegado a Speyer, a más tardar, para Santa María Magdalena.

—Debe de haberla perdido. No sé nada de ninguna carta.

—No me mintáis.

—No hago tal cosa. Soy un hombre de honor.

—Sin duda —dijo ella con desprecio—. Bien, las cosas están así, Hans: podríamos hacer la vista gorda ante vuestra lamentable conducta, si al menos fuerais lo bastante listo como para no dejaros sorprender en ella por el Consejo y el gremio. Pero empezamos a tener la impresión de que queréis entregarnos al ridículo.

—Eso no es cierto. Aprecio extraordinariamente a vuestro esposo, y nunca le causaría daño con intención…

—Y luego están los números —prosiguió Isabelle—, que dicho con suavidad, son una vergüenza. Lleváis meses tirando a manos llenas nuestro dinero por la ventana.

—La situación es difícil. La guerra en Lorena y en la Champaña…

—… ha perjudicado como mucho a Alsacia y Borgoña, pero no a las ciudades ribereñas del Rin. Aquí la situación es tan buena como nunca. Solo que no sois capaz de aprovecharla. Por Dios, Hans, cualquier buhonero llevaría esta sucursal mejor que vos. No sé cómo habéis conseguido este puesto, pero nuestra paciencia se ha acabado.

El *fattore* se reclinó y la miró largamente. La sonrisa en sus ojos había dado paso a un frío cálculo, y ella intuyó que estaba viendo por primera vez al verdadero Hans Riederer.

—¿Qué vais a hacer ahora?

—¿Y aún lo preguntáis? Estáis despedido. Recoged vuestras cosas y marchaos.

—Sois demasiado dura conmigo. Sin duda podemos ponernos de acuerdo en otra solución.

—No. Habéis tenido vuestra oportunidad.

Riederer apoyó los brazos en la mesa y se inclinó hacia ella. Ahí estaba otra vez, esa sonrisa... pero ahora ya no le parecía atractiva, sino sucia.

—¿Sabéis lo que estoy preguntándome todo el tiempo? Qué habría ocurrido si nos hubiéramos conocido en otras circunstancias. Sin vuestro esposo cerca. Sin duda habríamos hallado gusto el uno en el otro. Seguís siendo una hermosa mujer, y, si no me engaño, también vos os sentís atraída por mí.

Isabelle se levantó y abrió la puerta.

—Fuera de aquí. Enseguida.

—No seáis tan melindrosa. —De pronto estaba junto a ella, le cogía la mano—. ¿Qué edad tenéis? ¿Cuarenta y nueve? ¿Cincuenta incluso? Si un hombre más joven os hace propuestas, deberíais aprovechar la oportunidad. ¿Quién sabe si volverá a presentarse?

Ella se soltó. Las manos de él salieron disparadas y la sujetaron por los antebrazos.

—Os consumís por mí, lo noto. —Su aliento olía a vino agrio—. Dejad de manotear y ceded a vuestro deseo...

Justo en ese momento, Isabelle le clavó la rodilla en la ingle, y sus ojos parecieron ir a salir de sus órbitas antes de desplomarse con un gemido. Primero quedó en cuclillas, como si fuera a sentarse en un orinal. Luego cayó de lado y quedó retorcido en el suelo.

Dos criados entraron.

—Hemos oído un grito. ¿Está todo...? —El hombre estuvo a punto de atragantarse al ver a su señor tumbado en el suelo.

—El señor Riederer iba a irse —dijo Isabelle—. Ayudadle a bajar la escalera.

Los criados comprendieron. Levantaron a Riederer y se lo llevaron escaleras abajo.

—¡Desde este momento no puede volver a pisar esta casa! —les gritó Isabelle—. Cuidad de que se atenga a ello.

Se sentó, apoyó las manos temblorosas en los brazales del sillón y respiró hondo varias veces. Por suerte tenía experiencia con tipos como Riederer. Había previsto lo que ocurriría, y actuado en consecuencia. Antes no tenía tanta experiencia.

¿Debía denunciarlo ante el Consejo? No. Ya tenía bastante castigo. Cuando su fracaso en asuntos comerciales corriera por la ciudad, jamás volvería a encontrar trabajo como mercader en Speyer. Ahora era más importante hallar un sucesor para él. La sucursal necesitaba un *fattore* que llevara los negocios.

El feo incidente le había afectado más de lo que quería admitir. Decidió salir a la calle, porque ante todo necesitaba tener la cabeza despejada.

Poco después paseaba por la lonja. Delante de las casas y de los muros de los patios se apilaban toneles, cajas con sacos y mercancías de todo Occidente: lana de Inglaterra, paños de Flandes y Prato, cuero de Córdoba. Comerciantes extranjeros hacían negocios con mercaderes locales, se hablaba latín, alemán, francés, inglés.

Saludó a dos hombres del gremio de Speyer, al que Michel pertenecía, y fue a ver a Sieghart Weiss. El joven ayudante estaba hablando en ese momento con el aduanero municipal y pagaba el tributo que Speyer recaudaba por todas las mercancías procedentes de fuera.

—¿Cómo es que los criados han sacado a Riederer a la calle? —preguntó Weiss una vez se hubo ido el funcionario.

—Le he despedido.

—Parecía sufrir algún dolor.

—Sí. Espero que no fuera escaso.

Weiss parpadeó, confundido. Luego se frotó la nariz.

—¿Quién va a llevar ahora los negocios?

—Eso ya se verá. Mañana hablaré con el maestre del gremio. Quizá pueda recomendarme a alguien. —Isabelle contempló el montón de mercancías—. ¿Dónde están el resto de la sal y la cera para velas?

—Vendidas. La sal ha ido a parar a un carnicero local y la cera para velas, al convento de los agustinos. En cada uno de los casos he podido obtener un buen precio.

—¿Cuánto, exactamente?

—Cuatro céntimos por arroba de sal y doce chelines por la cera. El dinero está en el arca, bajo el pescante. Lo he anotado todo, luego lo pasaré a los libros.

Isabelle estaba impresionada. Weiss había conseguido unos precios que estaban bastante por encima del valor del mercado. Eso no lo hacía cualquiera, y menos con la competencia que había en la lonja. Miró el rostro cubierto de pecas del ayudante. Sin duda era de un vivo entendimiento. «Y ama su trabajo, eso se nota al primer vistazo.» Tomó una decisión. Arriesgada e inusual, sin duda, pero su instinto comercial, su *senno*, le decía que hacía lo correcto.

—Creo que sé quién va a ser el nuevo *fattore* —dijo, sonriente.

—¿Quién?

—Tú.

Weiss se quedó como partido por el rayo.

—Pero… eso no puede ser —logró decir—. No tengo más que dieciocho años… ni siquiera estoy emancipado. Y sé demasiado poco del oficio.

—Eres diez veces mejor que Riederer. Y creo que, en lo más hondo de tu ser, piensas lo mismo.

Tenso, Weiss se pasó la lengua por los labios.

—¿Y si cometo un error?

—Todos cometemos errores. Es humano. Pero contigo sé que los reconocerás, en vez de venir con mentiras y excusas. ¿Por qué no lo intentas? Te damos doce meses. Si entretanto ves que no estás a la altura de la tarea, buscaremos otro *fattore*, y podrás seguir trabajando para nosotros como ayudante.

—¿Qué dirá vuestro esposo? ¿No deberíamos informarle primero?

—Estoy segura de que lo aprobará cuando yo se lo cuente. —Tendió la mano derecha—. Vamos. Estrechadla, señor Weiss.

Sieghart agarró su mano. La sonrisa que había en sus ojos se extendió por todo su rostro, y a Isabelle le pareció que de pronto había crecido tres pulgadas.

VARENNES SAINT-JACQUES

Una semana antes de San Miguel, Isabelle volvió a casa, con el carro cargado hasta los topes de balas de paño, tinturas y pescado en salazón de Speyer. Michel la esperaba en el patio de su casa, y la besó en la boca como recibimiento sin importarle lo que pudieran pensar los criados. Siempre estaba feliz cuando ella volvía ilesa de un viaje comercial. Cada vez que viajaba al extranjero le atormentaba el miedo a que pudiera pasarle algo y no volver a verla.

Dejaron a los criados hacer su trabajo y subieron a su cuarto. Una vez que Isabelle terminó de contarle los negocios que había hecho en Speyer, pasó a hablar de Hans Riederer.

—Ya no nos molestará más. Lo he puesto en la calle y he ordenado a los criados de la casa que lo echen a patadas si vuelve a dejarse ver.

—Muy bien —dijo Michel, furioso—. Antes o después, ese tipo nos habría llevado a la ruina.

—Sigo sin poder entender que hayamos podido dejarnos engañar por alguien así. —Isabelle soltó una risa corta y seca—. Qué bocazas, qué fanfarrón. Deberías haber visto la importancia que se daba.

—Todo el mundo se equivoca alguna vez. Lo principal es que la próxima seamos más listos. ¿Quién está dirigiendo la sucursal, hasta que hayamos encontrado un sucesor de Riederer?

—Oh, ya tengo un sucesor. —Isabelle sonrió cuando él frunció el ceño—. No te preocupes. Es alguien en el que podemos confiar. Incluso le conoces.

Michel necesitó un instante para entender.

—¿Has ascendido a Sieghart a *fattore*?

—Bueno, es inteligente y capaz, y se dejaría cortar la diestra antes de engañarnos. Con él, la casa está en buenas manos.

—Pero aún es muy joven.

—Cuando empezaste con micer Agosti en Milán no eras mucho mayor. No nos defraudará, Michel. Pondría la mano en el fuego por él.

De hecho, Michel se reconocía con fuerza en Sieghart. Igual que él, el joven ayudante provenía de una familia sencilla y se había elevado a base de trabajo y determinación. Y además se aplicaba: solo hacía tres años que Weiss había aprendido a leer y a escribir en la escuela de la catedral, y entretanto sabía latín fluidamente y dominaba el *metodo italiano*.

—Bien. Tendrá su oportunidad. Después de la feria iré a Speyer, lo introduciré en el gremio y lo presentaré ante el Consejo. Deben saber que lo respaldo.

Una criada entró y preguntó qué deseaban cenar.

—¿Comerás conmigo, o luego va a reunirse el Consejo? —preguntó Isabelle.

—Tengo que comentar un par de cosas con Eustache y Soudic, pero pueden esperar a mañana —respondió Michel—. Esta noche soy todo tuyo.

Isabelle indicó a la criada que les llevara un poco de pan, embutido y queso, y se sentaron a la mesa.

—Ahora que mencionas a Soudic... ¿Sabes si ha conseguido dinero hace poco? ¿Ha recibido una herencia?

—¿Por qué lo preguntas?

—Antes de irme a Speyer, compró casi todas las reservas de la salina —explicó Isabelle—. Trescientas arrobas de sal.

Michel la miró sorprendido. Poilevain era conocido por su contención en los negocios. Hasta donde Michel sabía, nunca había hecho una operación tan grande.

—No he oído comentarios, pero eso no significa nada. Si quieres, preguntaré en el gremio.

—No es tan importante. Tan solo me ha llamado la atención, eso es todo. —Llenó una copa de vino, lo rebajó con agua y le echó unas cuantas especias—. Mejor cuéntame de Rémy. ¿Cómo le va? ¿Qué tal avanza con la escuela?

—Bien, supongo —dijo Michel, lacónico.

—¿Supones? ¿No te ha contado nada?

—Hace un tiempo que no nos vemos.

—¿Tanto trabajo?

—Eso también, sí.

—Os habéis peleado —constató Isabelle.

Michel cogió el pan que la criada le ofrecía y partió un trozo. Seguía sin gustarle hablar de Rémy y no sentía la necesidad de contarle a su esposa el incidente en la taberna.

—¿Has vuelto a hacerle reproches a causa de Eugénie? —insistió ella.

—No me preocupa lo que haga con esa tabernera. Es asunto suyo.

—Entonces ¿por qué? ¿Por la escuela?

Él dio un mordisco al pan.

Ella interpretó bien su silencio.

—Creía que te habías conformado con eso.

—Tendría que haberle disuadido. Por su culpa, ahora nos falta dinero por todas partes. Simplemente no quiere entenderlo. Y encima se mostró descarado y me acusó de haber planificado mal la feria… ¡con toda la taberna escuchándonos!

—Rémy no haría una cosa así. Es demasiado prudente.

—¿Significa eso que me lo he inventado todo?

Era siempre lo mismo: cuando Rémy y él discutían, no podía contar con el apoyo de Isabelle. Siempre se ponía de parte de Rémy, aunque el chico estuviera diez veces errado.

—No —repuso ella—. Pero hacen falta dos para discutir. Algo habrás puesto de tu parte.

—Una palabra llevó a la otra, como suele ocurrir, y en el calor de la discusión dije cosas que era posible que fueran demasiado duras —admitió Michel—. Pero eso no le da derecho a hablar así a su padre delante de todo el mundo. Espero que se disculpe conmigo. Ahora basta. Vamos a comer.

El resto de la velada el silencio reinó entre ellos, y durante la noche cada uno durmió en su lado de la cama, sin tocar al otro.

A la mañana siguiente, Isabelle fue a casa de Rémy, en el barrio de los zapateros, guarnicioneros y cordeleros. Era un día caluroso, y él había dejado la puerta abierta para que el calor no se estancara en el taller. Un silencio reconcentrado recibió a Isabelle a su entrada. Dreux y los aprendices de Rémy no estaban, probablemente habían ido al mercado a comprar pergamino. Gaston removía la tinta fresca; levantó un instante la cabeza y la saludó con un imperceptible gesto de cabeza. El mozo era aún más taciturno que su hijo, si tal cosa era posible. Isabelle no podía recordar haber oído a Gaston abrir la boca ni una sola vez en todo aquel año.

Rémy estaba sentado a su atril y guiaba la pluma de ganso sobre un pliego de pergamino. Como siempre, estaba tan ensimismado en su trabajo que ni siquiera se dio cuenta de que su madre miraba por encima de su hombro. Estaba redactando un contrato de compraventa de una parcela en la ciudad baja, imaginaba que para un cliente que no sabía escribir y le pagaría unos cuantos deniers por aquel trabajo.

Isabelle carraspeó. Rémy levantó la vista, y una sonrisa apareció en su rostro.

—¡Madre! No sabía que ya habías vuelto. —La abrazó—. ¿Qué tal el viaje?

Isabelle le contó en pocas palabras lo que le había ocurrido en Speyer, antes de pasar a su verdadero objetivo.

—He oído que tu padre y tú ya no os habláis.

El gesto de él se ensombreció. Isabelle conocía esa mirada: no quería comentar eso. Pero ella no pensaba aflojar la presa. Rémy era tan terco como su padre. Si ella no intervenía, aquella disputa envenenaría la vida familiar durante semanas. No sería, en verdad, la primera vez.

—Ahora dime... ¿qué ha pasado?

—¿No te lo ha contado él?

—Me ha contado su punto de vista. Ahora quiero oír el tuyo.

—Es un asunto entre padre y yo —explicó, testarudo, Rémy—. Es mejor que te mantengas al margen.

—¿He de quedarme mirando cómo disputáis por una nadería? No, Rémy. No voy a permitir tal cosa. Solo me iré cuando tenga tu palabra de que hablarás con él y arreglarás este asunto hoy mismo.

—No entiendo por qué siempre tengo que dar el primer paso. Que se disculpe, y hablaré con él. Antes no. Al fin y al cabo, es él el que ha empezado.

«Como dos niños.» Isabelle reprimió un suspiro.

—¿Qué ha dicho para que estés tan furioso con él?

—Ha llamado a mi escuela «necio sueño» y me ha acusado de despilfarrar el dinero del Consejo.

—Tu padre está muy tenso por la feria. El trabajo le desborda. Estoy segura de que no quería decir eso.

—Entonces no le costará trabajo disculparse —dijo Rémy.

—Se lo impide su orgullo. Ya le conoces.

—¿Y qué pasa con mi orgullo? ¿Acaso mi orgullo no cuenta?

—Rémy...

—No voy a pedirle perdón... puede esperar sentado —insistió su hijo—. Que venga. Díselo. Si le parece demasiado esfuerzo... de acuerdo. Seguiremos sin hablar. Así de sencillo.

Rémy continuó con su trabajo, e Isabelle supo que no iba a sacarle una palabra más.

Aunque septiembre iba tocando a su fin, seguía haciendo un calor inusual en el valle del Mosela. Michel no podía recordar cuándo había llovido por última vez... tenía que hacer semanas. En los callejones sin pavimentar, cada paso levantaba una nube de polvo. Los balseros, pescadores y barqueros se quejaban de lo bajo que estaba el nivel del Mosela. Justo el día anterior, una gabarra del gremio había tocado fondo y zozobrado, haciendo que varios comerciantes perdieran valiosas mercancías.

Michel llevaba una túnica de paño fino y zapatos ligeros de cuero de ternero cuando cruzó el mercado de la sal y subió la escalera de la puerta de la ciudad... solo así se podía soportar aquel seco calor. Arriba, se apoyó en las almenas y disfrutó de la fresca brisa, mientras dejaba vagar la mirada por el mercado del ganado y las demarcaciones próximas.

Iba allí todos los días, porque desde el camino de ronda se disfrutaba de la mejor vista de los terrenos de la feria. Hacía tres semanas que los trabajos avanzaban con rapidez. En varios lugares habían cavado pozo, que habían amurado y equipado con bombas. A la orilla del río, los hombres habían esparcido tierra y guijarros y construido un dique de más de cuarenta brazas para proteger el terreno de las inundaciones. Ya estaba levantada la estructura completa del albergue. En los días siguientes, los carpinteros iban a ponerse con las paredes exteriores y el tejado.

Michel estaba preocupado por los caminos. Como el duque y los otros señores feudales apenas se preocupaban de ellos, en todo el valle del Mosela estaban en mal estado. El día anterior, había cabalgado desde Varennes hacia el norte y luego hacia el sur, y había visto que los trabajadores habían tapado los peores socavones y recortado la maleza en los bordes del camino. Ahora estaban ensanchando la pista, hasta donde el suelo, a veces pantanoso, lo permitía. Michel dudaba de que acabaran a tiempo… la feria empezaría en menos de tres semanas. Pero hacían lo que estaba en su mano, y no podía pedirles más.

Felizmente, no habían ocurrido más incidentes. Al parecer, había sospechado de forma injusta que Lefèvre era el responsable de la agresión al maestro de obras. Según parecía, había sido de hecho obra de un ladrón callejero. En lo que al nuevo maestro de obras se refería, al menos aquel hombre valía lo que costaba. En pocos días se había hecho al trabajo, y desde entonces la obra del albergue progresaba con energía y cautela. En ese momento trepaba con destreza por los andamios, porque no dudaba en echar una mano cuando faltaban hombres.

Michel regresó satisfecho al ayuntamiento. En la sala de armas encontró a Jean Caboche, que estaba examinando las nuevas lanzas y los gambesones de los guardias de la ciudad.

—Mañana voy a Nancy a ver al duque Thiébaut, y necesitaré escolta —dijo Michel al corregidor—. ¿Podéis poner a mi disposición algunos de vuestros hombres?

—¿El duque ha vuelto? —preguntó Jean frunciendo el ceño—. ¿Ya no está con el rey?

—El mes pasado le permitieron volver a casa.

Michel había oído esa mañana temprano la grata noticia de labios de un mercader de Metz.

—Entretanto, tiene que haber llegado ya a Nancy.

—Elegiré cuatro hombres —dijo el corregidor—. ¿O queréis más?

—Tengo de sobra con cuatro. Os lo agradezco.

Una hora después de salir el sol, Michel y sus acompañantes partieron hacia el norte por la antigua calzada romana. Día y medio largo después, una tarde turbia y ventosa, llegaron a su destino tras un viaje carente de incidencias.

Aunque hacía ciento cincuenta años que era la corte de los duques de Lorena, Nancy no era especialmente grande; de hecho, el asentamiento ni siquiera tenía privilegio de ciudad. Estaba en una hondonada entre el Mosela y el Meurthe, encajada entre el bosque y las colinas, y constaba de quizá trescientas casas y chozas, con una fortaleza en el centro. Las fortificaciones de madera habían sufrido graves daños durante la disputa, cuando el rey Federico había asaltado y en parte quemado la localidad en mayo. Entretanto sus habitantes habían reparado la mayoría de ellos, pero pasarían años hasta que Nancy se recuperase por completo de los terribles combates.

Era un lugar desolado, pensó Michel, incluso sin las destrucciones causadas por la guerra. La mayoría de sus habitantes eran pobres y no eran libres, y trabajaban en duras condiciones en las minas de hierro cercanas. Vieron figuras míseras de rostros ennegrecidos por el hollín mientras cabalgaban por los caminos sin pavimentar. En el aire pendía el humo de las forjas y fraguas. El castillo, que llevaba el antiguo nombre de Nancianum, era una caja oscura a la orilla del Meurthe. Las máquinas de guerra de Federico habían ocasionado profundas heridas en sus muros... había por todas partes andamios en los que trabajaban albañiles y canteros.

Al llegar al patio de armas, Michel y sus hombres desmontaron.

—¿Hemos de acompañaros, señor alcalde? —preguntó Guillaume, uno de los cuatro guardias de la ciudad. Michel no podía soportar a aquel individuo: lo envolvía un hálito de crueldad. Pero no había otros hombres disponibles.

—No tardaré mucho. Quedaos aquí y dad de beber a los caballos.

A Michel le llamó la atención que no todos los guardias de los caminos de ronda eran soldados de la casa de Châtenois... algunos de ellos eran fieles del rey. Fue hacia la puerta de la fortaleza central y preguntó por el duque Thiébaut.

—Id a la torre del homenaje —dijo el guardia—. Probablemente esté en sus aposentos.

—¿Qué hacen esos soldados alemanes aquí? —preguntó Michel.

El hombre bajó la voz.

—Cuando Su Gracia regresó vinieron con él. Orden del rey.

—¿Está tu señor bajo arresto?

—Puede salir del castillo e ir a donde quiera. Pero los hombres de Federico le pisan los talones y tienen orden de llevarlo de vuelta a Alemania si se resiste a los deseos del rey. Os daré un consejo: si habláis con él, sed cauteloso. Está de mal humor por este asunto.

Michel dio las gracias al guardia y se dirigió a la torre. Solamente podía conjeturar por qué Federico violaba el acuerdo que había negociado en Amance con él. Sea como fuere, la ira de Thiébaut era más que comprensible. Que el rey le hiciera vigilar en su propio castillo era una humillación aún mayor que su estancia forzosa en la corte de Federico.

Todo aquello no prometía nada bueno para la conversación que pensaba mantener con el duque.

El humor de Thiébaut parecía haberse contagiado a todo su servicio. Un sordo abatimiento llenaba los pasillos y las escaleras de la torre, como si pesara una maldición sobre el castillo. Criados y doncellas se movían encorvados y cautelosos, y el que hablaba lo hacía en voz baja.

En el piso más alto, Michel llamó a una pesada puerta de madera.

—Adelante —resonó la voz de Thiébaut.

El duque estaba sentado junto al fuego, con una copa de plata en la mano. Aún tenía peor aspecto que la última vez que se habían visto, si es que tal cosa era posible: pálido, enflaquecido, hundido. A cinco varas de distancia, Michel olió ya el vino que sudaba por cada uno de los poros. A todas luces, Thiébaut se había entregado a la bebida.

Junto a la ventana se sentaba Gertrude, su esposa, y trabajaba en un bordado. También su piel tenía una palidez enfermiza. Cuando Michel entró, alzó tímidamente la cabeza, y él descubrió un moratón en su cuello.

—Vuestra gracia. —Michel se inclinó.

—Vos —gruñó Thiébaut—. Aún tenéis valor de volver a presentaros ante mí.

—Si no os resulta grato, regresaré mañana.

—El día de hoy es tan bueno como cualquier otro. Decid lo que tengáis que decir, para que lo dejemos a nuestras espaldas. —El duque vació su copa, cogió la jarra y volvió a servir vino.

—Desde ahora, la ciudad de Varennes va a organizar una feria anual —empezó Michel—. La feria empieza dentro de dos semanas, después de la festividad de San Jacques...

—Conozco vuestros elevados planes. Vuestro salario de Judas, que habéis recibido por vuestra emboscada.

—¿Me acusáis de haberos engañado?

—«No habrá cadenas, ni mazmorras, ni guardias delante de vuestra puerta. Y al cabo de unos meses, Federico os dejará ir.» ¿No fueron esas vuestras palabras en Amance?

—Sí, vuestra gracia —dijo Michel—. Pero...

—Oh, me dejó ir, nuestro amable y generoso rey —le interrumpió bruscamente Thiébaut—. Pero me ocultasteis que mi prisión no terminaría con eso. ¿Habéis dado una vuelta por el castillo? Sus hombres están por todas partes. No puedo salir a cabalgar, no puedo comer, no puedo dictar justicia, sin que se me observe... podría estar incubando una nueva traición. ¿Qué será lo próximo, señor Fleury? ¿Me hará vigilar en el futuro el rey cuando cague y monte a mi mujer?

—El rey ha decidido eso sin mi conocimiento. En Amance nunca se habló de tal cosa.

—Dejad de contarme cuentos. Sabíais desde el principio la intención del rey. Vuestra tarea era envolverme en hermosas palabras y atraerme a la trampa.

—No fue así, vuestra gracia —dijo Michel—. Os lo juro por la salvación de mi alma.

—Qué más da —gruñó el duque—. ¿Por qué estáis aquí?

—Contamos con recibir visitantes de Alemania, Francia, Flandes y Borgoña. Varennes es demasiado pequeña para garantizar a los mercaderes un paso seguro a través de Lorena. Por eso, os ruego en nombre de mi ciudad y de sus ciudadanos que mientras dure la feria enviéis caballeros y hombres de armas que cuiden de la seguridad de los caminos.

El duque le miró con fijeza. Luego, de pronto, se echó a reír. Fue una risa áspera y fea, sin sombra de alegría. Gertrude se estremeció. Cuando Thiébaut volvió a calmarse, se reclinó en su asiento y abrió los brazos.

—Decidme, señor alcalde... cuando me miráis, ¿qué veis?

—A un hijo de la casa de Châtenois. A un príncipe del Imperio.

—Sois un embustero, y malo, además. En realidad, veis a un hombre que ha perdido su honor. Que ya no es digno de regir este ducado. Y ¿de quién es la culpa? —Thiébaut dirigió hacia Michel la mano con la que sostenía la copa—. Vuestra. Única y exclusivamente vuestra. Vos, con vuestra cháchara de paz y razón, nublasteis mi entendimiento, y ved adónde me ha llevado aquello.

—A pesar de todo, fue sensato por vuestra parte someteros al rey —respondió Michel—. Fue lo mejor para Lorena y para vuestra casa. Si hubierais seguido resistiéndoos, no habríais conseguido nada, y tan solo habríais traído sobre vos la muerte y la perdición.

—¿Y qué? —gritó el duque—. ¡Habría sido honroso! Habría caído en la batalla, como corresponde a un noble. Me habéis quitado esa escapatoria. Me habéis condenado a una vida de tristeza y vergüenza. —Thiébaut se inclinó hacia delante y miró a Michel, con ojos brillantes y febriles—. Os diré lo que voy a hacer: nada. No enviaré un solo caballero. Que vuestra feria se vaya al diablo.

—Tengo que recordaros que la seguridad de los caminos es una regalía que obtuvisteis antaño del rey. Es vuestra obligación como duque proteger a los mercaderes que viajan.

—Lo que hay que oír. —Thiébaut torció el gesto en una sonrisa de lobo—. ¿Y si me niego? ¿Me denunciaréis al rey, para que se me vuelva a llevar a Alemania?

—Quizá debiera hacerlo.

—¿Has oído eso, Gertrude? El señor Fleury me amenaza. ¿Acaso no es un valeroso y pequeño buhonero?

La esposa de Thiébaut apretó los labios e hizo como si no hubiera oído nada.

—Puedo entender vuestra amargura —dijo Michel—. Pero no me dejáis elección. Soy responsable del bienestar de Varennes, tiene absoluta prioridad para mí.

—Sí, sí. La charla de siempre. Me aburre. Os daré cuatro caballeros. Bastará para una pequeña ciudad como Varennes.

—No basta en absoluto, y vos lo sabéis. Tendrían que ser al menos veinte veces más, si han de estar en condiciones de proteger todos los caminos del término de la ciudad y su entorno próximo.

—¿De veras? Vaya, no puedo prescindir de tantos. La mayor parte de mis hombres están ocupados en otros menesteres.

—Vuestra gracia —dijo Michel con énfasis—. Esto es extremadamente importante para Varennes. Tengo que insistir en que cumpláis con vuestra obligación.

—Lo hago. ¿No me habéis oído? Si yo digo que bastan cuatro hombres, bastan cuatro hombres. ¡Guardia! —gritó el duque—. El señor Fleury se va. Acompañadlo fuera.

Un guardia entró. Michel hizo una escueta reverencia y se fue sin una palabra de despedida.

—¿Habéis tenido éxito, señor alcalde? —preguntó Guillaume cuando se reunió con los guardias, que esperaban silenciosos.

—No puede decirse así, no. —Con un gesto duro en los labios, Michel alzó la vista a las negras nubes del cielo—. Vamos, hay que dejar atrás el valle antes de que llegue la tormenta.

Subieron a los caballos, y poco después cruzaban la puerta de la fortaleza, que de pronto a Michel le pareció una boca hambrienta y gigantesca.

Octubre de 1218

Varennes Saint-Jacques

En cualquier caso, no podemos contar con el duque —dijo Michel—. Si queremos que los caminos sean seguros, tendremos que ocuparnos nosotros mismos. Sabe el diablo cómo lo lograremos.

Acababa de volver de Nancy. Había sido un viaje espantoso, había llovido todo el tiempo, estaba helado, cansado e irritado. En el dormitorio, se secó y se puso ropa interior limpia.

—¿Posee el Consejo guardias suficientes para eso? —preguntó Isabelle.

—Ni mucho menos. Tengo que hablar con Jean. Debe buscar voluntarios que vayan con los guardias. —Abrió un baúl de ropa, escogió una túnica y se la puso. Isabelle se la arregló mientras él se ajustaba el cinturón.

—Seguro que las fraternidades os ayudan, si les explicas cuánto van a beneficiarse también con la feria los artesanos y campesinos.

—Sí, es una posibilidad. —Michel se acercó a la ventana. No quería dejar de llover. Pero no había nada que hacer... tenía que hablar con Jean ese mismo día.

—Espera —dijo Isabelle, mientras él caminaba hacia la puerta. La miró y supo enseguida lo que quería.

—No vuelvas a empezar con Rémy, por favor. Ahora tengo otras preocupaciones.

—Sé razonable y habla con él. ¿Qué va a pasar por eso?

—Sigo esperando una disculpa suya. Antes, no tengo nada que decirle.

—Tu terquedad es pueril, y tú lo sabes.

Michel se tragó una corrosiva respuesta. No merecía la pena. Cuando se trataba de Rémy, era ciega. Sin decir una sola palabra salió de la estancia, llamó a un criado y le ordenó que fuera a buscar a Jean Caboche.

Esperaron al borde del bosque y se ocultaron en la espesura hasta que anocheció y los guardias cerraron las puertas de la ciudad: Renouart y cuatro criados de Lefèvre, todos ellos envueltos en mantos negros. Cuando hubo oscurecido tanto que no se veía una mano puesta delante de los ojos, Renouart ordenó a uno de los hombres que se deslizara a los terrenos de la feria y mirase qué había.

El criado no tardó en volver.

—Solo hay dos guardianes —dijo a su regreso—. Empiezan la ronda en el tilo del rollo, van por el dique hacia el sur, luego al albergue del otro lado del camino y vuelven.

Renouart entrecerró los ojos. Desde allí podía ver a los guardias, o mejor dicho, sus antorchas. Se movían lentamente, como dos fuegos fatuos, entre las tinieblas del ancho campo.

—Vosotros dos, escondeos en la orilla del río, detrás del tilo —ordenó a unos criados—. Cuando lleguen al albergue, armad jaleo.

Los dos hombres se calaron las capuchas y se fueron de allí.

Renouart aferró el puño de su espada. Aquello era repulsivo... un crimen vergonzoso, como el asalto al maestro de obras. Pero ¿qué otra elección tenía? Había estado indagando en secreto: ningún criado de la casa de Lefèvre sabía adónde habían llevado a Felicitas y a Catherine, si todavía estaban en Varennes o en otro sitio. No podía hacer nada por ellas, estaba expuesto al prestamista. Hasta la perdición.

«Algún día pagarás por esto.» Era ese juramento el que le protegía de que el odio a sí mismo lo devorase por dentro. El que le ayudaba a no hundirse en la desesperación. Renouart lo renovaba cada mañana y cada noche, cuando rezaba sus oraciones.

A lo lejos se oyó un griterío. Los dos fuegos fatuos se detuvieron abruptamente, y luego se movieron dando brincos hacia la orilla del río.

Renouart y los dos criados que quedaban cogieron los sacos que llevaban, se escurrieron fuera de los matorrales y corrieron agachados por el prado hasta llegar al albergue. Los carpinteros habían hecho un buen trabajo en pocas semanas: los tres alargados edificios ofrecían alojamiento sin duda a más de cien hombres. Estaban casi terminados. Solo faltaban las puertas y las ventanas.

Renouart extrajo del saco las antorchas, produjo chispas con el chisquero y prendió fuego a la yesca. Entretanto los criados salpicaban los edificios con aceite de lámparas que llevaban en odres de vino.

—Perdóname, oh, Señor —murmuró Renouart, y aplicó la antorcha encendida a la pared de madera, que resplandecía con un brillo mate.

—¡Señor! ¡Tenéis que despertar, señor!

Parpadeando, Michel abrió los ojos. Junto a la cama estaba Louis, con una vela en la mano.

—¿Qué pasa? —murmuró adormilada Isabelle.

—¡El albergue se quema!

Michel se despertó de golpe y saltó de la cama como impulsado por un resorte.

—¿Cómo ha sucedido? —gritó mientras se vestía.

—No lo sé. Los guardias de la torre acaban de dar la alarma.

Poco después, Michel, Isabelle, Louis e Yves salían de la casa y corrían a la Puerta de la Sal, hacia donde afluía media ciudad. Tal como prescribían las ordenanzas en materia de incendios, los guardias de la torre y los vigilantes nocturnos habían llamado enseguida a todas las puertas, para despertar a la mayor cantidad de personas posible y asignarles los trabajos de extinción. La Puerta de la Sal estaba de par en par, y la gente corría en grupos a los terrenos de la feria, donde el jefe de los bomberos y los maestres de las fraternidades organizaban cadenas de cubos. Aunque ya había docenas de personas luchando contra el fuego, Michel vio que era tarde para cualquier rescate del albergue. Los tres edificios eran presa del fuego. Las llamas envolvían rugiendo paredes y techos, en un único infierno. Los trabajos de extinción apenas tenían ningún efecto. Por cada sitio en que se atenuaba el fuego, se alzaba con tanta mayor fuerza en otro.

Michel distinguió a Lefèvre, en la calle, alejado de la cadena de cubos. El resplandor de las llamas teñía su rostro de naranja y rojo como una máscara pagana; tenía los pulgares en el cinturón y sonreía ligeramente.

—Esto es obra vuestra, ¿verdad? —Michel fue hacia él y lo agarró por el cuello— ¡Vos lo habéis hecho!

—Calmaos, señor Fleury. No tengo la culpa de todas las desgracias del mundo, lo creáis o no. Ahora, haced el favor de quitarme las manos de encima.

Lefèvre se apartó de él. Michel iba a lanzársele encima, pero alguien lo agarró desde atrás.

—Está bien, Michel. Yo me encargo.

Jean Caboche lo echó a un lado con sus zarpas de oso y sacó su puñal.

—Debería haberos matado ya en mayo. Por Dios que nos habría ahorrado muchos problemas. —Escupió y avanzó despacio hacia Lefèvre.

A izquierda y derecha del prestamista, unas figuras se destacaron de la oscuridad: Renouart y varios criados, todos armados.

—Os lo ruego, Jean —dijo el caballero caído—. Deteneos, o tendré que deteneros.

—¿Arriesgaríais la cabeza por este bastardo? —gruñó Caboche—. No seáis loco y echaos a un lado.

—No. —La espada de Renouart salió de la vaina con un sonido sibilante.

—Renouart es un fiel servidor que sabe para quién es su lealtad —dijo Lefèvre, y sonrió sardónico.

El gesto de Renouart estaba como tallado en piedra.

—Dejadlo, Jean. —Michel reprimió su ira con esfuerzo—. No vale la pena.

—No. Pagará por su crimen aquí y ahora. —El herrero respondió a la mirada de Renouart—. Os mataré si es necesario.

—Sea. Intentadlo.

Michel vio que Poilevain y otros miembros del Consejo estaban cerca, junto al jefe de los bomberos.

—¡Soudic! ¡Venid aquí, deprisa! —gritó, antes de interponerse con sus criados entre Jean y Renouart—. Nadie va a matar a nadie. Os lo ruego, sed razonables.

Justo en ese momento los consejeros acudieron corriendo. Poilevain se dio cuenta de un solo vistazo de lo que ocurría.

—¡Basta! —gritó—. Jean, Renouart, enfundad enseguida las armas, u os haré prender por alterar la paz.

—No os mezcléis en esto —ladró Caboche—. No os concierne.

—Soy el juez de esta ciudad… creo que me concierne un poco. Y puedo esperar de nuestro corregidor que no sea tan necio como para tomarse la justicia por su mano. De todos los hombres, sois el que mejor debería saber que no toleramos tal cosa. Así que abajo las armas, o seréis el primer consejero de Varennes que pase la noche en la Torre del Hambre. Y vos también, Renouart. ¿Qué demonios tenéis en la cabeza para entregaros a esta locura? Pensaba que erais un hombre de honor.

—¡Que os lleve el diablo! —dijo entre dientes Caboche, y escupió una vez más, antes de envainar el puñal e irse.

Renouart apartó su espada.

—También vos deberíais marcharos. —Poilevain se volvió hacia Lefèvre—. En verdad, ya habéis causado bastante disgusto por hoy.

—Buenas noches, señores. Y mucho éxito con las tareas de extinción. —El prestamista se llevó dos dedos a la gorra y se fue con sus hombres.

Entretanto había diez cadenas de cubos que sacaban agua de los pozos de la ciudad y del Mosela. Aun así, las llamas cada vez se alzaban más. El jefe de los bomberos hizo derribar dos abedules próximos al albergue, para evitar que el fuego pasara al resto de los árboles que bordeaban el camino y a las granjas que había delante de la Puerta de la Sal. No podía hacer más.

—¿Dónde están los hombres que montaban guardia esta noche? —preguntó Michel a los reunidos.

—Ayudando en la extinción —dijo Bertrand Tolbert.

—Traédmelos.

—¿Por qué estáis tan seguro de que Lefèvre está detrás del fuego? —preguntó Poilevain, cuando el maestre de los campesinos de la ciudad se dirigió hacia una de las cadenas—. También pueden haber sido borrachos, o cualquier merodeador. Estas cosas suceden todo el tiempo.

—¿No habéis visto su cara? —respondió con aspereza Michel—. Ha sido él... apostaría todo mi patrimonio a eso. Probablemente ha obligado a Renouart a prender el fuego para no tener que mancharse las manos él mismo.

—¿Renouart? —Duval negó con la cabeza—. Jamás haría una cosa así.

—No sabemos qué bazas tiene Lefèvre contra él —dijo Isabelle.

—Yo tengo una sospecha —dijo René Albert, y todos se volvieron a mirarlo.

—He oído el rumor de que Lefèvre ha hecho sacar de la ciudad a la esposa y a la hija de Renouart —explicó Albert—. No me pareció importante, por eso no os había dicho nada. Como es natural, ahora veo el asunto bajo otra luz.

—Lefèvre lo extorsiona —dijo Michel—. De otro modo no puedo explicarme su comportamiento.

Tolbert regresó con los guardias. Los dos hombres apenas se atrevían a mirar a Michel a los ojos.

—Decidme una razón por la que no deba haceros azotar por vuestra falta en plena plaza de la catedral.

—No ha sido culpa nuestra, señor alcalde —balbuceó uno de los guardias—. Hemos sido engañados. Alguien nos ha apartado del albergue.

—¿Quién? —preguntó Michel.

—Unos hombres. Han desaparecido antes de que los alcanzásemos.

—Y entonces ¿ha empezado el fuego?

—Sí.

—¿Eso es todo? ¡Por Dios, tenéis que haber visto u oído algo!

Los corchetes negaron con la cabeza.

—Estáis despedidos —dijo Michel—. El Consejo decidirá qué hacer con vosotros. Ahora, quitaos de mi vista.

Una nube de chispas se elevó al cielo cuando el primero de los edificios se desplomó con un crujido.

A la mañana siguiente, del albergue tan solo quedaban montones humeantes de ceniza y vigas ennegrecidas. Hacía mucho que la mayoría de los vecinos se habían ido a casa. Únicamente quedaban algunos voluntarios, que ayudaban al jefe de los bomberos a apagar las ascuas y a llevarse los restos en carros de bueyes.

Michel estaba en el camino de ronda de la Puerta de la Sal, observando el progreso de los trabajos, cuando oyó a alguien subir la escalera.

—He hablado con todos los guardianes de la torre y las puertas que estaban de servicio la noche pasada —dijo Henri Duval, más pálido aún que de costumbre—. Nadie ha salido de la ciudad después de romper la noche. O los incendiarios vinieron de fuera, o esperaron fuera hasta que oscureció.

—¿Alguna otra pista? ¿Qué pasa con Renouart? ¿Fue visto cuando vino de la ciudad con Lefèvre, o al principio Lefèvre estaba solo?

—Todos los que lo vieron dicen que había hombres junto a Lefèvre, pero nadie sabe si Renouart estaba entre ellos.

Michel apretó los labios.

—¿Se ha ocupado Eustache de las carpas?

Duval asintió.

—El gremio tiene algunas, que ha puesto a nuestra disposición. Además, ha pedido a las fraternidades, al cabildo y a los ciudadanos que nos presten otras. Os informará en cuanto sepa cuántas hemos reunido.

—Necesitamos por lo menos treinta. Más bien cuarenta.

—Creo que lo conseguiremos. Si no, los sastres coserán otras con rapidez. En la sede del gremio hay suficiente paño almacenado.

Era una solución de emergencia alojar a los mercaderes extranjeros en tiendas de campaña. Pero la feria empezaba tres días después... ya no tenían tiempo de construir mejores alojamientos. Michel deseaba ahora haber impuesto en el Consejo que el albergue se construyera en piedra. Quizá entonces el fuego no lo habría destruido por completo. «Por san Jacques... Tiendas de campaña. Vaya una impresión vamos a dar...»

Se despidió de Duval, bajó por la angosta escalera de la torre y poco después, puntualmente a sexta, entraba en la taberna que había junto a la ceca. Allí pidió un poco de cerveza, pan y queso, y no apartó los ojos de la puerta mientras comía.

Poco después apareció Renouart. El caballero caído en desgracia iba allí casi todos los días a comer cualquier cosa. Al ver a Michel dudó un instante, luego se sentó a una mesa al otro lado de la taberna.

Michel fue hacia él con su cerveza y su plato.

—¿Me permitís?

—Sois el alcalde —dijo con aspereza Renouart—. Mal puedo prohibiros que os sentéis a esta mesa.

Michel tomó asiento y le miró directo a los ojos.

—¿Os obligó Lefèvre a prender fuego al albergue?

—¿Os dais cuenta de lo absurdo que suena lo que decís?

—Os está extorsionando, ¿verdad? Ha escondido a Catherine y a Felicitas y amenaza con matarlas si no hacéis lo que os exige. Por eso asaltasteis también al maestro de obras.

En vez de responder, el antiguo caballero hizo una seña al tabernero y pidió una cerveza y algo de comer.

—Renouart —dijo Michel en tono de exhortación—. Tenéis que decírmelo, por favor. Solo quiero ayudaros. Pero para eso tengo que saber lo que pasa.

—Me gustaría comer en paz —respondió Renouart, y en su rostro no había emoción alguna—. Si me disculpáis.

Se levantó, cogió su jarra y su cuenco y fue a sentarse a otra parte.

El hombre era en verdad hábil. Se escurrió sin ruido entre el monte bajo al borde del camino, de modo que Renouart no lo vio hasta que salió de los matorrales.

—Viene alguien —anunció el mercenario, un guerrero a sueldo procedente de Metz, como los otros ocho hombres que Lefèvre había puesto a las órdenes de Renouart. Las gotas de rocío centelleaban en los raídos vestidos que ocultaban su cota de malla—. Dos carros de caballos muy cargados. Mercaderes, probablemente de Alsacia.

—¿Escolta?

—Cuatro criados armados, dos mercenarios.

—¿Algún guardia de la ciudad en las cercanías?

—Solo los hay arriba, en la barrera de la aduana. Los otros que hemos visto esta mañana han regresado a la ciudad.

La barrera estaba a un buen rato de camino de su escondite en las colinas... por consiguiente, los guardias no representaban ningún peligro. Las tropas que el Consejo de Varennes había enviado hacía dos días se esforzaban de verdad en proteger a los mercaderes que acudían. Pero igual podrían haber intentado vaciar el Mosela con las manos. La red de caminos que había que asegurar era demasiado extensa. Aunque el Consejo hubiera reclutado cinco veces más hombres, a Renouart le habría resultado fácil jugar con ellos.

—Los atacaremos. Pero recordad: no hay que matar a nadie. En cuanto tengamos el carro con las mercancías, desapareceremos.

Los hombres echaron mano a sus armas, se pusieron capuchas de tela de saco y se ocultaron a izquierda y derecha del desfiladero, en la espesura. Gracias a sus túnicas raídas, parecían proscritos hambrientos o vulgares salteadores de caminos, y no los mercenarios entrenados y forjados en muchas batallas que en realidad eran.

Poco después, la caravana estuvo a la vista. En cada pescante se sentaban un criado y un mercader, los demás criados y la escolta avanzaban a los lados con garrotes en las manos y lanzas al hombro. Los carros iban cargados con balas de paño, así como arcones y toneles con otras mercancías, entre ellas especias, a juzgar por el exótico olor que el frío viento de invierno les llevaba. Los hombres charlaban animadamente, al parecer contentos de que fueran a llegar pronto a Varennes.

Renouart esperó a que el primer coche pasara ante él. Entonces se metió el pulgar y el índice en la boca y silbó.

Los mercenarios saltaron rugieron al camino.

—¿Una tienda de campaña? —El mercader de paños flamenco levantó una ceja—. ¿Queréis tomarme el pelo? El viaje ha sido duro, y mis hombres están cansados. ¿No hay un albergue con una chimenea y unas camas decentes para nosotros?

—Me temo que todos los albergues de la ciudad están ocupados desde esta mañana —explicó Michel en tono de lamento—. Debíais haber llegado un día antes.

—Estoy diciendo aquí, en los terrenos de la feria... como corresponde a un mercado decente.

—Había un albergue. Por desgracia, hace algunos días fue destruido por un incendio. Pero os aseguro que nuestra gente hará todo lo posible para que no os falte de nada. Por favor, tomad un vino caliente y especiado con el maestre de nuestro gremio mientras vuestros criados descargan los carros.

Gruñendo, el pañero fue hacia Eustache Deforest, que le dio cordialmente la bienvenida a Varennes y trató de calmarlo gastando algunas bromas.

Entretanto, Michel se frotaba la frente, cansado. Por Dios que el flamenco no era el único visitante descontento en la feria. Había pasado toda la tarde con mercaderes irritados a los que disgustaba tener que pernoctar una semana entera en tiendas de campaña a mediados de octubre, con viento frío y humedad pegajosa. Michel ni siquiera podía reprocharles su malhumor. Estaban acostumbrados a cosas mejores: en todos los grandes mercados, ya fuera en la Champaña, en Metz o a orillas del Rin, había casas para los visitantes de la feria que como mínimo ofrecían modestas comodidades.

«San Nicolás, ayúdanos a no quedar en ridículo delante del mundo entero», pensó Michel, mientras recorría la pequeña ciudad de tiendas de campaña.

Al menos no les faltaban huéspedes. En el terreno de la feria y en la ciudad se habían alojado entretanto más de ciento cincuenta mercaderes de Alemania, Francia, Borgoña, la Baja Lorena y Alsacia; Michel había saludado incluso a algunos ingleses. Se instalaban en las tiendas mientras sus criados descargaban las mercancías y atendían a las bestias. Los miembros del gremio ya estaban instalando sus puestos, y hacían llevar de la salina grandes cantidades de sal para poder empezar a hacer negocios justo al día siguiente de la festividad de San Jacques.

«Y que el tiempo aguante.» Durante la noche, el viento se había hecho más fuerte, barría el terreno en fuertes rachas y hacía que las tiendas crujieran como las velas de un barco de cabotaje cuando la mar se picaba. Michel se agarró la gorra, e iba a reunirse con Isabelle y sus criados cuando Duval se dirigió a él.

—Tenéis que venir. Hay problemas.

—Por favor, no me digáis que las tiendas se nos han caído.

—Peor. Dos mercaderes de especias de Estrasburgo han sido asaltados de camino aquí.

Michel siguió a su amigo hasta un grupo de hombres que se quejaban a voz en cuello a Jean Caboche. Jean intentaba tranquilizarlos, pero no conseguía que le escucharan. A los dos mercaderes, a sus criados y mercenarios se les notaba que lo habían pasado mal: llevaban las ropas rotas y sucias, tenían rasguños y moratones en distintas partes del cuerpo. Uno de los criados se sentaba, pálido, en un arcón, mientras un cirujano le ponía una venda en una herida abierta en la frente.

—¿Sois el alcalde? —preguntó indignado el mercader de más edad.

—Michel Fleury, a vuestro servicio. He oído que os han atacado.

—¡Atacado y saqueado, a poco rato de las puertas de vuestra ciudad! Nos han robado mercancía por valor de treinta libras de plata. Pimienta, miel, *panno pratese*... todo perdido. Y casi matan a mi pobre Dodo.

—¿Podéis describir a los agresores? —preguntó Michel, que se temía lo peor.

—¡Una chusma vulgar es lo que eran! —respondió el mercader indignado—. ¡Proscritos, desterrados, yo qué sé! Salieron como de la nada, nos apalearon y desaparecieron con los dos carros antes de que supiéramos qué nos pasaba.

Michel cambió una mirada con Duval.

—La gente de Lefèvre —dijo en voz baja.

—¿Cómo es esto posible? —gritó el mercader—. ¿Acaso no habéis cuidado de que los caminos sean seguros? En la carta a nuestro gremio nos prometíais escolta segura por el valle del Mosela.

—Hacemos lo que está en nuestra mano. Por desgracia no podemos garantizar que aun así no pase algo. La espesura siempre es peligrosa...

El hombre no le escuchaba.

—¡Exijo que se nos indemnice nuestra pérdida... hasta el último denier! De haber sabido lo insegura que es esta región, nos habríamos quedado en casa. ¿No es verdad, Érard? Dime de una vez lo que...

El mercader de especias despotricó y despotricó, y no se calmó hasta que Michel hizo que le llevaran una copa de vino y le prometió cubrir sus pérdidas.

—No podemos indemnizar a todos los mercaderes a los que roben por el camino —dijo Duval, cuando finalmente los dos alsacianos volvieron a sus tiendas.

—A todos no —respondió Michel—. Solo a los que hayan robado en el término de la ciudad y su entorno próximo. No tenemos ninguna responsabilidad sobre lo que ocurra fuera del valle del Mosela.

—Aun así. El Consejo no puede permitírselo.

—No tenemos elección. Si se corre la voz de que ni damos escolta segura ni asumimos las pérdidas de nuestros huéspedes que hayan sido asaltados, se acabó nuestra feria. No lo permitiré, Henri, da igual lo que cueste.

Antes de anochecer se conocieron otros dos asaltos.

Un ratero tenía que ser rápido, hábil e invisible. Tenía que tener ojos agudos, buenos oídos y una mano tranquila. Pero sobre todo necesitaba paciencia…. Hervé lo había aprendido hacía ya años.

Él tenía paciencia de sobra. Llevaba ya un buen rato siguiendo al sacerdote por la plaza del mercado, no lo perdía de vista, se ocultaba ágilmente detrás de un puesto cada vez que el clérigo se detenía, tocaba las manzanas de una mesa o hablaba con ovejas de su rebaño. Hervé esperaba el momento adecuado, y se tomaba tiempo. Porque de ese momento dependía que regresara a casa con una bolsa llena de plata… o perdiera la mano derecha.

Hervé solo tenía catorce años, pero ya era el mejor ratero de Varennes. Desde la ciudad baja hasta el mercado del heno, desde la Puerta Norte hasta la Puerta de la Sal, lo maldecían buhoneros, mercaderes y patricios a los que había aligerado de su dinero, desde luego sin que ellos supieran a quién debían su desgracia. Ese día Hervé lo tenía especialmente fácil, porque a causa del viento la gente solo se preocupaba de que no se le volara el gorro. Nadie prestaba atención a una figurilla que se escurría entre la multitud.

Ante el puesto de un vinatero, el sacerdote topó con el preboste de la catedral. Los hombres se saludaron riendo, se abrieron paso por la gente y pidieron cada uno una copa de vino especiado.

«Ahora.» Hervé apretó los labios, se cercioró de que no había cerca ningún inspector de los mercados, sacó su navajita y pasó de largo ante los dos hombres. Su mano izquierda se lanzó hacia delante, separó con un gesto mil veces ensayado los hábitos del clérigo y agarró la limosnera. Cortó con el cuchillo la cinta de cuero. La bolsita bordada en oro pesaba en su mano… una espléndida presa. Hervé hizo desaparecer bolsa y cuchillo dentro de sus ropas y salió a toda velocidad antes de que el cura sospechara siquiera lo que había ocurrido.

Con una alegre canción en los labios, corrió por los callejones hasta su alojamiento en la ciudad baja, un inclinado cobertizo para barcos que se apoyaba de forma extravagante en la orilla del canal, olvidado por su dueño. Se escurrió al interior, en el que olía a madera húmeda, mantas mohosas y resina de tea. Apenas había cerrado a su espalda la destartalada puerta cuando observó la figura que acechaba en la penumbra. Jadeante, Hervé se dio la vuelta y quiso escapar, pero una segunda figura, un individuo alto y recio, se había plantado delante de la puerta y le cortaba el paso.

Hervé sacó su cuchillo. Sabía defenderse, si había que hacerlo. En una ocasión había matado a un chico mucho mayor que él, y que le amenazaba, de una puñalada en el corazón.

—¿Quién sois? —profirió.

—No tengas miedo. No voy a hacerte nada —dijo la figura sentada—. Escúchame. Quiero hacerte una oferta.

Hervé maldijo la circunstancia de que su cobertizo no tuviera una verdadera ventana. En la penumbra no podía distinguir los rostros de aquellos hombres, que además llevaban caladas las capuchas.

—¿Os envía el corregidor? ¡Yo no he hecho nada! No soy más que un mendigo.

—Los dos sabemos que eso no es verdad —repuso el hombre con voz suave—. Y no, no nos envía el corregidor. Estoy aquí porque admiro tu trabajo.

Hervé frunció el ceño. ¿Qué estaba diciendo ese individuo? Consideró la posibilidad de herir al hombre de la puerta con el cuchillo y aprovechar su confusión para poner pies en polvorosa. No. Demasiado peligroso. Decidió esperar una oportunidad más favorable para la fuga.

—Eres el mejor ratero de toda la ciudad —prosiguió el que estaba sentado en la caja—. Y no solo eso… con tu habilidad, te has hecho un nombre entre los otros chicos de la calle. Te escuchan, ¿verdad? Hacen lo que les dices.

Hervé sintió que el corazón le batía el pecho. ¿De dónde sacaba ese hombre esas cosas acerca de él? Durante todos aquellos años había sido cuidadoso, siempre había prestado atención a que nadie le viera, nadie le siguiera, nadie supiera su nombre.

—Por eso tengo un encargo para ti. Me gustaría que fueras a ver a tus amigos y escogieras los cinco mejores ladrones de entre ellos. Cuando empiece la feria, pasado mañana, id al recinto y haced lo que mejor sabéis hacer: robad a los mercaderes. Especialmente a los extranjeros. Robadles la plata, aligeradlos de sus monedas… cuanto más, mejor. ¿Has entendido?

—¿Queréis que os dé el botín? —dijo Hervé.

—No. Oh, no. Lo has entendido mal. —El hombre rio por lo bajo—. No estoy interesado en el dinero. Podéis quedaros con todo, hasta el último céntimo. Al contrario, por cada sou que robéis añadiré un denier, que también podréis quedaros. ¿Es una buena oferta o no?

Era el trato más extraño que jamás le habían ofrecido. Sonaba demasiado bien para su gusto.

—¿Cuál es el pero?

—¿Te preguntas qué es lo que yo gano con este negocio?

—Exacto.

—Digámoslo así: no me gusta esta feria. Es como un grano en el ojo para mí. Quiero que sea una experiencia muy desagradable para todos los participantes. ¿Te basta con esa explicación?

Hervé pensó a conciencia en todo lo que le había dicho. Estaba claro que ese hombre quería vengarse de la autoridad. Bueno, eso era algo que Hervé podía entender… también él tenía alguna que otra cuenta pendiente con el corregidor y sus corchetes. Y el negocio que el hombre proponía era muy atractivo. De todos modos él tenía el plan de ir a la feria y aligerar a los ricos mercaderes de sus ahorros. Si encima alguien le pagaba por eso… no iba a decir que no.

—¿Un denier por cada sou robado? —insistió.

—Exacto. Y si al final estoy satisfecho con vuestro trabajo, cada uno de vosotros recibirá además una pequeña prima. Entonces… ¿estás de acuerdo?

Hervé se escupió en la mano derecha y la tendió.

—¿Te has escupido en la mano? —preguntó el hombre con repugnancia.

—Así es como lo hacemos en la ciudad baja —explicó Hervé.

También al día siguiente el viento de otoño silbó en los tejados de Varennes, y aunque durante la noche las rachas volvieron a ser frías, el pueblo de la ciudad se reunió a tercia en sus parroquias o en las capillas de las fraternidades para celebrar la festividad de San Jacques. Ciudadanos de todos los estamentos se ataviaron con sus mejores ropajes. Muchos llevaban varas con crucifijos y esparcían sal en las calles cuando las distintas comunidades acudieron cantando a la catedral, donde hombres y mujeres, patricios y siervos se arrodillaron ante el altar dorado con los huesos de san Jacques y dejaron pequeños obsequios, flores, cruces talladas o figuras del santo hechas en pasta de sal. El obispo Gerard había ido desde Toul para decir misa. Habló desde el altar de los hechos de san Jacques y de su martirio, mientras los canónigos quemaban incienso. Acto seguido el pueblo regresó a sus parroquias, donde se abrieron barriles de cerveza en el atrio, hubo carne y pescado asados y estuvieron sentados al fuego juntos hasta el anochecer.

A la mañana siguiente, ciudadanos y forasteros afluyeron a los terrenos de la feria, delante de los muros de la ciudad. Los canónigos, que llevaban el relicario, iban delante; los acólitos cantaban corales. El obispo roció el suelo con agua bendita, bendijo la feria y pidió a los santos Jacques y Nicolás que protegieran a los visitantes y que acrecentaran su bienestar.

Los consejeros subieron a una tribuna al pie de la picota; Michel saludó a los mercaderes extranjeros en francés, alemán y latín y deseó buenos negocios a todos. Las campanas de la catedral tocaron a tercia; doscientos mercaderes y sus ayudantes corrieron a los puestos de venta, abrieron toneles, cajas y sacos, elogiaron a voz en cuello sus mercancías.

Bertrand Tolbert y sus aduaneros cogieron las sogas y erigieron, uniendo sus fuerzas, la cruz del mercado en el centro de los terrenos.

La feria de Varennes Saint-Jacques había empezado.

Pronto reinó un barullo indescriptible en los callejones entre las tiendas, los puestos y los montones de cajas. No faltaba de nada: especias exóticas de Ultramar; lana, cuero y carne en salazón del valle del Mosela; bacalao, pieles y ámbar del lejano norte; cereales, cera, alumbre; mapas de Barcelona y espadas de Toledo. Y sal. Sal en cantidades ingentes. El gremio había comprado y hecho llevar toda la producción de la salina del mes anterior. Los barriles sellados con pez formaban pirámides de la altura de un hombre, y esperaban compradores en cada esquina. La confusión de voces era ensordecedora. Los mercaderes intercambiaban mercancías y regateaban los precios, el pueblo y los visitantes extranjeros disfrutaban de la plata, el vino dulce y los trajes de moda de Borgoña. Había por todas partes alguaciles e inspectores de mercado para recaudar las tasas de los puestos y hacerse cargo y llevar ante el juez a todo el que perturbara la paz del mercado.

Lefèvre podía sentir la desconfianza con la que le miraban mientras recorría el mercado anual seguido de dos criados. Sin duda Fleury, el viejo zorro, les había ordenado vigilarlo. El alcalde parecía decidido a no perderlo de vista. Desde que se había quemado el albergue, siempre había dos guardias en las cercanías de su casa que observaban la puerta de entrada y el portón del patio. Eran tan torpes que Lefèvre siempre había logrado darles esquinazo. El día antes, cuando había salido brevemente a la calle, incluso habían tratado de perseguirle. Dos callejones más allá ya había despistado a los dos necios.

Entabló una conversación con un mercader de lana inglés, fingió interés en sus mercancías, regateó un poco y terminó comprando cuatro sacos. Sus criados cargaron la lana en sus carretillas y se la llevaron.

Lefèvre estrechó la mano del inglés, pidió una copa de vino y fue hacia uno de los abedules que bordeaban el camino, por donde vagaba un hombre de recia complexión. Era uno de los mercenarios que había enrolado en Metz. Calzaba sencillos zapatos de cuero, vestía una simple túnica de lana y una capucha de fieltro, así que parecía un criado o un jornalero.

—¿Sabes lo que tienes que hacer? —susurró Lefèvre.

—Lo tengo todo preparado —dijo el hombre, y dio una palmada al saco que llevaba en la mano.

—Entonces en marcha.

El mercenario se echó el saco al hombro y desapareció entre la multitud.

Según todos los indicios, la bendición episcopal no había tenido el menor efecto: la mañana del segundo día de feria, Michel intuía que el mercado anual estaba en el mejor camino para terminar en catástrofe.

—¿Cuántos son los mercaderes afectados? —preguntó a Duval, mientras caminaban por el mercado de la sal, haciendo frente al viento racheado.

—Cinco, todos de la Baja Lorena. Tenían las tiendas al borde del campamento. El viento las arrancó, y se llevó consigo sus propiedades. Los guardias han intentado salvar lo que pudiera salvarse, y he alojado a los mercaderes y a sus ayudantes en la sede del gremio.

—¿Los calmó algo eso?

—¿Os calmaría a vos, si hubierais perdido la mitad de vuestros bienes, hubierais pasado horas en medio del frío y hubierais tenido que dormir el resto de la noche en una sala surcada por corrientes de aire?

Michel torció el gesto.

—Que Eustache hable con ellos. Debe reintegrarles todas las tasas y los aranceles para compensar los daños.

—Por desgracia eso no es todo —dijo Duval—. Algo está pasando en el campamento. Una enfermedad contagiosa. Dos docenas de mercaderes, mercenarios y criados han caído ya enfermos, y cada hora son más.

—¿Cuál es su mal? ¿Es grave?

—Es difícil de decir. Todos se quejan de dolores de cabeza y retortijones, algunos tienen fiebre y no pueden dejar de vomitar. El médico dice que es una dolencia del intestino. Hace todo lo que puede para curarlos.

Michel lanzó una tosca maldición.

—Esto se lo debemos a Lefèvre. ¿Habéis hecho examinar las fuentes?

—¿Pensáis que ha envenenado el agua? —preguntó atónito Duval.

—Tiene que haber una explicación para esta repentina plaga… nadie puede tener tan mala suerte como nosotros en estos días. Que se inspeccionen todas las fuentes. Por el momento, que nadie beba de ellas. —Michel se volvió a Louis—. ¿Cuándo salió Lefèvre de su casa por última vez?

—Ayer. Pero solo estuvo un momento en la feria, compró lana y regresó.

—¿Y esta noche?

—Yves dice que no ha visto nada.

Eso no tenía por qué significar nada. Sin duda Michel hacía observar a Lefèvre desde hacía días, pero el prestamista era lo bastante astuto como para escaparse constantemente de sus vigilantes. Además, Michel partía de la base de que no iba a ensuciarse las manos en persona. Sin duda pagaba a gente para que hiciera esa tarea por él. Gente a la que nadie en la ciudad conocía.

—Quiero volver a ponerlo bajo arresto. No tendrá forma de salir de su casa hasta el fin de la feria. ¿Podéis preparar una resolución en ese sentido y presentarla a los otros consejeros?

—Claro —respondió Duval—. Pero no estoy seguro de que obtengamos su consentimiento. Cuando la disputa, la cosa estaba clara: Lefèvre había cometido errores por los que podíamos exigirle responsabilidad. Pero ¿ahora? Todo lo que tenemos es una sospecha sin demostrar.

—Aun así… intentadlo. Quizá de ese modo seamos capaces de evitar que la cosa empeore. Si es que no es ya demasiado tarde.

Louis regresó con Duval al ayuntamiento, a buscar al inspector de fuentes. Entretanto, Michel esperó a la entrada del campamento. La mayoría de los mercaderes estaban ya en la feria, pero a causa de la epidemia había no pocos que no estaban en condiciones de hacer negocios. Vio hombres de rostro pálido y sudoroso que se arrastraban hacia las letrinas al borde del campo. Varios médicos iban de tienda en tienda y se ocupaban de los enfermos.

«Maldito seas, Lefèvre. Aunque solo muera uno de esos hombres, te colgaré con mis propias manos.»

Poco después, Louis regresó con el inspector de fuentes y sus ayudantes, y Michel les explicó su sospecha. Los tres hombres habían llevado largos garfios, con los que hurgaron en los pozos. Las fuentes del borde norte del terreno y del centro parecían limpias. Pero en el del estanque hallaron un gato muerto. El olor a putrefacción casi dejó a Michel sin aliento cuando el inspector soltó el cadáver del garfio y lo tiró al suelo.

—Ahí lo tenéis. Ahora sabemos por qué ha enfermado esa pobre gente.

Mientras los ayudantes metían el gato dentro de un saco, Michel y el inspector se alejaron unos pasos de la fuente del apestoso olor.

—¿Sucede a menudo que los animales se ahoguen en los pozos?

—Ocurre. Pero, si queréis saber mi opinión, alguien ha tirado ese gato ahí dentro. Sé cuál es el aspecto de los animales que llevan días en el agua. Ese llevaba como mucho uno, pero está demasiado descompuesto como para haberse ahogado en el pozo… tiene que haber muerto antes.

—¿Repetiríais eso ante el Consejo, bajo juramento?

—Sin duda.

Michel dio las gracias al inspector y se dirigió a la picota, en el borde norte del mercado del ganado, donde Soudic Poilevain impartía justicia en el mercado todos los días. A más tardar desde aquella noche en la que se había quemado el albergue y Poilevain había evitado una pelea entre Caboche y Lefèvre, Michel habia revisado su opinión acerca de aquel hombre. Como juez, Poilevain hacía tan buen trabajo como antaño Duval. Sus juicios no solo eran ponderados y justos, además había mantenido su palabra e introducido muchas novedades del moderno derecho romano. A la hora de buscar la verdad, empleaba sobre todo la razón, las pruebas y los testimonios, y apenas recurría a los tradicionales recursos del combate singular y los valedores. Incluso había abolido por completo el Juicio de Dios. Hasta entonces el tribunal se había beneficiado de esos cambios, pero desde luego aún había que ver si los nuevos métodos probarían su eficacia en procesos difíciles.

Poulevain aún no había llegado, pero sí Jean Caboche, que hablaba en ese momento con dos de sus corchetes. Una vez que Michel le informó de lo ocurrido, Caboche ordenó vigilar día y noche las fuentes desde ese momento.

Entretanto, el mercado anual estaba en pleno funcionamiento. Michel y Louis se abrieron paso por entre la multitud, hasta llegar a los puestos del gremio. Isabelle ofrecía las mercancías compradas en Speyer, así como una gran cantidad de sal. En ese momento su esposa estaba regateando con un mercader de Borgoña. Una bolsa de plata cambió de dueño, y el mercader hizo que cargaran en su carromato cuatro barriles de sal.

—¿Cómo van los negocios? —preguntó Michel cuando el borgoñón se hubo marchado.

—Podría ser mejor —respondió Isabelle—. Hay menos movimiento que ayer. Probablemente a causa de la plaga. Muchos se han quedado en casa, puede que por miedo a contagiarse.

—Así que se ha corrido la voz, ¿eh?

—Esta mañana la gente no habla de otra cosa. Dicen que dos pañeros de Brujas se han ido por esa razón.

Michel se apoyó en la mesa, se pasó la mano por la barba y contempló el trajín en los puestos y tiendas. Vio sobre todo rostros cansados y malhumorados. A los comerciantes les faltaba la confianza y la energía que un gran mercado anual necesitaba para salir bien. Despachaban irritados y escuetos a sus clientes. En consecuencia, la gente palpaba sin ganas el género expuesto y solía marcharse sin comprar nada. «Quizá aún podamos cambiar las cosas. Pero ahora nada más puede ir mal.»

Por lo menos el viento había aflojado. Seguía barriendo, frío, el recinto de la feria, pero ya no era lo bastante fuerte como para arrancar más tiendas.

Duval se presentó con un pergamino en la mano.

—Ha ocurrido lo que yo pensaba. Aparte de nosotros, solo Eustache, Odard, René y Jean quieren firmar la resolución. Los demás se oponen.

—¿Soudic también?

—Dice que firmará cuando haya una prueba de la culpabilidad de Lefèvre. Una mera sospecha no le basta.

—Así que tenemos un empate.

—Sí.

Si en las votaciones del Consejo se producía un empate, los estatutos preveían que o bien se repitiera la votación o el alcalde decidiera. Michel hacía uso muy raras veces de ese derecho, porque a los otros consejeros no les gustaba que el alcalde se pusiera por encima de ellos, dijeran lo que dijesen los estatutos.

Sin embargo, la actual situación exigía medidas extraordinarias. Alisó el pergamino encima de la mesa, pidió pluma y tintero a Isabelle y firmó el acuerdo con su nombre. Debajo, hizo notar que, en su calidad de alcalde, había decidido poner a Lefèvre bajo arresto domiciliario a pesar de los seis votos en contra.

—A los otros no les gustará —observó Duval.

—Sobrevivirán. —Michel sopló la tinta para secarla y enroscó el pergamino—. ¿Dónde está Jean?

—Iba al ayuntamiento, a distribuir más guardias por la feria.

Michel se abrió paso entre la multitud, con la resolución en la mano.

—El Consejo os prohíbe salir de vuestra casa desde ahora hasta el fin de la feria —dijo el guardia—. Si cruzáis este umbral sin que el alcalde os lo autorice expresamente, se os prenderá y se os arrojará en la Torre del Hambre...

—Lo sé. ¡Sé leer! —Lefèvre tiró el pergamino encima de la mesa—. Aquí dice que también mi *fattore* y mis criados están bajo arresto. ¿Cómo voy a hacer negocios si no pueden salir de la casa? ¿Cómo van a comprar?

—Todas las mañanas se os dejará en la puerta de la casa todo lo que necesitéis para vivir... a vuestra costa.

Lefèvre miró al guardia. Luego se reclinó en el asiento y apoyó los brazos en los brazales.

—Bien, que así sea. Soy un buen ciudadano que respeta la ley. No apruebo esta resolución, pero me someteré a ella sin rechistar. Decídselo al alcalde.

—Aun así, se apostarán guardias ante vuestra puerta.

—Que el Consejo haga lo que le plazca.

Cuando el hombre se hubo marchado, Lefèvre cogió la resolución del Consejo y leyó los nombres de los firmantes.

—Michel Fleury —murmuró, y rio por lo bajo—. Alcalde de Varennes Saint-Jacques. Alcalde de Varennes Saint-Jacques...

A lo largo del día enfermaron otros visitantes de la feria. Cuando el atardecer dio paso a la noche, casi cuarenta hombres estaban postrados, atormentados por retortijones, náuseas y sangrientas diarreas. Michel hizo llevar los casos más graves al hospital de la abadía de Longchamp, donde un médico experimentado se ocupó de ellos a costa de la ciudad.

—Todos han sobrevivido esta noche —informó Deforest cuando Michel llegó al ayuntamiento a la mañana siguiente, mientras subían juntos la escalera—. Los médicos dicen que han escapado a la muerte por un pelo. Pero transcurrirán días antes de que vuelvan a tenerse en pie.

—¿Se han dado nuevos casos?

—No. Parece que lo peor ha pasado... por lo menos en lo que a esto se refiere. Porque vuelve a haber malas noticias.

—Por favor, no —gimió Michel—. ¿Qué ocurre esta vez? ¿Ha matado un rayo al maestre del gremio de Estrasburgo? ¿Se han levantado los muertos de sus tumbas y han devastado el campamento?

—Rateros y cortabolsas.

—Los hay en todos los mercados.

—No en este número. Es una verdadera plaga. Anteayer denunciaron a Jean diez casos. Ayer trece. Apuntan sobre todo a los mercaderes extranjeros. Están furiosos con nosotros. Se preguntan por qué no los protegemos mejor.

Michel abrió la puerta de su despacho.

—¿Qué pasa con la gente de Jean y de Bertrand? ¿Están dormidos?

—Hacen lo que pueden. Pero estos no son rateros normales... son auténticos maestros. Se les escapan sin cesar. Jean y Bertrand dicen que necesitan más hombres.

—Les he asignado ya la mitad de los guardias de las puertas y los ayudantes del inspector de fuentes. No tenemos más hombres.

—¿Qué pasa con los guardias que hay fuera, en los caminos?

—No podemos retirarlos. Siguen llegando mercaderes. En todo caso el gremio podría ayudarnos. ¿Por qué no ponéis una docena de mercenarios a disposición de Jean y Bertrand? Al menos para tareas sencillas, para las que no se necesitan aduaneros ni inspectores de mercados.

—Los mercenarios cuestan dinero —objetó Deforest.

—¡Al infierno con los gastos! ¿No veis lo que está pasando? Nuestra feria se va al diablo. Si no actuamos con decisión, quedaremos en ridículo ante medio Occidente.

El maestre del gremio se dio por vencido.

—Veré lo que puedo hacer. Quizá logre pagar a los mercenarios con la caja del gremio.

Cuando Deforest se hubo marchado, Michel repasó las notas del tesorero respecto a la feria. La relación de gastos era sencillamente devastadora. Hasta ahora, el Consejo había gastado en el mercado anual más del doble de lo presupuestado al inicio. Y en vista de los últimos acontecimientos era más que discutible que las tasas, los aranceles y los impuestos recaudados bastaran para justificar los enormes gastos. Solo podía esperar que los comerciantes, artesanos, campesinos y hosteleros de Varennes hicieran buenos negocios en los próximos días. De lo contrario, la siguiente sesión del Consejo iba a ser una juerga.

—Hemos cogido a uno de los ladrones, señor —anunció días después uno de los guardias—. ¿Queréis verle?

—Traedlo aquí —dijo Michel.

Poco después, Jean Caboche y dos de sus hombres entraban en el despacho. Con ellos iba un adolescente al que habían puesto grilletes en manos y pies. El joven ladrón avanzó entre el sonar de cadenas hasta la mesa de Michel y mantuvo la mirada baja.

—Lo hemos intentado todo —dijo Caboche, que llevaba una espada al cinto, como siempre que actuaba como corregidor—. El chico es una tumba. No vamos a sacarle una palabra.

—Mírame —ordenó Michel, y el muchacho levantó la cabeza. El temor y la astucia brillaron al mismo tiempo en sus ojos verdes.

—¿Trabajas solo, o perteneces a una banda?

El joven ladrón calló.

—¿Te ha incitado alguien a robar a los mercaderes?

Una vez más, no hubo respuesta.

—Dejadnos solos —pidió Michel a Caboche y a los dos corchetes. Una vez que los hombres hubieron abandonado la sala, Michel miró largamente al chico—. ¿Cómo te llamas?

En el joven había una lucha interior. Por fin, respondió con voz tomada:

—Pierre.

—¿Qué edad tienes?

—Quince. Dieciséis. No lo sé bien.

—¿Sabes cuál es el castigo que tenemos en Varennes para los ladrones? —Aunque Pierre asintió, Michel explicó—: El verdugo le corta al ladrón la mano derecha. ¿Has visto alguna vez cómo se hace? Te ponen la derecha en un tocón de madera y te sujetan mientras la gente chilla y te tira fruta podrida. El hacha cae. Si tienes suerte y el verdugo la ha afilado antes, logra cortar tu mano de un solo golpe. Si no, está roma y necesita varios hachazos para romper los huesos. La sangre sale a chorro del muñón, así que tiene que sellar la herida con un hierro al rojo para que no te desangres. El dolor es considerable. Quizá mueras poco después, porque el muñón se gangrene. No serías el primero.

»Todo eso ocurrirá esta misma noche… a no ser que contestes mis preguntas. En ese caso, quizá pueda encargarme de que te impongan un castigo más suave. Así que… ¿hablamos?

Pierre había palidecido. Las cadenas resonaron cuando cambió el peso de un pie al otro y cerró los puños.

—Somos seis. Yo, Hervé y otros cuatro. Alguien nos paga para que robemos a los cerd… a los mercaderes.

—¿Quién?

—No lo sé. Aparte de Hervé, nadie se ha encontrado con él. Y Hervé no lo vio bien.

—¿Podría haber sido Anseau Lefèvre?

—¿El prestamista?

Michel asintió, y el muchacho se encogió de hombros.

—No tengo ni idea.

—Si te dejo libre, ¿nos ayudarás a pescar al resto de tu banda? ¿Especialmente a ese Hervé?

Pierre volvió a mirar al suelo y se mordió el labio inferior.

—De todos modos, antes o después lo atraparemos. Con tu ayuda tan solo será un poco más rápido. Vamos, Pierre —dijo Michel con énfasis—. No seas tonto. Si uno de ellos estuviera en tu lugar, tampoco te protegería.

El chico tragó saliva varias veces. Luego, asintió de manera casi imperceptible.

—¿Nos ayudarás? —insistió Michel.

—Sí —susurró Pierre.

Cuando oscureció, Guillaume se apartó de los otros guardias, se escurrió entre los zarzales que crecían al norte del estanque y bajó por las resbaladizas piedras a la orilla del río. Allí, al pie del burdel de Maman Marguérite, esperó entre los matorrales.

La luz de las velas iluminaba las aspilleras del edificio; hasta Guillaume llegaba un reguero de risas amortiguadas y alegre música. La feria brindaba a las bellas lucrativos negocios... los mercaderes extranjeros reclamaban sus servicios por docenas. Guillaume sonrió de forma débil y se rascó la entrepierna al oír el teatral gemido de una ramera. Decidió hacer también una incursión en el burdel en cuanto su trabajo allí estuviera hecho.

Los matorrales susurraron, y Hervé se desprendió de la oscuridad. Metió la mano por el cuello de su sayón y tendió a Guillaume una bolsa llena a rebosar.

El guardia se sentó en una piedra medio seca, abrió la bolsa y contó las monedas. Exactamente treinta y ocho sous y siete deniers... no había sido un mal botín. Por eso, decidió ser generoso, sacó cuarenta deniers de su propia bolsa y los puso al lado del montón de monedas de plata. Sin decir palabra, Hervé contó su beneficio y metió el dinero en la bolsa.

—Espera —dijo Guillaume cuando el joven maestro de los ladrones iba a despedirse con un gesto de cabeza—. El corregidor va a poner en libertad a Pierre para que os entregue. Evitadle si tenéis aprecio a vuestra vida. Lo mejor será que os quedéis quietos uno o dos días.

—Gracias —se limitó a murmurar Hervé, antes de desaparecer en la noche.

Justo en ese momento, la ramera simuló el mejor clímax que Guillaume había oído en mucho tiempo.

—Nada —informó Jean Caboche a mediodía del día siguiente, cuando se reunió con Michel y Tolbert en la cruz del mercado—. Parecen evitar a Pierre. Está claro que les han dado un soplo.

Michel murmuró una maldición, por centésima vez esa semana.

—Al menos los robos han disminuido —dijo Tolbert—. Según parece, han tenido miedo y han renunciado.

—¿Les ha contado Pierre lo que pretendemos?

—El chico tiene demasiado miedo del verdugo como para engañarnos —respondió Caboche—. No me gusta decirlo, pero me temo que tenemos un topo en nuestras filas. Un guardia o un aduanero, que trabaja en secreto para Lefèvre y se lo cuenta todo.

—Encontrad a ese topo —dijo Michel—. Y seguid buscando a los ladrones, incluso sin Pierre.

Ni el topo ni los rateros fueron hallados.

Al día siguiente los robos empezaron de nuevo.

—Esta es la peor feria en la que he estado nunca —tronaba el comerciante de sal de la Baja Lorena—. Primero el viento se lleva mi tienda, luego uno de mis criados enferma ¡y ahora me roban la bolsa! Solo falta que me asalten en el camino de vuelta. Por san Nicolás, esta es la primera y última vez que vengo a Varennes.

—Os lo ruego, quedaos otros dos días —dijo Michel—. Sé que os han ocurrido muchas desgracias, pero haremos todo lo que esté en nuestras manos por reducir vuestras pérdidas.

El hombre ni siquiera le escuchaba. Con gesto ceñudo, fustigó a los bueyes, y la caravana se puso en movimiento.

Abatido, Michel caminó por el campamento. Más de un tercio de las tiendas estaban ya vacías, porque sus antiguos habitantes o bien estaban en el hospital o habían emprendido ya el viaje a casa. Solo aquella mañana se habían marchado antes de tiempo más de una docena de mercaderes, irritados por la caótica situación de la feria. Michel no había dejado nada sin intentar para indemnizarlos con exenciones de tasas, aranceles e impuestos.

«Mira a los ojos a la verdad: has fracasado.»

Cuando, la noche del día siguiente, el Consejo puso fin a la feria con una fiesta, junto a los hermanos del gremio y los maestres de las fraternidades acudieron exactamente treinta mercaderes. Y en vez de beber y disfrutar de la música y la abundante comida se quejaron sin cesar del tiempo, de los rateros y del agua contaminada de los pozos.

—No te lo tomes tan a mal —dijo Isabelle aquella noche—. La próxima vez estaréis preparados y podréis hacerlo mejor.

—Si es que hay una próxima vez —murmuró Michel.

Al contrario que la mayoría de los mercaderes, Soudic Poilevain no vivía en la plaza de la catedral, en la Grand Rue o en la rue de l'Épicier, sino en el barrio de los carpinteros, ebanistas, torneros y carreteros, entre la Puerta Norte y el puente del Mosela. Era una casa de piedra nada llamativa, a la sombra del muro de la ciudad, de dos pisos y más pequeña que las propiedades de los otros patricios. Pero cuando Michel entró, vio que las apariencias engañaban: Poilevain había ganado, evidentemente, mucho dinero. En el zaguán se apilaban las más diversas mercancías, entre ellas los toneles con el resto de la sal que había comprado a finales del verano; en la planta superior las paredes estaban recién pintadas, el salón albergaba muebles nuevos por completo, caros tapices y candelabros de plata maciza.

Poilevain se había dado también un nuevo barniz a sí mismo. Su sencilla vestimenta, que era como una marca para él, había dejado paso a ropajes distinguidos... de hecho, cuando entró en la sala parecía más un noble lombardo que un ciudadano de la Lorena. Llevaba una túnica de *panno pratese* en tonos rojos y verdes, botas de media caña en cuero de perro recamadas de perlas y un cinturón entretejido de hilos de oro. Los anillos en sus dedos y su cadena de plata centelleaban a la luz de las velas. Su atuendo guardaba un extraño contraste con la insignificancia de su persona. Era delgado y de mediana estatura, el pelo se le había aclarado ya de forma considerable aunque apenas contaba treinta primaveras, y su rostro no tenía características especiales... nada que se grabara en la memoria.

Excepto la sonrisa. También ahora sonreía, como si supiera algo que estaba oculto a otros.

—Señor alcalde, qué sorpresa —dijo—. Es la primera vez que me visitáis en mi casa, ¿verdad?

—Estuve una vez aquí, poco después de que vuestro padre viniera a Varennes. Desde entonces han cambiado algunas cosas —dijo Michel, mirando hacia el gran tapiz que mostraba a Cristo juzgando a los pecadores.

—Sí, acabo de reformar la casa. La mayoría de los viejos muebles habían pertenecido ya a mi abuelo. Ya no podía aguantarlos.

—Una hermosa pieza. —Michel contemplaba el tapiz, confeccionado con excelente gusto en tornos verdes, azules y marrones—. ¿Lo mandasteis hacer aquí?

—No, en Metz. Me temo que en Varennes no hay tejedores que respondan a mis exigencias.

—Debe de haber costado una fortuna.

—No fue barato, no. Pero los negocios van bien, y me agradan las cosas bellas.

A Michel le hubiera gustado saber de dónde salía el dinero con el que Poilevain había comprado, primero, tanta sal, y luego las cosas bellas. Pero a Poilevain una pregunta en ese sentido le habría parecido, con razón, una desfachatez. Y de todas maneras no era asunto suyo. Así que carraspeó y dijo:

—Tengo algo importante que discutir con vos, Soudic. ¿Podemos sentarnos?

—Desde luego. —El juez le ofreció una silla—. ¿De qué se trata?

—Quiero que Lefèvre sea castigado por lo que nos ha hecho. Y que restituya de su patrimonio el daño causado.

Poilevain asintió. La sonrisa no había desaparecido por completo.

—¿Habéis redactado ya un escrito de demanda?

—Primero deseaba hablar con vos, para saber si una demanda tendría expectativa de éxito.

—Sabéis que es muy difícil demandar a alguien que no ha sido sorprendido *in fraganti*. ¿De qué le acusáis exactamente?

—De atacar al maestro de obras. De prender fuego al albergue. —Michel enumeró los incidentes con los dedos—. Del asunto del pozo. De los asaltos a los mercaderes. De los rateros. Por su culpa la ciudad y el gremio han sufrido grandes pérdidas, y el prestigio de Varennes se ha visto menoscabado.

—¿Y creéis que ha hecho todo eso solo para vengarse?

—No puedo explicarme su conducta de otro modo.

Poilevain se reclinó en su asiento.

—Son graves acusaciones. Si se demuestran ciertas, le amenaza la pena de muerte.

Michel asintió.

—Entonces... ¿cómo veis el asunto? ¿Podríamos demandarle por esto?

—Solo podremos condenarle si confiesa. Así que tendríamos que acorralarlo con declaraciones de testigos hasta que no quede duda de su culpabilidad. ¿Tenéis testigos?

—El inspector de fuentes. Los agentes que la noche del incendio montaban guardia en los terrenos de la feria. Y Pierre. —Poilevain había indultado al joven ladrón para agradecerle su ayuda en la lucha contra los otros rateros—. Aunque sus pruebas son muy escasas.

—¿Qué pueden declarar, exactamente?

—Los guardias pueden contar que poco antes de empezar el fuego fueron apartados del albergue —explicó Michel—. El inspector de fuentes, que el gato muerto fue evidentemente arrojado al pozo.

—Y Pierre que lo reclutaron, a él y a los otros ladrones, de forma expresa para robar a los visitantes de la feria —dijo Poilevain.

—Exacto.

—Pero ninguno de vuestros testigos ha visto a Lefèvre o puede demostrar que está detrás de esos acontecimientos.

—Por desgracia, no.

—Fantasmas, ruidos en la noche y un gato muerto... eso es demasiado poco, señor Fleury. Eso no basta para una demanda justificada. Y sabéis lo que puede ocurrir si ponemos a Lefèvre ante un tribunal en esas circunstancias.

Michel lo sabía demasiado bien. Un hombre que fuera víctima de una demanda injusta podía presentar apelación, y no ante el Consejo, sino ante el tribunal supremo, la instancia superior... en su caso el de Speyer. La condena de Michel era probable, tenía que contar con dolorosas multas y la pérdida de todos sus cargos.

—¿Qué pensáis vos? ¿Consideráis culpable a Lefèvre?

—Lo que yo piense es irrelevante. Para mí cuentan exclusivamente los testimonios y el juramento sagrado. Aparte de eso, yo no juzgo solo, como sabéis... los demás consejeros también tienen algo que decir.

—A los otros les gustaría tanto como a mí ver a Lefèvre colgando de un árbol —dijo Michel.

—Yo no estaría tan seguro —respondió Poilevain, y volvió a dejar ver su sonrisa de persona enterada—. Algunos de nosotros os reprochamos haber ignorado el empate en la última votación y haber puesto a Lefèvre de forma arbitraria bajo arresto domiciliario. Eso podría tomarse la revancha ahora.

—¿Me negaríais vuestro voto ante el tribunal solo para hacérmelo pagar?

—Yo no... al menos no por eso. Pero no puedo hablar por Tolbert y los otros. Siguen furiosos con vos. Quién sabe a qué les llevará la ira.

—Así que tenemos que dejarlo ir... aunque todos sabemos que es culpable.

—Me temo que sí. Cualquier otra cosa sería un retroceso a los tiempos oscuros de la irracionalidad, cuando celebrábamos Juicios de Dios en los atrios de las iglesias y hacíamos caminar a los sospechosos por arados al rojo mientras la multitud jaleaba. No es eso lo que queréis, ¿no?

Michel se daba cuenta de que Poilevain tenía razón. Sin duda Lefèvre había hecho mucho daño. Pero, si abusaban de su poder como consejeros para aniquilarlo aunque no se hubiera probado su culpa, no serían mejores que el obispo Ulman, que en su época siempre interpretaba la ley como mejor le convenía. No podía dejarse arrastrar a eso por Lefèvre y su vileza, renunciar a todos sus principios. Si lo hacía, el prestamista habría causado daños mucho mayores que perturbar una feria de comercio.

Michel se puso en pie.

—Bueno. Algún día encontraremos una razón para atraparlo. Os agradezco que me hayáis escuchado.

Poilevain lo acompañó hasta la puerta.

—Confiad en la justicia divina, señor alcalde. Antes o después, alcanza a todo el mundo. A Lefèvre, a mí... y algún día también a vos —dijo sonriente.

El Consejo se reunió esa misma tarde. El ambiente en el gran salón del ayuntamiento era tan malo como lo había sido últimamente, sintió Michel al tomar asiento a la mesa. Incluso las velas parecían arder con menos fuerza que de costumbre.

Bertrand Tolbert fue al grano.

—He estado revisando las anotaciones del tesorero —dijo el maestre de los campesinos de la ciudad, extendiendo ante sí una serie de escritos—. La feria ha sido un fracaso, un desastre de dimensiones catastróficas. Ha dañado la ciudad más que la disputa. Si se compensan los inmensos costes con los escasos ingresos obtenidos de tasas y aranceles, resulta una pérdida de casi trescientas libras de plata.

Algunos consejeros gimieron.

—Y eso no incluye a las fraternidades y al gremio —prosiguió Tolbert—. Solo mi gente ha perdido cuarenta libras por los malos negocios. ¿Cómo están las cosas para los vuestros, Eustache?

—Solo el gremio ha tenido unas pérdidas de unas veinte libras —respondió Deforest—. Pero para los distintos mercaderes ha sido más duro. Han comprado grandes cantidades de mercancías con las que ahora se van a quedar, si tienen mala suerte. Aún no puedo medir la gravedad del asunto. Pero parto de la base de que, en conjunto, las pérdidas ascenderán a entre ciento cincuenta y doscientas libras.

—¿Qué tenéis que decir a esto? —Tolbert se volvió hacia Michel.

—Todos sabéis a quién se lo debemos —explicó Michel—. Por desgracia, no podemos acusar a Lefèvre por sus crímenes. He hablado esta mañana con Soudic…

—¿Cómo que no podemos acusarle? —le interrumpió Jean Caboche—. No existe la menor duda de quién prendió fuego al albergue, envenenó los pozos y reclutó a los ladrones callejeros.

—Puede ser —prosiguió Michel—, pero sin pruebas ni testigos creíbles Soudic considera que la demanda no tiene posibilidades. Me temo que tenemos que conformarnos con que Lefèvre ha ganado. Anotemos este fracaso como experiencia, por mucho que nos cueste. Miremos hacia delante y pensemos cómo podemos prepararnos mejor en el futuro para que algo así no vuelva a ocurrir.

—¿Y para eso hemos implantado ese grandioso derecho romano? —tronó Caboche—. ¿De qué sirven todas esas innovaciones, si al final conducen a que la ley proteja al criminal y Lefèvre se nos vuelva a escapar?

—La ley no protege en absoluto al criminal —repuso Poilevain—. Que no podamos acusar a Lefèvre se debe a que no hay pruebas definitivas de su culpa.

—¿Por qué no disponéis un Juicio de Dios?

El juez levantó una ceja.

—¿Un Juicio de Dios? ¿Habéis olvidado lo que pasó en el último?

—Entretanto sus crímenes son tan numerosos que el Señor no volverá a perdonarle.

—Me disgusta conmover vuestra fe infantil, pero… ¿se os ha pasado por la cabeza que no es el Todopoderoso el que habla por la prueba de las velas, sino el compadre azar?

Cuando Caboche se disponía a dar una airada respuesta, Poilevain recibió apoyo de un lado inesperado:

—Por favor, Jean, esto no conduce a nada —dijo Henri Duval—. Si Soudic quiere decidir con ayuda de pruebas y testimonios en vez de confiarse a Juicios de Dios, está en su derecho, y los demás tenemos que someternos a su autoridad como juez. Así lo hemos hecho desde hace años.

—¿Os ponéis de su parte? —El rostro de Caboche casi ardía de ira—. ¿Después de todo lo que os ha hecho?

—Él no me ha «hecho» nada, tan solo me ha ganado en una elección limpia —repuso Duval—. Naturalmente que al principio me amargó mi derrota… uno se acostumbra pronto al prestigio que va unido al cargo de juez, y le cuesta trabajo dejarlo. Pero entretanto veo que el Consejo actuó de forma correcta al elegir a Soudic. Yo estaba demasiado enzarzado en las tradiciones como para implantar las necesarias innovaciones. Deberíamos haber abolido los Juicios de Dios hace años. Están anticuados como medio de encontrar el derecho. Las pruebas, los testimonios y las confesiones son más adecuados para sacar la verdad a la luz… aunque exijan mucho al tribunal.

—¡Esos nuevos métodos no sacan la verdad a la luz, nos condenan a la inacción! —exclamó Caboche.

—Eso no es cierto. En algún momento daremos con la forma de llevar a Lefèvre ante la justicia. Es cuestión de encontrar el procedimiento correcto.

El herrero resopló despreciativo, cruzó los brazos quemados de chispazos delante del pecho y no dijo una palabra más.

—Me alegra que hayamos aclarado esto —dijo Bertrand Tolbert, mordaz—. Si no tenéis nada en contra, ahora me gustaría volver a la feria. —Miró a los reunidos—. No sé cómo lo veis, pero yo no estoy dispuesto a dejar estar el asunto como al parecer le gustaría al señor Fleury. Antes de que «anotemos el asunto como experiencia» y «miremos hacia delante» deberíamos examinar con exactitud por qué ha fracasado la feria.

—¿Para qué? —preguntó Odard Le Roux—. Sabemos quién está detras de todos los incidentes…

—Dejad de una vez de hacer responsable a Lefèvre de todo —le interrumpió el maestre de los campesinos de la ciudad—. Os lo ponéis demasiado fácil. Además, cada vez tengo más la impresión de que ciertas personas lo utilizan para ocultar su propio fracaso. Puede ser que Lefèvre haya envenenado los pozos y prendido fuego al albergue. Pero es un solo hombre, y sus posibilidades son limitadas. Que haya podido hacer tanto daño tiene causas totalmente distintas.

—¿Adónde queréis ir a parar? —preguntó Michel.

La mirada de Tolbert era desafiante.

—Estábamos mal preparados. Y con eso llegamos al papel que vos habéis representado en todo esto. En la disposición del mercado anual se actuó con mucha precipitación. Si nos hubiéramos tomado un año, habríamos podido construir el albergue en piedra y cuidar de que hubiera mejor protección. Entonces Lefèvre no lo habría tenido tan fácil. Pero queríais organizar la feria a toda costa este mismo año.

Al oír estas palabras, tanto Gaillard Le Masson como otros dos maestres asintieron de forma ostentosa. Estaba claro que Tolbert había defendido su causa con celo antes de la reunión del Consejo, y se había asegurado al menos el apoyo de aquellos tres hombres.

—Es cierto que no quise esperar otro año —admitió Michel—. Pero no tomé esa decisión solo... todos los consejeros y mercaderes la apoyaron. No he obligado a nadie a nada. Solamente uno de los presentes comunicó entonces su objeción señalando que el tiempo podía ser escaso. Uno de cuarenta. Todos los demás, entre ellos vos, Bertrand, no se cansaban de jalearme.

—Yo no os he jaleado —replicó decidido Tolbert—. Solo lo hicieron los mercaderes. Nosotros, los campesinos y artesanos, nos retrajimos aquella tarde, porque sabíamos que de todos modos no iban a escucharnos, en medio del entusiasmo general.

—¿Vais a decirme que erais demasiado tímido como para hablar delante de la asamblea? —Michel sonrió de forma débil—. Por favor, Bertrand. Sería la primera vez que os preocupara lo que otros pensaran de vuestra opinión. Sea como fuere... si entonces teníais reparos, deberíais habérnoslos comunicado. No lo hicisteis, así que ahora no me podéis acusar de haberos ignorado y haber decidido por mi propia cuenta. Puede esperarse esa decencia de vos.

—Bien. En lo que a eso se refiere tengo que daros la razón —admitió Tolbert—. Pero eso no cambia nada en que nos habéis puesto ante hechos consumados. Hubierais tenido que consultar con el Consejo antes de pedir al rey autorización para un mercado anual. No lo hicisteis, aunque una feria significa cambios enormes para una ciudad. Cambios que un hombre solo no puede abarcar, ni siquiera vos. Con eso excedisteis en mucho vuestras competencias como alcalde.

—Quizá lo hice —dijo Michel—. Pero, por Dios, yo fui el que se jugó la cabeza en Amance. Yo negocié con todos esos altos señores y me arriesgué a atraer su ira. Por eso me tomé el derecho a decidir solo qué favor debía concederme el rey. Porque, no lo olvidéis, quería favorecerme a mí, no al Consejo. ¿Habríais preferido que le hubiera pedido oro para mis arcas, en vez de algo útil para todos?

—No se trata de eso. Actuasteis de forma autocrática, más como un príncipe que como la cabeza electa de los ciudadanos. Y, si decidís solo que nuestra ciudad ha de tener una feria, también es exclusiva responsabilidad vuestra que salga bien. Así de sencillo. Por desgracia, no os habéis mostrado a la altura de esa responsabilidad. Por eso hay que hacerse la pregunta de si debéis seguir siendo alcalde.

Un silencio de muerte siguió a las palabras de Tolbert.

—¿Estáis declarando vuestra desconfianza hacia Michel? —preguntó perplejo Deforest.

—¡Sí, por Dios, eso es lo que estoy haciendo! —respondió vehemente Tolbert—. Creo que debe responder por su fracaso y deponer su cargo. Ya está. Ya lo he dicho. No hace falta que me miréis tan sorprendidos —increpó a los presentes—. Solo es nuestro alcalde, no san Jacques. No es intocable. Si comete errores, tiene que cargar con las consecuencias y hacer sitio a un hombre mejor, como cualquier otro de nosotros.

—¡Tiene razón! —exclamó Le Masson. Cuando también el maestre de los pescadores y de los carniceros manifestaron su asentimiento con vehemencia, Henri, René y Odard se pusieron en pie de un salto y trataron de gritar más que ellos.

—Le debemos nuestra libertad y nuestro bienestar. ¿De repente habéis olvidado todo eso?

—¿Qué hace al caso? Nos ha llevado a la catástrofe, por su culpa la ciudad está casi en bancarrota... ¡aquí solo se trata de eso!

—¡Sois ingratos!

—¡Y vos ciegos, si no queréis ver la verdad!

—¡Calma! —gritó Michel, dando una palmada en la mesa—. Todo consejero está en su derecho de pedir mi renuncia si piensa que he hecho daño a Varennes. Arreglemos esto como hombres razonables y civilizados. —Miró a Tolbert, que respondió fríamente a su mirada—. Sigo convencido de que no tenéis nada que reprocharme. No es culpa mía que la ciudad haya perdido mucho dinero a causa de la feria. Así que rechazo vuestra solicitud.

—En ese caso exijo una votación —dijo Tolbert—. Que el Consejo decida si es hora de que depongáis vuestro cargo de alcalde.

Michel asintió. Le interesaba una votación. Su posición estaba debilitada, y tenía que asentarla con urgencia reuniendo tras de sí una mayoría de los consejeros.

—Si al menos siete hombres piensan que no debo seguir dirigiendo a la ciudadanía, dimitiré hoy mismo. Pero si una mayoría expresa su confianza, seguiré siendo alcalde hasta la próxima elección. ¿Estáis de acuerdo con tal proceder?

—Es el que corresponde a los estatutos —dijo Poilevain.

Cuando ninguno de los presentes mostró objeción alguna, Michel respiró hondo.

—Dado que esta elección trata de mi futuro, sería inapropiado que la dirigiera. —Se volvió hacia Jean Caboche—. Vos sois el miembro más antiguo del Consejo. ¿Nos hacéis el honor?

El corregidor se puso en pie y miró con gesto serio a los congregados.

—¿Quién expresa su desconfianza en Michel y exige su renuncia?

Bertrand, Tolbert, Gaillard Le Masson y el maestre de los pescadores y carniceros alzaron la mano derecha.

—¿Quién desea que siga siendo alcalde de Varennes Saint-Jacques?

Alzaron la mano Henri, Odard, Eustache, René, Jean, el maestre de los cirujanos, bañeros y barberos... y, tras un breve titubeo, Soudic Poilevain, como observó Michel con cierta sorpresa. Lo que movía a ese hombre en su interior seguía siendo un enigma para él.

Michel se abstuvo.

—Eso representa cuatro votos a siete a favor de Michel —declaró Caboche—. Por tanto, seguirá siendo nuestro alcalde.

Jubilosos, los amigos de Michel se levantaron de sus asientos, lo abrazaron y le palmearon la espalda entre risas.

—Gracias, os lo agradezco —dijo Michel, mientras estrechaba sus manos. Vio de reojo que Tolbert tenía cara de querer estrangular a alguien. Bueno, ya se tranquilizaría. El hombre era terco y tumultuoso, pero no rencoroso ni vengativo.

Cuando el alboroto se hubo calmado y todos volvieron a sentarse en sus sitios, Michel dijo:

—Este año hemos perdido mucho dinero, y nuestro prestigio ha sufrido daños. Eso no se puede borrar. Pero os prometo que el año que viene lo haremos mejor. Aprenderemos de nuestros errores y cuidaremos de que Lefèvre no pueda perjudicarnos...

—¿Os han abandonado todos los buenos espíritus? —increpó Tolbert—. ¡No habrá una nueva feria! Con una vez ha sido suficiente. No nos dejaremos llevar a esa locura una segunda vez.

—Sería un profundo error abandonar ahora —replicó Michel—. ¿Esperabais seriamente que podríamos construir un gran mercado anual sin tener que asumir retrocesos? No se construyó Roma así como así. Esta gran empresa necesita años para madurar, y las derrotas forman parte de ella. El mal mercader se desespera y mete la cabeza en la arena, pero el bueno se enfrenta a los desafíos y crece con ellos. ¿No es así?

—Sí —dijeron decididos Duval y Le Roux. Los otros mercaderes asintieron.

—Varennes no habría llegado hasta donde está hoy si hubiéramos perdido el valor a cada pequeño retroceso —prosiguió Michel—. Hasta donde recuerdo, los ciudadanos de esta ciudad han luchado con decisión por el bien de la misma, y Dios les ha premiado por ello con libertad y bienestar. Así debemos obrar también esta vez.

—Además, una nueva feria es la única posibilidad de compensar las pérdidas de este año —completó Deforest—. Estamos obligados a volver a intentarlo, o nos quedaremos con las pérdidas. Por no hablar de los costes del estanque, los pozos y el terreno. Sin un nuevo mercado, habremos tirado el dinero por la ventana para nada.

—Entretanto sabemos que nunca os faltan hermosas palabras, señor Fleury —dijo malhumorado Tolbert—. Pero toda esa armoniosa cháchara sobre el espíritu de Varennes y las promesas del futuro no cambia el hecho de que nos hemos excedido a conciencia. Nuestra ciudad es demasiado pequeña para organizar una feria como esa. Ni siquiera somos capaces de acabar con unos cuantos salteadores de caminos y rateros. Deberíamos ser razonables y verlo, en vez de añadir buen dinero al malo. Porque en eso es en lo que terminará: en nuevos gastos... para un albergue, mejor protección, más inspectores de mercado. Además, me gustaría saber cómo vais a convencer de que vuelvan a todos esos mercaderes irritados. Yo en su lugar, en el futuro describiría un arco alrededor de un mercado anual en el que me han robado y me han contagiado la disentería.

—Les ofreceremos descuentos en los aranceles —dijo Michel—. Quizá incluso debamos plantearnos no exigir tasas durante dos o tres años, hasta que se restablezca nuestra buena fama.

—¿No exigir tasas? —replicó Le Masson—. ¿Y cómo vamos a cubrir nuestros gastos?

—Como ya he dicho, toda gran empresa necesita tiempo para dar beneficios. Al principio las ferias de la Champaña tampoco eran lucrativas. Pero hoy están entre los mayores mercados de la Cristiandad. —Michel dejó vagar la mirada por los presentes. Vio muchas dudas, pero la confianza predominaba—. Antes de que sigamos discutiendo, propongo que votemos. ¿Quién está a favor de que organicemos una nueva feria?

Duval, Deforest, Le Roux, Caboche, el maestre de los cirujanos y el propio Michel levantaron la mano. Tolbert y los demás maestres votaron en contra, con lo que hubo seis votos a cuatro... uno menos de la mayoría simple necesaria, de siete consejeros.

—¿Qué pasa con vosotros? —preguntó Michel a René Albert y a Soudic Poilevain, que deliberaban en voz baja.

—Tendréis nuestros votos —respondió Albert—. Pero exigimos una condición. Descansaremos un año, y no celebraremos la próxima feria hasta el siguiente. Porque Bertrand está en lo cierto... se ha obrado con mucha precipitación. Así tendríamos tiempo para los preparativos, y la hierba podría crecer sobre todos estos feos incidentes.

—Lo considero un error —respondió Michel—. Si el año que viene no hay feria, en todo Occidente creerán que hemos renunciado, y eso no hará bien a nuestro prestigio.

—Aún menos servirá a nuestro prestigio que volvamos a precipitarnos y caigamos nuevamente de bruces —dijo Poilevain—. Esa es nuestra condición, señor Fleury. Aceptadla o no la aceptéis, pero entonces no habrá ninguna feria.

Michel miró a los dos hombres y vio una férrea decisión en sus ojos. Hacía suficiente tiempo que era alcalde como para saber que era mejor aceptar compromisos que combatir.

—De acuerdo. Aprovecharemos los dos próximos años para prepararnos. La siguiente feria tendrá lugar en octubre de 1220.

Sus partidarios ratificaron la decisión golpeando la mesa con los nudillos. Michel pidió al escribano que anotara la decisión tomada en el libro del Consejo.

Entretanto entraron dos criados. Uno rellenó las jarras de vino que había encima de la mesa, el otro sustituyó las velas consumidas por otras nuevas. Varios consejeros bostezaron. Odard Le Roux se frotó la frente y los ojos y parpadeó.

—Por Dios que estoy cansado —murmuró—. Las últimas semanas han sido de tal modo extenuantes que podría dormir dos días enteros con sus noches.

—Sé que todos estáis cansados y queréis marcharos a casa —dijo Deforest, que había echado mano de las anotaciones del tesorero—. Pero, antes de que pongamos fin a la reunión, tenemos que hablar del presupuesto de la ciudad. Acabo de revisarlo... casi todas nuestras reservas están agotadas. Además, nuestros gastos mensuales se han desatado. Si no actuamos ahora, en primavera estaremos en quiebra.

Varios consejeros maldijeron audiblemente o movieron las cabezas.

—Aumentemos los impuestos —dijo Albert—. O los aranceles o el resto de las tasas de mercado.

—No podemos tocar las tasas —respondió Michel—. Los mercaderes y artesanos ya han perdido bastante dinero con la feria. Tenemos que evitar todo lo que les suponga una nueva carga. Es mejor que reduzcamos nuestros gastos. Sin duda tampoco es bueno para el comercio, pero los ciudadanos podrán soportarlo. ¿Veis una posibilidad de dónde ahorrar dinero? —Se volvió hacia Deforest.

—¿No es evidente? —repuso el maestre del gremio—. De la nueva escuela, por supuesto. Lo mejor es que la cerremos por completo. Si nos devuelven el dinero que vuestro hijo aún no ha gastado, nos supondrá de golpe un buen montón de plata.

—¡La escuela no se toca! —rugió Tolbert.

—¿De dónde queréis ahorrar si no? —preguntó impaciente Deforest—. ¿De los salarios de los guardias? De todos modos apenas ganan lo bastante para vivir. ¿De la limpieza de las fuentes públicas? De acuerdo, pero luego no os quejéis si hay otra epidemia. Tampoco podemos renunciar al mantenimiento del muro de la ciudad. En cambio, a la escuela sí. Sobre todo porque el proyecto ni siquiera ha empezado. Si la cerramos ahora, nadie sufrirá por ello.

—Tan solo todos los chicos que nunca aprenderán a leer y escribir porque no han tenido la suerte de nacer en una familia patricia.

—¿Y qué? Mejor que carezcan de formación a que enfermen, sean víctimas de un crimen o mueran en un asalto enemigo porque el Consejo ya no puede atender a sus tareas vitales.

—Por favor, Eustache. —Duval tomó la palabra—. Puede que la situación sea difícil, pero tales exageraciones están fuera de lugar. —Se dirigió a Michel—. ¿Cuánto dinero del que le autorizamos ha gastado ya vuestro hijo?

—Preguntádselo a alguien que esté mejor informado sobre el proyecto —respondió Michel, con más aspereza de la que pretendía.

—Cuando vi al maestro Rémy por última vez —dijo Tolbert— eran diecinueve libras y unos cuantos sous en piedras, mortero y madera.

—Así que renunciar al proyecto nos reportaría otras veinte libras —dijo Duval—. No merece la pena.

—Sería un comienzo —replicó Deforest—. Además, nos ahorraríamos el gasto corriente que se producirá después del primer año.

Tolbert dio un puñetazo encima de la mesa.

—¡Ha sido la feria la que ha llevado a Varennes al borde de la bancarrota! —tronó—. Los artesanos y los campesinos no vamos a cargar con los daños renunciando a nuestra escuela. ¡Es mi última palabra!

La disputa que se inflamó entonces rugió hasta medianoche.

Rémy aún parecía despierto: en su cuarto, encima del taller, titilaba la luz de las velas. Michel fue hacia la puerta y debatió un instante consigo mismo. Por último, se dio ánimo y llamó. «Se lo debes a Rémy. A pesar de todo.»

Le abrió Anton, que ya estaba durmiendo, a juzgar por el pelo enmarañado.

—Buenas noches, señor alcalde —murmuró aturdido el aprendiz, y le dejó pasar. Yves y Louis apagaron sus antorchas en el tonel de agua que había junto a la puerta y esperaron en el taller mientras Michel subía la escalera.

En la estancia ardía un fuego de chimenea. Su hijo estaba sentado a la mesa y leía un libro. La mirada que dedicó a Michel no fue precisamente cordial.

—¿Puedo sentarme?

—Ponte cómodo.

Se sentaron en silencio, uno frente al otro. El fuego crujía y chisporroteaba.

—Ya es tarde, me gustaría irme pronto a la cama —dijo Rémy—. Si vas a disculparte deberías ir empezando.

—No he venido por eso...

—Bien. Entonces ya puedes irte.

—Escúchame, Rémy —dijo Michel cuando su hijo se levantó y abrió la puerta—. Es importante. Vengo de una reunión del Consejo. A la ciudad le va mal. Tenemos que hacer algunos duros recortes para evitar la quiebra. Recortes que por desgracia te afectan también a ti.

Rémy le miró con fijeza.

—Queréis renunciar a la escuela.

—El Consejo ha decidido aplazar el proyecto. Sencillamente es demasiado caro. Por el momento no podemos permitírnoslo, tal como están las cosas. Seguro que dentro de dos años será diferente.

Rémy siseó una fea maldición, empezó a caminar por la habitación y cerró los puños.

—No eres el único al que afecta —prosiguió Michel—. El escribano de la ciudad, el tesorero y otros funcionarios tendrán menos salario desde Todos los Santos. Los guardias, inspectores de mercado y aduaneros no tendrán vestes, botas y armas nuevas hasta nueva orden. La reparación de la muralla se aplaza dos años. Los consejeros renunciamos a la indemnización por nuestros gastos.

—¿Ya no habrá vino y sal para vosotros? ¿Ni cera gratis para velas? Es del todo horrible. Siempre les toca a los más pobres de entre los pobres.

—Búrlate todo lo que quieras. Puede que te sorprenda, pero no me alegro en absoluto.

—Ah, ¿no? —Rémy puso las manos encima de la mesa y se inclinó hacia delante—. Me gustaría saber una cosa: seguro que hubo una votación para decidir si se renunciaba a la escuela.

Michel asintió.

—Hubo siete votos a favor.

—¿Y qué votaste tú?

—Me abstuve, igual que este verano, cuando presentaste la propuesta.

Rémy rio, un corto y seco bufido.

—Pregunta a Henri o a Eustache si no me crees —dijo Michel—. Entonces decidí no ponerme en tu contra en el Consejo. Y a eso me he atenido también esta vez. Solo porque no estemos en las mejores relaciones, no voy a atacar por la espalda a mi propio hijo.

—Has conseguido lo que querías. Así, es fácil reclinarse en el asiento y jugar a ser el íntegro consejero que jamás renuncia a sus sublimes principios.

Michel se estaba poniendo furioso.

—¿Hubieras preferido que votara en tu contra?

—Por lo menos habría sido honesto. Admítelo: en realidad estás muy contento de haberte librado de una vez de esa cara, molesta y superflua escuela.

—¿Por qué me tomo la molestia de hablar contigo, si siempre piensas lo peor de mí?

—¡Simplemente estoy harto de tu autoritarismo! —Ahora Rémy gritaba—. Solo tú sabes lo que es bueno para Varennes. Las demás opiniones no cuentan. Y ay del que haga algo que vaya en contra de tus planes. Es insultado, obstaculizado y echado a un lado, aunque sea tu propio hijo. —Salió corriendo de la estancia, volvió con una bolsa de dinero y la estampó encima de la mesa—. Aquí tienes. El resto del dinero del Consejo. Quizá con eso podáis al menos reparar una parte del daño que ha hecho tu feria. Cógelo y lárgate.

A la mañana siguiente, un zapatero del barrio fue al taller y solicitó a Rémy que escribiera para él una carta a su hermano en Saint-Dié-des-Vosges. Rémy se sentó al escritorio, pidió al zapatero que le dictara la carta... y enseguida lamentó haber aceptado el encargo. Las manifestaciones del hombre eran tan prolijas y confusas que Rémy apenas podía seguirlas, sobre todo porque había dormido mal. El zapatero volvía una y otra vez a empezar desde el principio, porque se enredaba en sus propias frases. En silencio, Rémy pidió fuerzas para no gritarle.

Felizmente, poco después apareció la salvación en la figura de Bertrand Tolbert, que quería hablar con él. Rémy ordenó a Gaston que terminara de escribir la carta y se retiró a su cuarto con el maestre de los campesinos de la ciudad.

—Me temo que tengo malas nuevas para vos —empezó Bertrand—. El Consejo decidió ayer dejar de apoyar la escuela.

—Lo sé —repuso Rémy—. Mi padre ya me lo ha dicho.

—Por desgracia, no he conseguido convencer al Consejo. Aparte de mí, solo Henri y otros dos votaron en contra. Lo siento.

—No tenéis por qué disculparos, Bertrand. Siempre habéis defendido el proyecto. No podíais hacer más.

Tolbert cruzó las manos callosas encima de la mesa y apretó los pulgares uno contra otro.

—La decisión del Consejo es un duro golpe para nosotros. Aun así, no podemos abandonar. La escuela es demasiado importante para Varennes.

Rémy asintió. Tampoco él estaba dispuesto a darse por vencido. Se había pasado media noche despierto y pensando si aún era posible salvar la escuela.

—La cuestión es: ¿de dónde sacamos el dinero para los libros, el recado de escribir y el salario del maestro? Calculo que todavía necesito entre diez y doce libras para el edificio y todas las adquisiciones. Además de cinco a diez al año para el maestro, según cuánto salario exija. Es una buena cantidad de dinero, pero no inalcanzable. Quizá podríamos crear una fundación que no esté vinculada al Consejo y pedir donativos a la ciudadanía.

—Me temo que con eso no iremos muy lejos. La mayoría de los mercaderes no respetan el proyecto, no nos darán nada. Con los artesanos tampoco podemos contar, han perdido mucho dinero a causa de la feria. Y desde el principio no queremos que las familias más pobres, para las que la escuela está pensada, participen en los gastos. Si pedimos donativos, no tendremos más que para una matrícula.

—¿Tenéis otra propuesta?

—Esperaremos. De momento los tiempos son malos, pero eso cambiará. Cuando a la ciudad vuelva a irle mejor, seguro que puedo conseguir una nueva mayoría para esta empresa. Aprovecharemos el tiempo de espera para prepararlo todo para el comienzo de las clases, de manera que solo tengamos que contratar un maestro cuando el Consejo nos dé su apoyo.

Rémy no estaba convencido.

—¿Y de dónde sacaremos el dinero para todas las compras?

—El material que necesitáis para reformar el almacén ya lo habéis comprado. El trabajo lo haréis vos mismo, así que el edificio no puede causar más gastos. Quedan el recado de escribir para los estudiantes y el material para los libros que queréis copiar. Yo puedo correr con eso.

—¿Estáis seguro? Hablamos de una suma de varias libras.

—Puede que no sea tan rico como vuestro padre, pero soy un hombre acomodado —respondió Bertrand con una escueta sonrisa—. Puedo permitírmelo. Es por una buena causa.

—No puedo aceptarlo. Compartiremos los gastos.

—No. Vos vais a hacer ya todo el trabajo. No debéis además meter en el proyecto el dinero ganado con vuestro sudor. Esa ha de ser mi contribución, insisto en ello.

Rémy vio la decisión en los ojos de Bertrand y supo que toda resistencia sería inútil.

—Entendido —dijo—. Cuidaré de que los gastos sean lo más bajos posible. Tenéis mi palabra.

Se estrecharon la mano.

—Tendremos nuestra escuela, maestro Rémy —dijo el maestre de los campesinos—. Tan solo debemos tener paciencia.

Con estas palabras se despidió.

Inundado de nueva confianza, Rémy bajó al taller. Anton y Dreux estaban alisando pergamino nuevo, y sonrieron. El zapatero seguía allí, balbuciendo su carta. Gaston estaba rígido junto al atril, con los dedos aferrando convulsivamente la pluma de ganso, y esperaba a que el zapatero terminara su frase. En su rostro no había emoción alguna, pero cualquiera que conociera al mozo vería en su mirada que albergaba pensamientos asesinos.

Rémy relevó al pobre muchacho antes de que llegaran a las manos.

Cuando octubre tocó a su fin, llovió larga e intensamente en el valle del Mosela. Los callejones se hundieron en el lodo. El que podía se quedaba en casa y se calentaba junto al fogón. El río creció, chocaba contra los cimientos de la muralla, y habría inundado la ciudad baja si las fraternidades del mercado del pescado no hubieran levantado un dique de sacos terreros.

El agua estaba parda de lodo de las riberas, y llena de madera y basura flotante. Por eso, nadie advirtió el saco que una tarde pasó bajo el puente. Se enredó, a la altura del palacio real, en una acumulación de ramas secas, donde quedó enganchado hasta que, a la mañana siguiente, rozó la gabarra de un mercader. El saco siguió flotando, se arañó con unas rocas, se rasgó, se dio la vuelta.

Apareció un rostro, pálido, cerúleo, hinchado. Hervé miraba al cielo. En sus ojos muertos seguía estando el horror que había vivido durante sus últimas horas. El agua parda golpeaba sus mejillas, llenaba su boca, mientras se deslizaba hacia el norte, milla a milla.

Lo descubrieron a un buen rato del camino de Metz; dos balseros lo sacaron del Mosela, cortaron el saco y dejaron el cadáver desollado en un prado. Se rascaron la cabeza, bebieron más cerveza y acabaron enterrándolo al pie de una vieja encina. Uno de ellos pronunció una oración de borracho, mientras el otro vaciaba la vejiga en un matorral cercano, antes de volver a subir a la balsa y seguir su camino.

En Varennes ya habían olvidado a Hervé. Solo Pierre, el ladrón reformado, se preguntaba a veces qué habría sido de él... hasta que, una noche, Guillaume fue a su escondrijo y también le puso a él una capucha en la cabeza.

Noviembre de 1218

E l mortero alcanzaba justo para eso. Rémy lo rascó del cubo, lo aplicó con la paleta y puso el último ladrillo en el muro. Listo. Se secó el sudor de la frente y bajó de la escalera para contemplar su obra. La pared llegaba hasta las vigas del techo, y separaba la parte trasera del almacén del resto del edificio. En la nueva sala guardarían el recado de escribir y los libros. Una firme puerta que iba a instalar en cuanto el mortero estuviera seco protegería los valiosos manuscritos contra los ladrones.

Rémy parpadeó y tomó un trago de la jarra de cerveza que Anton le tendía. En las últimas semanas habían trabajado como esclavos, porque quería terminar el edificio ese mismo año. Noche tras noche habían ido allí después del trabajo en el taller y habían tapado los agujeros del tejado, reparado el muro, reforzado las vigas. Las aspilleras estaban listas hacía mucho. Había cuatro en cada una de las paredes alargadas, para que siempre entrara suficiente luz diurna en la sala en la que tendrían que tener lugar las clases.

El esfuerzo había merecido la pena: estaban a tiempo. Solo quedaban minucias por hacer. Tenía que construir una estantería para los libros y un atril para el maestro. Cuando los hubiera hecho podría empezar a tomar prestados libros adecuados para copiarlos.

Creía recordar que hacía algún tiempo que habían llamado a completas. Rémy decidió dejarlo por ese día, y lavó el cubo en el tonel de agua; Anton limpió las herramientas. Cuando estaban dejando las tablas encima del banco de trabajo, para poder empezar con la puerta a la mañana siguiente, alguien llamó a la puerta con energía.

Abrió con un suspiro. Ante él estaba el vigilante nocturno, con su lanza y su farol. Aquella semana estaba de servicio Raimbaut, de la fraternidad de los curtidores y fabricantes de pergamino. Aquel hombre no estaba de buen humor. El perro de Raimbaut tiraba de la correa que el curtidor se había enroscado a la muñeca, y olfateaba a Rémy, babeando.

—¡Otra vez! —dijo el vigilante nocturno—. ¿No os he dicho que tenéis que terminar para vísperas? ¡Y vos seguís trabajando tranquilamente después de completas!

—Íbamos a parar ahora mismo —respondió apaciguador Rémy—. Vamos a limpiar rápido las herramientas y nos vamos a casa.

—¿Cuántas veces tengo que deciros que está prohibido trabajar de noche? Es impío y peligroso. ¡Si dejáis caer una tea de puro cansancio, podéis prenderle fuego a todo el barrio!

—Solo puedo trabajar aquí por las tardes, durante el día estoy en mi taller y tengo que ganar dinero.

—¡Eso no me importa! Si vuelvo a sorprenderos en la oscuridad daré cuenta al corregidor, tenéis mi palabra.

—Bien. Entendido. No volverá a ocurrir.

—Eso espero. Solo los truhanes y los canallas trabajan de noche, daos cuenta.

—Contador de guisantes —murmuró Rémy cuando el vigilante se marchó de allí con su farol y su perro.

Se lavaron las manos y apagaron las teas. Sin duda Raimbaut se encargaría de que, en el futuro, un vigilante pasara por allí todas las noches. Si Rémy quería evitar una sensible multa, tendría que suspender el trabajo en la escuela durante los meses de invierno, porque todos los días tenía trabajo en el taller hasta que se ponía el sol. Debería hablar con el Consejo. Quizá le concedieran un permiso excepcional para poder trabajar en la escuela por lo menos hasta completas.

Por el momento, sacaría partido a su mala situación. Las semanas y los meses pasados se lo habían exigido todo. En ese sentido, era una suerte que le obligaran a abreviar, porque necesitaba reposo urgentemente. Además, hacía mucho tiempo que vivía como un eremita. Hacía una eternidad que no asistía a las reuniones de su gremio. También hacía… ¿cuántas semanas? que no veía a Eugénie. No lo sabía con exactitud. Pero seguro que siete u ocho.

Rémy decidió sorprenderla con una visita. Envió a Anton a casa con la carretilla, cerró la escuela y cruzó el oscuro mercado de la sal.

En la taberna aún había luz. Los últimos clientes se habían ido, y Eugénie estaba amontonando un barril de cerveza vacío cuando él entró a la taberna llena de humo.

—Está cerrado… ¡tú! —dijo ella.

—Buenas noches, Eugénie —le saludó sonriente.

—Vuelves a dejarte ver. —Dejó el tonel con los otros y empezó a limpiar una mesa.

Él se acercó por detrás, le pasó las manos en torno al talle y la estrechó contra su cuerpo.

—¿No vas a darme un beso?

—Déjame. —Se soltó con brusquedad de él.

—¿Qué te pasa?

—¿Qué pasa? No hablas en serio, ¿no? —Se dio la vuelta y estampó el trapo en la mesa—. No apareces ni dejas saber de ti durante semanas, ¿y de pronto apareces y pides un beso? ¿Por quién me tomas? ¿Por una puta barata que puedes tomar cuando te apetezca?

—Tonterías. ¿Qué estás diciendo? Tenía mucho que hacer. La escuela...

—La escuela, la escuela. Eso es todo lo que te preocupa, ¿no? Todo lo demás no te importa.

—Tú me importas.

—Ah, ¿de veras? Tú sí que sabes mostrar tu afecto a una chica.

—Ignoraba que estaba obligado a nada contigo —respondió él, enojado—. Teníamos un acuerdo. Estábamos de acuerdo en no acosarnos.

—Sabes exactamente en qué consistía nuestro acuerdo. Nunca hablamos de que desaparecieras y no dejaras noticias tuyas durante semanas. ¡Por lo menos podrías haber dicho algo!

—Lo siento, ¿de acuerdo? Sí, debería haber dicho algo. Pero ni siquiera pensé en ello. Estoy hundido en el trabajo. Hace meses que me levanto al salir el sol y caigo en la cama a medianoche. Ni siquiera me habría enterado de que había un mercado anual en Varennes si mi padre no me hubiera obligado a ir con él.

—No eres el único que trabaja mucho. Yo también trajino de la mañana a la noche, y aun así encuentro tiempo para ocuparme de las personas que significan algo para mí.

Rémy abrió los brazos, sin saber qué hacer.

—Bien, Eugénie. Entendido. Me he portado como un cerdo. Pero me he disculpado. ¿Qué más debo hacer?

—Quizá deberías limitarte a irte —dijo Eugénie, y siguió limpiando la mesa.

—No. No te vas a librar de mí tan fácilmente. Me quedaré hasta que aceptes mis disculpas.

Durante un tiempo ella se quedó inmóvil, inclinada sobre la mesa, con el trapo en la mano. Él vio que ella respiraba hondo.

—No podemos seguir viéndonos, Rémy —dijo al fin.

—Esto es ridículo. Si quieres castigarme... de acuerdo. Con toda probabilidad me lo he merecido. Pero no así. Esto es infantil.

—No puedes desaparecer durante una eternidad y después esperar que todo siga como estaba. La vida sigue, también sin ti. Voy a casarme —añadió en voz baja.

Pasó mucho tiempo hasta que Rémy recobró la palabra.

—¿Quién? —logró decir.

—Hugo, el oficial de zapatero. Pidió mi mano el día de San Jacques.

—¿Y le has dicho que sí?

—Aún no. Pero voy a hacerlo.

—Pero tú nunca has querido casarte.

—Hugo es diferente. Me ha prometido no inmiscuirse nunca en mi negocio. Si tenemos un hijo, su hermana me ayudará para que pueda seguir trabajando.

Rémy empezó a dar vueltas por la taberna. Sencillamente no podía creer lo que estaba oyendo.

—Pero Hugo es... es...

—¿Es qué? —preguntó con aspereza Eugénie.

—Un cobarde. Un gallina.

—Y tú ¿cómo lo sabes? Apenas lo conoces.

—He oído historias. Durante la disputa, temblaba de tal modo en cada lucha que apenas podía sostener el arma.

—Por lo menos luchó en la disputa. —Le miró desafiante—. Cosa que no puede afirmarse de otros.

—Aun así —replicó irritado Rémy—. No encaja contigo.

—Sí que lo hace. Se preocupa por mí. Me trae flores. No desaparecía sin decir una palabra.

—¿Te hace feliz?

—Sí —dijo ella, un poco demasiado decidida.

—¿Y si te pido que no te cases con Hugo?

—¿A qué viene eso, Rémy?

—No te cases con él —dijo—. Por favor.

—Eso llega un poco demasiado tarde.

—Lo digo en serio.

Ella rio sin alegría.

—Lo que habla por tu boca es la vanidad herida. Es demasiado poco para mí. —Juntó unas cuantas jarras y las puso encima de la mesa, al lado de la puerta de la cocina.

Rémy no supo qué decir. Al parecer, ella había tomado su decisión.

—Entonces ¿se acabó?

—Sí.

—Dímelo por lo menos a la cara.

Ella se volvió hacia él.

—Se acabó —dijo, con un rasgo duro en torno a la boca—. ¿Estás satisfecho?

Rémy asintió. Apretó los dientes y se puso la gorra.

—Que te vaya bien, Eugénie.

Abrió la puerta de un empujón y salió a la noche.

Mientras Rémy caminaba por los oscuros callejones, Anseau Lefèvre ya estaba en la cama y dormía. En su sueño, estaba delante del espejo que le había regalado su madre. Apenas podía recordarla, y aquella pequeña lámina de bronce era una de las pocas cosas que le habían quedado de ella.

Su imagen en el espejo le sonreía.

«Hacía mucho que no te veía, Anseau», dijo.

«Eres mi reflejo. Nos vemos todos los días», respondió él confuso.

«Yo no soy tu reflejo.»

«¿Qué eres entonces?»

«Creo que lo sabes.»

Lefèvre se estremeció, aunque en su cuarto hacía de pronto un calor inusual. El hombre del espejo le guiñó un ojo, sus dientes eran tan blancos e inmaculados como el alabastro.

«¿Qué quieres de mí?»

«Recordarte que te espero. Tiendes a olvidarme. Muy frívolo por tu parte, Anseau. No me gusta que se olviden de mí.»

Lefèvre quiso dar la vuelta al espejo, pero su mano se movía tan despacio como si de pronto el aire fuera denso como cola de carpintero. Por eso alcanzó a ver que en los ojos de su reflejo ardían llamas, antes de poder tocar el bronce.

«Nos veremos, Anseau. Ya pronto. Ya pronto...»

Golpeó la tapa del arcón con la cara pulimentada del espejo...

Y despertó jadeante.

Pasó mucho tiempo hasta que su respiración se calmó. Su habitación no estaba en absoluto caliente, sino helada. Aun así, la sábana se le pegaba a la piel sudada. La apartó y trató de encender una tea con pedernal y yesca. Le temblaban las manos con tal fuerza que necesitó varios intentos hasta lograrlo.

Con el cuenco en la mano, se acercó al arcón sobre el que yacía el espejo, lo cogió, tragó saliva, miró en él.

Ninguna sonrisa, ningunos ojos llameantes. Solo un rostro cansado, pastoso, sin afeitar.

«¡Malditos sueños!» Arrancó el pergamino que cubría la ventana y tiró el espejo por ella. La lámina de bronce aterrizó rebotando en el pavimento de la calle. Acto seguido se sentó en el hueco de la ventana, se arrebujó el abrigo y respiró el frío aire de noviembre, porque no tenía ningunas ganas de volver a la cama.

Volvía a tener doce años y escuchaba aterrado si unos pasos se acercaban a su cuarto. Pasos pesados, arrastrados, que anunciaban la vara.

«¡Mocoso cobarde! ¿Dónde te has metido? Sal a recibir tu castigo.»

Las voces, los recuerdos... le faltaba mucho para vencerlos. Cerró los ojos, y solo volvió a abrirlos cuando su corazón dejó de latir como un tambor de guerra antes de la batalla. Tenía la garganta reseca, pero le faltaban las fuerzas para levantarse y buscar el jarro del agua.

Empezaba a alborear. Con la primera luz del día, reclinó la cabeza y observó la casa del mercader que había en diagonal a la suya.

—Fleury —susurró, con una voz que era como arena molida—. F-l-e-u-r-y. Fleury. F-l-e-u-r-y...

Diciembre de 1218

VARENNES SAINT-JACQUES

Con mano tranquila, Rémy pasó el pincel por el pergamino, trazó líneas, arcos y esquinas y llenó las superficies de relucientes colores.

Hacía mucho tiempo que no componía un verdadero libro. Durante los meses pasados, el taller había vivido de manera exclusiva de contratos, facturas y otros pequeños encargos. Rémy había ganado buen dinero con ellos, pero sencillamente no era lo mismo que copiar un libro. Tanto más disfrutaba del trabajo en su más reciente encargo: un evangeliario para un rico patricio de Épinal. Iba a ser un códice lujoso, repleto de miniaturas y ornamentos, cada página una obra de arte. El patricio pagaba por el libro una pequeña fortuna, y no esperaba menos que el máximo rendimiento por parte de Rémy y sus colaboradores.

Gaston se encargaba de copiar el texto. El Evangelio según san Mateo ya estaba listo. Mientras el oficial empezaba con El Evangelio según san Marcos, Anton repasaba las páginas en busca de errores y se las pasaba a Rémy, que insertaba la decoración. Como siempre, empezaba por las capitulares, las iniciales agrandadas de los distintos segmentos del texto. En ese momento estaba trabajando en una P, y envolvía la letra en arabescos y zarcillos. En el vientre de la letra se acuclillaba una figura, un escribano rubio sentado a su atril exactamente igual que Rémy en ese instante. De hecho, la miniatura era un autorretrato. Rémy nunca habría llegado tan lejos como para poner su nombre en un libro copiado por él. Algo así pasaba por grosero y petulante, y estaba mal visto entre escribientes. Las pequeñas referencias ocultas a su autoría eran la única concesión a su vanidad que a veces se permitía.

Mientras pintaba las iniciales, solo existían él, el pergamino y los colores. El mundo exterior, sus preocupaciones a causa de la escuela, Eugénie... todo quedaba olvidado. Por eso, solo vio a su visitante cuando Dreux le habló:

—Maestro Rémy... Vuestro señor padre.

Rémy levantó la cabeza. Michel estaba a la puerta del taller, con copos de nieve en el abrigo y en la gorra. Rémy dejó el pincel.

—Pronto oscurecerá. Vamos a terminar por hoy.

—Pero todavía tenemos que limpiar los pinceles —dijo Dreux.

—Yo lo haré luego. Ve a la taberna y brinda por el nuevo encargo. Llévate a Anton. Pero solo una cerveza para el chico. Ay de vosotros si vuelve borracho.

Su gente no se lo hizo decir dos veces. Se echaron los mantos por encima y poco después habían desaparecido en la nevada.

Lentamente, Michel se acercó y contempló las páginas extendidas sobre la mesa.

—¿Tienes un nuevo encargo?

—Otra vez un libro, después de mucho tiempo.

—¿Paga bien el cliente?

—No me puedo quejar.

Michel cogió una página y pareció estudiar cada palabra.

—Limpio trabajo —murmuró.

No habían vuelto a hablar desde su última disputa. Rémy había pensado a menudo en aquella noche, y entretanto se avergonzaba de algunas cosas que había dicho presa de la ira. Quería disculparse, pero no sabía por dónde empezar. Los sentimientos que tenía hacia su padre eran demasiado contradictorios. Seguía irritándose con él, pero eso no cambiaba la mala conciencia que después sentía.

Michel carraspeó.

—Por eso he venido... tengo algo para ti. —Abrió el bolso de cuero que llevaba colgando del hombro y sacó de él un libro—. Es *De inventione*, de Cicerón. Lo encontré en un librero de Speyer y pensé que podía serte útil para la escuela. Es una obra clásica para la clase de retórica.

Titubeando, Rémy cogió el librito encuadernado en cuero y lo abrió. Era uno de esos manejables ejemplares que circulaban en la Universidad de París. Sencillo y útil... justo lo que necesitaba.

—Tu madre me ha dicho que no sabes de dónde sacar el tiempo para copiar todos esos manuales —dijo Michel—. Así que pensé que no te importaría no tener que copiar al menos el Cicerón.

—¿Es un regalo? —preguntó Rémy para asegurarse. Incluso un libro tan sencillo no era precisamente barato.

—Considéralo una donación para la escuela.

—¿La escuela que tú consideras un «necio sueño» y una «ridícula empresa»?

A su padre le costó mucho superarse para pronunciar las siguientes palabras:

—No estuvo bien decir eso. Fue inmeditado y ofensivo. Sea como fuere, es hora de disculparme.

Rémy tenía de pronto un nudo en la garganta.

—Yo también debería disculparme. Cuando te llamé autócrata...

Michel hizo un gesto de rechazo.

—Perdonado y olvidado. Cuando nos enfadamos, todos decimos estupideces que no pensamos.

Se quedaron en silencio el uno frente al otro.

—¿Paz? —preguntó su padre.

—Paz —respondió Rémy, y le tendió la mano. Michel la tomó, atrajo a su hijo y lo estrechó en sus brazos.

—Por Dios, Rémy, ¿qué nos ha pasado? Nos queremos. ¿Cómo pudimos tratarnos así?

—Sencillamente fuimos unos locos. No hablemos más de eso.

—Acordemos una cosa: pase lo que pase, no volveremos a permitir que nos divida. Podemos discutir, insultarnos, pero a más tardar al día siguiente nos daremos la mano para reconciliarnos.

—De acuerdo —dijo Rémy.

Michel se secó una lágrima.

—Tu madre se santiguará tres veces cuando lo oiga. Me ha hecho la vida imposible estas últimas semanas.

—No solo a ti —dijo sonriente Rémy.

—Ven. Vamos a beber algo y me contarás cómo avanza el trabajo en la escuela.

—Con gusto. Pero déjame recoger el taller.

Michel le ayudó, y poco después salían de la casa.

Entretanto, había oscurecido. Gruesos copos de nieve caían del cielo y se fundían en las antorchas que titilaban a las puertas de las grandes casas. Envueltos en sus abrigos, caminaron por las callejas. Cuando llegaron al mercado de la sal, a Rémy se le ocurrió algo:

—¿Has visto alguna vez la escuela por dentro?

—No, hasta ahora no.

—Entonces ya es hora. —Felizmente, Rémy siempre llevaba la llave del antiguo almacén. Abrió la puerta y encendió dos teas—. Echa un vistazo.

Michel cogió una de las antorchas.

—Es impresionante lo que has hecho —dijo mientras caminaba.

—Hay mucho que aún está sin terminar. Pero lo estará, a más tardar en primavera. —Desde que el vigilante nocturno había prohibido a Rémy trabajar en la oscuridad, apenas tenía tiempo para ocuparse de los últimos detalles. Por lo menos había construido una puerta para la sala trasera. Pero no había llegado a ponerla. Desde hacía dos semanas, estaba cogiendo polvo en las borriquetas.

—Bertrand nos contó vuestros planes en la última reunión del Consejo —dijo Michel—. Por el momento, el Consejo tiene otras preocupaciones, pero confío en que podremos aprobar el dinero para un maestro dentro de dos años... suponiendo que el mercado anual sea un éxito.

Rémy asintió. Ya se había hecho a la idea de que no podría empezar con las clases hasta dentro de dos años como pronto. Ahora todo dependía de la próxima feria.

—Y, en lo que se refiere a los gastos de escritura, los libros y todas las demás adquisiciones... los asumiré yo. Bertrand ya está al corriente.

—¿Estás seguro? —preguntó Rémy—. Será un buen montón de plata.

—Es lo mínimo que puedo hacer. Además... ¿qué parecería que Bertrand lo pagara todo y tu riquísimo padre no te diera un céntimo? Tendría que avergonzarme.

Rémy reprimió una sonrisa.

—Gracias. Sé apreciarlo.

Michel se limitó a emitir un gruñido.

—Esa puerta... es para ahí detrás, ¿no?

—Aún no he podido colocarla.

—Entonces lo haremos ahora. Ven, te ayudaré.

Uniendo sus fuerzas, llevaron la puerta hasta la sala trasera. Rémy la encajó en el marco, su padre la sujetó por el otro lado e intentó pasar los dos aros de hierro por la espiga del gozne, mientras Rémy mantenía en equilibrio sobre un pie la puerta, no precisamente ligera. Cuando por fin encajó, oyó pasos enérgicos detrás de sí.

—¡Ya basta! —dijo Raimbaut, que esa semana volvía a ser vigilante nocturno. El chucho tiraba de la correa—. Lo he intentado por las buenas, y os he dicho varias veces que trabajar de noche está prohibido, pero está claro que sois incorregible. ¡Ahora vais a pagar una multa! Presentaos mañana ante el corregidor. ¡Y vuestro cómplice también!

—¿Multa? —Michel abrió la puerta y salió de la sala—. ¿Qué clase de multa?

—¡Señor alcalde! —balbuceó Raimbaut—. Yo pensaba... no sabía... —El vigilante se puso firme—. Nada de multa. Un error por mi parte. Por favor, disculpad. —Se dio a la fuga, arrastrando a su perro tras de sí.

—Un buen tipo, ese Raimbaut —dijo Michel—. Nada se le escapa. Hombres como él son la espina dorsal del gobierno de la ciudad.

—La prolongación de la espina dorsal, querrás decir.

—Rémy, por favor. No se habla así de meritorios ciudadanos que cumplen con su deber. Ven mañana al ayuntamiento y te conseguiré una autorización de trabajo nocturno, para que todo sea correcto. Ahora, vamos de una vez a la taberna. Estoy sediento. ¿Donde Eugénie?

—Te estaría agradecido si pudiéramos ir a otro sitio.

Michel levantó una ceja. Rémy esperó que su silencio fuera suficiente respuesta.

—Está bien. Pues no. De todos modos, su comida no vale nada. ¿Has probado su cocido? Sencillamente asqueroso. Ni siquiera le echa tocino.

Rémy rio, y su padre le dio una palmada en la espalda.

—Vamos a la taberna de la ceca. Pago yo.

LIBRO SEGUNDO

TEMPORA NOVA

De agosto de 1220 a enero de 1221

Agosto de 1220

Michel odiaba la cripta.

Era un lugar sagrado, decían los canónigos, la tumba de san Jacques y de tantos obispos, un lugar de oración y de paz eterna. Para Michel en cambio era sencillamente un oscuro agujero lleno de ataúdes y huesos podridos, húmedo, frío e inquietante. Los escalones que llevaban a la gruta situada bajo el coro de la catedral estaban tan gastados que a cada paso uno se arriesgaba a romperse el cuello. En los angostos pasadizos se daba una y otra vez con la cabeza, a no ser que se fuera tan bajito como el deán de la catedral. Y aquel hombre era apenas más alto que un enano.

Michel bajó por la escalera con la cabeza encogida. De pronto resbaló, y se hubiera caído de no haberse agarrado a un saliente del muro en el último momento. Su linterna osciló con un crujido, las sombras temblaron en las paredes como una banda de espíritus desencadenados. Maldijo de manera audible.

En la antesala de la cripta estaba el relicario con los huesos de san Jacques. Una verja de hierro protegía el arca dorada contra los ladrones. Eudes de Sorcy, el nuevo obispo de Toul y Varennes, estaba arrodillado en el suelo de piedra, con la cabeza inclinada con gesto humilde, y murmuraba una oración. A su lado había un criado con una antorcha.

Michel esperó a que el clérigo terminase su oración. Tras la repentina muerte del obispo Gerard el año anterior, Eudes había sido elegido nuevo pastor supremo de la diócesis. Como su predecesor, residía en Toul, ciudad de la que era señor. Contemplaba Varennes, donde como obispo apenas tenía poder temporal, igual que un molesto apéndice, adonde solo acudía cuando el deber lo exigía. Iba allí de visita como mucho una vez al mes, y decía la misa en la catedral.

Michel aún no se había formado una opinión definitiva acerca de aquel hombre. Por una parte, Eudes se esforzaba por mantener buenas relaciones con el Consejo y no se mezclaba en la política de Varennes, por otra dirigía Toul con mano firme y dejaba ver una peligrosa hambre de poder y boato.

Por fin, el obispo se incorporó. Eudes de Sorcy procedía de una antigua familia noble de la Lorena, y había heredado de sus antepasados guerreros la fuerza muscular y la enorme confianza en sí mismo. Era un toro, de hombros anchos y casi cuatro varas de altura. Una corona de pelo rojo rodeaba el cráneo rapado.

—Excelencia. —Michel se inclinó ante él y besó el anillo en la mano de Eudes.

—Levantaos —dijo el obispo con voz sonora, antes de volverse de nuevo hacia el relicario—. San Jacques, Jacobus de Warennas. De todos los santos que hay enterrados en tierra lorenesa, es al que más unido me siento. ¿Sabíais que fue guerrero antes de encontrar la fe?

—Formó parte del séquito del emperador Carlos y luchó contra los bretones. Estoy familiarizado con la vida de san Jacques. —Michel sonrió—. Todos los niños de Varennes crecen con las historias de sus aventuras y milagros.

—También yo fui guerrero en mis años jóvenes. Fui educado para caballero, antes de que mi padre decidiera que debía renunciar a la vida mundana y volver a servir a la Iglesia. Fue un duro golpe para mí no esgrimir una espada e ir a la batalla de nuevo. No volver a salir a cazar ni a librar un singular combate. En vez de eso rezar, rezar, rezar, todos los días lo mismo. Soñaba con grandes acciones. ¡Cómo maldije a mi padre! Meterme en un convento, a mí, el futuro guerrero... ¿cómo podía hacerme eso? Desde el principio me sublevé contra mi destino. Hui. Me atraparon y me castigaron, para que aprendiera a tener humildad. Pero nada servía contra mi rebeldía, ni los golpes ni el trabajo duro. Estaba convencido de que no estaba hecho para esta vida. Entonces, oí hablar por primera vez de Jacques y su tardía conversión. Un guerrero convertido en hombre de paz... me reconocía en él. Aquella noche comprendí que estaba destinado a imitarlo. No tenía por qué amargarme detrás de los muros de un convento. Seguía siendo capaz de hacer grandes cosas, para eso no necesitaba ninguna espada. Mi fe podía llegar a ser una herramienta más poderosa que cualquier arma. San Jacques me dio la fuerza para superar mi obstinación y aceptar mi destino. Su guía hizo de mí el hombre que ahora soy. Le doy las gracias por eso todos los días.

El obispo se hundió en el silencio, mientras su mirada reposaba en el relicario.

Al cabo de un rato, Michel preguntó:

—¿Por qué queríais hablarme?

El obispo lanzó una atronadora carcajada.

—Disculpad, señor alcalde. No quería importunaros con viejas historias. Pero en este lugar tiendo a perderme en los recuerdos. Vayamos arriba. Una conversación entre dos hombres hechos y derechos no debe tener lugar en una oscura gruta.

Cuando dejaron atrás las sombrías catacumbas y salieron al altar, a Michel le pareció que incluso podía respirar mejor. Sopló la vela y colgó la linterna de un gancho.

—¿Conocéis la catedral de Toul? —preguntó el obispo Eudes, mientras caminaban bajo las arcadas de la nave lateral.

—La he visitado algunas veces.

—Se parece mucho a la de Varennes, pero es aún más antigua que esta, casi cien años. Los muros están decrépitos, y quién sabe cuánto tiempo aguantarán las columnas. Es hora de que la renovemos.

—¿Queréis reformarla?

—Voy a derribarla y a levantar una iglesia nueva por completo, mucho más grande y espléndida que la vieja. La forma de construcción tradicional de las catedrales está agotada. La diócesis necesita una catedral de estilo francés: arcos ojivales, en vez de arcos de medio punto. Pilares de filigrana, en vez de macizas columnas. Claridad y amplitud en vez de lobreguez y estrechez agobiantes. Grandes ventanales por los que entre a raudales la luz del sol, como si fueran las puertas del reino de los cielos.

—Una catedral como la de la Île-de-France —dijo Michel, que seguía con interés los últimos avances de la arquitectura de los que hablaba Eudes.

El obispo asintió.

—Una iglesia que es más que un templo del Señor. Una promesa del esplendor divino hecha piedra. Un monumento a la omnipotencia divina.

—Las catedrales nuevas son caras —objetó Michel.

—Muy caras y costosas en su planificación y construcción —confirmó Eudes—. Cuento con un período de setenta años. Pero puede que tarde fácilmente el doble hasta estar del todo terminada. Solo sabré más cuando tenga los planos y pueda calcular los costes.

—Estáis en verdad decidido a hacer algo grande.

—Entramos en una nueva era, señor Fleury. Nuestro mundo cambia. Eso atemoriza a los creyentes. Necesitan un símbolo fuerte de la bondad de Dios que les dé consuelo. Un lugar en el que puedan buscar refugio cuando las dudas los abrumen.

—Supongo —dijo sonriente Michel— que no me contáis esto por capricho. Estáis aquí porque esperáis apoyo para vuestros planes.

—Voy a ser muy sincero —declaró el obispo—. Toul no puede sufragar los costes de una catedral por sí sola. Por eso, quiero que pidáis a vuestro Consejo que haga una contribución. Al fin y al cabo, a Varennes también le interesa que la diócesis tenga una nueva iglesia madre.

Eudes era un hombre orgulloso... Michel podía imaginar lo que tenía que haberle costado comparecer ante él como peticionario. Pero el obispo no tenía elección. Dado que en Varennes solo el Consejo y el rey podían cobrar impuestos y tasas, no podía obligar a la ciudadanía a participar en los costes de la nueva catedral. Dependía de la benevolencia del Consejo.

Michel meditó con exactitud sus siguientes palabras.

—Sabéis que aún estamos recuperándonos del fracaso de la feria. No podemos permitirnos nuevas cargas. Cualquier gasto suplementario pondría en riesgo nuestro dudoso impulso.

—He oído decir que los artesanos y mercaderes han cubierto hace mucho las pérdidas de la feria —respondió el obispo—. Y que las arcas del Consejo vuelven a estar llenas.

—Es cierto que desde hace más o menos un año hemos vuelto a tener reservas. Pero necesitamos con urgencia ese dinero para la próxima feria de octubre. Y, en lo que a artesanos y a mercaderes se refiere, no todos han podido compensar sus pérdidas. Más de uno solo ha podido sobrevivir porque su fraternidad o el gremio lo han acogido bajo sus brazos.

El eclesiástico siguió de pie.

—Pero sin duda podréis hacer una modesta contribución.

—Nuestra situación económica sigue siendo tan difícil que no podemos prescindir ni de un sou. Quizá si se tratase de una nueva catedral en Varennes sería distinto, pero ¿una catedral en Toul? ¿Qué sacarían de eso nuestros ciudadanos? La mayoría de ellos nunca van a Toul. Tendrían que pagar con sus impuestos una iglesia que jamás verían.

—Así que no queréis ayudar a vuestro obispo.

—Lo siento, excelencia, pero no nos es posible. Os ruego que lo entendáis.

Eudes miró fijamente a Michel. Toda amabilidad había desaparecido de su gesto, de su voz.

—Os recomiendo que reconsideréis vuestro criterio, señor alcalde. Vuestra negativa podría tener consecuencias para la salvación de las almas de los ciudadanos de Varennes.

La habitual amenaza cuando uno no se sometía a la voluntad de un prelado. Michel no ocultó su irritación:

—Nuestros ciudadanos son cristianos temerosos de Dios, que pagan con puntualidad el diezmo, siempre hacen penitencia por sus pecados y dan generosas limosnas a los pobres. Estoy convencido de que la salvación de sus almas no está amenazada en modo alguno.

—He querido hablar con vos porque os tenía por un hombre sensato. Está claro que me he equivocado. Ahora bien... felizmente no podéis tomar esa decisión por vuestra propia cuenta. De modo que presentaré mi petición al Consejo, con la esperanza de encontrar en él más humildad y disposición a ayudar.

—Estáis en vuestro derecho, excelencia. El Consejo se reúne esta tarde. Venid al ayuntamiento después de vísperas. Seréis escuchado.

La mano de Eudes se lanzó hacia delante, Michel besó el anillo, y el eclesiástico se marchó, orgulloso, sin una palabra de despedida.

Michel suspiró para sus adentros. Lo que le faltaba era tener problemas con el obispo. Salió de la catedral y cruzó la plaza hacia el ayuntamiento. Llegado a su despacho, escribió un breve mensaje que entregó a un mensajero municipal.

—Lleva esto a los consejeros. Es importante que lo lean antes de la reunión de esta noche.

—Me daré prisa, señor alcalde.

Acto seguido bajó a los establos, indicó a un criado que ensillara a Tristán y poco después cruzaba la Puerta de la Sal. Era una mañana de calor bochornoso, nubes oscuras llegaban del oeste, había lluvia en el aire. En los prados delante de la muralla los campesinos segaban el heno, y Michel pensó fugazmente en su hermano y él, cuando ayudaban en la siega, entonces, hacía muchos muchos años, en Fleury, cuando aún eran siervos. Una sonrisa jugueteó en torno a sus labios. Si entonces le hubieran profetizado que un día iba a ser alcalde y a negociar con obispos y príncipes no habría dicho una sola palabra, de pura incredulidad y confusión.

El viento empujaba nubes de polvo en los terrenos de la feria, que se extendían a ambos lados del camino. Michel miró el nuevo albergue, que habían terminado la semana anterior. Como su predecesor, constaba de tres edificios alargados, además de establos, dos cobertizos para carros y unos baños, para que los mercaderes extranjeros pudieran lavarse y refrescarse después de un largo día de mercado. Esta vez, Michel había impuesto en el Consejo que fuera construido por entero en piedra, a pesar de los gastos. Los alguaciles de Jean Caboche lo vigilaban día y noche para que nadie pudiera acercarse sin ser visto.

Desde el albergue, cabalgó en dirección al sudeste. Cuando perdió la ciudad de vista, dejó el camino de la sal y galopó campo a través, por el bosque, siguiendo una senda de carboneros, medio olvidada, que llevaba a un viejo túmulo en las profundidades del bosque de Varennes. Allí descabalgó y ató a Tristán a la rama de un fresno.

Un ligero viento susurraba en las copas de los árboles y llevaba el olor agrio de una madriguera de jabalíes. Michel se sentó en una de las rocas cubiertas de musgo y esperó. La última vez que había estado allí había sido hacía dieciséis años, para forjar con las fraternidades una alianza secreta contra un gobernante tiránico. También ese día era la lucha contra un enemigo la que le había llevado hasta allí.

«¿Vendrá?»

Chrétien le hizo esperar. Solo cuando el sol se acercaba a su cenit apareció en el claro, con aquella expresión de acoso en el rostro que formaba parte de su ser tanto como el pelo rubio y pajizo y la piel pálida.

—Os ruego que me disculpéis —dijo—. No he podido salir hasta que mi señor ha abandonado la casa.

—¿Os habéis cerciorado de que nadie os ha seguido?

—He sido cuidadoso. Nadie más que el guardián de la puerta me ha visto salir de la ciudad. —Chrétien contempló frunciendo el ceño la colina, sobre la que crecían hierba, helechos y toda clase de malas hierbas—. ¿Qué lugar es este?

—La tumba de un príncipe, de los días de los paganos.

El *fattore* se persignó.

—Un lugar en el que podemos hablar sin ser molestados —añadió Michel—. ¿Qué decís a mi oferta?

Chrétien apartó la mirada de la antigua tumba y la dejó vagar por los fresnos y las hayas. Michel llevaba semanas intentando ganárselo para sus planes, porque consideraba al joven *fattore* un hombre de honor, que despreciaba en secreto a Lefèvre y sus prácticas comerciales y tan solo aguardaba una oportunidad de devolver a su odiado señor todas las humillaciones de los últimos años. Esperaba no engañarse con aquel hombre.

—Hablemos de mi salario —dijo Chrétien.

—Sin duda.

—Si os ayudo, a vos y al Consejo, a llevar a Lefèvre ante los tribunales, tengo que recibir la suficiente plata para poder fundar mi propia empresa.

—Lo acordado son veinte libras.

—Quiero treinta.

—Eso es mucho dinero.

—Quiero ir a Champaña, allí la vida es cara. Es el valor que tiene mi ayuda —dijo Chrétien.

—¿Por qué no queréis quedaros en Varennes? Sois un mercader capaz. El gremio os acogerá con los brazos abiertos.

—Quiero empezar de nuevo. Estoy harto de esta ciudad.

—Está bien —dijo Michel—. Treinta. Además, os ayudaremos a dejar la ciudad sin ser advertido y a poner pie en Champaña.

Sellaron el acuerdo con un apretón de manos. La diestra de Chrétien estaba húmeda y fría.

—¿Qué debo hacer, exactamente?

—Pronto tendrá lugar el próximo mercado anual. Confiamos en que Lefèvre vuelva a intentar perturbarlo. —De hecho, nadie en el Consejo dudaba de que el usurero golpearía más fuerte y con más vileza que la última vez. Sin duda se había mantenido tranquilo durante el pasado año y medio, pero Michel sería un loco si creyera que el ansia de venganza de Lefèvre se había apagado. Un hombre como él solo paraba cuando había aniquilado a su enemigo. Pero no era necio. Sabía que en circunstancias normales poco podía hacer contra Michel. Así que esperaba la ocasión favorable, un momento de debilidad. Con la feria Michel arriesgaba mucho, porque no sobreviviría a un nuevo fracaso del mercado anual. Lefèvre podía dañarle sensiblemente.

—Observadle —pidió a Chrétien—. Intentad averiguar lo que pretende. Decidme todo lo que os parezca sospechoso.

—Eso podría ser difícil. Ya os he dicho que él nunca me cuenta sus planes.

—Pero tiene que contárselos a alguien. Es imposible que haya hecho solo todos los ataques de la última vez. Averiguad quién le ayuda. Registrad su escritorio. Escuchad cuando hable con alguien. Solo podremos atraparlo cuando tengamos pruebas sólidas de su culpabilidad.

—Sospecho de Renouart —dijo Chrétien—. No puedo demostrarlo, pero creo que entonces apaleó al maestro de obras y prendió fuego al albergue.

—Eso sospechamos también nosotros. ¿Es cierto que hace poco que Lefèvre le obliga a cobrar deudas?

—Lo envía de vez en cuando a visitar a deudores morosos, sí.

—¿Qué hace Renouart si no pagan? ¿Los agrede?

—Por lo menos los intimida —dijo Chrétien—. Pero no son más que conjeturas. Lefèvre tiene mucho cuidado de que me entere lo menos posible de sus negocios de usura.

Michel apretó los labios. Le dolía la profunda caída de su viejo amigo. El antaño orgulloso caballero se había convertido en un apaleador e incendiario, un criminal.

—Supongo que no sabéis dónde tiene Lefèvre a la familia de Renouart. —Desde que había sabido que Renouart estaba siendo extorsionado, Isabelle y él buscaban a Felicitas y a Catherine, hasta entonces sin éxito.

—No, lo siento —respondió Chrétien.

—Tenéis que haber oído algo. ¿No manda Lefèvre de vez en cuando a uno de sus criados para ver cómo están?

—Ninguno de los criados de su casa tiene nada que ver con eso. Fueron desconocidos los que se las llevaron. Hombres a los que nunca había visto antes. Probablemente mercenarios. Lefèvre siempre encarga los asuntos delicados a gente de fuera.

—Aun así, si oís algo acerca de Felicitas y Catherine, hacédmelo saber.

El joven mercader asintió.

—Eso sería mucho —dijo Michel—. En la última feria, Lefèvre siempre fue un paso por delante de nosotros. Tiene que haber un infiltrado en el gobierno de la ciudad... no es posible explicarlo de otro modo. ¿Sabéis algo de eso? ¿Trabaja un corchete para él? ¿Soborna a servidores de la ciudad?

Chrétien reflexionó.

—Puede ser que Guillaume le haya ayudado antes. Al menos entra y sale de nuestra casa con llamativa frecuencia. En una ocasión incluso tuve que ir a buscarlo en mitad de la noche. Pero nunca he sabido qué ha hecho por Lefèvre.

Michel no estaba sorprendido... jamás había podido soportar a Guillaume, y le creía capaz de los peores crímenes. Por desgracia, aquella indicación no le servía de mucho: el guardia había desaparecido sin dejar rastro hacía más de año y medio, poco después de la última feria.

—¿Qué ha sido de Guillaume? ¿Le habrá asesinado Lefèvre porque sabía demasiado?

—Puede ser. Ese hombre es capaz de todo.

—¿Y desde entonces? ¿Tiene un nuevo espía?

—Si lo tiene, no ha llamado mi atención. Pero mantendré los ojos abiertos. —El joven mercader parecía cada vez más tenso—. Ya es tarde. Debo ir pensando en regresar.

Michel asintió.

—Enviadme una nota en cuanto haya algo que contar. No hace falta que os diga que tenéis que ser muy cauteloso.

—No os preocupéis por mí. Cuando se sirve a un hombre como Lefèvre, con el tiempo uno aprende a cuidarse —dijo Chrétien, y en su angustiado gesto hablaban años de miedo y humillación.

Se escurrió en la espesura, y al instante siguiente el bosque se lo había tragado.

El Consejo se reunió después de vísperas. El sol de la tarde entraba por las ventanas de medio punto cuando los hombres entraron en la sala y tomaron asiento a la mesa. Los consejeros eran los mismos desde hacía cuatro años, porque en las elecciones de julio no se habían producido cambios en la composición del colegio.

Michel no se hacía ilusiones: la mayoría no habían sido reelegidos porque la ciudadanía estuviera satisfecha con ellos. De hecho, las drásticas medidas de ahorro que habían tomado después de la última feria habían dado frecuente motivo para duras protestas, y más de un consejero, incluido Michel, había temido por su reelección. Tan solo la circunstancia de que el grupo de posibles consejeros era bastante pequeño y, en vista de la difícil situación económica, nadie quería un escaño en el Consejo, había impedido que los hubieran removido en bloque. La ciudadanía les había dado forzosamente una segunda oportunidad. Pero no tendrían una tercera.

El obispo Eudes hizo que a sus anuncios les siguieran los hechos, y compareció con grandes aspavientos ante el Consejo. Con un discurso inflamado, abogó por la nueva catedral y suplicó con mucho énfasis a los consejeros que apoyaran su proyecto. Les prometió recompensa en el cielo si se declaraban dispuestos a asumir una parte de los gastos de la construcción. Al mismo tiempo, no ahorró alusiones a que la ira de Dios los amenazaba si seguían el vergonzoso ejemplo de Michel y le negaban toda ayuda.

Por suerte, todos los consejeros habían leído la nota de Michel y, por tanto, estaban preparados, de modo que la impresionante puesta en escena de Eudes no los atropelló. En el breve debate que siguió, solo tres hombres tomaron seriamente en consideración que Varennes participara de los costes. Los otros nueve hablaron al obispo del inminente mercado anual y los gastos que conllevaba... y aplastaron su solicitud. Eudes abandonó la sala resoplando de furia, no sin señalar una vez más que aquella decisión tendría dolorosas consecuencias para Varennes.

—Una cosa está clara —dijo Deforest, cuando se apagó el eco de los pasos del clérigo—. No vamos a tenerlo fácil con ese hombre. Más vale que nos preparemos para que nos la devuelva.

—¿Qué va a hacer? —repuso Tolbert—. ¿Condenarnos en su próximo sermón por codiciosos y degenerados? Me tiemblan las rodillas.

—Con toda seguridad intentará atizar contra nosotros a la ciudadanía —dijo Odard Le Roux.

—Que lo haga. Haced anunciar a los heraldos que solo quiere su dinero, y la gente sabrá a qué atenerse.

—El obispo Eudes aún tiene suficiente poder temporal como para causarnos serios daños —objetó Deforest—. Sin duda no en Varennes, pero sí en Toul y el resto de la diócesis. Es posible que imponga aranceles de castigo a los mercaderes de Varennes.

—Primero el duque tendría que autorizárselo —repuso Michel—. Aparte de eso, sería como clavarse una lanza en el pie. En su situación, no puede permitirse obstaculizar el comercio. —Cuando el maestre del gremio iba a hacer una nueva objeción, Michel dijo—: No sirve de nada que nos rompamos la cabeza, Eustache. Vigilaremos al obispo. Por el momento, no podemos hacer más. Mejor hablemos de cosas más gratas. He estado a mediodía con el *fattore* de Lefèvre. Se ha declarado dispuesto a ayudarnos.

—Alabado sea san Jacques. —El rostro pálido y enjuto de Duval se iluminó—. No contaba ya con eso. Buen trabajo, Michel.

—¿Cómo va a proceder? —preguntó Poilevain, que seguía ostentando el cargo de juez municipal.

—Me informará si Lefèvre planea un crimen, para que podamos detenerlo antes de que cause daño.

—¿Le habéis explicado que necesitamos pruebas inequívocas de su culpabilidad? Dos testimonios independientes y coincidentes... de otro modo no puedo condenarle.

—Chrétien es consciente de lo que tiene que hacer... no se ha caído de un árbol —respondió Michel.

—Espero que ese tipo sepa en lo que se ha metido —dijo Tolbert—. Si Lefèvre le sorprende, que Dios se apiade...

—Por eso de esta sala no puede salir una sola palabra de todo esto. Por lo demás, también he preguntado a Chrétien por el espía. Por desgracia, no sabe nada. Tenemos que encontrar nosotros mismos la filtración.

—Hemos interrogado ya a todos los empleados municipales —dijo Caboche.

—Volved a interrogarlos. Quizá se os ha pasado por alto algo.

—Podríamos ahorrar mucho tiempo si metiéramos simplemente a Lefèvre en la Torre del Hambre y lo mantuviéramos allí hasta que lo confesara todo —observó Le Roux.

—Con eso no le sacaríais una sola palabra —repuso Duval—. Lo único que conseguiríais es que apelara al tribunal superior, forzara su puesta en libertad y acto seguido nos cubriera de querellas.

—No si le apretamos duro. Seguro que un buen puñetazo en la boca del estómago le afloja la lengua. Si eso no basta, ni comida ni agua, y diez varetazos en las plantas de los pies cada rato.

—Por mi parte, con gusto —gruñó Caboche—. Pero se me ha dado a entender que tales métodos no son deseados.

Michel cambió una mirada con Poilevain. No era la primera vez que miembros del Consejo pedían torturar a un sospechoso y alcanzar de ese modo una confesión. Desde que habían abolido el Juicio de Dios, más de un consejero se sentía impotente frente al crimen y echaba de menos métodos más ásperos. Pero, en lo que a la tortura como medio para hallar la verdad se refería, la situación legal en el Imperio era inequívoca: tanto el rey como el Papa la condenaban por inadmisible y bárbara, e impedían bajo pena su aplicación.

—Por última vez —dijo irritado Poilevain—: no torturaremos a nadie. En primer lugar, está prohibido. En segundo lugar, ningún delito es tan horrendo como para que merezca la pena abandonar nuestra humanidad por él. Porque eso es lo que es la tortura: inhumana. Para el torturado, pero también para el torturador, que se convierte en monstruo. Y no quiero volver a oír hablar de ella.

Le Roux enrojeció, ofendido, pero no se atrevió a replicar a Poilevain.

—Lo dicho —dijo Michel—. Jean volverá a interrogar a todos los empleados municipales. Luego ya veremos. Quizá entretanto Chrétien averigüe algo.

Una mayoría de los consejeros estuvo de acuerdo con ese proceder.

—Señores, ¿podemos hablar ahora de la feria? —Deforest tenía las manos enlazadas sobre la poderosa panza—. Debo recordaros que da comienzo dentro de dos meses, y aún quedan algunas cosas por hacer.

Sacó sus notas. Repasaron la lista de los distintos aranceles y las tasas y se pusieron de acuerdo en condonar a los mercaderes extranjeros la mayoría de las tasas para indemnizarlos por lo que habían sufrido la última vez.

Michel tenía que admitir que había sido una decisión correcta saltarse un año y no volver a organizar la feria hasta ese momento. Así habían tenido tiempo suficiente para construir el albergue, engrosar el dique y mejorar los caminos. Gaillard Le Masson, el maestre de los canteros, había echado una mano en eso al maestro de obras. En ese momento, Gaillard estaba informando de que los trabajos en la calzada romana y en la Ruta de la Sal estaban prácticamente concluidos.

—He recorrido los dos caminos la semana pasada. A lo largo de un buen rato de viaje, están en espléndido estado. Luego empeoran un poco, pero en ningún sitio están tan mal como para no poder pasar con un carro.

Deforest estudió sus tablillas de cera.

—¿Qué pasa con la escolta de los mercaderes que vengan?

—Hablaré lo antes posible con el duque Mathieu —dijo Michel—. A diferencia de su hermano, no alberga rencor alguno contra mí. No debería ser demasiado difícil moverlo a cumplir con su deber.

El duque Thiébaut había muerto el invierno anterior, un año antes de cumplir los treinta. Las circunstancias exactas de su muerte eran oscuras. Algunos decían que se había quitado la vida, lleno de amargura, otros murmuraban algo acerca de una grave enfermedad. Otros, a su vez, afirmaban que se había caído borracho por una escalera y se había roto el cuello. Desde la muerte de Thiébaut, su hermano menor y, decían, más prudente gobernaba el ducado.

—Os acompañaré a Nancy —ofreció Poilevain—. Si hay dificultades, seguro que es útil tener a vuestro lado un licenciado en Derecho.

Michel asintió.

—¿Es todo por hoy? —preguntó a Deforest.

—En lo que a la feria se refiere, sí. Pero, si la memoria no me engaña, queda otra cosa en el orden del día, ¿cierto? —dijo Deforest, volviéndose hacia el escribano municipal.

—Así es, señores —explicó el funcionario, que durante cada sesión del Consejo se sentaba a su atril y levantaba acta. Desenrolló un pergamino—. Está, por ejemplo, la queja del panadero Didier sobre las letrinas de la rue des Boulangers. Afirma que el olor se está volviendo insoportable...

Rémy dejó a un lado el pincel y contempló su obra. El dragón serpenteaba desde la inicial hasta el borde inferior de la página, donde abría su espantosa boca. Por la derecha entraba el héroe Sigfrido, empuñando a Balmung, la espada de los nibelungos, dispuesto a matar al monstruo de una audaz estocada.

Rémy aún no estaba satisfecho con la miniatura. Faltaban los detalles. «El dragón debería escupir fuego», pensó. Además, añadiría algunas rocas y estalactitas, para que pareciera que el monstruo había salido de una cueva.

Pero había tiempo para eso hasta el día siguiente. Se incorporó y movió en círculos los doloridos hombros.

—¿Hasta dónde has llegado? —preguntó a Gastón, inclinado sobre el otro atril.

—Enseguida termino con la página, maestro.

Rémy indicó a Dreux que limpiara los pinceles y apagó su sed con un trago de cerveza. Dreux puso enseguida manos a la obra. El anciano hacía entretanto todos los trabajos auxiliares del taller, incluso aquellos que antes habían sido tarea de Anton: mezclar pinturas, linear los pliegos de pergamino y cosas por el estilo. Porque, desde hacía algunos meses, Anton ya no trabajaba para Rémy. Al terminar su período de aprendizaje, con gran dolor por su parte, Rémy no había podido seguir empleándolo... simplemente, el taller no rendía lo suficiente como para poder pagar a un segundo oficial. Así que Anton se había ido a Estrasburgo, a buscar un puesto de escribano.

Gaston sopló en la página terminada y la dejó en la mesa junto a las otras. Los pliegos de pergamino eran parte de un libro que el consejero Henri Duval había encargado. Duval había estado en Colonia haciendo negocios y había visto un manuscrito especial en casa de un mercader amigo. Se trataba de una de esas novelas en verso de nuevo cuño que gozaban de creciente popularidad entre el público instruido. Una novela contaba en verso leyendas épicas, la mayoría de ellas trataban de héroes griegos de la Antigüedad o de Arturo y los caballeros de la mesa redonda. En la novela del mercader alemán, los héroes se llamaban Sigfrido, Kriemhild, Günther y Atila, y vivían aventuras llenas de traiciones, guerra y crímenes. Aquella sanguinaria pero cautivadora historia se titulaba *Cantar de los nibelungos*, y Duval se había enamorado de ella en el acto. Tomó prestado el libro a su amigo y encargó a Rémy que le hiciera una copia e iluminara la epopeya. El precio que estaba dispuesto a pagar era muy generoso. De hecho, se trataba de uno de los encargos más lucrativos que Rémy había recibido nunca.

Compartía el entusiasmo de Duval por el *Cantar de los nibelungos*. También a él la saga le había cautivado desde el primer verso. La lucha de Sigfrido contra el dragón, las maquinaciones del siniestro Hagen, la boda de Kriemhild con el rey de los hunos... todos aquellos coloridos episodios daban alas a su imaginación y le habían inspirado algunas de sus mejores miniaturas.

Llevaban seis semanas trabajando en el libro, pero empezaban a ver el final. Gaston casi había terminado de copiar el texto. Mientras reproducía los últimos cincuenta versos, Rémy insertaría las capitulares que faltaban y puliría la decoración del texto aquí y allá. Quizá pudiera entregar a Duval la copia la semana siguiente.

Aunque aún faltaba un rato para oscurecer, Rémy decidió dejarlo estar. Quería aprovechar el resto de la luz del día para echar un buen vistazo en la escuela. Así que envió a Gaston a casa y se fue al mercado de la sal. Dreux le acompañó, porque la escuela estaba en el camino a su casa.

Para sufrimiento de Rémy, el anciano se volvía más locuaz con los años. En el taller —donde reinaba la ley no escrita de que solo se podía hablar si había un muy buen motivo para hacerlo— solía mantener la boca cerrada; en cambio, hablaba tanto más en las pausas y durante la comida.

También ahora hablaba sin cesar. Mientras caminaban por los callejones, contaba una anécdota que había sucedido en su vecindad:

—... así que ha decidido vender la parcela. Supongo que necesita el dinero. El negocio ya no va tan bien. Sencillamente hay demasiados curtidores en la ciudad baja, me pregunto por qué su fraternidad no se organiza mejor. Quiero decir que está para eso, ¿no? Así que Fulbert quiere vender, pregunta y se entera de que quizá Bruno podría necesitar la parcela. Bruno el buhonero, el Bruno de la rue de Saint-Denis. Antes quita todos los trastos... malamente se puede vender una finca si se enseña llena de toneles podridos. De pronto, cuando lo está cargando todo en el carro, encuentra una especie de tapa en el suelo. Y debajo hay un foso. Un viejo pozo. ¿Podéis imaginároslo, maestro? Todos esos años han estado allí sus trastos, sin sospechar siquiera que hay un pozo. Qué suerte endiablada ha tenido ese tipo. Quiero decir, ¿y si se hubiera caído? Seguro que se habría roto el cuello. Enseguida llama al inspector de fuentes para que eche un vistazo. El inspector llega con sus ayudantes, tiran una tea dentro del pozo y constatan que lleva mucho tiempo seco. Bueno, eso no es sorprendente; ¿por qué cubrir un pozo que aún se puede emplear? Pero eso no es todo. El inspector de fuentes ha traído su pértiga, y hurga con ella en el pozo... ¿y sabéis lo que encuentra?

—Dímelo antes de que la emoción me mate —dijo Rémy.

—¡Adivinad!

—¿La lanza sagrada?

—¡Una bota!

—Demonios.

—Una bota de cuero. ¿Se puede imaginar? Quiero decir, que algo así tan solo lo llevan patricios y nobles... sin duda era cara. Una bota así no se tira sin más. Podría entenderlo si hubiera estado rota, pero no lo estaba. Ahora sí, claro, al fin y al cabo lleva una eternidad en el pozo, pero antes tiene que haber estado en buen uso. No había ningún agujero en la suela. ¿Quién hace una cosa así?

—Ese enigma tendrá sin aliento a Varennes durante años —observó Rémy.

—¿Y dónde está la otra? —fantaseó Dreux—. Nadie tira la bota izquierda y conserva la derecha...

Cuando llegaron al mercado de la sal, Rémy se detuvo abruptamente. Dreux seguía parloteando con vivacidad, pero Rémy ya no le escuchaba: acababa de ver a Eugénie y a Hugo.

Había pasado bastante tiempo desde la última vez que había visto a Eugénie, porque la eludía cuanto le era posible... lo que no era fácil, puesto que la escuela estaba enfrente de su taberna. En ese momento estaban entrando en ella. Eugénie reía, y Hugo la besó mientras ella abría la puerta.

Su vientre se abombaba bajo el vestido de lino. Estaba encinta, seguro que ya en el sexto o séptimo mes.

Rémy esperó a que Eugénie y Hugo desaparecieran en la taberna. Quería evitar que lo descubrieran y lo enredaran en una conversación. Cuando la puerta se cerró, cruzó la plaza a toda prisa. Dreux apenas pudo seguirle el paso.

Habían transcurrido casi dos años desde aquella noche de noviembre en la que ella le había dicho que todo había terminado, que no quería volver a verlo. Dos años, un largo período... y sin embargo, ahí seguía ese dolor, que se inflamaba una y otra vez cuando se la encontraba por el camino. Que le recordaba la clase de cobarde que había sido. Hubiera podido tenerla, tan solo tendría que haberle dicho lo que sentía. En vez de eso se había convencido de que no la quería, de que solo quería compartir la cama con ella... ¿y por qué? Porque temía por su independencia, por su libertad ardientemente amada. Solo había comprendido lo que de verdad sentía por ella cuando ya era demasiado tarde. Ahora, otro había ganado su corazón, y le estaba bien empleado que le doliera.

Se consoló con otras mujeres. No faltaban ocasiones. Aunque no era ninguna belleza y todo lo contrario de un hombre encantador, nunca le había costado trabajo conquistar a mujeres. Y, si la suerte lo abandonaba, siempre quedaban Maman Marguérite y sus chicas. Desde luego, eso no aliviaba el dolor. Pero al menos le hacía olvidar por una noche lo solo que estaba.

«Qué feliz parece.»

Rémy abrió la puerta de la escuela con una mueca de amargura.

—Hasta mañana, Dreux. Que llegues bien a casa.

—Con gusto os ayudaré a limpiar —ofreció el anciano.

Rémy no estaba de humor para más historias de botas.

—Lo haré solo. Vete y descansa.

—Como queráis, maestro.

A regañadientes, Dreux se marchó de allí arrastrando los pies.

Rémy dejó la puerta abierta y barrió la sala. Hacía una semana que no iba, y se había acumulado un poco de suciedad, sobre todo polvo de las calles, que el viento metía por las ventanas.

Después de lo de Eugénie, se había lanzado al trabajo. Siempre que le quedaba algo de tiempo acudía allí y ponía tablones en el suelo, pintaba paredes, construía un atril de lectura. Cuando no hubo más que hacer en el edificio, consiguió manuales, hizo las copias y las encuadernó. Entretanto, también había terminado con eso. Los libros, ocho en total, no estaban allí, en la escuela. Los guardaba en el sótano de su casa, por miedo a los ladrones —y al abad Wigéric, al que creía perfectamente capaz de robarlos—, junto con las tablillas de cera y el resto de los accesorios de escritura para los estudiantes.

En el fondo, las clases podían empezar en cualquier momento. Lo único que la escuela aún no tenía era un maestro.

Rémy reunió el polvo, y lo estaba tirando en un cubo cuando oyó voces alteradas. Apoyó la escoba en la pared y fue hacia la puerta. Fuera, en la plaza, un joven disputaba con Wigéric. El obeso abad estaba furioso y gritaba en ese momento:

—¡Esa escuela no sirve para nada! Mirad tan solo dónde está emplazada. ¡En un viejo almacén, que bulle de ratas! Venid conmigo. Sin duda podré conseguiros un puesto mejor, quizá como maestro auxiliar en la escuela del monasterio.

—Con vuestro permiso, Su Gracia —respondió el joven, con impaciencia apenas contenida—, me gustaría hacerme yo mismo una idea de la escuela. Así que, si me disculpáis...

Wigéric no pensaba dejarle ir. Sujetó al hombre por el brazo y le habló en tono de súplica.

Rémy decidió intervenir.

—He oído que estáis buscando mi escuela —dijo al joven—. Está aquí mismo. Venid, os la enseñaré.

—¿Maestro Rémy? —preguntó el joven.

Rémy asintió.

—¿Qué hacéis? —bufó Wigéric—. ¿No veis que estoy hablando con el joven Albertus?

—Sí que lo veo. Pero me parece que Albertus ya ha tenido bastante conversación. Por aquí, por favor. —Rémy apoyó la mano en la espalda del joven y lo apartó de Wigéric, lo que Albertus aceptó gustoso.

—¡Sois un zafio degenerado, que ni siquiera conoce las formas más elementales! —gimió el abad—. ¡Esto tendrá consecuencias! —Se marchó resoplando de ira.

—Un... hombre impetuoso —dijo Albertus mientras caminaban hacia la escuela. Hablaba francés con fuerte acento alemán—. Si puedo preguntarlo... ¿qué tiene contra vos?

—Tengo la desfachatez de confeccionar libros, aunque no soy más que un laico.

—Pero vuestros manuscritos reciben elogios en todo el valle del Mosela. Vuestro taller puede competir con cualquier *scriptorium* eclesiástico. ¿No lo sabe?

—Oh, lo sabe muy bien. —Rémy sonrió furibundo—. Lo sabe demasiado bien.

El joven se detuvo a la puerta de la escuela.

—Disculpad, ni siquiera me he presentado. Soy Albertus von Lauingen, hijo de Markward.

—Bienvenido a Varennes Saint-Jacques, Albertus —dijo Rémy mientras se estrechaban la mano. Albertus era alto y delgado, de porte erguido, casi un poco rígido. Tenía el pelo cortado como un paje, un oscuro cabello que enmarcaba un rostro pálido y enjuto, y por sus ojos azules hablaba una gran seriedad. El polvo en sus desteñidos zapatos y en el borde de su túnica de lana marrón revelaba que había venido a pie desde hacía un buen rato.

Rémy hizo un gesto de invitación con la mano, Albertus entró y miró a su alrededor.

—Una escuela en manos municipales. Al principio, cuando oí hablar de ella en Estrasburgo, no podía creerlo. Verdaderamente impresionante.

—Bueno, no hay mucho que ver —dijo Rémy—. Aún no la hemos abierto.

—¿Cuándo van a empezar las clases?

—Calculo que en octubre.

—¿Por qué tan tarde?

—Cuando el Consejo autorice el salario del maestro. —Al menos, eso esperaba Rémy. Tolbert había impuesto que el Consejo volviera a apoyar la escuela en cuando las finanzas municipales se hubieran recuperado. Ahora, todo dependía de la próxima feria de octubre. Si el mercado anual era un éxito y la plata fresca llenaba las arcas del Consejo, Rémy conseguiría una suma que iba a durar varios años.

—Qué lástima —dijo Albertus.

—¿Queríais ofrecernos vuestros servicios como maestro?

Albertus asintió.

—Una escuela de la ciudadanía para la ciudadanía es una fascinante empresa. Nunca ha habido una cosa así antes. Como maestro, dispondría de posibilidades nuevas por completo. —Una tímida sonrisa recorrió el pálido rostro—. Además, seguro que el Consejo de Varennes paga mejor que mis anteriores señores.

—¿Habéis trabajado ya como maestro?

—Hace dos años que me gano la vida como maestro ambulante. La última vez he instruido a los hijos de un mercader de Estrasburgo, antes de que decidiera de un día para otro que ya no necesitaba mis servicios.

Rémy contempló a su visitante.

—¿Qué edad tenéis?

—Veinte.

—Sois muy joven para ser maestro.

—Aun así poseo todas las habilidades necesarias —explicó Albertus—. He acudido a la escuela de la catedral y domino el latín oral y escrito. Además, me he ocupado a fondo con la gramática, la aritmética y la geometría. También sé de música y de astronomía. Esperad... tengo cartas de recomendación de mis antiguos señores.

Sacó de su bolsa un hatillo de pergaminos y se los entregó a Rémy, que pasó con rapidez la vista por ellos. En los últimos dos años, Albertus había trabajado como preceptor doméstico para distintos patricios y mercaderes de Suabia y Alsacia, a cuyos hijos había enseñado latín y los fundamentos de las *Septem Artes liberales*. Sus antiguos señores elogiaban de forma unánime la destacada formación de Albertus y su destreza en el trato con los niños.

—Son testimonios impresionantes.

Albertus guardó un modesto silencio.

Rémy le devolvió las cartas de recomendación y miró con intensidad al joven erudito. En realidad no iba a buscar un maestro hasta que el dinero del Consejo estuviera seguro, pero... ¿por qué esperar? Albertus tenía todas las capacidades que distinguían a un buen maestro. Difícilmente iba a encontrar otro mejor.

—Bueno, aún no tenemos maestro —dijo, y sonrió—. Si queréis, podéis quedaros con el puesto... suponiendo, por supuesto, que el Consejo me autorice los fondos. Pero parto de la base de que así será.

—Gracias, maestro Rémy. Vuestra oferta me honra —dijo Albertus—. Solo que, por desgracia, no puedo esperar hasta octubre. Mis ahorros alcanzan para unos pocos días. Si no encuentro pronto un nuevo trabajo me moriré de hambre. ¿Hay alguna posibilidad de que abráis la escuela antes?

—Me temo que no. Pero podréis manteneros a flote hasta entonces. Un hombre con vuestras capacidades enseguida encontrará un puesto de preceptor doméstico. Preguntaré por ahí. No es posible que no tengáis pronto un nuevo trabajo. ¿Estaríais de acuerdo con eso?

—Por completo. ¿Podéis ayudarme además a encontrar un alojamiento barato?

—¿Por qué no discutimos lo demás delante de una jarra de cerveza? —propuso Rémy.

La taberna de la ceca municipal estaba hasta los topes. Comerciantes, buhoneros, carreteros y soldados se sentaban apiñados y bebían armando estrépito. Aun así, Rémy logró encontrar una mesa libre. La carne de carnero se asaba siseando en el horno próximo. Encima de los toneles de cerveza se sentaba un muchacho, columpiaba las piernas y tocaba alegres melodías en su flauta de hueso.

—Permitid —dijo Rémy cuando Albertus fue a desprender la bolsa del cinturón—. Sois mi invitado.

Pidieron cerveza, carne y pan. Albertus tenía tanta hambre que se lanzó sobre la carne en cuanto la tabernera la puso en la mesa. De hecho, el asado estaba exquisito: sabía a ajo, cebolla y al humo resinoso del fuego de pino.

—Hablaremos mañana mismo con mi padre —dijo Rémy—. Es el alcalde... él podrá deciros qué familias necesitan ahora mismo un preceptor. En lo que a vuestro alojamiento se refiere, por desgracia la vivienda es escasa en Varennes y los alquileres son caros, incluso en la ciudad baja. Si queréis, podéis vivir en mi casa hasta que hayáis encontrado algo.

—Solo si no os causa molestias —respondió Albertus, mientras mojaba el pan en la salsa del asado.

—No os preocupéis. Mi aprendiz acaba de dejarnos. Podéis utilizar su cámara. No es nada especial, pero servirá para vuestros fines. —Normalmente Rémy no gustaba de invitar a forasteros a su casa, pero aquel joven erudito le era simpático, y ni con la mejor voluntad podía imaginar que Albertus pudiera resultar una carga para él.

—Estoy acostumbrado a dormir en el suelo en noches gélidas. Si tengo un techo sobre la cabeza, un orinal y una cama sin demasiadas chinches, estaré más que satisfecho.

—Tengo incluso una cama limpia que ofrecer —repuso sonriente Rémy—. En cuanto a vuestro salario: el primer año os pagaremos tres sous y medio a la semana, a partir del segundo, cuatro. ¿De acuerdo?

—Un sou... ¿corresponde a un chelín de Estrasburgo?

—El contenido en plata es más o menos el mismo.

—Como preceptor me han pagado a menudo treinta céntimos al día y una comida caliente. Vos me ofrecéis el doble. ¿Cómo podría negarme?

—Bueno, tendréis que trabajar más tiempo y más duro que un preceptor doméstico. Seréis el único maestro... responsable por tanto de todos los discípulos. Y esta no es una escuela catedralicia o conventual, no basta con que los niños canten, lean un poco y se aprendan los salmos. Deberéis enseñarles todo lo que necesitan para poder ascender en la sociedad de la ciudad. Y eso incluye, además del latín, la gramática y la retórica, el arte de contar, los fundamentos de nuestro derecho, así como historia y geometría. ¿Estáis en condiciones de hacerlo?

—Sin duda será un reto, pero, al fin y al cabo, para eso he venido. No os decepcionaré —declaró, seguro de sí mismo, Albertus.

Rémy alzó su jarra.

—Por vos, el primer maestro laico de Varennes Saint-Jacques.

Brindaron.

—Hay otra cosa que me da dolores de cabeza —dijo Albertus—. Los manuales. Por desgracia no tengo ninguno. Me robaron mi *Artes grammaticae* y mi Cicerón por el camino. Incluso mi Biblia —añadió con gesto sombrío.

—De eso me encargo yo. Tengo una Biblia y un salterio, además del

Ars minor y el *Ars major* de Donato, las *Metamorfosis* de Ovidio, *De inventione* de Cicerón, el *Organon* y el *Liber abbaci* de Leonardo Fibonacci.

Albertus estaba impresionado.

—Estáis bien equipado.

—No tanto como me gustaría. Por ejemplo, a la escuela le falta una enciclopedia, una obra como las *Etymologiae* de Isidoro de Sevilla, que contenga todo el conocimiento de la Cristiandad. Por desgracia hasta ahora no he podido conseguir ningún ejemplar.

—He oído que la abadía de Longchamp tiene una gran biblioteca. ¿No hay allí ninguna *Etymologiae* que os puedan prestar y podáis copiar?

—Hasta donde yo sé, la abadía de Longchamp tiene los veinte volúmenes. Pero el abad Wigéric se dejaría cortar la mano derecha antes de prestarme aunque fuera un salterio.

Albertus apuró su cerveza y dejó con estrépito la jarra.

—Ya sé lo que tenéis que hacer: hablad con Villard de Gerbamont. Si alguien puede ayudaros es él.

—¿Quién es?

—Un anciano caballero, que vive en el Vogesen. Pasé a visitarlo de camino a Varennes. Llama suya a una de las más grandes bibliotecas privadas de Lorena. También posee las *Etymologiae*, las he visto con mis propios ojos.

—¿Cómo es que nunca he oído hablar de él?

—Vive muy retirado y no suele recibir visitas. Solo he sabido de él por casualidad. Visitadle. Es un viejo gruñón, pero también un hombre de espíritu. Si os oye hablar de vuestra escuela, quizá os preste los libros.

El interés de Rémy se había despertado.

—¿Cómo puedo encontrarlo?

Albertus tragó el último bocado de pan, pidió otra cerveza y le describió el camino hasta el feudo del viejo Villard.

METZ

Aunque debido a la persistente sequía el Mosela llevaba poca agua, y en algunos puntos apenas alcanzaba los dos codos de profundidad, Isabelle no necesitó ni siquiera día y medio para llegar a Metz con el barco salinero. Cuando había empezado a hacer negocios en nombre de Michel, todavía le costaba trabajo dirigir aquella voluminosa canoa sin irse a pique o caer en remolinos. Entretanto, dominaba el timón hasta en sueños, y guiaba la gabarra con ensoñadora seguridad entre los rápidos y los pérfidos bajíos.

Incluso mantenía la calma en el puerto fluvial de Metz, aunque su caótico trajín hacía sudar también a barqueros experimentados. Como siempre, el puerto bullía de botes de pescadores, barcas de vela y balsas, luchando todos ellos por los escasos huecos en los muelles de atraque. Los hombres maldecían. Los botes chocaban entre sí. La carga amenazaba con caerse al agua. Dos balseros entraron en disputa, agitando los puños entre insultos, y sin duda se habrían lanzado el uno sobre el otro con los remos si el aduanero municipal no les hubiera llamado al orden desde la orilla.

Isabelle tuvo suerte y consiguió un hueco libre cuando una canoa del gremio local de pañeros zarpó hacia el norte cargada hasta los topes. Hábilmente, Yves y Louis saltaron al muelle, amarraron el barco salinero y ayudaron a los dos mercenarios a descargar el carro junto con los bueyes. Una vez que hubieron sujetado los barriles de sal al carro y abonado el arancel, emprendieron el trabajoso camino por los angostos callejones.

Sobre la ladera del Mosela se extendía la ciudad vieja de Metz, una apestosa confusión de casas de piedra, chozas miserables, almacenes de grano, talleres, iglesias y diminutos cementerios, que se asaba envuelta en humo al sol del mediodía. En la cima de la colina se alzaba la antigua basílica, construida en *pierre de Jaumont*, una piedra caliza de color ocre que atrapaba la luz del sol y parecía arder desde dentro. Detrás estaba el corazón de la ciudad, con sus palacios, mercados y torres familiares, así como los barrios exteriores, que una muralla con doce puertas protegía de posibles enemigos.

Isabelle había estado a menudo allí, pero aquella ciudad comercial entre el Seille y el Mosela la impresionaba en cada ocasión. Metz era cinco veces más grande que Varennes, era la metrópolis más impresionante de Lorena, y una de las más antiguas y más poderosas repúblicas urbanas del Imperio. La riqueza de los comerciantes y los banqueros locales era legendaria, y sus gremios tenían conexiones que llegaban hasta España, Constantinopla y ultramar. El poder gubernamental estaba por entero en las manos de las seis *paraiges*, ramificadas agrupaciones de estirpes formadas por las más antiguas y ricas familias patricias. Las *paraiges* ocupaban todos los puestos y cargos importantes en el gobierno de la ciudad, a la cabeza de todos ellos los Treize jurés, el poderoso colegio de los trece escabinos, que regía los destinos de la república e influía en los príncipes y los altos señores de la Iglesia.

Por eso, había sido muy inteligente por parte de Michel abrir allí una sucursal. En Metz se hacía política a lo grande, en sus plazas de mercado se formaban la oferta y la demanda, y un comerciante hacía bien en observar todo eso... *in situ*, si era posible, porque a menudo pasaban días hasta que las noticias importantes llegaban desde Metz hasta Varennes, y el tiempo era oro. De hecho, la sucursal estaba cien veces amortizada, a pesar de todas las dificultades que habían tenido en los primeros años. Sin duda su casa comercial era pequeña, comparada con las empresas de los Bellegrée y otras familias patricias de Metz, pero su mera existencia ya les había deparado numerosos buenos negocios, que de otra manera se les habrían escapado.

La sucursal estaba en la place de Vésigneul, fuera de los muros de la ciudad, en la que se celebraba mercado todos los días. Isabelle pasó por delante de las carpas, las cercas de ganado y los mercaderes que regateaban en dirección a un patio amurallado que rodeaba dos sencillos edificios de piedra y un cobertizo. Mientras sus criados bajaban con esfuerzo los barriles del carro, ella entró en la casa principal e indicó a una criada que llamara a Robert Michelet.

El *fattore* era en todos los sentidos la contrafigura exacta de Hans Riederer, al que había mandado al diablo hacía dos años: nada llamativo, rígido, aburrido, pero puntilloso y consciente de su deber hasta el sacrificio. «Incluso el palo que lleva en el culo lleva un palo en el culo», había descrito Yves al mercader en una ocasión. Sin duda, Michelet no tenía en alto grado las virtudes de la amabilidad y el humor. En cambio su *senno* era agudo, y en cuestiones de negocios mostraba gran cuidado, lo que Isabelle sabía apreciar mucho después de las experiencias habidas con Riederer.

—Señora Isabelle, sed bienvenida a Metz. —Michelet se inclinó torpemente. Todas las mujeres le ponían nervioso, e Isabelle muy en particular.

Ella reprimió una sonrisa.

—Os he traído setenta arrobas de sal. Mis criados están metiéndolas en el cobertizo.

—Espléndido. El precio de la sal está subiendo desde hace unos días... esta mañana estaba en algo más de medio denier por arroba. Con un poco de suerte, a fines de semana llegará a uno, si los Treize no intervienen. Aun así, la demanda de sal de calidad seguirá siendo alta. Creo que podemos vender con buenos beneficios —dijo Michelet, mientras subían al primer piso—. ¿Deseáis ver ahora mis anotaciones?

—Más tarde, Robert. Primero quisiera tomar una jarra de sidra, si no os importa.

—En absoluto. —Michelet dio una orden a una criada y guio a Isabelle hasta el salón de la casa. La pequeña estancia estaba tan limpia y recogida como el resto de la casa. Para Michelet, el orden estaba por encima de todo.

—¿Ha llegado ya Sieghart Weiss? —preguntó Isabelle, cuando estuvo sentada con una jarra de sidra de pera en la mano.

—Hasta ahora, no. Pero tendría que llegar pronto. En su carta escribía que pensaba llegar a más tardar la mañana siguiente a la Ascensión. ¿Qué queréis negociar con él?

—Se trata de la feria de octubre. Pero tenemos tiempo, podemos esperar a que Sieghart llegue. Contadme... ¿qué hay de nuevo en Metz?

Michelet habló de los conflictos entre la Iglesia y el patriciado, que hacían que la ciudad contuviera el aliento desde hacía algún tiempo.

Aunque las *paraiges* habían arrebatado su poder al obispo hacía décadas y gobernaban por sí solas Metz, Konrad von Scharfenberg seguía intentando ganar influencia en la ciudadanía, lo que disgustaba a las familias dirigentes. Michelet observaba con gran preocupación el asunto.

—Roguemos por que ambas partes sean razonables y no se llegue al derramamiento de sangre —concluyó.

A primera hora de la noche, cuando el calor se hizo algo más soportable, Isabelle se retiró a su escritorio y revisó el libro mayor. En realidad no era necesario. Michelet dominaba como nadie el *metodo italiano*; había anotado con su caligrafía minuciosa y severa cada transacción, por insignificante que fuera, y calculado al céntimo las ventas semana tras semana. Constató satisfecha que el año anterior la sucursal había tenido beneficios todos los meses. Se alegraba al pensar en mostrar a Michel a su regreso un arca llena de plata. Cuando elogió por su buen trabajo a Michelet y aumentó su salario semanal en un sou, en sus rasgos no apareció la menor sonrisa. El *fattore* se limitó a inclinarse en una reverencia y a darle secamente las gracias por la confianza.

«Es verdad», pensó Isabelle. «Incluso el palo que lleva en el culo lleva un palo en el culo.»

A la mañana siguiente, Sieghart Weiss llegó con su caravana. Cuando saludó a Isabelle, ella no pudo por menos que constatar que el joven *fattore* se había convertido en un hombre. Aunque seguía alegre y despreocupado, irradiaba una autoridad natural, y sus criados le obedecían al pie de la letra. Además, una barba adornaba sus mejillas, y había refinado su francés. Que Isabelle y Michel hubieran puesto tanta confianza en él le sentaba visiblemente bien. Se lo agradecía dirigiendo de forma concienzuda su sucursal. Desde que Isabelle le había nombrado *fattore*, solo tenían buenas noticias de Speyer.

—Como sabéis, Varennes volverá a organizar un mercado anual en octubre próximo —explicó ella cuando, poco después, se sentaba en el salón con los dos mercaderes—. El Consejo ha enviado invitaciones a todas las ciudades importantes de la región, y muchos gremios han prometido ya acudir. Les hemos asegurado que esta vez estamos mejor preparados, y quieren darnos otra oportunidad. Por desgracia, no hemos oído nada de los gremios de Metz y de Speyer. Pero dependemos de ellos. Si no acuden a la feria, dará una mala impresión y podría disuadir a otros gremios en el futuro.

—Bueno, no puedo hablar por Metz —dijo Weiss—, pero en Speyer tienen considerables dudas en lo que a vuestra feria se refiere. Mis hermanos tienen un mal recuerdo del último mercado anual. Uno estuvo a punto de morir de disentería. Ni diez caballos lo arrastrarán a viajar a Varennes.

—Aquí las cosas son parecidas —completó Michelet—. Sin duda

irán un par de mercaderes, pero dudo que los grandes gremios acudan en bloque.

—Por eso necesitamos vuestra ayuda —dijo Isabelle—. Hablad con vuestros hermanos y con los maestres de los gremios. Convencedlos de que esta vez haremos todo lo humanamente posible para proteger a los mercaderes extranjeros.

—Ese usurero del que sospechabais que había prendido fuego al albergue y envenenado las fuentes... ¿se le ha puesto entretanto la mano encima?

—Por desgracia nunca hemos podido probarle nada. Pero no volverá a perturbar la feria. Hemos construido un nuevo albergue de piedra, que hacemos vigilar de día y de noche... exactamente igual que las fuentes de los terrenos de la feria. El doble de guardianes y voluntarios que la última vez protegerán a los visitantes de los rateros.

—¿Qué pasa con la escolta en los caminos? —preguntó Michelet.

—Mi esposo va a hablar de eso con el duque Mathieu. No vemos la razón por la que no vaya a querer ayudarnos.

—No sé si eso bastará para que mi gente cambie de opinión —dijo Weiss—. Para que vuelvan a dar una oportunidad a la feria, tendría que ser bastante más atractiva que otros mercados anuales.

—Lo es —dijo Isabelle—. Esta vez, el Consejo no cobrará aranceles. Y solo cobrará tasas de puesto a los mercaderes de ganado que traigan más de veinte animales. Todos los demás no pagarán nada. ¿Significa algo?

Weiss asintió.

—Muy bien. Creo que con eso podré convencerlos.

—Es lo mínimo que el Consejo tiene que hacer —dijo Michelet, mucho menos entusiasmado—. Hace dos años numerosos mercaderes perdieron un montón de dinero... confiaban con razón en que se les compensara. Bueno, veré lo que puedo hacer. Pero no esperéis demasiado. Mi influencia en los gremios no es grande, y no pocos mercaderes de Metz recuerdan con espanto la última feria de octubre.

—Ahora os subestimáis. Sieghart y vos sois mercaderes capaces y gozáis de elevado prestigio. Si alguien puede conseguirlo, sois vos. —Isabelle sonrió—. Pero basta de reparos y preocupaciones. Bebamos: ¡por la feria!

—¡Por la feria! —dijeron Weiss y Michelet, y sus copas de vino entrechocaron encima de la mesa.

VARENNES SAINT-JACQUES

Una semana después de la reunión del Consejo, Michel visitó a Jean Caboche en su despacho de la Torre del Hambre, la prisión municipal. El corregidor estaba en ese momento comiéndose un muslo de pollo, y tiraba el hueso roído a un cubo cuando Michel le preguntó cómo iba el interrogatorio de los empleados municipales.

—Esta mañana me he echado a la espalda a los últimos guardias y aduaneros —informó Caboche—. Nada. Todos juran por la salvación de su alma no tener nada que ver con Lefèvre.

—¿Cuántos de ellos mienten de forma evidente?

—Es difícil decirlo. Unos cuantos estaban llamativamente nerviosos. Mis mejores hombres los han vigilado, pero solo han encontrado las historias de costumbre: algunos engañan a sus mujeres, otro tiene deudas de juego, etcétera. Ninguna conexión con Lefèvre.

—¿Qué pasa con el escribano, el tesorero y los otros funcionarios importantes? —preguntó Michel.

—El escribano está por encima de toda sospecha, pongo la mano en el fuego por ese hombre. También los otros parecen limpios. Ya os dije que esto no conduce a nada. Si Lefèvre tiene un espía en nuestras filas, de esta forma no lo encontraremos.

—O vemos fantasmas, y no hay ninguna filtración.

—¿Y cómo explicáis que Lefèvre siempre fuera un paso por delante de nosotros en el último mercado anual?

Michel le habló a Jean de la observación de Chrétien respecto a Guillaume:

—Sospecho que Guillaume trabajaba para él entonces. Acto seguido Lefèvre le mató porque sabía demasiado. Desde entonces no ha encontrado un nuevo confidente, o ha decidido trabajar solo.

—Es posible —dijo Caboche, cortante—. Pero en última instancia todo eso no son más que conjeturas que no llevan a ninguna parte. Hablamos y hablamos, mientras Lefèvre se ríe e incuba nuevos crímenes. Odard tiene toda la maldita razón: deberíamos sacarle la verdad a palos. Dejadme un rato con él, y sabré todo lo que necesitamos para llevarlo al patíbulo.

—Jean… —empezó Michel.

—Lo sé. La ley. El rey. El Papa. —Caboche alzó las manos en gesto defensivo—. Ahorradme todo eso. No puedo oírlo más.

Michel miró preocupado al corregidor. A cada mes que pasaba su viejo amigo se hundía más en la amargura. Después de dos años, no había superado la muerte de Alain. La pena estaba clavada en su alma, y proliferaba allí como una úlcera. Michel deseaba poder ayudarle, poder hacer algo para aliviar su dolor. Pero Jean no dejaba acercarse a nadie.

—Chrétien nos ayudará a llevar a Lefèvre ante los tribunales. Tened confianza —dijo Michel, y notó enseguida lo falso que sonaba.

—Confianza —repitió despectivo Caboche, y descolgó de un gancho el manojo de llaves—. ¿Hemos terminado?

—Creo que sí.

—Nos veremos en la reunión del Consejo. —Jean descendió los peldaños que llevaban a las mazmorras sin decir una palabra más.

«Ojalá no termines mal, viejo amigo», pensó Michel, antes de abandonar las oscuras bóvedas de la Torre del Hambre y volver a salir a la luz del sol.

Lefèvre abrió los ojos pegados y parpadeó. Pasó mucho tiempo antes de que volviera realmente en sí y reconociera las formas borrosas que le rodeaban como las paredes y el techo de su dormitorio. Solo al cabo de un rato estuvo en condiciones de formar una idea clara. Movió sus pesados miembros, se incorporó y se echó en la cara un poco de agua de la jarra.

Por la ventana entraba el trajín de la rue de l'Épicier. Había dormido mucho, sin duda ya había pasado tercia. Antes de irse a la cama había tomado leche con semillas de amapola molidas, para poder dormir y no despertarse con el corazón agitado varias veces a lo largo de la noche. Aceptaba gustoso que el sueño lo aturdiera tanto como para no poder hacer nada hasta entrada la mañana con tal de ahorrarse las pesadillas.

Ya hacía dos años que le asediaban. Al principio solo una vez al mes, luego todas las semanas, entretanto casi todas las noches. Siempre era el mismo sueño: estaba delante de un espejo, en el que aparecía su imagen, sonreía con aire de saber cosas y susurraba frases sobre condenación y penas del infierno. «Te estoy esperando, Anseau», decía siempre el hombre del espejo a modo de despedida, antes de que las llamas lo engulleran. Las oraciones no servían de nada. Solo el brebaje de amapolas era capaz de ahuyentarlo. Y no siempre ayudaba. A veces su demoníaco hermano se colaba de todos modos en sus sueños y lo atormentaba con escarnio, burla y sombrías alusiones.

Lefèvre se vistió y se permitió un desayuno prolongado. Cuando se sintió mejor, fue a dar un paseo por las praderas que rodeaban el foso de la ciudad. Se había levantado viento, rachas frescas soplaron en su rostro y despejaron el último resto de niebla que envolvía su entendimiento.

Estaba bien así. Tenía que pensar. Con el presente día agosto tocaba a su fin, la feria empezaría ya dentro de seis semanas. Era hora de forjar sus planes.

No se hacía ilusiones: esta vez, sus posibilidades eran limitadas. El Consejo no había escatimado en gastos ni esfuerzos para proteger el mercado anual. En los terrenos de la feria había guardias día y noche, y esperaba que el nuevo duque proporcionara escolta segura. Eso significaba caballeros y hombres de armas en todos los caminos importantes, antes, durante y después de la feria.

Era difícil romper esa espesa red de cautela.

Por otra parte… Fleury y sus babosos no podían estar en todas partes.

Un gran mercado anual siempre era imprevisible, por bien organizado que estuviera. Masas de personas, un continuo ir y venir, mucho dinero, que atraía bandadas de ladrones y estafadores... Caboche y Tolbert no podían supervisar ese bullicio siempre y en todo momento, ni aunque pusieran doscientos corchetes en el terreno. Lefèvre encontraría un camino para engañarlos y golpear donde no lo esperasen.

Se cobraría la venganza que llevaba tanto tiempo aguardando. Mientras fuera paciente y esperase el momento adecuado.

Por desgracia esta vez tenía que arreglárselas sin Guillaume... Guillaume, que siempre le había mantenido informado acerca de los planes de la autoridad. Había sido un servidor tan útil... ¿Por qué tenía que haberse vuelto codicioso? Había extorsionado a Lefèvre, había amenazado con acudir al Consejo con lo que sabía si no recibía un salario mayor. Al final, aquel hombre se había convertido en una constante amenaza, así que se había visto obligado a reducirlo al silencio.

Una dolorosa pérdida, en más de un sentido. ¿Cómo conseguir nuevos huéspedes para su sótano? Sin Guillaume, era muy difícil. Hasta hacía unos meses, había salido de caza solo y había secuestrado en los enrevesados callejones de la ciudad baja a mendigos, otros pobres diablos a los que nadie echaba de menos. Pero, desde que el vigilante nocturno había estado a punto de sorprenderle, se privaba de ese placer y reprimía su deseo.

Una molestia... pero podía vivir con ella. Más importante era volver a encontrar a alguien que le trasladara los planes del Consejo y le advirtiera cuando amenazara peligro de ese lado.

«¿Quién podría entrar en consideración para eso?»

Mientras daba vueltas a esa pregunta, caminó en dirección al río. Al llegar a los estanques al pie del palacio real, se detuvo y contempló meditabundo el agua verdosa a sus pies.

Advirtió su error demasiado tarde. Su imagen reflejada le guiñó un ojo.

—Desaparece —dijo Lefèvre, desabrido, y tiró una piedra al estanque, haciendo que el agua se arremolinara y su imagen se rompiera en mil pedazos.

Septiembre de 1220

Al llegar a la cima Rémy frenó su caballo y contempló el valle que se extendía a sus pies.

Encinas de apretada hoja crecían en las laderas, una exuberante alfombra verde entreverada aquí y allá de manchas rojas como el fuego. Un arroyo borboteaba espumoso sobre la roca desnuda, y alimentaba un estanque perteneciente a un pueblo de campesinos. Dos docenas de cabañas rodeaban una pequeña iglesia de piedra, y alrededor se extendían pastos, sembrados y huertos en los que trabajaban siervos.

A tiro de piedra del pueblo, Rémy distinguió una propiedad formada por una casa de piedra de dos plantas con una torre y varios edificios de madera. De las chimeneas salía humo. «Tiene que ser ahí», pensó. Se ajustó la ballesta que llevaba terciada a la espalda y trotó hacia el valle.

Gracias a la descripción que Albertus le había hecho del camino había encontrado a la primera el feudo de Villard de Gerbamont, aunque estaba en un lugar muy solitario del Vogesen. Había sido una cabalgada de dos días, al final a través de valles desiertos, pero Rémy había disfrutado cada momento. Ningún ruido, ninguna preocupación. Nada de gente que le molestara con su charla. Le hubiera gustado salir en cuanto Albertus le había hablado de Villard, pero había tenido que terminar el *Cantar de los nibelungos* de Duval antes de poder partir. A Albertus le hubiera gustado acompañarle, pero sus nuevas obligaciones no le permitían dejar Varennes. Conforme a lo esperado, Rémy había encontrado rápidamente un puesto para él: desde hacía algunos días, Albertus trabajaba como preceptor para el mercader Victor Fébus, e instruía a sus hijos.

Una cerca de postes afilados, ante la que crecían malas hierbas y espinos, rodeaba la finca. Al llegar a la puerta, Rémy preguntó por Villard al criado armado.

—Debería estar en el edificio principal. Podéis llevar vuestro caballo a los establos. Un mozo se ocupará de él.

Poco después, Rémy subía por la crujiente escalera exterior al piso alto del edificio de piedra, y atravesaba una sala oscura en la que ardía una única tea. Juncos recién cortados crujieron bajo sus pies cuando pasó delante de las mesas y los bancos y preguntó a una joven criada por el caballero. La muchacha señaló una puerta que casi se le había pasado por alto en la penumbra.

Detrás se hallaba una espaciosa estancia llena de libros. Reposaban en arcones, se acumulaban encima de las mesas... tenían que ser cincuenta, sesenta, si no más. Una escalera de caracol subía al piso siguiente, desde el que provenía un ligero murmullo en latín.

Rémy estaba impresionado. Ni siquiera su adinerado y leído padre poseía tantos manuscritos. De hecho, era la mayor biblioteca privada que había visto nunca. Que perteneciera precisamente a un caballero era más que inusual. Pocos nobles laicos sabían leer y escribir, menos aún disponían de una formación literaria fundada.

Rémy contempló un libro que yacía encima de una mesa. El volumen llevaba el título de *Liber ignium*, el Libro del fuego, de un tal Marcus Graecus. Echó un vistazo a su contenido. Al parecer, el escrito era sobre el fuego y todo lo que tenía que ver con él. En la doble página que Rémy había abierto se informaba del tratamiento médico de las quemaduras. Fascinante. Nunca había oído hablar de ese libro. Y eso que suponía que conocía al menos por su nombre todas las obras científicas importantes.

Iba a dirigirse a la escalera cuando descubrió las *Etymologiae*. La enciclopedia de Isidoro de Sevilla estaba en un nicho del muro: cinco gruesos volúmenes, encuadernados todos ellos en cuero. El sexto estaba abierto, en un atril. Tenía un formato muy sencillo, sin adorno alguno. Rémy no pudo por menos de pasar las páginas de pergamino. El códice contenía los libros uno a tres, que trataban de las artes de la gramática, la retórica, la dialéctica, la matemática, la música y la astronomía. Apenas se dio cuenta de que estaba conteniendo el aliento. Aquella era la obra de consulta más importante y extensa de la Cristiandad. Villard tenía que haber pagado una fortuna por la edición completa.

—¡Fuera las manos del libro! —ordenó una voz cortante.

Rémy se sobresaltó. Un hombre vestido con una sencilla túnica gris estaba bajando por la escalera, un anciano de al menos sesenta años, que empuñaba con dedos como garras el pomo de un bastón. Tenía la espalda encorvada y el ralo cabello blanco como la nieve, pero en los ojos de un azul pálido centelleaba una ira vital en extremo.

—¿Qué se os ha perdido en mi biblioteca? —preguntó bruscamente el anciano.

—Vuestra doncella me ha dicho que os encontraría aquí. Disculpad, tendría que haber hecho notar mi presencia. Pero he visto las *Etymologiae* y...

—¿Quién sois?

—Rémy Fleury, maestro iluminador de libros, de Varennes Saint-Jacques. —Se inclinó en una reverencia—. Y sin duda vos sois Villard de Gerbamont. A vuestro servicio.

El anciano caballero pareció relajarse un poco.

—Fleury... ¿no se llama así el alcalde de Varennes?

—Es mi padre.

—Entonces ¿sois el tipo que ha fundado esa nueva escuela?

—El mismo —dijo sorprendido Rémy—. ¿Habéis oído hablar de mí?

—Naturalmente. Soy viejo pero no sordo. Mis hijos me cuentan de forma regular lo que sucede en el ducado, aunque no sirvan para nada más. ¿Por qué me importunáis?

—Albertus, un maestro ambulante de Alemania, me ha hablado de vos. Estaba muy impresionado por vuestra biblioteca.

—Albertus, sí. Tan impresionado que no quería irse —añadió malhumorado Villard—. Un muchacho inteligente, tengo que admitirlo. Por desgracia también impetuoso, y con la cabeza llena de pájaros. Supongo que os ha recomendado visitarme y ahora vos queréis tomar mis libros en préstamo, ¿cierto? —Sin esperar la respuesta de Rémy, dijo—: En lo que a eso se refiere, tengo malas nuevas para vos: habéis venido en vano. No presto mis libros. Nunca. Y menos aún las *Etymologiae*, que tanto os han impresionado.

Rémy guardó un silencio expectante. Albertus le había advertido acerca de la testarudez del anciano y le había preparado para ejecutar cierta tarea de convicción.

El noble torció el gesto al sentarse de modo trabajoso en una silla. Como muchos viejos caballeros, que volvían la vista hacia una vida llena de combates, parecía sufrir de las articulaciones y de heridas de guerra mal curadas. Al parecer, solo podía moverse con dolores.

Villard cruzó el bastón sobre las rodillas.

—Arriba, en la mesa, hay una edición de *De brevitate vitae* de Séneca. Traedlo. Pero no toquéis nada más.

Rémy subió por la escalera y entró en un aposento de la torre que contenía otros escritos. Encontró el libro, abierto junto a una vela encendida, y se lo llevó a Villard.

—Esto es lo que estaba leyendo cuando me habéis molestado —explicó el viejo, y pasó las yemas de los dedos por el lomo de cuero—. Es un tratado sobre la forma en que un hombre debe vivir su vida.

—Conozco el libro —dijo Rémy.

—¿Ah, sí?

—Tengo un ejemplar en mi taller. Es mi obra maestra.

Villard lo miró inquisitivo.

—Entonces sabréis lo consolador que es profundizar en el pensamiento de Séneca. Vivió en una época en la que los humanos eran más inteligentes. Debatían sobre filosofía y la naturaleza del mundo, en vez de gruñir como los cerdos, igual que algunos de nuestros contemporáneos.

Por eso este libro me es querido como un amigo. Todos mis libros lo son, tanto más desde que Dios se llevó al último de mis amigos humanos. Mientras yo respire, ni uno solo de ellos abandonará esta torre.

—Solo necesito las *Etymologiae*. Tomaría prestados los libros tan solo hasta haber hecho una copia, y los trataría con todo el cuidado posible. Conmigo estarían en buenas manos.

—La respuesta es no —dijo ásperamente Villard—. Podéis leerlos, pero tendréis que hacerlo aquí. Entretanto podéis dormir con la servidumbre y comer de mi mesa, si prometéis marcharos a más tardar al cabo de una semana.

—No es eso lo que quiero. Los necesito para la escuela. Le falta una amplia obra de referencia para la clase de filosofía, geografía e historia.

El caballero empezó a toser y apretó el puño contra los agrietados labios. Antes de que las borrara deprisa, Rémy vio tres gotas de sangre en el dorso de su mano, brillantes como esquirlas de rubí.

—¿Os sentís bien? ¿Preferís que regrese mañana?

Villard hizo un gesto de negativa.

—Soy un hombre enfermo. Mañana estaré más bien peor que mejor. Es lo que la ancianidad tiene. No. Mejor dadme un poco de ese vino y añadidle un poco de jengibre rallado. Tomad vos también un cuerno.

Rémy llenó dos cuernos de oscuro vino del sur y entregó uno a su anfitrión. Villard tomó un trago, lo que ablandó un poco su voz rasposa.

—¿Ha abierto ya sus puertas vuestra escuela? He oído decir que ni siquiera tenéis un maestro.

Para tratarse de un hombre que vivía aislado en medio del Vogesen, Villard estaba sorprendentemente bien informado de lo que a Varennes se refería.

—Albertus dará clase —replicó Rémy—. Podrá empezar en cuanto el Consejo lo haya contratado. En octubre, si Dios quiere.

Villard le miró largamente... y de pronto Rémy sintió una singular afinidad con ese hombre, aunque apenas le conocía. Los dos apreciaban los libros y la soledad, y no se conformaban con observaciones superficiales; querían ir al fondo de las cosas, rastrearlas hasta su verdad última.

—¿Qué perseguís con eso? —preguntó Villard—. Me lo pregunto desde que oí hablar por primera vez de vos y vuestra escuela. Todo ese trabajo, las rencillas con el monasterio... ¿por qué lo hacéis? Nadie sabrá apreciar vuestros esfuerzos, algunos incluso se reirán de vos. Tampoco vais a ganar dinero. Y sin embargo, impulsáis el proyecto con todas vuestras fuerzas. ¿Por qué?

—Varennes vive del comercio, del intercambio con otras ciudades —respondió Rémy—. Aun así, la mayoría de sus ciudadanos no es capaz de leer ni siquiera una simple carta, no digamos un escrito. Quiero cambiar eso. Hasta ahora en Varennes no existía más que la escuela del monasterio. Pero no sirve para nada. En mi escuela tan solo se instruirá a laicos, incluyendo a los hijos de las familias sencillas, para que tengan la posibilidad de hacer algo con su vida...

—No quiero saber lo que le habréis contado al Consejo para que os ayude —le interrumpió Villard—. Quiero oír vuestros verdaderos motivos. ¿Qué os impulsa a dedicar vuestra vida a esta empresa?

Rémy guardó silencio un rato antes de decir:

—Tengo un sueño. Sin duda lo encontraréis necio.

—Si es vuestro sueño y creéis en él no puede preocuparos lo que a mí me parezca. Vamos... ¿qué es?

Rémy no se libraba de la sensación de que el anciano lo estaba sometiendo a una prueba. Enfrentó la punzante mirada de Villard.

—Estamos entrando en una nueva era, una era del saber. Quiero hacer mi aportación a ella. Todos deben tener la posibilidad de aprender a leer y a escribir... artesanos, jornaleros, incluso campesinos, para que la ciencia, el arte y la filosofía puedan enriquecer sus vidas. Para que un día puedan llegar a ser tan sabios como las gentes de los tiempos de Séneca.

—¿Y eso es lo que ha de conseguir vuestra escuela? Os habéis propuesto mucho.

—Sé que es difícil. Probablemente pasarán muchas generaciones antes de que se consiga. Pero todo largo viaje comienza con el primer paso.

Villard dio un sorbo al vino; aferraba el cuerno con sus huesudos dedos.

—¿Por qué creíais que iba a burlarme de vos por ese sueño? Sin duda es ambicioso, quizá incluso arrogante. Pero ¿necio? No. No es necio en absoluto. Para que las cosas cambien para mejor se necesitan hombres con visiones.

—Podéis ayudarme a hacer realidad ese sueño —dijo Rémy—. Prestadme las *Etymologiae*, os lo ruego. Con esos libros, innumerables estudiantes podrían aprender a entender nuestro mundo.

—Insisto: no presto mis libros. Pero puedo ofreceros otra cosa. Soy viejo y estoy enfermo. El Señor me dará como mucho unos pocos meses antes de llevarme consigo. Y, en cuanto esté bajo tierra, mis inútiles hijos empezarán a pelearse por mi herencia. Cuando lo hagan, no me importa lo que sea de esta casa y este trozo de tierra. Pero de ningún modo tendrán mis libros. Piensan que ocuparse en ellos es una pérdida de tiempo indigna de un caballero. El más joven de ellos ni siquiera es capaz de leer bien, ¿podéis imaginároslo? No, la idea de que se lleven mis libros para malbaratarlos por unos cuantos sous en el próximo mercado anual me aterra. Así que serán para vos. Lleváoslos cuando esté muerto. Cogedlos para vuestra escuela. La certeza de que serán de utilidad a otros me aliviará la muerte.

Rémy sintió de pronto un nudo en la garganta.

—¿Estáis seguro? Esos libros son un gran tesoro. Entregarlos así... Quiero decir que apenas me conocéis.

—Hace años de la última vez que estuve tan seguro de algo. ¿Qué nos enseña Séneca? «Demos lo que querríamos recibir: sobre todo con gusto, deprisa y sin titubeos.»

—Os lo agradezco, Villard. Muchas gracias —dijo sencillamente Rémy.

—Sí, sí. Está bien. No me pongáis en apuros. Mejor ayudadme a levantarme y volver arriba. Me gustaría terminar de leer mi libro antes de que oscurezca. Quién sabe cuánto tiempo lo permitirá la luz de mis ojos.

Valle del Mosela y Varennes Saint-Jacques

Lo descubrieron apenas apareció en la cima de la colina. Renouart clavó los talones en los flancos de su caballo y se lanzó ladera abajo, de forma que las ovejas que había en el prado escaparon balando. Abajo, en el sembrado, Jean-Baptiste gritó con voz aguda a su mujer y a sus hijas, y al instante siguiente la familia entera huía hacia la casita campesina que había junto al arroyo. Cuando Renouart descabalgó delante de la pocilga, hacía mucho que todas las puertas estaban atrancadas por dentro.

Jean-Baptiste era un campesino libre, que no era siervo de ningún señor. Su granja estaba formada por una vivienda de piedra, un mísero granero y un establo que también había visto tiempos mejores. Las ovejas estaban flacas, en el sembrado brotaban unas cuantas coliflores miserables. Renouart se dio cuenta enseguida de que allí no había mucho que sacar. Jean-Baptiste le daba pena... y durante un instante consideró la posibilidad de volver a montar, regresar a Varennes y escupir en la cara a Lefèvre. Pero entonces pensó en Catherine y Felicitas, apretó los dientes y llamó a la puerta.

Nada se movió.

—Abre la puerta, Jean. Sé razonable, arreglemos esto por las buenas.

Silencio.

A la segunda patada, el cerrojo de la puerta se rompió. Habían puesto un cajón por dentro. Aun así, Renouart consiguió sin gran esfuerzo entrar en la casa.

La luz se filtraba por los agujeros hechos en la pared para que penetrara el aire, en el fogón temblaban llamas moribundas. La mujer de Jean-Baptiste y la muchacha estaban acurrucadas en un rincón de la vivienda en penumbra, se abrazaban y sollozaban. El campesino tenía en las manos una horquilla oxidada y dirigía los dientes hacia Renouart.

—¿Qué queréis de mí? —profirió.

—¿Sabes quién soy?

—Claro que lo sé. El recaudador de Lefèvre. Su matón. No deis un paso más... ¡os lo advierto! —jadeó Jean-Baptiste.

Renouart alzó las manos, apaciguador.

—Lefèvre te ha prestado treinta sous. El primer pago de intereses vencía para la Ascensión... hace tres semanas.

En realidad se trataba de sanciones acordadas de forma contractual, y Lefèvre le había insistido en que jamás hablara de intereses delante de sus deudores. Pero al diablo con eso, eran intereses, daba igual lo bien que Lefèvre disimulara sus negocios de usura.

—Habría pagado si hubiera podido —dijo Jean-Baptiste—. Pero la última cosecha ha sido mala. Los guisantes se me pudrieron en el campo. Las judías también. No tengo dinero.

—Le debes cuatro sous. Podrás arañar esa cantidad.

—Cinco miserables deniers... eso es todo lo que tengo. Pagaré para Todos los Santos. Lo juro por san Jacques. Seguro que podré vender mi lana en la feria. Pedid a vuestro señor que tenga unas semanas de paciencia.

—Su paciencia se ha agotado. Hace mucho que espera su dinero. Cuatro sous, Jean. No me iré sin ellos.

—¡Tened compasión! —gritó la mujer de Jean—. ¿No veis lo mal que nos va? Otra mala cosecha y moriremos de hambre.

—En marzo pasado se me murieron tres ovejas —dijo el campesino—. Ni siquiera pude matarlas, de tan enfermas como estaban. Con el dinero de Lefèvre compré nuevos corderos, porque sin mi rebaño lo mismo daría que me ahorcara. Por Dios, ¿creéis que lo hago para irritarle? Uno toma prestado dinero, una cosa lleva a la otra, y de pronto se está ahí. Precisamente vos tendríais que entenderlo. Sí, sé lo que os ha pasado. Antes erais un caballero bien nacido, pero ahora tenéis que bajar la cabeza ante Lefèvre. ¿Es culpa vuestra? No. Tuvisteis mala suerte... igual que yo. ¡Igual que yo!

—Basta —dijo Renouart—. Me darás el dinero ahora, o pondré tu casa patas arriba hasta que lo encuentre.

—Intentadlo. —Jean-Baptiste aferró la horca.

Renouart dio un paso rápido hacia delante y cogió el astil del arma antes de que Jean-Baptiste pudiera atacarle con ella. Tiró con fuerza, el campesino trastabilló en dirección a él, y Renouart le clavó la rodilla en la boca del estómago. Su mujer y la niña gritaron, Renouart tiró la horca a un lado, agarró al campesino por el cuello y le sujetó el brazo antes de que pudiera sacar el cuchillo que llevaba en el cinturón. Le dio un fuerte golpe en el rostro. Jean se desplomó en tierra.

—¡Basta! —gritó su mujer cuando Renouart iba a golpearlo de nuevo—. Os traeré el dinero. Ya voy. Por favor, no le hagáis nada, os lo imploro.

Jean-Baptiste sangraba por la nariz y gemía en silencio. Renouart lo sujetó mientras la mujer desaparecía en el cuarto de al lado. Regresó y dejó algunas monedas de plata encima de la mesa.

—Cuatro sous, vedlo vos mismo.

Renouart soltó a Jean-Baptiste y cogió las monedas. De pronto, tenía tal nudo en la garganta que apenas podía respirar.

—El próximo plazo vence para la Candelaria, no lo olvides. Paga puntualmente y te ahorrarás problemas —dijo, antes de abandonar la cabaña con pesados pasos.

Tenía sangre de Jean-Baptiste pegada en las manos, en la túnica, en todas partes, constató mientras montaba. Picó espuelas al caballo y remontó la ladera, galopó por la colina, hasta que la granja dejó de verse, hasta que no sintió otra cosa que el viento en el rostro y los músculos del caballo alzándose y descendiendo debajo de él.

En algún momento llegó a un pequeño arroyo que chapoteaba entre las malas hierbas. Renouart se deslizó de la silla antes de que su corcel se hubiera detenido del todo, cayó de rodillas junto al arroyo y hundió en él las manos. Unos hilos rojos serpentearon por el agua y se fueron con la corriente.

De pronto la rabia se apoderó de él, una ira angustiosa, devoradora. Se arrancó el cinturón, se pasó la túnica por la cabeza y se salpicó el torso de agua fría. Se frotó hasta que hubieron desaparecido las últimas gotas de sangre, lavó sus ropas a conciencia y aun así no se sintió más limpio.

Se quedó largo tiempo sentado allí. Las gotas relucían en sus brazos, en el pelo del pecho. Renouart alzó la vista al cielo y contempló las nubes, que pasaban testarudas hacia el sur, como si allí esperasen un destino mejor.

¿En qué se había convertido?

Se levantó, cansado, retorció la ropa y se la puso. El paño se le pegó a la piel, frío y empapado, cuando siguió cabalgando, pero apenas lo notó. «Catherine», volvió a pensar, y otra vez «Felicitas», porque, si no ocupaba su mente, veía una y otra vez a Jean-Baptiste, el rostro ensangrentado de Jean-Baptiste y su hija que lloraba.

Era primera hora de la tarde cuando llegó a Varennes. Renouart entró en el patio de la casa de Lefèvre, entregó su caballo a un criado y subió la escalera, con las cuatro monedas de chelín en el puño.

La puerta del escritorio de Lefèvre estaba cerrada. A través del tablero se oían voces atenuadas.

—... os doy todos los meses cinco sous —estaba diciendo el usurero—. Tiene que bastar, maldita sea.

—Por lo general lo hace —respondió un hombre cuya voz Renouart no conocía—. Pero no si tenemos que pagar a un médico. Ya sabéis lo caros que son. Y Felicitas necesita con urgencia uno.

Fue como si el corazón de Renouart se detuviera. Contuvo el aliento y se acercó tanto a la puerta que su oído casi tocó la madera.

—¿Es grave? —preguntó malhumorado Lefèvre.

—Es difícil decirlo. Tiene fiebre desde hace días. Sencillamente no se le acaba de ir. Esas cosas son traicioneras. He visto antes a gente, no mujeres, hombres fuertes, morirse de la noche a la mañana. Se han ido a la cama por la noche, y a la mañana siguiente...

—Sí, sí, está bien —interrumpió Lefèvre al desconocido—. Aquí hay diez sous. Buscad un médico, pero que sea discreto, ¿me oyes? Debe cuidar de que esa mujer sane. Y ahora desaparece. Renouart debe de estar a punto de volver, y no debe verte aquí.

En el escritorio crujió una tabla. Renouart se escurrió en la estancia de al lado, entornó la puerta y dejó un resquicio para ver el pasillo. Un hombre recio, un criado a juzgar por la vestimenta, salió del escritorio y fue hacia la escalera. Lefèvre no se dejó ver.

Renouart esperó un momento antes de seguir al desconocido. El hombre caminó hacia la entrada. Renouart tomó la escalera trasera, cruzó el patio con paso marcadamente tranquilo y miró por el portón abierto. El criado estaba dejando la casa en ese momento y caminaba en dirección a la plaza de la catedral.

Algunos criados habían visto a Renouart. Solo era cuestión de tiempo que Lefèvre se enterase de que había vuelto. Si el usurero descubría que se había ido poco después de su llegada, sin ir a verlo, seguro que sacaría las conclusiones adecuadas. Eso significaba que tenía que actuar deprisa.

Emprendió de modo discreto la persecución. El desconocido cruzó la plaza de la catedral, giró hacia la derecha a mitad de camino y remontó la Grand Rue. Al llegar a la abadía de Longchamp, junto a la que vivían muchos médicos, redujo el paso y contempló indeciso las casas de piedra.

Renouart aceleró el paso y le puso una mano en el hombro.

—No te vuelvas —susurró—. Vas a entrar en ese callejón y harás como si fuéramos dos viejos amigos. —Para que el desconocido también representara de forma convincente su papel, Renouart oprimió la punta del puñal contra sus riñones—. ¡Cuánto tiempo sin verte! ¿Cómo te va? He oído que tu mujer vuelve a estar encinta —dijo Renouart, mientras empujaba al hombre hacia el callejón. Discurría entre los patios traseros de las casas patricias, llevaba al barrio de los herreros y, para alivio de Renouart, estaba casi desierto. Tan solo un mendigo revolvía en las basuras que desbordaban los cubos junto a un portón.

—Desaparece —bufó Renouart, y la figura harapienta puso pies en polvorosa.

Siguió empujando al desconocido y lo metió en un callejón sin salida detrás de una herrería. Cajas descompuestas se acumulaban delante de los muros. El desconocido echó mano a su puñal, pero Renouart fue más rápido y le dio un puñetazo con la zurda en el vientre. Cuando el hombre se dobló de dolor, Renouart lo cogió por los cabellos, lo apretó contra una pared y le puso el puñal en la mandíbula.

—¿Dónde están mi mujer y mi hija? —siseó.

El hombre se limitó a tragar en seco. Otro puñetazo, esta vez en la cara.

—¡Habla, maldita sea!

—Lefèvre… me… matará —gimió el desconocido cuando recuperó el aire.

Renouart volvió a ponerle el puñal en el cuello.

—Quizá. Si no hablas, morirás de todos modos. La elección es tuya.

El desconocido apretó los dientes. Renouart apretó más la punta del puñal contra su cuello, hiriendo la piel. Una gota de sangre le corrió por la nuez.

—Están en una antigua yeguada. En Savigny.

—¿A qué distancia de aquí está eso?

—A un buen rato a caballo.

—¿Cómo puedo llegar hasta allí?

—Cogiendo desde la Puerta del Heno el camino que va hacia el oeste, en dirección a Mirecourt. En algún momento encontraréis una vieja cruz expiatoria. Desde allí se ve la casa.

—¿Cuántos de vosotros hay allí?

—Cuatro… conmigo.

—Si Felicitas muere, que Dios se apiade de ti. —Renouart le dio un cabezazo entre los ojos. El hombre se desplomó sin ruido.

Ató al inconsciente con trapos viejos que encontró en las cajas y lo amordazó, antes de arrastrarlo hasta el final del callejón y esconderlo lo mejor que pudo detrás de las cajas. Sin duda pasaría un buen rato hasta que el tipo despertase y se hiciera notar. Dos, si tenía suerte. No demasiado tiempo para rescatar a su familia.

Con un gesto duro en torno a la boca, contempló el cuerpo inmóvil. «No.» No mataba a gentes indefensas. Había caído bajo, pero no tanto.

Renouart le quitó al hombre el dinero que había recibido de Lefèvre, se lo guardó en la bolsa con las monedas de Jean-Baptiste y corrió por los callejones del barrio de los herreros. Lo primero que necesitaba era un caballo. No podía ir a buscar el suyo… el riesgo de que Lefèvre se lo encontrara y le siguiera la pista era demasiado grande. Tenía que resolverlo de otro modo.

Salió de la ciudad por la Puerta del Heno. En los campos entre la muralla y el borde del bosque, unos campesinos trabajaban al sol de la tarde. Renouart recorrió el camino y descubrió un carro delante de un granero. Habían desenganchado y atado los dos caballos de tiro, que estaban comiéndose la mala hierba que brotaba en espesos matojos al borde del campo.

Mejor que nada.

Renouart corrió a través del sembrado, prestando atención a que el granero estuviera siempre entre él y los campesinos. Desató uno de los dos caballos y montó de un salto. Estuvo a punto de que lo derribara, tal fue el salto que dio. Con toda probabilidad lo montaban raras veces, y el hecho de que no tuviera silla no se lo ponía precisamente más fácil. Pero Renouart era un magnífico jinete, había domado ya corceles mucho más difíciles. Doblegó a la yegua a su voluntad, la acicateó con fuerza y salió galopando hacia el oeste.

Cuando los campesinos le descubrieron y gritaron indignados ya había llegado al bosque.

NANCY

—He sabido la forma en que mi hermano os maltrató entonces —dijo el duque Mathieu, mientras guiaba a Michel y a Soudic Poilevain por los pasillos del castillo de Nanciacum—. Fue poco inteligente por su parte, como tantas cosas. Habría hecho bien en apoyar vuestra feria en vez de entregarse a su deseo de venganza. Pero me temo que el vino y la amargura en su corazón le habían golpeado ya de tal modo que no estaba en condiciones de distinguir qué era lo mejor para Lorena.

—No albergo rencor alguno hacia vuestro hermano, excelencia —respondió Michel—. Era un hombre desesperado. Una sombra pesaba sobre su alma. Cuando me negó su ayuda ya no era él mismo.

—Vuestra indulgencia os honra, pero lo que ocurrió no fue más que culpa suya. Thiébaut era un cabeza caliente, ya de joven. Todos sabíamos desde hacía años que su falta de sabiduría y de paciencia lo conduciría pronto a la tumba. Con esa necia disputa, estuvo a punto de llevar a la ruina a toda Lorena. Vos le ayudasteis a salvar la cara y a conservar sus dignidades, aunque habría merecido un castigo mucho más duro. ¿Y así os lo agradeció? No, en verdad no mereció vuestra compasión.

Se sabía que Mathieu nunca había sentido mucho amor por Thiébaut. Aun así, a Michel le sorprendió que el duque hablara tan mal de su hermano muerto.

—Espero que mis duras palabras no os asusten —dijo Mathieu, como si hubiera leído los pensamientos de Michel—. Pero los Châtenois son un antiguo y venerable linaje, que siempre fue fiel a la casa de los Staufer. Thiébaut trajo la vergüenza a nuestra familia. Pasará mucho tiempo hasta que pueda perdonarle.

Subieron por una angosta escalera de caracol, de la que Michel no se acordaba.

—¿No vamos a vuestros aposentos?

—Mi cámara se encuentra en la torre sur. No quise trasladarme a los aposentos de mi hermano. Son oscuros y agobiantes, como si su espíritu siguiera allí. Por eso los hice tapiar, hasta que sepa qué hacer con ellos.

Un escalofrío recorrió la espalda de Michel mientras seguía a Mathieu por las escaleras, y reprimió el deseo de santiguarse.

Ya a su llegada a la barbacana le había llamado la atención que el castillo había cambiado desde su última visita. Nuevos reposteros de vivos colores y escudos con las armas de los vasallos del duque adornaban las salas, el suelo estaba cubierto de paja fresca. Olía a hierbas y limpieza en vez de a humo, vino agrio y muros húmedos. Criados y doncellas reían mientras hacían su trabajo, sus voces y el tintineo de sus herramientas resonaban entre las paredes y llenaban el palacio de vida y alegría. A Michel le parecía como si con la muerte de Thiébaut hubiera desaparecido también la agobiante melancolía que se había posado sobre los muros como un mal hechizo.

El duque Mathieu era un hombre completamente distinto de su hermano. Aunque los dos se parecían —también Mathieu era alto y de anchos hombros, y tenía el rostro anguloso de los varones Châtenois—, no habrían podido ser más diferentes. Mathieu era inteligente y leído, competía con el rey Federico y se interesaba por las distintas ciencias y los filósofos antiguos. Pero sobre todo pasaba por ser prudente y circunspecto. Al contrario que Thiébaut, no quería resolver los conflictos políticos con la espada, sino con tratados, habilidad negociadora y equilibrio de intereses. Un hombre al gusto de Michel. De hecho, ponía grandes esperanzas en su nuevo príncipe.

—Por favor, sentaos —pidió Mathieu cuando entraron en la torre—. Os traerán vino. Enseguida estoy con vos.

Conforme desaparecía por una puerta en una estancia lateral, un criado sirvió dos copas de vino blanco de Franconia, que brillaba a la luz de las velas como oro líquido. A Michel le pareció espléndido, a Poilevain no tanto… al menos, torció el gesto al llevarse la copa a los labios.

Había insistido en acompañar a Michel a ver al duque para poder asistirle con su conocimiento del derecho y la ley. Durante el viaje a Nancy habían hablado poco. Poilevain estaba de mal humor desde hacía días, y su sonrisa había desaparecido. Michel desconocía los detalles, pero corría el rumor de que Poilevain había perdido mucho dinero en un negocio importante.

De la estancia vecina salían voces atenuadas. Finalmente, Mathieu regresó. Le acompañaba un clérigo de cabellos grises que entró en la sala con la espalda encorvada, llevando un montón de documentos en las manos.

—Mi capellán. Sabe más de derecho que yo, y cuidará de que nuestro contrato sea inobjetable. —Mathieu y el clérigo se sentaron con ellos a la mesa—. Seré protector de la feria de Varennes Saint-Jacques y cuidaré de que haya una amplia escolta. —Fue directo al asunto—. Durante el mercado anual, así como una semana antes y una semana después, mis caballeros estarán en todos los caminos, para que los mercaderes extranjeros puedan ir y venir con seguridad.

—Os lo agradezco —dijo Michel—. Con eso haréis un gran servicio a nuestra ciudad. Pero permitidme una pregunta: ¿para qué necesitamos un contrato?

—Mi apoyo va unido a una condición —respondió Mathieu con una delgada sonrisa.

—¿Qué clase de condición? —preguntó Poilevain.

—Recibiré dos de cada cien partes de todos los ingresos que la ciudad obtenga de la feria, es decir: aranceles, tasas, *accisas* y similares, pagaderos a más tardar para san Martín de cada año.

Michel y Poilevain cambiaron una mirada.

—Con todo respeto, excelencia —dijo Poilevain—, la protección de los caminos es vuestro deber como duque. Para cubrir vuestros gastos podéis recaudar un arancel, pero no más. Vuestra condición choca con el derecho real.

—La Ley únicamente me obliga a proteger los caminos —respondió con frialdad Mathieu—. No me prohíbe recaudar tasas suplementarias, mientras no superen una medida razonable. Y no cabe decir otra cosa de mi petición. Es moderada.

—Nuestro criterio jurídico es otro —replicó Michel.

—Proteger cada año una feria y dar escolta segura a muchos centenares de mercaderes va más allá de aquello a lo que estoy obligado —prosiguió el duque—. Causa elevados costes: salario para mis guerreros, forraje para los caballos, armas y armaduras nuevas... todo eso hay que pagarlo.

—Puede ser. Aun así, vuestra petición es ilegal —reiteró Michel.

—Si insistís en ella —completó Poilevain—, nos veremos obligados a presentar recurso ante el rey y la Cancillería.

Mathieu deliberó en susurros con su capellán. Michel sabía que se movían en terreno resbaladizo. Puede que tuvieran la ley de su parte, pero raras veces era inteligente irritar a un príncipe. Con voz suave, se volvió hacia Poilevain:

—Una demanda ante el tribunal tiene que ser el último recurso. Trataré de negociar con él. Lo más importante es que Varennes no se vea gravada con una nueva tasa. Quizá pueda apartarle de esa idea haciéndole pequeñas concesiones.

Poilevain asintió:

—De acuerdo. Pero no dejéis duda de que en caso necesario demandaremos. Perdería un litigio, y lo sabe.

—¿Excelencia? —se dirigió Michel al duque.

Mathieu puso fin a su conversación con el capellán y le miró.

—¿Qué opináis de la siguiente oferta? Aquellos de vuestros funcionarios que practiquen el comercio podrán llevar sus mercancías libres de aranceles a Varennes ahora y en todo momento, no solo a la feria, sino durante todo el año, sin importar si nos traen ganado, paño, especias o cualquier otra cosa. —En toda Lorena había como mucho veinte, treinta funcionarios ducales que practicaban el comercio junto a sus tareas. Dado que además raras veces iban a parar a Varennes, la ciudad podía soportar eximirlos de todos sus aranceles—. Además, trataremos de forma preferente a los mercaderes de Metz, Épinal y todas las demás ciudades del ducado a la hora de adjudicarles puestos y camas en el albergue —prosiguió Michel—. Deben beneficiarse de modo especial de la feria para que el comercio prospere en toda Lorena. A cambio, vos renunciáis a vuestra exigencia. En los años pasados Varennes ha tenido gastos elevados, y pasará mucho tiempo antes de que el mercado anual aporte beneficios. Vuestra petición adelgazaría aún más nuestros ingresos, de forma que la feria dejaría de ser lucrativa y tendríamos que suspenderla. No podéis querer eso.

—¿Y si rechazo vuestra propuesta? —preguntó relajado el duque.

—Varennes siempre ha querido tener buenas relaciones con la casa de Châtenois, y deseamos mantener la amistad con vos. Pero, si no podemos ponernos buenamente de acuerdo, tendremos que acudir al tribunal. Por favor, entended que nuestro primer deber es resguardar Varennes de todo daño.

Mathieu guardó silencio largo rato. Por fin, declaró:

—Tampoco yo quiero poner en peligro la amistad entre mi casa y la ciudad libre de Varennes Saint-Jacques. Estoy de acuerdo.

—Una sabia decisión —dijo Michel—. Os lo agradezco, excelencia.

El duque pidió a su capellán que pusiera por escrito los acuerdos. Para alivio de Michel, Mathieu no parecía irritado u ofendido. Al contrario que su hermano, no se tomaba como ofensa personal que alguien le plantara cara y le recordase sus obligaciones. Sobre todo cuando se habían acercado a él tanto como para que no tuviera que sentirse perdedor y, por tanto, no tuviera motivos para guardar rencor a Varennes.

El eclesiástico escribió, comparó cada frase del contrato con documentos y compilaciones legales y, finalmente, le puso el sello ducal. Michel y Poilevain firmaron ambos ejemplares en nombre del Consejo.

Se levantaron y se estrecharon la mano.

—Señores —dijo el duque Mathieu—. Vuestra visita ha sido una alegría para mí. Quiera Dios extender su mano protectora sobre vos y vuestra ciudad, para que el mercado anual acreciente el bienestar de todos.

Michel estaba de mejor humor cuando, poco después, cruzaron la puerta del castillo. Poilevain en cambio volvía a estar caviloso, y apenas si dijo una palabra durante el resto del día.

BOIS DE VARENNES Y VARENNES SAINT-JACQUES

Renouart cabalgaba como alma que lleva el diablo. La yegua se había acostumbrado con rapidez a él y parecía incluso gozar del salvaje galope.

Finalmente distinguió la cruz expiatoria, un poste de piedra desgastado por el viento y la lluvia y apenas reconocible como cruz, sobre todo porque estaba por completo cubierto de yedra. El bosque se había aclarado un poco, a izquierda y derecha del camino se extendían arbustos y prados florecientes.

Entre los alisos negros, a medio tiro de flecha de donde estaba, descubrió un edificio de piedra venido a menos. De la chimenea salía humo.

Llevó el caballo al bosque y lo ató. Detrás de un zarzal crecido en los restos de un murete, se tumbó al acecho.

Hacía mucho que sospechaba que Lefèvre escondía a Felicitas y a Catherine en alguna parte de sus extensos territorios. Por desgracia, aparte de Lefèvre nadie sabía dónde poseía fincas. Si había documentos, el prestamista los tenía bien escondidos... ni siquiera Chrétien podía verlos. Renouart nunca había oído hablar de aquella yeguada.

Daba la impresión de que hacía mucho que allí no se criaban caballos... los establos estaban medio derruidos. En una de las ventanas de la casa había luz.

A Renouart le hubiera gustado esperar a la caída de la noche, pero no oscurecería hasta como muy pronto dentro de un rato. Sin duda no disponía de tanto tiempo. Protegido por los arbustos, se acercó a la yeguada y se ocultó detrás del establo. Desde allí pudo ver que el edificio tenía una puerta trasera. Corrió hasta la pared lateral de la casa baja, se agachó por debajo de las troneras y fue hasta la puerta. Sus viejos huesos protestaban a cada movimiento, pero el dolor no le importaba lo más mínimo. Hacía años que no se sentía tan vivo.

Olía a cocido, y oyó ruidos de martilleo. La puerta estaba enganchada del marco y no parecía especialmente resistente. Renouart se incorporó, desenvainó su espada y entró.

Ante él se extendía una pequeña cocina, junto a una mesa estaba un hombre fuerte como un toro, picando carne cruda. Su sorpresa duró solo un instante. Con el cuchillo de picar en la mano, retrocedió, derribó la mesa y cogió un arpón apoyado en una pared. Renouart saltó por encima de la mesa, paró el golpe con la barra de hierro y pegó una patada en el vientre al hombre. El gigante cayó de espaldas contra la puerta, y el mandoble de Renouart le abrió el torso de la cadera al pecho.

Renouart cogió el cuerpo palpitante por los hombros y lo echó a un lado para poder abrir la puerta. Con la espada ensangrentada en la mano, entró en la estancia vecina, un pequeño cuarto con una mesa, dos bancos y un crucifijo de madera en la pared.

—¡Catherine! ¡Felicitas!

No hubo respuesta. En vez de eso una de las puertas se abrió de golpe y dos hombres se precipitaron por ella, anchos de hombros como el primero, los dos armados con hachas. Eran musculosos y la mitad de viejos que él, pero Renouart llevaba desde los siete años ejercitándose en el arte de la lucha... dos campesinos, por fuertes que fueran, tenían poco que hacer frente a él. Esquivó el mandoble del primero, y el hacha se clavó en la mesa. Renouart hundió el codo en el rostro del atacante y se volvió hacia el segundo, un tipo furioso con la cara llena de cicatrices. Era más cauteloso que su compañero, y empezó por parar los mandobles de Renouart, hasta que cometió un error y descubrió un flanco en un torpe ataque. Renouart le hirió en el brazo y, cuando dejó caer el arma y retrocedió jadeando, la espada le cortó el cuello.

Entretanto el otro había arrancado de su mesa el hacha, enseñó los dientes e hizo silbar el arma en el aire. Renouart lo eludió y fingió una estocada a fondo. Su adversario entró al trapo e hizo girar el arma para rechazar el supuesto ataque. La hoja de Renouart describió un amplio arco, alcanzó al hombre entre el hombro y el cuello y le cortó la clavícula.

Respirando trabajosamente, Renouart miró a su alrededor. Tres adversarios... tres muertos. Si el tipo del callejón no había mentido, eran todos.

—¡Catherine! ¡Felicitas! —volvió a rugir.

—¡Padre! —sonó la voz de su hija en un cuarto vecino.

Antes de que Renouart alcanzara la puerta, esta se abrió de golpe. Catherine estaba allí, con la mano en el picaporte; sus ojos se dilataron a la vista del baño de sangre. Luego se le lanzó al cuello.

A él le falló la voz.

—¿Estás bien? —logró decir—. ¿Te han hecho daño?

—Estoy bien —sollozó—. Padre. ¡Oh, padre!

El aroma de su pelo. Su tierno y frágil cuerpo. Tuvo que dominarse para soltarla.

—¿Dónde está tu madre?

Ella cogió su mano y lo llevó a la cámara de la que había salido. Felicitas yacía en la cama, su pequeño cuerpo se dibujaba bajo la manta. Sonreía, con el rostro pálido y febril.

—Renouart.

Él dejó caer la espada, cayó de rodillas junto a la cama, le cogió la mano. Su piel estaba casi al rojo vivo.

—Mi Felicitas. Mi pequeña y dulce Felicitas... —Le ardían los ojos. Era tan débil. No era solo la fiebre lo que le había hecho eso, lo veía. La prisión, el miedo, la desesperación, la habían devorado, quebrado.

—Sácanos de aquí, amado mío —susurró.

—¿Hay caballos aquí? —preguntó, volviéndose a su hija.

—Solo uno. Pero Pierre se ha marchado este mediodía.

Pierre tenía que ser el tipo al que había doblegado en el callejón.

—¿Tienen al menos una segunda silla? —preguntó él.

—Creo que sí.

—Ve a buscarla. Fuera, al borde del bosque, detrás de los zarzales, encontrarás un caballo. Ensíllalo. Enseguida iremos.

Cuando su hija salió de la cámara, él se puso en pie.

—Por favor, no te vayas —dijo Felicitas.

—Enseguida vuelvo. —La besó en la frente, envainó la espada y pasó a la otra habitación. De un gancho al lado de la puerta colgaba un saco grasiento; lo asió. Abrió los dos arcones, que no contenían más que trastos inútiles. En otra estancia, el dormitorio de los hombres, encontró lo que buscaba: una bolsa de dinero tirada en la cama. En ella solo había unos cuantos deniers, pero aun así la cogió, y metió además un poco de comida de la despensa y tres mantas de lana en el saco antes de volver junto a Felicitas.

—¿Puedes andar?

—Claro. —Quería ser valiente e intentó levantarse, pero él vio que no podría dar ni cinco pasos.

Le pasó el brazo en torno a la cintura.

—¿Dónde están vuestras ropas?

—Ahí, en el arcón.

Sentó a Felicitas al borde de la cama, sacó un vestido sencillo y unos zapatos y la ayudó a vestirse.

—¿Cómo nos has encontrado?

—Después —dijo él—. Tenemos que irnos.

La levantó y la llevó en brazos a través del prado, donde Catherine esperaba ya con la yegua ensillada. Renouart hizo montar primero a su hija, luego ayudó a Felicitas a subir. Catherine la sujetó con fuerza, porque apenas podía mantenerse en la silla por sí misma. Renouart llevó al caballo de las riendas hasta los árboles.

—¿Adónde vamos? —preguntó Catherine.

—Pasaremos la noche en el bosque.

—No podemos exigirle eso a madre... está demasiado débil. Aquí cerca hay un albergue. ¿Por qué no vamos allí?

Renouart conocía ese albergue. No estaba ni a media hora a pie de la yeguada, pero eso era justo lo que le preocupaba.

—Quizá Lefèvre ya sabe lo que ha pasado. Si viene con sus hombres y ve que habéis desaparecido, imaginará que no podemos haber ido lejos. El albergue es el primer sitio en el que nos buscará.

—Pero ella necesita una cama. Y un médico.

—Veré lo que puedo hacer.

Catherine guardó silencio, pero no estaba contenta con su decisión. Solo entonces él se dio cuenta de que en los dos últimos años había madurado hasta convertirse en una joven maravillosamente bella. Al contrario que a Felicitas, la prisión no la había quebrado, sino que la había fortalecido. Sentía espíritu de lucha en ella, rabia y voluntad de sobrevivir.

«La necesitará.»

Mientras el día cedía paso poco a poco a la noche, adentró la yegua en el bosque.

—… no sé cuánto tiempo he estado inconsciente. Pero no puede haber sido mucho. Media hora como máximo. Por suerte, poco después ha aparecido un guardia y me ha desatado —concluyó Pierre su informe.

Lefèvre ya no le escuchaba. Tamborileaba con los dedos en la mesa. Si Renouart conseguía liberar a su familia, significaba que tendría dificultades. Renouart sabía demasiado. Si iba con todo eso al Consejo, Fleury y Caboche tendrían el testigo que tanto anhelaban. Sin duda Renouart estaba considerado un perjuro y traidor, cuya palabra no contaba mucho ante un tribunal. Pero, tal como estaban las cosas, sin duda aun así le prestarían oídos.

Dio una palmada tan fuerte en la mesa que Pierre se encogió sobresaltado.

—Ven.

Salieron de la sala y fueron hacia la escalera trasera. En el pasillo, Chrétien fue a su encuentro.

—¿Qué pasa, señor? ¿Ha ocurrido algo? ¿Quién es este hombre?

—Nadie. Ve arriba. Tienes trabajo en el escritorio. Vamos, ¿o es preciso que te eche de aquí?

Chrétien salió corriendo como un perro apaleado. Últimamente aparecía cuando menos se le necesitaba. Y siempre esas preguntas. Ese tipo estaba empezando a volverse arrogante, se consideraba imprescindible. Eso ocurría desde que Lefèvre le dejaba manos libres con los negocios. Se propuso llamar al orden a ese individuo en cuanto hubiera resuelto el asunto.

Echó a las criadas del zaguán y ordenó a un servidor que llamara a los otros criados.

—Renouart ha desaparecido, y quiero que se le encuentre —explicó Lefèvre cuando todos los hombres estuvieron presentes—. Se defenderá, así que llevad armas. Matadlo si es preciso.

Repartió a los hombres en varios grupos. Pierre y dos criados irían a la yeguada y verían si Renouart había aparecido por allí. Los demás rastrearían los alrededores.

—No puede escapársenos y volver a la ciudad bajo ninguna circunstancia. Ahora marchaos.

Los hombres salieron corriendo, mientras Lefèvre subía a ponerse su cota de malla.

Renouart no tuvo que cabalgar mucho para hallar un médico. Cuando preguntó en el albergue, el posadero le dijo que esa tarde un cirujano ambulante se había alojado en su casa. Por desgracia, el hombre ya se había ido a dormir, y no le gustó que Renouart lo sacara de la cama sin muchas consideraciones. Mientras el sanador se vestía gruñendo, Renouart le explicó para qué lo necesitaba.

—¿En un claro del bosque? ¿Estáis loco? ¡Si está tan enferma como decís, tiene que permanecer en cama!

—Por desgracia eso no puede ser.

—¿Qué sois? ¿Proscritos? —preguntó el cirujano—. No ayudo a proscritos. No tengo ningunas ganas de tener problemas.

—No somos proscritos, tenéis mi palabra. Os lo ruego, ayudad a mi mujer. Pagaré bien.

El hombrecillo le miró receloso.

—Exijo tres deniers por mis servicios. Amputaciones e infusiones aparte.

—Recibiréis el doble si no hacéis preguntas.

—Enseñadme vuestra plata.

Renouart abrió una bolsa que contenía en total catorce sous y algunos deniers. La codicia brilló en los ojos del sanador.

—¿Bastará con esto?

—Creo que sí.

Poco después, Renouart en su yegua y el cirujano en su penco cabalgaban por el bosque. Estaba oscuro como boca de lobo, y el cirujano invocaba todos los peligros de la espesura mientras seguían una retorcida senda.

—He oído decir que aquí hay lobos. Y proscritos. Dicen que bandas enteras de ellos andan por los bosques…

—Si continuáis hablando seguro que nos encuentran. ¡Así que callaos de una vez! —le increpó Renouart.

Por fin llegaron al claro. Catherine había hecho un fuego, aunque él le había dicho que no lo hiciera.

—Madre estaba helada —se defendió ella con terquedad—. Y el frío es un veneno para ella.

El cirujano se puso enseguida a la tarea, examinó a Felicitas, le preparó unas compresas y le administró un poco de jugo de una de sus numerosas ampollas. Entretanto, Renouart miraba fijamente las llamas y reflexionaba.

«¿Qué hacemos ahora? ¿Adónde vamos?»

Nicolás, su hijo y primogénito, había ingresado en los templarios poco después de armarse caballero, y hacía cuatro años había partido a Tierra Santa para servir a su orden en los estados de los cruzados. Renouart ni siquiera sabía si estaba vivo. Su hija mayor se había casado con un caballero de la Baja Lorena y vivía muy al norte… no podía pedir a Felicitas un viaje tan largo.

No, la familia no podía ayudarle. Solo quedaba Varennes. Michel le había ofrecido ayuda varias veces. Quizá era hora de recurrir a ella.

¿Y su venganza? Todo en él clamaba por matar a Lefèvre con sus propias manos, hacerle pagar por todo el daño que había causado a su familia. Pero Renouart no se hacía ilusiones. Lefèvre era cauteloso hasta lo enfermizo. En cuanto supiera que Renouart había liberado a Felicitas y a Catherine, se rodearía de hombres armados para protegerse de su ira. Renouart no podría desafiarlo a un combate singular.

No. Era más inteligente acudir a Michel, aunque eso significara renunciar a su venganza. Si atestiguaba bajo juramento los crímenes de Lefèvre, el Consejo podría atraparlo al fin... si su palabra aún valía algo.

Las llamas crepitaban, lamían las ramas, las devoraban pieza a pieza.

«¿Quién apaleó al maestro de obras?»

«¿Quién prendió fuego al albergue?»

«¿Quién asaltó a los mercaderes?»

No solo eran los crímenes de Lefèvre... también eran los suyos. Lo castigarían con dureza por ellos. Sin duda Lefèvre le había obligado a hacerlo, pero dudaba de que por eso pudiera contar con indulgencia alguna. Un incendio nocturno era un acto del todo vergonzoso, sobre el que pesaba la pena de muerte. Y él solo era un caballero caído y deshonrado.

Miró a Felicitas, apoyada en un tronco de árbol con los ojos cerrados mientras el cirujano le humedecía la frente. Si le obligaba a ir con él a Francia o a Borgoña, moriría. Y a Catherine le esperaba una vida de pobreza.

Cogió una rama y hurgó en el fuego. Se alzaron chispas, que se extinguieron en el aire de la noche. Debía ir a Varennes... no tenía elección. Quizá lograra llegar a un trato con el Consejo: su testimonio contra una pena leve. Al fin y al cabo, en Michel tenía un influyente defensor.

—Le he hecho unos emplastos y le he dado algo contra la fiebre —dijo el cirujano—. No puedo hacer más por ella. Aquí hay una infusión de hierbas. Dádsela mañana y pasado mañana. Debería erradicar la fiebre y sacar de su cuerpo los malos humores.

Renouart cogió la ampolla y tendió tres sous al cirujano. Cuando el hombrecillo fue a cogerlos, Renouart cerró la mano.

—Jurad que no hablaréis a nadie de nosotros.

—Eso no era parte de nuestro acuerdo.

—Juradlo.

—Está bien. Como queráis. Lo juro por la salvación de mi alma. ¿Me daréis mi dinero?

Renouart se lo dio. Sin palabras, el hombre recogió sus cosas, las metió en las alforjas y se marchó de allí con su rocín.

—Estoy cansada —dijo en voz baja Felicitas—. Me gustaría dormir.

Él les dejó su manta y preparó junto al fuego un lecho en el que Catherine y él la acomodaron. Ella se durmió enseguida.

—Descansa —le dijo a Catherine—. Yo haré guardia.

—Parecéis agotado.

—Estoy bien. —Se forzó a sonreír—. Ahora duérmete, para que mañana puedas ocuparte de tu madre.

Ella se envolvió en su manta y se tendió en el suelo del bosque, y no pasó mucho tiempo hasta que él oyó su respiración regular. Renouart echó un poco más de leña al fuego, se tendió junto a Felicitas y pasó el brazo en torno a ella. A través de la manta, sintió el calor febril que su cuerpo irradiaba. Sudaba mucho. ¿Era esa una buena señal?

Escuchó su respiración y el chisporroteo del fuego, y en algún momento se le cerraron los ojos.

No dormía, pero tampoco estaba del todo despierto. Antiguos recuerdos se agitaban en su alma, recuerdos de batallas y noches de amor pasadas hacía mucho, que llenaron su espíritu de imágenes y voces susurrantes. Cuando la mañana alboreó y una turbia luz se filtró entre las copas de los árboles, se levantó y estiró sus cansados miembros.

El fuego se había apagado por completo. Hurgó con una rama entre las brasas, añadió leña y sacó de la bolsa un poco de pan y queso, mientras las llamas lamían las ramas. Felicitas dormía profundamente, pero Catherine despertó poco después y se quitó con gesto somnoliento las hojas secas del largo cabello castaño. Él le tendió la bolsa con las provisiones.

—Me voy enseguida a Varennes —dijo—. Te quedarás con tu madre y cuidarás de que coma y beba lo suficiente cuando despierte.

—¿Qué vais a hacer?

—Varias cosas —respondió él de forma escueta—. Debería estar de vuelta a más tardar al atardecer. Si no es así, id a ver al señor Michel. Él os ayudará. Os dejo el caballo.

Ella le miró, con un brillo oscuro en los ojos. Luego se levantó y lo abrazó.

—No llores. Tienes que ser fuerte. Tu madre te necesita.

—Está bien —dijo ella, y se secó las lágrimas.

La besó en la frente y se ciñó la espada mientras caminaba por el claro. El aire era fresco y despejado, y respiró hondo hasta que el cansancio desapareció de sus miembros. En sus venas la sangre burbujeaba. Se sentía como antes de una batalla, cuando los ejércitos se observan en el campo y los corceles acorazados escarban en el suelo con los cascos.

Necesitó una hora larga para divisar Varennes. En ese momento estaban abriendo la Puerta de la Sal. Como todas las mañanas, peregrinos, gente errante y campesinos con sus carretillas y cestas a la espalda entraban en la ciudad.

Renouart se escondió detrás de un matorral de tejo y observó los sembrados y los prados. Si él fuera Lefèvre, esperaría que su enfeudado regresara a Varennes y haría vigilar los caminos. Una tarea para la que bastaba con pocos hombres, porque era muy difícil acercarse a la ciudad sin ser visto. Los pocos árboles, matorrales y cabañas entre el borde del bosque y el muro apenas ofrecían protección contra las miradas indeseadas.

Renouart entrecerró los ojos. Allí, en el tejado de aquella granja abandonada... ¿era un hombre? Sí. Estaba acuclillado junto a la chimenea, casi irreconocible con su sayo gris, y observaba el terreno.

Renouart regresó al bosque, pasó por delante del rollo en dirección sur y se escondió en la espesura, en el límite del término municipal, junto a la calzada romana.

Tuvo que esperar más de una hora hasta que pasó un carro útil para sus fines. Un carro de bueyes que transportaba toneles vacíos. El carretero iba solo... ni escolta ni criados que lo acompañaran.

Renouart salió al camino, trepó al carro y se escondió entre los toneles. El hombre del pescante no parecía del todo despierto. Miraba obtusamente hacia delante, no había advertido nada.

El carro brincó en dirección a los terrenos de la feria. Renouart no se atrevía a levantar la cabeza. Cuando ya no podían estar muy lejos de la ciudad, se detuvieron de pronto.

—¿Qué queréis? —preguntó impaciente el conductor—. Apartaos del camino, u os haré sentir el látigo.

—Enseguida podrás seguir tu camino —dijo un hombre—. Solo queremos echar un vistazo a tu carro.

Renouart conocía esa voz: era la de un criado de Lefèvre.

—¿Qué sois? ¿Alguaciles?

—Algo así.

Unos pasos crujieron sobre las losas de piedra del camino. Alguien apartó un tonel. Renouart no titubeó. Se puso en pie de un salto, desenvainó la espada y golpeó. Alcanzó al criado en el brazo izquierdo. El hombre gritó y retrocedió tambaleándose. Por desgracia, no estaba solo. Un segundo atacó con una lanza. Renouart apartó el astil con la hoja y saltó del carro. El primer criado se había recobrado de la sorpresa y estaba echando mano con el brazo sano al hacha que llevaba en el cinturón. Antes de que llegara realmente a cogerla, Renouart le cruzó el pecho con la espada, y el hombre cayó al suelo entre estertores.

El carretero se había puesto en pie y rugía:

—¡No tengo nada que ver con esto! ¡Lo juro!

El criado ileso había retrocedido e intentaba mantener a Renouart en jaque con la lanza.

—¡Dispara ya! —gritó— ¡Dispara, maldita sea!

Solo entonces Renouart advirtió al tercer hombre, que rodeaba el carro con una ballesta cargada en las manos. Se agachó justo a tiempo. El dardo se clavó en uno de los toneles. Mientras el tirador volvía a cargar entre maldiciones, Renouart rechazó al de la lanza con dos o tres mandobles dados al azar, y puso pies en polvorosa.

«¡Solo hasta la puerta de la ciudad!» Si lograba llegar a la puerta y exponer a los guardias su deseo, estaría a salvo. Corrió por el camino, saltó un muro bajo al borde del mismo y cruzó los terrenos de la feria, buscando protección detrás del albergue.

Alguien sopló un cuerno a su espalda. Poco después, dos jinetes acudieron a su encuentro, otro criado y Lefèvre, armado de pies a cabeza. Renouart dio un quiebro y se precipitó de vuelta al camino.

Siempre había sido un corredor resistente, pero ahora sentía poco a poco cada mes de sus cuarenta y nueve años. La respiración le ardía en la garganta, un dolor punzante le recorría el costado, y avanzó más despacio.

Los jinetes se le acercaban por la derecha. Saltó un foso al lado del camino y corrió por los prados.

Un silbido, un fuerte golpe en la espalda. Renouart se tambaleó. Un dolor penetrante que se extendía desde los hombros hasta las caderas, por toda la columna vertebral. Tosió, y un aluvión de sangre brotó entre sus labios. Sus piernas cedieron, cayó cuan largo era.

Apenas podía respirar. Sentía el dardo de la ballesta entre los omóplatos, trató de levantarse. En vano. Sus brazos lo dejaron en la estacada.

Todo se hizo borroso. Un caballo apareció a su lado, unos cascos herrados golpearon la tierra.

—Mírate —dijo Lefèvre—. Ahora estás ahí tirado y vas a reventar en un sembrado. Una muerte digna de un caballero, ¿eh?

Desmontó y se arrodilló junto a Renouart.

—Ha sido muy necio por tu parte matar a cuatro de mis hombres. ¿A quién voy a castigar cuando tú ya no estés? Me temo que la cosa terminará cayendo sobre Catherine y Felicitas. Tendré que azotarlas. Pero antes voy a meter en mi cama a la dulce y pequeña Catherine. ¿Qué dices a eso?

—Satán... está a tu espalda —susurró Renouart, y sonrió—. Puedo... verlo.

La sonrisa arrogante de Lefèvre desapareció.

—¡Cierra el pico! —bufó.

—Él... te llevará. Ya... pronto.

Lefèvre sacó el cuchillo y se lo pasó por el cuello a Renouart. El dolor fue breve y agudo.

«Felicitas... Catherine», pensó, mientras su sangre corría por el suelo. «Protégelas, oh, Señor. Por favor, protégelas», rezó Renouart, antes de que llegara la oscuridad.

—Quiero hablar con tu señor —exigió Isabelle.

—Iré a buscarlo —dijo el criado—. Por favor, esperad aquí abajo.

Era la primera vez que entraba en casa de Lefèvre. No podía afirmar que se sintiera bien dentro de su piel. Sabiamente, se había llevado consigo a Yves, a Louis y a otros dos criados. Los cuatro hombres llevaban puñales al cinto. Isabelle no pensaba que fueran a tener que hacer uso de las armas, pero quería estar preparada para todo. Con Lefèvre nunca se podía saber.

En mitad de la entrada había una mesa en la que yacía un cuerpo, envuelto en una mortaja. El estómago de Isabelle se contrajo. Retiró el paño, y un criado que estaba sentado en la escalera afilando un hacha frunció el ceño con desaprobación.

—El señor no os ha dado permiso.

—A tu señor no le importará. Solo rindo los últimos honores a un viejo amigo.

El criado enmudeció, pero no la perdió de vista.

A pesar de las violentas circunstancias en las que Renouart había muerto, los rasgos de su rostro se veían suaves y relajados, libres de dolor y de tormento. Eso hacía que la sangre seca en su barba resultara aún más grotesca.

Los ojos de Isabelle se llenaron de lágrimas. Renouart había sido un fiel amigo de su familia durante muchos años, su honradez y sentido del honor siempre habían sido un ejemplo para Michel y para ella. ¿Por qué no habían sabido ayudarle en su mayor apuro?

Deseó que Michel estuviera allí, para poder despedirse también de Renouart. Pero aún no había vuelto de Nancy.

Se había enterado de lo que había ocurrido nada más volver de Metz, a última hora de la tarde. Por desgracia, nadie sabía los detalles. Algunos afirmaban que Renouart había atacado y herido a un criado de Lefèvre; otros decían que había matado a ese hombre. Otros, a su vez, creían haber oído que tenía sobre su conciencia incluso a cuatro hombres. Isabelle todavía no había hablado con Jean Caboche, que había investigado enseguida la muerte de Renouart. Por eso, solo sabía que Lefèvre y sus hombres habían abatido al antiguo caballero delante de la Puerta de la Sal, por la razón que fuera. Y que el Consejo, una vez más, no tenía forma de atrapar al usurero.

Pronunció en silencio una oración por el viejo amigo. Pero no pasó de las primeras palabras, porque justo en ese momento Lefèvre descendió por la escalera.

—Señora Isabelle. —Ni siquiera en esas circunstancias tenía la decencia de ocultar su burlona sonrisa—. ¿Qué me depara el honor de vuestra visita?

—He venido porque quería saber la verdad —respondió ella en tono desabrido—. Pero ya la conozco… está escrita en grandes letras en vuestro rostro.

—¿Ah, sí? ¿Y qué verdad es esa?

—Que sois un asesino. El asesino de Renouart.

Sonriendo, Lefèvre negó con la cabeza.

—Me temo que os equivocáis. Mis hombres actuaron en defensa propia, y además acabaron con un fugitivo que alteraba la paz. El derecho está de su parte, más aún: son héroes, que han protegido nuestra ciudad de un peligroso criminal. Sin embargo, vuestra acusación contiene una chispa de verdad. En esta sala se encuentra de hecho un asesino. Está tendido aquí, en esta mesa. No me miréis con tanta furia. Renouart ha matado a cuatro de mis hombres, malvadamente y sin compasión. Algunos de ellos tenían esposas, hijos, que ahora están casi locos de pena. Pero no queréis oír eso, ¿verdad? Para vos Renouart siempre será el sincero y respetable caballero, da igual cuánta sangre manche sus manos.

—En algún momento averiguaremos lo que en realidad ha pasado ahí fuera. Y entonces el verdugo os atará a la rueda entre el júbilo de la multitud.

—Como queráis. —Lefèvre juntó las manos—. Si ha sido todo, ahora os ruego que os vayáis. Tengo aún otras cosas que hacer que escuchar vuestras infundadas acusaciones.

—Espero que cuidaréis de que Renouart tenga un entierro decente, para que su alma pueda descansar en paz —dijo Isabelle—. Se lo debéis, después de todo lo que le habéis hecho.

—¿Un entierro decente? —Las comisuras de la boca de Lefèvre temblaron—. ¿Con un enterrador, una lápida y una costosa ceremonia? No era un hombre de honor, Isabelle. Creo que vamos a dejarlo en el muladar que hay junto al rollo, como corresponde a un perjuro y un asesino.

—Solo los proscritos y los excomulgados van a parar al muladar. Tenéis la obligación de enterrar a Renouart en tierra consagrada, para que su alma pueda encontrar la paz.

—Lo lamento. Mi decisión está tomada. Ahora idos. O me veré obligado a llamar a mis hombres.

—Yves, Louis —dijo ella—. Coged a Renouart y llevadlo a mi casa.

—¡No oséis tocar ese cadáver! —jadeó el usurero.

—No es vuestra propiedad... solo pertenece a Dios. Si no lo dejáis, comunicaré al Consejo que estáis robando un muerto al Todopoderoso.

La ira relampagueó en los ojos de Lefèvre. Pero un parpadeo después había vuelto a controlarse, y sonreía débilmente.

—Si queréis correr a toda costa con los gastos del entierro... por favor. Lleváoslo. En el fondo, me da igual lo que sea de él.

Los criados de Isabelle se llevaron a Renouart.

Se volvió una vez más hacia Lefèvre.

—¿Qué será ahora de Catherine y Felicitas? ¿Vais a liberarlas de una vez?

—Lo dudo. Seguirán a mi servicio hasta que se cancele la deuda de Renouart. Que os vaya bien.

Con estas palabras, Lefèvre cerró la puerta.

Isabelle le había observado con mucha atención, con la esperanza de descubrir una emoción en su rostro que confirmara sus sospechas. ¿Había liberado Renouart a Felicitas y Catherine? ¿Habían huido? Tenía que haber ocurrido algo así, de lo contrario no era posible explicarse los acontecimientos que habían rodeado la muerte de Renouart. Pero el gesto de Lefèvre no le había revelado nada.

En casa, indicó a los criados que cogieran caballos, rastrearan la comarca en busca de Felicitas y Catherine y las llevaran a las dos a su casa si las encontraban. Pero no tenía muchas esperanzas. Si realmente Renouart había conseguido liberarlas, sin duda haría mucho que estaban lejos.

Acto seguido fue a ver al sacerdote de su parroquia y le pidió un entierro para Renouart.

—Mi esposo y yo correremos con todos los gastos —explicó, y el clérigo le prometió enterrarlo al día siguiente en el cementerio.

Luego se sentó junto a Renouart, al que habían depositado en el zaguán. En el fondo, solo había una cosa que pudiera hacer. Hizo que le llevaran tinta y pergamino, escribió cartas al hijo de Renouart, Nicolás, y a su hija mayor, y les informó de la muerte de su padre. Cuando hubo sellado las cartas con cera, contempló la misiva de Nicolás con los labios apretados. El joven templario estaba en algún sitio de Tierra Santa, solo Dios sabía dónde. Era improbable que aquella carta le llegara nunca. Quizá jamás sabría que su padre había muerto.

Cansada, pidió a una doncella que portara las cartas al gremio.

BOIS DE VARENNES

La tarde daba paso a la noche, pero su padre no volvía.

Hacía horas que Catherine luchaba con su miedo, miraba con fijeza en dirección al bosque una y otra vez, se preguntaba qué podía haber retenido a su padre. La sospecha de que algo espantoso había sucedido era cada vez más atroz… hasta que, al final, se recobró. No. Los dos años pasados le habían enseñado a no entregarse nunca a la desesperación, sino a confiar en Dios y actuar. Su padre le había dado instrucciones claras. Las seguiría y sería fuerte, porque su madre dependía de ella.

De hecho, Felicitas estaba mejor… el largo y profundo sueño, así como la infusión de hierbas del cirujano, habían hecho bajar la fiebre y aliviado la inflamación de sus anginas. En ese momento estaba junto al fuego, envuelta en su manta, y miraba las llamas. Incluso había comido un poco de pan y queso.

—Deberíamos ir a Varennes antes de que cierren las puertas —dijo Catherine.

—Está muerto, ¿verdad? —susurró su madre—. Lefèvre lo ha atrapado.

—Eso no lo sabemos. Por eso tenemos que ir a casa del señor Michel. Sin duda él podrá decirnos lo que ha ocurrido. ¿Podéis cabalgar?

Felicitas asintió imperceptiblemente.

Catherine ensilló el caballo y ayudó a levantarse a su madre. Antes de que Felicitas pudiera montar, Catherine oyó voces en el bosque. Su corazón dio un vuelco. ¡Padre! Había vuelto. ¿Cómo había podido dudar de él?

Entonces oyó que se trataba de varias personas. Las ramas crujieron cuando las figuras se acercaron al claro. No podía distinguir los detalles, pero algo le decía que no era su padre.

—Tenemos que irnos de aquí enseguida. Apresuraos, madre, por favor.

—No puedo ir tan deprisa —dijo Felicitas, que tenía grandes dificultades para subir a la silla, debilitada como estaba. Catherine le ayudó lo mejor que pudo, pero todo fue demasiado lento, y cuando su madre por fin estuvo a caballo varios hombres armados salían al claro.

Lefèvre y sus hombres. Con ellos iba el cirujano.

—¡Lo jurasteis! —gritó Catherine—. ¡Sois un miserable embustero!

El hombre evitó su mirada.

—Os he traído hasta aquí —dijo, volviéndose a Lefèvre—. Ahora, quiero mi dinero.

—Aquí está tu salario de Judas. Cógelo y desaparece. —Lefèvre arrojó una bolsa de cuero al césped, antes de acercarse sonriendo—. La gran familia de Bézenne... qué bajo ha caído. Escondidas en el bosque como proscritos.

Con su mano esbelta y pálida, hizo una seña, y sus hombres cogieron las riendas del caballo y sujetaron a Catherine. Su madre tenía los ojos muy abiertos, paralizada por el horror.

—Desmontad —ordenó Lefèvre.

—Dejadla ir a caballo. No se encuentra bien.

—No. Quien puede huir también puede caminar.

Los criados bajaron de la silla a Felicitas.

—¿Dónde está padre? —preguntó Catherine—. Quiero verlo.

—Eso difícilmente será posible —respondió Lefèvre—. Está muerto. Lo hemos abatido como a un conejo en fuga. Mañana es el entierro, pero me temo que no puedo permitiros ir —añadió con una fina sonrisa.

Felicitas había empezado a llorar. También los ojos de Catherine ardían, pero prefería morir a dejar que Lefèvre viera sus lágrimas. Cuando se acercó a ella, le escupió en la cara.

—¡Asesino! —siseó.

Él se secó el escupitajo de los labios.

—Mi querida niña, eso ha sido un error. En realidad, había decidido hacer la vista gorda y no castigaros. Pero, en vista de tu carácter levantisco, me parece más sensato cumplir la promesa que le hice a tu padre antes de que reventara en aquel sembrado. Quitadle la ropa —ordenó el usurero; un criado le rasgó la falda, mientras otros dos la sujetaban.

—¡No! —gimoteó su madre—. No, os lo ruego…

—Que ella mire —ordenó Lefèvre, al tiempo que se levantaba el jubón y hurgaba en los calzones.

Catherine ya no pudo contener las lágrimas. Corrieron ardientes por sus mejillas mientras los hombres la obligaban a tumbarse en el suelo. Lefèvre le abrió las piernas y la sujetó con fuerza conforme se deslizaba entre ellas.

Pero su miembro colgaba fláccido. La miró fijamente, con los ojos convertidos en ranuras, y de pronto su rostro se transformó en una mueca de odio, como si un demonio se hubiera metido en él.

La golpeó con fuerza en el rostro —una, dos veces, una y otra vez—, jadeando como un animal salvaje. Su miembro se levantó y se endureció.

Catherine gritó cuando penetró en ella.

Varennes Saint-Jacques

Michel estaba sentado en la sala y escuchaba atónito el relato de Isabelle. Ella y Rémy habían estado por la mañana en el entierro de Renouart, y aún llevaban sus blancos vestidos de luto.

—… Jean quiso detenerlo, pero Lefèvre alegó defensa propia —concluyó Isabelle—. Afirma que Renouart mató a cuatro de sus criados. De hecho, un carretero y varios campesinos juran haber visto con sus propios ojos a Renouart abatir con la espada a un criado de Lefèvre. Por eso, a Jean no le quedó más remedio que dejarlo ir.

Michel se quedó inmóvil. Había vuelto de Nancy lleno de esperanza… y ahora esto. Se pasó la mano por la boca, se levantó de golpe y empezó a caminar por la sala.

—Las cosas no deberían haber llegado tan lejos. Tendría que haberlo impedido. ¡Dios!

—¿Cómo?

—No lo sé. Pero tendría que haber hecho algo para librar a Renouart de Lefèvre.

—Has hecho todo lo posible —dijo Rémy—. No estaba en tu poder impedirlo.

Michel golpeó la mesa con los nudillos, mientras intentaba dominar el caos de su cabeza.

—¿Qué pasa con Felicitas y Catherine? ¿Se sabe algo de ellas?

—He enviado a Yves y a los otros a buscarlas, pero Lefèvre se me ha adelantado. Las hizo traer de vuelta a Varennes ayer por la noche.

Michel se puso la gorra, cogió su manto y fue hacia la puerta.

—¿Qué vas a hacer? —preguntó Isabelle.

—Voy a proponerle un negocio a Lefèvre.

—Voy contigo —dijo Rémy.

—Iré solo —respondió decidido Michel—. Este es un asunto entre Lefèvre y yo. No quiero que te veas envuelto en esto.

Hasta ahora, por suerte, el usurero había dejado en paz a su hijo. Michel no quería dar a Lefèvre el menor pretexto para extender sus planes de venganza contra Rémy.

Poco después estaba delante de la casa del prestamista y llamaba a la puerta. Chrétien le abrió.

—Señor alcalde. ¿Qué puedo hacer por vos?

—Me gustaría hablar con vuestro señor. ¿Está en casa?

—Sí. —Chrétien lo llevó hasta el salón de recibir, donde le ofreció una copa de vino mientras iba a buscar a Lefèvre. El *fattore* representaba espléndidamente su papel... no dejó notar ni con un gesto que le unía algo más a Michel que un conocimiento superficial entre mercaderes.

Mientras recorrían la casa, Michel había estado buscando a Felicitas y a Catherine, pero no las había visto en ningún sitio. Era probable que Lefèvre las retuviera en el piso de arriba, al que no subía ningún visitante.

—Primero vuestra esposa, ahora vos —dijo Lefèvre cuando entró en el salón—. Empiezo a preguntarme qué hace mi casa tan atractiva para la familia Fleury como para que venga a visitarme todo el tiempo. ¿Son los tapices? Puedo daros el nombre del tapicero que los ha cosido si me prometéis no molestarme más. De todos modos, dudo que podáis permitiros sus servicios. Son muy caros, y superan con mucho los recursos de un vulgar mercader de sal de la Lorena.

—Vuestros tapices no me interesan —replicó Michel—. Estoy aquí a causa de Felicitas y Catherine.

—¿Por qué no me sorprende? —dijo Lefèvre con una fina sonrisa.

—Bueno, ahora que Renouart ha muerto ya no tienen valor para vos. Quiero comprar su libertad. Os ofrezco cuarenta libras de plata si las liberáis hoy mismo de su servidumbre y les devolvéis la libertad.

—Cuarenta libras es una cantidad ridículamente pequeña comparada con el daño que debo a Renouart. Me debía casi doscientas cincuenta libras, de las que hasta su muerte no había pagado ni cincuenta. Quedan doscientas. Vuestra oferta está muy alejada de eso.

—No recibiréis más ni aunque las dos trabajen para vos el resto de su vida.

—¿Quién habla de trabajar? Catherine es una muchacha muy guapa. Y muy hábil en la cama —añadió con una sonrisa Lefèvre—. Si la caso con un rico campesino libre o artesano, seguro que me reportará un buen montón de plata.

«Muy hábil en la cama», resonó en el interior de Michel. No, no debía dejarse irritar. Eso era justo lo que Lefèvre quería.

—Dudo que ningún hombre de condición se interese por la hija sin recursos de un caballero venido a menos.

—Puede ser. Pero siempre puedo dársela al burdel. Y a la madre con ella. Habrá hombres a los que les gusten las damas nobles entradas en años. ¿Cuánto diríais que Maman Marguérite pagaría por las dos? Seguro que cincuenta libras, ¿no?

—Bien. Sesenta. Es mi última oferta.

—Ya me habéis oído... doscientas —respondió Lefèvre—. Esas son las deudas de Renouart... eso es lo que quiero. Y ni un denier menos. Así que dejemos este lamentable regateo. No soy uno de esos necios buhoneros flamencos a los que conseguís vender vuestra sal con hermosas palabras.

Cuando Michel guardó silencio, el prestamista preguntó, sarcástico:

—¿Qué pasa, señor Fleury? Pensaba que vuestro amor al prójimo no conocía límites... y veo que esos límites están fijados en las sesenta libras. Me habéis decepcionado. Os tenía por un benefactor, por un samaritano compasivo que daría hasta la última camisa por las personas a las que ama. ¿Seréis en realidad uno de esos avaros corrientes, cuya mayor preocupación es su bolsa?

Michel estaba dispuesto a hacer un sacrificio considerable para ayudar a Felicitas y a Catherine... se lo debía a Renouart. Pero doscientas libras superaba simple y sencillamente sus fuerzas, a pesar de los buenos negocios de los últimos años. Si retiraba de su empresa semejante suma, ponía en peligro todo lo que Isabelle y él habían construido en muchos años, y en última instancia también el bienestar de sus servidores y de todas las personas que dependían de él. No podía hacerlo, aunque eso significara dejar en la estacada a la familia de Renouart.

Se puso en pie con gesto pétreo.

—Tenía que haber sabido que no es posible hacer negocios con un usurero impío como vos. Si estuviera en vuestro lugar, rezaría de día y de noche. Vuestros pecados y crímenes se acumulan cada vez más, y apestan el cielo como un montón de cadáveres putrefactos. ¿Cómo podéis dormir tranquilo, sabiendo que el diablo solo espera la oportunidad de llevarse al infierno vuestra pobre y mísera alma?

Lefèvre no reaccionó como había esperado. La siguiente observación sarcástica se le atragantó, se le congeló la sonrisa.

—Fuera —dijo—. Desapareced. Y no volváis a pisar nunca esta casa.

Por el camino, Michel volvió a encontrarse a Chrétien. Estaban solos en el pasillo.

—Tenemos que vernos —dijo en voz baja Michel—. ¿Esta tarde?

Chrétien asintió imperceptiblemente y pasó por delante de él hacia la escalera trasera.

Cuando Michel llegó al túmulo poco después de vísperas, Chrétien ya le esperaba.

—¿Qué sabéis de las circunstancias de la muerte de Renouart? —preguntó Michel.

—Me temo que no mucho más de lo que Lefèvre le contó al corregidor. Está claro que Renouart averiguó dónde tenía Lefèvre a su familia y trató de liberarlas. En el intento mató a varios criados, y fue abatido durante la huida.

—Eso afirma Lefèvre. ¿Creéis que en realidad ocurrió así?

—Nada indica que haya sido de otro modo.

Renouart había sido abatido no lejos de la Puerta de la Sal. Michel suponía que había dejado a salvo a Catherine y a Felicitas y luego había intentado llegar a Varennes para informar al Consejo de los crímenes de Lefèvre, dado que el usurero ya no lo tenía en sus manos. Eso explicaría por qué Lefèvre se había esforzado tanto en silenciar a Renouart.

Por desgracia, de nada le servía a Michel saberlo. Había esperado que Chrétien pudiera decirle que Lefèvre había mentido cuando Jean Caboche lo interrogó, que en realidad todo había sido de otro modo, y podrían llevar al usurero ante los tribunales por un nuevo crimen. Pero, según parecía, también esta vez la ley estaba del lado de Lefèvre. En aquellas circunstancias, no tenían ninguna posibilidad de acusarle del asesinato de Renouart.

—¿Cómo están Felicitas y Catherine? ¿Están bien?

—Raras veces las veo… Lefèvre las tiene en una estancia del desván en la que no puedo entrar —declaró el pálido *fattore*—. Felicitas parece enferma, la oigo toser a veces. Catherine llora constantemente.

—¿Podríais intentar hablar con ellas?

—Es difícil. El desván está siempre cerrado, y no sé dónde esconde Lefèvre la llave.

—Si os enteráis de algo, hacédmelo saber enseguida.

Chrétien asintió.

—Por supuesto.

—¿Hay algo nuevo? —preguntó Michel—. ¿Habéis podido averiguar algo sobre los espías de Lefèvre?

—Hace semanas que está muy tranquilo. Parece notar que media ciudad le observa. Si planea algo, lo oculta bien. En lo que se refiere a sus espías… no he observado nada.

—¿Ningún encuentro secreto con alguaciles y otros servidores de la ciudad?

—Nada. Pero eso tampoco significa nada. Quién sabe lo que hace cuando está solo en la ciudad. Ya he intentado seguirle en secreto, pero he renunciado. Está demasiado alerta.

—Mantened los ojos abiertos.

—Hago lo que puedo, señor alcalde. Ahora tengo que irme.

Chrétien le tendió la mano como despedida y desapareció en el monte bajo.

—Una necia propuesta —dijo Ludolf Retschelin mientras vigilaba en el patio de su casa las balas de paño que sus criados descargaban de los carros—. ¿Habéis olvidado ya cuánto dinero perdió el gremio la última vez? Por no hablar de los disgustos que tuvimos. No, Sieghart. Si vos estáis tan loco como para volver a viajar a Varennes, por mí podéis hacerlo. Pero sin duda yo no enviaré a todo el gremio a esa desdichada feria. Pasaremos aquí el otoño y dejaremos que vengan los flamencos, los ingleses y los de Colonia. Eso ha demostrado ser útil... y así volveremos a hacerlo.

Retschelin tenía un aspecto de lo más normal, con su papada, sus mejillas colgantes y la barriga que desbordaba el cinturón de cuero... se le hubiera podido tomar por un tabernero o un carnicero. Pero las apariencias engañaban: en realidad, Retschelin descendía de una muy prestigiosa familia patricia, se sentaba en el Consejo de Speyer y además presidía el gremio de mercaderes, al que también pertenecía Sieghart Weiss desde que había ascendido inesperadamente a *fattore*.

Sieghart mostraba el debido respeto a aquel hombre, al que el gremio entero temía por su furia, y lamentaba no haber esperado una ocasión mejor para hablar con él de la feria de Varennes. Por ejemplo una asamblea del gremio, en la que el vino, servido de manera generosa, siempre ponía a Retschelin de grato humor. Pero la siguiente asamblea no tendría lugar hasta la semana siguiente... demasiado tarde para los fines de Sieghart. Tenía que convencer a su maestre ahora, porque la feria empezaba ya dentro de dos semanas y media. Se lo debía a su señor, y sobre todo a la señora Isabelle. Ponían toda su confianza en él. No podía decepcionarlos.

—El Consejo de Varennes ha tomado medidas para que la debacle de hace dos años no se repita —repuso, mientras caminaba a lo largo de los carros junto a Retschelin. La caravana acababa de regresar de Brujas, y había portado valiosos paños—. Hay un nuevo albergue, más inspectores de mercado y escolta en los caminos. El duque cuidará con sus caballeros de que los mercaderes extranjeros puedan ir y venir con seguridad. —Sieghart tuvo que levantar la voz para hacerse oír, porque el trajín en el patio empeoraba con el ruido del cercano mercado de la madera, que llegaba a través de los muros.

Pero Retschelin no le escuchaba. Cuando dos criados dejaron caer una bala de paño, saltó y golpeó con fuerza con el bastón la mano de uno de los criados.

—¡Necios! —gritó, rojo de furia—. ¿Es que queréis arruinarme? ¡Si el paño se ha rasgado, os haré ir hasta la catedral y volver a palos!

Los criados balbucearon disculpas y se apresuraron a mostrar a su señor que las balas no habían sufrido daños. No era ningún secreto que

Retschelin azotaba de forma regular a sus servidores. No había llegado a alcanzar la riqueza y el poder político mediante la mansedumbre y la indulgencia.

—Disculpad... esos idiotas me van a enterrar con su incapacidad —gruñó—. Si no se les vigila constantemente, lo dejan caer todo y andan tambaleándose como ciegos y sordos. ¿Qué estabais diciendo?

Sieghart repitió con paciencia sus palabras.

—En cualquier caso, estoy seguro de que la feria de este año será un éxito —continuó—. Sería un error no acudir solo porque la última vez hubo algunas dificultades. Se nos escaparían buenos negocios.

—¿Algunas dificultades? —Retschelin le dedicó una mirada malhumorada—. Robaron a varios de nuestros hermanos. Uno enfermó de tal modo que estuvo a punto de morir. A otro el viento se le llevó su tienda de campaña y una parte de sus mercancías. Mirad a los hechos a los ojos, Sieghart: ese mercado fue una catástrofe. Os honra emplearos con tanta decisión en favor del proyecto de vuestro señor. Pero tenéis que entenderme también a mí. Mi tarea como maestre es proteger a los hermanos de la desgracia y los malos negocios. Por eso, no los enviaré a una feria si mi *senno* me advierte en su contra... con séquito y albergues o sin ellos. Ese mercado está bajo una mala estrella. Es más fácil ganar dinero en cualquier otro sitio.

—Pero en cualquier otro sitio tenéis que pagar aranceles y tasas, y no pequeños —dijo Sieghart, que se había guardado de manera sabia su mejor argumento para el final—. Eso reduce notablemente los beneficios. Y ¿de qué le sirve a uno ganar dinero con facilidad, si al final apenas le queda algo de él?

Retschelin olvidó las balas de paño y le clavó una mirada penetrante.

—¿Queréis decir que Varennes va a exonerar a los mercaderes extranjeros de las tasas de mercado?

—Los comerciantes de ganado con más de veinte animales seguirán pagando las tasas habituales. Pero todos los demás no tendrán esta vez que poner ni un céntimo. Podemos conservar y traer a casa toda la plata que ganemos.

—El Consejo de Varennes ha de estar en verdad desesperado para verse obligado a tomar semejantes medidas —dijo Retschelin—. ¿Cómo piensa recuperar los gastos en esas circunstancias?

—¿Por qué os preocupa eso? Lo único que cuenta es que nuestros beneficios crecerán con fuerza. Entre una quinta y una sexta parte, según el caso.

Sieghart miraba expectante al maestre del gremio, pero Retschelin callaba, dubitativo. Sus reservas en contra de la feria tenían que ser mayores de lo que Sieghart había supuesto. Por otra parte, con todos los rumores que circulaban desde hacía dos años, eso no resultaba sorprendente. Algunos mercaderes veteranos de Speyer afirmaban incluso que había una maldición sobre la feria de octubre. ¡Tan mala suerte de un solo golpe, habían dicho a su regreso, no podía ser obra de la casualidad!

Sieghart decidió insistir antes de que las dudas de Retschelin le ganaran la mano. Durante los años anteriores había aprendido que la testarudez en las negociaciones siempre compensaba.

—Las exenciones solo valen para este año —dijo—. Quizá al año próximo ya no. ¿De verdad queréis dejar pasar esta oportunidad única solo porque teméis un par de inconvenientes? Porque son solo inconvenientes, seamos sinceros. ¿Viento? ¿Rateros? ¿Aguas contaminadas? Los mercaderes de la Antigüedad que hicieron grande a Speyer se hubieran reído de eso. Viajaban hasta Escocia y Dinamarca para vender sus mercaderías, aunque entonces no había albergues confortables ni protección contra los salteadores en ninguna parte. Hacían frente a tormentas y belicosos a paganos... pero nosotros vamos a quedarnos en casa y esperar a que los buenos negocios vengan a buscarnos. Estoy seguro de que los de Metz, Colonia y Estrasburgo no son tan tímidos. Irán a Varennes, acumularán paletadas de plata y la próxima primavera, cuando nos los encontremos en la Champaña, se jactarán de sus bolsas llenas. ¿Qué vais a decirles entonces? ¿Que era más importante proteger a vuestros hermanos de mojarse las ropas y sufrir una indigestión?

Los criados que les rodeaban contuvieron el aliento, mientras Retschelin enrojecía y apretaba el pomo de su bastón.

—Para ser un muchacho que aún no sabe limpiarse las orejas tenéis la boca muy grande —jadeó—. Debería echaros de aquí.

Sieghart se dio cuenta de que estaba a punto de romper la cuerda. Por eso, eligió con cuidado sus siguientes palabras:

—Sabéis que os admiro a vos y vuestro trabajo. Lejos de mí pretender ofenderos. Pero es mi deber, como miembro de este gremio, evitar que cometáis un grave error. No paséis a la Historia como el maestre que quitó la audacia a los mercaderes de Speyer.

—Por Dios, Weiss —gruñó el obeso patricio—. Parece que estoy oyendo a vuestro señor. Ese discurso habría podido pronunciarlo Fleury.

—Es un modelo para mí. He aprendido mucho de él —replicó con modestia Sieghart.

—Al parecer también habéis aprendido cómo se retuercen las palabras ajenas y se niebla el entendimiento con hermosos discursos. Está bien... me habéis convencido. Iremos a esa maldita feria. Pero si la cosa sale mal os haré responsable, ¿me oís?

—Es decir, que ¿el gremio irá en bloque a Varennes?

—¡Sí, sí, maldita sea! Eso es lo que acabo de decir. Ahora, largaos. Tengo más cosas que hacer que escuchar vuestra cháchara untuosa.

Sieghart se inclinó con una escueta despedida y salió del patio, prestando atención en ocultar su sonrisa satisfecha.

Una semana antes de la festividad de San Jacques, los primeros visitantes a la feria llegaron a Varennes. Cuando le dijeron a Michel que una cara-vana de mercaderes se acercaba a la ciudad por el norte, envió un mensajero a caballo que informó de que se trataba del maestre del mayor gremio de mercaderes de Estrasburgo. Enseguida, Michel reunió algunos guardias y salió al encuentro de la caravana.

—Que Dios os salude, Arnold —exclamó cuando el maestre atravesaba la Puerta Norte—. ¡Sed bienvenido a Varennes, viejo amigo!

El convoy estaba formado por cuatro carros de bueyes, todos pesadamente cargados con las más diversas mercancías. Media docena de mercenarios y otros tantos criados acompañaban al mercader. Arnold Liebenzeller bajó del primer carro y abrazó riendo a Michel. Era un hombre pequeño y enérgico, que dirigía su gremio con inteligencia y prudencia desde hacía muchos años. Michel e Isabelle hacían frecuentes y gratos negocios con él.

—Tenéis buen aspecto —dijo Liebenzeller—. Ni un día más de cuarenta y cinco. El trabajo en el Consejo parece manteneros joven.

Michel hizo un gesto de desdén.

—Las apariencias engañan. Hay días en que me siento como si tuviera ochenta. —Rieron—. ¿Habéis tenido un viaje agradable?

—Sin incidentes. Incluso el tiempo estuvo de nuestro lado. Os alegrará saber que el duque Mathieu mantiene su palabra. Al oeste del Vogesen, nos encontramos varias veces con sus caballeros. Recorren por parejas todos los caminos. Los ladrones y otra chusma lo van a tener difícil.

Michel asintió, aliviado. Esta vez, todo tenía que salir bien. No le perdonarían un nuevo fracaso de la feria.

—Habéis venido temprano. No contábamos con vos hasta finales de la semana.

—Quiero tratar distintos negocios con Eustache antes de que la feria empiece. Además, quiero convencerme con mis propios ojos de que no ha sido un error dar otra oportunidad a vuestro mercado anual. —En los ojos de Liebenzeller había cautela y vigilancia.

—Veréis que hemos hecho todo lo necesario para que la feria sea un éxito —le aseguró Michel—. Si queréis, os llevaré a dar una vuelta y os enseñaré el nuevo albergue. ¿Sabéis ya dónde vais a alojaros?

—Eustache se ha ofrecido a darme albergue.

—Os llevaré con él. Ha estado toda la mañana en la ceca y no tiene conocimiento de que ya estáis en la ciudad.

Deforest vivía en la plaza de la catedral, justo al lado de la sede del gremio. Después de que Liebenzeller se alojara con sus hombres en la espléndida casa de piedra, Michel comió con él, Eustache y algunos consejeros más en la mejor taberna de la plaza.

Cuando Michel regresaba, más tarde, al ayuntamiento, se encontró de repente con Lefèvre. El usurero pasó ante él sin dignarse dirigirle la mirada. Michel le miró de reojo. Lefèvre se comportaba con una sospechosa tranquilidad desde lo ocurrido con Renouart. Hasta ahora, no había hecho nada para obstaculizar los preparativos de la feria. ¿Quizá porque las medidas de protección del Consejo eran demasiado buenas como para que fuera capaz de hacer algo? Sobre todo porque acababa de perder a varios hombres y, con Renouart, a su más importante ejecutor. Aun así, Michel contaba todos los días con la posibilidad de un incidente. Lefèvre era astuto y carente de escrúpulos, encontraría la forma de hacerle daño aunque el propio san Jacques protegiera la feria en persona.

El prestamista tenía que haber sentido su mirada, porque de repente se dio la vuelta:

—¿Puedo hacer algo por vos, señor alcalde? —preguntó en tono desabrido—. ¿O tan solo admiráis mi atuendo?

—Me preguntaba qué nos ofreceríais esta vez. ¿De nuevo rateros y matones pagados? ¿O entretanto os aburre? Tiene que ser agotador tener que incubar siempre nuevos crímenes. Y el miedo constante al diablo… ¿cómo lo soportáis?

La pulla surtió efecto. Por el rostro de Lefèvre volvió a pasar la sombra del miedo al infierno que Michel ya había observado antes.

—No sabéis de lo que estáis hablando —respondió el prestamista con los labios apretados—. Pero, si os referís a la última feria, se podría entender todo eso como calumnia. Tened cuidado. Es fácil presentar una demanda, y vuestro cargo no os protegerá de un sensible castigo.

Con esto se volvió y se fue de allí.

«Te cogeremos… puedes estar seguro», pensó Michel, mientras Lefèvre desaparecía entre el barullo de los puestos del mercado.

La ocasión se dio al día siguiente. Cuando Michel estaba inspeccionando las mercancías que Isabelle y él habían almacenado en la sede del gremio para el mercado anual, Chrétien se presentó de pronto.

—Una palabra, señor alcalde.

Michel cerró la puerta del almacén, para que nadie viera que estaban hablando. Un oxidado farol de chapa colgaba de un gancho en la pared y derramaba una débil luz.

—¿Sabéis algo nuevo de Catherine y Felicitas? ¿Está mejor Felicitas?

—Creo que sí. Al menos ya no tose. Por desgracia, sigo sin poder hablar con ellas. —Chrétien parecía tenso y sudaba por las axilas, aunque hacía bastante fresco—. Pero he averiguado otra cosa. Lefèvre planea asaltar al maestre del gremio de Estrasburgo. Ayer por la noche oí una conversación entre él y Namus…

—¿Quién es?

—Uno de sus jornaleros. Un antiguo mercenario que no retrocede ante la idea de ensuciarse las manos. Lefèvre le ha encargado acechar a Liebenzeller y apalearlo. Todo debe hacerse antes de la festividad de San Jacques, con toda probabilidad para sumir en el descrédito al mercado ante los demás visitantes de la feria.

Michel apretó los dientes. Esa era exactamente la clase de vileza que llevaba semanas esperando. Un ataque a un mercader prestigioso daría el golpe de gracia a la feria. La noticia de un asalto así correría como un fuego, y los otros mercaderes se irían de inmediato, o no llegarían a ir si se enteraban.

—¿Cómo piensan llegar hasta Arnold? Es conocido por su prudencia. Es difícil que salga de casa sin compañía.

—Lefèvre quiere hacerle salir de la ciudad, fingiendo una noticia misteriosa y proponiéndole un lucrativo negocio en nombre de alguno de los miembros del gremio. Si Liebenzeller no pica el anzuelo, Namus debe atacarlo cuando vaya al burdel.

Era un secreto a voces que Liebenzeller recurría de forma regular a los servicios de prostitutas desde que su esposa había muerto. Sin duda el maestre visitaría la casa de Maman Marguérite durante su estancia en Varennes, Lefèvre podía estar seguro de eso. El burdel, a la orilla del río, era un lugar oscuro e incontrolable en el que ni los mejores guardaespaldas podían servir de ayuda. En cuanto Arnold estuviera en brazos de una ramera, Namus podría golpearle de forma rápida y brutal y volver a desaparecer antes de que nadie diera la alarma.

—¿Ha dicho Lefèvre cuándo tendrá lugar exactamente el ataque? —preguntó Michel.

—No lo sé. Estuvieron hablando mucho rato, pero tuve que retirarme antes de que terminasen. De lo contrario me habrían visto.

—Aun así me habéis ayudado mucho. Os lo agradezco, Chrétien. Seréis abundantemente recompensado.

El *fattore* asintió de forma escueta.

—¿Bastará esto para echar mano a Lefèvre?

—Antes tengo que hablar con el Consejo. Pero ahora tenemos por fin algo que podemos emplear. ¿Seguís dispuesto a declarar como testigo ante el tribunal?

—Por supuesto —dijo Chrétien.

—¿Habéis podido averiguar algo acerca del espía de Lefèvre?

—Empiezo a creer que ya no hay espía. Si se reuniera con un servidor de la ciudad, me habría enterado.

—Bien. Ahora, volved y comportaos de manera que no albergue sospechas. Venid a buscarme tan solo si cambia de planes.

Cuando el *fattore* se hubo marchado, Michel cruzó la plaza de la catedral a paso rápido. El corazón le latía como loco en el pecho. Esa era la ocasión que llevaba años esperando. Por eso ahora tenía que mantener la cabeza fría.

Al llegar al ayuntamiento, envió mensajeros a los consejeros. Menos de media hora después estaba en la sala con Poilevain, Caboche y los otros e informaba a los hombres de las revelaciones de Chrétien.

—¡Por fin! —Caboche dio un puñetazo en la mesa—. ¿A qué esperamos? ¡Cojamos a ese tipo y llevémoslo delante del tribunal!

—¡Sí! —exclamaron Gaillard Le Masson y algunos otros. En cambio, Poilevain no se unió al entusiasmo general.

—Siento decepcionaros —dijo el juez—, pero el testimonio de Chrétien no basta para una condena.

—¿Qué significa eso, maldita sea? —atronó Caboche—. La planificación de un crimen es ya un crimen. Y con Chrétien tenemos un testigo creíble. ¿Qué más queréis?

Poilevain le dedicó una mirada de malhumor. Aquel hombre había cambiado de forma llamativa en las últimas semanas. El burlón que sonreía constantemente se había convertido en un solitario amargado que solo se ocupaba de sus negocios.

—Necesitamos dos testigos que declaren lo mismo por separado —explicó—. Así lo dice la ley. Aparte de eso, Chrétien no es tan creíble como quisierais. Lefèvre es un patricio y Chrétien no es más que su *fattore*. La diferencia de clase es grande. Se podría atribuir a Chrétien móviles viles, por ejemplo acusar a su señor para vengarse del salario escaso y el mal trato.

—¿Qué pasa con ese Namus? —preguntó Michel—. Quizá podamos moverle a testificar contra Lefèvre si le prometemos un castigo leve.

—Ese hombre no es más que un jornalero, y encima con mala reputación. Es aún menos creíble que Chrétien.

El disgusto se agitó en la mesa.

—Todo eso no es más que charlatanería erudita sin ningún valor práctico —graznó Caboche—. Lefèvre va a cometer un crimen… llevémoslo a la horca por eso. ¡Al diablo con la ley!

—La ley es para todos, también para nosotros, os guste o no —respondió impaciente Poilevain—. No me quedaré de brazos cruzados mientras os ponéis por encima de ella.

—¿Veis una posibilidad de llevar a Lefèvre ante la justicia? —preguntó Michel al juez.

—Habría que sorprender en acción a Namus. Si los hombres de Jean lo atrapan justo en el momento en el que vaya a asaltar a Liebenzeller, no necesitaremos ningún testigo. La cosa estará decidida… suponiendo que Namus confiese bajo juramento quién le ha encargado el ataque. Pero lo hará si a cambio le ahorramos la horca.

—Pero eso no es posible —intervino Deforest—. No podemos exponer a ese peligro a Arnold. Si la gente de Jean llega aunque solo sea un segundo tarde, Namus lo matará a golpes.

—A veces hay que hacer sacrificios para erradicar un mal mayor —dijo Poilevain, y solo faltó que se encogiera de hombros.

—¡Eso es espantoso! —gimió Deforest, y se puso en pie de un salto, pero Michel le pidió con un gesto que volviera a tomar asiento.

—Arnold es nuestro amigo y huésped. No pondremos su vida en juego —declaró, decidido—. Tiene que haber otro camino.

—Sé que corro el riesgo de crearme enemigos —dijo Duval—, pero ¿y si se lo contamos a Arnold y le preguntamos si estaría dispuesto a atraer a la trampa a Namus? Si le explicamos que Lefèvre está detrás de todos los acontecimientos de la feria anterior, tal vez nos ayude.

—De ninguna manera —repuso Deforest—. No lo convertiremos en una herramienta.

Tampoco Michel estaba satisfecho con la propuesta, pero, según parecía, Eustache y él estaban solos en eso. Los otros consejeros daban su asentimiento a la idea de Duval.

—Simplemente preguntémosle —dijo Tolbert—. Arnold es un hombre sensato y prudente. Si la cosa le parece demasiado peligrosa nos lo dirá.

—Traedlo —pidió Michel a Deforest—. Pero cuidad de que Lefèvre no lo vea venir al ayuntamiento, o sospechará. Lo mejor es que dejéis vuestra casa por la puerta trasera, y que Arnold oculte su rostro con una capucha.

Con una maldición en los labios, el obeso maestre de la ceca se incorporó y abandonó la sala.

Poco después volvía con su invitado. Una vez que Liebenzeller se hubo quitado el manto con capucha y se hubo sentado, Michel le tomó juramento de que no hablaría con nadie de lo que ocurriera en aquella sala. Enseguida, informó de los crímenes de Lefèvre en la última feria, explicó a Arnold el peligro que le amenazaba y le expuso su osado proyecto.

El de Estrasburgo escuchó en silencio, sin dejar traslucir con gesto alguno si el miedo se había apoderado de él.

—Si lo he entendido bien —dijo al fin—, ¿debo arriesgar mi vida para que por fin tengáis pruebas para llevar a la horca a Lefèvre?

—No vamos a engañaros, Arnold… de eso es exactamente de lo que se trata —confirmó Michel—. Jean escogerá a sus mejores hombres, que se mantendrán siempre con discreción próximos a vos, para poder intervenir de inmediato cuando Namus ataque. Pero sigue existiendo cierto riesgo. Por eso, pensad bien si queréis exponeros a ese peligro.

—No tenéis por qué hacerlo —dijo Deforest, casi exhortándolo—. Si os parece demasiado peligroso, lo respetaremos. Sea cual sea vuestra decisión, la comprenderemos.

El silencio cayó sobre la sala cuando todos los ojos se posaron en Liebenzeller.

—Lo haré —dijo el de Estrasburgo—. Mis hermanos perdieron mucho dinero hace dos años. Quiero aportar mi contribución a que se pidan responsabilidades a Lefèvre.

El alivio en la sala casi pudo palparse. Varios consejeros se pusieron de pie, palmearon los hombros de Liebenzeller y lo cubrieron de agradecimientos.

—Ahora, pensemos cómo vamos a proceder —dijo Michel, cuando los hombres regresaron a sus asientos.

—Arnold me informará en cuanto tenga noticias de Lefèvre —propuso Caboche—. Entonces enviaré a mis mejores hombres al lugar al que deba acudir. Allí se esconderán y esperarán a Namus. Otros dos guardias seguirán en secreto a Arnold cuando vaya hacia el punto de encuentro, para el caso de que el ataque se produzca por el camino.

—Pensad que posiblemente tengamos un traidor en la administración de la ciudad —objetó Duval—. Eso puede poner en peligro todo el plan.

—¿Un traidor? —preguntó alarmado Liebenzeller.

—Chrétien en cambio sospecha que Lefèvre no tiene ningún espía —dijo Michel—. Aun así, no deberíamos encargar la tarea a los guardias... hay que ir sobre seguro.

Tolbert asintió.

—Yo iba a proponerlo de todos modos. Namus conocerá a la mayoría de los guardias. Incluso si ocultan sus rostros, es posible que se dé cuenta y no haga nada.

—¿Podéis enrolar a mercenarios? —preguntó Michel.

—Conozco a demasiado pocos en los que confíe —replicó Caboche—. Tomaré hombres de mi fraternidad... oficiales que han luchado por el rey. Son de confianza, y se las saben todas. —El corregidor se volvió hacia Liebenzeller—. Intervendrán en cuanto Namus aparezca... podéis confiar en ellos. Para el caso de que aun así algo vaya mal, tomad este puñal. Yo mismo lo he forjado, es muy afilado. Con él podréis mantener a raya a Namus hasta que llegue ayuda.

Los dedos de Liebenzeller se cerraron en torno a la empuñadura del arma.

—Os lo agradezco —murmuró.

Michel respiró hondo y miró a los congregados.

—Ahora, recemos por el éxito del plan.

Los días pasaron. Llegaron otros mercaderes de cerca y de lejos, y se alojaron en la ciudad o en el nuevo albergue de la feria. Tres días antes de la festividad de San Jacques acudieron los de Speyer con largas caravanas de carromatos. Todos los grandes gremios de la ciudad junto al Rin habían enviado mercaderes a Varennes; sus mercancías llenaron los almacenes del mercado de la sal, del pescado y del heno.

Los de Metz llegaron al atardecer de aquel mismo día. Robert Michelet no había tenido tanto éxito como Sieghart Weiss, solo había podido convencer a dos gremios de que dieran otra oportunidad al mercado anual de Varennes. Aun así, Michel e Isabelle estaban muy contentos con él, y en agradecimiento por su testaruda intervención los invitaron a él y a Weiss a un espléndido banquete.

Pero Lefèvre seguía tranquilo. Ni él ni Namus se dejaban ver en la ciudad. Arnold Liebenzeller no recibió ninguna noticia de un desconocido. Nadie le atacó mientras caminaba por los callejones al atardecer.

—Algo no encaja —dijo Michel una noche a su esposa, cuando se iban a la cama—. Lefèvre tiene que haberse enterado, puedo sentirlo.

—Ten paciencia —le aconsejó Isabelle—. Sin duda esperará hasta poco antes de la fiesta. Es en ese momento cuando el ataque tendría más efecto.

Michel se dijo que probablemente tenía razón. Aun así, aquella noche se vio asediado por oscuros sueños.

—¿Dónde están? —preguntó Jean Caboche con voz ronca.

—Detrás de los toneles —respondió uno de los guardias, que esperaban a la entrada del callejón. Los tres hombres estaban pálidos y mudos. Habían visto muchas cosas en su vida, pero nunca se estaba preparado para un encuentro con la muerte.

Jean pasó entre ellos, con la mano en el puño de la espada, y caminó hasta el final del callejón que llevaba al canal desde una de las calles más anchas de la ciudad baja. Detrás de varios toneles descompuestos, la vegetación descendía en pendiente. En la hierba yacían los cadáveres que una lavandera había encontrado a primera hora de aquella mañana, al ir a por agua. A ambos les habían cortado el cuello de una oreja a la otra. Su sangre, negra y coagulada, había empapado sus ropas. Miraban con ojos muertos hacia un muro al otro lado del canal.

Uno era Chrétien. El otro, un tipo alto y recio, tenía que ser Namus.

Jean iba a santiguarse, y estaba en medio de ese movimiento, cuando una ira devoradora se apoderó de él. Le costó trabajo reprimir el deseo de gritar su furia a la mañana. Volvió junto a sus hombres con pesados pasos.

—Vosotros dos, llevad los cadáveres hasta la iglesia más cercana —ordenó—. Tú vendrás conmigo al ayuntamiento.

—¿Quién creéis que lo ha hecho? —preguntó el guardia que le acompañaba por los callejones.

—Adivina —gruñó Jean—. Pero este ha sido su último crimen. Lo juro. Lo juro por Dios y por todos los arcángeles. Esta vez va a colgar de una soga.

—Tiene que haberse enterado de nuestro plan —dijo Michel—. Por eso ha hecho callar a los dos únicos testigos.

«Y los ha dejado de modo que los encontremos», añadió mentalmente. «No ha podido resistir la tentación de burlarse de nosotros.»

—Pero ¿cómo? —preguntó Duval—. Solo los consejeros, el escribano y Liebenzeller conocíamos el plan, y todos juramos guardar el secreto. ¿Creéis que uno de nosotros es el traidor?

Michel no respondió. El ascenso al piso más alto de la Torre del Hambre le pareció una pesadilla interminable. Escalaron peldaño tras peldaño de la escalera de caracol, mientras la antorcha dibujaba sombras palpitantes en las desnudas paredes de piedra.

«Es culpa mía. Yo he llevado a esto a Chrétien. Ha muerto por mi culpa.» El dolor se hizo tan fuerte que tuvo que detenerse y cerró los ojos.

—¿Os sentís mal? —preguntó preocupado Duval.

—Ya estoy bien —respondió entre dientes Michel, quitó la antorcha de la mano a su agotado amigo y siguió avanzando.

En el piso más alto se encontraba una pequeña estancia de la que salían dos puertas con herrajes. Una antorcha de pared se quemaba en silencio, por una diminuta saetera caía una luz turbia del exterior sobre una mesa a la que se sentaba Poilevain. Caboche estaba con dos de sus corchetes de pie en la esquina de enfrente, y tenía los poderosos brazos cruzados delante del pecho. A Michel le parecía que los dos hombres trataban de mantener la mayor distancia posible entre ellos.

—¿Dónde está? —preguntó.

—Ahí dentro. —Caboche señaló con el mentón una de las dos puertas.

—¿Qué dice de los crímenes?

—Lo niega todo. Dice que los mataron ladrones callejeros. Afirma que salieron al caer la oscuridad, en contra de su expreso consejo, a tomar algo en Les Trois Frères. Como si Chrétien fuera a ir a la taberna con un tipo como Namus —gruñó el corregidor.

—¿Hay testigos que confirmen o refuten las afirmaciones de Lefèvre? —preguntó Duval.

—No. Nadie. Jean ha interrogado a todos los habitantes del callejón. Nadie admite haber visto nada. —Poilevain no miró a los ojos a nadie mientras lo decía, ni a Michel ni menos aún a Caboche—. Así que las acusaciones de Jean no podrán sostenerse ante un tribunal. Tenemos que dejar ir a Lefèvre.

—¡Eso es una locura! —rugió Caboche—. ¡Ha matado de forma bestial a dos hombres! ¿Qué más queréis?

—Me temo que Soudic tiene razón —dijo Duval—. No podemos demostrar nada. Por favor, abrid la puerta.

—No. —Caboche puso la mano en el pomo de la espada y se plantó delante de la puerta—. Se quedará en la celda. Si queréis sacarlo, tendréis que matarme.

—Por favor, Jean —dijo con cautela Michel—. Sed razonable.

El corregidor acariciaba el pomo, rechinaba los dientes, en sus ojos el odio relampagueaba.

—Si averiguo —profirió finalmente— quién ha liquidado a Chrétien, le cortaré la cabeza con mis propias manos... tenéis mi palabra. —Soltó la arandela con las llaves de su cinturón, se la tiró a Michel y se hizo a un lado—. Hacedlo vos. Yo no puedo.

Michel hizo girar la llave en la cerradura y abrió la pesada puerta de la mazmorra.

—Podéis iros —dijo con brusquedad.

Lefèvre se levantó del catre, se alisó la ropa y salió de la celda. Al ver a Caboche, una sonrisa cínica jugueteó en sus labios.

—Una palabra —dijo el corregidor— y sois hombre muerto.

Lefèvre fue lo bastante inteligente como para cerrar la boca. Sonriendo, pasó de largo ante los consejeros y bajó por la escalera silbando una alegre canción. Caboche se quedó mirándolo, le temblaban los hombros.

—Id a casa, Jean —aconsejó Michel a su viejo amigo—. Id a descansar. De todos modos, ahora no podemos hacer nada.

Caboche se marchó en silencio.

Poilevain no se despidió de ellos cuando salieron de la Torre del Hambre. Siguió su camino sin una palabra de saludo.

Michel le siguió con la mirada, presa de una ira impotente... no con el juez, sino con Lefèvre, con las circunstancias, con el destino. En verdad, podía entender a Jean. También a él le parecía un escarnio tener que volver a dejar ir al usurero, otra vez.

—Nos encargaremos de llevar a Lefèvre al patíbulo. Quiero que cuelgue antes de que termine el mes.

—¿Cómo vais a conseguirlo? —preguntó Duval—. Nadie ha visto nada.

—Si no hay testigos —dijo Michel furioso—, los compraremos.

El consejero le miró fijamente.

—Buscaremos dos hombres de confianza que gocen de prestigio en la ciudad —explicó Michel— y les pediremos que atestigüen delante del tribunal que vieron matar a Chrétien y a Namus. No debería ser demasiado difícil encontrar a alguien. La gente se pegará por llevar a Lefèvre al patíbulo.

—Ya os he entendido. Pero eso viola todos nuestros principios.

—Quizá sea hora de que volvamos a pensar esos principios.

—Michel... —empezó Duval, pero este no le dejó hablar.

—Lefèvre nos ha impuesto esta guerra. Así que jugaremos conforme a sus reglas. Nos lo está suplicando.

—También vos estabais en contra de torturarlo.

—Eso es diferente.

—¿Lo es? —preguntó Duval—. Queréis violar la ley, afirmar ante Dios y los santos una mentira e instigar a dos hombres a cometer perjurio. Si me lo preguntáis, lo uno es tan vergonzoso como lo otro.

—¿No estáis vos también convencido de que Lefèvre ha cometido los crímenes? —le increpó Michel.

—No se trata de eso...

—Sí. Se trata exactamente de eso. Dos personas han tenido que morir porque la honestidad nos tiene encadenados. Pero se acabó. Mañana buscaré dos hombres que estén dispuestos a asumir la tarea.

—Poilevain descubrirá vuestra jugada.

—Eso ya lo veremos. Hasta entonces, confío en que guardéis silencio acerca de mis intenciones. ¿Puedo contar con vos, Henri?

—Soy vuestro amigo... no os atacaré por la espalda —declaró Duval—. Pero tengo que volver a advertiros de que estáis a punto de cometer un grave error.

—Tomo nota —gruñó Michel, y se fue de allí.

La puerta del cobertizo solo estaba entornada. Lefèvre se cercioró de que nadie le observaba y se deslizó en su interior. Dentro no había luz. Por eso, tardó un momento en descubrir la figura. Estaba sentada en un barril, y se incorporó cuando Lefèvre entró.

—Cerrad la puerta —dijo ásperamente Poilevain, y encendió de forma minuciosa una tea. La luz ardió y sacó de la oscuridad polvorientos montones de cajas.

Lefèvre cruzó los brazos y esperó. Aquel hombre le divertía. A Poilevain le hubiera gustado tanto ser un gran mercader, como Fleury o Deforest... pero no era más que un buhonero, al que lo que más le agradaba era hurgar en libros de leyes. Porque la ley y el derecho eran previsibles... lo que no se podía decir precisamente del comercio y el negocio.

—¿Lo tenéis?

Lefèvre sacó el certificado de deuda del cinturón y se lo dio a Poilevain, que abrió el pergamino y pasó la vista por el contrato.

—¿Es este el único ejemplar?

—Mi socio de Metz posee una copia, pero le pediré que la destruya.

—¿Puedo confiar en que lo haréis?

—Tenéis mi palabra.

—Como si vuestra palabra tuviera algún valor —replicó despectivo Poilevain—. ¿Era necesario asesinarlos? ¿No habría bastado con obligarlos a guardar silencio?

—No. Fleury no se habría dado reposo hasta que Chrétien hubiera testificado contra mí.

—Al menos podríais haber dejado con vida a Namus.

—Dejaos de hipocresías —dijo Lefèvre—. Era un matón, un impío mercenario. Si fuerais honesto admitiríais que su muerte os resulta indiferente. Ese hombre era un riesgo. Y no puedo permitirme riesgos.

Poilevain se tragó su rabia y su odio hacia sí mismo, plegó el contrato y se lo guardó.

—Con esto mis deudas quedan anuladas —declaró, cortante.

Lefèvre asintió.

—Me habéis trasladado las intenciones del Consejo... a cambio, yo os condono el resto del préstamo, de ciento veinte libras de plata. Ese fue nuestro acuerdo. A él me atengo.

—Nadie puede saber nunca de este acuerdo. Nadie, ¿me oís?

—Solo el silencio. En verdad, no tengo ninguna razón para contarlo a nadie.

—Ese crédito fue un error. El mayor error de mi vida. Nunca hubiera debido tomar dinero prestado de vos.

Lefèvre se limitó a sonreír.

—¿Queréis satisfacer mi curiosidad y contarme qué fue del dinero? He oído decir que hubo algunos negocios fallidos.

La ira brilló en los ojos de Poilevain.

—Idos —dijo—. Desde ahora ya no tenemos nada que ver. Desearía no haberos conocido nunca.

Al llegar a la puerta, Lefèvre se volvió una vez más.

—Si me permitís daros un consejo para el futuro: dejad de intentar mediros con Fleury y los otros. No lo conseguiréis. No es ninguna vergüenza ser mediocre. Vuestro padre lo fue toda su vida y le fue bien así. Incluso consiguió enviaros a Bolonia.

—¡Fuera! ¡Enseguida!

Riendo ligeramente, Lefèvre salió del cobertizo y dejó a Poilevain solo en la oscuridad.

Estaban, sentados y de pie, en el zaguán de su casa... herreros, espaderos y coraceros, treinta hombres, todos ellos miembros de su fraternidad. Jean no los había llamado. Habían acudido al saber lo ocurrido. Se lo contó todo. Su ira crecía a cada una de sus palabras.

—¡Ha asesinado a dos hombres, y los ha dejado desangrarse como cerdos en el matadero! —exclamó indignado Julien, un veterano de la disputa—. ¿Qué más tiene que pasar para que el Consejo lo derrote?

—La ley está de su lado —declaró Jean—. No puedo hacer nada. Tengo las manos atadas.

—¡La ley! —exclamó otro herrero—. Empiezo a pensar que la ley está para proteger a los criminales.

—¡Así es! —rugieron los hombres—. ¡Tiene razón!

—¡Todo es culpa de Poilevain! —gritó un espadero—. Antes, a los cerdos como Lefèvre los colgábamos sin tantas zarandajas del árbol más próximo. Pero desde que Poilevain es juez, el tribunal de la ciudad está tan desdentado como mi anciana madre.

—Poilevain es un charlatán y un leguleyo —se sumó un coracero—. ¡Lo único que tiene en la cabeza son normas enmarañadas y frases en latín, pero no sabe nada de crímenes!

Un griterío de asentimiento retumbó entre los muros.

Julien se subió a una caja, el rostro enrojecido por la ira.

—Hace años que Lefèvre tiene a la ciudad en un puño con sus impíos negocios de usura. En la disputa, envió a la muerte al hijo de Jean y a muchos buenos hombres. Luego la feria. Y ahora esto. —Agitó el puño en el aire—. Yo os digo: ¡basta!

—¡Sí!

—¡Ya está bien!

—¿El Consejo quiere dejarlo correr? —rugió Julien—. ¡No con nosotros!

—¡No con nosotros! —gritaron los hombres, y empezaron a golpear el suelo con los pies y los mangos de sus martillos de forja—. ¡No! ¡Con! ¡Nosotros! ¡No! ¡Con! ¡Nosotros! ¡No! ¡Con! ¡Nosotros!…

Jean se mantuvo inmóvil mientras el griterío se incrementaba. Sabía que debía levantarse, calmar a los hombres… Pero entonces pensó en Alain, lo vio delante de sí, despidiéndose de él, de Adèle y Azalaïs, aquel maldito día en el que se marchó con el ejército del rey.

No.

Se reclinó en el asiento y dejó que las cosas siguieran su curso.

Empezó en el barrio de los herreros, pero pronto alcanzó también las calles vecinas. Los herreros tenían amigos y parientes en las otras fraternidades, hablaron de su plan a los zapateros, carpinteros y panaderos, su ira se extendió como una fiebre por la ciudad. Cuando oscureció, en todo Varennes hombres y mujeres echaron mano a cuchillos, hachas, horcas, corrieron a las tabernas y a las casas de las fraternidades, se embriagaron de vino, de odio, y gritaron un nombre a la noche.

—¡Lefèvre!

«¡Lefèvre!»

El fuego estaba casi apagado. Rémy añadió leña y avivó la brasa con el atizador. Entretanto, Albertus le hablaba de su trabajo como preceptor en casa de Victor Fébus.

—Los dos hijos mayores han salido al padre. No me gusta decirlo, pero son igual de obstinados y gruñones que Victor. ¿Libros? ¿Formación? ¿Filosofía? ¿Para qué sirve todo eso? Con eso no se gana dinero. Si consigo enseñarles suficiente latín como para que sepan leer un contrato de arriendo podré estar satisfecho. Por suerte está el pequeño...

—Olivier, ¿verdad? —dijo Rémy.

—Ese chico es inteligente y tiene ganas de aprender... se queda pendiente de todo lo que digo cuando hablo de los pensadores antiguos. Entiende a la primera las reglas de la gramática. Ya sabe latín mejor que sus hermanos. Da gusto verle aprender.

Cuando el fuego rebrotó, Rémy volvió a sentarse a la mesa y dio un trago a su cerveza. Albertus y él se sentaban juntos y hablaban casi todas las noches. El joven maestro itinerante seguía viviendo en su casa, porque no había encontrado ningún alojamiento que pudiera permitirse... Fébus no le pagaba precisamente con generosidad. Rémy no tenía nada en contra, apreciaba la compañía de Albertus. De hecho, en las últimas semanas se habían hecho amigos.

—Por desgracia, en casa no lo tiene fácil —prosiguió Albertus—. Victor le hace la vida difícil siempre que puede, lo trata de inútil y le dice una y otra vez que no sirve para mercader. Bueno, de vez en cuando el chico muestra su espíritu soñador, eso puede sacarlo a uno de sus casillas. Pero no logrará que deje de hacerlo con una severidad exagerada. Necesita sobre todo paciencia, y alguien que valore sus capacidades...

El erudito se interrumpió al oír la confusión de voces y gritos.

Con el ceño fruncido, Rémy abrió la ventana. Hombres con antorchas desfilaban delante de su casa. Al final del callejón parecía estar congregándose una multitud de personas. No pudo entender lo que gritaban, pero era imposible ignorar que el ambiente estaba cargado.

Alguien aporreó la puerta del taller.

Corrieron abajo. Rémy cogió su ballesta, que estaba siempre a mano junto a la escalera. Tensó y cargó el arma antes de abrir la puerta. Fuera, en la oscuridad, estaban Hugo y otros dos zapateros. Uno tenía una antorcha, los tres tenían la cara enrojecida y apestaban a cerveza.

—¡Vamos a por Lefèvre! —profirió Hugo—. Los herreros y los carpinteros también se han sumado. Venid, maestro Rémy. ¡Os necesitamos!

Sin esperar su respuesta, Hugo y sus compañeros salieron corriendo.

—Lefèvre... decid, ¿no es ese usurero? —preguntó Albertus.

—Según veo las cosas, pronto será un usurero muerto —dijo Rémy. Había oído decir que Lefèvre había cometido un nuevo crimen, se hablaba de un asesinato a sangre fría. No conocía los detalles, pero, según parecía, el Consejo había dejado ir a Lefèvre. No era sorprendente que la gente estuviera indignada.

Rápidamente se puso la bandolera, se colgó el carcaj con los dardos y se dirigió con Albertus a la capilla de la fraternidad, donde la gente se estaba reuniendo. Eran alrededor de dos docenas de hombres del barrio, la mayoría borrachos. Agitaban armas y antorchas y se espoleaban los unos a los otros con iracundos discursos. En más de un rostro se veía el ansia asesina. Rémy buscó a Gaston. Para su alivio, su oficial no estaba. No era que contara seriamente con ello: Gaston era demasiado inteligente y circunspecto como para unirse a una chusma violenta.

Entonces descubrió a Jean-Pierre Cordonnier, el maestre de la fraternidad, que estaba en la puerta de su casa, un poco apartado, y observaba los acontecimientos.

—¿Qué está pasando aquí? —preguntó Rémy al maestro zapatero.

—Quieren ir a por Lefèvre. La ciudad entera está en pie de guerra. Esta vez ha ido demasiado lejos.

—¿No piensas hacerlos entrar en razón?

—¿Por qué? Ese tipo se merece que lo maten. Si el Consejo no es capaz, tendremos que ocuparnos nosotros mismos. En cualquier caso, no voy a interponerme en el camino de nuestra gente.

—¿Vas a dejar que vayan por la ciudad matando? ¿Es esa la manera en que ejercemos justicia ahora?

—Intenta tú detenerlos —dijo despreciativo Jean-Pierre—. Pero no esperes que te ayude.

Rémy lo dejó allí y se dirigió hacia la multitud.

—¡Escuchadme, hermanos! —exclamó imponiéndose al griterío—. ¡Hermanos, os lo ruego!

Por fin tenía la atención de los hombres.

—Puedo entender que estéis furiosos —empezó—. Muchos de nosotros llevamos mucho tiempo esperando que cuelguen de una vez a Lefèvre. ¿Qué no habrá hecho ya a nuestra ciudad? Pero, una y otra vez, saca la cabeza de la soga. También a mí eso me pone furioso. Aun así, no debemos tomarnos la justicia por nuestra propia mano. Si vamos y lo matamos no seremos mejores que él. Solo al Consejo le corresponde castigarle.

Se alzó un furioso griterío.

—Pero ¡el Consejo no hace nada! —gritó Clovis, un cordelero fuerte como un loco—. En el ayuntamiento se sientan un montón de blandengues. De la mañana a la noche no hacen otra cosa que hablar de la ley y del derecho, pero no saben actuar cuando hay que hacerlo. ¡Estamos hartos! No nos quedaremos mirando cómo Lefèvre se escabulle y se ríe en nuestra cara. ¡Esta vez se acabó!

—¡Sí! —rugieron los hombres.

—¿Qué vais a hacer? —preguntó Rémy.

—¡Vamos a ir a su casa y a matarlos a todos! —gritó Clovis—. ¡Entonces habrá paz de una vez por todas!

—¿A todos? ¿También a los criados?

—¡Les estará bien empleado por servir a un criminal y un usurero! —gritó un joven guarnicionero.

—¿Y a los alguaciles que se os opondrán? ¿También vais a matarlos?

—Rémy miró a su alrededor—. Muchos criados de Lefèvre son hombres sencillos como vosotros. Le sirven porque no han podido encontrar un trabajo mejor. Y sus criadas podrían ser vuestras hermanas, vuestras hijas. ¿Por eso merecen la muerte? Explicadme eso.

Alguno de ellos lo miró furioso, pero nadie dijo nada.

—¡Pensad un poco! —dijo con vehemencia Rémy—. ¿Creéis que el Consejo va a aceptar sin más que os pongáis por encima de la ley? Mañana mismo encontrarán y colgarán a los que hayan violado la paz. ¿Y entonces? —Miró a Hugo—. ¿Qué va a ser de Eugénie cuando hayas muerto? ¿Tu hijo va a crecer sin padre?

El oficial de zapatero bajó la vista, avergonzado.

—Y tú, Bruno... ¿quién va a cuidar de tu anciana madre mientras tú te pudres en una mazmorra?

—¡No pueden colgarnos a todos! —gritó Bruno.

—No, no pueden. Pero si salís de esta, lo haréis con las manos manchadas de sangre. Todos sois buenos hombres, no asesinos. La conciencia de vuestro crimen os destruirá.

Un zapatero se adelantó.

—Entonces ¿nos pides que nos crucemos de brazos y esperemos que Lefèvre vuelva a asesinar? No puedes estar hablando en serio.

—Solo pido que dejéis hacer su trabajo a la autoridad. En el Consejo se sientan personas inteligentes sin excepción... por eso las hemos elegido. Encontrarán la forma de acabar con Lefèvre. Quizá no hoy, pero sin duda en algún momento.

La ira de la multitud había perdido fuerza visiblemente. Rémy sentía que casi había alcanzado su objetivo. Entonces vio que Clovis cogía un garrote.

—Un charlatán, igual que su padre —gruñó el cordelero—. ¡No voy a seguir escuchando esto!

Se lanzó sobre él enseñando los dientes.

Sin dudarlo ni un parpadeo, Rémy levantó la ballesta y disparó. La multitud lanzó un gemido. El dardo alcanzó al garrote y arrancó el arma de la mano de Clovis.

—La próxima vez te daré en el brazo... te doy mi palabra. —Rémy recargó la ballesta con rapidez—. Id a casa —dijo, volviéndose a la multitud—. Mostremos a la ciudad que nuestra fraternidad es razonable y prudente.

Hugo y sus compañeros fueron los primeros en marcharse. Otros siguieron su ejemplo, y poco después la multitud se dispersaba. Clovis lanzó una mirada centelleante a Rémy y escupió. Luego también él se fue.

—Esta habría sido tu tarea —dijo Rémy a Jean-Pierre Cordonnier.

El maestre de la fraternidad, que por lo general nunca hacía callar una observación descarada, se volvió sin decir una palabra y desapareció en la oscuridad tras la puerta del patio.

—Ese disparo... impresionante —dijo Albertus—. Nunca había visto una cosa así.

—Hacedme la bondad de atrancar todas las puertas y ventanas de la casa —pidió Rémy al erudito—. Yo iré más tarde.

—¿Adónde vais?

—A casa de mis padres. Viven en la misma calle que Lefèvre. Tengo que saber si están bien.

—¡Id con cuidado! —gritó a su espalda Albertus mientras él remontaba el callejón.

Desde la ventana de la sala, Michel observaba a la multitud que enfilaba la rue de l'Épicier desde la catedral. Muchos llevaban armas y antorchas, la mayoría gritaban borrachos. Tenían que ser cien o más.

—Preparad agua por si hay un fuego —ordenó a sus criados, que estaban en la sala con expresión preocupada—. Atrancad las puertas en cuanto yo salga. Y no salgáis a la calle bajo ninguna circunstancia. —Se puso el manto.

—¿Qué vas a hacer? —preguntó Isabelle.

—Voy a ver a Jean. Debe detener esta locura. Me pregunto por qué no ha intervenido aún.

—Que cuelguen a Lefèvre de la cruz del mercado —dijo Yves—. ¿A quién le importa?

—¿Y qué pasa con Catherine y Felicitas? —respondió con energía Michel—. La chusma las matará. Matarán a todos los que encuentren en casa de Lefèvre.

—¿Os acompañamos? —preguntó Sieghart. Él y Robert Michelet se alojaban en su casa hasta el final de la feria, y se habían reunido con los criados en el salón al empezar el tumulto.

—Prefiero que os quedéis aquí y ayudéis a proteger la casa si la revuelta se extiende.

—Ten cuidado, ¿eh? —Isabelle le besó y le apretó la mano antes de que él corriera escaleras abajo.

Entretanto la multitud se apretujaba delante de la casa de Lefèvre y aporreaba con los puños y con toda clase de herramientas el atrancado portón delantero y la puerta del patio. Orinales y verdura podrida volaban por los aires y se estrellaban contra los postigos. Eran sobre todo artesanos y obreros, a muchos de esos hombres y mujeres Michel los conocía como cristianos decentes y temerosos de Dios. Algunos tenían deudas con Lefèvre, lo que sin duda los había reforzado en su decisión de unirse al motín. Después de dos jarras de vino, librarse de sus deudas despachando al acreedor era un pensamiento atractivo. Seguramente, en el calor de la disputa, aquellos bravos ciudadanos habían olvidado que los contratos de Lefèvre siempre incluían una cláusula según la cual en caso de su muerte todas sus deudas pasaban a su socio de Metz.

Michel no se atrevió a acercarse demasiado. El ambiente estaba tan cargado que cualquiera podía convertirse en objetivo de la ira... incluso él. Por eso, corrió por los callejones que rodeaban la rue du Palais y fue desde allí hasta el ayuntamiento.

Varios guardias estaban en la esquina y observaban el alboroto en la rue de l'Épicier.

—¿Dónde está el corregidor? —preguntó Michel.

—Ni idea —dijo uno de los hombres—. No lo he visto.

—En casa —indicó otro.

—Llamad al resto de los hombres y dispersad a la gente —ordenó Michel.

Los alguaciles no se movieron del sitio.

—¿A qué esperáis? —gritó.

El jefe de los guardias sonrió, desafiante.

—Lo siento, señor alcalde, pero no sabría decir qué podemos hacer. La gente solo bebe y festeja un poco. No hay razón para importunarlos, ¿no es verdad, amigos?

Tampoco los otros guardias se movieron del sitio.

—No voy a arriesgar mi vida para salvar a un asesino y usurero —dijo uno con descaro.

—¡Me acordaré de esto! —Michel dejó plantados a los hombres y cruzó corriendo la plaza de la catedral. La multitud había volcado algunos puestos de mercado, pero por lo demás no había causado graves daños. Aun así, los patricios habían atrancado puertas y ventanas y se habían resguardado en sus casas. Michel no encontró un alma mientras corría hacia el barrio de los herreros.

—Jean, soy yo, Michel. ¡Por favor, déjame entrar! —Aporreó la puerta hasta que le dolieron los nudillos.

Por fin, Adèle le abrió. Tenía el rostro bañado en lágrimas.

—¿Qué pasa? —preguntó con aspereza.

—Tengo que hablar con Jean. Dejadme pasar, por favor.

A regañadientes, Adèle le hizo sitio. Michel subió corriendo las escaleras y encontró a Jean en la sala, sentado en una silla y contemplando con tranquilidad un cuchillo toscamente forjado.

—¿Por qué no estáis con vuestros hombres? ¿No habéis visto lo que está pasando ahí fuera?

—Lo hizo Alain. —Jean pasó el calloso pulgar por el mango del cuchillo—. Su primer cuchillo. Tenía diez años cuando lo forjó, pero está bastante bien, ¿verdad? Algunos oficiales no lo hacen mejor a los dieciséis. Lo he conservado todos estos años. Quería regalárselo cuando terminase su maestría.

Michel tuvo que contenerse para no gritar a su viejo amigo.

—Comprendo vuestro dolor. De verdad que lo entiendo. Cuando mi hermano fue asesinado sentí lo mismo. Pero no podéis permitir que el odio os domine. Lefèvre no vale tanto. Cumplid con vuestro deber, Jean, os lo suplico. Ordenad a vuestros hombres que pongan fin a esta locura antes de que haya una matanza.

—¿Y proteger al asesino de mi hijo? —Jean lo miró a los ojos por vez primera—. No.

—Al diablo con Lefèvre. Me preocupan sus criados y doncellas, Catherine y Felicitas. ¿Queréis que la chusma las mate?

Caboche no respondió; bajó la vista, volvió a acariciar el cuchillo.

—Por favor, Jean. Habéis jurado proteger la paz en nuestra ciudad.

Adèle se puso al lado de su marido, le apoyó la mano en el hombro.

—Queremos por fin venganza para Alain —dijo—. Si no podéis entenderlo, al menos dejadnos en paz.

Michel comprendió que no tenía nada que hacer allí. Jean era presa de su odio, nada ni nadie le haría salir de la casa.

—Que Dios os proteja —se limitó a decir—. Ojalá os señale pronto el camino para salir de la oscuridad.

Al regresar a la calle oyó ruido procedente del norte. Presa de un mal presentimiento, siguió los sonidos y llegó al barrio de los carpinteros, ebanistas y torneros. Griterío y ruido de madera rota llenaba las calles. Las sombras palpitaban a la luz de las antorchas.

No. Oh, Dios, no.

Michel se asomó por la esquina. Una segunda multitud había asaltado la casa de Poilevain, roto las puertas, arrastrado a la calle y matado a golpes a criados y a doncellas. Los cuerpos inmóviles yacían en medio de la suciedad, las mesas y arcones volaban por las ventanas, los borrachos jaleaban.

Habían colgado del desván a Poilevain. Pendía de la polea de la grúa de las mercancías, un bulto negro que pataleaba y se estremecía como un muñeco articulado, hasta que finalmente se quedó inmóvil.

Lefèvre oyó los sordos golpes desde su escritorio. No tuvo que mirar por la ventana para saber que la multitud había sitiado su casa. Todas las vías de escape estaban bloqueadas, y solo era cuestión de tiempo que la chusma entrase en la casa. Si quería salir vivo de allí, tenía que darse prisa.

Cogió la argolla de hierro del costado del arca y trató de arrastrarla fuera de la sala. Sin éxito… era demasiado pesada. Con una fea maldición en los labios, cogió la llave que llevaba colgando del cuello de su túnica, abrió el arca y agarró la bolsa de dinero más gruesa. Luego dejó caer la tapa y corrió abajo.

Sus criados se habían congregado en la sala, mostraban rostros atemorizados y se estremecían cada vez que un proyectil golpeaba los postigos.

—¿A qué esperáis? —chilló Lefèvre—. Al zaguán, vamos. Contenedlos cuando rompan la puerta. Coged armas y ensartadlos, ¿o tengo que azotaros?

Ni los criados ni las doncellas se movieron del sitio.

—¡Malditos cobardes! ¡Debería castigaros a todos!

Lefèvre se abrazó a la bolsa del dinero y bajó corriendo por la escalera principal. La puerta de entrada tembló bajo un nuevo golpe. No faltaba mucho para que los goznes se salieran del muro. Abrió de un tirón la puertecita debajo de las escaleras, bajó al almacén, abrió la puerta secreta, se coló por ella y la cerró con hábiles movimientos. El ruido enmudeció instantáneamente. Estaba solo en la oscuridad.

Lefèvre se orientó a ciegas en su sótano oculto. Dejó la bolsa encima de una mesa, buscó a tientas la yesca y una tea, hizo luz.

Se sentó en una silla y esperó.

Los hombres emplearon un banco como ariete y lo estrellaron contra la puerta una y otra vez. La madera aguantó un tiempo, pero luego cedió, entre el júbilo de la multitud. Julien, el herrero, fue el primero en entrar en casa de Lefèvre, seguido de los demás borrachos.

Ni rastro de Michel, Jean y los guardias.

Isabelle decidió actuar. Se apartó de la ventana y dijo a los criados:

—Venid. Tenemos que sacar a Catherine y a Felicitas.

—Pero el señor ha dicho que no salgamos a la calle —dijo un criado.

—Ya sé lo que ha dicho. Pero, si no hacemos nada, a Catherine y a Felicitas les va a ir muy mal.

—Iré con vos —ofreció Sieghart.

—No. Sois nuestro invitado… no quiero que os pongáis en peligro. Os quedaréis aquí. Insisto —añadió cuando el joven *fattore* iba a contradecirle.

En el zaguán, Yves, Louis y los otros dos hombres se armaron con hachas y garrotes. Isabelle se puso un puñal corto en el cinturón y ordenó a las doncellas que atrancaran la puerta tras ellos, antes de salir con los criados a la rue de l'Épicier.

La calle ante la propiedad de Lefèvre ofrecía una estampa de devastación. Había esquirlas de loza y basura por todas partes, apestaba a vino agrio, humo y excrementos. Entretanto, un tercio de la multitud estaba dentro de la casa, Isabelle les oía gritar y destrozar muebles. El resto de los hombres y las mujeres se habían quedado fuera, porque estaban demasiado borrachos o eran demasiado cobardes, y jaleaban cada crujido que se oía en el interior.

Alguien abrió de golpe una ventana en el primer piso.

—No, no, por favor —imploró un criado, antes de que lo tirasen. A pocos pasos de Isabelle, golpeó en el suelo con un repugnante sonido carnoso. Jadeó, su mano se arrastró por el suelo como si quisiera agarrarse a algo. Luego murió.

Isabelle se quedó mirando el cadáver, tuvo que forzarse a moverse de allí. No podía hacer nada por aquel pobre hombre. Tenía que seguir.

—¡Madre! —Rémy iba hacia ella, ballesta en mano—. ¿Qué hacéis aquí fuera? Volved a casa.

—Tenemos que salvar a Felicitas y a Catherine.

—¿Dónde está padre?

—En casa de Jean Caboche.

—Os ayudaré. ¡Quitaos de en medio! —increpó Rémy a varios borrachos que había delante de la puerta. Cuando los hombres se limitaron a sonreír neciamente, Yves y Louis los echaron a un lado, e Isabelle entró en el zaguán, con la mano en el puñal.

Nada más que caos y destrucción. Los hombres hurgaban en las cajas y los toneles, rasgaban balas de paño y sacos. Del patio llegaban los gritos de una doncella.

—¿Dónde las encontraremos?

Isabelle recordó que Michel había hablado de que Lefèvre había encerrado a Catherine y a Felicitas en una estancia del último piso.

—Por la escalera.

La luz palpitante de las antorchas llenaba el primer piso. En el pasillo yacía un criado inmóvil, con la sangre manando de una herida abierta en la cabeza. Tres oficiales de panadería estaban arrancando de la pared el crucifijo de plata del salón de recibir, metían candelabros en un saco, registraban las arcas. También la cocina estaba siendo saqueada.

—¡Lefèvre! —gritó alguien—. Sal, perro. ¡Déjate ver!

Los hachazos partían la madera. Algo se desplomó con un crujido.

Apuntando con la ballesta, Rémy fue delante. Dos cuerpos yacían en la escalera trasera. Isabelle estuvo a punto de esperar que uno de los cadáveres fuera el de Lefèvre. Pero no eran más que jornaleros a los que habían destrozado el cráneo. En el segundo piso, los saqueadores aún estaban haciendo más daño. Destrozaban sillas, arrancaban tapices, robaban todo lo que tuviera algún valor. El escritorio de Lefèvre era como un campo de ruinas. Dos mujeres de rostros enrojecidos llevaron un arcón hasta la ventana y vaciaron su contenido. Docenas de certificados de deuda revolotearon por los aires. Fuera, la multitud jaleaba.

En el pasillo les salió al encuentro Julien, con el rostro rojo y bañado en sudor, con un garrote en la mano. Rémy lo cogió del brazo.

—Haz que cese esta locura, te lo ruego. Di a la gente que se vaya a casa. A ti te escucharán.

Julien lo miró, pareció no reconocerle. Luego se soltó y dio una patada en el suelo.

—¡Lefèvre! —rugió—. ¿Dónde diablos te escondes?

El odio llenaba el aire como una peste, Isabelle apenas podía respirar. Pasó un rato hasta que encontró la escalera del desván, porque estaba en un rincón oscuro, detrás de una puerta estrecha. Al llegar arriba, Isabelle y Rémy llamaron a las distintas puertas que salían de la escalera.

—¡Felicitas! ¡Catherine! —gritó—. ¿Estáis ahí?

Una voz tenue, baja, atemorizada:

—Señora Isabelle, ¿sois vos? —preguntó Felicitas.

—¡Sí! He venido a buscaros.

La puerta estaba cerrada, naturalmente. Yves y Louis se lanzaron contra ella y terminaron por echarla abajo. En una estrecha cámara, no mucho más habitable que una mazmorra, estaban Felicitas y Catherine, ataviadas con finos camisones, los rostros pálidos y bañados en lágrimas.

—Por todos los arcángeles —balbuceó Felicitas—, ¿qué está pasando ahí fuera?

—La chusma quiere matar a Lefèvre —dijo Isabelle—. Rápido. Poneos algo. Os sacaremos de aquí. ¡Apresuraos!

Su tono de mando sacó a las dos mujeres de su estupefacción. Enseguida se pusieron vestidos y zapatos y los siguieron escaleras abajo.

Fuera, dos borrachos fueron a su encuentro tambaleándose.

—Fíjate —balbuceó el más alto—, qué mujeres tan bellas...

Catherine jadeó cuando el hombre la agarró por el brazo. Pero Rémy ya estaba a su lado y le clavó la culata de la ballesta en el diafragma. El tipo cayó al suelo, el otro retrocedió dando tumbos; el camino estaba despejado.

Isabelle, Rémy y los criados rodearon a las mujeres y las llevaron a casa.

Ningún sonido llegaba hasta el subterráneo. Nada que le revelara lo que estaba pasando arriba. Lefèvre tenía que confiar en su instinto. Contó los minutos, las horas. Cuando pensó que tenía que ser por la mañana, se cruzó un puñal en el cinturón, empuñó otro y abrió la puerta secreta.

Los saqueadores habían devastado el almacén, destrozado los arcones y robado todo lo de valor. Una luz pálida caía desde la puerta abierta sobre los peldaños de piedra.

No se veía a nadie.

Silencio.

Subió con los dientes apretados, echó una mirada a cada estancia. La chusma no había dejado más que desolación a sus espaldas. Muebles rotos, tapices rasgados... su casa era un campo de batalla. Habían matado a todos los criados. Sus cuerpos yacían en el salón, en los pasillos, en las escaleras. Lefèvre golpeó a un criado con el pie. No se movió.

Lo peor estaba en el segundo piso. De su cama, las mesas y las sillas no quedaba más que madera hecha astillas. Maldiciones e insultos decoraban las paredes, en letreros pintados con ceniza del hogar y con la sangre de sus criados. Habían abierto los arcones de su escritorio, se habían llevado hasta el último denier. Oyó voces y miró por la ventana. Abajo había dos alguaciles, miraban la casa, reían. Se volvieron y se apartaron, pisoteando los certificados de deuda que yacían en medio de la suciedad.

Lefèvre clavó el puñal en los restos del escritorio, se apoyó en una pared y apretó los labios.

Habían alojado a Felicitas y a Catherine en dos habitaciones de invitados. Isabelle se encargaba de que no les faltara de nada. Las dos mujeres estaban bien dadas las circunstancias, a excepción de que hasta ese momento Catherine no había dicho una palabra.

—No es por vos —le explicó su madre durante el desayuno. Catherine se había tendido hacía unas horas, y dormía aún—. Si pudiera, os daría cien veces las gracias por todo lo que habéis hecho por nosotras. Pero ha enmudecido desde... aquel espantoso día.

Isabelle supuso que Felicitas se refería al día en que Renouart había muerto y Lefèvre las había llevado de vuelta a Varennes.

—¿Qué sucedió? ¿Lefèvre la trató con violencia?

Felicitas apretó los labios y eludió su mirada. Aquella noble antaño tan orgullosa parecía una muchacha atemorizada.

—Tenéis que decírnoslo —le pidió Michel con énfasis—. Si Lefèvre ha cometido un crimen, tenéis que denunciarlo ante el Consejo.

—De todos modos saldrá impune —murmuró Felicitas.

—Esta vez no.

—Jamás volveremos a hablar de lo que pasó en el bosque. Quizá Dios ayude a mi niña a olvidarlo algún día.

Isabelle lanzó una mirada de advertencia a Michel cuando él iba a insistir, y él fue lo bastante sensible como para obedecerla.

—Lefèvre nos prohibió abandonar la casa —dijo Felicitas—. Aún no he ido a la tumba de Renouart. Me gustaría visitarla mañana.

—Me temo que no será posible —respondió cautelosa Isabelle—. No podéis quedaros en Varennes. Lefèvre aún está lamiéndose las heridas, pero pronto se preguntará dónde estáis. Si averigua que estáis con nosotros os reclamará. Tenéis que salir de la ciudad. Lo mejor es que sea mañana a primera hora.

—Mis criados os llevarán a Speyer —dijo Michel—. Podéis vivir en mi sucursal. Sieghart cuidará de vos y de vuestra hija y os protegerá de Lefèvre en el improbable caso de que vaya a buscaros a Speyer.

—¿No sería más fácil que viajaran conmigo y mis hermanos de vuelta a Speyer? —preguntó Weiss—. Una gran caravana puede ofrecerles más protección.

—No podemos esperar tanto —respondió Isabelle—. No conocéis a Lefèvre. Creedme, lo más seguro es que abandonen Varennes lo antes posible.

Felicitas había empezado a llorar. Bajó la mirada mientras las lágrimas corrían por sus mejillas.

—Michel y yo iremos en vuestro lugar a la tumba de Renouart y rezaremos por su alma —dijo Isabelle—. Todas las semanas, tenéis mi palabra.

—Renouart —susurró Felicitas con voz ahogada—. Mi Renouart. ¿Por qué ha tenido que morir?

Enterró el rostro en las manos. Isabelle la cogió en sus brazos.

El Consejo se reunió a sexta. Solo se presentaron diez hombres. El asiento de Poilevain quedó vacío. El de Caboche también.

—¿Han encontrado el cadáver de Lefèvre? —preguntó Le Roux.

—Ha sobrevivido —dijo Michel—. Lo he visto esta mañana.

—Ese cerdo —murmuró Le Masson—. Ese maldito miserable.

—Os digo que los rumores son ciertos —dijo el maestre de los carniceros—. Tiene poderes mágicos. Está aliado con el diablo. De lo contrario, lo habrían cogido.

—Tonterías —replicó Duval—. Es probable que se haya escondido en algún sitio del desván y ha esperado a que todo pasara.

—Han registrado toda la casa, del sótano al desván. Si tan solo se hubiera escondido lo habrían encontrado. Ha habido en juego potencias malignas. Se ha vuelto invisible, os lo digo...

—Basta, eso no nos lleva a ninguna parte —dijo Michel—. Tenemos que restablecer la paz a toda prisa. Quiero que se encuentre a los cabecillas de la revuelta y se los lleve ante los tribunales. No podemos tolerar que el pueblo se tome la justicia por su mano.

—No basta con eso —añadió Tolbert—. Jean dejó que las cosas siguieran su curso en vez de actuar con determinación, como hubiera sido su deber. Con eso, incumplió sus deberes de la manera más vergonzosa. No me gusta decirlo, pero en estas circunstancias no puede seguir siendo nuestro corregidor.

Varios consejeros asintieron. Michel tenía que confesar que llevaban razón, por mucho que le costara. Jean era su amigo desde hacía muchos años, pero lo que había hecho no tenía disculpa. Tenía que responder por ello.

—Lo mejor es que le comuniquemos nuestra decisión enseguida. —Duval se volvió al escribano—. Escribid una nota y enviad un mensajero a Jean.

—No, quiero decírselo personalmente —explicó Michel—. Iré luego a verle.

Lo siguiente que hicieron fue nombrar un nuevo corregidor. Solo Bertrand Tolbert se presentó al puesto, y obtuvo los votos de todos los presentes. Cedió sus cargos anteriores, la inspección de mercados y la dirección de la aduana, a René Albert y al maestre de los carniceros.

—En vista de las tareas que tenemos por delante, necesitamos con urgencia un nuevo juez —dijo Duval—. Quisiera presentarme a la elección.

También él obtuvo nueve de los diez votos posibles. Él mismo se abstuvo.

—Los estatutos exigen que a este Consejo pertenezcan doce hombres en todo momento... doce consejeros, por los doce apóstoles de Jesús —dijo Michel—. Puede que suene duro de corazón, pero tenemos que encontrar lo antes posible un sustituto para Soudic.

—El pobre hombre ni siquiera está aún bajo tierra —observó Le Masson—. ¿No puede esperar eso a su entierro?

—Creedme, nada me gustaría más. Pero la feria es la semana próxima. Ahora hemos de mostrar unidad y fortaleza, para que, después de los acontecimientos de la noche pasada, nuestros huéspedes no tengan la impresión de que no controlamos la situación.

Deforest asintió.

—Creo que podemos estar seguros de que Soudic lo habría querido así.

—En la elección del verano, Philippe de Neufchâteau se quedó a un paso de tener un asiento en el Consejo —dijo Duval—. Según los estatutos, debería sustituir a Soudic.

—Informadle —indicó Michel al escribano—. Debe presentarse en la catedral a vísperas, para prestar su juramento.

—Alguien debería hablar con los mercaderes extranjeros, tranquilizarlos y asegurarles que no les amenaza ningún peligro —observó Tolbert—. No vaya a ser que se vuelvan a ir de puro miedo y vayan contando que en Varennes impera la ley del Talión.

—Yo me encargo. —Michel se volvió hacia Deforest—. ¿Me echaréis una mano?

—Por supuesto.

Las campanas de la catedral empezaron a sonar. Algunos hombres fruncieron el ceño sorprendidos.

—He hablado antes con el cabildo catedralicio —explicó Michel—. Quieren decir una misa por las víctimas de la noche pasada.

Cuando los consejeros iban, poco después, hacia la catedral, Michel y Duval se separaron de los otros.

—Estoy confundido —dijo el juez recién elegido—. ¿No ibais a presentar dos testigos al Consejo?

—He cambiado de opinión —declaró escuetamente Michel—. No habrá testigos.

—¿Por qué?

—La noche pasada me ha enseñado lo que sucede cuando los individuos se ponen por encima de la ley. Las consecuencias son el caos y nuevos crímenes. Ese no puede ser nuestro camino.

Duval sonrió.

—Una buena decisión.

Michel se limitó a asentir, mientras subían las escaleras de la catedral.

Por primera vez desde hacía muchos años, en la herrería de Jean Caboche no se trabajaba en un día laborable. Jean había enviado a casa a sus maestros, oficiales y aprendices, y les había ordenado que no volvieran hasta la semana próxima. Acto seguido se había sentado, se había tomado una jarra de cerveza y había contemplado su taller. ¿Cuándo habían limpiado de veras por última vez? Tenía que haber sido hacía años. Cogió una escoba y barrió los distintos edificios. Le hizo bien. Le ayudó a poner orden en sus revueltos pensamientos.

Jean sabía lo que iba a ocurrir. No quería esperar a que acudieran y le dijeran que había violado su juramento y no podía seguir siendo corregidor. Se sentó y escribió una breve nota. En ella, declaraba que deponía su cargo de corregidor de Varennes Saint-Jacques y renunciaba a su asiento en el Consejo.

Acto seguido, llamó a uno de sus aprendices y le entregó el pergamino.

—Lleva esto al ayuntamiento y dáselo al alcalde.

El muchacho salió corriendo, pero se volvió después de unos pasos.

—Hicisteis bien en no intervenir ayer. Todos lo dicen.

Jean se limitó a asentir. Cuando el chico se hubo marchado, entró en uno de los talleres y cogió el más grande de sus martillos de forja, una herramienta verdaderamente monstruosa. Los músculos de sus brazos se hincharon cuando lo levantó.

—¿Qué vas a hacer? —Adèle estaba en el patio, y se frotaba los brazos como si tuviera frío.

—Algo que debería haber hecho hace mucho tiempo.

Ella no le detuvo, no intentó disuadirle. Se limitó a ir a su lado y darle un beso en la mejilla.

—Te quiero —susurró—. Más que a mi vida. No lo olvides nunca.

Sacó de un tonel una espada recién forjada y bajó por la Grand Rue, con el martillo al hombro, mientras la gente se detenía y se quedaba mirándolo. No había mucha gente por la calle aquella tarde, porque la mayoría de los ciudadanos había ido a misa a la catedral. Pero los pocos que lo vieron fueron tras él, y cuando llegó a la plaza del mercado le seguía un racimo entero de personas, entre ellos algunos alguaciles.

Se detuvo delante de la casa de Lefèvre. La gente formó un semicírculo detrás de él, enmudeció, esperó.

—¡Anseau! —rugió alzando la vista hacia las ventanas—. ¡Mostraos!
No pasó mucho tiempo hasta que la puerta delantera se abrió. Lefèvre apareció y dedicó una mirada despreciativa a la multitud.

—¿Qué significa esto? ¿Otra chusma rabiosa? ¿Os habéis decidido
esta vez a encabezar personalmente a la plebe, Caboche?

—Os desafío a singular combate. Vuestra vida contra la de mi hijo,
como era habitual en los viejos tiempos. —Jean arrojó la espada a Lefèvre. El prestamista la cogió por el mango.

—Esto es ridículo. No voy a batirme contra un anciano.

—No va a quedaros más remedio. Porque el anciano ha venido a mataros.

Jean atacó, blandió el martillo, y Lefèvre tuvo que apartarse de un
salto. El martillo golpeó el marco de la puerta y arrancó un trozo de pared. La multitud lanzó un gemido.

—Esto es un error, Caboche —siseó Lefèvre—. No estáis a mi altura
en el combate. Nadie en esta ciudad lo está.

El segundo mazazo dio en el suelo. Lefèvre escapó por poco, retrocedió unos pasos y se puso en posición defensiva.

—¿Eso es todo? —se burló—. Sois tan lento como un jorobado cojo.
Vuestra muerte será rápida y oprobiosa… tenéis mi palabra.

Los gestos de los alguaciles eran duros y llenos de ira. Dos fueron a
sacar sus espadas en ayuda de Jean, pero él negó con la cabeza.

Lefèvre no pasó al contraataque. Le dejó acercarse, quizá porque quería cansar a Jean. Jean no le dio ese gusto. Mecía el martillo en las manos
y repartía bien sus energías, atacando tan solo cuando creía que podía
inducir a Lefèvre a error.

Pero Lefèvre no cometía ningún error. Evitaba cada golpe apartándo-
se en el último momento o parando el martillo con la espada. Hacía mucho que Jean habría arrancado el arma de la mano a un luchador menos
capacitado, pero Lefèvre sabía desviar la fuerza del martillo de forma que
apenas la sentía. Lo que Jean le llevaba en experiencia y fuerza física, él
lo compensaba con rapidez y superior destreza.

Giraron el uno en torno al otro, intercambiaron fintas, lanzaron mandobles contra los brazos, las piernas y la cabeza de su adversario sin lograr herirlo. Martillo y espada se encontraban con estrépito, volvían a
separarse, silbaban de nuevo por el aire. Al principio, los alguaciles y los
otros mirones habían jaleado a Jean, pero entretanto habían enmudecido
y observaban en tensión el combate en la rue de l'Épicier.

Jean era fuerte, duro y resistente como casi ningún otro hombre de
Varennes, pero al final su edad se hizo sentir. Respiraba pesadamente, le
dolían los músculos, sus mandobles perdían ímpetu. Lefèvre se aprovechaba de su agotamiento y atacaba, cada vez más deprisa, cada vez con
mayor eficacia. Jean retrocedía paso a paso, sujetaba el martillo con ambas manos y paraba los mandobles con el mango, duro como el acero.

Aun así, no pudo impedir sangrar pronto por media docena de pequeños cortes.

Tenía que darle pronto un golpe decisivo, o no ganaría. Cuando Lefèvre perdió el equilibrio un ínfimo instante después de un ataque, dio un paso atrás y trazó un amplio círculo con el martillo. Fue un error. Lefèvre había previsto ese movimiento, giró haciendo fallar el golpe y atacó de costado. La punta de la espada se clavó en el brazo de Jean, cortó la tela, la piel y la carne. Jean rugió de dolor y retrocedió, Lefèvre atacó enseguida y lo cubrió con una serie de rapidísimos mandobles, que él solo pudo eludir con un supremo esfuerzo.

La sangre salía a chorros por la herida, sentía que el brazo se le paralizaba. Pensó en Alain y en la pena de Adèle, sintió el dolor dentro de su alma y lo transformó en ira que le dio nuevas fuerzas. A sus labios acudió un rugido casi animal cuando se lanzó hacia delante e hizo retroceder a Lefèvre a base de furiosos martillazos.

—¡Cuidado! —jadeó uno de los alguaciles.

La advertencia llegó demasiado tarde. Lefèvre dio una patada a los desechos de la calle y le lanzó una carga de polvo y porquería. Jean logró a duras penas apartar la cabeza para que la basura no le cegara. Durante la mitad de un parpadeo se distrajo, Lefèvre aprovechó la oportunidad y golpeó una segunda vez. Un ardiente dolor traspasó el pecho de Jean, justo debajo de la clavícula. Cuando el prestamista tiró de la espada, la sangre salió a chorros de la herida.

—He cambiado de opinión, Caboche. No voy a mataros con rapidez, sino lenta y dolorosamente. Vais a reventar como un perro... como vuestro querido hijo ante Amance. —La sonrisa de Lefèvre era la expresión de la pura locura.

De pronto, el martillo le pareció a Jean pesado como una rueda de molino. Lo dejó caer, se tambaleó, echó mano al cuchillo de su cinturón. Su mano derecha ya no obedecía, los dedos se resbalaban y no conseguían agarrar el mango. Lefèvre le dio una patada en el estómago. Jean cayó al suelo, trató de incorporarse. En vano. El prestamista le plantó una bota encima del pecho y metió muy ligeramente la punta de la espada en la herida del brazo, de manera que Jean rugió de dolor.

—¡Dejad de atormentarle!

Varios alguaciles dieron un paso al frente y se quedaron clavados en el sitio cuando Lefèvre les opuso la espada, amenazador.

—Os lo advierto. Al primero que se me acerque demasiado le corto la cabeza.

«Alain», pensó Jean. «Alain. Alain.» En algún sitio de su interior, Jean encontró un último resto de fuerza, sacó el cuchillo y lo clavó en la pierna de Lefèvre, por encima de la rodilla. El prestamista aulló y retrocedió, Jean lo agarró por la túnica y le clavó la hoja en la cadera, donde se deslizó por el hueso y rasgó la carne. Lefèvre cayó y perdió la espada,

Jean trepó sobre él y clavó de nuevo. Esta vez alcanzó a su adversario en alguna parte junto al hombro, antes de que Lefèvre le diera un puñetazo y le quitara el cuchillo. La hoja relampagueó, Jean rodó sobre un costado, pero llegó a sentir que le alcanzaba en la caja torácica.

Yacía en el polvo, respiraba de forma irregular, la boca le sabía a sangre. Lefèvre no atacó de nuevo. Jean volvió la cabeza y vio al prestamista tendido junto a él a un par de pasos, jadeando, cubierto de sangre.

—¡Llamad a un médico! —gritó alguien—. ¡Rápido, un médico!

Unas manos cogieron a Jean, lo levantaron, lo tendieron en un carro. Unas nubes pasaron sobre él, como gigantescos monstruos grises, antes de que perdiera el sentido.

Lefèvre se apartó de Caboche arrastrándose, reptó hasta su casa, trató de levantarse agarrándose al marco de la puerta. Un ardiente dolor le recorría el vientre, sentía la sangre correr por su piel. De alguna manera, logró levantarse. Todo se hizo borroso ante sus ojos. No. No podía perder el conocimiento. Había visto la furia asesina en los ojos de los alguaciles... si se quedaba allí tirado, estaba muerto.

Tenía que irse. Necesitaba un cirujano. Lo antes posible. ¿Lograría llegar a la Grand Rue? Tenía que conseguirlo. Apretó los dientes, soltó el muro, se tambaleó de costado. Alzó la espada, perdió el equilibrio y estuvo a punto de caer. Clavó la hoja en el polvo de la calle, se afirmó sobre ella, continuó adelante. La multitud retrocedió, haciéndole sitio atemorizada, como si fuera un leproso.

Nadie le siguió. Bien. Empleando la espada como una muleta, siguió arrastrándose, paso a paso, mientras su sangre chorreaba en el suelo.

Los alguaciles llevaron a Jean a un sanador en la ciudad baja. Al mismo tiempo, Lefèvre se arrastraba hasta un barbero próximo a la abadía de Longchamp y se desplomaba en su patio.

Los dos cirujanos eran hombres experimentados e hicieron cuanto pudieron. Prepararon un lecho para el herido, cortaron sus ropas, detuvieron las hemorragias. Tanto Jean como Lefèvre habían perdido el conocimiento hacía mucho, pero eso no hacía más que facilitar la tarea. Ni gritos de dolor, ni salvajes espasmos al coser las heridas.

Ambos habían sufrido graves lesiones y perdido mucha sangre. Ambos luchaban con la muerte. Los cirujanos velaron junto a sus lechos, bendijeron los cortes y las estocadas, cambiaron regularmente las vendas. Les dieron infusiones de hierbas y zumo de amapola cuando gemían de dolor.

Así transcurrieron las horas. La tarde dio paso a la noche. Cuando las campanas tocaron a matutina, uno de los heridos abrió los ojos.

El otro murió.

Docenas de personas habían escuchado cómo tañían las campanas a muerto: amigos, vecinos, hombres de la fraternidad. Estaban en el patio y el salón de la casa en la que habían depositado a Jean, rodeado de cirios encendidos. Azalaïs, su marido y los niños estaban allí, los hermanos de Jean con sus familias, varios consejeros y hombres del gremio... todos ellos rindieron a Jean los últimos honores y lloraron con Adèle, mientras el sacerdote cantaba salmos y agitaba el incensario encima del cadáver.

La garganta de Michel estaba ronca y cerrada cuando Isabelle, Rémy y él entraron en el salón. La pena le abrumó al ver a su amigo muerto. Habían lavado a Jean y le habían puesto un camisón que ocultaba sus heridas. Sus ojos estaban cerrados, pero su rostro no tenía en absoluto una expresión pacífica: el dolor y la tortura espiritual se habían grabado en sus rasgos.

No había podido vengar a Alain. Su muerte había sido en vano, y lo había sabido. Las lágrimas corrieron por las mejillas de Michel.

Fue hacia Adèle, a la que apenas reconoció. En su dolor, se había arañado el rostro y rasgado las ropas. Estaba pálida e inmóvil junto al túmulo, y sostenía la mano de Jean. No pudo evitar acordarse de cuando, hacía muchos muchos años, había guardado luto por otro Jean, su hermano, a quien también se le había arrebatado la vida con una muerte violenta. La abrazó, pero Adèle apenas pareció darse cuenta. Ni soltó la mano de Jean, ni apartó la mirada de su rostro.

Era como si Michel tuviera una rígida muñeca entre sus brazos. Buscó las palabras adecuadas, pero todo lo que se le ocurría era lo que Henri le había dicho a él el día anterior: «Fue un combate singular, conforme a las viejas reglas. Jean lo empezó, Lefèvre no hizo más que defenderse, hay muchos testigos. No podemos hacer nada. Nada.»

Al menos Isabelle lo hizo mejor. Tomó la mano de Adèle y le susurró algo, y Adèle empezó a llorar suavemente y dejó que ella le acariciara el pelo.

Michel no supo cuánto tiempo estuvo junto al lecho de muerte, hasta que las campanas de la parroquia empezaron a sonar. Cuatro hombres de la fraternidad depositaron a Jean en un ataúd y se lo llevaron de la sala, seguidos por Adèle, Azalaïs, Isabelle, Michel y todos los demás. El sacerdote les precedía, salpicando de agua bendita el último camino de Jean. Un monaguillo llevaba la cruz, un segundo agitaba el incensario. Al llegar al umbral, los herreros levantaron y bajaron el ataúd tres veces, como era costumbre.

Fuera se les unieron los demás enlutados, otros afluyeron desde los callejones, de modo que al final a la parroquia se acercó una columna de muchos cientos de personas. La mayoría tuvieron que quedarse a las puertas de la iglesia, porque el pequeño edificio solo ofrecía espacio para la familia de Jean, sus más íntimos amigos y los miembros de su fraternidad, que se reunieron en coro en torno al ataúd mientras el sacerdote decía la misa de difuntos.

Michel sostenía la mano de Isabelle y escuchaba los sonidos del réquiem, que había oído demasiado a menudo en su vida. ¿Cuántos amigos, cuántos parientes tendría aún que llevar hasta la tumba? De repente se sentía viejo. Viejo y cansado.

En algún momento la misa terminó, y llevaron a Jean al cementerio, donde el sepulturero ya había abierto una fosa. Se dijeron las últimas palabras y el cadáver fue rociado con agua bendita antes de envolverlo en la mortaja. Lo bajaron cuidadosamente a la fosa, el sacerdote trazó con la diestra una cruz en el aire y cogió la pala. Durante la misa, Adèle se había contenido, pero cuando la tierra empezó a caer sobre el cuerpo de Jean, sus ojos se dilataron por el horror. Se arrancó de los brazos de Azalaïs e Isabelle. Se arrojó al suelo junto a la fosa y gritó hasta quedarse sin voz.

—¿Cuándo podré levantarme? —chilló Lefèvre.

—Para Todos los Santos —respondió malhumorado el cirujano, mientras cambiaba las vendas a la luz de las velas—. Como muy pronto.

—Tiene que ser antes.

—Estáis gravemente herido... podéis decir que tenéis suerte de seguir con vida. Si abandonáis el lecho demasiado pronto, las heridas volverán a abrirse. ¿Es eso lo que queréis?

Lefèvre se ahorró la respuesta.

—O hacéis lo que os digo o no puedo garantizaros nada —dijo el cirujano—. Bebed esto. Ayuda contra los dolores.

El zumo de amapola era tan fuerte que empezó a actuar apenas el sanador hubo salido de la pequeña estancia. Los dolores desaparecieron, pero también todas las demás sensaciones. Lefèvre se sintió como si flotara paralizado en un océano negro.

Tenía que haberse dormido, porque cuando abrió los ojos ya no estaba oscuro. La luz del día entraba por la pequeña ventana, y oía los ruidos de la Grand Rue. ¿Cuánto tiempo llevaba en aquella cama? Sin duda varios días, pero podía equivocarse... el zumo de amapola alteraba toda noción del tiempo. «¿Habrá empezado ya el mercado anual?»

Intentó repasar su situación... en vano, sus pensamientos eran demasiado lentos.

Solo a la mañana siguiente, cuando hubo comido un poco de sopa de pan, sintió la cabeza más clara. Se negó a tomarse el zumo de amapola, echó al cirujano y contempló con los ojos entornados el rectángulo cuadrado de la saetera. No pasó mucho tiempo antes de que un ardiente dolor volviera a anunciarse en sus miembros. Lo aguantó. Mejor dolores que ese flotar en la niebla, parecido a la muerte.

Las cosas no le iban bien. Los saqueadores habían devastado su casa y robado casi todas sus riquezas. Sus criados estaban muertos. Para colmo de males, tenía que pagar a un médico. Sin duda un tratamiento tan caro y tan largo no se compensaría con un par de sous.

«Mira de frente a los hechos, Anseau: estás arruinado.»

Bueno, no del todo. Seguía teniendo su casa de campo y numerosas deudas pendientes de distintos arriendos en marcha. Con los pagos de sus aparceros y deudores, podría salir a flote, contratar nuevos criados y acondicionar su casa. Pero, por el momento, la independencia ilimitada y el lujo principesco se habían acabado.

Pero eso ni siquiera era lo peor. Que estuviera tendido allí como un anciano debilitado, encadenado a la cama, condenado a la inactividad... eso era lo que casi le hacía hervir la sangre. Fuera, a las puertas de la ciudad, Fleury estaba llevando a cabo su maldita feria y haciéndose festejar como benefactor... y él no podía hacer nada para evitarlo.

Un pensamiento desagradable lo invadió. ¿Qué pasaba si el cirujano había mentido? ¿Si estaba de acuerdo con Fleury y le daba de forma regular zumo de amapolas para que se pasara la feria durmiendo? ¿Y si Lefèvre no estaba tan gravemente herido como afirmaba ese tipo?

Solo había una manera de averiguarlo.

Con cuidado, apartó la manta, puso un pie en el suelo y estuvo a punto de gritar, cuando el dolor le lanzó ardientes rayos por el muslo. Apretó los dientes y se incorporó. Era muy sencillo: si la rodilla herida podía soportar su peso, también podía andar. Haciendo mucho esfuerzo, sacó la pierna ilesa de la cama y se sentó al borde del lecho. Hasta ahí, bien. Sin duda se sentía aturdido por completo y con la cabeza confusa, pero el principio estaba hecho.

—Arriba —dijo entre dientes; se agarró al borde de la cama y se incorporó.

El dolor y el mareo lo alcanzaron como un puñetazo. Estuvo a punto de perder el conocimiento. Consiguió desplazar el equilibrio lo bastante como para caer de espaldas al lecho, no al suelo. Mientras luchaba por recuperar el aliento, vio que una mancha oscura se extendía por la venda de la rodilla.

—¡Sanador! —chilló—. Ven aquí, maldita sea. ¡Sanador! ¡Sanador!

La puerta se abrió de golpe. El cirujano se dio cuenta con una mirada de lo que había ocurrido. Con un pliegue de ira entre las cejas, corrió a la cama, colocó a Lefèvre y empezó enseguida a cortar la venda.

—He tratado ya a muchos hombres... pero ninguno tan terco y necio como vos —le riñó—. ¿No os he dicho que tenéis que seguir tendido? Ahora la cicatriz se ha abierto. ¿Es que queréis desangraros como sea?

Lavó la sangre, agarró con fuerza la pierna y sacó aguja e hilo.

—Esto va a doleros mucho, pero vos os lo habéis buscado.

Esta vez, Lefèvre no logró apretar los dientes. Cuando la aguja se clavó en su carne dolorida, sus gritos se oyeron hasta en la abadía de Longchamp.

Durante dos días, Bertrand Tolbert y Henri Duval buscaron a los cabecillas del motín. Después de haber interrogado a numerosos testigos, quedó claro que sobre todo los hombres de la fraternidad de los herreros eran responsables de los acontecimientos de aquella noche, así como los carpinteros y panaderos de los barrios vecinos. Además, habían participado algunos tejedores, sastres y jornaleros, así como el resto de la chusma que siempre estaba presente cuando la cerveza corría a chorros y los puños volaban. Que la rebelión no hubiera alcanzado también a las demás fraternidades se debía únicamente al liderazgo de sus maestres y a la circunspección de algunos hombres como Rémy, que habían convencido a sus hermanos de que no se unieran a la multitud sedienta de sangre. Había faltado poco para que todo Varennes se hundiera en el caos.

Más de treinta violadores de la paz pública fueron prendidos y llevados a la Torre del Hambre. El Consejo los juzgó enseguida. Julien, de los herreros, y otros seis hombres fueron ahorcados. Los demás fueron proscritos y desterrados de la ciudad. Tampoco hubo piedad para los guardias que se habían negado a obedecer a Michel: Duval ordenó al verdugo que los atara al poste de la picota y los azotara.

Una vez ejecutadas las sanciones y restablecida la paz, Michel se retiró a su despacho. Después de los perturbadores acontecimientos de los últimos días, quería estar solo. Había muchas cosas en las que pensar.

Por desgracia, no le fue concedido: Tolbert apareció menos de una hora después.

—He ordenado a unos cuantos hombres que despejaran la casa de Soudic —dijo el nuevo corregidor—. Mirad lo que han encontrado.

Entregó un trozo de pergamino a Michel. Aunque estaba quemado por un lado, todavía se podía leer el texto, al menos la mayor parte de él. Se trataba de un certificado de deuda. Poilevain había tomado prestada de Lefèvre, hacía dos años, la notable suma de doscientas veinte libras de plata, y había acordado con el usurero devolver el dinero a plazos, en condiciones similares a las de Renouart en su momento.

Michel se reclinó en su asiento. Pensó en toda la sal que Poilevain había comprado hacía dos años; en la repentina riqueza de Soudic. Por fin sabía de qué forma había hecho dinero el juez.

—Esto pone todo el asunto bajo una luz completamente nueva —observó Tolbert.

—¿Por qué?

—Si Soudic poseía semejante deuda, Lefèvre lo tuvo en sus manos hasta el último momento.

Michel se frotó los cansados ojos. La pena por Jean le daba qué hacer, y le costaba trabajo pensar.

—No sé, Bertrand... Este es el ejemplar del certificado de Lefèvre... ahí lo dice. Soudic tiene que haber devuelto ya el préstamo. De lo contrario, Lefèvre no le habría dejado su copia.

—Si las deudas están pagadas, ¿por qué intenta destruir el certificado? ¿Por qué no lo guarda en el libro mayor, donde le corresponde?

—Los rastros de fuego pueden significar cualquier cosa. Quizá el fuego empezó cuando la multitud destrozó la casa de Soudic.

—Pero aquella noche no hubo ningún fuego —le contradijo Tolbert—. Más bien creo que estaba a punto de quemar el certificado cuando la gente asaltó su casa. Lo atraparon en el escritorio, dejó caer el certificado y las llamas se apagaron cuando el pergamino se deslizó bajo el atril.

Michel miró largo rato al corregidor.

—¿Por qué se quema un certificado de deuda? Únicamente cuando se quieren destruir pruebas. Nadie debía enterarse del negocio.

—Porque no era un préstamo normal. Debía ser mantenido en secreto a toda costa. Lefèvre le había condonado el resto de las deudas.

—Una suma considerable, que Soudic no podía devolver porque acababa de sufrir varios reveses comerciales.

Tolbert asintió.

—Así que hizo un nuevo trato con Lefèvre. Sus deudas contra una pequeña pero decisiva indicación.

—¡Por Dios! —susurró Michel.

—Por desgracia todo esto no son más que conjeturas sin valor práctico —dijo el maestre de los campesinos de la ciudad—. Este trozo de pergamino medio quemado no basta para culpar a Lefèvre de los asesinatos de Chrétien y Namus. Pero por lo menos sabemos quién nos ha traicionado.

Cuando Tolbert se marchó, Michel cogió el certificado de deuda, contempló la firma de Poilevain y se preguntó qué impulsaba a un hombre a pedir dinero prestado a Lefèvre sin ninguna necesidad. Soudic tenía que saber que un negocio con el usurero era como un pacto con el diablo: no se podía ganar.

«Eras comerciante, consejero, juez. Lo tenías todo: dinero, prestigio, influencia. ¿Por qué no era bastante para ti?»

No encontró respuestas a sus preguntas.

Al día siguiente comenzaba el mercado anual.

Aquella noche, Sieghart Weiss no pegó ojo. Llevaba horas despierto, preocupado por la feria. ¿Saldría bien esta vez? ¿Era el motín nocturno de hacía cuatro días un mal presagio? Nada apuntaba a eso. Al contrario que hacía dos años, no había habido ninguna clase de incidentes en los prolegómenos de la feria. Ningún mercader había sido asaltado durante el viaje. El albergue no se había quemado. Lefèvre estaba atado a su cama y no podía hacer nada. Pero ¿de qué servía eso? El mercado podía fracasar a pesar de todo. Mientras Sieghart daba vueltas de un lado a otro de la cama, se le ocurrían nuevas desdichas que podían echar a perder los negocios. Tormentas, inundaciones, enfermedades.

Y eso que angustiarse con reparos y preocupaciones no coincidía con su forma de ser. En el fondo, era dueño de un ánimo alegre y siempre miraba el futuro con confianza. En todo caso, nunca había tenido semejante responsabilidad. Había convencido a su gremio para que viajara a la feria del lejano Varennes... le pedirían cuentas de los malos negocios y otras desgracias. Ludolf Retschelin se lo había vuelto a decir el día antes de manera inequívoca.

«Me echarán del gremio», pensaba. «Me echarán con vergüenza y deshonor.»

Cuando ya no pudo soportarlo, apartó la manta y se sentó. «Basta. No va a pasar nada. Va a ser una feria grandiosa.»

Sieghart se vistió, salió de su cuarto y bajó al patio. Todo Varennes parecía dormir aún. Respiró el fresco aire nocturno, contempló el cielo estrellado y esperó la mañana.

Isabelle se frotó los brazos, mientras su mirada se deslizaba por las tiendas y los puestos vecinos. Era una mañana de otoño soleada pero fría, la niebla sobre los terrenos de la feria acababa de disiparse. A su espalda se acumulaban toneles de sal, cajas de cera y sacos llenos de especias, así como los bienes que sus *fattori* habían llevado: cereales, ferretería y tinturas de Metz, balas de paño, vinos de Franconia y esturión ahumado de Speyer. Robert Michelet y Sieghart Weiss estaban junto a ella y compartían la misma tensión. Sieghart se esforzaba por no traslucir su cansancio. Pero al pobre muchacho se le notaba que no había dormido en toda la noche. Isabelle le sonrió para darle ánimos.

Justo en ese momento las campanas tocaron a tercia. Los mercaderes empezaron a inquietarse. Isabelle asomó la cabeza y vio que los guardias estaban levantando la cruz del mercado en el espacio libre que había en el centro de la feria. Cuando sonó la última campanada, Michel trepó al pequeño pedestal que había junto a la cruz y gritó:

—¡Queda inaugurada la feria de Varennes Saint-Jacques!

El júbilo de muchos cientos de gargantas rompió en el extenso terreno. Los guardias abrieron las barreras, y bandadas de gente afluyeron a los puestos del mercado.

—Por los buenos negocios —dijo Isabelle, y estrechó la mano a Robert y a Sieghart.

Poco después, el aire matinal estaba lleno del griterío de los comerciántes y el tintineo de las monedas de plata.

—Es asombroso lo que vuestra ciudad ha logrado —dijo Albertus, cuando Rémy y él paseaban por la tarde por la feria.

También Rémy estaba impresionado... en verdad, el Consejo se había superado a sí mismo. El acontecimiento estaba mucho mejor organizado que hacía dos años. Las fuentes eran vigiladas sin cesar, igual que el nuevo albergue. En cada esquina, inspectores y guardias cuidaban de que todo el mundo respetara la paz del mercado. Ayudantes voluntarios los apoyaban en la tarea. Los pasillos entre los puestos, las tiendas y los montones de mercancías eran el doble de anchos que la última vez, lo que disminuía el tumulto y dificultaba a los rateros su deshonrosa tarea. Henri Duval iba de puesto en puesto con dos empleados del tribunal, se presentaba a los mercaderes extranjeros e intervenía al instante cuando había litigios.

También el ambiente era bastante mejor. Las gentes reían, charlaban y disfrutaban de las muchas y exóticas mercancías; se regateaba, negociaba e intercambiaba a placer. Cargamentos enteros de sal, paños y minerales cambiaban cada hora de propietario. Las monedas centelleaban al sol del otoño mientras llovían en las arcas de los comerciantes.

—En verdad impresionante —dijo Albertus, observando el abigarrado trajín—. Esto permite esperar algo bueno para la escuela, ¿verdad?

Rémy sonrió, contento.

—Esperemos, Albertus —se limitó a decir. Sin embargo, estaba secretamente confiado en lo que a la escuela se refería. Los mercaderes presentes estaban haciendo buenos negocios, según todos los indicios. Si los próximos días seguían siendo así, la feria merecería la pena para todo Varennes. Entonces el Consejo por fin ya no tendría excusas para no contratar a Albertus... siempre suponiendo que, a pesar de la renuncia a las tasas y los aranceles, recaudara suficientes impuestos. Por eso, era demasiado pronto para cualquier alegría excesiva. Sobre todo porque el mercado acababa de empezar.

Hicieron distintas adquisiciones. Albertus se compró nuevos zapatos, Rémy necesitaba material para el taller. Por suerte, en la feria había sencillamente de todo. No tardó en encontrar a un comerciante que ofrecía pergamino a buen precio, y solo un callejón más allá un puesto en el que había recado de escribir y pigmento en polvo para fabricar pinturas. Además, compró a los agremiados de Metz, que ofrecían armas y armaduras de todo tipo, dos cuerdas de recambio para la ballesta, un puñado de dardos y un nuevo tensor, porque el viejo ya no iba a aguantar mucho.

Cuando se dirigían a casa, empezaba a atardecer. Gaston les salió al paso en el mercado de la sal.

—Menos mal que habéis venido, maestro. Iba a ir a buscaros. Tenéis visita.

—¿Quién es?

—Un mensajero. Su señor se llama Villard de Gerbamont. Espera en el taller.

Movido por la curiosidad, Rémy aceleró el paso. Delante de su casa había un caballo amarrado, que bebía de un cubo. Su jinete, un joven guerrero, estaba sentado dentro, descansando del viaje. Dreux ya le había dado una copa de vino.

—¿Maestro Rémy? —El soldado dejó la copa y se puso en pie.

Rémy asintió.

—¿Qué deseáis?

—Mi señor murió hace algunos días. Poco antes de su muerte me pidió que os diera esto.

—¿Villard ha muerto? —murmuró Rémy, mientras cogía la carta plegada. Gaston, Dreux y Albertus se santiguaron.

—Estaba gravemente enfermo. Desde San Miguel, su estado empeoraba día tras día. Al final, estaba tan débil que no podía dejar la cama sin ayuda. Por eso su muerte no fue una sorpresa para nosotros. Aun así, nuestra pena es grande. Fue un buen señor, justo y temeroso de Dios cada uno de los días de su vida. —El dolor en los ojos claros del joven era genuino.

Rémy se dejó caer en una silla. No sabía qué decir. Solo había visto en una ocasión al viejo Villard, y sin embargo, una singular tristeza se apoderó de su corazón. Como si hubiera perdido un amigo de muchos años.

—Era muy importante para él que recibierais esta carta —dijo el soldado—. Por favor, abridla.

Rémy rompió el sello de lacre y leyó las líneas. La nota era un testamento, una disposición escrita sobre la herencia de Villard. Rémy nunca había visto una cosa así. Los testamentos eran exclusivamente cosa de los señores de alta cuna. Hasta el momento no se habían impuesto entre la burguesía de las ciudades.

El breve texto en lengua latina era inequívoco: Villard le legaba toda su biblioteca, todos sus libros, códices e infolios. El testamento terminaba con la bendición de Villard y el ruego de que Rémy recogiera los manuscritos lo antes posible.

Debajo había una cita de Séneca: «¿Qué es la muerte? El fin o una transición. No temo ninguna de las dos cosas.»

El viejo caballero había mantenido su palabra. «Cogedlos para vuestra escuela. La certeza de que serán de utilidad a otros me aliviará la muerte.»

Cuando Rémy recordó las palabras de Villard, sintió un nudo en la garganta. Carraspeó, se pasó fugazmente la mano por el rostro y se volvió hacia Gaston y Dreux.

—Tengo que marcharme unos días. Por favor, durante ese tiempo ocupaos del taller.

Rémy detuvo el carro de bueyes que le había prestado su fraternidad delante de los establos del feudo, y se dirigió al edificio principal. Era un día de otoño gris y oscuro; en la sala titilaban unas velas, en las dos chimeneas ardían fuegos. Solo había dos hombres. Estaban en distintos lados de una mesa sobre la que había varias armas, y discutían de manera ruidosa.

—Puedes decir lo que quieras... yo me quedaré con las espadas. El testamento es inequívoco.

—¡No lo es! Es lo que intento explicarte todo el tiempo, pedazo de buey. No menciona el mandoble de la Cruzada. Por eso, está incluido entre el «resto de los bienes muebles» y en consecuencia me pertenece a mí, igual que su cota de malla.

—No lo menciona porque lo olvidó. No estaba del todo consciente cuando dictó el testamento. ¡Tú lo viste, maldita sea! Interpretemos su última voluntad como habría sido presumiblemente su deseo. Esta palabrería es necia e indigna de esta casa, hermano.

—¿Ah, sí? Cuando se trataba de los caballos, su «presumible deseo» no te interesaba. «Está ahí, por escrito», dijiste. ¡Por escrito! Eso no era palabrería, ¿no?

—Escúchate. Aún no hace una semana que está bajo tierra y regateas por su legado como una verdulera. Deberías avergonzarte.

—¡Yo no he empezado!

—¿Así que tengo yo la culpa, o cómo debo entenderlo?

—No fui yo el que intentó esconder el testamento para que no lo viera el capellán.

—Nunca he hecho tal cosa. ¡Deja de difundir esas mentiras!

—¿Tú me llamas mentiroso? ¡Dilo otra vez y te arrepentirás!

—¿Vas a batirte conmigo?

—¡Con sumo placer!

Los dos hombres estaban a punto de echar mano a las espadas que había en la mesa. Solo cuando Rémy carraspeó con fuerza advirtieron su presencia. Ambos se quedaron inmóviles y lo miraron fijamente.

—Os saludo en el nombre de Dios, señores —dijo—. Supongo que sois Robert y Savary, hijos de Villard.

—¿Quién quiere saberlo? —gritó Savary, el más joven de los dos.

—Maestro Rémy, de Varennes Saint-Jacques. Fui amigo de vuestro padre.

—Padre no tenía amigos —dijo desabrido Robert, mientras observaba a su hermano. Solo cuando Savary retiró la mano de las espadas, también él lo hizo—. Nunca habló de un maestro Rémy.

—Lo conocí poco antes de su muerte... descanse en paz. Vine a verlo hace algunas semanas para visitar su biblioteca.

—¿Qué queréis? —preguntó Savary con recelo.

—Villard me ha tenido en cuenta en su última voluntad. Me ha legado sus libros.

Los dos caballeros oían tal cosa por primera vez, a juzgar por sus rostros asombrados.

—Eso no puede ser —dijo Savary—. Somos sus únicos herederos.

—Aparte de nosotros, solo favoreció a la abadía de Remiremont —añadió Robert—. Recibirá dos candelabros y un poco de dinero. En ningún sitio se habla de libros.

Los dos hermanos eran altos y anchos de hombros, inconfundibles descendientes de Villard: los mismos rasgos duros, los mismos ojos. Pero con eso terminaba el parecido con el viejo Villard. Ni Robert ni Savary tenían sutileza alguna. Eran toscos guerreros, sin ningún rastro de la erudición de su padre. Rémy se acordaba de que Villard había dicho que Savary apenas sabía leer. De hecho, el terco caballero daba la impresión de no poder encontrar su propio culo sin un mapa.

—Me hizo llegar una nota. —Rémy sacó el testamento de su cinturón—. Aquí está, con carta y sello. Ved... ¿reconocéis su letra?

Savary le arrancó el testamento de la mano. En su frente se formaron pliegues, gruesos como babosas, cuando estudió el documento. Sus labios formaban en silencio las palabras.

—Devolvédmelo —pidió Rémy, pero el caballero le ignoró.

—De hecho es su letra —observó Robert, que miraba por encima del hombro de su hermano.

—Este trozo de pergamino es una falsificación —declaró decidido Savary—, descarada y vergonzosa.

Tiró el testamento a la chimenea.

Con una maldición en los labios, Rémy se lanzó a salvar el pergamino de las llamas, pero Savary le retuvo.

—Dad gracias al Señor de que no os atemos desnudo a un asno y os hagamos apalear por todo el pueblo por este descarado engaño. Ahora, desapareced. No queremos volver a veros nunca por aquí.

Rémy se tragó su ira. Con amenazas e insultos no iba a llegar lejos. Con tipos como Robert y Savary, la astucia y la inteligencia eran el mejor camino a la meta.

—Somos hombres razonables. Estoy seguro de que podemos llegar a un acuerdo. Para ser sincero, solo necesito un puñado de libros de la biblioteca de vuestro padre. Dejad que me los lleve. Los otros, la parte del león, podéis conservarlos. A cambio, renunciaré a denunciaros ante el duque por despreciar la última voluntad de Villard —añadió, cuando el rostro de Savary se ensombrecía.

—No podéis demostrar nada —dijo el caballero.

—He hecho una copia del testamento y la tengo a buen recaudo —mintió Rémy—. Pensad que soy iluminador de libros... sé cómo se hace eso. El duque no advertirá la diferencia. ¿De verdad queréis terminar ante el tribunal señorial como embusteros y ladrones de herencias?

—Sois un miserable y pequeño...

—Los libros que quiero tener no valen mucho —prosiguió Rémy—. Pergamino pegado, nada más. Ni miniaturas, ni encuadernaciones doradas, nada. Creo que es un mínimo precio por ahorraros una demanda.

Antes de que Savary pudiera lanzar un torrente de insultos y maldiciones, su hermano, ligeramente más inteligente, dijo:

—De todos modos, no sabemos qué hacer con esos trastos. Dejadle ir a por sus libros y que nos deje en paz.

—Pero ¡vigilaré que no nos engañe! —resopló Savary, y subió a la torre de la propiedad.

La biblioteca no había cambiado desde que Rémy había ido a visitar al viejo Villard. Al ver los manuscritos y los códices, sintió una opresión en el pecho. Aquella torre había sido el refugio de Villard, su santuario, y los libros, sus amigos. Y ahora caían en manos de sus hijos, carentes de espíritu, que ni siquiera sabían qué tesoro de sabiduría se guardaba allí. Rémy se alegraba de que Villard no tuviera que verlo. Le habría roto el corazón.

Savary se plantó en la puerta, cruzó los brazos delante del pecho y observó a Rémy con ojos de Argos. Rémy aparentó interesarse por una edición de la *Consolatio philosophiae* de Boecio. Aunque el libro era lujoso, no tenía ningún valor especial para él, que contaba con una copia hacía mucho.

—¡Habéis dicho que solo libros sin valor! —gritó Savary—. Ese se queda aquí. No intentéis engañarme.

Rémy puso cara de decepción y se volvió hacia las *Etymologiae* de Isidoro de Sevilla. Dado que los volúmenes carecían de adornos y su aspecto era sencillo, casi miserable, Savary no tuvo nada en contra de que se lo llevara. «Pobre imbécil», pensó Rémy, mientras dejaba los libros encima de la mesa, junto a la puerta.

—Con eso basta —dijo el caballero—. Seis libros son suficientes.

—Solo estos dos más. —Rémy cogió *De brevitate vitae* de Séneca. Había significado mucho para Villard, por lo que sentía la necesidad de rescatarlo de aquel triste lugar de barbarie. El segundo libro que cogió fue el *Liber ignium*, el Libro del fuego. No tenía ningún uso que darle, pero si el códice cogía polvo en su casa siempre estaría mejor que si caía en manos de Robert y Savary—. No poseen ningún valor de venta. Vedlo vos mismo.

Savary contempló con el ceño fruncido los dos infolios. Una vez más, se dejó engañar por su sencilla fábrica.

—Daos por satisfecho. Ahora, coged vuestros libros y desapareced.

Mi hermano y yo estamos de luto. No tenemos tiempo para chusma errante como vos.

Una vez fuera, Rémy cargó los libros en su carro y subió al pescante. Antes de partir, se volvió una vez más y contempló la casa, la torre, la sala de lectura del piso superior.

—Descansad en paz, Villard. Abogad por mi escuela allá arriba. Podría necesitar un poco de ayuda.

Fustigó a los bueyes y cruzó la puerta.

VARENNES SAINT-JACQUES

Michel se quedó en los terrenos de la feria hasta la penúltima tarde del mercado anual, hasta que el último mercader hubo cargado sus mercancías y puesto en camino hacia las tabernas de la ciudad. Cuando la pradera se vació por fin, dio las últimas instrucciones a los guardias nocturnos, antes de dirigirse, con la caída de la oscuridad, a la Puerta de la Sal.

No podía acordarse de cuándo había sido la última vez que había estado tan agotado. La anterior semana había sido dura. Cada día se había preocupado de la mañana a la noche de los mercaderes extranjeros, escuchado sus angustias y preocupaciones e intentado, si era posible, procurarles ayuda, de modo que pudieran volver satisfechos a sus negocios. Entretanto, había ayudado a Isabelle en el puesto. Poco a poco, el constante trabajo reclamaba su tributo, tanto más cuanto que había dormido un máximo de cuatro horas cada noche. Anhelaba su cama con cada fibra de su cuerpo.

Pero el esfuerzo había sido más que recompensado. Ese día, solo había visto rostros satisfechos por todas partes. Todo el mundo hablaba de brillantes negocios, de nuevos socios y relaciones comerciales, que habían anudado los distintos gremios y las distintas empresas. Deforest contaba cosas parecidas. El maestre de la ceca aún no tenía cifras definitivas, pero según sus estimaciones el mercado estaba más que amortizado para todos sus participantes. Nadie hablaba ya de los elevados costes y del gasto que el proyecto significaba para la ciudad.

Michel estaba muy satisfecho consigo mismo. Pero sabía que en última instancia debía su éxito a Jean Caboche. Jean había dejado fuera de combate a Lefèvre durante largo tiempo, y había cuidado de que el usurero no pudiera obstaculizar la feria. Así que su muerte no había sido completamente absurda. Un pensamiento consolador, aunque apenas aliviaba la pena de Michel.

Los locales de la Grand Rue y la plaza de la catedral estaban a reventar. Una música alegre salía de ellos. Michel supuso que Duval y los otros estarían bebiendo en la taberna de la ceca con sus amigos y socios extranjeros, pero no sentía ningún deseo de unirse a ellos. Al día siguiente por la tarde, cuando la feria terminase con una fiesta, podría brindar con ellos. Ahora no quería más que dormir.

En el salón de su casa había luz, unas sombras se movían en las ventanas, oyó varias voces. ¿Tenía invitados Isabelle? Con un suspiro en los labios, abrió la puerta y subió.

Para su sorpresa, todos los consejeros estaban en la sala, además de varios mercaderes y los maestres de distintas fraternidades. Cuando asomó la cabeza, estallaron en júbilo y corrieron hacia él.

—¡Aquí está nuestro benefactor! —exclamó Deforest, cuyo redondo rostro estaba ya completamente enrojecido por el vino—. ¡Tres hurras por el hombre que nos ha hecho ricos a todos!

—¡Hurra! ¡Hurra! ¡Hurra! —rugieron los hombres, mientras le rodeaban y le ponían una jarra de vino en la mano, sin dejarle otra opción que beber y renunciar a su cama una noche más.

VOGESEN

Era un viejo sendero que casi nadie conocía, un estrecho camino que serpenteaba ladera arriba entre rocas de pizarra de un gris hollín y pinos aislados. Sobre las cimas de la montaña las nubes se apilaban como muros de una titánica fortaleza, el viento soplaba del oeste y peinaba la seca hierba.

Yves ponía con cuidado un pie delante del otro y se apoyaba en su bastón, porque el suelo era traicionero y se desmoronaba. Aunque el ascenso le estaba haciendo sudar, disfrutaba del recorrido por la solitaria montaña. Amaba desde siempre las largas marchas a pie. Le recordaban su infancia, cuando iba de pueblo en pueblo con su padre, jornalero, buscando trabajo. Además, era por una buena causa.

Yves se dio cuenta de que los otros se habían quedado atrás, y se detuvo. Louis y las dos mujeres iban un tiro de piedra detrás de él, y subían el sendero con esfuerzo. Como Yves, los tres llevaban sus pocas pertenencias sujetas a sus largos bastones. Catherine y Felicitas se comportaban con bravura. Aunque eran damas de sangre noble y acostumbradas a viajar en carro o en litera, nunca se quejaban. Y eso que la marcha las estaba llevando a los límites de sus fuerzas, especialmente allí, en la montaña. Pero el miedo a Lefèvre y la voluntad de dejar atrás Varennes parecía impulsarlas, y mantenían el paso.

Sin duda habría sido más fácil llevar a las dos mujeres a Speyer en un carro de viaje y por la ruta comercial. Pero el señor Michel quería evitar que las vieran por el camino, para que Lefèvre no pudiera seguir después su pista. Así que sorteaban los senderos y caminaban campo a través, lejos de todas las poblaciones.

Yves soltó la calabaza de agua de su bastón y quitó el tapón. Cuando ya se la había bebido, sus compañeros de viaje se le unieron.

—Deberíamos descansar —sugirió Louis.

—Solo cuando oscurezca —dijo Felicitas, aunque tenía el rostro rojo por el esfuerzo y el cabello pegado a las sienes por el sudor.

—¿Seguro? —preguntó Yves.

—Podemos aguantar una o dos horas. ¿No es verdad, hija mía?

Catherine se limitó a asentir. Llevaban en camino varios días, pero la muchacha no había hablado una sola palabra, ni siquiera con su madre. Además, a Yves le había llamado la atención que Catherine siempre mantenía cierta distancia respecto a Louis y a él. Si daban un paso hacia ella sin darse cuenta, retrocedía enseguida. Fuera lo que fuese lo que Lefèvre le había hecho, había dejado profundas heridas en su alma. Yves solo podía esperar que aquella pobre criatura encontrara la paz en Speyer y pudiera olvidar algún día el horror de las semanas pasadas.

«Tan tierna, tan frágil», pensó. «¿Qué clase de hombre hay que ser para tratar con violencia a una criatura así?»

Catherine apretó los labios y bajó la mirada cuando él la observó. Rápidamente él apartó la vista.

—Quizá lleguemos a la cumbre antes de caer la noche —dijo, y encabezó la marcha.

Acamparon en una cabaña de pastores, que de lejos parecía un montón de piedras y ramas secas. Dentro encontraron leña y varias mantas de lana, de forma que no pasaron frío durante la noche. Cuando Yves regresó a la mañana siguiente de un arroyo cercano, en el que había llenado las calabazas, Louis le esperaba con gesto preocupado.

—Ya no quieren ir a Speyer —dijo su viejo amigo.

—¿Por qué no?

—No es un lugar seguro —respondió Felicitas, sentada junto al fuego con Catherine delante de la choza—. Antes o después, Lefèvre nos encontrará.

—El señor Sieghart os protegerá, se lo ha prometido a nuestro señor. Si Lefèvre se presenta realmente en Speyer, acabará con él.

—Aun así —insistió Felicitas—. Hemos tomado otra decisión. Catherine necesita un refugio apartado, donde reciba ayuda y consuelo. Y donde no haya hombres —añadió en voz baja.

Por fin, Yves comprendió.

—Un monasterio.

La mujer asintió.

—Estamos muy cerca de la abadía de Andlau, un monasterio de benedictinas. Conozco a la abadesa. Le pediremos que nos deje ingresar en su comunidad.

Yves dejó las calabazas en el suelo y se sentó en una piedra plana. No sabía muy bien qué decir.

—Queréis haceros monjas.

—Ya no somos capaces de vivir en el mundo... han pasado demasiadas cosas. Nos parece lo más sabio ponernos bajo custodia del Señor.

La mirada de Yves fue hacia Catherine, que por primera vez le miró sin temor a los ojos. No leyó en su rostro otra cosa que determinación.

—Quizá deberíamos hablar primero con el señor Michel —dijo Louis.

—Sabéis que sentimos gran amor por vuestro señor y le estamos muy agradecidas, pero él no tiene que decidir esto —declaró Felicitas con amabilidad pero determinación—. Tan solo Catherine y yo sabemos qué es lo mejor para nosotras.

Yves miró a Louis, confuso. Bueno, sus protegidas eran damas nobles y Louis y él, tan solo hombres sencillos... no tenían ningún derecho a impedir que Felicitas y Catherine que hicieran su voluntad. Se encogió de hombros y se levantó.

—Como deseéis. Vayamos a Andlau.

Fue un camino trabajoso, porque después de cruzar la cima del Vogesen tuvieron que abandonar el sendero y mantenerse al sur, donde apenas había verdaderos caminos. Caminaron por bosques desiertos y tuvieron que hacer muchas pausas, dado que la marcha campo a través consumía sus fuerzas, hasta que por fin avistaron el monasterio tres días después.

Yacía en un valle y estaba rodeado de campos y prados, en los que pastaban vacas y ovejas. Catherine y su madre se detuvieron en la elevación y contemplaron las torres y los tejados de la abadía. Yves creyó ver la sombra de una sonrisa en el rostro de la joven.

—El resto del camino lo haremos solas —dijo Felicitas—. Gracias por todo. Que Dios os proteja.

—Que Dios os proteja —respondió Yves, y Louis lo repitió en un murmullo.

La pequeña aristócrata se puso de puntillas y los besó en las mejillas a ambos, antes de coger la mano de Catherine y avanzar con su hija hacia las puertas del convento.

Varennes Saint-Jacques

El Consejo se reunió el lunes siguiente a la feria.

—Señores —dijo Deforest, y desenrolló un pergamino—, el tesorero acaba de presentarme sus cuentas para la feria. Podemos estar satisfechos. Durante la semana pasada, hemos recaudado exactamente treinta y tres libras de plata, cuatro sous y seis deniers en aranceles, *accisas* y otras tasas.

—¿Treinta y tres libras? —repitió Guichard Bonet, de los tejedores, que había ocupado el puesto de Jean Caboche en el Consejo—. No me parece mucho. No cubre ni una parte de nuestros gastos, ¿no?

—Eso era de esperar —explicó Michel—. Hemos eximido a los mercaderes extranjeros de casi todos los aranceles y las tasas de mercado. Pero no importa. Durante la semana pasada, toda la ciudad ha hecho espléndidos negocios. Mercaderes, artesanos, posaderos, bañeros... gracias al mercado, con toda probabilidad han ganado más dinero que en los dos meses anteriores. Eso significa que en las próximas semanas los ingresos por impuestos vendrán a chorros.

—Cierto —coincidió Deforest—. Aún es demasiado pronto para cifras exactas, pero calculo que hasta final de año podemos contar con unos ingresos suplementarios de entre doscientas y trescientas libras.

—En otras palabras —añadió Michel—. Varennes está mejor que nunca.

El júbilo general respondió a sus palabras.

—Bueno, si es así —observó Odard Le Roux—, habría que preguntarse si celebrar en el futuro la feria todos los años.

Michel asintió.

—Eso es lo que iba a proponer... así lo habíamos planeado al principio. ¿O alguien tiene objeciones?

No fue así: los doce consejeros dieron su voto a la propuesta. El gran éxito de la feria ponía eufóricos a los hombres. Enseguida aportaron algunas ideas para mejorarla.

—Señores, aún tenemos unos cuantos meses para eso —los interrumpió Bertrand Tolbert—. Debo recordaros que hay otro gran proyecto del que tenemos que ocuparnos. —Miró a los reunidos—. Hablemos de la escuela.

Rémy y Albertus aún estaban despiertos cuando Michel y Bertrand aparecieron al final de la tarde.

—Venimos directamente de la reunión del Consejo —explicó su padre cuando Rémy hizo pasar a los dos hombres—. Hay buenas novedades.

—¿El Consejo va a contratar a Albertus?

Tolbert asintió.

—Hemos aprobado su salario para los primeros dos años. Puede empezar mañana mismo.

—¡Esas son en verdad buenas noticias! —Riendo, Rémy lo abrazó primero a él y luego a su padre.

Albertus bajó de forma ruidosa la escalera.

—¿He oído bien? ¿Van a contratarme?

—Así es. —Michel sonrió al joven erudito—. Mis felicitaciones, Albertus... ¿o debo decir «señor maestro»?

—Os agradezco la confianza... os la agradezco mil veces. —Albertus estrechó la mano de los dos hombres—. No os decepcionaré. Vuestros hijos estarán en buenas manos conmigo. Recibirán la mejor instrucción que imaginarse pueda.

—Antes hay que aclarar unas cuantas cosas —dijo Michel—. Esperamos que aceptéis el derecho de ciudadanía y juréis fidelidad a Varennes. Al fin y al cabo, ahora sois un funcionario municipal de alto rango.

Albertus asintió.

—Por supuesto.

—Lo mejor es que vengáis mañana temprano al ayuntamiento. El escribano se ocupará de todo.

—Pero el derecho de ciudadanía no es precisamente barato —objetó Rémy.

—Eso no debe suponer dificultad alguna —respondió Tolbert—. Hemos decidido conceder a Albertus la exención del pago.

Una vez que Michel y Tolbert se marcharon, Rémy y Albertus volvieron a sentarse en el salón. El recién nombrado maestro cogió su copa.

—Deberíamos beber por esto.

—Pero no con cerveza floja. Esta fiesta exige algo mejor. —Rémy abrió una botella de caro vino del sur, que había guardado para ocasiones especiales, y llenó dos copas.

—¡Por la escuela! —brindó Albertus.

—¡Por vos, el primer maestro laico de Varennes Saint-Jacques! —dijo Rémy.

El joven erudito dio un largo trago y chasqueó la lengua con placer.

—¿Cómo vamos a proceder ahora?

—Bueno, primero pediré a los heraldos que anuncien por todas partes que la gente puede inscribir a sus hijos para la escuela. Entretanto, nos prepararemos para las clases.

—¿Cuántos chicos pensáis que vendrán?

—Ya se verá. En las fraternidades hay gran interés por la escuela, seguro que también algunos mercaderes quieren utilizarla. Calculo que al menos treinta. Quizá incluso cuarenta.

—Eso es un montón.

—¿Podréis con tantos? —preguntó sonriendo Rémy.

—Si he podido con los hijos de Victor Fébus ya nada me asusta.

—En lo que a las clases se refiere... propongo que comiencen cada mañana a prima y terminen a vísperas. El domingo debe haber descanso.

Albertus asintió.

—Así es lo habitual en las escuelas catedralicias y conventuales... ha demostrado su eficacia. Ya he estado pensando en el desarrollo de las clases. Por las mañanas quiero impartir gramática latina, las artes superiores por las tardes y los días festivos. ¿Qué opináis?

—Me parece un proceder sensato —respondió Rémy.

Estuvieron juntos hasta entrada la noche, vaciando la botella y forjando planes.

A la mañana siguiente, después del juramento de Albertus en el ayuntamiento, se encontraron en la escuela. Rémy abrió la puerta y entregó la llave al joven erudito.

—Desde ahora os incumbe solo a vos la supervisión de la escuela.

Entraron.

—Lo mejor es que demos un barrido a conciencia a la sala —dijo Rémy—. Luego traeré los libros y el recado de escribir.

Albertus avanzó hacia la tribuna que había en la parte frontal, cogió los bordes con las manos y dejó vagar la vista por la sala, con gesto imperativo, como si se cerciorase de que todos los alumnos estaban presentes.

—¿Qué se siente? —preguntó sonriente Rémy.

—¿Te he dado la palabra? —le riñó Albertus con fingida severidad—. Siéntate, discípulo Rémy. Desde ahora hablarás solo cuando yo te lo diga.

Rémy siguió el juego:

—Desde luego, magister. —Se dejó caer en el suelo de piedra con las piernas cruzadas.

—Repite conmigo —le exigió Albertus—. *Semper aliquid addiscendum est.*

—*Semper aliquid addiscendum est* —repitió Rémy.

—¿A qué filósofo de la Antigüedad debemos este proverbio?

—A Cicerón, magister Albertus.

—¿Qué quiere decirnos Cicerón con eso?

—Que nunca debemos dejar de estudiar, porque siempre hay algo que aprender.

Alguien aplaudió. Rémy se volvió. Dos monjes entraron.

—Excelente, discípulo Rémy —dijo el abad Wigéric, con una voz de la que goteaba el escarnio—. Habéis hecho vuestros deberes. No tendremos que recurrir a la vara.

Rémy se levantó.

—¿Qué podemos hacer por vos, abad? —preguntó fríamente.

—En primer lugar, quiero presentaros a un miembro de mi orden —respondió Wigéric—. Este es el hermano Adhemar.

Rémy miró al otro monje, que tenía más aspecto de leñador que de clérigo. Adhemar le superaba en media cabeza, tenía los hombros anchos, las manos callosas y el rostro de un matón. Respondió de manera sombría a la mirada de Rémy.

—El hermano Adhemar dirigirá desde hoy esta escuela, e instruirá a los jóvenes en gramática latina y todas las demás artes —declaró el abad.

—Aquí tiene que haber un malentendido, vuestra gracia —dijo Albertus, que se había acercado a Rémy—. Yo voy a instruir en la escuela municipal. El Consejo acaba de contratarme. —Confuso, el joven erudito se volvió hacia Rémy—. ¿O es que voy a tener un ayudante? ¿Cómo es que me entero ahora?

—Si contratamos un ayudante, sin duda no escogeremos a un monje de la abadía de Longchamp. —Rémy miró a Wigéric—. ¿Qué significa esto, abad? Esta es una escuela municipal. Solo el Consejo decide quién da clase aquí. Vos no tenéis nada que decir.

—Me temo que os equivocáis, maestro Rémy. —El abad sonrió con los labios apretados—. Soy el *escolasticus* de esta ciudad. Sin mi consentimiento, nadie puede instruir en Varennes. En virtud de mi cargo, solo yo puedo nombrar al maestro, no importa de qué escuela. Su Excelencia el obispo Eudes me confirmó ayer expresamente que eso también rige para la escuela municipal. Leedlo vos mismo.

Sacó un pergamino del cinturón. Rémy lo desenrolló y leyó las líneas. Se trataba de un decreto oficial del obispo de Toul y Varennes, en el que Eudes de Sorcy certificaba al abad Wigéric, con sello y cédula, que solo él podía nombrar y destituir al maestro de Varennes, incluyendo el de la escuela municipal.

—Eso ya lo veremos —gruñó Rémy; salió de la sala con el decreto en la mano y fue al ayuntamiento.

—Bien podemos partir de la base de que esto es un acto de venganza —dijo Michel, cuando estuvieron poco después en la sala del Consejo. Además de Albertus, Rémy y su padre, estaban presentes tres consejeros; los otros no habían podido acudir tan deprisa—. El obispo Eudes sigue provocándonos porque nos negamos a apoyar la construcción de la nueva catedral. Ahora nos lo devuelve de esta forma.

—De un modo u otro, este decreto no tiene ningún valor —gruñó Tolbert—. Eudes ya no tiene poder temporal en Varennes. No puede prescribirnos quién va a dar clase en nuestra escuela.

—Sobre todo porque el maestro es un funcionario municipal —completó Deforest—. Solo el Consejo puede nombrar y destituir funcionarios. Está en los privilegios de la ciudad desde hace casi quince años.

—Entonces ¿ignoramos simplemente el decreto? —preguntó Rémy.

Duval, que acababa de volver a leer el documento, levantó la cabeza, con una profunda arruga entre las cejas.

—No lo recomendaría. La situación jurídica no es tan clara como quisiéramos.

—¿En qué sentido? —preguntó Michel.

—No es cierto que el obispo de Toul y Varennes ya no tenga poder temporal en nuestra ciudad. Le quedó un pequeño resto de influencia cuando el rey Felipe nos entregó nuestra propia administración.

—Sí, puede perseguir las infracciones del derecho canónico y opinar cuando hay que nombrar un nuevo párroco —dijo malhumorado Tolbert—. Pero más no.

—Eso no es del todo cierto —le contradijo Duval—. Entre sus tareas sigue encontrándose la inspección de las escuelas de la ciudad, que en la práctica ejerce su *escolasticus*. Eso da al abad Wigéric el derecho a nombrar al maestro sin importar quién sea el titular de la escuela. Naturalmente, el Consejo puede proponer personas adecuadas para el puesto, pero Wigéric y Eudes pueden ignorar nuestros deseos.

—Y si insistimos en que solo el Consejo puede nombrar al maestro... ¿qué puede ocurrir? —preguntó Rémy.

—Sería una clara violación de la ley. Probablemente el obispo Eudes nos denunciaría ante el tribunal real, y tendríamos que pagar una dolorosa multa. En el peor de los casos, incluso podría declararse en disputa con nosotros.

—No me imaginaba que llegaría tan lejos —dijo Michel.

—Supongo que no —admitió Duval—. Pero tal vez tomaría otras medidas para ejercer presión: aranceles especiales, prohibición de importar mercancías de Varennes y cosas por el estilo. Dado que muchos de nuestros mercaderes tienen un activo comercio con Toul, nos podría hacer mucho daño.

—No podemos permitirnos tal cosa —declaró decidido Deforest—. Acabamos de recuperarnos económicamente. Un pleito con el obispo Eudes quizá echaría por tierra todo lo que hemos conseguido en los últimos meses.

Rémy miró a los consejeros.

—Pero no podemos dejar sin más que Wigéric se imponga. ¡Si él es quien ha de nombrar al maestro tendremos una segunda escuela conventual, y todo habrá sido en vano!

—Por desgracia, de momento no podemos hacer nada contra el decreto —dijo Duval—. La ley es la ley.

—Pero ¿qué será de Albertus?

—Sin duda le buscaremos otro empleo hasta que hayamos encontrado una solución —dijo Michel—. Quizá esté de acuerdo en trabajar de forma temporal como ayudante del escribano municipal.

—Aprecio vuestro esfuerzo —respondió Albertus, que había escuchado en silencio todo el tiempo—. Pero he venido a Varennes para trabajar como maestro en la primera escuela temporal del Imperio. Un puesto inferior no entra en consideración para mí... no lo toméis a mal, señores. Además, no quiero ser la causa de un litigio entre Varennes y la Iglesia.

Un silencio consternado se abatió sobre los reunidos.

—¿Eso es todo? —dijo Rémy perplejo—. ¿Vamos sencillamente a rendirnos y a ceder el campo a Wigéric?

—Me temo que por el momento no nos queda otro remedio —repuso Duval—. Lo siento, Rémy.

Tolbert dio una palmada sobre la mesa.

—¡Dios! —profirió, antes de levantarse y abandonar la sala.

—He estado pensando —dijo Albertus, mientras, por la noche, ventilaban su tristeza sentados en el salón de Rémy—. Después de todo lo que ha sucedido, ya no puedo trabajar como maestro... la decepción es demasiado grande. Voy a hacer realidad un viejo sueño: ir a Italia y emprender un *studium*. Tengo un tío en Padua que seguramente me permitirá vivir con él.

—¿Cuándo partiréis? —preguntó Rémy.

—Mañana mismo.

—¿No vais a quedaros un tiempo en Varennes?

—Mi decisión es firme, así que ¿por qué esperar?

Cada uno de los dos se tomó en silencio su cerveza.

—Os habéis convertido en un buen amigo, Rémy —dijo Albertus al cabo de un rato—, y os agradezco todo lo que habéis hecho por mí. Gracias a vos, siempre tendré un grato recuerdo de Varennes.

—Visitadme si volvéis al valle del Mosela —pidió Rémy.

—Lo haré... sin duda. Tenéis mi palabra.

Con la primera luz del día, Albertus abandonó Varennes. Rémy estaba junto a la Puerta de la Sal, y se quedó mirándolo hasta que desapareció a la vuelta del camino.

Dos días después, Bertrand Tolbert inauguró la escuela en nombre del Consejo. Temprano —las campanas acababan de tocar a prima—, casi cuarenta estudiantes se congregaron en el mercado de la sal. Eran chicos de todas las edades, algunos no tenían más de siete años, otros habían cumplido ya catorce primaveras. La mayoría procedía de sencillas familias burguesas, sus padres eran maestros artesanos o estaban al servicio de la ciudad. Pero también algunos patricios y mercaderes habían registrado a sus hijos.

La mayoría de los chicos iban acompañados por sus padres, que querían hacerse una idea de la nueva escuela. Los adultos se apretujaban a la puerta y junto a las ventanas y trataban de ver a sus retoños, que se estaban sentando a los pupitres. Junto a ellos estaba el abad Wigéric, que exhibía un gesto imperativo que no dejaba dudas acerca de que él y solo él era el cabeza de la nueva escuela. De vez en cuando miraba de reojo a Rémy, que estaba en pie en la parte delantera de la sala junto a Tolbert y algunos consejeros, y la satisfacción brillaba en sus ojillos de cerdo. «Hagáis lo que hagáis, por mucho que os esforcéis, al final gano yo», parecía decir su mirada.

—Soy el hermano Adhemar... soy vuestro maestro —informó Adhemar a los chicos—. Os dirigiréis a mí llamándome «maestro Adhemar» y me saludaréis todas las mañanas con las palabras «Salve, magister». —Miró retador a los reunidos.

—Salve, magister —dijeron los niños como una sola voz.

Adhemar bajó de la tribuna y caminó entre las filas de discípulos, con la vara de los castigos en la mano grande como una zarpa.

—La clase tendrá lugar todos los días laborables y empezará a prima. El que no esté en su sitio con el último toque de la campana será castigado. También será castigado quien no atienda inmediatamente mis instrucciones o cuchichee con su vecino de pupitre. Ya sabéis que tenéis que traer una vela de sebo, para que podáis trabajar también cuando caiga la oscuridad. —El gigantesco monje se detuvo—. Tú... ¿cómo te llamas?

El chico aludido estaba tan atemorizado que apenas se atrevió a alzar la mirada.

—Olivier Fébus —dijo.

—¿Cómo se dice?

—Olivier Fébus, magister Adhemar.

—¿Dónde está tu vela?

El chico murmuró algo.

—¿Qué has dicho?

—La he olvidado en casa —repitió Olivier, solo un poco más alto.

—Tu mano —ordenó Adhemar. Apenas Olivier estiró la diestra, la vara zumbó, y el chico gimió de dolor.

—Mañana te acordarás de tu vela de sebo, o tendré que azotarte delante de toda la escuela —explicó el monje.

Rémy miró de reojo a Victor Fébus, que estaba a la puerta junto con los otros mercaderes. El hombre sonreía iracundo. Aquella le parecía la manera correcta de inculcar disciplina y decoro a su desobediente hijo.

Adhemar regresó a la tribuna.

—Ahora, alabemos al Señor. Luego, os leeré pasajes de la Sagrada Escritura para familiarizaros con la lengua latina.

El maestro entonó con voz atronadora un salmo, los discípulos se sumaron.

«Cánticos, versículos de la Biblia y golpes por la menor infracción», pensó Rémy. «Así que esta es la escuela con la que llevo soñando años.»

Había visto bastante. Se abrió paso entre la multitud, se fue de allí, y mucho antes de que el cántico enmudeciera había dejado atrás el mercado de la sal.

De noviembre de 1220 a enero de 1221

Varennes Saint-Jacques

En la primera reunión del gremio después de la feria, Lefèvre se presentó ante los hermanos reunidos y entonó su lamentación.

Para disgusto de Michel, se recuperaba poco a poco de sus heridas. Llevaba el brazo en cabestrillo, y caminar le causaba visibles dolores... pero podía caminar. Su cirujano, con el que Michel había cambiado unas palabras confidencialmente, decía incluso que lo previsible era que no le quedaran lesiones duraderas. Lefèvre había tenido una suerte endemoniada. Dos meses más, tres como mucho, y estaría restablecido por completo.

—Los saqueadores no solo han matado a mis sirvientes —estaba quejándose el usurero—, además me robaron todo el dinero, se llevaron todos los objetos de valor y devastaron mi casa. También mis caballos y animales de monta han desaparecido. —Dirigió una mirada a Michel—. Y mis criadas deudoras.

—Conocemos todo eso —dijo Deforest, sin especial amabilidad—. Hace días que importunáis al Consejo con vuestras mezquinas preocupaciones. Así que permitidme preguntaros por qué aburrís con ellas ahora al gremio.

—Reclamo vuestra asistencia fraternal, y ruego al gremio que me ayude en esta hora de necesidad.

Ocurría una y otra vez que después de una desgracia o un revés comercial un hermano se dirigiera al gremio en demanda de ayuda... al fin y al cabo, para eso estaba. Pero nunca una petición había provocado tal tumulto en la sala. Algunos mercaderes movían incrédulos la cabeza, otros reían sarcásticos, otros daban curso a su ira. Deforest alzó la voz y pidió silencio.

—Sin duda sabía que vuestra desvergüenza no conoce límites —dijo—, pero con esta desfachatez habéis demostrado de forma definitiva que toda moral os resulta ajena. Si tuvierais aunque solo fuera una chispa de decoro, retiraríais vuestra solicitud de ayuda y pediríais perdón a vuestros hermanos por esta insolencia sin parangón.

—He sufrido un grave daño económico, y como miembro del gremio me corresponde ayuda para aliviar mi angustia —insistió Lefèvre—. Es mi derecho, anclado en los estatutos. A él apelo.

—¡Hace años que intentáis perjudicarnos en cuanto podéis! —gritó Thibaut d'Alsace, casi atragantándose—. ¿Y ahora reclamáis nuestra asistencia? ¡Cómo os atrevéis! ¡En vez de eso, deberíamos arrojaros por la ventana, o mejor aún, colgaros de la cruz del mercado!

—¡Sí! ¡Tiene razón! —rugieron algunos mercaderes.

—No tengo nada que reprocharme —declaró impertérrito Lefèvre—. Soy un miembro honesto de esta fraternidad, pago regularmente mis aportaciones y acudo a todas las reuniones. Quien afirme otra cosa es un calumniador y un embustero.

—¿Me llamáis embustero? —chilló D'Alsace—. Vos, infame, impío, repugnante...

—Tranquilizaos, Thibaut, os lo ruego —dijo Deforest—. No le deis ocasión de demandaros por calumnia. Bien, Anseau, no voy a detallar lo que habéis hecho en los años pasados a este gremio y a sus miembros, porque no me apetece veros delante del tribunal. Pienso que bastará con indicar que hace mucho que habéis perdido todo derecho a nuestro apoyo. De hecho, podéis dar gracias a que hasta ahora no hayamos dado un paso para excluiros del gremio. Porque hay una cosa que podéis creer: en cuanto podamos probar el menor paso en falso o la menor infracción de nuestros estatutos, os mandaremos al infierno.

Lefèvre contempló con frialdad a los hermanos y al maestre del gremio.

—Como queráis —dijo al fin—. Podemos discutir este asunto ante el tribunal superior de Speyer. Siento que el Consejo y el gremio me nieguen constantemente mi derecho. Tendré que buscar reparación en otra parte.

—Eso es ridículo, y lo sabéis —terció Duval—. El corregidor y yo hemos interrogado a media ciudad para encontrar a los cabecillas del ataque contra vuestra casa. Hemos prendido a más de treinta hombres y mujeres, yo en persona los he interrogado y juzgado. Siete de ellos fueron ahorcados, los demás, proscritos. Un tribunal no puede hacer más. Pero, por favor, dirigíos al tribunal superior si os place. Sin duda el Consejo de Speyer sabrá apreciar una demanda superflua.

—¿Y qué pasa con mi dinero? ¿Con mis propiedades robadas? —chilló Lefèvre—. ¿Habéis intentado siquiera encontrarlas?

—Reveladme cómo debe hacer eso el corregidor —repuso Duval—. En la revuelta participaron alrededor de doscientas personas. ¿Queréis que los alguaciles registren cada casa, cada cabaña, cada cobertizo? ¿En qué iban a reconocer vuestra plata? ¿Grabasteis vuestro nombre en cada moneda?

—Mis caballos...

—... con toda probabilidad fueron sacrificados a la mañana siguiente. En cualquier caso han desaparecido, lo que no debería sorprenderos: ni el más necio de los cuatreros es lo bastante necio como para cabalgar por la ciudad en un semental robado. Y, en lo que a vuestras deudoras se refiere, supongo que aprovecharon la oportunidad y se dieron a la fuga. Es posible que haga mucho que están más allá de las montañas. ¿Quién podría reprochárselo, después de todo lo que les habéis hecho?

—Se les ayudó a fugarse. La mujer y el hijo del alcalde se las llevaron aquella noche.

—¿Quién afirma tal cosa? —preguntó Michel.

—¡Mucha gente los vio!

—La gente también ve duendes entre los arbustos y sirenos en el Mosela, sobre todo cuando ha bebido. ¿Habéis encontrado a alguien que quiera declararlo bajo juramento? ¿No? Si es así, deberíais tener cuidado con vuestras falsas acusaciones.

—¡Recuperaré a Catherine y a Felicitas! —bufó Lefèvre—. Podéis confiar en ello.

—Basta —dijo Deforest—. Esta reunión no es para serviros de escenario para vuestras representaciones teatrales. Tenemos cosas más importantes que tratar. Para poner fin a este asunto: vuestra petición queda rechazada. Seguís siendo un rico terrateniente y no necesitáis, y no digamos merecéis, nuestra asistencia. Sin duda hallaréis la forma de restablecer vuestro bienestar con vuestras propias fuerzas. Quizá incluso esta vez lo logréis con el comercio honrado, en vez de con impíos negocios de usura.

Aquella noche, Michel pasó despierto mucho tiempo. Pensaba sin cesar en las palabras de Eustache: «Sin duda hallaréis la forma de restablecer vuestro bienestar».

¿Qué forma había de impedirlo?

Desechó la idea de prohibir el préstamo de dinero en todo el territorio municipal. Lefèvre siempre había encontrado la manera de rehuir la ley. Además, con una medida tan drástica el Consejo asustaría a los banqueros de la Lombardía y de Metz que acudían a la feria. Y Varennes necesitaba su fuerza financiera para que prosperase el mercado anual. Tenían que proceder de otra manera.

«Hasta ahora, aparte de Lefèvre, no hay en el obispado ningún otro usurero», pensó. «No tiene competencia. Quizá sea hora de cambiar eso.» Si otros prestaban dinero en condiciones más favorables, a Lefèvre le costaría trabajo obtener clientes. Algunos judíos mercaderes de ultramar de Varennes actuaban subsidiariamente como banqueros. Quizá podría ganarlos para su causa.

En el IV Concilio de Letrán, hacía algunos años, la Iglesia había excluido a los judíos de la prohibición de cobrar intereses. En adelante, podían prestar dinero con interés mientras se atuvieran a ciertos límites legales. Dado que al mismo tiempo su situación jurídica había empeorado dramáticamente en muchas regiones del Imperio, y se les había excluido de casi todos los gremios cristianos, para muchos judíos el préstamo de dinero era la única rama de negocio permitida.

En Varennes su situación social no era tan mala, dado que en interés de la economía municipal los obispos siempre les habían dejado ejercer sus oficios y mantener algunas asociaciones profesionales. Por eso, pocos judíos se ganaban la vida prestando dinero. Pero ¿qué se oponía a animarlos a extender sus operaciones bancarias? Michel no era tan ingenuo como para creer que podía erradicar la usura. La gente siempre prestaría dinero y haría negocios con él, quisiera la autoridad o no. ¿No era más inteligente llevar la usura a vías reguladas, para poder al menos controlarla?

Michel conocía bien a los banqueros en cuestión, porque como alcalde le incumbía la tarea de reunirse de forma regular con los cabezas visibles de la comunidad judía. Sin duda sus usos religiosos eran extraños, sus métodos comerciales, inusuales, pero aparte de eso eran hombres fiables, fieles a la ley y honestos. En cualquier caso, más que Lefèvre.

A la mañana siguiente, a primera hora, se dirigió al mercado de la sal. Cruzó la ancha puerta del lado este y entró en la rue des Juifs, que discurría por la muralla de la ciudad y se extendía hasta el canal. Allí vivían alrededor de noventa judíos. Las autoridades les habían asignado un barrio propio hacía ya siglos, porque muchos ciudadanos de Varennes se sentían importunados por sus usos y no los toleraban en su seno. Firmes muros limitaban la calle y protegían a sus habitantes del hostil recelo de sus vecinos cristianos.

Como siempre que iba allí, Michel se sintió como si entrara en un mundo ajeno. Empezando por los edificios: ninguna iglesia, sino la sinagoga, dominaba el barrio. En sus cercanías había otras dos construcciones que no se encontraban en otras zonas de la ciudad: el baño ritual y la casa de bailes, donde se celebraban bodas y otras fiestas. Los judíos se vestían de forma diferente al resto del pueblo de la ciudad, porque la Iglesia insistía en que pudiera distinguírseles de los cristianos de un solo vistazo. Así que los hombres judíos llevaban largos mantos y un sombrero amarillo de ala ancha, terminado en una punta alargada, las mujeres, vestidos amplios y velos... todo muy sencillo, porque los judíos tenían prohibida la ostentación pública de lujo y ornato.

La rue des Juifs era una pequeña ciudad dentro de la ciudad, con fuentes y hornos de pan propios, un cementerio y un hospital. Un hombre febril se arrastraba en ese momento hacia el edificio de dos plantas, sostenido por un médico y un amigo, que apartaba los gansos de su camino. Cuando Michel avanzó por la calle embarrada, fue a su encuentro un mercader ambulante que le ofreció miel, bollos y otras viandas de su carretilla. A su derecha, un carnicero estaba ahumando carne de cordero en un fuego abierto, y ordenaba a sus ayudantes que llevaran más leña. Michel cruzó entre el humo y se dirigió a la propiedad del mercader ultramarino Daniel Levi.

En el patio de la impresionante casa se acumulaban las más variadas mercaderías. Levi mantenía contactos con correligionarios de Bizancio, España y ultramar, y tenía por eso acceso a bienes que los mercaderes cristianos solo podían conseguir con muchas dificultades. Comerciaba, por ejemplo, con alumbre, sándalo y pieles del mar Negro, pero también con marfil del África y pimienta, nuez moscada y otras especias exóticas.

—¿Dónde puedo encontrar a tu señor? —preguntó Michel a un criado.

—Aún está en la sinagoga, señor alcalde —le indicó el criado.

El templo judío era una impresionante construcción de arenisca rojiza, consistente en una torre con una cúpula y una sala orientada hacia el este. En su interior, una penumbra aterciopelada rodeó a Michel, porque por las ventanas apenas entraba claridad esa turbia mañana de otoño. Sobre el arca de la Torá, en una reluciente estrella de David de oro y cristal de colores, ardía el Ner Tamid, la única fuente de luz de la sala. La estancia estaba prácticamente vacía, porque la oración de la mañana había concluido ya.

Daniel Levi estaba junto al púlpito del cantor, despidiéndose del rabino, que se retiraba con algunos pergaminos bajo el brazo. Al ver a Michel sonrió a modo de saludo. Levi tenía alrededor de cuarenta años y, como todos los hombres judíos, llevaba largo el pelo y la barba; grises rizos salían enroscados de su sombrero. Era el maestre de los judíos, un funcionario electo que dirigía junto con el rabino la comunidad judía y la representaba ante las autoridades cristianas.

Charlaron un poco acerca de sus familias y otras cuestiones cotidianas, antes de que Michel expusiera su petición.

—El Consejo necesita vuestro apoyo, Daniel. Esperamos que podáis ayudarnos a volver a Lefèvre inofensivo de una vez por todas.

El mercader de ultramar lo miró sorprendido.

—¿Sigue causándoos molestias? Pensaba que estaba arruinado.

—Solo es cuestión de tiempo que vuelva a ponerse en pie. Sin su riqueza no es nadie. Hará todo lo posible por recuperarla.

—He oído decir que apenas le queda plata que prestar.

—Pero tiene una serie de créditos pendientes de distintas deudas. Y extensas propiedades en el campo, que dan todos los meses abundantes arriendos. Si es un poco listo, pronto podrá volver a prestar con usura, y a más tardar dentro de un año se habrá recuperado del revés. Pero no conmigo —declaró furioso Michel—. Si no podemos castigarle por sus crímenes, al menos lo arruinaremos.

—¿Y es en eso en lo que debemos ayudar al Consejo?

—Si Dios quiere, vos lo echaréis del negocio.

Michel describió su proyecto a Levi.

—Para que funcionara, tendríamos que pedir muchos menos intereses que Lefèvre —objetó el mercader—. Y entonces el préstamo de dinero dejaría de ser lucrativo.

—A cambio, el Consejo podría eximiros de algunos impuestos, y compensar así el descenso de vuestros beneficios.

—Dos de cada diez partes de la talla... tendría que ser por lo menos eso para que mereciera la pena.

—Se puede hablar.

Levi asintió y se pasó la mano por la barba.

—¿Tenéis reparos? —preguntó Michel.

—Os lo diré abiertamente, señor Fleury: temo por la seguridad de mi comunidad. El pueblo de la ciudad teme a los judíos. Y el temor puede convertirse con rapidez en odio si mis hermanos y yo extendemos los negocios de usura. ¿Qué pasa si nuestros deudores se sublevan y nos agreden para librarse de sus deudas? No sería la primera vez que mi comunidad es atacada.

Levi se refería a un incidente del año 1096, cuando fanáticos cruzados habían pasado por Lorena en su camino a Palestina y habían asaltado distintas comunidades judías del Mosela. Entonces habían muerto más de veinte judíos solo en Varennes, mujeres y niños entre ellos. Era cierto que el motivo del baño de sangre no habían sido los negocios, sino el celo religioso. Pero el espantoso incidente demostraba que el rechazo general hacia los judíos podía convertirse en furia asesina en cualquier momento.

—Tenéis mi palabra de que haremos todo lo posible para protegeros a vos y a vuestras familias —dijo Michel.

—Vuestra palabra no me basta —repuso Levi—. Quiero una cédula de protección, en la que el gobierno de la ciudad garantice la seguridad de todos los judíos de Varennes.

—Lo pondré en conocimiento del Consejo y haré extender el documento enseguida.

El mercader asintió.

—Vayamos a mi casa y discutamos los detalles.

Poco después, habían forjado una poderosa alianza contra Lefèvre.

Mientras Varennes se preparaba para el invierno y los mercaderes cerraban sus últimos negocios del año, en la lejana Roma ocurría algo que iba a cambiar de forma decisiva Occidente: el 22 de noviembre, el papa Honorio coronaba a Federico emperador del *Sacrum Imperium*. Terminaba de ese modo una era de más de veinte años que había estado marcada por el caos, la inestabilidad política y la guerra civil. Por fin el Imperio volvía a tener un soberano indiscutible, que estaba en pie de igualdad con el Papa y que podía garantizar paz y estabilidad a los príncipes germanorromanos.

Pasaron semanas hasta que la noticia de este alegre acontecimiento llegó a Lorena. Los habitantes de Varennes se enteraron unos días antes de Navidad, acudieron espontáneamente a las iglesias y rezaron por el joven emperador Staufer, al que tanto debían. El Consejo no tardó en declarar fiesta de la ciudad el 22 de noviembre.

Por el momento, Federico regresó a su patria, Sicilia. Antes, había transferido a su hijo Enrique, que ya en abril había sido elegido rey por los príncipes, el dominio de las partes del Imperio situadas al norte de los Alpes. Como Enrique contaba tan solo nueve primaveras, el arzobispo Engelbert de Colonia gobernaba en su lugar como administrador del reino.

Para Rémy, fueron semanas llenas de amarga decepción. Tal como había temido, Wigéric y Adhemar convirtieron su escuela en una segunda escuela monacal, en la que los niños aprendían poco más que unas cuantas frases latinas, y se pasaban el resto del día rezando, cantando salmos y estudiando la Biblia. Por eso, algunos mercaderes habían retirado a sus hijos y habían vuelto a ponerlos al cuidado de un preceptor doméstico, que al menos les enseñaba las cuentas básicas. El Consejo había pensado incluso en cerrar la escuela, dado que no servía a su finalidad. Pero Tolbert y los otros maestres se habían opuesto: mejor una mala escuela que ninguna, argumentaban.

Rémy hizo lo que siempre hacía cuando le atormentaba una ira impotente: se lanzó al trabajo. Trabajaba todos los días de la mañana a la noche, de forma que caía rendido en la cama. Algunas de sus más bellas miniaturas tuvieron su origen en aquellas semanas, porque sacaba fuerzas de su decepción y creaba imágenes que derrochaban vida y pasión. Sus clientes se lo agradecieron remunerándolo con generosidad. Al final del otoño y durante el invierno ganó más dinero que en todo lo que llevaba de año.

Fue la semana siguiente al día de Reyes cuando alguien llamó a su puerta ruidosamente a primera hora de la mañana. Rémy se acababa de levantar. Vestido con una fina túnica, bajó y abrió. Era Dreux.

—¡Maestro Rémy! —gritó el anciano. Su aliento emanaba vapor en medio del frío—. Tenéis que venir enseguida. ¡Los libros! ¡Están quemando los libros!

—Despacio, Dreux... una cosa tras otra. ¿De qué estás hablando?

—¡Los libros de la escuela! El hermano Adhemar los está quemando en el mercado de la sal. ¡Y los discípulos tienen que verlo!

Rémy lanzó una abrupta maldición. Corrió arriba, se echó el manto por los hombros y poco después corría por los callejones nevados. Dreux, que no podía seguirle el paso, fue quedándose poco a poco atrás.

De hecho, en el mercado de la sal ardía un fuego, en torno al cual los discípulos de la escuela formaban corro. Estaban silenciosos, con las caritas pálidas y temblando de frío, mientras el hermano Adhemar, flanqueado por dos robustos monjes de la abadía de Longchamp, sostenía un libro en alto y anunciaba con voz tonante:

—¡Obra del diablo! Un falso profeta, como todos los demás. ¡Con sus mentiras confunde nuestro espíritu y llena nuestro entendimiento de dudas acerca de la verdad divina, poniendo en peligro la salvación de nuestra alma!

El libro era *De inventione* de Cicerón, que Rémy había recibido antaño de su padre.

—¡Dejadme pasar! —gritó a los estudiantes, y se abrió paso entre los cuerpos apretados.

—Por eso digo: ¡al fuego con él! —gritaba el hermano Adhemar—. ¡Aniquilemos estos escritos blasfemos! Solo cuando todas las mentiras paganas hayan sido reducidas a cenizas, nuestra mirada quedará libre para la salvación divina.

Rémy se lanzó hacia delante y trató de detener a Adhemar, pero fue demasiado lento: el libro voló hacia las llamas.

—¿Qué se os ha perdido aquí? —gruñó el hermano Adhemar—. En este momento estoy impartiendo una lección importante a mis discípulos. Perturbáis la enseñanza.

—¿A esto llamáis enseñanza? —gritó Rémy. Se puso de rodillas y trató de sacar el libro de las llamas. Antes de que lograra alcanzarlo, los otros dos monjes lo agarraron y lo apartaron del fuego. Rémy le clavó a uno el codo en la boca del estómago y trató de liberarse. Pero el otro monje lo agarró por detrás con los dos brazos. Su presa era tan inflexible como una cadena de hierro.

Rémy había visto que *De Inventione* no era el único libro que ardía en la pira. En las llamas yacían también todos los demás manuscritos que había copiado y conseguido para la escuela: Las *Metamorfosis* de Ovidio, los libros de gramática de Donato, y todos los tomos de las *Etymologiae*.

—¡Estos libros son propiedad de la escuela! —gritó Rémy—. ¡No tenéis ningún derecho a destruirlos!

—Como maestro, mi deber es proteger a mis discípulos de las ideas paganas —repuso Adhemar—. Eso me da pleno derecho a quemar estos libros.

—¿Paganas? —repitió Rémy—. ¡Donato, Boecio e Isidoro de Sevilla eran cristianos, loco necio y ciego!

—Sus escritos son falsos y heréticos —insistió Adhemar—. Mis discípulos solo tienen que conocer un libro… la Biblia. Además de él, puede que un salterio sea útil. Todos los demás textos no hacen más que confundirlos, y por eso los expulso para siempre de mi escuela.

Por fin, Rémy logró librarse de la presa del monje. Pero era demasiado tarde. Las llamas se elevaban crepitando. Los libros ardían ya. No podía hacer nada para salvarlos.

—Agradeced a vuestro creador que no demos más pasos —explicó Adhemar—. Tan solo el hecho de que hayáis adquirido estas maquinaciones para apartar a los niños del camino recto linda con la herejía.

El estómago de Rémy se contrajo al ver cómo el fuego devoraba los manuscritos. Tuvo que emplear toda su fuerza de voluntad para no borrar de un puñetazo la sonrisa autocomplaciente del rostro de Adhemar.

—Esto tendrá consecuencias —se limitó a decir, antes de darse la vuelta y marcharse.

—Sin duda la destrucción arbitraria de propiedad municipal es un acto delictivo por el que podemos pedirle cuentas —dijo Henri Duval—. Pero, por desgracia, no nos permite relevarlo del cargo de maestro.

Rémy no se había encontrado con Duval en el ayuntamiento. El juez municipal estaba en el patio de su propiedad, con los brazos cruzados a la espalda, y observaba a dos carpinteros que construían un nuevo establo mientras escuchaba las quejas de Rémy.

—En primer lugar, en su calidad de *escolasticus*, solo el abad Wigéric puede despedir al maestro —prosiguió el consejero—. En segundo lugar, los monjes de la abadía de Longchamp están sometidos al poder judicial del obispo, no al nuestro.

—¿Podéis encargaros al menos de que nos reponga los libros? —preguntó Rémy.

—Conseguiré del obispo Eudes que la abadía de Longchamp haga copias de los libros y las ponga gratuitamente a nuestra disposición. Además, insistiré en que se exijan responsabilidades al hermano Adhemar. Pero no esperéis demasiado. Es probable que solo pueda conseguir que la abadía tenga que pagar una multa al Consejo.

—¿Eso es todo?

—El obispo Eudes sigue sin estar en buenos términos con nosotros. Solo nos atenderá hasta donde tenga que hacerlo de forma legal. —Duval le miró compasivo—. Sé que los últimos meses han sido duros para vos. Pero Wigéric y Adhemar no lograrán arruinar vuestra escuela. Sois el hijo de vuestro padre… un día encontraréis un camino para poner coto a vuestros adversarios y hacer realidad vuestro sueño.

Rémy se tragó su rabia. Duval hacía lo que podía. No merecía que Rémy desahogara su frustración con él.

—Os lo agradezco, Henri —dijo al fin—. Si podéis lograr algo, hacéd-melo saber.

Estrechó la mano a modo de despedida al enjuto consejero y salió de la finca por el portón del patio.

Cuando llegó a su casa, dio una patada a un taburete y lo estrelló contra la pared.

LIBRO TERCERO

INVIDIA

De septiembre de 1224 a abril de 1225

Septiembre de 1224

METZ

«Cuándo construirá de una vez una escalera de verdad?», pensaba malhumorado Roger Bellegrée mientras trepaba por los peldaños. «Estas escalas son un abuso. Algún día me voy a romper la crisma. ¡Y todo por su maldita cautela!»

Las escalas de madera que llevaban de piso en piso provenían de una época en la que las familias patricias de Metz habían combatido encarnizadamente y querían dificultar todo lo posible a los atacantes la llegada a las estancias superiores de la torre familiar. Hacía una eternidad de aquello, pero ¿qué le importaba eso al padre de Roger? «Las escalas se quedan», decía con terquedad cuando alguien se quejaba de ellas. «Vivimos en tiempos inseguros. Si hay guerra, me agradeceréis este refugio seguro.»

Para Roger, la torre no era ningún «refugio seguro», sino un oscuro agujero con ventanas diminutas, paredes húmedas y angostas estancias, en las que siempre apestaba a humo y juncos podridos. Por eso prefería quedarse en su posada de la place de Chambre o en la sucursal de la rue du Changé, donde había luz, aire y espacio suficiente para todos los miembros de su ramificada familia. De hecho, tenía que hacer semanas de la última vez que había pisado la torre. Pero, si quería hablar con su padre, no le quedaba otro remedio. Cuanto mayor se hacía Évrard Bellegrée, tanto más raramente salía de sus murallas defensivas. Allí vivía, allí recibía a sus visitantes. Desde su cámara dirigía los destinos de su *paraige* y del imperio comercial al que los Bellegrée debían su legendaria riqueza.

Otro piso, otra escalera. De todas las torres patricias de Metz, la suya era la más alta, un símbolo de poder que inspiraba temor, visible desde muy lejos para amigos y enemigos. Para colmo, su padre residía en el piso más alto, de forma que Roger estaba bañado en sudor y en extremo malhumorado cuando por fin llegó al aposento que había bajo las vigas del tejado.

Las velas iluminaban la estancia, decorada de forma bien austera si se tenía en cuenta que en ella vivía uno de los hombres más ricos de la Lo-

357

rena. Además de una cama y dos grandes tapices, solo contenía algunos arcones reforzados con hierro, repletos todos ellos de plata, como Roger sabía. El único adorno, junto a los tapices, era un estandarte con las armas del linaje al que la familia pertenecía, la *paraige* de Porte-Muzelle. Mostraba ocho bandas cruzadas que resplandecían en oro y azur.

Évrard estaba sentado a la mesa, escribiendo en un pergamino. Una presencia maciza a la luz palpitante, alto y de anchos hombros, el rostro anguloso, el cabello plateado y ondulado como la melena de un viejo león. No solo era el cabeza de la familia Bellegrée y de la *paraige* de Porte-Muzelle, sino que también ostentaba el cargo de maestre de los escabinos de Metz y pertenecía a los Treize jurés, así como a los Siete de la Guerra, lo que le convertía en el hombre más poderoso de la ciudad-república. Como siempre que Roger se presentaba ante él, se sentía recorrido por una cascada de sentimientos contradictorios. Entre ellos había veneración, respeto, incluso un poco de miedo. Pero nada de amor. Sin duda se lo debía todo a ese hombre. Évrard lo había engendrado, criado y convertido en uno de los patricios más influyentes de Lorena; un día le dejaría un patrimonio de muchos miles de libras de plata, y considerable influencia política. Aun así, Roger no sentía ningún afecto por él. ¿Cómo iba a querer a un hombre que no irradiaba otra cosa que frío? ¿Que se lo exigía todo a su hijo, pero nunca tenía una palabra amable para él?

Había días en que Roger esperaba que el viejo se fuera de una vez al infierno y le hiciera sitio. Lo primero que haría sería demoler esa maldita torre y construir en su lugar una taberna con toda clase de alegres servidoras.

—Esta mañana he hablado con Pierre Ringois —dijo Évrard sin levantar la vista de su documento—. Me ha contado que ayer te vio salir del burdel de la rue du Moulin. No tengo que decirte la impresión que eso causa. Deberías aprender de una vez a comportarte con discreción… o a limitar tus visitas a las rameras en la medida de lo necesario, ya que no puedes renunciar por completo a ellas.

—También yo os deseo un buen día, padre —respondió ácido Roger—. Con vuestro permiso, a Pierre le importa una mierda dónde paso mis noches. No tiene ningún derecho a hablar de mí. Decidle que la próxima vez que algo en mí le disguste venga y me lo diga personalmente.

—Solo se preocupa por tu prestigio. Eres un hombre casado, Roger. En los gremios se habla de ti.

—Porque algunos de nuestros hermanos son unos hipócritas y unos fariseos, que gustan de señalar con el dedo a otros. Y a no pocos de ellos les agrada ir al burdel. ¿Quieres que te cuente a quiénes me he encontrado en la rue du Moulin? La semana pasada, por ejemplo…

Évrard alzó una mano admonitoria.

—No quiero oírlo. Es muy sencillo: refrena tus pasiones, o al menos ocúltalas mejor, antes de que la gente empiece a preguntarse cómo puede un hombre dirigir los negocios de una gran empresa si no tiene sujetas sus pasiones. No puedes querer eso.

Su padre sabía mejor que ningún otro ponerlo al rojo vivo con pocas palabras. A Roger le costó cierto esfuerzo mantener la calma.

—Soy uno de los mejores mercaderes de Lorena —dijo con los labios apretados—. Nuestros socios y hermanos lo saben, y me respetan. Todo lo demás no tiene que preocuparles. Y a vos tampoco.

—Soy el cabeza de esta familia, es mi deber...

—Vuestro deber es sobre todo preservar de daño a esta empresa y a nuestra ciudad —espetó Roger cortándole la palabra—. Y, en lo que a eso se refiere, hay algunas cosas que no van bien.

Se sentó a la mesa sin esperar a que su padre le invitara a hacerlo.

—El mes que viene vuelve a haber mercado en Varennes. Todo indica que aún será mayor que el del año pasado. Mercaderes de todo Occidente han anunciado su llegada. Incluso de Cracovia van a venir algunos. Dicen que el Consejo de Varennes ha arrendado terreno suplementario porque entretanto los de la feria se han quedado pequeños para tantas carpas y puestos.

—¿Adónde quieres ir a parar? —preguntó Évrard, mientras esparcía arena en el pergamino.

—Varennes va a hacerse demasiado fuerte si no hacemos nada. Es hora de actuar.

—Solo es un mercado anual. Y ni siquiera uno especialmente importante. No veo cómo puede resultar peligroso para nosotros.

Estaba claro que su padre no tomaba en serio los acontecimientos en Varennes. Roger había cometido el mismo error al principio. Entretanto había cambiado de opinión.

—Porque no habéis estado allí en los últimos dos años. Lo que ha conseguido el alcalde Fleury es impresionante. No es una feria normal, como hay docenas en el reino. Es el intento de convertir Varennes en el nudo comercial más importante del valle del Mosela. Fleury quiere desafiarnos. Quiere superar en rango a Metz.

—Parece como si temieras a ese hombre.

—Por supuesto que le temo —admitió sin rodeos Roger—. Me habéis enseñado a no subestimar nunca a un rival. Conocéis al alcalde Fleury. Sabéis lo ambicioso que es. No descansará hasta haber alcanzado su objetivo.

Su padre enlazó las manos sobre la mesa y le clavó una mirada penetrante. Aunque hacía mucho que Évrard había superado la cincuentena, seguía siendo un hombre apuesto, de rasgos marcados y ojos despiertos. Roger oía decir sin cesar cuánto se parecía a su padre, pero cuando se miraba en el espejo le costaba trabajo reconocer ese parecido.

—He hablado en verano con los otros cabezas de las *paraiges* y los maestres de los gremios acerca del mercado de Varennes —dijo Évrard—.

Ninguno ha sufrido pérdidas por su causa. Más bien parece suceder lo contrario: la feria es una garantía de buenos negocios. ¿Cómo puede ser, si se supone que es tan amenazadora?

—He estado preguntando —respondió Roger—. Varios mercaderes de Colonia, Gante, Estrasburgo y Speyer piensan extender a Varennes sus actividades. Quieren implantar allí sucursales permanentes para poder explotar mejor el mercado anual. Al parecer, el Consejo de Varennes les ofrece condiciones favorables. Si hacen uso de ellas, pronto lo notaremos. A más tardar cuando cierren sus casas comerciales en Metz porque dejen de ser lucrativas.

—¿Qué mercaderes son esos?

Roger mencionó solo los grandes nombres:

—Arnold Liebenzeller. Gunter Hintzen. Hanns Van Apeldoorn. Ludolf Retschelin.

—¿Retschelin también?

—Solo son rumores, pero parto de la base de que son ciertos. Retschelin y muchos otros de Speyer mantienen desde hace años estrechas relaciones con el gremio de Varennes. Las sucursales permanentes solo serían el siguiente paso. Así empezó Pisa. ¿De verdad tengo que recordaros qué le pasó después a Amalfi?

—No, no es necesario —dijo su padre.

Pisa había alcanzado la riqueza hacía unos ciento veinte años, y poco después había desafiado a la mucho más poderosa república naval de Amalfi. Por último, Pisa había saqueado dos veces la gloriosa metrópoli del mar Tirreno, de lo que Amalfi aún no se había recuperado. Ese acontecimiento, pensaba Roger, debía para todos los patricios de Metz ser una lección de que no se debía subestimar a ningún rival. Quien dejara de impedir sus comienzos estaba posiblemente sembrando su propia decadencia.

Por fin, Évrard pareció tomar en serio su advertencia. Se reclinó y apoyó las manos en los brazos del sillón.

—Si lo que dices es cierto, sería un asunto preocupante.

—Nuestras buenas relaciones en el norte y el este son el cimiento de nuestra riqueza —insistió Roger—. Metz es la estación más importante de los alemanes en su camino hacia Champaña. No podemos poner esa ventaja en juego, padre. Tenemos a toda costa que...

—Está bien, Roger, te he entendido —dijo Évrard—. Ahórrate las lecciones. Sabes que no puedo soportarlas.

Por debajo de la mesa, Roger cerró el puño derecho y luego lo volvió a abrir.

—Entonces ¿vais a actuar?

—Hablaré con los Treize y con los cabezas de las *paraiges*. Si valoran el asunto como tú, les propondré ciertas... medidas respecto a Varennes.

—¿Qué medidas son esas?

—Tales como para borrar del mapa ese problema. Ahora déjame solo. Ya ves que tengo cosas que hacer.

Évrard se volvió a sus documentos.

Roger se sentía despachado como un lacayo que ha hecho su trabajo y no merece mayor atención. Ni una palabra de elogio. Ni una palabra de gratitud por haber señalado a Évrard un peligro amenazador. Pero Roger se tragó su ira una vez más. Lo que más odiaba su padre eran los estallidos pasionales. Si Roger perdía el control, sin duda podía esperar un sermón sobre las virtudes de la humildad o la serenidad, como tantas veces.

Sin decir una sola palabra, se volvió y se consoló con la idea de que ningún hombre de su familia había cumplido más de sesenta años. Ya no faltaba mucho para que esa torre, la plata de las arcas, todo el maldito imperio comercial de los Bellegrée, le pertenecieran de una vez.

«Y entonces bailaré sobre tu tumba», pensó Roger, antes de agarrarse a los palos de la escalera e iniciar el molesto descenso.

Varennes Saint-Jacques

Lefèvre se preguntaba cómo sería tener miedo todo el día.

Sin duda el padre Arnaut conocía esa sensación. El joven sacerdote, que se había hecho cargo de la parroquia hacía algunos meses, tenía miedo de todo y de todos: de los perros, los insultos, las voces elevadas, hasta de los movimientos abruptos. Si se entraba en la iglesia sin haberse anunciado con los nudillos, tropezaba del susto o dejaba caer el vino de la misa. Durante la misa, bastaba con un grito grosero para que se echara a temblar.

Pero sobre todo temía a Lefèvre.

Mientras Anseau estaba arrodillado en el suelo junto a él, el clérigo se removía inquieto en el confesionario y se aferraba convulsivamente a los brazales. El olor a sudor que derramaba se había vuelto entretanto tan penetrante que a Lefèvre le costaba trabajo concentrarse en su confesión.

—¿Podemos quemar un poco de incienso?

—¿Incienso? No. Solo para la misa. No para la confesión. Ya lo sabes, hijo mío.

—Entonces tratad de sudar un poco menos —gruñó Lefèvre—. ¡Apenas me llega el aire, hombre!

Los dedos de Arnaut se clavaron en los brazales de su asiento.

—No puedo evitarlo. Aquí dentro hace calor, y por eso sudo. ¿D-dónde nos habíamos quedado? —balbuceó—. Ah, sí... el criado al que pegaste.

—Ese tipo se lo había merecido. Había dejado bajo la lluvia toda la lana inglesa. Tardó una eternidad en secarse.

—Aun así, solo puedes castigar a tus criados si cometen una falta grave. Están bajo tu protección. En el futuro, confórmate con una seria admonición.

—No puedo garantizarlo. Me hacen hervir la sangre con su inutilidad.

—Tienes que intentarlo. Si tu propósito de ser un hombre mejor y un cristiano temeroso de Dios es serio, tienes que aprender a ser indulgente con tu prójimo. ¿Has expiado tus pecados de la última vez?

—Sí, lo he hecho —respondió malhumorado Lefèvre. El padre Arnaut le había ordenado ayunar. Desde hacía tres semanas, se alimentaba exclusivamente de pan seco y sopa clara. Le gruñía el estómago solo de pensar en ello.

—¿Te ha servido?

—Por lo menos los sueños son menos frecuentes —admitió a regañadientes Lefèvre. Entretanto, las pesadillas le asediaban como mucho una vez a la semana. Seguía siendo demasiado para su gusto, pero era una clara mejoría respecto a los meses anteriores, en que le habían asediado casi todas las noches.

—Muy bien. ¿Y el miedo al infierno? —El padre Arnaut sacó las conclusiones correctas de su silencio—. Así que sigue atormentándote. ¿No habrás vuelto a empezar a practicar la usura?

—¡No, maldita sea! He terminado con eso. ¿Cuántas veces tengo que decirlo para que me creáis de una vez? No hago ningún préstamo desde hace un año. Ni uno. ¿Cómo iba a hacerlo? Esos judíos mil veces malditos se han quedado con todo el negocio del dinero. Aunque quisiera, no lograría nada. Estoy fuera de ese negocio. Fleury se ha encargado de esto, que el diablo y todos sus demonios se lo lleven.

Arnaut se había estremecido, y se persignó de forma apresurada.

—Te lo ruego. Esta es una casa de Dios. Esfuérzate por mantener un lenguaje respetuoso.

—Disculpadme, vuestra reverencia —dijo Lefèvre con los labios apretados—. El hambre me da que hacer, eso es todo.

—Si… si ya no practicas la usura, ¿cómo puede ser que aun así te atormente el miedo al purgatorio? ¿Hay otros pecados que me ocultas? ¿Pecados más graves?

Lefèvre miró fijamente al joven sacerdote.

—Dentro de mí hay una gran oscuridad. Me obliga a… hacer cosas.

—¿Qué cosas?

—Cosas malas.

Arnaut apartó la vista, tragó saliva y lo dejó estar. Era probable que no quisiera conocer todos los detalles.

—¿Y por eso sigues temiendo ir al infierno?

Lefèvre lo agarró por el brazo.

—A veces puedo oír que Satán me llama. Hay días en que el miedo casi me hace perder el entendimiento. Tenéis que ayudarme, padre. Tenéis que expulsar al diablo. Podéis hacerlo, ¿no?

Arnaut se secó el sudor de la frente con la mano libre.

—Solo Dios puede doblegar a las potencias del infierno. Nosotros podemos como mucho ayudarle... si somos fuertes en la fe.

—¿Qué tengo que hacer? ¡Decídmelo! Ya no lo soporto.

—Creo... creo que deberías rezar regularmente. Un *pater noster* por las mañanas, a mediodía y por las tardes. Y seguir ayunando. Cuarenta días esta vez. Cuarenta, y ni un día menos.

—¿Eso es todo? —rugió Lefèvre—. ¿No se os ocurre nada más?

—Ayunar es una poderosa herramienta contra el mal. Purificará tu espíritu y te ayudará a combatir la oscuridad de tu alma.

—No. Pago regularmente el diezmo... quiero algo a cambio de mi dinero. Es probable que esté poseído. Haced un exorcismo... o lo que quiera que los sacerdotes hagáis en un caso así.

El padre Arnaut hizo acopio de fuerzas y se levantó de un golpe.

—Basta por hoy. —Trazó una cruz en el aire—. *Deus, Pater misericordiarum, qui per mortem et resurrectionem Filii sui mundum sibi reconciliavit et Spiritun Sanctum effudit in remissionem peccatorum, per ministerium Ecclesiae indulgentiam tibi tribuat et pacem.* Yo te absuelvo de tus pecados en el nombre del Padre, del Hijo y del Espíritu Santo. Haz lo que te he dicho, Anseau, y vuelve dentro de cuarenta días. En ningún caso antes.

El clérigo se fue corriendo de allí.

Lefèvre se quedó mirándolo y estuvo tentado de hacerlo volver, sentarlo en el confesionario y retenerlo hasta que aquel tipo le ayudara por fin. Pero con eso solo conseguiría ser citado a presencia del obispo. Con un gesto amargo en torno a la boca, se levantó, se alisó las ropas y salió a la lluvia por el portal de la iglesia.

Había refrescado de modo considerable mientras él estaba confesándose. Al instante la vieja herida de la rodilla, su recuerdo del combate contra Jean Caboche, empezó a doler otra vez. El cirujano había hecho en su momento un buen trabajo, sus múltiples heridas habían curado bien y ya no le causaban impedimento alguno. Tan solo el dolor regresaba de vez en cuando y le recordaba aquel desdichado día de hacía casi cuatro años, en el que había estado al borde de la muerte.

Apretó los dientes, se caló la capucha del manto y caminó por las calles embarradas. Cuando llegó a su casa, un olor perturbador le subió a la nariz. Sus criados estaban en la cocina y hacían pan... el olor era celestial. Su estómago vacío se contrajo dolorosamente. ¿Es que aquellos necios no tenían nada en la cabeza? ¿Cómo se les ocurría torturarlo de esa manera? Estaba ya en camino hacia el piso de arriba, para castigarlos por no pensar, cuando recordó lo que el padre Arnaut había dicho: «Aprende a ser indulgente con tu prójimo».

Una cosa estaba clara: si subía y veía comer a sus criados, olvidaría todos los buenos propósitos y los perseguiría a palos por la casa hasta que gimieran pidiendo clemencia.

«Indulgencia.» Casi podía oír la voz nasal de Arnaut. «Paciencia, amor al prójimo, clemencia, son las virtudes del verdadero cristiano.»

Giró sobre sus tacones y descendió a su sótano secreto.

Cuarenta días más de sopa de pan y cerveza rebajada. ¿Cómo iba a resistirlo, por el amor del cielo? Por desgracia, no tenía elección. Cuando era débil, las tinieblas de su alma se fortalecían. Volvería a soñar todas las noches con su padre y el hombre del espejo, y el temor lo atormentaría de tal modo que apenas tendría fuerzas para levantarse de la cama. Nunca podía volver a llegar tan lejos. Estaba decidido a cambiar.

La llama de la tea tembló cuando tamborileó con los dedos en la mesa. Hacía más de cuatro años de la última vez que había tenido un huésped en su sótano. Se privaba de ese placer aunque lo echaba dolorosamente de menos, más aún que la carne, la mantequilla y el vino y todas las demás comidas a las que estaba renunciando en ese momento. Era otro precio que tenía que pagar si quería arrancar de su alma la presa de Satán.

Contempló con nostalgia los instrumentos de tortura, en sus ganchos en la pared. Cuánto le habría gustado coger uno de ellos y escuchar los gritos de un huésped.

La vida, pensó, era una porquería.

Si al menos hubiera conseguido recuperar su perdida riqueza... Pero, en lo que a eso se refería, estaba plantado. Desde que los judíos lo habían expulsado del negocio del dinero, intentaba de modo forzoso abrirse paso como un mercader respetable, y trataba, como los otros miembros del gremio, con sal, paños y lana inglesa que compraba en los mercados de la Champaña. Porque solo con las rentas de sus posesiones no podría a la larga dar grandes saltos. Por desgracia los márgenes de beneficio en el comercio eran terriblemente pequeños, comparados con los del negocio del crédito. Y el esfuerzo era mucho mayor. Con el poquito dinero que ganaba con eso podía mantener la casa, pagar a los criados y alimentar a los animales... pero ni disfrutar de lujos ni tener influencia en los destinos de la ciudad, como antes.

No era más que un mercader entre muchos, un don nadie. Fleury le había vencido.

Había habido noches en los años pasados en que ese pensamiento le había quitado el sueño. Incluso ahora, sentía demasiado a menudo la necesidad de vengarse de Fleury, de hacerle pagar todas sus humillaciones. Pero no cedía a ella. Lo pasado, pasado estaba. Era hora de dejar en paz el pasado y mirar hacia delante. Por muy difícil que le resultara.

«A quien te golpee en la mejilla derecha, ofrécele la otra, nos enseña el hijo de Dios», oía decir al padre Arnaut. «Tienes que perdonarle. Antes no encontrarás la paz.»

Lefèvre torció el gesto. Por el momento, bastaba con apartarse de Fleury. Lo de la mejilla y el perdón... no había que exagerar.

La tea estaba casi consumida. Tenía que llevar más de una hora sentado allí. A pesar de todo, el sótano seguía desplegando su efecto benéfico: la inquietud en su interior, que le había atormentado desde la confesión, había desaparecido.

Abandonó la bóveda, cerró la puerta secreta tras de sí y fue arriba.

En la casa seguía oliendo a pan recién hecho. Aunque se le hacía la boca agua, resistió la tentación de precipitarse a la cocina y lanzarse sobre él. En vez de eso, se sentó en la sala y llamó a una criada.

—Tráeme mi comida de ayuno —le indicó—. Cerveza rebajada y sopa de pan, como siempre.

Rémy esperaba delante de la taberna que había junto a la ceca municipal. Era una tarde soleada. Las campanas acababan de tocar a vísperas, y en la plaza de la catedral los mercaderes estaban levantando sus puestos. Su padre apareció poco después.

—Me alegra verte —dijo sonriente Michel, y se abrazaron antes de entrar en la taberna. Rémy seguía yendo todos los sábados a comer con sus padres, cuando le era posible. Por desgracia, era ya la cuarta vez seguida que su madre no estaba, porque se encontraba en Estrasburgo para cerrar un trato con Arnold Liebenzeller. Antes había estado en la Champaña y, según decían, había hecho buenos negocios.

Encontraron una mesa junto a la ventana y pidieron vino del sur y perdiz asada.

—¿Cómo avanza Gaston con su obra maestra? —preguntó Michel.

—Bien. Ahora mismo hay bastante tranquilidad en el taller. Puede trabajar todos los días en ella. Para la feria habrá terminado.

—¿Abrirá luego su propio taller?

—Sí, pero no aquí. Varennes es demasiado pequeño para dos escribientes laicos. Además, no quiere problemas con la abadía de Longchamp. Supongo que irá a Metz y probará suerte allí.

—Metz es un sitio caro —observó Michel.

—Saldrá adelante. Ha ahorrado algo de dinero en los últimos años —dijo Rémy—. Se conforma con poco. Un pequeño taller, un alojamiento barato... le basta para empezar.

Gaston le había dicho hacía unos meses que quería convertirse en maestro... un deseo comprensible, al fin y al cabo hacía años que trabajaba de oficial y le apetecía construir algo propio. Por eso, Rémy había decidido apoyarlo con todas sus fuerzas, y había hablado enseguida con la fraternidad para establecer el desarrollo del examen de maestría. Un escribiente laico que quería ser maestro... ese era un proceso completamente nuevo en Varennes. Así que Jean-Pierre Cordonnier le había dejado las manos libres. Rémy había decidido que Gaston debía fabricar un códice de lujo y hacer por sí mismo cada uno de los trabajos, desde el copiado del texto hasta el adorno del libro con iniciales y miniaturas.

Michel sonrió.

—Lo vas a echar de menos, ¿eh?

—Basta. No quiero pensar en eso. No volveré a encontrar un oficial así de bueno. —Sin contar con que Gaston era uno de los pocos hombres a los que Rémy llamaba amigos. Era un pensamiento doloroso que pronto fuera a irse y quizá no volvieran a verse nunca.

—Pero supongo que no podrás seguir adelante del todo sin oficiales.

—Tendré que buscarme a alguien —dijo Rémy—. En los trabajos de verdad importantes Dreux no puede ayudarme. Probablemente tendré que contratar un nuevo aprendiz.

—Un aprendiz necesitará años antes de poder ayudarte de veras.

—Por supuesto, preferiría un oficial formado, pero ¿de dónde lo saco? Sabes lo poco corrientes que somos los escribientes laicos. Y los iluminadores de libros, más. Un aprendiz tiene la ventaja de que puedo formarlo como lo necesito.

Michel dio un sorbo a su copa.

—Si quieres, preguntaré por ahí. Quizá alguno de mis hermanos quiera darte a su chico como aprendiz.

Rémy asintió.

—Pero tiene que ser uno que sepa leer y escribir. No cogeré a nadie que no domine al menos el alfabeto. Y no puede ser charlatán.

Su padre rio.

—No te preocupes. No tengo intención de atormentarte.

—¿Sabes lo que me irrita de verdad?

—La escuela.

—¿Desde cuándo puedes leer los pensamientos?

—Hijo mío, cuando algo te irrita, siempre es la escuela.

—Tengo todos los motivos. Fíjate por ejemplo en lo del aprendiz: si Adhemar no hubiera conseguido arruinar la escuela, hoy habría un montón de jóvenes que sabrían leer, escribir y calcular decentemente. Solo tendría que hablar con las fraternidades y mañana mismo tendría un aprendiz que podría llegar a oficial en dos o tres años. Pero quien sale de la escuela hoy puede estar satisfecho si sabe escribir su propio nombre. En cambio, son capaces de recitar el Evangelio como los curas —añadió con amargura Rémy.

—Tampoco es tan malo —dijo Michel—. La mayoría saben leer y escribir.

—Pero podría ser mejor. No quiero ni hablar de aritmética y todas las otras artes que Adhemar les esconde.

—Bueno, si todo va según lo previsto, los días de Adhemar pronto estarán contados. ¿Cuándo vais a viajar a Toul?

—Partimos el lunes.

Al cabo de cuatro años, Rémy y Bertrand habían encontrado al fin una forma de ser más astutos que el abad Wigéric y librarse del hermano Adhemar. Ahora solo tenían que ponerse de acuerdo en el trato con el obispo Eudes.

—Bebamos —dijo su padre— porque vuestro viaje sea un éxito.

Luego charlaron sobre esto y aquello, hasta que de pronto Michel señaló la ventana.

—Mira, ahí está Eustache con su mujer y su hija. Helvide es una guapa muchacha, ¿verdad?

—Ya lo creo —dijo Rémy, que sabía lo que venía ahora.

—¿Es que no te gusta?

Rémy murmuró algo que podía entenderse como se quisiera. Felizmente en ese momento llegó la comida, y se dedicó con entrega a su perdiz, con la esperanza de que su padre dejara el asunto. Por desgracia, no le hizo ese favor.

—El mes que viene cumplirá diecisiete. Eustache ha dicho que pronto va a buscarle un marido. Si quieres, hablaré con él.

—Dudo que un patricio y consejero quiera casar a su hija con un escribano. Además, es demasiado joven para mí.

—Eso es una tontería —replicó Michel—. Desciendes de una prestigiosa familia y diriges el mejor taller de iluminación de libros de todo el valle del Mosela. A Eustache no le molestará que no seas mercader. Y, en lo que concierne a la edad de Helvide, muchos patricios se casan con mujeres quince años más jóvenes que ellos. En verdad no serías el primero.

—Aun así, prefiero buscar yo mismo a mi futura esposa... gracias. Y ahora basta de esto. Hablemos de la feria. ¿Qué hay de nuevo?

—No me eludas, Rémy. Hemos de hablar de estas cosas. Tienes treinta y cuatro años. No puedes aplazar eternamente fundar una familia.

Rémy gimió. Mantenían aquella conversación más o menos cada tres meses, y estaba muy harto.

—¿Vas a esperar a tener cuarenta? —prosiguió su padre—. Quizá pienses alguna vez en tu madre y en mí. Nos gustaría tener nietos, pero no vamos a ser más jóvenes. Queremos verlos crecer antes de ser ancianos desdentados.

—Me casaré cuando haya encontrado a la persona adecuada, ¿de acuerdo? Hasta entonces, tendréis que tener paciencia.

—Pero te tomas tu tiempo.

—Así es. —Rémy dio un sorbo, malhumorado, a su copa de vino. Michel le miró receloso.

—No te sentirás atraído por los hombres, ¿no?

Rémy se atragantó y empezó a toser.

—¡Por Dios, padre! ¡Si alguien te oye!

—¿Por qué? ¿Tengo razón?

—Piensa un poco. Eugénie tiene dos tetas y está a punto de tener su segundo hijo. Si no me engaño, eso hace de ella una mujer. ¿Qué conclusiones sacas?

—Lo de Eugénie fue... ¿cuánto hace? ¿Seis años? Desde entonces estás solo, y te pasas en medio de tus libros de la mañana a la noche. Perdona que me parezca un poco extraño.

—Ha habido otras —dijo, monosilábico, Rémy.

—¿Mujeres?

—No, monjes mendicantes... claro que mujeres.

—¿Por qué no nos has presentado a ninguna?

—Porque no significaban nada. Eran aventuras. Nada duradero.

Michel asintió, comprensivo.

—Un hombre tiene que afilarse los cuernos. Forma parte del juego. Pero en algún momento debe encontrar la calma, casarse y engendrar hijos. Es el curso natural de las cosas. Así lo quiere Dios.

«Porque en ese sentido has sido un modelo esplendoroso», pensó Rémy. Pero se limitó a decir:

—Sin duda, padre. Ahora, vamos a comer.

—Veo que apremiarte no conduce a nada. Está bien. Espera a la adecuada. Entretanto, yo me ejercitaré en la paciencia. Pero si necesitas ayuda, házmelo saber. Eustache no es el único amigo que busca un marido para su hija. Seguro que puedo arreglar algo en cualquier instante.

—Si en algún momento me abruma la desesperación, recurriré a ello.

—Bien. —Michel arrancó un ala a su perdiz—. Pero piensa que Helvide no estará disponible eternamente.

Rémy le lanzó una mirada admonitoria.

—Está bien, está bien. Cerraré la boca. Ni una palabra más. Comamos en paz. Al fin y al cabo, para eso estamos aquí... ¡Por todos los infiernos, qué picante está la carne! ¿La tuya también? La costra no es más que pimienta. ¿Es que el posadero quiere presumir de rico? Y eso que antaño era una de las mejores tabernas de la ciudad. Una vergüenza. Ya no se puede confiar en nada. ¡Muchacha! Agua, pero bien fría. Me arde el paladar...

TOUL

Rémy estaba al borde de la obra y contemplaba la nueva catedral de Toul.

Era entrada la tarde, el sol se hundía ya detrás de los tejados de las casas patricias y dibujaba largas sombras en la plaza. Una ligera brisa alborotaba el polvo que cubría la tierra desnuda, porque hacía días que no llovía. Una enorme estructura envolvía la obra, una extravagante construcción de vigas, escaleras y elevadores de cargas. Jornaleros y siervos llevaban con esfuerzo piedras hasta las grúas y las alzaban hasta el plano superior, donde los bloques eran trabajados por los canteros.

Aún no había mucho que ver. Aunque hacía ya tres años que se trabajaba en la catedral, lo único que ya estaba era el coro. Del resto de las partes del edificio solamente existían los muros de carga. De la antigua catedral no habían dejado más que los cimientos... antiquísima mampostería de los días de los primeros cristianos, que estaba clavada en la tierra como duras raíces y era adecuadísima para sostener la nueva construcción: una iglesia que sería mucho más grande, mucho más fastuosa que la antigua.

Era un proyecto ambicioso, para cuya realización el obispo Eudes no había escatimado en gastos ni esfuerzos. En todo caso, los costes aumentaban, lentos pero seguros, según el rumor... sobre todo los gastos del mortero que todos los días había que elaborar en grandes cantidades en la obra. El obispo Eudes tenía que llevar la cal necesaria para fabricarlo desde el condado de Vaudémont, porque Toul no tenía canteras propias. Sin embargo, hacía dos meses que el conde Hugo había decidido de forma repentina construir un nuevo castillo, y había prohibido usar sus canteras a todos los feudos vecinos. La obra de la iglesia amenazaba con quedar estancada. A Eudes no le quedó otro remedio que adquirir en otra parte el material que necesitaba con tanta urgencia. Había ido a parar a Varennes, donde se encontraba la calera más próxima. Ahora sus trabajadores podían sin duda volver a mezclar el mortero, pero el precio era elevado. Porque el Consejo de Varennes hacía pagar caro el uso de la cantera.

Y ahí entraban Rémy y Bertrand Tolbert.

—Busquemos al obispo —dijo Tolbert, y avanzó a través de la obra.

—¿Un negocio? —repitió agriamente Eudes, mientras recorrían los pasillos del palacio episcopal—. Dejadme que adivine: se trata de la calera, ¿verdad? Mejor dicho: de las tasas de uso. Sin duda vais a comunicarme que por desgracia el Consejo se ve obligado a aumentarlas. Al fin y al cabo, los ciudadanos de Varennes siempre han sabido convertir en moneda contante y sonante la situación de apuro de otros. Es lo que ha hecho grande vuestra ciudad, ¿no?

—De hecho se trata de la cantera —dijo Bertrand. Rémy le dejó hablar. El Consejero sabía más de política que él, y sabía cómo tratar a un alto dignatario de la Iglesia—. Pero no tenemos ninguna intención de aumentar las tasas. Muy al contrario: queremos rebajarlas, para que vuestros gastos de material no asciendan hasta lo desbordante.

El obispo le miró receloso.

—¿Habéis dicho «rebajar»?

—Consideradlo nuestra contribución al éxito de vuestro proyecto.

—Cuando pedí apoyo al Consejo, se me hizo saber que ni deseaba ni era capaz de ayudarme. Disculpad pues que me cueste trabajo creer que de pronto os hayáis vuelto caritativos. ¿Qué ventaja sacáis de este negocio?

—Voy a ser muy sincero con vos, excelencia —dijo Bertrand—. Nuestros motivos son egoístas. Solo rebajaremos las tasas de uso si a cambio hacéis algo por nosotros.

—¿Y es...?

Tolbert pidió a Rémy con una mirada que se lo explicara al obispo.

—Dictaréis un decreto en el que se divide el cargo de *escolasticus*. El abad Wigéric conservará la inspección sobre la escuela del monasterio. Pero la escuela municipal quedará bajo la exclusiva supervisión del Consejo.

—En otras palabras —dijo Eudes—, ¿en el futuro, solo el Consejo podrá decidir quién da clase a los alumnos?

—Es nuestra escuela —repuso Rémy—. Es justo que nombremos al maestro.

—Las nuevas tasas por el uso de la cantera... ¿de qué suma estamos hablando?

—Hasta ahora pagáis treinta libras de plata al mes —respondió Bertrand—. En el futuro, pediríamos tan solo la mitad. Si se incluyen los costes del transporte, vuestros gastos por la cal estarían muy poco por encima de lo que antes pagabais al conde de Vaudémont.

—¿Y podré seguir empleando tanta como necesite?

Tolbert asintió.

El obispo Eudes se detuvo y alzó la vista hacia un nicho en el muro en el que había una pequeña imagen de san Jacques, como si esperase el consejo de su patrón.

—¿Renunciáis cada mes a un montón de plata solo para poder nombrar a un maestro? ¿De verdad esa escuela significa tanto para vos?

—Estamos convencidos de que es extraordinariamente importante para nuestra ciudad, excelencia —respondió Rémy—. Su utilidad no se puede pesar en dinero.

—Si acepto ese trato, irritaré al abad Wigéric —dijo el príncipe de la Iglesia.

—Si no lo hacéis —respondió Bertrand—, corréis el peligro de no poder seguir construyendo vuestra iglesia, porque os quedéis sin dinero un día no demasiado lejano. ¿Queréis arriesgaros a eso solo porque teméis la ira de un abad?

La frente de Eudes se llenó de arrugas. Otra mirada al santo en su alcoba.

—Vayamos a mi despacho —dijo finalmente el eclesiástico.

Acababa de pasar nona cuando Isabelle siguió a las dos monjas por el crucero. En todo el convento las hermanas atendían sus trabajos. En el patio, dos mujeres con hábitos blanquinegros cuidaban el huerto, que desprendía un perturbador aroma a especias.

—Qué alegría que volváis a visitarnos —dijo Felicitas—. ¿Estáis en camino hacia Speyer?

—Estoy volviendo a casa —repuso Isabelle—. He pasado los últimos días en Estrasburgo, y pensé que podía pasar un momento a veros. Quién sabe cuándo volveré a estar en la región.

—Catherine, ¿por qué no traes una copa de sidra para la señora Isabelle? —pidió Felicitas a su hija—. Seguro que está sedienta del viaje.

Catherine asintió y se fue. El hábito de Felicitas crujió un poco cuando se sentó junto a Isabelle en el banco de piedra bajo la arquería. Aquel día hacía casi exactamente tres años que las dos mujeres habían terminado su noviciado y se habían convertido en monjas de pleno derecho del convento. Habían encontrado la paz en Andlau, Felicitas al menos. En lo que a Catherine se refería, era difícil de valorar.

—Sigue sin hablar —constató Isabelle cuando la joven monja desapareció en un corredor.

—Sí —dijo en voz baja Felicitas.

—¿Ni siquiera con vos?

—Ni siquiera conmigo.

Isabelle decidió dejar el tema... era demasiado doloroso para su amiga. Fuera lo que fuese lo que Lefèvre le había hecho a Catherine, había dejado heridas en su alma... tan profundas que no habían curado ni siquiera después de cuatro años.

Al menos Isabelle ya no tenía que preocuparse de su seguridad y la de Felicitas. Sin duda entonces, la primavera que siguió a la muerte de Renouart, Lefèvre había hecho realidad su amenaza y había empezado a buscar a las dos mujeres. Pero, según todos los indicios, nunca se había acercado siquiera al monasterio. Había viajado a Speyer y Metz, y hecho allí pesquisas en la suposición de que Michel las había escondido en una de sus filiales. Al no conseguir nada, interrumpió la búsqueda y volvió a Varennes con las manos vacías. Desde entonces dejaba en paz a Catherine y a Felicitas. Todo apuntaba a que había perdido todo interés por ellas.

Catherine regresó, entregó sonriendo una copa a Isabelle y se sentó junto a ellas. Isabelle y Felicitas charlaron de unas cosas y otras hasta que las campanas llamaron a vísperas.

—Os doy las gracias por la sabrosa sidra —dijo Isabelle al levantarse—. Ha sido hermoso volver a veros.

—¿Ya os vais? —preguntó la mayor—. Quedaos a la oración y cenad con nosotras.

—Debería partir. De lo contrario se me hará tarde.

—De todos modos no llegaréis muy lejos antes de oscurecer. ¿Por qué no pernoctáis aquí? Seguro que la madre superiora no tendrá nada en contra.

Por una parte, Isabelle quería marcharse a casa lo antes posible, para poder ayudar a Michel en los preparativos de la feria. Por otra, no podía ocultar que los muchos viajes de los últimos meses la habían agotado profundamente. La expectativa de pasar la noche en una confortable celda monacal en vez de al raso le parecía de lo más atractiva.

—Está bien —dijo sonriendo—. Me quedaré hasta mañana.

Las dos monjas la pusieron en medio de ellas, se colgaron de sus brazos y la escoltaron hasta la capilla.

Varennes Saint-Jacques

Rémy llevaba semanas esperando ese momento.

Con su padre y Bertrand Tolbert a rastras, fue a la escuela, con el decreto del obispo Eudes en la mano. Los discípulos estaban sentados en el suelo, con sus tablillas de cera en las rodillas. Como era muy temprano, habían encendido sus velas de sebo. El hermano Adhemar caminaba entre ellos, dispuesto a castigar al que armara ruido o diera la respuesta equivocada. Gracias a un feliz azar, también el abad Wigéric estaba presente. El obeso abad estaba en la cabecera de la sala y supervisaba la clase.

—¿Cómo se determina la fecha de la Pascua? —estaba preguntando el hermano Adhemar cuando Rémy abrió la puerta. Los discípulos se volvieron.

—¿Cómo se os ocurre perturbar la *lectura*? —chilló Wigéric—. ¿Es que no veis que el hermano Adhemar está preguntando conocimientos importantes? —Solo entonces el abad observó a Michel y a Bertrand Tolbert. Miró receloso a los dos hombres.

—Está bien, lo haré de forma breve e indolora —dijo Rémy—. Hermano Adhemar, desde este momento ya no podéis enseñar a los discípulos de la escuela municipal. Haced el favor de abandonar la sala. Desde ahora, os está prohibido pisarla. Y a vos también, abad.

El robusto monje estaba tan asombrado que no era capaz de decir palabra. Pero Wigéric se lanzó hacia Rémy chillando:

—¡Esto es inaudito! Os denunciaré al obispo. Alcalde Fleury, exijo una explicación para la descarada conducta de vuestro hijo.

—¿Descarada? En absoluto —replicó amablemente Michel—. Rémy actúa por mandato del Consejo y de acuerdo a los deseos del obispo Eudes.

—Leedlo vos mismo. —Rémy entregó a Wigéric el escrito en el que el obispo certificaba que el cargo de *escolasticus* quedaba repartido en el futuro entre el Consejo y la cabeza de la abadía de Longchamp, y que en adelante el abad Wigéric solo era responsable de la escuela monacal.

El abad miró fijamente el documento.

—No sé con qué viles jugarretas habréis conseguido esta maquinación —dijo al fin—, pero os aseguro que en este asunto no se ha dicho aún la última palabra.

Dio una palmada con el documento en el pecho de Rémy, y los dos monjes se marcharon orgullosamente.

Entretanto, Bertrand había subido a la tribuna.

—La *lectura* ha terminado por hoy. Marchaos a casa. No habrá escuela hasta que hayamos encontrado otro maestro. Vuestros padres tendrán noticias nuestras.

Obedientes, los estudiantes apagaron sus velas de sebo y dejaron las tablillas en la mesa que había junto a la puerta. Apenas habían salido de la sala cuando se produjo un asombroso cambio en ellos: esas almas pequeñas atemorizadas se convirtieron en niños traviesos que corrieron gritando y riendo por el mercado de la sal y desaparecieron en todas direcciones.

Rémy se quedó mirándolos, y sonrió al pensar en la cara de Wigéric al ver el documento. «Sí, en conjunto ha sido una buena mañana.»

—Hablaré enseguida con los heraldos —dijo Bertrand—. Durante una semana, anunciarán en todas las plazas de mercado que buscamos un nuevo maestro.

—Y también la semana siguiente —dijo Rémy—. Durante la feria hay muchos académicos en la ciudad. Quizá alguno que otro necesite un nuevo empleo.

—¿Deben los candidatos presentarse ante vos?

Rémy asintió.

—Haré una selección y presentaré los más adecuados al Consejo.

—¿Y el muchacho que vivió un tiempo en tu casa? —preguntó Michel.

—¿Te refieres a Albertus?

—¿Podemos recurrir a él? Quizá aún esté interesado.

—Hace mucho que vive con su tío en Italia. Me temo que hemos perdido esa oportunidad. —De vez en cuando, a Rémy le llegaba una carta de su amigo. En su última noticia, Albertus le había dicho que llevaba un año estudiando las artes liberales en Padua, y que había ingresado en la joven orden de los dominicos. No, ya no podían contar con Albertus. El erudito de Lauingen aspiraba entretanto a cosas más elevadas.

—Lamentable —dijo Michel—. Hablé muy pocas veces con Albertus, pero me causó buena impresión. Sin duda habría sido un maestro espléndido. Tenía la mezcla adecuada de rigor, sabiduría y erudición.

—Encontraremos otro. —Rémy fue a la sala posterior y cogió la escoba. Tenía la urgente necesidad de barrer y ventilar a conciencia, porque toda la sala, le parecía, apestaba a los polvorientos métodos educativos de Adhemar y al sudor del miedo de los discípulos.

Octubre de 1224

Los consejeros se levantaron de sus asientos cuando los de Metz entraron en la sala. Los hombres se quitaron los abrigos y se sentaron a la mesa que se había dispuesto para los invitados. Michel miró uno por uno a sus visitantes. Eran, sin excepción, patricios, ataviados con valiosos ropajes, las túnicas forradas de armiño y zorro. Pertenecían a la aristocracia de la ciudad y procedían de las *paraiges*, los seis grandes linajes de Metz. La mayoría se sentaban además en el poderoso colegio de los Treize jurés, que gobernaba la ciudad-república. Aunque un mensajero a caballo había anunciado su llegada hacía ya días, nadie en el Consejo conocía el motivo de la visita. Dado que Évrard Bellegrée dirigía en persona la delegación, el asunto tenía que revestir la mayor importancia. Al fin y al cabo, Évrard era uno de los mercaderes más ricos de la Lorena, y además el maestre de los escabinos de Metz, y poseía una enorme influencia política en el ducado. Sin duda no había salido de su torre por una fruslería.

El hombre que se sentaba junto a Évrard era mucho más joven, pero era imposible no ver el parecido entre ellos. Tenía el mismo rostro agraciado y afilado y los mismos ojos de mirada punzante que su vecino; también a él el pelo le caía hasta los hombros, aunque el suyo era abundante y negro. Se había colocado los mechones delanteros detrás de las orejas y llevaba una crespina de seda y ante que dejaba notar su predilección por la ropa cara. Michel ya se había encontrado con él alguna que otra vez... se trataba del hijo de Évrard, Roger. Un excelente mercader y, como su padre, un hombre de gran entendimiento y casi ilimitada falta de escrúpulos, aunque pasaba por ser hombre impulsivo, famoso por sus estallidos de ira. Pero eso no lo hacía menos peligroso, al contrario. Quien tenía que vérselas con los Bellegrée, ya fuera con el padre o con el hijo, hacía bien en practicar la cautela. En otro caso, podía sucederle lo que a aquel mercader de especias de Toul que había sido tan necio como para enemistarse con Évrard. Se decía que aquel hombre vivía desde entonces en un hospital de pobres, y pedía limosna delante de las puertas de los conventos.

—No soy amigo de los grandes discursos… iré al grano —empezó sin rodeos Évrard Bellegrée—. El comercio en Lorena, Borgoña, Renania y el este de Francia se basa en un frágil equilibrio de distintos intereses. Ha costado siglos construir ese equilibrio, a él le debemos el bienestar de todos. Pero el mercado anual de Varennes Saint-Jacques pone en peligro esa pacífica convivencia. Por eso nosotros, los Treize jurés de Metz y los cabezas de las *paraiges*, os exigimos que lo suspendáis.

Un silencio siguió a sus palabras.

Deforest fue el primero que volvió a encontrar las palabras.

—¿Estáis hablando en serio? —preguntó.

—Sin duda no he hecho el viaje hasta Varennes para bromear con vos —respondió cortante Évrard—. Vuestra feria amenaza la paz. Si no desaparece, a Lorena le espera la disputa y el caos.

Hubo un tumulto. Algunos consejeros de Varennes se pusieron en pie de un salto y dieron curso a su ira.

—¿No ocurre más bien que nuestra feria amenaza la posición de predominio de Metz? —gritó René Albert—. Es eso lo que teméis, ¿verdad? Paz en Lorena… ¡dejad que me ría! La paz nunca os ha interesado.

Dos patricios de Metz lo llamaron embustero y empezaron a insultarle. Cuando el alboroto se incrementó, Michel dio una palmada en la mesa y exigió con voz áspera a los reunidos que mantuvieran la calma.

—Gracias —dijo, cuando los hombres volvieron a sentarse—. Tengo que decir, Évrard, que vuestra pretensión me extraña. Durante los pasados cuatro años, nuestro mercado ha ayudado a hacer buenos negocios a todos los mercaderes de la región… también y especialmente a las *paraiges* de Metz. ¿Qué os induce a suponer que nuestra feria es un peligro para el comercio?

Roger Bellegrée respondió en lugar de su padre:

—Vuestro mercado anual se está convirtiendo en una competencia para otros centros comerciales. Con eso destruís un orden maduro y probado. Además, debilitáis los flujos de mercancías hacia la Champaña. Irritaréis al rey de Francia, si es que tal cosa no ha ocurrido ya.

—También el emperador Federico puso esas objeciones —concedió Michel—. Por eso tuvimos cuidado de no entrar en rivalidad con la Champaña. Nuestra feria no debe ser ninguna competencia para los mercados existentes, sino complementarlos. Y parece que lo hemos conseguido… las palabras de elogio a nuestra feria de los mercaderes franceses, alsacianos y de la Baja Lorena hablan un claro lenguaje.

—Si vuestras intenciones son tan pacíficas —repuso Roger—, ¿por qué atraéis mercaderes extranjeros a Varennes? ¿Mercaderes que hasta ahora estaban satisfechos con tener sus filiales en Metz? Este es un descarado ataque a nuestro bienestar, que no encaja tan bien con vuestras protestas de no querer competir con nadie.

—Nosotros no atraemos a nadie. —Henri Duval tomó la palabra—.

Únicamente hacemos ofertas favorables a los mercaderes que quieren asentarse aquí. Así que no hacemos nada que no hagan los Treize. Eso no hará que dichos mercaderes cierren sus sucursales en Metz. Solo un necio renunciaría fácilmente a un punto de apoyo establecido en una gran ciudad comercial.

—Seguro que ahora todavía no. Pero quizá dentro de unos años.

—Entonces, cuidad de que los mercaderes extranjeros sigan sintiéndose a gusto en Metz, para que se queden —dijo Michel—. No veo adónde va a parar esta discusión.

—Yo tampoco —dijo Évrard Bellegrée—. Hemos expresado nuestro deseo con claridad, pero lo repetiré gustoso para vos, señor Fleury: poned fin al mercado anual, o sentiréis las consecuencias.

—¿Y qué consecuencias serían? Os recuerdo que el emperador en persona ha autorizado esta feria. Si nos impedís llevarla a cabo, estaréis violando el derecho real.

—El emperador está en Sicilia y no se preocupa del norte del reino, y su hijo Enrique es un niño de trece años. En vuestro lugar, yo no confiaría demasiado en la corona.

—¿Nos amenazáis? —preguntó relajado Michel—. ¿En nuestro propio ayuntamiento?

—Tan solo apelo a vuestra inteligencia. Ahora, está en vuestras manos sacar las conclusiones adecuadas. Vos tenéis la elección: esforzaos en conservar la larga amistad entre Varennes y Metz... o pisoteadla. Pero entonces vos mismo seréis responsable de todo lo que ocurra.

Los de Metz se levantaron en bloque y salieron de la sala.

—¿Qué se cree este tipo? —se indignó Gaillard Le Masson cuando los hombres se hubieron ido—. Viene aquí y piensa que puede imponer exigencias solo porque es el gran Évrard Bellegrée. ¡Por Dios! Nunca había visto desvergüenza igual. No me disgustaría llamar a los corchetes y echarlo de la ciudad.

—Sí, es una desvergüenza. —Duval entrelazó las esbeltas manos encima de la mesa—. Por desgracia, una que tenemos que tomar en serio. No caben bromas con Bellegrée.

—¿No tendréis intención de ceder ante él? —preguntó Guichard Bonet.

—Claro que no —respondió Michel—. El mercado anual es la más importante innovación de los últimos diez años. No vamos a renunciar a él solo porque Bellegrée tema por su bienestar. Pero debemos tener cuidado. Évrard no es hombre que amenace en vano. Sin duda intentará complicarnos la vida hasta que nos dobleguemos.

—¿Está en su mano impedirnos organizar la feria? —preguntó Tolbert.

—Évrard es el maestre de los escabinos de Metz —dijo Deforest—. Está a la cabeza de la ciudad más grande y más rica de Lorena. Si lo desea, puede poner en marcha fuerzas poderosas. Naturalmente que podría impedírnoslo. Pero no creo que lo haga. Sin duda dice no temer a la corona, pero dudo que quiera arriesgarse a atraer la ira del emperador. Procederá de forma más sutil. Más traicionera.

Esa era también la valoración de la situación que hacía Michel.

—Debemos estar preparados para todo. Bertrand, poned en estado de alarma a la guarnición de la ciudad. Redoblad la guardia en los terrenos de la feria. En cuanto los primeros mercaderes extranjeros lleguen, deben tener la mejor protección posible. Y, en lo que a los de Metz se refiere, no vamos a entrar en jueguecitos. Si crean problemas y violan la paz del mercado, los echaremos de la ciudad sin contemplaciones.

Miró a su alrededor.

—Señores, hemos plantado cara a obispos y a nobles. Évrard tal vez sea rico y poderoso, pero en última instancia no es más que un mercader... un mercader como nosotros. Sería para reírse que no pudiéramos con él.

—¡Tiene razón! —gritó Deforest, y se levantó, con la copa de vino en la mano—. ¡Por Michel! ¡Por Varennes Saint-Jacques!

—¡Por Michel! ¡Por Varennes Saint-Jacques! —rugieron los otros.

Rémy comprobó cada página del salterio, leyó cada salmo, examinó todas las miniaturas. Al principio, Jean-Pierre Cordonnier aún le miraba por encima del hombro e intentaba aportar algo. Pero, como el maestre de la fraternidad apenas sabía leer y no entendía nada de iluminación de libros, pronto había renunciado. Se había sentado a la mesa con Gaston y Dreux y dejaba en manos de Rémy juzgar la obra maestra de Gaston.

El oficial había trabajado en el salterio cada instante que pasaba despierto, a veces hasta entrada la noche. De ese modo, había terminado ya unos días antes de la feria. El resultado estaba a la vista. Los textos no tenían un solo error, la escritura era regular, elegante y agradable de leer. También a la hora de disponer el adorno del libro Gaston había demostrado habilidad artesanal: cada capitular y cada miniatura eran una pequeña obra de arte. Rémy no estaba poco impresionado al ver cuánto había evolucionado su oficial en los últimos años. Antes, Gaston se había limitado a imitar su estilo, pero hacía mucho que había superado esa fase: sus ilustraciones tenían sin duda un toque individual.

Era ya entrada la tarde cuando Rémy cerró por fin el códice. Como atendiendo una orden, Gaston y Dreux se levantaron. El viejo se comportaba como si se tratara de una cosa suya. Estaba casi tan nervioso como Gaston.

—¿Qué dices? —preguntó Jean-Pierre.

—Estoy desconcertado —respondió Rémy.

—¿Es tan malo? —preguntó Gaston.

Rémy sonrió.

—Estoy desconcertado con lo perfecto que es. Ni un solo error en todo el libro. Me temo que me he ganado un peligroso competidor.

Dreux frunció el ceño, confundido.

—¿Y qué significa eso? ¿Que Gaston no va a ser maestro?

—Solo estoy bromeando. Gaston, es un trabajo magnífico, digno de un maestro. Estoy orgulloso de ti.

Gaston estaba radiante cuando Rémy y Jean-Pierre le felicitaron. Dreux le palmeó los hombros y chilló:

—¿No te lo había dicho? ¿No te lo había dicho?

Feliz y confuso, Gaston dio las gracias. Jean-Pierre llenó cuatro copas de vino, y brindaron.

—Ven mañana a la capilla, para que te nombre maestro en toda regla —dijo Cordonnier—. Luego lo celebraremos con nuestros hermanos.

—He preparado una cosa. —Rémy abrió un arcón y entregó un pergamino a Gaston—. Tu cédula de maestro. Con ella podrás gestionar un taller propio en cualquier parte del reino, contratar oficiales y formar aprendices.

Gaston leyó el documento con reverencia.

—Os lo agradezco, maestro.

—Basta ya de esa tontería del «vos» —dijo Jean-Pierre—. Ahora somos iguales. Háblanos de tú.

—¿Qué planes tienes para el futuro? —preguntó Rémy—. ¿Sigues pensando en irte a Metz?

—He cambiado de opinión —respondió el reciente maestro—. Voy a probar suerte en Verdún. Allí aún no hay ningún escribiente profano. Acabo de escribir al obispo. Me permite abrir un taller.

—¿Cuándo te marchas?

—Después de la fiesta.

—¿Tan pronto? ¿No vas a trabajar un tiempo para mí, por lo menos hasta fin de mes? Te pagaré más sueldo.

Gaston sonrió con timidez.

—Gracias por la oferta, pero quiero tener por fin algo propio. Ya no puedo esperar más.

Rémy asintió.

—Nadie podría entenderlo mejor que yo. Te echaremos de menos. ¿Verdad, Dreux?

El anciano no respondió. Tenía la cabeza baja, y sus hombros temblaban.

—No me digas que estás llorando.

—¡Yo no! —replicó el anciano, y se pasó una manga por el rostro—. Me ha entrado algo en el ojo. Un mosquito, o algo así. ¡Malditos bichos! Que el diablo se los lleve...

Una semana más tarde de la desagradable visita de los de Metz empezó la feria.

Después de que Michel saludara como todos los años a los mercaderes extranjeros, Bertrand Tolbert avanzó hasta la plaza situada en el centro de los terrenos de la feria y gritó:

—¡A la de tres! ¡Uno... dos... tres!

Varios criados agarraron la soga y erigieron la cruz del mercado, con los rostros convertidos en muecas por el esfuerzo. Michel se retiró entretanto bajo la carpa tendida y observó el trajín en los puestos y en los corrales, que empezó poco después. Lloviznaba, pero eso no impidió a los mercaderes extranjeros y locales, artesanos y campesinos ensalzar sus productos y hacer negocios a placer. De hecho, a pesar del mal tiempo el mercado tenía tantos visitantes como nunca. Las hospederías de la ciudad reventaban por las costuras, aunque con sabia previsión el Consejo había ampliado el albergue.

«Necesitamos una lonja», pensó Michel. «Para que las especias y otras mercancías sensibles estén mejor protegidas del viento y la lluvia.» Decidió presentar al Consejo la correspondiente propuesta en la siguiente reunión. Quizá pudieran empezar las obras la próxima primavera.

Para su sorpresa, los gremios de Metz habían acudido en bloque y, como los años anteriores, habían alquilado un callejón completo en los terrenos. Sus miembros comerciaban como si no hubiera pasado nada. Entre la multitud descubrió a Évrard y a Roger Bellegrée, que vigilaban a sus criados mientras descargaban las balas de paño. Los dos patricios estaban en un pequeño claro en medio del bullicio, como si la gente tuviera miedo de acercárseles demasiado. A pesar del ruido, pudo oír sus voces imperativas.

—Una moneda de oro por vuestros pensamientos —murmuró Michel.

Isabelle, Sieghart Weiss y Robert Michelet tuvieron trabajo a manos llenas durante toda la mañana. La feria empezaba de manera extremadamente prometedora. Corredores de los gremios extranjeros, artesanos de las ciudades vecinas y mercaderes ingleses, franceses y flamencos llegaban en manada hasta su puesto y casi se peleaban por su sal, su mineral de hierro, su *panno pratese*. Cuando las campanas tocaron a sexta, ya habían ganado más de veinte libras de plata... tanto como en ningún primer día de feria. El clima había mejorado un poco, el sol salió, y muchos visitantes se refrescaron a mediodía en los numerosos quioscos y figones apretujados junto al camino. Isabelle decidió aprovechar la calma, porque sin duda duraría poco. Sacó de su bolsa un poco de pan, fiambre y queso, se sentó en una caja vacía y charló con Sieghart y Robert mientras comía.

El puesto de Lefèvre se encontraba al otro lado del callejón, en diagonal al suyo. El antiguo usurero participaba en la feria por primera vez, y parecía hacer buenos negocios, hasta donde Isabelle podía juzgarlo. Llevaba observándole toda la mañana. Acababa de vender varios toneles de sal a un inglés, y había sellado el negocio con un apretón de manos.

¿Se habría reformado aquel hombre?

Isabelle tenía sus dudas al respecto. La maldad era profunda en él... algo así no se lo sacudía uno de la noche a la mañana. En todo caso, tenía que admitir que hacía mucho tiempo que no era culpable de nada. Ni negocios de usura, ni maquinaciones al borde de la legalidad, ni intrigas contra el Consejo o contra la familia de Isabelle. Hacía un trabajo honrado por primera vez en su vida.

Entrecerró los ojos. Todo hombre merecía una segunda oportunidad, incluso un monstruo como Lefèvre. Y sin embargo... su buena conducta no le parecía auténtica. Sencillamente, no podía creer que hubiera encontrado a Dios, como algunos afirmaban.

Pensó en Catherine, que llevaba cuatro años sin decir una sola palabra... que aún se estremecía cuando se pronunciaba el nombre de Lefèvre. «No creas que hemos olvidado tus crímenes. Te tenemos vigilado.»

Como si el antiguo usurero hubiera escuchado sus pensamientos, se volvió de repente y fue hacia ella. Por pura costumbre, Isabelle se preparó para un feo intercambio de frases. Pero Lefèvre se limitó a saludar con un gesto de cabeza y a decir: «Señora Isabelle. ¿Cómo van los negocios?», antes de desaparecer entre la multitud.

—¿A qué demonios ha venido eso? —murmuró Sieghart.

Isabelle se quedó mirando a Lefèvre. De pronto se estremeció, como si la hubiera rozado el aliento de un demonio.

Nadie sabía exactamente cuánta gente acudía cada año a la feria de octubre. Diez mil, calculaba el Consejo. Algunos llegaban por la mañana temprano y se iban por la noche, pero la mayoría se quedaba al menos una noche, cuando no toda la semana. Eso significaba que el número de personas dentro de los muros de la ciudad se duplicaba a veces. Cualquier cama libre se alquilaba. Los albergues estaban repletos. La gente dormía en establos, iglesias y en los cruceros de los claustros. En los callejones reinaba un tumulto indescriptible, allá adonde se fuera se podía oír una docena de lenguas y dialectos distintos. Los baños, las tabernas y las chicas de placer de Maman Marguérite apenas podían con la clientela.

También Rémy tenía trabajo a manos llenas durante el mercado anual. De la mañana a la noche escribía cartas y copiaba contratos de compraventa y certificados de deuda, porque en absoluto todos los visitantes de la feria eran mercaderes ni sabían escribir. La mayoría eran simples campesinos, artesanos y buhoneros, que necesitaban su ayuda en esas cosas.

Ahora que Gaston ya no estaba, apenas podía con el trabajo. Dreux se esforzaba en descargarle en la medida de sus fuerzas, ocupándose de los clientes que esperaban, preparando el pergamino para el próximo encargo o mezclando tinta fresca. Pero no podía quitarle a Rémy el verdadero trabajo, porque para entonces su vista estaba demasiado enturbiada.

Rémy necesitaba con urgencia un nuevo aprendiz. De hecho su padre ya le había proporcionado uno: hacía algunos días que el mercader Victor Fébus había estado allí y le había pedido que tomara como aprendiz a su hijo menor, Olivier.

—El chico no vale para mercader —había dicho con desprecio Fébus—. Quizá al menos podáis hacer de él un artesano decente.

Rémy había hablado luego con Olivier y había comprobado que aquel chico tímido y desgarbado cumplía como mínimo con todos los requisitos para ser aprendiz de su taller: dominaba el latín de palabra y por escrito. Al parecer, Albertus había hecho un buen trabajo como preceptor de Olivier, de forma que el hermano Adhemar no había podido impedir que Olivier adquiriese en la escuela algo parecido a la educación.

Por desgracia, en los próximos días el muchacho no iba a estar disponible. Desde que había cerrado la escuela, Olivier tenía que ayudar en el negocio de su padre, y después de la feria viajaría a Alemania con Victor y sus hermanos mayores. Sin duda normalmente los comerciantes de Varennes no hacían viajes largos a finales de otoño y en invierno, pero dado que había en Magdeburgo un negocio lucrativo Fébus no quería esperar hasta la primavera. Por eso Olivier solo empezaría su aprendizaje después de su regreso… como muy pronto al cabo de dos meses.

—Es demasiado tarde. Lo necesito ya esta semana —había dicho Rémy.

—Pero no puedo prescindir del chico —había respondido Victor—. Uno de mis criados ha muerto, y hasta que haya encontrado sustituto tiene que arrimar el hombro en el negocio.

Rémy sabía que no hallaría otro aprendiz con tan buenos conocimientos de latín. Así que no le había quedado otro remedio que aceptar el arreglo, aunque eso significaba que mientras durase el mercado tendría que hacer solo todo aquel trabajo.

El jaleo empezó a última hora de la tarde del primer día de feria. Hora tras hora, los clientes se plantaban a la puerta, de manera que Dreux y Rémy apenas encontraron tiempo de tomar un bocado. Solo cuando vísperas se acercaba hubo algo más de calma.

Rémy estaba sentado con su último cliente, un tratante de ganado, y anotaba en su tabla de cera el texto que aquel hombre le dictaba, cuando entró una joven. A juzgar por su exquisita vestimenta, tenía que ser una patricia o una dama noble. Se echó atrás la capucha, tenía el manto húmedo por la llovizna. Rémy nunca la había visto en Varennes. Dreux estaba en el sótano en ese momento, así que ella esperó a la puerta, mirando a su alrededor con curiosidad.

Rémy tomó nota de la última frase.

—Pasaré el contrato a limpio esta misma noche. Mañana temprano podréis recogerlo.

—¿Cuánto es? —preguntó el tratante.

—Cuatro deniers. Dos por el pergamino y por la tinta, dos por mi trabajo.

Una vez que el cliente se hubo marchado, Rémy se volvió hacia la mujer. Era de talla delicada, esbelta y un poco más baja que él. Ocultaba el cabello bajo una cofia. La tela de lino rodeaba un rostro en forma de corazón, de ojos verde musgo, cejas de vibrante dibujo y una nariz delgada, ligeramente respingona.

Rémy no pudo evitar quedarse mirándola un momento. No poseía una belleza clásica, pero algo en su rostro le fascinó. Parecía estar hecho de muchas pequeñas singularidades, que encajaban de forma espléndida y lo hacían inconfundible.

No podía dejarse deslumbrar por su encanto... se imponía la cautela. Las mujeres de alta cuna eran los clientes más difíciles. La mayoría de las veces planteaban exigencias excesivas, manifestaban innumerables deseos especiales y luego siempre tenían algo que objetar a todo. Los encargos de las damas nobles no pocas veces resultaban fuente de interminables molestias.

—¿Qué deseáis? —preguntó.

—¿Maestro Rémy? —Hablaba en lorenés.

Él asintió.

Ella abrió su bolsa y sacó de ella un librito.

—¿Podéis hacer una copia de esto?

Era un libro de horas, un gastado y leído ejemplar, que no tardaría en desencuadernarse. Rémy lo hojeó. Era muy sencillo y contenía los habituales cánticos y oraciones, además de un calendario, fragmentos de los Evangelios, las letanías y el oficio de difuntos.

—¿Deseáis tan solo una copia de los textos, o debo añadir también adornos?

—Nada de adornos. No es una pieza de colección. Solo lo necesito para mis oraciones.

—Eso supone seis sous. Podéis venir por él dentro de seis semanas.... digamos el lunes después del primer domingo de Adviento.

—¿Por qué tan tarde?

Rémy estaba cansado y hambriento, y su respuesta sonó más irritada de lo que pretendía:

—Ahora mismo tengo mucho que hacer. No puedo ir más deprisa. Si os parece demasiado tiempo, tendréis que ir a otra parte.

Ella le miró, levemente extrañada.

—No, está bien —dijo—. Puedo seguir usando mi viejo salterio hasta entonces. —Abrió su bolsa y le tendió seis monedas de chelín.

—Tres son suficientes. En los encargos grandes, tomo la mitad como pago a cuenta —explicó—. El resto me lo pagaréis cuando tengáis el libro.

—No es necesario. Confío en vos.

—Gracias. —Rémy se avergonzó un tanto de haber sido tan poco amistoso antes.

Esperaba que ahora se iría. Pero su brusquedad no parecía haberla impresionado. Pasó por delante de él y contempló la estantería con los pigmentos, el atril de escribir y la mesa en la que se cortaba el pergamino.

—Así que este es el taller del famoso maestro Rémy.

—¿Famoso? —Se frotó la nariz—. Eso me parece un poco exagerado.

Ella sonrió.

—En absoluto. Se conoce vuestro nombre en toda Lorena y más allá. Incluso en Basilea se ensalza vuestro trabajo; ¿lo sabíais?

—Es nuevo para mí —dijo Rémy, perplejo.

—Hace tiempo que quería visitar vuestro taller… el lugar del que salen todos esos espléndidos libros. Tengo que confesar que os había imaginado distinto.

—¿Ah, sí?

—Más viejo. Más calvo. Más parecido a un monje entrado en años. —Movió sonriente la cabeza—. Ya lo sé, es necio. No preguntéis cómo se me ocurrió.

Entonces descubrió la *De brevitate vitae* de Séneca, que Rémy tenía expuesto en la parte trasera del taller. Sus ojos brillaron.

—Mi obra maestra —explicó él, cuando ella le miró inquisitiva.

—¿Puedo?

Él asintió. Ella puso el códice en el atril y lo abrió.

—Llevo años buscando este libro. ¿Es de verdad tan inteligente y erudito como dicen?

—Es uno de los libros más hermosos que conozco. Ha cambiado mi vida.

Ella pasó las páginas, llena de respeto. Rémy pensó que, a todas luces, se había equivocado con ella. No parecía una de esas damas arrogantes que coleccionaban libros porque con los códices iluminados se podía impresionar a los invitados. Se interesaba, de hecho, por el contenido.

Ella le lanzó una mirada tímida.

—No quiero parecer desvergonzada, pero ¿creéis que podríais prestármelo? Me gustaría tanto leerlo. Tenéis mi palabra de que lo trataré con cuidado y os lo devolveré en cuanto lo haya terminado.

—Lo siento, pero no presto ese libro. Es demasiado valioso.

—Claro —dijo ella, pero él vio la decepción en sus ojos.

Rémy suspiró interiormente.

—Pero tengo otro ejemplar. Esperad aquí. —Corrió arriba y cogió la *De brevitate vitae* del legado de Villard—. No es tan bonito, pero el contenido es el mismo. Devolvédmelo simplemente uno de estos días.

Otra vez aquella sonrisa, que hacía resplandecer sus ojos, cuando le entregó el libro.

—No sé qué decir. Mil gracias. Lo cuidaré bien, os lo prometo.

Él se limitó a asentir. Algo le decía que con ella el libro estaba en buenas manos.

Justo en ese momento las campanas de Notre-Dame-des-Champs tocaron a vísperas.

—Por todos los arcángeles, ¿de verdad ya es tan tarde? Tengo que irme. —Guardó el libro en su bolsa. Rémy le abrió la puerta, ella se puso la capucha del manto y salió a la llovizna—. Hasta pronto, maestro Rémy —se despidió.

—Esperad. No me habéis dicho vuestro nombre.

—¿Para qué necesitáis saberlo? —preguntó ella, sonriente.

—No necesito saberlo. Pero me gustaría.

—Philippine.

—¿Solo Philippine?

—Philippine Deschamps —añadió ella, antes de irse al fin.

—Philippine, Philippine Deschamps —repitió Rémy en voz baja desde la puerta, mientras la miraba irse.

Dreux apareció a su lado, polvoriento de su excursión al sótano, con varios rollos de pergamino en las manos. El anciano entrecerró los enturbiados ojos.

—¿Quién era?

—Solo un cliente —respondió Rémy, y cerró la puerta.

Los de Metz estuvieron tranquilos todo el día. Ninguno de ellos intentó perturbar la feria o causar otro tipo de problemas. Michel empezaba a preguntarse si había sobreestimado el poder y la maldad de Évrard Bellegrée. Quizá las palabras grandilocuentes del maestre de los escabinos no habían sido más que amenazas vacías. Quizá en secreto Évrard y Roger tenían claro que no podían hacer nada contra un mercado autorizado por el emperador.

Pero, cuando entrada la tarde habló con algunos otros consejeros, se dio cuenta de que se había alegrado demasiado pronto.

—¿Qué significa que no quieren pagar? —preguntó.

—No solo las tasas, tampoco los aranceles sobre sus mercaderías —explicó René Albert, que seguía ostentando el cargo de inspector superior de mercados—. Cuando nuestra gente fue a recaudar el dinero, se negaron en redondo a darles ni un denier.

—Todos los mercaderes de Metz participan —completó Guichard

Bonet, al que desde las últimas elecciones al Consejo estaban sometidos los aduaneros municipales—. Tienen que haberse puesto de acuerdo.

—¿Todos los de Metz? ¿También Robert Michelet?

—A excepción de nuestros *fattori*, naturalmente —respondió Albert—. Pero son los únicos de sus gremios.

—¿Y lo habéis permitido? —preguntó Duval.

—¿Qué deberían haber hecho los hombres? —repuso Bonet—. Siempre van en parejas de puesto en puesto. Cuando discutieron con los de Metz, los maestres de sus gremios llamaron a todos los mercenarios disponibles. Los echaron de allí en toda regla.

—Ahora vamos a verlo —dijo Michel, furioso—. Llamad a Bertrand. Que reúna cincuenta guardias y venga lo antes posible.

—¿Cincuenta? —preguntó Duval, cuando Bonet y Albert se fueron—. ¿No es un poco exagerado?

—Tenemos que vérnoslas con Évrard y Roger Bellegrée. Ya los habéis oído en la reunión del Consejo. Con ellos las hermosas palabras no sirven. Si cedemos ahora ya no nos tomarán en serio. La fuerza es lo único que respetan. Quieren la confrontación… la tendrán.

Poco después llegó Tolbert, corregidor de la ciudad desde hacía cuatro años, con sus hombres. Entre las asombradas miradas de los visitantes de la feria, la tropa desfiló hasta la zona del terreno en la que los de Metz habían instalado sus puestos de venta. Los sargentos de los Treize jurés, sentados a un fuego delante de una de las carpas, echaron mano a sus armas, así como los mercenarios de los mercaderes. Los maestres de Metz y los cabezas de las *paraiges* se congregaron en el puesto de los Bellegrée y se plantaron, amenazadores, ante Michel y sus acompañantes.

—¿Qué significa esto? —ladró Évrard, mirando la media cincuentena de guardias—. ¿Una declaración de guerra?

—Se me ha informado de que os negáis a pagar tasas y aranceles —explicó ásperamente Michel—. Me cuesta trabajo creer que mercaderes honrados como vos podáis ser tan negligentes. Al fin y al cabo sois nuestros invitados. Sin duda no os atreveréis a despreciar de forma tan desconsiderada las leyes de Varennes y además pisotear nuestra hospitalidad, ¿verdad? Así que… ¿cómo ha podido producirse este lamentable error?

—No se trata de ningún error —respondió belicoso Roger Bellegrée—. Hemos retenido las tasas como indemnización por los daños que nos causáis con este mercado. Aparte de eso, son demasiado altas, y una bofetada para cualquier mercader que trabaje duro.

—Cualquiera que visita nuestra feria se compromete a abonar todas las tasas en toda su cuantía. El que infringe esto viola la paz del mercado. ¿De verdad tengo que explicaros cuál es la sanción?

—¡No es un delito defenderse de un atraco y de las maquinaciones contra los negocios! —ladró Roger.

—Bertrand. —Michel se volvió hacia el corregidor—. Haced que vues-

tros hombres desmonten inmediatamente los puestos de todos los mercaderes de Metz y saquen sus mercaderías, carros, animales de monta y
tiendas de campaña de los terrenos de la feria. Además, incautaos de mercancías por el valor de las tasas que no se han pagado. Los mercaderes,
mercenarios, sargentos o ayudantes que se os resistan serán prendidos.
Quien recurra a las armas o llegue a herir a un dignatario municipal será
considerado violador de la paz, llevado de inmediato ante el tribunal del
mercado y condenado.

—Con el mayor placer —gruñó Tolbert, y ordenó a sus gentes poner
manos a la obra.

—No os atreveréis —dijo Évrard entre dientes.

—Lo que ahora suceda está únicamente en vuestras manos —respondió Michel—. Pagad las tasas... o vivid con las consecuencias.

Cuando los guardias se desplegaron, Bellegrée apretó los dientes, rabioso, y se volvió a su gente.

—¡Desmontad los puestos! —gritó—. Ya no somos bienvenidos aquí.
Os arrepentiréis —dijo a Michel—. Nadie se hace enemigo de la ciudad
de Metz sin sufrir su castigo.

—Os deseo un buen viaje de vuelta, Évrard.

Al anochecer, los de Metz habían despejado sin nuevos incidentes los
terrenos de la feria.

—Si hubiera sabido lo que las *paraiges* pretendían os habría avisado
—dijo Robert Michelet, cuando más tarde se reunieron en casa de Michel—. Pero no me lo contaron. No me he enterado hasta esta tarde.

—No os hagáis reproche alguno. Sabemos que podemos confiar en
vos —repuso Isabelle—. Es mejor que pensemos cómo protegernos. A los
ojos de las *paraiges*, ahora sois cómplice del enemigo. Se os hará sentir.

Robert asintió.

—Cuento con eso.

Lo dijo sin temor alguno, aunque tenía que saber que le esperaba una
época difícil, quizá incluso peligrosa. El respeto de Michel por su *fattore*
había aumentado enormemente. Aquel hombre podía ser tieso, puntilloso y carente de sentido del humor, pero tenía nervio, eso había que con-
cedérselo.

—¿Regresaréis a Metz mañana con vuestro gremio? —preguntó Michel.

—Eso es decisión vuestra —repuso Robert—. ¿Qué me aconsejáis?

Michel miró a Isabelle. Dado que en los últimos años había estado en
Metz con mucha más frecuencia que él, podía valorar mejor la situación
allí.

—Debéis ir —dijo ella—. Si os quedáis, al final os acusarán de violar
vuestro juramento y os privarán de la pertenencia al gremio... y eso no

sería útil para nadie. En los próximos tiempos, tratad de llamar la atención lo menos posible. No deis a vuestro gremio y a los Treize jurés ningún pretexto para proceder contra vos.

—¿Y si aun así lo hacen?

—No derrochéis fuerzas en defenderos —dijo Michel—. Los Treize y Évrard controlan la guardia de la ciudad, los tribunales y todos los cargos importantes. No podéis hacer nada contra ellos. Si os amenazan, cerrad la sucursal y venid enseguida a Varennes. No debéis poner en peligro vuestra integridad física en ningún caso.

—Quizá tengamos suerte y no se llegue a eso —dijo el *fattore*.

—Vuestra confianza os honra, pero lo dudo —repuso Michel, mientras hacía girar la copa en su mano—. Me temo que esta historia no ha hecho más que empezar…

A la mañana siguiente, la ciudad entera hablaba del choque de Michel con Évrard Bellegrée. Dreux estaba cada vez más excitado.

—Son en verdad malas nuevas —dijo, sombrío, cuando un cliente le contó a Rémy que los de Metz se habían marchado precipitadamente—. Los Bellegrée son poderosos y no tienen escrúpulos. Si se llega a un pleito con ellos, ¡que Dios se apiade de nosotros!

Entretanto Rémy tenía otras preocupaciones: los primeros candidatos al puesto de maestro se estaban presentando ante él. Dado que durante el trabajo no tenía tiempo de hablar con ellos, les pedía que volvieran a mediodía. Cuando las campanas tocaron a sexta, cerró su taller durante una hora y pidió a los hombres que fueran entrando de uno en uno.

Ninguno de los tres era de allí. Habían acudido a Varennes en busca de trabajo, con las caravanas de los gremios extranjeros. Aunque tenían experiencia como preceptores domésticos, ninguno pudo convencer a Rémy. El primero era un antiguo mercenario que sin duda decía hablar latín, pero no era capaz de formar una sola frase correcta. El segundo, un antiguo estudiante de la Facultad de Artes de París, era tímido a tal punto que Rémy no le creyó capaz de dominar a un grupo de niños. El tercer candidato, por fin, se jactaba de su severidad y de su vara fácil, y a Rémy le recordó, y no para bien, al hermano Adhemar. Así que los despidió y esperó tener más suerte al día siguiente.

Luego, volvió a dedicarse al trabajo. Estuvo toda la tarde mirando la puerta, y se sorprendió deseando que Philippine apareciera. Pero no contaba con volver a verla hasta dentro de unos días… seguramente tenía otras cosas que hacer que andar leyendo *De brevitate vitae*. Tanto más sorprendido quedó cuando entró en el taller poco después de nona.

Sonriente, abrió su bolsa.

—Aquí tenéis vuestro libro, tal como os prometí.

—¿Ya lo habéis leído?

—Lo he devorado. Me temo que cuando un libro me entusiasma tiendo a la codicia y a la desmesura.

—Me alegra que os guste.

—Parecéis sorprendido —dijo ella—. Sin duda no conocéis muchas mujeres que se interesen por los filósofos antiguos.

—No, no muchas —confirmó Rémy—. Pero tampoco muchos hombres.

—Asombroso, ¿no? Se podría pensar que cualquier persona instruida gustaría de Séneca y de los otros pensadores antiguos. Con todo lo que podemos aprender de ellos. Eran mucho más inteligentes y cultivados que nosotros. ¿No os ocurre que deseáis a veces haber vivido en la antigua Roma?

Estaba claro que llevaba la sorpresa escrita en el rostro, porque ella sonrió irritada.

—¿He dicho algo equivocado?

—En absoluto. Un amigo me habló una vez de Séneca de forma parecida. Acabáis de recordármelo.

—¿Os gustaría charlar un poco sobre el libro? —preguntó Philippine—. ¿U os distraigo de vuestro trabajo?

—Hay tanto que hacer que no sé dónde tengo la cabeza. —Sonrió—. Creo que una pausa me hará bien.

—Pero debemos copiar el certificado de deuda de Jean-Pierre Cordonnier hoy, maestro —dijo Dreux, que estaba en la parte trasera del taller y simulaba alisar las tablillas de cera, pero en realidad había estado aguzando curioso las orejas todo el tiempo.

—Eso puede esperar hasta mañana temprano.

—Pero por la mañana no podemos hacer nada de tantos clientes. Además, seguro que habrá montones de candidatos para la escuela esperando a la puerta.

—Deja que yo me ocupe de eso. Tú a tus tablillas, Dreux. Y luego hay que limpiar la estantería.

A regañadientes, el viejo volvió a dedicarse a su trabajo.

—¿Queréis tomar algo? —dijo Rémy volviéndose hacia Philippine.

—Con gusto.

—Por favor, sentaos. —Fue a la cocina y llenó dos copas de cerveza—. ¿Estáis en Varennes a causa de la feria? —preguntó de pasada mientras se dirigía hacia ella.

—¿No es posible que haya emprendido el viaje para visitar vuestro taller?

—¿Así que venís de muy lejos?

Los ojos de ella mostraron un brillo burlón.

—¿Acaso intentáis interrogarme, maestro Rémy?

—Tan solo quisiera saber con quién tengo que vérmelas. —Se sentó a su lado.

—Bueno, conocéis mi nombre y sabéis que amo los libros. ¿No os basta con eso?

Él sonrió. Así que quería jugar con él. Muy bien, asumió gustoso el desafío.

—¿Por qué bebemos?

—¿Por Séneca?

—Por Séneca.

Brindaron.

—¿Vivís conforme a él? —Philippine señaló el *De brevitate vitae* que yacía en la mesa delante de ella.

—Creo que llevo una vida plena. Si es a eso a lo que os referís.

—¿Os dedicáis por entero al ocio y la sabiduría, como Séneca recomienda? ¿No hay pasiones y deseos que os alejen a veces de la vida buena?

—He superado todos los deseos —declaró él con fingida gravedad—. Vivo de manera virtuosa.

—¿Así que sois un aburrido?

—Prefiero la denominación «filósofo».

—La modestia no es precisamente vuestro fuerte, ¿eh?

Él la miró desafiante a los ojos.

—¿Cuáles son vuestras pasiones? ¿Os entregáis a los dados? ¿Coleccionáis objetos de valor? ¿Hay quizá algún amado?

—Ya empezáis otra vez. Y además os estáis mostrando descarado —replicó ella, aunque era evidente que disfrutaba de la esgrima verbal.

Rémy alzó las manos en gesto defensivo.

—Hablábamos de Séneca. Si queremos averiguar si vivimos conforme a él, tenemos que descubrir nuestras bajas pasiones.

—¿Ah, sí? ¿De manera que solo practicáis la curiosidad científica?

—Tan solo quiero ayudaros a dominar vuestras pasiones.

—Hay una pasión —dijo ella—. Pero no podéis quitármela. Sobre todo porque ya ha recibido nuevo alimento.

—¿Y es...?

—Los libros. Me consumo por ellos. No puedo saciarme de ellos.

—Y me llamáis aburrido a mí —dijo él.

—¿Qué pasión os gusta a vos?

—Como he dicho, mi única aspiración es la virtud.

—¿Y qué virtudes apreciáis vos en una mujer? —preguntó ella con osadía.

—Sinceridad. Honestidad. Un hombre debería saber a qué atenérselas con una mujer.

—¿No os estimulan más bien las mujeres rodeadas de enigmas y secretos?

—Los secretos siempre despiertan en mí el deseo de descubrirlos.

—¡Así que no estáis por completo libre de deseos! —dijo ella triunfal.

—Me habéis atrapado —confesó él.

—Pero ¿cómo llamaremos a esa pasión? —insistió ella—. ¿Es enfermiza curiosidad... o quizá lujuria?

—Calmad mi deseo diciéndome quién sois y de dónde venís, y os explicaré la naturaleza exacta de mi pasión.

—Creo que vuestro auténtico carácter se mostrará más si os oculto aún un tiempo ese saber...

En ese momento dos hombres entraron en el taller.

—Buscamos al maestro Rémy, el escribano —dijo uno—. Debe ayudarnos a componer un contrato.

Rémy suspiró por dentro.

—Disculpadme —dijo, y se levantó.

—No pasa nada —respondió—. De todos modos tengo que irme.

—¿Continuaremos nuestra erudita disputa mañana?

Ella se limitó a sonreír.

—Que os vaya bien, maestro Rémy. —Se envolvió en su manto y se fue.

«¿Quién es esta mujer?», pensó Rémy mientras la puerta se cerraba.

El día siguiente pasó sin que Philippine se dejara ver. Cada vez que la puerta se abría el corazón de Rémy daba un brinco, pero siempre eran clientes del taller o nuevos candidatos al puesto de maestro. Apenas podía concentrarse en su trabajo.

Por la noche, su humor había alcanzado su punto más bajo. Dreux tuvo que soportarlo.

—¡Te he dicho que barras el taller! —increpó al anciano—. ¡Qué aspecto tiene todo! ¿Qué van a pensar mis clientes?

—Enseguida lo haré, maestro. Voy solo un momento a subir nuevo pergamino del sótano.

—Barre ahora. El pergamino puede esperar.

Dreux cogió la escoba y puso manos a la obra.

—Entiendo lo que os pasa. El mal de amores puede afectar mucho a un hombre. Pero no tenéis que gritarme por eso de ese modo. ¿Qué culpa tengo yo de que no venga?

—¿Mal de amores? —Rémy rio—. ¿De qué estás hablando?

—De esa Philippine. Os ha vuelto completamente loco. —Dreux sonrió—. Ojalá mis ojos vieran mejor. Me gustaría ver su rostro. Sin duda es una belleza, de lo contrario no andaríais coqueteando con ella, ¿no?

—¡Yo no coqueteo!

—Ayer hablasteis tanto con ella como no lo habíais hecho en todo el último mes. Y le preguntasteis si tenía un enamorado. No sé cómo llamaréis vos a eso, pero yo lo llamo coquetear.

—¡Demonios, Dreux! Si sigues barriendo a ese ritmo, no terminarás ni dentro de dos horas. —Rémy le arrancó la escoba de las manos—. Yo lo haré. Vete a casa.

El anciano se metió en su raído abrigo y se puso el gorro.

—Seguro que mañana viene —dijo desde el umbral, y sonrió, expresivo—. Porque le gustáis. Eso puedo verlo hasta yo.

Cuando su ayudante se hubo marchado, Rémy se sentó a la mesa, cogió su plumín y pintó en un trozo de pergamino zarcillos y figuras, como siempre que pensaba con insistencia. ¿Y si Dreux se equivocaba y Philippine no aparecía al día siguiente? ¿Y si no volvía hasta dentro de seis semanas, para recoger su libro de horas?

Aquella idea le disgustaba de forma extraordinaria.

Tenía que volver a verla. Pero ¿cómo? Aparte de su nombre, no sabía nada de ella.

Poco después cerró el taller y se dirigió a la rue de l'Épicier, a comer con sus padres. Por el camino estuvo buscando a Philippine, pero no pudo descubrirla en ningún sitio de los repletos callejones. Sospechaba que se alojaba en uno de los caros albergues de la Grand Rue, donde paraban ricos mercaderes y otros viajeros de rango. ¿Debía buscarla allí?

No. Eso iba, decididamente, demasiado lejos. No era adecuado espiar a una dama.

Durante la comida, sus padres, Sieghart Weiss y Robert Michelet hablaron de la discusión con los de Metz, que les preocupaba mucho. Rémy apenas tomó parte en la conversación.

—Estás tan callado —dijo su madre—. ¿Va todo bien?

—¿Os dice algo el apellido Deschamps? —preguntó Rémy a los reunidos.

—¿Quién es? —preguntó su padre.

—Una familia noble de la región. Quizá un mercader de fuera.

Michel negó con la cabeza.

—Ese apellido no me dice nada. ¿Por qué lo preguntas?

—Por nada. Un cliente lo ha mencionado hoy —añadió Rémy, porque todos le miraban.

—Puedo preguntar, si quieres —ofreció Isabelle.

—No es tan importante. —Se metió un trozo de carne en la boca, y estuvo masticándolo hasta que los otros reanudaron su conversación.

—Seguro que vendrá en cualquier momento —dijo Dreux a primera hora de la tarde del día siguiente.

—¿Por qué iba a hacerlo? —respondió irritado Rémy—. Vendrá cuando su libro de horas esté listo, y ni un día antes.

—Como si solo se tratara del libro de horas. —El anciano sonrió.

—¿De verdad no tienes nada que hacer, o es que ahora te pago por dar vueltas?

Con una sonrisa en los labios, Dreux se puso en movimiento. Mientras removía tinta fresca, canturreaba una canción obscena.

Rémy dejó a un lado la pluma de ganso y se frotó los cansados ojos. Nada más que contratos y certificados de deuda desde hacía días, empezaba a estar harto. De pronto el taller le parecía desolado y angosto. Necesitaba con urgencia aire fresco. Decidió dar un paseo, cogió su manto y abrió la puerta.

Philippine estaba delante de él.

—Oh —dijo—. Ibais a salir. ¿Queréis que vuelva mañana?

De golpe, el malhumor de Rémy se había esfumado. Pero ella no debía saberlo. Así que se limitó a saludarla con una parca sonrisa.

—Depende. ¿Es vuestra petición urgente?

—En absoluto. Tan solo quiero daros algo.

Él hizo un movimiento de invitación, y ella entró en el taller. El fino aroma de esencias de rosas la rodeaba. Detrás, Dreux estiró el cuello.

—Quisiera tomarme la revancha de la *De brevitate vitae* y prestaros este. —Le tendió un fino manuscrito encuadernado en cuero—. Pero probablemente ya lo conozcáis.

Rémy abrió el librito.

—El *Ars amatoria* de Ovidio —leyó—. No, aún no lo conozco.

—¿Os llamáis filósofo y no habéis leído el *Ars amatoria*? Avergonzaos —se burló ella.

—Lo leeré esta noche... os lo prometo.

—Os lo ruego. Vendré mañana, y quiero conocer vuestra opinión.

Él le lanzó una mirada penetrante.

—Verdún. O Metz. En ningún caso más al sur que Toul.

—¿Cómo?

—Vuestro dialecto. Venís con toda seguridad del norte.

Ella sonrió, enigmática.

—Hasta mañana, maestro Rémy.

Cuando se hubo marchado, él contempló el libro. *Ars amatoria* significaba «Arte de amar».

¿Qué demonios quería decirle con eso?

—Once candidatos, y ninguno responde a vuestras exigencias —dijo irritado Bertrand Tolbert—. ¡Esto no puede ser!

—Eran por completo inadecuados —se defendió Rémy—. Si hubierais hablado con ellos, lo veríais exactamente igual.

—¿Qué reparos tenéis contra ellos? ¿No es lo bastante bueno su latín?

—Y aunque lo fuera. El uno no sabe tratar con niños. El otro no considera importante el cuidado de su cuerpo. Etcétera. Creedme, no querríais que esa gente instruyera a vuestros hijos.

—¿Y no tiene nada que ver con eso que midáis con Albertus a cada candidato?

—¿Qué queréis decir?

—Albertus era un talento excepcional. A su lado no puede aguantar nadie. Incluso un maestro experimentado lo tendría difícil.

—Eso es lo que yo le he dicho —intervino Dreux, que estaba en ese momento poniendo plumas de ganso recién afiladas en el escritorio de Rémy—. «No podéis comparar a la gente con Albertus», le he dicho. «Vuestras exigencias son tan altas que ni Aristóteles las cumpliría.»

—Tenéis que ser realista con los candidatos —se sumó Bertrand al anciano—. De lo contrario, nunca encontraremos un maestro de escuela.

—Puede ser que haya sido en exceso severo con este o con aquel —concedió Rémy—. Pero no rebajaré mis elevadas exigencias. Llevamos mucho tiempo esperando esta oportunidad. No podemos asumir ahora compromisos vanos solo porque seamos demasiado impacientes.

El consejero suspiró y se dio por vencido.

—Haced lo que queráis. De todos modos, no vais a tener en cuenta nada de lo que yo os diga. Pero pensad: mañana es el último día de feria. Cuando el mercado haya pasado, aún será más difícil encontrar gente adecuada.

Cuando Tolbert se fue, Rémy se dio cuenta de que Philippine estaba en la puerta. Al parecer, había escuchado su discusión con Bertrand.

—¿Puedo preguntar de qué se trataba? —dijo al entrar.

—Hemos fundado una escuela —explicó Rémy—. Me incumbe la tarea de buscar un maestro. Por desgracia no es tan sencillo.

—He oído hablar de eso. ¿Qué os movió a ese proyecto? ¿Es la escuela del monasterio demasiado pequeña?

—Sobre todo, no ofrece la instrucción que nuestros hijos necesitan. No deben aprender salmos, sino latín y aritmética, para ascender y poder conseguir algún día mejores oficios que sus padres.

—¿Solo los hijos? ¿Qué pasa con las hijas?

—¿Las hijas? —Rémy frunció el ceño—. ¿Cómo que las hijas?

—¿No deben también ellas aprender latín?

—Ya ahora hay más mujeres que saben leer que hombres. No tengo que explicároslo precisamente a vos.

—Quizá en los estamentos superiores. Pero ¿cuántas artesanas o campesinas conocéis que entiendan latín?

—Seguro que algún día también instruiremos a las muchachas en la escuela —repuso Rémy—. Pero por el momento está reservada a muchachos. Esta empresa es completamente nueva, y tenemos que superar muchas resistencias. No está excluido que haya que hacer reducciones.

—Tan solo me burlaba de vos. —Ella sonrió—. Una escuela para chicas sería algo inaudito, ¿verdad?

Consideró más inteligente cambiar de tema… ese era un terreno en el que solo podía perder.

—Supongo que habéis venido porque queréis hablar de Ovidio.

—¿Habéis leído el *Ars amatoria*?

—Me temo que he mentido, en lo que a eso se refiere.

Philippine levantó una ceja.

—¿Ah, sí?

—Lo leí hace ya años. Fue uno de los primeros libros que tuve ocasión de copiar como oficial.

—¿Por qué no lo dijisteis?

—Porque entonces no habríais tenido motivo para regresar hoy.

—Así que me habéis atraído vilmente a la trampa —dijo ella con fingida irritación—. ¿Es esa vuestra manera de tratar con las damas?

Esta vez fue él el que sonrió.

—Tan solo me atengo a los consejos que Ovidio da a los hombres: «Engañad a las muchachas, si tenéis entendimiento. Solo en este terreno la honradez es mayor vergüenza que el engaño». Lo dice exactamente así en el *Ars amatoria*, ¿no?

—Estoy segura de que quería decir otra cosa —replicó coqueta Philippine, pero no parecía con mucho tan segura de sí misma como antes.

«Esta mano la he ganado yo», pensó él satisfecho.

—¿Qué opináis del libro? —preguntó ella.

—Cuando lo leí, entonces, quedé decepcionado.

—¿Decepcionado? ¿Por qué?

—Había esperado que fuera más liberal.

—Pero ¡si no se puede ser más liberal! Es el libro más frívolo del mundo.

—Yo lo hallé aburrido en su mayor parte. ¿Desbordantes explicaciones acerca de cómo hay que vestirse y de que hay que ir al teatro para encontrarse con las muchachas? ¿Qué hacemos con eso? Aquí no hay ningún teatro en muchas millas a la redonda. Y solo habla en la última página de las distintas posturas en el acto de amor. Que es lo que ardientemente interesa a un muchacho de quince años.

Philippine se cubrió la boca con la mano y se echó a reír. Era una risa cálida, cordial, contagiosa.

—¡Maestro Rémy! ¡Cómo podéis!

—Bueno, queríais conocer mi opinión… esa es. Permitidme una pregunta: ¿por qué me habéis prestado el *Ars amatoria*? ¿Pensáis que necesito instrucción en cuestiones de amor?

—Que tengáis más de treinta y aún no estéis casado podría indicarlo.

—Y vos ¿cómo sabéis eso?

—Se oyen cosas acerca de vos.

—Así que habéis hecho indagaciones sobre mí.

—Puede ser que las haya hecho —dijo ella.

—Pero no dejáis escapar lo más mínimo en cuanto a vos. Eso no es justo.

—Bueno, si queréis conocerme mejor, tendréis que esforzaros más.

—¿Es una invitación? —preguntó él.

—¿No dice Ovidio: «El hombre da el primer paso, pronuncia palabras implorantes»?

—Como queráis. —Rémy sonrió—. Mañana termina el mercado anual. Por la noche habrá una fiesta. Por favor, acompañadme.

Los ojos verde musgo de Philippine brillaron misteriosos.

—¿Vais a mostraros en público con una mujer desconocida? ¿No tenéis miedo a que haya habladurías?

—Si teméis por vuestra reputación, podemos en vez de eso dar un paseo. Junto al palacio real, donde nadie nos vea.

—¿Puedo arriesgarme a tal cosa? ¿Y si en realidad sois un lascivo que está persiguiendo mi virtud?

—¿Es esa la impresión que tenéis de mí?

—¿Quién sabe? Tal vez esas hermosas palabras sobre libros y filosofía no sean más que un refinado disfraz.

—Creo más bien que tan solo intentáis desviar la atención acerca de que la frase continúa.

—¿Qué frase?

—«El hombre da el primer paso.» Luego dice: «Y la mujer puede acoger con amabilidad los halagadores ruegos». Yo he dado mi paso. Os toca a vos.

Una sombra corrió por el rostro de ella.

—No os rendís nunca, ¿eh?

—Cuando los hombres Fleury tenemos un objetivo, no descansamos hasta haberlo alcanzado.

Fuera lo que fuese lo que pesaba sobre su ánimo, ella lo apartó. Al instante siguiente volvía a sonreír.

—Muy bien, maestro Rémy. Entonces actuaré como Ovidio recomienda… al fin y al cabo, solo una loca despreciaría el consejo de un gran filósofo. Mañana os acompañaré a dar un paseo. Esperadme a vísperas.

—Vuestro libro —dijo Rémy cuando Philippine avanzó hacia la puerta. Le tendía el *Ars amatoria*.

—Conservadlo. Os lo regalo.

—No puedo aceptarlo.

—Insisto en ello.

Con esas palabras se marchó.

Rémy se dio un golpe con el librito en la palma de la mano y sonrió para sus adentros. Ovidio tenía razón: el amor era igual que el servicio en la guerra. Philippine le había planteado un duro combate, pero al menos esa batalla se había decidido a su favor.

Se volvió y se dio cuenta de que Dreux le sonreía.

—¡No quiero oír una sola palabra!

—Tan solo quería elogiaros, maestro. Ha sido un buen trabajo. Habéis logrado dar el primer paso. Ahora, solo tenéis que lograr llevarla a vuestro lecho.

—Eres un viejo topo lujurioso, ¿sabes?

—La culpa la tiene Ovidio —repuso el anciano—. Sí, también yo lo leí cuando era joven. Me temo que me echó a perder para siempre.

El sábado por la mañana, Rémy salió temprano de la ciudad y empujó su carretilla con la ballesta y la diana hasta la pradera al borde del bosque. Antes de abrir el taller quería practicar un poco el tiro. En los últimos tiempos no lo hacía demasiado.

Allí fuera todo estaba tranquilo como siempre. La feria aún no había empezado, no se oía más que el susurro del viento en las copas de los árboles y los lejanos gritos de los mineros que trabajaban en la calera desde que rompía el día. Aun así, le costaba trabajo concentrarse. No hacía más que pensar en Philippine. Nunca había conocido una mujer como ella. Y el efecto que tenía sobre él era asombroso. Por ella se estaba volviendo locuaz, a sus años. Él mismo no se reconocía.

Colocó la diana delante de los árboles, contó treinta dobles pasos y tensó la ballesta. Hacía ya mucho tiempo que no sentía por una mujer lo mismo que por Philippine. Quizá no lo había sentido nunca. ¿Estaba preparado para eso? Pensó en Eugénie y en los dolorosos meses transcurridos después de su separación. ¿Había aprendido de sus errores de entonces? ¿Volvía a estar en condiciones de dejar entrar el amor en su vida? ¿O era el mismo solitario egoísta que emprendía la fuga en cuanto alguien se le acercaba demasiado? Estaba decidido a hacerlo todo bien esta vez, y no hacer nada que pudiera herir a Philippine.

Pero ¿y si la hería? ¿Era lo bastante fuerte para soportarlo?

Puso un dardo, apuntó y disparó. La flecha silbó por el aire... y desapareció entre los arbustos, a un codo de distancia de la diana.

Rémy bajó la ballesta y se frotó la nariz.

Tenía que hacer años desde que había fallado a esa distancia.

Rémy pasó la tarde haciendo los últimos encargos urgentes. Dreux entregó los escritos a sus clientes. Cuando el anciano hubo terminado, al caer la oscuridad, Rémy lo envió a casa y despejó el taller. Reinaba en todo el barrio un singular silencio. La fiesta ya había empezado, todos sus vecinos y los visitantes de la feria lo festejaban en el mercado del ganado. Si aguzaba el oído, podía oír a los músicos, y los gritos de los borrachos.

Finalmente, las campanas tocaron a vísperas.

Pasaban los minutos. Rémy se sentó a su escritorio y pintarrajeó un trozo de pergamino. «No vendrá», pensó.

Habría pasado media hora cuando alguien llamó. Rémy se tomó tiempo para abrir la puerta.

Era Philippine. Llevaba una estrecha túnica de terciopelo oscuro, de amplias mangas, y un manto de lino verde sujeto por un broche de cobre. Sus ojos centelleaban como cristales hechizados. Entró sin decir una palabra. Esta vez derramaba un aroma de lavanda y violeta.

—Voy a por mi manto, y podremos irnos.

No estaba seguro de si ella le había oído. Caminó por el taller, acarició el escritorio con las yemas de los dedos.

—Fuera hace frío y viento —dijo ella—. ¿Por qué no nos quedamos aquí y charlamos?

—¿Sola en mi casa? —Sonrió—. ¿No es arriesgado? ¿Qué pasa si realmente soy un lascivo, que quiere aprovechar la oportunidad para acosaros?

—Sé defenderme. Un pinchazo con la aguja del pelo ahuyenta a cualquier admirador, por importuno que sea.

Aunque había gastado su broma con la rapidez que le era propia, él sintió que ese día no estaba de humor para ingeniosas esgrimas verbales. Una extraña melancolía la rodeaba.

—Vayamos arriba —dijo él.

—¿No podemos quedarnos aquí?

—En la sala se está más confortable.

—Pero me gusta vuestro taller. El aroma de los colores, el olor del pergamino.

—Como deseéis. Traeré vino.

Fue arriba y llenó dos copas. Cuando regresó, ella se había quitado la cofia. Su pelo, que era de un rojo tan oscuro que al principio él lo había tomado por negro, caía en suaves ondas sobre sus hombros. Un solo mechón yacía sobre su mejilla, y a la luz de las velas parecía cobre hilado. Ella había descubierto su ballesta, y sostenía el arma en las manos.

—¿Para qué necesita un iluminador de libros una cosa así?

—Me sirve para protegerme cuando viajo.

Philippine levantó la ballesta como si fuera a disparar sobre él.

—Es mejor que dejéis eso.

—¿Por qué? —Le apuntó, con un extraño centelleo en los ojos. ¿Era burla? ¿Temor?—. ¿Porque podría herirme?

—No puede ocurrir nada, no está tensa.

—Quizá quiero haceros daño, en vez de eso —prosiguió ella en voz baja—. ¿Teméis que pueda haceros daño, maestro Rémy?

—Soy duro de pelar.

—Quizá no lo bastante.

—Permitid que sea yo quien juzgue eso. —Puso las copas sobre la mesa, le quitó la ballesta de las manos y la dejó a un lado.

—Traigo desgracia a los hombres —dijo ella, y una sombra corrió por su rostro—. Seguro que a vos también.

—No soy supersticioso.

Ella le miró, con mil preguntas en los ojos.

—Y ahora ¿qué, Rémy? —susurró, de manera apenas audible.

Titubeando, él se le acercó. «Esto es un error», pensó, y sintió al mismo tiempo que su corazón latía cada vez más deprisa. Los labios de ella se entreabrieron, y su deseo de ella borró todos los demás pensamientos. Le puso las manos en los brazos, se inclinó hacia ella hasta sentir el calor de su rostro y de su aliento. Y entonces la besó.

Cuando se separaron, ella susurró:

—No debemos hacer esto.

—¿Quién puede impedírnoslo?

Ella le rozó la mejilla.

—Nadie —dijo, y selló la boca de él con sus labios suaves como el terciopelo. Con timidez al principio, pero luego su beso se hizo cada vez más exigente y apasionado. Le acarició el pelo, la oreja, la nuca.

—Ven. —La cogió de la mano y la guio arriba.

En su dormitorio, ella se volvió hacia él y se detuvo inmóvil, una sombra negra al resplandor de las antorchas del callejón. Él pensó que iba a decirle algo, pero en vez de eso se limitó a ponerle una mano en el pecho. ¿Iba a atraerlo hacia sí? ¿A empujarlo? No lo sabía, la oscuridad ocultaba el rostro de ella, sus ojos. Cuando la tomó por el talle ella no retrocedió, sino que respondió a sus besos con el mismo deseo y enterró los dedos en su cabello mientras él la empujaba hacia la cama. Instantes después yacía encima de ella, que abría los muslos y encerraba su rostro entre las manos, acariciándolo con las puntas de los dedos, como si quisiera recordar cada detalle toda la eternidad.

—Rémy. —Fue apenas un soplo. Su respiración era pesada, su cuerpo estaba acalorado.

Él se abrió el cinturón, se quitó a toda prisa la túnica y las calzas. Luego, le levantó las faldas y recorrió con las manos sus muslos, que eran suaves y firmes. Su sexo estaba húmedo. Se estremeció y gimió cuando él lo tocó y lo acarició con cautela.

—Mírame —dijo ella. Sonó casi como una orden.

Aferró su miembro, y él lo sintió latir en la mano de ella, antes de que clavara los talones en sus nalgas y lo metiera en su interior. Excitado, él se hincó en ella, luego refrenó su placer y empezó a moverse lenta, regularmente, al ritmo de su respiración, con el rostro próximo al de ella. Aun así, no tardó en derramarse con un gemido en sus entrañas.

Ella lo estrechó entre sus brazos. Respirando con pesadez, él enterró el rostro en su cuello, olió su pelo, su sudor, las esencias aromáticas de su piel, y quiso no volver a separarse nunca.

Por fin, se apartó de ella y le besó las mejillas, los labios, mientras su mano jugueteaba entre sus muslos. La respiración de ella se aceleró, y pronto también gemía de placer.

Más tarde se desnudaron por entero y se metieron bajo las mantas. Él había abierto la ventana, el aire nocturno acariciaba, fresco, la piel de ella.

La música sonaba, irreal y lejana. Se pegó a él y apoyó la cabeza en su pecho.

—¿Quién eres? —preguntó.

—¿Por qué es tan importante?

—Porque eres importante para mí.

Ella levantó la cabeza y le miró.

—¿Qué sientes por mí?

—Te amo. —Se sobresaltó nada más pronunciar las palabras. Eso era demasiado. Seguro que con eso lo estropeaba todo. Pero no era más que la verdad, reconoció. Eso era lo que sentía por ella, y nada más.

—Esto tiene que ser suficiente para ti. No le hables a nadie de mí. Jamás intentes averiguar quién soy. Prométemelo, Rémy.

—¿Por qué?

—Prométemelo —repitió con énfasis—. Confórmate con lo que tenemos. No exijas más de mí. No podré dártelo.

—¿Estás casada?

—Rémy…

—Contéstame solo esa pregunta. Por favor. Ya no te acosaré más.

—No —dijo ella—. No estoy casada.

—Bien —se limitó a decir él.

Ella volvió a apoyar la cabeza en su pecho. Sintió que sonreía.

—Yo también te amo —cuchicheó.

—¿Lloras? —preguntó él al cabo de un rato.

—No es nada. —Se secó las lágrimas—. Tan solo soy feliz, eso es todo. Y estoy un poquito triste.

Rémy esperó.

—¿Qué va a pasar ahora?

—Nos veremos tan a menudo como me sea posible.

—¿Cuánto será eso?

—No puedo decirlo.

Ella le puso un dedo sobre los labios cuando él abrió la boca.

—Por favor, Rémy. No más preguntas. Lo has prometido.

—No más preguntas. —Él le acarició el pelo.

Ella le besó, primero suave, luego más desafiante, antes de sentarse sobre él con las piernas abiertas. Una vez más, sus cuerpos se encontraron, volvieron a amarse, con más cuidado y menos codicia esta vez, y durmieron estrechamente abrazados.

Rémy tuvo sueños extraños. Paseaba por su casa, que era mucho más grande que en la realidad, y erraba por interminables pasillos y estancias, sin saber qué buscaba.

Despertó con la primera luz del día. Tan temprano, los callejones aún estaban desiertos. El silencio yacía sobre el barrio. En alguna parte cantó un gallo.

Con cuidado, para no despertar a Philippine, se levantó, se puso un mandil y fue a la cocina, donde avivó un fuego y preparó el pan de la mañana. Cuando estaba calentando la leche y haciendo dos huevos a la plancha, Philippine entró. Se había cepillado el pelo y puesto uno de sus sayales. Al ver la comida sobre la mesa, su rostro resplandeció. Ni rastro de aquella gravedad melancólica de la noche. Se lanzó hambrienta sobre el pan y la miel.

—Primero los huevos —dijo Rémy—. ¿Te gustan los huevos a la plancha?

—¡Adoro los huevos a la plancha!

Él sacó un huevo de la sartén, lo puso encima de una loncha de pan y se quedó el otro.

—¿Has encontrado ya un maestro? —preguntó ella mientras comían. Él sonrió.

—¿Quieres hablar de eso?

—¿Tú no?

«Quizá sea mejor que hablemos de nosotros», pensó él. «De nuestro futuro común, si es que lo tenemos.» Pero lo guardó para sí. Le había prometido no acosarla.

—También el resto de los candidatos era inadecuado —dijo—. Creo que no me va a quedar otro remedio que seguir buscando.

—¿Cómo habéis procedido hasta ahora?

—Los heraldos anuncian nuestra petición todos los días en las plazas de mercado, para que los hombres eruditos que hay en la ciudad sepan que hay un puesto vacante.

—Así que esperáis que los candidatos adecuados vengan a vosotros. Me temo que de esa manera nunca encontraréis un maestro que responda a tus expectativas. Sencillamente, Varennes es demasiado pequeño y no puede ofrecer mucho a los eruditos...

—Cuidado —amenazó él con fingida irritación—. Me tomo las burlas contra mi ciudad como un ataque personal.

—En cambio la sal y los hombres de Varennes son igual de exquisitos. ¿Qué tal suena eso?

—Mucho mejor.

—Es así —dijo Philippine—. Los eruditos que valgan algo no tienen motivos para venir a Varennes. Van a donde se hace algo por la ciencia... a Bolonia o Cambridge. Allí es donde deberías buscar un maestro.

—Creo que olvidas que no soy más que un artesano, no un patricio con las arcas llenas de plata. Tengo que ganar dinero. No puedo permitirme viajar durante meses.

—Solo era un ejemplo. También hay universidades que no están tan lejos. París, por ejemplo. Aún es nueva, pero he oído que atrae ya a eruditos de todo Occidente.

De hecho, la idea de Philippine era interesante. París no estaba más lejos de Varennes que las ciudades comerciales de la Champaña, que su madre visitaba regularmente. Si se tenía suerte con el tiempo, el tramo se podía cubrir a caballo en ocho o diez días. En conjunto, quizá estuviera fuera durante un mes. Dado que había ganado buen dinero durante la feria, podía permitirse cerrar el taller durante ese tiempo. Aun así, titubeaba.

—Por desgracia no conozco a nadie que enseñe en las universidades —dijo—. No sabría a quién dirigirme.

—Para eso me tienes a mí —repuso ella sonriente—. Cuando éramos niños, mi hermano y yo teníamos un preceptor, Tristán de Rouen. Ha estudiado en Saint-Victor las siete artes liberales, y vivió algunos años con nosotros. Le debo mi amor por los filósofos antiguos.

Rémy le escuchaba con atención, en la esperanza de averiguar algo acerca de su familia. Pero ella no le dio ese gusto.

—Luego volvió a París, a reanudar sus estudios —prosiguió—. Entretanto Tristán es doctor en Teología y uno de los primeros cabezas de la universidad. Nos escribimos a veces... sé dónde vive. Sin duda puede ayudarnos a encontrar un maestro para vuestra escuela.

—¿Puedes acompañarme sin más? ¿No tienes obligaciones en tu patria?

—Nunca te rindes, ¿eh?

—La pregunta está justificada, ¿no?

—No tengo obligaciones —respondió ella—. Soy libre y puedo hacer lo que me plazca. ¿Te basta con eso?

Él movió la cabeza riendo.

—Eres imposible. Sencillamente imposible.

Philippine le cogió la mano.

—Vamos, Rémy, la idea es grandiosa. Di que sí.

—Así que estás convencida de que encontraré un maestro en París.

—En la universidad hay cientos de estudiantes y eruditos. Muchos de ellos no esperan sin duda más que una oportunidad como la que tú ofreces. Creo que con vuestra escuela vais a recorrer caminos nuevos por completo. Todo el que esté seriamente interesado en la ciencia y la educación tiene que estar entusiasmado con un proyecto así. Es probable que no des abasto de candidatos.

—Tengo que estar de vuelta a más tardar el segundo domingo de Adviento. No puedo dejar solo mi taller más tiempo.

—Lo conseguiremos... seguro.

Rémy contempló su rostro en forma de corazón, sus ojos verde musgo. No habría sabido decir qué le emocionaba más: visitar la famosa Universidad de París, o pasar las próximas semanas con Philippine.

—Está bien. —Sonrió—. Hablemos con tu viejo profesor. ¿Qué tengo que perder? Si no puede ayudarme, por lo menos habré visto París.

Bertrand Tolbert se puso fuera de sí cuando se enteró de que Rémy también había considerado inadecuados al resto de los candidatos y los había despedido. La idea de buscar un maestro en la Universidad de París le parecía necia, y amenazó con prohibir a Rémy, en virtud de su cargo, seguir ocupándose de ese asunto. Rémy tuvo que emplear todas sus artes de convicción para tranquilizarlo.

—Como queráis... viajad a París —asintió por fin el consejero, resignado—. Pero es vuestra última oportunidad. Si tampoco encontráis allí un maestro que os convenga, contrataremos al primer candidato que se presente a los heraldos... si es que no habéis ahuyentado ya a todos los hombres con conocimientos en un radio de tres días de viaje.

A la mañana siguiente Rémy fue a visitar a sus padres, para informarles de su partida a París. En la rue de l'Épicier encontró a su padre, que ya estaba en pie aunque fuera temprano. Mientras paseaban por la plaza de la catedral, Michel le habló de la amenazante disputa con Metz.

—... es difícil decir qué harán las *paraiges* ahora —dijo, cuando entraron en el ayuntamiento—. Pueden hacer poco contra la feria, así que intentarán perjudicarnos de otro modo, para forzarnos a hacer concesiones. Bloqueos comerciales, guerras de precios... si se es lo bastante malvado, uno encuentra múltiples posibilidades para intimidar a un supuesto rival.

Rémy miró preocupado a su padre. Estaba claro que el incierto futuro inquietaba a Michel.

—¿Tiene que ir madre a Metz en el futuro próximo?

—No, si puede evitarlo. Pero en última instancia depende de nuestros clientes. Si uno de ellos necesita con urgencia sal antes del invierno, difícilmente podemos hacerle esperar al año que viene.

—Haga lo que haga, que tenga cuidado.

—No te preocupes. Sabes que tu madre sabe cuidar de sí misma. —Michel cerró la puerta de su despacho—. ¿Cuándo vas a partir?

—Mañana mismo —respondió Rémy cuando entraron.

Su padre le miró dubitativo.

—¿Y estás seguro de que vas a conseguir algo con este viaje?

—Si hay un buen maestro en algún sitio, es en París.

Michel fue hacia la mesa y hojeó los pergaminos que había en ella.

—¿Necesitas un caballo?

—Tomaré prestado uno de la fraternidad —mintió Rémy.

Sus padres, Bertrand y Dreux creían que iba a ir a París solo. No había hablado a nadie de Philippine. Como quería evitar que los vieran juntos, saldrían de Varennes al día siguiente por caminos distintos. Iban a encontrarse en un albergue a una hora de trayecto al oeste de la ciudad, y a seguir desde allí el trayecto en el coche de viaje de Philippine.

—Ven a cenar esta noche, para que nos veamos antes de que te vayas —propuso Michel.

—Con gusto —dijo Rémy.

Poco después volvía a estar en casa, descolgaba la bolsa de su gancho y empezaba a empaquetar sus cosas.

Noviembre de 1224

METZ

Cuando los muros de Metz estuvieron a la vista, Isabelle respiró hondo. Ahora se vería si Évrard Bellegrée cumplía sus amenazas.

Unos días después del mercado anual, había recibido un mensaje de Robert Michelet. Robert le informaba de que la abadía benedictina de Saint-Arnoul le había encargado una gran cantidad de sal. Por desgracia no podía suministrársela, porque toda la sal que había llevado de la feria estaba ya vendida. Pedía a Isabelle llevar a Metz la mercancía lo antes posible.

Michel y ella habían deliberado largo tiempo si no sería más inteligente aplazar el viaje, dada la situación. Finalmente, Isabelle había decidido arriesgarse. Saint-Arnoul era uno de sus más importantes socios comerciales... no podían permitirse desairar a semejante cliente. Así que había cargado la sal deseada en el carro y había partido en dirección al norte.

Isabelle refrenó los bueyes y fue más despacio cuando se acercó a la puerta de la ciudad. Apenas vio los rostros hostiles de los guardias supo que le esperaban problemas.

—¿Venís de Varennes Saint-Jacques? —ladró uno de los hombres.

—Traigo sal a la abadía de Saint-Arnoul. ¿Hace al caso de dónde procedo?

—Eso lo decidimos nosotros. Así que... ¿sí o no?

Ella suspiró en su interior.

—Sí, venimos de Varennes.

—Bajad del carro —ordenó el guardián de la puerta.

Se apeó y se unió a sus criados y a los dos mercenarios, mientras los guardias empezaban a registrar su mercancía. No fueron demasiado cuidadosos con los toneles.

—Tened cuidado —dijo ásperamente Isabelle—. Si la sal se moja, os la haré pagar.

—Eso ya lo veremos —dijo sarcástico el alguacil.

Se presentaron un aduanero y dos sargentos de los Treize jurés. Los dos hombres llevaban guerreras con los colores de la República de Metz, negro y blanco, e iban armados con varas plateadas, insignias de su cargo, que consistía en apoyar de todas las maneras imaginables a los Treize, al maestre de los escabinos y a otros dignatarios de alto rango.

El aduanero calculó el valor de la mercancía. Cuando dijo la cifra del arancel, Isabelle se quedó sin palabras por un momento.

—¿Treinta sous? ¿Estáis en vuestros cabales? ¡Eso linda con el salteo de caminos! Os pagaré uno y medio por tonel, como siempre, y ni un denier más.

—Lo lamento —dijo el aduanero, con una untuosa sonrisa—, pero desde Todos los Santos hay aranceles especiales para las mercancías de Varennes. Así lo han decidido los Treize.

Isabelle se guardó una réplica incisiva, porque sin duda los sargentos solo estaban esperando para prenderla por ofender a un dignatario. Con los labios apretados, pagó al aduanero. «Ahí se va el beneficio.»

—Además, a los visitantes de Varennes les está prohibido introducir armas en Metz —explicó uno de los sargentos—. Entregadnos enseguida todas las espadas, hachas y lanzas. A vuestra partida podréis recogerlas en el despacho del maestre.

—Haced lo que dice —indicó Isabelle a su gente.

Cuando los sargentos hubieron recopilado las armas, uno de ellos se acercó a Yves.

—Ese puñal también.

—Esto es un cuchillo… ¿estás ciego? —gruñó el recio criado.

—Yves —dijo Isabelle, pero su advertencia llegó demasiado tarde. El sargento agarró al criado por el cinturón para quitarle el cuchillo. Yves le sujetó la mano.

—Fuera las patas, o te parto el brazo.

—Vaya, vaya —dijo el aduanero, visiblemente satisfecho—. Aún no lleva ni media hora en Metz, y ya se resiste a la autoridad. Prended a este tipo descarado y llevadlo ante el maestre.

Los sargentos aferraron a Yves. Louis estuvo a punto de correr en ayuda de su amigo, pero Isabelle le ordenó no moverse de donde estaba.

—Os lo ruego, sed indulgentes con él. —Se volvió al aduanero—. Ha sido un largo viaje, estamos cansados e irritados. Él no quería perturbar la paz. Dejadlo en una amonestación, y yo cuidaré de que no cause problemas.

—En Varennes es posible que se sea paciente con los matones y los navajeros, pero aquí en Metz reina el orden. Si no os convence, quejaos a los eswardours.

Los sargentos se llevaron a Yves. Isabelle no pudo hacer más que tragarse su rabia, subir al pescante y cruzar la puerta.

404

—Tenemos que ayudarle —murmuró Louis—. Lo encerrarán, es posible que le den una paliza.

—No te preocupes. Los eswardours ya pueden prepararse —murmuró rabiosa.

Una vez que hubo llevado el carro hasta la sucursal, fue con Louis y los mercenarios hasta la torre en la que mantenían a los presos forasteros. Era una construcción agobiante y oscura, que apestaba a paja podrida, moho y excrementos. Los dos sargentos de guardia se negaron a dejarla ver a Yves. Solo cuando Isabelle insistió furibunda aceptaron ir a buscar a su superior.

El hombre que apareció era un eswardour, un funcionario encargado de las reclamaciones contra las sanciones y sentencias de los Treize. Las cicatrices deformaban su rostro; a Isabelle le pareció un viejo guerrero, que había luchado en muchas disputas.

—¿Qué deseáis? —preguntó con poca amabilidad.

—Uno de mis criados está retenido aquí... su nombre es Yves —explicó Isabelle—. Se le acusa injustamente de haber perturbado la paz. Exijo que se le deje en libertad.

—Se ha negado a entregar sus armas al sargento. Al hacerlo ha violado la paz. Seguirá en la mazmorra hasta que los Treize lo juzguen, y entretanto vos pagaréis su manutención y todos los costes de la prisión.

—Solo era un cuchillo. ¡Por Dios, lo usa para cortar el pan! ¿Por una nadería como esa se lleva a alguien en Metz ante un tribunal? ¿No tienen los Treize nada mejor que hacer?

—¡Guardias! —ladró el eswardour—. Llevaos a esta mujer.

—¡No te atrevas a ponerme tus sucias manos encima! —increpó Isabelle al sargento que se le acercaba. Aturdido, el hombre se detuvo—. Os haré una propuesta. —Se volvió al eswardour, antes de que la guardia se recobrara de la impresión—. Pagaré una multa, y dejaréis ir a Yves. Eso os ahorrará trabajo y problemas. Porque os prometo que, si lo lleváis ante el tribunal, haré lo necesario para sacarlo y os convertiré a vos y a vuestros sargentos en motivo de burla delante de toda la ciudad.

El eswardour la miró con fijeza y pareció considerar la posibilidad de echarla con sus propias manos. Sus dedos huesudos aferraban el pomo de su bastón.

—No me iré hasta que lo hayáis dejado libre —insistió ella—. Puedo ser muy terca, tenéis mi palabra.

—La multa es de ocho sous —graznó el eswardour—. Pagadla, y no quiero volver a veros aquí.

La suma era desvergonzadamente alta, pero Isabelle renunció a negociar con el eswardour. Había conseguido lo que quería. Era difícil que fuera a conseguir una multa más baja.

Sin decir una sola palabra, entregó las monedas al funcionario, que las metió en una arqueta y ordenó al sargento llevar a Yves.

Al menos el criado estaba bien. Después de que un aliviado Louis le diera un abrazo, dijo, compungido:

—Por favor, perdonadme, señora Isabelle. A veces soy un bestia. Os prometo que pagaré la multa con mi trabajo.

Acto seguido, ella fue a por el carro y se dirigió a Saint-Arnoul. El monasterio era rico, dominaba un barrio entero de la ciudad y ocupaba a cientos de personas en sus talleres y en sus tierras. Isabelle detuvo el carro en la amplia plaza entre la iglesia, el *dormitorium* y los almacenes y pidió a un monje que le enviase al cillerero.

El cillerero se hizo esperar. Cuando por fin apareció, Isabelle se dio cuenta enseguida de que algo iba mal. Aquel hombre de ordinario tan amable y seguro de sí parecía preocupado, y se acarició confundido la barba mientras contemplaba los toneles en el carromato.

—¿Algo no está bien? —preguntó Isabelle—. ¿Queréis que abra un tonel para que podáis examinar la mercancía?

—Me temo —dijo titubeando— que no puedo compraros la sal.

—¿Por qué? ¿No quedasteis contento con la última entrega?

—La sal fue excelente, como siempre. No se trata de eso. Es... política.

—Dejadme adivinar —dijo malhumorada Isabelle—. Évrard Bellegrée estuvo aquí y os exigió no hacer negocios conmigo. ¿Me equivoco?

Su silencio fue suficiente respuesta.

—¿Y lo consentís? ¿Después de todos estos años de sociedad conmigo?

Estaba claro que sus palabras daban que hacer al hombre.

—Las *paraiges* son muy poderosas. No podemos permitirnos ponerlas en contra nuestra, a ellas y a los Treize jurés.

—Preferís sacrificar nuestra amistad.

—El abad lo quiere así. De verdad que lo siento.

Sin decir una palabra más, Isabelle subió al carro y se fue de allí.

A la mañana siguiente, intentó con Robert Michelet encontrar otro comprador para la sal. Probaron suerte en todas partes: entre las fraternidades de artesanos, en la place de Chambre, en las lonjas de la place de Vésigneul. Pero nadie quería su sal. Algunos mercaderes se negaron incluso a hablar con ella, y le dieron con la puerta en las narices.

Aquel día empezó la guerra comercial entre Metz y Varennes Saint-Jacques.

ÎLE-DE-FRANCE Y PARÍS

Rémy salió sobresaltado de su sueño cuando el coche de viaje se detuvo abruptamente.

—¿Por qué paramos? —preguntó Guiberge, la criada de Philippine, con ojos abiertos por el temor. La regordeta muchacha tenía miedo todo el tiempo desde que habían abandonado las tierras familiares del Mosela.

—Seguro que no es más que una barrera aduanera —dijo Philippine, tomando la mano de Guiberge.

Rémy se asomó por el ventanuco y vio una cabaña de piedra al borde del camino. Delante había dos guardias armados, cuya sobreveste adornaban las armas de la corona francesa, la flor de lis de oro. Cuando los dos hombres se acercaron, Rémy empuñó su ballesta y bajó del coche. El condado de Meaux, por el que viajaban desde el día anterior, era un país abrupto, con profundos bosques y valles solitarios. Sin duda la condesa de Blois cuidaba de proteger los caminos contra los fuera de la ley, pero sus caballeros no podían estar en todas partes. Simplemente, Rémy se sentía más seguro con la ballesta en la mano. Si amenazaba peligro, podía cargarla con pocos movimientos y mantener en jaque a cualquier eventual agresor.

Cuando saltó del estribo al camino, torció el gesto por el dolor. No estaba acostumbrado a viajar en coche, y menos diez días. Las toscas ruedas trasladaban sin amortiguación alguna cada socavón al interior del coche... y había un montón de socavones en las carreteras sin pavimentar de la Champaña. Entretanto le dolía cada hueso del cuerpo.

—Estáis a punto de abandonar el condado de Meaux. A partir de aquí rigen la ley y el derecho de los dominios de la corona francesa —explicó uno de los guardias.

—¿Cuánto falta hasta París? —preguntó Rémy.

—Seis horas a pie, cuatro a caballo. Si os dais prisa llegaréis antes de romper la oscuridad. ¿Tenéis algo que declarar?

—No. Solo queremos visitar la universidad.

Los guardias echaron un fugaz vistazo al coche y despejaron el camino, después de haber advertido a Rémy de que respetase la paz de aquel país. «Solo unas cuantas horas más», pensó Rémy, cuando el carro empezó a dar trompicones y sus atormentadas posaderas a protestar. «Gracias, san Jacques.»

Desde Lorena habían viajado durante una semana por el condado de Bar y la Champaña, habían visitado las ciudades comerciales de Troyes y Provins y seguido el curso del Sena río abajo. Habían sido días tranquilos, a pesar de las molestias del viaje. Pernoctaban en los mejores albergues, donde se hacían pasar por matrimonio, de manera que el posadero siempre les daba una habitación para ellos solos. Se amaban todas las noches, y luego yacían despiertos largo tiempo y disfrutaban cada uno de la presencia del otro hasta que finalmente se quedaban dormidos, abrazados.

Rémy no sabía cuándo había sido tan feliz por última vez. Philippine encarnaba todo lo que deseaba en una mujer... era inteligente, hermosa, ingeniosa, ardiente. Sentía tal unión con ella, tal afinidad espiritual, como si la conociera desde hacía años. Tanto más torturadoras eran las dudas que le roían desde la primera noche.

¿Por qué le ocultaba su pasado? ¿Por qué no le permitía saber más de ella?

¿Podía su amor tener futuro en esas circunstancias?

Aunque durante el día, mientras pasaban muchas horas en el carro, tenían abundante ocasión de conocerse mejor, Philippine cambiaba rápidamente de tema en cuanto la conversación se hacía demasiado personal. Rémy mantuvo su promesa de no acosarla con preguntas. Habría hecho cualquier cosa que ella le hubiera pedido. Sin embargo, una parte de él siempre estaba ocupada en observarla con atención para saber quién era.

El coche de viaje y los caballos, que le pertenecían; la criada y el cochero; los valiosos vestidos; su bolsa bien repleta; sus refinados modales; su extraordinaria formación; la seguridad en sí misma, que a veces adoptaba rasgos imperativos cuando hablaba con gentes de baja condición: todo apuntaba a que de hecho era una dama de alta cuna y a que procedía de una familia de la nobleza lorenesa.

Por desgracia, no sabía qué hacer con tal conocimiento. Pero, cuanto más lo pensaba, tanto más tenía la sensación de que era peligroso amar a esa mujer. ¿Un escribano y una noble? Inaudito, indignante, escandaloso. Quizá todo aquello era un error. Un error que tendría graves consecuencias.

«Traigo desgracia a los hombres. Seguro que a vos también.»

No era que ella no le hubiera advertido. Y de hecho apenas pasaba una hora en la que él no pensara en sus palabras. Pero, cada vez que él estaba a punto de pedirle explicaciones, de exigir respuestas, rompía la noche, y poco después yacía entre sus brazos y olvidaba sus malos presagios, sus preguntas, sus dudas.

Al caer la tarde llegaron por fin a París. El coche de viaje se detuvo en un alto, y Rémy, Philippine y Guiberge descendieron y contemplaron la ciudad que surgía ante ellos de la niebla, irreal y encantada. Era la metrópolis más grande que Rémy había visto nunca, más grande aún que Metz, mucho mayor. Decían que ese monstruo estaba habitado por ochenta mil almas, que se extendía por ambas orillas del Sena, que crecía sin control desde hacía decenios y que engullía sin cesar nuevos pueblos. El núcleo de la ciudad estaba en la Île de la Cité, en el centro del río, allí estaban la catedral de Notre Dame y el palacio del rey. Los otros barrios desaparecían bajo una constante campana de bruma, alimentada por innumerables fogones. Los barcos surcaban las nubes de niebla, ponían proa a los puertos fluviales y abastecían París de madera de los alrededores, sal de Bretaña y pescado de Rouen. Una corriente constante de carros tirados por bueyes y por caballos recorrían sus calles, cargados de grano, verduras y paños de Flandes, para alimentar y vestir a las bulliciosas masas de gente que había dentro de los muros de la ciudad.

Subieron al carruaje y recorrieron la ruta comercial, pasando ante los huertos de la famosa abadía de Saint-Victor, cuya escuela educaba desde hacía cien años a los mayores pensadores de Occidente, y que por eso pasaba por ser el germen de la universidad. A su izquierda corría el río Bièvre, antes de desaparecer en una puerta enrejada en los cimientos del muro de la ciudad. Los guardias estaban a punto de cerrar las puertas, pero Philippine los convenció de que los dejaran pasar. El barrio al otro lado de los muros albergaba la universidad, y llevaba el nombre de Quartier Latin, porque en él vivían estudiantes y profesores de todos los países, que se entendían entre sí en latín.

En los embarrados callejones entre las cabañas y edificios de alquiler reinaba tal tumulto que el coche avanzaba tan solo al paso. Jóvenes vestidos con sencillas túnicas monocromas que los identificaban como estudiantes acudían a las tabernas o bebían al aire libre. Rémy oyó media docena de lenguas distintas y otros tantos dialectos del francés. Los vendedores de libros circulaban con sus carretillas y ofrecían copias a buen precio de los Evangelios y escritos antiguos. Además, a Rémy le llamó la atención que casi en cada esquina había soldados, armados con cascos de hierro, escudos triangulares y venablos, que contemplaban recelosos a los muchachos. Los estudiantes a su vez lanzaban sombrías miradas a los guerreros, murmuraban feas maldiciones y agitaban los puños cuando se cruzaban con una tropa de hombres armados. Había una extraña tensión en el aire, una irritabilidad que podía convertirse en violencia en cualquier momento. Rémy se acordó de la noche en que el pueblo de Varennes había asaltado la casa de Lefèvre.

Hallaron un albergue próximo a una pequeña iglesia. Dado que aparte de ellos apenas había huéspedes, Rémy y Philippine volvieron a tener un cuarto para ellos solos.

Cuando, a la mañana siguiente, estaban en la taberna tomando gachas endulzadas con miel, Philippine dijo:

—Iré sola a ver a Tristán.

—¿Por qué? —preguntó Rémy.

—Es un solitario, no quiere visitas de gentes que no conozca. Además, su salud está disminuida. No deberíamos asaltarlo. Es mejor que hable sola con él antes de presentaros.

—No me parece una buena idea. Ya has visto lo que hay ahí fuera. Podría ser peligroso.

—Sé cuidar de mí misma. —Su sonrisa desarmaba—. Y no está lejos.

«Un solitario con la salud disminuida...» Rémy reconocía un pretexto cuando lo oía. En realidad, Philippine temía que su viejo maestro pudiera contar cosas de ella que Rémy no debía saber. Pero no quería empezar una disputa por eso.

—Haz lo que consideres oportuno —dijo. Pero no logró ocultar por completo su malestar.

—Eres un tesoro. —Ella le besó en la mejilla, antes de ponerse el manto y salir del albergue.

Rémy se quedó sentado, tamborileando en la mesa con los dedos. Se dejó el resto de las gachas... acababa de perder el apetito. Buscó a Guiberge, pero la criada no aparecía por ninguna parte. Probablemente estuviera en el patio, con el cochero de Philippine.

Lanzando una maldición en voz baja, se puso el manto, abrió la puerta y salió al exterior. Los callejones del Quartier Latin no estaban ni de lejos, esa mañana turbia, gris, velada por la niebla, tan repletos como la noche anterior, y llegó a tiempo de ver desaparecer la capucha verde del manto de Philippine detrás de la siguiente esquina.

La siguió. «Solo para protegerla», se dijo, pero nunca había sido bueno mintiéndose a sí mismo. Sentía que le estaban tomando el pelo, y no quería quedarse en el albergue como un buen chico hasta que ella se dignara volver. Quería saber por una maldita vez adónde iba. Si de esa manera averiguaba más aún sobre ella... tanto mejor.

Philippine caminó hacia el norte, y el aspecto externo del barrio mejoró con claridad. Allí no vivían estudiantes pobres, que tenían que compartir entre diez un alojamiento barato... en esa zona del Quartier Latin vivían patricios, funcionarios del rey y los cabezas de la universidad. Todos los edificios estaban construidos en piedra y vigas de madera, casa tras casa, era inútil buscar pobres cabañas. Pero también allí se encontraban soldados en cada esquina, hombres del corregidor de la ciudad, supuso Rémy. Los guardias armados patrullaban en pequeños grupos por los callejones, observaban las tabernas y las iglesias, en las que se impartía clase, y de vez en cuando detenían el paso de algún peatón para interrogarle.

Rémy se mantuvo a diez o doce brazas por detrás de Philippine, de forma que tuviera siempre su manto a la vista y a la vez el peligro de que ella lo viera fuera pequeño.

Entró en el patio de una casa de dos pisos. Él esperó un momento antes de asomarse a la puerta. Una docena larga de estudiantes estaban sentados al aire libre y hacían frente al frío húmedo mientras leían libros o debatían cuestiones científicas. Aquella era evidentemente la casa de un profesor universitario... al menos Philippine no le había mentido en lo que al sentido y la finalidad de su paseo se refería. Justo en ese momento llamó a la puerta de la vivienda. Un criado le hizo pasar.

Según parecía, allí él ya no tenía nada que hacer. Rémy respiró hondo antes de regresar al albergue.

Philippine siguió al criado al piso de arriba, donde el joven señaló una de las puertas antes de retirarse. La propiedad era más o menos tan grande como la casa de Rémy en Varennes, y estaba decorada con marcada sencillez. Aunque Tristán era un prestigioso doctor, su salario no parecía precisamente opulento; además, jamás había dado mucho valor a los candelabros de plata y otros objetos valiosos de decoración. Era un hombre de espíritu, que no sabía qué hacer con los signos externos. En cambio, poseía ingentes cantidades de libros y manuscritos. Estaban de pie y tumbados en cualquier superficie libre... comentarios de la Biblia, tratados de gramática latina, recopilaciones acerca de cualquier ámbito de la ciencia, por oscuro que fuera. Philippine sonrió ante los innumerables recuerdos que venían a su mente. Recuerdos de los años con Tristán, de sus enseñanzas, de las instructivas historias que le contaba por las tardes. Junto a su padre, era sobre todo a él a quien debía sus lecturas. Sin él, sin duda hoy sería una mujer distinta y menos inteligente.

Llamó a la puerta y entró en una pequeña estancia, cuya única ventana daba a la calle. Era sin duda alguna el cuarto de estudio. En la mesa se apilaban códices gastados, había pergaminos por todas partes, en la angosta estancia reinaba una insuperable confusión. El orden no era el punto fuerte de Tristán.

Su antiguo maestro estaba encorvado sobre la mesa y escribía en un pliego de pergamino, la pluma de ganso corría sobre la hoja. Philippine no conocía a nadie capaz de escribir tan deprisa. Tristán dominaba el latín como su propio idioma. Sin duda trabajaba en ese momento en un comentario de la Sagrada Escritura. Entretanto sus glosas teológicas eran conocidas mucho más allá de la Universidad de París.

Alzó la mirada, y una cordial sonrisa apareció en su rostro.

—¡Philippine! Dios Todopoderoso. ¿Qué hacéis aquí?

Se levantó y la encerró entre sus brazos. Era un hombre alto, con rasgos de caudillo militar... su cara recordaba uno de esos viejos bustos de mármol romano que había visto hacía años durante un viaje a Italia: enjuto, de rasgos marcados, nariz prominente y ojos profundamente hundidos en las órbitas, desde los que hablaba una gran sabiduría. Se había vuelto más viejo y más canoso, pero aparte de eso no había cambiado nada. Le hizo bien volver a verlo.

—Espero no molestaros —dijo.

—Tonterías. Mi alumna más inteligente siempre es bienvenida. —Se quedó mirándola—. ¿Cuánto tiempo hace?

—Siete años.

—Siete años —repitió él—. Me parece que fue ayer. Desde entonces aún os habéis vuelto más bella. ¿Cómo es posible?

Ella sonrió e hizo una reverencia, como si volviera a ser la muchacha que era cuando él había empezado a instruirla.

—Me temo que no tengo nada que ofreceros. Como mucho cerveza rebajada, pero en verdad no puedo pedir tal cosa a una dama de alcurnia.

—No importa —repuso Philippine.

—Decid... ¿qué os trae a París? ¿Acompañáis a vuestro esposo en un viaje?

Se estremeció en su interior. Esa era la pregunta que había temido... precisamente por eso había insistido en ir sola. Se odiaba por tener que someter a Rémy a todos esos secretos, medias verdades y excusas. Pero ¿qué otro remedio le quedaba? Su vida era complicada. Se había propuesto con firmeza decirle la verdad lo antes posible, revelarle al fin quién era. Pero aún no sabía cómo. Tenía miedo de perderle en cuanto él viera dónde se había metido.

Amaba a Rémy, de eso no cabía la menor duda. Pero ¿era suficiente con el amor? ¿Era lo bastante fuerte como para superar todos los obstáculos que había ante ellos? No lo sabía. Le hubiera gustado hablar con alguien de sus preocupaciones, aliviar su corazón con un amigo comprensivo. Tristán, por mucho que le apreciara, no entraba en consideración para eso. Aquel doctor en Teología era un hombre de la Iglesia, un clérigo de alto rango, que a pesar de la amistad que sentía por ella sin duda no mostraría comprensión alguna por que ella rompiera el matrimonio.

—He venido sola —respondió de forma escueta a la pregunta.

—¿Vuestro esposo permite que viajéis a París sin él?

—Le enseñé muy temprano a respetar mi libertad —respondió ella, pero Tristán no siguió su sonrisa. Le dedicó una mirada inquisitiva.

—¿Estáis bien, Philippine?

—Claro que sí. ¿Por qué lo preguntáis?

—Vuestra última carta. Cuando la leí, tuve la impresión de que os asediaban las preocupaciones.

Si se acordaba bien, no le había escrito más que cosas carentes de importancia. Pero quizá la desdicha de su vida se había colado en la carta de alguna manera y había centelleado en esta o aquella formulación traidora. Tristán sabía leer entre líneas.

—Todo el mundo tiene preocupaciones. Vos. Yo. Mi esposo. Vuestros estudiantes —respondió burlona—. Las preocupaciones son parte de la vida. Si se habla de ellas se les da más peso del que les corresponde, ¿no os parece?

—Pero también puede disminuir la carga del alma. —Como ella callaba, prosiguió—: Soy vuestro amigo. Siempre podréis confiar en mí. Si vuestro matrimonio no va bien y vuestro esposo os trata mal, decídmelo. Quizá sepa aconsejaros.

Philippine sintió que su sonrisa se congelaba.

—Qué tontería. ¿Por qué iba a tratarme mal?

—Han pasado muchas cosas. No todos los hombres tienen la sabiduría de distinguir en un golpe del destino el insondable plan de Dios. Demasiados disputan con su creador, o incluso echan la culpa a su esposa.

Ella sabía que lo decía por su bien. Desde siempre, Tristán había albergado sentimientos paternales hacia ella, y quería protegerla de todo mal. Pero eso no hizo que se sintiera menos incómoda. Aquella conversación estaba yendo demasiado lejos. No quería hablar de esas cosas con él; eran demasiado dolorosas.

—No lo toméis a mal, Tristán —dijo por eso, un poco más cortante de lo que pretendía—, pero si ese fuera el caso, iría a ver a mi confesor, no a mi antiguo preceptor.

El silencio que siguió a sus palabras fue incómodo. Pero al menos él ya no la apremió más.

Philippine había ido hacia la ventana y miraba la calle. Una fría corriente de aire se colaba por la rendija entre el muro y el lienzo que cubría el hueco.

—Por eso estoy aquí —empezó—. Un amigo necesita mi ayuda. Viene de Varennes Saint-Jacques, en el Mosela. Ha ayudado al Consejo de la ciudad a fundar una nueva escuela...

—¿El Consejo de la ciudad? —preguntó Tristán frunciendo el ceño—. La escuela es cosa de la Iglesia.

—No en Varennes. La ciudadanía quería una escuela propia.

—Qué inusual. ¿Cómo ocurrió tal cosa?

—Es una larga historia. Es probable que estuvieran descontentos con la escuela del monasterio. En cualquier caso, mi amigo está buscando un maestro por mandato del Consejo. Por desgracia, tiene dificultades para encontrar uno que responda a sus exigencias.

—¿Y ha viajado a París con la esperanza de tener más suerte?

—Esa era mi idea —explicó Philippine—. Pensé que sin duda vos podríais ayudarnos. Quizá conozcáis un licenciado o un estudiante avanzado que sirva para la tarea.

—Servir servirán muchos —dijo Tristán—. La cuestión es más bien: ¿quién va a querer dejar París para viajar a Varennes, a la apartada Lorena? —Volvió a sentarse, entrelazó las manos y se dio golpecitos en los labios con los dos índices, un gesto muy típico de él, que le recordó los tiempos de antaño.

—Posiblemente —dijo al fin— haya alguien...

Cuando Rémy regresó al albergue, preguntó al posadero por qué había tantos hombres armados en el Quartier Latin.

—¡La culpa es de esa maldita chusma de los estudiantes! —tronó el hombre, mientras pasaba un trapo a una mesa—. No hacen más que armar jaleo. Anteayer por la noche empezaron una pelea en la taberna de allá arriba, junto a la puerta de la ciudad... ya es la tercera vez en lo que va de año. Esta fue especialmente grave. No solo destrozaron las mesas y los bancos, uno de esos ingleses malditos de Dios incluso le dio una puñalada al sobrino del pañero Barbou. ¿Podéis imaginároslo? ¡Habría que colgar a esa banda de asesinos, a cada uno de ellos!

—¿Y ahora el corregidor está buscando a los culpables? —preguntó Rémy.

—Estaría muy bien. Pero no puede hacer nada. En primer lugar, ese tipo se esconde en algún sitio, y en segundo lugar el corregidor no podría prenderlo ni aunque supiera dónde está.

—¿Por qué no?

—Porque los estudiantes están sometidos a la Iglesia y a sus tribunales. Por eso hacen y dejan de hacer lo que les da la gana. El corregidor tiene las manos atadas. Ni siquiera puede intervenir en caso de crimen ni de asesinato.

—Pero, si no puede hacer nada... ¿qué hacen todos esos corchetes aquí?

—Los hombres empiezan a estar hartos. Están cansados de que esa chusma universitaria pueda tomarles el pelo impunemente. Quieren vengarse, y solo esperan que uno de los estudiantes sea lo bastante necio como para darles el pretexto adecuado. No me sorprendería que ocurra hoy mismo. Y entonces habrá sangre. Pero se lo habrán buscado ellos mismos...

Rémy subió a su cámara y esperó.

Cuando Philippine regresó, estaba sentado a la mesa, con un trozo de pergamino delante, y dibujaba figuras y animales con un pedacito de plomo.

—¿Qué haces? —preguntó ella.

—Estoy pensando —respondió monosilábico; plegó el pergamino y se lo guardó en el cinturón—. ¿Cómo fue la visita a Tristán? ¿Está dispuesto a verme?

—No es necesario que volvamos a importunarle. Me ha dicho a quién debemos dirigirnos.

—¿Por qué no me sorprende? —murmuró Rémy.

Philippine le miró en silencio antes de decir:

—Su nombre es William de Southampton. Estudió con Tristán. Ahora es licenciado de la Facultad de Artes e instruye desde hace algún tiempo en las *Artes liberales* a los estudiantes más jóvenes.

—Así que un inglés.

—¿Es eso un problema?

—Mientras domine el latín y el francés, no me importa de dónde proceda.

—Dice que su latín es excelente —dijo Philippine.

—¿Y Tristán lo considera adecuado?

—Dice que William es maestro en cuerpo y alma. Sin duda ahora está estudiando Leyes, pero sin entusiasmo. Lo que más le gustaría es enseñar.

—Entonces lo mejor será que hablemos con él. ¿Dónde puedo encontrarlo?

—Da lecciones toda la mañana en la iglesia de Saint-Julien-le-Pauvre. Si nos damos prisa, lo encontraremos allí.

Rémy se levantó y cogió su ballesta.

—¿De verdad es necesario que la lleves? —preguntó Philippine.

—Tengo la oscura sensación de que voy a necesitarla.

Poco después paseaban por el Quartier Latin. A Rémy le parecía como si el número de corchetes en el barrio se hubiera duplicado en la última hora. Entretanto estaban en cada calle, se plantaban en jarras delante de las tabernas y los burdeles y se esforzaban en ofrecer un aspecto amenazador. También los estudiantes se arracimaban. Rémy observó a un grupo de alemanes y lombardos que se acicateaban con grandes discursos en el atrio de una iglesia. Algunos tenían garrotes en las manos, aquí y allá brillaba un cuchillo.

Aquello no le gustó nada a Rémy.

—Cuidemos de hablar pronto con ese William y regresar rápido al albergue.

Felizmente, Saint-Julien-le-Pauvre no estaba lejos. La iglesia tenía, a juzgar por su construcción, varios siglos de antigüedad, y estaba a la orilla del río, justo enfrente de la catedral de Notre Dame, por encima del puente de madera que llevaba a la Île de la Cité. Un andamio, en el que nadie trabajaba en ese momento, ocultaba una de las naves laterales. Rémy y Philippine se dirigieron al portal principal, cuya puerta derecha estaba abierta, y se asomaron dentro.

Alrededor de treinta estudiantes se sentaban en el suelo de la iglesia. La mayoría aún eran jóvenes, de catorce o quince años, pero también los había mayores entre ellos. En el altar había un hombre bajito vestido con la toga de licenciado... estaba claro que era William de Southampton. Entre los estudiantes se libraba en ese momento una agitada discusión en lengua latina sobre un problema filosófico.

—Pero, suponiendo que Aristóteles tenga razón y las leyes de la naturaleza rijan de forma absoluta y sin excepción —decía uno—, ¿cómo puede explicarse entonces la acción de Dios y ciertos dogmas de la Iglesia? Por ejemplo la transformación del pan y el vino en el cuerpo y la sangre de Cristo durante la sagrada misa... ¿acaso no está eso en contradicción con todo lo que Aristóteles nos enseña?

—Está claro —tomó la palabra otro estudiante— que Dios está por encima de las leyes de la naturaleza. Él las ha creado para dar un orden al mundo. Pero puede suspenderlas de manera temporal. Cuando eso ocurre, hablamos de un milagro. No veo contradicción alguna con Aristóteles.

—Con eso te lo pones muy fácil —exclamó un tercero, y expuso sus argumentos con una lógica afilada como un cuchillo, lo que movió a su interlocutor a defender su punto de vista de un modo retóricamente más pulido. Otros estudiantes intervinieron, y pronto estaba en marcha una erudita disputa al más alto nivel filosófico.

A Rémy le gustó lo que veía. Allí se enseñaba el pensamiento autónomo. Cada uno podía dar su opinión sin miedo, y de paso los estudiantes refinaban sus conocimientos gramaticales y su capacidad retórica. No había un clima de miedo como con el hermano Adhemar, ninguna estúpida repetición de salmos concretos hasta el agotamiento. William hacía un magnífico trabajo. Solo intervenía cuando quería aportar una nueva idea; por lo demás, se mantenía al margen y dejaba la disputa en manos de sus estudiantes, confiando en que esa era la forma en que más aprendían. Su latín era casi perfecto.

—¿Te había prometido demasiado? —murmuró Philippine.

Rémy sonrió. De hecho, ardía en deseos de conocer a ese hombre.

Entonces, alguien le dio un empujón. Un estudiante pasó corriendo a su lado. El tipo llevaba los hábitos sujetos por encima de los tobillos, se precipitó dentro de la iglesia y rugió algo en inglés. Rémy no entendió ni una palabra. Sin embargo, entre los estudiantes parecía haber muchos ingleses, que enseguida se pusieron en pie sobresaltados.

Rémy se dio la vuelta. En la calle, al otro lado del atrio, aparecieron corchetes del corregidor, armados con fustas y garrotes. Al mismo tiempo, se oyeron gritos provenientes de otra dirección.

—¡A la iglesia... deprisa! —gritó Rémy.

Philippine y él se colaron por el portal que algunos estudiantes estaban cerrando. Pero fueron demasiado lentos... los hombres de armas ya estaban entrando, y les golpeaban. Algunos estudiantes se enfrentaron a los agresores y agitaron los puños entre gritos, pero la mayoría emprendieron la fuga presa del pánico, de forma que en la iglesia, no demasiado grande, de un instante al otro reinó una insuperable confusión.

Rémy cogió la ballesta en una mano, estrechó a Philippine contra sí y trató de protegerla con su cuerpo de golpes y empujones, mientras se abría paso hacia el coro, donde le parecía que estarían más seguros.

De pronto, había un corchete delante de él. El hombre enseñaba los dientes y alzaba un bastón. Sin titubear, Rémy le golpeó en el rostro con la culata de la ballesta y alcanzó el protector nasal del casco, con lo que el corchete se tambaleó.

—¡Vamos! —jadeó, y se abrieron paso entre la multitud.

Vio que algunos estudiantes corrían hacia la parte trasera de la nave izquierda y abrían allí una puerta.

—¡Allí! —dijo, cogió la mano de Philippine y fue a salir corriendo. Justo en ese momento se dio cuenta de que William estaba en el suelo junto al altar. Parecía aturdido, la sangre brotaba de una herida en su frente. Al parecer lo habían atropellado, se había caído y se había golpeado en la cabeza. El licenciado no daba la impresión de estar en condiciones de defenderse si los corchetes iban a por él. Rémy decidió ayudarle.

Philippine y él corrieron hacia William y le ayudaron a levantarse.

—Venid —dijo Rémy al erudito—. Tenemos que poneros a salvo.

El inglés tenía los ojos vidriosos, su mirada vagaba entre Rémy y la pelea que había a la puerta de la iglesia.

—¿Quién sois vos?

—Un amigo. Ahora venid. Todo lo demás lo aclararemos después.

—Pero mis estudiantes...

—No podéis hacer nada por ellos. Si os quedáis aquí solo lograréis que os den una paliza.

Con suavidad, pero también con firmeza, Rémy llevó al licenciado hasta la puerta en la nave lateral. Entretanto los estudiantes habían conseguido atrancar la puerta delantera, de forma que en la iglesia no pudieron entrar más soldados. Los que ya estaban dentro se entregaron a una pelea con los estudiantes, de modo que no se dieron cuenta de que Rémy y Philippine sacaban a William.

Fue salvarse en el último momento, porque apenas habían salido de la iglesia cuando varios corchetes rodearon la nave lateral, con la obvia intención de cortar la vía de escape a los estudiantes. Rémy y Philippine pusieron entre ellos a su protegido y corrieron en dirección contraria, a lo largo de un mísero callejón por encima de la orilla del Sena, donde finalmente se escondieron en un hueco entre dos cabañas.

Los soldados no los habían seguido, pero el peligro estaba lejos de haber quedado atrás. Rémy oía gritos por todas partes. Según parecía, en todo el Quartier Latin estaban produciéndose enfrentamientos entre estudiantes y corchetes.

William estaba sin aliento por la carrera. Se tocó la frente y miró asustado la sangre en sus dedos.

Philippine examinó la herida.

—Solo es un rasguño... nada grave —tranquilizó al erudito—. Enseguida dejará de sangrar.

—Lo mejor es que os llevemos a la Île de la Cité —dijo Rémy—. Allí parece haber más seguridad.

William asintió, nervioso.

—¿Podéis llevarme hasta el obispo? Tiene que intervenir y poner fin a esta locura.

Rémy se asomó a la orilla del río y miró delante de la cabaña.

—Los soldados han cortado el puente. ¿Creéis que nos dejarán pasar si ven que no somos estudiantes?

—A plena luz del día no se atreverán a molestar a un licenciado de la universidad.

Rémy tensó la ballesta y puso un dardo en ella.

—¿Qué hacéis? —preguntó horrorizado William—. ¿Acaso queréis abriros paso disparando?

—No tengo intención de herir a nadie. Pero, si alguien nos amenaza, quiero tener la posibilidad de apelar a su razón —repuso Rémy malhumorado, mientras observaba la entrada del callejón.

El pequeño erudito se quedó mirándolo.

—Decidme de una vez quién sois.

—Rémy Fleury, para serviros.

—¿Sois uno de los mercenarios que la Facultad de Artes ha enrolado para nuestra protección?

—No, no soy un mercenario.

—¿Qué, entonces? ¿Un arquero del rey?

—Soy iluminador de libros.

Por fin la calle estaba despejada. Regresaron corriendo a Saint-Julien-le-Pauvre, pasaron de largo ante el ábside y tomaron el camino más corto hacia el puente. En el callejón que salía de la iglesia, se encontraron de pronto dos corchetes armados con venablos. Los hombres estaban borrachos y les brindaron una sonrisa asesina.

Rémy levantó la ballesta, apuntó primero a uno y luego al otro.

—Dejadnos pasar, o uno de vosotros conocerá enseguida a su creador.

Atemorizados, los hombres retrocedieron y los dejaron pasar.

—¿Veis lo razonables que son todos de pronto? —dijo Rémy a William, antes de correr hacia el puente.

Cuando cayó la tarde, se calentaron en la taberna de su albergue y se permitieron una copa de vino. William había insistido en invitar a Rémy y a Philippine, en agradecimiento por haberle salvado. La herida de su frente había dejado de sangrar hacía mucho, sobre todo porque Philippine, que llevaba en su coche diversos ungüentos e infusiones, la había curado con manos expertas.

En el Quartier Latin volvía a reinar la calma, desde la intervención del obispo de París. Él era el cabeza de la universidad, a él incumbía la protección de los estudiantes y profesores. Cuando William le informó, el clérigo citó inmediatamente al corregidor y envió a sus leales con la orden de restablecer el orden en el barrio. Su valerosa intervención había hecho que los corchetes se retirasen poco después del Quartier Latin. Entretanto, los cirujanos de los distintos hospitales eclesiásticos se ocupaban de los muchos estudiantes que habían sido heridos en los ataques.

Los discípulos de William estaban bien, dadas las circunstancias. En cuanto el barrio había vuelto a ser en alguna medida seguro, el licenciado había buscado a sus estudiantes y cuidado de que recibieran pronta ayuda. Algunos habían sufrido heridas y contusiones en la pelea de la iglesia, pero en líneas generales habían salido ilesos.

—Por el momento la cosa está arreglada —declaró William, después de haber vaciado la mitad de su copa—. Pero sin duda la paz no durará mucho. Las tensiones entre la universidad y el corregidor empeoran de año en año. En el siguiente incidente, sus corchetes volverán a dejarnos notar quiénes son los verdaderos dueños del Quartier Latin. Ah, qué harto estoy de estas constantes fricciones...

Tomó otro trago y se quedó dando vueltas a la copa entre sus dedos, singularmente cortos. William tenía el rostro redondeado y no llevaba barba, ni tonsura, como muchos otros profesores de la universidad, sino que llevaba unos cortos rizos pelirrojos. Rémy le calculó una edad de veintisiete o veintiocho primaveras. Hablaba francés casi sin acento, algo inusual para un inglés y otro indicio de sus dotes para las lenguas. Ahora que había bebido vino y se había calmado, se veía que era de naturaleza relajada y amable. Parecía repugnarle en profundidad la violencia, por lo que el incidente de ese día le daba mucho que hacer.

—Aún no me habéis dicho por qué habéis venido esta mañana a mi *lectura* —dijo al fin—. No ha sido casualidad, ¿no?

—En absoluto —confirmó sonriente Rémy—. Queríamos hablar con vos. Vuestro antiguo maestro Tristán de Rouen os ha recomendado a mí.

Que un prestigioso doctor hubiera mencionado su nombre a extraños halagó de modo visible a William.

—¿Recomendado para qué?

Rémy le habló de la escuela y de su hasta ahora infructuosa búsqueda de un maestro.

—Tristán os considera un buen maestro, y cree que quizá el puesto pudiera interesaros.

—Para estar seguro de que os entiendo bien... ¿la escuela se encuentra en manos de la ciudad? ¿No es una institución de la Iglesia? Es la primera vez que oigo una cosa así.

Rémy se remontó un poco más atrás y explicó cómo se había llegado a la fundación de la escuela y lo que la ciudadanía esperaba de ella. Al hacerlo despertó el interés de William. El erudito no hacía más que plantear preguntas, y al parecer quería saberlo todo con absoluta precisión.

—Una escuela para los hijos de la ciudadanía —dijo—. Un proyecto en verdad noble y avanzado. ¿Cómo es posible que no encontréis maestro? Cualquier licenciado que quiera de verdad hacer algo con su trabajo aceptaría ese puesto.

Rémy sonrió.

—Ha habido candidatos, pero mis exigencias son elevadas.

—¿Y creéis que yo estaría a la altura de ellas?

—Así es, William...

—Simplemente Will —le interrumpió el inglés—. Nadie me llama William.

—Will. —Rémy asintió—. Para empezar, deberíamos aclarar si os interesa el puesto.

—¿Y todavía lo preguntáis? —Los ojos de Will resplandecían—. Hace tiempo que sueño con una tarea como esa. Por mucho que me guste dar lecciones sobre la filosofía de Aristóteles, instruir niños es más importante y agradecido. Se tiene la ocasión única de darles todo lo que necesitan para convertirse en buenos cristianos y conseguir una profesión de prestigio. Y lo que contáis de vuestra escuela suena fascinante. Como maestro, tendría muchas más posibilidades que en una escuela catedralicia o conventual.

A Rémy le gustó la actitud de Will. ¿Había encontrado al fin a alguien a la altura de Albertus? Se exhortó a no precipitarse. Quería estar muy seguro de que Will respondía a los requisitos.

—Está claro que tendríais que abandonar París... Varennes no está precisamente cerca. Además, tendríais que adquirir la ciudadanía de nuestra ciudad.

—Eso es evidente. Y, en lo que a París se refiere... para ser sincero, hace mucho tiempo que quiero irme. Esta ciudad es demasiado grande para mí. Y la constante disputa con el corregidor me afecta.

—Quiero ser sincero con vos —dijo Rémy—. Me dais una buena impresión, pero no me basta. Antes de ofreceros el puesto, me gustaría conoceros mejor, para poder juzgar si de verdad sois adecuado.

Will asintió.

—Claro.

—¿Por qué no habláis un poco de vos? —propuso Philippine.

El inglés no parecía saber qué pensar de ella. ¿Era la esposa de Rémy? ¿Su hermana? ¿Una amiga? Hasta ahora, habían preferido dejar a Will al margen de la naturaleza de su relación.

—Procedo de Southampton, en el extremo sur de Inglaterra —empezó—. Mi padre es mercader de lana, y muy acomodado. Pero también proviene de una familia sencilla, y por eso quiso que todos sus hijos tuvieran una instrucción decente.

De niño, Will había ido a la escuela catedralicia, donde había aprendido latín. Luego había ido a la Universidad de Cambridge y estudiado las siete artes liberales. Después del Trivium había ido a París, porque quería ensanchar su horizonte intelectual y estudiar con los grandes maestros. A los pocos años, terminó con éxito el Quadrivium y fue nombrado licenciado, con lo que empezó a dar clase a estudiantes y dictar lecciones.

—Pero seguís estudiando, ¿verdad? —preguntó Rémy.

—Sí, Leyes —respondió Will—. Pero no con gran energía, en honor a la verdad. No me llena. Mi destino es trabajar como maestro.

Luego charlaron un poco de todo: religión, filosofía, política, la situación en París, Francia, Varennes. Will demostró ser un oyente atento, que hacía preguntas inteligentes cuando algo le interesaba. Rémy conocía pocos hombres que tuvieran una formación tan amplia... apenas parecía haber un terreno del que no supiera.

Cuando el inglés se marchó al retrete, a una hora avanzada, Rémy se volvió hacia Philippine:

—¿Qué opinas?

—Tristán tenía razón... no encontraremos uno mejor. Te aconsejo emplearlo cuanto antes, antes de que cambie de opinión.

Rémy pensaba exactamente lo mismo. Cuando Will hablaba de su trabajo se sentía la pasión con la que daba clase. Ese era el maestro que estaba buscando.

Por eso, cuando el licenciado regresó, dijo:

—Creo que ahora os conozco lo bastante bien como para poder tomar una decisión con buena conciencia. Si todavía lo queréis, el puesto es vuestro.

Will no era hombre que expresara de forma ruidosa su entusiasmo. Se limitó a sonreír, pero el brillo en sus ojos traicionaba lo feliz que era.

—Eso me alegra mucho, maestro Rémy. Os prometo que no os decepcionaré.

—¿Cuándo podréis empezar?

—Me gustaría ir enseguida con vos a Varennes, pero me temo que no es posible. Primero tengo que pedir al obispo y a la dirección de la universidad que me liberen de su servicio. Luego, tengo que arreglar algunos asuntos personales. Calculo que puedo estar en Varennes a principios de diciembre.

—Bien. Entretanto, lo prepararé todo para vuestra llegada. ¿Conocéis el camino?

—Lo encontraré.

—Cuando lleguéis, preguntad por mí. Os recibiré y os presentaré al Consejo.

Se estrecharon la mano como despedida.

Una vez que Will se hubo marchado, Rémy y Philippine se retiraron a su habitación. Él cerró la puerta y extendió los brazos.

—Tenemos un maestro —dijo sonriendo.

—Es maravilloso, Rémy. Me alegro tanto por ti.

—¿Y a quién se lo debo? —La atrajo hacia sí—. Solo a ti.

Se besaron. Él la sujetó por el talle y le acarició con los labios la mejilla y debajo de la oreja. La respiración de ella se aceleró. Le tomó de la mano y lo llevó hasta el lecho, y él levantó las faldas por encima de sus muslos.

Más tarde, ella se pegó a él y enredó los dedos en el vello de su pecho.

—¿Cuándo partimos?

—Mañana —respondió Rémy.

—¿No podemos quedarnos unos días?

—Tengo que regresar. No puedo dejar solo el taller durante tanto tiempo. Dreux probablemente no duerme pensando cada noche todo lo que estará ocurriéndome.

—Si siempre pudiera ser como ahora. Sin obligaciones. Nadie que nos limite. Solo tú y yo.

—Eso es muy sencillo.

Philippine no dijo nada. Su mano se quedó inmóvil.

—Quédate conmigo en Varennes —dijo—. Cásate conmigo.

—No hagas eso, Rémy. Por favor —susurró ella.

—Me quieres, ¿no?

—No se trata de eso.

—Solo se trata de eso —insistió él.

Ella se apartó de él, se sentó y le miró.

—¿Por qué rompes tu palabra?

—Porque estoy harto de tus misterios. Todos esos secretos...

—Tengo mis razones.

—Explícamelas.

—Si lo hiciera, me odiarías.

Él esperó, pero ella no siguió hablando.

—No puedes, ¿verdad? —preguntó Rémy.

—Tengo miedo a que luego nada vuelva a ser como era. Que no podamos volver a estar juntos.

—Me has mentido, ¿verdad? Estás casada.

Ella volvió a callar. Una lágrima solitaria corrió por su mejilla.

—¡Maldita sea! —gritó él, recogió sus ropas y se vistió.

—¿Adónde vas?

En vez de responder, él abrió la puerta y salió al pasillo. Solo quería salir, salir de esa cámara, que de repente le parecía de una estrechez agobiante. El sentimiento de éxtasis que le llenaba hacía muy poco había dado paso a una ira asfixiante... contra Philippine, sus innumerables secretos y las impenetrables reglas que le imponía.

Salió del albergue y caminó por las calles nocturnas del Quartier Latin. Había sido un error prometerle respetar sus secretos. Había sabido desde el principio que en algún momento lamentaría ese ridículo juego del escondite. Pero no había escuchado su voz interior que le había advertido con terquedad. Porque su amor por ella le había cegado.

Apenas había prestado atención adónde iba, pero ahora se daba cuenta de que se encontraba muy cerca de la casa de Tristán. Se acercó a la puerta del patio, que entretanto estaba cerrada. La madera mostraba ligeros daños. Al parecer, los hombres del corregidor habían tratado de entrar en la finca por la fuerza. Sin éxito, según parecía.

En una de las ventanas aún había luz. Por un momento, Rémy consideró la posibilidad de pedir entrar e interrogar a Tristán sobre Philippine. Pero, naturalmente, aquella idea era tan necia como irrealizable. El doctor se reiría de él o lo echaría a la calle... o, con toda probabilidad, ni siquiera le dejaría entrar.

Al final, empezó a llover. Rémy se caló la capucha del manto y regresó corriendo al albergue. Al entrar en el patio distinguió a Guiberge, que estaba bajo el alero del cobertizo de los carruajes y charlaba con un caballerizo. Tomó una decisión.

—Maestro Rémy —dijo la criada, y sonrió insegura cuando él se acercó—. ¿Qué hacéis ahí fuera, bajo la lluvia? Vais a enfermar.

—Tengo que hablar a solas con Guiberge —explicó Rémy volviéndose hacia el criado, que asintió y corrió al establo. Rémy abrió la puerta del cobertizo, cogió del brazo a la gruesa muchacha y la empujó dentro.

—¡Me hacéis daño! —se quejó.

El interior estaba oscuro; más al fondo un poco de luz de alguna antorcha entraba por una ventana. En el cobertizo había tres carruajes, rectángulos negros en las tinieblas. La lluvia tamborileaba suavemente en el tejado de madera del edificio.

—¿Quién es tu señora? —preguntó Rémy.

—Yo... no comprendo...

—¿Cuál es su verdadero nombre? ¿Cómo se llama su familia?

Guiberge le miró atemorizada.

—No puedo decíroslo. —Retrocedió cuando él fue hacia ella, y estuvo a punto de tropezar con un cubo vacío.

—Te lo advierto, Guiberge. Estoy muy muy furioso. Así que habla de una maldita vez.

—Pero ¡entonces romperé mi palabra!

—Si no lo haces, le ayudarás a mentirme y a tomarme el pelo. ¿Es eso lo que quieres?

La criada empezó a sollozar.

—¡Basta! —le increpó.

—¡Me dais miedo!

A Rémy no le gustaba intimidar a la muchacha. Pero no iba a salir adelante con buenas palabras.

—No hay motivo... si respondes a mis preguntas —dijo—. Vamos... ¿está casada tu señora?

—S... sí.

Rémy respiró hondo. Una parte de él lo había sabido desde el principio. Algo más que no había querido ver.

—¿Con quién?

Guiberge se lo dijo. Rémy necesitó un momento para comprender bien lo que había oído.

—No lo dices en serio.

—Es la verdad —afirmó la muchacha—. ¡Os lo juro!

—¿Desde hace cuánto tiempo?

La criada frunció el ceño, como si fuera una pregunta dificilísima.

—Cuatro años.

Rémy salió del cobertizo. En el albergue, subió corriendo las escaleras y abrió de golpe la puerta de su cámara.

Philippine había encendido una vela, estaba sentada a la mesa y leía una novela. Alzó la vista de las páginas.

—Rémy —dijo. Tenía los ojos enrojecidos.

—¿Estás casada con Roger Bellegrée y pensabas que no iba a enterarme nunca?

—¿Quién te lo ha dicho?

Él apenas podía respirar de ira.

—Engañarme así... ¿cómo has podido hacerlo?

—Escúchame...

—¡Me has mentido a la cara!

—¿Lo ves? —dijo ella en voz baja—. Lo sabía.

—¿Qué? ¿Qué sabías?

—Que me odiarías cuando lo supieras.

—¿Qué esperabas? —Rémy tuvo que esforzarse para no gritarle—. Roger es enemigo de mi familia. ¿Y tú no consideras necesario decirme que es tu maldito marido?

—Si te lo hubiera dicho... ¿qué habría pasado?

—¡Que te habría quitado las manos de encima, maldita sea!

Ella no dijo nada, pero su mirada revelaba que ese había sido precisamente su temor.

—¿Sabe de nosotros? —preguntó él.

—Claro que no.

—Este viaje... ¿Sencillamente te ha dejado ir? ¿Qué le has contado?

—Es complicado, Rémy. Mucho más complicado de lo que piensas. Déjame explicarte...

Él levantó las manos en gesto defensivo.

—Gracias, renuncio. Ya tengo bastante de tus excusas.

—Te he mentido. Eso ha sido un error. —Se levantó—. Pero solo lo he hecho porque no veía otra posibilidad.

—Quieres decir porque necesitabas un poco de diversión en tu triste vida de esposa de un riquísimo patricio.

—No fue así. Te quiero. De verdad. Tenía miedo de perderte. No habría podido soportarlo.

Rodeó la mesa y quiso tocarle, pero él retrocedió.

—Tenías razón —dijo—. Fue un error. Nunca debería haber estado contigo.

Rémy reunió sus cosas y pasó la noche en el establo.

A la mañana siguiente, partió solo hacia Varennes.

TROYES

Solo era mediados de noviembre, pero el viento ya llevaba el invierno en sus fauces. Rachas de un frío cortante barrían los terrenos de la feria, delante de los muros de la ciudad de Troyes, y tiraban de las tiendas de los mercaderes y de las vestimentas de los hombres que pasaban solitarios junto a los montones de mercaderías. A finales de otoño nunca iban muchos visitantes a los mercados de la Champaña, pero este año eran especialmente pocos, debido al persistente mal tiempo. Aparte de Anseau Lefèvre, solo un par de franceses del norte, dos o tres ingleses infatigables y un puñado de flamencos habían encontrado el camino hasta allí.

Lefèvre se había buscado un rincón protegido del viento y sorbía vino caliente y especiado mientras sus criados vigilaban la mercancía. Con él había varios alguaciles de la condesa de Blois, patrocinadora de las ferias de la Champaña. Los hombres no tenían nada que hacer y mataban el tiempo permitiéndose algún que otro trago y fanfarroneando con sus historias de cama.

Lefèvre aferraba su copa y trataba de ignorar el tirante dolor de su rodilla. En el gremio le habían desaconsejado viajar a Troyes en esa estación. Demasiado trabajoso, demasiado poco lucrativo, habían dicho sus hermanos. Lefèvre no les había escuchado. En la feria de octubre de Varennes había comprado a la orden cisterciense un gran montón de acero extraído de minette, un mineral de alto valor que los monjes estaban explotando en Nancy. Su instinto le decía que en la Champaña, donde anhelaban el acero lorenés, podría venderlo con beneficio. Sin embargo, poco a poco se fue dando cuenta de que su instinto le había engañado. Llevaba ya tres días allí y nadie se interesaba por su acero.

Dejó de un golpe la copa vacía sobre la mesa del vinatero y se arrastró con los dientes apretados hasta un figón para comprar un poco de sopa de guisantes con tocino. Al menos ya no tenía que ayunar. No lo habría soportado ni un día más.

Cuando pagó y recogió el cuenco lleno, se dio cuenta de que uno de los hombres sentados en los bancos le observaba. Era un mercader de Metz, el otro único lorenés de Troyes. Se llamaba Ringues, o algo parecido... Lefèvre solo lo conocía fugazmente, y no sabía si aquel hombre pertenecía a las *paraiges* y cuál era su relación con los Bellegrée. Así que prefería evitarle. Tener problemas con los de Metz era, en verdad, lo último que necesitaba.

Se había tomado la mitad del cuenco cuando uno de sus criados se le acercó corriendo.

—Acaba de llegar un flamenco, señor. Quiere saber lo que pedís por el acero.

Lefèvre dejó el cuenco y siguió al criado hasta su puesto de venta. Las lonas de la tienda flameaban al viento como las velas de un costanero sacudido por una tormenta. Un hombre de cráneo pelado y roja barba estaba delante de las cajas, había sacado una barra y la examinaba.

—Es un buen acero —dijo—. ¿De minette?

Lefèvre asintió.

—El más adecuado para armaduras, armas y herramientas de todo tipo. Procede de una mina de los cistercienses. También el duque de la Alta Lorena lo compra allí.

—¿Cuánto pedís por el barrote?

Mencionó el precio y dejó que el flamenco regateara un poco, hasta que se pusieron de acuerdo en una suma moderada. El hombre quería comprar dos docenas de cajas, más de la mitad de todo su acero. Lefèvre calculó rápidamente las cifras y vio que tendría un beneficio neto de casi ocho libras de plata. Con eso, el largo viaje quedaba más que compensado. Así que su instinto no le había engañado.

—Si me llevo veintiséis cajas —preguntó el flamenco—, ¿me rebajaríais medio dinero por barra?

—Sin duda... por ser vos. —Sonriendo, Lefèvre le tendió la diestra, para sellar el negocio con un apretón de manos.

Justo en ese momento apareció aquel Ringues.

—Esperad antes de estrecharla —pidió dirigiéndose al flamenco—. Yo también tengo acero. Seguro que puedo haceros una oferta mejor.

Varennes Saint-Jacques

—No se conformaron con los aranceles especiales —informó Isabelle a los hermanos del gremio—. Prendieron por una nadería a uno de mis criados y lo encerraron en una mazmorra. Me costó tiempo y dinero sacarlo. Luego, tuve que soportar ver que las *paraiges* habían intimidado a uno de mis clientes más importantes, que se negó a hacer negocios conmigo.

La noche siguiente a su regreso de Metz, Michel y Deforest habían convocado una asamblea extraordinaria del gremio para poner a los hermanos en conocimiento de los últimos hechos ocurridos. Como esperaban, el relato de Isabelle enfureció a los hombres.

—¡Calma, señores, os lo ruego! —gritó Deforest—. No se entiende una sola palabra. Todos podréis hablar, pero por orden, no todos a la vez.

Cuando el tumulto se hubo calmado, Victor Fébus se adelantó, congestionado:

—¡Esto es sencillamente inaudito! No pueden tratarnos así. Están pisoteando todas las tradiciones de la convivencia respetable en el valle del Mosela.

—Me temo que, tal como están las cosas, a los Bellegrée les importan una mierda las tradiciones —dijo Duval—. Esto sigue un método. Quieren hacernos la vida difícil hasta que nos arruguemos y suspendamos la feria.

—Pero ¿qué voy a hacer ahora? —se lamentó Fromony Baffour entretanto, un anciano decrépito de setenta años. Desde la muerte de Thibaut d'Alsace a principios de año, era con mucha diferencia el miembro más antiguo del gremio—. Tengo varios clientes en Metz que esperan envíos importantes. ¿He de quedarme todo el invierno sentado sobre mis mercancías?

—De hecho, Isabelle, Eustache y yo creemos que lo mejor es no ir por el momento a Metz —dijo Michel—. Sencillamente los riesgos son demasiado grandes, sobre todo porque apenas podemos defendernos. Además, no debemos dar a los de Metz la menor oportunidad posible de causarnos daño.

—¿Y qué pasa con mis clientes? —se lamentó el anciano—. Los perderé si los hago esperar demasiado.

—No me gusta decir esto, Fromony, pero es probable que ya los hayáis perdido. Las *paraiges* son lo bastante poderosas como para destruir todas nuestras relaciones comerciales con Metz. Todo lo que podéis hacer es enviarles una noticia y pedirles paciencia. Pero me prepararía para que no sirva de mucho.

—Quien haya planeado un viaje a Metz y no pueda aplazarlo bajo ninguna circunstancia —completó Deforest— no debería ir solo. Llevad el doble de mercenarios que de costumbre, y uníos a otros hermanos. Cuanto mayor sea el grupo, tanto mejor podréis protegeros de los ataques.

—¿Qué pasa con Adrien, Philippe y Anseau? —preguntó Odard Le Roux—. Partieron hacia Metz hace ya días y no saben nada.

—Lefèvre no está en Metz —dijo Duval—. Ha viajado a Troyes, contra mi consejo expreso. Pero al menos allí puede estar seguro.

—¿Te has encontrado a Adrien y a Philippe por el camino? —inquirió Michelle volviéndose hacia Isabelle.

—Me temo que no.

—Enviaremos un jinete tras ellos —dijo Deforest—. Quizá los alcance antes de que lleguen a Metz y se metan en la boca del lobo.

Michel se levantó y miró los tensos rostros.

—Puedo entender que os preocupéis. Pero el temor y el miedo al futuro no nos llevarán lejos. Ahora, id a casa y rezad por la paz. Mañana mismo se reunirá el Consejo, y deliberará cómo hacer frente a esta crisis. Estoy seguro de que hallaremos una solución.

—Por favor, perdonad que os moleste tan temprano —dijo la criada—, pero el señor Michelet acaba de llegar. Creo que ha sido asaltado.

Michel e Isabelle saltaron de la cama y se vistieron apresuradamente.

—¿Está herido?

—Él no, pero sí dos de sus criados.

Bajaron al zaguán, donde Robert estaba con sus servidores. Las criadas de Michel ya le habían ofrecido vino especiado, pan y queso, mientras los criados de Michelet metían sus pertenencias en la casa.

Uno de los hombres llevaba una venda en el brazo, otro, una en la frente. Tampoco Robert tenía buen aspecto: rasguños y contusiones desfiguraban su rostro y sus brazos, tenía las ropas sucias y desgarradas.

—Por todos los santos, Robert, ¿qué ha ocurrido? —preguntó Michel.

—Nos han echado de Metz —respondió el *fattore* con voz de ultratumba.

—Subid a la sala, allí podréis contárnoslo todo con tranquilidad.

Una vez que Michel mandó a buscar un médico para los criados heridos, hizo subir a Robert a la sala. Echó a Samuel, que había vuelto a aposentarse sobre la mesa, y se sentaron. El gato atigrado se retiró ofendido al hueco de una ventana y se sentó en el alféizar, de modo que su rayada cola señalaba el suelo, colgando recta como un plomo.

—Roger Bellegrée ha impuesto que me expulsen de todos los gremios —explicó Robert—. Dijo que era amigo de su enemigo y por tanto un peligro para la comunidad. Seguí vuestro consejo y mantuve la calma. Por desgracia, los Bellegrée no se dieron por satisfechos. Évrard envió a sargentos a mi casa, que me obligaron a suspender de inmediato los negocios y a cerrar la sucursal.

—¿Obedecisteis? —preguntó Isabelle.

—Naturalmente. ¿Qué habría debido hacer?

—No quiero decir eso. Me pregunto tan solo por qué a pesar de eso os han agredido.

—Los sargentos incautaron todas las mercancías y obligaron a mi gente a sacarlas fuera. Cuando uno de los criados les pareció demasiado lento, se lanzaron sobre nosotros. Creo que solo estaban esperando un pretexto para apalearnos.

—¿Hemos perdido las mercancías? —preguntó Michel.

—Sí. Todas. —Robert le miró a los ojos—. Sé lo que estáis pensando. Que soy un fracasado que os ha causado graves daños. Solo puedo pediros perdón y daros mi palabra de que trabajaré duro para compensar esta pérdida.

—Os lo ruego, no quería decir eso. Los Bellegrée son los únicos que tienen la culpa de todo esto.

—Si hubiera sido más cauteloso, quizá habría podido impedir que llegáramos a esto.

—¿Y cómo? Habría pasado de uno u otro modo. Las *paraiges* quieren hacernos daño allá donde puedan. Si alguien hubiera podido impedirlo soy yo. Nunca debí permitir que volvierais a Metz.

—Al menos pude salvar vuestro dinero. —La sombra de una sonrisa corrió por el rostro desollado de Michelet—. Cuando los sargentos aparecieron, escondí la arqueta y la saqué de la ciudad en un tonel vacío.

—Sois un hombre muy valiente —dijo Isabelle—. Otro en vuestro lugar habría perdido la cabeza y no solo habría abandonado el dinero, sino también a los criados. Pero vos os habéis comportado de forma modélica. Merecéis nuestra gratitud.

Como era habitual en él, Robert se limitó a asentir rígidamente.

—Ahora, descansad y que cuiden vuestras heridas —dijo Michel—. Los criados os prepararán una habitación. Podéis quedaros a vivir con nosotros hasta que sepamos cómo proceder.

Michel e Isabelle no fueron los únicos mercaderes a los que cerraron su sucursal en Metz: a lo largo del día llegaron a Varennes otros *fattori*, igual de maltratados y desmoralizados que Robert Michelet. El golpe había alcanzado con especial dureza a Eustache Deforest. Los Treizé jurés no solo habían incautado todas sus mercancías almacenadas en Metz, sino que también habían arrojado a las mazmorras a su *fattore* y le habían robado plata por valor de cuarenta libras.

A mediodía, Michel se sentaba con los otros consejeros a tratar la situación.

—Metz es un adversario superior a nosotros —dijo Duval—. Las *paraiges* disponen de recursos con los que nosotros no podemos ni soñar. Si se ponen a ello, podrían arruinarnos económicamente en pocos años. Deberíamos pensar si no hemos de ceder a sus exigencias.

—¿Y abolir la feria, después de haber trabajado tan duro por ella? —repuso Michel—. De ninguna manera. No nos arrugaremos con tanta facilidad. Puede que seamos una ciudad pequeña, pero no estamos indefensos. Propongo que les paguemos con la misma moneda. Cada ciudadano de Metz que se deje ver en el mercado de la ciudad pagará aranceles de castigo por sus mercancías. El que se resista será prendido. Además, cortaremos la calzada romana y el Mosela y solo dejaremos pasar a los de Metz mediante elevados pagos. Lo que ellos hacen, nosotros podemos superarlo.

La mayoría de los consejeros asintieron con decisión. Su rabia con la arbitrariedad de las *paraiges* era grande, y las propuestas de Michel cayeron en terreno abonado.

—Yo también estoy a favor de dar la batalla —dijo Tolbert—. Pero quiero hacer notar que probablemente no logremos gran cosa. Nosotros dependemos de Metz, los de Metz no dependen de nosotros. Pueden sencillamente ignorarnos sin que les cueste mucho.

—Eso ya lo veremos —dijo Michel—. Por el momento les demostraremos que no pueden tratarnos así.

Albert Le Masson y algunos otros manifestaron su aprobación golpeando la mesa con los nudillos.

—Para disminuir nuestra dependencia de Metz —dijo Deforest—, propondré al gremio desplazar sus negocios a Francia y Borgoña. También en la Champaña se necesita nuestra sal, y allí los Bellegrée no pueden ponernos tantas piedras en el camino.

—Yo no diría eso —observó alguien.

Michel se volvió hacia la puerta de la sala y vio entrar a Lefèvre. El antiguo usurero se acercó a la mesa del Consejo y saludó a los hombres. No tuvo más que un leve asentimiento para Michel. Solo porque desde hacía algún tiempo probaba suerte como un mercader honrado, no significaba que de pronto hubiera descubierto un amor inquebrantable hacia Michel. Su relación seguía siendo difícil y marcada por la desconfianza.

—Acabo de venir de Troyes —contó Lefèvre—. Quise vender mi acero a un flamenco, y estaba a punto de cerrar el trato cuando uno de Metz apareció y me lo quitó delante de las narices.

—¿Quién fue? —preguntó Deforest.

—Un hombre llamado Ringues, o algo parecido.

—Pierre Ringois —dijo Duval—. Comercia sobre todo con acero, minerales y armas. Un fiel seguidor de los Bellegrée, si no me falla la memoria. Creo que pertenece a la *paraige* de Porte-Muzelle.

—Sea como fuere, ofreció su acero a un precio que tiene que estar por debajo del de compra —prosiguió Lefèvre—. Tiró el precio. Solo le importaba perjudicarme. Lo digo por vuestra reflexión de que en el extranjero estaremos a salvo de los Metz —dijo a Deforest.

Un espeso silencio siguió a sus palabras.

—Eso solo puede significar —conjeturó Michel— que todos los gremios de Metz han indicado a sus miembros que nos echen a perder el negocio en todas las oportunidades que se les ofrezca. Es probable que deban superar nuestros precios aunque pierdan dinero. Es muy posible que los gremios se hagan cargo de la pérdida.

—Pero eso costará sumas ingentes —dijo Tolbert—. No podrán aguantarlo mucho tiempo.

—Me temo que sí —respondió Duval—. Los gremios de Metz tienen una enorme potencia económica, incluso los pequeños.

—Pero el nuestro no es precisamente pobre —dijo furioso Deforest—. Si los de Metz venden por debajo del precio de uno de los nuestros, compensaremos su pérdida. Esta guerra de precios les costará cara, de eso me encargo yo. Anseau, venid esta tarde a la sede del gremio. Pediré a los hermanos que os indemnicen de la caja común.

—Gracias —dijo con frialdad Lefèvre.

—Mantenemos el plan —anunció Michel a los consejeros—. Alejaremos nuestros negocios de Metz. Sin duda no podemos estar seguros en ningún sitio, pero los Bellegrée y su gente no pueden estar en todas partes. Además, a pesar de todas las contrariedades no debemos olvidar nunca que aventajamos en algo a los de Metz: nuestra sal. Mientras sea querida y codiciada en Francia, Borgoña y Flandes, seguiremos ganando dinero, hagan lo que hagan los Bellegrée.

METZ

—Llevadlos con los otros —ordenó Roger Bellegrée, y sus jornaleros empezaron a descargar los toneles del carro de bueyes y a meterlos en el almacén.

Era una tarde marcadamente desagradable, fría, ventosa, lluviosa. Roger fue adentro e indicó a uno de los hombres que llevara vino caliente y especiado. Mientras sorbía de su copa, inspeccionó los trabajos. Las *paraiges* habían construido el almacén hacía algunos años, estaba en un sitio muy céntrico, junto a la place de Chambre, y era uno de los más grandes de la ciudad. En él encontraban espacio cargamentos enteros de mercancías, anchas rampas de madera llevaban al piso superior, dos grúas sobresalían del tejado como los tentáculos de un monstruoso insecto.

La planta baja estaba casi llena. Los toneles contenían sal de las salinas de Salins-Les-Bains y Lons-le-Saunier, en el palatinado de Borgoña, quinientas arrobas. Y serían más aún en los próximos días, si los *fattori* y corredores de su familia hacían bien su trabajo. Muchos más.

Roger acababa de vaciar su copa cuando apareció su padre. Apoyado en su bastón, Évrard cruzó la puerta del almacén, con el manto forrado de armiño arrebujado en torno a los hombros. Roger se tensó interiormente. «¿Qué diablos se le ha perdido aquí?» El anciano solo salía de su torre cuando la familia corría peligro, cuando las circunstancias políticas le obligaban... o cuando quería hacer reproches a su hijo.

Roger dejó la copa encima de la mesa.

—Os saludo, padre.

Sin decir una palabra, Évrard pasó por delante de él y contempló los barriles, que se alzaban delante de él como una pared de bloques amurallados.

—¿Todo esto es sal?

—Sí. Quinientas arrobas hasta ahora.

Évrard lo recorrió con una mirada.

—¿Hasta ahora? ¿Has encargado más?

—Espero que para fin de año sean mil.

—Eso es mucha sal. Más de la que vendemos normalmente en tres años.

Con observaciones como esa, el viejo quería obligar a Roger a justificarse. Pero si se justificaba ya había perdido, Roger lo sabía por amarga experiencia. No dejó notar su incipiente rabia.

—Lo sé, padre. Conozco nuestros libros igual de bien que vos.

—Entonces también conocerás los gastos de este almacén. No son muy bajos que digamos. Si tenemos que almacenar aquí la sal durante meses o incluso años, será extraordinariamente difícil venderla con beneficio. Incluso imposible, diría yo.

—No es mi intención ganar dinero con la sal. De hecho, cuento incluso con elevadas pérdidas para nuestra familia y la *paraige*.

Évrard le miró a los ojos por vez primera.

—Pero las pérdidas para Varennes serán mucho más altas, ¿verdad? Si inundamos de sal los mercados y la vendemos a precios de saldo, el alcalde Fleury y sus hermanos se quedarán sentados encima de la suya.

Un duro golpe para una ciudad que vive en su mayor parte del comercio de la sal.

Roger asintió.

—Parto de esa base.

El anciano calló. Su mirada era penetrante. ¿Qué venía ahora? ¿Reproches? ¿Una observación mordaz acerca del precio legendariamente alto de este proyecto, que no guardaba proporción alguna con el beneficio? De pronto, una emoción brilló en los ojos de Évrard, con mucha brevedad, durante apenas un parpadeo: una sonrisa.

—Antes o después, una guerra de precios les romperá la espalda —dijo el anciano—. Buen trabajo, hijo.

Se apoyó en su bastón y se fue. Roger cerró los ojos.

«Por todos los santos... ¿de verdad eso ha sido un elogio?»

Varennes Saint-Jacques

Rémy pasó la palma de la mano por el pergamino extendido en la mesa.

—De ternero recién nacido... ¡la mejor calidad! —El mercader ensalzó su mercancía—. Por lo general pido un sou entero por pliego, pero a vos, maestro Rémy, voy a haceros un precio especial: diez deniers. Bueno, ¿qué opináis?

Rémy pensaba que la calidad no era en absoluto la mejor, sino que dejaba mucho que desear. Las pieles no habían sido bien curtidas, aquí y allá aún colgaban pelos y restos resecos de carne. Las grietas que de forma inevitable surgían al matar al ternero habían sido cosidas a duras penas. Además se ondulaba, prueba de que el pergamino se había humedecido durante el almacenaje. Siguió su camino sin decir palabra.

—También tengo de cabra, si este no os gusta. ¡Esperad, maestro Rémy! —gritó a su espalda el mercader.

Rémy tuvo que recorrer medio mercado hasta encontrar un pergamino que respondiera a sus exigencias. Apenas le quedaba en el taller, así que compró suficiente para todo el invierno, metió los rollos en su carretilla y se puso en camino hacia casa.

Desde su regreso de París, hacía tres días, se lo había tomado con tranquilidad. Habían ocurrido tantas cosas en las últimas semanas, que no tenía ganas de trabajar. Pero debía volver a ganar dinero y a ocuparse de nuevos encargos, porque sus ahorros no iban a ser eternos. Por desgracia, durante los últimos días apenas habían llegado clientes a su taller, y era más que discutible si la situación iba a mejorar en los próximos tiempos. El ambiente en Varennes era malo... la ciudad entera sufría por la guerra comercial con Metz. La gente se guardaba su dinero y lo gastaba tan solo en comida, leña y ropa. Los trabajos de escritura eran lo primero a lo que renunciaban en los malos tiempos.

El viento tiraba de su ropa mientras empujaba su carretilla delante de los puestos del mercado. Junto al quiosco de un vinatero, fue detenido por Jean-Pierre Cordonnier. Como siempre, el maestre de los zapateros, cordeleros y guarnicioneros estaba solo... a su esposa tan solo se la veía en las misas de la ciudad. A Jean-Pierre no le gustaba que saliera de casa. Era mucho más joven que él y muy guapa, por lo que prefería ocultarla a las miradas de los otros hombres.

—¿Qué tal en París? ¿Has encontrado al fin un maestro de escuela? —preguntó Cordonnier, que ya había tomado alguna que otra copa aquella tarde, a juzgar por sus enrojecidas mejillas.

—Sí, lo he hecho —respondió escueto Rémy.

—Siempre pasa lo mismo contigo. Hay que sacártelo todo. Viejo solitario —dijo Jean-Pierre—. Cuenta ya... ¿qué clase de hombre es? ¿Sirve para algo?

El maestre de los zapateros no solo sentía curiosidad, sino que además estaba hablador. Rémy consideraba agotadoras las conversaciones con él, así que decidió resumir.

—Su nombre es Will. Es inglés. Supongo que lo conocerás pronto. Tengo que irme, Jean-Pierre. Me espera trabajo en casa.

—Otra cosa... hace semanas que quiero preguntártelo. —Jean-Pierre sonrió, provocador—. ¿Quién es esa belleza que durante la feria iba constantemente a tu taller?

—No sé a quién te refieres.

—Vamos. A mí no me engañas. Dreux me dijo que habías coqueteado con ella. ¿Hay algo en marcha? ¿Ha encontrado por fin nuestro soltero eterno a la adecuada?

Rémy no quería hablar de Philippine. Le hubiera gustado olvidarla a ella y los acontecimientos de París... la última noche, las lágrimas de ella, su rabia devoradora. Había encerrado profundamente el dolor dentro de él, para dejar de sentirlo. Lo último que necesitaba eran preguntas curiosas.

—Dreux habla mucho cuando el día es largo. El tipo está medio ciego. Sabe el diablo lo que habrá imaginado.

—Eres un embustero piojoso, siempre lo has sido —dijo Jean-Pierre—. Venga... ¿Cómo se llama?

—Es una patricia de Nancy o Verdún —mintió Rémy—. No conozco su nombre.

—¿Ha venido a verte todos los días, y nunca se lo has preguntado?

—Que tengas una buena noche, Jean-Pierre. —Rémy le dio una palmada en el hombro, empuñó la carretilla y siguió su camino.

—Lo averiguaré. ¡Puedes estar seguro! —exclamó el maestre de los zapateros a su espalda.

Rémy caminó por los callejones con gesto sombrío. Cuando entró en su taller constató que Dreux aún no se había ido. Eso estaba bien. Mientras el anciano ponía el pergamino en los estantes, Rémy le soltó una larga charla sobre el sentido profundo de diversas virtudes, concretamente la prudencia y la discreción.

Al romper la oscuridad, envió a Dreux a casa y se sentó junto al fuego a limpiar la ballesta. Durante el largo viaje desde París, el arma se había mojado varias veces, y había sufrido visiblemente. Rémy cambió la cuerda y pulió las piezas de metal hasta que las manchas de óxido desaparecieron. Luego, apuntó a la puerta de la cocina y se imaginó el dardo clavándose en la madera con un satisfactorio «toc». Al día siguiente, al amanecer, iría al prado junto a la cantera y practicaría un poco. Sin duda eso le haría pensar en otra cosa.

Llamaron a la puerta. ¿Quién iba tan tarde a visitarle? ¿Jean-Pierre Cordonnier, que quería molestarle con más preguntas? Rémy dejó la ballesta y abrió la puerta, con una observación mordaz en los labios. Pero la figura que esperaba fuera bajo la lluvia no era Jean-Pierre. Levantó el borde de su capucha para que él pudiera ver su rostro.

—¿Me dejas entrar? —pidió Philippine.

Sin esperar su respuesta, pasó ante él y entró en el taller. Rémy estaba tan perplejo que la dejó hacer.

—¿Qué buscas aquí?

—Tenía que verte.

Su primer pensamiento fue echarla. Pero entonces vio que estaba empapada. Se tragó una maldición y le pidió con un ademán que le siguiera.

—¿Puedo quitarme el manto?

—Dámelo. —Colgó el manto junto a la puerta de la cocina, mientras ella se sentaba junto al fuego. Rémy se quedó de pie y cruzó los brazos delante del pecho. Philippine estaba aún más pálida que de costumbre, y parecía cansada. Se frotó las manos y luego las puso en el regazo, con los puños cerrados.

—Tienes todos los motivos para odiarme —empezó—. No puedo reprochártelo. Pero hay algunas cosas que deberías saber... para que entiendas por qué me he portado así.

Rémy no estaba seguro de querer oír lo que ella tuviera que decir. Pero su ira ya no era lo bastante grande como para rechazarla. La rabia, la decepción le habían consumido. La dejó hablar.

Philippine bajó la mirada. El resplandor de las llamas hacía que su rostro en forma de corazón pareciera una máscara de luz y sombras.

—Roger y yo... Hace mucho tiempo que no somos un matrimonio bueno y cristiano. En realidad nunca lo hemos sido, por lo menos durante los dos primeros años.

—¿Qué pasó? —preguntó Rémy a regañadientes.

—Fue un matrimonio de conveniencia. Una unión política. Procedo de una familia noble de la Lorena. Mi familia es antigua y prestigiosa pero empobrecida. Mi padre me dio a Roger por esposa porque esperaba beneficiarse de la riqueza de los Bellegrée. Los Bellegrée por su parte pensaban que el esplendor de nuestro apellido se trasladaría a ellos.

—Las uniones políticas son el destino de la mayoría de las mujeres de tu rango —dijo él con voz ronca.

Philippine se limitó a asentir.

—Quiero a mi padre... habría hecho cualquier cosa para proteger a mi familia de la ruina. Así que me sometí a mi destino, aunque temía a Roger. Sentía ya entonces que era un monstruo de corazón frío. Lo único que le mueve es el dinero y el poder... y la rabia devoradora contra su padre —añadió con desprecio.

—Pensaba que Roger y Évrard eran uña y carne.

—Eso es tan solo lo que parece. En realidad, Roger odia a su padre. Sea como fuere, para Roger no fui desde el principio más que una especie de trofeo, con el que podía fanfarronear delante de los otros patricios: «Mirad, mi esposa es noble, no una mujer burguesa corriente como las vuestras». Los Bellegrée anhelan desde hace mucho ascender a la nobleza.

—Pero hace ya mucho que son nobles.

—Pertenecen a la aristocracia municipal de Metz... no es lo mismo. La verdadera nobleza de Lorena los mira de arriba abajo y los considera advenedizos. Una circunstancia insoportable para Roger y Évrard. Con mi ayuda querían impulsar grandes proyectos. Roger esperaba llevar a nuestros hijos a la corte del duque, para que los armaran caballeros y se casaran con hijas de la casa de Châtenois.

—¿Tienes hijos?

—No. Tampoco hijas —dijo Philippine, y una sombra corrió por su rostro—. Resultó que no puedo tener hijos capaces de sobrevivir. Apenas un año después de nuestra boda di a luz una niña, que nació muerta. Igual que los gemelos que tuve al año siguiente. El padre confesor de Roger dijo que sobre mí pesaba una maldición. El médico le dio la razón. Intentaron curarme, pero sus oraciones y medicinas no tuvieron efecto. Según parece, soy estéril.

Apretó los labios. Cuando alzó la vista, su rostro era completamente inexpresivo.

—Roger nunca me lo ha perdonado —prosiguió—. «¿Qué voy a hacer con una mujer que no puede procrear?» No tenía valor para él, dijo. Al principio, descargaba su ira contra mí y me pegaba, hasta que su padre se enteró y puso fin a eso. Desde entonces no existo para Roger. Me cedió una de sus casas al otro extremo de la ciudad, para poder quitarme de en medio y que no me enterase cuando iba a ver a sus rameras. Salvo raras ocasiones en que tengo que acompañarlo a un banquete de las *paraiges*, llevamos vidas separadas y nos evitamos. Por eso pude ir contigo a París de un día para otro. Roger probablemente ni siquiera advirtió que me había ido. O no le importó —explicó Philippine.

La garganta de Rémy estaba de pronto seca y cerrada.

—¿Por qué no me lo dijiste desde el principio?

—No podía. Lo siento, Rémy —dijo en voz baja.

—Y ese asunto del nombre falso... ¿Por qué? Entonces no había ningún motivo.

—Cuando vine por primera vez a tu taller, las cosas ya iban mal entre Metz y Varennes. Pensé que si me daba a conocer como una Bellegrée nuestra amistad habría terminado.

Él la miró en silencio. En su interior rugían los sentimientos más encontrados.

—¿Qué voy a hacer ahora?

—¿Puedes intentar perdonarme?

—No lo sé.

—Te amo, Rémy. Por favor, no me alejes. Eres todo lo que tengo. —No imploró, sino que lo dijo con total sencillez.

—Nunca podremos volver a estar juntos —dijo él—. Si Roger se entera de lo nuestro te matará.

—No se enterará.

—No puedes saberlo.

—Me deja mi libertad. Puedo hacer lo que quiera. A veces pasan semanas sin que hablemos. ¿No lo comprendes? No significo nada para él. Si mañana me muero se alegraría de poder quitárseme de una vez de encima.

—Aun así, dudo que aceptara dejarse poner los cuernos. Aparte de que es un pecado. Y un delito.

Callaron.

—Todo lo que te pido —dijo ella al fin— es que esperes.

—¿A qué?

—A que Roger disuelva nuestro matrimonio.

—¿Eso es lo que pretende?

—Como te he dicho, carezco de utilidad para él, y Roger no es hombre que se deje frenar por otros en su avance. En cuanto haya encontrado una posibilidad de disolver nuestra unión, lo hará.

—Si eso es lo que piensa... ¿cómo es que no lo ha intentado hace mucho?

—Para eso necesita el consentimiento del obispo. Pero Konrad von Scharfenberg no es amigo de su familia. Hace corresponsable a las *paraiges* de la pérdida de poder del obispado. No ayudaría a Roger ni por mucho dinero. Sospecho que Roger pone sus esperanzas en el sucesor de Konrad. Cuando Konrad haya muerto, y no puede tardar mucho, está gravemente enfermo, Évrard intentará influir a su favor en la elección del obispo. Si tiene éxito, y el obispo es un hombre propicio para los Bellegrée, el fin de nuestro matrimonio estará sellado. Quizá el mes próximo —añadió.

—Todo eso no son más que conjeturas —dijo Rémy.

—Créeme, sé cómo piensa Roger. Así es como ocurrirá.

—¿Y qué pasa si Konrad se recupera y vive otros diez años? ¿O si el nuevo obispo también se niega a disolver vuestro matrimonio?

—¿Nuestro amor no merece que corramos ese riesgo?

—Suponiendo que esperemos juntos. ¿Cómo te imaginas eso? Explícamelo.

—Tengo una pequeña granja, a menos de tres horas de aquí. Forma parte de mi dote. Podemos encontrarnos allí tantas veces como queramos sin que nadie se entere.

—Eso pensaron mis padres también entonces —murmuró Rémy, y frunció el ceño. Hizo un movimiento de rechazo con la mano—. ¿Hay criados?

—Dos. Pero son discretos. Además, no quieren mucho a Roger. Nunca le contarían nada.

Él contempló su rostro. Cuando ya no pudo soportar la expresión de sus ojos, bajó la vista y se pasó la mano por el pelo de la nuca.

—No puedo, Philippine. Hay demasiado en juego.

—¿A qué te refieres?

—Varennes. Metz. ¿Dónde has estado en los últimos meses?

—Eso no tiene nada que ver con nosotros.

—Sí que lo tiene. No soy cualquier ciudadano de Varennes… soy un Fleury. Si Roger se entera, estallará el infierno.

—Entiendo. Política. A su lado, nuestra felicidad carece de toda importancia.

—Cualquier otra cosa sería irresponsable. Aquí no se trata solo de ti o de mí.

Ella apretó los labios y asintió. Se levantó y cogió su manto.

—Encontrarás la granja si viajas de Varennes hacia el este y sales hacia el norte en Damas-aux-Bois. Pasarás por delante de un molino que pertenece al arzobispo de Tréveris. Es detrás. Reconocerás la granja por el viejo tilo que hay junto al establo. Si Roger logra anular nuestro matrimonio, te enviaré un mensaje y te esperaré allí.

Él calló. No había nada más que decir.

Philippine abrió la puerta.

—Que te vaya bien, Rémy.

Salió a la noche, se caló la capucha en el rostro y poco después desapareció en medio de la lluvia.

Diciembre de 1224

E l invierno llegó temprano aquel año. La mañana del primer día de Adviento empezó a nevar con fuerza, y no dejó de hacerlo durante tres días. Entretanto, en algunas calles y patios la nieve llegaba a las rodillas, y el maestre de las basuras y sus ayudantes apenas daban abasto a retirarla. Los carros se quedaban atascados. Los artesanos cerraban sus talleres cuando hacía demasiado frío para ellos. Los habitantes del barrio se abastecían de leña y víveres y apenas ponían un pie en la calle.

Rémy y William en cambio no podían permitirse quedarse en casa. Envueltos en gruesas ropas de invierno, daban grandes zancadas por las calles. Blancas nubes de humo salían de las capuchas de sus mantos. Will había llegado a Varennes hacía dos días. Rémy lo había presentado enseguida al Consejo y había cuidado de que lo contrataran, le concedieran el derecho de ciudadanía y le procurasen un alojamiento barato. Felizmente, Bertrand y los otros consejeros quedaron tan contentos con el inglés como él, de manera que nadie le puso piedras en el camino.

—Todavía no he visto a vuestra esposa —observó Will cuando doblaron hacia la rue du Puits—. Espero que esté bien.

—Philippine no es mi esposa.

El licenciado fue lo bastante discreto como para no hacer más preguntas.

Al cabo de un rato, Rémy dijo:

—Quisiera pediros que no hablaseis a nadie de ella. Si alguien os pregunta, fui solo a París.

Will le dedicó una mirada.

—Sin duda —se limitó a decir, y guardó silencio el resto del camino.

Al llegar al mercado de la sal, se detuvieron.

—Esta es —dijo Rémy.

El inglés contempló la escuela, mientras Rémy sacaba la llave y abría el portón. Antes de entrar, dieron grandes pisotones en el umbral para no meter la nieve adherida a las suelas de sus zapatos.

—En esta sala instruiréis a los alumnos. Las ventanas están dispuestas de forma que tengáis luz diurna de la mañana a la noche. Además, cada alumno traerá consigo una vela de sebo.

—Hay una chimenea... gracias al Todopoderoso —dijo Will, frotándose las manos heladas.

—Cuidaré de que os traigan leña suficiente para toda la semana. Aquí detrás guardamos el recado de escribir y los libros.

Rémy abrió la puerta de la habitación trasera, abrió los dos arcones y puso los libros encima de la mesa. Después de que el hermano Adhemar quemara las copias, Henri Duval había conseguido obligar a la abadía de Longchamp a sustituirlos y hacer las copias a su propia costa. Pero había sido una dura lucha hasta que Rémy llegó a tener en sus manos el último libro. El abad Wigéric lo había intentado todo para eludir la orden del Consejo, por ejemplo haciendo que los monjes del *scriptorium* trabajaran intencionadamente despacio. Había puesto excusas una y otra vez para explicar por qué sus hermanos no avanzaban, una más desvergonzada que la otra. Si Duval no hubiera ejercido una constante presión, probablemente los libros nunca habrían estado terminados.

Will contempló los manuscritos y abrió uno.

—Estoy impresionado, maestro Rémy. No habría imaginado que vuestra escuela estuviera tan bien equipada. Tenéis incluso las *Etymologiae* completas.

Rémy sonrió.

—Ahora os toca a vos emplear los libros.

—Oh, lo haré. —El inglés acarició el pergamino con las yemas de los dedos—. No os preocupéis, lo haré.

A la mañana siguiente Will empezó con las clases. Si alguien había tenido dudas de si estaba a la altura de la tarea, las dispersó en el plazo más breve. El inglés hacía su trabajo de manera espléndida. Exigía mucho a los niños, pero como sabía transmitir sus amplios conocimientos sus discípulos nunca perdían el gusto por aprender. Rémy se pasaba todos los días para hacerse una idea de las clases. Lo que vio le confirmó que había hecho la elección correcta. Las eruditas explicaciones de Will sobre gramática latina, aritmética o filosofía no solo eran vivas y comprensibles. Además, su tranquila autoridad hacía que los discípulos le obedecieran al pie de la letra sin tener que emplear la vara todo el tiempo.

Al final de la primera semana, Rémy tenía la impresión de que los niños habían aprendido más que en medio año del hermano Adhemar. Se corrió la voz. La semana siguiente, Will tenía de pronto ocho alumnos más. Eran los hijos de aquellos mercaderes que se habían llevado de la escuela a sus hijos porque por culpa del hermano Adhemar no veían sentido a la nueva escuela.

Unos días después del tercer domingo de Adviento, Rémy recibió de pronto la visita del abad Wigéric. Aún era temprano. Rémy acababa de sentarse al atril para seguir trabajando en una copia del Evangelio de San Lucas. Terminó una letra antes de preguntar:

—¿Cómo puedo ayudar a vuestra gracia?

—Estoy aquí para felicitaros, maestro Rémy —respondió el obeso eclesiástico—. Por fin habéis encontrado un maestro que baila al son que le tocáis. Puede exponer a los niños el pensamiento pagano y nadie se lo impide. Los laicos huyen de la escuela del monasterio. Solo es cuestión de tiempo que hasta el último haya cambiado a vuestra escuela. Una victoria en toda regla. Una vez más, la familia Fleury ha conseguido dar un duro golpe a la Iglesia. Tenéis que estar orgulloso de vos mismo.

—Podría deciros que nunca fue mi intención causar daño a la Iglesia, y que además dudo que os haya causado un perjuicio. Pero sería perder el tiempo, ¿verdad? Si es así, abad, os ruego que os vayáis. Como veis, tengo que hacer. —Rémy mojó la pluma de ganso en la tinta y empezó la siguiente letra.

—Arrogante como siempre —siseó Wigéric—. Pero la arrogancia precede a la caída. Dejad que os lo diga, maestro Rémy. Un día comprobaréis que no fue inteligente humillarme. Pero entonces será demasiado tarde para el arrepentimiento.

Rémy no prestó atención al abad y sus nebulosas amenazas. Cuando volvió a levantar la cabeza, Wigéric había desaparecido. Había dejado la puerta abierta. Entraba un aire gélido. Rémy se levantó para cerrar. Por un momento se quedó mirando las huellas que el monje había dejado en la nieve.

Wigéric era un hombre peligroso, nunca debía olvidarlo. Sin duda por el momento no había nada que el abad pudiera hacer en contra de la escuela. Había perdido el respaldo del obispo... se murmuraba incluso que Wigéric había renunciado a la amistad de Eudes después de que este le privara de la inspección de la escuela municipal. Aun así, Wigéric solo estaba debilitado, en absoluto aniquilado. Vengativo como era, en algún momento encontraría un camino para hacer pagar su derrota a Rémy. Eso era tan seguro como el mundo.

«Así que mantente siempre alerta.»

Un frío soplo de viento le hizo estremecerse. Cerró la puerta, añadió un tronco a la chimenea y se echó aliento en las manos antes de volver a sentarse al atril.

—No sé dónde está vuestra madre, maestro Rémy —dijo Yves, que en ese momento se ocupaba en llenar de leña un gran cesto de mimbre—. Puede ser que haya ido a los establos.

Con la carpeta de cuero bajo el brazo, Rémy cruzó el patio, que los criados habían despejado de nieve, y entró en el edificio que había al lado del cobertizo de los carros. Su madre estaba junto a uno de los caballos de tiro, y le hablaba en tono tranquilizador. En un compartimento vacío contiguo, Samuel acechaba delante de una ratonera, como petrificado. Solo la punta de su cola temblaba de vez en cuando.

—Te traigo las copias de los contratos que me has pedido. —Rémy levantó la carpeta.

—Eres un ángel... gracias —dijo Isabelle, y volvió a dedicarse al caballo—. Chis, pequeño, se pasará.

—¿Qué tiene?

—Una lesión en el casco delantero. Por suerte se está curando bien. Hace una semana parecía que íbamos a tener que liberarlo de sus tormentos.

El caballo resopló, parecía tener dolores. Aun así, permitió que Isabelle le examinara el casco y untara pomada sobre la herida. Con cualquier otro, sin duda se hubiera movido intranquilo y también hubiera lanzado coces. No con la madre de Rémy. Aunque él ya había visto muchas veces que incluso animales atacados de mortal angustia se tranquilizaban en su presencia, aquel maravilloso proceso le fascinaba todas las veces que lo veía. A veces lamentaba no haber heredado ese don suyo.

Cuando terminó, salió del establo y se limpió las manos con un trapo.

—¿Te quedarás a comer?

—Esa era mi intención.

Mientras iban hacia la casa, Isabelle dijo:

—¿Has oído la noticia? El obispo Konrad murió la semana pasada. Se lo he oído decir esta mañana a dos albañiles de paso que venían de Metz.

Rémy se quedó mirándola antes de acordarse de lo que había que hacer. Rápidamente, trazó sobre su pecho la señal de la cruz.

—¿Te sorprende? —preguntó su madre—. ¿No sabías que sufría una grave enfermedad?

—Sí, lo había oído. ¿Han encontrado ya un sucesor? —preguntó de pasada.

—No sé nada concreto. Sin duda hay distintos candidatos, pero el cabildo aún no ha tomado su elección. Al parecer, las *paraiges* intentan imponer un candidato que les sea propicio. Ojalá fracasen, para que esos cerdos aprendan de una vez que no pueden tener todo lo que quieren.

—Sí, es para deseárselo —dijo Rémy, aunque en secreto esperaba que pudiera ocurrir lo contrario. Si la apreciación de Philippine era correcta, un obispo proclive a los Bellegrée se apresuraría a anular su matrimonio con Roger. Y entonces sería libre... libre para él.

Rémy movió la cabeza. Eran pensamientos egoístas. «Eres un ciudadano de Varennes. Todo lo que haga aún más poderosas a las *paraiges* tiene que resultarte odioso», se dijo, mientras seguía a su madre hasta el comedor.

Febrero de 1225

Lagny-sur-Marne

V a a volver a nevar… puedo olerlo —había dicho Yves, dándose unos golpecitos en la nariz—. Es mejor que esperéis unos días para el viaje. No quiero que nos quedemos clavados en el carro en ninguna parte y se nos congelen las partes nobles.

Pero Yves no sería Yves si no errara a conciencia sus predicciones respecto al tiempo. Desde la Candelaria, no había caído un solo copo de nieve en toda Lorena y en el este de Francia. Seguía haciendo frío, pero el sol brillaba desde hacía una semana, y la nieve de los caminos se había fundido ya en enero. Así que Isabelle y los otros mercaderes de Varennes habían decidido reemprender los negocios y hacer el primer viaje comercial del año, a Lagny-sur-Marne, donde en febrero tenía lugar una de las ferias de la Champaña. Porque el invierno empezaba a devorar sus reservas, y era hora de volver a ganar dinero.

Era una de las caravanas comerciales más grandes en las que Isabelle había participado nunca. Veinte carros, cargados hasta los topes de sal, paños, acero y otras mercaderías, daban brincos por la carretera, flanqueados por jinetes y toda clase de animales de tiro. Casi todo el gremio viajaba a Lagny-sur-Marne, y los mercaderes llevaban consigo treinta mercenarios, muchos más que en empresas anteriores de similar magnitud. También los numerosos criados y los propios mercaderes portaban armas.

Isabelle había tomado prestada la espada de Michel y la llevaba sujeta a la silla de Tristán, para poder sacarla enseguida si amenazaba peligro. Durante los meses de invierno las cosas habían estado tranquilas… casi no se había notado la guerra comercial. Pero nadie dudaba de que la disputa se reanudaría con la misma dureza en primavera, y querían estar preparados para cualquier cosa.

La mañana del duodécimo día de viaje atravesaron un bosque de pinos, no lejos del Marne. La respiración de Isabelle humeaba en medio del frío, en los árboles altos como torres seguía habiendo restos de nieve y chuzos aislados que atrapaban brillantes la luz del sol de la mañana. Cuando el bosquecillo se aclaró, pudieron ver ya Lagny-sur-Marne. Aunque la ciudad no era precisamente pequeña, parecía diminuta comparada con el monstruo gigantesco que había un día de viaje más al oeste. Si Isabelle se esforzaba, podía distinguir las innumerables columnas de humo que se alzaban de París y sus fogones.

Hombres y animales estaban cansados del viaje, pero la visión de su destino les insufló nuevas fuerzas a todos. Los criados acicatearon a los bueyes, los mercaderes a sus caballos, y la caravana avanzó por la llanura. El azar quiso que Lefèvre cabalgara junto a Isabelle cuando alcanzaron los terrenos de la feria, delante de los muros de la ciudad, una hora después. Como desde hacía tiempo se esforzaba mucho por ser un mercader honrado, se le había permitido unirse al viaje. Antes siempre había hecho negocios solo... era la primera vez que participaba en una caravana del gremio. Hasta ahora se había mantenido tranquilo, pero en secreto Isabelle esperaba que les causara problemas.

Su llegada a la feria transcurrió como siempre. El inspector superior de mercados apareció en compañía de varios corchetes y los saludó en nombre de su señora, la condesa de Blois. Acto seguido se les asignaron plazas en el embarrado terreno y les cobraron las tasas y los aranceles mientras los mercenarios desenganchaban los bueyes y los criados montaban mesas y tiendas de campaña. A primera hora de la tarde, los puestos de venta y los montones de mercancía formaban un imponente callejón en el centro de la extensa pradera.

—¿Han llegado ya los de Metz? —preguntó Deforest a Philippe de Neufchâteau, que volvía en ese momento de su ronda.

—Sí... en gran número —contestó el mercader—. Acampan al otro lado, justo detrás de la cruz del mercado. Casi todos los gremios han enviado mercaderes. Roger Bellegrée también está.

—¿Habéis oído? —Deforest se volvió a Isabelle y a los otros—. Quitaos de su camino en la medida de lo posible. No aceptéis tratos. Queremos evitar cualquier problema —añadió, mirando de reojo a Lefèvre.

Los mercaderes se dispersaron y fueron a sus puestos.

Aunque en verdad la feria no podía quejarse de falta de visitantes, y de París habían acudido numerosos campesinos, comerciantes, mujeres nobles acomodadas y el séquito de importantes familias, el interés por las mercancías de Varennes era limitado. Isabelle y sus compañeros tan solo vendieron un poco de acero y paño. La sal en cambio yacía como plomo en los toneles.

—Es demasiado cara —dijo un curtidor parisino, al que Isabelle había tratado de vender un tonel sin éxito—. ¿Por qué voy a pagar tres deniers por arroba si los de Metz me la dan por uno?

—¿Los de Metz piden un denier por arroba de sal? ¡No lo decís en serio!

—Id a verlo, si no me creéis.

Cuando el hombre se hubo marchado, Isabelle le contó a Deforest y a los otros lo que había averiguado. Enseguida, la rabia se extendió entre los mercaderes.

—¡Esta es una partida con las cartas marcadas! —afirmó indignado Victor Fébus—. Nadie puede vender sal tan barata y ganar dinero. ¡Os digo que están tirando su mercancía intencionadamente para llevarnos a la ruina!

Los otros mercaderes expresaron a voces su asentimiento.

—¡Deberíamos demostrarles que no pueden jugar así con nosotros! —exclamó Adrien Sancere.

—No nos precipitemos —sugirió Deforest llamando a la calma a los indignados hombres—. Hasta ahora no tenemos más que la palabra de un solo hombre. Antes de hacer nada, deberíamos comprobar si es cierto lo que ha dicho el curtidor.

—Yo iré —dijo Lefèvre, que había escuchado la conversación con gesto pétreo.

—No, yo lo haré —replicó Isabelle—. No es por nada, Lefèvre, pero vuestro… temperamento podría causaros dificultades.

Llamó a Yves y a Louis y se abrió paso entre la multitud.

La oferta de mercaderías de los gremios de Metz era impresionante, tuvo que admitir contra su voluntad. Sus tiendas y puestos cubrían una superficie que era más de tres veces mayor que el callejón de los mercaderes de Varennes. Cajas y toneles con los bienes más selectos formaban montones de la altura de un hombre, por todas partes se apilaban balas de paño flamenco y lombardo, en las mesas había armas, cotas de malla, libros, joyas. En el aire helado flotaban aromas exóticos, olía a pimienta, azafrán, canela y nuez moscada. Más de dos docenas de caballos de batalla esperaban en cercados separados a sus compradores de sangre azul.

«¿Cómo vamos a luchar contra esta riqueza?», se le pasó por la cabeza.

Para los gremios de Metz, la sal siempre había sido un producto más entre otros muchos. Pero ahora era sin duda la mitad de su oferta. Todos los gremios se habían cubierto de ella en grandes cantidades, hasta los mercaderes de paño y de caballos parecían venderla. Y la gente se la quitaba de las manos. Los compradores se apelotonaban delante de los toneles, y se llevaban la sal por carros.

—Disculpad —preguntó Isabelle a un hombre de ropas sencillas, que acababa de cargar un tonel en su carretilla—. ¿Puedo preguntaros lo que habéis pagado por esta sal?

—Un denier por arroba, ¿podéis imaginarlo? —respondió el hombre, radiante—. Si vos también queréis, compradla enseguida. Corre el rumor de que mañana el precio va a subir a uno y medio.

Isabelle le dio las gracias por la información, e iba a darse la vuelta para irse cuando de repente se encontró con un rostro conocido delante de ella.

—Creo que aún no hemos tenido el placer —dijo el hijo de Évrard Bellegrée, con una fina sonrisa—. Roger, a vuestro servicio. —Le cogió la mano y dejó un beso en ella—. Sin duda, vos tenéis que ser Isabelle Fleury. He oído hablar mucho de vos. Sois, de hecho, tan bella como cuentan.

—No estoy aquí para ser elogiada por mi aspecto por muchachos imberbes, sino para ganar dinero —respondió ella—. Por desgracia, me está resultando bastante difícil... gracias a vos y a vuestras porquerías con el precio de la sal. Un denier por arroba... ¿estáis en vuestros cabales? Con la cantidad de sal que habéis traído, destruiréis el mercado durante años si seguís así. Y no solo en Varennes, sino también en toda Lorena, Alsacia, Borgoña y el este de Francia.

—Estimadísima, estamos en guerra, si es que aún no os habéis dado cuenta —dijo sonriente Roger—. Y en la guerra todo medio está permitido.

—¿Aunque eso signifique destruir la existencia de inocentes?

—Donde se usa un cepillo saltan virutas. Yo no he hecho las reglas de este juego. Si os acordáis, empezasteis vos. Si vuestro esposo no nos hubiera desafiado con esa desdichada feria, Metz y Varennes seguirían siendo los mejores amigos.

—Es una peculiar contemplación de la verdad. ¿Creéis vos mismo lo que estáis diciendo?

—Si las creencias me importaran, me habría hecho sacerdote. Pero soy mercader, y como mercader solamente confío en el dinero. El dinero es poder, y poder significa que puedo tirar mi sal hasta que todo el maldito gremio de Varennes ande mendigando por las calles. Esa es una verdad sencilla. Aceptadla y actuad en consecuencia... o sucumbid.

Isabelle le miró directamente a los ojos.

—Las historias que cuentan sobre vos eran ciertas. ¿Aún podéis miraros al espejo?

—Puedo... y lo que veo me gusta cada día más. Me ha alegrado conoceros, señora Isabelle. Cuando lleguéis al arroyo, escribidme una carta. Siempre me he preguntado cómo será vivir ahí abajo.

Apuntó una reverencia y se fue.

—Una palabra vuestra —murmuró Yves— y le romperemos los dos brazos. ¿Tengo razón, Louis?

—Apenas puedo esperar —dijo el otro criado.

—Una oferta atractiva, pero no vamos a darle ese gusto —respondió Isabelle—. Venid, regresemos junto a los otros.

Sus compañeros de viaje reaccionaron a su informe con la esperada conmoción.

—Esos cerdos —murmuró Philippe de Neufchâteau—. ¡Esos malditos ricachones de Metz!

—¡No pueden hacernos eso! —El viejo Baffour se mesaba los pocos cabellos que le quedaban—. ¡Si no puedo vender mi sal, estaré arruinado! ¡Aniquilado!

—No vamos a dejar que nos hagan eso —dijo Deforest—. Hablaré con el corregidor del mercado. Sin duda aceptará una queja contra esta inmoral guerra de precios.

Victor Fébus estaba congestionado, parecía a punto de reventar.

—Todo eso no nos servirá de nada. Al corregidor del mercado le importa una mierda el precio de la sal. Lo único que le importa es que los de Metz paguen sus aranceles. Por san Jacques, he metido una pequeña fortuna en ese carro de sal... nadie va a quitármela. Voy a ir a ver a Bellegrée y le voy a decir lo que opino de sus sucios trucos. ¿Quién viene conmigo?

—¡Yo iré!

—¡Yo también!

—¡Puedes contar conmigo!

Una docena larga de mercaderes cogieron garrotes y cuchillos y ordenaron a sus criados y soldados empuñar sus armas. En más de una mirada brillaba pura ansia criminal.

—Estáis todos locos —dijo Lefèvre—. Eso es exactamente lo que Bellegrée quiere. Si perturbáis la paz del mercado esto hervirá enseguida de alguaciles, y los de Metz se morirán de risa.

«Mira por dónde», pensó Isabelle. «La voz de la razón en boca del demonio de Varennes.»

Por desgracia, ella y Deforest fueron los únicos que escucharon a Lefèvre. Todos los demás bramaron y se espolearon unos a otros, hasta que al final cruzaron la feria agitando hachas y mazas... excepto Baffour, que no parecía enterarse de nada, porque no hacía más que lamentarse de su pronta ruina.

—Tenemos que ir con ellos e intentar evitar lo peor —dijo Deforest, que a pesar del frío tenía la frente perlada de sudor—. Si alguien sufre daños, que Dios se apiade de nosotros.

El maestre del gremio, Lefèvre e Isabelle siguieron a sus hermanos entre la multitud. Cuando el viejo Baffour se dio cuenta de que de pronto estaba solo corrió tras ellos, aunque sin dejar de gimotear. Junto a las tiendas de los de Metz se produjo enseguida un acalorado intercambio verbal con los seguidores de los Bellegrée. Todo ocurrió muy deprisa. Antes de que Isabelle y Deforest pudieran intervenir, volaban por el aire rudos insultos, pilas de mercancías eran derribadas, los criados se enzarzaban en peleas. Fébus encontró a Roger Bellegrée, saltó por encima de una mesa y se habría lanzado sobre el patricio si dos mercenarios no lo hubieran impedido.

—¿Es que se han vuelto todos locos? —chilló Baffour—. ¡Así no se comporta uno en un mercado!

Isabelle se abrió pasó entre el barullo hasta Odard Le Roux, que estaba insultando a un mercader de Metz.

—¡Basta, maldita sea! Había esperado más entendimiento precisamente de vos.

Odard la miró, e iba a decir algo cuando el de Metz le dio una bofetada. Le Roux empezó a gritar, sus criados se lanzaron sobre el agresor y lo tiraron al suelo.

De pronto la multitud de mirones retrocedió, y aparecieron por todas partes alguaciles armados. Apuntaron sus lanzas hacia los mercaderes de Varennes y les ordenaron tirar las armas.

—Hacía tiempo que no veía una alteración tan desvergonzada de la paz del mercado —dijo el corregidor de Lagny-sur-Marne, que surgía en ese momento entre sus hombres—. Cuando la condesa se entere de esto va a ponerse furiosa. ¡Venid todos! Y ay del que se resista.

Los llevaron a un edificio de piedra al borde del ferial y los repartieron en cinco apestosas mazmorras, en las que los retuvieron mientras el corregidor interrogaba a cada uno de ellos. Isabelle fue encerrada con Le Roux, Lefèvre y el viejo Baffour. El antiguo usurero se acomodó en el estrecho catre bajo la ventana enrejada, de forma que los otros tuvieron que quedarse de pie.

—¡Apresado! —gimoteó Baffour, y su voz se fue haciendo cada vez más estridente—. ¡Encerrado como un mísero ladrón! ¡Y a mis años! —Aporreó la puerta con los puños—. ¡No tengo nada que ver con todo esto, lo juro por san Jacques! Dejadme ir, os lo ruego.

—Por Dios, que alguien haga callar al viejo o le retorceré el pescuezo —dijo Lefèvre.

—Sentaos, Fromony —indicó Isabelle—. Con vuestro griterío no hacéis más que empeorar las cosas. Hacedle sitio —ordenó a Lefèvre, que se movió un poco, a regañadientes.

Baffour no parecía escucharla. Se apartó de la puerta y recorrió la celda a zancadas al tiempo que levantaba las manos al cielo.

—¡Qué vergüenza! Si mi familia se entera de esto… ¡Y mi parroquia! ¿Cómo podré volver a mirar a los ojos a mis vecinos?

—Vuestro vecino es Fébus, y está en la celda de al lado —dijo Isabelle—. Así que no arméis tanto alboroto.

—Mi buena fama. Mi honestidad. ¡Todo perdido!

—Basta. —Con gesto sombrío, Lefèvre se puso en pie y cerró los puños. Isabelle quiso intervenir, pero antes de que Lefèvre se acercara siquiera a Baffour el anciano se llevó de repente las manos al pecho. Luchó por respirar, con los ojos casi fuera de las órbitas, se tambaleó y cayó de rodillas.

—Por todos los demonios, ¿qué pasa ahora? —gruñó Lefèvre.

Baffour cayó de bruces al suelo, agitó los brazos y quedó inmóvil. Isabelle se lanzó hacia él y lo volvió de espaldas con ayuda de Odard. El rostro del anciano era una mueca, unos ojos fijos miraban al techo.

—No me digáis que ha reventado —dijo Lefèvre.

Le Roux se santiguó. Isabelle llamó a la guardia.

Marzo de 1225

Michel estaba sentado en el salón de recibir de su casa, y escuchaba con creciente consternación el relato de Eustache y de Isabelle sobre los acontecimientos en Lagny-sur-Marne.

—Fue sobre todo culpa de Victor —concluyó el maestre del gremio—. Si no hubiera espoleado a los otros, probablemente habríamos conseguido tranquilizarlos. Pero por su culpa ya no nos oyeron.

—Victor siempre fue un camorrista y un cabeza caliente —dijo Duval, que estaba visitando a Michel cuando la caravana del gremio volvió. El juez municipal movió la cabeza, perplejo—. Correr garrote en mano por la feria y lanzarse sobre Bellegrée delante de todo el mundo... se podría pensar que ese hombre nunca había estado antes en un mercado. ¿Lo habéis castigado al menos por su necedad?

—Aún no, pero pienso hacerlo mañana mismo —explicó Deforest—. Voy a ponerle una multa que lo va a dejar sin habla.

—Supongo que Lefèvre también aportó lo suyo para que se llegara a las manos —preguntó Michel.

—Sorprendentemente, fue el único que nos ayudó a Eustache y a mí —dijo Isabelle.

—¿De veras?

Deforest asintió.

—Creo que se ha corregido de verdad.

Aunque entretanto algunos hermanos lo afirmaban, a Michel le seguía costando trabajo creerlo. Una cosa así no se la quitaba uno de encima con ayuno y un par de oraciones. Pero en ese momento esa era la menor de sus preocupaciones.

—¿Cómo terminó al final el asunto? —preguntó.

—Baffour está muerto —respondió Isabelle—. Tuvo un ataque en la prisión. Toda esa excitación fue demasiado para él.

Michel se dejó caer en la silla, consternado. Fromony nunca había sido su amigo, de hecho alguna vez había despreciado a ese viejo hipócrita y avariento. Pero su inesperada muerte le afectó.

—Lo enterramos en un cementerio en Lagny —dijo Deforest—. Su familia ya está enterada, le envié un mensaje enseguida.

Michel tuvo de pronto mal sabor en la boca, y se lo quitó con un trago de vino. Tampoco él era ya el más joven... siempre tomaba conciencia de ello cuando moría un hermano o un miembro de su parroquia.

—¿Os castigó el corregidor con mucha dureza? —preguntó con voz ronca.

—No fue fácil —explicó Isabelle—, pero Eustache y yo pudimos convencerle de que no nos llevara ante el tribunal del mercado. Se conformó con una multa y nos dejó ir cuando le prometimos salir de Lagny enseguida y no regresar hasta el año próximo. Suerte en la desgracia, por así decirlo.

—Yo no lo llamaría «suerte» —dijo Duval—. Toda la expedición ha sido en vano. Las pérdidas para el gremio y para los distintos mercaderes tienen que ser notables.

La silla crujió cuando Deforest movió su recio cuerpo de un lado al otro.

—Lo habrían sido de todos modos. La mayoría de nosotros llevaba sal, y gracias a los de Metz había perdido su valor.

—¿Pudisteis al menos vender una parte en otro sitio? —preguntó sin gran esperanza Michel.

—Ínfimas cantidades en el mercado semanal de Bar-le-Duc... indignas de mención —dijo Isabelle—. Los Bellegrée se han encargado de que el precio de la sal haya bajado al sótano en toda la región. No nos quedó otro remedio que traerla de vuelta a casa. Supongo que tendremos que almacenarla y esperar tiempos mejores, por amargo que sea.

Michel dio una palmada sobre la mesa y se puso en pie.

—Soy un imbécil, un necio inocente. ¡Tenía que haberlo previsto!

—Nadie hubiera podido sospechar que los Bellegrée irían tan lejos como para derrochar una fortuna solo en hacernos daño —dijo Deforest—. Es mejor que pensemos qué hacer ahora.

Michel se acercó a la ventana y se pasó la mano por la barba. Los otros callaron, y le miraban expectantes cuando se volvió hacia ellos.

—No podemos ganar esta guerra comercial... Metz es demasiado fuerte para nosotros. Tengo que negociar con las *paraiges*. Quizá de ese modo pueda evitar lo peor.

—¿Vas a transigir?

—¿Qué otra elección nos queda? No podríamos aguantar una guerra de precios durante mucho tiempo. Nosotros cuatro quizá seríamos capaces de mantenernos por encima del agua durante un tiempo, con otros negocios y con los ingresos de nuestras propiedades, pero la mayoría de los miembros del gremio no tienen tan buena posición. Dependen del comercio de la sal. Si tienen que quedársela, al cabo de un par de meses se les habrá quebrado el espinazo. Y no necesito explicaros las consecuencias que eso tendría para toda la economía de la ciudad. No. No veo otra posibilidad. Sobre todo porque los aranceles de castigo a los productos de Metz y las otras medidas no han conseguido lo más mínimo.

—Me temo que Michel tiene razón —dijo Duval—. Es mejor hablar ahora con las *paraiges* en vez de esperar a que toda la ciudad esté de rodillas y no tengamos margen para la negociación. Si hacemos concesiones a los de Metz, quizá podamos al menos salvar la feria.

—¿Lo veis también así? —Michel se volvió hacia Deforest.

—No me gusta decirlo —respondió el maestre del gremio—, pero creo que es el mal menor.

Michel asintió escuetamente.

—Mañana temprano hablaré con el Consejo. Si los otros no tienen ninguna objeción, iré a Metz y le besaré el culo a Évrard.

Una vez que los criados hubieron desenganchado los bueyes y llevado los carros al cobertizo, Lefèvre les ordenó, cansado:

—Bajad la sal al sótano.

Los hombres pusieron enseguida manos a la obra. Uno de los jornaleros, que le había asignado el gremio, un muchacho que no tendría más de diecisiete años, levantó él solo un tonel.

—Llevadlo siempre entre dos, o te arruinarás la espalda.

—Soy fuerte, señor, puedo hacerlo —se jactó el muchacho.

—Haz lo que quieras —dijo Lefèvre, y fue hacia la escalera. Aquel maldito viaje le había roído el cuerpo y el espíritu, y no quería otra cosa que dormir. Cuando estaba poniendo el pie en el primer peldaño, resonó un estruendo en el sótano. Con una maldición en los labios, fue a ver lo que había pasado. El joven jornalero se sujetaba el brazo. Había dejado caer el tonel, el cual yacía reventado a los pies de la escalera, y la sal se había repartido por todo el sótano.

—¡Imbécil! —gritó Lefèvre; cogió al muchacho por la mandíbula y apretó su cabeza contra la pared—. ¿No te lo había dicho?

—Ha sido un descuido, señor, yo lo recogeré. ¡Por favor, no me castiguéis!

—¡Debería hacerte bajar a palos toda la maldita rue de l'Épicier!

—No volverá a ocurrir. ¡Tenéis mi palabra!

Aunque todo en él clamaba por romperle la nariz a aquel tipo, Lefèvre le soltó. Respiró hondo y recordó las palabras del padre Arnaut: «Si quieres ser un hombre mejor y un cristiano temeroso de Dios, tienes que aprender a ser indulgente con tu prójimo».

—Vete a por una pala y una escoba. Pon la sal limpia en un tonel vacío y la que se haya ensuciado en un cubo, quizá pueda vendérsela a los curtidores. ¡Y ay de ti si esto vuelve a ocurrir!

El jornalero salió corriendo. Lefèvre se tragó su ira y fue a su dormitorio, donde se sentó en la cama, apoyó los codos en los muslos y se pasó los dedos por el cabello de las sienes.

Dos viajes fallidos seguidos. En su sótano se apilaban sal sin valor y acero invendible. Las reservas en sus arcas se fundían como nieve al sol del mediodía, a pesar del apoyo del gremio. Y todo a causa de los Belle-grée y de esa maldita guerra comercial.

«Ahora no eches la culpa a otros.» La voz que siseaba en sus pensamientos se parecía sospechosamente a la de su padre. «Eres responsable de esto. Un buen mercader habría sabido sacar ventaja de esta situación, empuñar el timón. Pero tú te pasas el día entero quejándote y te das por vencido antes siquiera de empezar de verdad. Porque eres un inútil, un lamentable fracasado.»

—Déjame en paz —dijo Lefèvre.

«Qué sacrificios no habré hecho para darte una vida mejor. ¡Habrías podido ser un caballero, un noble! En vez de eso, estás en el mejor de los caminos para hundir lo que tu padre construyó con esfuerzos y privaciones.»

Lefèvre sabía que su padre no le hablaba de verdad. Y sin embargo, la voz sonaba tan real como si su viejo señor estuviera delante de él y le insultara como antaño había hecho constantemente.

«¡Inútil! ¡Perdedor! ¡Una vergüenza para nuestro apellido!»

—¡Cierra el pico de una maldita vez! —gritó Lefèvre; cogió el jarro del agua y lo lanzó contra la pared, como si con eso fuera a conseguir algo. De hecho, la voz enmudeció durante algunos latidos... para volver tanto más furibunda.

Abrió la puerta de golpe y rugió llamando a sus criadas.

—Traedme vino —ordenó.

Eso ayudó. Después de haber engullido la primera copa y de que un sentimiento placentero se extendiera por su estómago, la voz se hizo más baja. Se sirvió otra copa, se tumbó en la cama y se imaginó que por primera vez desde hacía años abría su sótano secreto, amarraba a una mesa al inútil jornalero y se regocijaba con sus gritos.

METZ

Roger Bellegrée había puesto los pies en alto, daba sorbos al vino y miraba a las dos rameras que practicaban el juego del amor. Una de las chicas era rubia, la otra, morena; ambas eran bellísimas y estaban formadas como diablesas del placer, de muslos firmes, pechos abundantes y piel suave como el terciopelo. En ese momento se estiraban sobre la piel de cordero que había delante del fuego de la chimenea. La rubia lamía a la morena entre las piernas, la morena había echado la cabeza hacia atrás y gemía levemente. Roger había pagado mucho dinero por sus servicios, pero le parecía que valían cada sou. Aunque como mucho podían tener diecisiete años, las muchachas dominaban su oficio con maestría. Pero eso era lo que cabía esperar si se iba a la mejor casa de la ciudad.

—Basta —dijo Roger al cabo de un rato—. Tú... ven aquí.

La morena se levantó y se acercó moviendo las caderas. Sus pezones estaban firmes y rígidos.

—¿Qué deseáis, mi amo?

—Arrodíllate.

Se levantó la túnica y se desató el calzón. La muchacha agarró su duro miembro y empezó a chuparlo, Roger hundió la mano en sus cabellos. Entretanto la rubia abría las piernas, se acariciaba el pubis y le miraba de manera lasciva. No pasó mucho tiempo antes de que su semen se derramara.

—¿Habéis quedado contento con nosotras, mi amo? —preguntó la muchacha mientras se vestía.

—Tan contento como puede estar un hombre. Tomad... esto es para vosotras. —Antes de abandonar la cámara, puso dos centelleantes sous en el cuenco de plata que había en la mesita.

—¿Un baño para relajaros, señor Bellegrée? —preguntó servicial el rufián mientras él caminaba hacia la salida.

Oscurecía. En realidad, Roger aún tenía trabajo que hacer, pero decidió que podía esperar hasta el día siguiente.

—¿Por qué no? Traedme una copa de vino del sur y un poco de pan y queso.

—Muy bien, mi señor.

Poco después, Roger estaba en una tina llena de agua humeante, olorosa a lavanda, y escuchaba a dos músicos. Las viandas estaban sobre una tabla que cruzaba la tina de un lado a otro. De vez en cuando tomaba un bocado y lo pasaba con un trago de vino.

Tenía a sus espaldas un mes exitoso. Lo sucedido en Lagny-sur-Marne superaba sus más audaces expectativas. Sin duda no había dudado de que conseguiría dar un golpe sensible a Varennes con la guerra de precios, pero que aquellos locos fueran tan necios como para atacarle a él y a su gente en mitad de la feria era algo que no habría podido soñar. Una prueba de que sus enemigos estaban arrinconados. Probablemente no faltaba mucho para que su resistencia se quebrara. Sus *fattori* y los corredores de los gremios de Metz derrochaban entretanto sal barata en todos los mercados importantes en un radio de diez días de viaje. Si Fleury y sus seguidores no estaban locos, se darían cuenta de que no podían hacer nada contra eso... y se rendirían.

Roger dio un trago a su vino, satisfecho. El agua empezaba a enfriarse, pero la criada leyó su deseo en los ojos y añadió agua caliente enseguida.

Poco después entraba el rufián.

—Fuera hay un mensajero del obispo. ¿Puedo dejarle pasar?

Roger nunca había hecho un secreto de sus visitas al burdel. Por tanto, no le sorprendió que el mensajero lo hubiera encontrado.

—Enviádmelo.

El mensajero del obispo era un muchacho de unos dieciocho años y, según parecía, jamás había visto una casa de placer por dentro, o al menos ninguna así de cara. Los ojos casi se le salían de las órbitas cuando entró en la sala y vio a las criadas apenas vestidas.

—Deja de mirar a las muchachas y ven aquí —ordenó Roger—. ¿Tienes un mensaje para mí del obispo Jean?

El joven siervo se acercó a la tina y le entregó en silencio un trozo plegado de pergamino.

Jean d'Apremont era el sucesor de Konrad von Scharfenberg, que el pasado diciembre había muerto después de una grave enfermedad. Por desgracia, el padre de Roger no había logrado influir en la elección a favor de la familia Bellegrée, por lo que no había ganado la carrera el candidato deseado, sino un hombre que no era enemigo demostrado de la familia, pero tampoco amigo suyo. Roger tenía grandes esperanzas puestas en el obispo Jean, pero le costaba trabajo valorarlo.

Desplegó el pergamino y leyó las pocas líneas. Jean d'Apremont le hacía saber que quería recibirle en Vic-sur-Seille para discutir la petición de anulación de su matrimonio.

—Espero que sean noticias satisfactorias, señor Bellegrée —dijo el rufián, que en ese momento llevaba comida y vino a otro huésped.

—Muy satisfactorias —respondió sonriente Roger—. Por favor, amigo mío, traedme una toalla y mis vestidos.

—Esa torre —murmuró Duval—, ¿solo me lo parece a mí, o también a vos os recuerda un rabo tieso?

Michel, que estaba junto a su viejo amigo en la ventana del albergue, torció el gesto en una amarga sonrisa. Eran palabras inusualmente broncas para Henri, pero resumían de forma perfecta su actual situación: apenas la pequeña Varennes había florecido para convertirse en una belleza, la poderosa Metz había aparecido, la había puesto en cruz y la había violado para que no olvidara cuál era su sitio. La torre familiar de los Bellegrée era en cierto modo un símbolo hecho piedra de los meses pasados.

—No, viejo amigo —dijo Michel—, no os pasa solo a vos, os doy mi palabra.

En cuanto habían llegado a Metz les habían hecho notar que eran los perdedores de aquel pleito. Las humillaciones se sucedieron. Primero se les comunicó que no había intención de recibirlos en el palacio de Gobierno de Metz: aquel lugar estaba reservado a los huéspedes dignos, de rango y nombre. Sin duda el mensajero de los Treize jurés no se lo había dicho de forma tan directa, pero se interpretaba inconfundiblemente entre líneas. Luego, se les hizo saber que Évrard Bellegrée quería hablar con ellos en sus aposentos de la torre. Eso era, por una parte, una demostración de su enorme influencia dentro de la República de Metz, y por otra un menosprecio más, porque Évrard expresaba de ese modo que no los consideraba lo bastante importantes como para abandonar su querida torre por ellos.

Desde entonces, los hacían esperar: primero una hora, luego dos, luego la tarde entera. Eustache Deforest, Bertrand Tolbert y Guichard Bonet, que habían acompañado a Michel y a Henri Duval a Metz, estaban entretanto cada vez más furiosos, y asignaban los peores atributos a los Bellegrée. Michel confiaba en que con su ira no hicieran estallar demasiado pronto las negociaciones, porque no quería darle ese gusto a Évrard.

No podía faltar mucho para vísperas cuando por fin apareció un criado y les comunicó que Évrard y los otros cabezas de las *paraiges* tenían tiempo para ellos. Entre maldiciones, Michel y sus compañeros caminaron por la llovizna que envolvía toda la ciudad en velos grises.

Cuando entraron en la torre familiar, a Michel se le escapó un gemido. ¡No había escaleras, sino escalas que iban de piso en piso! ¿Es que el viejo Évrard aun vivía en el siglo pasado? Iniciaron la escalada entre nuevas maldiciones.

En el cuarto piso, las fuerzas abandonaron a Eustache. Resoplando como un enfermo de los pulmones, el obeso maestre del gremio se detuvo y se enjugó con mano temblorosa el sudor de la frente.

—... no puedo más —jadeó—. Tengo que descansar... Seguid sin mí...

—Traedle una copa de vino fresco —ordenó Michel volviéndose hacia uno de los criados de la casa.

—Veré qué puedo hacer —respondió escuetamente el hombre, y se fue de allí.

Cuando por fin llegaron al piso más alto de la torre, a Michel le dolían los brazos y la espalda. Pero prefería irse al diablo que dejar que notaran su agotamiento. Con pasos mesurados, se acercó a la mesa a la que se sentaban Évrard y los otros cinco cabezas de las *paraiges* y saludó a los hombres con un escueto gesto de cabeza. También Roger estaba presente. Estaba de pie en un rincón de la sombría estancia, se apoyaba en un saliente del muro y sonreía con autocomplacencia.

—Dios os guarde, alcalde Fleury, señores —dijo Évrard, rodeado como siempre de un aura de frialdad, como si por sus venas corriera agua helada en vez de sangre—. Sed bienvenidos a mi hogar. Hemos oído que deseáis negociar con nosotros. ¿Habéis entendido al fin que no conduce a nada desafiarnos?

—No hemos desafiado a nadie —respondió Michel—. Vos nos habéis impuesto esta guerra comercial, por razones que yo considero absurdas.

Si se tratara del gremio, os plantaríamos cara hasta que transigierais... os lo juro. Ya hemos puesto de rodillas a otros adversarios. Pero por desgracia este desdichado pleito también afecta a los ciudadanos sencillos de Varennes, a los campesinos de la comarca, a la gente de toda la región. Y como, a diferencia de vos, no nos resulta indiferente precipitar a innumerables de ellos a la miseria si esto sigue así, queremos ponerle fin y negociar con vos las condiciones de una paz.

—¡Conocéis nuestras condiciones! —gritó Roger a través de la sala—. Suspended vuestra feria ilegal, y la guerra comercial terminará en el acto.

Évrard alzó la mano derecha. No fue más que un pequeño gesto, pero Roger enmudeció instantáneamente y miró a su padre con expresión sombría.

—Mi hijo ha dicho la verdad —dijo Évrard—. Fue vuestra feria la que rompió la antigua amistad entre Metz y Varennes. Así que depende de vos dar los pasos necesarios para que pueda volver a haber paz entre nosotros.

—Nuestra feria se mantendrá —declaró Michel—. El emperador Federico, que Dios guarde, nos la regaló personalísimamente, el duque Mathieu es su protector. Mientras estos dos príncipes no nos priven de su favor, seguiremos celebrando nuestro mercado anual. Pero estamos dispuestos a hacer concesiones.

—¡Al diablo con vuestras concesiones! —dijo con aspereza Roger—. Si no renunciáis a la maldita feria, hemos terminado.

—Basta, Roger —le advirtió su padre, con calma, pero con decisión—. Tú no hablas en nombre de nuestra *paraige*, así que mantente al margen. ¿Qué clase de concesiones? —dijo, volviéndose hacia Michel.

Duval se adelantó y desenrolló un pergamino.

—«Estamos dispuestos a renunciar a ofrecer condiciones especiales a los gremios extranjeros para sus sucursales en Varennes, para que Metz no tenga que temer perder su estatus como nudo comercial entre la Champaña y el Imperio —leyó—. Además, los mercaderes de los gremios de Metz estarán libres para siempre, en sus visitas a Varennes Saint-Jacques, de toda clase de aranceles, impuestos y tasas de mercado. En nuestra feria de octubre, tendrán derecho de tanteo sobre todas las mercancías que se fabriquen en nuestra ciudad o sean ofrecidas por los mercaderes locales.»

—Es demasiado poco —dijo Jehan d'Esch, el cabeza de la *paraige* de Jurue.

—Son amplios privilegios —repuso Michel—. Costarán mucho dinero a nuestra ciudad.

—Si queréis conservar vuestra feria, tenéis que pagar cierto precio —declaró Évrard—. Y, para compensar los daños que nos amenazan por vuestro mercado, tenéis que ofrecer más.

—Corriendo el riesgo de repetirme, considero desmedidamente exagerado vuestro miedo a nuestra feria... o un simple pretexto para extorsionarnos —dijo Michel.

—Esa es una suposición ridícula —replicó un hombre llamado Pierre Chauverson, que presidía la *paraige* d'Outre-Seille—. No necesitamos semejante cosa.

—No espero que un hombre entienda algo cuando su poder y su riqueza residen en no entenderlo —prosiguió Michel con voz áspera—. Pero dado que las circunstancias son como son, ofrecemos además construir dos almacenes dentro de los muros de Varennes, que podáis utilizar todo el año. Os ayudarán a reducir vuestros gastos de transporte y almacenamiento, especialmente durante la feria. ¿Os parece una buena oferta?

—¿Correréis con los gastos de la construcción? —insistió Chauverson.

—Correremos con ellos —confirmó Michel. Había dos cobertizos ruinosos en la ciudad baja que podían reformarse por poco dinero. Pero los de Metz no tenían por qué saberlo—. A cambio, exigimos que suspendáis todas las hostilidades contra nosotros y ofrezcáis vuestra sal a los precios habituales en el mercado. Además, podremos reabrir nuestras sucursales en Metz, se nos devolverán las mercancías y la plata incautadas, y nuestros *fattori* podrán regresar y seguir trabajando sin temor a ser molestados.

Évrard y los otros juntaron las cabezas y deliberaron en voz baja. Roger estaba en su rincón y echaba espumarajos de rabia.

—Estamos de acuerdo —dijo por último Évrard—. Pero tenemos otras dos exigencias.

—¿Que serían...? —preguntó Michel.

—Cuando los mercaderes de vuestro gremio pasen por Metz, se comprometerán a ofrecer a la venta su mercancía al menos tres días en la place du Chambre o la place de Vésigneul, aunque no esté destinada de forma exclusiva a clientes de Metz.

Michel asintió a regañadientes. Muchas ciudades comerciales conseguían de ese modo ventajas para sus mercados. Sin duda era irritante para los mercaderes extranjeros, pero se podía vivir con ello.

—¿Y la segunda exigencia?

Évrard miró a los ojos a Michel.

—El Consejo de Varennes dará a las *paraiges* participación en todos los ingresos de la feria de octubre. Exigimos diez de cada cien partes, pagaderas cada año en Todos los Santos.

—¡Eso es monstruoso! —explotó Tolbert—. ¡Ya os hemos echado a las fauces ventajas más que suficientes! Por no hablar de todo el dinero que hemos perdido por vuestra culpa. Si queréis aniquilarnos, simplemente decidlo, y al menos sabremos a qué atenernos. Pero dejad de hacer como si quisierais negociar cuando en realidad lo único que os importa es pisotearnos como conquistadores y arrancarnos cada vez más tributos.

Michel no habría podido expresarlo mejor.

—Solo puedo estar de acuerdo con Bertrand. Vuestra última exigencia es inaceptable. Si insistís en ella, retiraremos todas las demás concesiones. Además, nos dirigiremos al rey Enrique y pondremos en su conocimiento que perturbáis intencionadamente una feria autorizada por su padre, Federico, y que impedís con vuestras maquinaciones el comercio en todo el este del reino. Supongo que ni siquiera una ciudad como Metz puede permitirse irritar al rey.

Era una floja amenaza, porque la corona era débil desde que el rey Federico estaba constantemente en el sur de Italia y Enrique, que no tenía más que catorce años y además estaba bajo la tutela del arzobispo de Colonia, se sentaba en el trono. Era improbable que el joven rey estuviera en condiciones de asistirles contra la poderosa Metz. Pero Michel partía de la base de que Évrard solo había planteado su última exigencia porque quería ver hasta dónde podía llegar. Tenía que saber que con eso estaba tensando la cuerda.

Évrard le miró fijamente... y por un momento fue como si el viejo Bellegrée hubiera concedido a Michel una mirada a su alma. Donde en otros hombres había sentimientos, recuerdos y el amor a Dios, en Évrard se extendía un gris desierto de cifras, balances y fríos cálculos. Pero quizá eso fuera precisamente una ventaja: Bellegrée sabía siempre cuándo una exigencia parecía adecuada... y cuándo era más inteligente retirarla, porque con eso se creaba un enemigo mortal y los incalculables riesgos superaban con mucho el beneficio.

Évrard se volvió y deliberó de nuevo con los otros cabezas de las *paraiges*.

—Sois un hombre de honor, alcalde Fleury —dijo luego el maestre de los escabinos—. Habéis buscado hablar con nosotros porque queréis proteger del sufrimiento a las gentes de vuestra ciudad. Tanta razón merece reconocimiento. Renunciamos por tanto a nuestra última exigencia. Pero todas las demás conservan su validez, y confiamos en que el Consejo de Varennes mantendrá su palabra. Si se nos niegan nuestros privilegios o tenemos la impresión de que intentáis engañarnos, os costará caro.

—Mantendremos nuestra palabra, como es fama de Varennes Saint-Jacques y sus ciudadanos —dijo Michel.

—Entonces, estrechémonos las manos para sellar el fin de nuestra disputa.

—Tengo que protestar decididamente, padre —dijo Roger—. No se puede confiar en estos hombres. Si les dejamos su feria, no descansarán hasta haber causado graves daños a nuestra *paraige* y nuestra ciudad...

—Gracias, Roger —le interrumpió con frialdad Évrard—. Tomamos nota de tu objeción.

—Entonces ¡actuad conforme a ella! Como vuestro hijo y heredero, tengo que insistir en que hagáis todo lo necesario para preservar a la familia...

—Basta ya. —La voz de Évrard sonó peligrosamente cortante—. Te he pedido que te quedes al margen. ¿O quieres que te reprenda delante de nuestros visitantes y de los ancianos de las *paraiges*?

Roger se tragó su respuesta, lo que pareció costarle el mayor de los esfuerzos. Miró con fijeza a su padre, temblando de ira.

Entretanto, Évrard salió de detrás de la mesa y tendió la mano a Michel. Luego se abrazaron, como era costumbre inmemorial cuando se ponía fin a un litigio. También los acompañantes de Michel y los cabezas de las *paraiges* se estrecharon las manos e intercambiaron besos de paz.

—Ahora, bebamos juntos. —Évrard alzó su copa—. Por el fin de la guerra comercial. Por la nueva amistad entre Varennes y Metz.

Cuando los ancianos de las *paraiges* y la delegación de Varennes se hubieron ido, Évrard se sentó a la mesa, ordenó a dos criados que retiraran las copas y volvió a dedicarse a sus libros de contabilidad.

—¿Tienes algo más que decirme, Roger? —preguntó al cabo de un rato.

—Me habéis humillado delante de todos —dijo Roger, saliendo de su rincón—. ¡A mí, a vuestro hijo! Si algún día estoy a la cabeza de nuestra familia... ¿cómo van a tomarme en serio nuestros amigos, y sobre todo nuestros enemigos, si me habláis así?

—Te advertí —repuso con tranquilidad su padre—. Así que no es más que culpa tuya. En el futuro, sé más contenido y te ahorrarás esto.

Roger jugueteó con la empuñadura de su cuchillo. ¿Y si, sencillamente, iba hasta la mesa, sacaba la hoja y se la clavaba en el cuello al viejo? Évrard lo habría puesto en ridículo por última vez, y sin duda podría achacar la acción a un criado... Aquel pensamiento le sosegó, de forma extraña. Saber que podía librarse de la fuente de su ira en el momento en que quisiera —que tan solo estaba en su mano que Évrard viviera o muriera— lo apaciguó. Retiró la mano del cuchillo y se acercó a la mesa.

—Aun así, insisto —dijo—. Ha sido un error dejarles la feria. Un error que tendrá consecuencias.

La pluma de ganso rascó un tanto el pergamino.

—¿Cómo llegas a esa conclusión?

—El alcalde Fleury posee el don casi sobrenatural de recobrarse de las derrotas. Los privilegios que ha tenido que concedernos dolerán a Varennes, sin duda. Pero no le impedirán hacer acopio de nuevas fuerzas. Esperar un par de años. Volveremos a estar donde estábamos al principio de la guerra comercial, y todos los esfuerzos habrán sido en vano.

—¿Opinas entonces que deberíamos haber aniquilado al alcalde Fleury?

—No solo a Fleury... a toda su maldita ciudad.

—Es muy difícil liquidar por completo a un adversario, aunque sea comparativamente débil —explicó Évrard—. Si no se puede, no debe intentarse. De lo contrario, se convierte a un mero adversario en un enemigo encarnizado, que luchará con uñas y dientes incluso en la derrota y no retrocederá ante nada. Defenderse de un enemigo como este cuesta enorme energía. Y esta guerra comercial ha sido ya en extremo cara. Por eso era correcto buscar la paz, antes de que los costes superasen a los beneficios.

—¿Y qué pasa con Fleury y el peligro que emana de él? ¡Cerráis los ojos ante eso!

—A diferencia de ti, no creo que se recupere tan pronto de esta derrota. Las concesiones que ha tenido que hacernos deben garantizar que Varennes ya no pueda crecer sin control. No se convertirá en una segunda Pisa.

Con esas palabras, despidió a Roger.

«En este asunto aún no está dicha la última palabra», pensaba este mientras bajaba poco después por las escalas.

Entretanto había dejado de llover, y se quedó fuera respirando el fresco aire de la tarde. Aunque estaba entreverado del olor apestoso de los callejones, después de la podredumbre de la torre le pareció una bendición. Como siempre que salía de aquellos viejos muros, sentía la necesidad de sacudirse el polvo de los siglos.

Las campanas acababan de tocar a completas. Aún era pronto para hacer algo que era mejor dejar atrás lo antes posible.

Poco después estaba sentado en su litera y se hacía llevar al otro lado de Metz. Descendió delante de una casa de piedra y contempló las redondas ventanas iluminadas del piso superior. Según parecía, ella estaba en casa, era raro que no andara por la ciudad o se hallara en cualquier otro sitio.

Un criado le franqueó el paso y lo precedió hasta la sala. Philippine estaba sentada junto a la chimenea y leía un libro, tan ensimismada que no le oyó entrar. Roger torció el gesto con desprecio. Libros. Nunca había entendido qué encontraba en ellos. Para él no eran más que un despilfarro de tiempo y dinero.

—Dejad eso a un lado —dijo—. Tengo que hablar con vos.

A regañadientes, ella cerró el libro y lo guardó, tan cuidadosamente como si se tratara de una reliquia, en un arca en el cuarto de al lado, en el que conservaba todos sus libros. Por lo menos debían de ser treinta o cuarenta. Si hubiera sido su dinero el que derrochaba en ellos, hacía tiempo que habría puesto fin a esa locura. Pero ella pagaba los libros de su abundante dote.

A Roger le daba la impresión de que su obsesión por los códices y manuscritos empeoraba de año en año. No podía pasar por delante de un libro sin hojearlo, y entretanto era probable que hubiera visitado cada maldito *scriptorium* de Lorena. En una ocasión incluso le había traicionado por eso. En la última feria de Varennes, cuando los de Metz habían dejado en bloque la ciudad, ella se había quedado porque quería visitar a toda costa un taller de iluminación de libros. A Roger todavía le indignaba no habérselo impedido. Pero entonces aún no sabía que el taller estaba gestionado precisamente por el hijo de Fleury. Se había enterado algún tiempo después, y enseguida había prohibido a Philippine volver a ir allí.

Ella se sentó de nuevo junto a la chimenea y esperó. Roger la miró sin disimulo de arriba abajo y se preguntó cómo había podido sentirse nunca atraído por ella. Sin duda era todo lo contrario que fea. Pero todo ese asunto de los libros, su irritante testarudez, su infertilidad, que les había deparado una decepción tras otra a él y a su familia... sencillamente le repelía.

—He pedido al obispo Jean que anule nuestro matrimonio —dijo—. Me ha asegurado que examinará mi petición con presteza y benevolencia.

—Entiendo que son buenas novedades, ¿no? —contestó ella.

—Cuando ya no estemos casados ante Dios y la Iglesia, podremos al fin seguir nuestros caminos y no tendremos que volver a vernos nunca. Podremos olvidar el pasado y mirar hacia delante. No sé qué pensáis vos, pero a mí me parece la mejor solución, después de todo lo que le habéis hecho a mi familia.

Ella no dijo nada, no asintió, se limitó a mirarle. Ni rastro de la humildad que correspondería a la esposa de un patricio. Roger sintió que volvía a ponerse furioso.

—En cualquier caso, dependo de vuestra colaboración —explicó—. El obispo Jean os interrogará para poder valorar el caso. Deseo que le deis información precisa sobre vuestra infertilidad, porque en ella se basa todo el procedimiento. Es de prever que os cite esta semana. Así que quedaos en la ciudad y dejad de andar por los alrededores como una gata vagabunda. ¿Puedo confiar en eso?

—Haré todo lo posible para que este matrimonio forme pronto parte del pasado.

Él se limitó a asentir y cogió su abrigo. Al llegar a la puerta se volvió una vez más hacia ella. Estaba sentada mirando el fuego de la chimenea; el resplandor de las llamas teñía su rostro de naranja y rojo y ocultaba lo que fuera que pensara y sintiera.

Sin una palabra más, Roger abandonó la casa.

Varennes Saint-Jacques

Cuando Rémy bajó a su taller, con la primera luz del día, toda la sala estaba oscura y fría. No había fuego en la chimenea. No había desayuno en la mesa de la cocina. Y no había rastro de Olivier.

—Pilluelo inútil —gruñó; encendió una tea y abrió la puerta que daba a la pequeña estancia junto a la cocina. El chico aún estaba en la cama y dormía profundamente.

Le dio un pescozón en la mejilla.

—¡Vamos, despierta!

El chico parpadeó. Al reconocer a Rémy, sus ojos se agrandaron de miedo, saltó de la cama y recogió a toda prisa sus ropas.

—¿Qué te he dicho? Te levantarás con el primer canto del gallo, harás fuego y luz y prepararás el desayuno para que podamos tomarlo cuando Dreux venga. ¡Por Dios, muchacho, no es tan difícil! ¿Tengo que castigarte para que lo entiendas?

—No, maestro —masculló Olivier—. Desde mañana lo haré bien, tenéis mi palabra.

—Confío en ello —dijo Rémy—. Ahora ve a lavarte, y luego al trabajo.

Suspiró de manera audible cuando el chico corrió al barril de agua que había en el patio. Olivier Fébus había empezado su aprendizaje hacía un mes escaso, y estaba llevando a Rémy a la desesperación. No era que Olivier fuera un fracaso total. De hecho tenía algunas cualidades que Rémy apreciaba mucho: por ejemplo, disponía de un buen entendimiento y no hablaba mucho... dos atributos dignos de mención. La mayoría de las veces, también hacía el trabajo en el taller a satisfacción de Rémy. Pero, por desgracia, había que vigilarlo sin cesar. Si se le dejaba a su albedrío, aquel chico soñador causaba forzosamente algún desastre: vertía tinta sobre los pergaminos o tiraba un juego entero de pinceles nuevos a la letrina... solo el diablo sabía cómo lo había hecho. Por lo menos una vez por semana, Rémy estaba a punto de apalearlo o echarlo a la calle. Al final no lo hacía nunca, quizá porque Olivier tenía una naturaleza mansa. Así que había decidido darle tiempo hasta el verano. Pero, si no mejoraba de modo sensible antes de San Juan, hablaría con Victor y rompería el contrato de aprendizaje.

Mientras Rémy preparaba el desayuno, cortaba pan y calentaba leche, el muchacho avivaba un fuego en el taller.

—¿Te las arreglas?

En sus pesadillas, Olivier prendía fuego a la casa, porque en su despiste confundía el gran armario de las herramientas con la chimenea.

—¡Enseguida lo tengo, maestro!

Poco después Olivier entró en la cocina.

—Una carta para vos. Alguien tiene que haberla metido por debajo de la puerta esta noche.

Rémy desplegó el pergamino... y se dejó caer en un taburete. Una nota de Philippine. La nota que llevaba anhelando en secreto desde hacía meses.

«Te espero. Ya sabes dónde», decía la última frase.

Justo en ese momento apareció Dreux. Rémy plegó la carta, se la guardó en el cinturón y decidió reflexionar al respecto a lo largo del día. Después de haber comido juntos, se pusieron a trabajar. Rémy tuvo ocupado a Olivier con distintas tareas, e indicó a Dreux que vigilara al chico mientras daba el último repaso a las miniaturas de un salterio.

A primera hora de la tarde, ya no aguantó más.

—Terminamos por hoy. —Se volvió hacia Olivier y Dreux—. Marchaos a casa.

Ninguno de los dos se lo hizo repetir. Rápidamente limpiaron las herramientas, recogieron y se despidieron. Olivier se fue después de barrer el taller. Durante la semana vivía en casa de Rémy, pero del sábado al domingo dormía en casa de sus padres.

Cuando por fin se hubieron marchado todos, Rémy se sentó y volvió a leer la carta de Philippine. Así que Roger había solicitado al fin la disolución de su matrimonio, y contaba con buenas expectativas de que el nuevo obispo de Metz fallara a su favor. Rémy dibujó figuritas en el pergamino mientras trataba de aclararse acerca de lo que debía hacer.

«Te espero.» Su mirada viajaba hasta esa frase una y otra vez.

Cuando dio nona, la carta estaba repleta de diminutos caballeros, castillos y monstruos. Héroes que mataban dragones. Jesús predicaba a los apóstoles. Los mártires morían de media docena de muertes. Y Rémy seguía sin aclararse. Miraba fijamente el pergamino, esas pocas líneas, esas letras, cuya elegancia reflejaba la inteligencia y el temperamento de Philippine.

«¿Qué te dice tu corazón?»

Murmuró una maldición, cogió el manto y la ballesta y salió de la casa.

Poco después trotaba, sobre un percherón prestado por un vecino, por encima del puente del Mosela, por el barrio de los salineros, hacia la otra orilla del río y la carretera que iba hacia el este. En su impaciencia cabalgaba cada vez más deprisa, de manera que antes de romper la oscuridad alcanzó el pueblo campesino de Damas-aux-Bois. Desde allí se mantuvo en dirección norte hasta pasar delante del molino del arzobispo. La granja estaba muy cerca, al borde de un pequeño bosque. Poco después veía también el viejo tilo, que extendía sus ramas curvadas sobre la casa, como si quisiera protegerla de la ira del cielo. El firmamento sobre el bosquecillo ardía en un color rojo oxidado, y las copas de los árboles se alzaban negras delante de él.

Cuando descendió y ató el percherón al muro de la granja, la puerta de la casa se abrió. Philippine salió al exterior.

—Has venido —dijo.

—¿Estás sola?

—Los criados se han ido. Están visitando a sus familias en Damas.

Entraron en la casa. En el comedor palpitaba un fuego. Encima de la mesa había un manuscrito, que al parecer ella estaba leyendo. Rémy abrió su bolsa.

—Aquí tienes tu libro de horas. Por fin lo he terminado.

—Gracias.

Se sentaron en silencio junto a la chimenea. Philippine le miró y esperó a que tomara la palabra.

—¿Cuánto tiempo necesitará el obispo para tomar su decisión? —preguntó finalmente Rémy.

—Tiene que presentar la petición de Roger al arzobispo de Tréveris, que tiene la última palabra. Calculo que algunas semanas. Pero ahora ya no importa. —Sonrió—. Pronto seré libre. Después de todos estos años. Ya no lo creía posible.

Sus ojos brillaban como esmeraldas hechizadas, y a Rémy nunca le había parecido tan bella como en ese momento, sentada junto al fuego con su túnica verde, con las manos en el regazo, el pelo recogido y un solo mechón cayendo sobre la mejilla.

—Prométeme una cosa —dijo—. No más mentiras. Nada de secretos.

—Nada de secretos y nada de mentiras. Nunca más.

Ella le cogió la mano, y él sintió su contacto en todo el cuerpo. La atrajo hacia sí. Ella se sentó con las piernas abiertas en su regazo. La besó, sus labios recorrieron sus mejillas, descendieron por su cuello. La respiración de ella se hizo pesada.

—Sería más sensato esperar —susurró ella.

—Sí, lo sería —dijo Rémy, antes de llevarla en brazos a la alcoba.

Abril de 1225

Las mercancías están en el sótano, podéis verlas allí —dijo Lefèvre—. Seguidme, por favor.

Su huésped bajó la escalera detrás de él. Era un mercader de Schlettstàdt, un tipo regordete y casi calvo, que siempre mostraba un gesto escéptico. Mientras tomaban una copa de bienvenida se había presentado, pero Lefèvre ya había olvidado su nombre. Había bebido vino la tarde anterior, y ese no era su mejor día.

—Sal de la salina local y acero de minette, ambas cosas de la mejor calidad. ¿A qué esperáis? Abrid un tonel y convenceos vos mismo de la bondad de la mercancía.

El hombre siguió a desgana la invitación, dejó correr entre los dedos un poco de sal y la probó.

—La verdad es que no es mala. Pero, como ya he dicho, ya tengo sal más que suficiente.

—Puedo haceros un buen precio.

—Aunque me la regalarais no sabría qué hacer con ella. Mi sótano está lleno. Me abastecí de sal en febrero. Probablemente alcance para todo el año.

«Muchas gracias, Bellegrée», pensó malhumorado Lefèvre.

—Comprendo. Pero sin duda puedo entusiasmaros por el acero. —Levantó la tapa de una caja y sacó un barrote—. De las minas de los cistercienses. El mejor para cotas de malla, yelmos y espadas. Los herreros de Schlettstàdt os lo quitarán de las manos.

Con el ceño fruncido, el mercader examinó la barra de acero bruto.

—¿Qué pedís por él?

Lefèvre le indicó el precio. Según pudo verse, su huésped era un verdadero maestro en el arte del regateo, y rebajó la suma de Lefèvre a una que apenas estaba por encima del precio de coste. Aun así, Lefèvre aceptó, porque necesitaba dinero de manera apremiante y no podía permitirse dejar dormir allí el acero por más tiempo. Por lo menos logró que el calvo se llevara todas las cajas excepto dos.

Mientras sus criados subían el acero, él fue con su huésped al escritorio, donde firmaron un contrato de compraventa.

—Ha sido un placer hacer negocios con vos. —El calvo le tendió la mano—. Que san Nicolás os proteja, señor Lefèvre.

Poco después, Lefèvre estaba solo en su habitación y observaba el arca con la plata que acababa de ganar. Decidió que la contaría al día siguiente. Ese día estaba demasiado cansado para eso, y además le dolía la cabeza. Sin duda era un montón de dinero, pero si se tenían en cuenta los gastos del viaje fallido de noviembre anterior había perdido en el negocio. Si tenía suerte, la plata aguantaría los próximos dos o tres meses, porque sus gastos lo devoraban poco a poco. Debía al gremio su aportación del año anterior, a la ciudad, la talla y a su parroquia, el diezmo. Le habían aplazado todos esos pagos por sus dificultades económicas, pero no podría hacer por más tiempo que sus acreedores se conformaran. Esperaba que después le quedara bastante para su casa, los criados y los animales de tiro.

Ordenó a la cocinera que le hiciera una fuerte sopa de huevo. Tras la comida se tumbó en la cama, aunque acababan de tocar a vísperas. Debía pensar a fondo en su situación, pero para eso necesitaba tener la cabeza despejada.

Aquella noche, el hombre del espejo volvió a aparecérsele por primera vez después de mucho tiempo.

Admite de una vez que no has nacido para mercader, siseó su sonriente imagen, mientras las llamas acariciaban su rostro bronceado. *Calcular, regatear, halagar a clientes molestos... no es para ti. Eres un hombre de espada, de cuchillo. Tus dones están en el arte de la destrucción.*

Despertó en medio de la más profunda oscuridad, bañado en sudor. Aunque no se sentía recuperado en lo más mínimo, dejó el lecho y bajó, vestido únicamente con ropa interior, a su sótano secreto. Hacía mucho tiempo que no estaba allí, pero cuando encendió una tea y el resplandor se reflejó cálido en las paredes y cubrió las cadenas y cuchillos de una pátina de fuego y sombras, se sintió protegido de forma instantánea.

Había fracasado como mercader. Esa era la fea verdad, no tenía sentido seguir negándola. Si no hacía algo pronto le amenazaban la ruina, la pobreza y el oprobio.

Solo, no estaba a la altura de las dificultades que le esperaban. Necesitaba ayuda, un aliado. Alguien que lo amparase en tiempos de necesidad. Por desgracia, no tenía familia con la que contar. Su estirpe nunca había sido muy grande. Desde la muerte de su padre era el único Lefèvre vivo.

Familia... Ese era un pensamiento que le ocupaba desde hacía un tiempo. Una idea contra la que se había resistido durante años. Pero quizá era hora de abandonar su resistencia.

Jugueteó con un cuchillo, cogió la punta entre el pulgar y el índice y golpeteó con el mango en el borde de la mesa: poc-poc, poc-poc.

Si lo haces bien, sería la solución a todas tus preocupaciones.

Una decisión maduraba en él. Cuando por fin abandonó el sótano, ya alboreaba. Se vistió y ordenó a sus criados que preparasen el coche de viaje. Entrada la mañana, salió de Varennes y viajó hacia el norte por la calzada romana, acompañado de sus dos criados de más confianza.

Lefèvre llegó a Metz un espléndido día de primavera, en el que el aire estaba lleno de un perturbador aroma a lilas. El largo invierno estaba definitivamente olvidado, la gente llevaba vestidos ligeros por las calles y gozaba de los rayos del sol en sus rostros. De algunas fuentes aún colgaban los adornos de flores de la fiesta de Pascua. Lefèvre se buscó un albergue en la place de Chambre y se lavó en una cercana casa de baños el sudor y la suciedad del viaje, mientras uno de sus criados se marchaba de allí con una nota en la mano. Apenas se había secado cuando el hombre ya estuvo de vuelta.

—Micer Gentina os recibirá esta misma tarde, señor. Os espera a vísperas en su torre.

Lefèvre hizo que el bañero le cortara el pelo y se puso su mejor vestimenta, antes de ponerse en camino hacia la casa de su anfitrión. Gentina habitaba con su familia una torre familiar parecida a la de los Bellegrée, pero bastante más pequeña y menos defendible. A cambio, el edificio parecía más amable y luminoso, y la decoración de las distintas plantas —por todas partes tapicerías, arcones de cedro, pomos plateados en las puertas— demostraba un marcado buen gusto.

Gentina salió a recibirlo a la escalera y lo examinó con brevedad antes de saludarle con forzada amabilidad. El insignificante lombardo de grises cabellos era banquero, y había ayudado antaño a Lefèvre a asegurar sus negocios de préstamo a cambio de una participación en los beneficios. Pero no habían sido amigos, porque en realidad Gentina nunca se había sentido a gusto en su presencia. Tampoco ahora parecía precisamente feliz de verle, aunque lo ocultaba bien.

—Tenéis buen aspecto, viejo amigo —dijo el lombardo mientras subían las escaleras—. ¿Cuánto tiempo ha pasado? ¿Un año?

—Año y medio —respondió Lefèvre.

—¡Año y medio! ¡Por san Nicolás, cómo pasa el tiempo! He oído decir que os habéis hecho un nombre en el comercio de la sal y otros productos. ¿Qué tal van los negocios?

—No me puedo quejar. Sin duda la guerra comercial nos ha hecho daño a todos, pero aparte de eso mi empresa evoluciona de forma espléndida.

—Bien, bien. Me alegra oírlo. Ah, esa desdichada disputa con Varennes... Todos estamos contentos de que al fin haya quedado atrás. Esos pleitos mezquinos no ayudan a nadie, ¿verdad?

«Salvo a vosotros los lombardos», pensó Lefèvre. Como todos los italianos que practicaban el negocio bancario en Metz, también Gentina había pretextado mantenerse al margen de la guerra comercial, pero según rumores creíbles había abastecido con empeño a las grandes familias de Metz con créditos para que las *paraiges* dispusieran de recursos líquidos suficientes para su lucha contra Varennes. Sin esos préstamos, el precio de la guerra de la sal de los Bellegrée probablemente no habría sido posible, y sin duda Gentina se iba a hacer de oro con los intereses durante años.

—Pero decid... ¿qué os trae a Metz? —preguntó el banquero mientras entraban en la sala de recibir—. ¿Negocios?

—Tengo un propósito que quiero discutir con vos.

—¿Pensáis volver al negocio de crédito?

—No. En Varennes ya no hay sitio para los mercaderes cristianos en el comercio de dinero. El Consejo se ha encargado de eso —dijo Lefèvre, ocultando a duras penas su amargura.

—Sí, he oído decir que los judíos se han hecho con él. Cada vez son más descarados, ocurre lo mismo aquí en Metz. Es hora de que el emperador haga algo en contra de esta plaga. Pero ¿sabéis en cambio lo que piensa hacer? ¡Quiere ponerlos bajo su protección! ¿Podéis imaginároslo?

Lefèvre no sentía el menor deseo de hablar del emperador Federico, con el que había empezado toda su desgracia, entonces, en Amance.

—Es como es —dijo—. No lloro por el pasado. Un mercader siempre debe mirar hacia el futuro.

—Me parece muy bien. Es lo que yo pienso. ¿De qué negocio se trata, pues?

—No se trata de un negocio. El asunto es de naturaleza puramente privada.

—¿Qué os parece si nos sentamos después de comer y hablamos con tranquilidad de él? ¿Es una oferta, mi querido Anseau?

Lefèvre asintió.

—¿Comerán con nosotros vuestra esposa y vuestra encantadora hija?

—Nos harán compañía. Mi Benedetta tiene muchos deseos de volver a veros.

Lefèvre lo dudaba. La mujer de Gentina apenas soportaba estar en la misma estancia que él, y no digamos mirarle a los ojos. Tanto más importante resultaba que ese día mostrara su lado mejor. Si quería alcanzar su objetivo, no solo tenía que ganarse al viejo Ottavio, sino también a la señora de la casa.

Cuando ya habían tomado una copa de bienvenida, aparecieron la mujer y la hija de Gentina. Ninguna de las dos era de ningún modo lo que se llamaba un placer para la vista. Benedetta era flaca como un trozo de carne seca, y ponía cara de sufrir sin cesar dolores de cabeza. Lo que a la madre le faltaba en redondeces femeninas, lo tenía la hija en demasía: Flavia siempre había sido gorda, pero desde la última vez que Lefèvre la había visto sin duda había ganado otras veinte libras. Y su rostro... Había olvidado por completo lo inconcebiblemente fea que era la muchacha. De pronto le asaltaron considerables dudas sobre su proyecto. Quizá el arroyo era preferible a vivir con ese sapo hinchado. Por otra parte, nunca le habían interesado mucho las mujeres, y muy raras veces echaba de menos el amor físico. Solo debía dejar atrás la noche de bodas. Luego podría encerrar a Flavia en sus aposentos y no tendría por qué volver a verla.

Galante como un caballero, se inclinó delante de las dos mujeres.

—Benedetta. Volver a veros llena mi corazón de alegría. Y Flavia... ¿qué puedo decir? Las historias sobre vos no exageran: en verdad habéis florecido para convertiros en una rosa que no tiene igual en esta ciudad.

La muchacha se puso roja como un tomate, y bajó con gesto casto la mirada.

Poco después, los criados llevaron la comida. Una vez más, se demostró que ahorro y contención eran palabras desconocidas para Gentina cuando se trataba de atender a sus invitados. Aunque solo eran cuatro a la mesa, hubo muslos de ganso, un cochinillo relleno, anguila hervida y codornices asadas en manteca. Había bandejas de pan recién hecho y ollas humeantes llenas de cebolletas cocidas, chirivías, zanahorias y judías. Cuencos de barro contenían jengibre y clavel seco para el vino, así como sal, comino, pimienta india y grano del paraíso para las viandas. Lefèvre calculó que solo para las especias habría hecho falta servir un buey entero en la mesa.

«Gran Dios», pensó al ver comer a Flavia. La muchacha embutía carne, pescado, pan y verduras como si estuviera decidida a duplicar el volumen de su cuerpo antes del día siguiente. ¿Y qué hacía la madre? En vez de frenar a Flavia, acercaba solícita las fuentes a su hija y la animaba a echar mano de ellas.

—Eso está bien, hija mía, pruébalo. Toma, bebe un poco más de vino. El cocinero ha vuelto a ser generoso con la pimienta, tienes que tener una sed horrible.

También Lefèvre se dedicó al vino, porque de otra manera no podría soportar aquella visión. Mientras charlaba con Gentina de esto y aquello, se esforzaba en derramar cumplidos y dejaba caer en los momentos adecuados observaciones galantes sobre la belleza y el amable carácter de Flavia. En algún momento estaba tan bebido que se echó a reír como un idiota al elogiar su elegante túnica.

«Piensa en las tierras de Gentina, sus socios comerciales en Milán y Prato y la plata en sus arcas», se dijo cuando apenas pudo ocultar su repugnancia. «Piensa en lo que florecerá para ti cuando pase la noche.»

Finalmente —Lefèvre daba gracias a san Jacques y a todos los arcángeles— la comida quedó atrás. Benedetta y Flavia se despidieron con un gesto de cabeza y se retiraron a sus aposentos. Lefèvre y Gentina llenaron sus copas y se sentaron junto a la chimenea.

—Ahora oigamos, Anseau —empezó el lombardo—. ¿Qué asunto es ese que queréis discutir conmigo?

—Es el siguiente —dijo Lefèvre—. Tengo treinta y cinco años. He construido una empresa de éxito y me he hecho un nombre como mercader. Creo que es hora de buscar esposa y fundar una familia.

—Queréis casaros —constató de manera superflua Gentina.

—Así es. Estoy cansado de recorrer la vida solo. Anhelo un buen matrimonio cristiano, hijos, un heredero.

—Es comprensible.

—No voy a darle muchas vueltas, Ottavio. Nos conocemos lo bastante bien como para hablarnos con sinceridad. Me complace vuestra hija. Quiero pedir la mano de Flavia.

Gentina dio un largo trago a su copa.

—Bien... ¿qué decís? —preguntó Lefèvre, al ver que el lombardo se envolvía en el silencio.

—Flavia es aún muy joven —dijo Gentina.

—Tiene diecisiete, ¿verdad? La mejor edad para que una muchacha contraiga matrimonio.

—También es cuestión de madurez. Flavia es en muchos aspectos bastante... pueril. No sé si le ha llegado el momento de abandonar mi casa.

—A mí me parece inteligente y elocuente para su edad —contradijo Lefèvre, aunque durante la comida Flavia casi no había dicho una palabra—. Estoy seguro de que tiene la madurez necesaria para el matrimonio. Admitidlo —dijo, bondadoso—, por vuestra boca habla el preocupado padre que no soporta la idea de dejar ir a la luz de sus ojos.

—Bien puede ser. —El banquero sonrió inseguro.

—Me conocéis... sabéis que estaría en las mejores manos. La trataré como a una princesa. Aparte de eso, la unión sería ventajosa para ambos. Podríamos unir nuestros negocios y construir una empresa sin igual en Lorena. Tendríamos un poder que impondría respeto en los mercados de la región.

—No sé, Anseau, no sé... No poseo experiencia en el comercio. Creo que no sería inteligente empezar a mi edad.

—Pero ¡es que no tendríais por qué hacerlo! Yo me ocuparía del negocio comercial, y vos seguiríais gestionando el bancario. Nos abasteceríamos mutuamente de plata fresca. De ese modo, cada uno hace lo que mejor sabe hacer. Estoy seguro de que en poco tiempo obtendríamos enormes beneficios. Encima, estaríamos mejor asegurados contra las oscilaciones de la demanda y los imponderables de todo tipo.

Gentina dio un sorbo a su copa sin mirar a Lefèvre. Su mano libre estaba aferrada al brazo del sillón.

—¿Dudáis de que pueda proporcionar a Flavia una vida conforme a su condición? —preguntó Lefèvre—. Tenéis mi palabra de que no le faltará de nada. Poseo propiedades en Varennes y por todo el obispado de Toul. Puedo ofrecer como dote a vuestra hija extensos territorios, cotos de pesca y viñedos.

—No es eso —dijo Gentina—. Sé que sois acomodado... —Alzó la cabeza y miró a Lefèvre a los ojos—. Bueno, temo que no hay ninguna posibilidad de ahorraros la decepción, así que os lo diré sin rodeos: sois un amigo de la familia y un buen mercader, y vuestra petición me honra. Pero, desde que Flavia nació, Benedetta y yo decidimos que algún día tomaría por esposo a un lombardo. A ser posible, un mercader de nuestra ciudad natal, Milán. Por eso, Anseau, tengo que rechazar vuestra propuesta, por mucho que lo sienta. Os ruego que no lo entendáis como un rechazo, y menos aún un ataque a vuestro honor. Os aseguro que esta decisión se tomó hace mucho tiempo. No tiene nada, pero nada que ver con vos.

«Miente», pensó Lefèvre. Gentina le había intuido, había visto el miedo en los ojos del lombardo. Gentina sentía la oscuridad en el interior de Lefèvre y temía por el bien de su hija si se casaba con ella. Esa era la única razón del rechazo.

—Lo sabía —dijo el banquero—. Os he ofendido. No era esa mi intención, aceptad mis disculpas.

Lefèvre hizo un movimiento con la mano que podía significar cualquier cosa.

—Decid, Ottavio: ¿tenéis ya un candidato al que queráis dar por esposa a Flavia?

—Aún no. Quería esperar aún uno o dos años antes de informarme. Como he dicho, creo que Flavia todavía necesita tiempo.

—Lo mejor es que empecéis enseguida. Os espera una larga búsqueda. Así que mejor no perder tiempo.

—¿Qué queréis decir? —preguntó irritado Gentina.

—¿Habéis mirado con atención a la muchacha últimamente?

—No comprendo...

—Es fea como la noche y gorda como un cerdo cebado. Cualquier hombre que esté a medias en sus cabales huirá dando gritos cuando se la enseñéis. Por Dios, se me levanta el estómago ante la idea de tener que compartir el lecho con ella.

—Esto... es... inaudito —gimió el lombardo—. ¿Cómo os atrevéis a decir tal cosa?

—Si me permitís daros un consejo —prosiguió Lefèvre—, volved a pensar en mi propuesta. Porque nadie más que yo se la llevará, tenéis mi palabra. A no ser que extendáis la búsqueda a los ciegos.

Gentina se puso en pie de un brinco y se quedó rígido.

—Marchaos —declaró—. Abandonad de inmediato mi casa, y no oséis volver a poneros delante de mis ojos.

—Cometéis un error. Una ocasión así no vuelve a darse nunca.

Poco después, Lefèvre se hallaba acompañado de varios criados, que le ayudaban sin mucha suavidad a bajar la escalera. Arriba, Gentina profería un torrente de maldiciones y obscenidades en italiano.

—¡Quitadme las manos de encima, idiotas!

Le dieron un empujón, y salió dando trompicones. A su espalda la puerta de la torre se cerró de golpe, se oyó el ruido de un cerrojo al correr.

—¡Vete al infierno, viejo loco! —gritó Lefèvre, dando una patada a la puerta—. ¡Y llévate a tu fea hija y a tu momia de esposa!

Escupió y se marchó orgulloso a su albergue, en la oscuridad.

Varennes Saint-Jacques

—Te ha sentado a su mesa y te ha llamado amigo de la familia —dijo el padre Arnaut unos días después—. Has comido su pan y has bebido su vino. No estuvo bien insultarle y ofender a su hija. Al hacerlo has vuelto a pecar.

—Empezó Gentina —gruñó Lefèvre, arrodillado en el suelo junto al confesionario—. Él me ofendió primero. Tiene que estar permitido a un hombre poder defenderse.

—Solo te hizo saber que prefería casar a su hija con un lombardo. Es su buen derecho como padre. Sin duda no era su intención ofenderte.

—Pero ¡lo hizo! —rugió Lefèvre, tan fuerte que Arnaut se estremeció—. No soy bastante bueno para él y su hija… eso es lo que quiso decirme. Debería estar contento de que alguien le haga una propuesta. Tendríais que haberla visto, padre. Gorda como una cerda preñada, y una cara que parecía haber quedado atrapada entre el martillo y el yunque…

—Basta —le exhortó el páter—. Estás en una casa de Dios. Con tales expresiones ofendes a tu Señor y Creador.

—Quizá sea lo que quiero —dijo Lefèvre—. En los últimos tiempos me ha hecho pasar por unas cuantas cosas, mi Señor y Creador. Primero el golpe de Troyes. Luego, lo de Lagny-sur-Marne. Y ahora esto. ¿Por qué me trata así? ¿Qué sentido tiene ser un buen cristiano si Dios no hace más que seguir castigándolo a uno?

—No está en mis manos conocer la voluntad del Todopoderoso. Quizá quiera ponerte a prueba. Quizá quiere saber cuán fuerte eres en tu fe.

—Si me lo preguntáis —dijo Lefèvre—, Dios es un cerdo traicionero que nos odia a todos y se parte de risa cuando volvemos a caer en la trampa y caemos de culo.

El padre Arnaut dibujó a toda prisa una cruz.

—Perdónale, Señor. Está confundido y no sabe lo que dice.

—¡Sí que lo hago! Dios es un cruel bastardo. ¡Un carnicero! No es ni una brizna mejor que Satán.

—Cuida tu lengua, hijo mío...

Lefèvre cogió al clérigo del brazo.

—Tenéis que ayudarme, padre. Estas constantes decepciones y derrotas... me afectan. Los sueños son cada vez peores. El hombre del espejo ha vuelto.

Arnaut se quedó sentado, sin atreverse a moverse.

—¿El hombre del espejo? ¿De qué estás hablando, hijo mío?

—Creo que es el diablo. Quiere que haga cosas. Cosas malas.

—¡Tienes que resistirte a él!

—¿Cómo, padre? Me abandonan las fuerzas. La oscuridad de mi alma se hace más fuerte cada día.

El clérigo tragó saliva. En su frente brillaba el sudor.

—Inténtalo con oraciones. Oraciones regulares. Sí. Cada vez que suenen las campanas del monasterio.

—Eso no sirve. ¡Tiene que haber otra cosa!

—A-ayuno.

—¿Ayuno? —repitió incrédulo Lefèvre—. ¿Otra vez? ¿Es todo lo que se os ocurre?

—Es un poderoso instrumento contra las tentaciones de Satán.

Lefèvre se puso en pie de golpe. El padre Arnaut quiso levantarse también, pero Lefèvre fue más rápido, le agarró el brazo y le obligó a seguir sentado. Acercó su rostro al del sudoroso clérigo.

—¿Sabéis lo que creo? Sois un charlatán, páter. Y malo, además. Contáis todos los días la misma filfa, aunque sabéis que no sirve para nada. Los tormentos de mi alma os importan un comino mientras pague regularmente el diezmo, ¿verdad? Os da igual si luego me voy al infierno.

—E-eso no es verdad...

—He terminado con vos. Con vos, con vuestro Dios burlón y vuestra Iglesia de las mentiras.

—No debes decir algo así, Anseau, eso es blasfemia.

—¿Blasfemia? Yo os mostraré lo que es blasfemia. —Lefèvre se alzó la túnica, se sacó el miembro y orinó en el suelo de la iglesia—. Ahí. Ahí tenéis vuestra blasfemia.

Se volvió, cruzó el portal de la pequeña iglesia parroquial y nunca más puso los pies en ella.

En casa, Lefèvre se encerró en su escritorio. La inquietud, la ira, la desesperación que lo atormentaban pronto fueron tan fuertes que apenas podía pensar con claridad.

En la plata pulida de la copa de vino apareció el hombre del espejo. *Ya sabes lo que tienes que hacer*, cuchicheó.

—No —susurró Lefèvre, pero su resistencia se iba haciendo cada vez más débil. Meció la pierna y se llevó la copa a la boca.

¡Deja de aturdirte! Cede al deseo. Solo así puedes encontrar la paz.

Estampó la copa en la mesa, cerró los ojos, sintió lágrimas en sus mejillas.

Cuando oscureció, perdió el combate. Poco después lo recorría un liberador sentimiento de alivio. ¿Cómo lo había llamado el hombre del espejo? Un hombre de espada, de cuchillo. Sí, eso era él. ¿Por qué negarlo?

Esperó hasta completas y dejó la casa por la puerta trasera, sin ser observado por sus criados, con el rostro oculto en la capucha del manto. Recorrió así oculto los callejones hasta llegar a Les Trois Frères, el peor tabernucho de la ciudad baja. Allí, se escondió detrás de la esquina de una casa y observó la puerta de la taberna.

Poco a poco salieron los últimos clientes. Eran mercenarios, cocheros y barqueros, que se reunían con sus iguales y se bebían sus magros ingresos. Lefèvre no tuvo que esperar mucho para encontrar una víctima adecuada: la puerta se abrió, y un tipo seco y aturdido bajó la calle dando trompicones, con una jarra de cerveza en la mano de la que bebía de vez en cuando. Con toda probabilidad un jornalero. Pobre, solitario; nadie le echaría de menos. Lefèvre sacó un garrote y le siguió.

A tiro de piedra de la taberna, en una oscura esquina por encima del canal, el borracho se detuvo, hurgó en sus calzones y orinó contra la pared de un cobertizo. Sin ruido, Lefèvre se acercó a él y le golpeó en la nuca. El jornalero rebotó contra la pared y se desplomó en el suelo. Lefèvre lo arrastró fuera del callejón, luego lo ató y lo amordazó con movimientos ensayados.

Hubiera preferido llevarse a casa su víctima para poder trabajar en su sótano, pero estaba fuera de toda consideración. El peligro de encontrarse por el camino al vigilante nocturno o despertar a los criados era demasiado grande. Felizmente, muy cerca había unas bodegas casi en ruinas que no se utilizaban desde hacía años. Lefèvre observó el callejón, oscuro y abandonado delante de él. En ninguna de las chozas ardía luz. Todos sus habitantes sin excepción dormían.

Se echó al hombro al inconsciente y cargó con él hasta el viejo almacén, que estaba al borde del barrio de los curtidores. La peste a casca y barnices le ardía en los ojos cuando dejó a su víctima en los escalones y echó un vistazo a la puerta del sótano. Tenía una cadena oxidada y un simple candado. Sacó un cortafríos de su bolsa y en pocos instantes lo había roto. No lo hizo del todo sin ruido, pero nadie le oiría. En aquel callejón no había más que cobertizos, graneros y casas de baños. Allí no vivía nadie.

Arrastró al inconsciente al almacén subterráneo, cerró la puerta tras de sí y encendió una tea. La luz palpitante cayó sobre un muro que se desmigajaba, unos arcos cubiertos de telarañas y montañas de leña podrida. No era tan confortable como su sótano, pero cumpliría su función.

Poco después su víctima yacía en una mesa provisional hecha de viejas cajas. Lefèvre estuvo abofeteándolo hasta que despertó. El hombre le miró con ojos vidriosos. Luego empezó a patalear y a gritar, pero las cadenas y la mordaza aguantaron. Solamente gemidos atenuados salieron de los trapos.

—Basta. —Lefèvre le puso una mano en el pecho. El jornalero quedó inmóvil—. No hay nada que puedas hacer. Así que ahorra tus fuerzas. Las necesitarás.

Sacó un cuchillo dentado. Su víctima empezó a gimotear.

—Sin duda estarás preguntándote: «¿Por qué yo?». Bueno, eso tiene fácil explicación. Solo le debes al azar que mi elección haya caído en ti. Si hubieras salido de la taberna una hora antes, le habría tocado a otro. Así de sencillo. Es difícil librarse de las viejas costumbres. Me he esforzado, pero sin duda no me ha sido dado ser un cristiano recto y temeroso de Dios. El hombre del espejo tiene otros planes para mí.

Lefèvre situó la punta del cuchillo en la mejilla del jornalero y arrastró poco a poco la hoja hasta la mandíbula.

En sus pensamientos, el hombre del espejo jaleó triunfal.

Vic-sur-Seille

El trinar de los mirlos recibió a Roger Bellegrée cuando abandonó los sombríos pasillos de la torre del homenaje y salió al jardín.

La fortaleza episcopal estaba en Vic-sur-Seille, una localidad a día y medio de viaje de Metz en dirección sudeste. Los obispos se habían retirado allí el siglo anterior, cuando los enfrentamientos entre la Iglesia y la ciudadanía por el poder en Metz se habían hecho cada vez más violentos. Más de un obispo no había vuelto a pasar por Metz, porque allí tenía que temer por su vida. También Jean d'Apremont pasaba desde su toma de posesión la mayor parte del tiempo en Vic, donde podía ocuparse con calma de la administración del obispado.

Que el obispo Jean se hubiera declarado dispuesto a examinar con benevolencia la petición de disolución de su matrimonio de Roger era más que un favor personal... Roger y su padre entendían la respuesta de Jean como un gesto político. Los Bellegrée estaban entre las familias dirigentes de Metz, siempre se habían pronunciado a favor de ampliar la república y colaborado para recortar el poder del obispado. Bajo Konrad von Scharfenberg había habido fuertes acusaciones. Quizá el obispo Jean quería prevenir una nueva pérdida de poder buscando la paz con la ciudadanía y tendiendo la mano a la reconciliación con una de las familias más influyentes de las *paraiges*.

Roger recorrió el sendero pavimentado que serpenteaba por el jardín de la fortaleza. A las plantas les había sentado bien que desde hacía una semana brillara el sol, y por las noches cayera de vez en cuando una lluvia cálida. Por doquier empezaban a brotar las flores y los arbustos, en el verde opulento de los setos brillaban colores... amarillo, rojo, azul, violeta. Los narcisos estaban ya en todo su esplendor, y atraían enjambres enteros de abejas y mariposas.

Pero Roger no tenía ojos para la belleza que le rodeaba. Estiró el cuello hasta descubrir una sotana roja entre los matorrales. El obispo Jean se inclinaba sobre un arbusto de boj recortado con mucho cuidado, y tiraba de las hojas.

—Excelencia —saludó Roger.

—Mirad esto —dijo el obispo, sin levantar la vista—. Todo lleno de larvas. Es una vergüenza. Una vergüenza. Este boj tan hermoso. Tendré que hablar seriamente con el jardinero. No parece tomarse muy en serio sus obligaciones.

Roger esperó. Jean d'Apremont tenía un carácter por completo distinto al del difunto Konrad... un hombre sensible, que apreciaba su jardín, la buena comida y la compañía agradable. Pero la tranquilidad que siempre irradiaba engañaba al respecto del hecho de que tenía un agudo entendimiento y sabía leer en otras personas como en un libro abierto. Solo por eso se había convertido en obispo de Metz, porque estaba en condiciones de moverse con habilidad en los laberintos del poder. Eso no se podía olvidar nunca si había que vérselas con ese hombre.

Un criado, que había esperado en el prado sin llamar la atención, se acercó cuando el obispo Jean se apartó del boj y le tendió un cuenco. Jean se lavó las manos y se secó, mientras se volvía hacia Roger.

—Dios os guarde, hijo mío. —Tendió la diestra, y Roger besó el anillo—. Me sorprendéis, Roger. Cuando el obispo Konrad tenía su residencia en Vic-sur-Seille, durante años ningún Bellegrée se dejó ver... vos en cambio me habéis visitado dos veces en pocas semanas. Me gustaría creer que se debe a un renacido amor de las *paraiges* por su obispo. —Jean sonrió, taimado—. Pero, si os conozco bien, vais a defraudar mis esperanzas y a decirme que solo habéis venido para hacer negocios, ¿verdad?

—Se trata de mi petición, excelencia. Quería informarme de cuál es el estado del procedimiento.

—Vuestra petición, claro. De hecho hace pocos días recibí una noticia de Tréveris, en la que el arzobispo Theoderich me hacía saber que ha examinado vuestra petición. Iba a mandaros un mensajero mañana. Pero os habéis adelantado. Bien, aprovechemos este feliz azar y discutamos el asunto ahora mismo.

La visita de Roger no era en modo alguno un feliz azar. Había acudido a Vic porque hacía mucho que sabía de la noticia del arzobispo... su espía, hábil como siempre, se lo había dicho.

—¿Qué os aconseja el arzobispo Theoderich? —A Roger le costaba trabajo ocultar su impaciencia.

—Me recomendaba cómo proceder con vuestro matrimonio. Caminemos unos pasos.

Pasearon por el jardín. El terreno estaba rodeado de muros por todas partes. Dado que los senderos entre los setos habían sido trazados con habilidad, se podía andar un buen rato sin tener que utilizar el mismo camino todo el tiempo. A Roger no se le escapó que en cada rincón del jardín había un guerrero armado, empuñando una lanza de reluciente punta. Al parecer, a Jean le habían aconsejado tener siempre cuidado con su seguridad, incluso allí en Vic-sur-Seille, lejos de Metz y sus rebeldes habitantes.

—¿Sabéis que el arzobispo de Tréveris llama suyas a extensas propiedades en todo el valle del Mosela? —preguntó de repente el obispo.

—Es algo generalmente conocido.

—En ese caso, también sabréis que sigue perteneciéndole la salina de Varennes Saint-Jacques. Siempre ha habido esfuerzos por parte del Consejo para ponerla bajo el control de la ciudad, pero hasta ahora todos esos esfuerzos han fracasado.

Una sensación desagradable se extendió por el estómago de Roger.

—¿Adónde queréis ir a parar?

El príncipe de la Iglesia lo acarició con una mirada.

—Me temo que habéis cometido un funesto error. El arzobispo está muy enfadado por culpa vuestra.

—¿Por qué razón? —preguntó Roger, aunque ya creía conocer la respuesta.

—En vuestra guerra de precios, no tuvisteis en cuenta que no solo los mercaderes de Varennes comercian con la sal de la salina episcopal. También Theoderich y sus funcionarios la ofrecen en los mercados de la región. Durante la guerra comercial, el arzobispo ha perdido casi trescientas libras de plata. Dicen que le asaltan ataques de ira con solo oír el apellido Bellegrée.

Roger guardó silencio hasta que la angustia en su garganta cedió.

—Supongo que con eso mi propuesta ha sido rechazada.

—El arzobispo ha expresado la insistente recomendación de rechazarla, sí.

—Que por supuesto vos vais a seguir.

—Comprenderéis que no tengo otra elección. Llevo pocos meses en el cargo. Por mucho que anhele anudar nuevos lazos de amistad con vuestra familia y las *paraiges*, no puedo permitirme violentar por eso al arzobispo.

Roger apretó las mandíbulas. ¡Qué necio error! Sencillamente, no había pensado en lo de la salina… se había encarnizado demasiado en la idea de aniquilar Varennes.

—¿Puedo hacer algo para apaciguar a Su Excelencia?

—Viajad a Tréveris y pedidle perdón, pero no esperéis que baste con eso. ¿Podéis indemnizarle por el daño?

Roger prefirió no responder a la pregunta. La guerra comercial le había costado mucho dinero a su familia. No tenía trescientas libras que regalar... sobre todo porque no podía justificar esa suma delante de su padre.

—Veré lo que puedo hacer —respondió con los labios apretados.

—Seré sincero con vos, Roger —dijo el obispo Jean—. Yo no me haría demasiadas ilusiones. Incluso si le ofrecierais arcas enteras llenas de plata, no aprobará vuestra petición. Theoderich es un hombre rencoroso. Podéis estar contento si no declara la disputa por eso a vuestra familia y a la *paraige* de Porte-Muzelle.

—¿Cabe temer tal cosa?

—Creo que no. Theoderich no quiere ninguna guerra. Ya tiene bastantes problemas en el Eifel, y una disputa con vos solo complicaría la tensa situación de Metz, sobre todo porque, según todas las expectativas, sería estéril. Aun así, apostaría a que pondrá piedras en vuestro camino siempre que se le ofrezca la posibilidad.

—Os agradezco la advertencia —dijo Roger de forma escueta.

—Consideradlo una lección de humildad —explicó el obispo—. El éxito comercial ha malacostumbrado a vuestra familia. Por su culpa habéis olvidado que no todo se puede conseguir con dinero y poder. Haríais bien en recordároslo una y otra vez.

Roger se mordió la lengua. Había estado a punto de escapársele una observación fea en extremo.

—Debo volver a entrar —dijo el obispo Jean—. Los asuntos oficiales no se arreglan por sí solos, ¿verdad? ¿Me acompañáis un trecho?

A la entrada de la fortaleza, Roger besó el anillo de Jean a modo de despedida.

—No lo toméis tan a mal —dijo el príncipe de la Iglesia—. Muchos hombres de vuestro rango están presos en matrimonios que no les llenan precisamente. La condición y la riqueza lo traen consigo. Al fin y al cabo, vos tenéis la fortuna de que vuestra Philippine ha sido bendecida con un agudo entendimiento y una gran belleza. Tened paciencia con ella y pedid asistencia al Señor. Quizá aún os dé el anhelado hijo.

El obispo Jean trazó una cruz en el aire, subió por la escalera y desapareció.

—Muchas gracias por el consejo —murmuró Roger—. Recemos pues por un maldito milagro.

LIBRO CUARTO

PATRES ET FILII

De agosto a noviembre de 1227

Agosto de 1227

Michel juntó las manos con una palmada. Falló. El mosquito salió volando, pero poco después volvía a girar en torno a su cabeza con un alto y enervante «bssss».

—Este año es malo, ¿eh? —dijo el maestro de obras de la ciudad, mientras caminaban por el mercado del ganado en medio del calor de la última hora de la mañana—. Los tábanos están por todas partes. Anoche maté tres, y aun así esta mañana tenía un montón de nuevas picaduras, que pican como el diablo. Es siempre lo mismo después de una crecida, no puede hacerse nada.

La primavera había sido marcadamente húmeda. Antes de San Juan había llovido durante dos semanas, de modo que el Mosela había terminado desbordándose. Por suerte, los diques habían aguantado, y ni los terrenos de la feria ni la ciudad baja se habían inundado. No obstante, las praderas inundadas se habían convertido en fértil terreno de incubación para insectos de todo tipo, en especial para los mosquitos, que desde entonces asediaban Varennes como una plaga bíblica.

El mosquito aterrizó en la palma de la mano de Michel. La cerró con la rapidez del rayo.

—Ya te tengo.

Contempló asqueado la mancha de sangre del tamaño de un céntimo... el insecto había reventado en toda regla. Se limpió la mano mientras seguía al maestro de obras hasta el portón de la lonja.

El edificio estaba terminado casi hasta la mitad. Muros de la altura de un hombre rodeaban una superficie de cinco brazas por quince; del suelo desnudo se alzaban estructuras en las que trabajaban los albañiles. Pilares de madera señalaban la altura que el edificio iba a alcanzar un día. Los jornaleros que acarreaban las piedras empleaban para hacerlo las nuevas carretillas. Canteros y carpinteros ambulantes habían llevado ese medio auxiliar de Francia, donde hacía tiempo que la construcción de nuevas catedrales exigía el desarrollo de métodos más avanzados. Dado que la carretilla aligeraba enormemente el trabajo, el Consejo la había implantado enseguida en todas las obras municipales.

—Avanzamos deprisa —dijo el maestro de obras—. A finales de mes debería estar lista la estructura del tejado, las paredes exteriores a más tardar para el nacimiento de la Virgen. Luego los tejadores podrán empezar con su tarea.

—¿Podremos consagrar la lonja antes de la feria? —preguntó Michel.

—Tenéis mi palabra, señor alcalde. Tal vez no terminemos todos los detalles, pero eso no impedirá a los señores mercaderes utilizarlo.

—¿Detalles?

—Una pared que aún hay que pintar, soportes para las antorchas y esas cosas. Nada que impida los negocios, no os preocupéis.

Michel soñaba desde hacía años con una lonja fuera del ferial. El tiempo en octubre se había vuelto áspero e incómodo, y quería hacer posible a los mercaderes extranjeros atender su trabajo en un lugar seco y caliente. Eso solo podía ser beneficioso para la reputación de su feria. Aunque a la ciudad le faltaba dinero por todas partes, había conseguido convencer al Consejo de su proyecto. Incluso había ganado para él al eterno agorero y ahorrador Deforest. La construcción de la lonja era en cierto modo un signo de resistencia contra las agobiantes concesiones que habían tenido que hacer a Metz, y que costaban mucho dinero año tras año... un gesto decidido, que indicaba a amigos y a enemigos: «¡Ya está bien! No vamos a dejarnos someter».

El maestro guio a Michel. Una vez comprobado que los hombres estaban haciendo un buen trabajo, Michel lo dejó entregado a sus obligaciones y volvió a la ciudad.

En los callejones se adensaba el calor. Ni una corriente procuraba alivio. Michel había bebido demasiado poco durante la mañana, y se sentía un poco mareado. En el mercado de la sal, compró un vaso de sidra a un buhonero. Se tomó el primero de un trago, para el segundo se tomó tiempo. Mientras se apoyaba en un barril en la sombra y anhelaba el otoño, vio a Rémy y a su aprendiz Olivier cruzar la plaza. Les hizo una seña.

—¿Vas al mercado? —preguntó Michel cuando ambos se le acercaron.

—Philippe de Neufchâteau me espera —respondió Rémy—. Su libro está listo.

—Déjame verlo.

Olivier abrió el bolso y tendió la obra a Michel. Era una copia del *Parsifal* encuadernada en cuero. Novelas como esa gozaban de creciente popularidad entre los patricios lectores de Varennes desde hacía algunos años. Michel hojeó el libro y comprobó que su hijo había vuelto a hacer un trabajo espléndido. Las miniaturas e iniciales resplandecían en colores magníficos y rebosaban de vida.

—Muy hermoso. Philippe quedará entusiasmado.

Olivier volvió a guardar el libro en la bolsa, y Rémy indicó al aprendiz que se adelantara un poco y entregara a Philippe la obra terminada.

—Este calor... lo mata a uno, ¿eh? Otro para mí —dijo Rémy al buhonero, cuando Olivier se marchó de allí.

—¿Qué tal te va con el chico? —preguntó Michel.

—Va saliendo. Fue una decisión correcta darle tiempo. Hace mucho que no está tan embebido como al principio. Uno o dos años más y será un oficial decente.

Como ninguno de ellos deseaba salir de aquel rincón sombrío y exponerse al sol del mediodía, se quedaron un rato allí y charlaron de los acontecimientos de los últimos días. Cuando Rémy terminó de beberse la sidra e iba a irse, Michel dijo:

—Tu madre tendría que volver de Speyer mañana o pasado mañana. ¿Comemos juntos el sábado por la noche?

—Por desgracia no puedo. El maestro Rabel lleva algunos días en Épinal... hemos acordado encontrarnos allí. Os visitaré en cuanto esté de vuelta.

Rémy se despidió, y Michel se quedó mirándolo hasta que desapareció entre las casas. Por Dios que no era la primera vez que su hijo le daba esa excusa. Desde hacía más de dos años, Rémy salía de la ciudad con llamativa frecuencia. Al menos dos veces al mes montaba su caballo para, según explicaba en pocas palabras, visitar a alguien o buscar nuevos libros para la escuela en los mercados semanales de las ciudades vecinas. Siempre se quedaba fuera unos días. Dado que antes era algo que hacía muy raras veces, Michel sospechaba que tenía una amante a la que visitaba regularmente. No había nada que objetar a eso. Pero que hiciera tanto secreto en torno a la dama le daba qué pensar. ¿Por qué la ocultaba a su familia y a sus amigos? ¿Por qué no se veía en Varennes con ella? ¿Por qué no la tomaba por esposa? Michel solo podía esperar que Rémy no estuviera a punto de hacer una tontería.

«Al fin y al cabo no sería el primero de la familia», pensó con disgusto. Dejó una moneda en el barril y subió la Grand Rue, cuyo aire temblaba por el calor.

Cuando pasó delante de la abadía de Notre-Dame-des-Champs, vio que a mediodía había vuelto a formarse una fila delante de la puerta. Desde hacía algunos días, ya no solo mendigos y lisiados hacían uso de la sopa boba del monasterio... también jornaleros, oficiales artesanos y ciudadanos pobres pedían a los monjes sopa y gachas. La culpa la tenía la escasez de cereales que daba qué hacer a Varennes desde hacía un tiempo. El pan se había convertido en un bien escaso. Nadie podía explicárselo, porque a pesar de las lluvias de junio la cosecha había sido bastante buena.

Michel observaba el asunto con gran preocupación, y había convocado para esa tarde una reunión del Consejo. Aún no amenazaba ninguna hambruna, pero tenían que actuar deprisa para que la situación no empeorase.

Entró en el ayuntamiento y disfrutó del agradable frescor de los pasillos... solo para comprobar que su despacho hervía de mosquitos.

—Hasta mañana, maestro.

Los discípulos fueron ordenadamente hasta la puerta, dejaron sus tablillas de cera en la caja y se despidieron de su maestro. Pero en cuanto emergían del edificio se acababa el orden, y salían corriendo y gritando en todas direcciones. Sonriendo, Will llevó atrás la caja con el recado de escribir y se puso a barrer la sala.

Durante los meses de verano solía quedarse en la escuela hasta romper la oscuridad, porque allí se estaba fresco, cosa que no podía decirse de su alojamiento alquilado junto al mercado del heno. Estaba justo debajo del tejado, y en verano se convertía en un horno. A veces la pequeña cámara estaba tan caliente que apenas se podía dormir, por lo que ya había pasado alguna que otra noche allí.

Cuando terminó de barrer, decidió aprovechar el resto de la luz del día para preparar la clase del día siguiente. En los días anteriores habían practicado sobre todo gramática latina... así que era hora de volver a dedicarse a la aritmética.

Sacó de la cámara el *Liber abbaci* de Leonardo Fibonacci, y estaba tomando algunas notas cuando alguien llamó a la puerta. Entró uno de sus discípulos, un chico de doce años llamado Urbain. Con él iba su padre, el alguacil Richwin.

—Una palabra, maestro Will —dijo el hombre barbado con seriedad solemne.

Will dejó a un lado las tablillas y se acercó a él.

—Buenas tardes, Richwin. ¿Qué ocurre?

—Acababa de ver a mi chico venir de la escuela cuando he pensado que debía daros de una vez las gracias por todo lo que habéis hecho por él.

—Por favor. —Will negó sonriente—. No hago más que mi trabajo.

—Vuestra modestia os honra, pero en verdad no es adecuada. Gracias a vos, ahora Urbain habla latín fluidamente. En ocasiones habla como el padre François. Cuando cuenta durante la cena lo que ha aprendido con vos, a veces me siento idiota. Sabe cosas de las que nunca he oído hablar. Antes de que pase mucho tiempo será más listo que su padre. ¿No es verdad, muchacho?

Urbain sonrió, tímido.

—Es un muchacho con ganas de aprender, y uno de mis mejores discípulos —dijo Will.

—Una cosa está clara —prosiguió Richwin—. Algún día no tendrá que montar guardia todo el día en la Puerta de la Sal como yo, o matarse a trabajar en el campo como su abuelo. Conseguirá un oficio mejor y será escribano municipal o maestro de obras. Quién sabe, quizá llegue incluso a mercader. Sea como fuere, todo será mérito vuestro. Solo quería decíroslo.

—Os lo agradezco, Richwin.

—Seguid así, maestro Will. —El alguacil le estrechó la mano y salió de la escuela con su hijo.

No poco conmovido, Will se quedó en la puerta y los miró marcharse. Un elogio así siempre mejoraba su humor, y hacía que a la mañana siguiente fuera al trabajo con nuevos bríos. Y eso que debería estar acostumbrándose poco a poco... entretanto, casi todas las semanas recibía el apoyo de familias sencillas que le agradecían que enseñara a sus hijos a leer, a escribir y a hacer cuentas, y les permitiera de ese modo hacer algo con sus vidas.

No siempre había sido así. Especialmente al principio no se lo habían puesto fácil. Más de un habitante de Varennes le había recibido, por ser inglés, con abierto recelo; algunos se habían negado incluso a confiar a sus hijos al cuidado de un extranjero. Will había necesitado tiempo para ganar su confianza. Sin el apoyo de Rémy y Bertrand Tolbert, que no habían ahorrado esfuerzos para integrarlo en la comunidad de los ciudadanos, sin duda le habría costado mucho.

Ahora sonreía al pensar en su primer año en aquella ciudad. Aunque había escuchado más de una fea palabra, no guardaba rencor a las gentes de Varennes. Hacía mucho que los tenía en su corazón, a más tardar cuando se había dado cuenta de que no eran tan diferentes de las gentes de su antigua patria, en el sur de Inglaterra. Eran virtuosos, temerosos de Dios y trabajadores, y nunca perdían el valor ante la dureza de la vida. Apreciaban la buena comida y las fiestas alegres y amaban a sus familias. Claro que entre ellos eran ásperos y camorristas, pero en conjunto tenían el corazón en su sitio. Will al menos se sentía bien con ellos, y hacía tiempo que no tenía nostalgia de París o Southampton.

Entretanto, también su posición como maestro se había afirmado. El abad Wigéric, que al principio le había causado dificultades con cualquier pretexto e incluso había puesto públicamente en duda sus capacidades como maestro, le dejaba en paz desde hacía largo tiempo. Rémy sospechaba que por fin el abad se había conformado con la existencia de la escuela municipal. Al parecer, a Wigéric le había quedado claro de una vez que no podía hacer nada contra ella.

Tampoco en el Consejo restaba nadie que dudara de la utilidad de la escuela. Y eso que el año anterior se había pensado varias veces en cerrarla y despedir a Will, a causa de la difícil situación económica. Que siempre se hubiera decidido lo contrario se debía, por una parte, a la enérgica defensa de los artesanos en el Consejo y, por otra, al hecho de que todo

Varennes se beneficiaba sensiblemente con la escuela. Desde que los primeros chicos habían salido de ella, los mercaderes encontraban con mucha más facilidad ayudantes preparados para trabajar en el escritorio. Los canteros y carpinteros se alegraban de tener aprendices con sólidos conocimientos de cálculo. Eso era bueno para el negocio, así que se impuso el reconocimiento de que cada sou que el Consejo invertía en la escuela pronto retornaba duplicado y triplicado. Incluso Eustache Deforest, encarnizado defensor de los impuestos bajos y de menores gastos para la ciudad, se pronunciaba sin duda a favor de mantener la escuela a cualquier precio.

Esos eran los pensamientos de Will mientras estaba sentado al atril y leía el *Liber abbaci*. Al cabo de una hora volvieron a llamar. Esta vez fue Rémy el que entró.

—Dios del cielo, aún estás trabajando. Deja ya el cálamo y ven a la taberna.

Rémy se había convertido en un buen amigo, y nada hubiera apetecido más a Will que tomar una cerveza con él. Aun así, titubeó.

—Todavía no he terminado. Ve tú. Yo iré después.

—Eso quisieras. Si te dejara hacer, volverías a quedarte aquí hasta medianoche y nos harías parecer a los loreneses vagos bebedores que solo piensan en divertirse. No puedo permitirlo. —Rémy fue al atril y cerró el libro—. Basta por hoy. Puedes continuar mañana tu cruzada contra la ignorancia y el desconocimiento.

—Si quieres convencerme para que postergue mis sagradas obligaciones, tendrás que ofrecerme algo.

—Está bien. Yo pago una ronda.

—Eso quería oír.

—Viejo tacaño inglés. Ahora, mueve tus eruditas posaderas. Tengo sed.

—A la orden, mi *spendable* amigo lorenés.

A la puesta de sol, los consejeros entraron en la sala y ocuparon sus asientos a la mesa. Enseguida, dos criados llegaron corriendo y llenaron sus copas de vino.

En líneas generales, en el Consejo se sentaban los mismos hombres que hacía dos años, porque en la elección del verano de 1226 se habían producido pocos cambios. René Albert y Philippe de Neufchâteau no habían querido volver a ser candidatos, en su lugar habían entrado en el Consejo Adrien Sancere y Victor Fébus. Jean-Pierre Cordonnier, de los zapateros, había sustituido al maestre de los carniceros, matarifes y peleteros. Tanto Adrien como Jean-Pierre eran hombres razonables, que hacían bien su trabajo. Victor en cambio, con su forma de ser incontrolada y terca, causaba no pocas veces innecesarias riñas. Para Michel resultaba un enigma por qué la ciudadanía lo había elegido a él para el Consejo en vez de al tratable Girard Voclain.

Después de inaugurar la reunión, Michel llevó la conversación a la escasez de cereales.

—Bertrand, ¿habéis averiguado entretanto cómo ha podido ocurrir?

—He estado preguntando en mi fraternidad —respondió Tolbert, que seguía hablando en nombre de los campesinos de la ciudad—. Al parecer, mercaderes extranjeros compraron la mayor parte del cereal antes de que llegara al mercado. Lo obtuvieron literalmente en el sembrado, para rehuir las tasas de mercado.

—¡Eso es una canallada! —se indignó Fébus—. Algo así debería estar prohibido. No solo es una sinvergonzonería respecto a la inspección de mercados, es incluso peligroso, como puede verse ahora.

Entre maldiciones, aplastó un mosquito que se había posado en su brazo.

—Llevo años diciendo que tendríamos que vigilar mejor el comercio de cereales y otros víveres —dijo Tolbert—. Pero los señores mercaderes que se sientan a esta mesa, con vos a la cabeza, Eustache, siempre se han pronunciado por no intervenir en el sagrado ciclo de la oferta y la demanda. «Demasiadas leyes paralizan el comercio», decían. Ahora veis adónde conduce esto.

—Sigo pensando que los mercados prosperan cuando se los deja a su propio albedrío —respondió Deforest, que con ese calor parecía a punto de fundirse en cualquier momento. Se secaba sin cesar el sudor de la ancha frente… una empresa infructuosa—. Pero esto es diferente. No puede ser que toda la ciudad pase hambre porque algunos sacrifiquen toda decencia a su codicia.

También Michel había sido siempre un defensor del libre comercio. Pero allí se había cruzado un límite, y eso justificaba una decidida intervención del Consejo.

—¿Qué hacemos entonces? ¿Propuestas?

—Solo debería venderse el cereal en los mercados municipales —dijo Adrien Sancere, que había asumido de René Albert la inspección de mercados—. De ese modo podremos evitar rapiñas semejantes en el futuro. Además, mi gente debería poder imponer que los mercaderes extranjeros no puedan comprar cereal hasta que los locales hayan hecho sus compras… digamos cada día de mercado, la hora antes de vísperas.

—Ya que estamos en eso, deberíamos prohibir que el cereal recién adquirido se revenda en el mismo mercado, para evitar la manipulación de los precios —dijo Duval—. Además, deberíamos vigilar con más atención el transporte de grano, por si algunos listos intentan hacer una jugarreta a los hombres de Adrien.

El Consejo estuvo de acuerdo. Michel ordenó que las disposiciones correspondientes se pusieran por escrito en el libro del Consejo y desde el día siguiente se anunciaran durante una semana en las plazas de mercado.

—Todo eso está muy bien —dijo Tolbert—. Pero con estas medidas no hacemos nada en contra de la hambruna que nos amenaza. Nuestros graneros aún están vacíos... y las tripas del pueblo también.

Michel asintió.

—Si queremos evitar que la situación de la ciudad empeore, tenemos que obligar, por las buenas o por las malas, a todos los monasterios, grandes campesinos y mercaderes a abrir sus graneros y a vender su cereal a precios de mercado... si es preciso, amenazando con sanciones.

—Eso hará mala sangre —objetó Duval—. Además, no sé si servirá de mucho. Los monasterios consumen el grano en dar de comer a los pobres, y hasta donde yo sé nuestros hermanos no han almacenado gran cosa.

—Por algún sitio hay que empezar —insistió Michel—. Si las reservas de la ciudad no bastan, tendremos que comprar cereal en Toul, Épinal y Saint-Dié. Y, en lo que a la mala sangre se refiere, correré gustoso con el riesgo si a cambio puedo evitar una hambruna. Bien, ¿hay alguien en contra de que procedamos de este modo?

Ninguno de los once consejeros se pronunció en contra de la propuesta. Una vez más, Michel pidió al escribano municipal que redactara el correspondiente decreto. Cuando se volvió hacia los otros, a su oído se acercó un sonido demasiado familiar: bssss...

DAMAS-AUX-BOIS

Después de haberse amado, Rémy yacía en la cama con los ojos entrecerrados, una pierna encogida, la otra extendida, y acariciaba la espalda de Philippine. La mejilla descansaba en el brazo de él, las yemas de sus dedos jugueteaban con el vello de su pecho y lo retorcían en pequeños rizos que luego volvían a desenredar. La fina sábana colgaba a los pies de la cama. Se la habían quitado porque hacía mucho calor en el dormitorio, aunque el sol de la tarde ya se había puesto detrás de las copas de los árboles. La ventana estaba abierta, olía a las últimas flores del tilo.

—Todos los sábados deberían terminar así —murmuró adormilado Rémy.

—¿Por qué solo los sábados? —Philippine tiró del pelo de su pecho—. También todos los demás días.

—Eres insaciable, ¿lo sabes?

—¿Yo? ¿Quién de nosotros quiere ir a la cama nada más llegar a la puerta?

—Tú.

—¡Qué te imaginas! Soy una dama, y además virtuosa.

—Te lo recordaré cuando quieras arrancarme la ropa la próxima vez —dijo él sonriente.

Ella le dio una bofetada.

—Háblame del taller. ¿Sigues trabajando en el *Parsifal*?

—Lo terminé hace un par de días. Desde entonces la cosa está bastante tranquila. Me preocupa Dreux. Me temo que el tipo está empezando a envejecer.

—¿Qué ha hecho esta vez?

—Está cada vez más distraído. Hace poco vino Victor Fébus, quería hablar conmigo de su chico. ¿Conoces a Victor?

—Solo de nombre.

—Digamos que es un poco... pudoroso. Sea como fuere, conversamos acerca de Olivier; le cuento a Victor que su hijo hace buenos progresos y está haciendo sus primeras capitulares. Victor no me acaba de creer, y quiere saber si tengo a mano un libro en el que Olivier haya trabajado, para poder hacerse él mismo una idea. Así que le pido a Dreux que me traiga el *Parsifal* que acabamos de encuadernar... ¿y qué hace? Confunde los libros, le da a Victor tu edición del *Ars amatoria* y lo abre precisamente en un pasaje en el que una pareja está reproducida durante el juego amoroso.

Philippine se llevó la mano a la boca y rio como solía hacerlo: de forma ruidosa, de manera poco femenina y con desbordante jovialidad.

—¡No! —exclamó.

—Victor se puso furioso y amenazó con denunciarme al obispo por echar a perder a su hijo y difundir escritos inmorales —prosiguió Rémy—. Tuve que implorarle durante una hora hasta que me creyó cuando le decía que Dreux le había dado el libro equivocado. Cuando por fin se fue, Dreux me suplicó con lágrimas en los ojos que no lo echara, que el taller lo era todo para él, que sin trabajo tendría que mendigar, y todo eso. Una tarde agotadora, puedes creerme.

—¿Lo has despedido?

—Ya me conoces... nunca puedo enfadarme mucho rato con el viejo. Además, a Fébus le está bien empleado. No puedo soportar a ese tipo. Desde que está en el Consejo, se ha puesto insoportable. Por suerte Olivier no ha salido a él. Lee el *Ars amatoria* con sincera curiosidad.

—¿Le has dado ese libro?

—Por supuesto. Está en la edad adecuada. Y conmigo también debe aprender algo que le sea útil para la vida.

—Eres imposible —dijo Philippine.

—¿Por qué? A mí ese libro no me ha hecho daño.

—Se puede ver de distintas maneras.

—¿Cómo debo entender eso?

—Sin duda tu imaginación sería menos degenerada si no hubieras leído tanto a Ovidio en tus años jóvenes.

—Es la primera vez que te quejas de mi imaginación...

Llamaron a la puerta.

—Acaba de llegar un mensajero, señora —dijo Baudet, uno de los criados de Philippine, que fue lo bastante discreto como para no abrir la puerta.

Philippine echó mano a su ropa interior.

—¿Qué quiere? ¿Lo envía mi esposo?

—Vuestro señor hermano.

Ella se vistió con rapidez.

—Enseguida vuelvo —dijo con gesto preocupado, y salió de la estancia.

Entretanto, Rémy se mantuvo quieto. Aparte de Baudet y Savin, los dos criados que atendían la apartada granja al borde del bosque, nadie sabía que Philippine se encontraba con él los fines de semana... y así debía seguir siendo.

Se estiró en la cama, cerró los ojos y escuchó el canto de los pinzones que poblaban en bandadas las ramas del viejo tilo. El amor, pensó, era un misterio. Hacía que un hombre se olvidara de la razón y le llevaba a hacer cosas que jamás habría hecho con la cabeza clara. Por ejemplo, acostarse con una mujer casada desde hacía dos años.

Rémy había jugado con la idea de poner fin a esa relación secreta. Entonces, cuando Roger no había logrado disolver el matrimonio, habría sido en el fondo la única decisión correcta. Pero no pudo. La idea de romper el corazón a Philippine, de no volver a verla nunca, le resultaba insoportable. Claro que lo que hacían era peligroso, pero el miedo a ser descubiertos no le quitaba precisamente el sueño. Roger se lo ponía ridículamente fácil. Philippine le importaba un bledo. Con su colosal indiferencia respecto a ella, estaba pidiéndole en toda regla que le engañara. Como mucho tres, cuatro veces al año, insistía en que ella le acompañara a un banquete del gremio o de las *paraiges*. El resto del tiempo, podía hacer o no hacer lo que quisiera sin que él nunca pidiera explicaciones. Era probable que ni siquiera supiera que estaba todo el tiempo en su granja de Damas-aux-Bois, y si lo hubiera sabido no se habría tomado la molestia de ir a visitarla allí. ¿Para qué? Roger estaba feliz de no tener que verla. Entretanto, esperaba que se abriera un camino para disolver el odiado matrimonio con ella.

Si lo lograría alguna vez estaba escrito en las estrellas. Philippine no abandonaba la esperanza, Rémy en cambio ya no creía en ella. Hacía mucho que se había hecho a la idea de no llevarla nunca a su casa, sino seguir encontrándose con ella en esa granja solitaria mientras su amor perdurase. Según parecía, ese era su destino. Algunos días sentía profunda amargura, y disputaba con Dios por imponerles semejante destino.

Pero no ese día. Ese día gozaba con el canto de los pájaros y el aroma del tilo, y pensaba que el amor de Philippine era todo lo que él necesitaba. Gracias a ella era feliz, y eso era mucho más de lo que muchos otros hombres podían afirmar de sus vidas.

Philippine entró. Su rostro estaba ceniciento.

Rémy se incorporó.

—¿Malas noticias?

—Mi padre… Está muy enfermo. Mi hermano cree que no vivirá mucho.

Se echó a llorar. Rémy fue hacia ella y la tomó en sus brazos.

—No quiero que muera —susurró ella—. Le quiero tanto.

—Es un viejo y duro caballero, ¿verdad? Seguro que se recupera.

—Tengo que ir con él.

Él asintió.

—¿Cuándo partirás?

—Mañana mismo. Quién sabe cuánto tiempo le queda.

Apoyó la cabeza en su pecho. Él le acarició el pelo y le besó la frente.

—Por favor, perdona que tengas que verme así.

—Deja de decir tonterías. Para eso estoy aquí.

Ella se secó las lágrimas.

—Hay algo más. El mensajero pasará la noche aquí. No puedo echarle. Llamaría demasiado la atención.

Rémy comprendió.

—En cuanto oscurezca, me marcharé.

—Pasa la noche en Damas. No quiero que regreses a Varennes tan tarde.

—Lo haré.

De pronto parecía infinitamente cansada, agotada.

—Todo este secretismo que te impongo… a veces me odio por hacerlo.

—Está bien. Ahora tienes otras preocupaciones. Ocúpate del mensajero, antes de que sospeche.

—Te amo. —Le besó y salió de la estancia.

Rémy se vistió, cerró la ventana y esperó la noche.

VARENNES SAINT-JACQUES

—Mi gente ha registrado todas las reservas de cereales de la ciudad —informó Adrien Sancere a los consejeros—. Se agotan más deprisa de lo que pensábamos. Si no ocurre un milagro, aguantarán tres días como mucho.

—Entonces tendremos que comprarlo en otra parte a costa de la ciudad —dijo Michel—. Bertrand, ¿os encargaréis de ello?

Tolbert asintió.

—Enviaré mañana temprano hombres a Nancy y Épinal.

—¿Y con qué dinero pagaremos el cereal? —objetó Duval—. He hablado esta mañana con el tesorero. Más de la mitad de las arcas de la cámara del tesoro están vacías, y las otras contienen tan solo un lamentable resto de plata, que ya está reservada para otros fines.

—No puedo hacer nada con un «resto lamentable» —repuso irritado Michel. La tensa situación de la ciudad le estaba arruinando el humor, y le faltaba paciencia para las objeciones de Duval—. ¿De cuánto hablamos exactamente?

—Ciento cincuenta y una libras.

—Bueno. Es más que suficiente. Si el precio del cereal no ha subido en las últimas semanas, en cualquier parte del obispado pagaremos seis o siete sous por una maltesa de grano. Aguantaremos un tiempo si compramos doscientas maltesas. Eso hace setenta libras. Veis dificultades donde no las hay.

—Bueno, la dificultad es que el dinero nos faltará en otra parte, por ejemplo en la construcción de la lonja; no me imagino...

—Estoy abierto a mejores propuestas —dijo Michel, reprimiendo a duras penas la irritación—. Si tenéis alguna, hacedla saber.

Duval calló, ofendido.

—El cereal tardará una semana en estar aquí —observó Deforest—. Ya no tenemos tanto tiempo.

—Lo sé. —Michel se maldijo por haber retrasado tanto la decisión. Pero no había podido prever que las reservas de la ciudad desaparecerían tan deprisa. Además, como alcalde su obligación era no derrochar sin pensar los ingresos fiscales de la ciudad, ni siquiera en tiempos de escasez—. Decid a vuestros hombres que corre prisa —dijo, volviéndose hacia Tolbert—. Si logran traer el cereal en cuatro días, cada uno de ellos obtendrá una recompensa. Por el momento, tenemos que alargar las reservas lo mejor que podamos.

Cuando todo el mundo supo lo que tenía que hacer, se separaron.

A la mañana siguiente, Michel se ocupó de sus negocios para que Isabelle pudiera descansar. Había vuelto no hacía mucho de Speyer y se merecía un poco de reposo. Lo que había contado de su sucursal era un solitario rayo de luz en aquellos días llenos de preocupaciones. Los beneficios de la sucursal aumentaban año tras año, sobre todo los derivados del comercio de paños. Sieghart Weiss se había convertido en un magnífico *fattore* y llevaba los negocios con habilidad y prudencia. Por eso, Isabelle había decidido aumentar generosamente su salario, para que no se le ocurriera dejar el puesto y fundar su propio negocio. Querían atar para siempre a ellos a un comerciante así de capaz.

Sieghart no solo le hacía sentirse orgullosa en cuestiones comerciales.

El otoño anterior, se había casado con la hija de una buena familia burguesa. Entretanto, su esposa estaba en estado de buena esperanza, y a finales de año iba a traer al mundo a su primer hijo. Michel había decidido tomar el nacimiento como pretexto para hacerle un regalo especial a Sieghart. Aún no sabía cuál. ¿Una yegua de cría? ¿Un libro valioso? Quería hablar de eso con Isabelle, ya que ella conocía mejor que él a Sieghart, y sabría con qué darle una alegría.

Como si hubiera intuido sus intenciones, ella entró en el escritorio en ese momento. Parecía preocupada.

—Algo está pasando en la ciudad —dijo—. De pronto, parece que vuelve a haber pan por todas partes.

—¿En serio?

—Marie acaba de estar en el mercado, y lo ha visto.

Marie era una joven criada, Michel la había contratado en primavera.

—Todos los panaderos vuelven a tener.

—Eso es magnífico.

—No necesariamente. ¿Sabes lo que piden por él? Dos deniers por el pan de trigo y medio por una hogaza de centeno.

Era el doble del precio habitual en el mercado.

—Eso linda con la usura —dijo Michel.

Isabelle asintió.

—La cosa huele a delito. Deberías investigarla.

Él llamó a Yves y a Louis.

—Preguntad por ahí —indicó a los dos criados, después de contarles lo que había observado Marie—. Quiero saber si hay un solo criminal o todos los panaderos han subido los precios. Y averiguad de dónde ha salido de pronto el cereal para esos panes.

Yves y Louis estuvieron fuera hasta por la tarde. Poco después de nona regresaron. Michel estaba en el establo, hablando con el mozo de cuadras sobre los animales de tiro.

—Casi todos los panaderos están vendiendo así de caro —contó Yves—. Y no solo ellos… también las tabernas y los figones tienen pasta de cebada y mijo. Pero la culpa no es suya. Compran caro el cereal, y por eso tienen que pedir tanto.

—¿Y quién les vende el cereal? —preguntó Michel—. ¿Mercaderes extranjeros, que quieren hacer negocio con la necesidad de la gente?

—Nada de extranjeros —respondió Louis—. Lefèvre.

—¿Lefèvre? —repitió Michel.

—Según parece, ha estado almacenando el grano y se lo vende bajo mano a los panaderos y molineros a precios de usura —explicó Yves—. Al menos, eso es lo que nos han dicho.

Michel apretó los dientes, cerró el puño derecho y lo volvió a abrir.

—Os doy las gracias… habéis hecho un buen trabajo —dijo—. Decidle a mi esposa que estaré en el ayuntamiento. Hablaremos mañana —prometió al mozo de cuadras, antes de agacharse para pasar por debajo de una viga baja y salir del establo.

—Esta sala —dijo Lefèvre con una fina sonrisa cuando entró y se detuvo ante la mesa del Consejo—, el olor a sudor de viejo, el aire que vibra de ira, las miradas llenas de reproche... la echaba de menos. Hace mucho de la última vez que me citasteis ante el Consejo, señor alcalde. Me preocupaba que vuestro amor por mí se hubiera enfriado.

Lefèvre no había acudido solo. Se había llevado a dos criados, y cada uno de ellos llevaba un puñal al cinto. Michel tenía mal recuerdo de uno de los dos hombres: era François, un antiguo ayudante del maestre de las fuentes, al que el Consejo había despedido en primavera porque se presentaba borracho al trabajo. Al parecer, había encontrado un nuevo empleo con Lefèvre. También ahora aquel hombre recio como un toro apestaba a vino. Su compañero y él miraron sombríos a los reunidos.

—El Consejo ha sabido que os aprovecháis de la actual escasez de cereal para vender grano a precios de usura a los ciudadanos —explicó Michel—. Manifestaos acerca de estas acusaciones.

—Son falsas —replicó Lefèvre.

—¡Ahorradnos nuevas mentiras! —saltó Tolbert—. Tenemos pruebas inequívocas de que vos...

—Son falsas, por incompletas —le interrumpió Lefèvre—. No solo me aprovecho de la escasez, sino que también la he provocado. Hace algunas semanas compré a través de intermediarios una gran parte de la cosecha para aumentar la demanda de grano. Mi gente se dirigió a los ocho mayores campesinos de la ciudad, con excepción de vos, Bertrand, por razones obvias, y se comprometieron a tratar el negocio de forma confidencial. Almacené el grano, y ahora que la demanda de cereal es visiblemente mayor que hace dos semanas, la vendo a precios lucrativos. Los lombardos llaman «acaparamiento» a este avanzado procedimiento. Deberíais estudiarlo... promete satisfactorias ganancias —añadió sonriente Lefèvre.

Después de un instante de silencio estupefacto, estalló el infierno, cuando los hombres se pusieron en pie de golpe y gritaron en confusión.

—¡Había visto muchos negocios de usura, pero este es con mucho el más repugnante!

—Hacer dinero con el hambre de la gente... ¿es que nada es sagrado para vos?

—¡Deberíamos colgaros en el acto por este acto vergonzoso!

A Michel le costó cierto esfuerzo mantener la calma en la sala. Luego declaró con voz cortante:

—Con ese «acaparamiento», como llamáis a esa ingeniosa variante de la usura, habéis puesto Varennes al borde de una hambruna. ¿Es que os da igual que el pueblo tenga que pasar miseria con tal de obtener un hermoso beneficio?

—Tan solo me he asegurado un monopolio, señor alcalde. El gremio no hace otra cosa desde hace doscientos años.

—¡Esa es una desvergonzada mentira! —exclamó Deforest.

—¿Ah, sí? Entonces explicadme por qué el gremio está tan ansioso con que solo sus miembros puedan comerciar a gran escala. ¿Qué pasa con los artesanos y buhoneros que chocan contra esa norma? Os incautáis de sus mercancías y los echáis de la ciudad. Llamadlo como queráis, pero para mí eso es un monopolio.

Cuando el maestre del gremio se disponía a dar una furiosa respuesta, Michel le dio a entender con un gesto que mantuviera la calma. Lefèvre disfrutaba desde siempre con la provocación, y Michel no quería ofrecerle ningún escenario.

Miró de arriba abajo al antiguo usurero, que vestía con asombrosa sencillez para sus circunstancias. Desde la guerra comercial con Metz, Lefèvre había tenido muy mala suerte en los negocios, y se había visto obligado a vender casi todo su patrimonio. Michel nunca se había creído que hubiera cambiado. Según parecía, su instinto no le había engañado: Lefèvre era el mismo canalla de siempre.

—Sea como fuere —dijo Michel—, os prohibimos por la presente vender el grano a precio excesivo. El precio de mercado es de seis sous por maltesa. Ofrecedlo a ese precio y prescindiremos de llevaros ante un tribunal.

Lefèvre no estaba impresionado.

—¿Y con qué fundamento vais a prohibírmelo, si puedo preguntar? El acaparamiento no es ilegal en esta ciudad. ¿No es verdad, señor Duval?

—No, pero la usura sí lo es, como sabéis —repuso el juez municipal—. Y no me costará ni esto —dijo chasqueando los dedos— considerar usura vuestras maquinaciones. Así que os aconsejo que obedezcáis al Consejo. De lo contrario nos incautaremos del grano, limitaremos el precio del cereal, os pondremos hoy mismo ante la justicia y os condenaremos a una sanción que os dejará sin habla, tenéis mi palabra.

—No os lo recomiendo —repuso Lefèvre—. Conservo el cereal en un lugar secreto. Si me encerráis u obstaculizáis mis pasos de cualquier otra forma, uno de mis hombres quemará el grano… y tendréis una hambruna.

—No os atreveréis —dijo Tolbert apretando los dientes.

—Yo en vuestro lugar no probaría. Ahora, si me disculpáis… tengo que ocuparme de mis negocios.

Nadie detuvo a Lefèvre cuando salió orgullosamente de la sala con sus criados.

Apenas se cerró la puerta, Michel dijo:

—Quiero que ese maldito cereal se encuentre… lo antes posible. Bertrand y Adrien, que vuestros hombres registren toda la ciudad. Cuando lo hayan encontrado, aseguraos de que Lefèvre no pueda destruirlo.

—¿Qué os hace estar tan seguro de que lo esconde en la ciudad? —preguntó Tolbert—. Yo creo más bien que lo guarda fuera.

—Si tiene que traerlo a la ciudad para poder venderlo corre el riesgo de que detengamos los carros en las puertas y los sigamos hasta su escondite. Tiene que estar en algún sitio dentro de los muros de la ciudad, para poder sacar el que necesita en cada momento sin llamar la atención.

—Aun así, deberíamos registrar además cada carro, cada animal y cada barco —aconsejó el corregidor.

Michel asintió.

—Los alguaciles deben registrar sobre todo las fincas de las que no está claro a quién pertenecen. Revisad primero los registros de la propiedad. Sin duda Lefèvre ha vendido la mayor parte de sus posesiones, pero quizá haya conservado una parcela en algún sitio y esconda el grano allí.

Duval se secó el sudor de la frente. El fino cabello rubio se le pegaba al cráneo.

—Me temo que los registros no nos servirán de ayuda. Hasta donde yo sé, Lefèvre se ha encargado de que haya partes de su propiedad que no están registradas en ningún sitio.

—Aun así, hacedlo. No podemos pasar nada por alto.

—¿Deben los hombres registrar también la casa de Lefèvre? —preguntó Sancere.

—Sí. No creo que esconda el cereal precisamente allí, pero no será malo causarle unas cuántas incomodidades. —Michel miró a los reunidos—. Señores, ya sabéis lo que tenéis que hacer. Al trabajo. No podemos perder tiempo.

—¿Cree realmente el Consejo que sería tan necio como para guardar el cereal en mi casa? —preguntó Lefèvre.

—Tenemos nuestras órdenes —repuso uno de los alguaciles—. Dejadnos entrar.

—No encontraréis nada. Pero, por favor... si no podéis dejar de hacerlo. No es mi tiempo el que perdéis.

Los alguaciles entraron, se repartieron entre los distintos pisos y empezaron enseguida a ponerlo todo patas arriba. Lefèvre se propuso tener paciencia y se sentó en la sala de recibir con una copa de vino.

¿No tienes miedo de que puedan encontrar tu sótano?, preguntó el hombre del espejo, que había aparecido en la pulida superficie de la copa de plata.

«¿Esos necios destripaterrones? —respondió en su mente Lefèvre—. Lo dudo. La puerta secreta está bien escondida, no te preocupes.»

Que puedan entrar aquí sin más, como si la casa les perteneciera, es una desvergüenza. Deberías sacar la espada y matarlos uno tras otro.

«Una idea atractiva. Pero en algún momento alguien los echaría de menos, y tendríamos que responder preguntas molestas. Por el momento no podemos permitirnos las preguntas molestas.»

Es una lástima.

«Sí que lo es.»

Me habría gustado ver brotar su sangre.

«No solo a ti, tienes mi palabra.»

Ahora el hombre del espejo estaba siempre allí, de noche y de día. Hacía mucho que Lefèvre había dejado de temerle. De hecho se había convertido en su fiel compañero, casi algo parecido a un amigo. De vez en cuando, sus consejos resultaban incluso claramente útiles. Lo del acaparamiento, por ejemplo, había sido idea suya.

Los últimos años habían sido duros. Lefèvre había tenido que tomar algunas decisiones desagradables para asegurar su supervivencia. Solo le había quedado la casa... era el mísero resto de sus antaño tan extensas propiedades. Pero estaba decidido a recuperar su antigua riqueza. Con el acaparamiento, seguro que conseguiría ganar varios cientos de libras de plata. Deducidos los gastos del cereal, le quedaba sin duda un buen montón de dinero, sobre el que podría construir una nueva fortuna... lejos, muy lejos, en una ciudad nueva, donde nadie le conociera. Estaba tan harto de Varennes.

Cuando ya había oscurecido, uno de los alguaciles entró en la sala.

—Nos vamos —dijo malhumorado.

—La próxima vez prestadme oídos cuando digo que no encontraréis nada. Ahorra muchas molestias a todos.

En cuanto los alguaciles se hubieron marchado, Lefèvre dio una vuelta por la casa y suspiró a la vista de la confusión.

—Recoged —ordenó a los criados—. Cuando baje mañana quiero que todo esté ordenado, ¿entendido? François, tú ven conmigo.

Se retiraron a su escritorio. Lefèvre sacó un trozo de pergamino del cajón del atril.

—La siguiente noticia para Jules y Adalbéron —dijo—. Escóndela en el sitio habitual.

—Se hará —gruñó François.

La carta estaba redactada en una simple escritura secreta que había enseñado con mucha paciencia a Jules y a Adalbéron, otros dos criados. Contenía la orden de que escondieran esa noche los siguientes sacos de cereal en el cementerio de Saint-Marie, detrás de uno de los osarios. François y los otros criados los recogerían allí a primera hora. Los lugares donde Jules y Adalbéron dejaban los sacos cambiaban cada noche, para que no se pudiera seguir el grano hasta su escondite.

—Ten cuidado al salir de la casa —indicó Lefèvre a François—. Los hombres de Tolbert estarán vigilando. Vigila que nadie te siga.

—Cuando esté de verdad oscuro me dejaré caer por el muro del patio. Nadie me verá.

—Bien. Confío en ti.

Había sido un día agotador. Apenas François se hubo marchado, Lefèvre se fue a la cama. Cansado, cerró los ojos… y poco después se encontraba en un sueño demasiado conocido.

«Por favor, dame un poco de agua, hijo mío.»

«No me llames "hijo mío". Sabes que no puedo soportarlo.»

«No te pongas así. Eres mi hijo, lo eres todo para mí. ¿Qué tiene de malo que te llame "hijo mío"?»

«Todo para ti, ¿eh? Antes sonaba de otra manera.»

«No sé a qué te refieres…»

«"Fracasado", "inútil", "vergüenza para nuestro apellido". ¿Te suena?»

«Puede ser que a veces fuera un poco severo contigo. Pero solo quería espolearte para ser mejor que otros.»

«La verdad es que nunca fui lo bastante bueno para ti. A tus ojos era un débil. Me despreciabas. ¿Sabes cómo se siente uno cuando su propio padre le desprecia?»

«¿Qué estás diciendo, Anseau? Yo no te he despreciado. Te quiero.»

«Embustero. Solo lo dices porque eres viejo y débil y me necesitas. Pero ¿quieres que te cuente algo? No puedo soportar a los viejos tumbados en cama, quejándose de la mañana a la noche. Solamente la forma en que apestas… cada vez que entro aquí tengo ganas de vomitar. Ya no lo soporto.»

«¿Qué vas a hacer con ese cojín? ¡No, Anseau, por favor! Te lo suplico…»

«Haznos un favor a los dos y ahórrame el manoteo. Cuanto antes lo hayas dejado atrás…»

Se incorporó jadeando. A pesar de la ventana abierta hacía calor en la estancia, y tenía la sábana pegada a la piel. Se la quitó con manos temblorosas, encendió una tea y se sentó delante del espejo de bronce de la pared.

—Esos sueños… Quiero que desaparezcan. Ayúdame a conseguirlo.

Me temo que son parte de nosotros, respondió su imagen en el espejo. *Tenemos que vivir con ellos.*

—Pero ¡ya no los soporto!

¿Por qué? ¿Qué tienen de malo? ¿Acaso tienes mala conciencia?

Lefèvre tragó saliva, con la garganta seca. Y asintió.

No hay motivo para eso. El viejo te atormentó durante toda tu vida. No merecía otra cosa.

—¿Tú crees?

Claro. Nadie te llama «fracasado» impunemente. Quien te golpea

498

tiene que contar con que se lo vas a devolver multiplicado por mil. El viejo lo sabía, y aun así lo hizo. Quien es así de necio no tiene remedio.

—Sí —dijo Lefèvre con voz tomada—. Él se lo buscó, ¿verdad?

Exacto. Ahora vuelve a la cama. Mañana va a ser un día duro.

Desde hacía dos años, los sueños le acosaban varias veces a la semana, pero desde que hablaba con el hombre del espejo le resultaba más fácil soportarlos.

—Gracias. Eres un verdadero amigo.

No te pongas llorón, dijo sonriente el hombre del espejo.

Lefèvre apagó la tea y se hundió en un sueño reparador, por lo que estaba muy descansado cuando despertó, a tercia. Saludó de buen humor a sus criados, se sentó en la sala y disfrutó del desayuno.

Una hora después, François apareció y dejó una bolsa repleta de dinero delante de él.

—Hemos recogido y vendido el cereal —informó el criado, que miró codicioso la copa de vino de Lefèvre—. Cuando llegamos al camposanto de Saint-Marie dos corchetes estuvieron a punto de pillarnos. Pero pudimos sacudirnos a tiempo.

—Buen trabajo, François. Ahora vete a la cama y descansa.

—Lo haré, señor.

Lefèvre abrió la bolsa y empezó a contar las relucientes monedas.

A primera vista, el mercado tenía el mismo aspecto de siempre. Los mercaderes ofrecían elocuentes sus productos. Los inspectores municipales hacían sus rondas, comprobaban pesos, recaudaban tasas. Los clientes regateaban los precios; las criadas y damas burguesas se llevaban a casa cestos llenos de huevos, carne y verdura.

«Pero las apariencias engañan», pensaba Michel, que estaba en la ventana de su despacho y contemplaba el trajín. Los habitantes más pobres de Varennes, los muchos cientos de jornaleros, simples trabajadores y sus familias ya no podían permitirse aquel cereal caro. Las colas delante de las abadías eran cada vez más largas, las reservas de los monasterios desaparecían. En pocos días podía producirse una hambruna.

Por desgracia, hasta ahora los alguaciles no habían encontrado el cereal de Lefèvre. Llevaban dos días registrando toda la ciudad: abrían cada almacén, inspeccionaban cada sótano y todos los carros y canoas que llegaban de fuera. Ni el menor rastro del grano.

Michel aplastó el mosquito que zumbaba delante de su rostro. Poco a poco, se le estaban acabando las opciones.

Llamaron, y Tolbert entró. El corregidor parecía cansado, tenía el cabello gris pegado al cráneo.

—¿Alguna novedad? —preguntó Michel.

—Ninguna que merezca la pena. Mi gente ha vuelto a observar la casa de Lefèvre toda la noche. Al amanecer, vieron a François y a otro criado ir a una cabaña abandonada en la ciudad baja. Allí cargaron varios sacos en una carretilla. Por desgracia, huyeron antes de que pudiéramos incautarnos del cereal.

—¿Cómo lo consiguieron? Iban con una carretilla llena de cereal.

—Hay mil escondrijos en la ciudad baja. Quien la conoce puede despistar a cualquier perseguidor.

—¿Registrasteis la cabaña?

—Claro. Pero allí ya no había nada. Al parecer, la gente de Lefèvre solo la utilizaba como almacén provisional.

Michel sospechaba que Lefèvre sacaba el grano del almacén secreto al amparo de la noche y lo depositaba en distintos lugares, donde sus criados lo recogían a la mañana siguiente. De esa manera se aseguraba de que los corchetes no pudieran seguir al cereal hasta el escondite, incluso si seguían a su gente día y noche. Además, François especialmente conseguía escapárseles una y otra vez. Para ser un borracho, aquel hombre era hábil cuando se trataba de hacerle una jugarreta a la autoridad.

El día anterior habían apresado a otro criado de Lefèvre y habían intentado obligarle a decir el escondite. El hombre había afirmado no saberlo. Antes de que pudieran averiguar si decía la verdad, Lefèvre había aparecido y había amenazado con denunciar a todo el Consejo si retenían más tiempo a su criado. Así que no les había quedado otro remedio que dejarlo ir.

—Esto es todo lo que hemos podido conseguir. —Tolbert dejó un puñado de mijo encima de la mesa—. Lo encontramos en casa de un molinero que había comprado poco antes media maltesa a la gente de Lefèvre.

—¿Qué pasa con el resto?

—Ya lo había convertido en harina y vendido. Oled —dijo el corregidor.

Michel le miró sorprendido, antes de atender la petición.

—¿Os llama la atención algo?

—Huele a humedad.

—Exacto.

—¿Qué se supone que significa eso?

—No tengo ni la menor idea. Si hay nuevos indicios os lo diré.

Con esas palabras, Tolbert se fue.

Más tarde, cuando ya no soportaba el calor del despacho, Michel dio un paseo por los callejones que había entre el ayuntamiento y la rue des Juifs. Sin duda fuera no se estaba sustancialmente más fresco, pero el movimiento siempre le ayudaba a ordenar sus ideas.

Sentía que todas las pistas que llevaban al escondite del cereal estaban claramente delante de él, y solo tenía que juntarlas. Pero, por más que se esforzaba, la idea no quería ir a él. Quizá porque el calor estaba empezando a paralizar su mente.

«O porque me estoy haciendo viejo», pensó con disgusto.

Había acordado con Isabelle comer con ella. Cuando las campanas de Notre-Dame-des-Champs llamaron a sexta, fue a casa y poco después entraba por el portón al patio.

La mayoría de los criados estaban sentados a la sombra y compartían una comida ligera a base de pan, queso y cerveza rebajada. Isabelle estaba junto a la puerta de atrás y hablaba con Marie, la joven doncella. Samuel estaba sentado en el suelo a su lado, y ponía una cara como si quisiera proteger a su dueña con uñas y dientes, fuera lo que fuese.

Saludó sonriente a Michel y se volvió de nuevo hacia Marie:

—Ten la bondad de traer de la fuente dos cubos de agua. Luego puedes irte a comer algo.

—¡Enseguida, señora! —exclamó la muchacha, y salió corriendo.

Michel se detuvo, rígido. Había sido una idea completamente nueva, pero se le había escapado antes de poder retenerla.

—¿Por qué pones esa cara? —preguntó Isabelle—. Parece que hayas visto un fantasma.

—¿Qué acabas de decir?

—Cara. Fantasma. ¿Va todo bien, Michel?

—¡No, lo de antes!

—¿Te refieres a cuando he mandado a Marie a la fuente?

—¡Fuente! —Le habría gustado darse en la frente con la mano plana. François, el antiguo ayudante del maestre de las fuentes... ¡estaba claro!—. ¡Por supuesto! San Jacques en tu gruta, te doy las gracias. Nos has salvado a todos. Come tú sola. Tengo que ir enseguida a buscar a Bertrand.

—¡Michel! —exclamó cuando él salía corriendo por la puerta, pero ya no la escuchaba.

WARCQ

Poco antes de llegar a su destino, Philippine pidió al cochero que detuviera el coche.

—¿No os sentís bien, señora? —preguntó su doncella, que iba con ella en el coche.

—Estoy bien, Guiberge. Tan solo necesito un momento para mí antes de llegar a casa.

Philippine descendió y levantó el borde de su vestido antes de pisar la calzada, que un chaparrón había reblandecido por la mañana. Mientras el cochero aprovechaba la oportunidad para atender a los caballos, los dos criados que se había llevado de Metz se sentaron en una roca musgosa al borde del camino, dejaron los venablos en la hierba y compartieron el agua de un odre.

El camino pasaba por una pequeña elevación en la que crecían abedules, toda clase de helechos y arbustos secos. Olía a tierra y madera húmeda, sobre los charcos de agua de lluvia los mosquitos formaban nubes negras. Philippine siguió la carretera hasta que los árboles dejaron ver la llanura. Muy al oeste, oculta detrás de las colinas boscosas, estaba Verdún, al norte de la elevación, la pequeña ciudad de Étain. Delante, entre extensos campos y prados salpicados de granjas y chozas de pastores, se encontraba Warcq, la casa solariega de su familia... el hogar de su infancia.

No había ningún castillo, ninguna fortaleza señorial, tan solo una torre que se alzaba del suelo imponiendo respeto. Varios edificios de piedra rodeaban la torre redonda, entre ellos los establos, la casa de la servidumbre y la casa principal, en la que los siervos de la familia entregaban sus dones. Más allá de una valla de madera se extendía el pueblo, una acumulación de más de cincuenta cabañas alrededor de una pequeña iglesia de piedra. Diminutas figuras ponían heno a secar, alimentaban cerdos, cargaban a la espalda cestos de leña.

Numerosos recuerdos y sentimientos encontrados luchaban en Philippine cuando contempló el feudo. En ese pequeño trozo de tierra había pasado una infancia feliz, que había terminado abruptamente cuando su padre la había prometido a Roger Bellegrée. Philippine aún se acordaba con precisión de cómo después de la ceremonia Roger la había llevado a casa desde las puertas de la torre. Había sido un día de verano, casi tan caluroso y bochornoso como ese, ella se había sentado en el coche de viaje y casi no había dicho una palabra durante el viaje a Metz. No había sentido nostalgia, ni desesperación, ni siquiera una leve tristeza... no había en ella otra cosa que un enorme vacío, en el que todo desaparecía: su pasado, su futuro, su vida entera.

Hoy, en cambio, era otra persona. Los años con Roger la habían hecho más fuerte. Ya no era la muchacha atemorizada de antaño... había aprendido a usar su entendimiento y a defenderse. Pero sobre todo había vuelto a llevar el amor a su vida, y encontrado un hombre que no esperaba de ella títulos y dignidades, sino que la quería por sí misma, sin condiciones ni esperanzas. Eso le daba fuerza y confianza, a pesar de los riesgos de su relación secreta, y deseaba más que ninguna otra cosa que Rémy estuviera con ella ahora.

Hacía mucho que no había ido allí. Anhelaba volver a ver a su familia, y al mismo tiempo lo temía. ¿Qué le esperaba en la torre gris de hollín, allá abajo en la llanura?

Retrocedió.

—Vamos —ordenó al cochero, y subió.

Poco después el coche traqueteaba por el pueblo. Los campesinos la saludaban, los niños agitaban las manos. Visto de cerca, el feudo era mucho menos impresionante. Todo daba la sensación de venido a menos, sobre todo la casa de la servidumbre y la principal. Las ropas de los criados estaban raídas y sucias, de modo que los hombres y las mujeres apenas se distinguían de los siervos del pueblo. La propia torre le pareció sombría y rechazante, como un residuo de tiempos largamente pasados. Sus antecesores habían sido funcionarios del duque antes de ascender a caballeros, hacía cien años. El feudo había crecido y prosperado durante tres generaciones, hasta que el abuelo de Philippine había decidido irse con Barbarroja a Tierra Santa. Había comprado las mejores armas, armaduras y caballos para sus hombres, porque quería complacer al emperador a toda costa. Al hacerlo, había acumulado deudas y llevado a la familia al borde de la ruina. A su muerte, el padre de Philippine había intentado salvar la propiedad y el buen nombre de la familia, con moderado éxito.

Cuando el coche paró delante de la torre y Philippine y Guiberge bajaron, el padre Bouchard salió a su encuentro.

—¡Philippine! —exclamó el capellán—. Por fin estáis aquí. Ya temíamos que no llegarais a tiempo, antes de... —Se le quebró la voz.

Bouchard había envejecido. El poco pelo que le quedaba le salía en confusión del huesudo cráneo, su espalda estaba inclinada por la carga de las preocupaciones.

—¿Tan mal está? —preguntó Philippine.

El dolor en los ojos acuosos de Bouchard fue bastante respuesta.

Mientras Guiberge y los criados descargaban los baúles con el equipaje, Philippine y el clérigo subieron por la escalera de piedra que llevaba a la torre. Un puente de madera, que podía ser izado en caso de peligro, cruzaba el foso entre el final de la escalera y la entrada de la torre. Sus pasos atronaron como tambores en las vigas.

—¿Están con él mi madre y mi hermano? —preguntó mientras cruzaban el sombrío zaguán.

—Solo vuestra madre —respondió el padre Bouchard—. Vuestro señor hermano ha salido a cabalgar esta mañana, cuando ha dejado de llover. Sin duda volverá pronto.

Philippine se relajó un poco. «Ojalá se tome su tiempo», pensó. No le disgustaba que Laurent no estuviera presente cuando ella se presentara ante su padre. Sin duda la visión de su cuerpo enfermo la conmovería. Para poder dominar el dolor necesitaba calma y armonía, y no recibiría de su hermano ni una cosa ni otra.

El padre Bouchard cogió una tea del oxidado aplique que había junto a la chimenea, y subieron por una angosta escalera que ascendía en espiral dentro del muro exterior de la torre, de cinco codos de espesor. El capellán se detuvo delante de una puerta de madera antiquísima, y se puso, gimiendo, a empujarla.

—Dejadme ayudaros —ofreció Philippine.

—Ya está. Solo está un poco encajada. Vuestro señor padre quería cambiarla desde hace meses, pero tal como están las cosas falta dinero para todo... —Por fin, Bouchard logró abrir la puerta. Cuando Philippine entró en el aposento percibió enseguida el olor metálico de la enfermedad, que se sobreponía al olor a cerrado de los viejos muros y al de las antorchas, aunque las dos ventanas estaban abiertas.

El padre esperó junto a la puerta. Con los labios apretados, Philippine fue hasta el lecho; los juncos cortados que cubrían el suelo crujieron bajo sus finas suelas de cuero. Su madre, que estaba sentada en un escabel junto al lecho, se levantó y la abrazó.

—Philippine, mi querida niña, menos mal que estás aquí. —Las mejillas de Ermengarde estaban húmedas.

«Qué pequeña es», pensó Philippine.

Los años no habían tratado bien a su madre. La cofia enmarcaba un rostro pálido, en el que la pena había trazado profundos surcos. Su cuerpo, antaño tan femenino, estaba enflaquecido hasta los huesos.

Philippine contempló a su padre con un sentimiento de estrechez en la garganta. Las cosas estaban tan mal como había temido. El sudor brillaba en el rostro hundido de Balian, tenía el cabello opaco, la piel cerúlea, casi transparente; sus dedos se aferraban a la sábana. De no haber visto que su pecho se alzaba y descendía de manera apenas perceptible, habría dado por hecho que ya estaba muerto.

Pasó mucho tiempo hasta que estuvo en condiciones de hablar.

—¿Qué ha pasado? —consiguió decir.

—Una fiebre —respondió Ermengarde—. El médico dice que los jugos de su cuerpo se han podrido. Quizá ha respirado malos humores, o se ha contagiado de un siervo en el pueblo. El médico le ha hecho una sangría y le ha dado distintos bebedizos, pero no ha servido de nada.

Philippine cogió un escabel, y se sentaron junto a la cama. Su madre sumergió un trapo en un cubo a sus pies, lo estrujó y mojó la frente y las mejillas de Balian.

—¿Pueden hacer algo aún los físicos?

Ermengarde se mordió el labio y bajó la vista.

—La muerte ya ha tendido la mano hacia él. —El padre Bouchard se acercó a ellas—. Solo es cuestión de días que el Señor lo llame a su lado. Recemos para que los santos le faciliten el tránsito al Más Allá.

Después de haber rezado juntos una oración, Philippine cogió el paño húmedo y refrescó el rostro de su padre. Solo entonces se dio cuenta de que estaba llorando. Las lágrimas goteaban en su vestido, les dejó libre curso.

—¿Volverá en sí?

—Sería un milagro —dijo su madre—. La última vez que estuvo despierto fue hace cuatro días. Desde entonces está sin sentido. A veces susurra algo, pero no son más que palabras confusas. Su entendimiento está nublado.

Philippine lo habría dado todo por poder hablar otra vez con él. «Si hubiera estado en Metz y no en Damas, el mensajero me habría encontrado antes, y tal vez lo hubiera conseguido.» El dolor se hizo tan fuerte que su mano estrujó el trapo. Cerró los ojos.

Estuvieron sentadas en silencio largo rato. En algún momento, Philippine preguntó sin auténtico interés:

—¿Ha estado Roger aquí?

Ermengarde negó con la cabeza.

—Pensaba que quizá vendría contigo.

—No —murmuró Philippine. De hecho, no se había tomado la molestia de preguntar a Roger. Hacía años de la última vez que había estado en Warcq. Desde que se había dado cuenta de que su familia ya no le era de utilidad, la evitaba tanto como a Philippine. Dado que el mensajero había estado con él antes de partir hacia Damas-aux-Bois, sabía de la grave enfermedad de Balian y hacía mucho que habría podido visitarle. No era sorprendente que no abandonara por eso Metz, sus negocios y sus rameras durante unos días.

—Nunca debimos darte por esposa a ese hombre —murmuró Ermengarde—. Fue un error, el peor de mi vida.

—Entonces pensasteis que era lo mejor para la familia. No os hagáis reproches, madre.

—Si hubiera escuchado a mi corazón, me habría dado cuenta de que Roger es malo para ti. Creo que tu padre también lo intuía. Pero no quisimos darnos cuenta. ¿Podrás perdonarnos?

—No hay nada que perdonar. Tan solo hicisteis lo que considerabais correcto. No hablemos más de eso.

Ermengarde volvió a llorar. Philippine acercó su escabel al de aquella y le cogió la mano.

En algún momento, su madre dejó caer la barbilla sobre el pecho. Tenía que haberse quedado dormida, porque de pronto se deslizó hacia un lado. Philippine la atrapó en el último momento.

—¿Qué le pasa? —preguntó sorprendida.

—Está mortalmente agotada —explicó el padre Bouchard—. Lleva dos días con sus noches velando junto al lecho de vuestro padre. Acompañémosla arriba, para que pueda dormir un poco.

—¿Arriba?

—Las criadas le han preparado un lecho en la biblioteca, para que no tenga que dormir aquí.

Su madre estaba a tal punto agotada que apenas volvió en sí cuando Philippine y dos robustas criadas la llevaron arriba y la acostaron. Una vez que las muchachas le quitaron el vestido y la cofia, se quedó completamente dormida.

—Todavía no habéis comido nada —observó el padre Bouchard—. ¿Digo a las criadas que os traigan un poco de pan y queso?

—No tengo hambre. Solo un vaso de vino, por favor.

Poco después estaba sola con su madre en la estancia de la torre que su padre empleaba como biblioteca. Al ver la mesita de lectura y los dos estantes de libros, los recuerdos volvieron a apoderarse de ella.

Al contrario que la mayoría de los hombres del estamento de los caballeros, Balian era en extremo leído. Debido a que en su familia siempre se había dado gran importancia a la instrucción, había insistido en que sus hijos aprendieran a leer y estudiaran su colección de libros en cuanto sabían unas pocas frases en latín. Mientras a su hermano eso siempre le había parecido un molesto deber, Philippine no podía cansarse de tal cosa. Casi todos los días pasaba varias horas en aquella sala, embebida en un libro. Devoraba todo lo que le daba su padre: primero la Biblia y las vidas de santos, más tarde novelas en verso de caballeros y héroes clásicos, finalmente los textos de los filósofos romanos y los grandes pensadores cristianos. La biblioteca constaba de unos cuarenta libros. Una vez que los hubo leído todos, Balian fue a un monasterio cercano y tomó prestados otros para ella. Cuando había terminado un libro, él siempre le preguntaba su opinión, y a veces se quedaban hasta entrada la noche sentados allí y hablaban con Tristán a la luz de las velas sobre las opiniones del autor. Sonrió al pensar en las acaloradas disputas que había sostenido con los dos hombres cuando era una muchacha. Su padre había disfrutado de aquellas veladas tanto como ella.

Aparte de él y de Tristán, solo había una persona con la que había podido hablar tanto de libros: Rémy. Él le había devuelto la dicha de su infancia, que creía perdida para siempre.

Cuarenta libros... hacía mucho de eso. En los años anteriores a su matrimonio con Roger, cuando las necesidades de la familia se habían hecho cada vez más agobiantes y las deudas de los prestamistas, cada vez más duras, Balian había tenido que vender muchos volúmenes. Primero los códices más valiosos, con encuadernaciones sobredoradas y artísticas miniaturas, luego los más sencillos. En ese momento la familia tenía muy pocos libros.

«¿Qué será de ellos cuando padre ya no esté?» ¿Se libraría su hermano de ellos para dar otro uso a la estancia?

La puerta chirrió a su espalda.

—Deja el vino encima de la mesa —dijo Philippine, ausente—. Y tráeme también un poco de agua. Estoy más sedienta de lo que creía.

—Tendría que haber imaginado que estarías aquí. Padre se está muriendo, pero ni siquiera ahora puedes apartarte de los malditos libros.

Su hermano entró. Philippine se puso en pie y se armó interiormente, como siempre hacía cuando se encontraba con Laurent.

—Hemos llevado a madre a la cama. Iba a bajar enseguida —respondió, y al instante se enfadó. Su hermano siempre le hacía justificarse. Pero se había propuesto no perder los nervios.

—Me han dicho que casi se ha desplomado. —Laurent contempló la figura dormida bajo la fina sábana—. Bueno, ¿a quién puede sorprenderle? Desde que padre enfermó, se ocupa de él con total sacrificio. Haría cualquier cosa por él y por la familia... lo que no puede decirse de todo el mundo.

—¿Qué quieres decir con eso? —preguntó Philippine.

—Nada en absoluto. —Se acercó—. Hace mucho que no nos vemos, hermana. Dale un beso a tu hermano.

Apestaba a cuero, sudor y caballo. Le dejó un beso fugaz en la mejilla.

Su hermano siempre había sido obeso, pero desde la última vez que lo había visto aún había engordado más. La túnica se tensaba sobre su poderoso vientre, su mandíbula empezaba a desaparecer entre la hinchazón grasienta de su cuello. Y eso que Laurent se movía todo el día, salía de caza, practicaba con las armas. Nadie podía explicarse de dónde salía esa propensión, tanto su madre como su padre eran delgados.

La criada llevó el vino. A Laurent no se le pasó por la cabeza que la bebida pudiera ser para Philippine; cogió la copa y ordenó a la muchacha:

—Traedle otra a ella. Vamos al cuarto de al lado, para que madre pueda dormir —dijo a Philippine.

Ella cerró la puerta sin hacer ruido. Laurent se acercó a la ventana de su cámara, bebió un trago y miró las tierras llanas que se extendían entre Warcq y Étain.

—¿Te ha contado madre cuál es la situación de la familia?

—Solo hemos hablado de padre.

—Ha pagado la mayor parte de las deudas. Pero quedan dos préstamos, y poco a poco los intereses nos desbordan. Antes de caer enfermo habló con los lombardos. No quieren aplazarnos los pagos.

—¿Tenemos que hablar de eso precisamente ahora?

—Sí, tenemos —replicó con aspereza su hermano—. Padre no sobrevivirá a la semana próxima. Entonces seré el señor de Warcq, y tengo que ocuparme de estas cosas. De ti no cabe esperar ayuda.

—¿Cómo puedes decir eso? Sabes muy bien que haré cualquier cosa por ayudar a la familia.

—¿Como entonces, cuando pusiste en nuestra contra a los Bellegrée? Mil gracias. Puedo renunciar a esa clase de apoyo.

El reproche era tan absurdo e injusto que por un momento se quedó sin palabras.

—Pareces olvidar que fue Roger quien se apartó de mí, no yo de él.

—¿Quién puede reprochárselo, después de la decepción que le has causado?

—¿Me culpas de que mis hijos murieran? —preguntó ella perpleja.

—Desde luego no fue culpa de Roger —respondió Laurent, y dio un sorbo a su copa.

Los ojos le ardían, pero luchó con todas sus fuerzas contra las lágrimas. Hubiera preferido tirarse por la ventana antes que concederle el triunfo de verla llorar.

—En verdad no has cambiado ni un poco —dijo—. No me sorprende que no encuentres esposa. Ninguna mujer puede estar tan desesperada como para irse contigo.

Él se volvió con tanta violencia que un poco de vino cayó al suelo.

—Te diré por qué no encuentro esposa: porque ningún padre en sus cabales quiere casar a su hija con un pobre diablo que está hasta el cuello de deudas. ¿Y a quién se lo debo? Solo a ti. Si no hubieras disgustado a Roger, hace mucho que los Bellegrée nos habrían ayudado.

—Como quieras —respondió Philippine—. Iré abajo a ocuparme de padre. Pórtate bien, hermano, y no bebas tanto. Es malo para ti.

—Sí, ve con él. Quizá eso alivie un poco la mala conciencia que te atormenta.

—No tengo mala conciencia. Ni la más mínima.

—¿Ah, no? Yo la tendría en tu lugar, si supiera que soy responsable de que él esté en la cama luchando con la muerte.

Ella se quedó mirándole fijamente, y no logró decir más que una palabra:

—¿Qué?

—Quizá te preguntes por qué ha enfermado tan de repente. Porque ya no soportaba la pena. Pena que te debía solo a ti, porque su querida hija le dejó en la estacada.

En tres zancadas, llegó junto a él y le propinó una ruidosa bofetada. Laurent dejó caer la copa y la cogió por los brazos.

—¡No te atrevas a pegarme! —gritó ella.

—De lo contrario... —Los labios de él formaron una fea sonrisa—. ¿Vendrá tu fiel esposo Roger a protegerte?

Philippine se soltó y corrió a la puerta, escaleras abajo.

—¡Eres una vergüenza para la familia! —le gritó Laurent—. Si a madre no le importases tanto, te correría a pedradas por el pueblo y te echaría de mis tierras como a una ramera!

Se refugió en la cámara de su padre, pasó el cerrojo y se apoyó contra la puerta. Apenas podía respirar.

Por fin llegaron las lágrimas.

Varennes Saint-Jacques

—Hay tres pozos secos en Varennes —declaró el maestre de las fuentes mientras recorría los callejones con Michel, Tolbert, Duval y dos alguaciles—. Todos están en el mercado del heno o en sus cercanías. ¿Estáis seguro de que el cereal está escondido allí?

—Hay indicios que apuntan en esa dirección —respondió Michel—.

El olor del grano permite sospechar que se almacena en un lugar subterráneo y húmedo. Y luego está François, vuestro antiguo ayudante, que ahora está al servicio de Lefèvre. Conoce todos los pozos de la ciudad, y sin duda también sabe cuáles se han secado. Quizá le ha hablado de eso a Lefèvre, que ha decidido ocultar allí el cereal.

—François es un borracho obtuso —gruñó el maestre de las fuentes—. No tiene bastante entendimiento como para llegar a tales ideas.

—También a mí me parecen muy escasos indicios —dijo Tolbert.

—Mientras no tengamos otros, seguiremos cualquier pista por endeble que sea —respondió irritado Michel—. Así que ¿dónde está el primer pozo?

—Allí. —El maestre señaló el otro lado del mercado del heno—. Pero no puedo imaginar que tenga sitio para tanto cereal. En Varennes, las aguas subterráneas empiezan a pocas brazas por debajo del suelo. Por eso ningún pozo es especialmente profundo. Allí no se pueden meter cargamentos enteros de grano.

Los alguaciles levantaron la pesada tapa de madera del pozo y lo iluminaron con sus antorchas. Estaba vacío.

—Echemos un vistazo al otro —dijo Michel.

Poco después también habían abierto el segundo y el tercer pozo. Estaban tan vacíos como el primero. Ni rastro de cereal.

—No me lo explico —dijo Michel—. Estaba tan seguro…

—Merecía la pena intentarlo. —Duval le dio una palmada en el hombro.

Vic-sur-Seille y Metz

Roger escupió al salir de la fortaleza episcopal.

—Montad —ordenó a sus hombres, que esperaban con los caballos. Poco después estaban en las sillas y recorrían la carretera hacia el norte.

Roger había ido a Vic-sur-Seille con muy pocas expectativas, pero el obispo Jean había aplastado incluso esas magras esperanzas. El arzobispo Theoderich había rechazado nuevamente su solicitud de anulación matrimonial, le había dicho el clérigo. En su respuesta, Theoderich indicaba que cualquier nueva petición sería en vano, salvo que ocurriera un milagro.

—Os aconsejo que os conforméis con vuestro matrimonio —había dicho el obispo Jean—. Dirigid vuestros esfuerzos hacia una meta más remuneradora. De lo contrario, la paz de vuestra alma sufrirá.

Lo habían despachado. A él, el hijo de Évrard Bellegrée. La futura cabeza de la *paraige* de Porte-Muzelle.

Cuando Roger entró en la casa comercial de su familia día y medio después, se encerró en su escritorio y se preguntó qué podía hacer ahora.

El año siguiente a la guerra comercial con Varennes había sido extremadamente difícil para la familia. El arzobispo Theoderich no había dejado pasar ninguna oportunidad de ponerles piedras en el camino. Les había echado a perder varios negocios y en una ocasión incluso había arrojado a las mazmorras a su *fattore* en Tréveris por una nadería. Entretanto su ira parecía haberse enfriado... por lo menos, hacía un tiempo que dejaba en paz a la familia. Pero a Roger seguía sin perdonarle, eso lo había demostrado ese día.

Roger apretó los dientes y jugueteó con una pluma de ganso, perdido en sus pensamientos. Theoderich ya no era tan joven, se acercaba a su sexagésima primavera. A pesar de eso, estaba lleno de una incansable vitalidad, como su persistente deseo de venganza demostraba. Era posible que aún ostentara su cargo muchos años. Y mientras Theoderich fuera arzobispo de Tréveris y por tanto el clérigo más poderoso de Metz, Roger seguiría prisionero de su matrimonio con Philippine.

Adiós al sueño de hijos de linaje caballeresco, que pudieran ayudar a la familia a ascender a la vieja nobleza.

Naturalmente, solo se hacía responsable a Roger del fracaso de ese proyecto. Su padre no se ahorraba mordaces observaciones en ese sentido cuando la familia se reunía. Como si Roger hubiera escogido en persona a esa mujer maldita.

Tiró la pluma sobre la mesa, abrió la puerte de golpe y le dijo al primer criado que encontró en su camino:

—Tengo que hablar con Thankmar, el mercenario. ¿Tú sabes dónde vive?

El hombre asintió.

—Tráelo aquí.

Thankmar no se hizo esperar mucho. Apenas una hora después, el mercenario alemán entraba en el escritorio y se plantaba delante de la mesa.

—¿Qué deseáis?

—Sentaos. Tenemos que tener una conversación confidencial.

Thankmar no era ni alto ni especialmente recio, pero quien por eso lo subestimaba en la batalla cometía un mortal error. Roger conocía pocos hombres que supieran manejar la espada mejor que ese hombre enjuto de rostro de ave rapaz y mejillas caídas, en las que siempre brillaba una sombra azulada de barba. Su fama en el campo de batalla le había reportado en los últimos años lucrativos encargos de los premios y las *paraiges*, también Roger había recurrido de vez en cuando a sus servicios. Gracias a sus especiales talentos Thankmar había alcanzado cierta riqueza, que, como todos los hombres acomodados de origen bajo, mostraba de manera bastante ordinaria: en casi cada uno de sus dedos centelleaba una jactanciosa monstruosidad, y su vestimenta era sin duda el doble de cara que la de Roger. Roger no se molestaba por tales superficialidades. Thankmar valía lo que costaba, y eso era lo único que le importaba aquí y ahora.

—La cosa es así —empezó, y bajó la voz—. Hay cierta persona que supone un obstáculo para mí. Deseo que desaparezca.

Thankmar asintió de modo imperceptible.

—¿Conocéis mi precio por encargos de esta clase?

—El dinero no importa.

—¿Y de qué persona se trata?

—De mi esposa Philippine.

Si Thankmar se sorprendió, no lo demostró: su rostro se mantuvo inmóvil.

—Decid cuándo y cómo —se limitó a señalar— y considerad el encargo hecho.

—Eso lo dejo en vuestras manos —repuso Roger—. Hacedlo lo más rápido y menos dolorosamente posible, y cuidad de que nada apunte a mí. Pero eso no hace falta que os lo diga. En lo que al cuándo se refiere... en algún momento dentro de las próximas semanas. Mi esposa va desde hace un tiempo bastante a menudo a su granja de Damas-aux-Bois, en especial a finales de la semana. Creo que lo mejor sería liquidarla allí. ¿Podéis hacer que parezca un asalto de ladrones?

—Se puede hacer —dijo el mercenario.

Roger metió la mano en el arca y empujó sobre la mesa una bolsa de plata.

—Esto es para vuestros gastos. El verdadero salario lo recibiréis cuando esté hecho.

Sellaron el trato con un apretón de manos.

Cuando la puerta se cerró detrás de Thankmar, Roger sintió una punzada en el estómago. Se sentó y respiró hondo.

—Eso va de tu cuenta, Theoderich —murmuró—. Es lo que sucede cuando se me pone contra la pared.

VARENNES SAINT-JACQUES

Por la tarde, el maestre de las fuentes volvió al ayuntamiento.

—¡Menos mal que os encuentro aún aquí, señor alcalde! ¿Puedo hablar un instante con vos?

—¿Qué pasa? —preguntó Michel, que estaba a punto de irse.

—He vuelto a reflexionar sobre el asunto del cereal. Creo que ahora sé dónde lo esconde Lefèvre.

Michel se detuvo abruptamente.

—¿Dónde?

Una vez que el maestre se lo hubo explicado, Michel envió mensajeros a Tolbert y a Duval y les pidió que fueran al mercado de la sal con cuatro alguaciles.

—Ahora sabemos dónde está el cereal... no en un pozo, sino en otra parte —dijo Michel cuando los hombres aparecieron—. Por favor, explicádselo —exigió al maestre.

—Tiene que haber sido poco antes de la guerra entre güelfos y suabos... yo aún era un muchacho por aquel entonces. Aquel verano excavaron un nuevo pozo en la rue des Juifs. Los trabajadores toparon con los restos de una vieja terma de tiempos de los romanos. Tuvieron que suspender el trabajo porque debajo había un hiero... un histo...

—Un hipocausto —dijo Michel saliendo en su ayuda.

—¿Qué es eso? —preguntó Tolbert frunciendo el ceño.

—Un sistema romano de calefacción —explicó Duval—. Una sala subterránea que se caldeaba para calentar el agua en las pilas de las termas.

—Un sótano lleno de columnas, exacto. —El maestre de las fuentes asintió—. Sea como fuere, el pozo no se pudo utilizar por esa razón. Fue sellado, y unos años después el hierocausto quedaba olvidado.

—Hipocausto —dijo Michel, pero el otro siguió sin prestarle atención.

—Cuando el Consejo me nombró nuevo maestre de las fuentes, estudié el plano municipal de fuentes para conocer exactamente todas las fuentes y los cursos de agua. En el plano está marcado también el hierocausto. Sentí curiosidad y fui a echar un vistazo. Por desgracia, desde la boca del pozo no se puede distinguir gran cosa. Pero se ve a primera vista que el espacio que hay debajo es muy antiguo. —El maestre de las fuentes reflexionó—. Seguro que tiene doscientos años.

—Buen hombre —dijo Duval—, si el hipocausto procede de la época de los romanos, es por lo menos cinco veces más antiguo.

—¿Mil años? No. Tenéis que estar equivocado, señor Duval. En ese caso, lo habrían construido justo después del diluvio.

—¿En qué año estamos? —preguntó Duval.

—Bueno, en 1227 después del nacimiento de Cristo.

—Después del nacimiento de Cristo, correcto. ¿Y quién asesinó al hijo de Dios?

—Poncio Pilatos, eso lo sabe cualquier niño.

—¿Y Pilatos era..?

—Gobernador de Judea.

—Sobre todo era un romano —dijo Duval—. Un romano como los hombres que construyeron el hipocausto. ¿Qué deducís de eso?

El maestre de las fuentes frunció el ceño.

—¿Que Pilatos construyó el hierocausto?

Duval lanzó una mirada atormentada a Michel y a Tolbert.

—Os agradecemos la clase de historia, Henri —dijo Michel, conteniendo a duras penas la impaciencia—. Pero quizá deberíamos volver a nuestra tarea. ¿Habéis hablado del hipocausto a vuestros ayudantes en alguna ocasión? —preguntó al maestre.

—Seguramente. Al menos, pienso que François se enteró de ese modo.

—¿Y pensáis que Lefèvre esconde ahí abajo el cereal? —preguntó Tolbert.

—Habría espacio suficiente, creo. Y además sería un buen escondite, porque seguro que hace treinta años que nadie ha abierto el pozo.

—Echemos un vistazo —propuso Duval.

Fueron a la rue des Juifs y de allí a un angosto callejón sin salida en las cercanías de la sinagoga. Cajas rotas y toda clase de despojos se acumulaban entre los muros de casas y patios. La basura había sido retirada hacía poco para dejar al descubierto una tapa de madera en el suelo.

—Abrid —ordenó Tolbert a los alguaciles—. Pero con sigilo. Si el cereal está realmente ahí abajo, es probable que Lefèvre lo haga vigilar.

Los alguaciles levantaron la tapa. Debajo apareció un pozo redondo, en el que una escalera llevaba abajo.

—Yo iré delante —murmuró Tolbert. Pidió la antorcha a un alguacil y bajó los peldaños, seguido por los otros.

El pozo tenía unas dos brazas de profundidad, y sus paredes estaban hechas en su mayoría con el muro de las viejas termas romanas. Se abría a un oscuro sótano abovedado con paredes de ladrillo, tan devastadas que casi parecían roca natural. Michel nunca había tenido miedo a la oscuridad, pero allí abajo su efecto era tan negro y amenazador que apenas se atrevió a respirar. Le parecía que acababan de entrar en el vestíbulo de un inframundo pagano.

El sótano no era muy grande. Cuando Tolbert se apartó algunos pasos de la escalera, la luz de la antorcha cayó sobre otro muro en el que se abría un angosto pasadizo. Al otro lado había dos hombres tendidos en el suelo, durmiendo. Eran dos criados de Lefèvre.

Tolbert hizo un gesto con la mano. Los alguaciles se adelantaron y desenvainaron las espadas, uno de ellos empujó con el pie a los durmientes.

—Un movimiento en falso y sois hombres muertos —ladró el alguacil cuando los criados abrieron los ojos—. Sentaos despacio, vamos. Y poned las manos donde podamos verlas.

Los dos hombres estaban tan desconcertados que no opusieron resistencia alguna. Cruzaron las manos detrás de la nuca y miraron atemorizados a los intrusos.

—¿Cómo os llamáis? —preguntó Tolbert.

«Jules», respondió el uno, «Adalbéron», el otro.

—¿Servís a Anseau Lefèvre?

Asintieron.

—¿Dónde está el cereal que guarda?

—En el cuarto de al lado.

Michel quitó la antorcha a un alguacil y se agachó para entrar por el pasadizo. El aire allí abajo era sorprendentemente fresco. Tenía que haber en algún sitio aberturas que dieran al exterior, pequeñas grietas en el techo que casi no se veían desde la judería.

Aparecieron columnas cuando la antorcha hizo retroceder la oscuridad, pilastras cuadradas de ladrillo que sostenían un techo de apenas dos codos de altura. Entre ellas se apilaban sacos repletos, sin duda muchas docenas. Los hombres de Lefèvre habían puesto tablas en el suelo agrietado para proteger el cereal de la humedad y el moho. Junto al pasadizo, Michel distinguió varias botellas. Con toda probabilidad el aceite con el que la gente de Lefèvre debía quemar el grano si lo encerraban.

Con una oración de agradecimiento en los labios, Michel regresó al vestíbulo.

—Está ahí dentro. Que vuestros hombres lo lleven arriba —dijo a Tolbert—. Pero primero nos ocuparemos de Lefèvre. —Miró a Duval—. ¿Esta vez sí basta para una acusación?

El juez de la ciudad asintió, rabioso.

—Diez veces.

«Nueve años», pensó Michel, cuando Lefèvre fue llevado al tilo de la justicia a la mañana siguiente, cargado de cadenas. Llevaba nueve años esperando ese día. Estaba cansado, porque había dormido mal. Estaba demasiado preocupado de que Lefèvre lograra una vez más escapar a su justo castigo.

«Pero eso no ocurrirá.»

Duval y él habían estado juntos hasta entrada la noche, preparando minuciosamente la acusación y contándosela por la mañana temprano al resto de los consejeros. Esta vez Lefèvre no escaparía.

Michel y los otros escabinos se sentaron al pie de las amplias ramas del tilo; en la mesa delante de ellos estaban la vara de juez de Duval y la espada que era desde siempre el símbolo de la jurisdicción municipal. Era una espléndida mañana de verano, no había ni una nube en el cielo azul zafiro, y casi toda la ciudad había acudido para asistir a la vista. Ciudadanos, patricios y simples artesanos se presentaron a miles con sus familias a la pradera del mercado del ganado, y jalearon cuando Lefèvre les fue mostrado.

En procesión solemne, los canónigos habían llevado el altar con las reliquias de san Jacques hasta el tilo de la justicia y lo habían puesto encima de la mesa. Los dos alguaciles se detuvieron ante el arca dorada y sujetaron a Lefèvre por los brazos. A la izquierda de la mesa esperaban François, Jules, Adalbéron y el resto de los criados de Lefèvre. El Consejo había renunciado a cargarlos de cadenas; tan solo dos corchetes los vigilaban. Se había asegurado a los hombres exención de condena si testificaban contra su señor.

Duval y los escabinos se pusieron en pie. La multitud guardó silencio.

—El alto tribunal de la ciudad libre de Varennes Saint-Jacques se ha reunido hoy —explicó Duval— para examinar, bajo la mirada insobornable del santo, la acusación de usura contra el mercader Anseau Lefèvre y dictar una sentencia justa.

Los escabinos se sentaron.

—Anseau —dijo el juez a Lefèvre—. Habéis comprado justo después de la cosecha grandes cantidades de grano a distintos campesinos de la ciudad, lo habéis almacenado y producido así una peligrosa escasez de cereal en nuestra ciudad, para poder vender más tarde vuestras reservas a precios de usura. En vuestra codicia, habéis asumido voluntariamente la posibilidad de una hambruna y explotado la necesidad del pueblo de la ciudad para enriqueceros. Cuando el Consejo de los Doce os intimó a no llevar a cabo esa vergonzosa compra, amenazasteis con destruir el grano. Ahora, se os da la oportunidad de manifestaros acerca de estas acusaciones. Acercaos primero al altar con las reliquias de san Jacques y jurad, por la salvación de vuestra alma inmortal, no decir nada más que la verdad ante este tribunal.

Con tintineo de cadenas, Lefèvre fue hasta el altar, apoyó en él los dedos y murmuró:

—Lo juro.

La mirada que dedicó a Michel estaba llena de odio.

—Más alto, para que todos puedan oírlo —exigió Duval con voz cortante.

—Lo juro —repitió Lefèvre.

—Bien... ¿negáis las acusaciones del tribunal?

—Carecen de todo fundamento —respondió Lefèvre—. En Varennes no hay ninguna ley que prohíba el acaparamiento. Puedo hacer lo que quiera con mis mercancías. No he hecho nada punible.

—Sí que lo habéis hecho, porque acaparamiento significa usura, en este caso incluso especialmente grave.

—Eso es absurdo. No he infringido en ningún momento la prohibición de cobrar intereses.

—No es el cobro de intereses lo que distingue la usura —contradijo con decisión Duval—, sino la circunstancia de que vuestro dinero se ha multiplicado por sí solo. Habéis esperado a que la necesidad del pueblo fuera tan grande como para poder exigir cualquier precio por vuestro grano. Habéis hecho al tiempo trabajar para vos. Así que es usura, porque el tiempo solo pertenece a Dios. Cualquier tribunal del mundo cristiano lo confirmaría.

—Esa es una inaudita retorsión... —empezó Lefèvre, pero Duval le cortó de forma abrupta la palabra.

—Basta. Habéis expuesto vuestro punto de vista. Escuchemos ahora a los testigos.

Los corchetes agarraron a Lefèvre y lo llevaron a un lado. Duval llamó a François y ordenó al antiguo ayudante del maestre de las fuentes prestar juramento. Una vez que esto hubo sucedido, Henri preguntó:

—¿Es cierto que tu señor, Anseau Lefèvre, compró cereales en los campos fuera de la ciudad?

—Sí, señor... grandes cantidades de cereal —respondió François.

—¿Por qué lo hizo?

—Para que en las semanas siguientes se produjera una escasez en la ciudad.

—¡Cierra el pico, maldito traidor! —siseó Lefèvre.

—Silencio —ordenó Duval—. No os he dado la palabra. Si volvéis a perturbar el desarrollo del proceso os haré llevar a la Torre del Hambre. ¿Cómo lo sabes? —preguntó, dirigiéndose de nuevo a François.

—Porque él me lo dijo —respondió el criado.

—¿Te contó sus intenciones?

—Sí, señor.

—¿Por qué quería tu señor una escasez de cereal?

—Para poder vender su grano a precios más altos cuando la angustia reinara en la ciudad.

—¿Por ese motivo lo escondió en el hipocausto, bajo las antiguas termas romanas, y lo sustrajo así a la autoridad?

—Sí, señor.

—¿Es cierto que tomó medidas para destruirlo si se le prendía?

François asintió.

—Nos indicó que lleváramos aceite de lámparas al escondite, para que Jules y Adalbéron pudieran quemar el grano en todo momento.

—¿Sabía tu señor que, de haber hecho tal cosa, habría precipitado a Varennes a una hambruna?

—Dijo que, si lo encerraba, la ciudad se lo merecería.

Un murmullo indignado corrió entre la multitud. Lefèvre estaba como petrificado.

—¡Ruego silencio! —gritó Duval, y se volvió de nuevo hacia François—. El hipocausto es muy antiguo... casi nadie se acuerda de él en Varennes. ¿Cómo es que tu señor tenía noticia de su existencia?

—Yo le hablé de él cuando buscábamos un escondite adecuado para el grano.

—¿Cómo llevasteis el cereal allí sin que nadie lo viera?

—Trabajábamos de noche.

—Aun así, alguien tiene que haberos visto. Hay tanto cereal, sin duda os hicieron falta horas para almacenarlo en el hipocausto.

—Mi señor y sus intermediarios no compraron el grano de una vez, sino en distintas cargas, repartidas a lo largo de una semana entera. Por eso cada noche solo teníamos que llevar al escondite unos cuantos sacos. Fue rápido.

—Gracias, François, eso es todo —dijo Duval. Acto seguido llamó a

Jules, a Adalbéron, al resto de los criados y finalmente al maestre de las fuentes como testigos. Todos confirmaron la historia de François.

Cuando las últimas cuestiones pendientes quedaron aclaradas, los consejeros se pusieron en pie y se retiraron a la carpa instalada detrás del tilo para deliberar.

—Buen trabajo, Henri —elogió Deforest—. No le habéis dado ocasión de hacer sus jueguecitos con nosotros.

Duval se limitó a asentir.

—Deberíamos abreviar lo más que pudiéramos. Decidamos rápido la sentencia para que podamos volver a comparecer ante el pueblo. ¿Qué consideráis adecuado?

—¡Para un delito así solo puede haber una condena! —atronó Victor Fébus—. ¡La muerte! Colguémosle hoy mismo.

Algunos consejeros asintieron, pero la mayoría se mantuvieron contenidos. Por regla general, no se castigaba con la muerte ni siquiera a los usureros graves.

—Si intentamos ejecutar a Lefèvre, apelará al tribunal supremo —objetó Michel— y corremos el riesgo de que haya un nuevo proceso en el que no tendremos ninguna influencia. Es mejor que renunciemos a la pena de muerte si a cambio podemos conseguir una sentencia firme.

—Si me lo permitís, haré una propuesta —dijo Duval.

Describió la pena que consideraba adecuada. Todos estuvieron de acuerdo, salvo Fébus, que acusó al Consejo de debilidad. Sin embargo, como estaba en el lado perdedor, nadie prestó oídos a sus quejas.

Los consejeros salieron en bloque de la carpa.

—Adelantaos, Anseau —ordenó Duval. Cuando reinó un silencio absoluto en el mercado del ganado, dijo con voz firme—: El tribunal de Varennes Saint-Jacques os encuentra culpable, de manera en extremo reprobable, de haber practicado usura. Oíd nuestra condena: el cereal que habéis almacenado será repartido sin coste alguno entre la población para aliviar la miseria que habéis causado. Se otorga la libertad a vuestros criados, dado que ayudaron de buen grado al tribunal a esclarecer vuestro delito.

»Pero vos —prosiguió cortante Duval— no podéis contar con la clemencia... vuestros crímenes presentes y pasados son demasiado grandes. Os condenamos a una multa de ciento cincuenta libras de plata y os privamos del derecho de ciudadanía y de todos los privilegios a él vinculados. Además, se os pondrá en la picota dos días ante la cruz del mercado, para que todos los ciudadanos de esta ciudad puedan ver que sois reo de infamia y habéis perdido vuestro honor. Igualmente, recomendamos al gremio de mercaderes que os expulse, para que no podáis practicar el comercio y el pueblo de la ciudad esté en adelante a salvo de vuestros negocios de usura.

—No —protestó Lefèvre—. Esa sentencia no es justa. No la acepto.

—¡Dad gracias a vuestro creador de que os perdonemos la vida y no os pongamos en la rueda por vuestros crímenes! —tronó Duval—. Lleváoslo —ordenó a los corchetes—. ¡Llevadlo a la plaza de la catedral!

Una tempestad de júbilo estalló en el mercado del ganado.

Los dos días pasados en la picota fueron los más largos de la vida de Lefèvre.

Casi todos los habitantes de Varennes, le pareció, fueron hasta la cruz del mercado para burlarse de él, escupirle y arrojarle desperdicios. No solo el populacho, también prestigiosos patricios y educadas mujeres burguesas disfrutaban tirándole a la cara huevos podridos y desechos de cocina. Soportó estoicamente el oprobio y se tragó los insultos que le ardían en los labios. No iba a mostrar su ira... no les daría esa satisfacción.

Pronto apestaba de tal modo que se le revolvía el estómago. La suciedad se secó sobre su piel, se pudrió al sol y atrajo insectos que reptaban debajo de sus ropas. Hacía un calor espantoso. De no haber acudido de forma regular el ayudante del verdugo a darle un poco de agua, habría muerto de sed.

En algún momento no pudo continuar conteniendo el orín, que corrió por la cara interior de sus muslos. Poco después le siguió el resto de los excrementos.

Los bloques de madera de la picota le apretaban el cuello de tal modo que apenas le llegaba el aire. Sus manos estaban inertes al cabo de una hora, y se preguntó si iban a morir y no quedaría de ellas más que negros muñones en putrefacción.

La noche llevó alivio, porque refrescó, y dejaron de tirarle porquerías. Trató de dormir, pero no lo logró... le dolía cada músculo del cuerpo como si lo hubieran puesto en un batán.

Pensó en el hombre del espejo y se preguntó dónde estaba.

—¿Por qué me dejas en la estacada? —cuchicheó con los labios reventados.

En algún momento, perdió el sentido. Cuando volvió en sí, el sol ya estaba alto en el cielo. Algo le golpeó el rostro, alguien rio, apestaba a bosta de vaca. El día pasaba sordamente ante él, una infinita sucesión de humillaciones, dolores, nuevas humillaciones. Se desmayó una y otra vez. El hombre del espejo se mantenía terco en su escondrijo abrasador, muy por debajo de tierra, y nadie le insuflaba valor.

En la segunda noche, cuando nadie le veía, lloró. Fue un seco sollozo, porque su cuerpo estaba tan seco que sus ojos no podían producir lágrimas. Oleadas de espasmos recorrieron su cuerpo, hasta que cayó en un sordo estado de aturdimiento.

«Fracasado», cuchicheaba su padre. «Una vergüenza para nuestro nombre.»

A la mañana siguiente, despertó gimiendo cuando le tiraron un cubo de agua por la cabeza.

—¡Jesús, cómo apestas! —dijo una voz ronca—. Esto no hay ser humano que lo aguante. Limpiadlo, maldita sea.

Los ayudantes del verdugo sumergieron sus cubos en un tonel que llevaban encima de un carro y lo bañaron de pies a cabeza. Aunque el agua helada hizo aullar los dolores de sus músculos y articulaciones, le pareció una bendición que se llevara la peste y los insectos.

Se oyó un manojo de llaves... y de pronto estaba libre. Sus piernas carentes de fuerza no pudieron soportar su peso, cayó de espaldas en el charco de agua con desperdicios, rodó de costado, tosió y trató de coger aliento.

—Lárgate —gruñó el verdugo—. No quiero volver a verte aquí. Da gracias a Dios de que lo has superado. No todo el mundo sobrevive en la picota dos días y dos noches.

Lefèvre apretó los dientes y logró ponerse a cuatro patas. Contempló su imagen reflejada en el charco, le sonreía.

Ven, dijo. *No está lejos. En casa estarás a salvo.*

—¿Dónde estabas? —murmuró Lefèvre en voz alta.

He estado todo el tiempo aquí. Pero ¿cómo me iba a mostrar a ti, idiota? Ahora muévete. El mercado empezará enseguida, y no querrás que media ciudad te vea así.

Lefèvre reunió el último resto de sus fuerzas y reptó por la plaza de la catedral, pasando ante los campesinos y buhoneros que desembalaban sus mercancías y se reían de él. Cuando la sensibilidad retornó a sus piernas, se incorporó y se arrastró hacia delante, apoyándose en las paredes de las casas y patios, hasta llegar a su propiedad. Empujó la puerta, entró dando traspiés en el zaguán y cayó al suelo.

—Traedme agua —cuchicheó.

Perdió el sentido.

Cuando despertó, se sentía un poco más fuerte. De fuera llegaba el ruido de la rue de l'Épicier, pero en la casa misma reinaba el silencio.

—¡Criados! —chilló.

No hubo respuesta.

Gimiendo de dolor, se levantó, subió paso a paso la escalera y se arrastró por el primer piso.

No había nadie. La casa estaba tan abandonada como una gruta.

Había contado con que sus criados, esos miserables traidores, se habrían ido. Pero, según parecía, también las criadas se habían marchado.

Estaba tan hambriento que apenas podía pensar con claridad.

Trastabilló hasta la cocina, abrió la puerta de la despensa y se llenó la boca de comida con dedos rígidos de suciedad... pan, queso, fiambre ahumado. Apagó su ardiente sed con agua del tonel. Sumergió el cuenco dos veces en ella y la bebió de un trago. Después se sintió un poco mejor.

Esa peste que seguía pegada a él... sencillamente repugnante. Tenía que quitarse a toda prisa las ropas reblandecidas y lavarse, bañarse y frotarse por lo menos durante una hora.

Cuando se sintió en alguna medida limpio, se puso ropa fresca y bajó al escritorio. El suelo estaba cubierto de pergaminos, todas las arcas estaban abiertas. Antes de llevarlo a la picota, Tolbert y sus corchetes habían estado allí y lo habían revuelto todo, se habían incautado del último resto de su dinero y se habían llevado cualquier objeto de valor, la cubertería de cobre, las ropas y los animales de tiro. Eso no había bastado ni por asomo para pagar la multa: Lefèvre aún debía al Consejo más de cien libras. Debería vender la casa para poder pagarla. De lo contrario —Tolbert no le había dejado ninguna duda— lo arrojarían a la Torre del Hambre y lo tendrían en la celda más oscura hasta el día del Juicio, para que se pudriera en vida.

Lleno de una extraña indiferencia, contempló la confusión y las arcas vacías.

Estaba arruinado.

Aniquilado.

Lefèvre sonrió sin saber por qué.

Septiembre de 1227

METZ

Roger acababa de estar en la casa comercial de la familia en la rue du Changé, y estaba indicando a los mozos qué mercancías tenían que cargar para la feria de Provins cuando apareció un criado. Roger se dio cuenta enseguida de que llevaba malas noticias: el hombre estaba cadavérico, trastornado.

Roger salió a su encuentro para no tener que hablar con él junto al carro de los bueyes, donde los mozos armaban un estrépito infernal.

El criado le tendió un pergamino doblado.

—De vuestra madre, señor.

Roger abrió la nota y leyó las pocas líneas. Las volvió a leer y dejó caer la mano con el pergamino. Miró fijamente al criado, abrió la boca, la cerró de nuevo y trató de rehacerse.

—¿Cómo ha ocurrido? —dijo al fin.

—Se levantó del desayuno, e iba a subir a su aposento cuando cayó de pronto de la escala. Murió al instante. El corazón, dice el médico. Dejó de latir de golpe.

Roger se santiguó y respiró hondo, pero el aire apenas parecía llegar a sus pulmones, y durante un espantoso momento le pareció que iba a ahogarse. Miró a los criados y a los ayudantes, que cruzaban el patio cargados con toneles y balas de paño, maldecían por el esfuerzo y no podían sospechar lo que acababa de ocurrir. Una estampa irreal, como de un sueño.

—¿Cómo está mi madre? —Se volvió de nuevo hacia el criado.

—Su corazón desborda de pena.

Roger asintió distraído.

—Dile que iré enseguida

Una vez que el criado se hubo ido, regresó junto a los carros.

—¡Escuchadme! —gritó.

Al instante reinó el silencio. Los criados dejaron su carga en el suelo. Los ayudantes en los pescantes se volvieron hacia él. Los *fattori* asomaron la cabeza por las ventanas del escritorio.

—Se suspende el viaje a Provins —dijo Roger—. El Todopoderoso acaba de llamar a mi padre a su lado. Orad por su alma inmortal.

Dos docenas de hombres se santiguaron y cayeron de rodillas.

Poco después, Roger estaba sentado junto al lecho de su padre, en el que habían amortajado el cadáver del viejo. La pequeña estancia en el segundo piso más alto de la torre de la familia estaba atiborrada de parientes cercanos y no tan cercanos. Todos los miembros de la familia Bellegrée que estaban en ese momento en Metz habían acudido a rendir sus últimos honores a Évrard: dos de sus hermanas, varios primos y primas, distintos tíos y tías; entre ellos, algunos que Roger no había visto desde hacía años.

La única que parecía seriamente de luto era su madre. Estaba sentada al otro lado de la cama, el rostro gris y cubierto de lágrimas, y rezaba junto al confesor de la familia. Los demás la rodeaban y mostraban gestos compungidos, sus hermanas reprimieron unas lágrimas, los demás parecían preocuparse sobre todo por el futuro y preguntarse qué significaba para ellos la muerte de Évrard.

Roger contempló a su padre, que yacía como si se hubiera quedado dormido de forma pacífica, con los ojos cerrados, las manos enlazadas sobre la blanca sábana. Alguien había secado incluso la sangre de la herida que se había hecho en la cabeza al caer de la escalera. Roger escuchó su corazón. Durante todos aquellos años en los que su padre le había hecho difícil la vida, había pensado que la muerte de Évrard lo llenaría de satisfacción, o al menos de alivio. En vez de eso no sentía nada, ninguna alegría ni ningún dolor. No había nada en él más que un gran vacío, en el que de vez en cuando brillaba el sentimiento de que todo aquello no era real, que en verdad era presa de una pesadilla especialmente extravagante.

Aunque había anhelado ese momento más de una vez.

Volvió a asaltarle aquella extraña angustia y tuvo que levantarse. Varios parientes le miraron.

«Contente. Ahora eres el cabeza de la familia. Enséñales que estás a la altura de la situación.»

Fue a la mesa, se sirvió un poco de vino y mantuvo el primer sorbo largo tiempo en la boca antes de tragarlo. Uno de sus tíos, hermano de su madre, se acercó a él. Roger no podía soportarlo, el aliento siempre le apestaba como si estuviera pudriéndose por dentro.

—Sé que tu dolor aún es reciente, y la pena sin duda tan fuerte que durante muchos días no serás capaz de pensar en el futuro. Pero quiero que sepas que confío en ti, Roger. Estoy seguro de que dirigirás la familia y nuestra *paraige* con prudencia y sabiduría. Si puedo apoyarte no dudes en pedírmelo.

—Te lo agradezco —dijo Roger con los labios apretados.

Felizmente, el sacerdote estaba quemando justo en ese momento incienso nuevo, que se sobrepuso al aliento apestoso de su tío.

A la mañana siguiente, Évrard fue llevado a su tumba por la familia. Más de quinientas personas acudieron al entierro en el camposanto de la parroquia de Saint-Étienne... vecinos, amigos, los hermanos del gremio y los miembros de las *paraiges* de Metz. El funeral costó una fortuna.

Al final de la semana, Roger ocupó el sitio de su padre en el colegio de los Treize jurés y juró servir a Metz con todas sus fuerzas, tanto en la paz como en la guerra.

Al día siguiente, ordenó demoler la torre de la familia.

Varennes Saint-Jacques

—Acaba de llegar una carta de Robert Michelet —dijo Isabelle, cuando la familia se sentó para cenar—. Escribe que Évrard Bellegrée ha muerto.

Michel, que iba en ese momento a coger el pan, dejó caer la mano.

—¿Cuándo?

—Al principio de la semana pasada, dos días antes de la Natividad de la Virgen.

—¿Se ha hecho cargo Roger ya de su herencia?

—Por supuesto.

Michel respiró hondo.

—Quiera Dios que su responsabilidad para con la familia sea motivo para moderarse. Porque, si no, puede salirnos caro.

Las criadas llevaron la comida, y el olor a verduras al vapor y carne muy especiada llenó la sala.

—¿Temes que pueda causar dificultades a Varennes? —preguntó Isabelle mientras se servía un trozo de asado.

—Roger nunca estuvo de acuerdo con la paz que entonces negociamos con Évrard. Si por él hubiera sido, Metz nos habría pisoteado. Esperemos que no se le ocurra la idea de volver atrás.

—De nuevo te preocupas demasiado. Roger tiene bastante con los negocios de la familia, y debe asentar su posición en la ciudad. No ganaría nada con una nueva disputa con nosotros.

Rémy escuchaba en silencio a sus padres. Tampoco a él le gustaba que Roger estuviera ahora a la cabeza de la familia Bellegrée. Por todo lo que había oído contar a Philippine, Roger no parecía hombre capaz de tratar el poder ni moderada ni razonablemente. Pero aún se preguntaba más qué significaba aquello para Philippine y él. ¿Aprovecharía Roger su nueva posición para impulsar con más vehemencia la disolución de su matrimonio?

Un pensamiento egoísta. Se avergonzó de él. Pero solo un poco.

—¿Está todo bien? —le dijo su madre—. Estás tan callado...

—No es nada, solo estaba perdido en mis pensamientos. —Le sonrió y se dedicó a la carne.

El abad Wigéric fue el último en entrar en la capilla. Sus hermanos ya se habían congregado para sexta. Cuando hubo ocupado su lugar entre ellos, el chantre subió al altar, pronunció el salmo introductorio y entonó el himno, al que los monjes se sumaron de inmediato.

También Wigéric cantó, pero no tenía el corazón puesto en la música. Sus preocupaciones le distraían. Había estado toda la mañana discutiendo con el cillero la grave situación económica del monasterio. El *scriptorium*, antaño el corazón de la abadía de Longchamp y una borboteante fuente de abundantes ingresos, sufría escasez desde hacía años. Los encargos se reducían constantemente, y además se pagaban peor. También la escuela le preocupaba. Desde que los laicos iban a la del Consejo, los ingresos procedentes de la enseñanza habían disminuido de modo sensible.

Nada de todo aquello era nuevo. Pero entretanto la situación del *scriptorium* había empeorado de tal forma que era el tercer mes consecutivo que tenía pérdidas. La adquisición de todos los materiales de escritura, los caros colores y pergaminos, ya no se compensaba. Por eso el cillero, encargado del presupuesto del convento, apremiaba a Wigéric a hacer algo.

En el fondo, se hallaban ante la decisión de echar el cierre al *scriptorium*.

—*Oremus* —dijo el chantre.

Wigéric estaba tan perdido en sus pensamientos que no había escuchado el final del coral y la salmodia que le siguió. Se puso gimiendo de rodillas, que le empezaron a doler con fuerza cuando su nada insignificante peso cayó sobre ellas. Había aprendido a vivir con el dolor; lo contemplaba como una prueba que Dios le imponía para recordarle las debilidades de la carne. Mientras repetía las palabras del chantre, sus pensamientos regresaron a las necesidades del monasterio.

Estaba claro a quién debían aquella ruina: a Rémy Fleury. Ese descarado advenedizo les arrebataba los mejores encargos, hacía bajar los precios de libros y trabajos de escritura y hacía todo lo que estaba en su mano para arruinar la escuela conventual. Su amigo del alma, ese inglés, no era ni un ápice mejor. Lo que todos los días ocurría en la escuela municipal lindaba con la herejía. Ese llamado magister difundía impertérrito las falsas doctrinas de los pensadores precristianos, sin pensar en los daños que infligía a inocentes almas infantiles.

Pero nadie impedía tan impías maquinaciones. La autoridad, simplemente, dejaba hacer a Rémy y a William. Peor aún: la ciudadanía los festejaba como benefactores, en círculos eruditos se ensalzaban sus nombres.

Según parecía, correspondía a Wigéric la tarea de ponerles coto. ¿A quién, sino a él? Probablemente ya no podía hacer nada contra el taller de escritura de Fleury, era demasiado tarde para eso. Entretanto se había conformado con su existencia. Pero la escuela iba a combatirla hasta el último aliento. Solo que ¿cómo? Fleury y el inglés estaban bajo la protección del Consejo. Wigéric estaba impotente ante eso, incluso si movilizaba al cabildo catedralicio y a los abades de los otros tres monasterios. Y no podía contar con el apoyo del obispo. Su Excelencia solo estaba interesado en sus catedrales. Era sordo a las preocupaciones de Wigéric.

«Fleury y el inglés podrían sufrir un accidente.»

No. No iba a caer tan bajo. Era un hombre de Dios, no un asesino. Aparte de eso, no iba a servir de nada. Incluso si sus enemigos desaparecían, la escuela seguiría existiendo. Tenía que encontrar una forma de desacreditarla, mostrando a la ciudadanía lo peligrosa que era.

La oración se acercaba a su fin. El chantre pronunció el versículo final, los hermanos respondieron, y luego abandonaron la capilla.

Cuando Wigéric salió al exterior, pensó que tenía que practicar la paciencia. El derecho estaba de su parte. En algún momento, el Señor pondría en sus manos una herramienta contra la escuela.

Todo lo que tenía que hacer era esperar ese momento.

Hacía muchos años de la última vez que Lefèvre había estado en esa parte de la ciudad baja. Cuando pisó el estrecho callejón junto al canal, supo por qué había evitado el barrio desde entonces: la peste de las fosas de los curtidores en los patios traseros era tan repugnante que casi vomitó el desayuno.

—Por todos los demonios —murmuró, mientras el maestro curtidor le dedicaba una mirada despreciativa.

—Esto no es nada —dijo el tipo de cara rojiza, que apenas tenía pelo en la cabeza, pero a cambio podía llamar suya a una enorme nariz—. En verano, a veces aquí apesta como en un campo de batalla lleno de cadáveres. Pero uno se acostumbra. Uno se acostumbra a todo, cuando no hay más remedio.

A Lefèvre le hubiera gustado taparse la nariz mientras seguía al curtidor, pero tenía que empujar la carretilla con sus pertenencias. Para colmo, la pierna le dolía. La cicatriz de la vieja herida que antaño le había hecho Jean Caboche había empeorado con la picota y ahora le dolía con cualquier clima, no solo cuando hacía frío y humedad. Podía decir que tenía suerte de que la rodilla no se le hubiera quedado rígida.

Varios oficiales y jornaleros trabajaban en el patio de la curtiduría. Rascaban restos de carne de pieles frescas, sacaban las ya curtidas de las dos fosas y las ponían a secar en armazones de madera. El maestro les gritó ásperamente algunas instrucciones, antes de llevar a Lefèvre a un pequeño cobertizo junto a la casa principal.

—Este es —explicó—. No es grande, pero creo que bastará para vuestros fines. Además es barato. Solo dos sous al mes. ¿Os parece bien?

En vez de responder, Lefèvre abrió la puerta y echó una mirada al interior. La cabaña estaba en la orilla boscosa del canal, por lo que la parte trasera de la estancia estaba más de una braza más abajo que la delantera, y se llegaba a ella por una escala. Las paredes eran de piedra y sostenían un techo de madera lleno de agujeros. Había dos diminutas saeteras, un fogón polvoriento, una mesa con dos sillas y una cama que hasta de lejos se veía plagada de insectos.

Bueno, no era que hubiera tenido elección. Había tenido que vender su casa en la rue de l'Épicier para poder pagar la multa. Le quedaban apenas veinte libras de plata, demasiado para morir y demasiado poco para vivir. Desde luego, con eso no se podía comprar una casa nueva, ni siquiera en la ciudad baja, y además no había nadie que deseara vendérsela. Ahora estaba deshonrado, nadie quería tener nada que ver con un hombre como él. Ni siquiera querían alquilarle nada... aquel maestre curtidor era la loable excepción.

—Uno y medio, y me lo quedo —dijo.

—Dos. No bajará de ahí. Si no os conviene, marchaos a otro sitio. También tenéis que pensar en mí. Pongo mi buena reputación en juego al alquilároslo.

—Si vuestra buena reputación no vale más que dos sous... adelante —gruñó Lefèvre—. Pero a cambio me dejaréis en paz. Nada de visitas no anunciadas y cosas por el estilo.

—Mientras paguéis puntualmente el alquiler cada mes, no me veréis la cara.

Lefèvre le puso en la mano el dinero del primer mes, luego el curtidor le dejó solo. Empujó la carretilla dentro y cerró la puerta a su espalda.

Así que ese era su nuevo hogar. «Miserable», pensó.

Recogió sus cosas. Primero soltó la bolsa de su cinturón y la dejó encima de la mesa. Tendría que encontrar un buen escondite para el dinero, para que el curtidor o sus oficiales no se lo robaran. Lo mejor sería enterrarlo. Luego metió la mano en la carretilla, extrajo un cuchillo y contempló la hoja dentada. Era el único instrumento de tortura que había guardado... los otros los había sacado del sótano durante la noche y los había tirado al Mosela. Naturalmente, había tapiado el acceso secreto al sótano antes de poner la casa a la venta. El mercader Philippe de Neufchâteau había terminado por adquirirla por un precio ridículo. Ojalá que en su momento su codicia enviara a ese tipo al infierno.

Lefèvre clavó el cuchillo en el tablero de la mesa y sacó de la carretilla un pequeño espejo de bronce. Su imagen sonreía despectiva.

Vaya un agujero apestoso.

—Y tú que lo digas.

Nunca habías caído tan bajo, viejo amigo. Espero que nunca olvides a quién debes tu ruina.

—Fleury —dijo Lefèvre entre dientes, y se frotó la pierna dolorida.

Cierto. Un día juraste aniquilarle, pero te has ablandado. ¿Qué puedes hacer para que todo esto no te vuelva a ocurrir?

—Renovar mi juramento de venganza.

Muy bien. Lo mejor es hacerlo ahora mismo. Repite conmigo, Anseau...

METZ

—Una lonja —repitió Roger.

El *fattore* asintió.

—La están construyendo en los terrenos de la feria, justo al lado de la carretera.

—¿Y estáis seguro de que el edificio no sirve a otro fin, quizá como ampliación del albergue?

—Me he informado con los canteros, señor Bellegrée. El edificio está destinado a dar a los visitantes de la feria protección contra el viento y la lluvia mientras hacen negocios.

Roger no pudo continuar sentado. Se levantó y empezó a dar vueltas por la estancia.

—Sin duda el Consejo de Varennes empezó hace ya meses su construcción. ¿Cómo es que no lo he sabido hasta ahora?

—Supongo que ninguno de nosotros lo ha visto antes. Cuando estamos en Varennes, solemos quedarnos en la plaza del mercado, delante de la catedral. Allí y en la salina es donde hacemos la parte del león de nuestros negocios. Cuando no hay feria, no hay ningún motivo para ir a unos terrenos que están fuera de los muros de la ciudad.

—Pero vos estuvisteis allí.

—Fue la noche siguiente a nuestra llegada —explicó el *fattore*—. Ya no soporto los largos viajes en gabarra tan bien como antes. La estrechez, ir sentado en esos incómodos bancos... la mayoría de las veces, después tengo un dolor infernal en la espalda. Necesitaba movimiento, y dar un paseo por la orilla del Mosela.

Roger miró por la ventana. En el patio de la agencia comercial, los hombres estaban en ese momento descargando del carro las mercancías de Varennes. Respiró hondo.

—¿Estará lista para la feria de octubre?

—Parto de la base de que sí. Solo falta el tejado.

Roger asintió.

—Gracias por haberme informado.

Cuando el *fattore* se retiró, Roger apretó los dientes y tamborileó despacio con el puño en el alféizar de la ventana. Había ocurrido exactamente lo que él había predicho: Varennes se había recuperado con rapidez de las consecuencias de la guerra comercial y aspiraba ya a una nueva influencia comercial. Las concesiones que el Consejo había tenido que hacer a las *paraiges* habían sido en todo caso una molestia para el alcalde Fleury y sus seguidores... un obstáculo molesto, pero en absoluto insuperable, en su camino hacia el poder en el valle del Mosela. Pero Évrard, el viejo loco, no había querido escucharle. Ahora estaba muerto, y Roger tenía que cargar con las consecuencias de su necia indulgencia. «Muchas gracias, padre.»

Algunos días después, discutía el asunto con los cabezas de las *paraiges*.

Invitó a los hombres a la casa de huéspedes de la *paraige* de Porte-Muzelle. El edificio era un palacio espacioso y habitable, que gracias a sus almenas y torres además podía ser defendido con facilidad. Las otras *paraiges* disponían de casas similares, pero la de Porte-Muzelle era especialmente espléndida. Cuando Roger no estaba en su casa o en la agencia de la familia, solía parar allí. Pensaba incluso en establecer su residencia permanente en la casa, porque como cabeza de su *paraige* le correspondía el privilegio de poder utilizar a voluntad los aposentos principales. Su padre apenas había hecho uso de ellos: Roger en cambio se sentía muy bien allí, y ya había empezado a decorar los aposentos a su gusto.

A vísperas, los hombres se reunieron en la sala común. Como era habitual en tales ocasiones, cada uno se había puesto una túnica con los colores de su *paraige*. Jehan d'Esch, de la *paraige* de Jurue, llevaba en el pecho un águila con las alas desplegadas; Robert Gournais, de Saint-Martin, tres esferas doradas; Baptîste Renquillon, de Port-Sailly, un portal dorado. Pierre Chauverson iba, como Roger, de oro y azul, pero los colores de Outre-Seille estaban dispuestos en chevrón, no en faja como Porte-Muzelle. Por último, Géraud Malebouche llevaba una túnica relativamente sencilla en amarillo y negro, porque dirigía la *paraige* del Bien Común, una alianza de familias de mercaderes que aún era bastante reciente y no pertenecía a la aristocracia municipal de las viejas y veneradas ciento dieciocho familias de Saint-Étienne.

Todos esos hombres no solo presidían su *paraige*, además se sentaban en el Consejo de los Treize jurés y en otros órganos colegiados y autoridades de la ciudad. Eran los cabezas de la República de Metz, sus más poderosos representantes... a esos cinco tenía que convencer Roger si quería que las cosas se movieran en la dirección que él patrocinaba. Su especial atención iba dirigida a Robert Gournais, al que después de la muerte de Évrard los electores habían nombrado nuevo maestre de los escabinos. Como maestre, Gournais era incluso más poderoso que los otros trece jurados, porque podía decidir solo que la república se enfrentase con fuerza a sus enemigos, incluso les declarase la guerra.

Desde luego, que eso ocurriera era otro cantar. A sus sesenta y cinco años, Gournais era el hombre más anciano de la sala, y actuaba siempre de manera contenida y circunspecta. Sentía aversión hacia las aventuras audaces que pudieran poner en peligro a su *paraige* y la ciudad de Metz. Además, era tal dechado de honor y rectitud que le hacía sentirse mal a uno. Convencerle no iba a ser fácil.

Una vez que Roger hubo informado del descubrimiento de su *fattore* y expresado su preocupación por el edificio de la lonja, Jehan d'Esch tomó la palabra.

—No estoy seguro de si os entiendo bien, Roger —dijo el canoso patricio—. El Consejo de Varennes hace construir una lonja en los terrenos de la feria... ¿y veis en eso un peligro para nuestra ciudad? ¿Por qué?

—¿Acaso no está claro? Varennes se vuelve a fortalecer. Esa obra lo demuestra. Demuestra que hemos fallado en nuestro objetivo de debilitar a Varennes. Desde el acuerdo de paz no han pasado ni tres años, y Varennes vuelve a estar donde estaba antes de la guerra comercial.

—Lo dudo mucho —dijo Gournais—. La ciudad acaba de escapar por poco a una hambruna. No se recuperará tan pronto de ella.

—Lo mismo me parece a mí —confirmó d'Esch—. Con todo respeto, Roger, creo que exageráis. No es más que una lonja. No hay motivo para la inquietud.

—Todavía no es más que una lonja —replicó Roger—. El año que viene será una segunda feria y al siguiente un puesto aduanero en el Mosela que grave el comercio de mercancías hacia el sur. ¿Cómo vamos a esperar a que Varennes nos haya causado serios daños, si ahora podemos arrancar el mal de raíz con poco esfuerzo?

—Vos no podéis saber lo que traerá el futuro —replicó Gournais—. Muy probablemente se quedarán en la lonja. Como he dicho, ahora mismo Varennes tiene otras preocupaciones.

—Tanto mejor para nosotros —dijo Géraud Malebouche, un riquísimo mercader de paños que tenía más o menos la edad de Roger—. Mientras Varennes sea débil, no debería costarnos mucho obligar al Consejo a suspender la feria, como deberíamos haber hecho entonces. Roger está diciendo la verdad. No quiero ser responsable de que un rival se expanda a las puertas de nuestra casa. Actuemos ahora. Si esperamos, no haremos más que elevar los costes del enfrentamiento.

—Todos deberíamos tener claro —completó Roger— que el enfrentamiento con unos vecinos demasiado ambiciosos es inevitable si queremos impedir que nos ocurra como le sucedió a Amalfi.

—¿Qué diablos tiene Amalfi que ver con esto? —graznó Gournais.

Pierre Chauverson evitó a Roger tener que explicárselo al maestre de los escabinos:

—Amalfi dejó que Pisa se fortaleciera cada vez más, hasta que finalmente Pisa saqueó Amalfi. Ya conocéis las consecuencias.

—Eso fue hace cien años, y las circunstancias entonces eran muy distintas —dijo d'Esch—. No se puede comparar Varennes con Pisa, y menos aún Metz con Amalfi. Veis fantasmas, Roger.

—Estoy seguro —repuso Roger con una fina sonrisa— de que en Amalfi pasó algo parecido. Sin duda hubo en el Consejo muchos hombres como vosotros, irresolutos que siempre llamaban a la calma y minimizaban el peligro, porque temían perder su confortable tranquilidad. ¿Qué se pensó de ellos cuando la ciudad fue presa de las llamas?

La ira inundó el rostro de D'Esch.

—¡Para ser la primera vez que tomáis parte en esta asamblea, os llenáis demasiado la boca!

Empezó un acalorado debate. Chauverson y Malebouche tomaron partido por Roger, y poco después lo hizo Baptîste Renquillon, que al principio se había mantenido al margen. Pero, aunque eran superiores en número a sus contrincantes, no lograron convencer a D'Esch y Gournais.

—Esta disputa no conduce a nada —dijo en algún momento Chauverson—. Votemos tan solo cómo proceder, en vez de pasarnos discutiendo toda la noche.

—Creo que podemos ahorrarnos una votación —declaró D'Esch con gélida calma—. Roger, ¿insistís en vuestra exigencia de obligar a Varennes, en caso necesario por la fuerza, a derribar su lonja y a suspender su feria?

Roger sabía lo que vendría ahora.

—No tengo intención de retirarla —declaró con los labios apretados.

D'Esch se limitó a asentir.

—Semejante proyecto entra en la exclusiva competencia del maestre de los escabinos. Los cabezas de las *paraiges* y los Treize jurés pueden en todo caso asesorarle… como acaba de ocurrir. Robert, ¿cuál es vuestra decisión?

Gournais no miró a Roger cuando respondió:

—Dejaremos al Consejo de Varennes construir su lonja, y por el momento no haremos nada. También nuestros recursos son limitados, y no veo motivo para derrocharlos en un conflicto cuya utilidad es más que discutible. Si en los próximos años resultara en verdad que Varennes quiere perjudicarnos, cosa que dudo, siempre podremos actuar… ¿Queréis decir algo, Roger?

Roger se tragó su mordaz respuesta.

—Por esta noche, no hay más que decir.

—Por lo menos en lo que a eso se refiere estamos de acuerdo. —El maestre de los escabinos se puso pesadamente en pie y echó mano a su bastón—. Señores, estoy agotado y quisiera retirarme. Que os vaya bien. Nos veremos en la próxima reunión del Gran Consejo.

DAMAS-AUX-BOIS

—Un poquito más alto —dijo Rémy, y empujó la caja de la ballesta media pulgada hacia arriba.

Philippine apretó el gatillo. El dardo silbó por el aire y acertó en la diana, al otro lado del claro del bosque.

—¡Justo en el blanco! Eres cada vez mejor.

—He tenido un buen maestro.

Qué bien sentaba verla sonreír. Rémy apenas se atrevía a tener esperanzas, pero desde el día antes le parecía que ella estaba volviendo lentamente a la vida.

—Déjame volver a probar.

—Espera, te la cargaré.

—Puedo hacerlo yo misma.

—¿Sabes cómo se hace?

Ella le miró con enfado.

—Para eso no hace falta ser doctor por la Universidad de París, ¿sabes?

Sonriente, él le dio el cinturón con el tensor. Ella se lo puso y tensó la ballesta. Luego puso el dardo, apretó el gatillo y volvió a acertar en el centro de la diana.

Cada vez tenía más puntería. Y eso que solo hacía una semana que había utilizado una ballesta por primera vez. En su última visita a Damas, él había decidido enseñarle para distraerle de su pena por lo menos durante unas horas. Disparar la ballesta le obligaba a uno a concentrar por completo sus pensamientos en el arma y la diana, hasta que se olvidaba todo a su alrededor. Su experiencia era que se trataba de un medio eficaz contra cualquier dolor. De hecho, las horas que pasaron en el claro del bosque le ayudaron a recobrar la calma y a hacer acopio de nuevas fuerzas. Necesitaba amargamente ambas cosas.

Había velado hasta el final junto al lecho de muerte de su padre, lo había cuidado durante una semana e intentado aliviar sus padecimientos. Rémy sabía cuánto le había querido, y apenas podía medir lo que su muerte significaba para ella. Como si eso no fuera lo bastante malo, había estado todo el tiempo sola con su pena. Su madre, atrapada en su propio dolor, no había sido capaz de brindarle consuelo. Y, en lo que a su hermano se refería... Philippine solo hacía alusiones, pero Rémy dedujo que le reprochaba ser responsable de la miseria de la familia. Al parecer, Laurent era un monstruo al que a Rémy le habría gustado enseñar un poco de decencia.

Observó que Philippine había disparado todos los dardos. La siguió hasta la diana y la ayudó a desclavarlos. Solo cuatro dardos habían fallado... los halló entre los árboles, al pie de los helechos.

—¿Otra ronda? —preguntó ella.

—Es mejor que regresemos. Pronto oscurecerá. Podemos seguir mañana.

Dejaron la diana, pero Rémy recogió el resto del equipo antes de abandonar el bosquecillo. Mientras caminaban por el prado hacia la granja, Philippine se colgó de su brazo. De pronto, le besó en la mejilla.

—¿Por qué ha sido eso?

—Tan solo estoy contenta de que estés aquí.

Cruzaron el portón cogidos del brazo.

Cuando entraron en la casa, a Rémy le llamó la atención que estaba singularmente silenciosa. ¿No había preparado Baudet la cena? Se asomó a la cocina y vio que alguien estaba tendido en el suelo, medio oculto por la mesa, en mitad de la sala. Esa mancha oscura... ¿era sangre?

Con el ceño fruncido, Rémy se dispuso a acercarse. En ese momento, alguien lo agarró por un costado y quiso arrastrarlo a la cocina. Rémy reaccionó con la rapidez del rayo y golpeó con la culata de su ballesta. Alcanzó a su atacante en el esternón, de forma que retrocedió tambaleándose y jadeando y chocó con una estantería. Antes de volverse hacia Philippine, Rémy vio que el hombre llevaba una cota de malla y una espada desnuda en la mano.

—¡Corre! —gritó.

Se precipitaron hacia la puerta delantera, cruzaron el patio, corrieron por el prado. Rémy echó una mirada por encima del hombro. El hombre de la cocina, un individuo enjuto, los seguía. Además, habían salido de la casa otros dos hombres armados, que también iban en pos de ellos.

—¿Qué haces? —gritó Philippine cuando él se detuvo.

—Sigue corriendo... ¡haz lo que te digo!

Titubeando, se puso en marcha mientras Rémy cargaba la ballesta con expertos movimientos. Apuntó y disparó. Uno de los hombres cayó al suelo. Los otros llegarían hasta él antes de que pudiera efectuar un segundo disparo. Con la ballesta en la mano, se volvió y corrió detrás de Philippine, que en ese momento desaparecía entre los árboles.

Tenía que aumentar la distancia lo bastante como para poder volver a cargar. Felizmente, los hombres cargados con sus armaduras eran más lentos que ellos. Al llegar a la linde del bosque se volvió otra vez hacia ellos... y eso le salvó la vida. El flaco de cara de ave rapaz había sacado un cuchillo y se lo estaba lanzando. En el último momento, Rémy encogió la cabeza. El cuchillo se clavó junto a él en el tronco de un árbol.

El flaco le gritó algo y corrió tras Rémy, mientras su compañero se mantenía a la izquierda para perseguir a Philippine. Rémy siguió corriendo, saltó por encima de un montón de madera muerta, se agachó por debajo de unas ramas bajas. No pudo ver a Philippine en ninguna parte, porque a su derecha el bosque era muy denso.

—¡Philippine! —gritó, y enseguida se insultó por su torpeza. Si ella respondía, revelaría a sus perseguidores hacia dónde iba. Pero el bosque se mantuvo en silencio. Eso podía significar dos cosas: o ella era lo bastante inteligente para no responder... o el guerrero ya la había atrapado.

«Eso no puede ser. Su ventaja es lo bastante grande.» Luchó contra su miedo y se forzó a pensar con claridad. Philippine conocía ese bosque mejor que él. Tenía que confiar en que se hallaría en condiciones de sacudirse a su perseguidor. Tal como estaban las cosas, por el momento no podía hacer nada por ella.

El flaco se había quedado atrás... Rémy le oía más de lo que le veía, en la penumbra del bosque. Dio un quiebro hacia la izquierda, saltó por encima de un matorral y caminó agachado entre el ramaje. Si su memoria no le engañaba, cerca de allí había un pequeño claro cubierto de helechos... lo había visto hacía poco en un paseo con Philippine. Aunque la respiración le quemaba ya en la garganta, corrió tan deprisa como el intransitable suelo le permitía. Cuando llegó al claro, fue más despacio, dio algunos pasos entre los helechos altos hasta la cadera y se tumbó en el suelo.

«¿Quiénes son esos hombres? ¿Bandidos? ¿Proscritos?»

No, iban demasiado bien armados para eso. Daba igual... podía ocuparse de eso más tarde. Ahora, se trataba de cargar la ballesta... lo que no era tan fácil estando tumbado. Rodó de espaldas, tensó la cuerda, metió el pie en el estribo de hierro del extremo de la cureña y estiró la pierna hasta que la cuerda encajó.

Se acercaban ruidos, crujir de ramas. Rémy contuvo el aliento, se puso boca abajo lo más silenciosamente que pudo y colocó el dardo.

De pronto, como si hubiera salido de la nada, el flaco estaba delante de él. Enseñó los dientes y sacó la espada. Rémy tuvo el tiempo justo de levantar la ballesta y apretar el gatillo. El dardo se clavó en el muslo del hombre, la punta salió por detrás. El flaco gimió de dolor y retrocedió dos o tres pasos. Rémy se incorporó de un salto, desvió el torpe mandoble con el estribo de la ballesta y golpeó en el rostro al hombre, que cayó de espaldas entre los helechos.

Rémy corrió tan rápido como pudo. Se dio cuenta demasiado tarde de que, al rodar por el suelo, se le habían caído casi todos los dardos del carcaj. Solo quedaban dos.

La herida de la pierna parecía impedir al flaco perseguirle. Rémy corrió en la dirección en la que suponía que estaba Philippine. No había rastro de ella por ninguna parte. El bosquecillo medía varias yugadas... podía estar en cualquier sitio.

Se detuvo, cargó la ballesta y escuchó. Nada.

¿Dónde se habría escondido él en su lugar? Le había contado en una ocasión que al pie de la colina, al este, había unas cuevas. ¿Habría buscado refugio allí?

Resonó un grito. La voz de Philippine. Sujetó la ballesta con las dos manos y salió corriendo.

—¡Rémy! —gritó ella.

El bosque se aclaró un poco. Delante de una ladera cubierta de rocas había unos secos abedules, entre los que crecían ortigas y zarzales. Philippine corría entre ellos. Su perseguidor casi la había alcanzado, estiró la mano y logró cogerla por una manga. Ella cayó, el guerrero levantó el hacha.

Rémy apuntó con la ballesta. «Si fallo, estará muerta.» Se forzó a calmarse y apretó el gatillo. El dardo zumbó tan rápido entre los troncos que no era posible seguirlo con la vista… y alcanzó al guerrero en la nuca. El hombre dejó caer el hacha y se tambaleó hacia delante. Philippine rodó de costado cuando él se desplomó en el suelo sin ruido alguno.

Rémy corrió junto a ella. Se había levantado y miraba fijamente al muerto a sus pies.

—¿Estás herida?

—Estoy bien. ¿Y tú?

Él se limitó a asentir, luego se agachó a por el hacha de combate del muerto.

—Coge esto. Ven.

Le agarró de la mano, subieron corriendo por la ladera y se internaron todo lo que pudieron en el bosque. Al pie de la colina se ocultaron en el monte bajo.

Rémy puso el último dardo y observó el bosque. Cuando volvió a poder respirar, preguntó:

—¿Quienés son esos hombres?

—Roger los ha enviado.

—¿Estás segura?

—El flaco de mejillas caídas —dijo Philippine— es Thankmar, un mercenario y asesino. Ya ha trabajado antes para la familia de Roger. Él lo ha contratado para quitarme de en medio. De no haber estado en el bosque, nos habrían sorprendido cenando y nos habrían matado.

—¿Por qué no han esperado hasta la noche y nos han matado sencillamente en la cama?

—No podían saber que estabas aquí. Es probable que pensaran que iban a tenerlo fácil conmigo.

Rémy tragó saliva con dificultad. Su entorno se nubló ante sus ojos. Solo ahora se daba cuenta de que había matado a dos hombres. Era la primera vez que alguien moría por su mano. Sin duda dos asesinos redomados, que no merecían compasión… y sin embargo, personas con un pasado, un alma. Sintió náuseas.

—¿Qué hacemos ahora? —preguntó Philippine al cabo de un rato.

Rémy parpadeó y se rehízo.

—Tenemos que quitarte de en medio, por si ese Thankmar busca refuerzos. Lo mejor es ir a Varennes, allí puedo esconderte.

—No lo conseguiremos antes de que oscurezca.

—Nos quedaremos en el bosque. Mañana temprano iré a la granja y traeré los caballos.

—Baudet y Savin... ¿crees que están muertos?

—Había alguien tumbado en la cocina. Creo que era Baudet. Probablemente lo hayan matado. Esperemos que Savin tuviera más suerte y consiguiera huir a tiempo.

Todo el horror de la última hora cayó sobre Philippine, y empezó a llorar en silencio. Rémy la cogió en sus brazos.

Entretanto, el bosque estaba tranquilo ante ellos. O Thankmar no los encontraba o había interrumpido la búsqueda por su herida, lo que le parecía más probable a Rémy.

—¿Qué le contará Thankmar a Roger? —preguntó Philippine cuando se hubo tranquilizado.

—¿De nosotros?

Ella asintió.

—Eso depende de si me ha reconocido. —Las posibilidades eran grandes... Rémy era el hijo del famoso Michel Fleury, y además un hombre conocido en el valle del Mosela—. ¡Y de cuánto ha visto! Si tenemos suerte, para él no seré más que un tipo con una ballesta. Un criado, un visitante del pueblo, lo que sea.

—Si no, Roger sabrá que somos amantes.

Rémy no se atrevía a imaginar las consecuencias que eso podía tener.

—No pensemos en eso ahora. Un paso después de otro. Mañana veremos.

Cerca había un manantial, en el que calmaron su sed. No encontraron nada de comer, pero como ninguno de los dos tenía hambre no les preocupó gran cosa.

Poco después cayó la noche. Rémy insistió en montar guardia mientras Philippine dormía. Con la ballesta en las manos, se quedó allí escuchando la noche. Las horas pasaban con infinita lentitud. Cuando amenazaba con quedarse dormido, se abofeteaba él mismo o daba unos pasos entre los árboles.

Aunque solo había visto de manera fugaz los rostros de los dos hombres muertos, le miraban fijamente en cuanto cerraba los ojos.

«Eran asesinos, almas condenadas», se decía. «El mundo está mejor sin ellos.»

Eso ayudaba... un poco.

¡Qué lleno de ruidos estaba el bosque durante la noche! Todo el tiempo crepitaba y crujía algo. A veces Rémy tomaba los ruidos por pasos que se aproximaban. Entonces levantaba la ballesta, dispuesto a disparar en cuanto pudiera distinguir a Thankmar. Pero el mercenario no apareció, y por fin la primera luz del día se filtró por el techo de hojas.

Poco después despertó Philippine. Cuando se sentó, torció el gesto. Estaba claro que le dolía la espalda de estar tumbada en el suelo irregular. Confundida, miró a su alrededor. Luego, una sombra pasó por su rostro cuando se acordó de lo que había ocurrido.

—Iré contigo cuando vayas a la granja —dijo.

—Es demasiado peligroso.

—No te dejaré ir solo —insistió—. Además, también es peligroso que me quede esperándote aquí.

Estaba demasiado agotado para llevarle la contraria. En cualquier caso, a ella no le faltaba razón. Después de haberse lavado la cara en el manantial se pusieron en camino.

Era una clara mañana de domingo. Al borde del bosque, se ocultaron en la espesura y contemplaron la granja. Nada se movía allí.

—Quédate pegada a mí. —Rémy fue delante con la ballesta cargada—. Si aparece Thankmar, corre enseguida al bosque.

El silencio reinaba sobre los edificios. El tilo se mecía al viento y acariciaba el tejado con sus ramas. Cruzaron el patio con cautela y entraron en la casa.

El aire viciado del interior olía a sangre. Rémy se deslizó a lo largo del pasillo, ballesta en ristre, y se asomó a las estancias contiguas. Ya no había nadie. Se relajó un poco y fue hacia el cuerpo que seguía tendido en la cocina. De hecho, era Baudet. Una herida se abría en su pecho. Philippine estaba cenicienta, apretó los labios y apartó la mirada.

No tardaron mucho en encontrar también a Savin: el criado yacía en el umbral de la puerta de los establos, un mandoble le había partido el torso desde el hombro hasta el vientre. Enjambres de moscas reptaban en torno a la carne ensangrentada.

Philippine se tapó la boca con la mano, pero se mantuvo firme.

Rémy apretó los dientes, fue a la despensa y metió en una bolsa un poco de pan, queso y fiambre ahumado. Luego cogió la bolsa de dinero de ella del dormitorio.

—No podemos dejarlos tirados ahí —dijo Philippine.

—No sabemos lo que hará Roger cuando Thankmar le informe. Es mejor sacarte de aquí lo antes posible.

—Aun así, tenemos que informar al corregidor de Damas. De lo contrario, es posible que cuando encuentren los cadáveres crean que tengo algo que ver con su muerte. Además, de ese modo tendrán por lo menos un entierro cristiano. No podemos negarles eso.

Rémy se pasó la mano por el pelo de la nuca.

—Bien. Pero no le diremos lo que ha ocurrido en realidad. En primer lugar, no podemos probar nada, en segundo lugar... —Le costaba trabajo pensar con claridad—. Aún hay esperanzas de que Roger no sepa nada de nosotros dos. Pero si tú le acusas de haber ordenado que te maten, harán preguntas. Habrá una investigación, y es posible que entonces Roger se entere de lo nuestro. Es mejor dejarle creer que has huido.

—Diré que unos bandidos asaltaron la granja mientras estaba fuera de la casa. —Hizo una pausa—. ¿Qué pasa con los dos mercenarios muertos?

Cuando Philippine los mencionó, Rémy sintió una punzada en la boca del estómago.

—Yo me ocuparé de ellos.

Sus caballos aún estaban en el establo. Después de haberle dado forraje fresco, ensillaron el caballo de Philippine.

—No me gusta que vayas sola a Damas —dijo Rémy.

—No está lejos. —Le besó a modo de despedida—. Nos encontraremos en el claro.

Tan pronto como ella se hubo ido, Rémy llevó su caballo al borde del bosque y lo ató. El cadáver del primer mercenario seguía donde él lo había abatido... Thankmar no lo había movido. Rémy apenas podía respirar cuando se acercó al muerto.

El guerrero yacía boca abajo. El dardo había atravesado la cota de malla por debajo de la clavícula y había salido entre los omóplatos. La pella de sangre y tejidos que había en la punta del hierro estaba negra de insectos.

Eso fue demasiado. Rémy vomitó en la hierba y se arrodilló jadeante junto al cadáver, hasta que estuvo en condiciones de incorporarse.

—Contente —murmuró, cogió de los brazos el cadáver y lo arrastró al bosque.

Se había llevado una pala de la granja, con la que enterró al muerto. Se santiguó, luego cubrió el sitio con hojarasca y ramas secas, antes de ir a por su caballo y adentrarse más en el bosque. Tardó un rato en volver a encontrar la ladera en la que había abatido al segundo mercenario. Después de haberlo enterrado también a él, fue al claro en el que habían estado practicando el tiro.

Philippine apareció hacia el mediodía. Rémy, que había estado dormitando un poco, se incorporó y fue a su encuentro.

—¿Ha aceptado tu historia?

—El corregidor no estaba —respondió—. He hablado con uno de sus alguaciles. Han llevado a Baudet y a Savin al cementerio de Damas y están reuniendo a todos los hombres para perseguir a los bandidos.

Rémy asintió. Cuando los corchetes no encontrasen nada, probablemente supondrían que los bandidos habían seguido su camino.

—He estado pensando —dijo, mientras soltaba a su caballo—. Llevarte a Varennes es demasiado arriesgado. Si Roger se entera de lo nuestro, será el primer sitio en el que te buscará. Es mejor que te escondas por un tiempo en Épinal. Tendría que tener tratos con el diablo para encontrarte allí.

Ella asintió, dubitativa.

—De acuerdo.

—¿Tienes dinero suficiente?

—Diez o doce sous. Debería bastar por un tiempo.

Poco después cabalgaban campo a través en dirección al sur. Evitaron carreteras y granjas hasta estar lo bastante lejos de Damas como para no correr el riesgo de encontrar alguaciles del arzobispo.

La pequeña ciudad de Épinal estaba a la sombra de los Vosgos, a un día de viaje de Varennes a pie. A caballo se podía cubrir el trecho en unas horas, si uno se apresuraba. Rémy había estado a menudo allí para visitar a su tía Vivienne y a su tío Bernier. Había dejado de ir en los últimos años, porque Vivienne y Bernier se habían mudado a Amiens, en Francia, donde Bernier dirigía la sucursal de un mercader de paños flamenco.

Llegaron a Épinal en las primeras horas de la tarde, y se pusieron a buscar un albergue en el que Philippine pudiera disponer de un cuarto solo para ella. Tardaron algún tiempo en encontrarlo, porque la mayoría de los albergues o estaban llenos o solo tenían dormitorios grandes en los que los huéspedes dormían por parejas o de tres en tres. Finalmente, Philippine se alojó en una pequeña fonda a la orilla del Mosela. La diminuta ventana de su cámara, bajo el tejado, daba al río. En ese momento, dos hombres remaban hacia una rueda de molino al otro lado del Mosela, y apartaban con largas pértigas el ramaje que se había enredado en ella.

—¿Tienes todo lo que necesitas? —preguntó Rémy.

—Creo que sí.

—Trataré de averiguar lo que sabe Roger y lo que pretende. Vendré a verte en cuanto haya descubierto algo. Pero a más tardar el próximo sábado.

Ella apretó los labios y le miró, el rostro pálido, los ojos cansados. Primero la muerte de su padre... ahora esto. Él no podía llegar a entender cómo se sentía.

—¿Te quedarás aquí esta noche? —preguntó.

—Tengo que regresar. Si mañana temprano no estoy en el taller, habrá habladurías. No quiero arriesgarme. No precisamente ahora.

—Pronto oscurecerá. Por favor, ten cuidado.

Le habría gustado decirle que no se preocupara, que todo iría bien. Pero ni él mismo se lo creía. Así que se limitó a darle un beso de despedida, antes de bajar por la crujiente escalera.

Cuando desató su caballo, ya oscurecía. Incluso si cabalgaba deprisa, no llegaría a Varennes hasta mucho más tarde de medianoche. Los guardias dejaban entrar a los ciudadanos de la ciudad incluso después de caer la noche, suponiendo que se les pagara una pequeña propina por el favor de abrir la puerta tan tarde. Rémy guio su caballo por la puerta del patio y se volvió una vez más hacia el albergue. Philippine no conocía a nadie en aquella ciudad. ¿Estaba bien dejarla allí, sola con su dolor y con su miedo?

«Es fuerte. Se las arreglará.»

Con un gesto duro en torno a los labios, montó y cabalgó hacia la puerta de la ciudad.

Bayon y Metz

Roger y sus hombres llegaron al albergue a primera hora de la tarde. Se encontraba al borde de Bayon, una localidad a unas dos horas de camino al norte de Varennes, y más o menos a la misma distancia de Damas-aux-Bois. Era un miserable agujero a la orilla del Mosela, un apeadero para barqueros fluviales y carreteros, consistente en dos casas alargadas con tejados cubiertos de paja, establos inclinados y la cabaña de piedra del dueño. Varias canoas estaban atracadas al pie de los matorrales de la orilla, delante de los edificios había distintos carros aparcados en todas las direcciones.

Roger se había llevado consigo seis sargentos de los Treize jurés. Mientras uno de los corchetes vestidos de negro y blanco daba de beber a los caballos, Roger entró en la casa con el resto.

Cuatro sucias figuras estaban sentadas junto a la chimenea fría, comían gachas de avena y hacían circular una jarra de cerveza rebajada. Miraron a Roger con los ojos muy abiertos porque, con su túnica de lino flamenco, los anillos relucientes en los dedos y la atrevida gorra en la cabeza, encajaba allí tanto como el Papa en un monasterio cátaro. Thankmar estaba tumbado en una de las apestosas camas, y se sentó al ver a Roger. Su pierna derecha estaba desnuda, y llevaba una venda en torno al muslo.

—Echad a toda esta gente —ordenó Roger, y se acercó a la cama de Thankmar.

—Gracias por haber venido —dijo el mercenario.

Thankmar había enviado a dos balseros que iban de camino a Metz a buscar a Roger, y le había mandado decir que le esperaba allí... había habido «dificultades». Los balseros no sabían exactamente lo que había ocurrido. Tan solo le habían contado a Roger que Thankmar estaba herido.

Los sargentos echaron sin mucha suavidad a los carreteros y abandonaron también la casa. Cuando cerraron la puerta tras ellos, Roger preguntó:

—¿Qué ha pasado?

—La cosa no ha ido como pensábamos.

En pocas palabras, Thankmar contó lo ocurrido en la granja de Philippine. Roger escuchó en silencio, aunque estaba cada vez más furioso.

—No estáis hablando en serio —dijo al fin.

—Fue justo así —afirmó Thankmar—. Tenéis mi palabra.

—¿Un solo tirador os ha hecho eso? Por favor.

—Era un tirador condenadamente bueno. Nunca he visto un hombre capaz de cargar tan deprisa una ballesta.

—¿Quién era ese tipo? ¿Un criado? ¿Un escolta enrolado por ella para el camino a Damas?

Thankmar titubeó y evitó la mirada de Roger.

—¡Suéltalo ya!

—Al principio, yo también pensé que era un mercenario. Pero luego me di cuenta de que ya lo había visto una vez, el año pasado en Varennes, cuando os acompañé a la feria. Era el hijo del alcalde. El tipo que ha fundado esa escuela.

—¿Rémy Fleury?

—El mismo.

Roger parpadeó.

—Tenéis que estar equivocado. Eso no tiene ningún sentido.

—Temo que sí lo tiene. Porque había más.

—¿Qué? ¡Por Dios, que no tenga que sacároslo todo!

—Cuando volvían del bosque, él llevaba el brazo en torno a vuestra esposa, y ella le besó.

Roger miró con fijeza al mercenario, de pronto tenía la impresión de llevar el pecho como atado.

—¿Estáis del todo seguro?

—Estaba junto a la ventana, y lo vi con mis propios ojos.

La angustia asfixiante subió hasta la garganta.

—¿Qué clase de beso?

—Bueno, un beso.

—Quiero decir: ¿le besó como si fuera su maldito amante?

—Eso me pareció, sí.

La ira ascendió en Roger de manera tan fuerte y tan abrupta que ya no pudo controlarse.

—¡Esa puta barata! —gritó, y dio un puntapié a un taburete, que voló por los aires y chocó contra la pared. ¡Precisamente con el hijo de Fleury! ¡Esa vergüenza! ¿Es que esa mujer no le había hecho ya bastante?

Pero Roger nunca estaba furioso mucho tiempo. Incluso la ira más grande cedía siempre al poco tiempo a un frío gélido que llenaba su interior, embotaba cualquier sentimiento y le permitía reflexionar con frialdad y claridad sobre su situación. Así fue también esta vez. Tiró la gorra en una de las camas, se pasó la mano por el pelo y se apretó los labios con el puño.

Su primer pensamiento había sido buscar a Philippine y matarla con sus propias manos por esa traición, y a Fleury con ella. Pero dejar libre curso a su ansia de venganza sería necio, no iba a servirle de nada, salvo para alcanzar un fugaz sentimiento de satisfacción. No, tenía que intentar servirse de ese golpe del destino. De hecho, ese giro de los acontecimientos encajaba de forma magnífica en sus planes. Si era inteligente, podía matar dos pájaros de un tiro.

—¿Dónde está mi esposa ahora? —preguntó a Thankmar.

—No lo sé. Después de que huyera al bosque la perdí de vista.

—Pero ¿volvisteis más tarde a la granja?

—Sí. Pero no había nadie, y no me quedé mucho tiempo. No tenía ningunas ganas de dejarme matar de un saetazo. Con una herida me basta.

Roger reflexionó. Dónde estuviera ahora Philippine y lo que hubiera hecho dependía de cómo valorase el ataque. Si lo tomaba por un asalto de bandidos, probablemente se habría limitado a informar al corregidor, y luego habría vuelto a la granja o a Metz. Pero, si había sumado uno más uno y había comprendido lo que había detrás —y Roger partía de la base de que Philippine no era tonta—, hace mucho que habría puesto pies en polvorosa.

«¿Dónde me escondería en su lugar? Sin duda no en Metz. ¿En Varennes? Quizá. Querrá estar cerca de su amante. Pero sin duda no en casa del propio Fleury…. demasiado evidente.»

La haría buscar, en Varennes, en la granja de Damas y, para estar seguro, también en Metz. Sabía que era improbable que sus hombres la encontraran. Pero eso no sería tan malo. En caso necesario, también podría hacer realidad sus planes sin la colaboración de Philippine.

Roger recogió su gorra.

—Aun así, quiero mi recompensa —dijo Thankmar—. Como indemnización por las molestias que he sufrido.

—No. Habéis fracasado, y yo no pago a los que fracasan. En todo caso, me haré cargo del tratamiento de vuestra herida y os enviaré un carro que os llevará a Metz. ¿Se ha ocupado ya alguien de la herida?

—Sí, yo mismo —respondió malhumorado el mercenario.

—¿Necesitáis un cirujano, o basta con que os envíe a un médico en Metz?

—Basta con Metz.

Roger se despidió de Thankmar con un gesto de cabeza. A los pocos pasos se volvió de nuevo.

—Una cosa más: ¿estaba mi esposa con su doncella en Damas? Una muchacha fea y regordeta llamada Guiberge.

—No. En la granja no estaban más que los dos criados.

Roger salió de la casa. Fuera, ordenó a dos de sus hombres que se dirigieran a Damas y llevaran a Philippine a Metz si la encontraban. Envió a otros dos a Varennes, y cabalgó con el resto de vuelta a Metz.

A su llegada, envió a un sargento a casa de Philippine.

—Mi esposa no estará, pero aun así registradlo todo… hay que estar seguros. Después, traedme a Guiberge.

El hombre regresó hacia el mediodía. Roger estaba comiendo un poco de pan y asado frío cuando el sargento entró en la habitación.

—Vuestra esposa no estaba, señor. Pero he traído a la doncella.

Guiberge estaba en la puerta, le miraba como una oveja atemorizada y retorcía su delantal.

Roger echó al sargento y le dijo a Guiberge que se sentara. Ella entró y se sentó en una silla, que crujió bajo su peso. Roger apartó el plato y tragó el último bocado con un sorbo de vino.

—¿Dónde está tu señora?

—Supongo que en su granja de Damas-aux-Bois, señor.

—¿Todavía no ha vuelto?

Guiberge negó con la cabeza. Sudaba de forma considerable, cosa que Roger encontró repugnante.

—¿Cuánto tiempo hace que está fuera?

—Más de una semana.

—¿Tanto? ¿No te preocupas por ella?

—Es completamente normal, señor. Acostumbra a pasar dos domingos seguidos en su granja y luego una semana en Metz, antes de volver a partir para Damas. Una estancia más corta no valdría la pena, es un largo camino.

—Siempre me he preguntado qué es lo que hace en Damas —dijo Roger—. ¿No puedes ayudarme a saberlo?

—Por desgracia no, señor. Nunca me lleva con ella. Es probable que descanse y disfrute del aire. —Guiberge se encogió de hombros.

—¿Quieres decir con eso que siempre va sola a Damas?

—Sí, señor, eso es lo que hace.

—¿No lleva consigo criados o una escolta armada?

—No, que yo sepa. Pero no es un viaje tan peligroso.

—Bueno, para una mujer sola cualquier viaje por el campo es peligroso.

—Siempre intento convencerla de que vaya en coche, para que por lo menos el cochero esté con ella —afirmó Guiberge—. Pero ¡nunca me escucha!

—No te he mandado a buscar para reprocharte nada —dijo Roger, tranquilizador—. Tan solo tengo curiosidad, eso es todo. ¿Así que nunca has estado con ella en Damas?

—Sí, pero hace años.

¿Realmente había mantenido Philippine en secreto sus encuentros con Fleury todo ese tiempo? A Roger le resultaba difícil creerlo. Antes Guiberge siempre había sido de la confianza de Philippine, la que mejor sabía todos los asuntos de su señora, como correspondía a una buena camarera.

Apoyó los dos brazos en la mesa, entrelazó las manos y miró con fijeza a la criada:

—Ahora voy a hacerte una pregunta, y espero que me contestes con sinceridad. Si me mientes, voy a ponerme muy muy furioso. ¿Temes mi ira, Guiberge?

Ella tragó saliva y asintió. Sudaba aún más, si eso era posible.

—Bien. Entonces ten cuidado de que no suceda… está en tus manos. Mi pregunta es la siguiente: ¿me engaña mi esposa con Rémy Fleury, el hijo del alcalde de Varennes?

Los ojos de Guiberge casi se salieron de las órbitas. En el fondo, esa era respuesta suficiente, pero Roger quería oír la verdad de sus labios.

—¿Comete adulterio… sí, o no?

La muchacha estaba a punto de romper a llorar.

—¡Habla! —la increpó él—. ¡O haré que los criados te apaleen en el patio, gordo sapo con el entendimiento de una mosca!

—No —respondió ella entre lágrimas—. Ya no.

—¿Ya no? ¿Qué significa eso?

—Os engañó antaño, eso es cierto. Pero hace mucho. Ha dejado de hacerlo.

Roger se reclinó. Según parecía, en realidad Guiberge no lo sabía todo. Pero sabía algo, probablemente lo bastante para inculpar de forma suficiente a Philippine.

—Empecemos por el principio… Deja de gimotear de una vez, mujer, no hay quien lo aguante. —Sirvió un poco de vino y le tendió la copa—. Toma. Bebe esto.

Una vez que ella hubo dado un sorbo al vino y se hubo secado las lágrimas, él preguntó:

—¿Cuándo vio por primera vez a Rémy Fleury?

—Hace tres años, durante la feria de Varennes.

Ya se lo había imaginado. Entonces no le importaba el taller de escritura… o, como mucho, al principio. Solo había insistido en quedarse en Varennes a causa de Fleury. Por Dios, y él no había tenido la menor sospecha, durante años. Bueno, era culpa suya. Si la hubiera vigilado más de cerca, eso no habría ocurrido. Lo que sin duda le hubiera ahorrado el oprobio, pero también le habría privado de ciertas posibilidades.

—¿Y desde entonces se ven en secreto?

—No lo sé, señor —dijo Guiberge—. Solo sé que viajaron a París juntos.

—¿A París? No me digas. —Al parecer, Philippine había sabido usar su libertad—. ¿Qué demonios querían hacer allí?

—Visitar la universidad. Ella quería ayudar al maestro Rémy a encontrar un maestro para su escuela.

—¿Qué pasó después?

—Él descubrió que estaba casada con vos. Hubo pelea, él puso fin a la relación y se marchó.

La familia Fleury, tan honrada y noble como siempre. Bueno, no tan noble: al final Fleury no había mantenido su virtuosa decisión, por la razón que fuera.

—Y desde entonces ya no han vuelto a verse.

—Sí, señor.

—¿Se te ha ocurrido la idea de que tu señora te mienta? ¿Que mantenga su relación adúltera con Rémy Fleury pero te haga creer que ha terminado?

—No sé lo que queréis decir, señor.

—Una pregunta, Guiberge: ¿fuiste tú, por casualidad, la que reveló al maestro Rémy que tu señora era una mujer casada? ·

Nuevas lágrimas rodaron por las mejillas encendidas.

—Él me obligó a decírselo.

«Y por eso Philippine prefirió no contártelo cuando volvió a meterse en la cama con él.» Roger ya había oído bastante.

—Eso es todo. Volveré a llamarte para que comparezcas ante los Treize jurés y repitas tu historia.

—¿Ante los Treize? —preguntó asustada Guiberge.

—Ante los Treize —confirmó él—. Y obedecerás, o de lo contrario tendré que pensar un desagradable castigo para ti. ¿Has entendido? Bien. Ahora vete. Hasta que haya decidido qué hacer contigo, no saldrás de mi casa. No trates de ponerte en contacto con mi esposa. Yo lo averiguaría, y las consecuencias para ti serían terribles. Se me ocurre una cosa… suponiendo que tu señora se escondiera de mí… ¿adónde iría, en tu opinión?

—No lo sé, señor. De veras.

—Piénsalo. Si se te ocurre algo quiero saberlo.

Guiberge asintió y se fue de allí.

Varennes Saint-Jacques y Épinal

A su regreso de Épinal, Rémy estuvo escuchando todos los días en las plazas de mercado de Varennes y habló con mercaderes del norte. Nada. Ningún rumor de Metz que se refiriese a la familia Bellegrée. Nadie mencionó un gran escándalo de lujuria y adulterio. Eso podía significar tres cosas: o las noticias aún no habían llegado a Varennes en tan corto período de tiempo, o Thankmar no había reconocido a Rémy, de forma que Roger no sabía nada de Philippine y de él.

O Roger lo sabía muy bien, pero había decidido guardar para sí lo que sabía, por la razón que fuera.

De un modo u otro, a Rémy no le quedaba otro remedio que seguir esperando.

Una tarde, descubrió a dos hombres delante de su casa. Vestían con sencillez, pero algo en ellos le decía que no se trataba de campesinos o criados. Andaban dando vueltas delante del taller y estiraban el cuello para mirar por las ventanas.

Rémy abrió la puerta y preguntó sin mucha amabilidad:

—¿Puedo ayudaros en algo?

—¿Sois el maestro Rémy?

Él se limitó a asentir.

—Quisiéramos comprar un libro para nuestro señor —explicó uno de los hombres—. ¿Podemos pasar?

—¿Qué clase de libro busca vuestro señor?

—El Evangelio según san Mateo.

—Ya he cerrado. Volved mañana.

—Es que es urgente.

—Entonces no puedo ayudaros. No tengo ningún Evangelio según san Mateo a la venta. Tendría que haceros una copia, y eso duraría semanas. Id a la abadía de Longchamp. Seguro que allí encontraréis lo que buscáis.

Sin una palabra de despedida, los dos hombres se fueron de allí. Rémy entró, cerró la puerta tras de sí y se sentó a la mesa de la cocina con una jarra de cerveza rebajada.

«Pocas veces he visto mentir tan mal.»

Cogió un trocito de plomo y garabateó en un pedazo de pergamino, pero sus alborotados pensamientos no querían calmarse.

Aquella noche durmió muy mal. Con la primera luz del día, bajó al taller y despertó a Olivier.

—Dreux y tú tendréis que encargaros del taller hoy y mañana. Debo irme dos días.

El chico asintió.

—¿Hay algo que tenga que saber sobre los encargos en marcha?

—Trabajad sobre todo en el libro de horas para el maestre del gremio... eso es lo más urgente. Todos los demás encargos pueden esperar.

—¿Ha pasado algo malo? —preguntó preocupado Olivier.

—Es solo un asunto en la familia. Nada que tenga que daros qué pensar. Díselo a Dreux cuando venga.

—Lo haré, maestro.

—Por otra parte —dijo Rémy, lo más de pasada que pudo—, ayer por la tarde estuvieron aquí dos tipos sospechosos. Dijeron que querían comprar un libro, pero no me fío de ellos. —Describió a los hombres a Olivier—. Si vuelven a aparecer, échalos. Si insisten, llama a la guardia. Pero no los dejes entrar en el taller bajo ningún concepto.

Olivier frunció el ceño.

—¿Son peligrosos?

—Creo que no. Probablemente no son más que dos manos largas que han visto el pan de oro de las páginas. Pero mantente alerta.

Su aprendiz le ahorró más preguntas, y Rémy volvió a ser consciente de por qué le apreciaba tanto. Se colgó la ballesta al cuello, sacó su caballo del establo y lo llevó de las riendas por los callejones. Cuando estuvo seguro de que nadie le seguía, montó, y poco después salía al trote por la Puerta de la Sal.

Cabalgó sin descanso, y a primera hora de la tarde estaba en Épinal. Philippine no estaba en el albergue. La encontró en la placita del mercado, donde paseaba por delante de los puestos de los sastres y sombrereros. Cuando le vio, una sonrisa cruzó su rostro. Una sonrisa que expresaba los más contradictorios sentimientos... alegría y tristeza, amor y miedo.

Regresaron al albergue. Solo en su cámara se atrevieron a besarse.

—Las cosas no tienen buen aspecto —dijo Rémy—. Ayer hubo dos desconocidos rondando mi casa. Con toda probabilidad gente de Roger, buscándote.

El vestido de Philippine susurró levemente cuando se sentó junto a la ventana.

—Así que sabe lo nuestro.

Rémy asintió.

—¿Han estado olfateando también por aquí?

—No que yo sepa.

Él se sentó en el lecho.

—Hasta ahora no he tenido noticias de Metz, pero eso no tiene por qué significar nada. Es posible que Roger aparezca en mi puerta mañana para hacerme unas cuantas preguntas incómodas.

—Si eso ocurre, ¿qué vas a decirle?

—Por supuesto, lo negaré todo. No puede demostrar nada. Todo lo que tiene es la palabra de un asesino redomado.

—No conoces a Roger. Pruebas, testigos... eso no le preocupa. Si quiere vengarse de ti, se limitará a hacerlo. Además, está Guiberge. Si la asusta, le dirá todo lo que sabe.

Rémy se frotó la frente.

—El principal objetivo de Roger es disolver vuestro matrimonio, ¿no?

—¿Adónde quieres ir a parar?

—Estaba preguntándome si no estamos valorando mal las cosas. ¿Qué pasa si Roger utiliza nuestra relación para convencer por fin al obispo de que vuestro matrimonio no puede subsistir? Quizá tengamos suerte y nos deje en paz cuando haya alcanzado su objetivo.

—Me extraña que nos haga ese favor —dijo Philippine—. Sin duda Roger es calculador, pero también es vengativo. Incluso si nosotros le hacemos posible librarse al fin de mí... ¿crees que va a estarnos agradecido por eso? Aun así, querrá castigarnos, por el honor de su familia.

—Queda la cuestión de a qué está esperando. Hace mucho que podría haberme pedido cuentas.

—Su titubeo puede responder a muchos motivos.

Rémy apoyó los codos en los muslos, entrelazó las manos delante de la boca y reflexionó.

—No puedes quedarte aquí... no es solución a la larga. ¿Puedes ir con tu familia?

—Eso es quedar en manos de la clemencia de Roger.

—Pensaba que tu madre...

—Mi madre ya no tiene nada que decir en Warcq —explicó Philippine con amargura—. Si mi hermano se entera de lo que he hecho me echará, por puro miedo a poner en su contra a los Bellegrée si me tiene a su lado. Si es que no me mata en un ataque de ira. Además, no solo se trata de mí —dijo con suavidad—. También tenemos que pensar en cómo puedes protegerte de Roger.

—Solo hay un camino —dijo Rémy—. Hemos de irnos juntos.

—¿Adónde?

—A Francia, a Italia. A donde Roger no nos encuentre.

—Pero eso significaría renunciar a todo lo que has construido. Tu taller. La escuela.

—Puedo volver a empezar en otra parte. Un escribano siempre encuentra trabajo. Y, en lo que a la escuela se refiere... ya he hecho bastante. Quizá es hora de que otros continúen lo que yo he empezado.

—¿Cómo puedes decir eso? —preguntó ella consternada—. Es tu sueño. Tu alfa y tu omega.

—Tú eres mi alfa y mi omega —replicó él.

Philippine se levantó y empezó a dar vueltas por la habitación.

—No quiero que hagas un sacrificio así por mí. Es culpa mía que las cosas hayan llegado tan lejos. Te he arrastrado a mi desgracia.

—Tonterías. Fue decisión mía seguir contigo. Nadie me ha obligado a nada.

—Tiene que haber otro camino —insistió ella.

—Espero propuestas.

Ella se sentó junto a él, calló, reflexionó.

—¿Lo ves? No hay ninguno —dijo él al cabo de un rato—. Haremos lo siguiente: volveré a Varennes y esperaré a saber lo que pretende Roger. No tengas miedo, iré con cuidado —añadió—. Mientras no abandone la ciudad, no puede hacerme gran cosa. No se atreverá a hacerme nada en Varennes. Entretanto, lo prepararé todo para nuestra fuga y vendré a buscarte cuando llegue el momento. Entonces decidiremos adónde vamos.

—Rémy... —Ella negó con la cabeza.

—Es la única posibilidad. —Se levantó. Al principio había pensado quedarse en Épinal hasta por la mañana. Pero ahora decidió marcharse a Varennes en ese mismo instante. Era mejor que no perdieran tiempo.

Philippine lo acompañó hasta la puerta.

—Pronto seremos libres —dijo Rémy—. Eso es lo que siempre quisimos, ¿no?

Ella se forzó a sonreír.

—Sí.

La besó y bajó las escaleras.

Más tarde, Philippine estaba sentada a la orilla del Mosela y contemplaba las canoas que pasaban, las matronas con sus tablas de fregar y la rueda del molino al otro lado, girando incesante en el agua verdosa. El río discurría tranquilo, de vez en cuando un bote dejaba un surco en la imagen reflejada del albergue.

Estaba sentada inmóvil, con las manos en el regazo. Cuando Rémy se había ido, su primer pensamiento había sido ensillar el caballo y salir de allí, tan solo irse, sin decirle adónde. Si se iba sola, él podría seguir viviendo su vida y no tendría que tomar decisiones que sin ninguna duda lamentaría en algún momento.

Pero ¿era esa una solución real?

«No», pensaba ahora. Al contrario, sería necia y egoísta y solo empeoraría aún más las cosas.

Fuera lo que fuese lo que pretendiera Roger, no cesaría cuando ella desapareciera. Si ella se iba, él descargaría su ira sobre Rémy, era posible que le matara, sin que ella pudiera hacer nada para evitarlo.

Rémy tenía razón: tenían que huir juntos… no había otra salida. Sin duda, eso significaba un gran sacrificio para él, pero siempre sería mejor que el que Roger destrozara su vida.

No podía permitir tal cosa.

Después de haber tomado esa decisión, se sintió extrañamente ligera, ingrávida. Con el atentado a su vida de Roger lo había perdido todo… pero había ganado su libertad. Lo veía de pronto.

Se levantó, se alisó el vestido y fue hasta la iglesia más cercana, donde encendió una vela y rezó por la seguridad de Rémy.

METZ

Después de su conversación con Guiberge, Roger practicó la paciencia hasta que, unos días después, regresaron los sargentos que había enviado a Damas-aux-Bois y Varennes. Ni un grupo ni el otro habían encontrado a Philippine.

Roger no estaba demasiado decepcionado. Por una parte, de antemano no contaba con que los hombres tuvieran éxito. Por otra, la presencia de Philippine en Metz tenía una importancia subordinada para sus planes. Habría redondeado la ocasión. Pero en el fondo ya no la necesitaba, una vez que tenía a Guiberge.

Cuando los sargentos se hubieron marchado, ordenó a sus camareros que dispusieran sus mejores ropas. Poco después estaba en su litera y se hacía llevar de la casa de huéspedes de su *paraige* a la torre familiar del maestre de los escabinos.

Era la segunda más alta de la ciudad, y pronto sería la más alta, cuando los obreros hubieran derribado al fin la torre de los Bellegrée. Todo en el impresionante edificio —los numerosos hombres armados, los escudos encima de cada puerta, la exquisita decoración— recordaba al visitante que los Gournais estaban entre los más poderosos linajes de Metz, y eran una de las más antiguas de las ciento dieciocho familias de Saint-Étienne. Según la leyenda, su árbol genealógico se remontaba incluso hasta la era de Julio César.

Roger ya había estado allí a menudo, y hacía mucho que no se dejaba impresionar por todo ese fasto. Tan solo se alegraba de que hubiera escaleras y no fuera preciso trepar por escalas si se quería subir a los pisos altos.

Robert Gournais le recibió en la sala social. Parecía tener viva en la memoria su disputa en la última reunión de las *paraiges*. Su saludo fue por consiguiente frío.

—Espero que no hayáis venido con la esperanza de hacerme cambiar de opinión —dijo el maestre de los escabinos—. Mi decisión es firme. No procederemos contra Varennes a causa de esa lonja.

—Es vuestra decisión, y yo la respeto. Pero entretanto ha ocurrido algo que arroja una luz completamente nueva sobre el asunto.

—Roger… —empezó impaciente Gournais, pero su visitante levantó las manos en gesto apaciguador.

—Por favor, Robert, escuchadme. No comparezco ante vos como miembro de las *paraiges*, sino como un hombre que ha sufrido una grave injusticia y necesita vuestra ayuda.

—Muy bien. Decid lo que tengáis que decir. Pero no me hagáis perder el tiempo con cosas que ya hemos discutido hasta la saciedad.

—No lo haré, tenéis mi palabra —prometió Roger—. Se trata de algo del todo distinto. De una cuestión de honor.

El maestre de los escabinos se sentó en una silla junto a la chimenea e invitó con un gesto a Roger a sentarse también. La mano de Gournais, en la que relucían varios pesados anillos, se posaba en el pomo de su bastón mientras escuchaba a su visitante.

—Supongo que sabéis que mi matrimonio no es demasiado feliz. Mi esposa no es capaz de darme hijos vivos. Y yo deseo ardientemente un hijo. Sin duda podéis imaginaros cómo pesa en mi ánimo ese destino. He intentado disolver el vínculo, pero el arzobispo Theoderich me niega mi derecho.

Gournais se limitó a asentir. Todo eso era bien conocido en las familias de las *paraiges*.

—Ahora estoy preso en este matrimonio —prosiguió Roger—. Intento sacar lo mejor de él y tratar con decencia a mi esposa, aunque entretanto ha sometido a mi paciencia a duras pruebas…

—Bueno —dijo Gournais—. No me parecéis lo que se dice un santo.

Se oyen algunas cosas acerca de vos. Vuestra predilección por cierta clase de comercio da pie con regularidad a habladurías.

—No niego que a veces utilizo los servicios de las preciosas —admitió Roger—. No me avergüenzo de ello. Soy un hombre y tengo necesidades. Necesidades que mi esposa ya no quiere satisfacer. Así que busco alivio en otra parte. Cualquier hombre haría lo mismo en mi situación.

—Aun así, es pecaminoso —dijo Gournais, el peor moralista de las seis *paraiges*—. Pecaminoso y contrario a la Ley de Dios.

—¿Sería mejor cristiano si en vez de eso tomara a mi esposa con violencia?

—Sin duda que no.

—Sé lo que pensáis de mí, Robert —dijo Roger—. Me consideráis lujurioso y moralmente degenerado... y es probable que incluso tengáis razón en eso. Nunca he sido muy virtuoso, y no os llego a los talones en lo que a decencia y castidad se refiere. Aun así, mi esposa me da derecho a engañarla.

—¿Qué ha hecho? —preguntó Gournais.

—Según he sabido hace unos días, comete adulterio. Lleva años engañándome con un hombre, el mismo hombre.

El maestre de los escabinos estaba seriamente afectado.

—Lo siento mucho. Eso es espantoso. Ningún hombre lo merece. Permitidme la pregunta, ¿quién es? Nadie de las *paraiges*, espero.

—Lo conocéis. Es Rémy Fleury, de Varennes Saint-Jacques.

—¿El hijo del alcalde?

—Nada menos.

Pasó un momento antes de que Gournais recobrara el control.

—¿Y decís que eso ocurre desde hace años? ¿Cómo lo habéis sabido ahora?

—No quiero aburriros con los detalles. Os diré tan solo que uno de mis mercenarios la ha sorprendido. Lo que vio no dejaba lugar a dudas.

—¿Qué habéis hecho? Espero que no hayáis golpeado a vuestra esposa, presa de la ira.

—No, aunque no me ha faltado mucho. Hasta ahora no he hecho nada. En primer lugar quería hablar con vos. Además, mi esposa ha desaparecido.

—¿Cómo?

—Sabe que le sigo la pista y ha huido. Sospecho que su amante la tiene escondida en algún sitio.

La mano de Gournais se cerró en torno al pomo del bastón; entre sus cejas se formó un profundo surco. El maestre de los escabinos estaba justo allá donde Roger quería tenerlo. Para un hombre como Robert, la infidelidad femenina era uno de los crímenes más repugnantes, no había nada que lo disculpara.

—Supongo que ahora querréis venganza.

Roger asintió.

—Quiero que mi esposa sea castigada para que mi honor quede restablecido. Pero eso no me basta. Lo que Rémy Fleury ha hecho no es solo algo entre él y yo. Demuestra que Varennes incrementa su desvergüenza año tras año. Tenemos que poner por fin límites a esa ciudad.

—Entiendo —dijo Gournais—. Tendría que haber imaginado que nuestra conversación iría a parar aquí.

—¿No veis lo que está sucediendo, Robert? El hijo del alcalde no retrocede ni ante la idea de hacerse con la esposa de un consejero de Metz. Los ciudadanos de Varennes nos han perdido todo el respeto. Si no ponemos coto a su infame conducta, pronto serán un grave peligro.

—Puede ser. Pero no puedo sustraerme a la impresión de que este incidente os viene muy bien.

—¿Queréis decir que lo he inventado todo para ganaros para mis planes?

—¿Es así? —preguntó directamente el maestre de los escabinos.

—¿Creéis de verdad que difundiría semejantes mentiras? Se trata de mi honor y el de mi familia. No lo pongo fácilmente en juego, aunque sirva cien veces a mis planes. Cada palabra de esto es cierta. Puedo demostrarlo.

—¿Cómo?

—La criada de mi esposa conoce su relación con Rémy Fleury. Ya se ha declarado dispuesta a testificar bajo juramento ante el Gran Consejo. Igual que Thankmar, el mercenario que la vio.

—¿Fue Thankmar? ¿Está de forma permanente a vuestro servicio? Pensaba que solo hacía encargos bien pagados.

—Lo había contratado para llevar una noticia importante a Saint-Dié-des-Vosges —mintió Roger—. Además, le di una carta para mi esposa, que estaba en Damas-aux-Bois. Está de camino, por eso lo hice.

La misma historia contaría Thankmar cuando compareciera ante los Treize jurés. Roger ya lo había acordado con el mercenario. Thankmar afirmaría bajo juramento cualquier cosa mientras el pago fuera el acordado.

—Así que tenéis dos testigos que pueden confirmar vuestras acusaciones —dijo Gournais.

—Sí. Y son creíbles. Cuando conozcáis a Guiberge, la criada, comprobaréis que es demasiado simple para inventar una cosa así.

El maestre de los escabinos se sumió en el silencio. Roger le dejó reflexionar en paz y sacar sus propias conclusiones.

—Tenéis razón —dijo al fin—. Esto arroja de hecho una luz nueva sobre el caso. El crimen de Rémy Fleury es un desvergonzado ataque a la dignidad de las *paraiges*... y por tanto a todo Metz. No podemos aceptarlo. Queréis pedirme ayuda, Roger. ¿Qué puedo hacer por vos?

Roger le dijo lo que había que hacer.

Gournais asintió.

—Hablaré esta misma tarde con el Gran Consejo y con los Siete de la Guerra.

—¿Es necesario? —preguntó Roger—. Como maestre de los escabinos, podéis hacerlo solo.

—Puede que os sorprenda, pero conozco mis facultades. Aun así, prefiero poner esto en conocimiento de los Treize jurés y de los Siete. Son decisiones importantes. Sin una mayoría en el Consejo, corremos el riesgo de dividir a la república.

La exagerada cautela de Gournais volvía a someter la paciencia de Roger a una dura prueba. Aun así, se abstuvo de apremiar al maestre. Había conseguido lo que deseaba. Si tensaba el arco, ponía en riesgo su éxito, alcanzado de forma trabajosa.

—Os pido disculpas —dijo—. No quería daros lecciones. Actuad como consideréis oportuno.

—Estáis impaciente y necesitáis resultados —explicó Gournais—. Es más que comprensible, después de todo lo que habéis sufrido. Pero perded cuidado: el Consejo no nos pondrá dificultades. Cuando los cabezas de las *paraiges* oigan lo que se os ha hecho, se alzarán como un solo hombre y nos seguirán. Así ha sido siempre en Metz. Quien daña a uno de nosotros sufre la ira de todos.

—Os doy las gracias, Robert —dijo mansamente Roger—. Miles de gracias. Que los santos os bendigan.

Poco después salía de la torre familiar, muy satisfecho.

Octubre de 1227

En cuanto el último de los consejeros hubo tomado asiento a la mesa, Michel abrió la sesión.

—La feria comienza dentro de menos de dos semanas —dijo—. Así que deberíamos empezar a pensar en cómo adjudicar los puestos en la nueva lonja.

—¿Está lista? —preguntó Odard Le Roux, que había regresado de Provins a mediodía y por eso no había tenido tiempo de visitar la lonja.

—Prácticamente —respondió Duval—. No faltan más que las puertas y los postigos. He hablado esta mañana con el maestro de obras. Dice que podrá colocarlos mañana, a más tardar pasado mañana.

—En la lonja hay espacio para unos cuarenta puestos de venta, treinta a pie de tierra y otros diez en la galería —prosiguió Michel—. Así que ni con mucho todos los mercaderes podrán exponer allí sus mercancías. ¿Vamos a sortear los puestos, o se los dejamos al mejor postor?

—Al mejor postor —dijo Deforest con decisión—. Me permito recordaros cómo está el contenido de nuestras arcas. Necesitamos cada denier que podamos conseguir.

—¿Qué hacemos si los de Metz quieren sitio? —preguntó Guichard Bonet—. Los hemos eximido de todas las tasas de mercado, incluyendo las de puesto.

—Si quieren un sitio en la lonja, pagarán como todos los demás por él —repuso Michel—. La exención de tasas es solo para los puestos del mercado. Así figura en su cédula de privilegio.

—Los elevados señores lo verán de otro modo...

Bonet enmudeció cuando alguien llamó a la puerta de la sala del Consejo. Un alguacil entró.

—Os ruego que disculpéis la molestia, señores. Pero acaba de llegar un enviado del maestre de los escabinos de Metz —anunció el corchete—. Exige poder presentarse ante el Consejo.

—Hablando del diablo... —dijo Michel—. Hacedlo subir.

Los consejeros cambiaron miradas. Michel compartía su preocupación. Que Robert Gournais se dirigiera al Consejo tan poco antes de la feria no podía significar nada bueno.

El mensajero que entró era un sargento de los Treize jurés, un alguacil con especiales facultades. De su cinturón colgaba la vara plateada, símbolo de su cargo.

—Mi señor, el maestre de los escabinos de la República de Metz, consejero de los Treize jurés y cabeza de la *paraige* de Saint-Martin, os envía este mensaje y os exige que lo leáis ante el Consejo de los Doce.

—¿Me lo exige? —preguntó relajado Michel, mientras cogía la carta.

—Esas fueron sus palabras.

—Vuestro señor no tiene nada que ordenarme. En todo caso, puede pedirme que tenga en cuenta sus deseos. Decídselo así. —Michel rompió el sello, desplegó el pergamino y echó un vistazo al texto.

—¿Qué escribe? —preguntó Duval.

—Señores —dijo Michel a los reunidos—, Gournais nos hace saber que ha perdido el juicio. En nombre de la República de Metz, del Gran Consejo y de los Siete de la Guerra, nos exige suspender la feria y demoler la lonja. No contento con eso, debemos entregarle además a mi hijo Rémy y a la esposa de Roger Bellegrée, Philippine, para que, cito textualmente, «los Treize jurés puedan pedirle cuentas de su vergonzosa lujuria». Si nos negamos a atender estas exigencias, pasados tres días el maestre de los escabinos declarará la disputa contra nosotros y atacará Varennes.

Michel estampó el pergamino sobre la mesa.

—Decid... ¿cuándo han empezado las alucinaciones de Robert? —preguntó al sargento—. ¿Cuando lo nombraron maestre de los escabinos o ya antes? ¿Es posible que el nuevo poder se le haya subido a la cabeza?

—Su entendimiento está tan despejado como siempre —respondió el sargento—. ¿Qué debo decirle? ¿Vais a cumplir sus exigencias?

—Volved a montar en vuestro caballo, regresad a Metz y decidle que pasado mañana iré al palacio del escabinado. Espero que tenga una buena explicación para esta broma grotesca. Porque es una broma, nadie que conserve los cinco sentidos puede dudar de eso.

El sargento hizo una reverencia y abandonó la sala.

—Sencillamente no puedo creerlo —dijo Duval—. ¿Puedo ver la carta?

Michel se la alargó. Los consejeros se levantaron de sus asientos y miraron por encima del hombro de Duval, porque cada uno de ellos quería cerciorarse con sus propios ojos de que se trataba real y verdaderamente de una carta de disputa de la República de Metz.

—¡Inaudito!

—¿Cómo se entiende esto?

—Michel tiene razón... Gournais tiene que haber perdido el juicio si lo dice en serio.

Cuando todos hubieron leído la carta, Deforest dijo:

—Creo que está claro de lo que se trata. Esto es obra de Roger. Quiere recuperar lo que su padre dejó pasar entonces, y ha empleado su nueva influencia en el Gran Consejo para incitar en contra nuestra a todo Metz apenas el viejo Évrard ha estado bajo tierra.

—Y, para que todos entiendan lo depravados que somos, les ha dicho que el hijo de Michel comete adulterio con su esposa —completó Duval.

Los otros expresaron en murmullos su asentimiento. Victor Fébus estaba a punto de reventar de ira.

—¡Bellegrée no retrocede ni ante las más espantosas mentiras! —exclamó indignado, dando un puñetazo en la mesa—. ¿Es que ese hombre no conoce la vergüenza?

—¿Son mentiras? —preguntó Tolbert.

—Por favor, Bertrand —repuso Michel—. ¿Mi hijo y la esposa de Roger? Es ridículo. Espero que no toméis de forma seria en consideración que pueda haber algo de verdad en esa absurda acusación.

—No lo sé —dijo el corregidor—. Para mí todo esto no tiene sentido. ¿Por qué iba a inventar Roger una cosa así? Con eso daña su honor y el de su esposa.

—Puede que el honor de su esposa le dé igual —dijo Deforest—. He oído que quiere librarse de ella, y que ya varias veces ha intentado anular su matrimonio.

—Aun así —insistió Tolbert—. Podría haberlo hecho de forma más fácil, sin daños para él y para su familia. Habría podido contar sencillamente a Gournais y a los Treize jurés que hemos asaltado una de sus caravanas y robado a sus *fattori*, o algo por el estilo. Hubiera conseguido lo mismo.

—¿Adónde queréis ir a parar? —preguntó impaciente Michel.

—Estoy lejos de querer acusar de algo a vuestro hijo... vos sabéis lo que aprecio a Rémy. —Tolbert le miró directo a los ojos—. Pero esta historia es muy peligrosa. Se trata nada menos que de nuestra existencia. Si queremos hacer entrar en razón a Gournais, tenemos que saber exactamente lo que está pasando aquí. Antes de descartar las acusaciones de Roger, hablad con Rémy. Preguntadle vos mismo si lo que afirma Gournais es cierto.

—Ahora que lo pienso, no se trata de una acusación tan absurda —observó Jean-Pierre Cordonnier—. Hace tiempo que me pregunto por qué Rémy no se casa. Abandona la ciudad sin cesar y no le dice a nadie lo que hace. Es posible que tenga una amante, ¿no?

—De tal palo, tal astilla —murmuró alguien.

Michel se revolvió.

—¿Quién ha dicho eso?

Bonet, Fébus, Le Roux y Sancere lo miraron confusos, pero ninguno contestó.

—Y luego está esa patricia que fue vista en su taller hace unos años —prosiguió Cordonnier.

—¿Qué patricia? —preguntó Michel.

—Rémy no quiso decírmelo. Fue bastante misterioso acerca de ella. Quién sabe... quizá era la mujer de Roger.

Michel miró a los consejeros. Con sus palabras, Tolbert y Cordonnier habían conseguido que incluso Henri y Eustache dudaran de la honestidad de Rémy.

—Está bien —resopló—. Si insistís, hablaré con él. Aunque sé desde ahora que se reirá de mí. Entretanto, os ruego que nada de esto salga de aquí. Lo último que necesitamos ahora son rumores en la ciudad. Lo mejor es mantener secreta la carta de disputa hasta que haya regresado de mi conversación con Gournais.

Michel cogió la carta y abandonó la sala.

A la caída de la oscuridad, Rémy estaba sentado en su habitación, delante de una carta empezada para sus padres. En ella quería hablarles de Philippine y explicarles por qué iba a dejar Varennes. Quería pedir a su padre que se ocupara de la escuela, vendiera la casa y ayudara a Dreux y a Olivier a encontrar un nuevo empleo. Rémy sabía muy bien lo que quería escribir, y sin embargo no lograba pasar de las primeras líneas. En vez de eso había sacado el trocito de plomo y emborronaba el pergamino con diminutos ángeles, dragones y castillos.

«Cobarde.» Era indigno de él dejar una carta encima de la mesa y desaparecer en completo secreto. Salvo que ocurriera un milagro, al cabo de pocos días iba a dar la espalda a su patria y posiblemente nunca volvería a ver a sus padres. Merecían que se presentara ante ellos y les dijera a la cara lo que había ocurrido. Tenían derecho a que se despidiera de ellos.

Habían pasado por algo parecido hacía muchos años. De todas las personas que conocía, eran las que mejor le iban a entender.

Cogió la carta y la tiró a la chimenea. Al día siguiente, iría a verlos y se lo explicaría todo.

Pero la conversación con sus padres era solo una de las muchas preocupaciones que le agobiaban. Rémy volvió a sentarse a la mesa, miró con fijeza la llama de la vela y jugueteó con el trozo de plomo. Hacía seis días que había visto a los dos forasteros delante de su taller, pero Roger no se movía. Ni había aparecido por allí, ni había dado a entender de otro modo que quisiera exigir responsabilidad a Rémy. Sencillamente no hacía nada. Se hacía el muerto.

Rémy no se atrevía a ir a Metz y preguntar allí. Roger tenía mucha influencia en la república. El peligro de que prendieran a Rémy en la calle era demasiado grande. Bastaba con que un guardia lo reconociera e informase a Roger.

Según parecía, no le quedaba otro remedio que seguir esperando y soportar aún más la torturadora incertidumbre.

Golpeó la mesa con el trocito de plomo, toc-toc, toc-toc, sonaba como un corazón palpitante. Sus pensamientos fueron hasta Philippine, por milésima vez aquella tarde. ¿Estaba realmente dispuesto a dejarlo todo atrás y partir con ella?

¿Era su amor por ella lo bastante grande?

«Sí.» Había tomado esa decisión en Épinal sin pensarlo mucho. Era correcta, de eso estaba convencido. Si ese era el precio para poder estar juntos, lo pagaría.

Un ruido lo sacó de sus pensamientos: alguien estaba llamando a la puerta con energía. Rémy abrió la ventana. Abajo estaba su padre, con un farol en la mano.

—Déjame entrar —pidió.

Rémy bajó, cerró la puerta y lo acompañó hasta la habitación.

—Me alegro de verte. De todos modos quería hablar contigo...

Michel no le escuchó.

—Lee esto —dijo sin rodeos, y le tendió una carta de la que colgaban los restos de un sello roto. Estaba hecho con cera blanca, lo que permitía deducir que era el sello de una ciudad libre del Imperio. Rémy creyó reconocer las armas de Metz. Leyó las líneas con una sensación de angustia en la garganta.

—Por favor, dime que no es cierto. —La voz de Michel era insistente, apremiante—. Esto no es más que una mentira, ¿no? Una perversa intriga de Roger Bellegrée.

La mano de Rémy que sostenía la carta descendió. Por fin, por fin la conducta de Roger tenía un sentido. Rémy aún no sentía nada. Era como si acabara de asomarse al borde de un acantilado y aún no hubiera entendido que a sus pies se abría un abismo.

No miró a su padre.

—Es mejor que te sientes.

Rémy guardó silencio largo rato antes de estar en condiciones de hablar.

—Es verdad —dijo al fin.

—Philippine Bellegrée y tú... —empezó su padre.

—Sí.

—¡Gran Dios! —Michel se levantó de golpe y empezó a dar vueltas por la habitación.

Rémy cerró el puño derecho y se lo llevó a los labios. Jirones de ideas bailaban en su cerebro, enloquecidas, desencadenadas, sin orden alguno. Varennes y Metz estaban a las puertas de una guerra... por su culpa.

—¡Precisamente la mujer de Roger! ¿En qué estabas pensando?

—Es complicado, padre. —Las mismas palabras que Philippine le había dicho entonces, en París.

—¿Cuánto tiempo dura esto?

—Tres años.

—¡Tres años! ¡Dios del cielo! ¿Y tú sabías desde el principio quién era ella?

—No desde el principio, no. Cuando lo supe, quise ponerle fin...

—¿Pero...?

—No pude.

—No pudiste —se hizo eco Michel—. Aunque es la mujer de un enemigo. Del mayor enemigo de Varennes. Tendrías que haber comprendido lo peligroso que era.

—Roger nos lo puso fácil. Pensábamos que iba a disolver el matrimonio.

—Estúpidamente, antes Roger se puso sobre vuestra pista. ¿Lo sabías?

—Estaba allí cuando sucedió. Roger quiso quitarse de encima a Philippine. Encargó a un mercenario que la asesinara. Nos vio juntos.

—Esto mejora por momentos. —Michel rio de forma breve y sin alegría—. ¿Cuándo fue eso?

—Hace unas dos semanas.

—¿Lo sabes desde hace dos semanas, y no has considerado necesario decírmelo?

—¿Por qué iba a hacerlo? ¿De qué habría servido?

—¿De qué habría servido? —Cuando su padre advirtió que estaba a punto de gritar, bajó la voz—. Acabas de proporcionar a Roger un pretexto para aniquilarnos. Acúsame de exceso de celo, pero como alcalde me gusta saber con antelación cuándo nos amenaza una guerra.

—Lo consideraba un asunto entre Roger, Philippine y yo —dijo Rémy—. ¿Cómo iba a imaginar que acabaría en una cosa así?

—Sabes cómo están las cosas entre Metz y nosotros.

—Tenemos paz desde hace más de dos años. Para mí, ese asunto estaba resuelto.

—Hace poco que hablamos en la cena de lo que la muerte de Évrard significa para nosotros. ¿No me estabas escuchando?

Rémy calló. Su padre tenía razón. Debería haberlo previsto. Pero había sido egoísta, no había pensado más que en su propia felicidad.

—Ese ataque a Philippine —dijo Michel—, ¿qué pasó exactamente?

—Estábamos en su granja de Damas-aux-Bois cuando llegaron los mercenarios. Eran tres. Por suerte los descubrimos a tiempo. Maté a dos. El tercero pudo escapar.

—¿Dónde está Philippine ahora?

—En un lugar seguro —respondió Rémy.

—Tráela aquí —ordenó Michel.

—No irás a entregarla.

—Roger ha instigado al Gran Consejo contra nosotros. Tengo que hacer algo para dejar a Gournais y a los Treize sin argumentos si quiero contar con una oportunidad de impedir esta disputa. Pero tengo que ofrecerles algo a cambio. Un signo de nuestra buena voluntad.

—Roger la matará.

—Entonces dime qué puedo hacer. ¿Prefieres que te entreguemos a ti?

—Si supiera que con eso podía conseguir algo, incluso iría voluntariamente a Metz —repuso Rémy—. Pero en realidad yo le importo una mierda a Roger. Lee esa carta. Quiere nuestra ruina. Está decidido a aniquilarnos de la forma que sea. Nada le apartará de eso.

La ira de Michel dio paso a un profundo agotamiento. Allí, con los ojos enturbiados, el rostro surcado de arrugas, fue la primera vez en que a Rémy le pareció viejo. Se pasó la mano por la barba y dijo:

—Mañana iré a Metz a negociar con Gournais. ¿Qué debo decirle?

—No lo sé, padre. La verdad es que no lo sé.

Michel le miró con tijeza.

—Reza por que pueda hacerle entrar en razón. Porque, si fracaso, que Dios se apiade de nosotros.

Con esas palabras, se fue.

Mucho tiempo después de que los pasos de Michel se apagaran, Rémy seguía inmóvil. La vela temblaba a la corriente de la ventana abierta. Contempló las casas del otro lado de la calle, y no pudo evitar imaginar cómo ardían y perecían en un mar de llamas, humo y cenizas.

ÉPINAL

Rémy salió de Varennes a primera hora de la mañana y llegó a Épinal a mediodía. Philippine estaba en ese momento en el comedor del albergue, y levantó la mano cuando él miró buscando a su alrededor.

Fueron arriba. Cuando ella hubo cerrado la puerta de su estancia, Rémy dijo:

—Metz amenaza a Varennes con la guerra.

Philippine se quedó mirándolo.

—¿Qué?

—Robert Gournais ha intimado a mi padre y al Consejo a suspender la feria de inmediato y a demoler la nueva lonja. Si se niegan, Gournais se declarará en disputa con Varennes.

—Esto es obra de Roger —murmuró Philippine.

—Ha instigado a los cabezas de las *paraiges* hablándoles de nosotros —confirmó Rémy—. En su carta de disputa, Gournais exige que el Consejo nos entregue a los dos, para que podamos ser castigados en Metz por adulterio y traición a Roger.

Ella se desplomó en el taburete que había junto a la ventana, como si de pronto fuera demasiado débil para mantenerse en pie.

—Esto solo es culpa nuestra —siseó—. Tenemos que hacerle frente.

Rémy se sentó junto a ella y tomó su mano entre las suyas.

—Aquí no se trata de nosotros. Para Roger no somos más que un medio para alcanzar un fin. De no haber estado nosotros, habría encontrado otro pretexto para proceder contra Varennes —dijo, aunque secretamente pensaba lo mismo que Philippine. Pero había decidido no dejarse guiar por sus sentimientos de culpa. Los sentimientos de culpa no ayudaban a nadie. Ahora se trataba de tomar las decisiones adecuadas. Con la mente despejada.

—¿Qué va a hacer el Consejo? —preguntó Philippine.

—Mi padre está ahora mismo en camino hacia Metz. Va a hablar con Gournais con la esperanza de hacerle cambiar de opinión.

—¿Y las exigencias de Gournais?

—No temas, no nos entregarán. Mi padre no lo permitirá. Sobre todo porque no serviría de nada. Si el Consejo acepta las exigencias, tarde o temprano Roger Gournais planteará otras imposibles de cumplir, para que Metz pueda aniquilar por fin Varennes. Roger no se conformará con menos. Si el Consejo es inteligente, plantará cara a los de Metz y les dejará claro que Varennes no se deja extorsionar.

—Así que habrá guerra.

—Probablemente —dijo Rémy.

Philippine le miró a los ojos.

—Si eso ocurre… ¿qué haremos?

—No podemos marcharnos. No ahora. Tengo que regresar a Varennes y ayudar en la defensa de la ciudad.

—¿Quieres luchar?

Él asintió.

—Si es necesario.

—Rémy… —empezó, pero él no le dejó acabar.

—Se lo debo a mi ciudad —dijo.

—Déjame ir contigo.

—No. Te quedarás aquí. En Varennes no estás segura.

—En vez de eso, ¿he de quedarme aquí sentada rezando por que no te ocurra nada? No lo soporto, Rémy.

—No va a pasarme nada. Me conoces… sé cuidar de mí mismo.

La cogió en sus brazos, y ella apoyó la cabeza en el hueco de su cuello.

—En cuanto todo esto haya pasado, vendré y veremos qué hacer. ¿De acuerdo?

En vez de contestar, ella le tomó la mano y la apretó.

Cuando Rémy volvió a casa por la tarde, Olivier le dijo que Jean-Pierre Cordonnier había preguntado por él. Fue al taller de Jean-Pierre, donde un aprendiz le dijo que el maestre estaba en ese momento en la capilla de la fraternidad.

La casa de Dios era pequeña y oscura, y contenía una tosca mesa, porque también servía de lugar de reunión a la fraternidad. Junto a una pared había barriles de cerveza. Un arcón detrás del altar albergaba el rollo de pergamino con los estatutos de la fraternidad, que Rémy había copiado hacía ahora más de trece años. Jean-Pierre estaba en ese momento hablando con un maestro guarnicionero y sus dos aprendices. La conversación era acalorada; al parecer, el maestro se quejaba de la conducta levantisca de los aprendices, que rechazaban con vehemencia sus reproches. Jean-Pierre llamó al orden con impaciencia a los dos jóvenes y les exhortó a escuchar en adelante a su señor, si no querían que la fraternidad les impusiera un correctivo.

Cuando los guarnicioneros se hubieron ido, el maestre se volvió hacia Rémy.

—¿Una cerveza?

—No, gracias.

Jean-Pierre se llenó una jarra e invitó a Rémy a sentarse con él a la mesa. Parecía irritado y resuelto.

—Antes de irse a Metz, tu padre nos hizo saber que las acusaciones de la carta de disputa son ciertas. —Cordonnier le miró a los ojos. Puesto que Rémy callaba, prosiguió—: Sabes lo que tengo que hacer cuando un miembro de la parroquia comete adulterio.

Rémy asintió. Al contrario que en Metz, donde los Treize jurés habían conseguido para sí gran parte de la jurisdicción eclesiástica, la autoridad en Varennes solo era competente para los delitos temporales. Las infracciones del derecho canónico, incluyendo los crímenes graves como el adulterio, seguían estando en manos del obispo. Jean-Pierre ostentaba el cargo de vigilante de las costumbres, y como tal tenía la obligación de comunicar al obispo las infracciones de los miembros de su comunidad, para que este pudiera juzgar con presteza al pecador.

—Mañana enviaré un mensajero a Toul —explicó Jean-Pierre—. ¿Qué debe decir al obispo?

—¿Qué te parecería la verdad?

—No hay testigos de las afirmaciones de Roger, al menos no en Varennes. Te aconsejo que lo niegues todo. Es probable que salgas indemne.

—Yo no soy Lefèvre —respondió Rémy—. Cuando cometo un error, respondo por él.

—Ya conoces las penas por adulterio. Son dolorosas. Además, tendría que pedirte cuentas por violación de nuestros estatutos. Has jurado llevar una vida honorable como miembro de nuestra fraternidad. Si lo admites todo, tendré que considerar que has roto tu juramento. Así que piensa bien lo que vas a decir.

Aunque Rémy sabía que Jean-Pierre solamente quería su bien, empezaba a irritarse.

—Roger dice la verdad. Esa es la cosa. Lo que hagas con ella es tu decisión.

El maestre suspiró.

—Como quieras. Mañana informaré al obispo, y en su próxima visita oirás su sentencia. En lo que a la infracción de los estatutos se refiere... la sanción asciende a veinte sous.

Rémy se levantó.

—Mañana te daré el dinero. ¿Es todo?

En la mirada de Jean-Pierre había una extraña mezcla de compasión e ira.

—Precisamente la mujer de Roger. Te consideraba más inteligente.

Rémy salió de la capilla.

METZ

Dos sargentos llevaron a Michel, a Bertrand y a Henri hasta el gran salón del palacio de los escabinos. Había guardias a las salidas de la estancia, armados con escudos triangulares y lanzas. Por su parte, Michel y sus acompañantes se habían llevado media docena de alguaciles. Los guerreros se miraban con mutua hostilidad.

Los hicieron esperar. Michel cruzó los brazos a la espalda y contempló la gran pintura mural que ocupaba el frontal de la sala. Mostraba a las gloriosas tropas de la ciudad de Metz arrasando un pueblo y matando a sus habitantes. Probablemente se trataba del pequeño mercado de Dieulouard, que Metz había reducido a cenizas hacía cien años. El motivo de la masacre no se desprendía de la imagen, pero de todos modos no tenía otra finalidad que dejar claro a los visitantes lo que amenazaba a los enemigos de la república.

En algún momento la doble puerta del fondo se abrió, y el maestre de los escabinos entró orgulloso por ella. El bastón de Gournais golpeaba el suelo, el manto forrado de piel de nutria se hinchaba a su espalda. Tras él entraron en el salón más de dos docenas de hombres: sargentos, guardias y el resto de los escabinos, representantes de las seis *paraiges* que le asesoraban. Los hombres armados se situaron a lo largo de los muros, mientras los escabinos formaban a derecha e izquierda del sillón en el que Gournais tomó asiento.

Miró imperativo a sus visitantes. La cadena dorada de su cargo centelleaba.

Michel y sus acompañantes se adelantaron. Probablemente Gournais esperaba de ellos que se inclinaran. Michel no le dio ese gusto.

—Alcalde Fleury —dijo, cortante, el maestre de los escabinos—. ¿Habéis venido a comunicarme que habéis cumplido nuestras exigencias? Si es así, me pregunto: ¿dónde está vuestro hijo? ¿Dónde la infiel esposa de Roger Bellegrée? Pensaba que habíamos dejado claro que los traeríais para que los Treize jurés pudieran castigarlos por su vergonzoso adulterio.

—Philippine Bellegrée ha desaparecido —repuso Michel—. Incluso si quisiera, no podría traerla. Y en lo que a mi hijo se refiere... no podéis creer en serio que lo entregaría a vuestra arbitrariedad.

—El honor de Roger ha sido ensuciado. Exige satisfacción, y es mi deber dársela.

—Los dos sabemos que aquí no se trata del honor de Roger. Roger teme a Varennes. Quiere aniquilarnos, y cualquier medio le parece bien. Al acusar a su esposa y a mi hijo de haber cometido adulterio, podía ganaros para su plan a vos y a los otros cabezas de las *paraiges*.

—¿Así que negáis las acusaciones contra vuestro hijo? —preguntó Gournais—. ¿Afirmáis que Roger ha mentido?

—Yo no afirmo nada. Pero no hablaré en contra de mi hijo, ni ante vos ni ante los Treize jurés ni ante ningún otro tribunal de este mundo. Vos mismo sois padre. Deberíais entenderlo.

El maestre de los escabinos miró de arriba abajo a Michel.

—Si no tenéis intención de atender una exigencia capital por nuestra parte... ¿por qué habéis venido?

—Porque os conozco como hombre razonable. No sois persona que emprenda una guerra con ligereza. Estoy convencido de que podemos encontrar otra solución para este pleito.

—¿Así que por lo menos estáis dispuesto a renunciar a la feria y demoler la lonja?

—Permitidme una pregunta —dijo Tolbert tomando la palabra—. ¿Qué tienen que ver nuestra feria y la lonja con el honor de Roger?

—Son parte de la satisfacción que Roger exige —respondió ásperamente Gournais.

—¿Y cómo restablece eso el honor de Roger, dañado porque su esposa ha cometido adulterio? Lo siento, Robert, pero no lo entiendo.

El maestre de los escabinos ignoró a Tolbert y se volvió de nuevo a Michel.

—¿Cuál es vuestra respuesta?

—Ambas exigencias son inaceptables para nosotros. Pero sin duda podemos compensaros de otro modo.

—No. Ya estamos hartos de vuestras maniobras, que solo persiguen envolvernos. O cumplís nuestras condiciones, o habrá guerra. Así de sencillo.

—Eso es necio, y vos lo sabéis. Roger os utiliza. ¿No lo veis?

—Si esa es vuestra última palabra, hemos terminado —ladró Gournais—. Como es costumbre, os garantizamos la libre salida a vos y a vuestros acompañantes. Pero os exigimos abandonar de inmediato Metz. De lo contrario, os prenderemos. Guardias, llevadlos fuera.

Los hombres armados rodearon a Michel y a sus compañeros y los sacaron del edificio.

—¿Y ahora? —preguntó malhumorado Tolbert cuando las puertas del palacio se cerraron tras ellos.

—Lo hemos intentado todo... no podemos hacer más —dijo Duval—. Vayamos a casa e informemos al Consejo.

—Primero tenemos que advertir a nuestros *fattori*. —Michel se volvió hacia los alguaciles—. Id a todas las sucursales que el gremio tiene en Metz —ordenó a los hombres—. Informadles de lo que ha ocurrido y exigid a los *fattori* que abandonen enseguida la ciudad y vengan a Varennes. Dejadles claro que su vida está en peligro. Apresuraos. Podéis dejarme a Robert Michelet. Le informaré personalmente.

Los hombres desataron sus caballos, montaron y salieron corriendo en todas direcciones.

Con los dientes apretados, Michel contempló el palacio de los escabinos, las casas patricias, las torres de las familias a su alrededor. Un día se había sentido bien en esa ciudad, la había admirado por su libertad, su bienestar. «Metz, la Milán de Lorena», había pensado. Pero de eso hacía mucho tiempo. Ahora, Metz le parecía un oscuro Moloch, caviloso e insaciable, que crecía y crecía y, en su codicia, devoraba todo lo que se cruzaba en su camino.

«A nosotros no nos devorarás. Lo juro.»

Montó y picó espuelas a su caballo.

Cuando la legación de Varennes se hubo ido, Robert Gournais informó a los Treize jurés y a los Siete de la Guerra de que las negociaciones habían fracasado.

—Si se niegan a cumplir nuestras exigencias, solo puede haber una respuesta —declaró Pierre Chauverson, de la *paraige* d'Outre-Seille—. Y se llama: ¡guerra! Armémonos para la lucha, para que podamos golpear rápido y con dureza, antes de que fortifiquen su ciudad. ¡Eso les enseñará a seguir escarneciéndonos y a ofender del modo más vergonzoso a uno de los nuestros!

Los otros hombres coincidieron a voz en grito. El asunto se desarrollaba a satisfacción de Roger. Pero ocultó su regocijo, y en vez de eso mostró un gesto amargo. Al fin y al cabo, tenía un papel que representar: el del esposo ofendido que luchaba por su honor.

—Nuestras fuerzas deben prepararse ya —expuso Gournais a los

Siete de la Guerra, hombres expertos en la lucha de entre las filas de las *paraiges*, que asesoraban al maestre en los enfrentamientos militares y llevaban al ejército al combate como generales—. Cuidad de que todos los jinetes e infantes disponibles se concentren en la ciudad dentro de tres días.

—Además, tenemos que pensar qué hacemos contra el alcalde Fleury —completó Roger.

—¿Qué queréis decir? —preguntó Gournais.

—Todos le conocéis... es un hombre de paz. Hará cualquier cosa para evitar riesgos a Varennes. Si le conozco bien, tratará de recurrir a un mediador que negocie un compromiso entre nosotros. Pero no nos conviene un compromiso —dijo Roger a los reunidos—. Ha habido un tiempo para la negociación... y ya ha pasado. Ahora, ¡exijo satisfacción con la espada!

—¡Y la tendréis! —gritó uno de los Siete de la Guerra, ante lo que los hombres congregados en la sala volvieron a estallar en júbilo.

—¿Qué proponéis? —preguntó el maestre de los escabinos.

—El alcalde Fleury se dirigirá al duque Mathieu... el único lo bastante poderoso para mediar con éxito en este asunto. Probablemente Fleury saldrá para Nancy poco después de su regreso, en cuanto haya hablado con el Consejo, para no perder tiempo. Deberíamos apostar jinetes en todos los caminos y apresarlo antes de que pueda visitar al duque.

—Un legado en camino hacia un mediador está bajo la protección real —objetó Jehan d'Esch—. Prenderlo es un grave delito.

En cambio, la propuesta halló eco entre el resto de los presentes.

—Si nuestros hombres se disfrazan de fuera de la ley y ningún dignatario de la república está presente en el ataque, nadie podrá probar que hemos tenido parte en el asunto —dijo uno de los Siete de la Guerra—. Llevaremos al alcalde Fleury a un lugar secreto y lo retendremos allí hasta el final de la disputa. Eso tiene además la ventaja de que los ciudadanos de Varennes perderán a su caudillo. Eso debilitará su moral, y podremos ponerlos de rodillas con más facilidad.

—Procederemos así —decidió Gournais, y ordenó a los Siete de la Guerra ocuparse del asunto. Finalmente, el maestre de los escabinos tomó su bastón y se puso en pie—. Hermanos y amigos —dijo—, tenemos por delante grandes tareas. Id a casa con vuestras familias, preparaos para la lucha y rezad por nuestra victoria.

Varennes Saint-Jacques

Dos días después, Michel informaba al Consejo de su fracaso en Metz.

—Miremos a los hechos a la cara: la guerra es casi inevitable —dijo—. De hecho, tenemos que partir de la base de que justo en este momento

Robert Gournais y los Siete de la Guerra preparan un ataque a Varennes. Antes de discutir qué hacer, debéis saber lo que nos espera.

»Metz es enormemente fuerte. Solo la ciudad cuenta con veinte mil habitantes. A esto se añaden ciento treinta pueblos del término de la ciudad, que tienen que aportar tropas a la república. Gournais puede fácilmente poner en pie mil guerreros y más. No estamos a la altura de un ejército así en una batalla, ni aunque lancemos al combate todo lo que tenemos. Eso reduce mucho nuestro margen de acción.

—Nos quedan dos posibilidades —completó Tolbert, al que, como corregidor, incumbía la defensa de la ciudad—. Primera: aceptamos sus condiciones. Dado que no vamos a entregar al maestro Rémy, podemos en todo caso cumplir las otras dos condiciones y esperar que les baste. Segunda: nos retiramos a la ciudad y la defendemos hasta que a los de Metz se les quiten las ganas de combatir y vuelvan a la mesa de negociaciones. En vuestras manos está la decisión.

—¿Por qué no podemos entregar al maestro Rémy? —preguntó agresivo Victor Fébus—. Al fin y al cabo, él es el que nos ha servido esta sopa. Por consiguiente, que se la coma él. Estamos empleando un doble rasero. Pediríamos cuentas a cualquier otro por un crimen así. Pero él sale indemne porque es el hijo del alcalde.

—Leed nuestras leyes —respondió sin aspereza Michel—. En ellas dice que ningún ciudadano de Varennes estará obligado a comparecer ante un tribunal extranjero. Eso también vale para Rémy. Sin duda ha pecado y ha violado la ley… nadie lo niega, y menos que nadie él. Pero no es tarea de los Treize jurés pedirle cuentas. Si un ciudadano de esta ciudad comete adulterio, sigue siendo competencia del obispo. Y si el obispo Eudes lo cita ante el tribunal eclesiástico, responderá por sus errores.

Jean-Pierre Cordonnier asintió.

—Ha dicho que va a confesarlo todo.

—Aparte de eso, no serviría de nada. —Duval acudió en apoyo de Michel—. Pensaba que estaba claro para todo el mundo, pero con gusto lo explicaré otra vez, Victor: Rémy no es para Roger más que un medio para alcanzar un fin. Si toda esta historia no hubiera ocurrido, antes o después habría encontrado otra forma de instigar al Gran Consejo contra nosotros.

—Además, debemos entregar también a Philippine Bellegrée —completó Tolbert—. Dado que nadie sabe dónde está, solo podríamos cumplir a medias con esa exigencia.

Michel había ocultado al Consejo que Rémy sabía dónde estaba Philippine. Como de todos modos no estaba seriamente puesto a debate entregarlos a ella y a Rémy, consideró más inteligente guardarlo para sí.

—Conozco nuestras leyes tan bien como vos —respondió Fébus—. Pero aquí no se trata de la competencia de ningún tribunal, sino de política. Nos amenaza una guerra, y tenemos que hacer todo lo posible para evitarla.

—Cierto —repuso Michel—. Pero quien crea que los de Metz nos perdonarán si sacrificamos a mi hijo es un necio.

Fébus calló, ofendido. Felizmente, era el único que echaba a Rémy la culpa de la presente situación. Por supuesto, también los otros consejeros habían blasfemado y tronado cuando Michel les había contado que las acusaciones de la carta de disputa respondían a la verdad. Pero su ira contra Rémy pronto se había enfriado. Eran lo bastante inteligentes como para traslucir las maquinaciones de Roger.

—Entonces... ¿qué hacemos? —preguntó Tolbert a los reunidos—. ¿Nos arrodillamos ante los de Metz, o les plantamos cara?

—Hay una cosa que debería estar clara —dijo Deforest—. Incluso si suspendemos la celebración de la feria y destruimos la lonja, con eso ganaremos como mucho un respiro. Roger no descansará hasta haber acabado con nosotros. En el próximo proyecto, en la próxima gran empresa del Consejo, volverá a proceder contra nosotros.

Gaillard Le Masson asintió, furioso.

—Tenemos que demostrar de una vez por todas a ese hombre que no puede tratarnos de este modo.

—Votemos —dijo Tolbert—. ¿Quién está a favor de ceder a las exigencias de Gournais?

Nadie dijo nada.

—¿Quién piensa que debemos combatir?

Diez de doce consejeros levantaron la mano, algunos con decisión, otros, titubeantes. Solo Victor Fébus y Michel se abstuvieron. Fébus, porque seguía enfurruñado; Michel, porque quería someter una propuesta al Consejo.

—Veo las cosas como vosotros: tenemos que defendernos, Roger no nos deja elección —explicó—. Pero todos sabéis lo que pienso de la violencia y el derramamiento de sangre. No hay nada que me repugne más. Por eso, propongo que hagamos dos cosas: mientras fortificáis la ciudad, yo iré a ver al duque Mathieu. Siempre ha sido amigo de Varennes, y no puede interesarle que el valle del Mosela quede devastado por una insensata disputa. Sin duda estará dispuesto a mediar entre Metz y nosotros.

Nadie se pronunció en contra de la propuesta, ni siquiera Fébus.

Michel asintió.

—Partiré mañana mismo.

Como los estatutos preveían para ese caso, el corregidor asumió la dirección de la ciudad mientras durase la guerra. Lo primero que Tolbert decidió fue enviar mensajeros a todas las ciudades comerciales amigas y hacerles saber que ese año no habría feria. Nadie quería arriesgarse a que los mercaderes extranjeros corrieran peligro a causa de la disputa. Acto seguido, indicó a los artesanos miembros del Consejo que pusieran en conocimiento de las fraternidades el inminente asedio, para que pudieran preparar la defensa de la ciudad.

—Puede que Metz sea poderoso, pero nosotros también somos fuertes —anunció con furia—. Nuestros muros son firmes y nuestros ciudadanos, valerosos. Si estamos juntos, se romperán los dientes en Varennes. ¡Amigos, preparemos una calurosa recepción a nuestros enemigos!

METZ

—El tipo viene de Varennes, lo hemos cogido en la puerta de la ciudad —dijo el sargento—. Quiere hablar con vos. Afirma que os conoce.

—Es cierto, nos conocemos —respondió Roger Bellegrée—. ¿Lo habéis registrado?

—Solo llevaba encima un puñal. Se lo hemos quitado.

—Bien. Hacedle pasar.

Los dos sargentos se quedaron junto a la puerta mientras Lefèvre entraba en los aposentos de Bellegrée en la casa de huéspedes de Porte-Muzelle. Roger estaba delante de su escritorio, y lo miró de arriba abajo con desprecio. Y eso que Lefèvre había echado el resto para su visita a Metz. Pero su dinero no había alcanzado para más que una chaqueta en alguna medida presentable. No había comparación posible con las espléndidas vestiduras de Roger, de fino *panno pratese* y brillantes colores.

—Qué hermoso tenéis todo esto. —Lefèvre dejó vagar la mirada por los tapices, el servicio de plata y los escudos en las paredes—. Esta casa de huéspedes es un verdadero palacio. ¿Ha estado el duque alguna vez aquí? Apuesto a que os envidiaría por ella.

—Mi querido Anseau, me encantaría hablar con vos de la decoración de mi casa, pero el demonio quiere que nos hallemos delante de una guerra, y tengo trabajo a manos llenas —dijo con suficiencia Roger—. Así que... ¿qué queréis?

—Proponeros un negocio. Un trato extremadamente lucrativo para ambas partes. —Lefèvre se sentó, sin ser invitado a hacerlo. La silla era muy bella, estaba hecha en madera oscura y decorada con artísticos dibujos en taracea. Lefèvre acarició los brazales con las palmas de las manos.

—¿Sabe el Consejo de Varennes que estáis aquí?

—Lo dudo. El Consejo y yo... no tenemos la mejor relación. Estoy aquí por mi propia cuenta. En misión secreta, por así decirlo. —Lefèvre exhibió una fina sonrisa.

—Un trato —repitió Roger—. Corregidme si me equivoco, pero dudo que tengáis mucho que ofrecerme. Si me permitís decirlo así, Anseau: desde que nos vimos por última vez parece que os habéis ido a pique. He oído decir que lo habéis perdido todo... vuestra fortuna, vuestra casa, incluso el derecho de ciudadanía. Cuentan que vivís en una choza junto a una fosa de curtidores.

—Eso no es del todo cierto.

—¿Ah, no?

—Hay incluso dos fosas de curtidores. Pero eso carece de importancia. No vengo a ofreceros ni dinero ni sal ni ninguna otra fruslería. De eso ya tenéis más que suficiente. Pero lo que más necesitáis en la presente situación, no podéis comprarlo con toda vuestra plata. Y es justo lo que os ofrezco.

—¿Y es…? —preguntó Roger, con apenas disimulada impaciencia.

—Un amigo.

Su anfitrión levantó una ceja.

—¿Queréis ofrecerme vuestra amistad? No os toméis esto como una ofensa personal, pero suelo escoger muy cuidadosamente mis amigos. Los usureros caídos en desgracia no suelen encontrarse entre los más selectos.

—Por favor, dejadme hablar antes de rechazar mi propuesta.

Roger suspiró.

—Está bien. Pero abreviad.

Lefèvre apoyó los codos en los brazales y juntó las yemas de los dedos. Se sentía muy bien en aquella espléndida casa de huéspedes, aunque le recordaba de manera dolorosa todo lo que había perdido. De hecho, no podía negar que envidiaba a Roger. Ese hombre no solo poseía una riqueza legendaria, disponía además de una enorme influencia en la ciudad más poderosa de Lorena, y caminaba como un príncipe. En otras palabras: llevaba exactamente la vida con la que Lefèvre había soñado desde su infancia.

—Tal como habéis observado de forma correcta —empezó— he tenido muy mala suerte desde nuestro último encuentro. Pero no estoy dispuesto a someterme a mi destino. Quiero volver a tener lo que me quitaron. Y aquí es donde entráis vos.

—Apenas puedo soportar la emoción —murmuró Roger.

—Ayudadme en mis planes —prosiguió Lefèvre—. A cambio, seré un fiel amigo de la República de Metz.

—¿Cuánto de fiel?

Lefèvre se lo explicó.

Por fin contaba con toda la atención de Roger.

VARENNES SAINT-JACQUES

Rémy había despejado un rincón del sótano, y pidió a Olivier que dejara en él la caja con los libros.

—¿Son todos?

—En el taller y en vuestra estancia no hay ninguno más —respondió el chico.

—Bien. Mete todo lo demás de valor en otra caja y tráelo aquí. Sobre todo el pan de oro y los pigmentos. Que Dreux te ayude.

Mientras Olivier corría arriba, Rémy cogió el farol y miró a su alrededor. Su sótano no era grande, y además estaba atiborrado de cachivaches acumulados a lo largo de los años: herramientas oxidadas, toneles vacíos, un viejo atril y cosas por el estilo. Hora de tirar la mayoría. Pero por el momento se conformó con echarlos a un lado para hacer sitio a las otras cajas. Si en los combates por Varennes había un fuego o el enemigo entraba en la ciudad, sus libros y demás objetos de valor estarían más seguros allí que arriba, en la casa. Más tarde pondría un armario de libros vacío delante del acceso a la escalera, para que los eventuales saqueadores no vieran la puerta.

Rémy no era el único que se preparaba para el ataque de los de Metz: todo Varennes se aprestaba al asedio. Los ciudadanos fortificaban sus casas y ponían a salvo sus cosas de valor, las fraternidades y las parroquias hacían acopio de víveres. En cada esquina había barriles con agua para apagar incendios. El maestro de obras de la ciudad comprobaba la muralla y todas las puertas en busca de puntos débiles, y daba las últimas instrucciones a los albañiles.

Nadie podía decir cuándo llegarían los de Metz. Quizá al día siguiente, quizá la semana próxima. Lo único seguro era que, cuando fueran, lo harían con todo su poder. Solo Dios sabía si la pequeña Varennes aguantaría esa tormenta.

Sorprendentemente, la ciudadanía había reaccionado con bastante tranquilidad a la inminente disputa. Aunque sin duda la gente tenía miedo, casi nadie había huido de la ciudad, presa del pánico. Rémy tenía la impresión de que, después de los acontecimientos de los últimos años, muchos habían contado con que algún día habría guerra con Metz; incluso más de uno ardía en deseos de hacer pagar por fin a las arrogantes *paraiges* todas las humillaciones del pasado. Una tensión llena de chispas llenaba las calles, como si se acercase una gran tempestad. Sin embargo, la gente obedecía las instrucciones de la autoridad y cumplía su deber con la cabeza fría.

Rémy acababa de apartar un barril cuando oyó arriba voces exaltadas. Sin duda otra vez Dreux, que daba órdenes a Olivier. Cuando Rémy no estaba delante, el viejo tendía a tratar a Olivier como si fuera su subordinado. Suspirando, subió por la escalera.

—Deja en paz al chico, Dreux. Ya te he dicho cien veces que es mi aprendiz, no el tuyo...

Pero, según parecía, esta vez Dreux no tenía culpa alguna. El motivo de la disputa era Victor Fébus, que estaba en el taller y tenía sujeto por el brazo a Olivier. Dreux se había plantado ante él, indignado.

—¡Quiere que el chico deje de ser vuestro aprendiz! —exclamó el viejo enfadado—. ¡Decidle que no puede hacer eso, maestro!

Rémy se volvió hacia el consejero.

—¿Es cierto eso?

La mirada que Fébus le dedicó estaba llena de engreído desprecio.

—Mi hijo deberá ser algún día un ciudadano honrado y un cristiano temeroso de Dios. No puedo permitir que viva bajo el techo de un pecador y adúltero. Pongo fin a la relación de aprendizaje, con la esperanza de que aún no lo hayáis echado por completo a perder.

—¿Pecador y adúltero? —exclamó Dreux—. ¿Cómo os atrevéis? ¡El maestro Rémy no solo es el mejor pintor de libros que existe, además es la rectitud en persona! ¡Debería avergonzaros decir tales mentiras sobre él!

—Dreux, por favor. —Rémy se volvió hacia Fébus—. Olivier tiene mucho talento. Puede ser oficial ya el año próximo. Si ahora lo quitáis del aprendizaje le perjudicaréis.

—¿Precisamente vos vais a explicarme lo que es bueno para mi hijo? Si os quedara una chispa de decoro en el cuerpo, estaríais en la iglesia implorando perdón a Dios, en vez de hacer grandes discursos. Pero no puede esperarse tal cosa de un hombre que arroja a la perdición a una ciudad entera porque está dominado por la lujuria. Ven, Olivier. Nos vamos.

—No quiero —protestó el chico.

Fébus le dio una bofetada.

—Harás lo que dice tu padre, o te enseñaré quién soy. —Empujó a Olivier con rudeza hacia la puerta.

—¡Haced algo, maestro! —dijo Dreux.

A Rémy le dolía en el alma ver cómo trataba Fébus al chico, pero tenía las manos atadas. Mientras Olivier no estuviera emancipado, su padre tenía todo el derecho a poner fin al aprendizaje incluso contra la voluntad de su hijo, y a prohibir a Olivier todo trato con Rémy.

—Mete el pan de oro y los colores en la caja —se limitó a decir.

Dreux no pensaba hacerlo. Tronó y blasfemó y calificó a Fébus de fariseo de la peor especie. Cuando por fin se hubo tranquilizado, tomó conciencia de lo que el consejero había dicho.

—Un hombre que arroja a la perdición a una ciudad entera... ¿qué ha querido decir con eso?

—¿Cómo voy a saberlo? ¿Por qué no te vas a casa, Dreux? Seguro que aún te quedan cosas que hacer allí.

—Pero entonces ya no tendréis a nadie que os ayude con vuestras cosas.

—Me las arreglaré.

Maldiciendo a Victor Fébus, el anciano cogió su bastón y se fue arrastrando los pies. En silencio, Rémy dio gracias a Dios cuando se cerró la puerta. Tenía la apremiante urgencia de estar solo, y no necesitaba que nadie le hiciera preguntas o tal vez reproches. Su conciencia ya le atormentaba bastante.

Hacia el mediodía se presentó Will. El inglés había cerrado la escuela el día anterior, para que los niños pudieran estar esos días con sus familias. Además, los mayores tenían que ayudar con los preparativos bélicos. Había tomado prestada la carretilla de Rémy para poder llevar los manuales, porque no querían dejar en la escuela los valiosos manuscritos y enciclopedias. Los bajaron juntos al sótano. Will estaba entretanto inusualmente silencioso. Estaba claro que algo le pesaba en el corazón. Cuando, más tarde, compartían una jarra de cerveza en el taller, logró al fin hablar.

—Hay algo que debes saber. Quizá ya lo hayas oído: en la ciudad se habla de ti.

—No me digas —murmuró Rémy.

—Hay feos rumores. —A Will le costaba visible esfuerzo hablar de aquello—. De que eres el culpable de la disputa —dijo, tímido—. Dicen que has seducido a la esposa de Roger Bellegrée y has cometido adulterio con ella.

A Rémy no le sorprendía demasiado que aquella historia estuviera circulando. Sin duda alguna se lo debía a Victor Fébus. Desde luego, el Consejo había decidido mantener en secreto el contenido exacto de la carta de disputa, pero ¿qué le importaba eso a Fébus, si se había avivado su sagrada ira?

—Esta mañana, en el mercado de la sal, dos alguaciles hablaban de eso —prosiguió Will—. Más tarde he oído lo mismo en la plaza del mercado. Varias veces —añadió.

—¿Qué piensas de ello?

—Lo he tomado por necias habladurías... hasta que me he enterado de que la esposa de Roger se llama Philippine. Exactamente igual que la dama que estaba contigo entonces en París.

—En ese caso, tú mismo puedes imaginar cuánto de verdad hay en la historia. —Para Rémy no había más que decir. Dio un trago a su cerveza.

Will guardó silencio largo rato.

—Quiero que sepas una cosa —empezó al fin—. Sea lo que sea lo que tú y Philippine hayáis hecho... no te condeno por eso. No tiene ninguna influencia sobre nuestra amistad. Y, en lo que a las habladurías de la gente se refiere: no me importan nada.

—Gracias, Will. Lo aprecio de verdad.

—Si me necesitas, házmelo saber. —Con estas palabras, el inglés se despidió.

Rémy apuró la cerveza y fue arriba. Era hora de que echara un vistazo a sus armas. Jean-Pierre Cordonnier había anunciado que a lo largo del día iba a comprobar si cada maestro de la fraternidad tenía una coraza intacta y al menos un arma útil para la guerra. En su habitación, Rémy dejó la ballesta encima de la mesa y sacó el baúl que contenía la cota de malla. La había adquirido hacía muchos años, pero nunca la había llevado en un combate.

—Vamos a ver si todavía me entra —murmuró.

Cuando volvió a bajar, Michel estaba en el taller. Rémy se detuvo en el último peldaño y le miró un momento antes de ir hacia él.

—Padre —le saludó escuetamente.

Michel se limitó a asentir, y se miraron en silencio. Por último, carraspeó y dijo:

—Mañana me voy a Nancy. Quería volver a verte antes de partir.

—¿Nancy? ¿Por qué?

—Quiero hablar con el duque Mathieu. Quiero que medie entre Metz y nosotros.

El silencio volvió a caer, pesado como el plomo en esta ocasión.

—Lo que he hecho ha sido imperdonable —empezó Rémy—. Tienes derecho a estar furioso conmigo. Debería haber sido más prudente...

Su padre alzó ambas manos.

—No estoy furioso contigo. Ya no. Veo que en verdad soy el último que tiene derecho a hacerte reproches. Además, me he acordado de nuestro acuerdo.

—¿Acuerdo? —repitió Rémy.

—Habíamos acordado no volver a discutir jamás, ¿te acuerdas?

Rémy miró inquisitivo a su padre. Una parte de él deseaba que se enfadara, que le insultara, que no fuera tan condenadamente comprensivo.

—Esa Philippine... ¿la quieres?

—Más que a mi vida.

—Tenéis un largo y difícil camino por delante. Ya sabes lo que tu madre y yo pasamos.

—La quiero por eso —dijo Rémy.

—Es lo que deseaba oír. —Michel buscó las palabras—. Por qué estoy aquí: debes saber que tu madre y yo estamos contigo. Pase lo que pase, puedes contar con nosotros.

—¿Aunque os haya decepcionado? —Rémy compuso una sonrisa torcida.

—No nos has decepcionado. ¿Cómo se te ocurre tal cosa? Eres nuestro hijo. No puedes decepcionarnos.

Las campanas de Saint-Julien tocaron.

—Tengo que irme —dijo Michel—. Queda mucho que hacer antes del viaje. Deséame suerte.

—Lo hago. Gracias, padre.

Se abrazaron, y Michel se marchó.

Poco después empezó a llover. Rémy se puso el manto y se fue a la reunión de la fraternidad.

Estaban en algún lugar de los bosques de Flavigny cuando Michel se dio cuenta de que los caballos necesitaban un descanso. No quedaba mucho para Nancy, pero habían apretado a los animales para compensar el tiempo que habían perdido por la mañana.

—Solo un poco —había dicho Isabelle—. Una hora más no importa. Mejor que si se desploman agotados en medio del bosque.

Michel había aprendido hacía mucho tiempo a confiar en su instinto para los animales, así que se había sometido, aunque a regañadientes. Normalmente el tramo de Varennes a Nancy se podía cubrir en un día, pero habían tenido mala suerte con el tiempo. Durante la noche anterior y por la mañana había llovido con fuerza, y el agua había reblandecido el suelo. En algunos caminos uno se hundía en el lodo hasta los tobillos, de forma que al principio solo habían avanzado con lentitud. Desde Bayon las cosas habían mejorado, pero ya habían perdido mucho tiempo. Y cada hora contaba.

Michel sacó un poco de pan de la alforja y lo mordió mientras sus criados daban de beber a los caballos en un arroyo próximo. Aparte de Yves y Louis, solo había llevado consigo a dos corchetes armados, porque todos los guerreros de la ciudad y miembros del Consejo eran necesarios en Varennes. Isabelle había ido por deseo propio... no quería estar sentada sin hacer nada mientras él hablaba con el duque Mathieu. A Michel le gustó. Era posible que los de Metz atacaran durante su ausencia, y la idea de que ella pudiera quedarse encerrada sin él en la ciudad sitiada le resultaba insoportable.

Ella se le acercó.

—¿Queda pan?

Él le tendió la alforja. Ella sacó la hogaza y partió un trozo. En vez de comer, le miró preocupada.

—No llegaremos demasiado tarde —dijo—. Gournais tiene primero que poner en pie un ejército y luego ir con él a Varennes... eso lleva tiempo. Aún nos queda suficiente.

—El duque es un hombre muy ocupado —repuso Michel—. No está dicho que nos reciba enseguida.

—Cuando sepa de qué se trata nos escuchará. Además, te respeta mucho. No te hará aguardar como si fueras un cualquiera.

—Esperémoslo. —Se comió el pan en silencio y trató de ignorar el plúmbeo cansancio y el dolor de sus miembros. Llevaba una semana más o menos ininterrumpida montado a caballo, y se había permitido noche tras noche pocas horas de sueño. Hacía diez años lo habría hecho sin esfuerzo, pero poco a poco empezaba a ser demasiado viejo para tales empeños. A eso se añadía la tensión que le ocupaba. Lo que esperaba a Varennes era la mayor amenaza para la ciudad de la que había memoria. El maestre de los escabinos de Metz y los Treize jurés tenían el poder de destruir todo lo que la ciudadanía había construido en los últimos veinte años. Michel siempre se había hecho fuerte en la paz, el progreso y la razón, y ahora a Varennes la amenazaba una guerra sangrienta. Si pensaba en todo el sufrimiento que esperaba a su patria, casi le abrumaba la desesperación.

No dejaría que llegaran a eso. Aunque significara que tuviera que entregarse hasta perder el sentido.

—¿Por qué no te tumbas y descansas un poco? —preguntó Isabelle—. Apenas puedes mantener los ojos abiertos.

—Porque temo quedarme dormido.

—Y qué si te duermes. Te despertaremos a tiempo. Por favor, Michel. Sé razonable.

—Pero solo una hora. Quiero estar en Nancy antes de que oscurezca.

Buscó un sitio en que el suelo estuviera más o menos seco y se tumbó encima de una manta. El sueño llegó enseguida y lo cubrió de oleadas negras. Pocos segundos después, le pareció, alguien le sacudió por el hombro.

—Tenemos que seguir —dijo Isabelle.

Aturdido, se levantó y plegó la manta. Aunque el sueño había sido muy profundo, creyó recordar que había soñado... con su hermano. Tenían que haber pasado años desde la última vez en que Jean se le había aparecido en sueños. Eran niños, y jugaban a cruzados y a sarracenos fuera de la ciudad. La relajada despreocupación que había sentido entonces aún seguía en él. Extraño. Michel parpadeó y fue hacia los caballos, que ya estaban ensillados en el camino. Montó y acarició la crin de Tristán, su caballo del color de las nueces.

—Ya no está lejos, viejo amigo. Pronto lo habrás conseguido —murmuró—. Cuando volvamos a casa, podrás descansar una semana entera. Tienes mi palabra.

—Deberíamos darnos prisa, señor —dijo Yves—. Creo que va a llover.

Michel sonrió. El sol brillaba tercamente desde primera hora de la tarde.

—¿Ves una sola nube en el cielo?

—Eso no significa nada. Como mucho dentro de una hora va a volver a llover. Lo siento en los huesos.

—Si es así, vámonos.

Siguieron el estrecho sendero y se adentraron en el bosque... y de hecho empezaron a caer gotas.

—¿No lo decía yo? —exclamó triunfante Yves—. ¿No os lo había dicho?

El chaparrón se hizo más fuerte, y poco después llovía como por la mañana. Aunque la espesa vegetación que cubría el sendero ofrecía alguna protección, Michel y sus compañeros no tardaron en quedar empapados desde la capucha del manto hasta la punta de las botas. Se vieron obligados a cabalgar más despacio, para que los caballos no tropezaran en el suelo reblandecido.

Cuando estaban como mucho a una hora de camino de Nancy, unos hombres salieron de pronto del monte bajo. Amenazaron a Michel y a sus acompañantes con sus lanzas, de forma que tuvieron que frenar los caballos.

«No. Esto además no.»

Los hombres vestían míseros harapos, pero aquí y allá se veía centellear una cota de malla, y sus armas eran de la mejor calidad. Aquellos no eran salteadores y bandidos, sino hombres de guerra. Sus enemigos tenían que haberse enterado de su plan, de un modo u otro.

Se volvió. También detrás de ellos habían aparecido hombres armados. Los tenían rodeados. Algunos apuntaban ballestas hacia ellos.

Los dos corchetes estaban a punto de desenvainar las espadas.

—No —dijo Michel—. Son demasiados.

Uno de los salteadores de caminos se adelantó, con un hacha de guerra en la mano callosa. La lluvia perlaba su rostro lleno de marcas de viruela.

—Desmontad y acompañadnos —ladró.

—Somos legados en camino hacia el duque Mathieu —dijo Michel, cortante—. Quien nos impide el paso viola el derecho real y se hace culpable de un grave delito, que se castiga con la muerte.

La amenaza no impresionó lo más mínimo a los hombres.

—Bajad de los caballos, u os haremos bajar —ordenó su portavoz.

Isabelle, Yves, Louis y los corchetes desmontaron.

—Vos también... ¡no voy a repetirlo! —exigió el cabecilla de los salteadores a Michel.

—¿Quién os manda? ¿Ha sido Robert Gournais? ¿Roger Bellegrée?

Enseñando los dientes, el soldado lo cogió del brazo y quiso derribarlo de la silla. En el mismo momento Yves saltó, rodeó la cabeza del hombre con sus manos como garras y la giró. Se oyó un repugnante crujido cuando Yves le partió el cuello.

—¡Huid, señor! —bramó el criado— ¡Nosotros los retendremos!

De pronto, todo transcurrió a velocidad de vértigo. Varios salteadores gritaron. Los alguaciles de la ciudad desenvainaron sus espadas y se lanzaron al combate. Louis arrancó el arma a uno de los ballesteros y se la disparó en la cara a corta distancia.

Michel comprendió que solo le quedaban unos instantes para actuar.

—¡Isabelle! —gritó.

Sus miradas se encontraron. Ella fue a coger las riendas de su caballo, pero, atemorizado por el griterío y el estrépito de las armas, el animal salió corriendo.

Michel picó espuelas a Tristán y tendió la mano. Isabelle la cogió, y él la ayudó a subir a la silla. El caballo bailó en su sitio hasta que Isabelle estuvo segura.

—¡Detenedlos! —rugió alguien— ¡No deben escapar!

Michel observó un movimiento a su izquierda y sacó su espada. El acero chocó contra el acero cuando paró el mandoble de su agresor. Yves apareció detrás del guerrero, el gigantesco criado levantó el hacha y golpeó al hombre en la espalda.

Detrás de él se luchaba. Michel vio fugazmente que los dos alguaciles luchaban contra cuatro o cinco adversarios. Uno de los dos hombres cayó al suelo en ese momento, cuando una estocada le alcanzó en el cuello. No se veía a Louis por ningún sitio.

Michel no podía hacer nada por sus compañeros. Tenía que huir para que su sacrificio no fuera en vano. «Ayúdalos, Señor», rezó en silencio, mientras picaba espuelas a Tristán.

Demasiado tarde, observó que también se acercaba otro atacante por la derecha. Una punta de lanza se agitó y alcanzó a Michel entre el hombro y la axila, y estuvo a punto de derribarlo de la silla. Un abrupto dolor inundó su conciencia, pero ya un segundo después el entumecimiento se extendió por su cuerpo, primero por el hombro, luego por el brazo, a continuación por todo el torso. Isabelle gritó algo. Michel apretó los dientes y se aferró a las riendas, y corrieron campo a través por el bosque.

Algo silbó… el agudo sonido de un dardo de ballesta cortando el aire. Michel se inclinó hacia delante para proteger a Isabelle con su cuerpo. Los proyectiles fallaron.

No podía desmayarse. No podía desmayarse pasara lo que pasase. Tenía que seguir cabalgando.

Ya no era capaz de mover el brazo derecho, apenas podía respirar. Tristán corría por el bosque, y los ruidos de lucha detrás de ellos se hacían cada vez más silenciosos.

No hubo ningún otro silbido. Ningún otro dardo cruzó el aire.

Isabelle volvió la cabeza.

—¿Qué pasa? —exclamó—. ¿Qué pasa, Michel?

Él no era capaz de responder. Sus fuerzas se esfumaban a cada paso, necesitó los últimos restos de ellas para sujetar las riendas, para espolear a Tristán. Los árboles formaban un túnel a su alrededor, la penumbra del bosque parecía acercarse cada vez más, envolverlo en toda regla. Oyó un ruidoso jadeo y comprendió que estaba oyendo su propia respiración. En algún momento, cuando el entumecimiento encapsuló el dolor en el hombro y el pecho, sintió un plúmbeo cansancio. La tensión de sus músculos cedió. Tristán empezó a ir más despacio, terminó dando un paso desganado detrás de otro, se detuvo. Todo el cuerpo de Michel se aflojó, como si se plegara sobre sí mismo.

—¡Michel! —oyó gritar a Isabelle. Su voz sonaba sorda, como si tuviera que atravesar densos bancos de niebla.

De pronto el mundo se volcó de costado.

Cuando abrió los ojos, estaba oscuro como boca de lobo. Sentía el suelo del bosque debajo de él. Las estrellas brillaban entre las copas de los árboles.

Tenía la boca seca, un sabor metálico se le pegaba al paladar. Sentía toda la mitad derecha del cuerpo rígida, como si hubieran metido su cuerpo en un ataúd demasiado angosto. Trató de incorporarse, pero enseguida el dolor aulló en el pecho y la espalda.

—No te muevas. —Isabelle apareció delante de él, el rostro cadavérico. Se secó las mejillas y le tendió algo, una hoja—. Toma, trata de beber. —Sostuvo la hoja de tal modo que las gotas de lluvia cayeran en su boca.

«¿Qué ha sucedido?», quiso preguntar, pero de sus labios no salió más que un bisbiseo entretejido de resonantes inspiraciones. Aun así, Isabelle le entendió.

—Nos los hemos quitado de encima, pero estás gravemente herido. Tienes que ir a un médico lo antes posible.

—Yves —bisbiseó él—. Louis.

Ella apretó los labios y movió la cabeza.

—Ahí delante hay humo —dijo—. Quizá un pueblo de campesinos, o una carbonera. Voy a buscar ayuda. —Le apretó la mano—. Enseguida vuelvo.

Él se quedó mirándola hasta que desapareció entre los árboles. Pero poco después la oscuridad lo envolvió de nuevo.

Despertaron a Roger en mitad de la noche.

—Los hombres han vuelto, señor —anunció el sargento.

Se echó un manto por los hombros, apartó la tela de la tienda de campaña y salió fuera. El ejército de Metz acampaba en el prado comunal de Chaligny. Los soldados habían levantado tiendas por todas partes, brotaban como setas de alegres colores de la embarrada pradera. Los estandartes de las seis *paraiges* de Metz ondeaban en numerosos mástiles. Finas estelas de humo se alzaban de los fuegos de campamento apagados. La mayoría de los guerreros dormían hacía mucho, solo los guardias seguían en pie.

Roger miró el triste montón que formaba delante de su tienda, y supo al instante que la empresa había fracasado. Faltaban cuatro hombres; otros tres estaban heridos, uno de ellos tan grave que dos compañeros tenían que sujetarlo.

—¿Qué ha pasado? —preguntó con aspereza.

—El alcalde Fleury ha huido —informó uno de los sargentos, todavía disfrazado de proscrito—. Cuando oscureció, habíamos perdido su rastro.

Roger tomó impulso y le golpeó en el rostro con el dorso de la mano. El sargento volvió la cabeza, pero apretó los dientes, de forma que ningún sonido salió de sus labios.

—Era un encargo sencillo, a prueba de necios —siseó Roger—. ¿Cómo puede ser que aun así hayáis fracasado?

—Nos atacaron, aunque los superábamos casi tres a uno. Fuimos arrollados. El alcalde Fleury y su esposa aprovecharon la oportunidad para escapar. Pero creo que está herido.

—¿De cuánta gravedad?

—No puedo decirlo, señor.

—¿Lo saben los otros grupos?

El sargento asintió.

—Vigilan todos los caminos que llevan a Nancy. Si el alcalde Fleury hubiera pasado por ellos, lo habrían visto. Por eso, sospechamos que ha regresado a Varennes.

—Que se queden en sus puestos hasta que yo indique lo contrario.

Roger hizo marchar a los hombres y ordenó a uno de sus guardianes que buscara a un cirujano que se ocupara de los heridos.

Dejó vagar la mirada por el campo. Se hubiera sentido más seguro en su piel si Fleury hubiera languidecido en un oscuro agujero hasta el fin de la disputa. Pero por lo menos habían impedido que informara al duque. Ahora ya nada se oponía a su ataque a Varennes. Los Siete de la Guerra habían reunido más de mil soldados: suficientes para aplastar de una vez por todas a su molesto y pequeño rival.

Roger regresó a su tienda y decidió dormir un par de horas antes de que el ejército abandonara el campo a primera hora de la mañana.

Michel oyó voces y sintió que lo levantaban y lo tendían en otra parte. Parpadeando, abrió los ojos. Un carro. Entretanto el entumecimiento había retrocedido, y podía notar la herida: un agujero abierto en su costado, la fuente de los dolores que invadían su cuerpo en reiteradas oleadas.

Dos hombres con harapos rígidos de suciedad tomaron asiento en el pescante. De pasada, Michel observó que apestaban a humo. Isabelle se encaramó a su lado en el carromato. El vehículo se puso en marcha traqueteando. Tristán trotaba detrás.

—¿Adónde? —logró decir.

—Nancy. Allí es donde antes encontraremos un médico.

—Médico no —susurró Michel. Una enorme repugnancia se alzaba en él ante la idea de que el médico fuera a intervenirle, más aún: una sensación de completa falta de sentido. Aunque solo podía pensar con esfuerzo, sabía con extraña claridad que ningún sanador del mundo podía salvarle.

—Hay que tratar la herida —dijo Isabelle.

—No médico —repitió con énfasis—. A casa.

Ella le miró largamente, su nuez subió y bajó, su boca se abrió y volvió a cerrarse.

—Michel —susurró.

Él movió la mano derecha, tocó la mano de ella.

—Lléva... me... a casa... por favor —susurró.

«No quiere ir a Nancy. Llevadnos a Varennes.»

«Es un día entero en el carro. ¿Aguantará tanto?»

«Él lo quiere así.»

«¿Qué pasa con el ejército de los de Metz?»

«Si nos damos prisa, llegaremos antes que ellos.»

«Como deseéis. A Varennes, pues...»

Varennes. Michel sonreía cuando se hundió de nuevo en las tinieblas.

Varennes Saint-Jacques

—Yo me encargo —dijo Rémy—. Vete a casa, hermano.

El cordelero, que había montado guardia toda la tarde en la Torre del Grifo, se pasó por la cabeza la correa de cuero con el cuerno de señales y se lo entregó a Rémy. Luego cogió su lanza, se despidió y bajó con cuidado la escalera.

Rémy se acercó a las almenas, puso la ballesta encima y dejó vagar la mirada por los prados y campos. Era primera hora de la tarde, y las nubes que se habían formado durante la noche eran cada vez más espesas. Se apilaban como una cordillera sobre las colinas boscosas... una cordillera que, expuesta a fuerzas inimaginables, cambiaba sin cesar. Los árboles se mecían al viento. Volvía a haber lluvia en el aire.

Rémy llevaba su cota de malla sobre el gambesón de lino suave. Poco a poco se iba acostumbrando al peso de la armadura. Era su primera guardia. Las leyes de Varennes exigían que en caso de guerra todos los ciudadanos ayudaran a la defensa de la ciudad. Las fraternidades se encargaban de aquella parte de la muralla que lindaba con su respectivo barrio. Los zapateros, cordeleros y guarnicioneros eran responsables del trozo de muralla comprendido entre la Torre del Grifo y la de Carros, completamente al sur de Varennes.

Rémy miró hacia la Puerta del Heno, a su derecha, por la que durante todo el día había entrado gente en la ciudad, sobre todo campesinos del término de la ciudad con sus familias y su ganado. Desde que los heraldos habían anunciado que el ejército de Metz estaba a día y medio de marcha, los habitantes de los pueblos circundantes huían en bandadas a Varennes, por miedo a los saqueadores y a los mercenarios que merodeaban. Las parroquias se ocupaban de ellos. Además, el Consejo había hecho instalar tiendas de campaña para que la gente no tuviera que dormir al raso. Cada sitio libre se aprovechaba para alojar a los refugiados. Los atrios de algunas iglesias estaban ya completamente repletos.

«Si durante los combates estallan incendios, ¡que Dios se apiade de nosotros!»

Todavía día y medio. En la fraternidad, casi nadie creía aún que su padre iba a conseguir impedir la guerra. Aun así, la gente no dejaba de esperar. Rezaban cada día por que el duque Mathieu interviniera a favor de la paz.

La mirada de Rémy vagó hacia el norte. En algún lugar, ahí arriba, estaba Nancy. Quizá su padre estaba justo en ese momento empleando toda su habilidad negociadora para ganar como mediador al duque Mathieu. Rémy sonrió para sus adentros. Si alguien era capaz de poner contra la pared a un Châtenois, ese era su viejo señor.

Se volvió al oír crujir la escalera. Hugo subió. Rémy suspiró para sus adentros.

—¿No deberías estar en tu puesto?

Al zapatero le había tocado guardia en la Torre de Carros.

—Los de Metz llegarán como muy pronto pasado mañana... esta noche ya no va a pasar nada. —Hugo se apoyó junto a él en el parapeto—. Así que pensé que podía venir a charlar un poco.

Rémy no podía soportar a Hugo... y eso solo tenía que ver de pasada con que antaño le hubiera quitado a Eugénie. Desde que Hugo había hecho su maestría y gestionaba su propio taller de zapatería se había vuelto insoportable, siempre de mal humor, quisquilloso y peleón.

—¿Crees que podremos vencer a los de Metz?

—Hay que esperar —respondió monosilábico Rémy.

—Dicen que tienen más de mil hombres. La última vez que un ejército así cruzó el valle del Mosela fue cuando el emperador Federico luchó contra Thiébaut. Va a ser condenadamente duro, créeme. Con un ejército así se puede tomar por asalto cualquier fortaleza. El joven emperador lo demostró entonces.

Rémy esperaba que Hugo volviera a jactarse de cómo había luchado por el emperador en aquel momento... lo hacía con cualquier oportunidad. Pero la conversación tomó otro rumbo.

—¿Cómo se siente uno —preguntó relajado Hugo— al saber que es culpable de una guerra? Supongo que no muy bien. Yo en tu lugar tendría una conciencia endemoniadamente mala. Es probable que no me atreviera a salir de casa.

Así que por eso había acudido Hugo: para hacerle reproches. Eso le pegaba.

—¿Qué es lo que quieres oír? —respondió Rémy.

—Creo que por el momento no estaría mal una explicación. —El zapatero le miró de reojo—. Si van a matarme dentro de un par de días, al menos quiero saber antes qué se adueñó de ti cuando te metiste en la cama con la mujer de Bellegrée.

Rémy no tenía la menor intención de justificarse ante Hugo.

—Eso son cosas que tú no entiendes —dijo con brusquedad.

—Oh, las entiendo muy bien. Siempre te impulsó la lujuria. Pero amar de verdad a una mujer... tú no eres capaz de eso. De ese modo ahuyentaste a Eugénie. En vez de eso te entregas al pecado. Y todos tenemos que pagar los platos rotos de tu depravación. Si por mí fuera —jadeó Hugo—, te habría colgado la marca de la vergüenza al cuello y te habría echado a palos de la ciudad. Quizá entonces los de Metz nos dejarían en paz. Pero tú eres el hijo del gran Michel Fleury. Siempre te libras con un ojo morado, ¿verdad? Tu padre sabe que otros pondremos la cabeza en tu lugar...

Rémy se hartó. Se dio la vuelta y pegó un puñetazo en la cara a Hugo. El zapatero se tambaleó, su cabeza salió disparada hacia atrás, se cogió la nariz ensangrentada con las dos manos.

—¡Cerdo! —chilló—. ¡Maldito hijo de puta! Mi nariz... ¡me la has roto!

—¿Qué está pasando aquí?

Solo entonces Rémy se dio cuenta de que Jean-Pierre Cordonnier asomaba la cabeza por la trampilla.

—¡Este cerdo me ha pegado! —gritó el zapatero, al que la sangre goteaba sobre la cota de malla.

Jean-Pierre trepó por la escala.

—¿Es cierto? ¿Le has pegado?

—Él se lo ha buscado —respondió Rémy.

—Le has acusado, ¿no? —Jean-Pierre se volvió hacia Hugo—. Te he dicho que no debes escuchar las habladurías de Fébus. Ese hombre difunde mentiras. Rémy no tiene ninguna culpa de esta guerra. Lo están utilizando. Os lo expliqué en la última reunión, maldita sea.

—Aun así no es motivo para romperme la nariz —gimoteó Hugo—. ¡Exijo que sea castigado!

—De eso nos ocuparemos después. Ahora tenemos otras preocupaciones. —Jean-Pierre carraspeó y miró a los ojos a Rémy. Su gesto, el tono de su voz... todo cambió—. He venido aquí porque... tu padre ha vuelto. Está gravemente herido. Debes venir enseguida.

Tenían que haber pasado años desde la última vez que había estado en el dormitorio de sus padres. La mirada de Rémy se deslizó sobre los baúles de ropa, los candelabros y todos los demás objetos de decoración, que le eran familiares y al mismo tiempo le parecían extrañamente ajenos.

Como guiado por fuerzas exteriores, se acercó a la cama en la que yacía su padre, con los ojos casi cerrados. Su pecho se alzaba y descendía de modo casi imperceptible. Isabelle, Robert Michelet y el padre Arnaut, el párroco de sus padres, estaban sentados junto a él. El clérigo murmuraba en voz baja, y miró con brevedad a Rémy sin interrumpir sus oraciones. Dos criadas estaban junto a la ventana, con la cabeza baja. Junto a la mesa, un médico se lavaba las manos y las secaba con un paño. El gato Samuel estaba sentado en su arcón y observaba lo que ocurría mientras movía de un lado a otro la punta de la cola.

—Rémy —susurró su madre.

Él se dejó caer en un escabel, con cuidado, atento a no perturbar el silencio con ningún ruido superfluo. Miró a su padre, cuyo rostro estaba pálido y cerúleo.

—¿Qué ha sucedido?

—Fuimos atacados en los bosques —respondió su madre—. Uno de nuestros agresores lo hirió con la lanza.

—¿Bandidos?

—Soldados de Metz.

La miró con una pregunta en los ojos, pero ella guardó silencio. Sostenía la mano de Michel y le acariciaba con los pulgares la piel, los nudillos.

—¿Cómo está? —Cuando Isabelle no respondió, Rémy se volvió hacia el médico—. Decid... ¿hasta qué punto es grave?

—La lanza le ha atravesado el pulmón y rozado el corazón —explicó el físico—. No puedo hacer nada contra las lesiones internas. Solo he podido vendar la herida y parar la hemorragia. Además, le he dado zumo de amapolas contra los dolores.

Rémy se levantó.

—¿No podéis hacer más por él?

El médico le puso la mano entre los omóplatos, lo apartó suavemente de la cama y bajó la voz:

—Os lo digo como es, maestro Rémy: vuestro padre está consagrado a la muerte. Le quedan como mucho algunas horas, si no ocurre un milagro. Os aconsejo que os despidáis de él para que pueda partir en paz.

Rémy cerró los ojos y se apretó el puente de la nariz. Luego miró al médico, que se nublaba ante sus ojos como un reflejo en aguas inquietas. El mundo entero pareció vacilar, tambalearse, disolverse. Tuvo que aferrarse al respaldo de la silla.

—¿Puede al menos oírme?

—Debería estar despierto. Solo está aturdido por el brebaje de amapolas.

Rémy volvió a sentarse junto a la cama.

—Antes ha preguntado por ti —dijo en voz baja Isabelle.

Rémy dirigió la mirada hacia el pálido rostro alojado entre las almohadas, tragó saliva con dificultad y dijo:

—Padre.

Michel volvió la cabeza, y la rendija bajo sus párpados se amplió un poco.

—Rémy —susurró en voz baja, apenas audible. Sus labios dieron forma a una sonrisa—. Has... venido.

Rémy se acercó a la cama.

—Padre. Por Dios, ¿cómo ha podido ocurrir?

—Eso... carece de importancia. —La voz de su padre se hizo más fuerte, su mirada, más clara—. Mi hora ha llegado.

—Pero los de Metz...

Michel movió la mano, la levantó un poco.

—El Señor lo ha querido así. No discutas con Él. Eso... no nos corresponde a nosotros.

Rémy volvió a tragar. Su garganta estaba áspera y ardiente, como si estuviera herida e inflamada.

—Es culpa mía —logró decir—. Esto ha pasado por mi causa.

—No —dijo Michel—. Nunca debes pensar eso. Prométemelo.

Rémy no estaba en condiciones de hablar. Su padre buscó su mano, la cogió:

—Prométemelo —repitió.

—Lo prometo —susurró Rémy.

Michel soltó su mano y cerró los ojos. La breve conversación parecía haberle agotado profundamente. Su respiración era ruidosa.

—A Varennes le esperan tiempos duros —murmuró al cabo de un rato—. Ocúpate... de nuestra ciudad. No permitas que nos quiten... lo que hemos creado.

—Puedes contar conmigo.

Michel volvió a sonreír.

—Eres el mejor hijo... que un padre puede desear. No lo olvides nunca. Tu madre y tú... sois un regalo. Por causa vuestra soy un hombre feliz.

Empezó a toser. Gotas de sangre quedaron prendidas en su barba, brillando como las diminutas esquirlas de un rubí. Isabelle le mojó los labios.

—Tomad un poco más de zumo de amapola si los dolores os atormentan —dijo el médico.

—No —murmuró Michel—. No más zumo de amapola. Tengo que tener... la cabeza clara... cuando el Señor me llame.

El silencio que de pronto llenó la estancia fue denso y pesado. Rémy tardó un momento en comprender que el padre Arnaut había dejado de rezar.

—Es hora —dijo el clérigo— de que confiese sus pecados y tome la comunión.

Un trueno retumbó sobre la ciudad. Poco después estalló la tormenta.

Rémy tendió a su padre un crucifijo. Michel lo sostuvo en sus manos, mientras aliviaba su conciencia y confiaba al padre Arnaut todas sus faltas grandes y pequeñas. La lluvia golpeaba la tela de lino que cubría la ventana, las criadas encendieron velas y mantuvieron con ellas en jaque la oscuridad que se acercaba.

Una vez que el padre Arnaut hubo dado a Michel la absolución, le dio la comunión. Entretanto, se habían reunido los consejeros y los hermanos del gremio, figuras empapadas envueltas en ropas que goteaban, apretujadas junto a la puerta y a los pies de la cama, con los rostros grises, los hombros encorvados. También Will había acudido. Robert Michelet se unió a ellos, y juntos los hombres entonaron salmos y pronunciaron rogativas. Michel estaba demasiado débil para hablar con ellos, pero su sonrisa mostraba lo contento que estaba de que hubieran ido.

Pasó una hora tras otra. La tormenta no quería parar, los truenos rasgaban la noche una y otra vez y los relámpagos la iluminaban. Rémy secaba la frente y las mejillas de su padre y humedecía sus labios con vino rebajado. No era capaz de pronunciar oraciones y cantar salmos. Estaba como petrificado por dentro. Así que se limitó a quedarse allí sentado y desear que el tiempo pudiera detenerse o al menos pasar más despacio, para aplazar lo inevitable. Apenas había pensado de forma consciente en ello, pero de pronto veía con claridad que en el fondo jamás había creído posible que su padre pudiera dejarlos un día. Sin duda de vez en cuando se había preocupado por la salud de su viejo señor... pero ¿temido de veras su muerte? No. Su padre era parte indestructible de su mundo, tan evidente como el suelo bajo sus pies. Sencillamente, no podía morir. Eso no era posible.

Y sin embargo... ahora estaba ahí, esperando el final.

Le vino a la cabeza una cita de Séneca: «*Ignis quo clarior fulsit, citius extinguitur*». «Cuanto más luminoso arde un fuego, tanto más fácilmente se extingue.» Cuando todos le miraron se dio cuenta de que tendría que haber pronunciado las palabras en alto.

Las campanas estaban tocando a maitines cuando Michel volvió a hablar. Sus últimas palabras fueron para Isabelle. Cuando abrió los ojos y movió los labios, ella se inclinó sobre él. Susurró de manera apenas audible. Pero Rémy pudo oírle.

«Te quiero.»

Isabelle le besó en la boca, en la frente. Los rasgos de él se relajaron.

—Junto a ti está el perdón —dijo el padre Arnaut—. Mi alma espera al Señor. Porque junto al señor está la salvación.

Cerró los ojos a Michel.

Rémy se levantó y se persignó. Todos lo imitaron.

—Se ha ido un gran hombre —dijo Henri Duval—. El más grande que Varennes ha tenido nunca.

Poco después, el padre Arnaut hizo que tocaran las campanas a muerto.

Hasta el atardecer del día siguiente, instalaron la capilla ardiente de Michel en su dormitorio, para que todos pudieran despedirse de él. Acudieron en bandadas... amigos, vecinos, conocidos casuales y completos desconocidos que querían darle las gracias por todo lo que había hecho por Varennes. Se acercaron al lecho a centenares, rindieron sus últimos honores a Michel y lloraron con Rémy e Isabelle.

A primera hora de la tarde, cuando por fin dejó de llover, fue enterrado en el cementerio de Saint-Pierre. Rémy, Robert Michelet, Henri Duval, Eustache Deforest, Odard Le Roux y Bertrand Tolbert cargaron el sarcófago por las calles. Dos mil personas le siguieron a pie, muchas más de las que el diminuto camposanto habría podido acoger. Así que la gente se apretujó contra las paredes del cementerio, en las calles y en los patios de las casas vecinas, y escuchó la misa que el sacerdote dijo por el alma de Michel.

Los canónigos habían ofrecido a Isabelle y Rémy a enterrarlo en la catedral, en la cripta, no lejos del altar con las reliquias de san Jacques... un honor que hasta entonces estaba reservado a los obispos de Varennes. Pero Michel había manifestado, poco antes de su muerte, el deseo de ser enterrado en la tierra consagrada de Saint-Pierre en la que ya descansaban su padre y su hermano. «Una tumba sencilla para un simple ciudadano»... esas habían sido sus palabras.

Varennes nunca había visto un entierro como aquel. Cuando el cadáver de Michel descendió a la fosa, innumerables personas lloraron, entre ellas aquellas cuyo nombre Rémy ni siquiera conocía. Will llevó a sus discípulos hasta la tumba y les hizo entonar un salmo. Otros se les unieron, y pronto la canción brotó de dos mil gargantas y ascendió con el humo de las velas y las antorchas al cielo de la tarde, mientras el sacerdote rociaba el cadáver con agua bendita. Isabelle, con el rostro oculto tras un velo, cogió la pala y esparció tierra en la fosa. Rémy la imitó, y detrás de él muchos otros: primero Robert Michelet, luego los miembros del Consejo, después los hermanos del gremio y los maestres de las fraternidades. La gente seguía cantando incansablemente, seguían cantando incluso cuando hacía mucho que el responso había terminado y el enterrador cubría la tumba.

Pasó mucho tiempo hasta que la multitud se dispersó. La gente no fue a casa, fueron a las tabernas y a los locales de sus fraternidades, llenaron sus jarras y hablaron de Michel y de sus hechos. Rémy, Isabelle y los amigos más íntimos de Michel se quedaron junto a la tumba, se tomaron de las manos y se dieron mutuo consuelo. Cuando ya se acercaba la medianoche y volvió a empezar a llover, Henri, Eustache y Odard se despidieron; poco después también Will y Robert.

—Vámonos, madre —murmuró Rémy, y le cogió la mano.

—Yo me quedo —dijo Isabelle.

Él le llevó un manto y un cobertor, para que no pasara frío. Estuvo toda la noche arrodillada junto a la tumba, con la cabeza baja, una figura inmóvil envuelta en sus blancas vestiduras. No hablaba, no lloraba, solo a veces cogía un poco de tierra fresca en la mano y la deshacía entre los dedos.

Cuando Rémy fue al cementerio con la primera luz del día ella seguía allí, empapada y temblando de frío.

—Ven —dijo él.

—Déjame —dijo ella con brusquedad, y se sacudió sus manos.

Él le quitó la manta de los hombros, la sustituyó por una seca y, de vuelta en casa, ordenó a Marie que le llevara un poco de vino y comida. La muchacha dejó las viandas en el suelo al lado de su señora. Isabelle no las tocó.

La noche dio paso a la mañana, la mañana al mediodía, pero ella no se iba.

Isabelle estuvo arrodillada junto a la tumba de Michel hasta que el ejército de Metz apareció ante las murallas.

Rémy estaba sentado al escritorio de su padre y jugueteaba con una pluma de ganso, sostenía la punta afilada entre el pulgar y el índice y acariciaba con la pluma la palma de su mano izquierda. Apenas había dormido durante dos noches seguidas, le ardían los ojos, le latían las sienes, tenía la garganta reseca. Aun así, no quería irse a la cama. Quería estar sentado allí, en aquella estancia en la que su padre había pasado una parte importante de su vida.

Contempló las arcas y los baúles, el escritorio con el libro mayor encima, los mapas en las paredes. Aunque durante los últimos años había sido Isabelle la que había llevado los negocios, cada objeto de aquella estancia parecía penetrado de la esencia de Michel. Allí había planeado sus viajes, redactado contratos y administrado mercaderías. Hasta el último día, había sido mercader en cuerpo y alma, convencido de que no había en el mundo fuerza más poderosa que el comercio, porque el comercio asentaba la paz, extendía el progreso y acercaba a las personas, como siempre solía decir.

Cuando Rémy era un adolescente, Michel había deseado más que ninguna otra cosa que él siguiera sus pasos algún día y dirigiera el negocio. Pero Rémy había elegido otro camino. Había habido por eso mucha disputa y amargura por ambas partes, se habían separado y habían vuelto a reconciliarse.

Todo eso había ocurrido hacía muchos años y estaba ya olvidado, y en su lecho de muerte Michel había dicho: «Eres el mejor hijo que un padre puede desear».

Aun así, Rémy se preguntaba qué habría ocurrido si le hubiera escuchado entonces.

«Ahora sería un mercader. Nunca hubiera fundado la escuela. Y nunca habría conocido a Philippine. Todo habría sido completamente distinto.»

«Él aún estaría vivo.»

Rémy no había sido capaz de llorar ni junto al lecho de muerte de Michel ni en el entierro. Pero, de repente, fue como si la bola que le ocupaba el pecho se disolviera, como si algo se rompiera dentro de él, y todo el dolor afloró sin más. Un áspero resoplido salió de su garganta, sollozó en convulsiones y enterró el rostro entre las manos.

En algún momento percibió un rumor que hizo que se le erizara el vello de los brazos. Un oscuro y prolongado A-uuu.

Un cuerno de señales.

Abrió la puerta de golpe y corrió abajo. En el primer piso se les unieron Robert Michelet y los criados. Juntos corrieron por las calles, se abrieron camino entre las masas humanas que poco después llenaban las calles y plazas. Toda la ciudad parecía en pie, casi cada hombre llevaba un arma, todos acudían a las puertas y torres de la muralla.

Por todas partes resonaba el profundo balido de los cuernos.

A-uuu.

A-uuu.

En realidad, la obligación de Rémy habría sido reunirse con su fraternidad al primer signo de peligro. Pero corrió directamente a la Grand Rue, y de allí a la Puerta Norte de la ciudad. De alguna manera, Robert y él lograron llegar a pesar del tumulto a la escalera que daba al camino de ronda de la puerta. Esa parte de la muralla estaba defendida por la fraternidad de los carpinteros, ebanistas, torneros y carreteros, pero también había gente de los barrios vecinos, además de mujeres con lactantes, ancianos y campesinos de fuera de la ciudad. El maestre de la fraternidad trataba de mantener el orden y echar de allí a todos los que no tuvieran nada que hacer en su parte de la muralla. Sin prestar atención a sus rugidos, la gente se apiñaba en las almenas, asomaba la cabeza y observaba el ejército que llegaba desde el norte.

Era impresionante. Lo precedían guerreros con pesadas armaduras, montados en corceles de batalla. Les seguían infantes, lanceros y ballesteros, en total varios centenares. Las armas de las *paraiges* ondeaban por encima de las cabezas cubiertas con yelmos. Una caravana interminable transportaba armas, víveres, tiendas de campaña y máquinas de asedio.

Rémy vio un grupo de jinetes que llevaban corazas espléndidas y ondeantes mantos. Aún estaban muy lejos como para poder distinguir los detalles, pero sin duda se trataba de Robert Gournais, los Treize jurés y los Siete de la Guerra.

La inquietud se extendió entre la gente. En vista de la fuerza de la potencia enemiga, más de uno se cubrió temeroso la boca con la mano.

—¡Se lo debemos a él! —gritó alguien.

Rémy se volvió. Quienquiera que lo hubiese gritado se ocultaba, cobarde, entre la multitud.

Los alguaciles cerraron la puerta, alzaron uniendo sus fuerzas una gruesa viga y la cruzaron por dentro.

—¡Lo digo por última vez! —chilló el maestre de los carpinteros—. ¡Quien no esté aquí para defender la muralla que se vaya en el acto, o mis hombres lo arrojarán a la Torre del Hambre!

La multitud se puso en movimiento. Rémy asintió a Robert, y bajaron la escalera.

Los de Metz no perdían el tiempo. Mientras la parte principal del ejército aún estaba ocupada en levantar un campamento al borde del bosque, un enjambre de jinetes lanzaron aceite y antorchas a la lonja y el albergue, en los terrenos de la feria. Sin duda los defensores de la Puerta de la Sal dispararon sobre ellos, pero los jinetes se guardaron de acercarse a las murallas, de modo que las flechas y los dardos de ballesta no hicieron daño alguno.

Desde la Torre del Grifo, Rémy observó cómo los edificios ardían presa de las llamas.

Entretanto, los maestres de las fraternidades habían conseguido restaurar el orden, de modo que solo los defensores de cada barrio y los guardias de Tolbert estaban sobre los muros. Quien tenía una armadura se la había puesto, todos tenían un arma en las manos. Rémy volvía a vestir su cota de malla y un casco. La ballesta estaba apoyada en el parapeto.

Después del ataque a la feria, el silencio reinó durante varias horas. Los de Metz descargaron de los carros de bueyes sus máquinas de asedio, que habían desmontado en piezas para su transporte, y las montaron al borde del bosque. Construcciones diseñadas para el terror se alzaron a la sombra de los árboles: catapultas del más variado tipo, un montón de pequeñas ballestas, entre ellas cinco fundíbulos: máquinas de palanca que podían arrojar bolas de piedra grandes como una cabeza a doscientas brazas. Además, los de Metz colocaron en posición carros de guerra, taladros, arietes techados y escalas de asalto.

Un arsenal realmente terrorífico.

Los carpinteros de Metz trabajaban deprisa. Antes de caer la tarde las catapultas estaban listas para ser utilizadas. Los hombres agarraron sogas y arrastraron las máquinas de guerra por las praderas hacia la ciudad. Pero no solo los de Metz disponían de lanzadoras: Bertrand Tolbert había hecho instalar catapultas detrás de cada puerta de la ciudad, ballestas avanzadas y precisas, seis en total. Cuando los agresores habían cubierto la mitad del tramo entre su campamento y la muralla, Rémy vio que los guardias de la ciudad tensaban los dos artefactos que había detrás de la Puerta del Heno y los cargaban con bloques de piedra. Jean-Pierre Cordonnier, que estaba junto a él en el parapeto, observaba tenso el avance enemigo. Rémy sabía que Cordonnier trataba de calcular la distancia de los de Metz al muro. Poco después, el maestre de los zapateros se llevó el cuerno de señales a los labios y sopló.

Los brazos de las dos catapultas salieron disparados hacia delante. Las piedras volaron en un elevado arco sobre los muros de la ciudad. Una de ellas erró su objetivo. La otra alcanzó una ballesta enemiga y la dañó seriamente.

—¡Esto es por el alcalde Fleury, cerdos! —gritó un guarnicionero en el corredor de ronda.

Otros retomaron el grito.

—¡Por el alcalde Fleury! —rugieron docenas de gargantas—. ¡Por el alcalde Fleury!

Dentro de Rémy todo pareció contraerse. Cogió del brazo a Jean-Pierre.

—Diles que dejen de gritar eso.

—¿Por qué? Les da valor —dijo el maestre de los zapateros—. Y es justo lo que necesitan.

—Mi padre odiaba la guerra. No hubiera querido que la gente luchara en su nombre.

Jean-Pierre se inclinó sobre el parapeto.

—¡Silencio! —rugió—. Silencio, maldita sea. Es demasiado pronto para cantar victoria.

No sirvió de nada. Los gritos se hicieron cada vez más altos y se extendieron a otros segmentos de la muralla, de manera que pronto todos los defensores de Varennes gritaban como un solo hombre: «¡Por el alcalde Fleury! ¡Por el alcalde Fleury!».

Rémy apretó los dientes y miró al enemigo. Mientras los hombres de Tolbert cargaban las ballestas, los de Metz emplazaban sus catapultas y las llenaban de mortales proyectiles: rocas que los guerreros llevaban de la cantera cercana. Alguien gritó una orden. Los brazos salieron disparados, los contrapesos bajaron y lanzaron las correas al aire. Un enjambre de rocas voló hacia Varennes.

Los gritos de júbilo de los defensores se convirtieron en gritos de horror.

ÉPINAL

En Épinal, la caldera de los rumores hervía.

Todos los días, barqueros, mercaderes y gente de paso llevaban nuevas noticias de las luchas por Varennes a la ciudad. Muchas de ellas eran necias habladurías, algunas de tal modo exageradas que era imposible que fueran ciertas. Aun así, Philippine iba todos los días a la plaza del mercado y escuchaba las historias de los viajeros del norte, por mucho que pusieran los pelos de punta. Quizá, esperaba, pudiera de ese modo tener alguna noticia de Rémy.

Por desgracia, los relatos se contradecían constantemente. Un cirujano que apestaba a vino afirmaba que las tropas de Metz habían asaltado y saqueado Varennes ya el primer día... había visto el incendio en el horizonte con sus propios ojos. Un oficial de zapatero que iba de paso dijo en cambio que la ciudad seguía estando bajo asedio. Otros a su vez contaban que ya no se luchaba, porque en el último momento el alcalde Fleury había negociado una paz con la ayuda del duque Mathieu.

—Tonterías —dijo un mercader, que afirmaba haber estado en Varennes pocas horas antes del comienzo del asedio. El alcalde Fleury había muerto; unos salteadores de caminos lo habían matado antes de que pudiera hablar con el duque.

—No eran salteadores de caminos —le contradijo otro mercader—. He oído que eran soldados de Metz. El maestre de los escabinos ordenó su muerte.

Y así todos los días. Y nadie había oído nada de Rémy. En más de una ocasión, Philippine consideró la posibilidad de ensillar su caballo e ir a Varennes a hacerse una idea de la situación. Por supuesto, no lo hizo. Habría sido demasiado peligroso, inútil, sencillamente necio.

Así que se quedó en Épinal y esperó recibir noticias más claras.

Nunca antes se había sentido tan desvalida.

VARENNES SAINT-JACQUES

Un crujido ensordecedor arrancó con brusquedad a Rémy del sueño.

Se incorporó, echó de forma involuntaria mano a la ballesta, que siempre estaba junto a la cama, y se precipitó desnudo a la ventana. Desde el principio del asedio dormía en la cocina, donde estaba más protegido de las catapultas que arriba, en el dormitorio, que estaba justo debajo del tejado. Era primera hora de la mañana, una turbia luz de amanecer caía sobre la ciudad. Oyó voces excitadas y estiró el cuello. El almacén de grano que había al extremo del callejón había sido alcanzado por una piedra.

Se vistió deprisa y corrió fuera.

—¿Alguien herido? —preguntó a Jean-Pierre Cordonnier, que estaba delante del almacén destruido con algunos hombres de la fraternidad. El maestre estaba pálido y tenía surcos oscuros debajo de los ojos. Como todos ellos, estaba agotado por completo.

—No. Nadie —dijo—. Ayúdanos a sacar el grano.

Mientras hablaban, otros proyectiles surcaban el aire y golpeaban en alguna parte de la ciudad. Desde hacía cuatro días, los de Metz disparaban sin interrupción sobre Varennes. Hora tras hora, incluso durante la noche, sus ballestas y fundíbulos lanzaban piedras por encima de la muralla, piedras de un quintal de peso, que aplastaban torres, tejados y personas. Apenas había algún barrio que no hubiera sufrido daños. Únicamente la ciudad baja y el barrio nuevo al otro lado del Mosela se habían librado, porque estaban demasiado lejos incluso para la más grande de las catapultas.

Durante los primeros dos días, las máquinas de Tolbert habían respondido con vehemencia, y matado algún que otro enemigo. Pero entretanto las ballestas no eran más que montones de madera rota: disparos bien precisos de los fundíbulos enemigos las habían reducido a ruinas.

Hasta ahora los de Metz no habían acometido ningún asalto a los muros de Varennes. Estaba claro que Gournais planeaba desmoralizar a los defensores con su persistente bombardeo antes de atacar con sus tropas de a pie. Un objetivo al que se acercaba hora tras hora. Muchos hombres de la fraternidad de Rémy llevaban días sin pegar ojo, y estaban entretanto tan agotados que se dormían de pie durante las guardias.

También Rémy tenía el agotamiento metido en los huesos. Contuvo un bostezo y trepó por las ruinas del almacén para ayudar a los otros a sacar los sacos.

De pronto, algo le tiró del pie desde atrás. Tropezó y cayó de bruces, haciéndose un sangriento arañazo en la mano con una viga astillada.

—Ten cuidado dónde pisas —dijo Hugo, que apareció a su lado y sonrió taimadamente—. La próxima vez te puedes romper la crisma, y no queremos perder a nuestro mejor tirador.

El zapatero escupió y se fue de allí.

«Cuatro días», había dicho Roger Bellegrée. Los cuatro días habían pasado.

No tienes más que ese miserable cuchillo, dijo el hombre del espejo, que había aparecido en la pulida hoja del cuchillo dentado. *Por lo menos consíguete una espada.*

—No necesito ninguna espada —dijo Lefèvre—. También así terminaré con ellos.

¿No te sobreestimas un poco?

—No. Sigo siendo el mejor combatiente de esta ciudad.

Quizá un día lo fuiste. Ahora cojeas de una pierna.

—Aun así, esos hombres no son adversarios para mí —insistió Lefèvre, aunque justo en ese momento la pierna volvió a empezar a doler—. Son guardias de la ciudad. Necios campesinos y jornaleros, que tienen una lanza en la mano por primera vez en su vida.

Solo digo que debes tener cuidado.

—Tu preocupación me conmueve.

Lefèvre dejó el cuchillo encima de la mesa y esperó hasta que las campanas llamaron a maitines. Luego apagó la vela, salió en silencio de su alojamiento y se deslizó a través del patio, por delante de las apestosas fosas de curtidor.

En la ciudad baja dormía todo el mundo, aunque las catapultas de los de Metz seguían disparando. Entre diez y veinte veces por hora, un trozo de piedra golpeaba en algún sitio, y los gritos resonaban en las calles. Sin embargo, a este lado del canal se estaba a salvo de la mortal granizada, por lo que muchos habitantes de los mejores barrios habían huido a la ciudad baja. Poblaban en bandadas los almacenes y cobertizos para barcos del mercado del pescado, dormían en graneros y patios traseros, algunos pernoctaban hasta en la calle. Durante el día, los hermanos de Saint-Denis circulaban repartiendo sopa, mantas y palabras de consuelo; por las noches en cambio estaban abandonados a su suerte, presa de los ladrones de la ciudad baja. Para protegerse de asaltos y molestias, la gente había formado patrullas de guardia que recorrían con faroles y venablos los lugares donde dormían. Lefèvre, que ocultaba su rostro bajo la capucha de su miserable manto, describió un amplio arco en torno a los atareados vigilantes nocturnos. Corrió sin ser visto por los callejones hasta llegar al puente del Mosela.

La puerta por la que se accedía al puente estaba cerrada. Dado que no se podía contar con un ataque desde la otra orilla del río —el ejército de Metz acampaba íntegramente al otro lado de Varennes—, no estaba tan vigilada como las demás: tan solo había dos centinelas en lo alto del corredor de ronda, que mantenían el puente a la vista.

Lefèvre sacó el puñal y subió la escalera junto a la puerta.

El primer centinela estaba muerto antes de comprender qué pasaba: Lefèvre le tapó la cara con el brazo desde atrás y le cortó el cuello. El hombre cayó al suelo con un estertor. El otro se sobresaltó y empuñó la lanza con las dos manos. Pero Lefèvre estaba tan cerca de él que no pudo emplear el arma. Lefèvre le dio una patada en la entrepierna, de modo que el guardián se tambaleó y dejó caer la lanza, y le clavó la hoja con tres cortos pinchazos en el abdomen, en los riñones y bajo la nuez. El agudo cuchillo atravesó el gambesón como una aguja al rojo una bola de grasa, la sangre brotó de las heridas, y el hombre se desplomó.

Lefèvre contuvo el aliento. Ningún grito de alarma. Ningunos pasos acercándose deprisa. Tan solo el crujido lejano de los impactos de las rocas.

Su pierna protestaba dolorosamente, pero apenas se dio cuenta. Cerró los ojos y respiró hondo. Una sensación de felicidad lo inundó. Hacía una eternidad desde la última vez que había arrebatado una vida. ¡Cuánto lo había echado de menos!

Pero ese no era el momento adecuado para gozar de los frutos de su acto violento. Los guardias de la defensa ciudadana hacían rondas por la muralla... tenía que actuar antes de que la próxima apareciera y diera la alarma. Apretó los dientes, ignoró el dolor de la rodilla y bajó por la escalera. Al llegar abajo, abrió el pequeño portón que había en una de las hojas de la puerta, salió al puente y trepó al pretil. Aunque allí, junto a la orilla, solo tenía tres o cuatro codos de altura, le costó algún esfuerzo llegar por fin hasta la ribera. Maldijo su pierna... ¡no iba a dejarle en la estacada precisamente ahora!

A su derecha corría el Mosela, una cinta brillante que lamía en silencio las piedras de la orilla. Agachado, se deslizó a lo largo de la orilla hasta los viveros. Delante de él se alzaban los muros del palacio real, negros bloques contra el nublado cielo nocturno. El Consejo había dejado los edificios sin vigilancia, porque Tolbert necesitaba todos los hombres disponibles dentro de los muros de la ciudad y no habría estado en condiciones de defender el palacio, apenas fortificado.

Lefèvre sacó una yesca y prendió la antorcha que llevaba al cinto. Protegido por los árboles, la agitó varias veces a un lado y a otro.

Los de Metz no se hicieron esperar. De la negrura se destacaron figuras que corrían a escondidas por la pradera, poco más que fantasmas en la noche. Eran alrededor de quince guerreros, sargentos de los Treize jurés y mercenarios de la familia Bellegrée.

—¿Anseau Lefèvre? —preguntó en voz baja uno de los hombres.

—El mismo. Venid —respondió de forma escueta Lefèvre.

Tiró la antorcha al río y guio a los guerreros hasta el puente. Treparon con rapidez, se colaron por el portillo y atravesaron casi sin ruido el barrio lindante.

La Puerta Norte estaba mucho mejor vigilada que la del puente del Mosela: varios guardias y hombres de la defensa ciudadana estaban apostados en el camino de ronda, las torres que la flanqueaban y la puerta misma. Aun así, tuvieron poco que oponer a Lefèvre y a sus cómplices, porque el ataque nocturno los arrolló. Una salva de dardos de ballesta abatió a algunos de ellos, el resto se vieron enfrentados cada uno a dos o tres atacantes armados y acorazados, que no conocían la piedad. Por eso, lo que ocurrió en la Puerta Norte no fue un combate, sino una matanza. Lefèvre y los de Metz abatieron a los guardias sin compasión, atravesados por espadas, con los miembros cortados, con los vientres abiertos. Fue rápido, pero no lo bastante. Algunos gritaron antes de morir. Uno llegó incluso a tocar el cuerno antes de que Lefèvre lo atravesara.

—¡Rápido, la puerta! —dijo.

Uniendo sus fuerzas, quitaron la viga y abrieron las dos hojas de la puerta. Uno de los sargentos tocó el cuerno tres veces: la señal acordada. Poco después, las catapultas dejaban de disparar.

Al momento siguiente rápidos movimientos, voces, ruidos, llenaron la oscuridad en su lado de la puerta. Alarmados por los gritos de los moribundos y el sonido del cuerno, guardias y hombres de las fraternidades acudían corriendo por todas partes y se precipitaban sobre los intrusos. Lefèvre cogió el hacha de guerra y el escudo de un muerto y se retiró con los de Metz a la puerta, donde formaron un denso muro de escudos cuya única finalidad era mantener a los defensores de Varennes a raya hasta que el ejército de las *paraiges* alcanzara la puerta.

La superioridad era abrumadora. Constantemente acudían nuevos hombres armados y atacaban de manera encarnizada a Lefèvre y a sus compañeros. Junto a él, un sargento fue atravesado por una lanza y cayó al suelo. Enseguida un mercenario ocupó el puesto del moribundo, de forma que el dique de escudos quedó cerrado. Lefèvre sentía que su pierna se ponía rígida y entumecida, aferraba el soporte del escudo, rechazaba impactos y mandobles y golpeaba con su hacha los cuerpos apretados. Entretanto, no conocía más que un pensamiento: «¡No retroceder! ¡No retroceder en ningún caso!».

Otros mercenarios y sargentos cayeron, Lefèvre sufrió un corte en el brazo, pero el dique de escudos resistió.

Rugiendo, los soldados de infantería de Metz llegaron y penetraron en la ciudad. Lefèvre y los otros se apretaron contra las jambas de la puerta y les hicieron sitio para no ser pisoteados. A Lefèvre le ardía el aliento en la garganta, apenas le llegaba aire. Tiró el escudo, subió tambaleándose la escalera de la puerta y se desplomó agotado en los peldaños.

«Hecho.» El hombre del espejo no volvería a osar poner en duda sus capacidades.

Cerró los ojos. Los gritos y el estrépito de las armas llenaron la noche.

Los cuernos sonaban por toda la ciudad.

Rémy se sentó en la cama, presa aún de su pesadilla. Aunque desde el principio del asedio nunca dormía más que unas pocas horas, noche tras noche lo asediaban oscuros sueños. Esta vez había sido algo con su padre, que quería transmitirle un urgente mensaje. Pero, por mucho que Rémy se había esforzado, no había conseguido entender la voz bisbiseante.

Escuchó los cuernos de alarma. Algo terrible había sucedido. Rémy se sacudió la somnolencia y abrió la ventana de la cocina. Oyó gritos... provenían de la plaza de la catedral. Las calles estaban llenas del resplandor de muchas antorchas.

—¡Están en la ciudad! —rugía alguien—. ¡Han tomado la Puerta Norte! ¡A las armas! ¡Todos a las armas!

Rémy se despejó instantáneamente. Poco después salía de su casa, vestido tan solo con una túnica. Había dejado arriba la cota de malla, habría tardado demasiado en ponérsela. Con la ballesta tensada en la mano, corrió al cruce de calles del centro del barrio, en el que se habían concentrado numerosas personas. No solo los hombres de la fraternidad, también mujeres con sus hijos, ancianos, refugiados de fuera. El miedo y la confusión ocupaban los rostros agotados, la gente hablaba de forma caótica. Nadie se encargaba del orden.

Rémy trató de dar a su voz toda la energía que pudo.

—¡Escuchad! —tronó—. Quien no pueda luchar o no tenga armas, que vuelva a su casa de inmediato. Atrancad puertas y ventanas y no dejéis entrar a nadie. Los hombres, que se queden conmigo y defiendan el barrio.

Sirvió. La multitud se dispersó. Las puertas se cerraron. Quedaron atrás docena y media de hombres.

—¿Dónde están los otros? —preguntó Rémy— ¿Dónde está Jean-Pierre?

—Ni idea —dijo un joven zapatero—. Quizá alguien debería mirar en la capilla...

Justo en ese momento, una figura apareció al fondo del callejón y corrió hacia ellos. Era Will.

—¡Vienen! —gritó el inglés— ¡Vienen!

Llevaba una jabalina porque, como todos los ciudadanos, estaba obligado a tener un arma en casa y ayudar a la defensa de la ciudad en caso de ataque. Sin embargo, Rémy dudaba de que su amigo fuera de gran utilidad en una lucha a vida o muerte. Will sostenía el venablo con tanta torpeza que podía estar contento si no se hería a sí mismo.

—¿Es cierto? —preguntó Rémy—. ¿De verdad los de Metz han tomado la Puerta Norte?

—No lo sé. Pero se combate en el barrio de los herreros y en la plaza de la catedral. —El horror se reflejaba en los ojos de Will—. Están matando a la gente.

Los pensamientos de Rémy se aceleraron. Con tan pocos y tan agotados guerreros era imposible defender todo el barrio. Había demasiadas vías por las que el enemigo podía entrar. Todo en él gritaba que había que huir. Pero no podía dejar en la estacada a sus vecinos y amigos y a todos los demás habitantes de esas calles.

—Escuchad. —Se dirigió a los hombres atemorizados—. Subid a los tejados y disparad flechas al enemigo, tiradles piedras. Escondeos en los patios y tendedles emboscadas. Todo el que quiera saquear nuestras casas y hacer daño a nuestras familias debe aprender que va a costarle caro...

No pudo decir más, porque en ese momento aparecieron hombres armados al final de la calle. Algunos de ellos llevaban antorchas, pero no pudo calcular cuántos eran. Estaba claro que más que ellos.

—Id y haced todo lo que he dicho... ¡vamos! —gritó Rémy a sus hermanos.

Los hombres se dispersaron y desaparecieron en la oscuridad, en grupos de tres o cuatro. Will se quedó junto a Rémy, que había reunido a dos ballesteros y un arquero. Mientras los guerreros enemigos entraban en la calle, llevó a los hombres a una casa medio derruida, donde se escondieron entre las ruinas.

Apuntaron a los de Metz y dispararon. Varios enemigos cayeron al suelo, el resto se puso a cubierto detrás de una esquina y disparó a su vez. Dardos y flechas silbaban por el aire. El arquero del grupo de Rémy, un zapatero barbudo, fue alcanzado en el cuello porque no escondió la cabeza a tiempo. De manera mecánica, Rémy apretaba el gatillo, tensaba el arma, cargaba... y vuelta a empezar. Tenía que haber abatido a tres o cuatro enemigos cuando los demás comprendieron que en el callejón solo les esperaba una débil resistencia. Se lanzaron al ataque rugiendo, con los escudos en alto. Una granizada de piedras cayó sobre ellos desde los tejados. Eso dio a Rémy y a sus compañeros el tiempo suficiente para abandonar las ruinas y retirarse.

Cuando corrían por los callejones en busca de un nuevo escondite, Rémy tuvo la impresión de que se luchaba en todas partes. O las tropas enemigas se habían dividido, o un segundo grupo había entrado en el barrio por otro lado. Las armas entrechocaban en la oscuridad. Un hombre fue tambaleándose hacia Rémy y se aferró a su túnica antes de caer al suelo. Tenía un hacha clavada en la espalda.

Se sacudió las manos del moribundo. En la dirección de la que había llegado el hombre se oían gritos y ruidos de lucha.

—¡Por aquí... venid!

Encontraron tres hombres de su fraternidad duramente acosados por seis o siete enemigos. Uno ya estaba en el suelo... era Hugo. Un guerrero se inclinaba sobre él, con el hacha levantada para dar el golpe mortal. Rémy apuntó y disparó al guerrero en el pecho. Sus compañeros mataron a otros dos. Los demás huyeron en busca de víctimas más fáciles.

Rémy ayudó a levantarse a Hugo. El zapatero le miró a él, luego al guerrero muerto, de cuyo pecho sobresalía un dardo emplumado.

—Gracias —murmuró.

Rémy se limitó a asentir.

—Lo mejor será que sigamos juntos y nos retiremos al patio de ahí detrás. Podremos defenderlo fácilmente si el enemigo aparece en la calle.

Entraron y se apostaron detrás del muro. Rémy cargó la ballesta y se asomó por el arco de la puerta a las tinieblas.

—Creo que ahí hay más —gruñó alguien—. Atacadlos.

Unos pasos pesados se acercaban. Alguien pisó un charco ruidosamente. Las cotas de malla tintineaban. Aparecieron varias figuras negras.

Rémy abatió a la que iba en cabeza.

Will estaba agachado detrás del muro del patio, aferraba su lanza y observaba cómo Rémy y sus compañeros disparaban dardo tras dardo a la oscuridad. Se sentía inútil y le habría gustado ayudar a rechazar al enemigo. Al mismo tiempo, la idea de luchar contra soldados armados hasta los dientes, de clavar su arma en cuerpos vivos, le llenaba de asco y de horror. Era un hombre de espíritu, no un guerrero... la violencia le repugnaba más que cualquier otra cosa. Probablemente no estuviera en condiciones de matar a un hombre. Así que se sentó e imploró al Señor que pusiera fin a la matanza.

De pronto, los gritos de dolor al otro lado de la puerta del patio enmudecieron. Will contuvo el aliento. ¿Había escuchado Dios sus oraciones?

—¿Se han ido? —susurró Hugo.

Con sonámbula seguridad, Rémy recargó su arma. Luego se asomó fuera.

—No veo nada —dijo—. Está demasiado oscuro.

Will oía pasos. Voces bajas.

—¿Qué pasa ahí?

Rémy se arriesgó a volver a mirar.

—Creo que se han atrincherado en el callejón de enfrente y están esperando refuerzos. Preparaos.

Los tres ballesteros volvieron a tomar posiciones a izquierda y derecha de la puerta, con las armas listas. A Will se le subía el corazón a la garganta mientras aguzaba el oído. Espantosos sonidos cruzaban la noche por todas partes, así que no podía escuchar lo que estaba pasando fuera del patio.

De pronto, un rugido resonó cuando el enemigo se lanzó contra la puerta. Tenía que ser una horda entera. Rémy y sus compañeros dispararon de inmediato, pero esta vez los atacantes eran demasiado numerosos como para que tres dardos de ballesta pudieran detenerlos. Mercenarios y sargentos desbordaron la puerta, agitando espadas y hachas. Uno de los ballesteros fue abatido antes de que Hugo y los otros hombres de la fraternidad se lanzaran sobre los agresores.

Will se puso en pie de un salto y quiso ayudar a sus compañeros, pero el miedo paralizaba sus piernas y confundía sus pensamientos. Además, casi no veía nada en la oscuridad. Todo estaba lleno de cuerpos que se movían y hombres que gritaban, no era posible distinguir al amigo del enemigo. «¡Ayúdame, Señor!», rezó en silencio, dirigiendo la punta de su lanza a un lado y a otro.

De pronto se abrió un hueco entre los combatientes, y vio que Rémy luchaba con un guerrero junto a la puerta. Había perdido su ballesta y empuñaba un hacha de guerra, con la que rechazaba con desesperación los mandobles de su adversario. Sin embargo, el guerrero era claramente superior a él en el cuerpo a cuerpo, y no tardó en desarmarlo. Rémy gritó de dolor cuando la maza de guerra le alcanzó en el brazo y lo lanzó contra el muro del patio.

Will se dio cuenta de que el próximo golpe derribaría a Rémy, tal vez lo mataría. De pronto el temor había desaparecido, y tan solo tenía un pensamiento: salvar a su amigo a cualquier precio. Gritando, salió corriendo, saltó sobre un cuerpo inmóvil y aferró la lanza con las dos manos, dispuesto a atravesar al guerrero. Este le vio y levantó su escudo mientras giraba sobre sí mismo. La punta de la lanza resbaló sobre el hierro y la madera. Will fue impulsado hacia delante por su propia inercia, y sintió un impacto en la espalda que le sacó el aire de los pulmones. Cayó y se golpeó con fuerza en el suelo. Antes de perder el sentido, alcanzó a oír que alguien gritaba:

—¡Entregaos! ¡Bajad las armas!

—¡Señora! ¡Tenéis que despertar!

Isabelle parpadeó. Su dormir había sido profundo y sin sueños, como las noches anteriores: una negra crisálida que la envolvía y solo la dejaba en cuanto su cuerpo se había recuperado en alguna medida. Por eso, cada vez necesitaba más tiempo para volver en sí cuando la despertaban antes de tiempo.

Había una luz. Y la voz de Marie, la criada.

—Los de Metz están en la ciudad, señora.

La mano de Isabelle fue hacia un costado, pero allí no había ninguna cama, ningún cuerpo caliente. Solo el áspero suelo. De pronto se acordó de todo. Michel no estaba junto a ella. Nunca más estaría junto a ella.

Respirando entrecortadamente, se incorporó.

—¿Qué? —logró decir.

—Dicen que saquean y asesinan —dijo Marie—. Seguro que pronto estarán aquí.

Isabelle se forzó a sacudirse el aturdimiento y a pensar con claridad, lo que le costó un notable esfuerzo. «Que vengan», se le pasó por la cabeza. «Que me maten. ¿A quién le importa?» Luego, la razón se impuso. Esa era su casa… tenía la obligación de proteger a sus habitantes.

Apartó la manta y se levantó. Había dormido vestida, porque desde el principio del asedio toda la casa dormía en el sótano, donde estaban a salvo de los disparos de las catapultas enemigas, y allí abajo hacía frío. Cogió el farol de la mano de Marie y salió de la pequeña estancia en la que las criadas habían preparado su lecho a la sala principal del sótano. Los otros ya estaban despiertos. Robert Michelet, como siempre el sentido del deber en persona, trataba de calmar a los criados. Todos iban armados con espadas y hachas.

—¿Qué ha ocurrido? —Isabelle se dirigió al *fattore*.

—Nadie sabe nada preciso —respondió Robert—. Parece que al oeste de la ciudad se lucha en todas partes. Los saqueadores recorren las calles. Propongo que nos encerremos en el sótano, por si entran en la casa.

Isabelle reflexionó. ¿Qué habría hecho Michel en su lugar?

—No, en el sótano no estamos seguros. Si lo abren, estaremos en una trampa. Nos esconderemos en el desván del cobertizo de los carros. Desde allí podremos huir con facilidad.

Las criadas sollozaron y se abrazaron unas a otras. Isabelle les ordenó que se contuvieran; luego, Michelet y ella llevaron el grupo arriba.

Sonidos espantosos llegaban de fuera. Isabelle tragó con dificultad. No se atrevía a imaginar lo que estaba pasando en los callejones. «Mantén la calma.» Abrió con cuidado la puerta trasera y se asomó al patio. Nadie. Las criadas pasaron en fila delante de ella y corrieron al cobertizo de los carros.

El espacioso cobertizo era el único edificio de la casa que no había sufrido daños durante el asedio. En cambio, el establo y la casa habían sido alcanzados varias veces por pesados proyectiles. El día antes Isabelle había hecho la ronda y contemplado todos los destrozos. Eran considerables. En el techo de la casa se abrían dos grandes agujeros. El establo se había derrumbado en parte; felizmente, los animales habían huido.

Cuando la última criada hubo desaparecido en el cobertizo, Isabelle oyó unas voces roncas. Al momento siguiente un golpe hizo estremecerse la puerta del patio.

—¡Venid deprisa! —murmuró Isabelle a Robert y a los criados.

—Id delante —dijo el *fattore*—. Nosotros los contendremos. Quizá cedan si les oponemos resistencia durante el tiempo suficiente.

—Robert...

—Insisto. —El gesto de Michelet estaba como tallado en piedra.

Un segundo golpe alcanzó la puerta. Un tercero.

—Sois uno de los hombres más valientes que conozco. —Isabelle apretó la mano de Robert y corrió al granero. Cuando trepaba por las escaleras del interior del cobertizo, oyó el sonido de madera rota, seguido de gritos y del estrépito de acero contra acero.

Se escondió con las criadas entre el heno, cerró los ojos y pronunció una oración.

—Este de aquí aún vive.

Will despertó cuando lo cogieron por los brazos y lo arrastraron por el suelo. Su boca sabía a sangre. Le dolía la espalda, los hombros, el cuerpo entero.

Al cabo de unos pasos lo dejaron caer. Will detuvo el golpe con las manos y se quedó tendido. No pudo estar inconsciente mucho tiempo, porque aún estaba oscuro y seguía encontrándose en el patio que habían defendido. Habían encendido una antorcha. Cerca de él había dos figuras negras apoyadas en sus lanzas.

—Will —dijo una voz familiar—. ¿Me oyes?

Gimiendo, se volvió. A pesar de los dolores, le pareció que no estaba gravemente herido. Por lo menos podía mover los brazos, las piernas, la cabeza. Poco a poco, recordó lo que había sucedido. ¿De verdad había intentado atravesar con la lanza a un guerrero enemigo? Era un milagro que no lo hubiera matado. Se tocó los labios. La sangre se le quedó pegada a los dedos. Si eso era todo, podía considerarse afortunado.

A su izquierda estaban en cuclillas Hugo y dos hombres de la fraternidad; tenían la cabeza baja. A su derecha se sentaba Rémy, y le sonreía.

—Gracias a Dios, vives. Ya contaba con lo peor.

Will se volvió. Les habían quitado las armas y los habían puesto en un rincón del patio. Varios mercenarios y sargentos los vigilaban. A la puerta del patio, al borde del círculo de luz de la antorcha, yacían varios cuerpos inmóviles. La garganta de Will se cerró.

—Creo que tengo que darte las gracias —murmuró Rémy.

—¿Por qué?

—Me has salvado la vida. De no haber sido por ti ese tipo me habría machacado el cráneo.

—¡Silencio! —ladró uno de los guardias.

Will no supo decir cuánto tiempo pasaron en el suelo frío. Con el tiempo sus dolores cedieron, hasta que solo le dolió el lugar entre los omóplatos en que le había rozado el mandoble. En algún momento, otros hombres entraron en el patio y hablaron en voz baja con el sargento.

—En pie, venid con nosotros —ordenó el guardia.

—¿Adónde vais? —preguntó ásperamente el sargento.

—Tengo que saber si mi madre está bien —dijo Rémy.

—Por última vez, no podéis salir de la casa. Apartaos de la puerta, o sabréis quiénes somos.

—¿Qué vais a hacer? ¿Pegarme?

—Si es necesario —dijo el sargento, y tocó la vara de plata que colgaba de su cinturón.

—¿Puedo al menos recoger mi taller?

—No. Sentaos y poned las manos donde podamos verlas.

No tenía sentido. Los dos sargentos que montaban guardia junto a la puerta y los hombres que había detrás, en el patio, habían recibido probablemente del propio Roger Bellegrée la orden de retenerlo allí. Rémy se sentó y contempló con ojos cansados la confusión reinante en el taller. La sala, la cocina y la despensa eran un campo de ruinas. Merodeadores y mercenarios habían abierto cada baúl, cada armario, y machacado todo, presa de una ciega furia destructora. Rémy aún no había estado arriba, pero partía de la base de que los saqueadores también habrían revuelto sus aposentos. De todos modos, el daño hecho estaba dentro de unos límites, porque no habían encontrado el sótano en el que ocultaba sus libros y objetos de valor.

Se tocó el brazo superior, donde le había alcanzado la maza de guerra. La carne estaba hinchada y sentía un dolor infernal. Aun así, podía considerarse afortunado, porque no había sufrido otras lesiones, aparte de distintos rasguños y contusiones. Un milagro, si pensaba en la brutalidad con que los habían atacado a él y a sus compañeros.

Tenía que confesarse que su resistencia había sido, en última instancia, absurda. Los enemigos eran demasiado numerosos y sencillamente habían arrollado el barrio. Habían reunido en el atrio de una iglesia a los defensores supervivientes, entre ellos a él, a Will y a Hugo. Con la primera luz del día, habían separado a Rémy de los otros y lo habían llevado a su casa.

Fuera, en el callejón, veía sargentos y guerreros enemigos. Varennes había caído, eso estaba claro. Más allá de eso, solo podía suponer lo que había pasado aquella noche. ¿Qué habría sucedido en los otros barrios? ¿Seguirían vivos su madre, Dreux, Olivier y sus amigos de la fraternidad? No lo sabía. Todo lo que podía hacer era rezar por ellos.

Las campanas del monasterio tocaron a tercia. El sonido le pareció a Rémy grotesco como un mal chiste. Los de Metz acababan de conquistar la ciudad, sus guerreros habían matado a innumerables hombres, violado a las mujeres y llevado un sufrimiento inimaginable a Varennes, pero los monjes se reunían para rezar como si aquella fuera una mañana como cualquier otra.

Levantó la cabeza cuando crujió la puerta. Roger Bellegrée entró. Otros dos sargentos le seguían mientras atravesaba con paso mesurado el taller, con un capacete con plumas en la cabeza, una sonrisa en los labios: un conquistador que disfrutaba con plenitud de su triunfo.

Rémy se levantó y echó la silla a un lado.

—Maestro Rémy —dijo Roger—. Por fin nos conocemos. Ya era hora, ¿no creéis?

Su mirada vagó por los armarios y escritorios destrozados.

—Así que este es el famoso taller del que salen todos esos libros de los que Philippine está tan enamorada. Si pienso en la posibilidad de pasarme aquí todo el santo día copiando salterios... el aburrimiento me mataría. ¿Qué encontráis en llenar pergaminos de texto y pintar pequeñas imágenes de ángeles y apóstoles? Ese no es un trabajo para un hombre.

—¿Solo habéis venido a decirme eso? —preguntó Rémy.

—De hecho mi visita tiene distintos motivos.

—¿Queréis terminar lo que empezasteis en Damas?

—No sé de qué me estáis hablando. —Roger mostró una sonrisa lobuna.

—Dejadme que refresque vuestra memoria: vuestra gente intentó asesinarnos a Philippine y a mí. Pero no les salió bien. ¿Thankmar ya vuelve a poder andar? ¿O la herida en la pierna le ha obligado a buscarse otro trabajo?

—Para empezar —dijo Roger—, puede que haga algo que me arde en el alma desde hace un tiempo. —Hizo una seña a sus sargentos. Los dos hombres se adelantaron y agarraron por los brazos a Rémy. Roger se quitó el manto, cogió impulso y le dio un puñetazo en el vientre. Rémy se dobló y jadeó entre los dientes apretados. Los sargentos le echaron el torso hacia atrás, para que Roger pudiera volver a golpearle en la boca del estómago.

—Esto es más entretenido de lo que yo pensaba —dijo el de Metz. El tercer puñetazo alcanzó en la mandíbula a Rémy y giró su cabeza hacia un costado. Los sargentos le soltaron, trastabilló hacia atrás y cayó al suelo, pero paró el golpe con las manos. Cuando volvió a tener aire, exclamó:

—Yo en vuestro lugar habría enviado a Thankmar. Un enfermo de lepra medio muerto de hambre pega más fuerte que vos.

Roger rio, antes de ordenar a los sargentos que ayudaran a Rémy a sentarse en la silla.

—Supongo que podéis imaginaros por qué ha sido esto. Bueno, ahora que me he dado la satisfacción, podemos charlar tranquilamente.

—Si estáis buscando a Philippine… no sé dónde está —dijo Rémy—. Al menos no está aquí en Varennes.

—¿Estáis seguro? ¿Podéis asegurar que no se encuentre ya en mi poder? —La mirada de Roger pareció taladrarle, antes de que el de Metz prosiguiera con voz suave—: Bueno. Eso ha sido cruel por mi parte. Podéis estar tranquilo: yo tampoco sé dónde está. De hecho, me importa una mierda dónde se encuentre. Podéis quedárosla, si aún la queréis. Ya no me sirve. Antes de que este mes termine, nuestro desdichado matrimonio formará parte del pasado.

—Así que por fin habéis engañado al arzobispo —observó Rémy.

—Aún no. Pero esta vez no puede rechazar mi petición. Philippine es una adúltera. En estas circunstancias tiene que disolver el vínculo. Nadie puede exigir a un hombre que tolere a su lado a una mujer infiel y pecadora. Si aun así, por motivos imposibles de explicar, siguiera negándose… Bueno, he conseguido un buen botín con el saqueo de Varennes. Si le dono la mayor parte de él, seguro que olvida su viejo rencor hacia mí. —Volvió a sonreír—. La próxima vez que veáis a Philippine, decidle que en el futuro es mejor que se mantenga alejada de Metz. El castigo que le amenaza si la atrapan dentro del término de la ciudad es claramente desagradable. Preguntad a vuestra madre. Sin duda podrá confirmároslo. Aparte de eso, en Metz ya no hay nada que merezca la pena para ella. Me he incautado de sus propiedades, como es mi derecho en calidad de esposo engañado.

En lo que a vos concierne... también deberíais evitar Metz. Los Treize jurés os han condenado por adulterio. Sin duda podría hacer sin mucho esfuerzo que la pena se ejecutara también aquí, ahora que Varennes se encuentra en nuestro poder. Pero ¿qué sacaría con eso? He conseguido todo lo que quería, y no se debe ser codicioso, ¿verdad?

—¿Habéis terminado de una vez?

—Disculpad. Cuando las cosas salen a mi satisfacción, me vuelvo locuaz. A donde quiero ir a parar, maestro Rémy: os doy las gracias. Sin vos y vuestro involuntario apoyo, habría tardado mucho más en ganar para mis planes al Gran Consejo, el maestre de los escabinos y los Siete de la Guerra. Pero así ha sido un juego de niños. Quería que lo supierais.

—¿Significa eso que antes o después les habríais convencido en cualquier caso?

—¿Lo preguntáis para tranquilizar vuestra conciencia? —Como Rémy no respondía, Roger dijo—: Bueno... no soy ningún monstruo. Voy a haceros ese favor. Naturalmente que los hubiera convencido más tarde o más temprano. Una vez que he adoptado un plan, nunca renuncio a él. Siempre consigo mi objetivo. Gracias a vos solo ha ido un poco más deprisa. Pero el resultado habría sido el mismo de uno u otro modo. —Roger se puso el manto—. Bien, ya hemos hablado bastante. Es hora de que vaya al ayuntamiento. El maestre de los escabinos quiere saber qué hacemos con Varennes. Que os vaya bien, maestro Rémy. Espero que seáis feliz con Philippine.

Al llegar a la puerta se detuvo un momento y dirigió una mirada a Rémy.

—Por lo demás... lamento que vuestro padre muriera. No era mi intención. Su muerte fue un accidente.

De forma involuntaria, Rémy cerró el puño derecho.

—Desapareced, Bellegrée. Fuera de mi casa.

Poco después Roger se había ido, y con él sus sargentos. Rémy abrió el puño, lo volvió a cerrar y respiró hondo. Luego cogió su manto y se fue a casa de sus padres.

Lefèvre estaba junto a una de las dobles ventanas del ayuntamiento y contemplaba la plaza de la catedral. Los combates nocturnos habían sido especialmente fuertes allí. Cuando llegó al ayuntamiento, había muertos por todas partes alrededor de la cruz del mercado. En ese momento dos guardias de la ciudad estaban cargando el último cadáver en un carro, vigilados por varios sargentos.

El saqueo y la matanza no habían cesado hasta el mediodía. Entretanto, los gritos habían enmudecido, y el silencio envolvía Varennes como una mortaja. Aunque hacía mucho que todos los maestres de las fraternidades se habían rendido en nombre de sus barrios, sargentos y guerreros patrullaban por las calles y se aseguraban de que la resistencia no volviera a inflamarse. Cuando cogían a alguien con un arma, lo ahorcaban en el árbol más próximo. Por eso la gente se había escondido en sus casas y esperaba temerosa lo que hubiera de llegar.

Lefèvre se quedó mirando el carro con los cadáveres hasta que desapareció en la Grand Rue. Estaba muy contento consigo mismo. Por la mañana había dormido unas horas, y luego había tomado un largo baño y hacía mucho tiempo que no se sentía tan fresco. Roger le había prestado una túnica para que no tuviera que comparecer con sus harapos ante el maestre de los escabinos y los Siete de la Guerra. Era una túnica de lana verde, suave, de corte elegante y extremadamente cómoda. Le parecía como un anticipo de la hermosa vida que le esperaba.

La puerta se abrió, y dos sargentos hicieron pasar a Bertrand Tolbert. El corregidor caminaba con una muleta, porque tenía una herida en la pierna. Al contrario que la mayoría de los otros consejeros, Tolbert no se había escondido en su casa cuando los de Metz llegaron, sino que había luchado hasta el final al lado de sus guardias.

Miró con gesto sombrío a Roger Bellegrée, a Robert Gournais y a los Siete de la Guerra. Entonces su mirada cayó sobre Lefèvre.

—¿Qué se le ha perdido a él aquí?

—Eso no tiene por qué preocuparos —repuso Gournais—. Os hemos convocado para negociar con vos una paz entre la República de Metz y Varennes Saint-Jacques. Aquí están nuestras condiciones. —A una orden suya, un escribano se adelantó y entregó un pergamino a Tolbert.

—No puedo hablar en nombre del Consejo de los Doce. Eso solo puede hacerlo el alcalde, y ahora mismo no hay ningún alcalde.

—Vos habéis dirigido a los ciudadanos de Varennes durante la disputa —dijo Gournais—. Por tanto, también podéis representar a la ciudad en las negociaciones de paz. Leed el documento.

Tolbert se sentó a la mesa del Consejo, cruzó la muleta sobre sus rodillas y desenrolló el escrito. Lefèvre sabía por Roger las exigencias que contenía. Los Treize jurés no solo reclamaban que Varennes renunciara para siempre a tener una feria. Además, mantenían todos los privilegios comerciales y fiscales para los mercaderes de Metz. Los consejeros serían por otra parte relevados de sus cargos, el Consejo, disuelto y la ciudad, sometida a un apoderado de las *paraiges*, un gobernador con amplios poderes que administraría Varennes en nombre de los Treize y del maestre de los escabinos. Los cargos más importantes, como el de corregidor, serían ocupados por miembros de las *paraiges*. Para asegurar que la ciudadanía se sometía a estas exigencias y tampoco iba a rebelarse contra ellas en el futuro, cada fraternidad y el gremio de mercaderes debían elegir cada uno un miembro que iría a Metz y viviría en adelante como rehén de las *paraiges*.

Tolbert estampó el pergamino sobre la mesa.

—Vuestras exigencias son infames y desvergonzadas por encima de toda medida. Sin duda me tomáis por un necio y un loco si creéis que voy a firmar esta maquinación.

—Muy al contrario —dijo con mansedumbre Roger—. Os conocemos como un hombre razonable y clarividente, que ama su ciudad por encima de todo. Por eso, es exactamente vuestro deber firmar este tratado de paz. Porque vuestra negativa puede salirle cara a la ciudadanía.

—¿En qué medida? —preguntó Tolbert.

—Hemos hecho treinta prisioneros —explicó Gournais—. Todos ellos miembros de las familias dirigentes de Varennes… entre ellos los consejeros Henri Duval, Eustache Deforest, Adrien Sancere y Gaillard Le Masson. Se encuentran en la sede del gremio. Si rechazáis nuestras exigencias, cada hora elegiremos dos prisioneros y los decapitaremos delante de la cruz del mercado. Su vida está en vuestras manos —terminó Roger.

La postura de Tolbert se volvió rígida.

—Eso es bestial. Sois todos unos monstruos.

—Vos tenéis la culpa de esta disputa, y además la habéis perdido de manera oprobiosa —ladró uno de los Siete de la Guerra—. No corresponde al derrotado juzgar al vencedor.

Gournais hizo una seña al escribano, que llevó a Tolbert tinta y una pluma de ganso.

—No debéis titubear demasiado —dijo el maestre de los escabinos—. Cuando las campanas toquen a nona, habrá pasado la primera hora. No me obliguéis a entregar al verdugo a dos respetados ciudadanos de esta ciudad.

—Ese gobernador —logró decir Tolbert—, ¿está ya decidido quién obtendrá el puesto?

—Sin duda —respondió Gournais—. La elección recayó en nuestro fiel amigo y vasallo Anseau Lefèvre.

—¿Lefèvre? No podéis hablar en serio. Ese hombre es el diablo en persona… y además está loco. ¡Arruinará Varennes!

—Anseau nos ha prestado buenos servicios —dijo Roger—. Sabemos que podemos confiar en él. Es justo que le recompensemos adecuadamente.

Un odio ardiente hablaba en la mirada que Tolbert lanzó a Lefèvre.

—«Nuestro fiel amigo, que nos ha prestado buenos servicios.» Fuisteis vos el que entregó la ciudad a los de Metz y a sus asesinos, ¿verdad? Por Dios y por todos los santos, desearía que os hubiéramos colgado en verano.

Lefèvre no se dignó responder. Se limitó a sonreír al corregidor con los labios apretados.

Roger mojó la pluma en la tinta y se la tendió a Tolbert, que le arrancó la pluma de la mano y firmó el tratado de paz.

—Aún no hemos terminado —dijo Gournais cuando el antiguo consejero quiso levantarse—. Antes de marcharos, juraréis en nombre de la ciudadanía respetar en todo momento las condiciones de este tratado y reconocer la soberanía de la República de Metz sobre Varennes Saint-Jacques.

Pusieron un crucifijo en la mesa. Tolbert lo tocó con dos dedos y gritó:

—¡Lo juro!

Luego se puso la muleta bajo el brazo y se fue cojeando hacia la puerta, donde se volvió otra vez hacia los hombres.

—Este es un día de vergüenza para toda Lorena. Que el Señor se apiade de vuestras almas.

Con estas palabras, abandonó la sala.

Entretanto, un criado había llenado varias copas de vino. Gournais cogió una de plata y la levantó:

—Señores... ¡por nuestra gloriosa victoria!

En el almacén, los saqueadores se habían empleado especialmente a fondo. Se habían llevado la mayor parte de los paños y las especias, el resto de las mercancías estaban dispersas por el suelo. Lo que los guerreros no habían podido llevarse o lo que no tenía valor para ellos lo habían pisoteado, rasgado, esparcido por el suelo. Rémy puso en la estancia del fondo lo poco que pudo salvar. Almacenó en un rincón las cajas destruidas. El resto —astillas, sal sucia, lana deshilachada— lo barrió y lo metió en un cubo que subió al patio.

Oía a las criadas trabajar en el piso de arriba. Estaban recogiendo el salón de recibir. Como todas las casas patricias del centro, también la de su madre había sido devastada del desván al sótano. Costaría semanas y sumas ingentes reparar todos los daños. Felizmente, Isabelle aún tenía la mayor parte de su dinero. Al principio del asedio, había enterrado en el jardín dos arcas llenas de monedas de plata, salvándolas así de los saqueadores.

Para ilimitado alivio de Rémy, había salido ilesa de los combates. Igual que las criadas. No así Robert Michelet y los criados. Los de Metz los habían matado mientras intentaban defender la casa. Rémy no había conocido demasiado bien a Michelet, pero su muerte lo llenaba de pena. El *fattore* había dado su vida de buen grado para proteger a Isabelle y a las criadas de los criminales.

Cuando iba a volver al sótano, vio a un hombre de pie junto a la puerta del patio.

—¡Louis! —Rémy corrió hacia el criado y le puso las manos encima de los hombros—. ¡Pensábamos que estabais muertos! ¿Qué ha pasado? ¿Dónde está Yves?

El viejo criado parecía profundamente agotado, su ropa estaba sucia y llena de manchas de sangre. Una herida mal curada se extendía por el dorso de su mano.

—¿Sabéis lo que ha pasado? —preguntó mientras iban a la casa.

—Mi madre me lo ha contado todo.

—Cuando vuestros padres escaparon, pudimos huir. Pero Yves estaba gravemente herido. Murió poco después. Lo enterré en el bosque de Chaligny.

Rémy se santiguó. No había contado con volver a ver a los dos criados... su madre estaba convencida de que los habían matado. Aun así, sintió un profundo dolor al saber la muerte de Yves. Al mismo tiempo que, contra toda expectativa, Louis aún estuviera vivo le parecía como un milagro en aquellos días desolados. Rémy se debatía entre la alegría y el dolor, y solo pudo volver a hablar cuando subían por la escalera del zaguán.

—¿Dónde has estado todo este tiempo?

—Fuera de la ciudad. A causa del asedio no conseguí entrar. ¿Dónde están vuestros padres?

—Mi madre está arriba. Duerme.

—¿Y vuestro padre? —La voz de Louis era baja y quebradiza, como si en realidad no quisiera saber la respuesta a su pregunta—. ¿Es cierto lo que cuentan en la ciudad?

—Ha muerto —dijo de forma escueta Rémy—. Sus heridas eran demasiado graves.

El viejo criado se detuvo en el escalón más alto, mirando con fijeza hacia la nada. Había servido a Michel durante cuarenta años. Los dos hombres habían sido más que señor y criado... los había unido una amistad profunda, que iba más allá de todas las fronteras de clase. Rémy solo podía suponer lo que aquella pérdida significaba para Louis. No era hombre que mostrara sus sentimientos.

—Ven. —Rémy le puso la mano en la espalda—. Veamos si podemos darte algo de comer. Tienes que estar hambriento.

—¿Es ese Louis? —Marie, la joven criada, salió corriendo del salón de recibir cuando ellos llegaron al pasillo—. ¡Por san Jacques, estás vivo! —Se arrojó al pecho del criado y gritó—: ¡Venid todos! ¡Es Louis! ¡Está bien!

Poco después, Louis estaba rodeado de criadas que lo abrazaban llorando y lo cubrían de besos. Samuel se frotaba con sus pies, con el rabo levantado.

Sonriendo, Rémy subió la escalera. Había decidido despertar a su madre. Si se perdía el regreso de Louis por estar durmiendo, nunca se lo perdonaría.

Nadie fue capaz de decir cuántas personas murieron durante los combates por Varennes. Ciento cincuenta, calcularon las fraternidades; doscientas, decían las parroquias. Todos los días los sacerdotes rezaban responsos de la mañana a la noche, y aun así no lograban enterrar todos los cadáveres, así que al final se vieron obligados a enterrar en fosas comunes a los más pobres, antes de que se pudrieran en plena calle.

Los caídos no eran en absoluto solo guerreros u hombres de la defensa urbana. Los de Metz habían matado a mansalva, ancianos, mujeres y niños. También ciudadanos de alto rango, como los consejeros Guichard Bonet y Odard Le Roux, así como varios mercaderes, entre ellos René Albert, habían caído víctimas de su ansia criminal. Muchos otros habían resultado tan gravemente heridos en los combates que ya no podían trabajar, y en lo sucesivo quedarían entregados a la clemencia de sus familias y fraternidades.

También los daños económicos de la disputa eran inmensos: apenas había una casa que no hubiera sido saqueada y devastada. En especial los mercaderes habían sufrido mucho. Los saqueadores les habían robado arcas llenas de plata, valiosos paños y caras especias. Los miembros del gremio coincidían en decir que pasarían años antes de haberse recuperado. Algunos hermanos pensaban por eso en abandonar Varennes y buscar fortuna en otra parte.

Todo aquello no quedó sin consecuencias. A los pocos días del asedio, los alimentos empezaron a escasear. Faltaba todo lo necesario. A Varennes le esperaban tiempos duros.

Los de Metz entregaron la ciudad a su destino. A los cuatro días, la parte principal del ejército se retiró, llevándose caravanas enteras llenas de botín. Con el ejército de las *paraiges*, también los rehenes dejaron Varennes. Quince hombres fueron a prisión, uno por cada fraternidad. El gremio de mercaderes había decidido por sorteo cuál de sus miembros habría de ir a Metz. El destino eligió a Henri Duval. El futuro de los rehenes era incierto. Si alguna vez volverían a ser libres o no, estaba escrito en las estrellas.

Desde entonces Varennes pertenecía a Lefèvre, y no había duda de que iba a gobernarla con mano dura. La misma tarde de la retirada de los de Metz, hizo prender a dos oficiales que habían hecho burla de su nombre en la taberna. Dos sargentos pusieron a los jóvenes en la picota y los apalearon hasta dejarlos medio muertos.

—¡Así le ocurrirá a todo el que se rebele contra la República de Metz y su gobernador, Anseau Lefèvre! —gritó el capitán de los sargentos a la multitud reunida en la plaza de la catedral—. Además, será castigado todo el que lleve un arma, se resista a las órdenes del gobernador o instigue a la revuelta, sin importar si es hombre, mujer o niño. Ahora, id a casa y dad gracias a Dios de que vuestros nuevos señores han sido lo bastante clementes como para no arrasar esta ciudad degenerada.

Mientras la multitud se dispersaba, Lefèvre estaba en una ventana del ayuntamiento y sonreía débilmente.

Rémy consideró demasiado arriesgado ir a Épinal mientras Roger Bellegrée estuviera en Varennes. Sin duda Roger había dicho que no tenía intención de hacer daño a Philippine, pero no quería confiar en eso. Roger era vengativo y caprichoso. Si se enteraba de que Rémy iba a visitar a Philippine, era posible que cambiara de opinión y decidiera seguirle para encontrarla y arrastrarla a Metz.

Así que esperó a que el ejército de Metz abandonara Varennes antes de partir para Épinal. A los sargentos que montaban guardia en la Puerta de la Sal les enseñó un ejemplar de la *De brevitate vitae* y les explicó que tenía que llevárselo a un patricio de Saint-Dié-des-Vosges que esperaba el libro desde hacía días. Los hombres aceptaron la mentira: nadie le siguió cuando cabalgó hacia el sur por la orilla del Mosela.

Llegó a Épinal al caer la oscuridad, poco antes de que cerraran las puertas de la ciudad. La taberna del albergue estaba prácticamente vacía. A una mesa se sentaban dos mercaderes alsacianos que charlaban en voz baja, como si planearan una conspiración; a otra un carretero solitario, aferrado a su jarra de cerveza. Las demás mesas estaban desiertas.

La puerta de la cámara de Philippine en el piso de arriba estaba abierta. Philippine estaba sentada a los pies de su lecho y remendaba un zapato con hilo y aguja. Una tea le daba una luz vacilante. Cuando le oyó entrar, se puso en pie de un salto y se le lanzó al cuello.

—¡Virgen santísima, vives! Tenía tanto miedo por ti. Pensaba que te había ocurrido algo. —Lo cubrió de besos.

Él la encerró en sus brazos.

—No pude venir antes. Roger ha estado en Varennes hasta esta mañana, no quería arriesgarme a traerle hasta ti.

Cerró la puerta, y se sentaron en la cama.

—Tu padre —empezó, titubeando—. ¿Es cierto lo que cuentan?

—¿Qué has oído?

—Que murió en los combates.

—Le tendieron una emboscada cuando iba a ver al duque. Soldados de Metz. Pudo huir, pero fue gravemente herido. Murió dos días después.

—Oh, Rémy. —Ella le cogió la mano, le besó en la mejilla y apoyó la cabeza en su hombro. Su cercanía no hacía desaparecer el dolor, ni siquiera lo atenuaba. Y sin embargo, por primera vez desde hacía días sentía más ligero el corazón.

—¿Pudiste despedirte de él?

—Sí.

—Eso es bueno. —Le acarició la mano.

Su voz sonaba áspera y tomada. Se tragó el nudo que tenía en la garganta.

—No puedo irme contigo. No, después de todo lo que ha ocurrido. Sería como traicionar a mi padre.

Philippine asintió, y él supo que le comprendía.

—¿Puedo ir contigo a Varennes?

—Me parece demasiado peligroso. Nos han condenado por adulterio. Roger me ha dicho que no hará ejecutar la pena mientras nos mantengamos lejos de Metz. Pero dudo que podamos confiar en su palabra.

—¿Le has visto?

—Me buscó después de la caída de la ciudad.

—¿No te habrá hecho nada?

—No hizo más que hablar —la tranquilizó Rémy. No tenía por qué conocer los detalles de aquel desagradable encuentro—. En cualquier caso, creo que lo mejor es que sigas aquí por el momento.

—¿Todavía me busca?

—Creo que no. Pero tenemos que estar seguros.

—Supongo que se ha incautado de mis propiedades.

Rémy asintió.

—Ese bastardo —murmuró Philippine. Apartó la mirada y se mordió el labio inferior.

—Eh —dijo él, y le puso las manos en los hombros—. Encontraremos una solución para todo. Confía en mí.

—Tengo que decirte una cosa, Rémy. No te va a gustar. —Le miró a los ojos—. Estoy encinta.

Él pensó que había oído mal.

—¿Encinta? —repitió como un eco.

—Hace tiempo que lo sospecho, pero desde ayer estoy segura.

Rémy se sentó, como golpeado por el rayo.

—Pero eso no es posible —logró decir—. Tú no puedes… quiero decir…

—Sí —dijo ella—. Eso he pensado yo también todos estos años. Al parecer estaba en un error. No me equivoco —añadió—. Puedo sentir cómo se mueve.

Él se levantó, caminó por la estancia y se pasó la mano por el pelo de la nuca.

—Ya sé que el momento no puede ser peor. Lo siento —dijo en voz baja.

Él se puso de rodillas ante ella, cogió sus manos entre las suyas.

—No es nada que tengas que lamentar. Es… maravilloso.

—¿Lo es?

—Claro que sí. Vamos a tener un hijo. Es la mejor noticia desde hace mucho tiempo. —A pesar de toda la tristeza, de todas las preocupaciones que le agobiaban, Rémy sentía una cálida alegría brotar dentro de sí.

—Pero eso lo hace todo aún más difícil.

—Lo conseguiremos.

Por fin, también ella sonrió.

—Ven.

Él se sentó junto a ella, y ella le puso la mano en el vientre.

—¿Puedes sentirlo?

—No sé...

—Por las tardes está especialmente vivaz. Pero a veces hay que esperar un rato hasta notar algo...

—¡Ahí! —gritó él—. Ahí está.

—Sí. —Philippine estaba radiante.

—Nuestro hijo. —Una idea inaudita. Un pensamiento maravilloso—. ¿Cuándo vendrá al mundo?

—En febrero o marzo, si está sano.

—Entonces tendremos que casarnos a más tardar para la Candelaria.

—¿Y cómo vamos a hacer eso, idiota?

—Roger no se interpondrá en nuestro camino. Quiere utilizar el adulterio para imponer por fin el divorcio.

—Eso no cambia nada en que soy reo de infamia. Si te casas conmigo, atraerás la vergüenza sobre ti.

—Eso me da igual. Nuestro hijo necesita una familia. Eso es más importante que cualquier otra cosa.

—Estás aún más loco de lo que yo pensaba.

Rémy se frotó la nariz. La noticia de su embarazo le había sacado de tal modo de sus casillas que tenía que ordenar sus pensamientos.

—¿Qué hacemos ahora? —preguntó Philippine.

—Tengo que volver a Varennes, aclarar algunos asuntos.

—¿No es igual de peligroso para ti que para mí?

—Si Roger quisiera vengarse de mí, hace mucho que lo habría hecho. No te preocupes por eso. No tardaré mucho, dos, tres días. ¿Puedes esperar tanto?

—Me las arreglaré. Solo me gustaría tener un libro para pasar el tiempo.

Rémy abrió su bolso y le entregó *De brevitate vitae*.

—Ya lo conoces, pero es mejor que nada.

—El libro con el que todo empezó, ¿verdad? —murmuró ella, mientras acariciaba la cubierta de cuero con las puntas de los dedos—. ¿Partirás enseguida?

—Si vuelvo a finales de la semana será bastante pronto. Los próximos días te pertenezco por completo a ti.

La cogió en sus brazos, y se quedaron largo rato así.

—¿Puedo tocar otra vez? —preguntó él por fin.

Sonriente, ella llevó su mano hasta su tripa.

El maestre de las basuras y sus ayudantes habían hecho un buen trabajo. Habían retirado los destrozos, eliminado todos los rastros del combate, barrido las estancias. La casa estaba reluciente, desde el desván hasta el sótano. Lefèvre decidió abandonar ese mismo día su alojamiento provisional en el ayuntamiento y volver a su viejo hogar en la rue de l'Épicier. Allí era donde mejor se sentía.

Por suerte podía mudarse sin tener que discutir con el anterior propietario. Philippe de Neufchâteau, que le había comprado la casa hacía unas semanas, estaba muerto. Los de Metz habían matado al mercader y a su esposa al saquear la casa. Dado que Philippe no tenía herederos, todas sus propiedades iban a la ciudad, y por tanto a su nuevo señor.

Recorrió las estancias y se preguntó qué quería conservar de los objetos de Philippe. La cama parecía bastante cómoda... decidió no sustituirla por una nueva. La mayoría de las demás estancias estaban bastante peladas, a causa del saqueo. Amueblarlas de nuevo iba a costar mucho dinero. Además, tenía que reparar los daños de la guerra —el cobertizo de los carromatos había sido alcanzado y destruido por las piedras arrojadizas—, contratar nuevos criados y hacerse cortar trajes. Al fin y al cabo, el gobernador de Varennes Saint-Jacques necesitaba ropa decente para toda ocasión.

Sin olvidar su sótano secreto. Apenas podía esperar para reabrirlo y reequiparlo.

Por desgracia, seguía corto de dinero.

Fue al ayuntamiento. Dado que Metz había disuelto el Consejo, por el momento había una administración municipal precaria. La paz la mantenían los sargentos que montaban guardia en las puertas y recorrían las calles en pequeños grupos. Los corchetes, vestidos de negro y blanco, pertenecían a una tropa de ciento veinte hombres que Robert Gournais había dejado atrás para asegurar la ciudad contra motines y sublevaciones. Les apoyaban en esa tarea los guardias municipales que habían sobrevivido a los combates. Lefèvre consideraba poco inteligente confiar su dominio únicamente a soldados de fuera, cuya lealtad en caso de duda era para los Treize jurés. Necesitaba hombres que le fueran leales a él y solo a él. Así que había conseguido que devolvieran las armas a los guardias y se les permitiera seguir prestando sus servicios. A cambio, ellos le habían jurado lealtad y prometido, por la salvación de sus almas, no levantar jamás la espada contra los nuevos amos de Metz.

Por el momento no había un corregidor, ni tampoco un maestre de la ceca y ningún jefe de los aduaneros. Al cabo de unas semanas, Metz iba a ocupar los puestos más importantes con hombres salidos de las filas de las *paraiges*. Hasta entonces, Lefèvre gobernaría la ciudad solo. Para que la administración de Varennes siguiera siendo capaz de actuar, los de Metz no habían despedido a todos los funcionarios que no tenían facultades importantes para sustituirlos por gente propia. El escribano de la ciudad, los heraldos, el inspector de mercados y los muchos otros empleados municipales de bajo rango podían conservar sus puestos mientras jurasen servir con lealtad a Lefèvre, al maestro de los escabinos de Metz y a los Treize jurés.

Uno de esos funcionarios era el tesorero. Lefèvre llamó a dos guardias y fue a visitarlo en la habitación en la que el hombre estaba desde la caída de la ciudad, contando ingresos fiscales como si no hubiera ocurrido nada.

—Conducidme a la cámara del tesoro.

—Sin duda, señor. —El tesorero descolgó el manojo de llaves de su gancho y le precedió. En el sótano del ayuntamiento, entraron en una sala abovedada asegurada con una puerta con herrajes y que contenía varios arcones grandes. Lefèvre indicó al tesorero que los abriera. La mayoría estaban vacíos.

—¿Adónde ha ido a parar toda la plata?

—Bueno, la defensa de la ciudad ha costado mucho dinero —explicó el tesorero—. Además, los de Metz se han llevado un buen montón. —Miró su lista—. Casi quinientas libras, para ser exactos.

Cuatro arcones estaban medio llenos. Lefèvre señaló el que contenía la mayor cantidad de monedas.

—Llevadlo a mi casa —ordenó a los guardias.

—¿Qué pensáis hacer con el dinero, si me permitís la curiosidad? —preguntó el tesorero titubeando.

—Tengo que hacer distintas adquisiciones, amueblar mi casa, comprar ropa y cosas parecidas —respondió impaciente Lefèvre—. ¿O esperas que el gobernador de Varennes ande por ahí como un monje mendicante?

—Pero es que ese dinero está previsto para determinados fines. Tenemos que pagar con él a los empleados municipales. Además, durante el asedio la muralla de la ciudad resultó dañada. Sin duda repararla será caro...

Lefèvre no tuvo más que mirar al tesorero para que cerrara la boca.

Los dos guardias cogieron el arcón y se lo llevaron.

Will admiraba a la gente de Varennes. Aunque habían vivido cosas espantosas, jamás perdían la voluntad de vivir. Sin duda maldecían su destino y clamaban a Dios, pero no se rendían. Lloraban a sus muertos y reparaban las destrucciones; luego, volvían a los talleres y a los campos y hacían su trabajo, de manera que pronto algo parecido a la cotidianidad volvió a reinar en Varennes.

Por supuesto, muchos aún tenían profundamente metido en el cuerpo el espanto sufrido. En voz baja, maldecían a Lefèvre, a las *paraiges* y a aquellos hombres que les habían quitado la libertad. Pero a cada día que pasaba hablaban menos de la disputa y de aquella noche sangrienta en que su patria había sido conquistada por un ejército enemigo por primera vez desde que había memoria. Miraban adelante e intentaban olvidar el pasado.

De no haber sido por los numerosos edificios destruidos, un visitante extranjero no se habría dado cuenta de que Varennes había sido escenario de sangrientos combates hacía poco tiempo. Los zapateros hacían zapatos, los herreros, herraduras y los tejedores, vestidos. Los niños jugaban en los patios. El ganado balaba y llenaba de excrementos el lodo de las calles. Las gentes iban al mercado, daban de comer a las gallinas y charlaban con los vecinos. Solo un observador atento descubriría todos los pequeños rastros de los pasados horrores. Los rostros en tensión. Las conversaciones que de repente enmudecían cuando llegaban sargentos. Las heridas apenas curadas, ocultas tras mandiles y calzones.

Will quería hacer su aportación a que la vida pronto siguiera su curso acostumbrado, y las gentes pudieran mirar al futuro con confianza. Así que una mañana se encaminó a la plaza del mercado y buscó al heraldo que habitualmente daba las novedades importantes a esa hora de la mañana.

El hombre iba en ese momento a dar comienzo a su trabajo, y se subió a su pedestal.

—Os saludo, magister Will. ¿Qué puedo hacer por vos?

—Desde mañana volveré a dar clase. ¿Podéis anunciar que mis discípulos deben estar en la escuela a prima?

—Claro que sí.

El Todopoderoso había bendecido al heraldo con una voz atronadora, de forma que logró sin esfuerzo superar el ruidoso trajín de los puestos del mercado. Después de haber anunciado algunas noticias del gremio y las fraternidades, proclamó la petición de Will. Este le dio un denier en agradecimiento.

Acto seguido fue al mercado de la sal y abrió la escuela. La puerta era nueva. Rémy la había puesto hacía algunos días, porque los saqueadores habían reventado y roto la vieja. La escuela misma la habían devastado, pero, como en ella no había nada de valor, se habían retirado sin causar daños graves. Entretanto, Will y Rémy lo habían limpiado todo y habían vuelto a llevar los libros, porque ambos se aferraban a la esperanza de que la escuela seguiría existiendo.

Hasta ahora, Will no había oído nada en contra. Nadie le había despedido, y el día antes en el ayuntamiento le habían pagado su salario semanal sin decir palabra. Según parecía, seguía siendo maestro al servicio de la ciudad. Era evidente que habría podido preguntar a la autoridad qué pasaba con la escuela, pero no quería levantar liebres. Consideraba más sensato seguir sencillamente con sus clases como si no hubiera pasado nada. Si a los nuevos señores de Varennes no les gustaba, ya se lo harían saber.

Encendió una tea, se sentó a su atril con el *Ars minor* y una tablilla de cera y empezó a preparar la *lectura* matinal.

Aún estaba oscuro cuando sus discípulos aparecieron. Le saludaron cansados, sacaron de su caja sus velas de sebo y se dirigieron a sus sitios. Will esperó a que la sala estuviera llena antes de contar a los niños.

—¿Dónde están Jacques y Honoré?

Un chico que vivía en la misma calle que ellos tomó la palabra:

—Ellos... no vendrán, magister —declaró de manera entrecortada, y cuando Will vio el dolor en el pálido rostro infantil, se le hizo un nudo en la garganta. Cerró los ojos un momento.

—Recemos por sus almas —dijo con voz temblorosa. Will entrelazó las manos y pronunció un salmo penitencial.

—Tuyo es el perdón. Mi alma espera al Señor. Porque en el Señor está la redención.

Los discípulos repitieron las palabras sagradas. Cuando se apagaron las últimas sílabas, el silencio reinó en la sala. Treinta y seis pares de ojos se alzaron hacia él.

Will carraspeó y abrió el libro.

—Empezaremos con la doctrina de las clases de palabras del *Ars minor* de Donato. Repetid conmigo...

Pronto un murmullo de múltiples voces llenó la sala. Will recorrió las filas haciendo a sus discípulos repetir las frases y palabras hasta que interiorizasen el ritmo y la pronunciación. La monótona repetición de las frases latinas obligaba a los chicos a no pensar en otras cosas. La fría lógica de aquella antiquísima lengua siempre había tenido algo de consuelo para Will... su gramática seguía un orden estricto, que le hacía olvidar a uno que el mundo era caótico, imprevisible y cruel. Enseguida sintió que el corazón le pesaba menos, que los recuerdos de la noche sangrienta perdían su poder al menos por el momento.

Y, si la *lectura* le ayudaba a él, seguro que también ayudaba a sus discípulos.

Los días pasaban de forma monótona. La última semana de octubre llevó a Varennes un frío húmedo y una densa niebla que se alzaba del río y se posaba en los patios y callejones como un huésped molesto que aplaza constantemente su partida.

Isabelle no se daba cuenta de casi nada de eso. Vagaba sin rumbo por estancias y pasillos, a veces se detenía en el dormitorio, a veces en el escritorio, sin ver realmente nada de lo que miraba en la calle. ¿Qué le importaba a ella la realidad? Sus recuerdos estaban mucho más vivos.

Pensó en su primer encuentro con Michel, cuando volvió de Milán entonces, hacía cuarenta años. En todos los encuentros secretos y los besos a escondidas de aquel verano, que entretanto le parecía un sueño embriagador. Había sido el comienzo de su amor, un amor que nunca había vuelto a extinguirse, a pesar de todos los obstáculos.

El destino los había separado y vuelto a reunir, les había regalado a Rémy y esa casa en la rue de l'Épicier. Allí se habían casado, se habían amado, discutido y vuelto a reconciliarse. Allí habían forjado planes para el futuro y se habían reído de los errores del pasado. Siempre se habían reído mucho cuando estaban juntos.

Tantas imágenes. Tantos recuerdos…

A veces Isabelle se sorprendía hablando con Michel. Una parte de ella se negaba a entender que ya no estaba. Cuando los criados se daban cuenta, hacían como si no hubieran oído nada. La mayoría de las veces, poco después Marie le llevaba un poco de vino y se ofrecía a cepillarle el pelo.

Michel y ella habían pasado toda su vida juntos. No sabía qué hacer sin él.

Tenía que tomar decisiones. ¿Qué iba a ocurrir ahora con la casa? ¿Con el resto de sus propiedades? Según la ley Rémy heredaba todo, pero él ya había dicho que iba a cederle su herencia para que pudiera seguir con el negocio. ¿Quería ella hacerlo? Ahora tenía cincuenta y ocho años. ¿Le quedaban fuerzas y resistencia para hacer negocios, viajar por el país y plantar cara a los competidores?

Quizá debía ingresar en las beguinas. Esa comunidad de mujeres vivía en la oración, la pobreza y la castidad sin haber hecho voto alguno. Tenían una casa en Varennes, en la que Isabelle había pasado un tiempo en sus años jóvenes. Aunque en aquella época nunca había formado parte completamente voluntaria de la congregación, recordaba con gusto aquellos años. Las hermanas grises le habían brindado su amistad y su comprensión cuando toda la ciudad la señalaba con el dedo porque había perdido su honor. Sin duda también esta vez podría encontrar allí refugio y consuelo.

Tenía que pensarlo. Necesitaba tiempo para saber con claridad qué hacer con el otoño de su vida. Ahora era viuda, y aún no había entendido lo que eso significaba.

Estaba reflexionando sobre eso cuando Louis llamó a la puerta. Samuel, al que estaba acariciando en ese momento, saltó de su regazo, se sentó en el hueco de la ventana y empezó a limpiarse.

—El maestro Rémy está aquí —dijo el criado.

Solo entonces se dio cuenta Isabelle del frío que hacía en la habitación. Avivó el fuego y cerró la ventana. Podía sentir en toda regla cómo la oscuridad se pegaba a los postigos y la niebla buscaba rendijas en la madera.

Rémy entró y la abrazó.

—Louis, tráenos un poco de vino especiado. ¿Dónde has estado estos últimos días? —preguntó Isabelle a su hijo.

—Con Philippine.

—¿Cómo está?

Rémy pasó por alto su pregunta. Parecía serio y concentrado.

—Tenemos que hablar, madre. Va a ser doloroso para ti, pero por desgracia no puedo ahorrártelo.

Ella asintió.

—Sentémonos.

Se sentaron junto a la chimenea. Su madre llevaba la vestimenta blanca de luto que apenas se quitaba desde el entierro de Michel. A Rémy le parecía que había envejecido años en las dos últimas semanas. La pena había excavado profundas líneas en su rostro.

—El asalto —empezó—, ¿cómo ocurrió exactamente?

—¿Por qué quieres saberlo?

—Los de Metz violaron el derecho de disputa. Si logro demostrarlo, podré pedir cuentas a Roger y a Robert Gournais por la muerte de padre.

—¿Ante qué tribunal? Solo el rey es lo bastante poderoso para castigarlos.

Rémy asintió.

—Voy a presentar una denuncia ante la Cancillería real. Pero para eso necesito pruebas sólidas.

—No las hay.

—Cuéntame exactamente qué pasó —insistió él.

—Estábamos cruzando un bosque, quizá a una hora de camino de Nancy, cuando aparecieron. Salieron del monte bajo y nos rodearon, media docena de hombres vestidos como fuera de la ley. Pero llevaban armaduras debajo de los harapos. —Le costaba un visible esfuerzo hablar de ese momento terrible, revivirlo todo en el recuerdo.

—¿Cómo supisteis que eran soldados de Metz?

—¿Quiénes si no iban a ser?

—No necesito sospechas, sino hechos. ¿Puedes atestiguar sin lugar a dudas que eran cómplices de los Treize? ¿Se dieron a conocer como sargentos? ¿Viste al menos insignias en sus sobrevestes?

—No.

—Por favor, piénsalo con cuidado, madre.

—Ya lo he hecho cien veces —respondió con aspereza Isabelle—. Si hubiera pruebas inequívocas, ¿crees que estaría aquí sentada? Hace mucho que habría removido cielo y tierra para llevar a la horca a los asesinos de tu padre.

Rémy guardó silencio. Todo eso no bastaba ni con mucho para acusar a Metz ante el rey, sobre todo porque no había testigos independientes del suceso. Sin duda Roger había más o menos admitido haber ordenado el asalto —«Lamento que vuestro padre muriera. No era mi intención...»—, pero esa confesión no tenía valor, Roger no sería tan necio como para repetirla ante el rey.

No. De esa forma no iba a poder coger a sus enemigos.

—No te atormentes —dijo su madre, ahora con más suavidad—. En algún momento encontraremos la forma de vengarnos. Dios es justo... no permitirá que la muerte de Michel se mantenga para siempre impune.

Rémy deseaba tener su confianza en Dios. Miró en silencio el fuego de la chimenea. Al cabo de un rato, dijo:

—Philippine está esperando un hijo.

Isabelle alzó la vista.

—Ah.

—No se lo explica. —Movió la cabeza—. Tiene que ser un milagro.

—Bueno —dijo su madre—. Considero más probable que el médico que la examinó entonces fuera sencillamente incapaz. ¿No estuvo también un sacerdote metido en aquello? Esa gente no es conocida por entender de cuerpos femeninos, que digamos.

—Sea como fuere, voy a ser padre. ¿Quién lo hubiera imaginado?

—Yo ya había perdido la esperanza. —Ella le cogió la mano y sonrió, por primera vez desde hacía muchos días—. Eso es maravilloso. ¡Por Dios, voy a ser abuela!

—Necesito tu consejo —dijo—. Quiero estar con Philippine. Con nuestro hijo. Pero no sé cómo. Me temo que, si queremos estar juntos, tendremos que irnos.

—¿Qué os detiene?

—Hice una promesa a padre. Me siento más obligado que nunca a ella, porque la obra de su vida está en ruinas.

—Te refieres a la promesa de ocuparte de Varennes.

Rémy asintió.

—Padre intuía lo que nos esperaba. Quería que hiciera todo lo posible para devolver la libertad a Varennes.

—Él no dijo eso.

—Pero es lo que significa, ¿no?

Isabelle le miró.

—¿De verdad es la promesa lo que te retiene? ¿No es más bien la supuesta culpa que sientes? —Cuando él no respondió, ella dijo—: Eso no sirve a nadie, Rémy, y menos que nadie a ti mismo. Por eso tu padre no quería que te atormentaras más con eso. Quería que mirases hacia delante.

—Entonces dime qué debo hacer.

—No cargues con una obligación demasiado grande para un hombre. ¿Has pensado que puedes instigar a la gente a resistirse contra los sargentos? ¿Combatir a Lefèvre? Eso es absurdo. Hemos sido vencidos. No está en nuestras manos echar a los de Metz.

Esas eran exactamente las reflexiones que él se había hecho. Pero ahora que su madre las decía Rémy se daba cuenta de lo necias que eran.

—Pero tiene que ser posible hacer algo.

—¿Qué decía siempre tu padre? «Cuando una tarea es tan difícil que parece imposible de llevar a cabo, divídela en distintos pasos.»

—«Da uno tras otro, y empieza por el primero.» —Rémy se frotó, sonriente, la nariz. Sí, eso había dicho siempre su viejo señor. Podía oír a Michel enseñándole a responder siempre a los desafíos con lógica y sentido de la realidad.

—¿Cuál va a ser entonces tu primer paso? —preguntó Isabelle.

—Buscaré un alojamiento cerca para Philippine, para poder verla todos los días.

Su madre asintió.

—Tenemos tierras que no utilizamos. Construiremos una cabaña en ellas.

—Deben ser tierras fuera del término de la ciudad, para que la gente de Roger no la encuentre.

—Hay un campo en Savigny, a una hora de distancia a caballo. Un poco apartado, así que no puede verse desde el pueblo. Ahora mismo no lo tenemos arrendado... puedes quedártelo.

—Gracias, madre.

—¿Y tu segundo paso?

—Padre quería que auxiliara a la gente en esta época de necesidad. Ayudaré a reconstruir las casas destruidas, para que la gente vuelva a tener dónde meterse antes de que llegue el invierno.

Isabelle sonrió.

—¿Ves? No era tan difícil. Y en lo que se refiere a todo lo demás... ya se verá. Por el momento nuestra situación puede parecer desesperada, pero no seguirá siendo así. En algún momento sabrás cómo hacer más. Ten paciencia.

Había sido una buena idea pedir consejo a su sabia e inteligente madre: por primera vez desde hacía muchos muchos días, Rémy se sentía a la altura de los desafíos del futuro.

Volvió a quedarse mirando el fuego, hasta que las llamas bajaron y apenas quedó otra cosa que ascuas.

—Por favor, estirad el brazo derecho. —Lefèvre estaba medio desnudo en la habitación, vestido tan solo con un calzón.

»Damasco italiano o *panno pratese*. Al fin y al cabo, el traje está pensado para ocasiones públicas, y el señor de la ciudad debe distinguirse de la multitud. En cualquier caso, estos paños no son precisamente baratos.

Si deseáis algo más económico, sin duda puedo hacer algo hermoso con lino de Flandes.

—Por dinero no debe quedar —declaró satisfecho Lefèvre.

El sastre lo midió de los pies a la cabeza y le informó acerca de los distintos cortes y tintadas. Apenas habían terminado cuando entró uno de los nuevos criados que Lefèvre había contratado hacía algunos días.

—El abad Wigéric, de la abadía de Longchamp, desea hablar con vos, señor.

Lefèvre frunció el ceño. Desde que había ofendido al Todopoderoso en presencia del padre Arnaut, la Iglesia no se cansaba de condenarlo en público. Más de un clérigo le consideraba incluso el Anticristo encarnado. Que la cabeza del monasterio más poderoso de Varennes se sintiera obligado a visitarlo en persona solo podía significar una cosa: que aquel hombre necesitaba algo que solo el señor de la ciudad podía darle.

—Hazlo subir —ordenó al criado, y se vistió.

Cuando el abad Wigéric entró en la habitación, inclinó la cabeza en un gesto de reticente respeto, que hizo que su mandíbula se hundiera en los pliegues de grasa del cuello. A la turbia luz del amanecer que reptaba por la ventana, el abad parecía pálido y enfermizo, pero quizá no estaba del todo sano. Un hombre tan gordo e hinchado sufría sin duda mil pequeñas dolencias, sobre todo con ese clima espantoso.

—Vuestra gracia —dijo fríamente Lefèvre—. ¿A qué debo el honor?

Wigéric a duras penas podía ocultar la aversión que sentía hacia él.

—Se trata de un asunto de la máxima importancia. ¿Podemos hablar sin que nos molesten?

Lefèvre echó al sastre y al criado y cerró la puerta. Subir las escaleras había agotado de modo visible a Wigéric, y miraba de reojo las sillas que había delante de la chimenea. Lefèvre no le ofreció que se sentara.

—¿Cómo puedo ayudaros?

—Se trata de Rémy Fleury, el iluminador de libros —explicó el abad.

—Vuestro amigo especial. —Lefèvre compuso una fina sonrisa.

—Ese hombre es un pecador y un adúltero —dijo el eclesiástico—. Aun así, hasta ahora no le habéis pedido cuentas de sus errores. Circula con libertad y se burla de los buenos cristianos de Varennes con su mera presencia.

—No temáis, no tengo intención de dejarlo escapar. Le toca el próximo día de tribunal.

En realidad, el obispo era el competente para delitos como el adulterior, pero los Treize jurés habían decidido reclamar para sí toda la jurisdicción de los tribunales de Varennes, incluyendo la canónica. Como era natural, el obispo Eudes no estaba de acuerdo, pero Metz no prestaba oídos a sus quejas. Eran lo bastante poderosos para, sencillamente, dejar correr una disputa con él.

Por tanto, Lefèvre era el único juez de Varennes, porque los Treize le habían asegurado que le dejarían manos libres mientras no tensara en exceso la cuerda. Al principio había estado indeciso sobre si condenar a Rémy Fleury utilizando su nuevo poder. Al fin y al cabo, Roger había dispuesto, con la generosidad del conquistador victorioso, dejar ir a ese hombre. Sin embargo, después de la retirada de los de Metz Lefèvre había decidido ponerse por encima de ellos... le atraía la multa elevada que llevaba consigo un proceso por adulterio. Difícilmente podía imaginar que eso perjudicara su amistad con Roger. Al fin y al cabo, el destino del maestro Rémy le era del todo indiferente a Roger.

—¿Qué castigo vais a pedir para él? —preguntó Wigéric.

—Una multa, como es habitual en tales casos.

—¡Eso es demasiado poco! —tronó el abad—. ¡Ese hombre merece ir a la cárcel, mejor aún a la horca, por todo lo que ha hecho!

Lefèvre rio en voz baja.

—¿Por qué no hablamos con claridad, vuestra gracia? A vos no os importan sus pecados. Ese hombre es vuestro peor competidor... queréis aniquilarlo, y la escuela con él. No tenéis por qué avergonzaros. Son necesidades hacia las que yo tengo plena comprensión. Una palabra vuestra, y Fleury desaparecerá para siempre. Y, en lo que a la escuela se refiere... de todos modos tengo intención de cerrarla. Esa absurda empresa ya ha devorado suficiente dinero.

—¿Lo haríais? —insistió Wigéric.

—Me cuesta demasiado. —Lefèvre chasqueó los dedos—. Lo que no significa que no quiera una recompensa por mis esfuerzos. ¿Qué obtendré a cambio?

El abad le miró, penetrante.

—No es ningún secreto que os atormenta el miedo al infierno. Podría intervenir ante el arzobispo para obtener una indulgencia.

—¿Me perdonaría todos los pecados?

—Todos los que hayáis cometido hasta el día de hoy, sí.

Era una oferta atractiva. Sin duda Lefèvre se había acostumbrado al hombre del espejo, pero el miedo a los tormentos del infierno seguía asediándolo.

—Quiero vuestra palabra, abad. No me conformo con meras promesas. La Iglesia ya me ha dejado en la estacada a menudo.

—Juro que haré todo lo que esté en mi poder para que el obispo Theoderich os conceda una amplia indulgencia.

Por el momento, Lefèvre se conformaba con eso.

—Puedo disponer la muerte de Fleury, si lo deseáis —dijo—. Pero recomiendo proceder de manera más sutil. Su familia sigue teniendo gran influencia en la ciudad. Si simplemente lo hacemos desaparecer, habrá una rebelión.

—¿Qué me aconsejáis?

—Habría una posibilidad elegante de aniquilarlo y al mismo tiempo desacreditar la escuela, de manera que nadie se atreva a protestar si la cerramos. Aunque para eso también ese maestro tendría que pagar el pato.

—Ese hombre lleva años difundiendo sus pensamientos heréticos —declaró Wigéric—. Es justo que sea castigado de una vez.

—Herejía... ahí es adonde quería ir a parar —dijo Lefèvre con sonrisa lobuna, y describió su plan a Wigéric.

Richwin estaba puliendo un casco, y estaba satisfecho de haber conseguido eliminar la última mancha de óxido. Lo dejó con los otros y pasó al siguiente.

Lo habían asignado al servicio de la armería. Las bóvedas de la torre del ayuntamiento estaban oscuras, húmedas y frías, pero a Richwin no le importaba estar allí abajo. Siempre era mejor que pasarse todo el santo día dando vueltas por las calles neblinosas y dejarse fastidiar por los sargentos. En la armería estaba tranquilo, podía trabajar tan deprisa —o tan despacio— como quisiera. Mientras frotaba el casco, tarareaba una canción triste.

Antes había sido guardia de la ciudad en cuerpo y alma. El trabajo estaba bien pagado y tenía sentido: uno vigilaba las puertas, protegía la paz del mercado y ayudaba al corregidor a poner la mano encima a la gentuza. Cuando él caminaba por las calles con la lanza en la mano, Varennes estaba un poco más seguro. Gracias a él y a los otros guardias, los ciudadanos podían ir en paz a sus asuntos durante el día y dormir tranquilos por las noches.

Eso había cambiado radicalmente con la toma del poder por Metz. Ahora ya no servía a un Consejo elegido, sino a una banda de criminales que no habían llevado a su ciudad más que sufrimiento y perdición. En vez de preservar el derecho y la ley, protegía a los mayores truhanes de todos. Sin duda habría podido negarse a prestar obediencia a Lefèvre, pero ¿qué habría sido de su familia? Tenía varias bocas que alimentar, no podía echarlo todo a rodar y esperar que ya encontraría otro trabajo. Los tiempos eran duros. Así que se había tragado su orgullo y jurado lealtad a Lefèvre, aunque lo que le habría gustado habría sido escupir en la cara a ese traidor.

Desde entonces, odiaba el trabajo que antes tanto había amado. Tan solo hacía lo que se le ordenaba, y por lo demás no movía un dedo. Hacía que lo asignaran a la armería con la mayor frecuencia posible, porque mientras estuviera allí abajo nadie le obligaba a importunar a su propia gente o encerrar a cualquier pobre diablo que molestara a Lefèvre.

Como siempre que le asaltaba la amargura, pensó en su hijo. Urbain era todo su orgullo. Justo en ese momento el chico estaba en la escuela y aprendía latín y aritmética. Sus capacidades eran enormes. Magister Will solo tenía que explicar una cosa una vez, y el chico ya la había entendido. Y estaba bien que así fuera, porque Richwin tenía firmemente decidido ofrecerlo como aprendiz a un mercader en cuanto hubiera terminado en la escuela. Pero no allí, sino en Épinal o Toul o cualquier otro sitio, lo principal era que estuviera muy lejos de Lefèvre y de Metz y sus sargentos. Porque Varennes había acabado. Allí un joven no podía hacer nada con su vida, por inteligente que fuera.

Poco después oyó pasos en la escalera. Richwin suspiró. Se había acabado la tranquilidad. Con los labios apretados, pulió el casco e hizo como si estuviera poniendo todo el celo en el asunto.

Sylvain, otro guardia, entró.

—Deja el trapo y ven —dijo—. Hay trabajo.

—¿Ah, sí? —rezongó Richwin.

—Ha venido el señor. Debemos reunir veinte hombres. Ahora, mueve el culo. Nos hará pasar un infierno si le hacemos esperar.

—¿Veinte hombres? ¿Qué se le ha vuelto a ocurrir? —preguntó Richwin mientras seguía a Sylvain por las escaleras.

—Solo el diablo lo sabe. Creo que se trata del maestro Rémy y del inglés. Parece ser que sospechan que esconden libros heréticos en la escuela. Ya sabes… escritos de los cátaros y cosas así. O algo parecido ha dicho el abad Wigéric.

Richwin no dejó notar su conmoción.

—¿Vamos a prenderlos?

—Supongo que sí.

—¿Qué tiene el abad Wigéric que ver con esto? —Richwin hizo que su voz sonara como si el asunto le aburriera.

—Ni idea. Ha venido con el señor. Quizá él haya encontrado los libros.

Entraron en el zaguán del ayuntamiento. En la parte alta de la escalera que llevaba al gran salón estaban Lefèvre y el abad Wigéric, conversando en voz baja.

—Traeré a los hombres del mercado del pescado —dijo Sylvain—. ¿Vas tú a la Puerta de la Sal?

Richwin asintió.

—Mi hijo está ahora mismo en la escuela.

—¿Y qué?

—Si prendemos al maestro Will, puede haber peligro. Tengo que enviarlo a casa antes de que esto empiece.

—Hazlo. Pero inventa una buena excusa, no vaya a ser que el inglés se huela algo.

Poco después, Richwin corría Grand Rue abajo. Quizá no fuera tan instruido como el maestro Will, pero no era ningún tonto… se daba cuenta de lo que estaba pasando allí. Escritos heréticos, eso era ridículo. Todo Varennes sabía que la escuela era una espina clavada para el abad. Ahora, por fin, había encontrado una forma de cerrarla y aniquilar al mismo tiempo a un molesto competidor. Seguramente no le habría costado trabajo enredar a Lefèvre con alguna promesa.

«¡Esos cerdos! ¡Esos viles diablos!»

Los pensamientos de Richwin volaban. ¿Estaba a su alcance cruzarse en el camino de ese plan? No, eso estaba por encima de sus posibilidades. Pero por lo menos podía advertir al magister Will, para que él y el maestro Rémy se fueran de la ciudad antes de que la trampa se cerrara. Sin duda al hacer eso violaba sus deberes y, en sentido estricto, hasta su juramento de lealtad. Pero se lo debía al maestro Will, después de todo lo que había hecho por su chico.

Llegó a la escuela y se cuidó de que nadie le viera cuando se metió en el callejón que había entre el edificio y el muro de la judería. Iba a abrir la puerta cuando se dio cuenta de que era mejor que tampoco los discípulos lo vieran. Así que abrió la puerta tan solo una rendija y se asomó. El maestro Will estaba en su atril y hablaba en ese momento en latín.

—¡Magister Will! —siseó Richwin.

El inglés se volvió hacia él y frunció el ceño.

—Estamos en medio de la *lectura*. Si no es importante de verdad…

—Una palabra… por favor —dijo Richwin en tono de súplica.

El maestro Will salió, e iba a exigir una explicación cuando Richwin cerró la puerta.

—Estáis en peligro. Lefèvre ha dado orden de prenderos. Enseguida vendrán los guardianes y os arrojarán a la Torre del Hambre.

—¿Es una broma? Si la respuesta es «sí», no me hace gracia.

—No es una broma. Es mortalmente serio.

El maestro lo miró con ojos desorbitados.

—Pero ¿por qué, por todos los arcángeles?

—El abad Wigéric sospecha que escondéis escritos prohibidos en la escuela. Van a acusaros de herejía, a vos y al maestro Rémy.

—¿Escritos prohibidos? Eso es absurdo. No tengo nada parecido. No encontrarán nada.

El maestro Will era un alma bendita e inteligentísimo, pero al mismo tiempo de una ingenuidad aterradora.

—¿Es que no lo entendéis? Lefèvre y Wigéric quieren cerrar la escuela y acabar con vos. Cualquier medio les sirve para eso —explicó Richwin—. Así que van a encontrar algo.

—¿Queréis decir… que van a meter en mi escuela material herético?

—O lo esconden aquí o en vuestra casa o en el taller del maestro Rémy. Algún guardia que no sepa nada encontrará el escrito, y tendrán todo lo que necesitan para procesaros.

—Pero ¿qué debo hacer ahora? —preguntó desesperado el maestro Will.

—Huid, tan rápido como podáis. Advertid al maestro Rémy y abandonad la ciudad. No tenéis mucho tiempo. Como mucho media hora, antes de que vengan a buscaros.

—Pero ¡no puedo marcharme sin más!

Richwin cogió por los hombros al inglés.

—No tenéis elección. Si os quedáis, arderéis en la pira.

El maestro Will se pasó la mano por el pelo y respiró de forma entrecortada. La noticia le había causado tal impacto que Richwin temió que se desplomara. Felizmente, se rehízo.

—De acuerdo —murmuró—. Iré enseguida a casa de Rémy. Tan solo voy a decir a los niños…

—No hay tiempo para eso. Tenéis que iros ahora.

—¿Cómo vamos a salir de la ciudad? Nos prenderán en las puertas.

—Id por la Puerta del Heno. Los guardias de allí no están al corriente. —Antes de soltar el brazo del maestro, Richwin dijo—: No os habéis enterado por mí. Nunca he estado aquí.

—Sin duda, sin duda. —El maestro levantó el borde de su túnica y salió corriendo.

A Richwin se le subió el corazón a la garganta. Ahora ¿qué? Dentro, los niños se inquietaban. Decidió dejarlos a su suerte y alcanzar a los hombres de la Puerta de la Sal, para que no hubiera problemas. ¿Y después? Cuando Lefèvre comprobara que el magister Will y el maestro Rémy habían desaparecido, sospecharía que alguien los había avisado a ambos. Sylvain sospecharía enseguida de Richwin, pero no había que temer que le traicionara. Sylvain era su amigo desde los quince años, odiaba a Lefèvre como todos los demás guardias de la ciudad. Si Richwin se lo pedía, mantendría la boca cerrada.

Richwin dio un pequeño rodeo por los callejones, para que los hombres de la Puerta de la Sal no se dieran cuenta de que llegaba de la escuela.

—¿Qué hay, Richwin? —preguntó uno de los guardias.

—Llamad a todos los hombres disponibles y venid al ayuntamiento.

En el callejón en el que Rémy vivía, varios edificios habían resultado dañados durante el asedio. La casa de un anciano zapatero, en diagonal a la suya, había sufrido daños especialmente graves. Había sido alcanzada dos veces por las piedras. Uno de los proyectiles había hundido el tejado, el segundo había hecho derribarse una pared. Desde el romper del día, cuatro hombres de la fraternidad se dedicaban a reparar los daños. Arrastraban piedras sin cesar y trabajaban con sus paletas de albañil.

—Ayudadnos —exclamó uno de los hombres cuando Rémy desmontó delante de su casa—. Cuantos más seamos, más deprisa iremos.

—Ahora tengo que irme. Os ayudaré cuando vuelva —prometió Rémy, y ató su caballo junto al abrevadero que había en la puerta del patio.

Justo en ese momento llegaba Hugo. El zapatero empujaba una carretilla llena de piedras, y le saludó con un gesto de cabeza. Desde que Rémy le había salvado la vida, había una especie de armisticio entre ellos. Al menos, Hugo se abstenía de aprovechar cualquier ocasión para atacarle. También el resto de la ciudad le dejaba en paz desde hacía mucho tiempo. Ya nadie le insultaba o le señalaba con el dedo. Incluso Victor Fébus había dejado de atizar a la gente contra él. Jean-Pierre Cordonnier afirmaba que era mérito suyo, al fin y al cabo había invitado a la fraternidad a defender a Rémy. Rémy en cambio consideraba más probable que la rabia del pueblo hubiera simplemente buscado otro objetivo, y ahora se dirigiera en exclusiva a Lefèvre.

Entró en el taller y colgó su manto del gancho. A una de las mesas se sentaba Dreux delante de un cuenco humeante, y tomaba unas gachas. Para alivio de Rémy, el viejo había sobrevivido a los combates sin un solo arañazo. Desde entonces, contaba a todo el que no se ponía a salvo a tiempo extravagantes historias de cómo había ayudado a la defensa urbana a defender la ciudad baja contra los invasores de Metz.

—¿Ha venido alguien?

—Nadie —respondió masticando el anciano.

Rémy no contaba con otra cosa. Por el momento, la situación en cuanto a los encargos era bastante mala. La gente atesoraba el dinero y no se lo gastaba en trabajos de escritura.

—¿Queda algo de comer?

—He hecho una ración para vos.

Rémy entró en la cocina y llenó un cuenco. Volvía de Savigny, donde había estado visitando el trozo de tierra del que había hablado su madre. De hecho, era muy apropiado para sus fines. Había incluso una vieja cabaña de pastores que podía reformar para Philippine y el niño con un esfuerzo razonable. Más tarde iría a Épinal a contarle sus planes, pero primero tenía que comer algo. Era ya casi mediodía, y le gruñían las tripas.

Iba a hundir la cuchara en las gachas cuando la puerta se abrió de golpe y Will entró corriendo.

—¡Rémy! —El inglés estaba sin aliento, como si hubiera corrido por media ciudad—. ¡Tenemos... que... huir... enseguida!

—¿De qué estás hablando? —Como Will no respondía, Rémy llenó una jarra y se la tendió por encima de la mesa—. Bebe un sorbo.

El inglés no tocó la cerveza. Se apoyó con las manos en el respaldo de una silla, respiró hondo varias veces y dijo:

—Quieren prendernos por herejía. Lefèvre va a esconder escritos heréticos entre nuestras cosas para tener un pretexto para cerrar la escuela.

Rémy le miró fijamente.

—¿Estás del todo seguro?

Will asintió.

—Un guardia me ha advertido. Estarán aquí enseguida. Tenemos que abandonar Varennes lo antes posible.

—¡Eso es espantoso! —exclamó Dreux—. ¡No pueden trataros así!

El anciano tronaba mientras daba palmadas en la mesa. Rémy se levantó, apretó el puño contra los labios y empezó a dar vueltas por el taller.

—Cállate, Dreux, por favor. Tengo que pensar.

Aquello era sin duda obra de Wigéric, porque el propio Lefèvre no tenía ninguna razón para ir de ese modo contra Will, contra él y contra la escuela. Wigéric en cambio se había dado cuenta de que podía aprovechar las nuevas relaciones de poder en Varennes para acabar de una vez por todas con Rémy y hundir en el descrédito la odiada escuela, de forma que su cierre pareciera inevitable.

Podía imaginarse con viveza lo que ocurriría si los prendían: los llevarían a la escuela y registrarían el edificio en presencia de muchos testigos. Naturalmente, el anhelado hallazgo no se haría esperar, era posible que hallaran detrás de un armario la *Interrogatio Johannis* u otro escrito blasfemo. Sería suficiente prueba para procesarlos y quemarlos en la pira sin esperanza de piedad, porque los herejes eran enemigos de Dios y por tanto tratados como asesinos. Después de eso, pasarían décadas antes de que un ciudadano volviera a tener el valor de gestionar un taller de escritura laico o fundar una nueva escuela municipal. Sería una gran victoria para Wigéric. «Astuto», pensó Rémy. «Muy astuto. Mis felicitaciones, abad.»

Quedaba la pregunta: ¿cómo podía enfrentarse a esa intriga? La respuesta era tan simple como amarga: no podía. No había nada que pudiera hacer en el tiempo que le quedaba. Y no podían contar con un proceso limpio. Su muerte estaba escrita desde que Wigéric había logrado ganar a Lefèvre para sus maquinaciones.

Will tenía razón: no les quedaba más que la fuga.

—Rémy —apremió el inglés.

—¿Cuánto tiempo nos queda?

—Como mucho, minutos.

Rápidamente, garabateó una nota en un trozo de pergamino y se la puso en la mano a Dreux.

—Dale esto a mi madre y dile lo que ha pasado. Si te quieren quitar esta carta, cómetela, ¿entendido?

—¡Conseguiré que se os haga justicia! —anunció decidido Dreux.

—¡Ahora vete, vamos!

Mientras el viejo se marchaba, Rémy echó un vistazo a su taller. Sus pensamientos se atropellaban. ¿Qué necesitaba para sobrevivir en el bosque? Su ballesta... no. Ya no había ballesta. Los sargentos se habían incautado de todas las armas de guerra. «Una manta. Mi cuchillo. Víveres», pensó, y lo metió todo en una bolsa.

—Tenemos que pensar cómo salir de la ciudad —dijo entretanto—. Todas las puertas están vigiladas. Tenemos que encontrar otro camino.

—En la Puerta del Heno nos dejarán pasar.

—¿Cómo lo sabes?

—Me lo ha dicho el guardia que me ha avisado.

Rémy solo podía esperar que Will estuviera en lo cierto. De lo contrario, su fuga pronto habría terminado.

Salieron de la casa, desataron el caballo y montaron. Aún no había guardianes a la vista. Rémy contempló su casa por última vez. El taller, la escuela… tenía que dejar atrás todo lo que había construido a lo largo de muchos años, sin saber qué iba a pasar con todo, si volvería a verlo. Se le hizo un nudo en la garganta. No tenía elección. Estaba luchando por su vida. Clavó con fuerza los tacones en los flancos del caballo. Will, que no era el mejor jinete del mundo, se aferró a él con ambos brazos.

Poco después trotaban por el mercado del heno. En la puerta de la ciudad no se veían corchetes ni sargentos… probablemente habían buscado refugio dentro por el mal tiempo. En silencio, Rémy dio gracias a Dios y picó espuelas al caballo. Los cascos hicieron salpicar el barro cuando cruzaron la puerta a toda prisa.

—¿Adónde vamos? —Apenas oía a Will, el viento arrancaba las palabras de sus labios.

—Al bosque. Conozco un lugar en el que podemos escondernos.

Con los rostros ocultos en las capuchas de los mantos, galoparon a través de la niebla hacia los árboles, que se alzaban cubiertos de bruma al otro lado de los campos, y el bosque los acogió protector, justo cuando una tropa de guardianes rodeaba la escuela y una segunda tropa asaltaba la casa de Rémy.

Noviembre de 1227

Isabelle pidió a sus criados que esperasen junto a sus caballos antes de entrar en el albergue. A una hora tan temprana de la tarde, no había mucho alboroto en la taberna. Dos barqueros estaban sentados a las mesas, así como unos cómicos de la lengua —reconocibles por los abigarrados y remendados ropajes y los cráneos rapados— que bebían ruidosamente. Más atrás distinguió a una joven con un vestido verde, que leía un libro. Isabelle contempló su rostro en forma de corazón y su cabello oscuro y fue hacia ella.

La joven estaba tan ensimismada en su lectura que no se dio cuenta de que se acercaba.

—¿Philippine?

Ella alzó la cabeza, en sus ojos verde musgo titilaban el temor y la desconfianza.

—¿Quién quiere saberlo? —Su mano se deslizó sobre la mesa y tocó el mango del cuchillo que yacía junto al libro.

—Isabelle Fleury. La madre de Rémy.

Philippine calló, se limitó a mirarla.

—Soy yo realmente. Miradme. Rémy es igual que yo.

La desconfianza en los ojos de Philippine desapareció. Cerró el libro. Era *De brevitate vitae* de Séneca.

—¿Cómo me habéis encontrado?

—Rémy me ha dicho dónde os escondíais. No temáis. Nadie más lo sabe.

—¿Está en apuros? —preguntó alarmada Philippine.

—Sí. En grandes apuros.

—¿A causa de Roger?

—Roger no tiene nada que ver con esto. ¿Puedo sentarme?

Philippine asintió. Rémy había demostrado buen gusto una vez más: era una gran belleza, aunque parecía cansada y tensa, desmoralizada por la inactividad a la que estaba condenada desde hacía semanas. Su vientre todavía se veía liso, pero aun así Isabelle podía distinguir que se hallaba en estado de buena esperanza. Estaba ese brillo en sus ojos, ese aura especial de vitalidad, que todas las mujeres encinta tenían. Era extraño pensar que esa desconocida llevaba a su nieto bajo el corazón.

—¿Qué ha sucedido? —La voz de Philippine era apremiante.

—El nuevo señor de Varennes quiso prender a Rémy ayer. Lo acusaban de herejía.

Pasó un momento hasta que Philippine recuperó el habla.

—¿Qué?

Isabelle le contó todo lo que sabía. El mensaje de Rémy había sido muy breve. Solo le había escrito que Will y él habían sido víctimas de una perversa intriga; que debía informar a Philippine; dónde iban a esconderse. A Isabelle no le había costado trabajo deducir el resto, sobre todo porque Dreux le había dicho alguna que otra cosa.

Philippine callaba, conmocionada.

—¿Dónde está ahora?

—En los bosques que hay fuera del término de la ciudad. Se ocultan en un valle escondido que casi nadie conoce.

Philippine apretó el puño contra los labios, reflexionó.

—Por desgracia, eso no es todo —dijo Isabelle—. Lefèvre va a procesarlo. Si no comparece ante el tribunal, se le impondrá la proscripción.

Philippine no necesitaba que le explicaran lo que eso significaba. Los proscritos eran enemigos del rey y del pueblo, sin derechos, cualquiera podía matarlos si los veía. Por eso se veían obligados a vivir en los bosques, lejos de toda comunidad cristiana, por lo que la mayoría de ellos no sobrevivían al primer invierno. Irse a otra parte no tenía objeto, porque la autoridad enviaba descripciones de los proscritos a todos los partidos judiciales de los alrededores, para que la proscripción fuera eficaz también allí.

—No os preocupéis —dijo Isabelle—. Le ayudaré lo mejor que pueda.

Una lágrima corrió por la mejilla de Philippine. El movimiento con el que la secó fue convulso, casi furioso.

—¿Qué va a hacer ahora?

—Aún no he podido hablar con él. Todo lo que tengo es esta nota. —Isabelle puso el trozo de pergamino encima de la mesa—. Supongo que por ahora se quedará en los bosques.

¿Por ahora? Si Rémy apreciaba su vida, tendría que esconderse hasta el fin de sus días. Pero Isabelle no quería pensar en eso... la idea era demasiado espantosa. Se aferraba a la esperanza de que en algún momento encontraría la forma de probar su inocencia y pedir cuentas a los responsables de la intriga.

Philippine contempló la nota de Rémy, leyó las palabras escritas apresuradamente.

—Tengo que ir con él —dijo—. ¿Podéis guiarme?

—¿Estáis segura de que es lo que queréis?

—Me necesita. Y nuestro hijo le necesita.

—Si se descubre que vivís con él, se os proscribirá también a vos.

—Soy una adúltera condenada que se ha sustraído a su castigo. Antes o después ocurrirá.

Quizá lo que Philippine pretendía era necio, pero su valor y su decisión impresionaron a Isabelle.

—Os llevaré hasta él. Mañana mismo.

—Gracias —susurró Philippine.

Isabelle le cogió la mano y se la apretó.

Bois de Varennes

—Me has prometido una cabaña —gruñó Will mientras caminaban por el bosque.

Rémy levantó una rama y obligó a que el caballo, al que llevaba de las riendas, pasara por debajo. Lo hizo con cuidado, para que las gotas de rocío no cayeran sobre él. No era que representase una diferencia: ya estaba empapado por completo.

—Paciencia. El valle no puede estar lejos.

—Eso ya lo dijiste ayer. ¿Has estado alguna vez allí?

—Cuando era un muchacho. Pero hace veinte años de eso. Un bosque como este cambia. Toda la comarca tiene un aspecto distinto que antes.

Will se detuvo.

—¿Qué pasa? —preguntó irritado Rémy.

—Nos hemos perdido, ¿verdad?

—No. Simplemente, el valle está bien escondido. Tenemos que seguir buscando.

—No tengo ganas de seguir buscando. Estoy cansado. Tengo que descansar y calentarme en algún sitio antes de que me cueste la vida.

Will llevaba ya toda la mañana lamentándose; Rémy ya no podía soportarlo.

—Podrás descansar cuando lleguemos al valle. Pero si tienes una idea mejor… vamos. Estoy abierto a todas las propuestas.

Por fin el inglés cerró la boca. Se agachó y pasó bajo las ramas con gesto agrio. La capucha del manto se le quedó enganchada en una rama, a consecuencia de lo cual una lluvia de gotas de rocío cayó sobre él.

—*Goddamn!* —se le escapó.

El valle que buscaban estaba muy hundido en los bosques. El lugar ideal pues para esconderse de los esbirros de Lefèvre, hacer acopio de fuerzas y forjar con tranquilidad planes para el futuro. Por desgracia, Rémy solo recordaba vagamente el lugar en el que se encontraba, por lo que hacía dos días que daban vueltas por el bosque cubierto de bruma, agotados y temblando de frío. La noche anterior apenas habían pegado ojo, porque había llovido sin cesar. Probablemente sobrevivirían a una segunda noche al aire libre con ese tiempo; quizá incluso a una tercera. Pero a más tardar en la noche siguiente, eso estaba claro, el frío, la humedad y el agotamiento les atacarían con tal fuerza que serían presa fácil de los animales de rapiña. Y allí había animales salvajes, sin ningún género de duda: de vez en cuando oían a los lobos aullar a lo lejos.

Pero Rémy no abandonaba la esperanza. No se había perdido, por mucho que Will afirmara lo contrario. El valle estaba allí, en alguna parte… se lo decía su sentido de la orientación, que nunca le había dejado en la estacada.

Desde su huida se movían hacia el sudoeste, lejos de la ciudad. Tan alejados de las sendas y los alojamientos de los leñadores y carboneros, el bosque era denso y salvaje. Impenetrables arbustos de espinos proliferaban entre los árboles antiquísimos, madera muerta se apilaba hasta la altura de una persona y bloqueaba constantemente el camino. Rémy buscaba los riscos, porque recordaba que el valle estaba rodeado de ellos. Por desgracia, en medio de esa espesura no se podía ver más que hasta la distancia de unas pocas brazas.

Hizo subir a una elevación al renuente caballo. Al llegar arriba, distinguió una pared rocosa que se alzaba ante él entre los pinos. Se volvió con una sonrisa en los labios.

—Ven deprisa, Will. ¡Es ahí delante!

Jadeando, el inglés se le unió.

—¿Estás seguro? ¿No hemos pasado antes por aquí?

En vez de responder, Rémy avanzó un paso y guio el caballo bosque abajo hasta la pared de rocas, que era mucho más alta de lo que parecía. Después de haber atado el caballo, se aplicó en buscar el paso. Tardó un rato, pero por fin encontró la grieta entre las rocas. Apenas medía vara y media de anchura, y estaba oculta tras altos helechos y zarzales.

Se colaron por ella y entraron en el valle escondido.

No era muy grande y estaba bañado en una penumbra verdosa, protegido por todas partes por rocas, empinadas laderas y espesa vegetación. Un lugar hechizado, que sin duda hacía una eternidad que no pisaba ningún ser humano. Pocas personas sabían de su existencia, además de Rémy, como mucho su madre y algunos de los artesanos de Varennes más entrados en años. Allí se habían escondido antaño los maestres de las fraternidades que habían combatido contra Aristide de Guillory, antiguo señor de la ciudad. Sus viejas cabañas aún estaban allí, por lo menos algunas de ellas. Se alzaban entre los abedules y los zarzales como antiquísimas colinas de piedras grises.

Rémy sonrió.

—¿Qué? ¿Acaso prometía demasiado?

Will fue a la cabaña más próxima y empezó a luchar con la puerta, que colgaba podrida de sus goznes y casi se deshizo cuando la abrió. Arrastró grandes telas de araña. El espacio que había detrás era oscuro y angosto, pero estaba sorprendentemente limpio.

—No es un palacio que digamos, pero creo que bastará para nuestros fines.

Rémy entró en otra cabaña.

—Aquí dentro hay leña seca.

—¡Esa es la mejor noticia que he oído en todo el día!

Poco después crepitaba un fuego en la cabaña. Mientras, fuera, el caballo pastaba en la pradera, se calentaron, comieron de sus provisiones y esperaron a que sus ropas se secaran. Rémy sintió que sus espíritus renacían. Tenían un buen escondite, un techo sobre la cabeza y leña suficiente para varios días... por el momento, lo peor había pasado.

«Y ahora ¿qué?»

Si se quedaban allí —y partía de la base de que lo harían—, tendrían que tomar medidas. Preparar las cabañas para el invierno. Secar nueva leña. Salir de caza y acopiar provisiones. Decidió pensar en eso en cuanto hubiera recuperado algo de sueño.

El agotamiento de los días anteriores reclamó su tributo: a Will se le cerraban los ojos. Cuando el interior de la cabaña estuvo agradablemente cálido, se desnudó dejando tan solo el calzón, colgó los vestidos de una viga y se tendió junto al fuego. Poco después estaba dormido.

Rémy estaba pensando en imitarle cuando oyó ruidos. Hojas que susurraban, ramas rompiéndose. Enseguida estuvo despejado. Agarró el cuchillo.

—¡Will! ¡Despierta! Ahí fuera hay alguien.

¿Los habían encontrado los esbirros de Lefèvre? Si alguien les hubiera seguido, se habría dado cuenta. Con el cuchillo en la mano, salió y se escondió entre la maleza junto a las cabañas, dispuesto a atacar si había peligro.

Entre los arbustos de la hendidura que había en las rocas apareció su madre. Así que había recibido su nota. «Dreux, te doy las gracias, viejo amigo.» Rémy soltó la respiración contenida y se dejó ver.

—¡Rémy! —Ella corrió hacia él y lo abrazó—. ¡Gracias a san Jacques, estás bien! —Solo a duras penas conseguía reprimir las lágrimas—. ¿Dónde está Will?

Él señaló la cabaña. El inglés se había vestido y acababa de salir al exterior, todavía aturdido.

—¿Qué ha sucedido desde nuestra fuga? —preguntó Rémy—. ¿Han registrado mi casa?

—Tu casa y la escuela. Al parecer, los guardias han encontrado lo que debían... el heraldo ha anunciado que se os acusa de herejía. Lefèvre os impondrá la proscripción si no comparecéis en el proceso.

—Dios Todopoderoso —susurró Will.

Rémy apretó los labios. «De prestigioso iluminador de libros a proscrito perseguido en apenas dos días. Puedes estar orgulloso de ti mismo, Wigéric.»

—Supongo que van a cerrar la escuela.

—Supongo que sí.

—Mi casa... ¿qué pasará con ella ahora?

—Lefèvre se ha incautado de todas tus propiedades —explicó Isabelle—. Intentaré salvar cuanto sea posible. Por lo menos tus libros.

Rémy respiró hondo.

—¿Has hablado ya con Philippine?

Su madre asintió.

—Quería venir a toda costa.

—¿Qué?

—No pude disuadirla. —Le dio a entender con un gesto que esperase allí, y se escurrió por la rendija. Poco después volvió con Philippine, que llevaba de las riendas una yegua gris.

Rémy la besó.

—Deberías haberte quedado en Épinal.

—¿En serio esperabas que me quedara en ese albergue mil veces maldito mientras tú te escondes en la espesura? No, Rémy. Y ahora, deja de mirarme con esa cara de reproche. Me he decidido, y basta.

—Vas a quedarte —constató él.

—Sí, eso es lo que quiero.

—¿Y nuestro hijo? ¿Va a venir al mundo en un bosque?

—Siempre será mejor que tener que crecer sin padre. Además, yo no veo ningún bosque, sino un pequeño pueblo en el que podremos instalarnos si nos esforzamos. —Philippine miró a su alrededor—. Un buen escondite. Sin tu madre, jamás te habría encontrado.

Rémy movió la cabeza. ¿De dónde sacaba tanta confianza? ¿Era por el embarazo? Había oído decir que algunas mujeres descubrían en sí mismas una fuerza completamente nueva cuando esperaban un hijo.

—¿Vas a ser padre? —preguntó confuso Will—. Creo que entonces hay que felicitarte. Y también a la madre.

Isabelle fue hacia la yegua gris y tendió a Rémy una ballesta y un carcaj con dardos.

—Los he comprado en Épinal... seguro que los vas a necesitar. En las alforjas hay ropa limpia, mantas y víveres para unos días.

Will miró a su alrededor.

—Entonces ¿está decidido que nos quedemos aquí?

—No sabría adónde ir en otro caso —dijo Rémy.

—Podríamos intentar abrirnos paso hasta Inglaterra, con mi familia.

—Demasiado peligroso. A más tardar pasado mañana, cada ciudad y cada caballero en un radio de tres días de viaje sabrá que somos proscritos. No llegaríamos ni hasta Toul.

—Por el momento, este valle es el sitio más seguro para vosotros —coincidió su madre—. Cuidaré de que no os falte de nada. Os traeré herramientas para que podáis instalaros en las chozas.

Llevaron las cosas a una de las casitas y se sentaron junto al fuego. Reinó el silencio cuando cada uno de ellos se entregó a sus pensamientos. «Un valle en lo más hondo del bosque, una choza medio derruida y un fuego crepitando como dicha suprema», se le pasó a Rémy por la cabeza mientras miraba fijamente las llamas. «Esta es ahora mi vida.«

—Michel o Isabelle —dijo de pronto Philippine.

Rémy levantó la cabeza.

—¿Hum?

—Así va a llamarse nuestro hijo. Michel si es niño. Isabelle si es niña.

—Me siento honrada —murmuró sonriente su madre.

—¿Qué dices tú? —preguntó Philippine.

—Michel o Isabelle. —Él asintió—. Sí. Eso sería adecuado.

Rémy miró hacia fuera e imaginó a su hijo corriendo por el prado. «Michel.» Poco después los ojos se le llenaron de lágrimas.

LIBRO QUINTO

PROSCRIPTUS

De febrero a junio de 1232

Febrero de 1232

VALLE DEL MOSELA

En una colina, el caballero descabalgó y contempló el paisaje que tenía ante sí. La nieve ya se había fundido, tan solo aquí y allá sucios manchones blancos cubrían la tierra y se resistían a los parcos rayos del sol. El largo invierno había sido duro con los prados. La hierba estaba mate y amarillenta y necesitaría mucho tiempo para recuperarse. En el norte se alzaba humo: una densa nube de las calderas de la salina, hundida en un valle. El viento olía a sal fresca.

El caballero tenía frío. Aunque el clima ya no era tan gélido como hacía unos días, le daba qué hacer. Después de todos aquellos años en el calor ardiente de Palestina, ya no estaba acostumbrado al duro invierno lorenés. La respiración de su caballo humeaba, la suya también, y apretó más el manto en torno a los hombros. Debajo llevaba la sobreveste blanca de su orden, en su pecho campaba la roja cruz paté. Viajaba con poco equipaje: además de la ropa que vestía, solo llevaba consigo una manta de lana, unos pocos víveres y la bolsa de forraje para el caballo. Su armadura, la mayor parte de sus armas y sus otros corceles de batalla los había dejado en Tierra Santa, en la ciudad portuaria de Acre... así lo había querido el maestre de la orden. Solo se le había permitido portar una espada. Aquella hoja había llevado la muerte a innumerables sarracenos. No sabía exactamente cuántos. Hacía mucho tiempo que había dejado de contarlos.

Era un pobre caballero de Cristi y del Templo de Salomón de Jerusalén... un monje guerrero que defendía con las armas la verdadera fe. De joven había ingresado en la orden del Temple y poco después había ido a Tierra Santa con sus nuevos hermanos. De eso hacía dieciséis años. Dieciséis años en los que había vivido y combatido lejos de la patria.

Había echado de menos Lorena. La verde, la amable Lorena.

El caballero dejó vagar la mirada sobre las colinas y los bosques del valle del Mosela. Todo le parecía ajeno y familiar a un tiempo. Llegaba del este, de Estrasburgo y los Vosgos. Aquella mañana había estado en el antiguo feudo de su familia, que ahora pertenecía a un funcionario. El nuevo señor del feudo le había ofrecido una copa de vino y le había preguntado por la situación en Tierra Santa. Sin embargo, el caballero había notado que no era bienvenido. Había dado las gracias por el vino al funcionario; luego había montado y se había ido, con el corazón oprimido por la pena.

Picó espuelas a su caballo. Pronto tuvo a la vista Varennes Saint-Jacques y vio el barrio que había a la orilla oriental del Mosela. Cuando se había ido, aquella parte de Varennes era nueva. Los salineros y otros trabajadores de la salina vivían allí. Era pasado el mediodía. Su sentido del tiempo le decía que acababan de tocar a nona. Pero no había oído ninguna campana. ¿Por qué callaban las campanas del monasterio?

Al borde del camino desmontó, se arrodilló y pronunció siete oraciones, como prescribía la regla de su orden. Cuando hubo terminado y abrió los ojos, vio que un buhonero iba hacia él desde la ciudad. Aquel hombre seco y calvo caminaba junto a su carro, del que tiraba un flaco rocín. En el carro había toneles y cestos, que entrechocaban con ruido. El caballero se incorporó.

—Dios os guarde. Decid, amigo, ¿por qué no tocan las campanas del monasterio? ¿Es que los monjes ya no se reúnen para orar cuando empieza la novena hora del día?

El buhonero le miró de pies a cabeza, y el respeto agrandó sus ojos cuando vio la cruz de ocho puntas bajo el manto.

—Sí que lo hacen, señor. Todos los días se reúnen para orar, a prima, a tercia, a nona y también en las horas de la tarde. Pero no se les permite tocar la campana. Ninguna iglesia de Varennes puede hacerlo. Así lo ha ordenado el arzobispo.

—Pues ¿qué ha sucedido?

—Son cosas de las que es mejor no hablar, señor. Os aconsejo que deis un rodeo en torno a esa ciudad. Si queréis saber lo que pienso, está maldita. Los buenos cristianos deberían alejarse de ella. Solo vengo cuando mis negocios no me dejan elección.

El buhonero siguió su camino. El caballero frunció el ceño y contempló las torres y los tejados de la ciudad. Luego agarró las riendas y guio a su caballo por la calzada.

Varennes Saint-Jacques

Varennes había cambiado. Por todas partes, el caballero veía los estigmas de la pobreza, la miseria y el miedo. Casi todos los edificios parecían venidos a menos. La gente estaba enflaquecida y llevaba ropas raídas. Niños de mejillas hundidas jugaban en medio de la suciedad. Había guardias armados en cada esquina que lo observaban todo recelosos. Nadie reía.

La gente corriente hablaba en voz baja e iba por las calles como criminales que llevan a escondidas sus pecaminosos afanes.

El caballero pasó por delante de una iglesia y contempló el camposanto tras el muro bajo. La maña hierba y los zarzales crecían por doquier, algunas lápidas se habían caído y estaban semienterradas. La iglesia parecía tan sola y abandonada como una vieja ruina hundida en los bosques. Y eso que un día había sido el centro del nuevo barrio.

«Esta ya no es la floreciente ciudad comercial del alcalde Fleury y el Consejo de los Doce», pensó el caballero. Tenía que haber ocurrido algo terrible.

Detuvo a una matrona que llevaba a la espalda un cesto enorme y preguntó quién era el señor de esa ciudad. La anciana respondió en un bisbiseo, como si siseara una maldición blasfema: Anseau Lefèvre. El duque Lefèvre, el favorito de Metz.

El caballero quedó inmóvil cuando la comadre se fue de allí. Su diestra se cerró en torno a la empuñadura de su espada. En su orden la disciplina estaba por encima de todo, había aprendido hacía ya muchos años a dominar sus sentimientos. De manera que nadie vio la ira que subía por su garganta como un veneno.

«Lefèvre. El duque Lefèvre.»

Pero el caballero no solo sentía rabia. En lo más hondo de su interior estaba aliviado, incluso alegremente excitado. Lefèvre no estaba muerto, como él había temido. Vivía.

Cruzó el puente del Mosela y fue a la rue de l'Épicier. Allí, entró en el patio de la mayor casa comercial y preguntó por la señora de la casa. Un criado le dijo que esperase allí, que iría a buscar a la señora.

Poco después, ella salió de la casa. Había envejecido, envejecido y encanecido, pero no como la fea comadre junto a la iglesia abandonada, en absoluto. Había envejecido con dignidad, y a su manera seguía siendo una belleza. El vestido blanco que llevaba… ¿era ropa de luto?

Al verlo se detuvo abruptamente, incluso retrocedió un paso y se cubrió la boca con la mano. Entonces entendió.

—Sois vos —murmuró—. Por Dios, casi pensaba que vuestro padre había resucitado de entre los muertos. Vamos arriba. Sin duda estaréis sediento.

—Os lo agradezco —dijo Nicolás de Bézenne, y siguió a la señora Isabelle al interior de la casa.

Guio a Nicolás hasta el salón de recibir e indicó a las criadas que sirvieran vino y viandas. Mientras él comía pan con los restos del asado del mediodía, Isabelle miró al caballero. Lo había visto por última vez hacía muchos años, antes de que ingresara en la orden del Temple. Por aquel entonces era un joven de temperamento alborotado y aguda inteligencia, que llenaba de orgullo a su padre a la vez que le daba abundantes preocupaciones. Ahora debía de tener treinta y seis o treinta y siete años, y era idéntico a Renouart. No cabía sorprenderse de que casi se le hubiera parado el corazón del susto.

Llevaba el pelo limpiamente cortado y una cuidada barba. Sus ojos, todo su ser, derramaban una profunda calma. Renouart no se había alegrado de que su hijo primogénito quisiera unirse a los templarios. Una noche les había abierto su corazón a ella y a Michel hablando de eso. Sin duda, que Nicolás ingresara en una orden poderosa y tomara la cruz aumentaba el prestigio de la familia, pero Renouart habría preferido que Nicolás hubiese sido su sucesor. Entonces aún no sospechaba el destino que les esperaba a él y a su familia.

Rascó distraída a Samuel, que se le enroscaba entre las piernas. Isabelle seguía sin poder creerlo. Cuando le dijeron que había llegado un visitante había pensado que era Sieghart Weiss, de Speyer, al que esperaba desde hacía días. En vez de eso, era Nicolás de Bézenne el que se sentaba a su mesa. Cuando no contaba con volver a ver al caballero en esta vida.

Él se comió hasta el último bocado del asado.

—Varennes ha cambiado —dijo con su profunda voz, que sonaba tan familiar. Si Isabelle la hubiera escuchado con los ojos cerrados, habría visto a Renouart delante de sí—. Me han dicho que la ciudad está maldita. ¿Qué ha ocurrido?

—Maldita —repitió ella—. Quizá realmente un mal hechizo pese sobre nosotros. Eso explicaría algunas cosas.

—Las campanas guardan silencio y las iglesias están cerradas. ¿Acaso el arzobispo ha impuesto un interdicto a la ciudad?

Isabelle asintió.

—Se nos castiga por el asesinato de cuatro monjes de la abadía de Longchamp. Los guardias de la ciudad los mataron hace dos años a las puertas del monasterio. Hasta que ese crimen haya sido expiado, ningún sacerdote puede decir misa en Varennes y dar los sacramentos. Los niños no son bautizados, los matrimonios no son bendecidos, los muertos son enterrados sin ceremonia alguna. Dios ha abandonado este lugar, Nicolás, y quizá nunca vuelva.

—Una ciudad en la que se asesina a hombres de la Iglesia —dijo con suficiencia el caballero— no merece nada mejor.

—Quizá deberíais escuchar la historia hasta el final antes de condenarnos —respondió ásperamente Isabelle—. Los corchetes que cometieron el crimen están a las órdenes de Lefèvre. Sí, el usurero. Él reina ahora en Varennes. Hace mucho que no hay un Consejo electo. A Lefèvre se le metió en la cabeza que, como señor de la ciudad, tenía derecho a exigir impuestos a los monasterios. Cuando se negaron a atender su exigencia, los mandó saquear. Entonces fue cuando mataron a los monjes. Los ciudadanos de Varennes no tuvieron lo más mínimo que ver con eso, y sin embargo son los que sufren el interdicto. Porque a Lefèvre no le importan las consecuencias de su crimen y se niega a pagar la expiación.

—No sabía nada —dijo Nicolás—. Por favor, perdonadme.

Dijo esas palabras con tal sinceridad que el enfado de ella se esfumó. Asintió.

—Esta ciudad ha sufrido mucho mientras estabais lejos. No nos juzguéis demasiado pronto antes de conocer las circunstancias exactas.

—¿Cómo ha sucedido que Lefèvre gobierne Varennes? ¿Quién lo ha elevado a la condición de duque?

—Él mismo —respondió despectiva Isabelle—. El poder se le ha subido a la cabeza. Se cree un príncipe, cuando los Treize jurés de Metz son los verdaderos dueños de Varennes. Lefèvre no es más que su esbirro. Apenas puede decidir nada sin pedir permiso a Roger Bellegrée, a Robert Gournais y al resto de su banda de criminales. Pero eso no le impide someternos y extorsionarnos. Hace castigar con dureza el menor delito. Quien no paga puntualmente sus impuestos o tan siquiera habla mal de él, es azotado o arrojado a la Torre del Hambre. Él mismo vive escondido en su casa, y cree ver enemigos por todas partes.

Nicolás le escuchó en silencio, evitando mirarla. Isabelle sabía que no era porque fuera tímido o no la apreciara. Vivía con castidad, y la regla de la orden de los templarios le prohibía contemplar el rostro de una mujer. A eso se atenía, aunque ella era vieja y con toda certeza ya no deseable.

Él frunció el ceño.

—¿Los Treize jurés de Metz?

—Hace unos años hubo guerra entre nuestras ciudades —explicó ella—. Nos habíamos vuelto demasiado poderosos para el gusto de las *paraiges*, así que decidieron aniquilarnos. Nos vencieron, incorporaron Varennes a sus feudos y nombraron gobernador a su favorito, Lefèvre.

—Vuestro esposo... —empezó el caballero, buscando las palabras adecuadas.

—Murió en la disputa. Los de Metz nos tendieron una emboscada cuando cabalgábamos hacia Nancy para pedir ayuda al duque Mathieu. Durante la fuga, Michel resultó tan gravemente herido que falleció pocos días después.

Nicolás se persignó.

—Era un buen hombre. Uno de los mejores que he conocido. Su muerte es una horrible pérdida para los cristianos de esta ciudad. Me uno a vuestro dolor.

Callaron largo rato.

—¿Por qué estáis aquí, Nicolás? —preguntó al final Isabelle.

Él sacó una carta del cinturón, la desplegó y la puso encima de la mesa.

—He recibido vuestra carta.

—¿Ahora? —Apenas podía acordarse de la carta. Isabelle contempló las líneas que había escrito en septiembre del año 1220, poco después de la muerte de Renouart. Le parecían un mensaje llegado de otra vida.

—Hace ya tres años.

—Pero yo envié la carta hace casi doce años. ¿Dónde ha estado todo este tiempo?

—El maestre de la orden me la ocultó. Eran tiempos duros en Tierra Santa, y temía que vuestra carta pudiera conmover mi fe.

Ella abrió la boca para dar curso a su indignación, pero Nicolás dijo con tranquilidad:

—El maestre tomó la decisión correcta. De hecho, esta noticia me sumió en la inquietud. Por eso no me la dio hasta la paz de Jaffa, cuando los Estados cruzados dejaron de necesitar nuestra fuerza de combate.

La paz de Jaffa había sido un feliz acontecimiento para toda la Cristiandad. Isabelle recordaba muy bien cómo, a pesar de su miseria, los habitantes de Varennes habían celebrado la noticia en las calles. En febrero del año 1229, el emperador Federico había desembarcado en Palestina con un ejército cruzado. Después de inteligentes negociaciones con el sultán de Egipto, había conseguido que los cristianos de las ciudades bíblicas de Jerusalén, Belén, Lod y Nazaret fueran devueltos. A cambio, el emperador renunciaba a atacar con su ejército las fortalezas del sultán. Además, dejaba a los sarracenos el monte del Templo de Jerusalén. El tratado ponía fin al derramamiento de sangre en Tierra Santa y ayudaba a ambas partes a preservar sus derechos. Federico había alcanzado una brillante victoria sin desenvainar la espada.

—Cuando leí vuestra carta —prosiguió Nicolás— decidí regresar a la patria y restablecer el honor de mi familia. Pero el Gran Maestre no me dejó marchar hasta dos años después, una vez que hube ayudado a la orden a resolver nuestros asuntos en Tierra Santa.

—Lo que se hizo a vuestra familia ha quedado muchos años atrás —dijo Isabelle—. ¿Cómo queréis responder por su honor después de todo este tiempo?

Nicolás no contestó a eso.

—¿Dónde están mi madre y mi hermana Catherine? —El caballero le miró a los ojos por vez primera. Tenía la voz tomada, no podía ocultar el temblor—. ¿Siguen con vida?

—Sí —respondió Isabelle—. Han hecho votos y viven en la abadía de Andlau, en los Vosgos. Voy a visitarlas una vez al año. Están bien.

—Votos —repitió él.

—Pasaron por cosas terribles después de la muerte de vuestro padre. En el retiro del monasterio encontraron la paz.

No pudo medir lo que el caballero sintió en ese momento… su rostro era una máscara que ocultaba todas las emociones. Tan solo los ojos permitían asomarse al tumulto de su alma, y en ellos vio un dolor, una ira y una preocupación desmesurados. Pero Nicolás no era hombre que perdiera con facilidad el control. Se limitó a quedarse callado.

Al cabo de un rato se levantó.

—Por favor, llevadme hasta la tumba de mi padre —pidió.

ABADÍA DE ANDLAU

Tres días después, Nicolás desmontaba a las puertas del monasterio de Andlau.

Era una mañana fría y turbia. El sol era como una gastada moneda de plata, que apenas lograba atravesar la bruma que cubría las montañas. Los olmos del camino tendieron sus ramas peladas a Nicolás cuando ató su caballo. Expuso su pretensión a algunas monjas que recogían leña y ramaje al pie de los árboles. Le pidieron que esperase allí mientras una de las hermanas iba a comunicarla.

Nicolás resistió el impulso de caminar de un lado para otro, aunque estaba tan tenso como no lo había estado desde su partida de Tierra Santa. No, más que tenso: se sentía directamente perdido. Había pasado la mayor parte de su vida adulta en casas de la orden, donde cada día discurría sujeto a un severo reglamento. Los hermanos se reunían para rezar siete veces al día entre la salida del sol y la medianoche, comían juntos tres veces al día. Entre una cosa y otra, hacían los trabajos que se les asignaban, instruían a los novicios y practicaban con las armas. Cuando el maestre lo ordenaba salían, protegían los santos lugares y luchaban contra los enemigos de la Cristiandad. Siempre obedecían las órdenes del maestre, aunque incluyeran ir hacia la muerte por la orden. Todos los hermanos lo aceptaban. Su vida ya no les pertenecía, la habían consagrado al Todopoderoso. Solo la orden disponía sobre su destino.

Así había pasado Nicolás diecisiete años. Había sido una vida dura, pero también sencilla, buena. Sin tener que tomar decisiones. Sin que le atormentaran dudas.

De pronto, estaba abandonado a sus propias fuerzas. Nadie ordenaba su jornada. Ningún maestre le decía lo que debía hacer. Tenía que averiguar por sí mismo qué camino tenía que recorrer, qué era correcto y qué equivocado.

Eso era difícil. Mucho más difícil de lo que había creído. Mientras esperaba delante de la puerta del monasterio, se sintió desnudo, confuso, expuesto.

Se alegraba al pensar en el reencuentro con su madre y su hermana, y al mismo tiempo lo temía. Catherine… Antes de unirse a la orden, había sido la persona que más había querido. Se habían confiado mutuamente sus sueños, sus miedos y preocupaciones. Había sido a Catherine a la que había contado que quería ser templario mucho antes de tener el valor de hablarlo con su padre. Ella le había fortalecido en su proyecto, le había convencido para que siguiera con obstinación el deseo de su corazón. Aunque en aquel momento solo tenía catorce años, tenía más madurez y sabiduría que muchos adultos. Ya entonces había comprendido que el destino de él no era quedarse en Lorena y dirigir algún día el feudo de la familia. Había sentido que estaba elegido para cosas más grandes. Que tenía que irse porque su destino estaba lejos de su país.

Despedirse de ella había sido duro. Aquella mañana, cuando estaba a punto de partir hacia la casa de la orden en Metz, ambos habían derramado muchas lágrimas. Catherine prometió rezar todos los días por él. Él la abrazó y no fue capaz de darle las gracias... el dolor le había dejado sin voz.

Catherine, su hermana pequeña, su compañera del alma. Cuando más le había necesitado, él no había estado allí para ayudarla.

Enseguida saldría por aquella puerta. Sabía que había cambiado. Ya no era una niña, sino una mujer adulta de treinta años. Una mujer que había pasado por cosas horribles. Isabelle se lo había contado todo. Lo que Lefèvre le había hecho. Que ya no hablaba desde entonces.

Y... la puerta se abrió. Dos monjas salieron, se dirigieron hacia él. El corazón de Nicolás latió con tanta fuerza que sintió su batir en la garganta.

—Hijo mío —susurró su madre—. Eres tú de verdad.

Las yemas de sus dedos tocaron su rostro, palparon sus mejillas, como si tuviera que cerciorarse de que era realmente Nicolás el que estaba ante ella. Qué vieja se había hecho, vieja y encorvada. Pero él también sentía la fuerza que habitaba dentro de ese cuerpo frágil. Una fuerza nacida de una gran paz.

Felicitas le abrazó y se echó a llorar. También Nicolás quería llorar, pero no podía. Sus sentimientos estaban muy dentro de él y no hallaban la forma de salir. Había visto demasiadas cosas terribles en Tierra Santa, su corazón se había endurecido.

—Catherine —siseó, y se volvió hacia su hermana. Los años no habían disminuido en nada su encanto. Su rostro era tan bello como el que conservaba como un tesoro en sus recuerdos, más hermoso aún. Deseó que le saludara, que dijera su nombre, para poder oír su voz. Pero todo lo que ella hizo fue sonreírle.

—Catherine —repitió, y la tomó entre sus brazos.

Se sentaron en el suelo, al pie de los olmos. La hierba estaba húmeda, y Nicolás extendió su manta. En silencio, se miraron los unos a los otros, estudiaron mutuamente sus rostros, buscando en ellos rastros de sufrimiento y dicha.

—¿Por qué has vuelto? —preguntó su madre.

—Oí lo que había sucedido. —En pocas palabras, le habló de la carta de Isabelle, que había recibido después de muchos años. De su decisión de restablecer el honor de la familia. De la paz entre el emperador y el sultán, que le había permitido dejar Palestina.

—Todo eso ocurrió hace mucho tiempo —dijo Felicitas—. Está perdonado y olvidado. Es mejor dejar descansar el pasado.

—No puedo.

—Hemos encontrado la paz. Somos felices. Por favor, no destruyas eso solo por el deseo de venganza.

Él miró fijamente a su hermana. Ella soportó por un momento su mirada, y luego dirigió la vista al suelo.

—Sé lo que le hizo Lefèvre —dijo Nicolás—. La señora Isabelle me lo contó.

—No hablamos de eso. —La mirada de su madre era casi implorante—. Intentamos olvidarlo.

—Pero no lo lográis, ¿verdad? No sois felices... os escondéis.

—Nicolás... —trató de apaciguarle, pero no lo logró. Con cada palabra que decía crecía su ira, su voz se hacía más áspera y sonora.

—Lefèvre deshonró y asesinó a padre. Os ha tenido como esclavas. A Catherine... le hizo un daño terrible. Y nunca ha sido castigado por ello. ¿Cómo puedes pedirme que lo ignore?

Su madre calló. Volvía a llorar.

Sus lágrimas reforzaron en él su decisión, hicieron desaparecer el último resto de duda.

—El usurero pagará por todo eso. Solo entonces podréis encontrar la paz.

—¿Qué vas a hacer? —preguntó Felicitas.

—Aún no lo sé —dijo él—. Ya se verá.

Dios le mostraría el camino. Creía en eso con toda su alma.

Catherine le cogió la mano y se la apretó. Y volvió a sonreír.

Varennes Saint-Jacques

—Por favor, disculpad el retraso —dijo Sieghart Weiss, mientras se quitaba los guantes—. En realidad, querría haber llegado ya la semana pasada, pero las negociaciones con la liga de ciudades se han prolongado. Solo pude marcharme de Speyer ayer, cuando se firmaron los tratados.

Isabelle sonrió y le tendió la mano.

—No importa. No necesitaba las mercancías con especial urgencia. Bienvenido a Varennes, Sieghart.

La caravana de carros acababa de entrar en el patio de su casa. Los bueyes bramaban, su aliento humeaba en medio del frío. El patio bullía de criados y carreteros que llevaban escritos en el rostro los esfuerzos de nueve días de viaje. Las criadas de Isabelle corrieron a darles sopa y sidra caliente. Tan pronto como Sieghart indicó a los hombres que bajaran al sótano las mercaderías, siguió a Isabelle al interior de la casa.

Una vez en el salón de recibir, tomaron una copa de bienvenida: vino caliente del sur, especiado con menta y miel. Entretanto, Sieghart le habló de sus negocios en Speyer. Ahora era un hombre en la flor de la vida, y apenas tenía parecido alguno con aquel muchacho pecoso al que ella había elevado al rango de *fattore* hacía media eternidad. Se había casado hacía algunos años y era padre de dos niños, y su reputación como mercader era espléndida. En Speyer, hacía mucho que habían reconocido que no solo poseía un agudo *senno*, sino también olfato político. En consecuencia, el año anterior la ciudadanía lo había elegido para el Consejo.

Había muchos motivos por los que finalmente Isabelle había decidido seguir dirigiendo el negocio y no retirarse al convento de las beguinas. Uno de ellos, quizá el más importante, lo tenía sentado delante. Gracias al trabajo de Sieghart, la sucursal de Speyer daba todos los años abundantes beneficios, algunos meses conseguía incluso mayores ventas que ella misma. Solo a él se debía que a pesar de la difícil situación en Varennes ella hubiera salido a flote y no hubiera renunciado hacía mucho.

Dos criados entraron en la sala y pusieron un arca encima de la mesa. Sieghart se pasó por el cuello la cadena con la llave y la abrió. Cientos de monedas de plata recogieron la luz de las velas y centellearon prometedoras.

—El beneficio neto de los últimos seis meses —explicó el *fattore*—. Casi veinte libras. He traído conmigo el libro mayor. Lo haré traer para que podáis examinarlo.

—Hay tiempo para eso —dijo Isabelle—. Mejor, contadme de esa liga de ciudades. ¿En qué consiste? —Había oído rumores acerca de los últimos acontecimientos en Speyer, pero no sabía nada concreto.

Sieghart cerró el arca y despidió a los criados.

—Lo llamamos la Liga Centrorrenana y del Wetterau. Maguncia, Bingen, Worms, Frankfurt y algunas otras ciudades se unieron hace seis años para asistirse en caso de necesidad. Ahora también Speyer ha ingresado en ella. Esperamos de esto una mejor protección contra nuestros enemigos y una ampliación de las rutas comerciales. Sin duda esto es tarea de los señores feudales, pero vos sabéis que gustan de abandonar los caminos y prefieren gastar su dinero en disputas y nuevos castillos.

—¿Y los príncipes van a tolerar esa alianza?

—Ya han anunciado su resistencia. El obispo de Maguncia se ha quejado de nosotros ante el rey Enrique, que va a examinar cuidadosamente su legalidad. Que lo haga —dijo furioso Sieghart—. No vamos a dejar que nos detengan. Si él no está en condiciones de proteger las ciudades imperiales y a sus mercaderes de la arbitrariedad de la nobleza y de la Iglesia, tendremos que hacerlo nosotros mismos.

—Son interesantes nuevas —dijo Isabelle—. Tened la bondad de mantenerme al corriente.

—Lo haré.

Pidió a los criados que llevaran arriba las arcas y los libros de Sieghart. Luego, se acercó a la ventana y bajó la vista al patio. Los hombres de Sieghart habían almacenado las mercancías en la bodega y se fortalecían con sopa y sidra.

—Vamos a ver las bellezas que me habéis traído —dijo sonriente, y bajó al sótano con Sieghart.

Sieghart no se quedó mucho tiempo en Varennes. Después de haber descansado un día, cargó sal en la salina y emprendió el viaje a casa, porque echaba de menos a su familia.

A la mañana siguiente, Nicolás regresó. Isabelle estaba en el patio cuando desmontó de su cabalgadura.

—Tengo que hablar con vos —dijo él—. A solas.

—Vayamos arriba. —Aunque Nicolás seguía exhibiendo como siempre inaccesibilidad y dureza, ella pudo sentir que estaba interiormente agitado.

Entregó su caballo de batalla al criado y la siguió al salón, donde la puerta se cerró tras ellos.

—¿Qué ha hecho el usurero con su casa? —preguntó él.

—¿A qué os referís?

—El puente levadizo. Las ventanas enrejadas. Las puntas de hierro en el muro del patio. Eso no es una casa, es una fortaleza.

—Como ya os dije, Lefèvre se cree rodeado de enemigos —explicó Isabelle—. Ve asesinos redomados detrás de cada esquina. Por eso ha hecho reformar su casa. Ese hombre no está del todo bien de la cabeza.

—¿A qué os referís?

—Habla solo, y apenas sale a calle. Dicen que oye voces que le susurran cosas terribles.

Nicolás estaba junto a la ventana, de espaldas a ella. Mientras miraba la casa de Lefèvre, apretaba los dedos con tal fuerza contra el alféizar que se pusieron blancos.

—¿Por qué os interesa la casa de Lefèvre?

—Es hora de que ese hombre pague por sus crímenes —respondió Nicolás.

—Queréis venganza —constató ella.

—Sí.

No era una sorpresa para ella. El honor de su familia significaba todo para Nicolás, en eso era igual que Renouart. En modo alguno podía dejar impune lo que Lefèvre le había hecho a su familia. Isabelle lo entendía muy bien. Sin embargo, consideraba una locura el proyecto.

649

—¿Cómo pensáis hacerlo? —preguntó sin rodeos.

El caballero se volvió hacia ella.

—Voy a retarlo a un duelo.

—Con vuestro permiso, Nicolás, eso sería una necedad. ¿Por qué iba a aceptarlo Lefèvre? No es consciente de ser culpable de nada, y no hay a la redonda ningún tribunal que pudiera obligarle a enfrentarse a vos. ¿Queréis que os diga lo que ocurrirá si hacéis tal cosa? Lefèvre se reirá de vos y, a la primera oportunidad, os enviará un asesino que os corte el cuello mientras dormís.

—Entonces lo desafiaré la próxima vez que salga de su casa —respondió con terquedad Nicolás—. Lo cogeré por sorpresa, de forma que no le quede otra elección que luchar contra mí.

—¿Es que no me habéis oído? Apenas se deja ver en la ciudad. Como mucho una vez a la semana va al ayuntamiento, si no puede evitarlo, y entonces lleva siempre consigo media docena de hombres armados. Os harían pedazos antes de que pudierais desenvainar vuestra espada.

—Bien —gruñó el caballero—. Decidme vos cómo debo proceder.

—¿Queréis oír mi opinión? Abandonad ese plan, si apreciáis vuestra vida. Olvidad a Lefèvre y seguid vuestro camino.

—No puedo.

—¡Hace mucho que está condenado! ¿Qué os importa que siga vegetando unos años más, antes de que el diablo se lleve su alma?

—Tiene que ser juzgado también en este mundo. Y tiene que morir por mi mano. Se lo debo a mi padre.

Isabelle suspiró.

—Lo que yo diga o haga no os hará abandonar este asunto, ¿verdad?

—Mataré al usurero, con o sin vuestra ayuda.

—Sois un buey testarudo, exactamente igual que Renouart. ¿Os lo ha dicho ya alguien?

—Lo oigo de vez en cuando —se limitó a responder Nicolás.

Ella soltó una risa corta y seca.

—También eso podría haberlo contestado él.

—Pienso que con esto está dicho todo. Os agradezco vuestra hospitalidad, señora Isabelle. —Inclinó la cabeza a modo de despedida y fue hacia la puerta.

—Esperad. Os aprecio, Nicolás. No quiero que os hagáis matar por nada.

El caballero se detuvo.

—Solo, no tenéis ni la sombra de una posibilidad contra Lefèvre —dijo—. Pero quizá yo pueda… conseguiros aliados.

—¿Aliados? —repitió él frunciendo el ceño.

Se le había ocurrido una idea… una idea que aún no sabía adónde llevaría. Posiblemente era extraviada.

—Es hora —dijo— de que conozcáis a alguien.

Marzo de 1232

BOIS DE VARENNES

Los corchetes llevaban dando vueltas por el bosque desde el amanecer. Registraban los alrededores del viejo túmulo, y al hacerlo se habían acercado al valle escondido. Demasiado para el gusto de Rémy.

Eran cinco guardianes y un sargento, que caminaban por el bosque cubierto de niebla, con sus lanzas en la mano. Rémy y sus compañeros estaban agazapados en una colina detrás de una roca, y observaban a los hombres. Buscaban al joven aprendiz de cantero que los guardias de Rémy habían recogido y llevado al valle a primera hora de la mañana. El muchacho había bebido demasiado la noche anterior y, de camino a casa, había alternado las canciones guarras con los insultos a voz en cuello a Lefèvre. Cuando los corchetes habían ido a prenderlo, él, animado por el valor que da la desesperación, había saltado al canal de la ciudad baja y había pasado por debajo del muro de la ciudad... una hazaña que solo un borracho habría podido llevar a cabo con ese frío. Desde el río, había conseguido llegar al bosque, donde al final lo habían encontrado... un guiñapo tembloroso y medio congelado. Posiblemente le esperaba la congelación.

El extenso bosque al oeste de Varennes siempre había sido lugar de refugio para proscritos y expulsados. La gente de Lefèvre lo sabía, y a veces perseguían a criminales fugitivos hasta lo más profundo del mismo. Por lo general no tardaban en atrapar a su víctima, o abandonaban antes de acercarse al refugio secreto. Esta vez era distinto. Su buen olfato, o un maldito azar, había llevado a los seis hombres a esa parte del bosque. Si seguían caminando en esa dirección iban a topar con el acceso al valle.

Rémy no podía permitirlo bajo ninguna circunstancia.

En silencio, tensó la ballesta; sus tres compañeros le imitaron. Eran armas de primera clase, robustas y certeras. Como los artesanos de Varennes ya no podían vender ninguna arma de guerra a los ciudadanos, su madre había conseguido las ballestas en otra parte y llevado al bosque de contrabando una docena de ellas. Rémy había dedicado mucho tiempo a formar a su gente en su uso. El esfuerzo había dado fruto: ahora, en el valle había unos cuantos tiradores aceptables.

Uno de sus acompañantes, un herrero llamado Robert, apuntó al sargento. Los de Metz habían matado a su hermana, desde entonces los odiaba con toda su alma.

—Espera —murmuró Rémy.

—Tenemos que liquidarlos antes de que encuentren el valle —respondió en voz baja Robert.

Rémy estaba en contra de matar a los corchetes. No era porque tuviera escrúpulos. Si las circunstancias lo requerían, no vacilaba en matar a sus enemigos. Quizá el elevado principio de su padre de evitar siempre la violencia pudiera hacerse realidad en una ciudad civilizada, pero sin duda no en el bosque, donde amenazaban mil peligros, entre ellos los implacables guardianes de la ley. Y los años pasados habían vuelto duro a Rémy, duro y sin compasión, porque de lo contrario no habría sobrevivido. Pero lo que Robert quería le parecía sencillamente demasiado peligroso.

—Si matamos a cinco guardianes y a un sargento, Lefèvre enviará a todos sus hombres y tratará de encontrarnos. O hará que en Varennes haya inocentes que paguen por esto. No. Es mejor que los despistemos.

—¿Y cómo piensas hacerlo? —preguntó Robert. Hacía mucho que el herrero ya no llamaba «maestro» a Rémy. En el valle no había diferencias de condición ni rango. Ahí fuera eran todos iguales.

—Deja eso de mi cuenta. Vosotros, regresad al valle y mantened vigilados los accesos. Si los corchetes aparecen allí, matadlos. Si no he vuelto para el mediodía, salid a buscarme.

Los hombres asintieron.

—Buena suerte. —Robert le dio una palmada en el hombro.

Rémy echó una mirada a los corchetes, que se habían detenido en el claro al pie de la elevación y hablaban en voz baja entre ellos. Al parecer, estaban indecisos acerca de cómo proceder. Con la ballesta en la mano, se deslizó por el flanco de la colina, rodeó agachado el claro y se puso a cubierto detrás de una encina. En ese momento los seis hombres se pusieron en movimiento. Apuntó con la ballesta y apretó el gatillo. El dardo surcó el aire con un agudo silbido, rozó varias ramas y se clavó en el tronco de un árbol, a menos de una cara de la cabeza del sargento. El hombre gimió asustado y trastabilló. Rémy salió de detrás de la encina y se mostró un momento, antes de girar sobre sus talones y salir corriendo.

—¡Allí! —rugió uno de los guardias.

—¡Atrapadlo!

El pez había mordido el anzuelo. Oyó cómo los hombres emprendían la persecución.

Rémy corrió hacia el norte, lejos del valle, saltando por encima de madera muerta, trazando quiebros, agachándose por debajo de las ramas. Aunque, a sus cuarenta y un años, ya no era ningún joven, era mucho más duro y resistente que antes, porque la vida en el bosque había forjado su cuerpo. Podía correr largo tiempo sin cansarse, y al contrario que sus perseguidores no llevaba una pesada armadura. Si hubiera querido, habría podido sacudirse a los corchetes. Pero su intención era llevarlos por lo menos a media hora de distancia del valle. Así que corría a la velocidad necesaria para que no le perdieran. Ninguno de ellos llevaba un arco o una ballesta, no tenía que temer ser abatido por la espalda.

Poco a poco, el bosque despertaba de su sueño invernal. Desde hacía algunos días el rocío reblandecía el suelo y cubría cada árbol, cada arbusto, cada brizna de hierba, con una película de humedad. Una bruma espesa se aferraba a los valles y hondonadas. Pronto Rémy estuvo empapado, y su cuerpo recalentado parecía humear mientras corría campo a través. A su espalda, los corchetes maldecían y protestaban cuando pisaban agujeros embarrados o se quedaban enganchados en zarzales. Rémy, que se orientaba a ciegas en el bosque, eligió un camino que al principio facilitó que los hombres lo siguieran: poco matorral, espacio suficiente entre los árboles. Cuando hubo dejado atrás el entorno inmediato del valle se mantuvo en dirección noroeste, donde el bosque se hacía más espeso. Rémy dejó que se le acercaran a quince, veinte brazas, e hizo algunos movimientos torpes para que no perdieran la esperanza de poder agarrarlo.

—¡Más deprisa, maldita sea! —fustigaba el sargento a los guardianes—. ¡Coged a ese tipejo de mierda! ¡Un sou para el que lo atrape!

Los hombres cobraron nuevo valor y persiguieron a Rémy hasta el fondo de la espesura. En medio de la inabarcable maraña de laderas empinadas, pequeños barrancos y paredes de espino, abandonó toda contención y corrió tan deprisa como pudo.

—¡Tras él! —gritó el sargento— ¡No lo dejéis escapar!

La orden no tuvo el efecto deseado. Los corchetes estaban ya demasiado agotados como para poder medirse con Rémy; además, el intransitable terreno les daba qué hacer. Una y otra vez tenían que sortear obstáculos, lo que aumentaba aún más su ventaja. Se escurrió entre la espesura y se ocultó tras un árbol partido por un rayo, donde paró a tomar aliento. Con una fina sonrisa en los labios, escuchó los furiosos juramentos de los hombres, que vagaban dispersos sin la menor posibilidad de alcanzarlo. Ahora estaban en medio del bosque más profundo. No había nadie en millas a la redonda, ni siquiera carboneros o leñadores. Con toda probabilidad estaban totalmente perdidos, y necesitarían horas para regresar a la ciudad.

Satisfecho consigo mismo, Rémy los dejó abandonados a su suerte y se puso en camino de vuelta al valle.

En el lado occidental del valle secreto se reunió con Robert y los otros. A la entrada los saludaron los dos vigilantes.

—¿Se han ido? —preguntó uno de los hombres, que también llevaban ballestas.

—Rémy los ha atraído hacia las espesuras del norte —informó Robert sonriendo—. Se hará de noche antes de que encuentren el camino a casa.

—Buen trabajo —elogió el vigilante.

—No ha sido muy difícil —dijo Rémy.

—Nunca aprenderán que aquí fuera no están a nuestra altura, ¿eh? —El hombre rio y le dio una palmada en el hombro.

Rémy se escurrió por la rendija y entró en el refugio en el interior del valle. En la hondonada entre las paredes de roca y las laderas densamente cubiertas de vegetación había más de veinte cabañas, sencillos alojamientos de madera, paja y piedras, que rodeaban un pequeño espacio con un horno. Pollos, gansos y cerdos andaban por los caminos entre ellas comiéndose los desperdicios que les tiraban. Al este del valle, en las cercanías del otro acceso, brotaba un arroyo que alimentaba un estanque antes de desaparecer susurrante en las profundidades de una grieta en el suelo. Abastecía el refugio de agua fresca.

Los habitantes de las cabañas, en número de más de un centenar, hacían la comida, cultivaban el pequeño huerto y atendían distintos trabajos. Algunos cortaban leña, otros remendaban el tejado de una cabaña o se ocupaban de las carboneras. Un observador ignorante habría tomado el asentamiento por un pueblo normal, y admirado su protegida situación, sin sospechar que la mayoría de las personas que había en ese valle eran proscritos y rechazados a los que amenazaban duras penas si abandonaban el bosque.

Al principio, Rémy, Will, Philippine y el pequeño Michel habían vivido solos allí. Sin embargo, no habían tardado en tener compañía. Como Lefèvre gobernaba Varennes con mano dura, no pocas personas tenían buenos motivos para abandonar la ciudad y esconderse allí. Eran más cada año. Entretanto, la pequeña comunidad crecía casi todos los meses. Muchos de sus habitantes habían buscado refugio allí para escapar a la cárcel o al patíbulo. Pero no todos. Más de la mitad de aquellas personas, sencillamente, no soportaban más la miseria de Varennes, y habían ido allí con la esperanza de una vida mejor, o por lo menos más soportable. La mayoría eran antiguos habitantes de la ciudad baja, los que más sufrían bajo Lefèvre. Muchos de ellos ya no encontraban trabajo a causa de la difícil situación económica, y habían pasado hambre durante meses. Se habían visto obligados a robar y a mendigar.

Además, les había afectado el temor al demonio que decían que vagaba por la ciudad baja. Rémy solo podía hacer conjeturas acerca de qué había de verdad en esa historia. Desde hacía algunos años, había personas que desaparecían con regularidad en aquella parte de Varennes; a veces aparecían días más tarde, muertos y mutilados, en el Mosela o en el fondo de una vieja acequia. Dado que siempre se trataba de mendigos, rameras y gentes por el estilo, el corregidor no se rompía precisamente la cabeza para esclarecer los crímenes. Muchos habitantes de la ciudad baja juraban que un demonio se había llevado a aquellas pobres almas, una sombra de negras vestimentas que vagaba por los callejones a la caza de nuevas víctimas. Algunos no consideraban en absoluto a ese fantasma una criatura del infierno... más bien sospechaban que bajo la cogulla no se ocultaba otro que Lefèvre, que dejaba libre curso a su ansia criminal desde que no tenía que temer a la ley.

Rémy no sabía qué pensar de todo eso. La historia le parecía muy exagerada: un cuento de miedo en el que se expresaba el temor supersticioso de las gentes sencillas ante su terrible señor. Por otra parte, estaba claro que Lefèvre no estaba bien de la cabeza. Rémy le creía capaz de todo.

Estaba acercándose a la plaza delante de las cabañas cuando fue hacia él el joven cantero al que habían encontrado en el bosque el día anterior. Alguien le había ofrecido ropas secas, y volvía a parecer a medias vivo.

—Maestro Rémy. —Se dirigió a él.

—Solo Rémy. Y no me vengas con «vos». Aquí todos nos llamamos por nuestro nombre y nos tuteamos.

El muchacho asintió.

—Los hombres que me buscan... —empezó.

—No te preocupes por ellos. Aquí estás a salvo.

—¿Se han ido?

—Sí. Y creo que tardarán en regresar.

El muchacho tenía el alivio escrito en la cara. Se limpió con la manga la nariz, que goteaba. A más tardar al día siguiente estaría enfermo, eso era seguro.

—Me han dicho que si quiero quedarme aquí debo hablar con vos... contigo.

—¿Te lo has pensado bien?

—Sí.

—¿No puedes ir a ningún otro sitio?

—¿Adónde? Toda mi familia vive en Varennes. Además, Lefèvre cuidará con toda seguridad de que me proscriban. Eso me cerrará las puertas de todas las demás ciudades.

—¿Cómo te llamas? —preguntó Rémy.

—Géraud. Géraud Le Masson.

—¿Como el consejero?

—Gaillard es mi tío.

—Las cosas son así, Géraud —explicó Rémy—. La vida en el bosque es dura. Todo escasea, sobre todo la comida, la ropa y el alojamiento. No hay médico y no hay una fraternidad que te dé de comer cuando no puedas trabajar.

—Trabajaré —dijo Géraud con decisión—. He estado preguntando… soy el único cantero aquí. Puedo ayudaros a construir cabañas mejores.

—No basta con eso. Tendrás que salir de caza, ocuparte del huerto y montar guardia una vez a la semana. ¿Sabes manejar una ballesta?

—Un poco. —El muchacho sonrió con timidez—. Sin duda no tan bien como tú.

—No importa. Yo te enseñaré. Nos encontraremos todos los domingos por la mañana junto al túmulo, y practicaremos juntos hasta el mediodía. ¿Puedo confiar en que colaborarás sin protestar?

—Claro.

El chico no era tonto, eso estaba claro. Parecía haberlo pensado todo bien. Aunque cualquier nueva boca era una carga para su comunidad, los hombres podían aprovechar bien a hombres como él: joven, fuerte, dispuesto a todo.

—Hay más reglas —prosiguió Rémy—. Lo que decide la comunidad, es obligatorio para todos. El que no se atiene a eso tiene que irse. Eso vale también para el que roba o perjudica de cualquier otra forma a los habitantes de este valle. Solo podemos sobrevivir si nos apoyamos. ¿Respetarás esas reglas?

—Tienes mi palabra.

—Júralo por tu alma.

Géraud alzó solemnemente la mano derecha.

—Lo juro por mi alma.

Rémy asintió.

—Sé bienvenido. Preséntate a Will. Él te asignará un sitio donde dormir y te explicará dónde puedes ser útil.

—¡Mil gracias! No te defraudaré —dijo el muchacho sonriendo, antes de marcharse con la nariz goteando.

Rémy se quedó mirándolo. Otro que le tomaba por un héroe… Movió la cabeza de modo imperceptible. En los últimos cuatro años habían cambiado tantas cosas que a veces su antigua vida como iluminador de libros le parecía un sueño, irreal y lejano. Por aquel entonces, la escuela había sido su mayor preocupación. Hoy, todo eso ya no contaba. Era otro hombre, y eran otros tiempos. Toda su aspiración era la seguridad de su pequeña familia y la protección de aquellas personas que confiaban en él… y le obedecían.

Sí, los habitantes del valle lo consideraban su cabeza. Nunca había habido una decisión de la comunidad en ese sentido, ni tampoco ninguna elección o cosa parecida. Más bien se trataba de un acuerdo tácito, al que todo el mundo se atenía. Había días en que Rémy consideraba extraña esa idea, directamente inaudita. Él, el solitario, el escribano parco en palabras… ¿un cabecilla? Pero durante los últimos cuatro años había demostrado que estaba en condiciones de dar esperanza a otras personas y guiarlas con seguridad hacia el futuro. A nadie había sorprendido esa constatación más que a él mismo.

Nunca había pedido esa responsabilidad, a veces incluso la había maldecido. Sin embargo, en algún momento de los cuatro años pasados había hecho las paces con ella, había aceptado su nueva tarea e intentaba desde entonces atenderla según su leal saber y entender. Había decidido que de esta forma cumplía la promesa que antaño le había hecho a su padre. Sin duda no podía devolver la libertad a su ciudad natal, pero podía hacer todo lo que estuviera en su mano para dar un refugio seguro a los esclavizados refugiados de Varennes e insuflarles esperanza.

Fue hacia su cabaña.

En la maleza que había tras la choza jugaban algunos niños, entre ellos su hijo Michel. El chico iba a cumplir cuatro años la semana próxima, y a pesar de las difíciles circunstancias en las que se criaba crecía de forma espléndida. Al parecer, había heredado la dura naturaleza de sus antepasados campesinos por parte de padre, de manera que el frío y la parca alimentación no le importaban demasiado. Desde su nacimiento no había estado seriamente enfermo ni una sola vez, y era igual de alto que los niños de su misma edad que habían pasado los primeros años de su vida en el entorno protegido de la ciudad.

Rémy observaba sonriendo al chico, aunque en su interior sentía una punzada al mirarlo. A veces, cuando Michel reía o tenía una determinada expresión en el rostro, se parecía de tal modo al padre de Rémy que dolía. Lamentaba muchísimo que su viejo señor no hubiera podido conocer al chico. Seguro que habría idolatrado a su nieto.

Rémy entró en la cabaña, en la que titilaba un agradable fuego. Junto a él estaba Dreux, envuelto como siempre en tantas mantas y pieles que apenas era posible reconocer al viejo debajo de ellas.

—Si este no es el maestro Rémy —graznó el antiguo ayudante de escribanía—. Lo reconozco por el ruido de sus pasos. Solo hay uno que camine así.

—Deja de moverte —le riñó Philippine, que en ese momento atendía el pie enfermo de Dreux—. Si no te estás quieto no acabaremos nunca.

Interrumpió su tarea para besar a Rémy.

—Menos mal que estás aquí. Estaba empezando a preocuparme.

—Bah, nunca estuvimos seriamente en peligro. —Iba a contarle cómo había despistado a los corchetes, pero Dreux se interpuso a su inimitable manera:

—Philippine y yo estábamos hablando del taller. Estamos de acuerdo en que deberíamos volver a copiar más libros. Sobre todo, salterios y evangeliarios ricamente ilustrados, que podemos vender caros. Con cartas y contratos ganamos demasiado poco.

—Tienes razón —respondió Rémy—. Eso sería lo mejor. Así lo haremos. —No tenía sentido indicar a Dreux que ya no había taller. El viejo no solo estaba ciego y débil, la carga de los años también había nublado su entendimiento. La mayor parte del tiempo vivía en el pasado, y ni siquiera sospechaba que ya no estaba en la ciudad. Hacía dos años, cuando aún tenía la cabeza un tanto clara, había pedido a Isabelle que lo llevara al refugio de los proscritos, porque sin el taller de Rémy no sabía qué hacer en Varennes. Como además no tenía familia, la soledad y la miseria le daban qué hacer, y quería pasar el final de sus días junto a su maestro. Rémy y Philippine se sentían responsables del anciano y lo habían acogido. Desde entonces Dreux vivía en su cabaña, y se pasaba todo el santo día hablando de aquellos tiempos gloriosos en que había sido ayudante de Rémy, cuando no estaba sesteando en su rincón.

Mientras Dreux charlaba, Philippine le untaba el pie con ungüento y le ponía una venda fresca. Desde el nacimiento de Michel, se había dedicado intensamente a las plantas y había adquirido un notable conocimiento del arte curativo. Ahora, su capacidad en ese terreno era tan grande que todos los habitantes del valle acudían a ella con sus enfermedades y lesiones.

—Trata de mantener quieto el pie. El ungüento no tardará en hacer efecto, y los dolores cederán.

Dreux no le respondió. Se había quedado dormido y roncaba de forma audible. Philippine se lavó las manos.

—Me temo que Géraud va a tener un mal resfriado —dijo Rémy—. Es mejor que le eches un vistazo.

Ella frunció el ceño.

—¿Géraud?

—El joven cantero al que hemos encontrado esta mañana. Se va a quedar con nosotros.

—Lo haré. —Cogió algunas hierbas que estaban colgadas a secar y las puso en una cesta, junto con su mortero y los ungüentos y bebedizos—. ¿Dónde puedo encontrar al chico?

—Lo he enviado a ver a Will, para que le busque alojamiento.

Philippine volvió a besarle antes de salir de la choza con su cesto. Rémy se sentó a la tosca mesa bajo la diminuta ventana y empezó a limpiar su ballesta. Mientras lo hacía entró Michel, con el rostro y las manos, como siempre, negros de suciedad. Se sentó en el montón de leña y le miró.

—Yo también quiero disparar —dijo.

—Cuando seas mayor te enseñaré cómo se hace. Ahora eres demasiado pequeño. Pero puedes ayudarme a limpiarla. Ven.

Rémy cogió a Michel en las rodillas y le explicó cómo se limpiaba el arma y se engrasaba el mecanismo. Aunque la vida allí fuera era dura y luchaban el día entero para sobrevivir, Rémy se esforzaba en estar todo lo posible con su hijo. Porque con el amor pasaba lo mismo que con la lectura: lo que no se aprendía en los primeros años no se aprendía nunca.

—Poneos esto —dijo Isabelle.

Nicolás cogió la sencilla túnica gris y la miró sin entender.

—Vuestra sobreveste es demasiado llamativa. Es mejor que os tomen por un hombre de baja condición.

El caballero hizo lo que le decían, y poco después salían de la ciudad. Isabelle guiaba el carro de bueyes; sus criados y Nicolás iban a pie.

Cuando cruzaron la Puerta de la Sal y siguieron la carretera, el templario contempló frunciendo el ceño la pequeña fortaleza que había en los antiguos terrenos de la feria, a pocas brazas de distancia del foso de la ciudad. Estandartes con las armas de las seis *paraiges* ondeaban en la gran torre redonda, detrás de las almenas había sargentos con librea blanca y negra.

—Los Treize jurés la construyeron para controlar la ciudad y el comercio de mercancías de la Champaña —explicó Isabelle—. Para que no se nos pase por la cabeza sublevarnos contra ellos.

El bastión cumplía ese propósito de manera espléndida. Los de Metz lo habían erigido sobre las ruinas de la lonja y el albergue en menos de tres años, como impresionante símbolo de su poder. Aunque no era especialmente grande —la fortaleza solo consistía en la torre, un muro circular, la puerta y una vivienda para los sargentos—, su mera existencia bastaba para que cualquier idea de rebelión pareciera necia. Si hubiera una sublevación en Varennes, los de Metz se retirarían enseguida al castillo. De hecho, una gran parte de sus soldados estaban ya de forma permanente dentro de sus protectores muros; solo el corregidor y algunos otros funcionarios vivían aún en la ciudad. Gracias a las reservas almacenadas, podían resistir hasta que los Treize jurés enviaran refuerzos. Con las catapultas de la torre y la puerta podían disparar sobre los rebeldes. Una pequeña ciudad como Varennes difícilmente estaría en condiciones de ponerles asedio y repeler al mismo tiempo a un ejército de Metz.

Nicolás observó el bastión con la mirada alerta del guerrero experimentado, y pareció grabar en su mente todos los detalles mientras cruzaban los terrenos de la feria.

Cuando Varennes quedó fuera de su vista y no había nadie a la redonda, salieron del camino y doblaron hacia el bosque. Isabelle bajó del carro y ordenó a sus criados que pasaran a los cestos de la espalda algunas cajas y barriles.

—Louis y Tancrède, venid con nosotros. Los demás quedaos aquí y cuidad del carro.

—Todavía no me habéis dicho por qué vuestro hijo se esconde en el bosque —dijo Nicolás.

—Tuvo que huir hace algunos años —explicó Isabelle.

—¿Por qué?

—Se atrevió a defender el progreso.

Una vez más, el caballero frunció el ceño.

—Venid —dijo ella impaciente—. Os lo explicaré todo por el camino.

Bois de Varennes

Por la tarde, cuando Rémy estaba cortando leña, Will fue a verlo.

—Tu madre está aquí. Debes ir al acceso oeste.

—¿Por qué no la han dejado pasar los guardias?

—Antes quiere discutir algo contigo.

Sorprendido, Rémy clavó el hacha en el tocón y fue hacia la entrada del refugio. Su madre iba casi todas las semanas al valle, a visitarle y a llevar comida y cosas por el estilo a sus habitantes. Todos los guardias la conocían; podía entrar y salir del refugio sin que nadie se lo impidiera. ¿Por qué no había ido sencillamente a su cabaña si quería hablar con él?

Will le siguió a través de la hendidura en la roca. Si Rémy era el cabecilla de su pequeña comunidad, el inglés era su mano derecha, cuyo consejo recababa siempre que había que tomar decisiones difíciles. La inteligencia y prudencia de Will ya los habían salvado de peligros y privaciones más de una vez. Aunque al principio había parecido que jamás lograría adaptarse a la áspera vida en el bosque. Urbano de pies a cabeza, le había costado mucho renunciar a las comodidades de la civilización y aprender las habilidades sin las que allí fuera se sucumbía de forma inapelable. Pero hacía ya años de eso. Ahora, era tan capaz de rastrear la comida, seguir pistas y construir cabañas como Rémy. Tan solo con la ballesta continuaba siendo un caso perdido. Pero a nadie le molestaba que no participara ni en los ejercicios de tiro ni en las guardias, porque había suficientes tareas para las que estaba mucho mejor dotado, y siempre las aceptaba de buen grado. Por ejemplo, se ocupaba de los niños de la comunidad y los instruía, siempre que podía, en latín y en la Biblia, para que, a pesar de todas las circunstancias hostiles, aprendieran que no eran salvajes, sino cristianos civilizados.

Isabelle esperaba fuera, entre los árboles. Como de costumbre, llevaba puesto el blanco vestido de luto. De vez en cuando Rémy intentaba convencerla de que volviera a llevar ropa normal, ya había guardado luto suficiente por su padre. Pero ella no quería ni oír hablar de eso.

Con ella estaban Louis y otro criado. Los dos hombres llevaban a las espaldas cestos cargados de ropa y otras cosas que la pequeña comunidad necesitaba.

—Tengo que presentaros a alguien —explicó—. No quería traerlo antes de saber si la cosa quedaba en algo.

—¿A quién te refieres?

—Si te lo digo no me creerás. Ven conmigo.

Cuanto más envejecía su madre, más le gustaban los misterios y los pequeños secretos absurdos. Rémy pidió a sus criados que repartieran el contenido de los cestos entre la gente, y luego Will y él la siguieron al bosque.

—Sabes que no tengo paciencia con tus enigmas. Dilo ya... ¿quién es?

Ella respondió después de cierto titubeo:

—Nicolás de Bézenne, el hijo de Renouart. Ha vuelto de Tierra Santa, y quiere hablar contigo.

Rémy estaba no poco sorprendido. Hacía muchos años que Nicolás había dejado Lorena. Hacía una eternidad que Rémy no pensaba en él.

—¿Qué quiere de mí?

—Él mismo te lo dirá.

Fueron hacia el nordeste, en dirección a Varennes. Ese era el camino que Isabelle solía tomar cuando visitaba el valle. Dado que cabía temer que los esbirros de Lefèvre la acecharan, nunca iba directamente desde Varennes. En vez de eso hacía como si saliera rumbo a Épinal, Toul o Nancy, para dejar el camino, una vez fuera de la ciudad, en un momento en que no la observaran, e internarse en el bosque. Con toda probabilidad había dejado el carro con las mercaderías al borde del bosque, bien escondido y vigilado por otros criados.

Salieron al claro con el viejo túmulo, donde Nicolás los esperaba. Con su blanca sobreveste bajo la túnica, el templario se distinguía con claridad del verde de la hierba y el marrón y negro de los árboles y las sombras. Tenía los musculosos brazos cruzados delante del pecho.

Se saludaron mutuamente con un gesto de cabeza. Nicolás miró de frente a Rémy. Como el caballero no daba señales de explicarse, Isabelle dijo:

—Nicolás ha vuelto para restablecer el honor de su familia. Quiere pedir cuentas a Lefèvre por sus crímenes.

—¿Cómo pensáis hacerlo? —preguntó Rémy al caballero.

—No puede hacerlo solo —respondió su madre en vez de Nicolás—. Por eso está aquí: porque quiere pediros ayuda a ti y a tu gente.

Nicolás miraba a Rémy de forma tan penetrante como si quisiera alcanzar las más oscuras profundidades de su alma. Rémy empezaba a irritarse con aquel hombre.

—¿Quiere mi ayuda, pero no hablar conmigo? Lo siento, madre, pero no tengo tiempo para esto.

Cuando iba a volverse, Nicolás preguntó directamente:

—¿Sois un hereje?

—¿Cómo?

—Vuestra madre dijo que os habían acusado de forma injusta de herejía. Tengo que saber si eso es verdad, antes de tomar en consideración pediros ayuda.

—Ya os he explicado lo que pasó —dijo Isabelle, sin ocultar su disgusto—. ¿No basta con eso?

—Tengo que oírlo de su propia boca —declaró tercamente Nicolás.

Rémy lanzó una risa cínica.

—¿Ahora pretende interrogarme? Grandioso. ¿Para eso he recorrido medio bosque? No. No seguiré escuchando esto. Ven, Will, nos vamos.

—¡Díselo! —le gritó Isabelle—. ¿Qué importa?

Rémy ralentizó sus pasos. Su madre asumía semana tras semana considerables riesgos para proporcionar comida, herramientas y medicinas a los habitantes del valle. A cambio nunca pedía nada, aunque su vida en Varennes era cualquier cosa menos fácil. Si le importaba tanto que hablara con Nicolás, no podía negarle ese favor. Se volvió con un suspiro.

—No soy ningún hereje —declaró—. Y Will tampoco. La acusación se basa en una intriga del abad Wigéric. Nuestra escuela era una espina clavada para él. Quiso cargarnos un crimen para hacernos caer y tener un pretexto para cerrar la escuela. Pero no lo cometimos.

—¿Podéis jurarlo? —preguntó Nicolás.

Rémy miró furioso a su madre.

—Es la verdad —dijo Will en su lugar—. Los escritos heréticos que encontraron en la escuela y el taller de Rémy los pusieron ellos. Rémy y yo siempre nos hemos mantenido alejados de esas maquinaciones. Tenéis mi palabra.

Nicolás asintió. Con eso, el asunto parecía terminado para él.

—Tenéis que entender que insistiera. Si me pongo en tratos con un hereje, traiciono todo aquello que representa mi orden.

Rémy guardó silencio y dejó a Nicolás dar el siguiente paso. Ya había dado el primero; sin duda alguna no iba a dar el segundo.

—Vuestra madre dice que encabezáis a cien fuera de la ley —empezó el caballero.

—No todos son fuera de la ley. La mayoría son gente que ha escapado de la miseria. Y aquellos a los que vos llamáis «fuera de la ley» no son más que hombres que violaron leyes injustas e insensatas. No criminales, sino víctimas de un tirano.

—¿Cuántos de ellos son hombres capaces de combatir?

—Unos treinta. ¿Adónde queréis ir a parar?

—Solo no llegaré hasta el usurero. Para eso os necesito a vos y a vuestros hombres.

—No veo por qué tendríamos que ayudaros en vuestra venganza —dijo Rémy—. Por mucho que desee la muerte a Lefèvre, este es un asunto que no nos concierne.

El caballero asintió una vez más.

—Naturalmente, os ofrezco algo a cambio de mi ayuda.

—¿El qué?

—Vos me ayudáis a acabar con el usurero… y yo os ayudo a devolver la libertad a Varennes.

Rémy rió brevemente y se frotó la nariz.

—Eso podría superar un poco nuestras posibilidades.

—Creo que podemos conseguirlo —le contradijo Nicolás.

—¿Cómo? —preguntó Will—. No se puede conquistar una ciudad con treinta hombres. Además, está el bastión.

—No hace ni cinco años que tomé una fortaleza sarracena con menos hombres. Es todo cuestión de procedimiento.

—No somos ni soldados ni templarios —dijo Rémy—. Will era maestro de escuela, yo, iluminador de libros. Los otros son jornaleros, criados, artesanos. Sabemos defendernos cuando es necesario, pero no más.

—Yo los entrenaré en el uso de la espada, el escudo y la lanza. Dentro de seis semanas serán guerreros que podrán vérselas con cualquier corchete. Si yo los encabezo, nada ni nadie podrá detenerlos. Soy el mejor luchador en un círculo de dos días de viaje, y entiendo más del arte de la guerra que cualquier otro hombre de este obispado.

Aquella descarada arrogancia suscitó una nueva irritación en Rémy. Y sin embargo, sabía que era probable que la seguridad en sí mismo de Nicolás estuviera más que justificada. Los caballeros templarios pasaban por ser, con razón, los guerreros más terribles de la Cristiandad, casi invencibles. Si alguien tenía una posibilidad contra Lefèvre y sus esbirros, era ese hombre que estaba en el claro delante de él.

—Aun así, me parece desesperado —dijo—. Incluso treinta hombres bien instruidos con vos a la cabeza no pueden hacer nada contra Lefèvre y los de Metz.

—¿Significa eso que no queréis ayudarme?

—Soy responsable de estas personas. No puedo exponerlas a un peligro así.

—¿Es esa vuestra última palabra? —preguntó Nicolás.

—La última —respondió Rémy.

El caballero guardó silencio largo rato. Al final, dijo:

—Os agradezco que me hayáis escuchado. Dios os guarde, maestro Rémy.

—Esperad —dijo Isabelle, cuando el templario ya empezaba a irse—. ¿No puede Nicolás formar de todos modos a vuestra gente? Eso no puede hacer daño en ningún caso.

—Dudo que quiera hacerlo si no obtiene nada a cambio —respondió Rémy.

—Vuestra familia ha hecho mucho por la mía —declaró Nicolás—. Estoy profundamente en deuda con vos. Por supuesto que lo haré.

Rémy dudó antes de responder. Con toda probabilidad Nicolás esperaba poder hacerle aún cambiar de opinión si se ganaba primero la confianza de los otros habitantes del refugio. Pero a Rémy le parecía mezquino rechazarle por ese vago temor. Sobre todo porque, de hecho, a la comunidad le vendría bien que un maestro como Nicolás reforzara su capacidad de combate.

—¿Tú qué opinas? —preguntó a Will.

—¿Por qué no? —dijo el inglés.

—Está bien. —Rémy se dirigió al caballero—. Pero eso significa que tendréis que vivir con nosotros.

—Sin duda. —Nicolás asintió.

—Tendréis que someteros a las reglas de la comunidad.

—Mientras no contradigan las de mi orden, no veo ninguna dificultad en ello.

—Además, tendréis que darme vuestra palabra de que no hablaréis de nuestro escondite a nadie.

—No puedo prestar juramento alguno —dijo Nicolás—. Los mandamientos de la orden me lo prohíben.

—¿Y de mí exigíais que jurase? —replicó irritado Rémy.

—Eso era distinto.

—Mi hijo no os exige ningún juramento —intervino Isabelle, antes de que Rémy llegara a indignarse—. Tan solo una promesa. Eso sí podéis dárselo.

—Podéis confiar en que no revelaré vuestro escondite a nadie —declaró Nicolás.

Rémy miró fijamente al caballero.

—Es probable que este sea un error del que me arrepienta —murmuró, antes de volverse y echar a andar por el bosque—. Hacia el escondite se va por ahí...

Cuando, poco después, llegaron al refugio, Rémy presentó al caballero a su gente y les habló de la intención de Nicolás de formarlos en el uso de las armas. La propuesta fue acogida de buen grado. Dado que los habitantes del valle vivían en el constante temor a los animales salvajes, los bandidos y los corchetes de Lefèvre, saludaron el proyecto.

Rémy se guardó la razón por la que Nicolás estaba en realidad allí... que el caballero la contara si él mismo lo creía oportuno.

En general, Nicolás fue acogido con amabilidad, pero con distancia. Especialmente a las gentes sencillas, el templario les daba respeto. Trataron con la consiguiente cautela a su nuevo compañero: hubo abundantes miradas recelosas y conjeturas susurradas. Si a Nicolás le molestaron, no lo dejó ver.

De hecho, enseguida empezó con su trabajo. Una vez le asignaron un sitio donde dormir, hizo que le enseñaran las armas de la comunidad. Tan solo las ballestas resistieron a su mirada crítica; las pocas espadas, hachas y lanzas, todas ellas viejas y oxidadas, fueron condenadas por inútiles. Isabelle se declaró dispuesta a reunir dinero entre los ciudadanos más ricos de Varennes y conseguir con él mejor equipamiento para los expulsados.

Aquella noche, Rémy y Philippine se fueron tarde a dormir. Después de haberse amado, se quedaron despiertos. Una cortina de parches y restos de tela los separaba del espacio principal de la cabaña, en el que dormían Michel y Dreux; este último soñaba con perdidos tesoros en forma de libro y mantenía en murmullos diálogos con Séneca, Ovidio y otros gigantes de pasados tiempos. El ascua del fogón se extinguió lentamente. Rémy había pasado el brazo alrededor de Philippine. Ella se pegó a él y pasó con suavidad las yemas de los dedos por su viente.

—Este Nicolás es un tipo extraño —dijo en voz baja.

—¿Tú crees?

—No me ha mirado ni una sola vez. No existo para él. Y eso que estaba justo a tu lado cuando habló contigo.

—No olvides que ese hombre es un monje. Es probable que tema que una belleza como tú pueda recordarle lo que se pierde.

—¿Sabe que no estamos casados y aun así compartimos el lecho?

—¡Dios no lo quiera! Por mí no lo sabrá. —Rémy sonrió—. De lo contrario, nos amenazan miradas acusadoras y discursos sobre moral cristiana.

—Que quiera formaros en las armas —dijo Philippine al cabo de un rato—. ¿Qué espera de eso?

—Espera ganarnos para sus planes.

—¿Que son...?

—Venganza. Quiere pedir cuentas a Lefèvre por lo que le hizo a su familia. A cambio, quiere hacernos posible echar a los de Metz.

—¿Y tú has aceptado eso?

—No, lo he rechazado.

—Aun así está aquí.

—No te preocupes —dijo Rémy—. No haré nada que os ponga en peligro a ti, a Michel o a uno de nuestros amigos.

—Lo sé, querido. Mi querido Rémy... —murmuró, y poco después se dormía en sus brazos.

Rémy en cambio siguió despierto mucho tiempo. Se había preguntado durante todo el día por qué había ido Nicolás... por qué estaba allí en realidad. ¿Había enviado Dios al caballero? ¿Como herramienta divina, con la que Rémy pudiera devolver la libertad a su patria?

Se quedó pensándolo durante mucho tiempo, hasta que por fin también a él lo envolvió el sueño. Aquella noche soñó con las últimas horas de su padre, con la inscripción dorada que había sobre el portal del ayuntamiento y con un libro cuyas páginas ardían en llamas cuando lo abría.

A la mañana siguiente, Rémy salió temprano del refugio y fue hasta una pradera no lejos del valle. Tenía que poner orden en sus pensamientos y reflexionar acerca de distintas cosas, y como mejor lo hacía era disparando a una diana con su ballesta.

Aunque los árboles empezaban a brotar y se sentía por todas partes la cercanía de la primavera, era una fría mañana. Su respiración humeaba en el aire gélido. Una fina bruma se pegaba al suelo cuando salió al claro. Entre los espinos susurró algo, que huyó corriendo. Quizá un zorro al que había molestado.

La diana estaba a quince brazas de distancia, al otro lado de la pradera. El largo invierno había sido duro con ella, los anillos de colores habían palidecido. Pero cumplía con su misión. Rémy tensó la ballesta, puso un dardo y disparó.

Después de que los primeros ocho dardos alcanzaran su objetivo, oyó crujir de ramas y se volvió. Era Nicolás, que aparecía entre los árboles. Había cambiado su sobreveste por una sencilla túnica gris, porque no quería vestir los colores de la orden mientras atendiera sus asuntos privados. Estaba en pie desde la primera luz del día. Rémy lo había visto al lado de la cruz, de la altura de un hombre, junto a la que los habitantes del valle se reunían todos los domingos para orar en común. Nicolás se había arrodillado y rezado consciente de su deber la oración de prima, la primera oración de la nueva mañana.

—Los guardias me han dicho que estabais aquí fuera —dijo.

—¿Qué ocurre?

—Las armas que vuestra madre iba a traer… ¿cuánto tardarán?

Rémy se echó al hombro la ballesta y apuntó.

—Apenas podéis esperar para convertir a mi gente en soldados sedientos de sangre, ¿eh?

Como de costumbre, Nicolás respondió con el silencio.

Rémy disparó. El dardo se clavó en mitad del disco negro.

—No lo sé. Un par de días, quizá. Tiene que ir a Épinal. En Varennes no se pueden conseguir armas.

Puso otro dardo. Nicolás le miró mientras apuntaba y volvía a acertar en el corazón de la diana.

—Como Robyn Hode —dijo de pronto el caballero.

—¿Quién?

—Unos cruzados ingleses me hablaron de él. Un fuera de la ley que vivía en los bosques de Nottingham, reunía a su alrededor a otros proscritos y luchaba con su arco contra la autoridad. Exactamente igual que vos.

—Yo no lucho contra la autoridad —dijo Rémy, mientras sacaba un nuevo dardo del carcaj—. Además, esto es una ballesta, no un arco.

—Dicen que Robyn Hode era un maestro —prosiguió Nicolás—. En una ocasión, disparó a una diana en la que ya había clavada una flecha y la alcanzó con tanta precisión que la dividió a lo largo del astil.

La cháchara de Nicolás distrajo a Rémy. El dardo erró el tiro y se clavó en el borde exterior de la diana.

—Dividir una flecha —repitió, irritado—. Nadie es capaz de eso. Sencillamente, no es posible. Os han contado un cuento para niños.

—Los ingleses juran que es verdad —insistió el templario.

De pronto, Rémy sintió el deseo de medirse con ese hombre, de mostrarle sus límites. Le puso a Nicolás la ballesta en la mano.

—Aquí tenéis. Demostrad de lo que sois capaz. Demostradme que sabéis en realidad algo del arte de la guerra, y no solo pronunciáis grandes discursos.

Nicolás examinó a fondo el arma y probó qué tal asentaba en la mano. Rémy, que tuvo la impresión de que su nuevo compañero quería ganar tiempo, insistió:

—Todo habitante varón del valle tiene que saber manejar una ballesta. Así lo exigen nuestras reglas. Habéis prometido respetar las reglas.

El templario pidió el gancho para tensar y cargó el arma. Apuntó largo tiempo antes de apretar por fin el gatillo. El dardo falló la diana por media vara y desapareció en la espesura.

Rémy levantó una ceja.

—Asombroso. A esta distancia, incluso mi hijo de cuatro años habría acertado.

—Esta no es arma para un caballero. —Nicolás tiró la ballesta a la hierba y se fue.

Rémy movió la cabeza y rio en voz baja mientras la recogía.

VARENNES SAINT-JACQUES

Está bien muerto, dijo el hombre del espejo.

No había en el sótano una superficie que reflejara en la que hubiera podido manifestarse. Todos los cuchillos estaban manchados de sangre. Pero hacía mucho tiempo que el hombre del espejo ya no necesitaba tales recursos. Ahora Lefèvre oía su voz todos los días y todas las noches, siseaba dentro de sus pensamientos casi de forma ininterrumpida. A menudo no decía más que tonterías, y le confundía con su cháchara. Pero a veces el demonio sonriente le daba buenos consejos o incluso se entregaba —como ahora— a una educada conversación.

—Ha llorado como un bebé y se ha meado por completo —respondió Lefèvre, que contemplaba el guiñapo ensangrentado encima de su mesa, con unas tenazas en la mano. Respiraba con pesadez. El trabajo había sido en extremo satisfactorio, pero lo había agotado profundamente.

Así me gusta. Quiero más como este.

—Ya tienes bastante por el momento.

¡Nunca es bastante!, bufó el hombre del espejo. *¡Quiero más! ¡Más!*

—Quizá el mes que viene. Si somos demasiado codiciosos, nos seguirán la pista. No quieres que nos sigan la pista, ¿no?

La voz se hizo más baja, y Lefèvre escuchó solo retazos de frases: *Tu padre... ¿Qué diría tu padre? ¡Ve a la iglesia, muchacho!.. Émile, el conejito gris... ¡Émile no! Por favor, Émile no...*

Lefèvre le dejó hablar y empezó a limpiar los cuchillos, a secar la sangre y a meter los trozos del cadáver en un saco. Hacía ya mucho tiempo que había aprendido cuándo podía imponer su voluntad al hombre del espejo y cuándo era mejor que le escuchase. Ese día, el demonio sonriente estaba comparativamente tranquilo... el sacrificio lo había apaciguado, calmado su hambre. Por Dios que no siempre era ese el caso. La voz era un severo maestro, que siempre reclamaba nuevas víctimas. Ese era el precio por el apoyo que daba a Lefèvre, por la promesa de no enviar por el momento su alma al purgatorio. Pero si Lefèvre negaba su salario al demonio, tenía que contar con dolorosos castigos: pesadillas y miedos que le atormentaban; oscuridad que ensombrecía su ánimo. Por eso lo más inteligente era someterse a él.

No era en absoluto fácil. Tenía que trabajar solo, para que los de Metz no supieran nada de sus infames preferencias. Nadie le ayudaba a rastrear nuevas víctimas, a hacerse con ellas y a arrastrarlas en completo secreto hasta el sótano. Además, no le gustaba salir de su casa. Tenía innumerables enemigos, que acechaban por doquier, esperando un momento de debilidad por su parte. Solo por su fiel amigo, el hombre del espejo, asumía el riesgo de recorrer una y otra vez los callejones, de salir de caza al amparo de la noche. En cada ocasión le costaba todo su valor.

La voz en su cabeza había descendido hasta convertirse en un susurro apenas audible.

A veces le asaltaba una extraña confusión cuando eso ocurría. Entonces, un cansancio nebuloso llenaba sus pensamientos. Ese día no. Hoy su entendimiento estaba gratamente despejado. Aunque su pierna mala protestaba de forma dolorosa, arrastró el saco con el cadáver a un rincón del sótano. Lo haría desaparecer esa misma noche. Acto seguido colgó del gancho el mandil de matarife, se puso ropa limpia, apagó todas las luces y abrió apenas la puerta camuflada. No había nadie... la parte delantera del sótano estaba oscura y silenciosa.

Abandonó su escondrijo secreto, fue arriba y cruzó el antiguo zaguán, que ahora servía de almacén de vino, sal, aceite para las lámparas y cosas por el estilo. Había hecho tapiar la antigua puerta delantera de la casa. Después de su nombramiento como gobernador de Varennes, había reestructurado la casa tomando como modelo las torres defensivas de las familias de Metz. Esa era su respuesta a los muchos peligros a los que se veía expuesto en aquella ciudad de traidores y a asesinos. Ahora, solo se podía entrar en la casa por una estrecha escalera exterior. Un puente levadizo, que cubría el hueco entre la escalera y la puerta, garantizaba protección suplementaria frente a los intrusos. Además, había hecho reforzar el muro del patio y puesto rejas en las ventanas. Mercenarios armados hasta los dientes vigilaban los accesos a los distintos pisos, especialmente a sus aposentos del segundo piso.

Estaba en camino hacia ellos cuando uno de sus criados domésticos se dirigió a él:

—Ha venido el corregidor, vuestra gracia. Os espera en la sala.

Lefèvre había olvidado por completo haber convocado a ese hombre. El trabajo en el sótano le había reclamado por completo toda la mañana. Entró en la sala, donde Guérin d'Esch estaba sentado a la mesa, con una copa de vino delante.

Los Treize jurés de Metz habían ocupado todos los cargos importantes de Varennes, y también el de corregidor, con parientes y favoritos. Guérin era sobrino de Jehan d'Esch, cabeza de la *paraige* de Jurue... un individuo arrogante con predilección por los anillos jactanciosos. Lefèvre no podía soportarle.

Guérin no se tomó la molestia de levantarse cuando Lefèvre entró. Se quedó sentado con las piernas cruzadas y le miró de forma despectiva. Ni una palabra de saludo salió de sus labios. Así que tampoco Lefèvre perdió el tiempo en cortesías.

—¿Habéis atrapado al cantero?

—Me temo que se ha escapado a mis hombres. Fueron atacados en el bosque y perdieron la pista.

Como todos los de Metz, Guérin se obstinaba en negarse a llamarle «vuestra gracia». Y eso que Lefèvre había dejado claro hacía ya años que era un duque y quería ser tratado como tal.

—¿Atacados? ¿Por quién?

—Por un solo ballestero, que huyó al bosque. Todo fue muy deprisa, nadie lo vio muy bien.

—¿Pudo haber sido Rémy Fleury?

—Es posible —respondió aburrido Guérin.

—Os diré lo que ha pasado —declaró Lefèvre con creciente ira—. El cantero está con la banda de Fleury. Lo han acogido y lo esconden de vos.

—Lo considero probable —admitió el corregidor.

—Os han tomado el pelo. ¿No vais a hacer nada?

—No sabría qué hacer.

—¡Reunid a todos los hombres, peinad el bosque y sacadlos con fuego de su madriguera, maldita sea!

—Eso sería muy exagerado —respondió Guérin—. Por Dios, ese hombre no es un criminal ni un hereje. Tan solo había bebido demasiado y no sabía lo que decía. Dejadle ir.

—Se ha burlado de mí —gruñó Lefèvre—. ¡Delante de toda la ciudad! Si lo dejo pasar, habrá imitadores, y ya nadie me tomará en serio.

—Le habéis proscrito… con eso ya está, en verdad, bastante castigado. Probablemente ese pobre diablo no sobreviva el próximo invierno.

—Fleury lo acogerá en sus brazos.

—¿Qué os importa? Se ha ido y nunca volverá. —El corregidor se levantó y recogió su manto y sus guantes. La cadena dorada de su cargo tintineó contra su estrecho pecho.

—¿Adónde vais? —preguntó Lefèvre.

—De vuelta a mi despacho. Tengo otras cosas que hacer que perseguir a ese beodo. Gracias por el vino.

—Antes, hablemos de los proscritos.

—Ya está todo dicho —dijo Guérin.

—¿No veis que se burlan de nosotros? Quiero que sean encontrados y erradicados.

El corregidor suspiró de forma audible.

—Los bosques que rodean Varennes son grandes. Nadie conoce todos los valles y barrancos ocultos. Aunque mis hombres los buscaran durante semanas, con toda probabilidad no los encontrarían. Además, es demasiado peligroso. Los proscritos nos pondrían trampas y tenderían emboscadas. Han demostrado muchas veces que saben defenderse cuando se sienten amenazados. Y conocen los bosques mucho mejor que nosotros. No. No me merece la pena.

—Soy el gobernador de Varennes —jadeó Lefèvre—. ¡Si os doy una orden, tenéis que obedecerla!

—Ante todo obedezco al maestre de los escabinos de la República de Metz, y Robert Gournais me ha ordenado proteger a los hombres de vuestros caprichos. Si no os conviene, quejaos a los Treize jurés.

Lefèvre hervía de ira. D'Esch y los otros de Metz siempre tenían que pasarle por las narices que ellos eran los verdaderos dueños de Varennes, y él tan solo su esbirro.

—Parecéis cansado, Anseau. Quizá deberíais reposar unos días. Cabalgad. Salid de caza. Os hará bien, y os hará pensar en otras cosas —dijo Guérin, y se dirigió hacia la puerta.

El siseo en la cabeza de Lefèvre se hizo más ruidoso, más furioso. Trató de no atenderlo.

—Hay alguien que sabe dónde se esconden los proscritos —dijo—. La madre de Fleury.

—Eso no está claro —respondió el corregidor.

—Naturalmente que lo sabe. Idolatra a su hijo… no va a dejarlo en la estacada. Seguro que lleva años abasteciendo a los proscritos con víveres y armas.

—Suponiendo que tengáis razón. ¿Qué queréis hacer? ¿Arrojarla a la Torre del Hambre y sacarle la información a golpes?

—Si ayuda a los proscritos, viola la ley del rey y ha de ser castigada.

—Lefèvre ya había intentado todo lo demás. La había hecho seguir y observar en secreto, sin encontrar el menor indicio del escondite de los proscritos. Aquella mujer era, sencillamente, demasiado astuta.

—Una cosa es torturar a la chusma de la ciudad baja —declaró cortante Guérin— y otra muy distinta hacer lo mismo con una patricia. Isabelle Fleury es una mujer conocida y prestigiosa. Más aún: todo Varennes la venera. Si le tocáis un solo pelo, habrá una sublevación. La dejaréis en paz, ¿habéis entendido?

Con eso el corregidor se fue, y Lefèvre se sintió furioso y humillado.

Te lo he dicho, susurró el hombre del espejo. *Tienes enemigos por todas partes. Incluso tus supuestos amigos están en contra tuya. Solo puedes confiar en mí. Solo en mí...*

El abad Wigéric iba delante cuando los hermanos salieron de la capilla y fueron al cementerio de la abadía de Longchamp. Era una mañana turbia y fría. Lloviznaba desde que había amanecido, y todos llevaban las capuchas puestas: treinta figuras en negras cogullas, congregadas en torno a las tumbas.

Ahí yacían, aquellos hermanos que habían sido asesinados con cobardía cuando los corchetes penetraron en el monasterio para robar sus riquezas. Ese día era el segundo aniversario de aquel crimen blasfemo, y se habían congregado para recordar a las víctimas. Rezaron juntos.

Por el hermano Celestin, que había trabajado durante veinte años en el *scriptorium* y había creado espléndidas miniaturas.

Por el hermano Thibaut, que casi era un niño cuando lo mataron.

Por el hermano Raoul, su viejo cocinero.

Por el hermano Adhemar, el más erudito de todos ellos.

Wigéric tenía lágrimas en los ojos mientras pronunciaba la oración. Lágrimas de dolor y de rabia. La ira que sentía iba contra Lefèvre, pero también contra sí mismo. Cuando los de Metz tomaron el poder y disolvieron el odiado Consejo de los Doce, se había imaginado que podría aprovechar las nuevas circunstancias en bien de la abadía. ¡Qué frívolo había sido! ¡Qué necio! Lefèvre era un ser completamente degenerado, una criatura con el alma negra. Una alianza con él era igual que un pacto con el diablo. En cuanto aquel hombre había conseguido lo que quería —una amplia indulgencia, que Wigéric había obtenido para él una vez aniquilado Rémy Fleury y cerrada la escuela—, se había vuelto en contra de sus aliados y había exigido impuestos a la abadía. Desde la fundación del monasterio, hacía doscientos años, ningún señor temporal aparte del rey se había atrevido a tal cosa. En consecuencia, Wigéric se había negado a atender la petición, sin sospechar que con eso llevaría la muerte y la perdición a su comunidad.

Había subestimado la maldad de Lefèvre. Cuatro hermanos habían pagado su error con su vida.

Celestin. Thibaut. Raoul. Adhemar.

A la mañana siguiente había ido a ver al usurero, le había amenazado con la excomunión, con las peores penas del infierno… ¿y qué había ocurrido? ¡Nada! Los amos de Lefèvre en Metz le habían amonestado seriamente y le habían ordenado devolver los tesoros robados. Con eso, el asunto en sí estaba resuelto. Tan solo el arzobispo se había esforzado en castigar a Lefèvre, pero su poder era limitado. Lo excluyó de la Iglesia e impuso un interdicto sobre Varennes con la esperanza de poner de rodillas a Lefèvre y que hiciera por fin penitencia. Y aún seguían esperando. La amenaza de la condenación ya no parecía asustar al usurero. Al contrario: se volvía más malvado cada día.

Los hermanos concluyeron la oración y se dispersaron. Wigéric se quedó solo en el cementerio, pero sus pensamientos ya no estaban con los cuatro hombres muertos. Lleno de fervor, imploraba al Señor que hiciera justicia y aniquilara de una vez a Lefèvre.

Alzó la vista al cielo. Gotas de lluvia perlaron su rostro mientras esperaba una señal. Pero no hubo nada, ni un trueno, ni un relámpago. «¿Nos has abandonado, oh, señor?»

La lluvia se hizo más fuerte. Wigéric se santiguó y fue a sus aposentos, pisando la tierra enlodada.

BOIS DE VARENNES

Dado que no había alojamientos libres en el valle, Nicolás y Géraud tuvieron que dormir en un granero las dos primeras noches. No era una solución a la larga, así que la comunidad había acordado construir una nueva cabaña. Para eso, hubo que talar primero algunos árboles y desenterrar las raíces. Luego, bajo la experta dirección de Géraud, los hombres levantaron paredes y un techo, que cubrieron de hierba.

Rémy ayudaba en los trabajos, y por eso no podía ir al claro a practicar con la ballesta hasta que terminaban. Cuando salía una mañana, constató que los árboles ya habían echado hojas. En el valle mismo, la primavera se tomaba, como siempre, un poco más de tiempo.

Fue a la diana y clavó un dardo en el círculo negro. Luego fue al otro extremo del claro, apuntó y disparó.

El primer dardo rebotó en la flecha clavada en la diana y cayó al suelo. El segundo le arrancó una pluma y se clavó justo al lado en las pajas. El tercero tan solo lo inclinó un poco.

Rémy miró de cerca el resultado.

—Ya lo sabía yo —murmuró, satisfecho—. Un cuento para tontos crédulos, nada más.

Quizá si reducía la distancia. Decidió hacer un último intento, enderezó el dardo clavado en la diana y se arrodilló a dos brazas de distancia.

Apuntaba con tanta concentración que no se dio cuenta de la presencia de Nicolás hasta que este estuvo a su lado.

—¡Por Dios! —Rémy se puso en pie de un salto—. ¡Por qué tenéis que sobresaltarme así!

Nicolás contempló la diana y el dardo en el centro, como siempre sin emoción alguna en el rostro. Aun así, Rémy habría podido jurar que durante un efímero instante las comisuras de la boca de Nicolás temblaron.

—Solo estaba probando una cosa —dijo Rémy, y lo lamentó al instante.

—¿Habéis tenido éxito? —preguntó cortésmente el caballero.

—Eso carece de importancia. —Rémy arrancó los dardos de la diana y los guardó en su carcaj—. Ese Robyn Eudes…

—Hode.

—¿Qué fue de él?

—El sheriff de Nottingham lo prendió y lo ahorcó.

—¿No fue festejado como un héroe?

—No. Murió pataleando en el patíbulo.

—¿Qué necia historia es esa, que así termina? —preguntó Rémy.

—No es ninguna historia —replicó Nicolás—. Ocurrió en realidad. También lo de la flecha dividida —añadió.

—No os creo una palabra.

—Robyn Hode era un maestro como arquero.

—Claro —dijo con acidez Rémy.

—Vuestra madre acaba de llegar —explicó el templario—. Ha traído las armas.

Rémy se echó la ballesta al hombro, y volvieron al valle.

Esa misma tarde, Nicolás empezó a instruir a los hombres en el uso de la lanza, la espada y el escudo.

Los criados de Isabelle llevaron las cajas al prado junto al manantial, y Nicolás repartió enseguida las armas entre los hombres. Rémy cogió una espada, la blandió un par de veces, describió con la hoja un ocho inclinado. El arma era más ligera de lo que parecía; como mucho pesaba dos libras y media. Sin duda un guerrero experimentado podía combatir varias horas con ella sin que se le quedara entumecido el brazo.

También Will recibió una espada, y no parecía demasiado feliz. Miraba confuso la hoja en su mano, como si nunca hubiera visto antes una cosa así.

—¿De verdad tiene que participar? —preguntó en voz baja Rémy a Nicolás—. No es capaz de hacer daño a una mosca. Si lleva un arma, es de temer que se haga daño.

—Yo no le he obligado a nada —respondió el caballero—. Ha insistido en ser tratado exactamente igual que todos los demás.

—Pero vos sabéis cuánto le repugna la violencia. ¿No podéis excusarlo?

—¿Cómo voy a hacerlo sin ofenderle?

—Inventad algo.

Nicolás pensó un momento antes de llamar a su lado a Will.

—Dadme eso —exigió.

—¿Algo no va bien? —preguntó el inglés, mientras entregaba la espada a Nicolás.

—Me temo que no puedo instruiros en el uso del arma.

—¿Por qué no?

—Habéis estudiado en París, ¿verdad?

—Sí, pero ¿qué tiene eso que ver?

—Como licenciado en la universidad, pertenecéis al clero. No es propio de un hombre de Iglesia aprender el arte de la guerra y llevar armas. Lo siento.

Will tenía el alivio escrito en el rostro, pero el honor le obligaba a protestar, sobre todo porque había varios hombres oyendo la disputa.

—Sabed que no soy un clérigo en el sentido estricto de... —respondió flojamente.

—Para mí sí lo sois. Por eso, tengo que rogaros que salgáis del palenque.

—Cumpliré con mi deber. ¡Puedo probároslo!

—No lo dudo. Aun así, mi decisión está tomada.

Felizmente, los presentes fueron lo bastante inteligentes como para no gastar ninguna broma a costa de Will. Miró a su alrededor, desafiante, antes de decir:

—Si es así, me voy. Pero ¡habéis de saber que no estoy de acuerdo!

Se fue de allí con aire orgulloso.

—Bien hecho —murmuró sonriendo Rémy.

Nicolás se limitó a asentir. Retrocedió y levantó espada y escudo.

—Vamos. Enseñadme de qué sois capaz.

Rémy le atacó.

Un latido después yacía gimiendo en la hierba.

METZ

—No bebéis. No jugáis —dijo Roger Bellegrée, mientras servía vino en su copa—. No vais al burdel. ¿Qué clase de hombre sois, Henri?

Estaban sentados en una estancia de la casa de huéspedes de Porte-Muzelle. Roger se aburría, y Henri Duval le hacía compañía forzosa. Dado que solo podía salir de la casa en determinadas circunstancias, no siempre conseguía eludir a Roger.

—No bebo por principio —dijo Duval—. De niño, me vi obligado a contemplar cómo el vino arruinaba a mi padre. La necesidad de bebidas embriagadoras era como un demonio sentado en su hombro. Solo a avanzada edad logró liberarse de ella.

Roger se reclinó, probó el vino y dio vueltas a la copa de plata con sus largos dedos. Una sonrisa vagó en torno a sus labios.

—Como ocurre con todos los vicios, con el vino se trata de encontrar la medida adecuada. Quizá vuestro padre fue un hombre débil, si no pudo hallarla.

—Luchó tercamente durante veinte años por la libertad de Varennes. Fue uno de los hombres más fuertes que esta ciudad ha producido nunca.

—Está bien, Henri. No quería hacerle de menos. Tan solo hablaba por decir algo. Perdonadme. Pero ¿qué pasa con las rameras? ¿No echáis de menos una mujer? Tiene que hacer años de la última vez que habéis puesto las manos en dos hermosos y opulentos pechos e inyectado vuestro jugo en una vulva húmeda.

—Recordaréis que estoy casado —respondió fríamente Duval—. Solo porque no pueda estar con mi esposa, eso no me da derecho a engañarla.

Roger rio.

—En verdad sois un santo, Henri. Yo no podría. Al menos una vez cada dos días, tengo que meter el rabo en el agujero adecuado, o me vuelvo loco. Me empiezan a doler los huevos, y no pienso más que en tetas y vulvas. ¿Cómo voy a hacer mi trabajo en estas condiciones?

Duval se abstuvo de hacer cualquier observación. Roger le repugnaba incluso cuando estaba sobrio. Y si había bebido, su presencia causaba a Henri casi un dolor físico.

Roger se inclinó hacia delante. Al hacerlo, derramó un poco de vino. Cogió un trapo y lo arrugó entre sus dedos húmedos.

—¿Os dais cuenta de que no volveréis a ver pronto a vuestra querida esposa? Quizá no la veáis nunca más. Seréis huésped de esta casa hasta que decidamos enviaros a la vuestra.

—Soy consciente de eso, sí —respondió Duval. En verdad, Roger no necesitaba recordárselo. Hacía casi cuatro años y medio que era rehén de las *paraiges* en Metz. Dado que era un hombre de honor y había jurado no escapar, podía moverse libremente por la casa. Podía incluso salir a la ciudad si lo deseaba, aunque bajo la vigilancia de dos sargentos. La servidumbre se encargaba de que no le faltara de nada; le daban la mejor de las comidas y los más hermosos vestidos. En el fondo, llevaba una vida agradable en Metz. Aun así, odiaba cada nuevo día en aquella ciudad, y anhelaba con toda el alma regresar a Varennes.

—Muy bien —dijo Roger—. En honor a vuestra fidelidad como esposo, pero en estas circunstancias nadie os culparía si hicierais una vez una excepción. Vamos, venid conmigo al burdel. Conozco uno que acaba de recibir chicas nuevas. Cada cual más hermosa que la otra, y todas juntas tan perdidas como el pecado mismo. No lo lamentaréis. Simon de Leiningen también vendrá, si le conozco bien.

—Renuncio, gracias —dijo Duval.

Roger le miró, inquisitivo.

—Sois un aburrido, ¿lo sabéis? A vuestro lado, hasta el papa Gregorio parece un beato fariseo. ¡Por Dios! En vuestra presencia siempre tengo la necesidad de ir a un sacerdote y confesar mis culpas. —Bebió un trago de vino con gesto sombrío.

Por suerte, en ese momento un criado interrumpió la desagradable reunión.

—Simon de Leiningen acaba de llegar, señor —anunció el hombre—. ¿Le hago pasar?

—Llevadlo al salón, me reuniré con él allí. Disculpadme —gruñó Roger, volviéndose hacia Duval, y salió de la estancia.

Los Leiningen eran una poderosa familia alemana, y Simon, un miembro importante de esa familia, poseía múltiples vínculos con la alta nobleza lorenesa. Su visita era esperada con emoción desde hacía días. Sin embargo, Duval no había podido averiguar qué perseguía Roger con ese misterioso encuentro. Sin duda quería forjar una alianza con los Leiningen o impulsar otras maquinaciones de naturaleza política.

No podía ser malo saber más al respecto.

Henri esperó que el sonido de los pasos de Roger se extinguiera. Luego, abandonó la estancia y se dirigió a la sala en la que Roger solía recibir a los huéspedes importantes. El Todopoderoso no había bendecido a Duval con una buena presencia. De hecho, a causa de su enfermiza palidez y su ralo cabello, que se resistía a cualquier peine, era todo lo contrario de hermoso. Por eso, ya en sus años jóvenes Henri se había acostumbrado a no llamar la atención. Esto, unido a su agudo entendimiento y a sus buenas dotes de observación, lo convertía en un magnífico espía. Desde que vivía en la casa de huéspedes de Porte-Muzelle, había llevado a la maestría esas habilidades. Porque, en el reino de Roger Bellegrée, el que no llamaba la atención vivía mejor.

Duval se quedó en el extremo superior de la escalera y escuchó las dos voces. Roger y otro hombre, sin duda Simon de Leiningen. Cuando se cerró una puerta, Henri bajó deprisa las escaleras. Se cercioró de que no había ningún criado, se acercó a la puerta y aguzó las orejas.

—Este encuentro estaba pendiente desde hacía mucho tiempo —dijo Simon de Leiningen cuando estuvieron solos—. Ciertos asuntos son demasiado delicados como para confiarlos a cartas y a mensajeros.

—Nadie sospecha nada de nuestras intenciones —le aseguró Roger—. Si el obispo Jean o el duque hubieran tenido noticia, yo lo sabría. —Hablaban en alemán, que Roger dominaba de manera fluida como la mayoría de los patricios de Metz, porque además de su lengua materna su invitado solo hablaba un poco de latín.

Simon estaba junto a la ventana y contemplaba la maraña de callejones, patios, casas burguesas, talleres, baños y capillas que se extendían por el flanco de la colina hasta la orilla del Mosela, envueltos en humo y zumbando de ajetreo. Según decían, ese hombre odiaba las grandes ciudades. Pero, si sentía aversión hacia Metz, no dejó que se le notara.

—Ese saco de codicia del obispo no se da por satisfecho con el feudo de Dagsburg —gruñó—. Ahora también se ha incautado de los castillos de Turquestein y Herrenstein.

—He tenido noticias de ello.

Simon se volvió hacia Roger. No era, en verdad, un hombre hermoso. Sobre su cuerpo alto y enjuto se asentaba una cabeza demasiado grande, que además tenía una forma extrañamente alargada, que a Roger le recordaba un nabo. Asimismo, Simon había sido castigado con unas mejillas colgantes, un cabello ralo y una espalda encorvada. Sin embargo, a pesar de su floja complexión, poseía un carácter indomable y se había destacado por su valor en muchas batallas.

—Ese cura maldito de Dios acabará quitándome toda mi herencia. Tenéis que ayudarme a contenerle, Roger. Solo, no estoy a su altura.

Simon se había dirigido a él en demanda de ayuda, porque necesitaba con urgencia amigos, aliados contra su poderoso adversario. Leiningen estaba en medio de una confrontación política lo bastante intrincada como para precipitar toda Lorena en una guerra. Como tantas veces, se trataba de pleitos de herencia. Simon había contraído matrimonio hacía unos diez años con Gertrude de Dabo, la viuda del duque Thiébaut. Ahora, Gertrude había muerto y había dejado a Simon el feudo de Dagsburg, así como otros terrenos en Lorena y Alsacia. Se trataba de un extenso territorio, con numerosos pueblos, castillos y monasterios… quien lo dominaba, poseía riqueza y poder. Eso también lo sabía el obispo Jean d'Apremont, de Metz, por lo que el príncipe de la Iglesia había declarado viejas pretensiones sobre el feudo de Dagsburg y lo había integrado sin más en su obispado. Simon se había sentido engañado, y desde entonces intentaba imponer sus derechos como heredero universal de Gertrude, por desgracia sin éxito. Había acudido a Metz para cambiar eso.

Leiningen sostenía la copa de vino con sus huesudos dedos, pero no la probaba.

—Las *paraiges* de Metz son el único poder de Lorena en condiciones de poner límites al obispo. Por eso me he dirigido a vos. Sois un hombre influyente. Los dirigentes de las otras *paraiges* os escuchan, desde que pusisteis a Varennes de rodillas. Podéis convencerlos de que me asistan.

En el fondo, hacía mucho que Roger había decidido ayudar a Simon. El obispo de Metz era desde siempre adversario de las *paraiges*, y en los últimos años los conflictos con él se habían agudizado por distintos motivos... era hora de dar un correctivo a Jean d'Apremont, antes de que sus ansias de grandeza lo dominaran. Aun así, Roger se mostró dubitativo. Simon debía pagar por su apoyo.

—Quizá pueda hacerlo —dijo—. Y quizá no. Sabéis lo tensa que es la situación en Metz, Simon. Si nos ponemos de vuestra parte y el obispo Jean se entera, la disputa pendiente con él terminará en violencia. Eso es tan seguro como que hay Dios. Y Robert Gournais, Jehan d'Esch y los otros son hombres cautelosos. No aceptan con facilidad tales riesgos.

—Aunque no intervengáis, habrá derramamiento de sangre. Ese avaricioso por la gracia de Dios no entiende otro idioma. Hace mucho que ha demostrado que con él los tratados y las buenas palabras son una pérdida de tiempo.

—Pero para nosotros es muy diferente que la violencia estalle en Alsacia... o en nuestras calles.

—Si actuamos con decisión y tiramos de la cuerda juntos, dominaremos al obispo sin que vuestra ciudad se vea involucrada.

Roger compuso una fina sonrisa.

—Si Jean fuera tan fácil de engañar, hace mucho que lo habríamos echado. Es astuto y fuerte. Precisamente vos podéis decirlo.

Simon respondió a la sonrisa. No era una hermosa imagen ver sus labios excoriados formar una estrecha ranura que dejaba ver los dientes amarillos.

—Os veo venir... queréis aumentar vuestro precio. Eso me pasa por entrar en tratos con un mercader. Está bien, negociemos. ¿Cuánto cuesta vuestro apoyo?

—Hacedme una oferta.

—Cuando haya recuperado mi herencia, daré a las *paraiges* de Metz una participación mensual en todos los ingresos del feudo de Dagsburg y su bailiaje.

—¿En qué cuantía?

—Diez de cada cien partes.

—Doce, y entramos en el negocio.

Simon asintió.

—Está bien. Doce.

—Además, me permitiréis emparentar por matrimonio con vuestra familia —dijo Roger.

—Sabéis que no tengo descendencia.

—La estirpe condal de Leiningen es grande y ramificada. Seguro que en algún sitio se encuentra una hija casadera cuyo padre esté dispuesto a unir su casa a una poderosa familia del patriciado de Metz. —Desde que había conseguido la anulación con Philippine, Roger esperaba ansiosamente una oportunidad de volver a casarse. No le faltaban ofertas de las otras *paraiges*, pero un matrimonio con una patricia no era lo que tenía en mente. Quería ascender de una vez a la auténtica nobleza. Gracias a Simon, ahora ese objetivo estaba a su alcance.

—Preguntaré —prometió Leiningen—. Algunos de mis parientes han sido bendecidos en exceso con hijas. Si no sois demasiado exigente en lo que a la apariencia física de vuestra futura se refiere, vuestro deseo no debería presentar grandes dificultades.

Mientras su futura esposa procediera de la alta nobleza y tuviera un vientre fértil, a Roger su apariencia le daba completamente igual. Philippine había sido una gran belleza y ¿qué le había deparado?

—Os lo agradezco —dijo con sinceridad.

—A cambio —prosiguió Simon— convenceréis a los cabezas de las otras *paraiges*, y en especial al maestre de los escabinos, de que apoyen con tropas y pertrechos cuando yo me disponga a expulsar al obispo del condado de Dagsburg.

—Con la condición de que el obispo Jean no se entere. Si ponemos hombres a vuestra disposición, tendrán que llevar en sus vestiduras los colores de los Leiningen.

—Eso es evidente.

Roger asintió.

—Entonces dadlo por hecho.

Levantaron las copas y bebieron por su secreta alianza.

La puerta era de gruesa madera, y Duval no entendió cada palabra que los hombres dijeron. Pero oyó lo bastante como para poder imaginar el resto. Roger y Simon acababan de forjar un pacto contra el obispo Jean. Si Roger conseguía convencer con sus planes a los Treize jurés, habría guerra en Alsacia y el norte de Lorena.

«Interesante», pensó Duval. «Muy interesante.» Tenía que cuidar de que aquella noticia llegara enseguida a Varennes. Si sus amigos la utilizaban con habilidad, quizá podrían aprovecharla en su propio beneficio.

En ese momento, Roger y Simon estaban hablando de los detalles de su alianza: el tamaño de las tropas, los plazos y cosas parecidas. Henri trató de entender los detalles, pero justo en ese momento oyó pasos en la escalera. Probablemente un criado que llevaba algo al huésped para entonarle. Duval se escurrió sin llamar la atención y volvió a su cámara dando un rodeo.

Una vez allí, mezcló tinta fresca, alisó un pliego de pergamino y puso por escrito lo que acababa de oír. La carta iba destinada a Isabelle Fleury. Se encargaba desde siempre de la tarea de poner en conocimiento de Deforest, Tolbert y el resto de los antiguos consejeros lo que él observaba en la casa de huéspedes de Porte-Muzelle.

Henri sonrió. Le había enviado cartas a menudo, pero nunca había recibido una noticia así de explosiva.

A la mañana siguiente —acababan de tocar a tercia—, le dijo a un criado que quería ir al mercado de la place de Chambre.

—No falta mucho para Pascua. Quiero hacerme cortar un traje nuevo, para poder presentarme en la catedral.

—Sin duda —dijo el criado—. Llamaré enseguida a dos sargentos.

Poco después, Duval salía de la casa de huéspedes acompañado por sus dos vigilantes. Llevaba guardada la nota, plegada hasta el tamaño de una cartita, a buen recaudo en la manga de su traje. Los dos sargentos le seguían sin llamar la atención, para darle la sensación de que era un huésped de Roger, y no un prisionero. Ahora recogía el fruto de haber representado todos esos años el papel de rehén obediente y no haber pensado siquiera en la huida. Mientras no intentase escapar —para lo que de todos modos, a sus cuarenta y siete años, era demasiado viejo—, sus acompañantes le permitían todas las libertades.

Así que paseó por el mercado, charló con los mercaderes, examinó una bala de paño aquí, probó un dulce allá y disfrutó de los aromas que se alzaban de los puestos de los mercaderes de especias. Henri amaba el mercado… su abigarrado trajín le recordaba sus viajes comerciales a la Champaña, su vida de mercader, que había quedado atrás. Se tomó tiempo, y los sargentos no le metieron prisa. Habló con diferentes sastres y escuchó sus ofertas. Luego, alegó estar hambriento de tanto regatear y fue a un figón en el que se fortaleció con un plato de garbanzos y una cerveza.

Acto seguido, fue como por azar al puesto de un buhonero que ofrecía cuchillos y piedras de afilar. Conocía de antaño a ese hombre: aquel buhonero recorría el valle del Mosela desde principios de la primavera hasta finales del otoño, e iba más o menos una vez al mes a Varennes, donde hacía negocios con el gremio. Con la misma frecuencia había ido en Metz a la place de Chambre. Hacía dos años, después de largos meses llenos de alusiones y conversaciones susurradas, Duval había conseguido ganárselo. Desde entonces, el buhonero llevaba sus noticias a Varennes de manera segura, a cambio de una pequeña remuneración.

Duval habló con su viejo conocido, le preguntó por su esposa y sus hijos, intercambió con él cuestiones de ningún interés. Cuando llegó el momento adecuado —los sargentos estaban contemplando a dos opulentas rameras—, deslizó sobre la mesa la cartita con una moneda de un chelín. El buhonero se guardó ambas cosas a la velocidad del rayo, sin interrumpir un sermón acerca de su molesta esposa.

Poco después, Henri se despidió y siguió su camino hacia los puestos de los sastres. Al principio solo había sido un pretexto, pero ahora había decidido hacerse de verdad un traje nuevo.

Se había merecido una pequeña recompensa.

Abril de 1232

BOIS DE VARENNES

Rémy se daba cuenta de que mejoraba en que Nicolás ya no lo derribaba en el primer ataque, sino en el tercero.

Esta vez había sido un ataque especialmente traicionero. Nicolás lo había rechazado con un fuerte empujón de su escudo y había fingido un golpe de flanco con la espada. Rémy había caído en la trampa y parado el ataque sin prestar atención a los pies de Nicolás. El caballero había dado un ágil paso a un lado y le había zancadilleado. Ahora Rémy yacía en el suelo por enésima vez aquella tarde y contaba las estrellas que llovían sobre él mientras Nicolás le ponía la punta de la espada en el cuello.

—En un auténtico combate ahora estaríais muerto —explicó el templario, y añadió—: Otra vez.

Rémy parpadeó para despejar su aturdimiento.

—Gracias por el aviso —gimió—. No se me habría ocurrido nunca.

Apartó la espada de su garganta, se incorporó y cogió la suya. Solo llevaban practicando una hora, pero ya se sentía batido y mortalmente agotado. Nicolás en cambio parecía tan fresco y relajado como si llegara de la casa de baños.

—¿Otra ronda con lanzas?

—Después. Necesito una pausa.

Rémy fue hasta el manantial, clavó la espada en el suelo, soltó el escudo y se echó agua fresca a la cara, antes de sentarse junto a uno de los dos fuegos. Entretanto, Nicolás fue hacia los otros hombres que luchaban por parejas a ambos lados del curso del arroyo: algunos con armas de madera, los más experimentados con armas auténticas. El caballero pasó ante ellos indicándoles con dureza su mal juego de piernas y evidentes lagunas en su cobertura. Era un maestro severo, que no toleraba errores, pero había que apuntar en su haber que nunca intentaba humillar a sus alumnos. Hacía un esfuerzo honesto. Incluso a los menos dotados los instruía con paciencia en el uso de la lanza, la espada y el escudo, y practicaba con ellos hasta que se sentían más seguros de forma visible.

Su procedimiento empezaba a dar frutos. Desde hacía cuatro semanas, instruía a los hombres del refugio en el arte del cuerpo a cuerpo, todas las tardes se medían en el prado junto al manantial. Al principio había sido un lamentable alboroto, y más de uno había sufrido feos cortes y contusiones en el tumulto. A Rémy le parecía un milagro que nadie hubiera sido gravemente herido. Entretanto, en cambio, los hombres sabían cómo rechazar mandobles, mantener a distancia al adversario y lanzar estocadas peligrosas. Nicolás decía que los mejores de ellos ya iban estando poco a poco en condiciones de medirse con guardias y sargentos.

Por supuesto, ese éxito tenía su precio: Rémy caía en cama todas las noches como estupefacto, y Philippine apenas daba abasto a tratar todos sus moratones, rasguños y miembros doloridos.

En ese momento, Nicolás daba permiso para descansar a uno de los hombres y retaba a combate a su adversario. Era Géraud, el joven cantero. El muchacho había resultado ser un talento natural con la espada y el escudo: era, con mucha distancia, el mejor combatiente del valle. Aceptó con alegría el desafío de Nicolás y cruzó la espada con él. Los dos hombres bailaron en toda regla por el prado, el ataque seguía a la defensa, el acero entrechocaba con el acero. Los otros interrumpieron sus ejercicios para contemplar el singular combate, jaleando a Géraud. El cantero saltó con audacia por encima del arroyo e hizo tambalearse a Nicolás con un osado ataque cuando este respondió. Pero, en última instancia, ni siquiera el apoyo de la multitud pudo impedir que el caballero lo desarmara y le hiciera caer. Ninguno de ellos estaba a la altura de Nicolás, tampoco Géraud. El muchacho aceptó la derrota como un hombre de honor, cogió la mano de Nicolás, se puso en pie y dio una palmada en el hombro, riendo, a su vencedor. El templario no respondió a la amabilidad; en vez de eso, enseñó a Géraud lo que había hecho mal.

—¡Por Dios, se ha batido bien! —dijo Rémy encrespado—. ¿No podéis elogiarle al menos una vez?

—Lo elogiaré cuando me derrote —repuso, rígido, el caballero—. Hasta entonces, aún tiene mucho que aprender.

La obstinación de Nicolás podía hacerle a uno arder la sangre.

—Nunca es suficiente, ¿eh? Da igual cuánto nos esforcemos, vos siempre tenéis algo que objetar...

—Está bien, Rémy, él tiene razón —terció Géraud—. Ha sido realmente un fallo innecesario. Tengo que esforzarme más.

—Esa es la actitud adecuada —dijo Nicolás.

Rémy pensó en algo que Yves había dicho un día acerca de Robert Michelet.

—Incluso el palo que lleva en el culo lleva un palo en el culo —murmuró despectivo.

El templario le miró, inquisitivo.

—Nada. Solo estaba pensando en alto.

Nicolás se volvió hacia los hombres y dio una palmada.

—¡Vamos! Aún no hemos terminado por hoy. Vos también —le dijo a Rémy—. Ya habéis descansado suficiente.

Malhumorado, Rémy recogió su espada del suelo. Le dolía la espalda. Era demasiado viejo para llegar a ser un buen combatiente, pero Nicolás no toleraba semejantes excusas. Así que apretó los dientes y siguió practicando.

Felizmente, poco después llegaron Philippine e Isabelle y lo liberaron.

—Madre —dijo sorprendido Rémy—. ¿Qué haces aquí? —Solo hacía dos días que había estado en el valle, no contaba con ella hasta la semana próxima.

—Ha ocurrido algo —explicó ella—. ¿Podemos hablar?

—Por supuesto. —Aliviado, Rémy guardó la espada en la vaina.

—Lo mejor es que vos también vengáis —dijo Isabelle a Nicolás.

El caballero ordenó a los hombres que siguieran sin él y fueron a la cabaña de Rémy y Philippine, donde hallaron a Will.

Aunque ya oscurecía, Michel seguía jugando con sus amigos mayores en la plaza que había delante del horno. Philippine lo envió a la cama, pero el niño estaba demasiado excitado para dormir. Contempló con sus grandes ojos a los adultos que se sentaban junto al fuego, intuyendo que había secretos en el aire. Así que se asomó por debajo de la manta para no perder palabra.

Dreux en cambio no se enteró de nada del encuentro. Estaba sentado en su silla, con la barbilla hundida en el pecho, y sesteaba.

—Hoy ha llegado una noticia de Henri —dijo Isabelle, y tendió a Rémy un trozo arrugado de pergamino. Él leyó las líneas de Duval y pasó la carta a Philippine, a Will y a Nicolás, que la estudiaron a su vez.

—Intrigas y guerra —murmuró despectiva Philippine—. Los años pasan, pero Roger sigue fiel a sí mismo. ¿Cuándo se ahogará por fin en su ansia de poder?

—¿Por qué nos lo enseñas? —preguntó Rémy.

—Me pregunto si no podríamos aprovecharnos de este asunto —respondió su madre.

Nicolás le devolvió la carta.

—¿En qué medida podemos hacerlo?

Al parecer, podía hacer compatible con las reglas de su orden hablar con una anciana de sesenta y tres años. En cambio, seguía sin dignarse mirar siquiera a Philippine.

—Aristóteles —graznó Dreux, que acababa de despertar—. En el *Organon* se encuentra la respuesta a todas las preguntas. ¡A todas, señor caballero! ¿No es verdad, maestro?

—Sin duda —dijo Rémy—. Luego le echaremos un vistazo.

—Rémy ha dejado claro que considera imposible proceder contra Lefèvre —respondió Isabelle a la pregunta de Nicolás, mientras Dreux conversaba entre risitas consigo mismo—. Tal como están las cosas, yo pienso lo mismo. Sin duda Nicolás opina que treinta hombres bastarían para conquistar la ciudad. Pero, incluso si tuviera éxito, el castigo de Metz no se haría esperar mucho tiempo. Y dudo que pudiéramos conservar Varennes contra sus fuerzas... sobre todo porque antes tendríamos que terminar con el bastión. —Dio unos golpecitos en la carta—. En cambio, si logramos instigar al obispo Jean contra las *paraiges*, los de Metz tendrían que vérselas con un adversario más poderoso. Entretanto podríamos fortalecer nuestra posición.

Rémy reflexionó. No estaba del todo convencido con la idea. Pero lo que ella decía le parecía más realizable que el proyecto de Nicolás.

—¿Así que quieres llamar la atención del obispo Jean sobre la alianza entre Roger y Simon de Leiningen, con la esperanza de que haya guerra entre él y la República de Metz?

Isabelle se volvió hacia Philippine, que era la que mejor conocía las relaciones de poder en su antigua ciudad.

—¿Qué te parece a ti? ¿Tendría esto expectativas de éxito?

—No estoy segura —respondió Philippine—. Puede que la situación en Metz sea tensa, pero no se puede olvidar que ninguna de las partes está interesada en una guerra. Tanto el obispo Jean como Roger y su gente tienen mucho que perder. Y Jean d'Apremont es un hombre prudente, que evita en la medida de sus posibilidades el uso de las armas. Si se entera de la alianza de Roger y Simon, probablemente lo único que hará es protestar ante los Treize jurés, lo que obligará a Roger a disolver su alianza.

—¿Y si echamos una mano para que el conflicto empeore más aprisa? —preguntó Rémy—. Sabemos que Roger es todo lo contrario que prudente. Cuando se siente amenazado, golpea de froma rápida e implacable. Suponiendo que se entere de que el obispo Jean ha tenido noticia de su alianza con Simon y está haciendo en secreto preparativos para arrebatar su poder a las *paraiges*... ¿qué haría?

—Conoces bien a Roger —dijo Philippine—. Haría todo lo que estuviera en su poder para evitarlo.

—¿Emplearía la violencia contra el obispo?

—¿Si cree que la república está amenazada? Puedes poner la mano en el fuego por eso.

—Todo esto no son más que juegos mentales, que no conducen a ninguna parte —dijo Nicolás—. Vuestra esposa acaba de decir que considera improbable que el obispo se arriesgue a una guerra. —Pensaba de veras que Rémy y Philippine estaban casados, y ellos le dejaban sabiamente en esa creencia.

—No es necesario que el obispo Jean actúe. —Will tomó la palabra—.

Basta con que hagamos creer a Roger que le amenaza un ataque. Eso es lo que quieres decir, ¿verdad? —Se volvió hacia Rémy.

Este asintió.

—Falsificaré un escrito, que le haremos llegar a Roger. Digamos una carta del obispo en la que informa al duque Mathieu de sus planes de guerra contra las *paraiges* y pide ayuda al duque. Puedo hacer que la carta parezca auténtica... ya he hecho antes algo parecido. Si Roger la recibe, los Treize no se lo pensarán mucho y atacarán al obispo Jean. Y estarán en el punto exacto en el que queremos tenerlos.

—Es sencillamente brillante —elogió su madre—. ¿Qué necesitas para hacer esa carta?

—Cualquier documento del obispo, para poder imitar su firma. A ser posible una carta o un documento oficial.

—Echaré un vistazo en el archivo del ayuntamiento. Quizá allí haya algo.

—Piensa que necesito un original, no una copia.

—¡Cuidado con hacer demasiadas copias nuevas! —advirtió Dreux—. Los copistas trabajan hoy en día de forma chapucera. Apenas hay un trazo que esté en su sitio. Es una vergüenza. ¡Si nosotros hubiéramos sido así de negligentes, el escribano de la ciudad nos habría fustigado con la vara!

—Procederemos de la siguiente forma: haremos llegar la carta falsificada a Roger y esperaremos a ver qué sucede —dijo Rémy—. Si estalla la guerra entre el obispo y las *paraiges*, atacaremos a Lefèvre. ¿Estáis de acuerdo? —dijo, volviéndose hacia Nicolás.

El caballero estaba sentado con las piernas abiertas y las manos apoyadas en los muslos.

—Lo que proponéis es infame y vergonzoso —declaró—. Queréis causar grave daño a un hombre de la Iglesia. ¿Cómo podéis pensar en serio que aprobaré una cosa así?

—Claro —dijo Rémy—. El primer plan razonable, y nuestro señor caballero vuelve a tener algo que objetar. Muy bien. Si estáis en contra... ¿qué proponéis en vez de esto? Sin duda tenéis una idea mejor, ¿verdad?

—Las intrigas y los complots no son mi fuerte —respondió Nicolás, con enervante relajación—. Eso se lo dejo a otros.

—Al pueblo bajo... a la gente débil como yo. Eso pensáis, ¿verdad? ¡Por Dios! A veces me pregunto por qué no os mando sin más al diablo... —empezó Rémy, pero su madre le puso una mano apaciguadora en el brazo.

—Dejad de discutir. Esto no conduce a nada. —Se volvió hacia Nicolás—. Naturalmente, haremos todo lo que esté en nuestra mano para que el obispo Jean no sufra daño alguno. Si las *paraiges* se aprestan a atacar, le advertiremos para que pueda ponerse a salvo.

—Pero eso es absurdo —dijo el templario—. Si huye, no habrá guerra.

—Dudo que, en estas circunstancias, ceda el campo a las *paraiges*. No puede permitirse agachar la cabeza... si lo hiciera, perdería el último resto de influencia en Metz. Se retirará, hará acopio de fuerzas y devolverá el golpe con todo su poder. Las cosas están así —explicó Isabelle—: si dejamos hacer a Roger, de todos modos habrá guerra entre el obispo y las *paraiges*... solo que el obispo Jean no sabe que también tendrá a Metz en su contra cuando luche con Simon de Leiningen. Lo único que hacemos es forzarle. No es muy delicado, lo admito. Pero gracias a nosotros conocerá a sus verdaderos enemigos y tendrá la oportunidad de defenderse a tiempo. Una oportunidad que no tendría sin nosotros.

Nicolás pensó largo tiempo acerca de sus palabras.

—Aun así, proceder así es intrigante y poco honroso —dijo al fin, pero su resistencia al plan había perdido fuerza de forma visible.

—Llamadlo emboscada, si con eso os sentís mejor —observó Rémy.

—Entonces... ¿estáis de acuerdo? —preguntó Isabelle—. Por favor, Nicolás —dijo, cuando el caballero titubeó—. Os necesitamos. Y vos nos necesitáis a nosotros. De lo contrario, jamás conseguiréis vengar a vuestro padre.

—Prometedme que procederemos exactamente así, y que no engañaremos al obispo más de lo estrictamente necesario. —Se volvió Nicolás a Rémy.

Rémy se tragó su irritación y asintió.

—Tenéis mi palabra.

—Bien —dijo el caballero—. Entonces contáis conmigo.

—Queda el problema de que Varennes no puede sostenerse a la larga contra Metz —dijo Philippine—. Si en Metz hay guerra, sin duda ganaremos un poco de tiempo. Pero hasta la peor de las guerras termina alguna vez. ¿Qué pasa entonces? ¿Cómo impedimos que Metz arrolle a Varennes por segunda vez y se limite a nombrar un nuevo gobernador?

—He pensado mucho en eso —respondió Isabelle—. Gracias a Sieghart, quizá se haya abierto para nosotros un camino que nos permita protegernos de Metz de forma duradera. —Y expuso sus reflexiones.

—Una idea excelente —dijo entusiasmado Will—. ¡Cómo no se nos ha ocurrido antes!

—¿Piensas que Eustache lo conseguirá? —preguntó Rémy.

—Deforest fue consejero durante mucho tiempo, y es nuestro maestre desde hace casi veinte años —respondió su madre—. Es conocido y apreciado en toda Lorena. Si él no lo consigue, nadie lo conseguirá.

Rémy se frotó los cansados ojos.

—Habla con él. Entretanto, yo me ocuparé de la carta. Luego veremos. ¿De acuerdo?

Esta vez asintieron todos, incluso Nicolás.

Rémy se levantó.

—Vámonos a la cama. Tal como veo el asunto, los próximos días van a ser duros.

Nicolás cogió el escudo y las armas y deseó buenas noches a los otros.

—¡Esperad, maestro! —chilló Dreux—. Antes de iros a la cama, tenemos que aclarar cómo ayudamos al joven Albertus... el estudiante de Lauingen que vaga por el país. Busca trabajo.

—Está bien —dijo Rémy—. Hace mucho que he hablado con Albertus.

El viejo frunció el ceño.

—¿En serio?

—Hace ya doce años. —Rémy dio una palmada en el hombro a Dreux—. Ahora duérmete, viejo amigo.

Varennes Saint-Jacques

Lefèvre no toleraba las reuniones. Cuando se juntaban dos o más ciudadanos, creía ver una conspiración contra su persona. En los encuentros del gremio siempre había presentes dos sargentos, que aseguraban que los hermanos no tejieran intrigas en su contra. Así que a Isabelle no le quedó más remedio que abordar a Deforest en un momento en que no los observaban y hablar con él entre plato y plato. Se retiraron a un almacén bajo las arcadas de la sede del gremio. Allí, Isabelle le enseñó la nota de Duval y le habló de los planes que ella había forjado con Rémy y los otros.

De todos los antiguos consejeros, Eustache Deforest era quizá el que más sufría con la decadencia de Varennes. Aquel hombre antaño tan imponente e inconmovible solo era la sombra de sí mismo. Había perdido mucho peso, porque guiar al gremio en aquella época difícil lo exigía todo de él y consumía su salud. De forma regular, sufría espasmos gástricos que a veces lo dejaban fuera de combate durante días.

Sin embargo, ese día parecía encontrarse comparativamente bien, y cuando Isabelle expuso sus planes se le iluminó el rostro.

—Quizá sea esta la oportunidad que hemos esperado todos estos años —dijo—. ¿De verdad creéis que Rémy y Nicolás podrán vérselas con los sargentos?

—Deberíais verlos. En pocas semanas, Nicolás ha convertido a los hombres de la comunidad en una tropa de combate.

—Pero ¿qué haremos si contraatacan los de Metz? No veo por qué una guerra con ellos debería terminar de manera distinta que la última vez.

—Aquí es donde vos entráis en juego. —Isabelle le explicó su otra idea. También esta atrajo a Deforest.

—¿Creéis que lo conseguiréis? —preguntó ella.

—Algunos de esos hombres aún me deben algo. Y no debería ser demasiado difícil convencer a los otros. Al fin y al cabo, todos ganan con eso. ¿Cuándo he de partir?

—Lo antes posible. Cuanto antes sepamos dónde estamos, tanto mejor.

—Saldré mañana mismo. Lo camuflaré como un viaje comercial, para que nadie sospeche.

Solo había entornado la puerta, y desde fuera se acercaban voces.

—Lo mejor será que me vaya. Tendréis noticias mías —susurró el maestre del gremio, y se fue de allí.

Isabelle respiró hondo. El primer paso estaba dado. Quedaba esperar que su quebrantada salud no dejara en la estacada a Deforest.

Salió del almacén, cerró la puerta tras de sí y se dirigió al ayuntamiento.

Bois de Varennes

Louis dejó las cajas con las herramientas de Rémy encima de la mesa.

—He tenido suerte —dijo Isabelle—. De hecho, en el ayuntamiento había varios escritos del obispo Jean. Hace años quiso que le prestaran el altar de las reliquias de san Jacques para consagrar una iglesia, y escribió varias cartas al Consejo y al cabildo de la catedral. Te he traído una.

—¿Te ha visto alguien? —preguntó Rémy.

—Nadie. El archivo está cubierto de polvo. Ni Lefèvre ni los de Metz se ocupan de él.

Dejó la carta encima de la mesa y la contempló, concentrado. La caligrafía de Jean d'Apremont era vigorosa y expansiva, y mostraba numerosas peculiaridades. Tanto mejor: cuanto más definido era un estilo de escritura, tanto más fácil era imitarlo.

Michel entró corriendo y contó, excitado, el juego que se le acababa de ocurrir.

—Tu padre tiene que trabajar. Ahora no puedes molestarle —dijo Isabelle, y cogió al chico en brazos—. Ven, vamos fuera. Allí podrás enseñármelo.

Poco después, Rémy estaba solo en la cabaña. Al principio, Dreux se había negado a abandonar su querido sillón, pero Philippine había insistido en ello; de todos modos, el anciano salía demasiado poco a tomar el aire. Rémy sacó sus herramientas y examinó cada pieza. Estaban en impecable estado, porque su madre las había guardado cuidadosamente. Se le humedecieron las manos. Hacía más de cuatro años desde la última vez que había escrito algo. ¿Seguiría en condiciones, después de tanto tiempo, de empuñar una pluma con mano tranquila, o la áspera vida del bosque habría puesto fin a su antigua destreza?

Rémy, el maestro iluminador... ¿seguía existiendo ese hombre?

Removió tinta fresca, alisó un pliego de pergamino y lo lineó con el estilete emplomado. El corazón se le subió a la garganta. Pero, cuando aplicó la pluma de ganso al pergamino, la tensión desapareció. De pronto todo volvía a estar allí, como si durante los últimos cuatro años y medio no hubiera hecho otra cosa que escribir, dibujar, convertir pensamientos en palabras. Un sentimiento de alegría lo inundó.

Después de copiar dos veces la carta del obispo, consiguió imitar de manera creíble la caligrafía de Jean d'Apremont. Ahora también su *ductus* le era familiar. Redactó con el mayor cuidado el mensaje, cuyo texto habían ideado Philippine y él la tarde anterior: en la carta, el obispo de Metz se dirigía al duque Mathieu y se quejaba de manera elocuente de la alianza de las *paraiges* con Simon de Leiningen. Mathieu debía ayudarle a privar de su poder a los Bellegrée, a los Gournais y a todas las demás familias dirigentes de la República de Metz, para erradicar de una vez por todas el peligro que para la Iglesia representaba una burguesía renuente.

Satisfecho consigo mismo, Rémy contempló el resultado de su trabajo. La carta estaba muy lograda. En vista de una amenaza semejante Roger tendría, sencillamente, que actuar.

Cuando la tinta se hubo secado, se dedicó al sello episcopal. Soltó con cuidado la cinta con la que estaba sujeto a la carta del archivo, limpió de polvo y telarañas el disco de cera con las insignias de Jean y la pegó a la carta falsa, pasando el cordel por un agujero del pergamino. El abuso de un sello como ese era un grave delito, pero no perdió un minuto en pensar en eso. Si el obispo Jean se daba cuenta del engaño, esa sería la menor de las preocupaciones de Rémy.

Cuando terminó salió al exterior, se protegió los ojos doloridos de la luz del sol y llamó a los otros.

—Magistral —elogió Philippine en cuanto hubo leído la carta—. Ni el propio obispo reconocería que es una falsificación.

—Has vuelto a superarte a ti mismo —dijo su madre sonriente.

Nicolás tenía los brazos cruzados delante del pecho, y no tocó la carta. Su gesto no dejaba lugar a dudas de que todo aquello le causaba profunda aversión y quería tener que ver lo menos posible con ello.

Isabelle metió la nota en un forro de cuero.

—Ahora necesitamos a alguien que le lleve la carta a Roger.

—Lo haré yo —dijo Will.

Rémy iba a decirle que aquella tarea no carecía precisamente de peligros, pero el inglés no le dejó hablar.

—Lo he pensado bien —declaró, decidido—. Si no soy de utilidad en la lucha, quiero al menos aportar algo de este modo.

—¿Existe el peligro de que Roger os reconozca? —preguntó Isabelle.

—Difícilmente. Sin duda lo vi algunas veces en Varennes, y es posible que él también a mí, pero nunca hemos hablado.

—¿Qué pasa con el sargento que nos tomó prisioneros entonces? —objetó Rémy.

—De eso hace muchos años. Dudo que nadie en Metz se acuerde de mí.

—Creo que no tenemos por qué preocuparnos —dijo Isabelle—. Will es el hombre adecuado para esta tarea.

Menos de una hora después. El inglés y ella partían hacia el norte.

Cuando su madre se hubo marchado, Rémy pidió a Nicolás que fuera con él a su cabaña.

—¿Qué queréis?

—Tengo que enseñaros una cosa, y me gustaría conocer vuestra opinión sobre ella.

—¿Más intrigas y engaños? —preguntó receloso el caballero.

—Perded cuidado. —Rémy compuso una fina sonrisa—. Esta vez se trata de honroso derramamiento de sangre y respetable crimen, por completo a vuestro gusto.

En su cabaña, sacó una caja y la puso encima de la mesa. Contenía algunos de sus libros, que su madre le había llevado hacía años, después de haber logrado arrebatarlos a las manos codiciosas de Lefèvre. Rémy escogió uno de los infolios encuadernados en cuero y lo abrió por un pasaje que tenía marcado.

—¿Qué es esto? —preguntó Nicolás.

—El *Liber ignium*... el Libro del fuego. Cuando hablamos ayer de cómo dominar el bastión, no pude evitar pensar en él.

Eso atrajo la atención de Nicolás.

—¿Contiene técnicas de asedio que puedan sernos útiles?

—Eso es exactamente lo que quiero que vos me digáis —respondió Rémy, y le tendió el libro abierto.

Como era natural, las verdaderas intenciones de Nicolás no habían quedado ocultas a los habitantes del refugio. Los más valientes, con el joven Géraud a la cabeza, le habían preguntado de forma directa hacía ya semanas por qué había ido y qué esperaba al formar a los hombres para la lucha. Como de costumbre, el caballero había sido monosilábico.

—Porque un día necesitaré vuestra ayuda. Y vosotros la mía —se había limitado a responder, envolviéndose, más allá de eso, en el silencio. Sin embargo, eso no había hecho más que dar nuevo aliento a los rumores en torno a su persona, y la mayoría de las conjeturas se acercaban bastante a la verdad.

Por tanto, no sorprendió a nadie que por la tarde Rémy convocara a una asamblea a todos los habitantes del valle y les expusiera sus planes. Un tenso silencio reinó en la pradera al pie de la cruz cuando declaró que Nicolás quería matar a Lefèvre y ayudar a Rémy a liberar Varennes de sus amos extranjeros. Una vez más, deseó ser tan buen orador como había sido su padre, y tener el don de insuflar el entusiasmo en los corazones de sus oyentes. Pero, como solo era Rémy, el solitario, que nunca había hablado a gusto delante de una multitud, ni siquiera intentó pronunciar un discurso inflamado. En palabras sencillas y sinceras, expuso los hechos y esperó que bastaran para convencer a sus oyentes.

—Mi madre y Will han partido hacia Metz hace algunas horas. No puedo decir lo que van a hacer allí... tiene que mantenerse secreto a toda costa. Pero, si tienen éxito, habrá guerra entre las *paraiges* y el obispo Jean d'Apremont. Cuando las fuerzas de los de Metz estén ocupadas en el norte, atacaremos a Lefèvre. Utilizaremos el efecto sorpresa y esperamos poder dominar a la gente de Lefèvre antes de que puedan formar para defender la ciudad. Pero no voy a engañaros: la idea es peligrosa, y nadie sabe si saldrá bien. Quizá fracasemos, quizá muchos de nosotros perdamos la vida en el intento.

Rémy dejó resbalar la mirada sobre la multitud.

—Por eso, cada uno de vosotros decidirá libremente si quiere unirse a nosotros. Cada espada nos es bienvenida. Pero, si no deseáis poner vuestra vida en juego, lo entenderé. Si es así, no tenéis que hacer nada más que ir a vuestra cabaña ahora. Os prometo que nadie os acusará de cobardía.

Dejó que el eco de sus palabras se extinguiera. El silencio era tan absoluto que podía oír crepitar las antorchas que habían encendido alrededor de la plaza.

—Yo digo: ¡mandemos al diablo a Lefèvre y a la escoria de Metz! —gritó Robert, blandiendo su espada.

—¡Al diablo con ellos! —rugieron los demás hombres, cuya seguridad en sí mismos había crecido desde que Nicolás los instruía—. ¡Recuperemos nuestra ciudad!

Nadie volvió la espalda a Rémy para ir a su cabaña. En vez de eso, la multitud entera jaleaba y gritaba su entusiasmo desde cien gargantas.

—¡Abajo Lefèvre!

—¡Por Varennes! ¡Por la libertad!

Philippine, que estaba junto a Rémy y Nicolás, sonrió a escondidas.

—Bien hecho. Sin duda hay más de tu padre en ti de lo que crees.

Nicolás asintió.

—En verdad un buen discurso.

—¿Un elogio? —Rémy alzó una ceja—. ¿De vuestra boca? Ten cuidado, Philippine. Es posible que lo próximo sea un chiste sucio.

—No es probable —dijo el caballero.

Rémy se adelantó.

—¡Gracias! ¡Os lo agradezco! —gritó, y levantó los brazos, y la multitud enmudeció—. Nicolás os dará los detalles del plan.

Cedió la palabra al templario, cuya sonora voz se impuso sin esfuerzo al crepitar de las antorchas y al susurro del viento en las copas de los árboles.

—He formado a treinta de vosotros y los he convertido en combatientes capaces con la espada y con la lanza —dijo Nicolás—. Cada uno de vosotros puede enfrentarse a los sargentos, y ya no tiene por qué temer un combate singular.

Un nuevo júbilo siguió a sus palabras.

—Sin embargo —exclamó el caballero sobreponiéndose al ruido—, no se puede negar que somos pocos. Lefèvre y el corregidor de Varennes disponen de más de sesenta guardias y treinta sargentos. A ellos se suman un número impreciso de mercenarios al servicio de Lefèvre. Incluso si atacamos de noche y por sorpresa a los defensores de la ciudad, nos superan al menos en una cantidad de tres a uno. Felizmente, no estamos solos. Bertrand Tolbert y los hombres de su fraternidad nos apoyarán en nuestra lucha.

Isabelle había hablado con todos los maestres de las fraternidades y con los antiguos consejeros, pero solo Deforest y Tolbert habían tenido el valor de ayudarlos. Los otros temían demasiado a Lefèvre y a los de Metz. Tolbert estaba allí esa noche. Se hallaba en primera fila, con los brazos cruzados en el pecho, y asintió con rabia cuando Nicolás mencionó su nombre. Se había hecho viejo y canoso, pero los años no habían disminuido en modo alguno su voluntad de hierro y su resistencia física.

—A Bertrand y a sus hombres les incumbe la tarea de tomar prisioneros a Guérin d'Esch y a los otros miembros de las *paraiges* que hay en Varennes —explicó Nicolás—. Necesitamos todos los prisioneros posibles que procedan de las familias dirigentes de Metz, para poder canjearlos más adelante por Henri Duval y los otros rehenes. Entretanto, yo entraré en la ciudad con una pequeña tropa y acabaré con Lefèvre —prosiguió el caballero.

—Tenemos amigos entre los guardias que nos ayudarán —explicó Tolbert—. Abrirán la puerta a Nicolás y a sus compañeros y, si es necesario, se harán con los sargentos que montan guardia con ellos.

—Hasta aquí, bien —dijo Géraud—. Pero ¿qué pasa con el bastión? Si no lo tomamos, la victoria sobre Lefèvre no valdrá de nada. Los de Metz reducirán Varennes a escombros con sus catapultas.

—Mientras yo entro en la ciudad, Rémy y el resto de los hombres destruirán el bastión y arrollarán a su guarnición —respondió Nicolás.

—¿Destruir el bastión? ¿Cómo vamos a hacerlo sin arietes ni catapultas? —preguntó escéptico Robert.

—Rémy os lo explicará. —Aunque Nicolás había leído el correspondiente pasaje del *Liber ignium*, seguía sin estar del todo convencido de la idea de Rémy.

—He encontrado en un viejo libro una receta alquímica —dijo Rémy dirigiéndose a la multitud—. Se trata de una sustancia especial, un polvo negro, con el que se pueden producir rayos y truenos. Nicolás ha oído que los pueblos del lejano Catai tienen algo así. También los bizantinos hicieron la guerra en el pasado con medios parecidos. Creemos que esta hierba del trueno es lo bastante fuerte como para abrir un agujero en los muros del bastión.

Rémy pudo sentir con toda claridad la duda de sus oyentes. En algunos se agitó incluso un temor supersticioso.

—¿Dónde encontraremos ese polvo mágico? —preguntó Tolbert.

—Como he dicho, la receta está descrita con precisión en el *Liber ignium*. Yo la fabricaré y pondré a prueba su eficacia. Sé cómo os suena esto —añadió Rémy—. Pero tenemos que intentarlo, por improbable que suene. Es nuestra única posibilidad de tomar el bastión.

—Ahora que lo sabéis todo —dijo Nicolás—, id a vuestra casa y dormid, para que estéis descansados cuando ataquemos. Os haremos saber si las *paraiges* han caído en nuestra emboscada.

Poco después, la multitud se dispersó. Rémy, Nicolás, Philippine y Bertrand se quedaron solos en el prado. Las primeras antorchas se apagaban con un siseo.

—Ojalá no hayáis dado más miedo de lo que vale con esa hierba del trueno —dijo Nicolás, antes de dirigirse a su cabaña.

METZ

—¿Nos hemos visto antes? —preguntó Roger a su visitante.

—Es posible, señor. El obispo me envía a menudo a Metz. Quizá nos hemos visto en la place de Chambre o en el palacio del cabildo. El año pasado iba allí casi todas las semanas.

Roger miró receloso a su visitante. El hombre que estaba ante él quizá tenía treinta y cinco años, y era bien insignificante, con sus rizos castaño rojizo y su gris vestimenta de lana. Una cara de todos los días, sin características especiales… y sin embargo, Roger no se libraba de la sensación de que ya la había visto alguna vez. Que no encajaba allí. Bueno, eso no tenía por qué significar nada. Como mercader y consejero de los Treize jurés, todos los días tenía que vérselas con muchos forasteros, con la mayoría de ellos una vez y nunca más, y en raras ocasiones se tomaba la molestia de retener sus rostros y sus nombres. «Ya me acordaré», pensó. «Y si no, es que no es lo bastante importante.»

—Eres un mensajero del obispo Jean d'Apremont, ¿no?

—Llevo mensajes de Su Excelencia y cabalgo por él a través del país. Ese es mi trabajo desde hace quince años.

—Me han dicho que tienes una carta para mí. —La verborrea de ese hombre empezaba a agotar la paciencia de Roger.

—Bueno, en realidad no es para vos. ¿Cómo decir…? —El mensajero se ruborizó ligeramente y se frotó la nariz.

—¡Suéltalo! Me estás haciendo perder el tiempo.

—Es una carta de mi señor al duque Mathieu. Pero he pensado que vos querríais leerla. Ocurre que os concierne, y además es… muy delicada.

—A ver si te he entendido bien —dijo Roger—. ¿Quieres darme una carta confidencial de tu señor que va dirigida al duque? ¿Sabes que eso es traición?

—Traición es una palabra tan fea. —El mensajero sonrió de manera extraña—. De todos modos ibais a enteraros. Solo quiero asegurarme de que lo sepáis pronto y podáis preparos.

—Por puro amor al prójimo, supongo.

—Sois un hombre poderoso… quiero ganarme vuestra amistad. No tendría nada que oponer a una bolsa de plata. Estoy harto de recorrer el país día tras día para un obispo ansioso de poder. Deseo buscarme un trabajo más fácil y quizá empezar por poner los pies en una silla durante dos o tres meses.

—Dinero, naturalmente —dijo Roger apretando los labios—. ¿Cuánto quieres?

—He pensado en diez libras. Con eso podría salir adelante un tiempo.

—Es un buen montón de plata por un trozo de pergamino.

—El pergamino lo vale, señor. Tenéis mi palabra.

Roger abrió una de las arcas y dejó una bolsa repleta encima de la mesa. El mensajero la cogió a la velocidad del rayo y la hizo desaparecer en su sayo.

—Si la carta no vale la pena, que Dios se apiade de ti.

Sin decir palabra, el mensajero abrió el forro de cuero que pendía de su cinturón y entregó la carta a Roger. Llevaba el sello del obispo, y cuando desplegó el pergamino reconoció la inconfundible caligrafía de Jean, que conocía de muchos documentos. Al menos el mensajero no mentía.

—Por favor, leed —apremió el correo—. Convenceos vos mismo de que vuestra plata está bien invertida.

De hecho, Roger se quedó sin aliento al pasar la vista por las líneas. Eso no podía ser. Tenía que equivocarse. Volvió a leer la carta, esta vez con más atención.

Pero no había ninguna duda respecto al contenido: Jean d'Apremont se había enterado de su alianza con Simon de Leiningen y se dirigía con indignación al duque Mathieu. Ese perro taimado, ese redomado bastardo, pedía al duque que le ayudase a despojar a las *paraiges* de su poder.

Roger bajó la carta y se quedó mirando la nada. Sin duda justo en ese momento el obispo Jean se preparaba para el ataque, ansiaba derribar a Robert Gournais, a Jehan d'Esch y a todos los demás. Estaba en marcha una gran conspiración contra los cabezas dirigentes de las *paraiges*.

Todos aquellos años había sabido que este día llegaría alguna vez, y lo había temido.

—Bueno, ¿qué decís? ¿Os había prometido demasiado?

Roger miró al mensajero. Casi se había olvidado de que no estaba solo en la habitación.

—No. Gracias —dijo, distraído—. Hoy has ganado un poderoso amigo. Dime... ¿cómo te llamas?

—Guillaume, señor.

—Ve abajo, Guillaume. Te darán una jarra de vino y algo de comer.

El correo no se movió del sitio.

—¿Qué más quieres?

—La carta, señor. Si no la entrego, el obispo sospechará.

Roger asintió distraído y le tendió la carta. El mensajero se inclinó en una reverencia y se fue de allí.

Roger cogió su manto. Estaba tan furioso que le temblaban las manos, pero, como siempre, la excitación duró poco y dio paso enseguida a una gélida calma. Se trataba del destino de su familia, de las *paraiges*, de toda la República de Metz. Tenía que mantener la cabeza fría y actuar, tenía ante todo que informar al maestre de los escabinos para que pudieran hacer los preparativos para la defensa de la ciudad.

Salió a toda prisa del escritorio y rugió llamando al sargento.

Will no tenía la menor intención de bajar a la cocina a por su copa de vino. Apenas Roger Bellegrée y el sargento de guardia desaparecieron, se puso a buscar a Henri Duval. Si le preguntaban qué hacía allí arriba, diría que se había extraviado en las múltiples salas y pasillos. No cabía esperar que le pidieran una explicación. En la casa de huéspedes de Porte-Muzelle entraban y salían forasteros sin cesar, y la servidumbre no se inmutaba al ver rostros desconocidos.

Cuando estuvo solo en el pasillo y la tensión desapareció, un escalofrío le recorrió la espalda. Presentarse ante Roger le había causado una repugnancia casi física. Esa arrogancia. Esa crueldad profundamente asentada. Ese desprecio apenas reprimido hacia los hombres de baja condición. Tanto más satisfactorio había sido tomarle el pelo. Y eso que no era la forma de ser de Will engañar a otros, estafarlos. Le costaba trabajo ocultar su verdadero carácter y mentir a otro. El papel de mensajero episcopal lo había exigido todo de él. Cuando era estudiante en la catedral, hacía muchos años, había hecho de Herodes en la representación de los misterios de su parroquia y lo había hecho bien. Había pensado sin cesar en eso mientras representaba al correo traidor. Si quería, era capaz de actuar. Pero le costaba un notable esfuerzo de superación.

No obstante, Roger se había creído el embuste, eso era lo único que contaba. Su éxito subió el ánimo de Will. Recorrió con agilidad los pasillos de la casa de huéspedes hasta llegar al ala en la que se alojaba Henri Duval, o al menos eso suponía la señora Isabelle. Will llamó a la primera puerta que vio y esperó. Nada. También en la segunda todo estaba en silencio. En cambio, la tercera se abrió. Apareció Duval, que le miró con el ceño fruncido.

—¿Magister Will? —El antiguo consejero se había quedado por un momento sin habla por la sorpresa.

—¡Chis, no habléis tan alto! —siseó Will, y miró temeroso a su alrededor.

—¿Qué hacéis aquí, por todos los santos?

—No deben vernos juntos. Tomad, leed esto. Aquí está todo. —Will puso una carta de la señora Isabelle en manos de Duval—. Pronto seréis libre y podréis regresar a Varennes. Tened paciencia unas semanas más.

Con estas palabras, dejó a Duval plantado y se fue corriendo.

Isabelle habría pagado mucho dinero por saber lo que había pasado en la place Saint-Jacques y en las casas de huéspedes de las *paraiges* después del encuentro de Will con Roger Bellegrée. Todo Metz parecía bullir de actividad. Mensajeros y literas iban de un lado para otro. Las plazas estaban rebosantes de sargentos, mercenarios y hombres de armas. El maestre de los escabinos hizo abrir los arsenales, se repartieron armas. No había ninguna duda de que Metz se preparaba para la guerra.

Sin llamar la atención, Isabelle recogió informes en las plazas de mercado y en las tabernas de la ciudad. Aunque los buhoneros y taberneros no sabían nada preciso, y corrían toda clase de rumores que ponían los pelos de punta, pronto se multiplicaron los indicios de que las *paraiges* no tenían la intención de enviar tropas a Simon de Leiningen. Más bien se preparaban para dar un golpe devastador a su viejo enemigo el obispo Jean d'Apremont, y preparaban una expedición contra su fortaleza de Vic-sur-Seille.

Isabelle no necesitaba saber más. Con una sonrisa satisfecha en los labios, regresó a su albergue. Philippine había tenido razón: si Roger pensaba que el obispo Jean iba a pactar con el duque contra las *paraiges*, se comportaría como una comadreja acorralada y se revolvería para morder.

A la mañana siguiente salió de Metz a primera hora y fue hacia Vic-sur-Seille.

Rémy había leído tantas veces las instrucciones para la fabricación de la hierba del trueno en el *Liber ignium* que entretanto se las sabía de memoria: «Se coge una libra de azufre, dos libras de carbón de tilo o de pasto y seis libras de salitre, se pica todo en un mortero de mármol y se mete en una carcasa destinada a explotar».

Dado que en el valle tenían un carbonero propio, Rémy disponía en cualquier momento de todo el carbón que necesitara. Bertrand Tolbert había llevado de Varennes el mortero de mármol, así como una balanza y un fino cedazo. En cambio, el azufre y el salitre le depararon dolores de cabeza. En lo que al azufre se refería, Philippine supo hallar la solución:

—El azufre es un remedio contra la viruela y la erisipela —le explicó—. Cualquier médico y cualquier cirujano debería disponer de él. Bertrand también puede acudir a los cereros, que utilizan azufre para blanquear las velas.

Por desgracia, Philippine nunca había oído hablar del salitre. En el *Liber ignium*, el Libro del fuego se decía acerca de él: «El salitre es un mineral de la tierra, y se halla en eflorescencias en las rocas. Si se disuelve esta sustancia en agua hirviendo, se depura y se filtra, se cuece durante un día y una noche hasta que se solidifica y cubre el fondo del recipiente en forma de placas transparentes de sal».

Rémy preguntó a los habitantes del valle. Tan solo Géraud fue capaz de ayudarle.

—Creo que sé lo que es —dijo el joven cantero—. Una especie de sal. A veces se encuentra en las paredes de las destilerías y los talleres de los curtidores, o en la tierra que hay detrás de los establos de ganado. Se parece un poco a la nieve sucia.

Más tarde, cuando Tolbert apareció, Rémy le habló de ello y le pidió que echara un vistazo en sus establos para ver si en el suelo había salitre.

—Si es así, cavad la tierra y traedme todo el que os sea posible. Preguntad también a los hombres de vuestra fraternidad.

El maestre de los campesinos de la ciudad no ocultaba que aquella pretensión le parecía notablemente extraña. Aun así, prometió hacer todo lo que pudiera.

A la mañana siguiente llevó un saco lleno de tierra blanquecina. Rémy le dio las gracias y trasladó el saco a su cabaña, delante de la cual había puesto tres grandes calderos. Philippine le ayudó a meter la tierra en las marmitas. Habían echado un vistazo a los establos del refugio y también allí habían encontrado en el suelo rastros de aquella sustancia salina. Pero la tierra que habían excavado no alcanzaba ni con mucho para extraer seis libras de salitre. Quizá con la tierra de Varennes lo conseguirían.

—¿Sabéis que eso no es más que pis de cerdo? —preguntó Tolbert.

—Y qué si es así —murmuró Rémy—. Armas de pis para un enemigo que apesta el aire. Adecuado, ¿no os parece?

El pueblo entero, le parecía, se había reunido en la plaza delante de la cabaña y los miraba mientras llenaban los calderos de agua y les aplicaban fuego. Pasó mucho tiempo hasta que la lodosa y no muy bienoliente mezcla empezó a hervir. Cuando la gente entendió que no había mucho que ver, regresaron a casa y dejaron a Rémy vigilar las calderas. Esperó hasta que la tierra se hubo disuelto por completo. Luego filtró la arena con el cedazo. Al caer la noche, Géraud asumió la tarea de cuidar de que el fuego no se apagara y el agua no dejara de hervir.

Cuando Rémy despertó, con la primera luz de la mañana, todo el plan le pareció una necedad. ¿Un polvo obtenido a base de carbón y pises? Sencillamente ridículo. Había caído en una fantasía, se había extraviado en una mixtificación. En silencio, para no despertar a Philippine, a Michel y a Dreux, salió de la cabaña.

Géraud se había quedado dormido, las ascuas debajo de las calderas aún ardían. Despertó al joven cantero, que se estremeció.

—Oh, Dios —murmuró—. Lo he estropeado todo.

—Creo que no. —Rémy se asomó a las calderas—. El agua se ha consumido por completo, y lo que ha quedado son placas de sal... tal como está escrito en el *Liber ignium*.

Rascaron el salitre. El ruido que hicieron despertó a Philippine y a los vecinos, y poco después había vuelto a reunirse una multitud curiosa.

—¿Y ahora? —preguntó Nicolás.

—Mezclamos todos los ingredientes en una proporción de uno a dos a seis. —Rémy echó al mortero el azufre, el carbón y el salitre y machacó la mezcla. Metió el polvo negro en un recipiente en forma de botella —ojalá una adecuada «carcasa destinada a explotar»— que un alfarero del refugio había hecho ex profeso para ese fin—. Listo.

—No funciona —dijo Robert.

—¿Cómo lo sabes?

—Porque no atruena.

—Espera. Philippine, Nicolás y Géraud... venid conmigo —dijo Rémy—. Los demás, esperad aquí.

—Pero ¡también queremos ver! —se quejó Robert.

—Es demasiado peligroso. No sabemos cómo se comportará la hierba del trueno cuando la prendamos.

Rémy y sus acompañantes salieron del valle y marcharon un rato por el bosque, hasta llegar a una hondonada en sus profundidades. Rémy había escogido ese lugar para probar la hierba del trueno. La hondonada estaba rodeada por paredes de roca por tres de sus lados... quizá una cantera de una gris época antigua.

Metió la botella en un montón de cascotes debajo de uno de los peñascos, después de haber esparcido un rastro de polvo negro. Entretanto, Nicolás había encendido una tea. Rémy la aplicó al polvo, que se inflamó tan repentinamente que se encogió.

—¡Funciona! ¡Funciona! —gimió Philippine.

—¡A cubierto! —gritó Rémy.

Se ocultaron detrás de una acumulación de piedras y observaron la llama sisear, humear y lanzar chispas a lo largo del rastro como un ser vivo, devorando codiciosa la hierba del trueno sin dejar nada más que cenizas.

Rémy sentía tan pronto frío como calor. De repente, ya no tenía la sensación de haberse creído un cuento. Al contrario, tenía miedo, porque se daba cuenta de que estaba manejando fuerzas a cuya altura no estaba ningún hombre.

La llama alcanzó la botella y desapareció en su interior. No ocurrió nada. Rémy se mordió el labio.

—Quizá no hemos puesto bastante… —empezó Philippine.

Entonces, un estruendo ensordecedor desgarró el aire, más fuerte que cualquier cosa que Rémy hubiera oído nunca. Rayos de fuego salieron disparados en todas direcciones. Cayó de espaldas, aunque no era capaz de decir qué le había derribado: un puño gigantesco de puro aire denso, le pareció. Al momento siguiente, cayó sobre ellos una lluvia de trozos de piedra. Rémy y sus compañeros se encogieron todo lo que pudieron y se protegieron la cabeza con los brazos hasta que cesó la granizada.

Luego, silencio.

Alguien tosió. Rémy oyó el ruido tan amortiguado como si le hubieran introducido lana en los dos oídos. Aturdido, se sentó y miró a su alrededor. Ninguno de sus compañeros estaba herido, pero todos tenían el miedo metido en el cuerpo.

Miró hacia la pared de roca, de donde ahora se retiraba el humo. El montón de cascotes había desaparecido. En su lugar había un notable cráter. De la pared de roca se desprendían piedras. El trueno había hecho un agujero y desplazado bloques del tamaño de una rueda de molino.

—Gran Dios —susurró Géraud.

Philippine y el joven cantero se santiguaron.

Rémy tragó una vez, dos veces. Poco a poco, podía volver a oír.

—¿Qué decís? —dijo, volviéndose hacia Nicolás.

El templario se había puesto en pie y cruzado los brazos. Tenía el pelo y la barba llenos de polvo. Con los ojos entrecerrados, contemplaba la nube de humo sobre el cráter.

—No está mal para empezar —dijo, y escupió.

—Su Excelencia está en el jardín. Esperad aquí. Le preguntaré si desea recibiros. —El criado desapareció por una puerta en la parte trasera de la sala y regresó poco después—. Podéis reuniros con él.

Isabelle entró en el jardín, que estaba unido a la torre de la fortaleza. Los matorrales, los arriates, los zarcillos en los muros, todo florecía, como si las plantas festejaran la definitiva muerte del invierno y tan solo esparcieran esplendor de colores a su alrededor. El obispo Jean estaba delante de un seto crecido y estaba dando a su jardinero la orden de recortarlo, para que no quitara la luz a las flores.

—Excelencia —dijo Isabelle, y besó el anillo que se le ofrecía. Los dedos de Jean olían a tierra húmeda y jugos de plantas amargas.

—*Pax tecum*. ¿Con quién tengo el placer?

—Isabelle Fleury, de Varennes Saint-Jacques. Os agradezco que me concedáis un momento de vuestro tiempo.

—Caminemos un poco —propuso Jean d'Apremont—. ¿Estáis de luto? —preguntó mientras paseaban por el sendero.

—Mi esposo ha fallecido.

El obispo la miró de reojo.

—Ah, sois la viuda del alcalde Fleury. Disculpad que no os haya reconocido. Vuestro esposo fue un gran hombre. Un hombre visionario. Y un constante desafío para la Iglesia —añadió con taimada sonrisa—. Mis condolencias.

—Gracias. —Isabelle no apreciaba mucho a los hombres de la Iglesia, pero ese amable obispo le parecía en alguna medida soportable.

—Pero ¿su muerte no ocurrió hace ya algunos años? —preguntó Jean.

—Cuatro y medio.

—¿Y seguís llevando luto?

—Sin duda. Amaba a mi esposo.

—No lo dudo —repuso con sinceridad el obispo—. Pero ¿estáis segura de que vuestro esposo lo hubiera querido? ¿No habría estado más en consonancia poner fin poco a poco al pasado?

—¿Para hacer qué? ¿Mirar hacia delante? ¿Empezar de nuevo? —repuso Isabelle con apenas velado sarcasmo.

—Para poder gozar de los años que os quedan, sin rencor ni dolor.

—Soy una mujer vieja, excelencia. La vida ya no me guarda muchas alegrías. Prefiero complacerme en el recuerdo de mi esposo para que no se me haga largo el tiempo hasta que volvamos a estar juntos.

Él sonrió.

—¿Os divierte mi pena? —preguntó ella, impaciente.

—En absoluto. Tan solo pienso que os imagináis cosas. No sois una mujer vieja. Como mucho es viejo vuestro aspecto. Vuestro espíritu, en cambio... noto que está fresco y lleno de energía. No habléis de la muerte. Aún no estáis lista para ella. El Señor todavía tiene planes para vos.

En lo más hondo de su interior Isabelle sintió una punzada, pero decidió no perder la calma. Aquel cura no tenía ningún derecho a enseñarle nada sobre su vida.

—No he venido a hablar de la muerte de mi esposo —manifestó con frialdad.

El obispo asintió.

—Sin duda. Perdonadme. El poder que mi cargo conlleva me hace propenso a la arrogancia y el orgullo. Y, como es sabido, los hombres orgullosos tienden a manifestar su opinión sobre todo sin que se les pregunte. La próxima vez, no dudéis en interrumpirme si voy demasiado lejos —declaró sonriendo—. Ahora decid… ¿qué os trae a mí?

Raras veces se hallaba tanto conocimiento de uno mismo en los altos señores de la Iglesia. Isabelle se sintió reconciliada.

—Acabo de estar en Metz —respondió—. Allí, he sabido que Roger Bellegrée ha excitado en contra vuestra a las *paraiges* y al maestre de los escabinos. En este momento se arman para haceros la guerra.

Jean d'Apremont se detuvo, la miró sobresaltado.

—¿Ah, sí?

—Se han unido a Simon de Leiningen y planean aniquilaros.

—¿Cómo lo sabéis?

—Varios ciudadanos de Varennes son rehenes de Metz; viven con familias dirigentes de las *paraiges*. Uno de ellos trabaja como espía para el antiguo Consejo de Varennes. Ha sabido de la alianza de Roger con Simon de Leiningen y nos ha informado.

—¿Y no existe duda de las intenciones de las *paraiges*?

—Están poniendo en pie un ejército ahora mismo. Lo he visto con mis propios ojos.

La relajada jovialidad del obispo había dado paso a un silencio caviloso. Su expresión era dura y preocupada cuando se dirigió a la torre.

—Lo haré comprobar.

—Me temo que no hay tiempo para eso —dijo Isabelle—. Vuestros enemigos estarán aquí dentro de pocos días. Os aconsejo que abandonéis hoy mismo Vic-sur-Seille. ¿Tenéis un amigo junto al que podáis buscar protección?

—El conde de Bar ha estado desde siempre estrechamente unido a mi familia. Sin duda me acogerá.

—Id con él —insistió ella—. No perdáis tiempo. Vuestra vida podría depender de eso.

En la puerta de la torre, Jean se detuvo una vez más.

—Todo esto no concierne a Varennes, y sin embargo me habéis advertido. ¿Por qué?

—Como sabéis, los de Metz no son nuestros amigos que digamos.

Creemos que es hora de que alguien les plante cara. Alguien lo bastante poderoso. Alguien como vos.

—Os lo agradezco, señora Isabelle. Si algún día puedo mostraros mi reconocimiento por vuestra amistad, hacédmelo saber.

Isabelle pensó un momento.

—De hecho, hay algo que podríais hacer por nosotros...

Bois de Varennes

Esta vez, Rémy y Nicolás se pusieron a cubierto en el borde superior de la hondonada antes de prender el rastro de polvo. Se agacharon detrás de una enorme roca y se taparon los oídos con las manos. Aun así, cuando la botella voló por los aires el trueno les llegó hasta los huesos.

Cuando el polvo se hubo posado, Rémy vio que esta vez habían hecho un agujero mucho más grande en la pared de roca. Había sido idea de Philippine modificar la proporción de los distintos ingredientes y añadir algo más de salitre y de carbón, y de hecho ahora la hierba del trueno desplegaba aún más furia destructora que en el primer intento.

—¿Bastará para abrir una brecha en los muros del bastión?

—Es difícil decirlo —dijo Nicolás—. Los muros son fuertes. Hagamos otro intento, y podré valorarlo mejor.

—Mejor que no —repuso Rémy—. El cielo está muy despejado. Con este tiempo, los sonidos llegan muy lejos. Es posible que el trueno pueda oírse en Varennes, y no quiero poner sobre aviso a Lefèvre.

—Entonces tendremos que confiar en que sí.

—Saldrá bien. —Rémy se echó al hombro la mochila con sus cosas y se detuvo al ver que Nicolás no le seguía. El caballero estaba en pie y contemplaba con gesto inexpresivo la imagen de devastación que la hondonada ofrecía entretanto.

—¿Qué pasa?

—Si esta arma llega a imponerse alguna vez, será el fin de la orden de caballería.

—Y las mentes despiertas como la mía dominarán los campos de batalla. En verdad, un terrible pensamiento —dijo sonriente Rémy.

En silencio, Nicolás se le unió.

—La hierba del trueno no se impondrá tan fácilmente —dijo Rémy mientras andaban por el bosque—. Cuando todo esto haya pasado, me encargaré de que la receta desaparezca, para que no caiga en las manos equivocadas.

—Otros os imitarán. Solo es cuestión de tiempo.

No era intención de Rémy ofender a Nicolás, pero no sabía qué podía decir para tranquilizarlo. Así que guardaron silencio el resto del camino.

Durante los días anteriores, Rémy había revisado más de una vez su opinión acerca del caballero. Lo que había tomado al principio por arrogancia y por testarudez lindante con el fanatismo no era, en última instancia, más que desorientación. Nicolás había pasado la mayor parte de su vida adulta en casas de su orden, donde cada momento del día transcurría conforme a severísimas reglas. No estaba acostumbrado a tomar sus propias decisiones. Sin sus hermanos y su maestre, tenía que sentirse solitario y desvalido, expuesto a un mundo caótico. No era sorprendente que se aferrara de forma encarnizada a las reglas de la orden y a su idea del honor. Pero en el fondo era un hombre inteligente y sensible... Rémy también se había dado cuenta de eso.

Llegaron al valle y se colaron por la entrada.

—Tu madre está aquí —le informó el guardia.

Estaba con Philippine, delante de la choza de Rémy. Las dos mujeres miraban a Michel, que corría por la plaza con una pelota de cuero de varios colores. Rémy no se la había hecho; tenía que ser un regalo de su madre. Idolatraba al niño, y le llevaba juguetes todo el tiempo.

Besó a Isabelle.

—¿Dónde has dejado a Will?

—Se ha quedado en Metz, para poder informarnos si ocurre algo imprevisto. De todos modos, aquí no sería de utilidad.

Philippine preguntó por la hierba del trueno:

—¿Estáis contentos con la nueva mezcla?

Nicolás asintió.

—El efecto es impresionante.

—Tenías razón —explicó Rémy—. Cuando se añade más salitre y carbón, el efecto es notablemente mayor.

—Yo también tengo buenas noticias —dijo Isabelle—. Roger ha picado el anzuelo. Metz se prepara para la guerra contra el obispo.

—¿Lo sabe Jean d'Apremont? —preguntó el caballlero.

—Le he advertido. Ha dejado Vic-sur-Seille y va a pedir al conde de Bar y al duque Mathieu que vayan con él contra Metz. Faltan pocos días para que comiencen los combates.

Rémy miró a su madre, vio su rostro serio.

—Así que todo ha empezado.

—Sí.

—Atacaremos esta noche —decidió Nicolás.

Al caer la oscuridad, los hombres se congregaron en la plaza del pueblo, los treinta, para despedirse de sus familias. Las puntas de las lanzas, los cascos y los escudos brillaban a la luz de las llamas como si acabaran de sacarlos de la fragua. Las mujeres abrazaban a sus esposos, las hermanas, a sus hermanos, las madres, a sus hijos. Algunos hombres reían con arrogancia y se jactaban ya de hazañas que aún no habían logrado. Otros callaban tensos mientras sus amadas los besaban, los bendecían y los exhortaban a la prudencia. Pero Rémy no descubrió auténtico temor en ninguno de los rostros. Los hombres ardían en deseos de desafiar a Lefèvre y devolver la libertad a su ciudad, y confiaban en sus dirigentes, Nicolás y Rémy.

Rémy estaba decidido a no defraudarlos. Había discutido su plan una y otra vez con Philippine, su madre y Nicolás. No le habían encontrado ningún punto débil, y Rémy se sentía confiado. Sin embargo, no se podía negar que había muchos imponderables. ¿Era la hierba del trueno lo bastante fuerte como para romper los muros del bastión? ¿Conseguirían sorprender a Lefèvre? ¿Podían confiar en que los hombres de Tolbert no perderían el valor en presencia del peligro? En lo que a eso se refería, a Rémy no le quedaba más remedio que confiar en Dios y en su fortuna.

Estaba con Philippine, que tenía en brazos a Michel. El chico contemplaba con grandes ojos a los guerreros congregados. Nunca había visto una cosa así, y no salía de su asombro. Isabelle no estaba con ellos. Había vuelto a la ciudad hacía horas, para informar a Tolbert y a los guardianes de las puertas.

Philippine, envuelta en el resplandor del fuego y en las sombras, le parecía más hermosa que nunca.

—Desearía poder ir contigo —dijo.

—Te necesito aquí. La gente tendrá miedo cuando nos vayamos. Debes ocuparte de ellos.

Ella le miró, y en sus ojos hubo un centelleo oscuro. Él pensó en su primer encuentro en su taller, cuando ella le había cautivado de pronto. Hacía muchos años de eso, ahora era otro hombre y ella, otra mujer. También su amor había cambiado, pero era igual de fuerte que siempre.

—Prométeme que volverás sano y salvo. Michel te necesita. Y yo también.

Aunque él sabía que no podía prometer tal cosa, lo hizo de todos modos:

—Tienes mi palabra.

—Lo digo en serio, Rémy. Haz lo que hemos hablado. Deja las heroicidades para Nicolás.

—Con todo gusto. —Sonrió—. De todos modos, sirve más para héroe que yo.

Nicolás gritó algo, y la multitud se inquietó.

—Es hora —dijo Rémy.

—Te amo. —Su voz era apenas un susurro—. Tenlo presente siempre.

Se besaron. Él acarició el pelo a su hijo; luego, cogió la ballesta y el saco con los recipientes llenos de hierba del trueno y recorrió con los hombres el pasillo que se abrió para ellos entre la multitud.

«Quizá nunca vuelvas a verla.» Rémy apartó esa idea de su mente. «No va a pasarte nada», se dijo. «Al fin y al cabo, se lo has prometido.»

Sintió su mirada en la espalda hasta que se escurrió por la hendidura entre las rocas y la tiniebla del bosque lo acogió.

Philippine apretó a Michel contra sí, mientras los hombres desaparecían uno tras otro en la hendidura. Se había propuesto no llorar bajo ninguna circunstancia, pero ahora estaba en el mejor de los caminos para romper su propósito.

¿Qué pasaría si herían a Rémy? ¿Si moría?

Luchó contra las lágrimas, que peleaban por salir con todas sus fuerzas. «¡No seas idiota y contente!» Procedía de una familia de nobles, de caballeros. Con cuánta frecuencia sus antepasados femeninos habían tenido que ver a sus hombres partir hacia la guerra. ¿No debería haber aprendido a ocultar sus lágrimas al mundo?

Otras mujeres no tenían esas inhibiciones y sollozaban sin avergonzarse. Los niños se aferraban a sus madres, con los ojos muy abiertos. Era exactamente como Rémy había dicho: apenas se fueron los guerreros, el miedo y la desesperación se extendieron por el pueblo.

Durante los años transcurridos, Philippine había aprendido a dirigir junto a Rémy a los habitantes del pueblo, y sabía qué había que hacer.

—¡Oídme! —gritó, poniendo en su voz toda la decisión que pudo—. Sé que tenéis miedo. Yo también lo tengo. Pero no ayudaremos a nuestros hombres gimoteando. Vayamos al prado y recemos por ellos. Es lo mínimo que podemos hacer.

La desorientación que sentía hacía un instante había desaparecido. Era responsable de esas personas, no podía permitirse debilidad alguna. Dejó a Michel en el suelo y lo cogió de la manita.

—Ven —dijo, y fue delante.

Al principio le siguieron pocos, luego más, por último todos… incluso Dreux y los otros enfermos, a los que sostenían al andar.

Poco después, la comunidad estaba arrodillada en la pradera, al pie de la cruz. Ya nadie lloraba. En vez de eso los hombres cantaban, ensalzaban la grandeza de Dios y pedían a san Jacques que protegiera a los guerreros del refugio.

VARENNES SAINT-JACQUES

Se habían acercado a un tiro de flecha del bastión, y se ocultaban en la espesura junto a la calzada. Las tinieblas los rodeaban, pero dado que era una noche clara y estrellada Rémy podía distinguir con toda precisión los cercanos muros y las torres de Varennes. Desde su proscripción, nunca se había atrevido a acercarse tanto a la ciudad. Su visión era al mismo tiempo desconocida y familiar, y despertaba sensaciones contradictorias en él: rabia y una dolorosa sensación de pérdida.

—Ya sabéis lo que tenéis que hacer —dijo, dirigiéndose a los hombres.

—Por fin —susurró uno, y los otros le hicieron callar. Sus ganas de actuar eran como un crepitar, un zumbido en el aire.

Los hombres se habían dividido en tres grupos. Ahora, los guerreros de cada uno de ellos se agrupaban en torno a su jefe. Rémy y Robert encabezaban los dos primeros, Nicolás y Géraud el tercero. Cada grupo llevaba una o dos botellas llenas de hierba del trueno. Eran ventrudos recipientes de arcilla del tamaño de una cabeza humana. Rémy había instruido de manera minuciosa a los hombres en el manejo de la mortal sustancia, y les había descrito en floridas metáforas el fin que les amenazaba si manejaban mal el polvo.

—Que san Jacques sea con vos. Mucha suerte —dijo a Nicolás.

—Con vos también, Rémy Hode —replicó el templario.

No había tiempo para una despedida más larga. Nicolás y el grupo de Géraud corrieron por los sembrados hasta la puerta del heno. Robert y sus hombres rodearon el bastión describiendo un amplio arco. Rémy y sus compañeros abandonaron su escondite en los bosques y corrieron por los antiguos terrenos de la feria. A tiro de piedra del muro sur, les ordenó que esperasen allí. Se tumbó en el suelo y cubrió reptando el tramo restante. El recipiente que iba en su mochila golpeaba ligeramente la ballesta mientras se arrastraba codo a codo.

En la torre del bastión había un guardia. Intuyó la silueta del hombre contra el cielo estrellado. En cambio, en el muro de ronda no parecía haber nadie, al menos no en su lado del castillo. Estaba bien así.

Pegó la espalda al muro, contuvo el aliento y sacó el recipiente de la mochila. Lo enterró en el suelo junto al cimiento del muro, dejando fuera tan solo el cuello. Luego, extrajo una bolsa de hierba del trueno y fue trazando un rastro de polvo que se iba apartando del muro, mientras reptaba a cuatro patas por el prado.

Cuando se le acabó el polvo, estaba a unas diez brazas del muro. Volvió a cerciorarse de que nadie le había visto. Luego entrechocó sus piedras de pedernal hasta que el polvo se prendió fuego. La llama salió disparada hacia el muro. Rémy corrió como alma que lleva el diablo. Oyó fugazmente que el guardia de la torre gritaba: al parecer había visto algo.

Demasiado tarde. El trueno fue tan fuerte que la onda de aire condensado que le siguió arrancó a Rémy del suelo. Cayó de bruces y se protegió de modo instintivo la cabeza con las manos. Una granizada de tierra y piedras cayó sobre él, pero ninguno de los trozos era lo bastante grande como para herirle. Se incorporó, con un pitido en los oídos. El humo envolvía el muro. Cuando la humareda se aclaró, vio que estaba en gran medida intacto.

La hierba del trueno no había sido capaz de abrir una brecha. Había sido demasiado débil.

Rémy volvió junto a sus hombres, entre ásperas maldiciones.

En la ciudad, alguien gritó, gritó de horror, de puro espanto. Todos los perros de Varennes empezaron a ladrar.

En la capilla de la fraternidad, el silencio era igual al de un funeral. Los hombres apenas se atrevían a hablar. Solo a veces alguno tosía o cambiaba el peso de un pie al otro. Encima estaba oscuro como boca de lobo, porque no habían encendido ninguna luz para que el vigilante nocturno no los viera. Tan solo un poco de luz de luna entraba por las estrechas vidrieras de colores.

Bertrand Tolbert había reunido alrededor de cuarenta hombres, principalmente campesinos de la fraternidad, pero también otros voluntarios, entre ellos Louis, el criado de Isabelle, y Olivier Fébus, el antiguo aprendiz de iluminador de libros, que quería ayudar a su antiguo maestro. Eran hombres duros y valientes en su conjunto, y sin embargo no estaban del todo libres de temor. La rebelión se castigaba con la pena de muerte. Todos los que estaban en la capilla sabían que si el plan fracasaba serían ahorcados.

«No fracasará», se decía Bertrand una y otra vez. «No puede fracasar. Hemos pensado en todo.»

—¿Cuanto va a durar esto? —gruñó uno de los hombres—. Estoy harto de esperar.

—Empezará enseguida —le tranquilizó Bertrand—. Atacarán en torno a medianoche.

¿Era ya medianoche? No lo sabía. Las campanas del monasterio ya no tocaban por culpa del maldito interdicto, y no era posible calcular el paso del tiempo. Era para volverse loco.

Después de media eternidad, le pareció a Bertrand, oyó un trueno. Aunque el ruido provenía del lejano terreno de la feria, lo oyó con claridad más que excesiva. Sin duda era esa nueva y terrible arma. Se le pusieron los vellos de punta.

—Dios Todopoderoso —susurró alguien.

Los hombres que rodeaban a Bertrand se santiguaron.

—Es el fin del mundo —murmuró un campesino entrado en años—. ¡Se acerca el Anticristo!

—Tonterías —dijo el joven Fébus—. Es el maestro Rémy. Venid. ¡Vamos a ayudarle!

Bertrand dio la orden de marcha, los hombres echaron mano a horcas, hoces, hachas y garrotes y salieron en tromba de la capilla.

—¡Manteneos juntos! —dijo, y guio el grupo hacia la Grand Rue.

—¿Qué ha pasado? —preguntó uno de los hombres cuando Rémy llegó hasta ellos—. ¿Cómo es que el muro aún está ahí?

—No ha funcionado... ¡eso es lo que pasa! —explicó él sin aliento—. La hierba del trueno no ha sido lo bastante fuerte.

Los hombres le miraron consternados.

—¿Qué hacemos ahora?

—Rezar para que los otros tengan más suerte.

Justo en ese momento, otros dos relámpagos rasgaron la noche.

Los diablos lo cogieron riendo con sus garras, lo arrastraron por el túnel ardiente, se burlaron de él, le lamieron el rostro con lenguas bífidas. Él quería defenderse, quería liberarse, pero la presa de las coriáceas manos era implacable, y los demonios eran sordos a sus lamentos. Descendía cada vez más, negros abismos de empinadas escaleras llevaban a los círculos inferiores del infierno. Vio almas condenadas hundidas en el cieno azufroso, que le tendían las manos desesperadas; vio las llamas del purgatorio y ejércitos de ángeles caídos. Solo al fondo del noveno círculo infernal terminó su viaje, allí donde los architraidores Judas, Bruto y Casio estaban congelados para toda la eternidad.

El hombre del espejo salió de las sombras. «Bienvenido a mi hogar, Anseau.» Naturalmente, sonreía. Siempre sonreía.

«¿Por qué?», gimoteó Lefèvre. «¡Te he hecho sacrificios! ¡He hecho todo lo que querías!»

«Aun así, eres un asesino, un traidor y un usurero», dijo el hombre del espejo. «Diez mil pecados pesan sobre ti. Tu alma está condenada. Tengo que cumplir con mi deber.»

«¡Eso no era lo acordado! ¡Me has engañado!»

La sonrisa se ensanchó.

«Di tan solo que te he sorprendido.»

Un trueno hizo temblar la enorme estancia.

«Ven, Anseau», dijo el hombre del espejo. «Es hora.»

Otro trueno.

«Es hora...»

Otro.

«Hora...»

Jadeando, Lefèvre despertó. Sentía el pecho encogido, como encerrado entre cadenas, y apenas podía respirar. Pasó un tiempo hasta que comprendió que no estaba en el infierno, sino en su casa, en su dormitorio. Estaba a salvo. No había demonios que le arañaran la piel. Ningún fuego del purgatorio le abrasaba el pelo.

Solo entonces oyó los gritos.

Aunque era mitad de la noche, toda la rue de l'Épicier parecía en pie.

Se liberó de la sábana sudada y salió desnudo a la ventana. La gente se apiñaba en la calle. Muchos lloraban, otros se arrodillaban e imploraban clemencia al cielo.

Alguien llamó enérgicamente a la puerta.

—¡Vuestra gracia! ¡Señor, tenéis que despertar!

Lefèvre descorrió el cerrojo y dejó entrar al hombre. Era uno de sus guardias, pálido de pavor. Y eso que se trataba de un curtido mercenario que había visto ya más de un horror.

—Algo ha ocurrido fuera, en el bastión. Ha habido tres relámpagos y un trueno como si la tierra hubiera reventado.

Un trueno... Un gélido escalofrío recorrió la espalda de Lefèvre. Solo lo había soñado... ¿o no?

—¿Qué estás diciendo? —increpó al mercenario—. ¿Qué ha pasado?

—No lo sabemos.

—Entonces averígualo, maldita sea. ¡Ve a buscar al corregidor, pero deprisa!

El mercenario salió corriendo. Lefèvre buscó sus ropas y su espada. Sus enemigos acudían a por él, lo sabía. Ese era el momento que había temido todos esos años. ¿Y el hombre del espejo? Lo dejaba en la estacada justo ahora. Se había escondido en lo más hondo de su cabeza, y solo balbuceaba tonterías.

Encontró su espada y la desenvainó. A pesar de su pierna, seguía siendo un buen luchador. Que acudieran. Vendería cara su vida.

Pasó corriendo por delante de sus asustados sirvientes y bajó al sótano.

Isabelle estaba en el desván, en el hueco de la polea, y observaba los relámpagos. Las llamas se alzaban del bastión, altas como una torre, y los truenos conmovían su interior. Aunque sabía lo que se avecinaba, el acontecimiento la perturbó profundísimamente. «Qué arma terrible...» ¿Qué les pasaría ahora a las pobres personas arrancadas del sueño por ese estrépito infernal? Con sabiduría, Isabelle había pedido a sus criados que pasaran esa noche en el sótano, para que no oyeran el trueno. De lo contrario, el horror les habría privado de la razón.

Por todas partes en la ciudad se encendían luces, y los callejones se llenaban de personas confusas y atemorizadas. Isabelle pronunció en su mente una muda oración: «Por favor, san Jacques, protege a Rémy y a sus compañeros. Ayúdalos en su lucha». Por el momento, no podía hacer más por su hijo.

Bajó las escaleras, salió de la casa por la puerta del patio y entró en el establo. Los bueyes, los caballos, todos los animales de tiro mugían y relinchaban de pánico. Ver sufrir de ese modo a las pobres criaturas le dolía en el alma.

—Chis —hizo, y acarició la crin de un caballo—. No va a pasaros nada. Aquí estáis seguros. Todo irá bien.

Fue hacia cada animal y le habló en voz baja hasta que se calmó.

Nicolás y sus hombres se ocultaron en la maleza junto al foso de la ciudad y miraron hacia el bastión. No pudo distinguir si el relámpago había hecho daño suficiente como para que los otros fueran capaces de penetrar en la fortaleza. Solo podía esperar que Rémy hubiera calculado correctamente la cantidad de polvo.

Los truenos tenían que haber arrancado del sueño a todo Varennes. A juzgar por el griterío, en la ciudad se había desatado el infierno.

—¡Venid! —ordenó, y corrieron por el dique que llevaba a la Puerta del Heno, cruzando el foso.

Alguien abrió el portillo hecho en un ala de la gran puerta. Apareció una figura que llevaba una antorcha en la mano. No un sargento, sino un guardia de la ciudad. Aun así, Nicolás sacó su espada.

—¿Richwin?

—Soy Sylvain. Pero Richwin también está aquí.

Una segunda figura apareció junto al corchete. Nicolás vio que sonreía.

—¿Nicolás?

—El mismo.

—Adelante, señor caballero.

El templario y sus hombres entraron por la portilla. Junto a la puerta había varios guardias, armados con lanzas. Con ellos estaba un muchacho, llevaba un garrote y era el vivo retrato de Richwin.

En un rincón había dos sargentos. Los guardias los tenían vigilados.

—Bien hecho... os lo agradezco —elogió Nicolás.

—Mostrad vuestro reconocimiento dándole una patada en el culo a Lefèvre por nosotros —dijo Richwin. Miró a los hombres—. ¿Vamos con vos?

—Es mejor que os quedéis con los prisioneros y mantengáis la puerta abierta. Por si la gente de Rémy se nos une.

—Mucha suerte, señor caballero. Que Dios os bendiga.

El abad Wigéric saltó de la cama presa del pánico, tropezó con la silla y buscó su cogulla. Precisamente esta noche la gota le atormentaba de forma especial, y tardó una eternidad en ponerse el hábito y meter por las mangas sus rígidos miembros.

Ese trueno espantoso... Por Dios y por todos los santos, ¿qué estaba ocurriendo ahí fuera? No era una tormenta, hasta ahí estaba claro. La gente gritaba y lloraba, en las calles reinaba el caos. Quizá un nuevo crimen de Lefèvre, uno que dejaba pequeño todo lo que había pasado hasta la fecha. O el Señor había decidido borrar por fin de la faz de la Tierra esa ciudad maldita llena de pecadores, y las fauces del infierno estaban a punto de abrirse para tragar todo Varennes.

Tenía que advertir a sus hermanos. Tenían que rezar juntos e implorar al Todopoderoso para que por lo menos perdonara a sus buenos servidores en los monasterios. Ahora debía ser fuerte en la fe, no podía entregarse al temor. «Señor, guíame.» Wigéric luchó contra el espanto y abrió la puerta. En todo el edificio reinaban las tinieblas, pero llevaría demasiado tiempo encender una luz.

Con una mano en la pared, avanzó a tientas hacia la escalera. Había perdido toda noción de las dimensiones del pasillo.

Aunque había recorrido mil veces ese camino, y normalmente se orientaba a ciegas, de pronto su pie pisó en el vacío. Manoteó. Buscó apoyo con el pie y se enredó en el borde de su cogulla. Se golpeó con fuerza en la escalera, gimió, sintió que rodaba. Otro golpe, más doloroso que el primero. Algo crujió como una rama seca que uno rompe sobre la rodilla. Luego yació en silencio. El dolor había desaparecido. Ya no sentía nada más que una angustia asfixiante en el pecho. Ya no podía mover las piernas. Ni los brazos.

Una luz se acercó.

—¡Vuestra gracia! ¡Abad! Dios Todopoderoso...

La voz se alejó, se extinguió como un cuchicheo en la niebla, cuando la conciencia de Wigéric se apagó.

El alivio de Rémy no habría podido ser mayor cuando alcanzó con sus compañeros el otro lado del bastión. Robert había conseguido abrir una gran brecha en el muro norte y además destruir la puerta. Aquella parte de la fortaleza daba la impresión de que sobre ella hubieran caído rayos de ira divina. En ese momento los hombres trepaban por las ruinas con las armas desenvainadas.

El grupo de Rémy se les unió.

El patio del bastión estaba lleno de trozos de piedra y astillas de madera; aquí y allá ardía fuego en medio de las nubes de polvo. Un hombre sin una pierna trató de arrastrarse hasta que le fallaron las fuerzas. Rémy reunió a todos los guerreros a su alrededor y los guio hacia el edificio en el que se alojaba la guarnición.

Antes de que llegaran, la puerta de la torre se abrió de golpe. Varios sargentos salieron al exterior, agitando espadas y mazas de guerra, y bajaron rugiendo la escalera exterior.

Rémy derribó con la ballesta al que iba en cabeza.

Al momento siguiente el acero chocó contra el acero.

Bertrand había dividido a sus hombres en dos grupos. Louis guio el grueso de la tropa al barrio que rodeaba la Torre del Hambre, donde residían la mayor parte de los dignatarios de Metz. El resto siguió a Bertrand hasta la casa del corregidor, en el mercado de la sal.

Guérin d'Esch se escondió cobardemente en su propiedad y mandó atrancar todas las puertas. Pero la puerta delantera no resistió mucho a los hombres de Bertrand. Unos cuantos hachazos, y entraron en el zaguán pasando por encima de la madera astillada.

Bertrand oyó un silbido y sintió una corriente de aire. Junto a su cabeza, un dardo de ballesta se clavó en la pared. En el extremo superior de la escalera divisó a dos criados que se retiraban al corredor.

—¡Cogedlos! —gritó, antes de subir las escaleras a la cabeza de su gente, con su hacha en la mano.

Los dos criados opusieron resistencia, pero fueron rápidamente sometidos. Sin darles muchas vueltas, los hombres los tiraron por la ventana.

—¡Guérin! —rugió Bertrand—. ¡Déjate ver, cobarde! —La ira acumulada durante años se abría paso. Quería ver sangre.

Abrieron de par en par todas las puertas. Una estaba cerrada por dentro. Detrás, gimoteaba una mujer. Bertrand y el joven Fébus se lanzaron contra ella hasta que cedió.

El corregidor y su esposa se acurrucaban desnudos en la cama. Temblando, Guérin dirigió la punta de un puñal hacia los intrusos.

—¡Atras! —chilló— ¡Retroceded!

Bertrand le quitó el arma de la mano, le abofeteó y lo sacó a tirones de la cama. El ansia criminal cantaba en él como una horda de demonios.

—¡Cerdo! Ahora vas a pagar lo que nos has hecho. Te voy a desangrar. Te voy a matar como...

Cuando levantaba el hacha, alguien lo retuvo. Se volvió resoplando. ¿Quién osaba detenerlo?

—¡No! —gritó el joven Fébus—. Le necesitamos. Si lo matamos, ¿qué será de los rehenes?

Bertrand estuvo a punto de abrirle la cabeza al chico antes de que sus palabras se filtraran hasta su entendimiento. Los rehenes, claro. Casi se había olvidado de los rehenes. Aun así, tuvo que recurrir a toda su fuerza de voluntad para dominar su sed de sangre. Bajó el hacha.

—Cargadlos de cadenas a la mujer y a él —ordenó, respirando pesadamente, a los hombres—. Cargadlos de cadenas y llevadlos con vosotros.

Con rapidísimos movimientos, Rémy volvió a cargar la ballesta. Terminó justo a tiempo, porque en ese momento un sargento se lanzaba sobre él, enseñando los dientes, la espada levantada para golpear. Rémy apuntó y le clavó un dardo en el pecho. El hombre se desplomó sin ruido.

Miró a su alrededor en busca de nuevos adversarios, pero ya no había nadie. Sus hombres, que eran superiores a los sargentos en número de tres a uno, acababan de abatir al último de ellos. Por su parte solo habían sufrido rasguños, como máximo. Los duros ejercicios con Nicolás habían merecido la pena. Solo uno yacía en el suelo y no se movía.

—¿Es grave? —preguntó Rémy a los dos guerreros que se ocupaban de él.

—Es difícil decirlo. Parece que le han dado un golpe en la cabeza.

Rémy deseó que Philippine estuviera allí. Habría sabido qué hacer.

—Vosotros dos, quedaos con él y ved si podéis ayudarle. Los demás, venid conmigo.

Corrieron al edificio que servía de vivienda y se precipitaron hacia los alojamientos de los sargentos. La mayor parte de aquellos hombres, adormilados y mortalmente asustados, aún estaban ocupados en ponerse vestidos y botas. Solo un puñado de ellos tenía ya las armas en las manos.

—¡Entregaos, y no os pasará nada! —tronó Rémy.

—Al diablo —gruñó un sargento, grande como un armario. Avanzó por la estancia con una maza de guerra de aspecto marcial en la mano.

Rémy levantó la ballesta.

—Un paso más y te hago un tercer agujero en la nariz. Vamos. Ya he matado hoy a dos de los vuestros. Uno más no me importa.

El gigante dejó caer la maza y retrocedió.

—Juntadlos y cargadlos de cadenas —ordenó Rémy.

Los hombres pasaron corriendo junto a él y se pusieron manos a la obra. Rémy se apoyó contra una pared, cerró los ojos y respiró hondo varias veces. Cuando la tensión cedió, un plúmbeo agotamiento se expandió por sus miembros.

Lo habían conseguido... los sargentos habían sido sometidos, el bastión había caído. No podían hacer más. Todo lo demás estaba ahora en manos de Bertrand y Nicolás.

En la ciudad, Nicolás y sus compañeros toparon con un obstáculo con el que no habían contado. Por todas partes la gente salía presa del pánico de sus casas, taponaban las calles y corrían a las capillas para buscar protección ante el cercano Apocalipsis. Por eso varias veces los hombres no lograban avanzar y tuvieron que dar un rodeo. Tardaron mucho en alcanzar por fin la plaza de la catedral, donde la confusión era aún peor. Cientos de personas, le pareció a Nicolás, erraban entre los puestos del mercado. Guardias aislados intentaban sin gran éxito mandarlas a casa.

Se abrieron paso a golpes entre la multitud hacia la rue de l'Épicier. Allí, Nicolás se tomó un respiro para contemplar la casa del usurero. Habían subido el puente levadizo, las ventanas estaban enrejadas. En el muro del patio había alambre de espino. Más que nunca, el edificio le pareció una pequeña fortaleza. Rechazante, inexpugnable.

—Apartad a la gente —ordenó, y Géraud y los otros empezaron a ahuyentar a la gente de la calle. Hacía mucho que la mayoría se había refugiado en la cercana iglesia. Los pocos que aún vagaban estaban tan atemorizados que emprendieron la fuga cuando los hombres esgrimieron sus armas entre rugidos.

Poco después la calle estaba desierta. Nicolás sacó una esfera de arcilla de su bolsa, roció un rastro de polvo hasta la casa de Lefèvre y colocó el recipiente en un rincón entre el muro y un saliente de la pared. Prendió con su antorcha la hierba del trueno y corrió a ponerse a cubierto con los hombres en el patio de la casa vecina.

El relámpago iluminó la rue de l'Épicier desde el canal hasta la plaza de la catedral. Trozos de muro y astillas de madera volaron por los aires como mortales proyectiles. Apenas se había apagado el eco del estruendo cuando Nicolás y sus compañeros ya corrían a través del humo.

El polvo negro había abierto un agujero en el muro de codo y medio de espesor de la planta baja. También las vigas del techo habían resultado dañadas. Por la brecha, Nicolás podía ver el primer piso. Cuando trepó por las ruinas espada en mano, pisó algo blando que emitió un sonido carnoso. Bajó la antorcha. Había trozos sanguinolentos por todas partes. Al parecer, habían sorprendido a un guardia o un criado. «Ojalá que no sea el usurero.»

Atravesaron el desolado zaguán y treparon por la escalera. Nicolás abrió la puerta, tras la cual se abría un pasillo. Todo estaba en silencio… antes de que, desde varios corredores, aparecieran de pronto hombres gritando, guerreros fuertemente armados con hachas de guerra y cotas de malla. Enseguida se dio cuenta de que tenían que vérselas con combatientes experimentados, forjados en muchas batallas. Pero sus compañeros les plantaron cara y aplicaron lo que él les había enseñado, y se defendieron con la espada y el escudo. Ni un segundo después, en el pasillo y las salas contiguas reinaba un caos de gritos, cuerpos y espadas.

Nicolás le clavó a un enemigo la antorcha en la cara, le dio una patada en el pecho, haciéndolo caer, y le abrió el muslo a otro de un mandoble. Arrancó la espada de la herida y apenas sintió la sangre caliente que le salpicaba, antes de pasar por encima de los cuerpos derribados de sus adversarios y acometer a un tercer guerrero. El hombre tenía experiencia con la espada y le opuso una dura resistencia, pero no estaba a la altura de Nicolás. Se desplomó con un gran corte en la garganta.

Nicolás miró a su alrededor. También sus compañeros habían vencido a sus adversarios, pero habían pagado un alto precio por su victoria. Tres hombres estaban muertos, se dio cuenta de un solo vistazo, otros tres estaban heridos y apenas en condiciones de seguir. Tan solo Géraud había salido de la pelea sin un rasguño.

—Asegurad la casa —ordenó Nicolás al joven cantero. Mientras los hombres registraban la planta, se dirigió a un mercenario que aún estaba consciente y lo cogió por el cuello de la cota de malla—. ¿Dónde está el usurero?

Tan solo recibió un estertor como respuesta.

—Tu señor… ¿dónde se esconde?

—Sótano… —bisbiseó el hombre.

De la antorcha caían gotas de pez, que llovían siseando en el suelo, cuando Nicolás regresó al zaguán y bajó la escalera del sótano. Abajo le esperaba un auténtico laberinto de estancias abovedadas, atiborradas de cajas, toneles y cachivaches. Estaba tan oscuro y silencioso como en una cripta.

Nicolás lo registró todo. Ni rastro de Lefèvre.

¿Había huido? Le parecía más probable que el usurero estuviera escondido en alguna parte, en un rincón secreto donde practicara desde siempre su impío trajín. Nicolás apiló en la sal más grande algunas cajas y toneles, encontró una lámpara cuyo aceite vertió sobre el montón y prendió la polvorienta madera. Enseguida, el sótano se llenó de un humo corrosivo. Nicolás subió la escalera y se apostó en el zaguán.

No tuvo que esperar mucho. Alguien tosía. Unos pasos crujían en la escalera. Una figura salió tambaleándose del humo, con una espada en la mano.

El usurero tenía un aspecto lamentable. Estaba pálido y hundido, como marcado por una dolencia devoradora. El cabello, antaño abundante y negro, se le pegaba en grises mechones al cráneo. Sus ojos ardían febriles. Era la locura lo que brillaba en ellos. Nicolás ya había visto antes algo parecido: en guerreros presa de la embriaguez de la sangre o en hombres que habían vivido tantos horrores que su alma había enfermado y se había podrido.

El caballero levantó la antorcha, de forma que su luz le alumbrara el rostro.

—¿Me reconocéis?

—¿Renouart? —chilló el usurero.

—El hijo de Renouart. El único de la familia De Bézenne que escapó a vuestros crímenes.

—¿Qué demonios queréis de mí?

—Voy a haceros pagar —explicó tranquilamente Nicolás—. Vengo a pediros cuentas por lo que hicisteis a mis padres y a mi hermana.

—¿Después de todos estos años? Sois muy rencoroso, ¿lo sabíais?

—Os habéis sustraído a la justicia durante demasiado tiempo. Ahora voy a enviaros junto a un juez al que no podréis engañar.

El usurero inclinó la cabeza, como si estuviera escuchando una voz que solo él podía oír. Se echó a reír entre dientes.

—El hombre del espejo dice que os salude de parte de vuestra hermanita. Gemía como una vaca en celo cuando la tomé en el suelo del bosque. Cuando acabé con ella, pedía más. Siempre que estoy en la cama tocándome me gusta imaginar su voz: «Por favor, Anseau, hazlo otra vez. Solo otra vez».

Nicolás atacó sin previo aviso. Casi logró abatir al usurero del primer mandoble, pero en el último momento Lefèvre alzó la espada y paró el golpe. Aun consumido por la locura, con los pulmones llenos de humo y una pierna lisiada, era un destacado esgrimista. Había aprendido de los mejores, eso estaba claro. Nicolás le atacó con dureza, trató de engañarlo con fintas, de desarmarlo con fuertes mandobles. Pero Lefèvre era demasiado experimentado para tales astucias, y rechazaba todos los ataques.

Lentamente retrocedió, subió de espaldas la escalera, sin descubrirse ni por un instante.

—¡No puedes vencerme! —siseó—. ¡El hombre del espejo me protege!

—¿Quién es... tu mancebo?

—¡El diablo!

—Lucifer tiene cosas mejores que hacer que ayudar a usureros miserables.

—Yo ya no soy ningún usurero. Ahora soy duque... ¡duque de Varennes Saint-Jacques!

—No eres más que el lacayo de Roger Bellegrée —respondió Nicolás.

El rostro chupado de Lefèvre se convirtió en una mueca de odio; lanzó un velocísimo mandoble contra la cabeza de Nicolás. El caballero pudo parar el golpe, pero retrocedió tambaleándose dos escalones. Lefèvre aprovechó la oportunidad, se retiró al pasillo y cerró la puerta.

Nicolás la abrió. El pasillo era igual que el de un matadero. Sangre por todas partes, y cadáveres mutilados. El usurero había desaparecido.

—¡Lefèvre!

Uno de los proscritos apareció en el pasillo que conducía al salón de recibir.

—Ha subido al piso de arriba.

Nicolás vio que habían llevado a los heridos al salón. En un rincón estaban los criados y criadas de Lefèvre, todos paralizados por el horror.

—¿Dónde están Géraud y los otros?

—Están registrando el segundo piso.

Nicolás subió corriendo las escaleras, de tres en tres peldaños. Al llegar arriba, oyó entrechocar de espadas. Al final del pasillo, Géraud y otros dos proscritos luchaban con el usurero. Asombrosamente, Lefèvre conseguía sin esfuerzo mantener a raya a los tres hombres, porque aprovechaba con habilidad lo angosto del pasillo.

—¡Basta! —rugió Nicolás—. Es mío.

Los hombres obedecieron y retrocedieron. Lefèvre subió la angosta escalera que llevaba al desván.

—Id con los otros —ordenó de forma escueta Nicolás a sus compañeros, antes de perseguir al usurero. Subió, vigilante, peldaño tras peldaño… esperando tan solo que Lefèvre le lanzara un mandoble desde arriba, y dispuesto a agacharse, en caso necesario a dejarse caer.

Pero no ocurrió nada. Llegó al desván sin que el usurero se dejara ver. Era una estancia oscura, llena de polvo y telarañas. Bajo las vigas se apilaban cajas y muebles viejos. En los rincones y las rendijas entre los montones se adensaban las tinieblas.

Nicolás iluminó a derecha y a izquierda mientras avanzaba con lentitud.

—Estás atrapado —dijo—. Déjate ver.

Una pila de cajas se derrumbó y le golpeó el hombro con toda su fuerza. Nicolás perdió el equilibrio, chocó contra un montón de trastos, que cedió bajo su peso, y cayó. Algo duro y anguloso se le clavó dolorosamente en el costado; al mismo tiempo, varias cajas cayeron sobre él. La espada y la antorcha escaparon de sus manos.

El pálido rostro de Lefèvre apareció en la oscuridad, encima de él, como la mueca de un demonio. El acero brilló al resplandor de la antorcha. Nicolás confió por completo en sus reflejos y giró de costado. Algo crujió, algo de madera se hizo astillas.

—¡Vas a morir! —jadeó el usurero, y tomó impulso para el siguiente golpe.

Nicolás le arrojó una caja. Había apuntado mal, y la caja era demasiado poco manejable como para servir de proyectil, y solo rozó la pierna de Lefèvre. Aun así, el golpe hizo que vacilara por un momento y no pudiera completar su ataque. Nicolás levantó la antorcha, la agitó y alcanzó a su adversario en el vientre, manchó sus vestiduras de pez ardiendo. Enseguida las llamas treparon por la tela.

Presa del pánico, Lefèvre empezó a darse palmadas en el vientre y el pecho, tratando de apagar de ese modo el fuego.

—¡El purgatorio! ¡El purgatorio! ¡El purgatorio! —gimió, tan deprisa que se tragaba las sílabas.

Nicolás encontró su espada y se rehízo. El usurero aún estaba equipado con sus ropas prendidas, y advirtió el golpe de Nicolás demasiado tarde. Lo paró, pero no pudo impedir que la espada del caballero le rasguñara el brazo y rasgara la tela y la carne. Lefèvre gritó. El dolor lo devolvió al aquí y ahora. Enseguida pasó al contraataque y cubrió a Nicolás con una serie de mandobles desordenados pero vigorosos. Nicolás los rechazó todos salvo uno, que le hizo una ligera herida en el muslo.

Lefèvre rio, sarcástico. De la herida de su brazo salía cada vez más sangre, el aturdimiento que le producía parecía emborracharlo y volverlo arrogante.

—Ríndete. No estás a mi altura. El poder del infierno guía mi espada.

Su siguiente golpe estuvo tan mal dirigido que Nicolás pudo evitarlo sin esfuerzo. El usurero se vio arrastrado por su propio impulso; Nicolás le dio un puñetazo en la cara. La nariz de Lefèvre se partió con un crujido.

—El poder del infierno ya no es lo que era.

Gimiendo, Lefèvre se tambaleó de espaldas y derribó un montón de toneles de sal vacíos. La sangre le brotaba de la nariz y goteaba en sus ropas chamuscadas. Apenas le quedaban fuerzas para levantar la espada.

—Ayúdame —cuchicheó—. ¿Dónde estás? ¡Responde!

—¿Qué pasa? —preguntó Nicolas—. ¿Te ha dejado el hombre del espejo en la estacada?

Lefèvre intentó hacer acopio de las energías que le quedaban y levantó la espada para parar el siguiente golpe. Su brazo temblaba. Nicolás le arrancó la espada de la mano.

—Me rindo —dijo el usurero.

—¿Imploras clemencia?

—Sí. ¡Sí! —Lefèvre cayó de rodillas—. Tened compasión. No me enviéis al infierno.

—Lucifer se ha llevado tu alma hace mucho tiempo. Ningún poder del mundo puede cambiar eso.

—Puedo corregirme —gimoteó Lefèvre—. Puedo hacer penitencia.

—Tu arrepentimiento llega diez años demasiado tarde.

Nicolás le clavó la espada en el pecho, lo atravesó por debajo del esternón, donde no hubiera huesos que pudieran detener el acero. La sangre brotó de la boca de Lefèvre, en sus ojos brilló la locura por última vez. Nicolás le puso el pie en el pecho y sacó la espada. El usurero cayó de costado y ya no se movió.

El caballero se quedó contemplando el cadáver, respirando con pesadez. Su cabeza estaba vacía, todos sus pensamientos se habían retirado a alguna parte. Nicolás secó la espada con las ropas de Lefèvre, la envainó y pisoteó la antorcha caída en el suelo. Luego, cogió el cadáver, se lo echó al hombro y bajó la crujiente escalera.

Al amanecer, cuando algo parecido a la calma volvió a Varennes, Rémy fue a casa de Lefèvre. Contempló de forma breve el edificio, seriamente dañado, antes de entrar en la planta baja por el agujero.

Olía a azufre y a sangre. En una mesa en medio de la estancia yacía un cuerpo. Rémy se acercó. Era Lefèvre, tan muerto como un picaporte. Rémy no pudo ocultar que la visión del cadáver le producía no poca satisfacción. Por fin Lefèvre había recibido lo que se merecía. Ya había tardado bastante.

En un soporte en la pared ardía una antorcha. A su lado estaban Géraud y otro hombre.

—¿Dónde está Nicolás?

—Abajo, en el sótano —respondió Géraud, y añadió con un titubeo—: Es mejor que no bajéis. Es terrible.

Rémy frunció el ceño, pero el joven cantero parecía demasiado cansado para explicar su última observación. Cogió una tea de un tonel que había junto a la escalera, la prendió en la antorcha y entró en el sótano.

Las salas estaban llenas de humo. En la más grande evidentemente había ardido un fuego, a juzgar por la ceniza caliente y los trozos de madera carbonizada en el suelo. Rémy siguió el rayo de luz que llegaba de un rincón. Allí había una puerta entreabierta. No era una puerta común. Estaba disimulada de modo tan hábil en la pared que no era posible verla cuando estaba cerrada. Una obra maestra de la arquitectura.

Detrás había otro sótano. Lo que contenía casi hizo que a Rémy se le helara la sangre en las venas. Aquella noche había visto muchas cosas horribles, pero esto lo superaba todo. Cadenas. Cuchillos. Tenazas. Instrumentos de tortura. Todos los utensilios ideados por una mente enferma para atormentar a un ser humano. Un pequeño infierno privado. Una sala de juegos del diablo.

—La gente tenía razón. Lefèvre era en verdad un demonio. Y nosotros éramos lo bastante necios como para calificarlo de superstición.

Fue Nicolás el que lo dijo. Rémy no lo había visto hasta ese momento. El caballero estaba de rodillas, al parecer había estado rezando. En ese momento se incorporó y se ciñó la espada.

Pasó un momento hasta que Rémy recuperó el habla.

—Esa herida en la pierna… tiene mal aspecto.

—Está bien así.

—Debería verla un médico.

Nicolás hizo un gesto de desdén.

Aunque Rémy sentía el impulso abrumador de salir de esa cámara de tortura, no se movió del sitio. La estancia le inspiraba una fascinación morbosa, a la que se añadía la perplejidad de que hubiera algo así en la tranquila Varennes.

—¿Cuál es la situación en la ciudad? —preguntó Nicolás interrumpiendo sus pensamientos.

Rémy se forzó a apartar la mirada de las espantosas herramientas.

—Hemos sometido a los sargentos y tomado prisioneros a los miembros de las *paraiges*. Bertrand los ha llevado a la Torre del Hambre. Los criados se entregaron sin resistencia al saberlo. Varennes es nuestro.

—¿Se ha calmado entretanto el pueblo de la ciudad?

—Mi madre ha informado a los maestres de todas las fraternidades. En este momento están reuniendo a su gente para explicarles lo que ha ocurrido.

Nicolás se limitó a asentir, y guardó silencio un momento.

—Deberíamos derribar esta casa. En el solar habría que construir una capilla.

—Sí. —Rémy había tenido una idea parecida.

—Tengo hambre. Veamos qué encontramos para comer.

Con estas palabras Nicolás abandonó el sótano, y Rémy le siguió.

Dos días después, Rémy iba a su casa en el barrio de los zapateros, cordeleros y guarnicioneros. Desde que Lefèvre se había incautado de ella, estaba vacía. La llave se había perdido, así que no le quedó otro remedio que reventar la puerta.

Entró en el taller, levantando torbellinos de polvo a cada paso. Los escritorios y los armarios estaban en el suelo, en parte destrozados. Los esbirros de Lefèvre habían robado todos los objetos de valor que su madre no había podido salvar. La casa entera no contenía otra cosa que trastos, suciedad y telarañas.

También el edificio mismo había sufrido considerablemente en los últimos años. El revoco se desprendía de las paredes, había goteras por todas partes. La escalera estaba de tal modo podrida que no se atrevió a subir al piso superior. Si quería volver a hacer que la casa fuera habitable, tenía mucho trabajo por delante.

Rémy enderezó un escritorio, y la nube de polvo que levantó le hizo toser. Se sentó en un taburete y se imaginó copiando textos y haciendo miniaturas como en los viejos tiempos. ¿Lo sentía de verdad? Era difícil decirlo. La ciudad le confundía. El constante ruido, la estrechez, tanta gente… ya no estaba acostumbrado.

Esperó, escuchó su interior, rastreó sus sentimientos.

Sí. Sí, quería volver a ser iluminador de libros.

Alguien llamó a la puerta abierta. Era Nicolás. Con él iba su sombra, Géraud, que apenas se apartaba del caballero.

—¿Vivíais aquí antes? —preguntó Nicolás, mirando a su alrededor.

—Este es mi taller. —Rémy se levantó y se apartó del atril. Por motivos que no comprendía del todo, le resultaba un poco embarazoso que Nicolás lo hubiera visto así—. Las habitaciones están arriba.

—Una buena casa para una familia. Espaciosa. Un poquito sucia quizá.

Rémy rio en voz baja.

—¿Por eso estáis aquí? ¿Para indicarme lo sucia que está?

—El señor Deforest ha vuelto —dijo Nicolás—. Vuestra madre os ruega que vayáis al ayuntamiento.

Poco después recorrían las calles. La calma había vuelto a Varennes, después de que la gente comprendiera que no le amenazaba el Apocalipsis y tampoco ningún Anticristo estaba subiendo desde el infierno. Los sargentos y los miembros de las *paraiges* languidecían en la Torre del Hambre. Los guardias locales habían recibido la orden de quedarse en casa hasta que se constituyera un nuevo gobierno de la ciudad. Entretanto, los hombres de Rémy y las fraternidades montaban guardia en las puertas y guardaban la paz en las calles.

La gente estaba contenta por el fin de Lefèvre y su nueva libertad, pero nadie quería celebrarlo por el momento. Mientras no estuviera claro lo que traerían los próximos días y semanas, en la ciudad reinaba una calma tensa y expectante.

Rémy, Nicolás y Géraud fueron los últimos en entrar en la sala del Consejo. Isabelle, los maestres de las fraternidades y los hermanos del gremio ya estaban allí. También estaba Will, que había regresado de Metz esa misma mañana. Eustache Deforest estaba sentado a la mesa y se fortalecía con sidra, pan y queso. Acababa de desmontar de su caballo, y parecía sudado y agotado por su viaje.

—Contadnos lo que habéis sabido —le pidió Isabelle.

El maestre del gremio se tomó el último sorbo con un trago de sidra y se limpió la boca y la barba con la manga.

—Jean d'Apremont se ha unido al duque Mathieu y al conde de Bar. Han puesto en pie un ejército y van ahora mismo hacia el norte. Los he visto en Nancy. Una tropa impresionante. Van a poner sitio a Metz.

La noticia fue acogida con entusiasmo.

—¿Así que por el momento no tenemos nada que temer de Metz? —preguntó Gaillard Le Masson cuando se calmó el júbilo.

—Podemos estar seguros de que en los próximos días los de Metz tendrán ocupadas las manos en defender su ciudad —respondió Deforest.

—¿Qué resultado han dado vuestras negociaciones con las otras ciudades? —preguntó Isabelle.

—He estado en Verdún, Toul, Hagenau y Colmar, y he hablado con el Consejo y los escabinos de esas ciudades. Todas están de acuerdo, y van a enviar negociadores para que podamos redactar un tratado. Confío en que podremos ganar también a Estrasburgo y Schlettstàdt para la empresa. Isabelle, señores —dijo Deforest volviéndose, con no poco orgullo, hacia los presentes—, a más tardar el mes que viene nos sentaremos a esta mesa y sacaremos de la pila bautismal la liga de ciudades alsacio-lorenesas. ¡Vamos a escribir la Historia!

—Sabía que, si alguien podía conseguirlo, erais vos —dijo sonriente Isabelle.

También los otros elogiaron en abundancia la intervención de Eustache.

—Si los de Metz tienen que temer en el futuro poner en su contra en caso de una guerra a todas las ciudades imperiales en dos días de viaje a la redonda, se lo pensarán dos veces antes de volver a atacarnos —explicó rabioso Tolbert—. Ni siquiera un gigante como Metz puede imponerse a un poder así.

—Algunas de esas ciudades son rivales nuestras —dijo Adrien Sancere—. ¿Cómo habéis conseguido convencerlas para que hagan causa común con nosotros?

—No fue especialmente difícil —respondió Deforest—. De hecho, entré por unas puertas que ya estaban abiertas. Las otras ciudades han estado mirando con atención lo que Metz nos ha hecho. Solo tenían que sumar dos y dos para darse cuenta de que podían ser las próximas si le parecían demasiado fuertes a Roger Bellegrée, a Robert Gournais o a quienquiera que fuese. Todos ven con claridad que una alianza de ciudades, en la que los distintos miembros se apoyen entre sí, es la única manera de mantener de forma duradera en jaque a Metz y a otros poderosos enemigos. El tratado no es más que una formalidad.

—¿Sabéis lo que eso significa, amigos?—tronó Tolbert—. ¡Hemos vencido… en toda la línea!

El júbilo siguió a las palabras de Bertrand. Se llenaron las copas, hubo brindis y bebieron por el triunfo alcanzado, por el fin de la servidumbre. Los hombres festejaron a Rémy, a Isabelle, a Nicolás, a Will y a Eustache, porque todos sabían a quién debían aquella victoria.

—¡Que los heraldos recorran la ciudad! —dijo Deforest—. Los ciudadanos deben saber que la era del temor ha terminado. ¡Deben celebrarlo con nosotros!

Así ocurrió. Los canónigos despreciaron el interdicto y tocaron las campanas de la catedral. Los posaderos abrieron sus bodegas y repartieron cerveza y vino gratis a todo el que pasaba. La gente se congregó en plazas y atrios, entonó alabanzas a san Jacques y bailó en las calles hasta entrada la noche.

Al día siguiente, la asamblea de los ciudadanos eligió un nuevo Consejo, el primero desde hacía más de cuatro años.

Era una mañana espantosa, fría, ventosa y lluviosa, un último rebrote del invierno antes de que la primavera le diera el golpe mortal. Aun así, las gentes afluyeron a centenares a la plaza de la catedral. Todos los hombres con derecho a voto fueron a las urnas y lo emitieron, aunque no pocos estaban con resaca de los excesos de la noche anterior y apenas podían mantener los ojos abiertos. Pero estaban tan firmemente decididos a hacer uso de su derecho de ciudadanos que ni la llegada del fin del mundo se lo hubiera impedido.

Rémy era candidato por su fraternidad, aunque al principio se había negado con obstinación a presentarse a la elección. La política no era para él. La idea de tener que sentarse en el futuro al menos una tarde a la semana en la sala del Consejo y tener que mantener aburridos debates despertaba en él el deseo de ocultarse en lo más hondo del bosque. Pero los otros, con su madre, Philippine, Will y Eustache a la cabeza, le insistieron y le recordaron su responsabilidad para con el bien común. Había llevado Varennes a la libertad, dijeron, era un modelo para los ciudadanos, ahora no podía retirarse y dejar que otros hicieran el trabajo. Tenía que cumplir con su deber y ayudar a dar una nueva conciencia de sí misma a la ciudad humillada; al fin y al cabo era el hijo de su padre.

—Sigo siendo un proscrito —objetó débilmente—. Nuestras leyes prohíben que criminales condenados sean candidatos al Consejo.

—Eso es una excusa, y tú lo sabes —dijo implacable su madre—. El primer acto del nuevo Consejo será levantar la proscripción y absolveros de todas las acusaciones a ti y a Will. Así que deja de decir tonterías y de hacerte de rogar. ¿Qué pensaría tu padre?

Rémy se dio por vencido y se aferró a la esperanza de que nadie votaría por él. Para su disgusto, fue el que más votos tuvo de todos los candidatos.

Obedeciendo a la tradición, el Consejo recién elegido se retiró a la catedral y pasó la noche en oración. A la mañana siguiente —seguía lloviendo—, los doce hombres fueron al ayuntamiento y se prepararon para su primera reunión en la gran sala.

—Soy el miembro más antiguo del Consejo —declaró Deforest—. Me corresponde la tarea de dirigir la reunión hasta que todos los cargos estén cubiertos. Primero, este respetable colegio tiene que elegir un alcalde, que presida a los otros como *primus inter pares*. ¿Quién quiere presentarse a la elección?

Once pares de ojos se volvieron hacia Rémy.

—No —dijo él con decisión—. De ninguna manera. Me siento en el Consejo, basta con eso. Daos por satisfechos. Eustache debe hacerlo. Es mucho más adecuado.

—Pero vuestro padre... —empezó Gaillard Le Masson.

—Si vos o cualquier otro vuelve a mencionar a mi padre —le interrumpió Rémy—, hoy mismo tomaré la cruz y me iré a Tierra Santa, tenéis mi palabra. ¿Está claro?

Intimidado, Le Masson se hundió en su silla.

—¿Querríais hacerlo? —preguntó Tolbert a Deforest.

—Si alguien se encarga de la inspección de la ceca, aceptaré gustoso ser alcalde.

Adrien Sancere se declaró dispuesto a dirigir la ceca municipal. Acto seguido, Eustache Deforest fue elegido alcalde por unanimidad.

Enseguida se cubrieron el resto de los cargos. Rémy se mantuvo sombrío durante el resto de la reunión y no dijo una palabra más; para cuando por fin alguien se dio cuenta de que aún estaba sentado a la mesa, todos los cargos habían sido ya puestos en manos de otros hombres.

METZ

Dos días después, Rémy y otros tres consejeros fueron a Metz, a hacerse una impresión del asedio *in situ*.

El obispo Jean y sus aliados atacaban la ciudad por varios flancos al mismo tiempo. Al otro lado del Seille había máquinas de todo tipo, ballestas, catapultas ligeras y gigantescos fundíbulos, que atacaban los muros con trozos de piedra y grandes bolas de hierro. Al sur, a menos de veinte brazas de la muralla, se extendían varias filas sucesivas de muros de asedio hechos en mimbre, tras los que se ocultaban ballesteros. También se combatía al otro lado del Mosela. Guerreros de a pie y a caballo avanzaban por uno de los puentes, hacían frente a la granizada de piedras y flechas y atacaban la puerta con un ariete. Varias canoas en el río, cargadas de guerreros, se encargaban de que los defensores de la ciudad no pudieran recibir abastecimientos.

—Dios Todopoderoso —murmuró Guérin d'Esch, y se santiguó al ver en qué situación se encontraba su ciudad natal. Habían renunciado a cargar de cadenas al de Metz, porque les había dado su palabra de honor de no huir.

Rémy pudo apreciar que muchos edificios de los barrios exteriores estaban dañados. En dos puntos parecían arder fuegos; negras columnas de humo se alzaban hacia el cielo cubierto de nubes. En cambio el centro, en torno a la catedral, daba la impresión de estar intocado por los combates, casi pacífico. A causa de la enorme extensión de Metz, ni las más poderosas catapultas podían alcanzar las casas patricias y las torres de las familias, en el corazón de la ciudad. Mientras los guerreros, mercenarios y hombres de la defensa urbana arriesgaban la vida en las murallas, Roger Bellegrée y los suyos tenían como mucho que temer por su bienestar.

Descendieron al campamento a la orilla del Seille y encontraron la tienda de campaña del duque, donde Mathieu, que dirigía el ejército, estaba planeando en ese momento los próximos ataques con el obispo Jean y el conde de Bar. Rémy y sus compañeros tuvieron que esperar hasta la tarde para que por fin los recibiera. Deforest expuso su petición y logró que Mathieu interrumpiera los ataques durante unas horas, al menos en ese lado del Mosela, para que la legación de Varennes pudiera llegar a la ciudad sin riesgo.

Ya había oscurecido cuando cruzaron una de las puertas de la ciudad. Las antorchas ardían en el camino de ronda, un resplandor incierto alumbraba la dañada muralla y hacía bailar las sombras.

—¡Eustache Deforest, alcalde de Varennes Saint-Jacques, y los consejeros Rémy Fleury, Bertrand Tolbert y Adrien Sancere! —gritó Deforest hacia las almenas—. Deseamos hablar con el maestre de los escabinos de la República de Metz y los Treize jurés.

—¡Varennes no tiene alcalde ni Consejo! —fue la respuesta.

—Hace una semana que vuelve a tenerlo, y yo lo presido.

—Eso no es posible. Anseau Lefèvre...

—... ha muerto, y los hombres de las *paraiges* languidecen en las mazmorras. Dejadnos entrar, o lo pasarán mal.

Se oyeron unas voces que hablaban en susurros, unos pasos que corrían por la escalera. Otro hombre gritó:

—¿Negociáis en nombre del obispo Jean y el duque Mathieu?

—No —respondió Deforest, que empezaba a perder la paciencia y lo dejaba ver—. Por cuenta propia. Se trata de la libertad de Varennes y de nuestros rehenes. ¡Dejadnos ver de una vez a vuestros señores, o haré ahorcar a Guérin d'Esch!

El pequeño portillo de las salidas, engastado en un ala de la enorme puerta, se abrió con un crujido. Varios guerreros armados hasta los dientes aparecieron y acompañaron a los consejeros y a su séquito por los callejones.

Esta vez, los negociadores de Varennes no fueron recibidos como peticionarios indeseados en el oscuro desván de una torre. Se les llevó al palacio del Gran Consejo y se les sirvió el mejor vino de Franconia y frutas escarchadas, mientras enviaban a buscar a los cabezas de las *paraiges* y al resto de los Treize jurés. Roger Bellegrée, Robert Gournais y Jehan d'Esch fueron los primeros en entrar. Los tres hombres estaban furiosos.

—¿Qué oigo? —babeaba el maestre de los escabinos, golpeando el suelo con el bastón—. ¿Lefèvre muerto y nuestra gente en las mazmorras? ¡Exijo una explicación por esta monstruosidad!

—Es bien sencillo —respondió con calma Deforest—. Varennes ya no está sometida al dominio de las *paraiges*. Nos devolveréis nuestra independencia aquí y ahora y nos entregaréis a nuestros rehenes, si apreciáis la vida de vuestros deudos.

—¿Habéis perdido el juicio? —bufó Gournais—. Guérin, ¿qué significa esto?

Deforest pidió a su prisionero que se adelantara.

—Contad lo que ha ocurrido.

En pocas palabras, Guérin d'Esch describió la rebelión de Varennes, la destrucción del bastión y el fin de Lefèvre.

—¡Todo eso son mentiras! —chilló el maestre de los escabinos—. Os han obligado a contárnoslas, ¿verdad? No me creo una palabra.

—Fue exactamente así como ocurrió —repuso Guérin—. Tan cierto como que estoy aquí.

El rostro de Jehan d'Esch estaba gris de preocupación por su sobrino.

—¿Cómo estás? ¿Te han torturado estos bárbaros? ¿Han agredido a Isabeau?

—Isabeau y los niños están bien. En la Torre del Hambre, pero aparte de eso están bien. Los otros también. Se nos ha tratado con decoro.

Jehan tendió las manos.

—Ven conmigo.

—No puedo, tío —dijo Guérin—. Tengo que mantener mi palabra.

—Aparte de Guérin, se encuentran en nuestro poder once hombres y mujeres y ocho niños de las familias dirigentes de Metz —explicó Deforest—. Además de todos los sargentos que han sobrevivido a los combates. Estamos dispuestos a darles la libertad si a cambio dejáis ir a nuestros rehenes. Además, renunciaréis a todos los privilegios comerciales que nos habéis impuesto y juraréis no volver a inmiscuiros en los asuntos de Varennes Saint-Jacques. Hemos plasmado nuestras condiciones en un tratado. No tenéis más que firmarlo.

Rémy se adelantó y presentó el escrito a los de Metz.

—Una legación de la que forman parte herejes y proscritos —se burló Roger, mirando directamente a Rémy a los ojos—. Me niego a negociar con tal escoria.

—Retirad eso y disculpaos ante mí por ese insulto —exigió Rémy.

—Que el diablo me lleve si lo hago.

—Os lo advierto, Roger —dijo cortante Deforest—. El señor Fleury es un respetable ciudadano de Varennes y un miembro de nuestro Consejo elegido de forma legal. Si le ofendéis, la familia de Guérin pagará por ello.

—¡Disculpaos! —siseó Jehan d'Esch—. ¡Hacedlo!

Roger rechinó los dientes. No miró a Rémy.

—Disculpad —dijo al fin—. He hablado presa de la ira. No ha estado bien.

Con una fina sonrisa en los labios, Rémy pasó ante él y entregó el tratado a Robert Gournais, que le arrancó el pergamino de las manos.

—Firmaré este papelucho —dijo el maestre de los escabinos—. Pero no contéis con que esta infamia dure mucho tiempo.

—En cuanto hayamos superado la presente crisis, pediremos cuentas a Varennes por esta traición —añadió Roger—. Y entonces, que Dios se apiade de vosotros.

—Deberíais evitar semejante cosa —declaró Deforest—. Nos hemos aliado con Verdún, Toul, Hagenau y Colmar en una liga de ciudades. En estos momentos negociamos también con Schlettstàdt y Estrasburgo, y confío en que podremos ganarlas para nuestra alianza. En adelante, todo el que cause daño a un miembro de la alianza podrá contar con la enemistad de todas las demás ciudades.

—Una amenaza ridícula —escupió Roger—. Esas ciudades son rivales vuestras. Nunca os apoyarán. —Pero no parecía seguro de lo que decía, porque miró a Guérin.

—Es la verdad —confirmó este—. Yo estaba presente cuando los consejeros de Verdún y las otras ciudades firmaron el tratado en el ayuntamiento.

El maestre de los escabinos y Roger Bellegrée estaban a punto de ahogarse en su propia ira. Pero finalmente firmaron el tratado, junto con Jehan d'Esch, en representación de todas las *paraiges* y los Treize jurés.

Deforest recogió el escrito sin una palabra de agradecimiento.

—Creo que con esto ya hemos hecho todo lo que teníamos que hacer aquí.

—No del todo —dijo Rémy, y se volvió hacia Roger—. Devolveréis sus propiedades a Philippine y conseguiréis de los Treize jurés que se revoque la condena por adulterio, para que pueda comparecer ante un tribunal menos parcial.

Roger le miró lleno de odio antes de preguntar:

—¿Es una condición para el tratado?

—Sí —respondió Rémy. Deforest y los otros manifestaron su asentimiento con su silencio.

—La sentencia fue hallada justa —dijo Roger—. No es tan fácil revocarla.

—Para vos no fue más que un medio para alcanzar un fin. Nunca tuvisteis intención de castigar a Philippine. Ni siquiera la proscribisteis cuando no compareció ante el proceso.

Mientras Roger aún estaba luchando con su ira y buscando las palabras, Jehan d'Esch respondió en su lugar:

—Considerad la sentencia nula. En lo que concierne a las propiedades de Philippine, le serán reintegradas. Nosotros nos ocupamos de eso.

—Confío en vuestra palabra. —Rémy y los otros hombres de la legación se volvieron para irse. A modo de despedida, se volvió una vez más hacia Roger—: Por cierto, os transmito un saludo de su parte. ¿Sabíais que hemos tenido un hijo? Michel acaba de cumplir cuatro años. Un espléndido muchacho.

—Sabe el diablo de dónde vendrá ese niño —escupió Roger—, pero sin duda no de Philippine. Está maldita… no puede dar a luz hijos sanos.

—Sí que puede. Michel es la prueba viviente de ello. Más bien todo apunta a que la maldición pesa sobre vos. No lo toméis tan mal. Ocurre en las mejores familias.

Rémy le dio una palmada en el hombro y abandonó la sala con sus compañeros.

Robert Gournais mantuvo su palabra y ordenó enseguida la puesta en libertad de los rehenes. En la plaza que había delante del palacio se produjo el reencuentro con Henri Duval y los hombres de las fraternidades. Se abrazaron riendo. Hacía cuatro años y medio que aquellos hombres habían dejado Varennes, y más de uno no podía contener las lágrimas.

—Ya había perdido la esperanza. Pero vos lo habéis hecho posible… vos y vuestra madre. —Duval cogió a Rémy por los hombros y lloró sin vergüenza—. No sé cómo daros las gracias.

—Somos nosotros los que os damos las gracias por el sacrificio que habéis hecho por Varennes —dijo Rémy—. Venid, Henri. Os llevaremos a casa. Supongo que ya no podréis soportar esta ciudad.

—Por Dios, no os podéis imaginar cuánto me repugna. Ojalá el duque la reduzca a cenizas, para que no vuelva a ofenderme la vista.

Apenas la puerta de la ciudad se cerró tras ellos las catapultas volvieron a disparar, y los dardos de ballesta silbaron por el aire. Rémy y sus compañeros abandonaron el campo de batalla y fueron, en medio de la oscuridad, hacia el campamento.

—¿Creéis que Roger sospecha que vos estáis detrás de todo esto? —preguntó Duval.

—No es tonto —respondió Rémy—. En algún momento lo averiguará.

—¿No teméis que vaya con el cuento al obispo Jean?

—El obispo no le creerá, después de todo lo que ha ocurrido. Además, sin la carta Roger no puede demostrar nada.

Henri sonrió complacido y, de pronto, se detuvo.

—El campamento está ahí mismo —dijo Rémy.

—Lo sé. Adelantaos. Necesito un momento para mí.

Mientras Rémy y los otros iban al campamento, Henri Duval les volvió la espalda, una silueta inmóvil a la orilla del río, alzando la vista hacia el cielo estrellado.

Mayo de 1232

METZ

Gachas? ¿Me tomas el pelo? —dijo Roger—. ¡Tráeme carne, maldita sea! ¿Y qué meado fermentado es este? ¿Ya no tenemos un vino decente?

—Me temo que se nos acabó ayer, señor —explicó el criado.

—Pues ¡vete a comprar uno!

—Los vinateros ya no tienen. También la carne y el pescado escasean. Y un pollo cuesta un sou, si es que se encuentra alguno…

—Vete al diablo. —Roger hurgó sin ganas en las gachas. Todo era culpa del maldito asedio. Entraba ya en su cuarta semana, y empezaba a afectar a la ciudad. No era que los ataques de los sitiados hubieran conseguido nada. Los hombres de Metz eran fuertes, y hasta ahora los habían resistido todos. Pero el obispo Jean y sus aliados disponían de armas más perversas que las catapultas y escaleras de asalto: se llamaban hambre, estupidez y desesperación, y de manera lenta pero segura estaban poniendo de rodillas a la orgullosa república.

Roger se comió las gachas y se tragó la última cucharada con un sorbo de cerveza rebajada. Decidió ir al burdel. Al fin y al cabo, no había otra cosa que hacer en ese turbio día. Y una vulva húmeda y dos pechos firmes siempre le distraían de sus pensamientos…

Sin embargo, su plan quedó en nada. El maestre en persona se lo estropeó. Justo cuando Roger iba a salir de sus aposentos en la casa de huéspedes, Robert Gournais entró para hablar con él.

—¿No puede esperar? —preguntó malhumorado Roger.

—Tenemos que tomar importantes decisiones. No puede esperar.

Roger suspiró para sus adentros. En lugar de un rabo tieso, la presencia de este aburrido. En verdad, Dios no lo quería bien ese día.

—Os invitaría a vino, pero por desgracia se nos ha terminado.

El maestre de los escabinos no contestó, y tampoco tomó asiento en la silla que Roger le ofrecía.

—Debéis saber —empezó sin rodeos— que nuestras negociaciones secretas con el duque Mathieu y el conde de Bar avanzan poco a poco.

Roger prestó atención. Era la mejor noticia que oía en semanas.

—¿Están dispuestos a pasarse a nuestro bando?

—Aún no hemos llegado a eso. Pero la cosa tiene buen aspecto, sí. Están tan hartos de este asedio como nosotros, y Jean d'Apremont no les ofrece más que vagas promesas y la benevolencia del cielo por su apoyo. Nosotros en cambio les hemos prometido una remuneración sólida si vuelven la espalda a Jean.

—Plata —constató Roger.

Gournais asintió.

—Mucha mucha plata.

—¿Cuánta exactamente?

El maestre de los escabinos hizo un gesto impreciso con la mano.

—Estamos hablando de una suma enorme. Una suma que no podemos reunir solo con las arcas del Gran Consejo. Cada uno de nosotros tendrá que hacer una contribución: las *paraiges*, los gremios, los simples ciudadanos. Todo Metz tendrá que sangrar.

—Valdrá la pena si con eso mandamos al diablo al obispo —dijo Roger.

La mirada de Gournais era penetrante, se clavó en el cráneo de Roger.

—Es un revés para la república. El peor desde hace décadas. Que hayamos llegado a esta situación… Se os culpa de ello.

—¿Ah, sí? —dijo Roger—. ¿Quién es «se»? ¿Los Treize jurés?

—Los Treize. Los maestres de las *paraiges*. Muchos miembros del Gran Consejo.

—¿Vos también?

Gournais no respondió.

—¿Qué tenéis que decir?

Roger caminó a lo largo de la mesa, acarició los respaldos de las sillas y dirigió una mirada al maestre de los escabinos.

—Es absurdo. Eso es lo que os digo. Jean d'Apremont nos ha puesto en esta situación, no yo. Él es quien se quedó con el feudo de Dagsburg.

Roger se detuvo y miró inquisitivo a su visitante. De hecho, había cosas que hacían pensar que los habían metido en una trampa. Esa carta de Jean d'Apremont era posiblemente una falsificación, que les habían puesto delante para inducirles a una acción irreflexiva. Por desgracia, sin la carta eso era difícil de demostrar. Deseaba haber conservado la maldita carta, en vez de devolvérsela al mensajero.

La cuestión decisiva era: ¿cómo valoraba el asunto el maestre de los escabinos? Por desgracia, su expresión no dejaba traslucir nada.

—Habéis impuesto al Consejo que nos aliáramos con Simon de Leiningen —dijo Gournais—. Os impusisteis en que atacáramos a Varennes. Por vuestra culpa, ahora tenemos esta guerra al cuello… y una alianza de ciudades que nos va a dar mucho que hacer. Por no hablar de la oprobiosa derrota que nos ha infligido Varennes. Sin vos, nada de esto hubiera ocurrido. Por eso…

—Robert… —le interrumpió Roger, pero su interlocutor le indicó con un gesto imperativo que le dejara terminar.

—Por eso esperamos de vos que depongáis todos vuestros cargos y cedáis la dirección de la *paraige* de Porte-Muzelle a un hombre más capaz. Ya habéis hecho bastante daño. Es hora de que os retiréis del gobierno de la ciudad.

Roger se echó a reír. Al principio en voz baja, luego cada vez más alto, cada vez más sarcástico.

—¿Cómo debo entender vuestra repentina jovialidad? —preguntó indignado Gournais.

—Hace un mes los consejeros estaban pendientes de mí cuando presentaba una propuesta. Cuando planteé apoyar a Simon de Leiningen, les faltó tiempo para expresar su apoyo. ¿Y sabéis por qué? Por pura codicia. Cada uno de esos hipócritas pensaba únicamente en tierras y títulos que Simon les procuraría a su familia. ¿Y ahora? Ahora están furiosos porque no es tan fácil como pensaban. Porque hay algunas dificultades. Pero, en vez de sentarse sobre sus gordos culos y encontrar soluciones, buscan un culpable. Yo tengo que ser el chivo expiatorio en cuyos zapatos meter su pequeñez. Pero no voy a darles ese gusto. En virtud de mi origen soy cabeza de mi *paraige* y miembro de los Treize jurés. Nunca cederé mi puesto de forma voluntaria.

—Se os ofrece un acuerdo de buen grado y una retirada honrosa —dijo el maestre de los escabinos—. Os aconsejo que lo aprovechéis.

—¡Si queréis que desaparezca —gritó Roger—, luchad contra mí!

—Esto no es inteligente, Roger.

Con esas palabras, Gournais se fue.

Esta vez, Roger no logró sacudirse la ira. La fría calma que siempre seguía al furor y le permitía calcular sus posibilidades no acababa de producirse. La rabia hacia Gournais, D'Esch y los otros traidores era sencillamente demasiado grande. Tenía que dejarle curso libre, tenía que descargarla en el burdel. Si pagaba bien, sin duda la madame le daría una muchacha a la que fustigar hasta que corriera la sangre.

Abrió la puerta de golpe y rugió llamando a sus porteadores.

La noche del día siguiente, el criado le llevó una botella de vino del sur.

—He registrado toda la ciudad, todos los mercados —contó—. Es la última que he podido encontrar. He pagado una fortuna por ella…

—Trae aquí —gruñó Roger; quitó el corcho y llenó su copa de estaño hasta los bordes. Era un vino espeso del sur de Francia, rojo como la sangre y de espléndido aroma. Prometía raras alegrías y, sobre todo, olvido. Roger decidió beberse la botella enseguida. Por lo menos esa noche no quería pensar en el asedio y en todo lo demás.

Pero, cuando se llevó la copa a los labios, le entraron dudas. La última botella de vino del sur en todo Metz… dudoso. ¿Y si querían envenenarle y le habían colado a ese criado? Esa era exactamente la doblez que distinguía a sus enemigos en el Consejo.

—Bébete esto —ordenó, y tendió la copa al criado.

—Es un vino caro, señor. No me corresponde…

—¡Bebe!

Titubeando, el hombre dio un sorbo a la copa.

—Bebe más. Bébete la copa entera.

El criado obedeció y se lamió complacido los labios.

—¿Qué tal sabe?

—Exquisito.

—¿Te sientes mal? ¿Te hacen ruido las tripas?

—En absoluto. Nunca me he sentido tan bien.

Roger esperó. No sucedió nada. Tranquilizado, echó al criado y cogió la botella. Era de hecho un vino exquisito el que le había llevado el criado. Bajaba por la garganta como perlas, llenaba su vientre de calidez y ahuyentaba todos los malos pensamientos.

—Gournais, D'Esch, Renquillon, Chauverson, Malebouche… me cago en vosotros —murmuró con voz espesa—. Que el diablo se os lleve.

Vertió el resto del contenido de la botella en la copa, la apuró y pensó en las rameras con las que se había complacido el día anterior.

—Os lo habéis ganado. Os lo habéis ganado a conciencia. —Rio entre dientes antes de quedarse dormido.

En algún momento —la vela se había extinguido— su criado le despertó.

—Os llevaré a la cama, señor.

Roger negó con la mano.

—Puedo ir solo. No soy ningún viejo lisiado.

Vacilante, se levantó y anduvo a trompicones por la estancia. El vino era fuerte. Roger hacía mucho tiempo que no estaba tan borracho. Cerró la puerta a su espalda, encendió una tea con el cabo de la vela y empezó a vérselas con sus ropas. Sencillamente, no lograba soltarse el cinturón.

Alguien lo agarró por detrás y le puso una mano en la boca. Roger se defendió con torpeza, hasta que sintió en el cuello la punta de un puñal. «¿Quién sois?», quiso preguntar, pero solo consiguió proferir algo parecido a un ronquido. Los dedos que se habían posado en su rostro olían a cebollas y a sudor.

—Deberíais haberos ido cuando se os ofreció la posibilidad. ¿Por qué habéis tenido que ser tan necio, Roger?

Esa voz. El acento alemán. ¿Era Thankmar, el mercenario?

Roger no terminó el pensamiento. La punta del puñal se clavó en su cuello, atravesó la piel, los músculos, los tendones. Una ola de sangre chapoteó en el suelo. Las manos lo soltaron y cayó, cuan largo era, en medio del charco.

—Tan necio —decía Thankmar—. Tan necio…

Junio de 1232

Varennes Saint-Jacques

El verano llegó pronto aquel año. Dos días después de Pentecostés, había ya tanto calor y tanta sequedad que algunas fuentes apenas llevaban agua. A mediodía, muchos interrumpían su trabajo para bañarse en el Mosela y refrescarse un poco. El ayudante del maestre de las basuras sufrió un golpe de calor porque quiso retirar a pleno sol el cadáver de un asno. Aunque le refrescaron la frente abrasada y le dieron agua en abundancia, pasó el resto del día diciendo cosas confusas y creyendo que estaba en el monte del Templo de Jerusalén. Más de uno profetizaba incluso un regreso de la ola de calor infernal de 1227, cuando hubo una sequía y los mosquitos parecían devorarlo a uno.

Hubo mucho que hacer para el Consejo en aquellas semanas. Rémy y los otros consejeros revisaron los expedientes judiciales de los últimos años y dispusieron que todo aquel que hubiera quedado proscrito bajo Lefèvre podría regresar a Varennes, salvo que se hubiera hecho responsable de un verdadero crimen. Rémy en persona llevó el alegre mensaje a los habitantes del refugio, y los guio desde el bosque hasta su antigua patria.

También Will y él habían dejado de ser proscritos. Poco después de ser elegido el nuevo Consejo había decidido por unanimidad absolverlos de la acusación de herejía, levantar la proscripción y devolverles tanto su derecho de ciudadanía como sus propiedades.

Entretanto, el obispo Jean d'Apremont agradeció su ayuda e intervino ante el arzobispo Theoderich para que levantara el interdicto. Poco después, un legado de Tréveris llegó a Varennes e hizo saber al Consejo que Theoderich estaba dispuesto a retirar la sanción eclesiástica si la ciudadanía se declaraba dispuesta a expiar el asesinato de los cuatro monjes de la abadía de Longchamp. El alcalde Deforest viajó a Tréveris y negoció que Varennes pagaría a la archidiócesis cincuenta libras de plata durante diez años; con eso, la culpa quedaría cancelada. Así quedó firmado y sellado. Acto seguido, un archidiácono de Theoderich fue a Varennes y, en un acto solemne, levantó el interdicto a la ciudad. Ese misma tarde abrieron todas las iglesias, y todas las campanas empezaron a tocar, por primera vez desde hacía dos años y medio.

En los días que siguieron, la gente afluyó a las iglesias a pedir los sacramentos que les habían estado vedados durante tanto tiempo. Los sacerdotes no daban abasto a bautizar niños, decir misas y dar su bendición a parejas deseosas de casarse.

Los efectos fueron considerables: quien iba por las calles, sentía el cambio en todas las esquinas. Era como si las sombras se hubieran retirado de Varennes. La gente ya no temía por la salvación de su alma, volvían a reír y gozaban de la vida. El nombre del obispo Jean era ensalzado en todas partes, se rezaba por su alma y se prendían velas por él en la catedral.

Desde luego, el amor de los ciudadanos de Varennes no pudo impedir que la suerte de la guerra se volviera en su contra. Cuando el duque Mathieu y el conde de Bar se apartaron de él, tuvo que levantar el asedio a Metz y retirarse. Nadie sabía qué le había pasado después. Los rumores decían que estaba atrincherado en una de sus fortalezas, donde el ejército de Metz lo acosaba.

Una semana antes de San Juan, el duque Mathieu se presentó de pronto en Varennes. Llegó con un gran séquito, se alojó en el palacio real y exigió hablar con el Consejo. Resultó que la nueva alianza de ciudades no le gustaba en absoluto. Pero se mostró dispuesto a negociar. Rémy y los otros consejeros estuvieron con él tres días enteros, para convencerle de que la alianza no representaba ningún peligro para él y sus vasallos. Se habló, se apaciguó y se regateó sin pausa... a Rémy le estallaba la cabeza al cabo de una hora, y pronto cedió el trabajo a aquellos hombres que gustaban de tales actividades.

Fueron los mercaderes que rodeaban a Eustache Deforest los que finalmente apaciguaron al duque. Se acordó un impuesto especial para todos los miembros de la alianza de ciudades y se juró ante las reliquias de san Jacques que la alianza jamás haría nada en perjuicio del duque. Una vez que Verdún, Estrasburgo y las otras ciudades participantes aceptaron estas condiciones, el duque confirmó la legalidad de la alianza y la aprobó en toda regla. El documento fue llevado al ayuntamiento y guardado en el mismo arcón de hierro que ya contenía las cartas de privilegio del emperador Barbarroja, el rey Felipe y el emperador Federico II.

A la mañana siguiente, un agitado trajín reinaba en el palacio... la comitiva ducal metía la impedimenta en los carros, ensillaba los caballos y se preparaba para partir. Pero antes el duque quería hablar con Rémy una vez más. Para sorpresa de Rémy, Mathieu no lo llamó al palacio, sino que le pidió que acudiera al bastión.

El noble estaba delante de las ruinas, contemplando a los trabajadores. Una de las primeras decisiones del nuevo Consejo había sido demoler el bastión. Los trabajos ya estaban muy avanzados, solo quedaban la torre y los restos de los muros.

Dos criados sostenían un baldaquino portátil que daba sombra a Mathieu. Dos caballeros velaban por la vida de su duque, los pobres diablos sudaban visiblemente bajo sus armaduras.

—Vuestra gracia. —Rémy se inclinó en una reverencia.

—Estoy ante un enigma, señor Fleury —dijo el noble, sin apartar la vista de las ruinas—. Quizá vos podáis ayudarme a resolverlo.

—Haré cuanto esté en mi mano.

—La noche en que los ciudadanos de Varennes se sublevaron contra el gobernador de Metz, parece haber sucedido algo muy extraño. Varios testigos hablan de relámpagos inflamados alrededor del bastión. Al parecer, se oyó además un ruido espantoso: truenos tan fuertes que hicieron caer los muros. Vos representasteis un papel no pequeño en los acontecimientos de aquella noche. Por eso os pregunto: ¿sabéis algo al respecto?

—Me temo que no, vuestra gracia —dijo Rémy.

El duque le miró fijamente.

—Os lo advierto, señor Fleury. No me toméis por necio.

—Estaba oscuro, se luchaba por todas partes, la gente tenía miedo. No sé lo que vieron u oyeron, pero yo no le daría demasiado crédito.

—Puede ser. Pero que el bastión quedó seriamente dañado es un hecho. ¿Cómo os lo explicáis?

—Había una tormenta —dijo Rémy—. Supongo que lo alcanzaría un rayo.

—¿En tres sitios a la vez?

—Era una tormenta muy fuerte. Nunca he visto una cosa así. Fue tan tremenda que la gente pensaba que era el fin del mundo.

El duque Mathieu se echó a reír y movió la cabeza.

—Es la mentira más ridícula que he oído nunca.

—A veces la verdad es más increíble que cualquier historia —respondió Rémy—. De vez en cuando suceden cosas que ni la persona con más fantasía podría imaginar.

Mathieu le puso una mano en la espalda y bajó la voz.

—Entre nosotros: habéis utilizado una nueva arma, ¿verdad? —susurró a Rémy—. Hay rumores acerca de un polvo misterioso llamado «hierba del trueno». Dicen que tiene una gran capacidad de destrucción.

—Es la primera vez que oigo tal cosa.

—Os exhorto: si lo sabéis, tenéis que decírmelo. Un arma así no debe caer en manos equivocadas. Corresponde solo a los nobles y al emperador, y solo puede ser empleada para proteger al reino y a la Cristiandad, ¡y en ningún otro caso!

—Me temo que no puedo ayudaros, vuestra gracia.

—Recordad. Tenéis que haber oído algo.

—De verdad que lo siento. ¿Es todo, vuestra gracia? —preguntó Rémy—. Si me lo permitís, me gustaría irme. Tengo que reparar mi casa, y queda mucho trabajo hasta que pueda entrar en ella con mi familia.

—Me decepcionáis, señor Fleury. Por favor. Marchaos. Ocupaos de vuestra casa, si es más importante para vos que hacer un servicio a vuestro príncipe. Si algún día cambiarais de opinión, hacédmelo saber. Os convertiré en un hombre rico si me iniciáis en el secreto de la hierba del trueno.

Rémy se inclinó y se fue.

Entre las miradas recelosas de los monjes, Rémy y Will registraban los libros de la abadía de Longchamp.

—¡Aquí está! —exclamó triunfante el inglés; levantó las *Metamorfosis* de Ovidio y lo unió a los otros que había en la carretilla.

—Solo falta *De inventione* de Cicerón, y los tendremos todos —dijo Rémy, y se puso enseguida a buscar.

Después del cierre de la escuela municipal, hacía cuatro años y medio, el abad Wigéric se había incautado de todos los manuales y los había hecho llevar a la biblioteca del monasterio, donde acumulaban polvo desde entonces. Ahora el nuevo Consejo había establecido con toda claridad que los manuscritos eran propiedad de la escuela, y había exigido su entrega. Los monjes se habían sometido a la orden, aunque en extremo a regañadientes. Una docena de libros, entre ellos algunos escritos raros, eran un gran tesoro, del que nadie se desprendía gustoso.

Si Wigéric aún hubiera estado vivo, sin duda aquello habría sido el primer compás de una nueva disputa entre Rémy y él. Pero el abad Raphael, al que los monjes habían elegido para encabezarlos después de la muerte de Wigéric, tenía un carácter del todo distinto al de su predecesor: un erudito prudente, tempranamente encanecido, razonable y, sobre todo, pacífico. Siempre había indicado a Rémy que en el futuro iba a tolerar su taller y la escuela municipal y no pensaba ponerles piedras en el camino ni a él ni a Will.

Por fin, Rémy descubrió el libro en uno de los armarios y lo dejó en la carretilla. Una vez que el abad Raphael se hubo cerciorado de que no se llevaban ninguna propiedad de la abadía de Longchamp, los dejó ir e incluso se forzó a desearles mucha suerte en el futuro.

Llevaron los libros a la escuela. El edificio, que había estado vacío desde su cierre, se había hallado en muy mal estado, lleno de podredumbre, suciedad y ratas. Restaurarlo había sido un trabajo duro. Rémy y Will habían necesitado tres semanas para enderezar las puertas abarquilladas, reparar los agujeros en el tejado y dar revoco a las paredes. Felizmente, no les había faltado ayuda. El guardia Richwin y su hijo Urbain habían puesto manos a la obra, además de algunos otros antiguos discípulos de Will, que querían aportar su granito de arena a que las clases pudieran reanudarse pronto. Pero el que más había hecho había sido Olivier Fébus. Olivier, entretanto un joven robusto y ya nada torpe, volvía a trabajar para Rémy, y estaba firmemente decidido a concluir su aprendizaje de iluminador de libros ese mismo año. Desde luego su padre estaba en contra: para Victor Fébus, Rémy seguía siendo un pecador y un adúltero, a pesar de los hechos. Pero, como Olivier se había emancipado el año anterior, podía hacer lo que quisiera, y no le importó que su padre gritara y tronara y amenazara con desheredarlo.

Durante las pasadas semanas, Olivier había estado en la escuela de la mañana a la noche casi todos los días. Acababa de barrer la sala y estaba preparándolo todo para la clase de la mañana siguiente.

Will y Rémy metieron los libros en los arcones. Estaban del mejor humor, y no paraban de bromear. Cuando acababan de poner el atril, Philippine se presentó con Dreux. El anciano iba apoyado en su bastón, se aferraba al brazo de ella y caminaba a cortos pasitos.

—Cuando supo que la escuela estaba lista quiso venir a verla a toda costa —explicó Philippine.

Rémy se sacudió el polvo de las mangas.

—¿Dónde está Michel?

—Jugando con sus amigos. No he querido molestarle. Tu madre cuida de él.

Aunque Michel había crecido en el bosque y hasta hacía pocas semanas solo había conocido el refugio, se acostumbraba con asombrosa rapidez a la vida en la ciudad. Las calles del barrio ya le eran tan familiares como si nunca hubiera visto otra cosa, y hacía mucho que había hecho amistad con los niños de la vecindad. Rémy envidiaba un poco a su hijo por el ritmo con el que se adaptaba. Él había necesitado mucho más para volver a sentirse a gusto en Varennes después de todos esos años lejos de la civilización. A veces seguía echando de menos el silencio y el reposo del bosque.

—¿Podéis explicarme un poco, maestro? —graznó Dreux. Al parecer, tenía uno de sus raros momentos despejados.

Rémy le prestó su brazo y le describió la nueva escuela. Como el anciano no podía ver nada, quería saberlo todo con exactitud.

—¿Han devuelto los libros por fin esos malditos monjes?

—Will y yo acabamos de traerlos… están detrás, en la cámara.

—Si pudiera verlos —murmuró nostálgico Dreux.

Rémy dejó un libro abierto en la mesa, para que su viejo amigo pudiera pasar las yemas de los dedos por el pergamino. Sus ojos ciegos se llenaron de lágrimas.

Dreux no se quedó satisfecho hasta que Rémy le enseñó todos los manuscritos. Al terminar, estaba tan agotado que tuvo que sentarse.

—Esta escuela es en verdad única en la Cristiandad. Vos y el magister

Will vais a hacer historia. A hacer historia... —murmuró el anciano, y se quedó dormido.

Philippine pasó los brazos en torno al torso de Rémy y se pegó a él.

—Tengo algo que decirte —susurró—. Michel va a tener compañía.

—¿Estás encinta? —Estaba radiante. Era la mejor noticia desde hacía mucho tiempo.

—Estos últimos días no estaba segura. Pero esta mañana he notado que el niño se movía.

Rémy la besó en la boca, la levantó en vilo y giró riendo con ella.

—¿Habéis oído? —gritó—. ¡Philippine espera un niño!

Will y Olivier acudieron corriendo y abrazaron a los felices padres.

—¡Qué bien! Me alegro por vosotros.

—Que el Señor os bendiga, maestro.

Rémy no podía dejar de reír mientras recibía las felicitaciones de sus amigos.

—¿Lo sabe ya madre? —preguntó a Philippine.

—Quería que tú lo supieras primero.

Él le cogió la mano.

—Ven. Vamos a decírselo. Va a volverse loca de alegría.

De hecho, Isabelle lloró de alegría al recibir la feliz noticia.

Toul

Algunos días después, fueron finalmente alcanzados por su pasado: el obispo citó a Rémy y a Philippine en Toul para juzgarlos al fin por sus errores. No fue una sorpresa. Aunque Jean-Pierre Cordonnier, en su calidad de vigilante de las costumbres, ya había dado noticia al obispado hacía casi cinco años, nunca se había llegado a un proceso por adulterio. Primero, la disputa había impedido al obispo hacer las averiguaciones. Luego, los Treize jurés le habían discutido la jurisdicción, y en esa cuestión nunca había habido acuerdo entre Metz y Toul. Además, pocas semanas después del asedio Rémy había huido a los bosques.

Así que ahora el obispo quería recuperar el tiempo perdido y pedirle, en virtud de su cargo, cuentas por sus pecados.

Henri Duval acompañó a Toul a Rémy y a Philippine, para asistirlos con sus conocimientos del derecho. Un canónigo los recibió en el patio del palacio episcopal y los llevó a los aposentos del clérigo. Dado que Eudes de Sorcy había muerto hacía algún tiempo, había un nuevo pastor a la cabeza de la diócesis, un hombre enjuto y enérgico llamado Rogier de Marcey.

Fue un proceso corto, porque el obispo Rogier no quería enfrentarse a un procedimiento público. En presencia de dos canónigos y un escribano, enfrentó a Rémy a la denuncia de Cordonnier y le exigió que se manifestara respecto a las acusaciones. Rémy se mantuvo fiel a su decisión, tomada hacía mucho tiempo, y lo confesó todo; Philippine también. Antes de que el obispo pudiera fijar la penitencia, Duval expuso algunas circunstancias atenuantes. Sin duda la conducta de Philippine había sido errónea, pero disculpable, explicó, al fin y al cabo su esposo la había golpeado y engañado de manera regular con rameras. Además, Rémy había contribuido a restablecer el gobierno justo en Varennes y a devolver a la Iglesia la jurisdicción en cuestiones de fe... un considerable logro que el obispo tenía que tener en cuenta frente a los errores de Rémy.

—Sin duda el adulterio es un pecado mortal, y un crimen contra el orden cristiano —dijo el príncipe eclesiástico—. Por eso, es inevitable imponer una sanción dolorosa. Rémy, pagarás una multa de treinta sous y peregrinarás este mismo año al altar de los Tres Reyes Magos para implorar allí el perdón del Señor. Además, durante siete años harás gratuitamente un libro para el obispado de Toul. El cabildo catedralicio de Varennes decidirá cuál.

Era un castigo suave, y Rémy lo aceptó en silencio. Su preocupación era Philippine, que, como se esperaba, no salió tan bien librada.

—Puede que tu esposo te tratara mal, pero eso no te daba derecho a violar el sagrado vínculo entre vosotros —declaró riguroso el obispo Rogier—. Reconozco como circunstancia atenuante que, a causa de su fácil inclinación a la seducción, la mujer es más sensible al placer de la carne. Expiarás tus errores llevando, en la festividad de San Jacques, una tosca vestimenta de pelo de cabra, participarás así vestida en la procesión y, después, reconocerás tus pecados en tu parroquia delante de la comunidad. Además, durante siete años peregrinarás cada año a Notre-Dame de Thierenbach y rezarás allí un día y una noche. Cederás a la diócesis tu granja de Damas-aux-Bois, donde tuvo lugar el infame adulterio.

Philippine iba a protestar, pero Duval le hizo callar con una mirada de advertencia.

—¿Aceptas el castigo? —preguntó el eclesiástico.

—Sí, excelencia —declaró ella humildemente.

El obispo Rogier los miró a los dos.

—Por último, exijo que os caséis para poner fin lo más rápido posible a vuestra lasciva forma de vida.

—Esa era de todos modos nuestra intención, excelencia —dijo Rémy—. Vamos a casarnos la semana próxima.

El clérigo asintió y trazó una cruz en el aire.

—Ahora, id y haced penitencia, para poder volver con rapidez a la comunidad de los creyentes.

Cuando salieron del palacio, Duval le dijo a Philippine:

—Puede que el castigo os parezca duro. Pero habría podido ser mucho peor.

Ella sonrió con tristeza.

—Lo principal es poder poner fin de una vez al pasado.

Cogió la mano de Rémy, y fueron hacia los caballos.

Varennes Saint-Jacques

La tarde antes de la boda, Rémy se probó distintos trajes. Will y Nicolás estaban encargados de aconsejarle, pero ninguna de las túnicas encontraba clemencia ante el ojo crítico de Will. Rémy estaba probándose la tercera. Extendió los brazos y giró en círculo.

—¿Y bien?

—No. —Will negó con la cabeza.

—¿Qué tienes que objetar esta vez? —gimió Rémy.

—Demasiado sencillo. El traje debe ser más llamativo. De colores más alegres. Al fin y al cabo vas a tu propia boda, no a una invitación de tu fraternidad a beber.

—¿Qué pensáis vos? ¡Decid algo! —exclamó irritado Rémy a Nicolás, que hasta entonces había guardado silencio.

—Magister Will tiene razón —declaró escuetamente el caballero—. El gris no encaja con semejante ocasión festiva.

Rémy abrió el cinturón y se quitó la túnica.

—Aprecio cierta desaprobación en vuestra voz. ¿Qué he hecho mal?

—Me habéis engañado.

—¿Ah, sí?

—Me habéis dejado creer que ya estabais casado —dijo Nicolás—. Cuando estabais viviendo en pecado todo el tiempo.

—Eso podríais haberlo deducido vos mismo —respondió Rémy, vestido tan solo con los calzones—. Sabéis muy bien que los proscritos no pueden casarse.

—Amigos… —empezó Will, pero nadie le prestó atención.

—Pensaba que os habíais casado antes.

—¿Cómo? Cuando Roger Bellegrée consiguió al fin la anulación, hacía meses que vivíamos en el bosque.

—Entonces violasteis el matrimonio —constató Nicolás.

—Eso parece —dijo Rémy entre dientes—. Os habéis relacionado con un pecador lujurioso. Tendréis que vivir con eso.

—Tendríais que habérmelo dicho.

—¿Habría cambiado algo? ¿Os habríais buscado a otro para vuestra venganza contra Lefèvre?

El caballero se sumió en el silencio. Rémy se puso la siguiente túnica. Era la última.

—Vuestro hijo tendrá dificultades —dijo de repente Nicolás.

—¿Por haber nacido fuera del matrimonio? Lo sé por mí mismo —respondió Rémy, mientras metía los brazos en las mangas.

—Deberíais intentar conseguir una dispensa del obispo. De lo contrario, nunca aprenderá un oficio decente ni podrá seguir vuestros pasos.

—Esa es mi intención. —En las próximas semanas, cuando lo permitieran sus obligaciones como consejero, Rémy quería viajar a Tréveris y presentar su petición al arzobispo. Una dispensa liberaría a Michel de la mancha del nacimiento fuera del matrimonio, por lo que en adelante sería considerado hijo legítimo. Sin duda el arzobispo se lo cobraría caro, pero a Rémy le valía la pena el futuro de su hijo.

Se ajustó el cinturón y se volvió hacia Will.

—Por favor, dime que este atavío te gusta.

El inglés asintió.

—Ese es el aspecto que tiene que tener un consejero y novio.

—¡Gracias, arcángeles y santos! —suspiró Rémy.

No hubo un ruidoso desfile por las calles, ni un grandioso banquete con docenas de amigos y vecinos, tan solo una sencilla ceremonia, adecuada a las circunstancias. A Rémy le hubiera gustado casarse en Saint-Pierre, a la vista del cementerio en el que estaba enterrado su padre, pero el sacerdote de la parroquia, amigo del difunto abad Wigéric, se había negado en redondo a dar su bendición a un pecador y un adúltero como él. Así que se habían refugiado en la capilla del Consejo, y Rémy se consolaba con la idea de que su padre estaría mirándolo, tuviera donde tuviese lugar la ceremonia. El padre Bouchard, capellán de la familia de Philippine, celebró el enlace. El anciano clérigo acudió enseguida a Varennes al tener noticias de Philippine, naturalmente con un pretexto, porque su hermano no debía saber el verdadero motivo del viaje. Había llevado consigo a la madre de Philippine, Ermengarde, que no quería perderse bajo ningún concepto la boda de su hija. El reencuentro entre las dos mujeres fue abundante en lágrimas. Para alivio de Rémy, no hubo malas palabras entre ellas. Sin duda en el lugar de Ermengarde otras mujeres habrían acusado a Philippine de haber llevado la vergüenza a la familia, pero Ermengarde estaba contenta de que su hija hubiera encontrado al fin al hombre adecuado, todo lo demás no le importaba.

Los invitados a la boda se reunieron delante del portal de la iglesia en una radiante mañana de verano. El sol asomaba detrás de algunas nubecillas, y calentaba a la pareja y a los invitados. Aparte de Will, Nicolás y Ermengarde solo habían acudido Olivier Fébus, Bertrand Tolbert y Jean-Pierre Cordonnier, estos dos últimos con sus familias. Dreux estaba sentado en su silla, con el bastón cruzado sobre las rodillas, y pasó dormido la mayor parte de la ceremonia. Por primera vez desde hacía mucho tiempo, la madre de Rémy no llevaba un vestido de luto, sino una túnica verde del lino más fino. También Philippine llevaba un vestido de fiesta, pero había renunciado a todo adorno... no habría sido adecuado, teniendo en cuenta su pasado. Pero para Rémy estaba más hermosa que nunca cuando se sentó a su lado en el círculo de los invitados.

—Rémy Fleury, si quieres por esposa a Philippine de Warcq, para amarla y honrarla y vivir con ella en matrimonio conforme a la Ley de Dios hasta que la muerte os separe, responde «sí» —exigió el padre Bouchard.

—Sí —dijo Rémy.

—Y si tú, Philippine de Warcq, quieres por esposo a Rémy Fleury, para amarle y honrarle y vivir con él en matrimonio conforme a la Ley de Dios hasta que la muerte os separe, responde «sí».

—Sí —dijo ella.

El padre Bouchard hizo una señal con la cabeza a Michel, y el chico se adelantó. Llevaba muy excitado toda la mañana, pero hizo muy bien su papel. Con gran seriedad, levantó el cojín en el que reposaban los anillos. Eran espléndidos anillos de oro, que llevaban grabada la vieja promesa matrimonial *mane in fide*. Sonriente, Rémy le acarició a su hijo el pelo antes de que Philippine y él intercambiaran los anillos. El padre Bouchard agitó el incensario y pronunció su bendición. Isabelle y Ermengarde se secaron las lágrimas.

—Te amo —susurró Philippine, y se besaron.

En ese momento, Dreux despertó con un ruido a medias entre un resoplido y un gruñido.

—¡Maestro! —chilló—. Creo que hay un cliente a la puerta. Rápido, rogadle que entre, antes de que se lo piense mejor. En estos difíciles tiempos, necesitamos cada denier. Cada denier...

Acompañaron a Nicolás y a Géraud a la Puerta Norte y caminaron unos pasos con ellos por la calzada romana. Por último, al llegar al palacio real tuvo lugar el momento de la despedida.

—¿De verdad queréis iros? —preguntó Rémy—. ¿No podemos reteneros?

—Es hora de irme —dijo Nicolás, que volvía a llevar la sobreveste blanca de su orden—. He dado al maestre mi palabra de faltar solo hasta que hubiera arreglado mis asuntos. En el fondo, tendría que haberme marchado ya hace dos meses.

—No seáis tan estricto con vos mismo —dijo sonriendo Philippine—. Al fin y al cabo estabais herido.

—Hace mucho que la herida ha sanado. Definitivamente, ya no hay ninguna excusa para quedarme aquí. Además, tengo a este muchacho constantemente en los oídos. Si no lo presento pronto a la orden se irá sin mí.

Géraud sonrió, confundido.

—Ya no puedo esperar más.

Había decidido dejar atrás su vida anterior e ingresar en la orden del Temple como escudero de Nicolás. Tenía todas las capacidades necesarias, Nicolás se lo había certificado.

—¿Estás seguro de que es la decisión correcta? —preguntó Rémy al antiguo cantero.

—Por completo. La vida de la ciudad no es para mí. Lo he aprendido en los últimos meses, Quiero ver algo del mundo. Vivir aventuras. Defender una buena causa.

—Si fueras sincero, admitirías que quieres combatir. —Nicolás dejó ver una rara sonrisa, casi oculta por la barba—. Pero la disciplina en la casa de la orden pronto te quitará las ganas de aventuras.

—Si es así —dijo Isabelle—, solo nos queda daros las gracias, Nicolás, por todo lo que habéis hecho por nosotros. Nunca lo olvidaremos.

—Soy yo quien tiene que daros las gracias… a todos —respondió el caballero—. Sin vuestra ayuda, habría estado impotente contra el usurero.

—Así que al final la historia ha terminado bien… la historia del proscrito que luchaba con su arco contra los tiranos —dijo sonriente Rémy—. Nadie ha terminado en la horca. ¿Quién lo hubiera pensado?

Nicolás asintió.

—Cuando me encuentre con cruzados de las islas británicas, les hablaré del Robyn Hode de la Lorena… y de que tuvo más éxito que su hermano inglés. Aunque no fuera capaz de partir una flecha en dos —añadió.

Rémy se echó a reír.

—¿Adónde iréis? —preguntó Will.

—Primero, a ver a mi madre y a mi hermana. Deben saber que Lefèvre está muerto para poder encontrar por fin la paz. Luego iremos a la casa de mi orden en Metz. Y luego… quién sabe. Eso lo decide el maestre. Quizá nos envíe a Tierra Santa.

—Apenas puedo esperar —murmuró Géraud de manera apenas audible.

Con eso estaba dicho todo.

—Gracias por la hospitalidad —dijo Nicolás rompiendo por fin el silencio, y se abrazaron.

—Que os vaya bien, amigo mío. —Rémy sintió un cosquilleo en los ojos. Ya estaba echando de menos al caballero. Apenas podía creerlo.

—Que os vaya bien, Rémy Hode, magister Will. —Por último, Nicolás se volvió hacia Philippine. Por primera vez, la miró a los ojos—. Os deseo lo mejor para vuestro futuro hijo. Que Dios os proteja.

—Os lo agradezco. —Philippine no retuvo las lágrimas.

Y luego, Nicolás y Géraud se fueron. Recorrieron la polvorienta calzada; el aire palpitante de calor jugaba con los dos hombres, los hacía a veces grandes, a veces pequeños, e incluso los puso cabeza abajo cuando finalmente desaparecieron en la lejanía.

—Delante de la catedral hay un mercader que vende uvas conservadas en miel —dijo Rémy—. ¿Quién quiere alguna?

—¡Yooo! —gritó Michel dando saltos—. ¡Yo! ¡Yo! ¡Yo!

Rémy rio, cogió de la mano al chico, y regresaron a la ciudad.

Epílogo

Octubre de 1248

VARENNES SAINT-JACQUES

L a feria de octubre crecía de año en año. Mientras Rémy y Philippine luchaban por abrirse paso entre el tumulto de los puestos de sal, paños y ganado, les parecía que esta vez aún habían acudido más mercaderes extranjeros que el año anterior. Los puestos estaban pegados, mercaderías procedentes del mundo entero se apilaban en torres, la lonja era como un panal de abejas, zumbando de actividad. Para hacerse con el aluvión, el Consejo compraba sin cesar terrenos nuevos: ahora, la feria llegaba hasta la picota y más allá. Durante los mercados anuales de primavera y otoño, se convertía durante una semana en un laberinto de carpas, montones de cajas, cercados de ganado y figones, en el que cada día se extraviaban cientos de visitantes que gastaban su plata a manos llenas.

El ruido era indescriptible. Rémy y Philippine pasaron por delante de algunos mercaderes, al parecer patricios de Metz, que discutían con el inspector de mercados, arrogantes como siempre. El rostro del inspector estaba rojo de ira. Por motivos que Rémy desconocía, estaba amenazando a los de Metz con una sensible multa, ante lo cual se alzó un griterío y el inspector llamó a sus alguaciles para reforzar su exigencia. Contritos, los de Metz se sometieron y sacaron sus bolsas de dinero.

—Esto no hay quien lo aguante —dijo Philippine—. Vamos a llevar rápido la comida a nuestros hijos, y luego lo mejor será irse a casa.

—Me quitas las palabras de la boca —respondió Rémy.

El puesto del gremio local estaba en el centro de los terrenos de la feria. Alrededor de la lonja era donde peor era el tumulto, y necesitaron casi media hora para cubrir un tramo de menos de cien brazas. La carpa de Michel estaba al final del callejón, el joven estaba en ese momento rodeado por varios ingleses que se interesaban por su sal. Aunque acababa de cumplir veinte años, Michel ya era un mercader capaz. Había salido por completo a su abuelo, del que no solo había heredado el nombre, sino también el destacado talento comercial. Hábilmente, convenció a los ingleses de que se llevaran mucha más sal de la que en realidad querían y selló el trato, radiante de alegría, con un apretón de manos.

—Padre —saludó a Rémy—. Ya era hora. Estamos a punto de morir de hambre. Esta mañana ha habido tanto jaleo que no hemos conseguido ni siquiera ir al figón de ahí enfrente.

Philippine dejó su bolsa encima de la mesa y la abrió.

—He traído lo suficiente para que os dure hasta esta tarde. —Sacó pan, fiambre, queso y dos jarras de cerveza rebajada.

—Gracias a san Jacques, ya tenía el estómago en las rodillas —dijo Balian, el hermano menor de Michel, cuando salió con su gemela Blanche de la parte trasera de la carpa, donde habían estado contando el dinero. Hambriento, se lanzó sobre las viandas. Los dos acababan de cumplir dieciséis años, y el chico comía como tres leñadores.

—No seas tan ansioso —le regañó Michel—. Déjanos algo a nosotros.

Balian respondió con la boca llena:

—Madre dice que hay suficiente para todos.

—Pero no si tú te lo comes todo.

—Déjame. Tengo que crecer.

Michel se echó a reír.

—Ya eres lo bastante grande. Lo que eres es un glotón y un avaricioso, nada más.

Sin dejar de masticar, Balian se encogió de hombros y echó mano a un trozo de fiambre, pero su hermana se le adelantó. Blanche no se dejaba pisar, ni por él ni por Michel. Había aprendido pronto a imponerse frente a sus hermanos, que entretanto se habían vuelto bastante brutos. Era una hermosa muchacha, que reunía todos los atributos favorables de su madre y su abuela. Rémy quería buscar pronto un hombre para ella, pero primero debía terminar el aprendizaje que había empezado en su taller hacía dos años. Cuando se había dado cuenta de que ella tenía un gran talento para la iluminación de libros, había decidido instruirla. Blanche era la primera mujer en ese oficio, y no pocas veces se le mostraba hostilidad, pero eso no hacía más que espolear su ambición. Y, si los ataques subían de tono, siempre estaba allí Balian, que la defendía frente a todos los críticos, con los puños si era necesario. Entre los gemelos había un vínculo especial, una profunda unión, que iba mucho más allá del amor normal entre hermanos.

Mientras los jóvenes comían, Isabelle cogió su bastón y se levantó de su silla.

—Quédate sentada, madre —dijo Rémy—. Yo te alcanzaré algo.

—Podrás hacerlo cuando esté inválida y decrépita —respondió ella—. Mientras pueda andar, me traeré mi comida yo misma, gracias.

A sus casi ochenta años, era posiblemente la persona más anciana de la diócesis. Pero su entendimiento seguía tan agudo y su lengua tan afilada como siempre. De hecho, hasta dos años antes había dirigido los negocios, por supuesto desde su escritorio, porque hacía mucho tiempo que dejaba los agotadores y peligrosos viajes a sus conductores y *fattori*. Tan solo cuando Michel tuvo edad suficiente para ocuparse sin ayuda de los negocios, se había retirado poco a poco. En cualquier caso, seguía insistiendo en aconsejar al joven cuando acometía empresas difíciles.

—¿Te corto un poco de fiambre, abuela? —preguntó Balian.

—Déjalo, muchacho, lo haré yo misma —respondió ella, visiblemente más suave. Aunque nunca lo habría admitido, Rémy notaba que, de todos los nietos, al que más quería su madre era a Balian... quizá porque el chico necesitaba más apoyo. Era el objeto de sus preocupaciones. Aunque inteligente y despierto, no ponía del todo manos a la obra en nada y se dejaba llevar. La iluminación de libros no le interesaba nada, como Rémy había tenido que aceptar al cabo de unos años llenos de sufrimientos, y tampoco el mundo del comercio. Sin duda ayudaba a Michel y a su abuela en el negocio, pero todo el mundo se daba cuenta de que solo lo hacía porque era eso lo que se esperaba de él, sin calor, sin entusiasmo alguno. Rémy se preguntaba todos los días qué iba a ser del muchacho.

Cuando terminaron de comer, dijo:

—Aquí hace demasiado ruido para nosotros. Nos vamos a casa. ¿Vienes, madre?

—Me quedaré hasta que desmonten el último puesto el sábado a vísperas. Quién sabe lo que pasará el año que viene. Quizá sea mi última feria.

—Eso es lo que dices todos los años. —Balian alzó los ojos al cielo.

—Esta vez es verdad —insistió—. Dios regala a los seres humanos un máximo de setenta años, y yo ya he superado con mucho mi crédito. Mañana mismo puede darse cuenta de su error.

—Dios nunca se equivoca —dijo Rémy—. Todo tiene su motivo. No te lleva junto a él porque quiere estar tranquilo unos años más. ¿Quién podría reprochárselo?

Ella le amenazó con el bastón. Riendo, Rémy y Phlippine se despidieron de su familia.

En la ciudad no había mucho menos trajín que en los terrenos de la feria. Todos los albergues y las posadas estaban repletos, ciudadanos con ganas de hacer negocio alquilaban estancias y establos a mercaderes extranjeros. El corregidor y sus corchetes tenían trabajo a manos llenas para mantener el orden, porque los muchos huéspedes extranjeros, con sus a veces extrañas costumbres, causaban los problemas correspondientes en las calles y tabernas.

—Tengo que ir un momento a la escuela. ¿Me acompañas?

—Claro. —Philippine se colgó del brazo de Rémy, y pasearon por el mercado de la sal.

La escuela era mucho más grande que en sus primeros tiempos. Hacía unos años, Rémy y Will habían conseguido convencer al Consejo para que comprara las parcelas vecinas y las edificara, de manera que Will y sus ayudantes pudieran instruir al doble de discípulos que antes... la necesidad de clases de latín en la ciudad era enorme. En las nuevas alas habían instalado otras dos aulas y distintos cuartos de estudio, además de una pequeña biblioteca en la que guardaban los libros. Entretanto la escuela poseía más de sesenta manuscritos distintos, entre ellos algunos códices exquisitos, de los que había muy pocos ejemplares en Lorena.

Ese día y el resto de la semana la escuela estaba cerrada, porque durante el mercado anual muchos discípulos tenían que ayudar a sus padres en los negocios familiares. Aun así, en todo el edificio reinaba una viva actividad, porque con ocasión de la feria siempre iban a Varennes numerosos eruditos a visitar la biblioteca de la escuela. Leían en los cuartos de estudio o discutían diversas cuestiones de naturaleza teológica y filosófica. Los ayudantes de Will se ocupaban de ellos, y de mantener la calma cuando los debates se volvían demasiado acalorados.

Rémy solo quería hacer una rápida consulta a las *Etymologiae* de Isidoro de Sevilla. Estaba trabajando en ese momento en una crónica del mundo, la primera de su especie en lengua lorenesa, y tenía que refrescar sus conocimientos sobre la Antigüedad. Cuando Philippine y él iban hacia la biblioteca, un excitado Will les salió al encuentro.

—¡No vais a creeros quién acaba de llegar a nuestra puerta! ¡Albertus Magnus!

—¿Ese Albertus Magnus? —preguntó Rémy.

—El mismo. Está ahí enfrente.

Rémy silbó entre dientes. Albertus Magnus era uno de los cabezas más brillantes de la Cristiandad, un erudito universal que se desempeñaba como alquimista, teólogo, filósofo y jurista. En los últimos años había enseñado en la Universidad de París. ¿Qué le había conducido a Varennes?

—¡Vamos... háblale! —apremió Philippine, que acababa de devorar las obras de Albertus sobre las ciencias de la Naturaleza y la botánica.

Rémy se acercó a aquella figura alta y canosa que hojeaba un infolio.

—¿Albertus? Soy Rémy Fleury, el fundador de esta escuela. Quiero daros la bienvenida en nombre de toda la ciudad. Es un honor para nosotros.

—Tengo que decir que habéis hecho mucho desde mi última visita —declaró Albertus—. Es asombroso en lo que habéis convertido la escuela. Realmente asombroso. Mis felicitaciones, maestro Rémy.

«¿Desde mi última visita?» Rémy sonrió titubeante y miró a su huésped con más atención. Ese rostro enjuto, esa nariz prominente, esa mandíbula marcada... él ya había visto ese rostro antes. Los recuerdos se alzaron en su interior, casi treinta años, recuerdos de un joven erudito que un día se había presentado al puesto de maestro de escuela.

—Albertus von Lauingen, hijo de Markward —dijo, y no pudo evitar reír—. Dios Todopoderoso. ¿Vos sois Albertus Magnus?

El filósofo inclinó la cabeza con modestia.

—A vuestro servicio.

—¿Por qué tan formal, viejo amigo? Venid a mi pecho. —Rémy extendió los brazos, y se abrazaron riendo—. ¡Cuánto me alegro de volver a veros!

—La alegría es enteramente mía.

—Esta es Philippine, mi esposa. Es una gran admiradora de vuestra obra.

Albertus la saludó con refinada cortesía:

—Y vuelve a quedar demostrado que la mujer no solo es superior al hombre en belleza y pureza, sino a menudo también en entendimiento.

—¿Qué os trae a Varennes? —preguntó Rémy.

—De hecho, busco vuestro consejo. Se me ha llamado a Colonia para dirigir la nueva escuela religiosa. Sois el único hombre que conozco que tiene experiencia en poner una en marcha. Sin duda podréis explicarme cuál es la mejor manera de abordar esa tarea.

—Será un honor para mí —dijo Rémy—. Este es magister William. Dirige nuestra escuela desde hace muchos años.

Albertus sonrió al inglés.

—Así que vos sois el hombre feliz que obtuvo el puesto que tanto me habría gustado tener. Es un honor para mí, magister William.

Will estaba petrificado de respeto, y no fue capaz de decir palabra.

Rémy señaló un pasillo.

—Busquémonos un cuarto de estudio en el que poder conversar en paz.

—Todo a su tiempo. No hay que precipitarse —respondió sonriendo Albertus—. Enseñadme primero la escuela. Me gustaría ver lo que habéis conseguido.

Rémy guio al erudito. Will, que por fin había recobrado el uso de la palabra, le explicó el desarrollo de las clases que dictaban todos los días en aquellas aulas. Albertus se mostró impresionado.

—Notable. Varennes puede estar orgulloso de vos.

—No es solo mérito mío —dijo Rémy—. Muchos me han ayudado. Mi padre, Philippine, Will, y también vos.

—De todos modos. Una empresa así solo sale adelante cuando un hombre se entrega en cuerpo y alma a ella. Cristianos apasionados como vos sois como una luz en las tinieblas. Sois la luz del mundo. Desearía que hubiera más personas como vosotros. Esperad... Casi me olvido. Tengo un regalo para vos. —Abrió su bolsa y entregó a Rémy un librito encuadernado en cuero.

Rémy lo abrió. *De arte venandi cum avibus*, ponía en la primera página, «Del arte de cazar con aves». Al parecer la obra estaba dedicada a las aves, especialmente a la cetrería. Conocía innumerables libros, pero ese no lo había visto nunca.

—¿De quién es?

—Del emperador Federico en persona.

Rémy no estaba poco sorprendido.

—¿El emperador ha escrito un libro?

Albertus asintió.

—Y uno extremadamente erudito, además. Cuando lo hayáis leído, veréis la Creación con nuevos ojos, incluso si no os interesan los pájaros. Prestadle atención. Existen pocas copias.

—Gracias, Albertus. Lo honraré como merece. —Rémy acarició el lomo y pensó en aquel día de hacía treinta años en el que había visitado la biblioteca de Federico y debatido con Walther von der Vogelweide y Leonardo Fibonacci. Entonces había empezado todo. Sonrió—. ¿Tenéis sed?

—Creo que podría soportar un trago.

—La taberna en la que pasamos más de una tarde... ¿os acordáis? Aún existe. Venid. Os invito.

—Es la mejor propuesta que me han hecho hoy —dijo Albertus Magnus, y salieron a la ciudad, que los envolvió con su alboroto, su confianza, su hambre de vida.

Observaciones sobre el trasfondo histórico

La guerra entre Federico II y el duque lorenés Thiébaut I, con la que empieza la novela, ocurrió en realidad. Culminó con la destrucción de Nancy y terminó en mayo de 1218 en la localidad de Amance, donde el joven rey Staufer asedió a su adversario y le forzó a la capitulación. El castigo de Thiébaut por su traición fue relativamente suave: como se describe en la novela, tan solo tuvo que ceder unos cuantos feudos y quedarse en la corte de Federico hasta noviembre de 1218. Por razones de dramaturgia, decidí apartarme un poco de los hechos históricos y hacerlo regresar antes a Lorena. El arresto domiciliario en Nancy también es invención mía. Dos años después de aquellos acontecimientos, Thiébaut murió en circunstancias que no han sido aclaradas del todo. Su hermano menor, Mathieu, se convirtió en nuevo duque de la Alta Lorena y siguió siéndolo hasta su muerte en 1251.

Federico II, el nieto de Barbarroja, era rey alemán desde 1212, y en 1220 fue coronado emperador del Sacro Imperio Romano. Como había pasado su infancia y juventud en Sicilia, sus contemporáneos le pusieron el mote de «el muchacho de Apulia». Además, se le llamó *stupor mundi*, «el asombro del mundo», porque su sed de sabiduría, su formación y sus dotes para las lenguas eran legendarias ya durante su vida. Se interesó por las ciencias naturales, se rodeó de eruditos, filósofos y poetas y poseía una biblioteca gigantesca para la medida medieval, partes de la cual llevaba consigo en sus viajes. También tomó la pluma de vez en cuando: su libro sobre la cetrería y volatería, titulado *De arte venandi cum avibus*, pasa por ser aún hoy una obra de experto entre los conocedores. Dado que el manuscrito original se perdió ya en 1248, el «Libro de los halcones» solo fue dado a conocer a un público más amplio mucho tiempo después de la muerte de Federico. Hoy ya no es posible constatar si existieron copias anteriores del texto. Aun así, me he permitido la libertad poética de que al final de la novela Rémy reciba un ejemplar.

Hay argumentos que abonan la idea de que el trovador Walther von der Vogelweide estuvo algún tiempo en la corte de Federico. Walther redactó escritos políticos y propagandísticos para el soberano y recibió un feudo de este alrededor de 1220. Dejó a la posteridad varias obras conocidas, entre ellas la famosa canción de amor *Unter der linden* (Bajo los tilos). En cambio, se sabe muy poco de su vida y su persona.

También el maestro del cálculo Leonardo da Pisa, llamado Fibonacci, estuvo en la corte imperial. Debe su fama como más importante matemático de la Edad Media a su libro *Liber abbaci*, en el que, entre otras cosas, presentó a los lectores occidentales el cero como signo matemático independiente.

Federico II cultivó una relación con el islam muy liberal para las condiciones de la época. Cuando viajó a Palestina en 1128, con ocasión de la Quinta Cruzada, no atacó con las armas a los enemigos musulmanes de los Estados cruzados: negoció con el sultán de Egipto y consiguió por vía diplomática la entrega de Jerusalén, Belén y otros lugares bíblicos. Ese revolucionario acuerdo ha quedado en la Historia como «Paz de Jaffa».

Los mercados y las ferias internacionales tuvieron gran importancia para el comercio en la Europa medieval. Entre los mayores y más importantes mercados estaban las ferias de la Champaña, que tenían lugar en el este de Francia en lugares cambiantes y estaban bajo la protección del conde de Blois. También otras ciudades comerciales organizaban mercados anuales; sin embargo, el requisito previo era siempre la autorización de un príncipe o un rey.

No menos importante para la economía medieval era el préstamo de dinero. La usura —el cobro de intereses por los créditos— estaba sin duda condenada por la Iglesia y castigada por la autoridad temporal, pero había numerosas excepciones a esa prohibición; en esta novela el prestamista Anseau Lefèvre hace uso de algunas de ellas. Además, había distintos grupos que estaban excluidos de la prohibición de cobrar intereses, por ejemplo los banqueros lombardos y judíos, que en la Alta Edad Media se instalaban cada vez más en las ciudades del Imperio. Por lo demás, no solo recibía el nombre de «usura» la entrega de préstamos a cambio de intereses, sino todo negocio que tuviera fama de amoral y de codicia. Esto incluía negocios especulativos como el «acaparamiento» que Lefèvre practica más tarde. La autoridad intentaba siempre prohibir esas prácticas dudosas.

Como sabe cualquier lector/a de novela histórica, las mujeres lo tenían difícil en la sociedad medieval. Estaban sometidas a la tutela del marido o de un pariente masculino, y apenas podían tomar decisiones de manera autónoma. Por desgracia, a menudo se pasa por alto que había numerosas excepciones a ese cliché. Especialmente en el comercio de mercancías, las mujeres consiguieron repetidas veces ascender a la influencia y la riqueza, por ejemplo prosiguiendo los negocios de su fallecido esposo, pero también como mujeres solas o casadas. Así que Isabelle Fleury no solo debe su existencia a las convenciones de la literatura de entretenimiento; más bien hay numerosos modelos históricos de este personaje, por ejemplo Agnes Praun, de Nuremberg, o la exitosa mercader de especias Greta von Barde, de Colonia, por mencionar solamente dos casos.

Metz fue una de las mayores ciudades del Sacro Imperio Romano, y ya en el siglo XII había alcanzado la autonomía política. Era una república urbana, gobernada por poderosas familias patricias de conciencia aristocrática. Las familias dirigentes se unieron en grupos de linajes, las *paraiges*. Los Treize jurés, los Trece jurados, estaban a la cabeza del gobierno; además existía un Gran Consejo, las llamadas «septenas» para distintas tareas y un maestre de los escabinos que dirigía la ciudad en tiempo de guerra. A él y a los Treize jurés estaba subordinada una maraña impenetrable de autoridades, instituciones y dignatarios municipales; los sargentos, vestidos siempre de blanco y negro, servían a las *paraiges* como guardianes del orden, agentes judiciales y guardias de corps. Todo esto parece burocrático y complicado. Sin embargo, la república trabajaba con notable eficiencia: Metz floreció económicamente durante la Alta Edad Media, atrajo a numerosos artistas y eruditos y, hasta principios de la Edad Moderna, se defendió con éxito de todos sus enemigos exteriores. Las *paraiges* siempre procedieron sin escrúpulo alguno contra sus rivales económicos y políticos. Así, destruyeron por una nimiedad el mercado de Dieulouard en el año 1111. El conflicto entre Metz y Varennes Saint-Jacques a causa de la nueva feria es invención mía, pero habría podido ocurrir así si Metz hubiera tenido en Lorena un competidor al que tomar en serio.

A la muerte de Konrad von Scharfenberg —que por motivos de dramaturgia he desplazado de marzo a diciembre de 1224—, Jean d'Apremont se convirtió en nuevo obispo de Metz. Su disputa latente con la ciudadanía de Metz se inflamó en 1232, cuando Jean se incautó del feudo de Dagsburg y la república se puso de parte de su adversario, Simon de Leiningen. Hubo guerra, que transcurrió de la forma descrita, naturalmente sin la intervención de Rémy Fleury y sus amigos. El obispo Jean, el duque Mathieu y el conde de Bar asediaron Metz, hasta que la rica ciudadanía de Metz logró excitar contra Jean a Mathieu y al conde Henri II; es probable que corrieran enormes sumas en sobornos. Jean tuvo que retirarse y atrincherarse en su fortaleza, asediado por sus antiguos aliados. En consecuencia, los historiadores franceses llaman a este conflicto, que se distinguió por el continuo cambio de alianzas, la *guerre des Amis*, la «guerra de los Amigos». Después de su derrota, Jean d'Apremont perdió el último resto de su influencia en Metz. Murió en 1238.

También Eudes de Sorcy existió en realidad; fue obispo de Toul de 1219 a 1228. Durante su mandato fue derribada la vieja catedral románica de Toul, y se dio comienzo a la construcción de una nueva catedral, esta vez gótica.

El arte de la iluminación de libros y la artesanía de la escritura fueron durante largo tiempo monopolio de la Iglesia, especialmente de los monasterios. La mayor parte de los libros en lengua latina eran raros y caros, aparte del clero solo una ínfima minoría sabía leer; todavía en la Alta Edad Media, incluso muchos mercaderes eran de facto analfabetos. Por eso, quien quería descifrar un escrito o componer una carta tenía que dirigirse a un clérigo. Eso fue cambiando poco a poco en el siglo XIII, cuando aparecieron los primeros escribanos e iluminadores laicos y entraron en competencia con los monasterios, abriendo talleres comerciales de escritura. Así que Rémy Fleury tiene numerosos modelos históricos, como el famoso iluminador de libros Maître Honoré, que vivió y trabajó en París a finales del siglo XIII.

Más o menos en torno a la misma época aparecieron las primeras escuelas municipales, por ejemplo en 1260 en Worms o en 1281/1282 en Hamburgo y Hannover. Al contrario de las numerosas escuelas catedralicias, parroquiales y conventuales, tales instituciones docentes no estaban subordinadas a la Iglesia, sino a los ayuntamientos, que reaccionaban de ese modo a la creciente necesidad de instrucción de la clase alta de la ciudad, de corte comercial. En las llamadas «escuelas del consejo» se enseñaba sobre todo latín, así como a leer y a escribir, pero también cálculo, música y conocimientos acerca de la Biblia. En la clase de latín se empleaban, entre otros, los escritos de los antiguos filósofos romanos, se trabajaba con Séneca, Cicerón, Donato y Ovidio, aunque a veces este último fuera condenado como inductor a la lujuria por su *Arte de amar*.

En general habría más, mucho más que decir sobre la fascinante temática de los libros, los códices de lujo, la lectura y la escritura en la Edad Media. Si alguien quiere ocuparse más en profundidad con el asunto, le recomiendo vivamente *Das mittelalterliche Buch* (El libro medieval), de Christine Jakobi-Mirwald. Me fue de gran ayuda en mis investigaciones.

La pólvora negra —o «hierba del trueno», como se la llamaba en la Edad Media— fue empleada por vez primera con fines militares a principios del siglo XIV; así que Rémy y Nicolás van algunas décadas por delante de su tiempo. Sin embargo, ya era conocida desde mucho antes. El *Liber ignium ad comburendos hostes*, el Libro del fuego, existe en realidad, data probablemente del siglo XI y contiene distintas recetas para fabricar esta sustancia explosiva. Rober Bacon y Albertus Magnus, que alrededor de 1250 hicieron estudios científicos sobre pólvora negra, conocían el *Liber ignium* y se refieren a él en sus trabajos. Así que no parece demasiado improbable que una persona inteligente fabricara la hierba del trueno escasamente veinte años antes, sobre todo porque el ingrediente principal, el salitre, era conocido en Europa aproximadamente desde 1230.

El siglo XIII fue el siglo de las alianzas entre ciudades. La primera fue, en 1226, la Liga de Ciudades Centrorrenana y del Wetterau, a la que perteneció mi ciudad natal, Speyer. Fue prohibida pocos años después de su fundación por el rey Enrique VII, pero le siguieron otras alianzas, por ejemplo la Primera Liga Renana de Ciudades, que pronto tuvo más de setenta miembros. Con una inteligente política de alianzas, las ciudades libres se protegieron con éxito contra los príncipes y otros vecinos poderosos y demasiado agresivos. La Liga de Ciudades de Alsacia y Lorena de 1232 es un producto de mi imaginación, pero su finalidad y su estructura responden al espíritu de aquella era.

Sin duda sorprenderá a algunos, porque va en contra del cliché de la sombría Edad Media: la tortura como herramienta para imponer el derecho apenas fue empleada en la Alta Edad Media. El «interrogatorio doloroso» solo apareció en torno a 1250, en el marco de los procesos por herejía; al norte de los Alpes incluso solo en torno a 1320. Antes, las autoridades temporales y eclesiásticas se apoyaban en la persecución a los delincuentes en el Juicio de Dios, los testimonios de testigos y los juramentos. En esta novela se describe varias veces cómo era entonces un proceso penal... y lo desvalidos que estaban en ocasiones los tribunales cuando faltaban pruebas inequívocas de la culpa de un criminal. Sin embargo, en todas las épocas ha habido sádicos como Anseau Lefèvre, para los que la tortura era un placer perverso.

Una última observación respecto a Albertus Magnus: casi todas las informaciones relativas a su persona que pueden encontrarse en este libro responden a los hechos. Albertus von Lauingen, hijo de Markward, estudió realmente en Padua a partir de 1222. Consiguió su licenciatura en Teología en la Sorbona, en París, donde enseñó durante tres años antes de regresar en 1248 a Colonia para dirigir la escuela conventual local. Debe su sobrenombre al hecho de que fue uno de los más grandes pensadores de la Alta Edad Media: redactó obras científicas sobre diversos temas, con las que demostró que iba muy por delante de su tiempo.

La biografía de Albertus tiene algunas lagunas, acerca de las cuales sabemos poco. He llenado esos huecos con acontecimientos ficticios. Así, probablemente no estuvo en Lorena en sus años jóvenes y tampoco trabajó allí como preceptor doméstico. Pero sin duda inspiró la viva actividad intelectual de muchas personas y, gracias a su formación integral, fue considerado *doctor universalis:* erudito universal.

DANIEL WOLF
Agosto de 1214

Glosario

Acaparamiento: Negocio especulativo, que en la Edad Media estaba considerado usura y prohibido.

Accisa (latín medieval, «mal dinero»): Impuesto medieval sobre el consumo, precursor del impuesto sobre el valor añadido.

Apelación: Reclamación en contra de una sentencia judicial considerada no conforme a derecho o injusta.

Archidiácono: Título eclesiástico; cabeza de los diáconos y representante de un (arz)obispo.

Arroba: Medida de capacidad, alrededor de 11,5 kilos.

Arte de tapicería: Técnica de tejido empleada en la fabricación de tapices con representaciones gráficas.

Artes liberales (latín): Las «siete artes liberales», un canon de estudios consistente en gramática, retórica y dialéctica (el *Trivium*) y aritmética, geometría, música y astronomía (el *Quadrivium*).

Bailío: En la mayoría de los casos, funcionario noble de un obispado o abadía, con facultades jurisdiccionales y policiales.

Ballesta: Máquina de lanzamiento empleada en los asedios.

Bastión: Zona fortificada perteneciente a un castillo.

Beguina: Miembro de una congregación femenina que vivía en la oración, la pobreza y la castidad, pero sin haber hecho votos de monja.

Bizancio: Denominación para el Imperio romano oriental, que perduró hasta 1453.

Braza: Antigua medida de longitud, alrededor de 1,70 metros.

Calzón: Prenda medieval de ropa interior que llegaba hasta la mitad de las piernas.

Cabildo catedralicio: Colegio de clérigos de una iglesia de rango episcopal, que asesora al obispo y le ayuda en la dirección de la diócesis.

Cancillería imperial: Institución del Sacro Imperio Romano, formada por juristas y notarios y competente para las certificaciones y los documentos imperiales.

Canónigo: Miembro de un cabildo catedralicio.

Capiello: Tocado de cabeza medieval para damas de clase alta.

Capitular: Letra artísticamente decorada que suele estar al comienzo de un texto o sección de un texto.

Catai: Denominación medieval de China.

Cátaro: Adepto a un movimiento religioso de la Alta y Baja Edad Media, cuyos seguidores fueron perseguidos por la Iglesia como herejes.

Ceca: Lugar de acuñación de moneda en el medievo.

Cetrería: Denominación de la cría de halcones, es decir, del amaestramiento de un ave de rapiña con fines de caza.

Châtenois: Dinastía noble lorenesa, la familia de los duques de la Alta Lorena.

Cillero: Administrador de un monasterio, cabildo catedralicio o finca, competente de atender las necesidades económicas y de la provisión de comida y bebida.

Códice (pl. códices): Manuscrito medieval o recopilación de textos en un libro.

Codo: Medida de longitud, aquí de alrededor de 50 centímetros (las medidas difieren parcialmente de región a región).

Completas: Véase «Horas canónicas».

Corregidor: Funcionario o dirigente comunal con facultades policiales menores.

Corte Suprema: Tribunal que posee especiales competencias jurídicas y por eso puede ser invocado como instancia superior en el marco de una apelación.

Delito flagrante: Delito en el que el autor ha sido sorprendido y apresado en el momento de cometerlo.

Denier (francés): Véase «Dinero».

Derecho de ciudadanía: Serie de derechos de los que disfrutaban los ciudadanos (pero ¡no todos los habitantes!) de una entidad urbana.

Derecho romano: El derecho de la Antigüedad clásica, redescubierto en la Edad Media.

Dinero (francés «denier»): En la Alta Edad Media europea, moneda de plata de curso más frecuente.

Dispensa: En la Edad Media, exención de una prohibición punible, otorgada (a menudo a posteriori) por un Papa o un obispo.

Disputa: Enfrentamiento armado entre personas o partidos que, en teoría, debía producirse dentro de unos límites estrictamente regulados por la ley, pero en la práctica llevaba a menudo a brotes de violencia incontrolada.

Doctor: En la Alta Edad Media, máximo grado académico.

Donjon: Torre fortificada que sirve de vivienda, torre del homenaje en algunos castillos.

Dormitorium: Dormitorio de un monasterio.

Dote de viudedad: Participación de la viuda en la herencia, de la que la mujer podía disponer libremente después de la muerte de su esposo, en ciertas circunstancias incluso antes.

Escolasticus: Director de un colegio y/o inspector del sistema escolar de una ciudad.

Espadero: Herrero especializado en la fabricación de espadas y otras armas.

Eswardour: Funcionario ejecutor en la Metz medieval.

Evangeliario: Manuscrito medieval que contiene los textos de los cuatro Evangelios.

Fattore (ital.): Apoderado de un mercader, director de una filial.

Felonía: Infracción punible del deber de lealtad feudal por parte de los vasallos, en el mundo medieval un grave delito, que se castigaba severamente.

Ferias de la Champaña: Mercados anuales que se celebraban en distintos lugares de la Champaña; tuvieron gran importancia para el comercio en la Alta Edad Media.

Fraternidad: Reunión de artesanos de una especialidad, predecesora del gremio.

Fundíbulo: Catapulta avanzada, proyectil de la misma.

Gabarra: Barco de carga destinado al tráfico fluvial.

Gambesón: Camisa acolchada que se llevaba debajo de una cota de malla o servía de vestimenta protectora a los simples soldados.

Gobierno municipal: Administración y gobierno de una ciudad medieval; conjunto de consejos, colegios y autoridades.

Gremio: Fraternidad juramentada de los mercaderes de una ciudad.

Güelfos: Corrupción del alemán «Welf»; familia de la nobleza suaba que, en la Alta Edad Media, estaba enemistada con los Staufer.

Hierba del trueno: Denominación medieval para la pólvora negra.

Hipocausto: Espacio caliente que está debajo del suelo de una vivienda o una terma romana.

Hohenstaufen: Véase «Staufer».

Hombre libre: Propietario/campesino que estaba liberado de los tributos y otros deberes feudales.

Horas canónicas: División eclesiástica del tiempo que estructuraba la jornada. En la Edad Media, prima equivalía aproximadamente a las 6.00, tercia a las 9.00, sexta a las 12.00, nona a las 15.00, vísperas a las 18.00, completas a las 21.00, maitines a las 24.00 y laudes a las 3.00; las horas variaban según las estaciones del año.

Iletradismo: Analfabetismo.

Iluminación de manuscritos: Denominación de la técnica empleada en las letras capitulares, miniaturas, ornamentos y otros adornos gráficos de un manuscrito medieval.

Interdicto: Sanción eclesiástica que podía imponerse a individuos, pero también a ciudades y regiones enteras, y que consistía en la denegación de servicios eclesiásticos.

Investidura: Ceremonia en la que el escudero era armado caballero.

Juicio de Dios: Ritual especial, en la mayoría de los casos peligroso o doloroso para el afectado, que con el fin de encontrar la justicia debía provocar una señal divina (por ejemplo «la prueba del fuego»); a menudo también se discernía con un combate singular entre los implicados en la disputa.

Laico: Miembro de la Iglesia católica que no pertenece al clero.

Laudes: Véase «Horas canónicas».

Leccionario: Recopilación de textos litúrgicos.

Lectura (latín): Clase en una escuela o universidad.

Legua: Medida de longitud, aproximadamente 5 kilómetros.

Libra: Unidad monetaria, correspondía a 240 deniers.

Libro de horas: Manuscrito medieval que contenía las horas canónicas, salmos y otros textos eclesiásticos.

Maestre: Cabeza de una fraternidad de artesanos.

Maestro armero: Denominación medieval para el fabricante de armaduras.

Maestro basurero: Empleado municipal, encargado de la limpieza de la ciudad.

Magister: Título académico; en la Edad Media, designaba a alguien que se había licenciado en humanidades y trabajaba como profesor en la universidad.

Maitines: Véase «Horas canónicas».

Maltesa: Antigua medida de volumen y capacidad; en Varennes Saint-Jacques, equivale a 130 litros.

Mayordomo: Responsable de la intendencia de un castillo o propiedad señorial.

Medicus: Denominación medieval del médico.

Metodo italiano (ital.): Denominación del arte de la doble contabilidad desarrollado en la Edad Media en el norte de Italia.

Mikve: Casa de baños ritual de una comunidad judía.

Milla: Medida de longitud; la llamada «milla alemana» corresponde a unos 7,5 kilómetros.

Minette: Mineral de hierro especialmente frecuente en Lorena.

Nona: Véase «Horas canónicas».

Ordalía: Véase «Juicio de Dios».

Panno pratese: Determinada clase de tela procedente de la ciudad italiana de Prato.

Paraiges: Denominación lorenesa para las estirpes patricias que gobernaban la República de Metz en la Edad Media; una *paraige* estaba formada por varias familias de la aristocracia de la ciudad.

Patria potestad: Concepto jurídico medieval que designa el poder y la jurisdicción del cabeza de familia sobre esposa, hijos, hermanos menores de edad y servidumbre doméstica.

Patricio: Miembro del estrato superior, rico, de una ciudad medieval; el concepto «patriciado» designa la totalidad de los patricios de una ciudad.

Pax tecum (latín): «La paz sea contigo».

Prelado: Clérigo que ostenta altos cargos eclesiásticos, por ejemplo un abad.

Prima: Véase «Horas canónicas».

Primus inter pares: En latín, «el primero entre iguales»; designa a un miembro de un grupo que no goza de especiales privilegios, pero ostenta una superior posición honorífica.

Privilegio: Derecho otorgado por el rey, por ejemplo el derecho de una ciudad a poder construir sus propias fortificaciones.

Privilegio de ceca: Derecho a poder acuñar monedas propias.

Proscripción: Castigo medieval, que implicaba el destierro, la expropiación y la pérdida de derechos.

Proscrito: Denominación de una persona que debido a la pena de proscripción había quedado excluido de la comunidad medieval y carecía por tanto de derechos.

Proxeneta: Dueño de un burdel y cabeza de las prostitutas.

Prueba del fuego: Una variante del Juicio de Dios.

Quadrivium: Véase «Artes liberales».

Ramera: Antigua denominación para las prostitutas.

Rubricador: Escribiente e iluminador de libros, encargado de resaltar cromáticamente las capitulares y los títulos en la caligrafía medieval.

Sacro Imperio Romano (lat. «*Sacrum Imperium*»): Ámbito de soberanía de los reyes o emperadores germanorromanos, cuyo territorio abarcaba en los siglos XII y XIII aproximadamente la actual Alemania, Suiza, Lichtenstein, Austria, el norte de Italia, los países del Benelux, Chequia, Eslovenia y, naturalmente, la Alta Lorena.

Salinero: Trabajador en una salina.

Sarracenos: Antigua denominación occidental para los musulmanes y los árabes, empleada a menudo con carácter despectivo.

Scriptorium: Sala de escritura de un monasterio, en la que se copiaban los manuscritos.

Senno (italiano): Inteligencia comercial, sentido para los negocios, olfato para los riesgos.

Septenato: Autoridad o ministerio de la república medieval de Metz, con competencias muy definidas; por ejemplo, estaban los «Siete de la Guerra» o los «Siete de las Puertas».

Servidumbre por deudas: Servidumbre en la que un deudor podía caer si no atendía sus obligaciones financieras.

Sexta: Véase «Horas canónicas».

Siervo: Campesino no libre, artesano o trabajador sometido a un señor feudal.

Sou (francés): Véase «Sueldo».

Staufer: Familia de la nobleza suaba que, en la Alta Edad Media, dió varios emperadores alemanes, entre ellos Federico Barbarroja, Enrique VI y Federico II.

Sueldo (francés «*Sou*»): Unidad monetaria, corresponde a 12 deniers.

Talla: Impuesto anual que se calculaba según el tamaño de una casa y el patrimonio de su dueño.

Tercia: Véase «Horas canónicas».

Término: Entorno de una ciudad libre, gobernado y administrado por ella.

Tierra Santa: Denominación medieval para Palestina y otros territorios «bíblicos» de Levante.

Tierras comunales: Prados, sembrados y bosques cuya explotación se hacía de forma comunitaria por los habitantes de un pueblo.

Torre del homenaje: Edificio del castillo donde se hallaba la vivienda del señor feudal.

Trece jurados: Véase «*Treize jurés*».

Treizé jurés (francés): Los «trece jurados», colegio de jueces y consejeros supremos de la república medieval de Metz.

Tribunal sinodal: Tribunal eclesiástico implantado para velar por la moral, que juzgaba los delitos sexuales y las infracciones contra el derecho canónico.

Tric Trac: Juego de tablas medieval.

Trivium: Véase «Artes liberales».

Trote: Paso del caballo, ligero galope.

Turiferario: Acólito que agita el incensario en la misa.

Ultramar (del antiguo francés «*Outremer*», «al otro lado del mar»): Denominación medieval para los cuatro Estados fundados por los cruzados en Tierra Santa.

Usura: Denominación, en la Edad Media, de cualquier cobro de interés por un crédito; la usura estaba condenada por la Iglesia y prohibida.

Valedor: En los procesos medievales, atestiguaban la fama y credibilidad de una de las partes, aunque no comparecían como testigos en el sentido moderno del término.

Vasallo: Persona noble sometida a un príncipe, que tenía que jurarle lealtad y prestarle servicio en caso de guerra.

Vigilante de las costumbres: Miembro de una parroquia que tenía la misión de comunicar al obispo las violaciones de la moral y el derecho canónico.

Visitación: Visita del obispo a las parroquias de su diócesis, entre otras cosas para dictar justicia.

Vísperas: Véase «Horas canónicas».

Vita (latín): Denominación medieval para la biografía de un santo.

Volgare: Dialecto ítalo-latino que se hablaba en la Edad Media en Sicilia y el sur de Italia.

Yugada: Antigua medida de superficie, aquí de alrededor de 2.000-2.500 metros cuadrados (las medidas difieren parcialmente de región a región).

Agradecimientos

La mayoría de los autores de manuscritos medievales renunciaban, por humildad, a poner sus nombres al pie del texto una vez concluido. Si lo hacían, cuidaban minuciosamente de no mostrar en modo alguno orgullo o petulancia, porque se consideraba la arrogancia un pecado. Con ese fin, el escribiente rebajaba su propia persona llamándose a sí mismo «vil servidor», «mal artista» o «sacerdote inmerecido». Por suerte para nosotros, los autores del siglo XXI, rigen otras normas. Podemos gritar nuestros nombres sin vergüenza a los cuatro vientos y ya no tenemos que calificarnos de «malos artistas», eso se lo dejamos a los reseñistas de ciertas páginas web. (En cualquier caso, todavía no ha habido ninguno que me haya llamado «sacerdote inmerecido».)

Sin embargo, el autor moderno no solo debe resaltar su propia persona, sino también llamar por su nombre a todas aquellas personas, amables y competentes, que han contribuido a la producción del texto. En mi caso, son estas:

Mi agente literario, Bastian Schlück, y mis lectoras, Barbara Heinzius y Eva Wagner, que siempre me apoyaron y tuvieron paciencia conmigo cuando quedó claro que necesitaría algunos meses más de lo previsto para esta novela;

Markus Opper, Natalja Schmidt, Uschi Timm-Winkmann, Oliver Plaschka e Irena Brauneisen, que leyeron de forma detallada el manuscrito, rastrearon erratas e hicieron valiosas propuestas de mejora;

Monika Mann, que también actuó como correctora de pruebas y además tradujo un largo (y muy complicado) texto francés, que facilitó enormemente mis investigaciones sobre la Metz medieval;

El Dr. Kay Peter Jankfrift, que volvió a estar a mi lado con sus conocimientos científicos;

Thomas Roeder, que invirtió muchas muchas horas en comprobar la certeza y exactitud histórica y me evitó así algunas tonterías (aunque tengo que confesar que no siempre le presté oídos); y, por supuesto, mi mujer, Sandra, mi primera lectora, sin cuya ayuda ninguno de mis libros sería ni la mitad de bueno.

Sin todas estas personas y su incansable apoyo, no habría podido escribir *La luz de la tierra*. ¡Así que es hora de darles un gran GRACIAS!